HEYNE BÜCHER

Tip des Monats

In derselben Reihe
erschienen außerdem als Heyne-Taschenbücher:

Johanna Lindsey · Band 23/34
Robert Ludlum · Band 23/41
Johanna Lindsey · Band 23/43
John Saul · Band 23/50
Eric van Lustbader · Band 23/54
Barbara Cartland · Band 23/55
Mary Westmacott · Band 23/56
Pearl S. Buck · Band 23/58
Marie Louise Fischer · Band 23/63
Daphne Du Maurier · Band 23/64
Evelyn Sanders · Band 23/66
Philippa Carr · Band 23/67
Peter Straub · Band 23/70
Jackie Collins · Band 23/71
Mary Westmacott · Band 23/73
Dean Koontz · Band 23/76
Johanna Lindsey · Band 23/78
Marion Zimmer-Bradley · Band 23/79
Philippa Carr · Band 23/83
Evelyn Sanders · Band 23/84
Dean Koontz · Band 23/85
Marie Louise Fischer · Band 23/88
Eric van Lustbader · Band 23/89
Johanna Lindsey · Band 23/91
Ellis Peters · Band 23/92
Utta Danella · Band 23/95
Heinz G. Konsalik · Band 23/96
Ellen Tanner Marsh · Band 23/97
Marion Zimmer-Bradley · Band 23/98
Eric van Lustbader · Band 23/99
Catherine Coulter · Band 23/100
Dean Koontz · Band 23/101
Charlotte Link · Band 23/102
Johanna Lindsey · Band 23/103
Ellis Peters · Band 23/104
Philippa Carr · Band 23/105
Robert Ludlum · Band 23/106
Marie Louise Fischer · Band 23/107
Heinz G. Konsalik · Band 23/108
Jean Plaidy · Band 23/109
Ellis Peters · Band 23/110
Utta Danella · Band 23/111
Dean Koontz · Band 23/112
Marie Louise Fischer · Band 23/113
Ellis Peters · Band 23/114
Johanna Lindsey · Band 23/115
Sarah Harrison · Band 23/116
Terry Pratchett · Band 23/117
Catherine Coulter · Band 23/118
Dean Koontz · Band 23/119
Catherine Cookson · Band 23/120
Ellis Peters · Band 23/121

Janet Dailey

ZWEI ABENTEUERLICHE LIEBESROMANE – UNGEKÜRZT!

Der große Traum
Der große Kampf

WILHELM HEYNE VERLAG
MÜNCHEN

HEYNE TIP DES MONATS
Nr. 23/122

Aus dem Amerikanischen übersetzt von Uschi Gnade
(Der Titel erschien bereits in der Allgemeinen Reihe
mit der Bd.-Nr. 01/6914)

Aus dem Amerikanischen übersetzt von Uschi Gnade
(Der Titel erschien bereits in der Allgemeinen Reihe
mit der Bd.-Nr. 01/7620)

Umwelthinweis:
Dieses Buch wurde auf
chlor- und säurefreiem Papier gedruckt.

Printed in Germany 1996
Umschlaggestaltung: Atelier Ingrid Schütz, München
Umschlagillustration: Elaine Duillo/Agentur Schlück, Garbsen
Satz: Buch-Werkstatt GmbH, Bad Aibling
Druck und Bindung: Elsnerdruck, Berlin

ISBN 3-453-09183-3

Der große Traum

I

Das Gras steht dir frei –
nimm dein Glück in die Hand,
denn nichts in ganz Texas
gleicht dem Calderland.

September 1878

1

Es war ein Land der Ebenen und der Einschnitte, gewellt und zerfurcht – und voller Gras, das sich in jede Richtung hundert Meilen weit erstreckte. Die gewaltige Weite des blauen Himmels ließ es flacher wirken, doch die riesige Bergkette im Norden wogte wie ein aufgebrachtes Meer. Ihre einsame Pracht bewegte das Herz der Starken und ängstigte die Schwachen.

Zwei Reiter, die Packpferde an den Zügeln führten, überschritten einen Bergkamm in diesem jungfräulichen Gebiet Montanas und blieben stehen. Von ihren derben Sätteln über die Munitionstaschen bis hin zu ihren flachen Cowboyhüten waren sie an allem, was sie bei sich trugen, als Texaner zu erkennen. Sie waren von der dicken Staubschicht eines weiten Weges, den sie zurückgelegt hatten, überzogen.

Sie lenkten ihre Pferde ein Stück weit den sachten Hang hinab, bis sie sich nicht mehr als Silhouetten gegen den Himmel abzeichneten. Das Sattelleder ächzte, als der größere der beiden Männer sich mit einer wendigen Bewegung auf den Boden gleiten ließ. Der Braune mit dem Kreidegesicht, den er ritt, schnaubte laut und tauchte seine Nase ins Gras.

Chase Benteen Calder, hager und grobknochig, trug seine knappen einsachtzig mit der Wendigkeit eines kleineren Mannes. Sein Gewicht verteilte sich auf harte Muskeln, die flach auf seiner Brust und seinen breiten Schultern lagen, und auf die Länge seiner Beine. Seine sechsundzwanzig Lebensjahre hatten sich in seinen kühnen Zügen niedergeschlagen. Man sah das an der Schnelligkeit seiner dunklen Augen, der kleinen Furche neben seinem Nasenrücken und der bleichen Narbe auf der rechten Schläfe. Die Erfahrung hatte ihn verschlossen und wachsam gemacht, und die Sonne hatte seine Haut dunkel gegerbt.

Er griff in die Zügel seines Braunen mit der Blesse, als das Pferd seinen Kopf senkte, um zu grasen. Das Klirren des Zaumzeugs lenkte seinen Blick einen Moment lang auf das Pferd, das an dem dichten, niedrigen Gras rupfte.

Es war das hiesige Büffelgras, das nahrhafter war als jedes andere. Hitze und Dürre konnten es nicht umbringen. Kalte Winter machten ein haltbares Heu daraus. Das Trampeln von Hufen konnte es nicht zerstören. Es hieß, daß dieses kurze Gras es schaffen konnte, einen reifen Stier um weitere zweihundert Pfund zu mästen. Vor wenigen Minuten waren sie durch Rispengras geritten, das gerade reif wurde. Es war höher als das Büffelgras, und die weizenartigen Ähren hatten die Steigbügel seines Sattels gestreift.

Die großen Büffelherden, die einst durch dieses Gebiet gezogen waren, waren auf dem besten Weg, von Büffeljägern und Gerbern ausgerottet zu werden. Die Regierung in Washington ermutigte in einem bewußten Versuch, die Indianer der Prärie kleinzukriegen und sie ein für allemal zu unterdrücken, sogar dieses Vorgehen. Vor einem Jahr, am 5. Oktober 1877, hatte sich Häuptling Joseph von den Nez Percé drüben in den Bear Paw Mountains ergeben. Die meisten Sioux und Cheyenne waren in Reservaten eingepfercht, und der Rest war mit Sitting Bull und Dull Knife nach Kanada geflohen. Nach jahrelangem Druck von seiten der laut schreienden Rancher und der Eisenbahn gab die Regierung diese letzte Insel freien Weidelandes frei. Das gesamte Land würde für jene bereitstehen, die es sich nahmen.

Chase Benteen Calder ließ seine Augen mit geschärftem und wissendem Blick über die grenzenlose Weite der Prärie schweifen. Sein Blick blieb auf dem drahtigen Reiter hängen, der lässig auf seinem Pferd saß. Beide Männer waren erfahrene alte Hasen, die schon ein halbes Dutzend Viehtriebe hinter sich hatten und Longhorns nach Norden zu den Endbahnhöfen in Kansas und noch weiter getrieben hatten. Sie kamen gerade von einem Viehtrieb, den Benteen für die Ten Bar Ranch im Süden von Fort Worth, Texas, angeführt hatte, bei dem eine ganze Herde in das Gebiet von Wyoming gebracht worden war. Die Pferde, die sie ritten, und auch ihre Lasttiere trugen das Brandmal der Ten Bar Ranch.

Auf diesem Viehtrieb hatten sie bei einem Zwischenhalt in Dodge City erstmals von dem Indianerland auf dem Territorium Montana gehört, und Benteens Interesse war erwacht.

Dann hatte der Mann, dem sie die Herde in Wyoming übergeben hatten, das freie Weideland erwähnt, das sich im Norden öffnete. Statt sich direkt auf den Rückweg nach Texas zu machen, hatte Benteen diesen Abstecher unternommen, um sich das Land einmal anzusehen, und Barnie war ihm auf den Fersen gefolgt.

Das riesige, wellige Weideland entsprach allen Behauptungen, die darüber angestellt worden waren. Die geringere Höhenlage machte dieses Land erstrebenswerter als die Prärien von Wyoming oder Colorado, und das Gras, das hier wuchs, war gehaltvoller; es konnte die Rinder mit guten Pfunden mästen.

Ein Massenandrang auf dieses Gebiet würde einsetzen, denn freies Weideland löste dasselbe aus wie ein geflüstertes ›Gold‹. Im Moment wirkte es wie ein Meer aus Gold. Der Sommer hatte das Land zu einem reichen Gelb heranreifen lassen, und der kühle Hauch des Herbstes färbte die Blüten der Gräser, die Hunderte von Quadratmeilen bedeckten, bronzefarben. Der Ort, an dem dieses Gras wuchs, würde nicht lange geheim bleiben. Bald würde die Gegend von Menschen überlaufen sein, die herkamen, um das große Glück zu machen. Möchtegern-Rancher und Spekulanten würden das Land wie Küchenschaben übersäen und versuchen, schnelles Geld zu scheffeln und wieder davonzulaufen. Doch Benteen entschloß sich, hier zu sein, ehe die Küchenschaben kamen.

»Das ist es wohl, Barnie.« Sein gepreßtes Lächeln war kühl und selbstsicher.

»Ja.« Barnabas More brauchte keine näheren Erklärungen zu dieser Äußerung.

Drei Dinge waren erforderlich und machten eine Gegend zu einem guten Weideland für Rinder – Gras, Wasser und natürlicher Schutz vor den Stürmen des Winters. Gras gab es in Hülle und Fülle, kleine Dickichte aus Sträuchern sowie Pflaumen und Vogelkirschbäumen schützten die Weiden, und direkt vor ihnen lag ein breites Flußbett, das sich durch die wogenden Felder schlängelte.

Sie ritten zu den Pappelreihen am Flußufer.

»Sieh mal.« Der wortkarge Barnie nickte, und die hochgestellte Krempe seines Hutes zeigte auf einen Einschnitt im Ufer, wo die Erosion durch Wasser und Wind Schichten von Stein und Erde in dem Hang freigelegt hatte. Dicht unter der Oberfläche schimmerte ein breiter Streifen glänzender schwarzer Kohle in der Herbstsonne. »An Brennmaterial fehlt es auch nicht.«

Da das Gebiet von Hügeln umgeben war, auf denen praktisch keine Bäume standen, war das eine wesentliche Zusatzinformation, die für den zukünftigen Gebrauch gespeichert wurde. Benteen vermerkte diesen Umstand in seinen Gedanken, als die beiden Männer näher auf den Fluß zuritten, ohne ihren Pferden in die Zügel zu greifen.

Der Sommer hatte den Fluß zu einer trägen Strömung absinken lassen. Sie reichte kaum bis an die Ufer, die die Schneeschmelze im Frühling ausgehöhlt hatte. Das seichte Wasser war kristallklar. Aber es war Wasser – lebenspendendes, lebenserhaltendes Wasser.

Benteen ließ die Zügel auf das Sattelhorn fallen. Barnie, der neben ihm ritt, griff in die tiefe Tasche seiner Weste und holte seinen Tabaksbeutel und Papier heraus. Ein sicheres Gefühl durchströmte Chase Benteen Calder. Es bestand keine Notwendigkeit mehr, dieses herbe, schroffe und einsame Montana weiter zu erkunden.

Die gewaltige Landschaft stand vor seinen Augen, das weite Prärietal mit dem seichten Fluß, der hindurchfloß, das aufsteigende Weideland dahinter – und der hohe blaue Himmel. Dieses Weideland reichte von hier bis in die Ewigkeit.

Und es sang ihm ein Versprechen ins Ohr. Die Vorstellung, daß das Land zu ihm sang, klang verrückt, aber es war tatsächlich so. Das leise Rauschen des Wassers bestimmte den Rhythmus, während eine aufsteigende Brise, die den Hang hinunterkam, in den Gräsern und im trockenen Laub der Pappeln und Weiden, die den Fluß säumten, eine Melodie spielten.

Vor seinem geistigen Auge konnte Benteen all das so vor sich sehen, wie es einmal aussehen würde, Rinderherden, die auf dem einheimischen Gras fett wurden, große Ställe und Scheunen, deren Wände aus dicken Holzbalken gebildet wurden, und ein großes Haus, das auf der kleinen Kuppe stand, von der aus er das alles überblicken konnte. Nicht gleich am Anfang, aber eines Tages. Bis dahin gab es auf diesem weißen, freien Gelände jede Menge Platz zum Denken und zum Atmen und zum Träumen – und um höllisch zu arbeiten, damit der Traum wahr wurde.

Benteen verstand etwas von Arbeit. Er hatte sein Leben lang für andere gearbeitet, doch immer hatte er alles genau beobachtet, um etwas dazuzulernen, und er hatte Geld zur Seite gelegt, um eines Tages etwas Eigenes zu besitzen. All das hatte ihn auf den Tag vorbereitet, an dem er in dieses Land hineinritt, in dem er sein Wissen und sein Können würde nutzen können. Diese bislang unbetretenen Prärien würden seinen Stempel tragen. Hier würde er etwas aufbauen, was Bestand hatte.

Die Überzeugung, das Weideland gefunden zu haben, auf dem er sich niederlassen würde, ließ seine Brust anschwellen. Dies gehörte ihm. Dies würde Calderland sein. »Ich sichere mir mit einem Antrag das Land um diesen Flußlauf«, meinte er, als Barnie gerade das Zigarettenpapier ableckte, um es zusammenzukleben.

Jeder, der etwas mit Rindern zu tun hatte, wußte, daß der Erwerb eines schmalen Streifens der zugelassenen hundertsechzig Morgen für eine Heimstätte einem die Herrschaft über eine ganze Gegend gab – mindestens zehn Meilen weit in jede Richtung oder so weit, wie eine Kuh bis zum Wasser laufen konnte. Die Bewegungsfreiheit vergrößerte das Gebiet um mindestens weitere zehn Meilen. Barnie hatte sich bereits einverstanden erklärt, falls Benteen das richtige Weideland fand, den angrenzenden Streifen auf seinen Namen zu erwerben und ihn Benteen zu übergeben, was damals eine gängige Praxis war. Diese weiteren einhundertsechzig Morgen würden ihm Raum zum Atmen geben – und es würde mit der Zeit noch mehr werden.

In Texas hatte Benteen sich lange genug eingezwängt und beengt gefühlt. Als Junge hatte er das Ende des Bürgerkrieges erlebt, doch er hatte die Veränderungen gesehen, die der Wiederaufbau mit sich gebracht hatte – und die wenigsten dieser Veränderungen waren gut. In seinen jungen Jahren hatte er zu viele aussichtslose Dinge erlebt. Hier war der Ort für einen neuen Anfang.

»Im nächsten Frühling bringe ich eine Herde hierher«, gab Benteen mit ruhiger, ausdrucksloser Stimme von sich, während Barnie seine Handflächen um ein Streichholz hielt und sich ein wenig näher zu der Flamme vorbeugte, um sich die selbstgedrehte Zigarette anzuzünden. »Wenn alles gut geht, bin ich noch vor dem Ende des kommenden Sommers wieder da. Glaubst du, du hältst es so lange hier aus?«

»Meine schon«, sagte Barnie gedehnt. Er war zwei Jahre jünger als Benteen. »Was glaubst du, was dein Vater tut?«

Benteen richtete seinen Blick in die Ferne, und ein Netz aus Krähenfüßen bildete sich an seinen äußeren Augenwinkeln. »Weiß ich nicht.« Die sonnengebräunte Haut spannte sich um seinen Kiefer. »Die Ten Bar hat ihm das Weideland abgenommen. Aber er ist ein hartnäckiger Mensch.«

Sein Vater , Seth Calder, war ein braver Mann – ein starker Mann. Er hatte durchaus die Möglichkeit gehabt, ein bedeutender Mann zu werden, aber er hatte einen schwachen Punkt, einen ganz fatalen Haken. Er wußte nicht, wann man sich von einer Sache losriß, die längst gestorben war. Der Bürgerkrieg hatte schon vor Jahren geendet, und doch hörte sein Vater nicht auf, sich für die Sache des Südens einzusetzen, und er beharrte darauf, Lincoln habe die eigentliche Frage der föderalistischen Staatsrechte, die zur Sezession geführt hatte, politisch bemäntelt und den Krieg in eine Frage der Sklaverei verdreht. Diese Einstellung hatte ihn bei denen, die im wiederhergestellten Texas an der Macht waren, nicht gerade beliebt gemacht.

Während des Krieges hatte er den Süden unterstützt, und als der Krieg zu Ende war, stand er am Rand des Bankrotts. Er hatte sich abgemüht, um seine bescheidene Ranch wieder aufzubauen, doch nur, um beim Kurssturz am Schwarzen Freitag des Jahres 1873 alles zu verlieren. Judd Bostons Ten Bar hatte den Börsenkrach unbeschadet überstanden. Während Seth Calder Rinder verkaufen mußte, hatte Judd Boston immer mehr Rinder erworben, bis die Herden der Ten Bar Ranch das Weideland überschwemmt und Seth Calder nur noch wenig Raum gelassen hatten. Er wurde in eine kleine Ecke seines ehemaligen Terrains zurückgedrängt, die kaum noch eine Herde ernähren konnte: Er wollte jedoch nicht weichen.

Seth Calder wollte sich auch nicht von der Vorstellung lösen, seine Frau würde eines Tages zu ihm zurückkehren. Benteen hatte den größten Teil seiner Kindheit damit zugebracht, auf eine Mutter zu warten, die niemals kam. Sie hatte ihm bei der Geburt seinen Namen gegeben – Chase Benteen Calder. Chase war ihr Mädchenname gewesen, und Benteen war der Name eines Cousins. Diejenigen, die ihn kannten, hatten nur selten seinen richtigen Namen benutzt. Selbst als Kind war er schon Benteen genannt worden.

Als er sechs Jahre alt war, war seine Mutter mit einem Nichtsnutz durchgebrannt, der von seiner begüterten Familie in England regelmäßig Geld zugeschickt bekam, damit er nur nicht wieder nach Hause kam. Sein Vater hatte immer behauptet, er habe sie mit seinem Gerede über New Orleans, San Francisco, London und Europa und mit Versprechungen auf schikke Kleider und Juwelen fortgelockt. Heute, zwanzig Jahre später, glaubte Seth immer noch, sie werde zu ihrem Ehemann und ihrem Sohn zurückkehren. Benteen glaubte nicht daran. Im Gegensatz zu seinem Vater wollte er auch nicht, daß sie zurückkam.

Es gab Zeiten, in denen ein Mann seine Stellung halten und kämpfen sollte – aber es gab auch andere Zeiten, in denen er einen Schnitt machen und fortgehen sollte. Benteen erkannte das, aber er bezweifelte, daß sein Vater es je erkennen würde. In Texas hatten sie wegen der Erinnerungen an die Vergangenheit und einer Reihe von Umständen in der Gegenwart nichts mehr verloren. Das Morgen lag hier, auf dem Boden Montanas. »Was ist mit Lorna?« Die Nähe, die sich durch ihre Freundschaft entwickelt hatte, gestattete es Barnie, eine persönliche Frage zu stellen.

»Wir werden im Frühjahr heiraten, ehe die Herde in den Norden getrieben wird.« Es gab keinen Grund mehr zu warten. Benteen hatte den Ort gefunden, wo seine Zukunft lag. Das war bisher alles gewesen, was ihn davon abgehalten hatte, ein Datum für seine Hochzeit mit Lorna Pearce festzusetzen. Sein Blick war selbstsicher und scharf, ein wenig verwegen vielleicht. »Wenn ich Texas das nächste Mal verlasse, dann ist es für immer.« Er würde alle Bande durchschneiden, und was zurückblieb, das blieb eben zurück.

2

Fort Worth, Texas, war der Ausgangspunkt für Herden, die auf dem Chisholm Trail nach Norden zogen. Es war eine laute, unmoralische Stadt, die ganz auf die Bedürfnisse der Cowboys eingestellt war. Händler verkauften große Mengen Mehl, Zucker, Kaffee, Melasse, Pflaumen, Zigarren und andere Artikel, die während des Viehtriebs benötigt wurden. Es gab Salons, Tanzschuppen und Freudenmädchen, damit man sichergehen konnte, daß der Cowboy sich nicht langweilte, ehe er loszog.

Die Stadt litt noch an Kinderkrankheiten. Die Main Street und die Houston Street waren gepflastert, wenn auch viele behaupteten, gepflastert sei nicht der angemessene Begriff, um diese Straßen zu beschreiben. Das Hotel El Paso war ein dreistöckiges Gebäude aus grauem Kalkstein, und es ging auch sonst bergauf. Aber es herrschte ganz entschieden ein Mangel an Bürgersteigen. Niemand in Fort Worth machte sich allzu große Sorgen über den Western Trail, der die Herden von dem vielbereisten Chisholm Trail abzog.

Doch für dieses Jahr war die Saison vorbei. Fort Worth lag an dem Novembernachmittag, an dem Chase Benteen Calder in die Stadt ritt, still da. Seine Kleider waren steif vom Schmutz der Reise, der sich auf den langen Meilen von Montana her angesammelt hatte. Ein Stoppelbart warf einen Schatten über seine grobknochigen Züge und ließ ihn noch rauher wirken. Seine Haarspitzen hatten eine dunkle Kupfertönung angenommen. Es war struppiges Haar – dichtes Haar, das sich in den Schal lockte, den er sich um den Hals gebunden und auf der Kehle lose geknotet hatte.

Mit dem Packpferd im Schlepptau ritt Benteen auf den Mietstall zu. Er war kein Mann, dessen Augen träge waren, und daher setzte sein ruheloser Blick die Begutachtung der Straßen, Häuser und Menschen fort. Er brachte den Braunen vor den offenen Stalltüren zum Stehen und stieg ab. Er trat auf den festgestampften Boden, und der Geruch nach Staub und die scharfen Gerüche, die aus dem Stall kamen, stiegen geballt um ihn herum auf. Ein Mann humpelte aus dem dunklen Stallinneren.

»Hallo , Benteen«, begrüßte er ihn. »Ich dachte, du seist aus der Gegend verschwunden.«

»Alles zu seiner Zeit, Stoney.« Er lächelte dünn, ein Lächeln, das so müde war wie der ganze Mann.

Das Klappern eines nahenden Einspänners lenkte seinen Blick auf die Straße. Benteen erkannte Judd Boston, der die Zügel hielt und von etlichen Reitern begleitet wurde. Der Besitzer der Ten Bar Ranch trug einen dunklen Anzug und eine Weste, und der gestärkte weiße Kragen seines Hemdes war zugeknöpft. Die Melone auf seinem Kopf hob ihn noch deutlicher von den Reitern ab. Die Macht, die mit Reichtum einherging, war aus der einstudierten Arroganz seiner Haltung ersichtlich.

Die geckenhafte Aufmachung Judd Bostons verleitete Benteen nicht zu dem Irrtum, ihm Verweichlichung zu unterstellen. Unter der Kleidung aus dem Osten wurde die stämmige Gestalt des Mannes von kräftigen Muskeln zusammengehalten. Benteen wußte augenblicklich, daß Judd ihn erkannt hatte. Sein Mund wurde zu einem langen, dünnen Strich, als er sich ganz in sich verschloß.

Nach der langen Reise war Benteen müde, schmutzig und gereizt. Er wollte nichts anderes als ein Bad und ein kühles Bier, und er wollte Lorna sehen – in genau dieser Reihenfolge. Er war nicht dazu aufgelegt, sich mit Judd Boston zu unterhalten, aber es blieb ihm kaum etwas anderes übrig.

Er hatte diesen Mann nie leiden können, aber er hielt es nicht für notwendig, den Menschen, für den man arbeitete, zu mögen. Benteen hätte keinen exakten Grund dafür nennen können, daß er Judd Boston nicht leiden konnte. Vielleicht lag es daran, daß er ein Yankee war, oder daran, daß er ein Bankier und kein echter Rancher war. Aber vielleicht waren es auch seine sauberen weißen Hände, die Benteen dazu brachten, ihm zu mißtrauen – so weiß und so sauber, als seien sie schon zu oft gewaschen worden.

Der Einspänner fuhr vor dem Mietstall vor, und die Eskorte von Reitern fächerte sich schützend auf. Andere Rancher kamen allein in die Stadt, aber Judd Boston fuhr nie ohne seine berittene Wache aus. Auch das war etwas, was Benteen dazu veranlaßte, sich Fragen zu stellen. Hatte der Bankiersrancher ein schlechtes Gewissen oder gefiel ihm nur, daß er mit einem Gefolge von Kulis den Eindruck von Bedeutsamkeit vermittelte?

»Calder!« Das war ein klarer Befehl an ihn, sich dem Einspänner zu nähern.

Bei diesem Befehlston versteiften sich seine Schultern, doch Benteen gestattete es sich nicht, seine Ablehnung deutlicher zu zeigen. Er ging mit den lockeren, gemächlichen Schritten eines Reiters auf ihn zu, und jeder Schritt wurde von dem gedämpften Klirren seiner Sporen begleitet. Er blieb neben dem Einspänner stehen und sagte kein Wort, weil er nichts zu sagen hatte.

Sein Schweigen kam bei Judd Boston übel an. Der Mann hatte Augen, die so schwarz wie die Hölle waren. In ihnen loderte etwas, was er als Zorn ansah. »Wo zum Teufel bist du gewesen?« fragte er. »Ich habe dich schon vor zwei Monaten erwartet.«

»Ich hatte persönliche Angelegenheiten zu erledigen.« Es war eine klare Antwort, die weder Respekt noch Respektlosigkeit ausdrückte. Benteen nahm die gefährliche Ruhe des Mannes wahr. Es war eine täuschende Geduld, die sich damit zufriedengab, den richtigen Moment abzupassen. Benteen fühlte sich an eine streunende Katze erinnert, die er einmal beobachtet hatte, als sie mit einer Maus spielte.

»Ich habe dich für eine Arbeit eingestellt, Calder.« Die Aussage ließ durchblicken, daß er bei seiner Aufgabe versagt hatte.

Seine Nerven, die von der Reise strapaziert waren, scheuerten sich an dieser Unterstellung. »Ihre Herde ist an Snyder übergeben worden, und nur zehn Stück Vieh sind auf dem Weg abhanden gekommen.« Seine scharfen Augen entdeckten Jessie Trumbo unter der Eskorte von Reitern. »Ich habe das

Geld, das der Verkauf eingebracht hat, durch Jessie überbringen lassen. Sie haben keinen Grund, sich zu beschweren.«

»Du warst dafür verantwortlich, mir das Bargeld zurückzubringen. Nicht Jessie«, beharrte Boston kühl.

»Ich war dafür verantwortlich, daß Sie Ihr Geld bekommen«, verbesserte Benteen die Formulierung. »Sie haben es bekommen.« Es war einer der seltenen Momente, in denen seine Gereiztheit sich zeigte. Es schien jetzt keine Rolle mehr zu spielen, ob er Judd Boston beleidigte oder nicht. »Ich habe mich dafür einstellen lassen, Ihre Herde nach Wyoming zu treiben. Danach sollte ich die Treiber von den Verkaufseinnahmen bezahlen und dafür sorgen, daß Sie die übrigen Einnahmen bekommen. Das habe ich getan. Sie mögen zwar meinen Lohn zahlen, Boston, aber deshalb gehöre ich Ihnen noch lange nicht. Niemand kann über mich bestimmen.«

Kälte ließ Bostons breites Gesicht härter werden. »Die Aufgabe ist erledigt, und Sie sind auch erledigt, Calder«, äußerte er. »Ich kann keinen Mann gebrauchen, der zwei Monate lang verschwindet. Sie werden von der Gehaltsliste gestrichen.«

»Gut.« Die Andeutung eines Lächelns legte sich auf sein Gesicht. »Das erspart mir die Mühe zu kündigen.«

Sie sahen einander fest in die Augen, und die Härte des einen konnte es mit der Härte des anderen aufnehmen. Dann flackerte ein befriedigtes Glitzern in Judd Bostons Augen auf. »Baker«, rief er einem der Reiter zu. »Diese beiden Pferde, die vor dem Stall stehen, tragen das Brandzeichen der Ten Bar Ranch. Fang sie ein und bring sie auf die Ranch zurück.«

Dieser Befehl versengte Benteen wie ein Brandeisen. »Sie verfluchter Lump.« Seine Stimme war rauh und gesenkt. »In diesem Land nimmt man einem Mann nicht das Pferd weg und läßt ihn zu Fuß laufen. Ich bringe die Pferde morgen früh selbst auf die Ranch zurück.«

»Ich will sie jetzt sofort haben.« Judd lächelte. »Ich könnte sie als gestohlen melden, Calder.« Ohne Benteen aus den Augen zu lassen, trieb er den zögernden Reiter an. »Du hast gehört, was ich gesagt habe, Baker.«

Benteen warf dem jungen Reiter, der sein Pferd am Zügel nahm und hinter den Einspänner führte, einen harten Blick zu.

Jessie Trumbo ließ sein Pferd umkehren und folgte ihm. »Ich helfe dir, Baker«, murmelte er. Ob es den Männern paßte oder nicht – sie waren gezwungen, Befehlen zu gehorchen. Das gehört dazu, wenn man für eine bestimmte Ranch arbeitete. Benteen wußte das, und er hielt ihnen die Rolle, die sie dabei spielten, nicht vor.

Seine Aufmerksamkeit wandte sich wieder dem Mann in dem Einspänner zu. »Ich lade meine Sachen ab, damit Sie die Pferde mitnehmen können«, sagte er. »Vielleicht finde ich jetzt Zeit, ein paar Brandzeichen auf ihren Rindern näher anzusehen. Ich dachte mir schon immer, wie leicht es doch wäre, das Brandzeichen meines Vaters vom einem C in eine 10 zu verwandeln. Das reinste Kinderspiel.«

Judd Boston drückte seinen Rücken durch. »In dieser Gegend sind Sie erledigt, Calder. Wenn ich an Ihrer Stelle wäre, würde ich verschwinden.«

Ein schwaches Lächeln verzog seine Lippen. »So habe ich es auch geplant, Boston.«

Judd Boston holte mit der Peitsche aus und ließ sie dicht neben den Ohren der braunen Stute herunterzischen. Benteen trat zurück, als die gequälte Stute einen Satz nach vorn machte und die Holzräder des Einspänners zu ihrer ersten Drehung ansetzten. Die beiden verbleibenden Reiter der Eskorte ritten hinter dem Einspänner her.

Benteen drehte sich wieder zu dem Mietstall um und ging zu dem Packpferd, um es als erstes abzuladen. »Du hast dir einen Feind gemacht, Benteen«, sagte Jessie Trumbo leise. Benteen zählte diesen Reiter nach wie vor zu seinen Freunden.

Eine Antwort schien überflüssig zu sein, aber er sah dem Wagen nach, der auf der Straße verschwand. Er war mit den meisten Männern auf der Ten Bar Ranch befreundet, aber es gab auch einige, die nicht seine Freunde waren. Dieses verwobene Gefüge aus Freundschaft und Feindschaft in einem rauhen, hitzigen Land war es, was in seinen dunklen Augen ein flüchtiges Interesse fand. »Geht es in Ordnung, wenn ich meine Sachen im Stall verstaue, Stoney?« fragte er.

»Klar.« Der alternde, hinkende Mann nickte.

Benteen trug sein Bündel durch den Stall in ein kleines Büro, das vom Häcksel staubig war. Dort schnürte er sein Bündel auf, schlang sich für den Moment den Revolver in seinem Halfter über die Schulter und nahm seine Flinte herunter. Er ging wieder ins Freie, um dem Braunen mit der Blesse den Sattel abzunehmen.

»Wo ist Barnie?« fragte Jessie, der sich über sein Sattelhorn beugte. »Ich dachte, er sei mit dir gekommen.«

»So war es auch.« Benteen hängte die Steigbügel über den Sattelknauf und begann, den Gurt zu lösen. »Ich habe ihn in Montana zurückgelassen, im Norden von Yellowstone. Er kümmert sich um das Land, das ich mir dort ausgesucht habe, bis ich im Frühling mit einer Herde kommen kann.«

»Montana.« Jessie richtete sich auf und stieß in seiner Überraschung einen tonlosen Pfiff aus. »Dann setzt du dich also wirklich ab. Du hast es nicht nur so zu Boston gesagt.«

»Genau.« Benteen hob den schweren Sattel vom Rücken des Pferdes, und in seinen dunklen Augen glitzerte ein Funke von Stolz.

»Woher bekommst du eine Herde? Nimmst du die deines Vaters mit?«

»Ich dachte mir, ich werde den Winter damit verbringen, mich durch die Dickichte zu schlagen und eine Herde aus Ausreißern zusammenzustellen.« Benteen rechnete nicht damit, daß sein Vater die Zelte abbrach, mitging und das mitnahm, was noch von seiner Herde übrig war. »Ich könnte jemanden gebrauchen, der gut mit einem Lasso umgehen kann und mitkommt.«

Jessie grinste. »Es wird die reinste Hölle sein, Rinder im Unterholz zu suchen, aber es klingt besser, als diesem Geldsack schönzutun.«

Benteen warf sich den Sattel über die Schulter und trug ihn in den Stall, um ihn bei seinen übrigen Sachen zu lassen. Als er wieder herauskam, hatten Jessie und der junge Cowboy Seile um die Hälse seiner beiden Pferde gelegt und führten sie fort. Stoney kam angehumpelt und blieb neben ihm stehen.

»Du kannst den grauen Wallach haben, der ganz vorn steht«, sagte er. »Laß ihn einfach laufen, wenn du ihn nicht mehr brauchst. Er findet schon allein nach Hause. Das tut er immer.«

»Danke, Stoney.« Er hob die Flinte auf, die er an den Stall gelehnt hatte, und trat dann auf die staubige Straße.

Nach ein paar Kreuzungen kam er an einen der wenigen hölzernen Bürgersteige. Seine Schritte waren schwer vor Müdigkeit, und seine Sporen klirrten bei jedem seiner bleischweren Schritte. Sein Körper war zwar matt und ausgelaugt, doch seine Augen hörten nie auf, sich gründlich in den Straßen umzusehen. Wenig Aufmerksamkeit schenkten sie jedoch den Geschäften, an denen er vorbeikam, und er nahm nur die Kunden war, die dort ein- oder ausgingen.

»Benteen!« rief eine weibliche Stimme unsicher aus.

Er blieb stehen und drehte sich um, um hinter sich zu sehen. Eine Bö von rauher Süße zog durch seinen Körper, als er Lorna sah, die in der Tür des Modewarengeschäftes stand. Das Zögern schwand aus ihrem Gesicht, und ein Lächeln zog ihre weichen, vollen Lippen nach oben. Sie schien über den Bürgersteig auf ihn zuzuschlittern, und die Leichtigkeit ihrer Schritte ließ so gut wie keinen Laut ertönen. Ein blaues Band hielt ihr langes dunkles Haar aus ihrem Gesicht und ließ es in fließenden Wellen über ihren Rücken wogen. Sie sah aus wie der Frühling, so frisch und unschuldig in ihrem langen weißen Baumwollkleid mit den kleinen blauen Blümchen.

Sie reichte kaum bis an seine Schulter. Ihre braunen Augen strahlten vor Freude darüber, ihn zu sehen. »Ich dachte mir, daß du es bist.« Ihre Stimme sang in seinen Ohren.

Seine Augen sogen sie in sich auf wie die eines Durstigen, der lange ohne Wasser war. Er hatte vergessen, was für ein kleines Dingelchen sie war. Oder vielleicht doch nicht so klein, verbesserte sich Benteen, als sein Blick ihre festen jungen Brüste wahrnahm, die sich gegen ihr züchtiges, hochgeschlossenes Kleid preßten.

»Wo warst du?« fragte sie mit einem Blick auf sein abgezehrtes und ungepflegtes Äußeres. »Ich habe schon angefangen, mir Sorgen um dich zu machen. Die anderen sind schon vor Monaten von dem Viehtrieb zurückgekommen. Wo bist du die ganze Zeit gewesen?«

Eine Woge von Wärme ließ seine rauhen Züge zarter werden. Benteen strich mit seinem Zeigefinger über ihre zarte

Wange, und er hätte gern mehr getan, als sie nur zu berühren. »Du hörst dich jetzt schon ganz nach einer Ehefrau an«, neckte er sie freundlich. Er war sich bewußt, daß er schmutzig und unrasiert war. Dieses Treffen wurde dadurch, daß es sich mitten auf der Straße abspielte, auch nicht leichter.

Seine Bemerkung bewirkte, daß Lorna die Lider senkte und so ihre Aufregung und Verlegenheit verriet. Manchmal schien Lorna Pearce ein lebendiger Widerspruch zu sein. Sie hatte das Gesicht einer Madonna, und doch konnten ihre braunen Augen dreist und mutig schauen und eine Intelligenz enthüllen, die sie gewöhnlich nach weiblicher Art verbarg. Manchmal war sie so fröhlich und so leicht zum Lachen zu bringen wie ein junges Mädchen, aber es gab auch Zeiten, zu denen sie sehr ruhig und selbstsicher war. Im Moment sah sie unglaublich jung aus – zu jung für eine Ehefrau. Aber sie war siebzehn und wurde schon bald achtzehn, ganz entschieden ein heiratsfähiges Alter.

Sie warf ihm einen Seitenblick zu, und durch ihr anständiges Auftreten schimmerte eine Spur von Keßheit hindurch. »Wenn ich deine Frau wäre, Chase Benteen Calder, ginge ich jetzt mit einem Nudelholz auf dich los, weil du so lange fort warst, ohne mir auch nur eine Zeile zu schreiben.«

Er kicherte leise über diese Drohung und konnte nicht glauben, daß sie zu etwas in der Lage war, was auch nur im entferntesten an Gewalttätigkeit grenzte. Sein Gesicht war so hart und verschlossen, daß die Verwandlung, die sich in seinen Zügen vollzog, wenn er lächelte, überraschend war. Er sah zu dem Geschäft hinüber, aus dem sie gekommen war. »Was tust du hier?« Die Gemischtwarenhandlung ihres Vaters – Pearce's Emporium – war ein ganzes Stück von hier entfernt. »Gibst du mal wieder das Geld deines Vaters für einen Hut aus?«

»Nein, ich warte schon darauf, dein Geld auszugeben«, gab Lorna zurück. »Ich habe eine Freundin besucht.« Sie warf einen Blick auf die Tür, in der ein eher hausbackenes braunhaariges Mädchen stand. »Du erinnerst dich doch an Sue Ellen? Wir sind zusammen zur Schule gegangen«, rief sie ihm ins Gedächtnis, und sie bedeutete ihrer Freundin mit einer Geste näherzukommen. »Das Modewarengeschäft gehört ihrer Mutter.«

Das Mädchen kam schüchtern auf sie zu. »Guten Tag, Mr. Calder«, begrüßte sie ihn mit einer Stimme, die ein wenig atemlos klang.

»Benteen«, verbesserte er sie, und er fragte sich, was die beiden Mädchen wohl außer Miß Hildas Mädchenschule miteinander gemeinsam hatten. »Wie geht es dir, Sue Ellen?«

»Danke, gut«, murmelte sie, wobei sie kaum den Mund öffnete.

Lorna sah ihm fest ins Gesicht und fragte provozierend: »Du hast mir immer noch nicht erzählt, wo du die ganze Zeit gewesen bist.«

»Das ist eine lange Geschichte. Ich komme heute abend bei dir zu Hause vorbei, und dann reden wir darüber.« Er rieb sich mit einer Hand das Kinn, die Barthaare kratzten seine rauhe Handfläche. »Im Moment brauche ich vor allem eine Rasur und ein Bad.«

»Komm doch zum Abendessen«, lud ihn Lorna ein.

Um sechs?« Das war die übliche Abendessenszeit der Familie Pearce.

»Ja.« Sie nickte.

Sein Lächeln war ganz allein für Lorna bestimmt, doch er drehte sich um und berührte höflich mit der Hand seine Hutkrempe, um sich von ihrer Freundin zu verabschieden. Seine Schritte waren nicht mehr ganz so schwer, als er weiterging.

Zum ersten Mal hatte er sie vor zwei Jahren im Geschäft ihres Vaters gesehen. Schon damals hatte sich Benteen zu ihr hingezogen gefühlt, aber natürlich war sie zu jung gewesen. Von jenem Tag an war er in Pearce's Emporium Stammkunde geworden und hatte gehofft, sie öfter dort zu sehen. Während der Hochsaison erlaubten es ihr die Eltern nicht, in das Geschäft zu kommen. Cowboys, die in die Stadt kamen, konnten, selbst wenn sie den größten Respekt vor dem schwachen Geschlecht hatten, manchmal ausfallend werden, wenn sie zu tief ins Glas geschaut hatten. Selbstverständlich wollten die Pearces ihre Tochter vor solchen bedauerlichen Anzüglichkeiten bewahren.

Als Lorna sechzehn geworden war, hatte Benteen ihren Vater um die Erlaubnis gebeten, sie besuchen zu dürfen. Trotz grundlegender Vorbehalte, was seine Möglichkeiten betraf, ihr ein schönes Leben zu bieten, war ihm seine Bitte gewährt worden. Von dem Moment an, in dem er sie zum ersten Mal gesehen hatte, hatte Benteen nie daran gezweifelt, daß er Lorna eines Tages zur Frau nehmen würde.

Ehe er im letzten Frühjahr zum Viehtrieb aufgebrochen war, hatte er um ihre Hand angehalten. Er hatte keinen Termin für die Hochzeit festlegen wollen, solange er noch nicht den richtigen Ort für die beiden gefunden hatte. Benteen wußte immer, daß sein Vater ihn und seine Braut gern auf seiner Ranch aufgenommen hätte, aber dort lag für ihn keine Zukunft. Die Cee Bar Ranch wurde langsam, aber sicher von Judd Boston ausgepreßt. Es war eine reine Zeitfrage, wann Boston die Ranch bei einem Zwangsverkauf erwarb, weil Steuerschulden zu zahlen waren. Die Ranch warf nicht genug für seinen Vater ab, von Benteen und Lorna ganz zu schweigen.

In den letzten drei Jahren hatte er jeden Cent gespart, den er erübrigen konnte. Er hatte herrenloses Vieh eingefangen, das kein Brandzeichen trug, und diese Tiere hatte er bei seinen Viehtrieben in den Norden mitgenommen. Es war ihm gelungen, fast tausend Dollar auf die Seite zu legen. Das hatte er im Hinblick darauf getan, eine Ranch zu kaufen, auf der sie sich eine Zukunft aufbauen konnten. Jetzt konnte er dieses Geld ganz in den Viehtrieb nach Norden stecken, um eine Herde von herrenlosen Longhorns aus den Büschen von Texas nach Montana zu bringen, denn das Land würde ihn nur eine Meldegebühr kosten.

Lorna würde die perfekte Ehefrau für ihn abgeben. Sie hatte keine Flausen im Kopf, Träume von Großstädten und schicken Kleidern wie seine Mutter. Sie war vernünftig und praktisch – und schön. Das Blut pulsierte heftig in seinen Adern.

Lornas Nerven waren angespannt bis zum Zerreißen, als sie Schritte auf der Veranda vor dem Haus hörte. Sie brauchte nicht auf die Uhr zu sehen, um zu wissen, daß es Benteen war. Ihr Herzklopfen wollte sie zur Tür laufen und ihm entgegenfliegen lassen, aber ein Mädchen durfte nicht zu übereifrig wirken. Das gehörte sich nicht – und es gab weiß Gott Zeiten, in denen ihr Benteen das Gefühl gab, äußerst ungehörig zu sein.

Sie tat so, als rücke sie auf dem Tisch, auf dem das beste Tischtuch ihrer Mutter lag, ein Besteck zurecht. Es wurde an die Tür geklopft. Sie sah den leicht belustigten Blick, mit dem ihr Vater von der neuesten Ausgabe des Fort Worth Democrat aufsah.

»Das muß Benteen sein«, murmelte sie.

»Ja, das muß er sein«, stimmte er ihr trocken zu, und dabei gelang es ihm, seine Pfeife zwischen den Zähnen zu behalten.

Der lange Rock ihres kobaltblauen Kleides raschelte leise, als sie langsam zur Tür ging. Als sie an dem ovalen Spiegel in dem kleinen Flur vorüberkam, warf Lorna einen letzten verstohlenen Blick auf ihr Spiegelbild. Ihr dunkles Haar war aufgesteckt, und das ließ sie wesentlich erwachsener wirken, ganz anders als an diesem Nachmittag, als er sie gesehen hatte. Ihr war die Vorstellung verhaßt, daß er sie für unreif hielt, aber sie wußte, daß das manchmal der Fall war. Sie sah bestimmt älter aus – mindestens wie volle achtzehn Jahre.

Als sie die Tür öffnete, blieb Benteen eine volle Minute lang stehen und sah sie nur an. Diese kühne Musterung beunruhigte sie auf eine Weise, von der Lorna nicht so recht wußte, ob sich das gehörte. Aber vielleicht war das, was sie verwirrte, auch sein verändertes Aussehen.

Er hielt den Hut in der Hand, und sein dichtes braunes Haar schimmerte in den Strahlen der untergehenden Sonne wie poliertes Mahagoni. Seine schmalen Wangen waren frisch rasiert und zeigten seine von Natur aus kantigen Züge. Er trug ein sauberes weißes Hemd und eine schmale Krawatte. Aber nichts konnte die ursprüngliche Kraft dämpfen, die sie in ihm spürte.

»Du bist etwas zu früh gekommen«, sagte Lorna. Sie empfand es als nötig, ihre Freude zu verbergen, und sie wußte, daß die Uhr noch nicht sechs geschlagen hatte.

»Soll ich wieder gehen und später wiederkommen?« fragte Benteen spöttisch.

»Nein, natürlich nicht.« Sie nahm ihn an der Hand, um ihn ins Haus zu ziehen.

Sie nahm seine kräftigen Finger wahr, als seine Hand sich um ihre schloß und sie festhielt. Seine dunklen Augen musterten sie weiterhin. Die Intensität dieser Blicke war etwas, womit sie nie so wirklich umgehen konnte.

»Daddy ist im Wohnzimmer.« Lorna brachte ihn zur Tür. »Du kannst dich mit ihm unterhalten, während ich Mutter in der Küche helfe.«

»Bleib nicht zu lange fort«, sagte er. »Ich bin völlig ausgehungert.«

Er ließ ihre Hand los, ohne weitere Einwände zu erheben. Als Lorna ihm entschlüpfte, hatte sie das merkwürdige Gefühl, daß er überhaupt nicht vom Essen gesprochen hatte. Die Art, auf die er sie manchmal ansah, war aufregend. Aber es gab auch Momente, in denen sie froh war, daß ihre Eltern im Nebenzimmer waren. Selbst jetzt noch, nachdem sie mit Benteen verlobt war, wurden sie selten längere Zeit miteinander allein gelassen. Gewöhnlich saßen sie auf der Veranda, und ihre Eltern saßen im Wohnzimmer. Jedesmal, wenn es zu einer Gesprächspause kam, trat unweigerlich ihre Mutter auf die Veranda, um ihnen Limonade oder andere Erfrischungen anzubieten. Lorna war froh darüber, daß Benteen genügend Respekt vor ihr hatte, um ihr nicht vorzuschlagen, sich an einem anderen Ort mit ihr zu treffen, an dem sie nicht unter Beaufsichtigung durch ihre Eltern standen, und darüber war sie nicht zuletzt deshalb froh, weil sie fürchtete, sie könnte versucht sein, auf seinen Vorschlag einzugehen.

Beim Abendessen saßen sie einander gegenüber. In solchen Momenten konnte sich Lorna gut vorstellen, wie es sein würde, wenn sie verheiratet waren und in einem eigenen Haus lebten. Sie freute sich darauf, ihre Eltern zum Abendessen zu sich einzuladen.

»Haben Sie nicht gesagt, Sie seien in Montana gewesen, Benteen?« erkundigte sich ihr Vater, als er ihm die Schüssel mit den Kartoffeln reichte.

»Ja.« Er bediente sich üppig. »Dort wird das Indianergebiet nach Osten hin geöffnet. Das Gras reicht bis an die Steigbügel, ein ideales Weideland für Rinder. Ich habe mir schon ein Stück Land ausgesucht.«

»Ach, wirklich?« Ihr Vater musterte ihn interessiert und mit sichtlicher Billigung. Lorna strahlte vor Stolz.

»Es ist genau das, wonach ich gesucht habe – ein Ort, an dem Lorna und ich uns eine Zukunft aufbauen können«, äußerte Benteen, und er warf einen Blick auf sie. »Ich denke mir, daß wir im März heiraten und im April mit der Herde, die ich nach Norden treibe, aufbrechen können.«

»Aufbrechen?« wiederholte Lorna. Sie hatte das Gefühl, ihr sei etwas entgangen. »Wohin gehen wir denn?«

»Das habe ich gerade erklärt«, wiederholte Benteen mit einem geduldigen Lächeln. »Ich habe in Montana den richtigen Ort für uns gefunden. Ich habe sogar schon die Stelle ausgesucht, an der wir uns ein neues Zuhause bauen werden.«

»Oh.« Hinter diesem kleinen Laut verbarg sie ihre Verwirrung. Sie gab großes Interesse an dem Essen auf ihrem Teller vor und hörte fast nichts von der Diskussion, die sich zwischen Benteen und ihrem Vater entspann.

Ein Teil ihrer selbst konnte einfach nicht glauben, daß es ihm wirklich ernst damit war, in Montana zu leben. Das war so weit weg. Sie konnte es sich nicht vorstellen, Texas zu verlassen. Benteen hatte bisher kein Wort darüber gesagt. Die Vorstellung war mehr als nur ein wenig erschreckend.

Benteen schien ihr Schweigen oder ihren Mangel an Begeisterung für seine Pläne für eine gemeinsame Zukunft nicht zu bemerken. Lorna spürte, daß ihre Mutter sie ansah, aber sie war nicht bereit, ihr in die Augen zu sehen. Noch nicht. Nicht, so lange sie selbst sich noch nicht im klaren war.

»Dieser Apfelkuchen war einfach köstlich, Mrs. Pearce.« Benteen lehnte sich auf seinem Stuhl zurück, nachdem er seinen Nachtisch verzehrt hatte.

»Lorna hat ihn gebacken«, antwortete ihre Mutter, aber das war einer der wenigen Momente, in denen Lorna nicht stolz auf ihre erworbenen Kochkünste war. Ihre Gedanken drehten sich zu sehr um die Neuigkeiten, die mit Montana zu tun hatten. »Mögen Sie noch einen Kaffee, Benteen?«

»Nein, danke«, lehnte er ab, und Lorna spürte, daß er sie ansah.

»Ich helfe dir heute beim Tischabdecken, Clara«, erbot sich ihr Vater. »Ich bin sicher, daß Benteen und Lorna viel miteinander zu reden haben.«

»Ja, gewiß«, stimmte ihre Mutter zu.

Die anderen standen bereits, als Lorna ihren Stuhl zurückschob. Fast im selben Augenblick stand Benteen schon neben ihr und legte eine Hand unter ihren Ellbogen. »Setzen wir uns ins Wohnzimmer?« Er setzte ihre Zustimmung als selbstverständlich voraus und führte sie ins Nebenzimmer.

Sowie sie im Wohnzimmer standen, drehte Lorna sich zu ihm um und sah ihm ins Gesicht. »Ist es dir wirklich ernst damit, nach Montana zu gehen, Benteen?«

Er wirkte erstaunt und zog eine dunkle Augenbraue hoch. »Ja.«

»Aber ...« Aufgewühltheit und Unsicherheit brausten in ihr. »Findest du nicht, daß wir das besprechen sollten?«

»Was gibt es dazu noch zu sagen?« Er runzelte die Stirn und sah sie aus schmalen Augen an. »Wir hatten doch schon besprochen, daß ich den richtigen Ort für uns suche.«

»Ja, aber von Montana hast du kein Wort gesagt«, protestierte Lorna. »Ich dachte, du würdest eine Ranch in Texas kaufen.«

»Hier gibt es nichts, Lorna«, sagte er. »Dort oben ist der Himmel die Begrenzung – und was für ein Himmel das ist! Warte nur, bis du es selbst siehst. Es ist ein wunderschönes Land.«

»Ja, ich bin sicher, daß es dort schön ist«, murmelte sie. »Es ist nur so weit weg.«

Ein Lächeln legte sich auf seine Lippen. »Irgendwann wirst du dich von deinen Eltern lösen müssen.« Er begann, ihr Zögern zu verstehen. Er hatte ganz vergessen, daß sie noch so jung war. Die Bindung an ihre Eltern war noch sehr stark. Das würde sich ändern, wenn sie erst einmal verheiratet waren. Dann würde sie sich ganz hinter ihn stellen und ihm die Treue halten.

Er streckte seine Arme nach ihr aus und zog sie an sich. Sie leistete keinen Widerstand, aber sie kam ihm auch nicht so wie früher entgegen. Doch das nahm Benteen nicht zur Kenntnis. Es war zu lange her, seit er sie gesehen hatte, und sein Körper lechzte danach, die Zartheit einer Frau zu spüren.

Unter seinem fordernden Kuß konnte die Betäubung, die seine Ankündigung ausgelöst hatte, nicht lange anhalten. Sein

Mund bewegte sich glühend über ihre Lippen, und die Besitzansprüche ließen seine Lippen fast grob wirken. Als seine Arme, die sie umschlungen hielten, ihren Körper dichter an ihn preßten, spürte sie die feurige Glut seines festen Fleisches. Kleine Schauer durchzogen sie, und sie zitterte. Die Intimität dieser Umarmung versetzte sie in Panik, denn in ihr wurden Wünsche wach, die ihr sündhaft erschienen.

Nur mit Mühe konnte sie sich von ihm abwenden, und ihr Herz pochte heftig gegen ihre Rippen. »Ich glaube, so solltest du mich nicht küssen.« Ihre Stimme klang atemlos.

Er legte einen Finger unter ihr Kinn und zog es zu sich hoch, um ihr in die Augen sehen zu können. »Du wirst meine Frau sein«, rief er ihr ins Gedächtnis zurück. Die Röte, die in ihre Wangen stieg, schien ihn zu belustigen. »Oder etwa nicht?«

»Doch«, flüsterte Lorna. Plötzlich war sie von allen möglichen Unsicherheiten erfüllt, was die Intimität anging, die die Ehe mit sich bringen würde.

Hieß das, daß er sie so küssen würde wie jetzt? Und wie sollte sie sich verhalten, wenn er es tat? Sie versuchte, ihre flatternden Nerven wieder zu beruhigen und wieder die Kontrolle über die Lage zu gewinnen. Schließlich war sie erwachsen – und schon bald würde sie eine verheiratete Frau sein. Sie mußte jetzt anfangen, sich auch so zu verhalten. Es war absolut normal, daß eine zukünftige Braut nervös war, wenn es um ihre Hochzeitsnacht ging. Es war ja nicht so, daß sie gänzlich unaufgeklärt war.

Aber sie hatte nicht auf alle ihre Fragen Antworten parat. Sicher konnte sie mit ihrer Mutter darüber reden. Vielleicht war es sogar richtig, wenn sie das empfand, was sie empfunden hatte, als Benteen sie geküßt hatte. Vielleicht war gar nichts Schlimmes daran.

»Ist etwas mit dir, Lorna?« Benteen beobachtete die Empfindungen, die der Reihe nach in ihrem Gesicht sichtbar wurden.

»Ob etwas ist?« Sie hatte das unbehagliche Gefühl, er könne ihre Gedanken lesen. »Nein, nichts ist los«, log sie. »Wir sollten ein Datum für die Hochzeit festlegen.«

»Das überlasse ich dir. Ich stehe bereit.«

Das Versprechen ließ ihren Puls wieder höher schlagen.

3

Der Umstand, daß sie ein gutes Verhältnis zu ihrer Mutter hatte, die ihr sehr nahestand, schien nichts daran zu ändern, daß es Lorna Schwierigkeiten bereitete, das Thema anzusprechen, welche Empfindungen Benteen manchmal bei ihr auslöste. Sie hatte dazu wenig Vergleichsmaßstäbe, da sie sich von keinem ihrer anderen Verehrer angezogen gefühlt hatte. Sie hatte sich von Anfang an in Benteen verliebt.

»Worüber wolltest du mit mir reden, Lorna?« ermutigte sie ihre Mutter.

Lorna wandte sich vom Fenster ab und war verblüfft über diese Frage. Sie hatte gerade nach einer Möglichkeit gesucht, behutsam auf dieses Thema zu sprechen zu kommen. »Ich ... Ich habe über das nachgedacht, was Benteen gestern abend gesagt hat – daß wir nach Montana gehen.« Das schien ihr der beste Einstieg zu sein.

»Es kommt einem sehr weit weg vor, nicht wahr?« Die Augen ihrer Mutter wirkten verschleiert. »Dein Vater und ich, wir werden dich schrecklich vermissen.«

»Ich glaube, ich fürchte mich ein bißchen«, gestand sie ein. »Ich dachte, wir würden hier in der Nähe leben. Ich bin nicht sicher, ob ich dorthin gehen will.«

»Der Platz einer Frau ist an der Seite ihres Mannes«, rief ihr ihre Mutter sanft ins Gedächtnis. »Du willst ihn doch nach wie vor heiraten, oder?«

»Ja.« In diesem Punkt zögerte Lorna nicht. »Es ist nur so, daß...« Sie berührte ihre Lippen mit ihren Fingerspitzen und erinnerte sich an seinen rauhen, fordernden Kuß. »Es gibt so vieles, was ich nicht weiß«, seufzte sie schließlich.

»So empfindet jede Braut.« Ihre Mutter lächelte. »Und es scheint, als müßten wir es alle immer wieder von neuem lernen. Ich kann mich noch erinnern, daß ich eine miserable Köchin war, als dein Vater und ich geheiratet haben. Es ist ein Wunder, daß er dieses erste Jahr überlebt hat.«

»Ich glaube, daß ich es schaffe, zu kochen und den Haushalt zu führen. Aber was ist, wenn wir ein Baby haben?« Wieder durchströmte sie dieses Gefühl des Unbehagens. »Ich meine, angenommen, wir bekommen eines Tages ein Baby.«

»Das hoffe ich doch sehr. Ich hoffe, daß ihr einige Kinder bekommt.«

»Ich weiß es nicht.« Lorna wandte sich wieder ab. Sie war aufgewühlt. »Manchmal, wenn ich darüber nachdenke, wie ...« Sie unterbrach sich und sah sich nicht in der Lage, den Satz zu beenden.

»Am Anfang wird es wahrscheinlich nicht allzu leicht sein«, sagte ihre Mutter. »Aber wenn du erst eine Weile verheiratet bist, nehme ich an, daß es dir leichter fällt, diese Vorstellung zu akzeptieren, vor allem, wenn du Kinder haben willst.«

»Ich ... Ich nehme an, du hast recht.« Die Antwort ihrer Mutter bereitete Lorna Sorgen. Sie schien das Gerede der Mädchen in der Schule zu bestätigen. Sex war etwas, was eine anständige Frau über sich ergehen ließ. Er bereitete keinerlei Vergnügen, es sei denn, das Mädchen war unmoralisch.

Es war besser, wenn sie ihrer Mutter gegenüber nicht erwähnte, was sie bei Benteen empfand. Die Erregung, die diese komischen kleinen Schauer durch ihren Körper schickte. Sie würde schlicht lernen müssen, darüber hinwegzukommen. Sie wollte eine anständige Ehefrau sein.

Es ging auf Mittag zu, als Benteen die Cee Bar Ranch seines Vaters erreichte. Früher hatten sie einmal darüber gesprochen, Partner zu werden, aber der Zusammenbruch im Jahr 1873 hatte diesen Traum ausgelöscht. Die harten Tatsachen, daß man sich seinen Lebensunterhalt verdienen mußte, hatten Benteen gezwungen, woanders zu arbeiten, während sein Vater seine Bemühungen fortsetzte, die Ranch zu erhalten. Die Schneestürme des letzten Winters hatten den letzten Rest dieses Traumes vernichtet – die Schneestürme und Judd Boston.

Benteen hatte nur einen vagen Verdacht gehabt, was die gefälschten Brandzeichen anging, bis er diesen Verdacht gestern Boston gegenüber formuliert hatte. Benteen war jetzt sicher, daß der Bankier sich hier eine Kuh und dort einen Stier angeeignet hatte. Es gab ein paar skrupellose Gestalten, die auf seiner Lohnliste standen, und Benteen glaubte, den Grund dafür herausgefunden zu haben. Es war allerdings unwahrscheinlich, daß er es beweisen konnte. Er war sich noch nicht einmal sicher, welchen Unterschied es machen würde, wenn er es hätte beweisen können. Wenn es hochkam, hatte sein Vater in den vergangenen fünf Jahren vielleicht fünfzig Stück Vieh verloren. Das Ärgerliche war nur, daß sein Geschäft so klein war, daß fünfzig Stück Vieh ihm etwas anhaben konnten. Große Stückzahlen – darin lag das Geheimnis.

Benteen hatte sich genau angesehen, wie Judd Boston auf der Ten Bar Ranch vorging. Er hatte viel gelernt, und er kannte sich mit Rindern aus. Judd Boston hatte ihm versehentlich Geschäftssinn, Wachstums- und Marktstrategien beigebracht.

Er ließ den grauen Wallach vor dem Stall anhalten, stieg ab und nahm dem Pferd seinen Sattel und seine Bündel ab. Dann klatschte er ihm auf die Flanke, und der Wallach setzte sich in Bewegung, lief auf dem zerfurchten Weg zurück, auf dem sie gerade gekommen waren. Das Pferd würde zwei Tage später wieder im Mietstall auftauchen, weil es seine Ration an Hafer und Weizen haben wollte.

Nachdem er den Sattel und das Zaumzeug verstaut hatte, trug Benteen seine Sachen zum Haus, einem schlichten weißen Holzhaus, dem man allmählich das Alter ansah. Es gab nur vier Räume – eine Küche mit Holzofen und einem Brunnen, um fließendes Wasser im Haus zu haben, ein Wohnzimmer mit einem steinernen Kamin zum Heizen, einem Pecanoschreibtisch und einem Roßhaarsofa, und zwei kleine Schlafzimmer.

Benteen stellte seine Flinte in das Gestell neben dem Schreibtisch und zog sein Bettzeug und seine Satteltaschen in das kleinere der beiden Schlafzimmer – das Zimmer, das immer sein Zimmer gewesen war. Von seinem Vater war keine Spur zu sehen, aber er hatte auch nicht damit gerechnet, ihn zu dieser Tageszeit zu Hause vorzufinden.

Es war Monate her, seit er zum letzten Mal zu Hause gewesen war, und doch hatte sich nichts verändert. Er sah sich das Bild an, das den Ehrenplatz über dem Kaminsims einnahm. Seine Leichtigkeit verflog, als er vor die rußige Feuerstelle trat und den mit Schnitzereien verzierten ovalen Rahmen, in dem die Fotografie steckte, herunternahm.

Es war eine schöne Frau. Daran bestand kein Zweifel. Benteen hatte den Verdacht, daß die steife Pose und die ausgeblichene Daguerreotypie ihr nicht gerecht wurden. Ihre Haare waren blond – wie sein Vater behauptete, war es die Farbe von wildem Honig – und ihre Augen in dem Maß dunkel, in dem ihr Haar hell war. Das war eine kühne Kombination, die noch verblüffender wirkte, wenn sie in Verbindung mit ihren harten und doch sehr weiblichen Zügen zusammentraf.

Doch Benteen sah, wenn er das Bild anschaute, nicht die Schönheit dieser Frau, die seine Mutter war. Er bemerkte nur die egozentrische Entschlossenheit und die Gier in ihren Augen, mehr von diesem Leben haben zu wollen. War er verbittert? Ja.

Wenn es nach ihm gegangen wäre, wäre die gerahmte Fotografie von Madelaine Calder längst als Feuerholz benutzt worden. Aber es ging nicht nach ihm. Er stellte das Bild wieder an den Platz auf dem Kaminsims, der ihm zustand, und ging dann in die Küche, um sich einen Kaffee zu kochen.

Kurz vor Sonnenuntergang erschien sein Vater. Seth Calder war kein Mann, der seine Gefühle offen zeigte, und daher begrüßte er seinen Sohn trotz dessen langer Abwesenheit reserviert. In ihrer Körpergröße und in der Farbe von Haut, Haar und Augen wiesen die beiden eine große Ähnlichkeit miteinander auf, doch Benteen hatte rauhe Kanten, und sein Vater war mit dem Alter glatter geworden.

Sie wechselten nur wenige Worte, während sein Vater sich wusch und Benteen das Abendessen auf den Tisch stellte. Erst nach beendeter Mahlzeit, als sein Vater sich auf seinem Stuhl zurückgelehnt hatte, nahmen sie einen Anlauf, sich ernstlich zu unterhalten.

Eine gelegentliche Zigarre gehörte zu dem wenigen Luxus, den sein Vater sich heute noch leistete. Jetzt zündete er sich eine an, paffte daran und rollte sie in einem stillen, genüßlichen Auskosten zwischen seinen Lippen. Seine Haltung und seine Erscheinung schienen eher auf Wohlstand hinzuweisen als auf den Rand des Bankrotts. Wenn Benteen auch der Kampf um den Erhalt der Ranch völlig nutzlos erschien, so bewunderte er doch den Mangel an Selbstmitleid bei seinem Vater – den Schein, den er weiterhin aufrechterhielt, obwohl er täuschte.

»Wie war der Viehtrieb?« Seth Calder nahm die Zigarre gerade lange genug aus dem Mund, um diese Frage zu stellen.

»Gut.« Benteen schüttete den schwarzen Kaffee in den Blechkrug. »Wie viele Rinder hast du im vergangenen Winter verloren?«

»Insgesamt fehlen dreißig. Die Kadaver der Hälfte davon habe ich gefunden«, gestand sein Vater.

»Hast du dir irgendwelche Herden der Ten Bar Ranch angesehen, um zu überprüfen, ob einige deiner Rinder sich zu ihnen verirrt haben?« Benteen wollte nicht direkt seinem Verdacht Ausdruck verleihen – noch nicht.

»Ja, das habe ich getan.« Es war eine simple Antwort, und doch ermutigte ihr Tonfall Benteen weiterzumachen.

»Es wäre mit Sicherheit leicht, das Brandmal der Cee Bar mit dem der Ten Bar Ranch zu überstempeln. Das würde man nicht so leicht entdecken.« Er sah seinen Vater verstohlen über den Rand seines Bechers an, während er einen Schluck von dem starken Kaffee trank.

Ein trockenes Lächeln ließ seinen Vater die Mundwinkel verziehen. »Nicht, wenn jemand seine Sache verpfuscht.«

»Dann ist es also wahr?« Benteen hob den Kopf und sah seinen Vater mit verblüfft zusammengezogenen Augen an. »Ich bin erst gestern darauf gekommen. Wie lange hattest du schon den Verdacht, daß etwas Derartiges vor sich gehen könnte?«

»Mir ist zufällig ein Stier über den Weg gelaufen, der ein frisches Ten-Bar-Brandzeichen über ein Cee-Bar-Brandzeichen gestempelt hatte. Letzten Herbst«, sagte er durch die Zigarre zwischen seinen Zähnen.

Benteens Gesicht verfinsterte sich. »Warum hast du nichts unternommen, als du dahintergekommen bist? Du hättest zum Sheriff gehen können.«

»Wie hätte ich das tun können?« Sein Vater nahm die Zigarre aus dem Mund und musterte die graue Asche, die sich an ihrer Spitze bildete. »Wenn mein eigener Sohn für den Mann arbeitet, der meine Rinder stiehlt.«

»Ich stehe nicht mehr auf der Lohnliste der Ten Bar Ranch.« Benteen stellte seinen Becher auf den Tisch. »Du hättest mir etwas sagen sollen. Mir erzählen sollen, was du entdeckt hast.«

»Du warst schon auf dem Weg nach Wyoming. Und ich hatte auch keine Beweise dafür, daß es nicht das Werk eines übereifrigen Cowboys war, der ohne Bostons Wissen vorgegangen ist.«

»Auf dieser Ranch geschieht nichts ohne sein Wissen. Kein Befehl wird ohne sein Wissen ausgegeben«, meinte Benteen.

»So habe ich mir das auch gedacht.« Er wirkte trotzdem völlig ungerührt. »Er hat nicht mehr zugeschlagen. Das, was mir von der Herde übriggeblieben ist, habe ich ganz in der Nähe, damit ich die Rinder im Auge behalten und sie täglich zählen kann. Wenn das nächste Mal eins der vermißten Tiere auftaucht, weiß ich, wohin ich mich zu wenden habe.«

»Verkauf alles, Pa«, drängte ihn Benteen, und er beugte sich vor, um seinen Worten größere Betonung zu verleihen. »Was hat dir dieser Ort je anderes als Kummer gebracht? Ich habe mir ein Stück Weideland in Montana ausgesucht, gegen das Texas wie ein abgepflücktes Baumwollfeld wirkt. Barnie ist jetzt dort und hält das Land für mich, bis ich mit einer Herde zurückkomme. Wir können die Cee-Bar-Rinder nach Montana treiben und dort auf all dieses Gras, das frei zu haben ist, loslassen.«

Seth Calder schüttelte den Kopf. »Nein. Bloß, weil die Zeiten härter sind, gehe ich noch lange nicht fort.«

Benteen war so ungeduldig und gereizt, daß es ihm schwerfiel, sich zusammenzureißen. »Du verstehst das nicht, Pa«, erwiderte er mit verhaltener Eindringlichkeit. »Dort oben im Norden können wir uns ein Stück Land nehmen, gegen das die Ten Bar Ranch wie eine Ansammlung von rechtlosen Siedlern auf Regierungsland wirkt. Dort ist alles, und man braucht es sich nur zu nehmen. All das kann uns gehören!«

»Dir mag es reizvoll erscheinen, aber in meinen Augen sieht es nach Flucht aus.« Er war nicht bereit, nachzugeben, und seine Augen nahmen vor Mißbilligung eine dunklere Tönung an. »Niemand wird mich von diesem Ort vertreiben, und am allerwenigsten ein Yankee-Spekulant wie Boston.«

Die Stuhlbeine scharrten auf dem Fußboden, als Benteen sich vom Tisch abstieß und mit energiegeladenen Schritten zu dem schmiedeeisernen Herd ging, um sich aus dem Blechkrug seine Kaffeetasse nachzufüllen.

»Wie lange kannst du es noch schaffen?« fragte er unwillig. »Noch ein schlimmer Winter oder ein trockener Sommer, und du bist am Ende. Boston braucht keinen Finger zu rühren. Die Zeit arbeitet für ihn.« Es war so offensichtlich, daß ein Blinder es hätte sehen müssen.

»Die Schlacht ist nicht vorüber, solange noch geschossen wird.«

»Und was dann?« fragte er herausfordernd durch schmale Lippen. »Was passiert, wenn der Kampf vorbei ist und du verloren hast?«

»Ich gehe nicht von hier fort.« Seth Calder hielt starr an seinen Überzeugungen fest. »Ich habe diese Ranch für Madelaine und mich aufgebaut. Ich werde hier sein, wenn sie zurückkommt.«

Bitterkeit zuckte durch Benteen. »Sie wird niemals zurückkommen«, fauchte er. »Heute nicht. Morgen nicht. Und auch nicht nächstes Jahr. Du belügst dich selbst, wenn du dir vormachst, sie würde zurückkommen. Wenn sie nicht tot ist, dann ist sie wahrscheinlich eine billige Mätresse.«

Seth sprang auf, und Zorn brannte in seinem Gesicht. Die Zigarre hielt er zwischen den Fingern. »Ich lasse nicht zu, daß du so über deine Mutter sprichst!«

Benteen schloß den Mund, um nichts von dem herauszulassen, was er gern gesagt hätte. An seinen Vater, der nicht zulassen wollte, daß auch nur ein böses Wort über sie gesagt wurde, war das vergeudet. Es kam zu einem stummen Kampf zwischen ihrer Willenskraft, der damit endete, daß Benteen zurückwich und seine Augen abwandte.

»Ich werde den Winter in den Steppen verbringen und mir eine Herde von frei herumlaufenden Tieren einfangen. Ein paar Jungen von der Ten Bar Ranch werden mir helfen«, verkündete Benteen mit gepreßter Stimme. »Im Frühjahr werde ich Lorna heiraten und mit den Rindern nach Norden ziehen.«

Er teilte ihm lediglich seinen Entschluß mit und bat nicht etwa seinen Vater um dessen Segen oder Billigung. Er hatte ihn bereits einmal aufgefordert mitzukommen, und Benteen hatte nicht vor, sich zu wiederholen. Sein Vater mußte das tun, was er für richtig hielt – genauso wie auch er das tat, was er für richtig hielt.

Im Eßzimmer des Haupthauses der Ten Bar Ranch hielt Judd Boston eine private Sitzung mit seinem Vorarbeiter, einem hageren Mann, der Loman Janes hieß, ab. Loman hatte die riesigen Pranken eines Mannes, der gut mit einem Lasso umgehen konnte, und sein fleckiges Gesicht war auf eine Weise verwittert und gegerbt, die auf viele Stunden Arbeit in der Sonne hinwies. In seinen hellgrauen Augen stand Abscheu gegen den vorwurfsvollen Tonfall des Mannes, dem seine ungeteilte und unerschütterliche Loyalität gehörte.

»Ich sage es dir« – Judds Stimme klang grob –, »daß es einen Grund dafür geben muß, daß Calder nach all der Zeit plötzlich einen Verdacht geschöpft hat. Jemandem ist etwas über diese Brandzeichen herausgerutscht. Einem deiner sogenannten handgepflückten Männer, und das wahrscheinlich im Suff.«

»Nein.« Loman Janes stand groß und hager und mit ungebeugtem Stolz mitten im Zimmer. »Die wissen genau, daß ihnen kein Wort herausrutschen darf, wenn sie ihre Zungen behalten wollen. Was er gesagt hat, war nur eine Vermutung.«

Diese Antwort gefiel Judd Boston nicht. Alle seine Pläne waren glatt gelaufen, bis Chase Benteen Calder mit seinen Verdächtigungen das klare Wasser hatte verschlammen lassen.

»Ich hatte das Gefühl, daß der Alte begriffen hat, was hier vorgeht, als er seine Herde ganz dicht zur Ranch geholt hat, damit sie dort weidet.« In Gedanken ging er die jüngsten Ereignisse noch einmal durch, ehe er die Kraft seiner harten Augen wieder seinem Vorarbeiter zuwandte. »Er hat gewartet, bis Benteen zurückgekommen ist, ehe er seinen Trumpf ausspielt. Und jetzt sagst du, daß Shorty Niles und Trumbo sich auszahlen lassen, um für Calder zu arbeiten.«

»Sie behaupten, daß er eine Herde zusammenstellt, um sie in den Norden zu bringen«, erklärte Loman steif. »Bei den vielen Viehtrieben, die er hinter sich hat, ist er wahrscheinlich darauf aus, mit einer eigenen Herde einen großen Gewinn einzustekken.«

»Und wenn er einen Batzen einnimmt, was wird er dann damit anfangen?« Die Frage war laut gestellt worden, doch Boston interessierte sich nicht für Lomans Meinung. Er traute keinem Urteil außer seinem eigenen. »Er wird die Kohle in die Cee Bar stecken«, schloß er grimmig.

»Trumbo hat das Gerücht ausgebreitet, daß Calder irgendwelches Land im Montana Territory als Siedler erwerben will«, warf der Vorarbeiter ein.

»Gerede.« Er drückte seine Verachtung für den Klatsch der Cowboys aus. »Da oben gibt es nichts, nur Sioux und Cheyenne. Es ist erst zwei Jahre her, seit sie Custer und seine Männer erledigt haben. Er will doch nur versuchen, uns auf eine falsche Fährte zu führen.« Genau das hätte Boston an seiner Stelle getan, und daher konnte er sich nichts anderes vorstellen.

»Es wird darüber geredet, daß dort Weideland zu haben ist.« Loman kannte sich mit Rindern und mit den Männern, die etwas von Rindern verstanden, aus – und ihm war bewußt, welche magischen Kräfte die Formulierung ›freies Weideland‹ auslöste.

»Und hier haben sie auch Gras – und Wasser und Rinder«, gab Boston zurück. »Ich habe zehn Jahre darauf gewartet, das Wasser auf Calders Ranch an mich zu bringen. Mit diesem Wasser habe ich dann die ganze Gegend in der Hand.«

Er hatte diverse Manöver hinter den Kulissen ausgeführt, um Seth Calder in seine derzeitige verzweifelte Lage zu bringen. Judd Boston hatte sich in das Cee-Bar-Land verliebt, sowie er in diese Gegend gekommen war, aber er hatte schon bald erfahren müssen, daß dieses Land mit keinem Gold auf Erden zu kaufen war. Schon vor langer Zeit hatte er gelernt, sich nach dem Wind zu richten oder sich gegen ihn zu stemmen. Er wußte, wann man nachhelfen und wann man den rechten Augenblick abwarten mußte. Geduldig und für andere unergründlich hatte er abgewartet. Die Cee Bar Ranch stand am Rand des Ruins. Das war der Zeitpunkt, an dem man nachhelfen mußte.

»Ich will, daß du herausfindest, wo Benteen jetzt ist, wie viele Männer er bei sich hat und was er tut«, ordnete er an.

»Und was ist mit dem Alten?« fragte Loman.

»Dem bleibt nicht mehr viel zu tun.« Ein kaltes Lächeln zog seine schweren Mundwinkel nach oben. »Und bald hat er gar nichts mehr zu tun.«

Loman wußte, daß er seinen Boß jetzt nicht nach dessen Plänen fragen durfte. Er stand ehrfürchtig vor Bostons Intelligenz, und er respektierte die rücksichtslose Entschlossenheit dieses Mannes. Es erfüllte ihn mit einer Form von verdrehtem Stolz, mit der Form von Macht, die Boston darstellte, in Verbindung zu stehen. Loman Janes war es zufrieden, die Muskelkraft zu sein, die Bostons Verstand zugehörig war und seine Vorstellungen in die Tat umsetzte. Er wußte, daß Boston einen Menschen brauchte, der so verschlossen und unbarmherzig war wie er, um seine Pläne auszuführen. In Lomans Vorstellung waren sie ein Team. Boston erteilte die Anweisungen, und er nahm sie entgegen, aber sie waren aufeinander angewiesen. Je mächtiger Boston wurde, desto mächtiger wurde auch Loman durch seine Verbindung zu ihm.

4

Im Unterholz von Texas gab es keine Wege. Dort war kein Platz für Wege. Das Unterholz wuchs als ein einziges Dickicht, das sich dem Durchgang von Mensch oder Tier entgegenstellte und das Steppengras, das einst diese Millionen von Morgen bedeckte, erstickt hatte.

Es war ein ausgesprochen unfreundliches Land, in dem jede Pflanze ihre abstandgebietenden, klauenartigen Dornen und nadelspitzen Stacheln entblößte. Zwischen den struppigen Mesquitbäumen, die in der Landschaft vorherrschend waren, wuchs Grünholz, dessen grün-schwarze Dornen besser zu sehen waren als seine Blätter, und im übrigen gediehen Feigenkakteen.

Niemand behauptete, Gott hätte bei der Erschaffung des schwarzen Chaparral seine Finger im Spiel gehabt. Er hatte das Land dem Teufel als Tummelplatz geschenkt.

Die übellaunigen Fledermäuse mit den scharfen Zähnen fühlten sich dort zu Hause, ebenso wie die Klapperschlangen. Kein Pferd und kein Reiter durchquerten je das Dickicht, ohne ständig vom warnenden Zischen einer Klapperschlange begleitet zu werden. Es hätte keine Gründe gegeben, sich in diese Gegend vorzuwagen, wenn sich dort nicht die gerissenen, wilden Longhornrinder verborgen hätten.

Das robuste Longhorn war kein allzu betörender Anblick. Mit seinen flachen Seiten, den schmalen Hüften, dem gebogenen Rücken und den großen herunterhängenden Ohren stellte es die Karikatur eines Rindes dar. Die langen, gewundenen Hörner, die der Rasse ihren Namen gegeben hatten, hätten normalerweise mehr als einen Meter gemessen, aber sie waren selten gerade. Es konnte sein, daß eine Spitze nach unten und die andere nach oben zeigte. Sie waren seltsam verbogen und in sich verdreht. Die Longhorns kamen in vielen Farben vor, waren einfarbig, fleckig oder gescheckt.

Da es sich langsam entwickelte, erreichte ein Longhorn sein Höchstgewicht von achthundert bis tausend Pfund erst mit etwa acht Jahren, wenn nicht gar später. Aber das große, knochige Tier konnte meilenweit laufen, sich gegen Wölfe, Bären und Panther zur Wehr setzen, Dürren und Schneestürme überdauern und sich an das wüsteste Land und das rauheste Klima gewöhnen.

Daher drangen Cowboys durch die Dornenwälle dieser unbegrenzten Dickichte vor, um herrenloses Vieh zu suchen, daß dem gehörte, der Manns genug war, es einzufangen und aus dem Dickicht herauszutreiben. Cowboys bekämpften dieses heimtückische Land, verfluchten es und bekamen mit der Zeit einen gesunden Respekt vor ihm.

Der Winter war die beste Jahreszeit, um diese Dickichte zu durchsuchen. Die scharfkantigen Blätter waren abgefallen, und somit hatte der Reiter eine bessere Sicht. Es war kühler, und daher konnten die Pferde länger laufen, ohne dämpfig zu werden. Man brauchte die richtige Kleidung, wenn man hier Rinder fangen wollte, hautenges Leder, in dem sich keine Dornen verfangen konnten.

Es war am späten Nachmittag, und sie wollten einen letzten Versuch unternehmen, die Kühe mit den einjährigen Kälbern zu finden, die sie gestern erspäht hatten. Shorty Niles ritt neben Benteen her. Im Gegensatz zu Benteen trug er keine Handschuhe aus Leder, und seine Hände, die von schmerzhaften Kratzern und Narben übersät waren, zahlten den Preis dafür.

Als kleingewachsener Mann glaubte Shorty immer, sich

selbst etwas beweisen zu müssen. Er war bereit, für ein Augenzwinkern Leib und Leben zu riskieren. Es gab Leute, die sich fragten, wie er es geschafft hatte, das Alter von siebzehn Jahren zu erreichen und immer noch am Leben zu sein. Sein kleiner, stämmiger Körper hatte die eisernen Muskeln eines älteren Mannes, und die zahllosen Raufereien, die er mitgemacht hatte, waren in sein breites Gesicht gemeißelt. Shorty war immer der erste Freiwillige, der sich meldete, und er gab als letzter auf. Er war ein grandioser Freund, aber Benteen hätte ihn nicht zum Feind haben wollen.

Keiner der beiden Männer sagte etwas, als sie ihre Pferde langsam durch das Gestrüpp führten. Reden war mühsam, und ihre Energien sparten sie sich für die Jagd auf. Sie ritten an einem Busch mit dolchartigen Dornen vorbei. Die kleinen weißen Winterblüten verströmten ihren üppigen Duft. Selbst das konnte den Gestank der mehr als einen Meter langen Klapperschlange, die vor ihnen auf dem Weg lag und zwei Tage vorher totgetrampelt worden war, nicht übertönen. Es war ein ekelerregender Gestank, den erboste Klapperschlangen in ihrem Todeskampf von sich gaben, aber den Männern, die sich in die Dickichte wagten, war er vertraut.

Der Braune bewegte sich nur zögernd und blieb dann ganz stehen. Benteen schenkte den Signalen des Tieres, das im Dikkicht erfahren war, sofort Beachtung. Die Nüstern und die aufgestellten Ohren wiesen auf eine undurchdringliche Mauer von Mesquitsträuchern hin. Als das Pferd unter ihm heftig zu zittern begann, entdeckte Benteen das gut getarnte rotbraune Rind und die gebogenen Hörner eines zweiten Rindes. Die Tiere kauerten regungslos im Gebüsch, bis sie sicher waren, daß sie entdeckt worden waren.

Shorty ließ neben ihm einen texanischen Schrei los, einen durchdringenden Laut, in dem sich das Kriegsgeschrei der Komantschen mit einem Rebellenschrei vermengte. Jetzt gaben beide Reiter ihren Pferden die Sporen und trieben sie auf die versteckten Longhorns zu. Die Natur hatte den Longhorns die Wendigkeit des Rotwilds verliehen, und sie waren in der Lage, mit einem Satz aufzuspringen und im nächsten Moment davonzulaufen.

Das Dickicht schien keinen Durchlaß zu bieten, aber wenn eine Kuh sich einen Weg bahnen konnte, dann konnte ein Pferd ihr folgen. Es lag an den Reitern, sich nach bestem Können auf dem Sattel zu halten.

Benteen setzte dem rotbraunen Rind nach, während Shorty hinter dem zweiten Longhorn nachjagte. Sie stürzten auf die Büsche zu und rissen ein Loch hinein – ein Loch, das sich augenblicklich wieder hinter ihnen zu schließen schien. Die Äste sprangen auseinander und schnappten wieder zu. Dornen rissen an seiner Lederkleidung. Um nicht vom Pferd gerissen zu werden, legte sich Benteen flach auf den Sattel, kauerte sich hin, duckte sich, machte sich so flach wie möglich, preßte sich an den Nakken des Braunen und streckte sich dann zur anderen Seite. Er setzte seine Arme, seine Beine, seine Hände, seine Schultern, seinen gesamten Körper ein, um seinen Kopf vor den dornigen Zweigen zu schützen, die versuchten, ihm die Augen auszustechen. Er wagte es nicht, die Augen zuzumachen, weil er sonst die Kontrolle über das Pferd verloren und gleichzeitig den nächsten Ast nicht gesehen hätte. Benteen vergaß, ebenso wie das Pferd, auf dem er saß, alles um ihn herum außer den gekrümmten Hörnern des Rindes, das vor ihnen durch das Gestrüpp raste.

Es war eine brutale, haarsträubende Jagd, zu der sie ansetzten, um das rotbraune Tier zu fangen. In diesem dichten Gestrüpp war kein Platz für lange Lassos und große Schlingen. Als der braune Wallach das wilde Rind einholte, wartete Benteen, bis er eine kleine Lücke in der Größe einer Satteldecke im Gestrüpp fand. Mit einem kurzen Lasso holte er aus und warf die Schlinge in die Luft. Sie kreiste über dem Kopf des Rindes. Es klappte.

Der Braune fing die Spannung des gestrafften Seiles ab. Nach einem längeren Kampf erwies sich das Rind als eines der zugänglicheren; es ließ mürrisch über sich ergehen, daß Benteen es aus dem Dickicht führte. Manchmal mußten die wilden Rinder tagelang an einen Baum gebunden werden, bis sie sich nicht mehr dagegen wehrten, fortgeführt zu werden. In Extremfällen wurden störrischen Rindern die Augenlider zugenäht, damit sie anderen Tieren blind folgten, um heimtückischen Ästen auszuweichen.

Mit der widerspenstigen Kuh im Schlepptau ließ Benteen den braunen Wallach umkehren und zum Lager zurückreiten. Dort hatten sie die erbeuteten Rinder eingepfercht. Er wartete nicht auf Shorty. Der junge Cowboy kam allein zurecht. Es war nichts Außergewöhnliches, wenn die Reiter im Dickicht es nicht vor Anbruch der Nacht schafften, wieder zu ihrem Lager zurückzukehren, und in diesen Fällen schlugen sie dort ihr Nachtquartier auf, wo sie sich gerade befanden.

Shorty holte ihn jedoch eine halbe Meile vor dem Lager ein. Pferd und Reiter waren von der Verfolgungsjagd gezeichnet. Im rechten Widerrist des Pferdes klaffte eine Wunde, denn ein Horn hatte ihm das Fell aufgeritzt. Die Beine beider Pferde waren zerkratzt und steckten voller Dornen. Shorty hatte einen langen Schnitt auf der Backe, und das Blut fing gerade an zu trocknen und Schorf zu bilden.

»Ich mußte meine an einen Baum binden und zurücklassen«, sagte er mit einem breiten Grinsen zu Benteen. »In ein paar Tagen kann ich sie holen.«

Benteen nickte und warf einen Blick auf die abgebrochenen Zweige, die unter Shortys Sattel herausschauten. »Du hast genug Holz für ein kleines Feuer.«

»Ich schätze, du hast recht.« Shorty lachte und zog die Zweige heraus.

Als sie ihr Lager erreichten, lag das gelbe Licht der Dämmerung über dem Dickicht. Jessie Trumbo hatte schon ein Feuer zum Kochen angezündet. Steaks von einem Stier, den sie am Vortag geschlachtet hatten, brutzelten in einer Kasserolle. Der Kaffee war schon übergebrüht, und der Topf stand zum Warmhalten dicht neben den Kohlen. Als er Benteen mit der Kuh sah, steckte Jessie ein Brandeisen ins Feuer.

Das Brandeisen, das sie dem Tier aufpreßten, hatte die Form eines C, und die Narben, die dauerhaft zurückbleiben würden, waren ein dreifaches C.

Während Jessie mit dem Brandeisen beschäftigt war, sprang ein anderer Cowboy, der Ely Stanton hieß, für ihn ein und kümmerte sich um das Essen. In einem solchen Lager in der Wildnis tat jeder alles, was gerade notwendig war, und man sprang ein, ohne zu klagen. Wenn man Benteen mitzählte, gab es fünf Reiter, die die Tiere einfingen. Vier weitere Männer, Andy Young und Woolie Willis und zwei andere blieben bei der Herde von zwölfhundert eingefangenen Rindern auf der Steppe.

Vor dem Essen zog Benteen seinem Pferd die Dornen aus den Beinen und behandelte die Schnittwunden, um die man sich kümmern mußte. Die Nacht verdichtete sich schon am Himmel, als er sich schließlich zu den anderen Reitern am Lagerfeuer gesellte. Er setzte sich im Schneidersitz auf den Boden und trank eine Tasse pechschwarzen Kaffee. Nach drei zermürbenden Monaten war es jetzt so gut wie vorbei. Er hatte eine Herde von einer ansehnlichen Größe, die sein Brandzeichen trug. Zusammen mit den elfhundert Dollar, die er in diesen letzten drei Jahren zusammengetragen hatte, sowohl von seinem Lohn als Anführer von Viehtrieben als auch vom Verkauf streunender Rinder, die er mit dem Lasso gefangen, mit einem Brandzeichen versehen und mit den Herden der Ten Bar Ranch nach Norden getrieben hatte, hatte er genug, um Sattelpferde, Zugpferde, Wagen und Vorräte für den Viehtrieb zu kaufen. In Dodge City konnte er einige der Jungstiere verkaufen und von dem Geld die Löhne der Treiber zahlen, und es würde ihm noch ein ganzer Batzen übrigbleiben, der ihn über die ersten mageren Jahre bringen würde – wenn er Glück hatte.

Sein Blick glitt über die Gesichter der Männer, die um das Feuer herumsaßen. »Hat einer von euch heute Spanish gesehen?«

Der mexikanische Mischling fehlte jetzt schon seit drei Nächten, aber Spanish war sozusagen im Dickicht aufgewachsen. Er kannte alle seine Geheimnisse. Niemand hatte ihn gesehen. Nur eine zwei Tage alte Spur von ihm hatten sie gefunden.

Es raschelte im Unterholz, und die Augen aller wandten sich dem Geräusch zu. Der Feuerschein flackerte und warf groteske Schatten durch das Dickicht. Ehe einer von ihnen auch nur die Zeit fand, nach seiner Waffe zu greifen, rief ein Mann mit starkem Akzent aus den Büschen: »Ich bin's, Spanish.«

Eine schlaksige Gestalt löste sich aus den Schatten und näherte sich dem Lagerfeuer. Als Spanish Bill in den Lichtschein trat, erzählten seine schmutzigen und zerrissenen Kleider einen großen Teil seiner Geschichte. Er zerrte seinen Sattel hinter sich her, und auch sein humpelnder Gang besagte einiges.

»Wo ist dein Pferd?« fragte Shorty. Niemand erwähnte den Umstand, daß Spanish drei Tage lang verschwunden war. Er wurde nicht anders empfangen, als hätten sie ihn am Morgen zum letzten Mal gesehen.

»Da hinten.« Spanish wies mit einer Kopfbewegung auf das Gebüsch und legte seinen Sattel auf den Boden. Er zog seinen linken Fuß nach, humpelte zum Feuer und schenkte sich eine Tasse Kaffee ein. »Ich dachte schon, ich müßte noch eine Nacht im Dickicht verbringen, als ich diese Steaks gerochen habe.«

»Die sind schon ziemlich verbrannt.« Ely wollte damit sagen, daß das Fleisch fast gar war.

Spanish humpelte zu seinem Sattel zurück, ließ sich behutsam auf den Boden gleiten, streckte das verletzte Bein vor sich hin und lehnte sich an den Sattel.

»Ich hab' mit dem Lasso einen *ladino* gefangen«, sagte Spanish. Er benutzte das mexikanische Wort, für das es in der amerikanischen Sprache keine wirkliche Entsprechung gab. Gemeint war ein bösartiges Rind, ein wildes Tier, das für die Freiheit um sein Leben kämpft. »Als sich die Schlinge um seinen Hals zugezogen hat, hat es mein Pferd angegriffen und ihm das Horn in die Brust gebohrt. Ich bin gar nicht dazu gekommen, das Lasso wegzuwerfen. Das Pferd ist einfach unter mir weggestorben. Es war ein gutes Pferd.« Er schüttelte kurz den Kopf. »Aber der *ladino* ist mit meinem Lasso abgehauen.«

Pferde ließen sich leichter ersetzen als gute Lassos.

»War das ein großer, alter roter Teufel?« fragte Jessie.

»*Si.*« Spanish nickte.

»Auf den habe ich mich vor einer Woche eingelassen. Dieses Tier kann man nicht einfangen. Vergeude deine Zeit nicht damit, es zu versuchen. Das beste ist, man erschießt es.«

Niemand widersprach.

Das Abendessen setzte sich aus Steaks und Bohnen und Brot, mit dem die Sauce aufgetunkt wurde, zusammen. Niemand versuchte, sich den Anschein zu geben, als sei es köstlich. Es war nahrhaft, und nur das zählte.

Nach dem Essen schrubbte jeder seinen eigenen Teller mit Sand. Wasser war in dieser Gegend zu wertvoll, um es als Spülwasser zu vergeuden. Benteen goß sich noch eine Tasse Kaffee ein und stellte fest, daß seine Tabakvorräte zu Ende gingen.

»He, Benteen«, unterbrach Shorty das erschöpfte Schweigen, das sich über das Lager gesenkt hatte. »Wirst du uns denn zu deiner Hochzeit einladen?«

»Ich wollte euch eigentlich alle auffordern, unsere Flitterwochen mit uns zu verbringen«, erwiderte er.

»Ist das dein Ernst?« Shorty, der sich auf dem Boden ausgestreckt hatte und seinen Sattel als Kissen benutzte, hob den Kopf und sah Benteen stirnrunzelnd an.

»Natürlich ist das mein Ernst.« Er beugte sich vor, zog einen brennenden Zweig aus dem Feuer und hielt das glühende Ende an die Zigarette, die er sich gedreht hatte. »Lorna und ich könnten auf dem Viehtrieb nach Montana Hilfe gebrauchen.«

»Nimmst du sie etwa auf den Viehtrieb mit?« fragte Jessie Trumbo ungläubig.

»Ich heirate sie doch nicht und lasse sie dann allein in Texas«, antwortete Benteen. »Das Angebot steht. Jeder von euch, der Arbeit sucht und Lust hat, mit mir diese Herde nach Norden zu treiben, ist mir willkommen.«

»Mit mir kannst du rechnen.« Shorty war der erste, der sich meldete.

»Mich hält nichts in Texas«, schloß sich Jessie an.

»Spanish?« Benteen sah den Mexikaner fragend an. Er hätte seine Erfahrung gern für den Viehtrieb genutzt.

»Ich gehe, wohin die Rinder gehen«, willigte er ein, doch dann grinste er und fügte eilig hinzu: »Vorausgesetzt, die Herde kommt dort an, ehe es kalt wird. Mein Blut ist zu dünn für ein solches Wetter.«

Die Abneigung des Mexikaners gegen Kälte war allgemein bekannt und hochgradig übertrieben. Benteen wandte sich dem letzten Mann der Gruppe zu. Ely Stanton war immer der Stille, der letzte, der sich zu Wort meldete, und er entschied sich nur langsam, nachdem er alles durchdacht hatte. Außerdem war er unter allen anwesenden Männern der einzige, der verheiratet war. Er hatte sich an fast allem versucht – vom Farmer bis zum Ladeninhaber –, aber er war nicht glücklich, solange er nicht auf einem Pferd saß.

»Was ist mit dir, Ely?« fragte Benteen.

»Ich glaube nicht, daß das Mary passen würde«, sagte er. »Sie hat Verwandte in Iowa. Sie will, daß wir dort hingehen und uns umschauen, ob ich nicht ein Stück Land mit gutem Boden finde.«

»Ach, Ely, du wirst doch nicht hinter einem Pflug herlaufen und dir den ganzen Tag lang ein Pferd von hinten ansehen, wenn du statt dessen ein Pferd reiten könntest, oder?« sagte Shorty mit der Verächtlichkeit, die ein Cowboy einem Farmer entgegenbrachte.

»Ich spiele mit dem Gedanken.« Der Mann wirkte steif, als er in den Kohlen des Lagerfeuers herumstocherte.

»Wenn du dich entschließt, deine Zelte abzubrechen und nach Iowa zu gehen, dann könntest du bis Dodge City mit der Herde kommen«, schlug Benteen vor. »Lorna freut sich sicher, wenn wenigstens für einen Teil der Reise eine andere Frau mitkommt.«

»Ich gebe dir Bescheid«, sagte Ely.

Die Rinder im Pferch wurden unruhig, und ihre Hörner klapperten gegeneinander. Die Männer, die um das Lagerfeuer herumsaßen, waren augenblicklich auf der Hut und rechneten mit Ärger, doch die Unruhe schien nur daher zu rühren, daß die Rinder sich untereinander um den Platz drängten. Innerhalb von Minuten hatten sie sich beruhigt, und es kehrte wieder Stille ein.

»Du warst schrecklich lange weg, Benteen«, bemerkte Shorty. »Woher willst du wissen, daß dein Mädchen noch auf dich wartet und dich noch heiraten will? Vielleicht hat sie es sich überlegt und ist mit einem anderen Kerl ausgerissen.«

Unwissentlich hatte er einen wunden Punkt berührt. Benteen hatte nie vergessen, was seine Mutter getan hatte.

»Lorna ist kein Mädchen von der Sorte«, fauchte er.

»He, ich wollte damit doch gar nichts Bestimmtes sagen«, wandte Shorty ein. »Du warst zu lange im Dickicht. Du bist so stachelig wie ein Kaktus.«

Benteen zog ein letztes Mal an seiner Zigarette und warf den Stummel in das erlöschende Feuer. »Wir werden in den nächsten Tagen aufbrechen. Sobald wir diesen letzten Pferch voll haben, schließen wir uns Willie und der großen Herde an und reiten nach Fort Worth.«

Eine Woche später waren die Rinder zusammengeführt und nach Fort Worth in Bewegung gesetzt worden. Die allerersten Tage des Viehtriebs waren kritisch, denn die Tiere hatten von Natur aus den Instinkt, in das Gestrüpp zurückzukehren, das ihre Heimat war. Die Treiber waren vollauf damit beschäftigt, sie zurückzuholen und sie dazu zu bringen, daß sie sich in die richtige Richtung bewegten.

Es gab Männer, die Viehtriebe leiteten und es für das beste hielten, die Tiere in den ersten Tagen zu verhätscheln und nur langsam voranzuziehen. Benteen entschied sich, seine bunt gemischte Herde aus Kühen, Stieren und Ochsen – von jung bis alt – anzutreiben, damit die Tiere erschöpft waren, wenn sie ihr Nachtlager errichteten. Die Ermüdung verringerte den Hang, unruhig zu werden und durchzugehen. In diesen ersten Tagen legten sie einen Schnitt von mehr als fünfzehn Meilen zurück.

Benteen schien das Glück auf seiner Seite zu haben. Die Herde war nur noch wenige Meilen von Fort Worth entfernt, und es war zu keiner einzigen Stampede gekommen. Man wußte von Herden, die gewohnheitsmäßig einmal am Tag durchgingen. Aber wenn man in den ersten zehn Tagen jede Stampede vermeiden konnte, war es normalerweise leicht, für den Rest des Viehtriebs mit der Herde zurechtzukommen.

Benteen ritt mit Spanish Bill an der linken Flanke. Ein langbeiniger scheckiger Stier hatte die Führung der Herde übernommen und lief als Leittier voraus.

In der Prärie vor der Herde tauchte ein Reiter auf, der ohne Sattel auf einem großen Pferd saß und den Kamm einer Anhöhe überquerte. Benteen richtete sich im Sattel auf und war schon bereit, den schlanken Reiter zu verfluchen, wenn er die Herde verschreckte. In dem Moment, in dem der Reiter die Herde vor sich sah, griff er dem großen Braunen in die Zügel. Benteen entspannte sich ein wenig, als Pferd und Reiter einen weiten Bogen ritten, um von der Seite auf die Herde zu stoßen.

Benteen ließ es sich nicht anmerken, aber er behielt den jungen Reiter fest im Auge, während er auf sie zukam. Der Junge erweckte den Eindruck, als sei er gerade von einer Farm gekommen. Es schien, als tauchten jedes Jahr mehr Farmer auf, die das Weidegras pflügten und Land einzäunten. Was Benteen betraf, war das ein weiterer Grund, Texas zu verlassen. Er hatte von diesem neuen Stacheldrahtzaun gehört, und das, was er gehört hatte, gefiel ihm gar nicht.

»Können Sie mir sagen, wo ich Mr. Calder finde?« fragte der Junge, der gerade im Stimmbruch war. Er erinnerte Benteen an ein schlaksiges Füllen, ganz Arme und Beine und mit einem schmächtigen Körper.

»Du stehst vor ihm.« Er ritt langsamer neben dem Jungen her, während Spanish neben der Herde weiterritt. Das große Pferd lief jetzt im Schritt, und Benteen konnte sich seinen Reiter näher ansehen. Ohne Hut hatte der große, schlaksige Junge einen dichten dunkelbraunen Haarschopf und bemühte sich älter zu wirken, als er war. Benteen schätzte sein Alter auf etwa fünfzehn.

»Ich habe gehört, daß Sie dieses Jahr eine Herde in den Norden bringen.« Der Junge musterte die Tiere, die an ihnen vorüberliefen, mit einem Blick, der kritisch sein sollte. »Sieht ganz so aus, als hätten sie bisher wenig Schwierigkeiten gemacht.«

»Ja.« Benteen war zu oft fort gewesen, um zu wissen, zu welcher Familie der Junge gehörte, aber es zogen viele neue Farmer in diese Gegend.

»Mir ist der Gedanke gekommen, daß Sie vielleicht noch ein paar Treiber brauchen.« Die Bemerkung wurde eher interesselos ausgesprochen, doch der Eifer, der in seinen Augen stand, strafte das gelassene Auftreten Lügen.

»Könnte sein«, räumte Benteen ein. »Wie heißt du?«

»Joe. Joe Dollarhide«, sagte der Junge eilig. »Ich bin von klein auf mit Tieren aufgewachsen. Ich weiß alles über sie. Ich kann hart arbeiten. Sie können fragen, wen Sie wollen. Und schnell lernen kann ich auch.«

»Deine Familie hat eine Farm in dieser Gegend?« Benteen legte seine Hände auf das Sattelhorn und ließ sich vom Rhythmus der Gangart seines Pferdes wiegen.

»Ja, Sir.« Er gab es nur widerwillig zu.

»Und du willst Cowboy werden?« vermutete er.

»Ich werde einen guten Cowboy abgeben«, beharrte Joe Dollarhide nachdrücklich. »Ich weiß schon einiges über Kühe und Pferde. Ich kann reiten. Und ich bin ein guter Schütze. Ich bin auf die Jagd gegangen, seit ich sieben war.«

»Mir scheint, dein Pa kann wohl einen kräftigen Jungen wie dich zu Hause gebrauchen.«

»Ich habe sechs Geschwister zu Hause. Die meisten sind schon alt genug, um mitzuhelfen.« Damit wollte er Benteen versichern, daß er zu Hause nicht gebraucht wurde. »Und außerdem ist es an der Zeit, daß ich losziehe und mir die Welt ansehe und mich auf eigene Füße stelle.«

»Wie alt bist du?« Benteen hatte zwar seine eigene Vermutung, aber er war neugierig darauf, wie die Antwort des Jungen lauten würde.

»Siebzehn«, sagte er eilig.

Belustigung schlich sich in Benteens dunkle Augen ein, aber er sprach seine Zweifel nicht aus. Er wandte eine subtilere Taktik an. »Ich erinnere mich noch, wie ich zum ersten Mal einen Job bekommen habe und bei einem Viehtrieb mitgemacht habe. Ich war damals erst fünfzehn«, verkündete er, und dann sah er Joe Dollarhide fest in die Augen. »Das war wirklich toll, für eine Arbeit bezahlt zu werden, die ich bis dahin für meinen Vater umsonst getan hatte«, sagte er gedehnt. »Was sagtest du, wie alt du bist?«

Der Junge biß sich auf die Unterlippe und gab dann zu: »Im April werde ich sechzehn.«

»Das ist alt genug, um den Lohn eines Mannes zu verdienen, meinst du nicht auch?« fragte Benteen mit einem schwachen Lächeln.

»Ja, Sir!« Der Junge grinste und versuchte dann, seine Aufregung zu unterdrücken, weil er sichergehen wollte, ob er ihn auch richtig verstanden hatte. »Heißt das, daß Sie mich einstellen?«

Benteen beantwortete seine Frage nicht mit Ja oder Nein. »Wir werden diese Herde etwa eine Woche lang außerhalb von Fort Worth unterbringen, während ich den Proviant besorge und mich um ein paar persönliche Dinge kümmere. Dort brauche ich ein paar Hilfskräfte, die sich mit den Jungen, die ich habe, abwechseln. Aber sie müssen zuverlässig sein.«

»Sie können sich auf mich verlassen. Ich kann alles tun, was getan werden muß«, versprach der Junge eifrig.

»Leicht wird es nicht«, warnte ihn Benteen.

»Arbeit ist nie leicht. Aber ich schaffe alles, was nötig ist«, brüstete sich Joe Dollarhide.

»Hast du einen Sattel?« Sein Blick war auf den Braunen gerichtet.

»Nein«, gab der Junge widerstrebend zu. Dann versicherte er ihm: »Aber ich werde mir einen kaufen, wenn ich meinen ersten Lohn bekomme.«

»Ich denke, bis dahin wirst du einen brauchen«, brummte Benteen trocken. »Es ist recht schwierig, ein Seilende mit den Händen festzuhalten, wenn am anderen Ende ein achthundert Pfund schwerer Stier hängt, der nicht dort hängen will.«

»Ich kriege das schon hin«, beharrte der Junge, der fest entschlossen war, sich diese Gelegenheit, einen Job zu bekommen, nicht entgehen zu lassen.

Das war eine ziemliche Angeberei, aber Benteen ließ sie ihm durchgehen, ohne sich dazu zu äußern. »Ich probiere es für ein paar Tage mit dir aus. Wenn du dich gut machst, nehme ich dich für den weiteren Viehtrieb unter Vertrag. Klingt das nach einem fairen Angebot, Joe Dollarhide?«

»Darauf können Sie wetten!« rief der Junge aus. »Es wird Ihnen nicht leid tun, das verspreche ich Ihnen.«

»Wenn du dabeibleibst, zahle ich dir dreißig Dollar im Monat plus Verpflegung. Aber du kannst ohne Sattel nicht die Arbeit eines Cowboys verrichten. Bis du deinen eigenen Sattel hast, sehe ich mich lieber um, ob wir einen übrig haben, den du benutzen kannst.« Im Stall lag noch ein alter Sattel, wenn Benteen sich recht erinnerte. Er war zwar absolut nicht das Wahre, aber besser als gar nichts.

»Ich zahle dafür, daß ich ihn benutzen darf«, beharrte Joe Dollarhide voller Stolz.

»Reite nach Hause und pack zusammen, was du organisieren kannst. Ich erwarte dich morgen früh nach Tagesanbruch«, sagte Benteen. »Wenn ich nicht da bin, meldest du dich bei Jessie Trumbo. Er wird dir dann sagen, was du tun sollst.«

Joe Dollarhide hielt Benteen die Hand hin, um sie auf dieses Abkommen zu schütteln. »Ich danke Ihnen wirklich dafür, daß Sie mich dafür in Betracht ziehen, mit der Herde in den Norden zu ziehen. Ich werde mein Bestes für Sie tun. Es ist an der Zeit, daß ich mehr von dieser Welt sehe als nur Texas.«

Ein Lächeln zog Benteens Mundwinkel nach oben, als er dem Jungen die Hand drückte. Diese Gier nach Spannung und Abenteuer brauste glühend in den Adern des Jungen. Trotz seiner Unerfahrenheit hatte Joe Dollarhide etwas an sich, was ihm gefiel.

Dollarhide wollte sein Pferd wenden und fortreiten, als ihm noch etwas einzufallen schien, und er blieb neben Benteen.

»Ich wollte Ihnen noch sagen, daß mir das mit Ihrem Vater wirklich leid getan hat, Mr. Calder.« In seinem Versuch, den entsprechenden Respekt zu erweisen, kamen seine Worte steif heraus.

Benteens Augen wurden zu schmalen Schlitzen und sahen den Jungen forschend an. »Mein Vater? Was soll das heißen?« Er konnte einen Mann so ansehen, daß er sich wünschte, er wäre überall sonst, nur nicht hier, und genau das wünschte sich der Junge jetzt.

»Nun, daß er ... Daß er ganz plötzlich tot umgefallen ist und all das.« Das Schulterzucken des Jungen war eine Geste des Unbehagens.

Benteens Gesicht ließ nichts erkennen, doch das Blut in ihm floß schneller und kälter. Etwas Schweres legte sich auf seine Brust, bis er nicht mehr atmen konnte.

Er nahm verschwommen zur Kenntnis, daß Dollarhide im Hintergrund sagte: »Ich bin bei Tagesanbruch da.«

Er nickte automatisch mit dem Kopf, und der Junge grub seine Fersen in die Flanken des Braunen und ritt fort. Etliche Minuten lang rang Benteen mit der eisigen Unwirklichkeit der Neuigkeit. Hier lag eine Verwechslung vor. Der Junge hatte gar nicht von seinem Vater gesprochen. Alles in ihm wehrte sich dagegen, die Wahrheit zu akzeptieren.

Die Ungewißheit war unerträglich. Er ritt zu Jessie Trumbo.

»Ich reite zur Cee Bar Ranch«, teilte er Jessie ohne jede nähere Erklärung mit. »Du übernimmst die Führung, bis ich wieder da bin.«

»Klar.« Jessie beäugte ihn mit sichtlicher Neugier. In diesem Land folgten einem die Schwierigkeiten immer auf den Fersen. Sein Instinkt konnte die Nähe neuer Schwierigkeiten wahrnehmen. Er hatte diesen Blick schon einige Male auf Benteens Gesicht gesehen, und etwas Gutes hatte dieser Blick noch nie bedeutet.

Benteen ließ den Mustang im Galopp laufen. Als die Ranchgebäude in Sicht kamen, war er so angespannt wie eine Uhrfeder. Sein Pferd schnaubte und atmete schwer, als Benteen auf das Haus zuritt. Eine böse Ahnung lief ihm über den Rücken. Es wurde nicht besser, als er den Rotschimmel im Korral sah. Er trug das Brandzeichen der Ten Bar Ranch.

Er wollte zum Korral reiten, um sich das Brandzeichen aus der Nähe zu besehen, als die Haustür geöffnet wurde und ein Mann auf die Veranda trat. Er hielt eine gespannte, schußbereite Schrotflinte in den Händen. Benteen wirbelte sein Pferd zu dem Mann herum.

»Sie betreten unbefugt privaten Grund und Boden, Benteen.« Die Stimme des Mannes war grob und deutlich.

»Seit wann ist das hier Ten-Bar-Land?« fragte Benteen herausfordernd. Er glaubte, die meisten Männer zu kennen, die für Boston arbeiteten, aber dieser bärtige Mann war ein Fremder.

»Seit Mr. Boston gesagt hat, daß es so ist.« Die Mündung der Schrotflintenläufe wurde wieder auf Benteen gerichtet. »Ich habe Anweisung, unbefugte Eindringlinge zu erschießen, wenn sie nicht freiwillig verschwinden.«

»Noch mehr Anweisungen von Boston?« Benteen war frei von jeder Vernunft, als er sein Pferd direkt auf den Lauf der Schrotflinte zulaufen ließ. Innerlich empfand er nur Kälte und Rücksichtslosigkeit. »Sie wissen, wer ich bin – und Sie wußten, daß ich komme.«

Ich bin auf Ihr Kommen vorbereitet worden, Calder.« Der Mann mit der Schrotflinte wich nicht zurück. »Diese Ranch gehört jetzt zur Ten Bar. Mr. Boston dachte sich, daß es wohl nötig sein wird, Sie davon zu überzeugen.«

»Und wie hat er meinen Vater davon überzeugt?« fragte Benteen mit einem kalten Blick auf die Schrotflinte. »Auch damit?«

»Kann ich Ihnen nicht sagen.« Der Mann bewegte verneinend seinen Kopf, aber er ließ Benteen nicht einmal für einen Sekundenbruchteil aus den Augen. »Schluß mit dem Gerede. Ich werde nicht für's Reden bezahlt. Reiten Sie weiter, Calder.«

Benteen verspürte das starke, rasende Verlangen, sich auf den Mann zu stürzen und ihm den Lauf dieser Schrotflinte in die Kehle zu rammen. Er reagierte nie allzu freundlich auf eine Waffe, die auf ihn gerichtet war. Jetzt behagte es ihm noch weniger als sonst.

Aber das wäre eine Dummheit gewesen. Er brachte den Mustang zum Stehen. Es setzte seinem Stolz zu, sein Pferd zu wenden und von der Ranch zu reiten. Aber es gab noch viele unbeantwortete Fragen. Benteen ritt nach Fort Worth.

5

Benteens Herde war nicht die einzige, die zu Beginn dieses Frühjahrs außerhalb von Fort Worth wartete. In der ganzen Stadt wimmelte es nur so von ungebärdigen Cowboys, die sich mit Proviant für den Viehtrieb nach Norden eindeckten, als Benteen ankam.

Er fühlte einen bleiernen Zorn in sich, als er den Mustang vor dem Haus der Pearces zum Stehen brachte. Er stieg ab, band das Pferd an und ging auf die Haustür zu. Mit schweren Schritten überquerte er die Holzplanken der Veranda und klopfte zweimal an die Tür. Als sie aufgemacht wurde, musterte Benteen mit festem Blick Lornas Gesicht.

Nach einem Moment des verblüfften Wiedererkennens wurde sie bleich. »Du weißt es schon«, flüsterte sie.

»Vater ist tot.« Seine Stimme war ausdruckslos, als er die Bestätigung seiner Worte auf ihrem Gesicht sah.

Lorna nickte knapp und öffnete die Lippen, aber kein Wort kam heraus. Benteen senkte seinen Blick auf die Türschwelle.

Er war betäubt. Er ballte die Hände zu Fäusten und versuchte, die Wahrheit der Worte, die er ausgesprochen hatte, zu akzeptieren, doch in ihm wütete der Protest.

»Wann?« Dieses eine Wort kam grollend aus einem tiefen Winkel in ihm heraus.

»In der ersten Januarwoche.«

Benteen schloß kurz die Augen und nahm das Rascheln ihres langen Rockes kaum wahr. Er zuckte zusammen, als ihre Hand sich auf seinen Arm legte und sie ihm schweigend ihr Mitgefühl anbot. Barsch wies er diese Geste zurück.

»Komm herein«, forderte sie ihn auf.

Er ging an ihr vorbei ins Haus. Rauhe Energien loderten in ihm. Aus dem Eßzimmer kamen Geräusche. Benteen drehte sich um und sah Lornas Mutter. Sie warf nur einen Blick auf ihn und brauchte keine weiteren Erklärungen.

»Kommen Sie in die Küche, Benteen, und trinken Sie einen Kaffee«, forderte sie ihn mit ruhiger Stimme auf, als unterscheide sich sein heutiger Besuch in nichts von seinen anderen Besuchen.

Es lag nahe, ihr ganz automatisch in die geschrubbte Frische der Küche zu folgen. Mit ausdruckslosem Blick sah er ihr zu, als sie ihm aus dem Metallkessel, der auf dem Holzregal stand, eine Tasse einschenkte. Sie stellte sie vor ihn auf den Tisch.

»Ich kann mir nicht vorstellen, daß Sie etwas gegessen haben, oder?« vermutete Mrs. Pearce.

Seine Hand hob sich zu einer Geste, die besagte, Essen sei unwesentlich. »Was ist passiert?« Benteen blieb weiterhin stehen und machte keine Anstalten, sich auf den weiß gestrichenen Stuhl am Küchentisch zu setzen oder den Kaffee zu trinken.

Hinter sich hörte er Lornas Schritte, als sie in die Küche kam. Sein Verstand war nicht in der Lage, an sie zu denken – vielleicht weil sein Herz in diesem Augenblick unfähig zu jeder Empfindung war. Er mußte seine Gefühle ausschalten.

»Der Arzt hat gesagt, es sei das Herz gewesen«, erwiderte Mrs. Pearce, die sich ganz nüchtern auf die Tatsachen beschränkte, ohne sie auszuschmücken. »Als der Arzt gekommen ist, war es für jede Hilfe schon zu spät.«

»Wo war er, als es passiert ist?« fragte Benteen.

»Er war in die Stadt gekommen, um einzukaufen – im Laden meines Mannes«, antwortete sie jetzt präziser.

»War Ihr Mann bei ihm, als er gestorben ist?« Er stürzte sich gierig auf diese Information. Sein Instinkt sagte ihm, daß Judd Boston beim Tod seines Vaters eine Rolle gespielt hatte, und Benteen war entschlossen herauszufinden, wie bedeutsam diese Rolle gewesen war.

»Nun, nicht direkt.« Mrs. Pearce begegnete seinem scharfen Tonfall bei diesem Kreuzverhör mit Geduld. »Ihr Vater hatte meinem Mann eine Liste der Dinge gegeben, die er haben wollte. Arthur fand, Ihr Vater sehe nicht gut aus, und daher hat er vorgeschlagen, daß Ihr Vater sich in sein Büro hinter dem Geschäft setzte, um sich auszuruhen, während die Bestellung zusammengetragen wurde.«

»Dann war er also allein?«

»Ja.« Sie nickte. »Er hatte sich eine Zigarre genommen und meinem Mann gesagt, er solle sie ihm auch gleich auf die Rechnung setzen. Arthur hat gesagt, Ihr Vater sei erst seit wenigen Minuten im Hinterzimmer gewesen, als er ein lautes Geräusch gehört hat – als sei etwas heruntergefallen. Als er hingegangen ist, um nachzusehen, was passiert ist, hat Ihr Vater neben seinem Schreibtisch auf dem Fußboden gelegen. Arthur hat augenblicklich jemanden losgeschickt, um den Arzt zu holen, aber natürlich war es schon zu spät.«

»Hat er irgend etwas über Judd Boston gesagt?« Kalter Zynismus lag in dieser Frage.

Clara Pearce zeigte eine Spur von Unbehagen bei dieser Frage. »Erst hinterher haben wir erfahren, daß Mr. Bostons Bank dem Sheriff die Anweisung gegeben hatte, eine Verfallserklärung der Hypothek auf die Ranch Ihres Vaters zu übermitteln – wegen Ausbleibens der fälligen Zinszahlungen.«

»Und das hat mein Vater Ihrem Mann gegenüber mit keinem Wort erwähnt?« Sein Kiefer zeichnete sich scharf ab.

»Ich …« Sie zögerte und sagte dann widerwillig: »Ich glaube, mein Mann hat eine Bemerkung über die Munitionsmenge gemacht, die Ihr Vater haben wollte. Er hat ihn im Scherz gefragt, ob er die Absicht hätte, Krieg zu führen. Ihr Vater hat gelächelt und gesagt, es sei nur ein Kleinkrieg.«

Benteen wandte sich von ihr ab und stieß tonlos wüste Flüche aus. Er hatte gewußt, daß der Tag kommen würde, an dem sich die Situation seines Vaters drastisch zuspitzte, aber damit, daß es zu einem solchen Ende kommen würde, hatte er nicht gerechnet. »Bitte, setzen Sie sich jetzt doch, und trinken Sie Ihren Kaffee, Benteen«, drängte ihn Mrs. Pearce. »Er wird sonst kalt. Und Hunger haben Sie wahrscheinlich auch. Lassen Sie mich Ihnen eine Mahlzeit richten.«

»Nein.« Ungeduld zog seinen schmalen Mund zu einem Strich zusammen. Er fand ihren weiblichen Glauben, mit Essen ließen sich Dinge lösen und es könne Trost bieten, wo es keinen Trost geben konnte, aufreizend.

Eine innere Wut ließ ihn diese Küche und die weiblichen Versuche, ihn zu trösten, hinter sich zurücklassen. Er wollte keine lindernde Hand, die den brennenden Kummer beschwichtigte, der ihn aus seiner Betäubung herausriß. Die Saat des Zornes wuchs in ihm, und er wollte sie wachsen spüren. Wieder lief er an Lorna vorbei, als sei sie gar nicht da, und er ging weiter, bis er im Wohnzimmer stand.

Lorna hatte damit gerechnet, daß Benteen außer sich sein würde, aber damit hatte sie nicht gerechnet. Sie wäre schockiert gewesen, wenn er geweint hätte, und doch hätte sie geglaubt, er würde mehr Gefühle als diesen kalten Zorn zeigen. Statt dessen hatte er eine Mauer um sich herum aufgebaut, die sie ausschloß. Der Gedanke, daß er sie nicht wollte, war schmerzlich, und genau diesen Eindruck vermittelte er ihr. Sie würden heiraten. Sie würde seine Frau sein. Es war ihre Pflicht, in Zeiten wie diesen an seiner Seite zu sein und sich zu bemühen, seine Qualen zu lindern.

»Was ist los, Mutter?« Ihre bestürzte Stimme war etwas zu hoch. »Er sieht durch mich hindurch, als sei ich gar nicht da, und zu dir war er grob.«

»Kannst du dich noch an den Welpen erinnern, den du gehabt hast, als du klein warst?« Das Verständnis, daß die Erfahrung und die Reife mit sich brachten, stand auf dem sanften

Gesicht ihrer Mutter. »Er wurde von einem Pferd getreten, und als du versucht hast, ihm zu helfen, hat der kleine Hund solche Qualen gelitten, daß er dich gebissen hat. Dieser Welpe wollte dir nicht weh tun, aber er wußte nicht mehr, was er getan hat.«

»Willst du damit sagen, daß Benteen mit einem verwundeten Tier zu vergleichen ist?« Lorna schreckte vor dieser Vorstellung zurück.

»Ich will damit sagen, daß sein Schmerz sehr tief geht«, erklärte ihre Mutter. »Männer scheinen zu glauben, sie müßten solche Gefühle verbergen – und daß wir weniger von ihnen halten, wenn wir sehen, daß sie auch verletzbar sind. Benteen will es nicht zugeben, aber er braucht dich, Lorna.« Wortlos ermutigte sie ihre Tochter, zu ihm zu gehen.

Lorna zögerte, ehe sie schließlich das Risiko einging, wieder zurückgewiesen zu werden. Sie besaß nicht die Einblicke ihrer Mutter in das Denken eines Mannes, aber wahrscheinlich hatten sie sich bei ihrer Mutter in dem jahrelangen Zusammenleben mit ihrem Vater eingestellt.

Als sie das Wohnzimmer betrat, sah sie Benteen neben den Kisten mit der persönlichen Habe stehen, die sie und ihre Mutter von seiner Ranch geholt hatten. Judd Boston hatte ihnen die Erlaubnis gegeben, die persönlichen Gegenstände aus dem Haus zu entfernen. Sie hatten sie bis zu Benteens Rückkehr hier aufbewahrt.

Lorna stellte entgeistert fest, wie alt Benteen wirkte. Seine sonnengebräunten Züge machten einen verhärmten und ausgezehrten Eindruck und zeigten ein Alter, das eher harten Erfahrungen als der Ansammlung von Jahren zuzuschreiben war. Selbst wenn der Schmutz und der Staub des Viehtriebs heruntergewaschen waren, würde sich daran nichts ändern.

Lorna kam sich allzu unschuldig und naiv vor. Wie dumm sie gewesen war zu glauben, sie wüßte die Worte, die ihn trösten konnten, wenn Benteen doch schon soviel mehr erlebt hatte als sie! Was wußte sie denn über den Tod und über Entbehrungen? All das hatte sich doch nur am Rand ihres Lebensbereiches abgespielt.

Er hielt den staubigen, flachen Hut in der Hand, die an seiner Seite herunterhing. Seine behandschuhten Finger griffen so fest zu, daß die fleckige Krempe sich zusammenrollte. Er bückte sich, um die gerahmte Daguerreotypie aufzuheben, die zuoberst auf den zusammengefalteten Kleidern und den verschiedenen anderen Dingen lag, die seinem Vater gehört hatten. Lorna kam durch das Zimmer und blieb dicht hinter ihm stehen. Ihr zärtlicher mitfühlender Blick streifte über die Jacke, die sich auf seinen breiten Schultern spannte. Von ihm ging eine Spannung aus, die die Luft nahezu elektrisch auflud.

»Wir haben versucht, dich zu finden, als dein Vater gestorben ist«, sagte sie zu ihm, und sein harter Blick bohrte sich in sie. »Mr. Boston hat ein paar Männer ausgeschickt, aber sie konnten dich nicht ausfindig machen.«

»Ich glaube kaum, daß er sich allzu sehr bemüht hat.« Benteens Stimme war spröde und trocken, und er starrte jetzt wieder die Fotografie an.

»Daddy hat gesagt, in dieser rauhen Gegend sei es schwer, überhaupt jemanden zu finden«, murmelte Lorna. Sie warf einen Blick auf das Bild der Frau in dem Rahmen, das von ihrem Blickwinkel aus kaum zu erkennen war. »Das ist doch deine Mutter, oder?« Lorna erinnerte sich, daß einer seiner Nachbarn so etwas gesagt hatte. Zu der Beerdigung waren so viele Menschen erschienen und hatten ihr Beileid ausgedrückt, daß sie sich nicht mehr erinnern konnte, wer es gewesen war. »Sie war eine sehr schöne Frau.«

»Ja.« Die knappe Antwort kam barsch heraus.

In ihrem Bemühen zu verstehen, was Benteen empfand, versuchte Lorna, sich an seine Stelle zu versetzen und sich vorzustellen, wie es gewesen sein mußte, ohne Mutter aufzuwachsen und dann den verbliebenen Elternteil zu verlieren. Sie war von ihren beiden Eltern so geliebt worden, daß sie sich ein Leben ohne sie nicht vorstellen konnte.

»Ist deine Mutter gestorben, als du noch ganz klein warst?« äußerte sie in der Hoffnung, er würde vielleicht über seine Mutter reden und dabei mit der Zeit einen Teil des Kummers um seinen Vater herauslassen, den er in sich verschlossen hatte.

Als Benteen herumwirbelte, um sie anzusehen, schockierte Lorna der bittere Haß in seinen dunklen Augen. »Sie ist nicht tot.« Sein Mund stieß die Worte wie ein fauchendes Tier heraus. »Sie ist mit einem anderen Mann davongelaufen und hat uns sitzenlassen.«

»Das wußte ich nicht.« Lorna schreckte ein wenig vor dieser angsteinflößenden Seite seiner Persönlichkeit zurück, die so absolut unbarmherzig und unerbittlich war.

Sein Blick wandte sich schließlich der Daguerreotypie zu. »Mein Vater hat immer noch darauf gewartet, daß sie zu uns zurückkommt, aber sie hat es nie getan.« Seine Tonlage war absolut ausdruckslos, frei von jedem Gefühl. »Er hat in all diesen Jahren nicht ein einziges Mal von ihr gehört, aber er hat trotzdem auf sie gewartet.« Ein leichtes Beben ging durch die behandschuhte Hand, die das Bild hielt. Es war auch aus seiner gesenkten Stimme herauszuhören, als Benteen wieder sprach – ein Beben des Zornes. »Jetzt braucht er nicht mehr auf sie zu warten.«

Im Kamin brannte ein kleines Feuer, das der Frühlingsluft die Schärfe nahm. Benteen drehte sich abrupt um und schleuderte die Daguerreotypie mitsamt dem geschnitzten Holzrahmen in den Kamin. Glas zersplitterte und brach, als es gegen die Feuerböcke prallte, auf denen die glühende Asche eines brennenden Holzscheits lag. Lorna zuckte schockiert zusammen, fing sich aber sofort wieder und griff nach dem Feuerhaken, um das Bild zu retten, ehe es Feuer fing.

In dem Moment, in dem Benteen ihre Absicht erkannte, legten sich seine Finger schmerzhaft fest um ihr Handgelenk. »Laß es brennen, Lorna.«

»Nein.« In ihren Augen brannten Tränen, und sie konnte ihn überhaupt nicht mehr verstehen. Zum ersten Mal in ihrem Leben widersetzte sie sich männlicher Autorität. »Ich lasse nicht zu, daß du das Bild deiner Mutter verbrennst, ganz gleich, was sie auch getan hat.«

»Es ist ein Bild meiner Mutter«, fauchte er sie an. »Ich bestimme, was damit geschieht.«

»Nein, das bestimmst du nicht!« Sie nahm den Schürhaken in die andere Hand und zog den Holzrahmen von den winzigen Flammen fort, die an ihm züngelten. »Es ist ein Bild der Großmutter unserer Kinder. Wir werden es behalten.«

Lorna zitterte, weil sie spürte, welcher Zorn um sie herum brandete. Sie rechnete jeden Moment damit, daß Benteen sie schlagen würde, und sie spürte intensiv die drohende Gewalttätigkeit. Ihre Hand zitterte sehr, aber sie setzte ihre hektischen Bemühungen zur Rettung des Bildes fort.

Sein Griff hatte die Durchblutung ihrer Finger fast unterbrochen, als er plötzlich ihr Handgelenk losließ. »Sie hat es verdient, in der Hölle zu schmoren!« Er krächzte dieses Verdammungsurteil heraus. »Behalte du es, wenn du willst, aber ich will es in meinem ganzen Leben nie wiedersehen.«

Ihre Knie sackten unter ihr ein, als seine langen Schritte ihn vom Kamin forttrugen. Lorna kniete geschwächt vor dem Kamin. Sie hatte die Daguerreotypie gerettet. Die Haustür schlug hinter ihm zu, als er das Haus verließ.

»Was ist passiert?«

Lorna warf einen Blick über ihre Schulter. Ihre Mutter stand im Wohnzimmer, und ihr Ausdruck wirkte besorgt. Ohne bewußt wahrzunehmen, daß ihre Loyalität sich innerlich verlagert hatte, beantwortete Lorna ihre Frage nicht. Die zornigen und erbitterten Gefühle, denen Benteen ihr gegenüber Ausdruck verliehen hatte, waren etwas ganz Persönliches, was man nicht weitererzählen durfte, noch nicht einmal ihrer Mutter.

Sie stellte den Schürhaken wieder hin, wandte sich der Glut des Feuers zu und zog behutsam den heißgewordenen Holzrahmen aus der grauen Asche. An einigen Stellen war der Rahmen am Rand verkohlt, und eine Ecke der Daguerreotypie war angesengt und gelblichbraun. Die blonde Frau mit den dunklen Augen lächelte Lorna aus dem Bild an, unversehrt von den Flammen. Lorna blies die dünne Aschenschicht von dem Bild und stand auf. Sie fühlte sich jetzt nicht mehr schwach.

»Würdest du das bitte in meine kleine Truhe packen?« Sie drückte ihrer Mutter das gerahmte Bild in die Hand, ohne ihre Frage zu beantworten. »Ich werde es für Benteen aufheben.«

»Ja, ich packe es für dich weg.« Sie sah stirnrunzelnd die Spuren des Feuers an, und ihr fragender Blick streifte über Lornas Gesicht. Traurigkeit trat auf ihre Züge, als Clara Pearce eine ganz neue Reife in den Augen ihrer Tochter sah. Sie wurde erwachsen – und sie löste sich von ihr. Nur dieser eine flüchtige Blick, und dann wandte Lorna sich ab und nahm ihren schweren Schal von der Sofalehne.

»Ich gehe Benteen suchen«, sagte sie und ging zur Tür.

Als Lorna aus dem Haus kam, sah sie Benteen, der gerade sein Pferd losband. Sie zog sich den Wollschal dichter um die Schultern und eilte die Stufen hinunter zu den Pflöcken des Tores.

Bis auf einen Blick, als sie das Tor erreichte, nahm Benteen keine Notiz von ihr. Sie wußte, daß er aufsteigen und fortreiten würde, wenn sie ihn nicht zurückhielt. Sie wollte nicht, daß sie im Streit auseinandergingen, erst recht nicht jetzt, nachdem er gerade erst vom Tod seines Vaters erfahren hatte.

»Würdest du mir helfen, Dandy vor den Wagen zu spannen, Benteen?« fragte sie, um das Schweigen zwischen ihnen zu brechen. »Ich möchte mit dir zum Friedhof fahren und dir zeigen, wo wir deinen Vater begraben haben.«

Als er sie endlich ansah, war keine Spur mehr von dem Zorn zu erkennen, der bisher gegen sie gerichtet gewesen war. Lorna fiel das Atmen leichter. Aber sein Ausdruck war immer noch hart und verschloß seine Gefühle, damit niemand sie sehen konnte.

»Ja.«

Im Stall schwiegen sie, und als Lorna zur Seite rückte, weil sie hoffte, Benteen würde sich neben sie setzen, reichte er ihr die Zügel und stieg auf sein Pferd.

Als sie den Friedhof erreicht hatten, stieg er von seinem Pferd und hob Lorna aus dem Wagen.

»Sein Grab ist unter dieser großen Eiche«, sagte sie und deutete darauf. »Ich hoffe, daß es dir recht ist.«

»Ja.« Seine Antwort, die er durch geschlossene Lippen herauspreßte, sagte gar nichts.

Einen Moment lang glaubte Lorna, Benteen würde ihr den stummen Wunsch abschlagen, ihn zum Grab zu begleiten. Dann legte sich sein Arm um sie. Gemeinsam gingen sie über den Weg, der durch den Friedhof zu der großen Eiche führte.

Der Winter hatte den Baum entlaubt und sein symmetrisches Skelett aus Ästen und Zweigen, die vom Stamm abgingen, freigelegt. Nur eine Andeutung der ersten grünen Knospen war zu erkennen. Wind ließ das verstreute Laub rascheln, ein einsamer Laut, der durch das schlichte Holzkreuz, das am Kopf des länglichen Berges aufgeschütteter Erde stand, noch betont wurde. Der dunkle Umriß setzte sich klar gegen die Mischung aus braunem Gras und neuen grünen Halmen ab, die dazwischen sprossen.

Als sie vor dem Grab standen, fiel seine Hand von ihrem Rücken. Aus dem Augenwinkel sah Lorna, daß er seinen Hut absetzte und ihn mit beiden Händen vor sich hielt. Der Wind zerzauste die Spitzen seines dunklen Haares, als er auf das Kreuz starrte. Die Inschrift lautete ganz schlicht: »Seth Calder. RIP.«

»Wir wußten das Geburtsdatum deines Vaters nicht«, erklärte sie leise. »Wir dachten, so kannst du nach deiner Rückkehr dazuschreiben, was du willst.«

»Ja, das ist gut.«

»Sehr viele Freunde und Nachbarn deines Vaters sind zu seiner Beerdigung gekommen.« Lorna dachte, daß ihn das vielleicht freuen würde.

»Ich bin froh, daß er es nicht erleben und mitansehen mußte, wie Boston sein Land an sich gerissen hat.« Ein Muskel in seinem Kiefer zuckte.

»Mr. Boston fand es sehr schlimm, daß seine Bank gezwungen war, diesen Standpunkt einzunehmen.« Lorna war sich nicht sicher, weshalb sie die Notwendigkeit verspürte, das Vorgehen des Bankiers zu verteidigen.

Sein Blick durchbohrte sie. »Ist Boston zur Beerdigung gekommen?«

»Nein, aber er ist am gleichen Abend bei uns zu Hause vorbeigekommen, um sein Beileid auszudrücken«, erklärte sie. »Mr. Boston war außer sich, weil die Möglichkeit bestand, daß die Streichung der Hypothek den Tod deines Vaters beschleunigt hat.«

»Ich möchte wetten, daß er außer sich war.« Seine Stimme war trocken und sarkastisch.

Ihre Stirn legte sich langsam in Falten. »Du willst doch gewiß nicht ihm die Schuld daran geben, was hier passiert ist. Ich bin sicher, daß das eine Entscheidung ist, die ihm aufgezwungen worden ist. Ich weiß doch, wie viel es meinem Vater ausmacht, wenn er einem langjährigen Kunden wegen überfälliger Rechnungen den Kredit streichen muß.« Lorna wandte ihren Blick ab, denn seine Haltung erschien ihr irgendwie aufreizend. »Ich bin sicher, daß er so lange wie möglich damit gewartet hat.«

»So, du bist sicher?« murmelte Benteen.

»Ja, und ich kann nicht verstehen, warum du dich so verhältst«, gab sie schließlich zu. »Er und dein Vater waren Nachbarn, und du hast selbst etliche Jahre lang für ihn gearbeitet. Ich bin sicher, daß er sich als Bankier in einer sehr peinlichen Lage befunden hat.«

»Boston wollte schon seit Jahren das Weideland und das Wasser der Cee Bar Ranch. Während all der Zeit hat er meinen Vater langsam, aber sicher ausgequetscht. Jetzt hat er, was er schon immer haben wollte. Die Cee Bar Ranch gehört ihm.« Benteen drückte sich den Hut wieder auf den Kopf und zog ihn vorn und hinten nach unten. »Ich weiß seit Jahren, daß er die Ranch haben will, und mein Vater hat es auch gewußt. Boston tut nur so, als sei er außer sich, damit er in den Augen der Stadt einen guten Eindruck macht. Glaub ihm nichts.«

Benteen nahm ihren Ellbogen, wandte sich von dem Grab ab, drehte sie mit sich um und führte sie zu dem Wagen zurück. Das, was er über die Motive des Bankiers gesagt hatte, hatte er mit einer solchen Sicherheit gesagt, daß Lorna sich fragte, ob sie nicht allzu bereitwillig nur das Beste geglaubt hatte. Sie war es gewohnt, Menschen zu vertrauen.

»Warst du seit deiner Rückkehr schon auf der Ranch?« Sie bemühte sich, gleichzeitig sein Gesicht und den Boden, auf den sie ihre Füße setzte, im Auge zu behalten.

»Ja.« Von seinem schwachen Lächeln ging etwas Unangenehmes aus. »Judd Boston hatte bereits ein Empfangskomitee für mich bereitgestellt.«

»So?« Die Wahl seiner Worte verwirrte sie.

»Ein Mann mit einer Schrotflinte hat mich schon erwartet, um sicherzugehen, daß ich mich nicht allzu lange unbefugt auf fremdem Boden aufhalte«, erklärte Benteen. Als sie vor dem

Wagen standen, blieb er stehen und warf noch einen Blick auf den Friedhof. »Der letzte Grund, den ich hatte, in Texas zu bleiben, liegt hier begraben. Das ist das letzte Mal, daß ein Calder in der Erde von Texas begraben worden ist.«

Dieses Gelübde hatte etwas Unheimliches an sich, und es erschreckte Lorna. Das war eine Seite von ihm, die sie weder kannte noch verstehen konnte. Sie schlang ihre Arme um ihn, drückte ihn fest an sich und preßte ihre Wange an seine Jacke, um ihr Gesicht vor ihm zu verbergen. »Sag so etwas nicht, Benteen«, murmelte sie. Jetzt war sie diejenige, die Trost brauchte.

Seine Hände packten mit festem Griff ihre Oberarme, um sie von seiner Brust zu stoßen. Lorna ließ ihre Hände auf seiner Taille liegen und senkte die Lider. Seine Hände glitten zu ihrem Nacken und in das lange Haar hinauf und zwangen sie, den Kopf zu heben und ihn anzusehen.

»Wie schnell läßt sich die Hochzeit arrangieren?« fragte er ruhig, aber eindringlich. »Ich will, daß wir fortgehen, sobald ich den Proviant und die Pferde habe, die wir für den Viehtrieb brauchen.«

Sie hatten so lange gewartet, daß Lorna nicht verstehen konnte, warum jetzt alles überstürzt werden sollte. Sie hatte sich bemüht, nicht daran zu denken, daß sie die sichere Welt verlassen würde, die sie schon immer gekannt hatte. Die Lederhandschuhe lagen rauh auf der zarten Haut ihrer Wangen.

»Warum hast du es denn so eilig mit dem Weggehen?« flüsterte sie.

»Du bist das einzig Gute, was ich je in Texas gefunden habe«, murmelte Benteen. Nur einen Moment lang glitt die Maske herunter und legte den Schmerz und die Bitterkeit seines gequälten Gesichtes frei.

Dann schienen seine dunklen Augen sie als ein Ganzes in sich aufzusaugen. Sie nahm nur unterbewußt wahr, daß sie langsam in seine Arme gezogen wurde. Er senkte seinen Mund auf ihre Lippen und nahm sie sich mit roher Kraft. Sie schlang ihre Arme um seine schmale Taille und ließ sich von seiner Körperwärme, die sie umgab, aufwärmen.

Benteen konnte in der zarten weiblichen Gestalt, die sich an ihn preßte, das pulsierende Leben spüren. Er war von soviel

Tod umgeben und brauchte die Erneuerung, die ihr Körper ihm geben konnte. Er nährte sich an ihren Lippen, verschlang sie mit einer Gier, die sie zwang, sich zu öffnen. Seine feste Zunge erkundete den Raum, den sie sich geschaffen hatte.

Bei diesem Vordringen zuckte Lorna zusammen. Es war ein ganz neues Gefühl, und es war irgendwie spannend. Sie wurde etwas lockerer, als sie spürte, daß es ihm Vergnügen bereitete, daß damit ein Bedürfnis, das er im Moment hatte, gestillt wurde. Das war es auch, was sie mit dieser Umarmung bezweckte.

Die Intimität löste eine instinktive Wechselwirkung aus. Damit ging ein allmählicher Wandel in ihren Wünschen einher, die sich zu etwas hinwandten, was sich mehr um sie selbst drehte. Es wurde immer weniger zu einem Geben und immer mehr zu einem Nehmen, als innere Bedürfnisse ihre Wünsche zu diktieren begannen. Als ihr Mund sich mit seinem paarte, wurde ihr von Kopf bis Fuß ganz heiß, und sie loderte in einem Feuer, von dem sie nicht wußte, wie sie es löschen sollte.

Sein strammer, muskulöser, fester Körper übte seinen Druck auf sie aus, preßte sie gegen das unnachgiebige Holz des Wagens. Der lange Rock ihres Kleides wurde vom Wind um seine Beine gepeitscht. Der kühne Winkel, in dem er seine Hüften an sie preßte, hatte etwas Nachdrückliches, was sie nicht verstehen konnte. Seine Hände lagen unter ihrem Schal und drückten auf ihre Wirbelsäule, um sie näher zu ihm zu ziehen. Lorna stand auf den Zehenspitzen und bemühte sich, ihm die Nähe zu geben, die er forderte, und sie empfand herbe Enttäuschung, als es ihr mißlang.

Seine Arme ließen sie los. Sie war im ersten Moment verwirrt, denn sie wollte gar nicht, daß diese Umarmung endete. Eine Hand glitt seitlich über ihre Rippen. Sie stemmte sich dagegen, weil sie glaubte, Benteen wolle sie mit Gewalt aus seinen Armen stoßen. Statt dessen bewegte sich seine Hand auf ihre Brust, nahm deren reife Fülle ganz in Besitz und preßte sich gegen den Stoff ihres Kleides.

Ein Inferno an Empfindungen schien in ihr loszubrechen. Einen Sekundenbruchteil gab sie sich ihnen hin, bis sie die sündige Lust erkannte, von der sie besessen war. Sie versuchte, sich aus seinen Armen loszureißen, aber sie konnte nach keiner Seite ausweichen. Hinter ihr war der Wagen, der sie in diese Mauer von einem Mann stieß.

Ihre Finger schienen völlig kraftlos zu sein, als sie versuchte, seine Hand von ihrer Brust zu ziehen. Sie atmete so schwer, als sei sie eine weite Strecke gelaufen. Ihre Wangen waren vor Scham über ihr zügelloses Benehmen scharlachrot. Lorna hob den Kopf und sah forschend und ängstlich in sein Gesicht. Sie fürchtete, er könnte schockiert sein, weil sie ihn praktisch dazu aufgefordert hatte, sie so zu behandeln wie eines dieser schmutzigen Täubchen, die sie in der Nähe des Saloons gesehen hatte. Aber die Sehnsucht in seinen Augen ließ sie fast wünschen, sie hätte ihn nicht zurückgehalten.

Benteen trat einen halben Schritt zurück, und sein Unterkörper preßte sie nicht länger gegen den Wagen. Sein Blick fiel auf die Hand auf ihrer Brust, und er nahm sie langsam von ihr.

»Das hätte ich dich nicht tun lassen dürfen«, flüsterte Lorna hastig. »Ich weiß nicht, was in mich gefahren ist. Du denkst jetzt bestimmt …«

»… daß ich mich in dir begraben möchte«, beendete Benteen den Satz für sie, doch die Bedeutung seiner Bemerkung war an ihre Unschuld vergeudet. Er schien es selbst zu merken, als sich einer seiner Mundwinkel zu einem kläglichen Lächeln verzog. »Wir sollten am besten verdammt schnell heiraten, Lorna. Ich brauche dich nämlich.«

»Ich brauche dich auch«, murmelte sie, aber sie sprach nur von ihren Gefühlen.

»Was du mit mir anstellst, Frau.« Dieser unverständliche Satz wurde von einem leichten Kopfschütteln begleitet. »Ich werde bis zu unserer Hochzeitsnacht steinhart sein.«

Die noch größeren Intimitäten, die diese Nacht mit sich bringen würde, ließen einen Schauer durch sie hindurchlaufen. Noch mehr ließen ihre möglichen Reaktionen sie zittern. Der Schal war auf ihre Arme heruntergerutscht. Benteen zog ihn sacht wieder um ihre Schultern.

»Es wird kühl. Wir sollten sehen, daß du nach Hause kommst, ehe du dich verkühlst.«

»Kommst du heute zu uns zum Abendessen?« fragte sie,

denn jetzt war er endlich wieder da, und sie wollte nicht, daß er sie wieder verließ.

»Ich muß zurückreiten und nach der Herde sehen«, lehnte er ab. Dann versprach er: »Morgen komme ich in die Stadt. Dann sehen wir uns.«

Er half ihr beim Einsteigen. Diesmal kletterte er auf den Sitz neben ihr, nahm die Zügel in die Hand und kutschierte sie zum Haus der Pearces zurück.

6

Bei einem Viehtrieb nahm der Koch den zweitwichtigsten Rang ein, direkt nach demjenigen, der den Viehtrieb durchführte, dem Boß. Die meisten Treiber hielten ihn sogar für den wichtigeren von beiden, insbesondere dann, wenn er etwas vom Kochen verstand. Er bereitete nicht nur die Mahlzeiten zu und hielt ständig eine Kanne heißen, starken Kaffee bereit, sondern er verarztete auch die Männer und die Pferde, und außerdem wurden ihm die persönliche Habe und das Geld anvertraut. Gelegentlich zog er auch Zähne und schnitt Haare. Der Koch konnte das Leben für die Dauer eines Viehtriebs angenehm gestalten oder es zur reinsten Hölle machen.

Es gab nur einen Mann, den Benteen haben wollte – einen mißmutigen alten Seebär, der behauptete, der persönliche Koch eines Admirals gewesen zu sein. Sein Name war schon vor langer Zeit in Vergessenheit geraten, und wahrscheinlich hatte sogar er selbst ihn vergessen, und zwar, seit einmal ein Cowboy behauptet hatte, sein Kaffee schmeckte ›rostig‹. ›Rusty‹ hatte die Kanne über den Kopf des Cowboys gegossen. Seitdem hatte niemand mehr den Fehltritt begangen, seinen Kaffee als rostig zu bezeichnen, doch der Name war an ihm hängengeblieben.

Rusty war bei zwei Viehtrieben, die Benteen als Boß durchgeführt hatte, Koch gewesen. Er ließ sich von Benteen überreden, sein Angebot anzunehmen und ein drittes Mal einen Viehtrieb mit ihm durchzuführen. Er behauptete, es sei weniger eine Frage davon, daß er gern für Benteen arbeite, sondern weil er sich das Montana Territory ansehen wolle. Die Schuld daran gab er der Wanderlust seiner Seele.

Gemeinsam suchten Rusty und Benteen den Proviantwagen aus, da dieser in den nächsten Monaten Rustys Domäne sein würde. Der Mann, bei dem sie ihn kauften, nannte Benteen den Namen eines Mannes, der einen Planwagen zu verkaufen hatte. Er ließ den Zettel in seine Tasche gleiten und ging mit Rusty zum Pearce's Emporium, dem Laden der Pearces.

Nachdem er Arthur Pearce Rusty vorgestellt hatte, erklärte er Lornas Vater: »Rusty ist für meinen Viehtrieb als Koch engagiert. Er wird Ihnen selbst sagen, was er an Vorräten braucht. Ich komme später vorbei und bezahle die Rechnung.«

Das einfachste Mittel, sich mit Rusty schlecht zu stellen, war, ihn zu sagen, wieviel Mehl, Melasse, Essig, Zucker, Speck und dergleichen benötigt wurde. Daher überließ Benteen Rusty die Entscheidung, welche Mengen er für nötig hielt.

»Lorna hat mich gebeten, Ihnen zu sagen, daß sie mit Ihnen reden möchte, falls ich Sie heute sehe«, gab ihr Vater die Nachricht weiter.

»Ein gewisser Davies hat einen Wagen zu verkaufen. Ich werde erst ihn aufsuchen und dann Lorna zu Hause besuchen«, sagte Benteen.

»Heute nachmittag ist sie nicht zu Hause«, teilte Arthur Pearce Benteen eilig mit. »Sie und meine Frau gehen heute nachmittag in das Modewarengeschäft, um ihren Brautschleier auszusuchen. Dann wollten sie noch zur Kirche gehen, um mit dem Geistlichen zu sprechen.«

Belustigung stand in Benteens Blick. »Und was soll ich jetzt tun? Kreuz und quer durch die Stadt laufen und versuchen, sie irgendwo einzuholen?« Er schüttelte den Kopf über die wunderlichen Einfälle des weiblichen Geschlechts.

»Ich werde es ganz einfach ausrichten.« Arthur Pearce lächelte verständnisvoll.

Nachdem er den Laden wieder verlassen hatte, machte sich Benteen als erstes auf die Suche nach dem Mann, der den Wagen zu verkaufen hatte. Die Dinge, die er noch kaufen mußte, schienen ins Unendliche zu gehen. Seine Taschen wurden ständig leichter.

Den Wagen brauchten sie für den Transport der Dinge, die sie in ihr neues Zuhause in Montana stellen wollten, aber auch für ihre persönliche Habe. Außerdem konnte Lorna sich dort zurückziehen, und auch der Luxus eines Bettes war ihr vergönnt. Er erwartete nicht von ihr, daß sie sämtliche Härten, die den anderen vertraut waren, auf sich nahm.

Er brauchte noch zwanzig Pferde, da ihm achtzig Pferde gerade ausreichend für den Viehtrieb erschienen. Weiteres Geld kostete ihn der Lohn der Cowboys, die die Rinder eingefangen hatten. Als er sein Vorhaben in Angriff genommen hatte, waren ihm elfhundert Dollar als eine üppige Summe für den Viehtrieb erschienen. Jetzt wünschte Benteen, er hätte sich im Frühjahr des vergangenen Jahres die Zeit genommen, weitere zwanzig Stück Vieh einzufangen, die er gemeinsam mit der Ten-Bar-Herde hätte verkaufen können, die er für Boston nach Wyoming gebracht hatte. Statt dessen hatte er sich mit nur dreißig eigenen Stieren zufriedengegeben. Andernfalls hätte er jetzt zwei- oder dreihundert Dollar mehr gehabt.

Einen der Stiere würde er in Dodge City verkaufen, vorausgesetzt, daß die Fleischpreise dort annehmbar waren. Dieses Geld würde er brauchen, um die Treiber zu bezahlen, wenn sie Montana erreichten. Er dachte einen Moment lang an Barnie und fragte sich, wie der Winter wohl gewesen sein mochte. Das Wissen, das Barnie in diesem einen Winter in Montana angesammelt hatte, würde von unschätzbarem Wert sein, wenn erst der nächste Winter kam.

Benteen ging zum Mietstall und fand Stoney vor, der gerade ein Pferd beschlug.

»Hallo, Stoney«, begrüßte er den Mann.

»Hallo, Benteen.« Stoney hielt ihm die Hand hin. »Eine traurige Geschichte, das mit deinem Vater. Hab' gehört, daß du dich bald auf den Weg machst.«

»In drei Tagen.« So hatte er es geplant.

»Direkt nach der Hochzeit, was?« Stoney grinste, und in seine Augen trat ein mehrdeutiges Grinsen. »Glaubst du, du bist in der Verfassung, dich dann auf ein Pferd zu setzen?«

Benteen lächelte und ließ ihm die Äußerung unbeantwortet durchgehen. »Ich habe gehört, daß ein Mann, der Davies heißt, einen Wagen zu verkaufen hat.«

»Stimmt.« Stoney nickte. »Schon wieder einer dieser Farmer«, sagte er, wobei er in den Staub spuckte. »Die werden da oben im Norden fett. Hab' gehört, daß sie das Wasser schon einzäunen.«

»Ist das wahr?« Er steckte diese Information zu den anderen in seinem Kopf, ein Archiv des Wissens darüber, was einem bei einem Viehtrieb bevorstand. Viehtriebe sahen so aus, daß man von einer Tränke zur nächsten zog. »Was ist mit dem Wagen?«

»Er steht hinter dem Stall«, erwiderte Stoney. »Davies hat ihn dort stehen lassen. Er hofft, daß er ihn verkaufen und einen Batzen Geld damit machen kann, um Saatgut zu kaufen. Ich habe ihm gesagt, er soll seine Sachen packen und weiterziehen. Ein stures Pack, diese Farmer.«

»In welchem Zustand ist der Wagen?« Benteen würde ihn sich selbst ansehen, aber es konnte nie schaden, auch einen anderen zu fragen.

»Zum Teufel, so gut wie neu. Er hat ihn aus Kansas mitgebracht. Er schwört, daß er nie mehr dorthin zurückgeht.« Stoney kicherte in sich hinein. »Daraus kann man ihm keinen Vorwurf machen.«

»Ich werde mir den Wagen ansehen«, sagte Benteen.

»Du wirst ihn billig bekommen. Wie ich dir schon sagte – der Narr braucht Geld für das Saatgut.«

Ein gutes Geschäft wäre Benteen jetzt gelegen gekommen. Er glaubte, seinen Namen zu hören, als er um den Stall herumlief, aber auf der Straße herrschte ein solcher Tumult, daß er nicht sicher war. Er sah sich um.

»He! Calder!« Ein Wagen kam klappernd auf die Ställe zu, und auf dem Kutschbock saßen ein Mann und eine Frau.

Benteen trat ein paar Schritte zurück, als er Ely Stanton erkannte. Ely ließ die Pferde vor dem Stall anhalten.

»Hallo, Ely«, begrüßte Benteen den Mann, und dann legte er seine Finger an die Hutkrempe und nickte der Frau, die neben ihm saß, respektvoll zu.

»Ich bin nur in der Stadt, weil ich dich suche.« Ely lächelte, in Benteens Erinnerung ein äußerst seltenes Vorkommnis. »Das ist meine Frau Mary. Ich glaube, ihr habt euch noch nicht kennengelernt. Das ist Mr. Calder, Schätzchen.«

»Es freut mich, Sie kennenzulernen, Mrs. Stanton«, erwiderte Benteen auf diese Vorstellung hin.

»Es ist mir eine Ehre, Mr. Calder«, erwiderte sie. Sie wirkte schlicht und machte den Eindruck, als hätte sie keinerlei Flausen im Kopf. Sie war eine Frau von der Sorte, unter deren Pantoffel ein Mann durchaus geraten konnte, wenn er sich nicht vorsah. Aber sie hatte auch eine Stärke und Beständigkeit an sich, die Benteen gefiel. »Mr. Stanton hat mir schon viel von Ihnen erzählt. Wenn auch nur die Hälfte davon stimmt, müssen Sie ein ganz beachtlicher Mann sein.«

Ely warf ihr einen unwilligen Blick zu, um sie zum Schweigen zu bringen. Benteen belustigte die derbe Offenheit dieser Frau – schließlich war er nicht mit ihr verheiratet. Mary Stanton ließ sich ganz bestimmt nicht von der Überlegenheit eines Mannes einschüchtern.

»Ely hat Sie auch schon mehrfach erwähnt«, erwiderte Benteen, und die Frau wirkte ein wenig betroffen, als sei ihre Direktheit ein Wesenszug, gegen den ihr Mann einiges einzuwenden hatte, doch sie verstand es, ihre Gefühle zu verbergen.

»Ich bin gekommen, um dir zu sagen, daß ich mich entschlossen habe, dein Angebot anzunehmen, und daß Mary und ich mit dir reisen«, sagte Ely, wobei er einen gewissen Nachdruck auf seine Rolle im Entscheidungsprozeß legte und damit seine Rolle als Familienoberhaupt wieder festigte.

»Aber nur bis Dodge City«, warf Mary ein. »Von dort aus reisen wir weiter nach Iowa. Ich habe Verwandte dort.«

»Das sagte Ely schon«, versicherte Benteen ihr, doch er hatte den Verdacht, daß Ely nicht viel Freude an dieser Reise hatte. Benteen konnte es kaum mit ansehen, wie ein Mann, der soviel von Rindern verstand wie Ely, sich als Farmer niederließ, der nur noch den Boden bewirtschaftete, aber schließlich war es nicht sein Leben.

»Ich wollte mich nur vergewissern, daß das auch klar ist.«

Aber diese Reaktion von ihrer Seite wandte sich mehr an ihren Mann als an Benteen.

»Ja, das ist mir klar.« Er tat so, als nehme er diesen Austausch zwischen Mann und Frau nicht wahr. »Wir planen, in drei Tagen aufzubrechen. Du bist mir mit deiner Frau willkommen, und ihr könnt euch der Herde anschließen, sobald ihr gepackt habt und fertig seid.«

»Wir sind übermorgen nachmittag da«, sagte Ely, und seine Frau wandte nichts dagegen ein.

»Benteen!«

Er erkannte Lornas Stimme und drehte sich um. Sie stand mit ihrer Mutter mitten auf der Straße, und ihm war ein quälender Blick auf einen wohlgeformten Knöchel vergönnt, als sie ihre Röcke hob, um einem Pferdefahrzeug auszuweichen. Innerlich stöhnte er bei dem Gedanken, noch zwei Tage warten zu müssen, bis sie ihm gehörte und es mit diesen flüchtigen ›Ausblicken‹ ein Ende hatte.

»Hallo.« Trotz ihres damenhaften Auftretens stand ein lebhaftes Funkeln in ihren braunen Augen. »Wir sind auf dem Weg zur Putzmacherin in Vaters Laden gekommen. Er hat gesagt, daß du hier sein mußt.«

»Ich bin hier, weil ich mir einen Wagen ansehen will, der deine gesamte kostbare Pracht befördern kann«, sagte er im Scherz. Dabei bezog er sich auf die vielen bestickten Leintücher und die anderen Haushaltsgegenstände, die sie für ihr neues Heim zusammengetragen hatte.

»Dann sollte es doch eher ein großer Wagen sein«, sagte Lorna lächelnd.

Er legte eine Hand unter ihren Ellbogen und drehte ihr Gesicht zu dem Wagen der Stantons um. »Lorna, ich möchte dir Ely Stanton und seine Frau Mary vorstellen. Sie werden einen Teil der Strecke mit uns reiten.« Dann stellte er sie vor. »Das ist meine Verlobte Lorna Pearce, und das ist ihre Mutter, Mrs. Clara Pearce.«

Benteen war viel zu sehr damit beschäftigt, Lorna zu beobachten, und daher fiel ihm nicht auf, wie bedrückt Mary Stanton während dieser Begrüßung war.

»Sie haben noch gar nicht erwähnt, daß ein weiteres Paar

mit Ihnen und Lorna reisen wird«, bemerkte Mrs. Pearce, die sich über diese Wendung der Ereignisse freute.

»Die Entscheidung ist gerade erst getroffen worden«, gab Benteen zu. »Aber ich dachte mir, Lorna würde sich freuen, wenn sie für einen Teil der Reise die Gesellschaft einer anderen Frau hat. Als Ely von seinen Plänen gesprochen hat, habe ich die beiden aufgefordert, mit uns zu reisen.«

»Ich bin froh, daß du das getan hast.« Die Vorstellung, eine andere Frau zu haben, mit der sie reden konnte, ließ Lorna die gesamte Reise, die sie unternehmen wollten, erfreulicher und einfacher erscheinen.

Ihre Mutter teilte diese Erleichterung aus einem anderen Grund. Sie war zwar zuversichtlich und glaubte fest daran, daß Benteen auf Lorna aufpassen würde, und doch hatte es ihr Sorgen bereitet, daß ihre Tochter in einem ganzen Lager von Männern die einzige Frau sein sollte – in einer Horde von trinkenden, zechenden Cowboys. Sie hatte von ihren wilden Gelagen in der Stadt gehört, von ihren Streifzügen, bei denen es zu blutigen Kämpfen kommen konnte, von den Schießereien und von dem rauhen Umgang mit Frauen. In den Straßen von Fort Worth war eine Dame nicht sicher – jedenfalls nicht abends und nicht in allen Straßen. Ihr Mann hatte ihr wiederholt versichert, es bestünde kein Anlaß zur Sorge, aber Clara war sich dessen nicht so sicher gewesen. Jetzt hatte Lorna wenigstens eine andere ehrbare Frau an ihrer Seite und würde nicht allein sein.

Lorna drehte sich zu der Frau um, die im Wagen saß, und lächelte sie an. »Ich freue mich darauf, daß wir einander näher kennenlernen werden.« Sie unterbrach sich einen Moment lang und fragte dann: »Darf ich Sie Mary nennen?«

»Ja, bitte«, murmelte Mary Stanton. Sie musterte sie mit einem verhohlen abschätzenden Blick und nahm die weiße Haut wahr, die immer gegen die verheerenden Strahlen der Sonne geschützt gewesen war, die weißen Handschuhe, die die glatten, zarten Hände bedeckten.

Da sie als eines von vielen Kindern eines Farmers aufgewachsen war, wußte Mary Stanton alles über harte Arbeit und ein schweres Leben. Sie war eine brave, gottesfürchtige Frau.

Sie beugte sich keinem Manne, aber es gab Angehörige ihres eigenen Geschlechts, die ihr ihren eigenen Mangel an Bildung und Finesse des Auftretens deutlich bewußt machten. Lorna Pearce war eine dieser Frauen. Daher begegnete sie der jungen Frau mit zwiespältigen Gefühlen. Einerseits bemitleidete Mary das Mädchen, weil es sich keine Vorstellung von den harten Zeiten machte, die vor ihr lagen, aber andererseits beneidete sie sie um ihr damenhaftes Auftreten, um ihre kultivierte Sprechweise und um ihr makelloses Aussehen. Das erklärte auch, warum ihre Zunge plötzlich verstummte. Sie wollte nicht, daß Lorna herausfand, daß sie nicht ihresgleichen war.

»Dein Vater hat gesagt, du müßtest mich heute nachmittag noch sprechen.« Benteen erinnerte Lorna an die Nachricht, die ihm übermittelt worden war.

»Ja. Reverend Matthews will uns morgen früh in der Kirche sehen.« Ihre Lippen verzogen sich auf eine zimperliche Weise, die provokativ zu wirken schien. »Ich vermute, er hat vor, uns einen Vortrag über die Heiligkeit der Ehe und über unsere Pflichten gegeneinander zu halten.«

»Muß das sein?« fragte Benteen seufzend. Er war verärgert, weil es noch so viele wichtige Dinge gab, die getan werden mußten und unerläßlich für ihre Abreise waren.

»Chase Benteen Calder, du wirst da sein«, äußerte sie. »Der Pfarrer ist mehr oder weniger davon überzeugt, daß ich einen Heiden heirate. Wenn du morgen nicht kommst, ist er in der Lage, sich zu weigern, die Eheschließung durchzuführen.«

»Gut.« Er lächelte sie spöttisch an. »Dann werde ich dich auf meinen Armen davontragen, und er muß uns trauen, um eine ehrbare Frau aus dir zu machen.«

Eine leichte Röte stieg in ihre Wangen. »Das ist gar nicht komisch«, protestierte Lorna, aber in ihren Augen funkelte ein Lachen.

»Dabei darf er mich dann auch gleich noch erretten«, versicherte Benteen ihr, und er spürte die Glut, die durch seine Adern strömte, als sie lachte, obwohl sie bemüht war, so anständig und fromm zu wirken. Mein Gott, wie sehr er sie begehrte …

»Wir treffen uns morgen früh um zehn Uhr vor der Kirche«,

erwiderte Lorna. Sie legte ihre Hand mit dem Handschuh auf seinen Arm, eine öffentliche Kundgebung von Zuneigung, die geduldet wurde. »Mutter und ich müssen jetzt gehen. Es gibt vor der Hochzeit noch tausend Kleinigkeiten zu erledigen.« Höflich bezog sie das Paar in dem Wagen in ihre Verabschiedung mit ein. »Es hat mich gefreut, Sie beide kennenzulernen. Und ich freue mich darauf, Sie wiederzusehen, Mary.«

Es wurde zunehmend schwerer, Lorna von seiner Seite weichen zu lassen. Benteen kämpfte gegen das Verlangen an, das in ihm brannte, als er ihr nachsah, während sie mit ihrer Mutter fortging. Der Drang, sie ganz und gar zu besitzen – sie an sich zu binden –, nahm mit jeder Minute, die den Zeitpunkt ihrer Hochzeit näherbrachte, an Kraft zu.

»Deine zukünftige Frau ist ein sehr hübsches Mädchen«, bemerkte Ely Stanton, der Lorna ebenfalls mit respektvoller Bewunderung nachblickte. Er bemerkte nicht, wie verletzt seine Frau auf die Wahl seiner Worte und auf die Aufmerksamkeit, die er einer anderen Frau schenkte, reagierte.

Benteen gab sich einen Ruck und riß seinen Blick von Lornas Gestalt und von den Tantalusqualen ab, die das Schwingen ihres langen Rockes für ihn mit sich brachten. Er war stolz auf das Kompliment, das Stanton ihm gemacht hatte.

»Ja, sie ist wirklich sehr schön«, stimmte er zu.

»Aber wird sie das noch sein, wenn die Sonne und der Wind sie in die Mangel genommen und ihr Werk an ihr verrichtet haben?« fragte Mary Stanton barsch und provozierend. »Verzeihen Sie mir, Mr. Calder, aber ich glaube nicht, daß Sie sich Gedanken darüber gemacht haben, wie schwierig all das für jemanden von der Herkunft Ihrer Braut ist. Sie ist es gewohnt – verhätschelt zu werden.«

»Lorna ist stark. Sie schafft das schon.« Benteen war entrüstet, weil sie sein Urteilsvermögen und Lornas Charakter in Frage stellte.

»Mary hat es nicht so gemeint«, entschuldigte sich Ely für seine Frau. Er stieß ihr einen Ellbogen in die Rippen, damit sie den Mund hielt. Sie preßte die Lippen fest aufeinander und war erbost über diese Männer, die glaubten, sie seien die einzigen, die etwas wußten.

»Ich verstehe es schon, Ely«, murmelte Benteen mit kühlem Blick. Der Mann hatte beide Hände voll damit zu tun, seine Frau in Schach zu halten, und daher überließ er es Ely, die Sache in Ordnung zu bringen. Benteen war sich nicht sicher, ob ihm die Vorstellung gefiel, Lorna könnte allzuviel Zeit mit Mary Stanton verbringen. Das könnte sich unter Umständen als schädlich erweisen. »Ich muß mir jetzt diesen Wagen ansehen. Wir sehen uns in ein paar Tagen«, sagte Benteen, der sich damit von dem Paar verabschiedete, um sich den Wagen hinter dem Mietstall anzusehen.

Im Modewarengeschäft stand Lorna vor dem Spiegel und drehte ihren Kopf in alle Richtungen, um ihren Spitzenschleier und die vielen weißen Perlen zu bewundern, die dazu dienten, die Kämme zu verstecken, die den Schleier in ihrem Haar festhielten. Sie fand, daß das Weiß der Spitzen wunderbar mit dem Dunkelbraun ihrer Haare kontrastierte. Sie fand sich selbst absolut berauschend und konnte es nicht lassen, sich etwas darauf einzubilden, obwohl sie wußte, daß sie sich doch recht eitel benahm.

»Sue Ellen, ist es nicht schöner, als man es mit Worten beschreiben könnte«, murmelte sie aufgeregt. »Ich weiß, daß ich den Schleier absetzen sollte, ehe ihm etwas zustößt, aber ...« Sie atmete hörbar ein und drückte ihren Widerwillen mit einem Kopfschütteln aus.

»Stell dir bloß vor, wie er erst zusammen mit deinem Hochzeitskleid aussehen wird.« Sue Ellen konnte nichts dafür, daß sie Lorna ein wenig um deren Schönheit, die sie schon von Natur aus besaß, beneidete. Sie selbst war zwar auch nicht gerade hausbacken, aber es fehlte ihr an Lornas Lebhaftigkeit und an ihrer vielfältigen Persönlichkeit. Im Vergleich zu ihr kam sie sich farblos vor.

»Ich kann es kaum erwarten, daß Benteen mich in meinem Hochzeitskleid sieht«, verkündete Lorna, die sich zu ihrer Freundin umdrehte. »Überleg es dir doch, Sue Ellen. Nur noch zwei Tage, und ich bin Mrs. Chase Benteen Calder.«

»Wirst du nicht allmählich ein wenig nervös?« Jedesmal, wenn sie daran dachte, einen Mann wie Benteen zu heiraten, liefen kleine warnende Schauer durch Sue Ellen. Er war so männlich. Er entsprach so gar nicht dem, was sie sich ausgesucht hätte. Sie hätte sich einen stilleren, zurückhaltenderen Mann ausgewählt. Die Art, auf die Benteen Lorna manchmal ansah, war nahezu skandalös. »Ich meine – wegen der Hochzeitsnacht und alldem.«

Lorna wandte den Kopf ab, um den neugierig eindringlichen Blicken ihrer Freundin auszuweichen. Ihre Wangen glühten. »Ja, ein wenig schon«, gab sie zu.

Das gehörte zu den Dingen, an die sie nicht denken wollte, denn es erschien ihr nicht ziemlich, ihre Fantasie allzu lange darauf verweilen zu lassen, doch immer wieder kreisten ihre Gedanken um diesen Punkt. Nichts, was sie in ihrem jungen Leben gesehen oder gelernt hatte, hatte sie gelehrt, die Leidenschaft als eine Tugend anzusehen. Eigentlich war die Leidenschaft sogar das genaue Gegenteil. Ihre Gedanken auch nur in diese Richtung schweifen zu lassen, erschien bereits als schokkierend.

»Glaubst du denn … Ich meine, ich habe gehört – es soll für eine Frau sehr schmerzhaft sein.« Sue Ellen senkte ihre Stimme und warf einen verstohlenen Blick in das Hinterzimmer. Dort tranken ihre Mutter und Mrs. Pearce zusammen Tee. »Es … Es klingt doch erniedrigend, zuzulassen, daß ein Mann deinem Körper solche Dinge antut – oder findest du nicht?«

»Vielleicht wird es gar nicht so schlimm.« Lorna war es heiß, und sie zitterte von Kopf bis Fuß. Sie war sehr verlegen und doch auf eine furchtsame Weise aufgeregt und gespannt.

»Ich nehme an, daß man sich mit der Zeit daran gewöhnt«, sagte Sue Ellen tröstend. »Ich habe sogar gehört, daß man einen Punkt erreichen kann, an dem man gelernt hat, sich vorzumachen, daß das alles jetzt gar nicht geschieht. Dann kann man statt dessen an etwas anderes denken und sich ganz davor verschließen.«

»Wirklich?« murmelte Lorna, und sie versuchte, gegen ihr Unbehagen anzulachen. Gepreßt sagte sie: »Ich vermute, ich werde es nur allzu bald selbst herausfinden.«

»O Lorna!« Sue Ellens Kinn zitterte, als sie mit traurigen Augen ihre Freundin ansah. »Ich wünschte, du würdest nicht fortgehen. Ich möchte dich nicht gehen lassen.«

»Fang nur nicht an zu weinen, Sue Ellen, denn sonst weine ich auch gleich«, warnte Lorna die Freundin.

»Aber daß du gleich so weit fortgehen mußt«, protestierte ihre Freundin. »Vielleicht sehen wir einander nie wieder.«

»Doch, wir sehen uns bestimmt wieder«, beharrte sie mit einem entschlossen vorgereckten Kinn. »Und wir schreiben einander – regelmäßig.«

»Wenn ich du wäre, würde ich mich davor fürchten, dort oben in diesem Indianerland zu leben.« Sue Ellen schüttelte den Kopf und wunderte sich insgeheim über Lornas Mut.

»Benteen wird bei mir sein«, wandte Lorna ein.

»Aber manchmal wird er fort sein, um nach den Rindern zu sehen. Was ist, wenn die Indianer kommen, während du allein bist? Sie können dich gefangennehmen und verschleppen.« Ihre Panik stieg proportional zu ihren ausufernden Vorstellungen. »Ich habe Geschichten darüber gehört, was diese Wilden mit weißen Frauen tun. Sie benutzen sie abwechselnd und bringen sie dazu, alle möglichen gräßlichen und unsäglichen Dinge zu tun.«

»Jetzt hör aber auf, Sue Ellen«, sagte Lorna, die gegen ihre eigenen wachsenden Ängste ankämpfte, streng.

»Es tut mir leid.« Ihre Freundin war sofort zerknirscht. »Es liegt doch nur daran, daß ich mir solche Sorgen mache, wenn ich mir dich ganz allein dort vorstelle – und wahrscheinlich hundert Meilen vom nächsten Arzt entfernt.« Sie merkte selbst, daß sie schon wieder damit angefangen hatte. »Jetzt sage ich aber nichts mehr. Ich verspreche es dir.«

Lorna hoffte, daß dieses Versprechen ernst gemeint war. Sie hatte ohnehin schon die übelsten Befürchtungen, wenn es darum ging, ihre Heimat, ihre Eltern, ihre Freundinnen und die einzige Form von Leben, die sie kannte, zu verlassen.

Die Ladenglocke über der Tür kündigte das Eintreten von drei Kundinnen an. Gedankenverloren folgten Lornas Blicke den Lauten, und sofort erkannte sie die Frauen in den leuchtend bunten Kleidern mit dem kräftigen Rouge auf den Wangen. Sie reagierte darauf mit einem Erlöschen jedes sichtlichen

Interesses. Eine anständige Frau nahm die Gegenwart der ›scharlachroten Damen der Nacht‹ nicht zur Kenntnis. Sie trugen Kleider, die dazu gedacht waren, die Aufmerksamkeit auf sich zu lenken – ›Geschäfte anzulocken‹, nannten sie es. Lorna war klar, daß sie den Modewarenladen aufsuchten, um sich die neuesten Kreationen an empörenden Hüten anzusehen. Sue Ellen hatte ihr in vergangenen Zeiten viele der Unterhaltungen, die sie mitangehört hatte, flüsternd wiedergegeben. Dabei hatte sie die Sprache zensiert und an der Definition von Begriffen herumgerätselt, die weder sie noch Lorna je gehört hatten.

»Es ist wohl das beste, wenn ich Mutter hole«, flüsterte Sue Ellen, die zu schüchtern war, um in diesem Teil selbst zu bedienen. »Du kannst, wenn du Lust hast, mit mir ins Hinterzimmer kommen und dort warten, bis sie wieder fort sind.«

»Nein, ich komme schon zurecht.« Lorna wandte sich wieder dem Spiegel zu und berührte den Spitzenschleier behutsam mit ihren Fingern.

Das Verhalten ihrer Freundin belustigte sie. Sue Ellen tat gerade so, als könnte die Anwesenheit der drei auffallenden Damen im selben Raum sie beschmutzen. Lorna wollte es zwar nicht zugeben, aber eine Spur von Neugier brachte sie diesen Frauen doch entgegen, die von den anständigen Bürgern der Stadt gemieden wurden. Solange sie sie ignorierte, sah sie nichts Böses darin, dort zu bleiben, wo sie war.

Im Spiegel sah sie, wie eine Frau mit hennagetöntem Haar Sue Ellen auflauerte, ehe sie in das Hinterzimmer entkommen konnte. »Entschuldigen Sie, Miß, ich bin nur gekommen, um zu fragen, ob der Hut, den ich bestellt habe, schon gekommen ist.« Ihre Stimme klang durchaus kultiviert.

Sue Ellen lief bis zu den Haarwurzeln rot an. »Ich hole meine Mutter.« Eilig wich sie vor der Frau zurück.

Lorna hörte das Gelächter der beiden anderen, als Sue Ellen mit rotem Gesicht und in heller Panik aus dem Raum stürzte. »Meine Güte, Pearl«, rief eine von ihnen aus. »Du hast die junge Dame ganz schön in Verlegenheit gebracht. Ich wette, daß ihr Schlüpfer rot geworden ist.«

»Ihre eigene Fantasie hat sie in diese Verlegenheit gebracht«, gab die Frau mit dem Henna im Haar, die Pearl hieß, darauf zurück.

Einen kurzen Moment lang fragte Lorna sich, ob das wohl stimmte. Manchmal schien es so, als beschäftigten die Intimitäten zwischen einem Mann und einer Frau Sue Ellen gar zu sehr. Sie brauchte diesem Gedanken nicht länger nachzuhängen, denn sie wurde durch einen Blick auf ein schwarzhaariges Dämchen abgelenkt, das herübergeschlendert war, um sich ein paar Hüte anzusehen, die in Lornas Nähe lagen.

»Pearl. Jenny. Kommt her, und seht euch das an«, rief sie den beiden anderen zu.

Als schließlich alle drei in ihrer Nähe standen, konzentrierte sich Lorna auf ihr eigenes Spiegelbild. Sie wollte nicht den Eindruck erwecken, Notiz von ihnen zu nehmen.

Doch die rothaarige Pearl sah keinerlei Notwendigkeit darin, Lorna zu ignorieren. »Das ist wirklich ein schöner Schleier«, verkündete sie, und dann kam sie zu ihr, um ihn sich aus der Nähe anzusehen.

»Danke.« Lornas Reaktion war kühl und höflich und sonst gar nichts.

»Du scheinst gerade zu heiraten«, vermutete Pearl, als ihre beiden Mitstreiterinnen sich ihr anschlossen.

»Ja, das stimmt«, gab Lorna zu, und sie glaubte eine Spur von Neid in den Augen der Frauen zu sehen. Einen Moment lang hatte sie Mitgefühl, weil sie wußte, daß kein anständiger Mann je eine Frau dieses Berufsstandes heiraten würde.

»Du wirst eine sehr hübsche Braut abgeben«, sagte sie. Dann wandte sie sich an ihre Freundinnen. »Findet ihr nicht auch, Mädels?«

»Allerdings«, stimmte das schwarzhaarige Mädchen zu.

Die dritte, die Jenny hieß, sah trotz Rouge und Lippenstift nicht älter aus als Lorna. »Wer ist der Glückliche? Vielleicht kennen wir ihn«, sagte sie, während sie ihre Lippen zu einem Lächeln hochzog.

Lorna hätte es ihnen fast nicht gesagt, doch dann überlegte sie es sich anders. »Benteen Calder.« Etwas sagte ihr, daß sie überhaupt nicht mit diesen Frauen hätte reden sollen.

»Benteen Calder«, wiederholte das schwarzhaarige Mädchen

mit einem schnellen Blick auf Pearl. »Ich glaube, ich habe ihn schon ein paarmal gesehen.«

Lorna zuckte zusammen, aber die rothaarige Pearl erklärte diese vorschnelle Äußerung. »Mach dir deshalb keine Sorgen, Schätzchen. Dixie will damit nur sagen, daß sie ihn in einem der Saloons gesehen hat, wenn er ein Bier getrunken hat. Mädchen wie wir vergessen es nicht so schnell, wenn wir einen Mann wie Benteen Calder treffen.«

Es klang wie ein Kompliment. Wenn Pearl ihr auch versichert hatte, sie hätte keinen Grund, sich Sorgen zu machen, so wunderte sich Lorna gegen ihren Willen doch, und sie fragte sich immer wieder, ob die Mädchen Benteen nicht doch besser kannten, als sie behaupteten.

»Laß dir einen Rat von mir geben, Süße«, sagte Pearl mit einem melancholischen Lächeln. »Wenn du nicht willst, daß dein Mann sich heimlich rausschleicht, um unsereins zu sehen, dann sei im Bett noch besser als er.«

Ein solches Gerede ließ erst jede Farbe aus ihrem Gesicht weichen, doch dann strömte die Farbe nur um so heftiger wieder zurück. Lorna hätte sich am liebsten die Ohren zugehalten, aber sie konnte es nicht. Ihre Stimme hatte sie inzwischen auch verloren.

»Ich habe im Lauf der Jahre viel über die Männer gelernt.« Die Frau sagte es so, als spreche sie von einem langen Zeitraum, doch von ihrem Äußeren her konnte sie nicht älter als Mitte Zwanzig sein. »Es mag ja sein, daß sie sich in der Öffentlichkeit gern bei einer Dame einhängen, aber im Bett wollen sie eine Hure haben. Ich weiß, daß dich das schockiert, aber an dem, was ich hier sage, ist ein Haufen Wahrheit dran, Süße. Wenn Ehefrauen diesen Rat öfter beherzigten, hätten wir nicht so viele verheiratete Männer unter unseren Kunden.«

»Miß Rogers!« Die schockierte Stimme von Liza Mae Brown, Sue Ellens Mutter, setzte der Unterhaltung ein schnelles Ende. Noch schlimmer war, daß, wie Lorna jetzt feststellte, die Ladenbesitzerin und auch ihre Mutter die letzten Worte von Pearls Rat mitangehört hatten.

Doch sie ließ sich von den empörten Blicken nicht einschüchtern. »Vergeuden Sie Ihren Atem nicht daran, mir eine

Moralpredigt zu halten, Mrs. Brown.« Sie wandte sich von Lorna ab und wirkte dabei absolut unverfroren. »Ich habe das Kind nicht verdorben. Ich könnte dem Mädchen sogar ganz im Gegenteil eine Menge Kummer in späteren Zeiten erspart haben.« Dann nahm sie eine strikt geschäftliche Haltung ein. »Was ist mit dem Hut, den ich bestellt habe?«

»Er ist bisher noch nicht gekommen«, setzte Mrs. Brown an.

»Dann kommen wir eben in ein paar Tagen wieder«, erwiderte Pearl, und mit ihren beiden Begleiterinnen legte sie einen würdigen Abgang hin.

»Sue Ellen, wie konntest du Lorna ganz allein hierlassen?« schalt Mrs. Brown ihre Tochter aus. Dann entschuldigte sie sich eilig bei Mrs. Pearce. »Es tut mir leid, daß das passieren mußte, Clara. Es ist mir ein abscheuliches Gefühl, daß Lorna derart unzüchtigen Reden ausgesetzt worden ist. Wahrscheinlich sollte ich gar nicht zulassen, daß diese Frauen meinen Laden betreten, aber leider kann ich es mir nicht leisten, auf das Geschäft zu verzichten.«

»Es war nicht deine Schuld, Liza.« Ihre Mutter sprach sie großmütig von jeder Schuld frei. »Ich kenne meine Tochter gut genug, um sicher zu sein, daß sie dem, was hier gesagt wurde, keine Aufmerksamkeit schenkt. Sie haben doch nur versucht, ihre losen Sitten zu rechtfertigen, indem sie anständigen Frauen die Schuld daran zuschieben.«

»Wie wahr!« Mrs. Brown stimmte ihr uneingeschränkt zu.

»Und jetzt setz den Schleier ab, Lorna.« Ihre Mutter kam zu ihr herüber, um ihr beim Absetzen des Schleiers behilflich zu sein. »Wir müssen noch in der Kirche vorbeischauen.«

Das Gespräch wurde geschickt auf andere Themen gelenkt. Lorna glaubte, der Vorfall sei damit abgetan, doch ihre Mutter kam noch einmal auf das Thema zu sprechen, nachdem sie das Geschäft verlassen hatten.

»Ich weiß, daß du bisher nie mit diesem Teil unserer Gesellschaft in Berührung gekommen bist«, begann sie. »Vielleicht ist es gar nicht schlecht, daß es so gekommen ist. Statt immer wieder die Augen zu verschließen, sollten wir einen klaren Standpunkt gegen diese Elemente einnehmen und die Stadtväter davon überzeugen, daß sie abgeschafft werden müssen. Wo du auch leben wirst – das ist überall ein Problem, und daher ist es das beste, wenn du es jetzt gleich weißt.«

»Ja, Mutter.« Aber Lornas Gedanken kreisten immer noch um den schockierenden Rat, den man ihr gegeben hatte. »Was für eine Sorte von Männern ist das, die die Gesellschaft dieser Frauen sucht? Doch bestimmt nicht jemand wie – wie Daddy oder Benteen?«

»Natürlich nicht.« Die Antwort kam schnell heraus und war von einem Versuch einer näheren Erklärung gefolgt. »Das soll aber nicht heißen, daß Männer nicht einmal über die Stränge schlagen, ehe sie sich niederlassen, sich verheiraten und eine Familie gründen. Und es könnte auch Umstände geben, die einen Mann dazu veranlassen könnten, Frauen von dieser Sorte aufzusuchen, um seine Bedürfnisse zu stillen.«

»Was für Umstände?« fragte Lorna.

»Wenn eine Frau nicht in der Lage ist, ihren Platz im ehelichen Bett einzunehmen. Aufgrund von Krankheiten oder« – ihre Mutter zögerte – »oder wenn es für die Familie nicht gut wäre, wenn sie schwanger würde. Ein Mann muß verstehen, daß einmal der Zeitpunkt kommt, zu dem eine Frau keine Kinder mehr haben will.«

»Dann haben du und Daddy ...« Lorna beendete diesen Gedanken nicht. Es erschien ihr als ein unzulässiges Vordringen in die persönliche Beziehung zwischen ihren Eltern.

»Das stimmt«, gab ihre Mutter zu. »Und dein Vater versteht, daß es das einzige Mittel ist, mit dem eine Frau solche Dinge verhindern kann.«

»Und er hat nichts dagegen?« Sie stellte sich diese Frage im Lichte dessen, was die Prostituierte ihr gesagt hatte.

»Nein.«

»Stört es dich, daß du diese Nächte nicht mehr hast?« Lorna wählte ihre Worte sorgsam, denn sie wollte nicht verletzend sein.

»Natürlich nicht«, erwiderte ihre Mutter mit einem schnellen Lächeln, das ihr Sicherheit geben sollte. »Schließlich ist es dazu gedacht, Kinder zu kriegen, und nicht als Selbstzweck.«

»Ja, ich weiß«, murmelte sie.

»Mach dir wegen dieser Dinge keine Sorgen«, riet ihr die

Mutter. »Das wirst du alles selbst noch lernen. Eines Tages wirst du deiner Tochter dieselben Dinge erzählen.«

»Ja, eines Tages«, stimmte Lorna ihr mit einem schwachen Lächeln zu, doch einige der Empfindungen, die sie in Benteens Armen gespürt hatte, bereiteten ihr nach wie vor Sorgen. Es wurde immer deutlicher, daß das nicht normal war, insbesondere deshalb, weil die einzige, die ihr einreden wollte, es sei normal, selbst eine gefallene Frau war.

7

Der Wagen war besser in Schuß, als Benteen es zu hoffen gewagt hatte. Er half Lorna dabei, ihre Sachen auf den Wagen zu packen. Sie wollte so viele unwesentliche Dinge mitnehmen. Benteen gefiel die Rolle nicht, sie zu Entscheidungen zwingen zu müssen, aber es mußte sein.

»Was ist denn das?« Er runzelte die Stirn, als er zwei dornige Zweige, die zum Teil in ein feuchtes Tuch gehüllt waren, hochhob.

»Ich glaube dir kein Wort, wenn du behauptest, sie seien zu schwer und zu unförmig und wir könnten sie deshalb nicht mitnehmen«, gab sie zurück, und sie stemmte die Hände in die Hüften, um ihn wortlos herauszufordern.

»Aber was ist das?« fragte Benteen.

»Es sind Ableger vom Rosenstrauch meiner Mutter«, erklärte Lorna. »Ich will sie neben unser neues Haus pflanzen.«

»Lorna, sie gehen ein.« Er bemühte sich, geduldig zu sein. »Du vergeudest deine Zeit, wenn du sie mitnimmst.«

»Du wolltest schon nicht zulassen, daß ich die Chiffonière meiner Großmutter mitnehme und auch nicht den Eichentisch, den mein Onkel für uns gemacht hat«, rief sie ihm ins Gedächtnis zurück. »Irgend etwas brauche ich schließlich, was mich an mein Zuhause erinnert. Diese Rosensträucher kommen mit. Mir ist ganz gleich, was du sagst. Sie werden es überleben.«

Benteen seufzte. »Wenn du so fest entschlossen bist, dann nimm sie eben mit.«

»Ja, das tue ich auch.«

»Wohin soll ich sie tun?« fragte er. »Unter den Sitz?«

»Ja, dann kann ich leicht dran«, willigte Lorna ein.

»Ich hoffe, das war jetzt alles«, sagte Benteen.

»Alles bis auf ein paar Dinge, die ich bis dahin bei mir haben werde«, antwortete sie. »Mein Hochzeitskleid und solche Dinge. Und sag mir bloß nicht, daß ich das nicht mitnehmen kann.«

»Es tut mir leid. Ich weiß, daß es dir so vorkommt, als würdest du vieles zurücklassen«, sagte Benteen mit einem grimmigen Lächeln. »Aber die Pferde können so und soviel und nicht mehr ziehen.«

»Ich weiß.« Sie senkte ihr Kinn und wandte sich ab.

Benteen sah eine Träne in ihren Augen schimmern und nahm ihr Kinn in die Hand. »Weshalb die Tränen?«

»Es ist sehr leicht für dich, zu packen und fortzugehen«, murmelte sie. »Du läßt niemanden hier zurück.«

»Du kannst unmöglich jetzt mit Heimweh anfangen«, schalt Benteen sie aus. »Wir sind doch noch gar nicht fort.«

»Mach dich nicht darüber lustig«, protestierte Lorna.

»Ich verspreche dir, daß du unser neues Zuhause in Montana mit der Zeit genauso lieben wirst wie das hier.«

»Ich weiß.« Sie schniefte und wischte sich die Tränen aus dem Gesicht, weil sie nicht wollte, daß Benteen sie für kindisch hielt. Sie hätte sich auf ihr neues gemeinsames Leben freuen müssen, und statt dessen weinte sie über den Abschied von zu Hause, aber es war nicht leicht. »Du vergißt doch nicht, morgen um zehn zu dem Gespräch mit dem Pfarrer in die Kirche zu kommen, ja?«

»Ich werde dort sein«, sagte Benteen. »Ich lasse mir doch nicht in der allerletzten Minute von irgend jemandem unsere Hochzeit durchkreuzen.«

Nur einen winzigen Moment lang wünschte Lorna, es könnte doch noch ein Weilchen verschoben werden – bis sie über ihre flatternde Nervosität hinweggekommen war. Aber das sprach sie Benteen gegenüber nicht aus. Mehrfach hatte sie seine Ungeduld wahrgenommen, weil diese Hochzeit nicht schon eher stattfinden konnte.

Es war dunkel, als Benteen das Lager erreichte, das nicht weit vom Standort der Herde entfernt war. Er erfuhr, daß Bull Giles einen Viehtrieb für die Ten Bar Ranch in den Norden anführen würde. Bull hatte kühn behauptet, sie würden bis nach Kansas auf der gesamten Strecke den Staub schlucken, den seine Herde aufwirbelte. Ansonsten war alles ruhig.

Lornas Mutter begleitete sie am nächsten Morgen in die Kirche. Sie hatte noch vieles zu erledigen, und auf dem Heimweg bat sie Benteen, noch einen Moment vor dem Geschäft zu warten, weil sie kurz mit ihrem Mann sprechen wollte. Benteen hatte wenig Zeit, doch er stimmte bereitwillig zu. Höflichkeit und eine Art von Pflichtgefühl schrieben ihm vor, daß er sich diese Zeit nahm, ob er sie erübrigen konnte oder nicht. Frauen brauchten den Schutz eines Mannes. Das war eine allgemein akzeptierte Tatsache.

Sie warteten vor dem Geschäft auf sie, und es herrschte ein solcher Trubel auf der Straße, daß Benteens geübte Wachsamkeit nicht einen Moment lang nachließ. So kam es, daß er Judd Boston eher sah als dieser ihn.

Trotz seiner persönlichen Abneigung gegen diesen Mann bewunderte Benteen Boston für dessen Nerven, die wie Drahtseile waren. Bostons Gesichtsausdruck veränderte sich nicht im geringsten, als er Benteen neben dem Wagen stehen sah. Ein schwächerer Mensch hätte ihn ignoriert, wäre ihm aus dem Weg gegangen oder hätte so getan, als hätte er ihn nicht gesehen. Nicht so Judd Boston. Er war auf dem Weg zu seiner Bank, änderte die Richtung und kam auf Benteen zu, um mit ihm zu reden.

»Guten Morgen, Benteen. Miß Pearce.« Höflich legte er seine Finger an die Melone.

»Boston.«

»Ich hatte bisher noch keine Gelegenheit, Ihnen mein Beileid für den Tod Ihres Vaters auszudrücken, wenn ich auch sicher bin, daß Sie an der Aufrichtigkeit meines Mitgefühls zweifeln würden.« Boston konfrontierte Benteen sofort mit seinen eigenen Gedanken.

»Da Sie das bereits wissen, habe ich nichts mehr zu sagen.« Benteen machte ihm nichts vor.

»Es überrascht mich nicht, daß Sie so empfinden«, sagte Boston. »Nach Ihrer Rückkehr habe ich damit gerechnet, daß Sie mich in der Bank aufsuchen und eine Erklärung der näheren Umstände fordern, die zum Tod Ihres Vaters geführt haben.«

»Wozu? Es war offensichtlich. Sie haben die Hypothek gestrichen, mein Vater ist gestorben, und Sie haben sein gesamtes Land und seine Rinder beschlagnahmt.«

»Vielleicht dachte ich, Sie würden sich mehr darüber aufregen, als es der Fall zu sein scheint«, vermutete Boston.

»Das war unausweichlich. Das war mir schon länger klar, wenn es sich auch mein Vater nicht klarmachen wollte«, erwiderte er. »Er hatte die denkbar schlechtesten Karten in der Hand, aber er hat sich geweigert, es einzusehen.«

»Ich bin froh, daß Sie in diesem Punkt verständig sind, Benteen.« Er lächelte, aber es war das selbstgefällige Lächeln eines Mannes, der einem Unterlegenen gegenüberzustehen glaubte.

»Nein, ich bin nur so klug, meine Karten abzuwerfen und nach einer neuen Hand zu fragen, statt mich hinzusetzen und mit einer Schlange an ein und demselben Tisch zu spielen«, konterte Benteen.

Das wurmte Boston, wenn auch nur für einen Moment. »Ich habe gehört, daß Sie eine eigene Herde in den Norden treiben.«

»Das stimmt.«

»Das ist finanziell gesehen ein gewagtes Unternehmen« – er unterbrach sich und warf einen Blick auf Lorna –, »vor allem dann, wenn Sie sich gerade eine Braut zugelegt haben. Soweit ich gehört habe, findet die Hochzeit morgen statt.«

»Ja.«

»Es ist ein Jammer, eine so schöne Braut so kurz nach der Hochzeit verlassen zu müssen«, murmelte Boston, der seine schmeichelnden Aufmerksamkeiten jetzt Lorna zuwandte.

Benteen spürte, daß ihm die Galle überkochte. »Lorna wird mich auf dem Viehtrieb begleiten«, sagte er barsch. »Wir werden uns im Montana Territory ein neues Zuhause schaffen.«

»Ich habe Gerüchte gehört, die in diese Richtung gingen«, sagte Boston, der ihn mit neu erwachtem Interesse beäugte. »Aber ich habe diese Gerüchte nicht ernstgenommen. Sie verlassen Texas wirklich endgültig?«

»Ich habe in Texas nichts mehr, was mich hält.« Benteen dachte an seinen Vater. Seth Calder hätte sich im Grab umgedreht, wenn Judd Boston geglaubt hätte, ein Calder laufe vor einem Kampf davon. Was jetzt aus ihm sprach, war Familienstolz. »Sie haben mich nicht vertrieben, Mr. Boston. Ich habe meine Entscheidung schon getroffen, ehe Sie gegen die Cee Bar Ranch vorgegangen sind. Das sollten Sie sich klarmachen – für den Fall, daß unsere Wege sich jemals wieder kreuzen. Mein Vater hat sich nicht auf Ihr Niveau herabgelassen und heimtückisch pariert, aber ich werde mit schmutzigen Tricks kämpfen.«

»Ihre Feindseligkeit ist unbegründet, Benteen. Ich habe nie etwas Persönliches gegen Ihren Vater gehabt«, beharrte Boston ruhig.

»Das glaube ich Ihnen«, erwiderte Benteen. »Er stand Ihnen nur bei etwas, was Sie haben wollten, im Weg. Ich warne Sie aber davor, sich mir in den Weg zu stellen.«

Boston lachte leise, als sei es eine geradezu lächerliche Vorstellung, Benteens Argwohn könne in der Vergangenheit oder in der Zukunft irgendwelche Gründe gehabt haben. »Ich habe eine Verabredung einzuhalten. Sie werden mich sicher entschuldigen.« Er verabschiedete sich formell von ihnen und blieb dann noch stehen, um hinzuzufügen: »Ich wünsche Ihnen beiden das Allerbeste.« Dieser letzte Satz galt in Wirklichkeit nur Lorna und war ein subtiler Versuch, bei ihr in gutem Ansehen zu bleiben und den Schatten eines Zweifels auf die Meinung zu werfen, die Benteen von ihm hatte.

Benteens Kinnpartie war grimmig und unbeugsam, als er Judd Boston nachsah, der mit den langsamen, gemessenen Schritten eines Königs, der sein Reich inspiziert, fortging. Benteen warf einen Seitenblick auf Lorna, als die Federn des Wagens quietschten, während sie unruhig auf ihrem Sitz herumrutschte. Er konnte den kaum verschleierten Ausdruck der Mißbilligung auf ihrem Gesicht erkennen.

»Du warst nicht allzu höflich, Benteen.«

»Er gehört zu der Sorte von Menschen, bei der man mit Höflichkeit nichts ausrichtet.« Seine Antwort kam barsch heraus.

Lornas Mutter kam aus dem Geschäft. Benteen ging auf sie

zu und nahm ihr das kleine Päckchen ab, das sie trug. Dann half er ihr beim Aufsteigen. Im nächsten Moment saß er neben Lorna und ließ den Wallach zu seinem heimatlichen Stall laufen.

An jenem Abend machte Judd Boston auf dem Heimweg zur Ten Bar Ranch einen seiner seltenen Umwege, und dieser Abstecher führte ihn zu der Rinderherde, die zwei Tage später in den Norden getrieben werden sollte. Er wollte dem Boß des Viehtriebs noch einen zusätzlichen Auftrag erteilen, den er ausführen sollte, nachdem die Rinder in Dodge City in die Eisenbahn verfrachtet worden waren.

Einer der Treiber entdeckte den Einspänner, der mit seiner Eskorte von Reitern durch die Prärie holperte, und er gab Bull Giles Bescheid, daß der Boß auf dem Weg war. Bull Giles ritt ihm entgegen. Seinen Spitznamen hatte er sich rechtmäßig erworben. Er hatte den Nacken, die Schultern und die Brust eines reinrassigen Durham-Bullen und ein eingebeultes Gesicht. Von Natur aus war er so streitlustig wie ein Bulle, der in Fahrt war, und in seinen besten Momenten war er immer noch leicht reizbar. Es war ihm lieber, Befehle zu erteilen, als Befehle auszuführen. Er besaß das Talent und die Erfahrung, um auf jeder beliebigen Ranch die Führungsrolle einzunehmen, aber es fehlte ihm an der Fähigkeit ›Yes, Sir‹ zu dem Besitzer zu sagen. Daher führte er Viehtriebe an, was hieß, daß eine genügend große Entfernung zwischen ihn und den Ranchbesitzer gelegt wurde.

Der Vorarbeiter der Ten Bar Ranch, Loman Jones, ritt neben dem Einspänner her. Bull Giles konnte diesen Mann nicht ausstehen. Er ignorierte ihn und wandte sich direkt an Judd Boston.

»Ist etwas passiert, Mr. Boston?« Die Frage war fast eine Herausforderung, obwohl Bull darum rang, sie höflich und respektvoll klingen zu lassen.

»Benteen Calder wird in wenigen Tagen mit seiner Herde losziehen.« Judd Boston kam direkt zur Sache.

»Ja, und sie werden auf der gesamten Strecke bis Dodge City unseren Staub in der Lunge haben«, kündigte Bull an.

Boston interessierte nicht, wessen Herde eher ankam. »Sorg lieber dafür, daß dieses Rindfleisch möglichst fett auf den Markt kommt und daß die Tiere ein paar Kilo mehr wiegen. Es geht nicht darum, einen Wettlauf zu gewinnen.«

»Ich weiß, wie man einen Viehtrieb durchführt«, warf Bull ein.

»Das will ich auch hoffen«, sagte Boston. Bull Giles war nicht nach seinem Geschmack, aber Loman Jones hatte darauf beharrt, er sei der beste Mann, der zu haben sei. »Calder behauptet, daß er seine Herde bis ins Montana Territory raufbringt. Ich will wissen, ob er das auch wirklich tut.«

»Dort soll es hingehen, das stimmt«, sagte Bull. »Ich habe mich gestern mit Jessie Trumbo unterhalten. Barnie Moore erwartet ihn dort, und sie haben sich das Land bereits abgesteckt.«

»Die Geschichte habe ich auch schon gehört.« Boston wurde ungeduldig. Die Impertinenz dieses Mannes reizte ihn. »Ich will mit Sicherheit wissen, ob das seine wahre Absicht ist.«

»Sind Sie je in dieser Gegend gewesen?« fragte Bull provozierend. »Ich habe vor ein paar Jahren in der Gegend von Little Missouri Büffel gejagt. Dort gibt es Gras; nichts anderes als Meilen über Meilen von Gras.« Bull kannte die Geschichte, die hinter der Übernahme der Cee Bar Ranch steckte, und sein Blick wurde verschlagen. »Warum sollte Benteen hierher zurückkommen wollen, um sich mit Ihnen über ein kleines Stück Land zu streiten, wenn er dort oben für so gut wie nichts ein Stück Land bekommen kann, gegen das die Ten Bar Ranch wie ein armseliger kleiner Hof aussehen würde?«

»Sobald die Herde in Dodge City abgeliefert worden ist, findest du heraus, was Calder wirklich vorhat«, ordnete Boston an. Dann ließ er die Peitsche knallen, und sein Wagen und seine Eskorte setzten sich eilig in Bewegung.

8

Das Zeremoniell der Hochzeit schien im Handumdrehen vorüberzugehen. Es gab einen Moment, ehe sie am Arm ihres Vaters durch den Gang des Hauptschiffs zum Altar schritt, in dem Lorna alles rückgängig machen wollte. Dann sah sie Benteen, der vor der Kanzel stand und auf sie wartete und in seinem Anzug aus einem feinen Wollstoff unwahrscheinlich gut aussah. Er wirkte kein bißchen nervös. Er machte sogar einen derart zuversichtlichen und selbstsicheren Eindruck, daß Lorna sich kindisch vorkam, weil sie auch nur einen Moment lang hatte zweifeln können.

Sie erwartete, daß sie irgendeine Veränderung in ihrem Innern spüren würde, als der Geistliche sie zu Mann und Frau erklärte, daß irgendeine ganz neu erworbene Reife das nervöse Flattern in ihrem Magen besänftigen würde. Doch Mrs. Chase Benteen Calder fühlte sich ganz genauso, wie sich Lorna Pearce gefühlt hatte. Trotz des Segens, den der Pfarrer ihnen gab, errötete sie, als Benteen sie keusch auf die Lippen küßte. Er war jetzt ihr Ehemann, und das gab ihm gewisse Anrechte auf sie, die sie ihm nicht streitig machen durfte. Er hatte seinen Arm um ihre Taille gelegt, ließ sie keinen Moment lang los, drückte sie ständig an sich und berührte sie. Wie hätte sie an etwas anderes denken können?

Dem Zeremoniell der Eheschließung folgte ein Empfang, dann ein Hochzeitsessen im Hause der Pearces. Benteen hatte keine Verwandten, die er hätte einladen können, und die Pearces hatten nur ein paar ältere Cousins und Cousinen, die in dieser Gegend lebten, aber beide Seiten brachten genug Freunde mit, um den Mangel an Verwandten wettzumachen. Alkohol war unter den Erfrischungen, die Mrs. Pearce anbot, nicht vorgesehen, aber draußen vor dem Haus waren einige Flaschen versteckt. Irgend jemand schlüpfte immer ins Freie, um ein Schlückchen zu trinken. Mit jedem ›kleinen Schlückchen‹ wurden die Unterhaltung und das Gelächter kühner.

»Ich glaube, es ist jetzt an der Zeit, daß wir gehen«, murmelte Benteen dicht an ihrem Ohr, als gerade eine Pause zwischen zwei Gratulanten entstand.

»Vielleicht sollten wir doch noch ein wenig bleiben.« Lorna widerstrebte es, ausgerechnet jetzt den Empfang zu verlassen. Sie stand im Mittelpunkt der Aufmerksamkeit. Sie wollte diesen Moment noch ein wenig länger auskosten, denn schließlich würde sie nie mehr eine Braut sein. Dazu kam, daß ihr bei dem Gedanken, mit Benteen allein zu sein, ein wenig unbehaglich zumute war.

»Nein.« Er sagte es mit Entschiedenheit, und in seinen Zügen spiegelte sich eine gewisse Unruhe wider. »Sollen die Gäste doch bis spät in die Nacht hinein deine Eltern auf den Beinen halten – aber nicht uns.«

Es stand einer Frau nicht an, die Entscheidung eines Mannes in Zweifel zu ziehen, und daher gab Lorna nach. Man ließ sie nicht stillschweigend verschwinden. In dem Moment, in dem die Gäste merkten, daß die Braut und der Bräutigam ihnen entschlüpfen wollten, wurden sie mit Reis und vereinzelten unflätigen Ratschlägen überschüttet.

Da sie kein eigenes Zuhause haben würden, solange sie Montana nicht erreicht hatten, hatte Benteen eine Suite in einem der besseren Hotels in Fort Worth für sie reserviert. Er stellte den kleinen Koffer, den Lorna mitgebracht hatte, im Zimmer ab, und als er sich umdrehte, sah er sie zögernd vor der Schwelle stehen.

»Soll ich dich über die Schwelle tragen?« fragte er mit einem schwachen Lächeln.

Seine dunklen Augen sahen sie so besitzergreifend an, daß es schon mehr war als das, was Lornas aufgewühlte Nerven ertragen konnten. Sie kam eilig in das Zimmer, ehe er zurückkommen und sie auf seine Arme heben konnte. Benteen schloß die Tür, und Lorna zuckte zusammen, als sich der Schlüssel mit einem Klicken im Schloß umdrehte.

»Das ist ein sehr schönes Zimmer.« Sie sah sich um und ging zu einer großen Kommode mit vielen Schubladen, und zwar in erster Linie deshalb, weil sie in der Ecke stand, die am weitesten vom Bett entfernt war. Mit einer behandschuhten Hand strich sie über das Eichenholz. »Das ist ein solides, gutgearbeitetes Möbelstück.«

Als sie sich umdrehte, stellte Lorna fest, daß Benteen sie mit freundlicher Belustigung beobachtete. »Das Bett ist auch solide gebaut«, murmelte er.

Glühendes Rot trat auf ihr Gesicht und ihren Nacken. Nichts von alledem, was sie in Miß Hildas Mädchenpensionat gelernt hatte, hatte auch nur irgend etwas über das richtige Verhalten und das Vorgehen in ihrer Hochzeitsnacht enthalten. Sie wußte alles darüber, wie man einen festlichen Tisch deckte und Blumen arrangierte und Leinen bestickte, aber sie wußte nicht das Geringste darüber, was in dieser Nacht aller Nächte von ihr erwartet wurde.

»Es tut mir leid, Lorna. Ich hätte dich nicht in Verlegenheit bringen sollen.« Selbst in dem Moment, in dem er sich entschuldigte, klang Benteens Stimme immer noch belustigt.

»Ich weiß nicht, was ich tun soll«, gestand sie mit leicht gesenktem Kopf ein. »Du mußt es mir wohl sagen. Soll ich jetzt erst in das Ankleidezimmer gehen? Oder ...«

Als sie zögernd die Augen auf ihn richtete, legte Benteen den Kopf zur Seite. Sie hielt das für eine Antwort auf ihre Frage. Als er durch das Zimmer ging, glaubte sie, er ginge in das Ankleidezimmer. Statt dessen kam Benteen auf sie zu. Seine Hand legte sich ganz zart unter ihr Kinn.

»Ich habe lange auf dich gewartet, Lorna. Zu lange, um jetzt die Reise nach Jerusalem mit dir zu spielen.«

Ihr Herz schlug so schnell, daß sie kein Wort herausbrachte. Sie hatte auch auf diese Nacht gewartet. Jetzt wurde ihr klar, daß ihr nicht davor gegraut hatte, wie es einem anständigen Mädchen hätte grauen müssen. Sie hatte keine Angst vor dem, was Benteen mit ihr tun würde. Sie wollte, daß es geschah. Wenn sie sich vor etwas fürchtete, dann vor diesem nagenden Begehren, herauszufinden, wie es war, denn die Leidenschaft war etwas, was ehrbare Frauen nicht kennen durften.

Innerlich zitterte sie heftig, als sie zusah, wie sein Mund sich auf ihre Lippen senkte. Ein Aufflackern spannungsgeladener Panik ließ sie absolut stillhalten, als sein Mund ihre Lippen berührte. Seine Lippen bewegten sich langsam und sinnlich über ihren Mund, erforschten den festen Schwung ihrer Lippen, bis sie unter seiner zarten Beharrlichkeit weicher wurden.

Dann endete der Kuß, und Benteen hob langsam seinen Kopf und musterte ihr Gesicht mit Augen, deren Lider zu drei Vierteln geschlossen waren. Lorna hoffte, daß er nicht erkennen konnte, was sie dachte oder empfand. Seine Augen leuchteten vor Zufriedenheit auf, und sie holte erleichtert Atem. Es war ihr offenbar gelungen, nicht zu keck zu sein.

Er nahm sie an der Hand und führte sie zu dem Bett, ohne seinen Blick auch nur eine Sekunde lang von ihren Augen zu lösen. Ehe er ihre Hand losließ, zog Benteen ihr den Handschuh aus und griff nach ihrer anderen Hand, um dort dasselbe zu tun. Sein Verhalten war bewußt langsam und beherrscht, als er die Handschuhe auf den Nachttisch neben dem Bett legte und die Decke zurückschlug.

Als er sie wieder ansah, wurde Lorna von der stillen Kraft gefesselt, die in seine Züge gemeißelt war, der festen Sicherheit, daß er ganz genau wußte, was er tat. Das half ihr, denn sie wußte es nicht. Eine Sekunde lang spürte sie einen Teil seiner Zuversicht auf sich übergehen. Dann legten sich seine Hände auf den obersten Knopf ihres Gewandes, und dieses Gefühl war verflogen. Sie senkte ihren Blick auf den steifen, gestärkten Kragen seines Hemdes, der sich weiß gegen die gebräunte Säule seines Halses abhob.

Es folgte ein Ansturm auf alle ihre Sinne. Sie stand stocksteif da, während seine Finger sie berührten, und sie unternahm keinen Versuch, sich einzumischen, als Benteen langsam ihr Gewand aufknöpfte. Bei jedem Atemzug roch Lorna den Duft, der von seinen hageren, glattrasierten Wangen ausging. Ihr Herz schlug in einem verbotenen Tempo in ihren Ohren, und der Umstand, daß er ihr das Kleid auszog, war überwältigend. Sie schloß die Augen.

Ihre Reifröcke wurden entfernt, eine Schicht nach der anderen. Er legte sie zu ihrem Kleid auf den Stuhl. Alles, was ihr jetzt noch geblieben war, waren ihr Hemdhöschen und ihre Strümpfe. Als seine Hände nicht zurückkehrten, um diese letzten Kleidungsstücke zu entfernen, hob sie ihre Wimpern, um ihn beunruhigt und fragend anzusehen.

Er hatte das Jackett seines Anzugs ausgezogen, und jetzt öffnete Benteen den Kragen, um sein Hemd auszuziehen. Als ihr

Blick auf die erste Handbreit seiner nackten Brust fiel, die unter dem lockigen braunen Haar dunkel wirkte, überkam ihren Magen eine flatternde Schwäche. Lorna war schockiert über ihre eigene Reaktion, denn sie wollte mehr von seinem schlanken, festen Körper sehen, den sie bisher nur gespürt hatte, wenn er sie an sich gepreßt hatte.

Die Unzüchtigkeit dieses Wunsches brachte sie dazu, sich abzuwenden, um nicht zu sehen, wie er aussah, wenn er unbekleidet war. Die Spannung in ihrem Bauch nahm zu, bis sie fast an wirkliche Schmerzen grenzte. Neben dem Bett brannte eine Lampe, die ihr Licht in diese Ecke des Zimmers warf. Lorna sehnte sich nach Dunkelheit. Dann würde sie zumindest nicht in der Lage sein, etwas zu sehen, wenn sie der Versuchung erlag, ihn anzusehen.

»Wir sollten das Licht ausmachen.« Der bestürzte Klang ihrer Stimme enthüllte ihre eigentlichen Gefühle zu deutlich.

»Dann könnten wir einander nicht mehr sehen«, sagte Benteen, und er trat still hinter sie. »Und ich will meine Ehefrau sehen.«

Sie atmete scharf ein, als seine Lippen die Biegung ihres Halses berührten und an der pulsierenden Ader knabberten. Sie preßte die Augen fest zu und kämpfte gegen die gewaltige Woge von Empfindungen an, die über sie hereinbrach. Ihre Knie wurden schwach, als sie spürte, daß er an dem Band ihres Hemdchens zog. Benteen warf es mit einer achtlosen Bewegung zur Seite.

Lorna fühlte eine solche Hitze über sich wogen, daß sie kaum noch atmen konnte, als seine starken Hände ihre Strümpfe herunterrollten und dabei über ihre Oberschenkel und ihre Knie und Waden wanderten und sachte ihre Füße hochhoben, um sie ganz aus den Strümpfen zu schälen. Schauer durchzogen sie, und sie bemühte sich entschlossen, sie vor ihm zu verbergen. Er hatte sie ihrer gesamten Unterwäsche entkleidet.

»Willst du mich nicht ansehen, Lorna?« Die Festigkeit seiner Stimme ließ sie die Augen aufschlagen, aber sie richtete ihren Blick gezielt auf sein Gesicht.

Am äußeren Rand ihres Gesichtskreises nahm sie die muskulöse Breite seiner Schultern und das dunkle Haar auf seiner Brust wahr. Die dunkle Glut in seinen Augen glitt brennend an ihrem Körper hinab, ehe sie sich wieder ihrem Gesicht zuwandte.

Seine Hand umschloß ihr Handgelenk und wollte sie zum Bett ziehen. Sie widersetzte sich dem Druck seiner Hand.

»Ich brauche mein Nachthemd«, flüsterte sie.

»Nein, das brauchst du nicht«, verwehrte Benteen es ihr mit heiserer Stimme. »Nachthemden sind zum Schlafen da. Wir werden so schnell nicht schlafen. Sogar noch ziemlich lange nicht.«

Ein kleiner Laut stieg bebend aus ihrer Kehle auf, als sie zuließ, daß er sie zum Bett zog. Die weiche Matratze bot ihren zitternden Gliedmaßen eine segensreiche Stütze. Ihr Blick blieb auf die konturierten Flächen seines Gesichtes geheftet, als das Bett neben ihrem Gewicht auch noch sein Gewicht aufnahm. Das angespannte, elende Gefühl in ihrem Magen nahm zu, aber sie durfte nicht zulassen, daß Benteen erfuhr, wie weit das Ausmaß der Lust in ihrem Fleisch ging. Sie wollte sich nicht in seinen Augen beschämen.

Ihr Kopf lag auf dem Daunenkissen, und Lorna achtete sorgsam darauf, mit ausgestrecktem Körper und den Armen dicht an ihren Seiten liegenzubleiben. Sie wollte nicht zeigen, daß sie die Glut wahrnahm, die von seinem Körper, der nur wenige Zentimeter neben ihr lag, auf sie übergriff. Benteen lag auf der Seite, zu ihr gekehrt. Sein Atem ging schwerer. Der Blick, der in seinen Augen glühte, strahlte eine so allmächtige Kraft aus, daß Lorna bis in die Zehen bebte.

Als er diesen Blick auf ihre hochangesetzten, festen Brüste wandern ließ, auf ihren angespannten, flachen Bauch und dann noch tiefer, konnte Lorna ein Zusammenschauern nicht unterdrücken. Wieder schloß sie die Augen und bemühte sich, ihre unverfrorenen Gedanken abzuschütteln.

»Es ist nichts Böses, wenn ich dich ansehe. Ich bin dein Mann«, rief Benteen ihr überflüssigerweise ins Gedächtnis zurück. Ihr war vollauf klar, welche Vielfalt von Rechten ihm der goldene Ring an ihrem Finger über sie verlieh. Die Vorfreude auf deren Ausübung zerriß sie geradezu. Er streckte seine

Hand aus und zog das Kissen unter ihrem Kopf heraus. Dann blieb er so liegen, über sie gebeugt, und die krausen Haare auf seiner Brust streiften über die nackten Wölbungen ihrer Brüste. Ein prickelndes Gefühl auf ihrer Haut brachte Lorna dazu, ihn gegen ihren Willen anzusehen. Sein Gesicht war sehr dicht über ihrem und füllte ihren Gesichtskreis aus, bis sie die Poren seiner sonnengebräunten Haut und die Narbe auf seiner Stirn sehen konnte.

»Ich werde so zart wie möglich mit dir umgehen.« Sein warmer Atem fächerte ihrer Haut, die ohnehin schon heiß war, warme Luft zu. »Du hast keinen Grund, dich vor mir zu fürchten.«

Das stumme Nicken, mit dem sie bekundete, daß sie verstanden hatte, war nichts weiter als eine zögernde Bewegung ihres Kinns. Sie hörte seinen Atem, der sich überschlug, als seine dunklen Augen forschend in ihre Augen blickten. Ihre eigenen Augen blickten auf die festen, männlichen Lippen und erwarteten mit einem Herzen, das schnell schlug, deren Berührung. Dann senkten sie sich auf ihren Mund.

Sein Mund bewegte sich ganz ohne Hast in einem sinnlichen Ergründen über ihre Lippen, warm und ohne Druck. Er lockte sie zu einer Reaktion heraus, streifte ihre Lippen nur flüchtig, wandte sich dann von ihnen ab und kehrte wieder zurück, bis ihre Lippen sich teilten und zu der Art von innigem Kuß aufforderten, der ihr schon einmal solche Schauer über den Rücken hatte laufen lassen. Sein Geschmack füllte ihren Mund aus.

Seine Handfläche spreizte sich auf ihrem Brustkasten und fühlte sich auf ihrem nackten Fleisch wohltuend warm an. Sie spürte, wie ihre Brüste sich voller Vorfreude dem besitzergreifenden Umrunden seiner Hand entgegenreckten. Als er ihre Brust ganz umfaßte und Haut auf Haut traf, war das Gefühl wesentlich krasser, verschärft durch das Fehlen von schützenden Barrieren in Form von Kleidern und Unterkleidern.

Seine starke männliche Gestalt preßte sich von Kopf bis Fuß an ihren Körper. Sie wagte es nicht, ihn zu berühren, obwohl sie sich vor Verlangen danach verzehrte, und daher grub sie ihre Finger in die Matratze, damit sie nicht von selbst über seinen sehnigen, geschmeidigen Brustkasten strichen, in dem sein Herz so heftig pochte.

Als sein Mund glühend über ihre Kehle strich, wandte Lorna ihren Kopf ab und preßte ihre Wange gegen die Matratze und biß sich auf die Unterlippe, um das Stöhnen zu ersticken, das ihr der reinste Genuß entlocken wollte. Doch der Weg nach unten wurde fortgesetzt, und sie zuckte zusammen und wurde ganz steif vor Schreck, als seine Lippen sich der Spitze ihrer Brust näherten.

Babys nuckelten an der Brust einer Frau, aber sie war nie auf den Gedanken gekommen, daß ein Mann das tun könnte. Erotische Schauer durchzuckten sie wie Krämpfe, als sein Mund sich öffnete, um die Brustwarze in sich aufzunehmen. Seine Zunge verwandelte ihre Brustwarze in eine harte Spitze, in der Empfindungen pulsierten, die Lorna fast um den Verstand brachten. Als er mit ihrer anderen Brust dasselbe tat, rieb er mit dem Daumen die feuchte Spitze der Brustwarze, die sein Mund im Stich gelassen hatte, und die Erregung ließ an dieser Stelle auch nicht nach.

Eine durchdringende Süße wollte die Kontrolle, die sie gerade noch über sich hatte, bersten lassen. Sie spürte, wie sich das Stöhnen in ihrer Kehle aufbaute, und sie preßte sich eine fest geballte Faust gegen die Lippen, um den Laut zu ersticken. Seine Hand kam nach, um ihre Faust von ihren Lippen zu ziehen, nachdem Benteen seine Aufmerksamkeit wieder auf ihr Gesicht verlagert hatte und sein Mund über ihre Wange glitt.

»Halt es nicht zurück, Lorna.« Seine gemurmelten Worte klangen wie ein Stöhnen. »Laß es mich hören.«

»Ich kann nicht.« Die Antwort kam als ein Stöhnen heraus, das dem, was sie sagte, widersprach.

Sie wandte ihren Kopf zu ihm, um seinen Kuß zu suchen und sein Fordern zu spüren, das ihrem in nichts nachstand. Sie wußte, daß sie sich zurückhalten mußte und dem Bedürfnis, ihn zu berühren, nicht nachgeben durfte, doch als ihre Hand sich in sein dichtes Haar grub, war all das vergessen. Ihre gesunde Geistesverfassung schien bedroht zu sein, als seine Hände begannen, andere Teile ihres Körpers zu streicheln und zum Leben zu erwecken.

Primitive Instinkte gewannen die Oberhand und wischten den Anstand aus, der ihr bisher ihre Reaktionen diktiert hatte. Lorna gab sich den glühenden Empfindungen hin, die in ihren Lenden brannten, und sie beugte ihre Hüften dem Druck seiner streichelnden Hand entgegen, die ihr eine Befreiung von dieser aufwühlenden Anspannung bot. Eine Empfindung türmte sich auf die andere, bis in ihrem Kopf kein Platz mehr für bewußte Überlegungen war. Ihr Verstand erteilte ihren Beinen keine Anweisung, dicht beieinander zu bleiben, und daher war ein Vordringen in diesen Raum, der sich zwischen ihnen bildete, möglich.

Eine Wildheit gewann in ihrem Innern an Kraft und trug Lorna in eine Raserei hinein. Aus der Ferne hörte sie Benteen murmeln: »Genieße es, meine Geliebte!« Dann brach in ihrem Innern ein Vulkan aus, und sie zuckte und empfand diese Explosionen als so unglaublich genußreich, daß sie von Kopf bis Fuß bebte.

Etliche Minuten vergingen, bis sie ihre benommenen Augen öffnen konnte. Sie lag keuchend und erschöpft da und fühlte sich dabei doch ganz wunderbar. Benteen lächelte sie an, und seine Hände streichelten sie immer noch, aber sie gingen jetzt langsamer vor. Lorna nahm einen schwachen Schweißschimmer auf ihrer Haut wahr. Sie war nicht sicher, was mit ihr geschehen war, doch er schien es zu wissen.

»Lorna, du kannst mir soviel geben«, murmelte Benteen mit belegter Stimme. Dann begann er wieder, sie zu küssen.

Sie hatte geglaubt, überhaupt nichts mehr empfinden zu können, und sie war sicher gewesen, daß jede Fähigkeit, jetzt noch etwas zu empfinden, erschöpft war. Doch als Benteen jetzt begann, ihre Lippen, ihre Kehle und ihre Brüste wieder zu küssen, als seine geschickten Hände ihr zärtliches Streicheln und Liebkosen wieder aufnahmen, zogen sich die zahlreichen Fäden der Erregung wieder zu einem Knäuel in ihrem Inneren zusammen.

Diesmal zwangen sich seine Knie einen Weg zwischen ihre Beine und spreizten sie, als er sich aufgestützt über sie legte. Ihr war verschwommen bewußt, daß der entscheidende Moment gekommen war. Etwas Warmes und Hartes rieb sich an ihrem feuchten Tal und suchte nach dem Eingang. Unbewußt wurde ihr Blick von diesem tieferen Teil seines Körpers angezogen.

Bei dem Anblick, der sich ihr bot, lief ein panischer Schauer über ihr Rückgrat. Das war nicht so weich und klein wie bei einem kleinen Jungen, den sie einmal gesehen hatte. Ihr war nicht klar gewesen, daß auch dieser Körperteil im Lauf der Jahre wuchs. Dieser Entdeckung folgte ein Moment der Panik, und sie war sicher, daß sie zu klein war, um sich je mit ihm zu vereinen. Sein erstes Vortasten schien das zu bestätigen.

»Nein, bitte nicht.« Ihre Hände stießen gegen ihn, versuchten, sein Gewicht von ihrem Körper zu stoßen.

»Es wird gleich alles gut sein, Lorna.« Benteen bemühte sich, sie zu beruhigen, aber sie spürte seine Unfähigkeit, seine Lust noch länger zu beherrschen, als er sie mit seinem Körper gegen die Matratze preßte.

»Nein.« Ihre Augen flehten ihn an, das nicht auszuführen. Glühende Röte stieg in ihre Wangen auf, als sie versuchte, ihm zu erklären, was er selbst auf Anhieb hätte merken müssen. »Es – es ist zu groß.«

»Nein, ist es nicht.« Seine Mundwinkel zuckten, ehe die Lust seinen Versuch, zu lächeln, zunichte machte und ihm ein Stöhnen entlockte. Sein Mund öffnete ihre Lippen mit gieriger Gewalt und erstickten jeden weiteren Einwand.

Sie spürte einen stechenden Schmerz, als er wie durch ein Wunder in sie eindrang, aber dieser Schmerz ließ allmählich nach, während er rhythmisch seine Hüften bewegte. Schon bald war dieser Schmerz vergessen, als sich die wogenden Gefühle in ihrem Innern wieder zu einem Höhepunkt hochschaukelten. Seine Bewegungen gewannen jetzt an Schnelligkeit und trieben Lorna auf diesen verrückten Moment des explosiven Hochgenusses zu. Hinterher folgte eine Reihe von unkontrollierten Zuckungen. Dann eine Folge von heftigen Schauern, die sich durch Benteen zogen und ihn erschütterten, ehe er sich schweratmend und entspannt auf sie sinken ließ.

Eine Minute später rollte er sich auf die Matratze neben ihr und schlug die Augen auf, um sie anzusehen. Angesichts der Ernsthaftigkeit seines Ausdrucks wurde ihr unbehaglich zumute. Als er die Hand ausstreckte und sie spielerisch von unten mit der Handfläche auf ihre Brust legte, waren Lorna seine Blicke peinlich, die über ihren Körper streiften. Sie tastete nach der Zudecke und zog sie teilweise über ihren und seinen Körper.

Sein Mund verzog sich zu einem spitzbübischen Lächeln. »Wir sind verheiratet, Lorna«, murmelte er. »Du brauchst dich nicht zu schämen, wenn du mich ansiehst.«

»Ich weiß.« Aber es fiel ihr schwer, mit den tiefsitzenden Regeln des Anstands, die man ihr eingefleischt hatte, zu brechen.

»Wie fühlst du dich?« fragte er, und er ließ seine Hand auf die zitternden Muskeln ihres Bauches gleiten.

»Nicht schlecht.« Lorna merkte, daß sie über diese offene Frage errötete.

»Du hast dich geirrt, stimmt's?« Seine Hand glitt besitzergreifend auf ihre Hüften, während er sie leise verspottete. »Es war doch nicht zu groß für dich.«

»Bitte.« Sie fand es nicht richtig, über solche Dinge zu sprechen, auch dann nicht, wenn sie jetzt verheiratet waren.

»Es hat dir doch gefallen, oder?« Es war eher eine Behauptung als eine Frage, und Lorna machte sich sofort wieder Sorgen, sie hätte diesen Liebesakt vielleicht zu sehr genossen. Sie wollte nicht, daß Benteen sie für ein gewöhnliches Straßenmädchen hielt.

»Nein«, log sie.

»Was?« Er zog sich auf einen Ellbogen und musterte sie mit einem skeptischen Blick aus schmalen Augen. »Den Eindruck hast du mir aber nicht vermittelt.«

»Dafür kann ich nichts.« Sie bemühte sich, ihn nicht anzusehen.

»Wenn es dir nicht gefallen hat, warum hast du dann so bereitwillig gewirkt – so eifrig?« fragte Benteen leise, aber herausfordernd.

»Du bist mein Mann. Ich kann dir die ehelichen Rechte nicht verweigern«, murmelte Lorna.

Er griff nach ihrem Kinn und zwang sie, ihn anzusehen. »Warum lügst du?« fragte er eindringlich und neugierig. »Ich habe dich beim ersten Mal beobachtet. Du bist zu unschuldig, um einen Höhepunkt vorzutäuschen.«

Schamröte stieg ihr ins Gesicht, und sie wand sich, um seinen Blicken auszuweichen, doch Benteen hielt sie fest und preßte sie eilig auf die Matratze. Sie versuchte, ihr Gesicht vor ihm zu verbergen, doch das ließ er nicht zu.

»Ich wollte nicht, daß so etwas passiert«, flüsterte sie durch zusammengepreßte Lippen. »Ich wußte nur nicht, was ich dagegen tun kann.«

»Weshalb solltest du denn etwas dagegen tun wollen?« fragte er ungläubig.

»Weil ...« Lorna zögerte, denn seine Frage verwirrte sie. »Ich will nicht, daß du mich für – für schlecht hältst.«

Seine Augen wurden noch schmaler und sahen ihr tief und forschend in die Augen. »Du glaubst doch nicht etwa, daß du schlecht bist, wenn du Leidenschaft empfindest?« Die anklagende Frage war kaum ausgesprochen, als seine Züge sich glätteten und sanfter wurden. »Mein Gott, du glaubst es wirklich«, murmelte Benteen. »Wer hat dir denn das in den Kopf gesetzt?«

»Ich dachte eben, es sei so.« Sie blieb wachsam und unsicher. »Obwohl es nie jemand richtig ausgesprochen hat.«

»Ich wußte, daß du jung bist, aber ...« Der Rest des Satzes wurde mit einem Kopfschütteln abgetan. »Die Leidenschaft ist ein Gefühl, das sich zwischen Mann und Frau ganz natürlich einstellt und es kann auch dann sein, wenn die beiden nicht verheiratet sind. Es ist nichts Böses, wenn einem das Spaß macht.« Sie senkte die Lider, als er so plump und direkt davon sprach. »Kannst du so etwas überhaupt über deine Lippen bringen?«

»Natürlich.« Ihr wurde ganz heiß vor Schreck.

Benteen senkte seinen Kopf dicht über ihr Gesicht, um sie anzusehen, und eine leichte Belustigung stand in seinen Augen, doch er wirkte sehr geduldig. »Dann sag es. Oder noch besser: Sag, daß es dir mit deinem Mann Spaß gemacht hat.«

»Es – es hat mir mit meinem Mann Spaß gemacht.« Nach einem stockenden Anfang brachte Lorna den Satz so schnell wie möglich hinter sich.

»Ist das wahr?« fragte er.

»Ja«, gab sie mit schwacher Stimme zu, doch sie bezweifelte immer noch, daß sie das zugeben durfte.

»Vielleicht müßte ich dich dazu bringen, es tausendmal hintereinander zu sagen, damit es irgendwann eher nach einem Ausdruck der Liebe als nach einem Schuldgeständnis klingt«, schlug Benteen trocken vor.

»Ich liebe dich.« Lorna hatte nie beabsichtigt, ihn etwas anderes glauben zu lassen.

»Du solltest dich auch verdammt hüten, einen anderen zu lieben«, verkündete er als scherzhafte Drohung. Dann streckte er die Hand aus, um den Docht der Lampe herunterzudrehen.

»Warte.« Lorna hielt seine Hand fest. »Ich muß noch mein Nachthemd holen.«

»Nein.« Er drehte den Docht herunter und blies die Flamme aus. Dann zog er ihren nackten Körper in seine Arme und legte ihren Kopf an seine Brust. »Wir werden heute nacht so schlafen. Ich will nicht, daß du diese Hemmungen gegenüber deinem Körper behältst – und auch nicht meinem Körper gegenüber.«

»Ich werde es versuchen.« Aber das war gar nicht leicht, wenn sie seinen Körper so lebendig und fest und warm und so nah spüren konnte. Sie bezweifelte, daß ihr Bewußtsein dieser körperlichen Nähe ihr die Möglichkeit geben würde, sich soweit zu entspannen, daß sie einschlafen konnte.

Seine Hände strichen über ihren Körper. »Du gehörst hierhin und an keinen anderen Ort auf Erden, Lorna.« Es war eine deutliche Besitzerklärung. »Das ist erst der Anfang, und es wird noch viel mehr kommen. Die Frau ist zur Freude des Mannes erschaffen worden.«

In dieser Bemerkung war etwas enthalten, was Lorna den Rat in Erinnerung rief, den ihr diese auffällige Erscheinung, Pearl Rogers, gegeben hatte. Das löste bei ihr eine ganze Reihe von Überlegungen aus.

»Benteen?« Ihre Hand erforschte geistesabwesend seine krause Brustbehaarung. »Hast du – hast du es mit vielen Frauen getan?«

»Was soll denn das?« Sein Lächeln war aus seiner Stimme herauszuhören. »Willst du meine schmutzige Vergangenheit erkunden?«

»War es so?« beharrte Lorna.

»Ich habe im Lauf der Jahre einige Frauen gekannt«, gab er zu.

»Was für Frauen waren das?« fragte sie.

»Ich wüßte nicht, was für einen Unterschied das jetzt noch macht.« Er versuchte, der Frage auszuweichen. »Jetzt bist du meine Frau.«

»Aber diese Frauen – waren das ehrbare Frauen?« Sie mußte wissen, ob er sie mit der richtigen Sorte von Frauen verglich.

»Ich habe sie respektiert«, äußerte er. »Und mehr brauchst du nicht zu wissen.«

»Aber ...« Sie hob ihren Kopf, um ihr Verhör fortzusetzen, denn sie hatte den Verdacht, daß sie wirklich so wie diese leichten Mädchen war, die er gekannt hatte.

»Keine weiteren Fragen.« Er hielt ihr mit seiner Hand den Mund zu. Dann ließ er seine Hand von ihrem Mund gleiten und einen Daumen über ihre Lippen gleiten. »Wir haben morgen einen langen Tag vor uns. Es ist jetzt Zeit, daß wir beide versuchen, ein bißchen zu schlafen.«

Sie trug eine kleine Auseinandersetzung mit sich selbst aus, ehe sie das Thema für den Moment zurückstellte und ihren Kopf wieder auf seine Brust legte. Sein Arm schloß sich fester um sie, um sie dichter an sich zu ziehen, und er kuschelte sich an sie. Lorna zog ein Knie an und legte es auf seine Beine, um es sich bequem zu machen, doch sie zog ihr Bein abrupt zurück, als es etwas Weiches streifte.

»Was ist?« fragte Benteen.

»Nichts«, log sie in ihrer Verwirrung.

»Du kannst gern dein Bein auf meine Beine legen«, forderte er sie freundlich auf.

»Nein, es ist schon in Ordnung«, beharrte sie nervös.

»Was ist denn? Ich weiß, daß du etwas hast.« Dieser entschiedene Tonfall hatte sich wieder in seine Stimme eingeschlichen. »Was ist es, was dir so peinlich ist, daß du es nicht aussprechen willst?«

»Es ist – es ist ganz klein.« Sie konnte nichts dagegen tun, daß es ihr Hemmungen verursachte, diesen Umstand bemerkt zu haben.

Seine leise Stimme trug nichts dazu bei, ihr Unbehagen zu mildern, denn sie hörte ein Lachen heraus. »Es ist nur hart und steif, wenn ein Mann erregt ist. Du wirst bald lernen, wie das geht«, versicherte Benteen ihr.

Es schien, als hätte sie noch eine ganze Menge zu lernen. Lorna hatte sich immer für sehr gebildet gehalten. Sie konnte lesen und Zahlen zusammenzählen, und sie konnte auch nähen und kochen und einen Haushalt führen. Sie hatte sich für recht versiert in den Dingen des Lebens gehalten, aber es schien ganz so, als seien ihr nicht einmal die Grundlagen klar. Es machte ihr gar keinen Spaß, sich so unwissend zu fühlen.

II

Setz die Rinder in Trab.
Wein nicht mehr, Schatz, sondern schau,
denn das Calderland wartet
unter Montanas Himmel so blau.

9

Das erste Licht der Morgendämmerung schimmerte durch die staubigen Fensterscheiben des Hotels. Auf der Straße vor dem Haus rührte sich schon etwas. Benteen lag wach im Bett und sah Lorna beim Schlafen zu. Die Zudecke war bis auf ihre Hüften heruntergerutscht und ließ ihre hochangesetzten festen Brüste frei. Bis zu dieser letzten Nacht war ihm nicht klargewesen, wieviel Leidenschaft in diesem wunderschönen, schlanken Körper verschlossen war, doch diese Erkenntnis hatte ihn keineswegs schockiert. ›Begeistert‹ wäre eine treffendere Beschreibung gewesen.

Sein Blick wanderte auf ihren flachen Bauch und auf ihre Beckenknochen herunter. Mein Gott, wie sie den Lebenssaft bis auf den letzten Tropfen aus ihm herausgequetscht hatte! Allein die Erinnerung daran ließ ihn starr vor Verlangen werden. Seine Augen kehrten zu ihrem Gesicht zurück, dessen Unschuld ihn so rührte wie ihre Schamhaftigkeit in der letzten Nacht. Die Mundwinkel ihrer warmen, geschlossenen Lippen waren ein wenig hochgezogen und zeigten eine Spur der genußreichen Wonnen, die auch sie in der letzten Nacht erfahren hatte. Sie bewegte sich und drehte sich ein wenig zu ihm um.

Es war höchste Zeit zum Aufstehen, aber er wollte sie nicht wecken. Er wollte sie ansehen, jede Einzelheit in sich aufnehmen, die ihm in der letzten Nacht entgangen war, und sich ein paar Einzelheiten näher betrachten, die ihm schon in der letzten Nacht nicht entgangen waren. Seine Hand legte sich auf die Bettdecke, um sie behutsam und zentimeterweise tiefer herunterzuziehen, ohne sie dabei aus ihrem Schlummer aufzustören.

Ihre Wimpern flatterten und wurden dann langsam geöffnet.

Benteen sah die schläfrige Verwirrung, die auf ihr Gesicht trat, während Lorna versuchte einzuordnen, wo sie war. Ihr

Blick fiel auf ihn, und in ihren Augen flackerte bestürztes Wiedererkennen auf.

»Guten Morgen, Mrs. Calder.« Ihr träges Lächeln entsprach seiner langsamen, gedehnten Begrüßung. Er sah die Schamhaftigkeit, die sie ergriff, als sie feststellte, daß sie entblößt war, und er zog die Decke über sie, die er eigentlich nach unten hatte ziehen wollen. Es war ein Jammer, aber mit der Zeit würde sie darüber hinwegkommen und diese Hemmungen ablegen.

»Guten Morgen.« Ihre Stimme klang sanft, leicht heiser vom Schlaf.

»Wußtest du eigentlich, daß du schnarchst?« zog Benteen sie auf.

»Ich schnarche nicht!« Sie war völlig entgeistert über diese Vorstellung, und ihre Hände umklammerten die Bettdecke, die sie sich bis über die Brust gezogen hatte.

»Doch, das tust du. Und sogar ganz schön laut.« Er beugte sich über sie und streifte mit seinem Mund ihre Lippen. Die instinktive Reaktion ihrer Lippen ließ ihn fast die späte Tagesstunde vergessen. Unwillig zog er sich zurück. Seine Selbstbeherrschung wurde auf die Probe gestellt, als er das zögernde Aufflackern von Begierde in ihren Augen sah. Er mußte sich abwenden, wenn er nicht dem Drang nachgeben wollte, dieses Zögern auszuwischen. »Es ist Zeit, daß wir aufstehen und uns auf den Weg machen.«

Als er sich aus dem Bett schwang, drehte Lorna ihren Kopf auf dem Kissen um, um ihn ansehen zu können. Sie war ein wenig enttäuscht, weil er sie nicht wieder hatte lieben wollen. Einen Moment lang hatte sie vergessen, daß Benteen völlig nackt war, aber sein Anblick rief ihr diesen Umstand sogleich wieder ins Gedächtnis zurück. Ihr erster Impuls war der, schnell in eine andere Richtung zu sehen, doch ihre Neugier war stärker. Sie kam sich schon etwas verrucht vor, als sie ihre Blicke über seinen Rücken streifen ließ, der von den breiten Schultern auf die schmalen Hüften zulief. Benteen suchte keineswegs die Ungestörtheit des Ankleidezimmers auf, sondern zog hier im Schlafzimmer, direkt neben dem Bett, seine Kleider an. Nicht etwa seinen Hochzeitsanzug, sondern derbe, widerstandsfähige Arbeitskleidung.

Benteen drehte sich um und warf einen Blick auf das Bett, als er das Hemd in die enganliegende Hose steckte. »Steh jetzt auf, und zieh dich an.« Es klang eher anspornend, nicht wie eine Anweisung.

»Müssen wir denn heute morgen schon abreisen?« fragte Lorna. »Können wir es nicht noch einen Tag aufschieben?«

Er trat an das Bett, stützte sich beidseits von ihr mit den Händen auf und beugte sich herunter. »Wenn ich eine Möglichkeit sähe, es noch einen Tag hinauszuschieben, dann läge ich jetzt mit dir im Bett.« Sein Blick schien ihren Körper unter der Bettdecke sehen zu können, und Lorna spürte diese aufrührerische Leidenschaft in sich entflammen. »Aber wir können die Herde nicht länger hier festhalten. Die Weide ist abgegrast, und die Tiere müssen in Bewegung gehalten werden.«

»Aber dieser eine Tag ...«, setzte sie an, und ihre weiblichen Instinkte sagten ihr, daß er in Versuchung zu führen war, wie auch Adam in der Bibel in Versuchung geführt worden war.

»Nein.« Es war eine entschiedene Antwort, der ein entschiedenes Handeln folgte, als Benteen seine Hände unter ihre Schultern gleiten ließ und sie aus dem Bett hob. »Die Pläne stehen schon seit einer Weile fest, und die Jungen haben ihre Anweisungen, die Rinder noch im Lauf des Vormittags marschbereit gemacht zu haben, damit es sofort losgeht.« Als sie erst nackt vor ihm stand, wanderten seine Hände geistesabwesend über ihre Rippen und ihre Taille. »Ich gehe, sobald ich rasiert bin und aufgeräumt habe. Wenn du mitkommen willst, solltest du dich jetzt besser in Bewegung setzen.«

Ein Blick, mit dem sie das Interesse sah, daß in seinen ansonsten entschiedenen Gesichtszügen aufflackerte, und Lorna ließ sich von seiner leeren Drohung, er würde sie hier zurücklassen, überhaupt nicht mehr einschüchtern. Ehe das Interesse sich verstärken konnte, ließ er sie los und wandte sich abrupt ab.

»Zieh dir deine Sachen an«, forderte Benteen sie mürrisch auf.

Lorna konnte sich erstmals eine vage Vorstellung davon machen, wie leicht ein Mann allein durch den Anblick einer weiblichen Gestalt zu erregen war. Dieser Gedanke war kaum zu ihr durchgedrungen, als er schon von dringlicheren Überlegungen verdrängt wurde, die sich um das Packen und das Ankleiden für die Reise drehten.

Nach einem eiligen Frühstück im Speisesaal des Hotels fuhren sie bei den Pearces vorbei, damit Lorna ihre Eltern ein letztes Mal vor der Abreise sehen konnte. Benteen war ruhelos, und diese Verzögerung des Aufbruchs ließ ihn ungeduldig werden, aber um Lornas willen zügelte er seine Ungeduld, denn ihm war klar, daß er nicht von ihr erwarten konnte, ihre Heimat zu verlassen, ohne sich ein letztes Mal von ihrer Familie zu verabschieden. Aber als diese Zusammenkunft sich zu einem langwierigen und schmerzlichen Abschied auszuweiten drohte, schritt er ein.

»Lorna, wir müssen jetzt gehen.« Seine Hand legte sich um ihren Ellbogen, und seine Stimme war fest.

»Können wir nicht noch ein wenig bleiben?« Sie drehte sich zu ihm um, und die Tränen strömten jetzt unablässig über ihr Gesicht.

»Nein.« Benteen gab nicht nach, obwohl die Tränen es ihm erschwerten, hart zu bleiben.

Als sie sah, daß ihr Flehen nichts bei ihm ausrichten konnte, wandte sie sich wieder ab, um ihre Mutter fest an sich zu drücken. Mrs. Pearce weinte ebenfalls, und sie zeigte mehr Gefühl, als Benteen je bei ihr entdeckt hatte. Selbst in den Augen ihres Vaters stand ein feuchter Schimmer, als Arthur Pearce auf ihn zukam, um Benteens Hand zwischen seine beiden Hände zu nehmen.

»Sie werden doch gut auf mein kleines Mädchen aufpassen.« Das Lächeln dieses Mannes hatte etwas Steifes an sich, und sein Kinn war starr und eckig.

»Ja, das werde ich tun, Sir.« Benteen tat so, als nehme er die belegte Stimme des Mannes nicht wahr.

Dann löste sich Lorna aus den Armen ihrer Mutter und wandte ihr tränenüberströmtes Gesicht ihrem Vater zu. »Oh, Daddy«, schluchzte sie, und sie schlang ihre Arme um seinen Hals. Einen Moment lang verbarg Arthur Pearce sein Gesicht in ihrem dunklen Haar und drückte sie fest an sich.

»Du wirst jetzt brav sein, hörst du?« Es war eine brummige Ermahnung, hinter der er seinen eigenen Kummer versteckte.

»Ich werde dich so sehr vermissen, Daddy«, erklärte Lorna mit schluchzender Stimme.

Benteen wußte, daß sich hier nichts von allein ergeben konnte und daß ihm ein Eingreifen nicht erspart blieb. »Es tut mir leid, Mr. Pearce«, mischte er sich mit Entschiedenheit in die gefühlvolle Szene ein. Arthur Pearce nickte widerstrebend, um ihm zu verstehen zu geben, daß er seine Lage verstand, und er versuchte, sich von seiner Tochter zu lösen. Benteen nahm sie an den Schultern und zog sie von ihm fort. Ihre Hände blieben ausgestreckt, streckten sich unwillkürlich ihren Eltern entgegen. »Es ist jetzt Zeit, Lorna.«

»Ich ...« Aber die Worte wurden erstickt, als sie sich eilig vom Anblick ihrer weinenden Mutter und von dem schmerzlichen Blick ihres Vaters abwandte. Sie rannte mehr oder weniger auf den Wagen zu und schlug sich die Hände auf den Mund, um das Schluchzen zu unterdrücken, das ihren Körper von Kopf bis Fuß beben ließ.

Benteen half ihr mürrisch beim Aufsteigen und setzte sich dann neben sie. Es tat ihm weh, in ihr gepeinigtes, tränenüberströmtes Gesicht zu sehen, und daher wandte er seine Augen ab. Sie hatte sich kaum hingesetzt und wandte doch schon wieder ihren Blick sehnsüchtig ihren Eltern zu. Die Zügel der Pferde waren um einen Pfahl geschlungen. Benteen löste sie.

»Auf Wiedersehen!«

»Auf Wiedersehen!«

»Und vergiß nicht zu schreiben!«

»Wir werden dich vermissen!«

»Auf Wiedersehen!«

Benteen versuchte nicht, die Stimmen voneinander zu unterscheiden, die einander diese Abschiedsworte zuriefen, sondern er ließ sie im Klappern der Pferdehufe und im Knarren der Wagenräder untergehen. Neben ihm verrenkte Lorna sich auf ihrem Platz, um ihre Eltern im Auge zu behalten, während sie fortfuhren. Die Tränen tropften immer noch aus ihren Augen, und Benteen preßte seine Lippen zusammen und bewahrte Schweigen. Er konnte sie verstehen, und doch stieg Zorn in ihm auf, weil es in diesem Moment nichts gab, was er hätte sagen oder tun können. Ihre Verzweiflung ging so weit, daß kein Trost möglich war, und daher versuchte er gar nicht erst, sie zu trösten.

Sie hatten die Stadt schon fast verlassen, als ihre Schultern endlich nicht mehr von ihrem Schluchzen geschüttelt wurden, aber die Tränen versiegten noch nicht. Benteen warf einen schnellen Seitenblick auf ihr blasses, angespanntes Gesicht, das ihm abgewandt war, und dann sah er wieder auf die Straße vor sich. Mit einer Hand löste er das Tuch, das er sich um den Hals geknotet hatte, und bot es ihr wortlos an.

Sie nahm es und wischte sich die Tränen von den Wangen. Dabei hielt sie sich am Sitz fest, um auf der holprigen Straße nicht herunterzufallen. Als sie ihre Tränen getrocknet hatte, umklammerte sie das Taschentuch auf ihrem Schoß.

»Ich kann nichts dagegen tun«, verteidigte Lorna ihre Tränen.

»Ich weiß.« Seine Stimme war gepreßt. Sie betupfte wieder ihre Augen mit dem Taschentuch, senkte den Kopf und zog die Nase hoch. Ob absichtlich oder nicht – sie gab ihm das Gefühl, ein elender Schurke zu sein, weil er sie von ihren Eltern fort holte. Das nagte an ihm, denn sie war seine Frau. Sie gehörte zu ihm, nicht zu ihnen. Benteen unterdrückte diese Gefühle nach bestem Können, aber sein Ärger schlich sich doch in das, was er sagte, ein. »Wenn du weiterheulst, wirst du dich davon auch nicht besser fühlen.« Er merkte, daß sie sich steif aufsetzte, und er verfluchte sich dafür, daß er nicht versuchte, sie zu trösten.

Als er seinen Arm um sie legen wollte, stieß Lorna ihn von sich. »Du verstehst das nicht«, beschuldigte sie ihn, und die Tränen traten wieder in ihre Augen. »Wahrscheinlich sehe ich sie nie wieder!«

Aller Wahrscheinlichkeit nach hatte sie recht, und daher versuchte Benteen gar nicht erst, über diesen Punkt zu streiten. Aber ihre Blicke waren auf ihn gerichtet, und sie erwartete von ihm, daß er es bestreiten und ihre Angst lindern würde. Als er schwieg, fing ihr Kinn an zu zittern.

»Dann ist es also wahr, oder?« flüsterte sie.

»Ich weiß es nicht.« Er wollte ihr gegenüber so ehrlich wie möglich sein, und sein Gesicht war grimmig und noch markanter als sonst.

Er rechnete damit, daß sie in Tränen ausbrechen würde, aber dieser Ausbruch von Kummer blieb aus. Die Tränen rannen weiterhin lautlos über ihre Wangen, während Lorna auf die Straße vor sich starrte. Das war ihm unerträglicher als der Gefühlsausbruch, mit dem er gerechnet hatte.

Als sie um neun Uhr morgens das Lager erreichten und bereits drei Stunden Tageslicht verschenkt hatten, war alles für den Viehtrieb bereit. Die Pferde wurden vor den Proviantwagen gespannt. Ely Stantons Wagen war bereit zur Abfahrt. Die Ersatzpferde waren bereit, und alle Cowboys saßen auf dem Sattel und erwarteten die Anweisung zum Aufbruch.

Benteen ließ die Pferde anhalten und schlang die Zügel um die Wagenbremse. Er warf einen Blick auf Lorna und bemerkte die Tränen, die auf ihrem Gesicht trockneten. Ein tiefer Seufzer löste sich aus seiner Kehle, als er sich von seinem Sitz auf den Boden schwang. Er ging um den Wagen herum und band sein bereits gesatteltes Reitpferd los.

Jessie Trumbo kam zu ihm geritten, als Benteen seinen Fuß in den Steigbügel stellte. »Alles bereit zum Aufbruch. Wir warten nur auf deine Anweisungen«, sagte er, und Benteen nickte ihm kurz zu.

Benteen ritt zu dem Wagen der Stantons, ohne Lorna anzusehen, als er an ihr vorbeikam. Er legte wortlos seine Finger an die Hutkrempe, um die einfache Frau zu begrüßen, die allein im Wagen saß und einen Hut auf dem Haar trug. Er bat sie, Lorna Gesellschaft zu leisten und in ihrem Wagen mitzufahren.

»Natürlich, Mr. Calder«, willigte Mary Stanton ein, und sie raffte ihre langen Baumwollröcke, um abzusteigen.

Benteen ritt zum Proviantwagen. Dort sprach Jessie gerade mit Rusty, dem Koch. »Sag Joe Dollarhide, daß er heute morgen den Wagen der Stantons lenkt.«

Keinem der beiden Männer war das blasse, tränenverschmierte Gesicht seiner Braut entgangen, doch beide waren klug genug, Benteen nicht darauf anzusprechen. Mit einem

Nicken ließ Jessie sein Pferd umkehren und galoppierte zu den Pferden, um den jungen Reiter zu holen.

Als Mary Stanton neben Lorna auf den Sitz kletterte, spülte eine Woge von Mitleid mit der jungen Braut über sie hinweg. »Ihr Mann meinte, wir könnten einander heute morgen Gesellschaft leisten«, erklärte sie mit einem schwachen Lächeln.

Lorna nickte steif, aber sie sagte kein Wort. Ihre Finger hatten das Tuch zu einer festen Kugel auf ihrem Schoß zusammengepreßt. Mary sah, daß der Koch seine Leute zum Aufbruch zusammentrommelte, und daher schlang sie die Zügel von der Bremse und nahm sie in ihre Hände. Der Proviantwagen würde die Herde bis zur Mittagspause anführen. Der Ort, an dem sie Rast machen wollten, lag ein kleines Stück abseits der Route, die sie einschlagen würden.

»Wir folgen dem Proviantwagen«, sagte Mary. Ihr Blick blieb auf dem Sonnenhut hängen, den Lorna auf dem Rücken baumeln hatte. »Sie sollten sich diesen Hut lieber auf den Kopf setzen«, riet sie ihr. »Sonst macht die Sonne Ihnen noch die zarte Haut kaputt.« Mit der Zeit würde es ohnehin so kommen, aber dieses Wissen behielt sie für sich.

In ihrer momentanen Verfassung machte sich Lorna nichts weiter daraus. Sie war viel zu bekümmert, aber sie zog sich trotzdem teilnahmslos den Hut auf den Kopf und knotete die Bänder unter ihrem Kinn. Ein Junge ritt an ihnen vorbei und stieg ab, um auf den zweiten Planwagen zu steigen, nachdem er sein Pferd hinten an den Wagen gebunden hatte. Als der Proviantwagen sich in Bewegung setzte, ließ Mary die Pferde laufen. Lorna hielt sich wieder am Sitz fest, als der Wagen einen Satz nach vorn machte. Sie hielt nach Benteen Ausschau und entdeckte ihn in dem Moment, in dem er das Signal gab, die Herde aus dem Pferch zu führen.

»Es ist sehr schwer, zum ersten Mal von zu Hause fortzugehen«, bemerkte Mary, nachdem sie ein Stück weit gefahren waren. »Ohne zu wissen, wann man seine Familie wiedersieht.«

»Ja«, gestand Lorna ein, und endlich sah sie der Frau, die nur wenige Jahre älter war als sie, direkt in die Augen. Sie spürte, daß Mary Stanton wirklich nachvollziehen konnte, was sie empfand. »Haben Sie Ihre Eltern jemals wiedergesehen, seit Sie von zu Hause fortgegangen sind?«

»Nein«, gab Mary zu. »Meine Mutter ist letztes Jahr gestorben. Ich hoffe, wir können ihr Grab aufsuchen, wenn wir nach Iowa kommen.«

Ihre Antwort trug nicht dazu bei, Lorna zu beschwichtigen und ihr das Gefühl zu geben, ihre Ängste seien unbegründet. Dennoch waren diese Worte aus Marys Mund erträglicher, als wenn Benteen dasselbe sagte.

»Das Los einer Frau auf dieser Welt ist ein einsames Los«, sagte Mary. »Das werden Sie auch noch herausfinden – und Sie werden einen Weg finden, das Beste daraus zu machen.«

»Da bin ich mir nicht so sicher«, murmelte Lorna.

»Im Moment denkst du nur an das, was hinter dir liegt, aber wenn du erst ein neues Zuhause hast und Kinder da sind, die großgezogen werden müssen, dann schaust du nach vorn. Der Kummer vergeht. So ist es im Leben.«

»Das mag wohl sein.« Aber ihr Kummer war noch ganz frisch, zu frisch, um sich so philosophisch damit abzufinden.

»Eine Frau hat auf dieser Welt kaum eine Wahl. Während sie aufwächst, schreiben ihr die Eltern vor, was sie zu tun hat. Und wenn sie verheiratet ist, tut es ihr Mann.«

»Das ist nicht gerecht«, erwiderte Lorna, ohne sich wirklich darüber im klaren zu sein, was sie eigentlich sagte.

»Das Leben ist nicht gerecht, aber es kann schön sein.« Mary lächelte schwach. Das Mädchen hatte mehr Schneid, als sie geglaubt hatte.

Lorna erschien das unmöglich, und wie hätte das Leben auch schön sein können, wenn sie ihre Eltern womöglich nie wieder sah. Aus dem, was Mary gesagt hatte, mußte sie schließen, daß es auch niemals besser werden würde. Bei diesem Lärm fiel das Denken schwer – die Rinder blökten, das Klappern der Wagen dröhnte in ihrem Trommelfell, und sie holperten über die unebene Prärie.

Alle ihre Gedanken kehrten sich nach innen. Lorna bemerkte nicht, daß die Prärie von Texas sich zum Abschied in ihr Festtagsgewand geworfen hatte. Der Frühling hatte das Land mit frischem grünem Gras überzogen, das überall aus dem Boden sproß, und die wenigen Bäume trugen grüne Knospen, die demnächst aufspringen würden. Wildwachsende Blumen brachten Farbe in die wellige Hügellandschaft.

Es war die Jahreszeit, die ruhelose Gemüter ansprach. Benteen nahm ihren Ruf wahr. Von einer hohen Kuppe aus, die ihm einen weiten Ausblick bot, sah er, wie sich die Longhorns ausfächerten. Der scheckige Stier hatte sich bereits an die Spitze vorgedrängt und die Führung der Herde übernommen. Es war üblich, daß bei einem Viehtrieb die einzelnen Tiere täglich denselben Platz innerhalb der Herde einnahmen. Manche würden immer in der Mitte laufen, und andere würden hinter der Herde zurückbleiben. Ganz gleich, welchen Platz die Tiere auch zu Tagesbeginn einnahmen – gegen Ende des Tages hatten sie ihren gewohnten Platz wieder eingenommen.

Spanish Bill und Jessie Trumbo ritten an der Spitze beidseits der Herde, um sie in die richtige Richtung zu führen. Die Reiter, die weiter hinten neben der Herde, an deren äußersten Flanken und hinter der Herde herritten, tauschten täglich die Plätze aus, aber die Reiter an der Spitze blieben in ihren Positionen. Sie erfüllten eine heikle Aufgabe, die Erfahrung und Geschicklichkeit verlangte. Benteen hatte die Verantwortung den beiden Männern übertragen, denen er am meisten zutraute.

Es ging weniger darum, die Herde anzutreiben, sondern in erster Linie darum, sie in einem gemäßigten Laufschritt in die richtige Richtung zu lenken. Die Rinder konnten weite Strekken zurücklegen, ohne an Gewicht zu verlieren, wenn man sie nicht allzusehr in Trab hielt. In den meisten Fällen legten die Longhorns sogar auf dem Weg zu den Eisenbahnstationen im Norden Gewicht zu, wenn auf der Strecke genügend Gras und Wasser zur Verfügung standen. Benteen sah Lornas Wagen nach, der gerade in einer Senke verschwand. Er hoffte, daß er eine richtige Entscheidung getroffen hatte, als er Mary Stanton gebeten hatte, den Tag mit Lorna zu verbringen. Er hatte sie nicht allein lassen wollen, aber er selbst hatte die Verantwortung für die Herde.

Wer einen Viehtrieb anführte, lebte immer nur nach einem Motto: Behalte die Füße der Rinder und die Rücken der Pferde im Auge, und überlaß die Cowboys und die Köche sich selbst. Das traf zum Teil auch auf seine junge Frau zu. Diese Herde stand für ihre gemeinsame Zukunft. Das mußte sie verstehen. Er gab seinem Pferd die Sporen und galoppierte an die Spitze.

Da sie erst spät aufgebrochen waren, ließ Benteen die Herde eine Stunde länger als üblich nach Norden laufen, bis die Sonne senkrecht über ihnen stand, und erst dann ließ er die Rinder grasen und legte eine Rast für alle ein. Die Stelle war im voraus festgelegt worden, und daher erwartete die Treiber im Proviantwagen bereits eine leichte Mahlzeit. Die Cowboys aßen im Schichtwechsel, und einige von ihnen blieben ständig bei der Herde zurück.

Benteen trug seinen Teller zu Lorna, die neben dem Wagen saß. Ihre Wangen waren trocken, aber sie schien ihre Umgebung immer noch nicht bewußt wahrzunehmen.

»Magst du nicht etwas essen?« Er kauerte sich neben sie und stieß sich den Hut auf den Hinterkopf.

»Ich habe keinen Hunger.« Sie sah ihn nicht an.

»Wie du meinst.« Er hockte sich auf die Fersen und fing an zu essen. Er sah sich um, und sein Blick fiel wieder auf die wildwachsenden Blumen und das knospende und sprießende Frühlingsgrün. »Es ist ein schöner Tag.«

»Hier.« Sie zerrte sein rotes Halstuch aus ihrer Tasche und reichte es ihm.

»Kommst du gut mit Mary Stanton aus?« Benteen steckte das Halstuch einstweilen in seine Hemdtasche.

»Ja.«

»Wenn du magst, kann ich es so einrichten, daß sie heute nachmittag auch mit dir im Wagen sitzt«, erbot sich Benteen.

»Ich kann die Pferde selbst lenken«, gab Lorna zurück.

Er stellte seinen Teller hin, da es ihm nicht möglich war, etwas zu essen, solange diese Kälte und Anspannung in der Luft hingen. »Lorna, das mit deinen Eltern tut mir leid. Ich weiß, daß du dich elend fühlst, aber ich kann kaum etwas dagegen tun.«

»Es gibt auch kaum etwas, was du dagegen tun willst.« Sie stand auf und ging zum Wagen der Stantons.

Benteen hob seinen Teller wieder auf und aß weiter, aber er

schmeckte nichts anderes als Zorn. Für eine Ehe war das ein verteufelter Anfang, aber er wollte in der Hölle schmoren, wenn er sich jetzt noch einmal entschuldigte.

Als die Longhorns lange genug geweidet hatten, legten sie sich hin. Das war das Signal, auf der Stelle weiterzuziehen. Nachmittags ließ sich jede Herde leichter antreiben, weil die Tiere durstig waren und bereitwillig zum Wasser weiterliefen.

Benteen kannte diesen Streckenabschnitt gut. Normalerweise wäre er jetzt nicht vorausgeritten, um sich das geplante Nachtquartier anzusehen, aber er erinnerte sich daran, daß Stoney ihm im Mietstall etwas von Wasserstellen erzählt hatte, die die Farmer eingezäunt hatten. Er fand auch wirklich neue Stacheldrahtzäune um die Wasserstelle herum vor.

Spanish war mit ihm vorausgeritten. »Ein Mann, der diesen Draht verkauft, hat damit einen Zaun in San Antonio errichtet. Er hat eine Stampede von Longhorns darauf losgelassen, um zu zeigen, wie kräftig dieser Draht ist. Die Herde hat einen Pfahl aus dem Boden gerissen, aber der Draht hat gehalten.«

»Schneide ihn durch«, ordnete Benteen an.

»Das wird dem Farmer aber gar nicht gefallen.« Spanish wandte ihm zwei neugierige schwarze Augen zu.

»Einer Herde durstiger Longhorns gefällt das genausowenig«, erwiderte Benteen. »Schneid' ihn durch.«

Als die Herde das Nachtquartier fast erreicht hatte, hatten die Reiter die Rinder dichter zusammengetrieben, damit sie sich nicht mehr allzuweit auffächern konnten. Als sie sie an die Wasserstelle brachten, teilten sie die Rinder in verschiedene Gruppen auf, um einen zu starken Andrang und Rempeleien zu vermeiden.

Benteen und Spanish hatten den Stacheldraht zu dem Zeitpunkt, zu dem die Herde die Tränke erreichte, abmontiert. Die Hölle brach herein, als sich Hufe und Hörner in dem heruntergebogenen Stacheldraht verfingen.

Benteen fluchte, als er sah, was sich hier anbahnte. »Sie gehen durch!« Eine Sekunde, ehe der erste Stier einen verrückten Satz machte, der die gesamte Horde auseinanderstieben ließ, erkannte er die Warnzeichen.

Der Boden dröhnte unter dem Donner ihrer Hufe. Hörner

prallten klappernd und rasselnd gegeneinander. Alle anderen Pflichten waren vergessen. Benteen achtete nur darauf, daß die Rinder nicht auf die Wagen zuliefen, ehe er seinem Pferd die Peitsche gab und es der Herde nachlaufen ließ. Jonesy galoppierte direkt vor ihm her und sang in Höchstlautstärke: »*Rock of ages, cleft for me. Let me hide myself in thee.*« Viele sündige Cowboys erblickten inmitten einer Stampede ›das Licht‹. Einige abergläubische Treiber glaubten, eine Herde, die durchging, reagierte nur noch auf Gesänge.

Da Jonesy das schnellere Pferd hatte, ließ Benteen ihn die Leittiere überholen und ihnen den Weg abschneiden, indem er sie in einem langsamen, weitgesteckten Kreis umrundete. Zum Glück war es eine kurze Geschichte – das Ganze dauerte nicht mehr als fünf Minuten, denn die durstigen Rinder ließen sich gern wieder unter Kontrolle bringen. Das Blöken setzte ein, als sie sich lose wieder zusammenschlossen, und die Reiter achteten sorgsam darauf, die Tiere nicht zu dicht zusammenzutreiben, weil es vorkommen konnte, daß Tiere, die sich mitten in der Herde befanden, schlappmachten und totgetreten wurden.

In dem Moment, in dem die Herde sich beruhigt zu haben schien, bewirkten bellende Hunde, daß die Tiere wieder nervös wurden. Benteen riß den Kopf zu den Lauten herum und sah einen Haufen von Farmern, die auf die Wasserstelle zueilten. Sein Mund zog sich zu einem wütenden Strich zusammen.

»Jessie! Shorty!« Er winkte den beiden Männern zu, die sich ihm sofort anschlossen, und er kehrte sein Pferd von der Herde ab und ritt auf die Farmer zu, die ihnen entgegenkamen.

Sein Gewehr steckte in der Scheide. Benteen zog es heraus und ließ eine Patrone in die Kammer gleiten. Dann legte er es auf einen Hund mit glattem Fell an, der das Rudel anführte. Ein Schuß konnte leicht bewirken, daß die Herde wieder durchging, aber das konnten die Hunde auch. Er feuerte einen Schuß ab und warf den Anführer des Rudels zurück. Shorty und Jessie feuerten hinter ihm Kugeln auf das Rudel ab. Innerhalb von Sekunden hatten die Hunde, die sich noch von der Stelle rühren konnten, den Schwanz eingezogen und rasten in die Richtung zurück, aus der sie gekommen waren. Benteen stellte sich auf seinem Pferd einer Wagenladung von Farmern gegenüber.

»Sie haben unsere Hunde getötet!« schrie einer.

»Haben Sie diesen Zaun errichtet?« Benteen ignorierte den empörten Einwand.

»Das ist unser Wasser!« schrie einer der Farmer.

»Vergeßt diesen Quatsch. Rinder werden hier getränkt, seit der erste Viehtrieb nach Norden durchgeführt worden ist.«

»Sie schulden uns Geld für diesen Zaun, den Sie zerschnitten haben – und für jedes einzelne Rind, das von dem Wasser getrunken hat«, forderte ein anderer.

»Ich zahle nicht dafür, daß meine Rinder Wasser trinken«, fauchte Benteen.

»Sehen wir doch, was der Marshall dazu zu sagen hat«, drohte der, der als erster gesprochen hatte.

»Tun sie das ruhig.«

Die Farmer einigten sich mürrisch untereinander, ehe sie die Pferde umkehren ließen und endlich verschwanden. Benteen sah ihnen nach und ließ sein Pferd erst umkehren, als sie aus seinem Gesichtsfeld verschwunden waren. Als er das Gewehr wieder in die Scheide an seinem Sattel steckte, hörte er, daß Shorty und Jessie dasselbe taten.

»Diese verdammten Farmer!« fluchte Shorty. »Wir hätten ein paar Kugeln in sie hineinballern sollen.«

»Kümmern wir uns um die Herde.« Benteen ritt auf die Herde zu, die unruhig und nervös herumtrampelte.

Die Wagen hatten das Nachtquartier eine ganze Weile vor der Herde erreicht. Inzwischen bereute Lorna aus tiefstem Herzen, daß sie sich Benteen gegenüber damit gebrüstet hatte, sie könnte die Pferde lenken, die den Wagen zogen. Die vier Pferde waren nicht die umgänglichen Tiere, die den Lastkarren ihres Vaters zogen, und ihre Arme schmerzten so sehr, daß sie beim Halten der Zügel zu zittern begonnen hatten. Durch diese Prärie führten keine Wege, und nachdem sie einen Tag lang auf dem Kutschersitz des Wagens herumgeholpert war, schien ihr ganzer Körper blaue Flecken und Aufschürfungen zu haben, und sie hatte den Eindruck, daß ihr keine Stelle an ihrem ganzen Leib nicht weh tat. Klebriger Staub bedeckte ihr Gesicht und ihre Kleider und trug zu ihrem Unbehagen bei.

Sie quälte sich damit herum, daß sie sich seit der Mittagsrast nicht mehr erleichtert hatte. Lorna kletterte behutsam vom Kutschersitz herunter und sprang den letzten halben Meter nicht hinab, weil sie fürchtete, der Aufprall könnte zu einer öffentlichen Demütigung führen. Sie sah sich eilig um. Als sie mittags Rast gemacht hatten, hatte eine kleine Gruppe von Bäumen herumgestanden, in denen sie sich hatte verbergen können, aber hier gab es nichts anderes als Gras, soweit das Auge sah. Sie konnte nicht einmal irgendwelche Sträucher sehen.

»Ich spanne die Pferde für Sie aus, Mrs. Calder«, sagte eine junge Stimme.

Lorna drehte sich erschrocken um und sah den dunkelhaarigen Jungen, der neben dem Pferdegespann stand. Sie erkannte in ihm denjenigen, der Marys Wagen am Vormittag kutschiert hatte. Er konnte höchstens zwei Jahre jünger sein als sie. Lorna kam sich in diesem Moment sehr jung und dumm vor, jünger als er, aber sie war eine verheiratete Frau, und sie durfte nicht zulassen, daß er es merkte.

»Danke.« Sie lächelte zögernd. Sie bezweifelte, daß es ihr gelungen wäre, das halsstarrige Pferdegespann auszuspannen, ohne daß etwas schiefgegangen wäre.

Mit steifen Schritten ging Lorna auf den Wagen der Stantons zu; Sie fühlte sich nicht mehr ganz so fehl am Platz, als sie sah, daß Mary sich ebenfalls helfen ließ. Der o-beinige Mann hatte das Ausspannen für sie übernommen.

»Mary«, rief Lorna ihrer neuen Freundin und Beraterin zu.

Die stämmige Frau kam ihr entgegen. Sie sah sie scharf an, doch diese Schärfe wurde durch ihr mattes Lächeln gemildert. »Wie geht es dir?«

»Gut.« Wenn ihr anderes Anliegen nicht so dringlich gewesen wäre, hätte Lorna das müßige Plaudern fortgesetzt. Statt dessen senkte sie ihre Stimme, damit keiner der drei Männer im Lager mitanhören konnte, was sie sagte. »Was tun wir, wenn wir uns erleichtern müssen?«

Einen Moment lang herrschte Schweigen. Lorna senkte ihren

Blick auf den Boden und war sicher, daß sie sich erniedrigt hatte, indem sie über Körperfunktionen gesprochen hatte, aber sie hatte nicht gewußt, was sie sonst tun sollte.

»Du gehst einfach ein Stückchen weit weg und tust es«, sagte Mary.

Lorna sah die Frau schockiert an. »Aber das Gelände ist so offen.« Sie warf einen verstohlenen Blick auf den Mann, der die Pferde ausspannte. »Jeder kann mich sehen.«

»Hier draußen in der Prärie gibt es Zeiten, in denen man sich nach dem Anstand richtet, und es gibt andere Zeiten, zu denen das einfach nicht möglich ist«, erklärte Mary freundlich. Ihr Blick streifte über die Gegend. »Gleich da drüben ist ein kleiner Hügel. Vielleicht kannst du um diese Kuppe herumgehen. Dann kann man dich zwar noch sehen, aber doch so gut wie nicht mehr.«

Unter den gegebenen Umständen schien ihr kaum etwas anderes übrigzubleiben als das, was Mary ihr vorgeschlagen hatte. Lorna hatte sich in ihrem ganzen Leben noch nicht so gehemmt gefühlt wie in diesem Moment, in dem sie sich den Anschein gab, zu ihrem Vergnügen hinter diese kleine Anhöhe zu spazieren. Niemand schien sie zur Kenntnis zu nehmen, oder wenigstens sah niemand ihr nach. Lorna versuchte, sich so klein wie möglich zu machen, als sie wußte, daß sie unmöglich noch länger warten konnte.

Ihr langer Rock und ihre Reifröcke boten ihr eine gewisse Deckung. Als sie Schritte im Gras hörte, waren sie ihr gleichzeitig hinderlich, als sie versuchte, ihre Unterwäsche eilig wieder hochzuziehen. Die Laute kamen von hinten, und das machte alles noch schlimmer, weil sie keine Ahnung hatte, wer auf sie zukam. Sie warf einen verstohlenen Blick über die Schulter und erkannte den Koch. Er wirkte gedankenverloren und schien den Himmel anzusehen, während er weiterging.

Lorna stand auf und strich eilig ihre Röcke glatt. Dann eilte sie zum Lager zurück. Mit rotem Gesicht warf sie einen eiligen Blick in seine Richtung und hoffte, daß er sie ignorieren würde. Sie fühlte sich um so mehr gedemütigt, als sie entdeckte, daß er sie bemerkt hatte. Sie konnte den Gedanken nicht ertragen, daß er wußte, was sie hier getan hatte.

»Ich wollte mir die wildwachsenden Blumen näher betrachten.« Lorna log in ihrer Verzweiflung, um ihre Anwesenheit an diesem Ort zu erklären.

Seine Augen blinkten. »Ich habe wohl genau dasselbe vor, Ma'am.« Er legte seine Finger an seine breite Hutkrempe und ging an ihr vorbei.

Lorna wäre am liebsten im Boden versunken. Er hatte ihr nicht einen Moment lang diese Ausrede geglaubt. Es war ihr wahrhaftig nicht daran gelegen zu erfahren, daß seine Absichten dieselben wie ihre waren.

Als sie zu den Wagen zurückkehrte, beachtete sie keiner der Männer, aber sie kam sich vor, als seien hundert Augenpaare auf sie gerichtet. Sie hörte das Dröhnen der Herde, die näherkam. Benteen und ein anderer Reiter standen an der Tränke und durchschnitten den Draht, mit dem sie eingezäunt war.

10

Lorna und Mary hatten gemeinsam eine kleine Schüssel Wasser, um sich den schlimmsten Schmutz aus dem Gesicht und von den Händen zu waschen. Von Baden war gar nicht erst die Rede. Der Koch war von seinem Spaziergang durch die Prärie zurückgekehrt und legte ein paar Scheite auf das lodernde Feuer. Das Holz hatten sie auf dem Weg gesammelt.

»Ich finde, wir sollten unsere Hilfe beim Abendessen anbieten, auch wenn dieses Anerbieten wahrscheinlich abgelehnt wird«, schlug Mary vor.

»Warum nicht?« Lorna hatte es nicht allzu eilig, dem Koch unter die Augen zu treten, aber sie sah nicht ein, warum jemand Hilfe beim Kochen ablehnen sollte.

»Ely sagt, daß Köche auf einem Viehtrieb ihren Posten verteidigen und sich keine Ratschläge geben lassen«, erklärte Mary. »Aber es wäre eine nette Geste.«

Mit Mary als moralischer Stütze ging Lorna zum Proviantwagen.

»Können wir in irgendeiner Form behilflich sein?« fragte Mary.

»Nein.« Der Koch drehte sich gar nicht erst zu ihnen um.

Ein Dröhnen und Brüllen setzte ein. »Was ist das?« fragte Lorna, die sich entsetzt umdrehte.

»Eine Stampede.« Der Koch sah sich jetzt auch um. »Sie kommen nicht auf uns zu.«

Lorna konnte das Geschehen aus einer Viertelmeile Abstand gut beobachten. Die Rinder gingen durch und rasten wie wild davon. Sie hatte Geschichten über Rinderherden, die durchgingen, gehört, über Reiter, die von den Hufen der Tiere plattgetrampelt wurden. Beim Anblick der Reiter, die an der Herde vorbeistürmten, schlug ihr das Herz im Hals. Benteen war jetzt irgendwo dort draußen, aber die Rinder und die Pferde wirbelten soviel Staub auf, daß sie ihn durch den Schleier nicht sehen konnte. Sie war wie gelähmt vor Angst um ihn und blieb wie angewurzelt stehen.

Rusty machte sich wieder an die Arbeit, doch dabei behielt er das Geschehen im Auge. Bis sich endgültig herausstellte, ob seine Funktionen als Koch, als Doktor oder als Leichenbestatter gefragt waren, buk er Brot. Als er sah, daß die Rinder langsam wieder unter Kontrolle kamen, nickte er beifällig. »Sie haben es geschafft«, verkündete er.

Als Lorna das Brüllen der Rinder hörte, wurde ihr erst bewußt, daß sie während der Stampede nur das Trampeln der Hufe gehört hatte und daß die Rinder ansonsten keinen Laut von sich gegeben hatten. Das Getöse machte sie ganz benommen, und gleich darauf waren Schüsse zu hören. Sie wußte, daß sie keine ruhige Minute haben würde, ehe sie Benteen lebend und unverletzt vor sich sah.

»Da ist Ely«, keuchte Mary, die neben ihr stand.

Lorna hatte nicht bedacht, daß ihre neue Freundin dieselben Ängste durchmachte wie sie. Sie legte ihre Hand stumm auf den Arm der Frau, um ihre Freude darüber zu bekunden, daß Ely unversehrt zurückgekommen war.

»Aber wo ist Benteen?« murmelte Lorna.

Es dauerte eine Ewigkeit, bis sie ihn unter den anderen Cowboys entdeckte, die die Herde flankierten. Ihre Knie zitterten, und ihr war vor Erleichterung ganz schwach zumute.

»Jetzt ist die ganze Aufregung wieder vorbei«, sagte der Koch mit einem diskreten Seitenblick auf die Frauen. »Warum setzt ihr euch nicht und trinkt eine Tasse Kaffee?«

»Danke«, sagte Mary. »Ich glaube, das ist jetzt genau das Richtige.«

Der Kaffee war so stark und so schwarz, daß Lorna sich an dem ersten Schluck fast verschluckte.

»Ely hat immer gesagt, mein Kaffee sei zu dünn.« Mary lachte leise. »Ich habe ihm kein Wort geglaubt, wenn er gesagt hat, auf den Viehtrieben gebe es Kaffee, auf dem man eine Pistole schwimmen lassen könnte.«

Lorna setzte ihren Hut ab und lächelte Mary zustimmend zu. Sie fühlte sich seelisch erschöpft und ausgelaugt. Trotz seines widerlichen Geschmacks brachte der starke Kaffee es wenigstens fertig, sie teilweise wiederzubeleben.

Benteen blieb bei der Herde, bis sie getränkt und abseits des Weges zum Weiden geführt worden war. Rusty, der wußte, daß Benteen als allererstes einen Kaffee haben wollte, drückte ihm einen Becher in die Hand. »Irgendwer verletzt?«

»Nein.«

»Dieser ganze Trubel hat deiner Braut einen gewaltigen Schrecken eingejagt.« Rusty gab diese Information anscheinend unbeteiligt weiter, doch er bemerkte Benteens eiligen Blick auf den Wagen.

Lorna lehnte an dem Planwagen und wirkte unsicher in ihrem Verhalten, während sie Benteen anstarrte. Er stellte seinen Becher hin und ging zu ihr hinüber. Sie musterte ihn von Kopf bis Fuß, um sich zu vergewissern, ob ihm nichts fehlte. Als er schließlich vor ihr stehenblieb, sah sie forschend in sein Gesicht. Sie schien immer noch nicht davon überzeugt zu sein, daß er unbeschadet davongekommen war.

»Ist mit dir alles in Ordnung?« fragte sie.

»Ich habe nicht einen Kratzer abbekommen.«

Sie wankte auf ihn zu und legte ihre Hände um seine Taille, um ihn an sich zu drücken. Sein kräftiger Körper sagte ihr mehr als Worte. »Ich habe mir solche Sorgen um dich gemacht«, gab Lorna zu, und dann spürte sie eine Hand in ihrem Haar.

»Das gehört alles zur Alltagsroutine«, sagte er. Sie zitterte, als sie merkte, wie lässig er das alles sah. »Außerdem hat es auch noch etwas Gutes bewirkt.«

»Was denn?« Das schien ihr unmöglich zu sein.

»Du bist nicht mehr böse auf mich.«

Mit gesenktem Kopf löste sich Lorna widerstrebend von ihm. »Ich war nicht böse auf dich.« Aber sie versuchte gar nicht erst, ihm zu erklären, wie sehr es sie verletzt hatte, daß er so wenig Verständnis für den Abschied von ihren Eltern aufgebracht hatte und daß er dem, was sie durchmachte, so teilnahmslos gegenübergestanden hatte. »Wir haben Schüsse gehört.« Sie wechselte das Thema.

»Ein Haufen von Farmern hat ein Rudel von Hunden auf die Herde losgelassen.« Benteen zuckte die Achseln und bemühte sich, den Zwischenfall herunterzuspielen.

»Waren das die Farmer, die die Wasserstelle eingezäunt haben?« fragte sie, weil sie wissen wollte, ob der Koch recht gehabt hatte.

»Sie haben es behauptet.«

»Ich nehme an, sie waren verärgert«, vermutete Lorna. »War es nicht vielleicht doch falsch, den Zaun einzureißen? Ich meine, man sollte doch das Eigentum anderer nicht beschädigen, oder?«

»Niemand hat das Recht, durstigen Rindern gutes Wasser zu verwehren.« Seine Lider verbargen seine Augen, aber sie spürte, daß ihm ihre Fragen nicht paßten.

»Aber hättet ihr nicht fragen sollen, ehe ihr den Zaun durchgeschnitten habt? Wenn ihr das getan hättet, wären die Farmer sicher nicht so wütend gewesen.«

»Und was hätte ich mit zweitausendfünfhundert durstigen Longhorns anstellen sollen, während jemand diese Farmer sucht, um ihre Genehmigung zum Tränken einzuholen? Sie hätten den Zaun niedergetrampelt, um an das Wasser zu kommen, und dabei hätten sie sich üble Schnittwunden zugezogen.« Benteen war barsch, und sie sah die Härte in seinen Augen. »Wir sind hier nicht in Fort Worth, Lorna. Hier draußen sieht das Leben anders aus.«

Rusty forderte alle zum Essen auf. Lorna war ausgehungert, aber Benteen hatte ihr schon wieder das Gefühl gegeben, jung und unwissend zu sein. Das war ihr zuwider, und sie vergalt es ihm damit, daß sie ihn aus ihren Gedanken ausschloß.

Er hing sich bei ihr ein. »Ich möchte dich den Männern vorstellen. Manche von ihnen kennst du, aber andere hast du bisher noch nicht gesehen.«

Während die Cowboys sich anstellten, um sich Rustys Eintopf auf ihre Teller schöpfen zu lassen, stellte Benteen ihr die Männer einzeln vor. Zwei schüchterne Männer wurden rot, als sie ihr vorgestellt wurden. Shorty Niles machte ihr übertriebene Komplimente, die sie zum Lachen brachten, doch sie wurde von allen anwesenden Männern mit äußerstem Respekt behandelt. Sie waren keineswegs so wie die lauten, unflätigen Cowboys, die sie in den Straßen von Fort Worth gesehen hatte und die schmutzige Reden führten.

Das Essen wurde nicht in einer festgelegten Reihenfolge ausgeteilt, und man beachtete auch keine Formalitäten. Die Männer setzten sich auf den Boden, ließen ihre Hüte auf und schaufelten das Essen in sich hinein, als müßten sie befürchten, tagelang nichts mehr zu bekommen. Lorna fand es schwierig, damenhaft zu wirken, wenn sie im Schneidersitz auf dem Boden saß und ihre Röcke sich um sie bauschten und wenn sie den Teller, von dem sie aß, in der Hand hielt. Rusty drehte eine Runde mit dem Kaffeekessel, um die Tassen nachzufüllen.

»Dieses Gericht ist sehr ungewöhnlich.« Sie hatte gelernt, daß man Köchen Komplimente machte. Da sie nie zuvor etwas gegessen hatte, was auch nur so ähnlich schmeckte, schien es ihr naheliegend, das zu erwähnen. »Wie heißt es?«

Die Unterhaltungen verstummten. Allen Anwesenden war deutlich bewußt, welche Drohungen Benteen für den Fall ausgesprochen hatte, daß sie in Gegenwart der Frauen fluchten.

»Es nennt sich, eh, Son-of-a-Gun-Stew«, sagte Rusty schließlich, und einige der Cowboys kicherten vernehmlich.

Lorna verstand diesen Witz nicht und warf Benteen verstohlen einen fragenden Blick zu. Seine Mundwinkel hatten sich zu einem Lächeln verzogen, doch er hielt die Augen gesenkt.

»Es ist doch aus Rindfleisch gemacht, oder?« vermutete Lorna.

»Nun, ja, doch, Ma'am«, Rusty schien zu zögern, ehe er es eingestand. »Es wird aus bestimmten Teilen des Rindes gekocht – dem Herz, der Leber, der Zunge. Den Geschmack bekommt es natürlich vom Eingeweide-Mark.«

»Eingeweide-Mark?« wiederholte Lorna, die ihre Gabel auf den Teller legte. »Was ist das?«

»Es kommt aus dem Teil, das die Mägen einer Kuh verbindet.« Da er einen großen Teil seines Lebens auf See verbracht hatte, wußte Rusty, daß die Seeleute Grünzeug in der Nahrung brauchten, um nicht krank zu werden. Genauso war es mit den Cowboys auf einem Viehtrieb. Fleisch und Bohnen allein reichten nicht aus. Da die Rinder Gras fraßen, waren im Innern dieses Teils, das die Mägen miteinander verband, alle notwendigen Nährstoffe enthalten. Wenn ein Cowboy das aß, hatte es den Vorteil, daß er genug Grünzeug zu sich nahm. Im ›Son-of-a-Bitch-Stew‹, wie der verbreitetere Name für dieses Gericht lautete, war es im allgemeinen enthalten.

»Oh.« Lorna starrte ihren Teller an und wünschte, sie hätte nicht nachgefragt. Sie sah sich außerstande, auch nur noch einen Bissen zu sich zu nehmen. Und das, was sie schon gegessen hatte, machte nicht den Eindruck, als wolle es in ihrem Magen bleiben. Sie sah Mary an, aber Mary schien nicht zugehört zu haben.

Als wenn sie an diesem Tag nicht ohnehin schon genug durchgemacht hätte, saß sie jetzt auch noch da und aß die Eingeweide von Tieren. Das war zuviel für sie. Sie stellte ihren Teller ab und störte sich nicht daran, daß das Besteck klappernd herunterfiel und vor ihren Füßen liegenblieb.

»Entschuldige mich, bitte«, murmelte Lorna, die Benteens finsteren Blick spürte.

Sie raffte ihre Röcke, lief aus dem Lichtschein des Lagerfeuers hinaus und suchte Zuflucht im Wagen. Sie ließ sich auf die Decke fallen, die auf der Matratze lag, und fing an zu weinen. Sie war schlicht und einfach am Ende.

Ein schuldbewußter, reuiger Blick stahl sich auf Rustys runzliges Gesicht. »Tut mir leid, Benteen. Ich hatte vergessen, daß Damen in ihrer zarten, empfindsamen Art solche Dinge nicht hören können.«

Nach Lornas Flucht hatte sich ein Schweigen auf die Männer herabgesenkt. Benteen war sich darüber im klaren, daß sie gespannt waren, was er jetzt tun würde. Er ärgerte sich darüber, daß Lorna ihn in diese peinliche Lage gebracht hatte.

Er zwang sich zu lächeln. »Mach dir deshalb keine Sorgen, Rusty. Es gibt vieles, was sie noch lernen muß.«

Er stellte seinen Teller hin und zog sich auf die Füße. Benteen überquerte den Platz mit betont langsamen Schritten und schlug die Plane des Wagens zurück, zog den Kopf ein und kletterte hinein. Er hörte die erstickten Laute, die ihm sagten, daß Lorna weinte. Es kostete ihn Mühe, seinen Unwillen zu beherrschen. Sie hob den Kopf gerade so lange von der Decke, um ihn ansehen zu können. Dann wandte sie sich wieder ab.

»Was ist denn jetzt los, Lorna?« Da er nicht aufrecht stehen konnte, setzte er sich auf die Matratze.

Augenblicklich wich sie zurück und setzte sich auf. Ihre Beine waren unter ihrem Rock angezogen, um jeden Kontakt mit ihm zu vermeiden.

»Eingeweide von Tieren«, würgte sie mit erstickter Stimme heraus. »Wie kannst du von mir erwarten, daß ich Eingeweide von Tieren esse?«

»Es ist nicht das Eingeweide selbst. Es ist der Inhalt, und ehe du herausgefunden hast, was es ist, hat dir das Essen doch gut geschmeckt«, rief er ihr in Erinnerung.

»Es ist nicht nur das«, wandte Lorna ein. Sie wischte sich mit der Hand die Tränen vom Gesicht.

»Was denn?« fragte Benteen.

»Alles. Du hast mir nie gesagt, daß es so sein wird«, sagte sie anklagend.

»Du wußtest, daß es hart wird.« Seine Augenbrauen hatten sich zu einem finsteren Stirnrunzeln zusammengezogen.

»Hart, ja.« Sie nickte. »Ich komme damit zurecht, in einem Wagen herumgerüttelt zu werden, bis ich überall blaue Flecken habe. Ich halte es aus, staubig und schmutzig zu sein, weil es nicht genug Wasser zum Baden gibt. Aber der Rest.«

»Der Rest?«

»Weißt du denn nicht, wie erniedrigend es für eine Frau ist, sich an einem Ort zu erleichtern, an dem andere sie sehen können?« Lorna schluchzte und lief bei der Erinnerung an diesen peinlichen Moment wieder rot an. Sie begrub ihr Gesicht in ihren Händen. »Ich wünschte, ich wäre zu Hause bei meinen Eltern, wo es etwas Anständiges zu essen gibt.«

»Was willst du von mir, Lorna?« Aus seiner Stimme war eine stählerne Ruhe herauszuhören. »Willst du, daß ich morgen früh umkehre und dich zurückbringe?«

»Nein.«

»Was willst du dann?«

»Ich weiß es nicht.« Sie schüttelte den Kopf. Sie war verwirrt und von der ganzen Situation überfordert.

»Mir ist nicht klargewesen, wie schwierig diese Reise für dich werden würde«, gab Benteen zu. »Ich kann verstehen, wie peinlich gewisse Dinge sein können. Aber du wirst einen Weg finden müssen, damit zurechtzukommen.«

»Du hast leicht reden«, gab Lorna zurück. Endlich nahm sie ihre Hände vom Gesicht und sah ihn vorwurfsvoll und erbittert an.

»Eben nicht. Und es war auch nicht leicht, mit allen meinen Männern dort draußen zu sitzen, wenn dir alle nachschauen, wie du dich im Wagen versteckst und heulst«, teilte er ihr schroff mit. »Du hast heute morgen, als wir gekommen sind, geweint, und heute abend weinst du schon wieder. Ist es dir denn ganz egal, was sie im Moment denken?«

»Daran habe ich nicht gedacht«, gestand Lorna ein.

»Ich kann mir vorstellen, daß sie sich dasselbe denken wie ich«, sagte er. »Ich glaubte, eine Frau zu heiraten, und statt dessen habe ich jetzt ein verzogenes Kind am Hals.«

Sie holte mit aller Kraft aus. Ihre Handfläche klatschte auf seine Backe, und die Wucht der Ohrfeige riß seinen Kopf herum. Lorna war über ihre eigene Gewalttätigkeit schockiert und sah ihn furchtsam an, als Benteen langsam seinen Kopf umdrehte und sie ansah. Kein Mann hatte je im Zorn Hand an ihn gelegt und war damit durchgekommen, aber sie war eine Frau – seine Frau. Benteen unterdrückte den Drang in seinem Innern.

»Es tut mir leid«, flüsterte sie mit einem Blick auf den weißen Abdruck, den ihre Hand hinterlassen hatte und der sich jetzt langsam rot färbte.

»Ich schwöre bei Gott, daß ich dich nicht verstehe.« Die zornigen Worte wurden durch zusammengebissene Zähne herausgestoßen. »Du hast den Schneid, mich zu schlagen, und gleichzeitig heulst du über Kleinigkeiten.«

»Ich war wütend auf dich, weil du das gesagt hast«, verteidigte Lorna ihr Vorgehen.

»Du wirst erwachsen werden müssen. Ich habe keine Zeit, dich an der Hand zu halten«, erklärte er barsch.

»Ich will nicht an der Hand gehalten werden, und ich bin kein Kind.« Das war die größte Gemeinheit gewesen, und Lorna kochte vor Wut über. »Es mag zwar sein, daß ich in mancher Hinsicht weniger weiß als du, aber deshalb bin ich noch lange kein Kind.«

»Es wird eine harte Reise werden. Ich habe nicht vor, dich zu belügen und dir einzureden, daß es besser wird. Der heutige Tag ist ein typischer Vorgeschmack dessen, was uns noch bevorsteht«, warnte Benteen sie. »Die Entscheidung liegt bei dir. Entweder du weinst über jede Kleinigkeit, die dir zustößt, und suhlst dich die ganze Zeit in deinem Elend, oder du nimmst die Dinge hin, wie sie sind – wie alle anderen auch. Mrs. Stanton liegt jetzt nicht in ihrem Wagen und heult sich die Augen aus. Ihr ist es heute auch nicht anders als dir ergangen.«

Der Vergleich war wirklich nicht fair, und das wußte Benteen selbst. Mary Stanton hatte nicht das behütete Leben in der Stadt geführt, das Lorna kannte. Dennoch verglich er sie mit der einzigen Frau, um Lorna herauszufordern.

»Was wirst du jetzt tun? Hier im Wagen bleiben und dich in Selbstmitleid ertränken? Oder kommst du heraus und setzt dich mit dem Rest von uns ans Feuer?« fragte er.

»Ich komme heraus.« In ihren dunklen Augen blitzte Zorn auf.

»Gut.« Er hielt ihr die Hand hin.

Mürrisch legte sie ihre Hand in seine; unter der Oberfläche brodelte immer noch ihr Unwille darüber, daß er so grob mit ihr umging und ihrer Weiblichkeit so wenig Zugeständnisse machte. Benteen war nicht sicher, ob sie ihr Verhalten änderte, um ihm eine Freude zu machen, oder ob sie es ihm zum Trotz versuchen wollte, sich anders zu benehmen. In dieser Frau steckte Glut; davon zeugte sein schmerzender Kiefer. Dieses innere Feuer würde sie die Reise in einer besseren Verfassung überstehen lassen als alles, was er erreichen konnte, wenn er sie auf Federn bettete.

Als sie ihr Gewicht verlagerte, um von der Matratze aufzustehen, kam sie ihm näher. Ihre gesamte Weiblichkeit brach über ihn herein. Seine andere Hand legte sich auf ihren Nakken, um sie in der Bewegung aufzuhalten, und er spürte, wie sie ihren Kopf steif zurückbog und sich seiner Berührung widersetzte. Benteen ignorierte ihre Unwilligkeit und senkte seinen Mund auf ihre geraden Lippen. Er war gereizt, als sie ihm nicht nachgeben wollten, und er verstärkte den Druck, bis ihre Lippen sich öffneten.

Aber Unterwerfung reichte nicht aus, nicht, nachdem er bereits den Umfang ihrer möglichen Reaktionen kennengelernt hatte. Er begann, ihre Lippen näher zu erkunden, an ihrer Unterlippe zu knabbern und seine Lippen über ihre Oberlippe gleiten zu lassen, bis er spürte, daß sie sich ihm entgegenreckte. Er beantwortete die Begierde, die sie ihm signalisierte, mit einem kurzen, festen Kuß und zog sich dann zurück.

Ihr Mund war weich, und die üppigen Lippen richteten sich ihm als stumme Einladung entgegen. Sie atmete schneller, unruhiger. Die Lust hatte ihre Augen dunkler gefärbt. Sie wirkte geschmeidig, sehnsüchtig und entgegenkommend, und der Eifer hatte eine leichte Röte in ihre Wangen steigen lassen.

»So sollte eine Braut aussehen«, murmelte Benteen zufrieden vor sich hin. »Keine Tränen und kein Schmollen.«

Etwas flackerte in ihrem Gesicht auf, als sie ihn plötzlich nachdenklich betrachtete. »Wenn ich als kleines Mädchen etwas getan habe, was meinem Daddy nicht gefallen hat, dann hat er mich hingesetzt und sehr streng mit mir geredet«, sagte sie. Benteen zog eine Augenbraue hoch, da er die Bedeutung dieser Kindheitserinnerung nicht erkennen konnte. »Nachdem ich ihm versprochen hatte, mich zu benehmen und ein braves Mädchen zu sein, hat er mir immer ein Stück Kandiszucker gegeben. Verteilen Ehemänner Küsse als Belohnung für gutes Benehmen?«

Benteen runzelte die Stirn und fragte sich, ob er sich den kleinen Seitenhieb in ihrer Frage nur eingebildet hatte. Er war sich nicht wirklich sicher. Etwas sagte ihm, daß es das beste war, diese Frage zu ignorieren.

»Laß uns jetzt ins Freie gehen«, sagte er, »ehe sich alle fragen, was wir wohl hier drinnen tun.«

Mit der Bemerkung erzielte er die gewünschte Wirkung. Sie bestand nicht auf einer Antwort auf ihre Frage und folgte Benteen aus dem Wagen.

Die Cowboys waren eifrig bemüht, ihre Rückkehr ans Lagerfeuer nicht zur Kenntnis zu nehmen, aber damit machten sie es den beiden auch nicht leichter, sich ihnen wieder anzuschließen. Alle waren mit dem Essen fertig, und die schmutzigen Teller und das Besteck waren zum Spülen gestapelt worden. Lorna bemerkte das Geschirr in der Wanne. Ohne ein Wort der Erklärung gegenüber Benteen zu äußern, stand sie auf und ging zu dem Proviantwagen, in dem der Koch gerade Bohnen einweichte.

»Ich spüle das Geschirr«, sagte sie, und sie sah, wie sein Kopf zu ihr herumfuhr und sich Ablehnung auf seinem Gesicht abzeichnete; daher fuhr sie schnell energischer, als ihr zumute war, fort: »Sie wollen vielleicht keine Hilfe beim Kochen haben, aber ich kann mir nicht vorstellen, daß irgendein Mann gern Geschirr spült. Deshalb nehme ich es Ihnen jetzt ab.«

»Normalerweise tut das eine der Küchenhilfen«, erklärte der Koch. »Aber ich denke mir, daß sie nichts dagegen haben, wenn sie für den Moment arbeitslos sind.«

»Danke, Mr. Rusty.« Lorna krempelte sich die Ärmel hoch, um sich über das Geschirr herzumachen. Benteen hatte angedeutet, daß alle sie als ein verzogenes Kind ansahen. Sie hatte die Absicht, ihnen zu zeigen, daß sie sich nicht zu gut für die

Hausarbeit war, und daß sie vorhatte, ihren Anteil an der Arbeit zu übernehmen.

Ihre neue Rolle als Küchenhelferin wurde von den Cowboys entsprechend gewürdigt, als sie zum Wagen kamen, um sich ihr Bettzeug zu holen, das dort verstaut war. Auch Benteen bemerkte, was sie tat, aber seine Gefühle waren gemischt. Er wollte, daß sie von den Männern als seine Frau akzeptiert wurde, aber er wollte nicht, daß sie sich zu sehr mit ihnen einließ. Im Lauf des langen Viehtriebs würde es Ärger geben, wenn sie sich ihnen nicht fernhielt. Aber für den Moment beließ er es dabei.

Die Nachtwachen wurden eingeteilt, und Benteen ritt ein letztes Mal selbst zu den Rindern. Als er sein Pferd zu dem Proviantwagen führte, schrubbte Lorna die Blechteller und sah ihn entschieden trotzig an.

»Ich reite noch einmal zur Herde«, sagte er.

Sie nickte, und Benteen ritt weiter.

Die Rinder, deren Durst gestillt und deren Bäuche voll waren, legten sich gerade hin. Kein Anzeichen von Unruhe war an ihnen zu erkennen. Weiter südlich war der Schein eines anderen Lagerfeuers zu erkennen. Bob Vernon, der heute das Rücklicht gespielt hatte, hatte Benteen mitgeteilt, daß die Herde der Ten Bar Ranch dicht hinter ihnen war.

Als Benteen an das Lagerfeuer seiner Männer zurückkehrte, schliefen die meisten bereits. Bob Vernon, der gebildetste Cowboy in diesem ganzen Haufen, las gerade zum fünften Mal eine Plato-Ausgabe mit Eselsohren.

Der junge Joe Dollarhide saß bei Lorna. Er war noch so unerfahren, daß er nicht wußte, daß man auf einem Viehtrieb jede Minute nutzen mußte, um zu schlafen, weil es immer passieren konnte, daß man für zwei Tage, wenn nicht mehr, nicht zum schlafen kam. Dazu konnte es kommen, wenn eine Herde es sich in den Kopf gesetzt hatte durchzugehen und tagelang keine Ruhe gab. Dann konnten die Rinder die Männer tagelang ohne Schlaf im Sattel halten.

»Und eines Tages will ich dann selbst ein großes Stück Land haben«, brüstete sich Joe Dollarhide, als Benteen hinzukam. »Ich habe mir sogar schon das Brandzeichen für meine Herde ausgesucht. Ein Dollarzeichen für meinen Namen – ein Dollarzeichen auf einer Kuhhaut.« Er freute sich über die Geschicklichkeit, mit der er diese Assoziation zustande gebracht hatte, und er wollte, daß seine Klugheit auch Lorna nicht entging. Dann wurde er eine Spur bescheidener. »Natürlich wird es noch ein paar Jahre dauern, bis ich ein eigenes Stück Land habe.«

»Und ein eigenes Mädchen?« fragte Benteen, um sicherzugehen, daß der Junge Lorna als Privatbesitz auffaßte.

»Mr. Calder.« Er stand eilig auf.

Benteen strich die Herausforderung aus seinem Tonfall. »Ich bedanke mich dafür, daß du meiner Frau Gesellschaft geleistet hast.« Er legte dennoch einen gewissen Nachdruck auf ihren Status als seine Ehefrau.

»Ja, Sir.« Joe Dollarhide verbeugte sich ungeschickt vor Lorna. »Gute Nacht, Ma'am.«

Als er gehen wollte, bat Benteen ihn, ein sanftes Pferd für Lorna auszusuchen oder eins der Ersatzpferde für sie zuzureiten. Der junge Mann drückte die Schultern nach hinten. Er war stolz darauf, daß ihm diese Verantwortung übertragen worden war.

»Wenn wir ein sanftes Pferd für dich finden, brauchst du dich nicht die ganze Zeit im Wagen durchrütteln zu lassen«, sagte Benteen zu Lorna, während er sich Kaffee nachschenkte. »Magst du auch noch eine Tasse?«

»Nein, danke.« Aus der Prärie drang das Heulen eines Kojoten zu ihnen herüber.

»Kojoten?« fragte Lorna.

»Ja.«

»Ich habe sie als Kind einmal gehört«, sagte sie. »Ich habe mir nie klargemacht, wie einsam ihr Heulen klingt.«

»Du bist die Stille nicht gewohnt.«

Sie rückte dichter an das Feuer, als suche sie seine Wärme. Sie hatte ihren Schal fest um ihre Schultern geschlungen, um die Kühle der Nacht von Texas nicht an sich heranzulassen. In ihrem Profil sah er eine seltsame Mischung von Verletzbarkeit und Kraft.

»Du solltest dich jetzt lieber schlafen legen«, schlug Benteen vor. »Die Nacht wird nicht lang sein.«

Sie zögerte einen Moment und warf ihm einen Blick zu. »Was ist mit dir?«

Es war schwierig, ihr Gesicht zu erkennen, das zur Hälfte in Schatten getaucht war, aber irgend etwas in ihrer Haltung fächelte seine kleingehaltenen Bedürfnisse an. Das war es, was sie mit ihm anstellte – sie gab ihm den Wunsch ein, sich ihr zu öffnen und sie in seine geheimsten Gedanken einzuweihen.

»Ich komme mit.« Benteen trank noch einen Schluck Kaffee, um seinen Blick von ihr abwenden zu können, und er baute eine schützende Mauer der Zurückhaltung um sich auf, die er selbst nicht verstehen konnte.

Es verging ein Moment, bis sie aufstand und die Enden ihres Schultertuchs dichter um ihre Taille zog. Benteen blieb sitzen und dachte an die lange Reise, die noch vor ihnen lag, und an das Weideland, das sie in Montana erwartete. Dieses Bild hatte sich in seine Erinnerung eingebrannt – das dichte Gras, der endlose Himmel.

Der texanische Boden, auf dem er stand, gehörte der Vergangenheit an, die er hinter sich zurückließ, wie auch die verlorenen Schlachten, die sein Vater geschlagen hatte, und die Ritterlichkeit des Südens, deren Gesetze seinem Vater so oft die Hände gebunden hatten. Aber nicht ihm. Nichts würde ihm jetzt noch im Wege stehen.

»Heiliger Jesus!« Shorty Niles fluchte leise in einem der vielen Schlafsäcke.

Benteen wurde aus seinen nach innen gekehrten Gedanken herausgerissen, als sich die Nacht plötzlich elektrisch aufzuladen schien. Sein erster Gedanke galt der Herde, bis er Rusty sah, der sich abrupt umdrehte, um nicht in Benteens Richtung zu sehen. Das war auch die Richtung, in der sein Wagen stand. Er warf einen Blick über die Schulter und sah, daß die Lampe den Planwagen von innen erhellte und durch die Planen die Silhouette einer Frau erkennen ließ. Ihre Arme hoben sich über ihren Kopf und nahmen dabei eine Schicht Kleidung mit sich, die die Silhouette veränderte. Die Rundungen des Oberkörpers der Frau übten ihre Wirkung auf ihn aus, und Benteen war einen Moment lang von Begierde erfüllt.

Aber er war nicht der einzige, dem sich dieser Anblick bot.

Er sprang auf, ließ seinen Becher fallen und legte mit langen, zielstrebigen Schritten den Weg zu seinem Wagen zurück – Empörung ließ seine Nasenflügel beben. Er riß die Plane auseinander und sprang mit einem Satz auf das Bett. Lorna, die bereits halb entkleidet war, wirbelte verblüfft zu ihm herum.

»Blas das Licht aus«, fauchte er mit tiefer Stimme.

»Aber dann sehe ich nichts mehr.« Sie blinzelte unschuldig und verwirrt.

Er streckte seine Hand aus und tat es selbst. »Du wirst dich im Dunkeln ausziehen. Du und dieses Licht – ihr bietet dem gesamten Lager einen Bühnenauftritt.«

Sie erwiderte seine anklagenden Worte mit Schweigen. Dann drang aus dem Dunkel des Wagens ihr verlegenes Flüstern. »Das habe ich nicht gewußt.«

»Aber jetzt weißt du es.« Benteen wandte sich ab, um wieder zu gehen. Er war erbost, aber ihm war auch klar, daß sie es wirklich nicht gewußt hatte. Er blieb stehen und bemühte sich, seinen Zorn zu unterdrücken. »Es ist schon gut, Lorna«, sagte er, damit sie wußte, daß er ihr die Schuld nicht gab. »Sei nur, bitte, vorsichtiger.«

Er schwang sich von dem Wagen und schloß die Plane wieder. Sein Blick schweifte über das Lager, aber alle Cowboys lagen auf der Seite und sahen in die andere Richtung.

Benteen ging wieder zum Feuer, hob die Tasse auf, die er fallen gelassen hatte, und trug sie zum Proviantwagen. Rusty zog gerade seinen Wecker auf, damit er eher als die anderen aufstehen konnte und das Frühstück schon vorbereitete, wenn der erste Lichtschein am Himmel zu erkennen war.

»Wenn man Frauen dabei hat, bringt das alle Arten von Problemen mit sich, auf die man vorher gar nicht kommt«, sagte Rusty, ohne Benteen anzusehen.

»Dann werde ich eben einiges dazulernen.«

Der Koch sah zur Seite, und Benteen konnte den weißen Bartwuchs sehen, der sich auf seinem Gesicht zu zeigen begann. »Mir scheint, es wäre klug, die Wagen nachts ein wenig abseits hinzustellen.« Sein Blick glitt auf die Stelle herunter, an der sich Benteens Hose deutlich spannte. »Ich brauche wohl kaum zu fragen, ob du heute nacht bei deiner Frau schläfst. Die

Fantasie der Cowboys wird an dir und Stanton Überstunden machen, auch, wenn sie keinen Laut hören.«

Benteen konnte nichts dagegen einwenden. »Weck mich vor den anderen«, lautete seine knappe Antwort.

»Tu ich – es sei denn, der Wagen schaukelt auf und ab«, murmelte Rusty.

Benteen ging nicht direkt zum Wagen, sondern rauchte noch eine Zigarette. Ehe er sie auch nur zur Hälfte geraucht hatte, drückte er sie mit dem Absatz seines Stiefels aus. Ein paar hundert Meilen weiter würde ihm der Tabak ausgehen, und dann würde er sich nach dieser verschwendeten Zigarette sehnen, aber jetzt war es nicht das, was er wollte.

Es war dunkel und still im Wagen, als er zurückkam. Er kletterte hinein und zog sich bis auf die Unterwäsche aus. »Rück ein Stückchen«, flüsterte er Lorna zu, aber die Federung des Wagens quietschte, als sie ihr Gewicht verlagerte.

Als er unter die Decke schlüpfte, stellte er fest, daß Lorna sich an die Seitenwand des Wagens preßte und alles tat, um nirgends mit ihm in Berührung zu kommen. Einige Minuten lang blieb er auf dem Rücken liegen und starrte die Deckenplane an. Dann streckte er seinen Arm aus und fuhr mit seiner Hand über ihren Arm.

»Lorna.« Es war eine Bitte an sie, sich zu ihm umzudrehen und näherzukommen.

»Nein.« Sie reagierte nicht auf seine Berührung. »Sie würden uns hören«, flüsterte sie.

Benteen drehte sich auf die Seite und preßte ihre Schultern mit Gewalt auf die Matratze. Sie hob die Hände, um ihn von sich zu stoßen, und der Umriß ihres Gesichtes war schwach im Dunkeln zu erkennen.

»Sie glauben ohnehin, daß wir es tun, ob sie uns hören oder nicht«, argumentierte er, und er schlang einen Arm um sie, um sie noch dichter an sich zu ziehen.

»Nein, ich will nicht.« Sie wandte ihren Kopf ab, als er sich zu ihr herunterbeugte, um sie zu küssen, und daher preßte er seine Lippen auf ihren Hals. Die Ader in ihrem Hals pulsierte wie verrückt und versicherte ihm, daß sie gelogen hatte.

»Wir werden fast sechs Monate lang unterwegs sein, Lorna.

Sechs Monate haben viele Nächte.« Seine Hände bewegten sich über ihren Körper und tasteten durch das lose sitzende Nachthemd ihre Figur ab. Ihre Hände lagen immer noch zwischen ihnen, aber sie wehrte sich nicht mehr. »Es ist völlig ausgeschlossen, daß ich von jetzt an bis zum Ende des Viehtriebs nicht mit dir schlafe. Und mir ist ganz egal, wer uns hört.«

»Mir nicht«, flüsterte sie.

»Dann sollten wir am besten schnell lernen, wie man sich leise liebt«, konterte er. »Willst du nach der letzten Nacht wirklich noch so lange ohne das auskommen?«

»Nein.« Es war eine wider ihren Willen gestöhnte Antwort.

Im nächsten Moment lagen ihre Lippen unter seinem Mund. Er spürte, wie diese gewaltige Woge von Hitze ihn durchflutete – so süß und so wild. Es kam wieder zu diesem immensen Schock, zu dem Gefühl, ein tiefgehendes, grundlegendes Verlangen sei endlich gestillt. Lorna konnte seine Leere in einer ganz anderen Form der Vereinigung ausfüllen, die einfach vollkommen und rückhaltlos war.

Das Nachthemd reichte ihr bis auf die Füße. Er zog an dem Stoff, um es bis über ihre Hüften zu ziehen, damit er seine Hände darunterstecken und ihr weibliches Fleisch berühren konnte. Es war eine herbe Enttäuschung für ihn, als er auf weitere Kleidungsstücke stieß.

»Hast du im Bett immer soviel an?« brummte Benteen, der versuchte, dahinterzukommen, wie ihr Schlüpfer zusammengehalten wurde. »Wirst du dieses Zeug wohl sofort ausziehen?«

»Nicht so laut«, flüsterte sie.

»Zieh das Zeug aus.« Er keuchte ihr die Worte in den Mund.

Als sie es endlich geschafft hatte, war das Nachthemd bis auf ihre Taille hochgerutscht, und seine Hände spürten die seidige Hitze ihrer bloßen Haut. Er wärmte sich daran an, ließ seine wandernden Hände über ihren runden Hintern und ihre Hüften zur Quelle dieser Glut streifen.

»Dein Körper ist ganz heiß«, murmelte er.

»Deiner auch.« Ihre Lippen lagen geöffnet an seiner Wange.

Als er sich auf sie legte, drang ein zitternder Laut aus ihrer Kehle. »Wir hatten vor, es leise zu tun, weißt du noch?« Benteen freute sich über den Ausdruck des Verlangens, den sie nicht hatte unterdrücken können, und er bahnte sich behutsam einen Weg.

Instinktiv schlossen sich ihre Schenkel um ihn. Er ging sehr langsam vor, zögerte es hinaus, um die Sache in die Länge zu ziehen und nahm doch wahr, daß ihre Hüften ihn antrieben. Sie hatte ihr Gesicht von ihm abgewandt, als wolle sie das wilde Verlangen verbergen, das ihr Körper ihm ohnehin zeigte. Seine Hände zwangen ihr Gesicht, sich ihm zuzuwenden, und sein Daumen suchte ihre leicht geöffneten Lippen, um sie noch weiter zu öffnen. Als die ersten bebenden Zuckungen sie erschütterten, füllte sein Kuß ihren geöffneten Mund mit seiner festen Zunge. Seine eigenen Zuckungen trieben ihn tiefer in sie hinein.

Anschließend zog er ihren köstlichen Körper in seine Arme und drückte sie an sich. »Du bist ein schamloses Weib«, murmelte er in ihr dunkles Haar.

»Sag das nicht«, wandte Lorna in einem entsetzten Flüsterton ein.

»Es ist doch wahr.« Er atmete ihren warmen Moschusduft ein. »Du läßt mir aber auch gar nichts.«

»Ich dachte, du meinst ...« Sie beendete den Satz nicht und schloß den Mund, ehe der Rest herauskam.

»Fühl mal, wie klein du es gemacht hast.« Er nahm ihre Hand und zeigte es ihr.

Sie zog ihre Hand schnell wieder auf seine Brust zurück. Er lachte stumm, denn ihre beharrlichen Versuche, den Anstand zu bewahren, nachdem sie gerade alles andere als Züchtigkeit gezeigt hatte, belustigten ihn.

»Habe ich etwas falsch gemacht?« murmelte Lorna.

»Du suchst dir immer den merkwürdigsten Zeitpunkt für deine Schamhaftigkeit in gewissen Dingen aus, das ist alles«, versicherte ihr Benteen. Er küßte ihre Schläfen. »Und jetzt solltest du diese dunklen Augen schließen und versuchen einzuschlafen. Wir stehen mit der Sonne auf.«

»Gute Nacht.« Sie kuschelte sich weich und warm an seine feste, muskulöse Gestalt.

11

Sie waren seit drei Wochen unterwegs und hatten Texas immer noch nicht hinter sich gelassen. Eine gewisse Monotonie hatte sich eingestellt. Die Tage unterschieden sich nur geringfügig voneinander, während sie durch eine wellige Prärielandschaft voranzogen, die niemals zu enden schien. Die einzige Abwechslung brachte das Wetter mit sich. Meistens war es klar und heiß, und die Sonne folgte ihrer funkelnden Bahn über einen wolkenlosen Himmel. Wenn ein Wind ging, brachte er keine lindernde Kühle mit sich. Statt dessen peitschte er Lornas Gesicht, brannte auf ihren Wangen und ließ den Präriestaub durch jedes Kleidungsstück dringen.

Als die grauen Wolken erstmals den Himmel verdunkelt hatten, hatte sie geglaubt, jeder Regentropfen würde ein Segen sein, aber sie hatte schnell gelernt, daß dem nicht so war. Vier Tage lang war es widerlich und naß gewesen, und Nieselregen hatte mit heftigen Schauern abgewechselt, die alles durchnäßten. Sie aß und ritt in nassen Kleidern, und sie zitterte und schlief auch in ihnen. Und die Männer saßen fast rund um die Uhr im Sattel, die Nachtwachen wurden verdoppelt, und in schlimmen Nächten, in denen die Herde sich gar nicht beruhigen wollte, blieben alle Männer während der gesamten Nacht auf ihren Pferden.

Lorna bekam wenig von Benteen zu sehen. Wenn sie wach wurde, war er immer schon auf den Beinen und saß oft schon auf dem Sattel, um nach der Herde zu sehen. Manchmal verging ein ganzer Tag, ohne daß sie ihn überhaupt zu sehen bekam. Oft schlief sie nachts schon, wenn er ins Bett kam. Sie hatte ihn noch nie von dieser Seite erlebt. Benteen mutete sich viel mehr zu als alles, was er den anderen abverlangte. Einmal hatte sie es Mary gegenüber ausgesprochen, als Rusty in ihrer Hörweite war – der mißmutige Koch erlaubte es ihnen, bei einigen Hausarbeiten zu helfen, aber nicht beim Kochen.

Rusty hatte ihr die Erklärung dafür geliefert. »Er ist der Boß. Es gehört zu seiner Arbeit, morgens als erster auf den Beinen zu sein und jedem Treiber seine Aufgaben zuzuweisen. Er muß vorausreiten und nachsehen, wo Wasser ist, und er muß wissen, wo mittags Rast gemacht und abends das Lager aufgeschlagen wird. Er muß grobe Zählungen der Rinder durchführen, damit er weiß, ob Rinder verschwinden. Wenn es unter den Männern zu Streitigkeiten kommt, ist sein Wort Gesetz. Bei einem Viehtrieb reitet der Boß die Entfernung, die die Herde zurücklegt, immer drei- bis viermal ab.«

Da Benteen so oft fort war, bezweifelte Lorna, daß sie mit der Einsamkeit fertig geworden wäre, wenn Mary Stanton nicht gewesen wäre. In dieser kurzen Zeit war die Freundschaft so eng geworden, daß sie ihr Dinge erzählte, bei denen sie nicht im Traum daran gedacht hätte, sie ihrer Mutter oder Sue Ellen zu erzählen. Aber weder ihre Mutter noch Sue Ellen hatten Erfahrung mit diesem Wanderleben. Mary zur Freundin zu haben, war, als hätte sie eine ältere Schwester. Lorna erörterte unbefangen Themen mit ihr, die sie bisher für unaussprechlich gehalten hatte. Es gab eine ganze Menge von Dingen, die sie über das Eheleben wissen wollte; aber wenn sie Benteen all diese Fragen gestellt hätte, wäre sie sich zu dumm vorgekommen. Die meisten Fragen konnte Mary ihr beantworten, und in anderen Punkten stellten sie gemeinsam Spekulationen an. Mary war sehr offen und freimütig – kein Thema war ihr tabu.

Als Hufe zu hören waren, gab Lorna den Ablegern der Rosensträucher ihrer Mutter gerade Wasser. Bald würde es wieder Geschirr geben, das gespült werden mußte. Sie blickte nicht auf.

»Was tust du da?« Die Stimme gehörte Benteen.

»Ich gebe den Rosen Wasser«, sagte sie, und sie zeigte ihm die Ableger. »Siehst du, wie gut sie gedeihen? Und du hast gesagt, sie würden eingehen.«

Benteen sagte nichts dazu. »Ich habe Dollarhide gesagt, daß er dein Pferd satteln soll. Ich dachte, du hättest vielleicht Lust, heute nachmittag mit mir vorauszureiten.«

Es war eine seltene und außergewöhnliche Aufforderung, die Lorna schweigend auskostete. Sie war dazu aufgelegt, ihn zu provozieren, und daher legte sie ihren Kopf schief und sah ihn mit geheucheltem Erstaunen an. »Soll das etwa heißen, daß du wirklich ein Weilchen Zeit für mich hast? Es kommt so selten vor, daß ich dich länger als fünf Minuten sehe.«

Seine Augen zogen sich zusammen, aber um seinen Mund spielte ein Lächeln. »Du bist ziemlich frech, findest du nicht?«

»Ich kann nicht verstehen, warum du so etwas sagst«, verkündete sie mit einer Unschuldsmine, aber dann lachte sie.

»Ich schnappe mir jetzt etwas zu essen. Wir sehen uns später noch.« Er deutete damit an, daß er das Thema noch einmal zur Sprache bringen würde, aber sie wußte auch, daß er nicht böse war. Er reagierte nur auf die Art, auf die sie mit ihm flirtete.

Als Benteen mit dem Essen verschwunden war, lief Lorna Sekunden später zu Mary, um ihr von dem nachmittäglichen Ausflug zu berichten.

Als Mary ihr bekundet hatte, wie sehr sie sich für Lorna freute, stellte Lorna ihr dieselbe Frage, die sie ihr schon einmal gestellt hatte. »Bist du auch ganz sicher, daß du nicht willst, daß ich mit Benteen darüber spreche, ob er dir nicht auch ein Pferd gibt?«

Marys Antwort war dieselbe wir beim letzten Mal. »Nein, ich bin mir ganz sicher. Ich kann nicht im Damensitz reiten, sondern nur so wie ein Mann. Als ich ein kleines Mädchen war und auf der Farm gelebt habe, war das in Ordnung, aber es ist bestimmt nicht das richtige für eine verheiratete Frau.«

»Aber ich könnte es dir beibringen«, drang Lorna in sie.

Es war ein verführerisches Angebot, denn Mary hätte liebend gern so damenhaft gewirkt wie Lorna, aber genau das war auch der Grund, aus dem sie das Angebot ablehnte. Sie wollte nicht zugeben, daß sie Lorna beneidete. Sie zweifelte daran, daß es ihr je gelingen würde, Lornas Geschicklichkeit oder Lornas Anmut zu erlernen, und wozu hätte es ihr auch nützen sollen? Sie redete sich immer wieder ein, daß sie Nützlicheres mit ihrer Zeit anfangen konnte.

»Nein, danke. Ich hole mir auf dem Kutschbock schon genug Beulen und blaue Flecken. Ich kann nicht noch mehr von der Sorte gebrauchen, und genau das würde ich mir holen, wenn ich vom Pferd falle«, lehnte sie entschieden ab.

Seufzend wandte sich Lorna ab. Selbst, wenn sie Mary hätte

überreden können, gab es doch nur einen Sattel, auf dem man im Damensitz reiten konnte, und das hieß, daß sie ohnehin nicht gemeinsam reiten konnten, und somit machte es nur noch halb soviel Spaß.

Ihr Pferd war von Natur aus ein ruhiges, zuverlässiges Tier, wenn auch viel Leben in ihm steckte. Der ungewohnte Sattel und die vielen Schichten von Röcken und Reifröcken, die jetzt ständig seine Seite streiften, schienen es eher zu überraschen, als ihm Unbehagen einzuflößen, und es fand sich schnell damit ab. Lorna nannte es aufgrund seiner Farbe und seiner zuvorkommenden Art Sandman.

Als sie an Benteens Seite ritt, ging die Prärie in ein rauhes, zerklüftetes Land über. Das hieß, daß sie das Red River Valley und die texanische Grenze erreicht hatten. Hier sah es schon völlig anders aus als in der Umgebung von Fort Worth, aber sie hatte sich bisher ohnehin nie in ihrem Leben weiter als einen Tagesritt von Fort Worth hinausgewagt.

Als sie den Red River erreichten, trübte sein träges Wasser der rote Lehmschlamm, der dem Fluß seinen Namen gab. Sie blieben auf einer Kuppe stehen, von der aus sie den Fluß sehen konnten, und Benteen sah sich den Fluß an, wie sich ein General ein Schlachtfeld ansah, ehe die Schlacht begann.

»Gefällt dir etwas nicht?« fragte Lorna.

Ihr war nicht klar, wie heimtückisch das Überqueren von Flüssen für Rinder und Menschen sein konnte. Bisher hatten sie nur die Furten zahmer, seichter Flüsse durchwatet, die ihnen keinerlei Schwierigkeiten bereitet hatten. Benteen klärte sie nicht über den Unterschied auf.

»Doch, doch.« Sein Blick wanderte über den Fluß auf das Land, das am anderen Ufer lag. »Wenn wir diesen Fluß erst überquert haben, liegt Texas hinter uns.«

Die Genugtuung, die in seiner Stimme mitschwang, ernüchterte Lorna, da sie seinen Wunsch nicht teilte, alle Bande mit diesem Land zu durchschneiden. Es gab viele Dinge, an die sie am besten gar nicht dachte. Dazu gehörte, daß sie ihre Eltern vermißte. Sie hatte sich täglich von neuem bemüht, die Zeit klaglos zu überstehen. Sie wollte Benteen zeigen, daß sie all dem gewachsen war. Immer wieder sagte sie sich, daß alles gut werden würde, wenn sie endlich in Montana waren und ein richtiges Zuhause an Stelle eines Planwagens hatten. Aber würde auch wirklich alles gut werden?

»Warte hier auf mich«, sagte Benteen. »Ich reite hinunter und sehe mir die Lage aus der Nähe an.«

Lorna griff ihrem Pferd, das Benteen folgen wollte, in die Zügel und sah Benteen nach, der zu der Furt herunterritt. Er schien unablässig an die Herde und an die Strecke, die vor ihnen lag, zu denken. Es blieb kaum Raum für irgend etwas anderes. Selbst dann, wenn er sie mitnahm, wie es heute nachmittag der Fall war, schien das nur eine freundliche Geste zu sein – wie ihr Vater es ihr, als sie ein kleines Mädchen war, erlaubt hatte, ihn in seinem Geschäft zu besuchen, wenn sie versprach, sich hinzusetzen, mucksmäuschenstill zu sein und niemandem zur Last zu fallen. Nur nachts gehörte ihr Benteens ungeteilte Aufmerksamkeit – und auch das war in letzter Zeit nicht mehr allzu häufig vorgekommen. Gereizt stellte Lorna fest, daß er sich seine Kraft und seine Energien für den Viehtrieb bewahrte.

Benteen war schon umgekehrt und hatte sich auf den Rückweg zu ihr gemacht, als sie ein Pferd und einen Reiter hörte, die sich dem Fluß näherten. Lorna drehte sich um, aber sie kannte den stämmigen Mann auf dem Fuchs nicht. Der Anblick des Fremden, der auf sie zugeritten kam, erschreckte sie nicht, sondern ließ sie neugierig werden. Er war allein, und Benteen war in ihrer Rufweite.

Als er wenige Meter von ihr stehenblieb, riß er sich galant den Hut vom Kopf und hielt ihn respektvoll vor seine Brust. Er schien ganz aus Brust, Schultern und Hals zu bestehen. Lorna neigte stumm ihren Kopf.

»Ich wünsche Ihnen einen guten Tag, Mrs. Calder«, sagte der Fremde, der sie damit überraschte, daß er ihren Namen kannte. Sein Lächeln hatte etwas Dreistes an sich. »Wir sind uns bisher noch nicht begegnet, aber Sie sind mir beschrieben worden, und daher habe ich Sie gleich erkannt.«

»Dann sind Sie im Vorteil«, murmelte sie.

»Mein Name ist Giles. Meine Freunde nennen mich Bull«,

stellte er sich vor. »Ich führe den Viehtrieb an. Die Herde ist ein paar Meilen hinter Ihrer Herde zurück.«

»Es freut mich, Ihre Bekanntschaft zu machen, Mr. Giles.« Lorna hatte die Männer über eine Herde reden gehört, die dicht hinter ihnen folgte, über eine ganz bestimmte Herde, obwohl vor und hinter ihnen viele Herden nach Norden zogen. »Es handelt sich dabei nicht zufällig um Mr. Bostons Herde?«

»Ins Schwarze getroffen, Ma'am.« Er bewunderte sie unverhohlen. »Sie sitzen nicht nur elegant auf einem Pferd, sondern Sie sind auch noch klug.«

Niemand – nicht einmal Benteen – hatte Lorna je ein Kompliment gemacht, das ihrer Intelligenz und ihrem Denkvermögen galt. Seit ihrer Hochzeit fühlte sie sich ständig unglaublich unwissend und naiv. Aber dieser Mann hatte ihr soeben das Gefühl gegeben, klug und gescheit zu sein. Es war eine Wohltat für ihre Selbstachtung.

»Das ist sehr freundlich von Ihnen, Mr. Giles.« Sie strahlte vor Freude.

»Wie könnte ein Mann in Gesellschaft einer schönen Frau, die zudem noch eine Dame ist, etwas anderes als freundlich sein?« Seine galanten Schmeicheleien schienen im Widerspruch zu seinem muskulösen, kampflustigen Äußeren zu stehen. Vielleicht war es das, was seine Komplimente so ernstgemeint klingen ließ, dachte Lorna.

Das Klappern von Hufen kündigte Benteens Kommen an. Der Mann, der sich Bull Giles nannte, warf einen Blick in die Richtung, aus der ihr Mann kam, und setzte sich den Hut wieder auf den Kopf. Das Lächeln wich von seinem Gesicht, als der verschlossene Ausdruck auf seine Züge trat, von dem Lorna inzwischen wußte, daß Männer ihn aufsetzten, wenn sie es miteinander zu tun hatten. Als Benteen sein Pferd anhielt, stand es zwischen Lorna und dem Boß des Viehtriebs für die Ten Bar Ranch.

»Giles.« Benteen begrüßte den Mann mit einem Nicken.

»Wie sieht es am Fluß aus?«

»Am anderen Ufer etwas zu schlammig, aber im übrigen günstig.« Flußwasser tropfte von Benteen herunter, und sein Pferd glänzte vor Nässe.

»Wann wollt ihr hinüber?« fragte der Mann.

»Morgen früh.«

»Nehmen Sie sich nicht den ganzen Tag Zeit«, sagte Giles. »Sonst müßte ich drängeln, um meine Rinder durch den Fluß zu führen.«

»So leicht lasse ich mich nicht drängeln«, antwortete Benteen. Oberflächlich betrachtet schien es sich um ein belangloses Geplänkel zu handeln, das nicht ernst zu nehmen war, und doch spürte Lorna eine unterschwellige Aggression, die zwischen den beiden Männern herrschte.

»Den Eindruck hatte ich schon immer«, sagte der stämmige Mann. »Wobei ich allerdings damit gerechnet habe, Boston hätte mehr Widerstand zu erwarten, als es um die Cee Bar Ranch ging.«

»Das war nicht meine Angelegenheit, sondern die meines Vaters, und es geht mich nichts mehr an«, sagte Benteen.

»Ja, ich habe gehört, Sie wollen nach Montana gehen.« Giles nickte. »Ich schätze, ich sehe mir dieses Land auch einmal näher an, wenn ich die Rinder in Dodge City abgeliefert habe.« Aber während er das sagte, sah er Lorna ins Gesicht und hinterließ bei ihr den Eindruck, daß sie es war, was er sich noch einmal ansehen würde.

Lorna errötete leicht und spürte die Härte in Benteens Blick, der auf ihr ruhte. Sie spürte auch, daß ihr Puls flatterte und sich überschlug, und sie wußte nicht, welcher der beiden Männer daran schuld war. Als Giles Benteen ansah, lag etwas in seinem Blick, was Benteen dazu provozierte einzuschreiten.

»Kennen Sie meine Frau schon?« Wieder lag die Betonung auf dem ›mein‹.

»Ja, ich habe mich mit ihr bekannt gemacht, als ich herkam«, gestand er ein. »Ich hoffe, Sie passen gut auf sie auf, denn es gibt bestimmt genug andere, die Ihnen diese Aufgabe gern abnehmen.«

»Sprechen Sie von sich selbst?« forderte Benteen ihn mit glatter, kühler Stimme heraus.

»Ein häßlicher Rohling wie ich?« sagte Giles lachend.

Lorna entging, daß er es nicht abstritt, doch Benteen entging es keineswegs. »Ich bin sicher, daß Sie Ihren eigenen Wert unterschätzen, Mr. Giles«, beharrte sie. Es erinnerte sie zu sehr daran, wie Sue Ellen sich immer wegen ihres harmlosen Aussehens selbst herabgewürdigt hatte.

»Das war jetzt aber sehr freundlich von Ihnen, Mrs. Calder.« Derart makellose Manieren schienen sich so gar nicht mit einem Mann vereinbaren zu lassen, dessen Äußeres so grob wirkte. Er wandte seine Aufmerksamkeit wieder Benteen zu. »Ich denke, ich werde mir den Fluß wohl selbst ansehen.« Er wandte sein Pferd zum Fluß und ritt weiter.

Als der Viehtreiber der Ten Bar Ranch außer Hörweite war, fragte Benteen unwillig: »Worüber hast du mit ihm geredet, ehe ich dazugekommen bin?«

»So gut wie gar nichts. Warum?« fragte Lorna stirnrunzelnd.

»Irgend etwas mußt du doch gesagt oder getan haben. So, wie Giles dich angesehen hat, sieht kein Mann eine verheiratete Frau an, wenn er nicht Grund hat zu glauben, daß sein Interesse erwünscht ist.« Seine Augen waren zusammengekniffen und durchlöcherten ihre gerade erst wiedergefundene Selbstachtung. »Als ich dazugekommen bin, hast du einen ausgesprochen zufriedenen Eindruck gemacht. Du hast ganz so gewirkt, als hättest du dich gerade sehr über etwas gefreut.«

»Er hat mir ein Kompliment gemacht – und Komplimente bekomme ich ja wohl kaum noch zu hören«, gab sie schnippisch zurück.

»Falls es dir entgangen sein sollte – ich hatte in letzter Zeit einiges zu tun.« Er konnte es mit ihrer Gereiztheit aufnehmen.

»Wieso? Weil du einen Viehtrieb leitest?« Lorna sah ihn kühl an. »Mr. Giles hatte auch einiges damit zu tun, einen Viehtrieb zu leiten, aber das hat ihn nicht daran gehindert, mir etwas Nettes zu sagen.«

»Wahrscheinlich ist es drei Wochen her, seit er das letzte Mal eine Frau gesehen hat.«

»Dann nehme ich an, der Unterschied ist der, daß du mich täglich siehst und er nicht«, provozierte sie ihn. »Oder vielleicht weiß Mr. Giles, wie man einer Frau das Gefühl gibt, etwas Besonderes zu sein, und du weißt nur, wie man einer Frau das Gefühl gibt, dumm und unwissend zu sein.«

Lorna trieb ihr Pferd zum Galopp an. Sie wußte, daß Benteen wütend war, aber sie war auch wütend. Sie hatte Bull Giles nicht zu Aufmerksamkeiten ermutigt, und die Anspielung, sie hätte ihn ermutigt, war ihr zuwider.

In der kommenden Nacht übernahm Benteen die zweite Nachtwache, und er breitete seinen Schlafsack vor dem Wagen aus, damit man ihn leicht wecken konnte. Lorna hatte kein Wort mehr mit ihm gesprochen, seit sie in das Lager zurückgekommen waren, und er dachte im Traum nicht daran, den ersten Schritt zu machen. Am nächsten Morgen schob er seine Reizbarkeit auf die kurze Nacht.

Die Wagen wurden vorausgeschickt, damit sie den Red River vor der Herde durchquerten. Es dauerte nicht lange, bis die Rinder mit dem scheckigen Stier als Leittier in loser Anordnung zum Fluß liefen. Im Moment liefen sie aus freiem Antrieb auf das Wasser zu und mußten nicht angetrieben werden. Am Vorabend hatte es kein Wasser gegeben, und die Tiere waren durstig.

Als der Leitstier und die Tiere, die direkt hinter ihm folgten, in das Wasser wateten, um zu trinken, rückten die Viehtreiber dichter zusammen, um den Rest der Herde hinter ihnen her zu treiben und die Tiere, die vorn liefen, in den Fluß zu drängen. Jessie Trumbo ließ sein Pferd vor dem gescheckten Stier schwimmen, um ihm den Weg ans andere Ufer zu zeigen.

»Jetzt komm schon und folge mir!« hörte Benteen Jessie rufen. Er sprach mit dem Leittier. »Komm schon, du Kapitän dieses Hörnermeers!«

Die schwimmenden Longhorns gaben ein seltsames Schauspiel ab. Der schlammig rote Fluß ließ ihre Leiber unter dem Wasser nicht erkennen, und nur die Köpfe mit den langen, wunderlich geformten Hörnern schauten heraus. Die Cowboys machten Druck, um die Herde dicht beieinander zu halten, und sie sorgten dafür, daß im Strom dieser Hörner kein Spalt klaffte.

Die ersten Rinder erreichten das gegenüberliegende Flußufer, als Jonesy und Andy Young, die an den Flanken ritten, beidseits der schwimmenden Rinder in den Fluß ritten. Die übrigen Reiter, die weiter hinten an den Flanken und hinter der Herde herritten, machten weiterhin Druck von hinten. Benteen stand auf einem Aussichtspunkt am Flußufer und beobachtete das Vorgehen. Er achtete auf alles, was diese bislang problemlose Flußdurchquerung hätte bedrohen können. Manchmal hatte selbst der erfahrenste Cowboy keine Ahnung, was ein Rind aus der Fassung brachte – ein Strudel, ein Zweig unter der Wasseroberfläche oder der Ruf eines Ziegenmelkers. Andy ließ die Herde auf seiner Seite zu weit stromabwärts treiben. Dort gab es stellenweise Treibsand, der ein Pferd oder ein Rind innerhalb von Minuten verschlingen konnte. Benteen schrie ihm über den Lärm der blökenden Herde eine Warnung zu, und Andy beantwortete sie mit einem Winken.

In der Flußmitte passierte etwas. Benteen hatte keine Ahnung, was es war. Plötzlich wirbelten die Rinder im Kreis herum und versuchten, umzukehren und zu dem Ufer, von dem sie gekommen waren, zurückzuschwimmen, doch der Rest der Herde wurde ihnen entgegengetrieben.

Es war in Sekundenschnelle dazu gekommen, und es mußte in Sekundenschnelle wieder behoben werden, da sonst die Tiere, die in der Mitte schwammen, von den Rindern, die jetzt von beiden Seiten auf sie zukamen, eingezwängt und ertränkt worden wären. Jonesy hatte es bereits bemerkt und ließ sein Pferd direkt auf den Knäuel von verworrenen Leibern zuschwimmen, und er schlug auf die Tiere ein und versuchte, die nervösen Rinder zu einer Umkehr zum Nordufer des Flusses zu bewegen. Benteen gab seinem Pferd die Sporen und ritt in dem Moment in den Fluß, in dem Andy Young sein Pferd umkehren ließ und auf das Gewühl zukam. Ein Stier, der in blinder Panik herumschwamm, stieß mit Andys Pferd zusammen. Das Pferd bäumte sich auf und warf seinen Reiter ab.

»Andy ist im Wasser!« schrie Jonesy.

Benteen sah den Hut des Cowboys stromabwärts treiben, und dann konnte er kurz Andys Kopf sehen, der an der Oberfläche auftauchte. Die aufgewühlten Rinder waren zwischen ihm und dem Reiter. Jonesy war näher.

Vom Nordufer spritzte Wasser auf, als Spanish auf seinem Pferd in den Fluß ritt, um ihnen zu Hilfe zu kommen, während

Jessie den Teil der Herde am Ufer zurückhielt, der den Fluß bereits überquert hatte.

Als Jessie Andy ein Lasso zuwarf, richtete Benteen seine Bemühungen darauf, das Getümmel aufzulösen. Er hatte keine Zeit, an die Risiken und Gefahren zu denken, in die er sich selbst begab. Es gab nur noch die Rinder und die Notwendigkeit, sie zu retten. Spanish schwamm auf seinem Pferd mitten ins Getümmel und sprang dann ab, um auf den Rücken der Rinder bis ins Zentrum des Geschehens zu klettern. Er fluchte und schlug mit den Fäusten um sich, während er einen Keil zwischen das Gemenge der Hörner trieb. Benteen arbeitete sich von der anderen Seite vor, und gemeinsam erreichten sie, daß die Tiere wieder auf das Nordufer zuschwammen.

Benteens Pferd zog sich zitternd und schnaubend unter Mühen ans Ufer. Auch er atmete schwer, aber nach wie vor dachte er nur an die Herde und daran, die restlichen Rinder sicher an das andere Flußufer zu bringen. Als Shorty Niles an Benteen vorbeikam, war sein Gesicht weiß und angespannt.

»Die blöden Viecher haben es nicht geschafft. Diese verdammten, blöden Viecher«, fluchte er, aber seine Stimme war von Kummer durchtränkt.

Benteen sah auf die Stelle, an der er Jonesy zum letzten Mal gesehen hatte. Sein Pferd stand ohne Reiter am Südufer und schüttelte sich wie ein nasser Hund. Von Jonesy und Andy Young war nichts zu sehen. Benteen holte tief Atem, schloß die Augen und stieß die Luft in einem langen, bebenden Seufzen wieder aus.

Erst, als die gesamte Herde den Fluß durchquert hatte und eine halbe Meile vom Ufer entfernt zusammengetrieben worden war, machten sie sich an den Versuch, die Leichen der Cowboys zu finden. Eine halbe Meile weiter flußabwärts trieben ihre Leichen auf dem Wasser. Der Tumult beim Überqueren des Stromes hatte einen hohen Preis gefordert. Zwei tote Reiter und siebzig Stück Vieh ertrunken.

Die Leichen wurden in Planen gewickelt und zu einer Klippe über dem Fluß getragen. Dort wurden sie begraben. Es war ein ernstes und durch die gegebenen Umstände auch ein kurzes Begräbnis. Lorna starrte alle diese ausdruckslosen Gesichter der Männer an, die mit den Hüten in den Händen an den Gräbern standen. Ely Stanton hatte aus Ästen und Rohleder zwei behelfsmäßige Kreuze gebastelt, um die Gräber zu kennzeichnen, aber es wurden keine Namen hineingeschnitten. Jemand hatte die Hüte der beiden aus dem Fluß gefischt, die jetzt auf den senkrechten Balken der Kreuze hingen. Ganz gleich, wohin er ging – ein Cowboy nahm immer seinen Hut mit. Er aß mit seinem Hut, schlief damit und starb damit.

Benteen fiel es als Anführer des Viehtriebs zu, ein paar Worte zu sprechen. »Sie waren gute Männer, aber das weißt Du selbst. Gib ihnen gute Pferde zum Reiten und darüber einen klaren Himmel. Amen.«

»Amen«, wiederholte Lorna, aber sie war die einzige, die es sagte.

Die Sterblichkeit der Menschen ließ sie vor Furcht zittern. Sie hatte Jonesy – niemand hatte ihr je seinen vollen Namen genannt – und Andy Young nicht allzu gut gekannt, aber sie waren beide beim Frühstück an diesem Morgen noch am Leben gewesen und hatten ihre Teller zum Spülen gebracht. Jetzt waren sie tot. Und doch schien sie die einzige zu sein, der es naheging.

Mit gesenkten Köpfen schlurften sie von den Gräbern fort. Sie hörte, daß Vince Garvey einem anderen Treiber zuflüsterte: »Wenn ich dort drüben ankomme und einen Engel höre, der falsch singt, dann weiß ich wohl, daß es Jonesy ist. Der konnte nicht einen Ton richtig singen.«

»He, Shorty, kannst du mir noch eine Strophe von seinem Lieblingslied ›Sweet Betsy‹ beibringen?« fragte Zeke Taylor.

»Klar.« Shorty nickte.

Lorna sah, wie sie zu ihren Pferden gingen. »Macht es ihnen denn gar nichts aus?« Sie merkte erst, daß sie die Frage laut vor sich hin gemurmelt hatte, als Rusty darauf reagierte.

»Hier ist fast jeder schon einmal ausgeritten, um den Elefanten zu sehen«, sagte er. »Alle standen schon sehr kurz davor, dem Tod die Hand zu schütteln. Sie zeigen ihre Gefühle nicht, wenn einer von ihrer Sorte vor seinen Schöpfer tritt. Sie wissen viel über den Tod, aber sie wissen auch viel über das Leben.«

Rusty ließ sie stehen, ohne abzuwarten, ob sie seine Erklärung verstanden hatte. Mary trat an die Gräber und legte auf jedes von beiden einen Strauß wildwachsender Blumen. Dann senkte sie ihren Kopf zu einem stummen Gebet.

Die Blumen würden verwelken. Die Naturgewalten und die Tiere, die durch diese Wildnis streiften, würden die Kreuze bald umgeworfen haben, und Gras würde auf den Gräbern wachsen. Lorna drehte sich um und rannte zu dem Wagen, der am Fuß des Hanges stand. Sie merkte nicht, daß Benteen ihr folgte, und sie merkte auch nicht, wie sich sein Kiefer spannte, als sie sich umdrehte und floh.

Benteen eilte entschlossen hinter ihr her und war darauf vorbereitet, daß ihn ein Gefühlsausbruch wegen des Todes der beiden Cowboys erwartete. Als er den Wagen erreichte, standen Tränen in ihren Augen, aber eine Entschlossenheit ließ ihr Gesicht kantiger wirken.

»Lorna ...«

»Du brauchst dir keine Sorgen zu machen. Ich werde nicht weinen wie ein kleines Kind.« Sie kletterte auf den Wagensitz und fing an, hektisch nach etwas zu suchen. In dem Moment, in dem sie es gefunden hatte, sprang sie wieder ab.

»Was tust du da?« fragte Benteen mit finsterem Gesicht.

»Ich pflanze zwei von den Ablegern der Rosensträucher meiner Mutter auf die Gräber, damit sie immer wieder aufzufinden sind.« Ihre dunklen Augen forderten ihn zu Einwänden heraus.

Diese Geste, die sie sich vorgenommen hatte, ließ seine Stimme heiser werden. »Beeile dich damit. Wir müssen weiterziehen.«

12

Nachdem sie Texas und den Red River hinter sich gelassen hatten, zogen sie durch Indianergebiet. Dieser Abschnitt des Chishom Trail zwischen dem Red River und dem Cimarron war in früheren Jahren für Überfälle auf Viehherden von seiten der Indianer und der Weißen berüchtigt gewesen. Die Gefahr eines Überfalls war zwar heute geringer, aber die Männer hielten dennoch ständig nach Ärger Ausschau. Durch den Tod von Andy und Jonesy war die Mannschaft geschwächt, und das bedeutete zusätzliche Arbeit für alle Beteiligten.

Sie waren seit einer Woche auf dem Indianergebiet, und Lorna spülte gerade das Geschirr, das noch vom Mittagessen dastand. Das beschwerliche Leben begann, seine Wirkungen zu zeitigen. Sie hatte abgenommen, und ihre kindlichen Pausbacken waren nicht mehr da. Trotz des Hutes, den sie tagsüber meistens trug, hatte ihr Teint seine milchweiße Farbe eingebüßt und war von Sonne und Wind zu einem goldenen Braun verurteilt worden. Ihre Hände waren schwielig und hatten Risse, weil sie in oft zu alkalihaltiges Wasser getaucht wurden. Wenn sie in den kleinen Spiegel in ihrem Wagen sah, bezweifelte sie manchmal, daß ihre eigene Mutter sie noch erkennen würde.

Es tröstete sie kaum, daß auch Marys Kleider lose an ihr herunterhingen, aber es kam Lorna so vor, als überstünde ihre schwesterliche Freundin die Witterungseinflüsse besser als sie. Seufzend wandte sie sich wieder dem Geschirr zu und reichte Mary den nächsten Teller zum Abtrocknen.

Sie hatte das undeutliche Gefühl, von jemandem beobachtet zu werden. Sie blickte auf. Entsetzen durchzuckte ihr Blut. Ein halbnackter Indianer stand neben dem Proviantwagen, und sein Gesicht und seine Brust waren mit Kriegsbemalung beschmiert. Alle die Schauergeschichten, die ihr Sue Ellen über weiße Frauen erzählt hatte, die von Indianern gefangengenommen wurden, schossen ihr gleichzeitig durch den Kopf. Sie ließ den Teller in das Wasser fallen und schrie laut auf.

Benteen hatte Spanish gerade an der Spitze der Herde zurückgelassen, um vorauszureiten, als er den Schrei hörte, der aus dem Mittagslager zu ihm drang. Er schnappte sich sein Gewehr und gab seinem Pferd die Sporen. Es war Lorna, die geschrien hatte, wenn er auch nicht wußte, woher er das wußte.

Pferde kamen hinter ihm her. Benteen drehte sich kurz um. Es waren Spanish und Shorty Niles, die zu seiner Unterstützung kamen, wie es für den Fall, daß es Ärger gab, vorausgeplant war. Wenn es zu einem Kampf kam, konnte er keine besseren Männer als die beiden finden.

Sein Verdacht bestätigte sich, als er ein halbes Dutzend Rothäute sah, die zwischen der Herde und den Wagen auf hageren Ponys saßen. Sie waren alle mit Gewehren bewaffnet, darunter zwei brandneue Repetiergewehre von der Armee. Benteen ließ sein Pferd langsamer laufen, als er ihnen näherkam; er spürte, wie ihre versteinerten Augen ihn beobachteten. Er ritt an ihnen vorbei auf das Lager zu, ohne zu wissen, wie viele Indianer sich dort aufhielten, und begab sich somit zwischen beide Fronten.

Dieser erste Entsetzensschrei schien Lorna schlagartig wieder zur Vernunft gebracht zu haben. Der Wilde war nicht auf sie zugekommen und hatte keine bedrohlichen Gesten gemacht. Sie stand erstarrt neben Mary und gaffte den ersten echten ›wilden‹ Indianer an, den sie je gesehen hatte. Sie sah, daß er alt und mager und daß sein dünnes Haar fast grau war. Er hatte eine ledrig gegerbte Haut und wirkte nicht so bedrohlich, wie sie es im ersten Moment geglaubt hatte. Lorna löste ihren Blick von ihm, um sich umzusehen, und sie sah zwei Indianer auf Pferden, die ein drittes Pferd ohne Reiter zwischen sich hatten.

Der alte Indianer fing an zu reden. Lorna verstand kein Wort von dem, was er sagte, aber er schien eine sehr wortgewandte Rede zu halten, wenn man von den graziösen Gesten ausging, die seine Hände beschrieben. Sie wandte ihren Kopf zu dem Koch um.

»Verstehen Sie, was er sagt, Mr. Rusty?« fragte sie.

»Für mich ist es das reinste Kauderwelsch«, gestand er.

Der Indianer hörte auf zu sprechen und deutete auf seinen Mund. »Ich glaube, er will etwas zu essen«, sagte Mary.

»Haben wir noch Bohnen?« fragte Lorna.

»Ja«, antwortete Rusty.

»Gib mir einen Teller, Mary.« Lornas Hand zitterte, als sie den Teller entgegennahm. Sie lächelte den Indianer strahlend an und hielt Rusty den Teller hin. »Tu Bohnen drauf und alles, was noch an Brot da ist.« Sie warf einen Blick auf die beiden anderen Indianer, die auf ihren Ponys saßen. »Noch zwei Teller, Mary.« Sie wies mit derselben Geste auf ihren Mund, die der alte Indianer gemacht hatte, und dann hielt sie ihm den Teller hin. Sie streckte ihren Arm so weit wie möglich aus. Er nahm den Teller und fing an, die Bohnen mit den Fingern in seinen Mund zu schaufeln.

»Ich kann mich nicht erinnern, wann jemand das letzte Mal so scharf auf dieses Zeug war«, kommentierte Rusty, der die letzten Bohnen auf einen Teller kratzte.

Mary stellte die beiden Teller auf den Rand des Arbeitstisches und bedeutete den beiden anderen Indianern, sie sollten herkommen und essen. Dann wichen Lorna und sie weiter zurück und stellten sich näher zu Rusty, während die beiden von den Pferden sprangen, auf den Proviantwagen zueilten und ihre Gewehre auf den Boden legten.

»Sie müssen völlig ausgehungert sein.« Lorna beobachtete stirnrunzelnd, wie sie die Bohnen in ihre Münder stopften.

Bedrückt sah Lorna zu, wie der alte Indianer seinen Blechteller ableckte, um keinen Tropfen Bohnensaft zu vergeuden.

Er hielt den Teller wieder hin, deutete auf seinen Mund und wollte mehr.

Rusty bedeutete ihm mit den Händen, daß es nichts mehr gab. »Nichts mehr da. Alles weg.« Leise murmelte er den Frauen zu: »Ich hoffe, sie durchsuchen den Wagen nicht, denn sonst haben wir nichts mehr.«

Lorna wurde klar, daß die Lage immer noch kritisch war. Dann hörte sie das Klappern der Pferdehufe, und als sie sich umdrehte, sah sie Benteen, der, gefolgt von dem Mexikaner und von Shorty, auf sie zukam.

Benteen sprang aus dem Sattel, ehe sein Pferd wirklich still stand, und mit einem schnellen Blick versuchte er, die Lage einzuschätzen – die leeren Teller und die drei Indianer, die sich zu ihm umdrehten. Es blieb Shorty überlassen, die anderen sechs zwischen dem Lager und der Herde im Auge zu behalten. Er hielt sein Gewehr in einer Hand neben sich.

»Sie scheinen Hunger zu haben, Benteen«, sagte Rusty.

Spanish tauchte äußerst leise und behutsam neben ihm auf.

»Wie kommen sie dir vor?« fragte Benteen. »Kiowa? Osage? Sprichst du ihre Sprachen?« Benteen ging langsam auf die Indianer zu. Jeder einzelne Muskel in seinem ganzen Körper war gespannt und angriffsbereit. Spanish folgte einen halben Schritt hinter ihm.

»Kein Kiowa. Ein bißchen Cheyenne. Ein bißchen die Komantschensprache. Vielleicht verstehen sie Spanisch«, schlug cr vor.

»Versuch es.«

Spanish begrüßte den alten Indianer, der offensichtlich der Sprecher der Indianer war, und er bekam eine Antwort von ihm. Er übersetzte sie Benteen. »Der alte ist Gescheckter Elch. Er sagt, daß du dich unbefugt auf seinem Land aufhältst.« Dann entstand eine Pause, in der der Indianer wieder sprach und Spanish ihm antwortete. Diesmal erkannte Benteen das Wort ›Wuhaw‹, den Namen, den die Indianer den Longhornrindern gaben. »Er sagt« – Spanish legte eine Pause ein –, »du mußt ihm hundert Rinder zahlen, oder du kannst nicht durch sein Land ziehen.«

»Sag ihm, daß das ein zu hoher Preis ist.« Benteen hatte schon öfter mit den Indianern gefeilscht. »Sag ihm, daß ich ihm ein Wohaw dafür zahle, daß ich sein Land durchquere.«

Es kam zu einem langen Feilschen zwischen Spanish und dem Indianer, und die beiden versuchten, zu einer Einigung zu kommen. Spanish warf Benteen einen Blick zu. »Er sagt, er gibt sich mit zwanzig Rindern zufrieden – und mit keinem Stück weniger.«

»Rusty, was haben wir noch im Wagen? Irgendwelchen Schnickschnack?« fragte Benteen, ohne den grauhaarigen Indianer aus den Augen zu lassen. »Irgendwelche Vorräte, die du entbehren kannst?«

»Ich habe ein paar rote Halstücher. Diese roten Teufel sollten sie eigentlich ganz toll finden.« Rusty ging zu dem Wagen und wühlte in dem Inhalt herum, bis er gefunden hatte, was er suchte.

»Leg die Sachen auf den Boden«, riet ihm Benteen, und dann sagte er zu Spanish: »Sag ihnen, daß wir ihnen fünf Stiere, diese Halstücher und noch ein bißchen Tabak geben. Und sag ihnen« – er griff in seine Hemdtasche und holte ein Notizbuch und einen Bleistift heraus –, »daß einen Tag nach uns eine große Viehherde kommt. Sie werden ihm zwanzig Rinder zahlen, wenn er ihnen dieses Papier gibt.«

Er feuchtete die Spitze des Bleistifts an und schrieb dann eine eilige Notiz: ›An den, der es in die Hände bekommt: Dies ist ein gutmütiger Indianer. Zahlt ihm zwanzig Rinder dafür, daß ihr durch sein Land zieht.‹ Und Benteen unterschrieb mit ›Judd Boston‹. Es war ein schmutziger Trick, aber Boston hatte es nicht anders verdient. Es bereitete ihm keine Gewissensbisse, Bull Giles das Problem mit den Indianern zu überlassen. Das war eine Möglichkeit, dem rivalisierenden Viehtreiber die Freiheiten heimzuzahlen, die er sich bei Lorna herausgenommen hatte. Er riß den Zettel aus seinem Notizbuch und reichte ihn Spanish, der einen guten Witz auf Kosten anderer ebenso zu schätzen wußte, wie jeder andere Cowboy auch.

Spanish übermittelte ihm die Nachricht. Der Indianer wägte sie ab und kam dann mit einem Gegenangebot, bei dem der Mexikaner die Augen weit aufriß. »Er sagt, solange er auf die große Herde wartet, nimmt er sich lieber zehn Rinder, und die junge Squaw wird sich bis dahin um ihn kümmern.«

Lorna sperrte schockiert den Mund auf. Benteen zuckte mit keiner Wimper. »Sag ihm, daß die Squaw nichts taugt. Sie klagt ständig.«

»Benteen Calder ...« Empört keuchte sie seinen Namen heraus.

»Sei still, und halte dich aus dieser Sache heraus, Lorna«, befahl er ihr. »Sag dem Gescheckten Elch, was ich dir gesagt habe, und wiederhole unser letztes Angebot.«

Als das geschehen war, sah der alte Indianer Benteen verschlagen an. »Er sagt, daß du ihn beleidigst. Wenn du ihm keine zehn Rinder gibst, wird er seine tapferen Krieger heute nacht hierherschicken, damit sie die Herde aufscheuchen, und dann hast du gar keine Rinder mehr.«

»Sag dem Gescheckten Elch, wenn seine tapferen Krieger meine Herde aufscheuchen, werde ich sein Dorf angreifen und alle seine Krieger töten. Dann fragst du ihn, was seine Frauen und Kinder essen sollen, wenn keine Männer mehr da sind, die für sie auf die Jagd gehen.«

Benteens Drohung brachte Lorna aus der Fassung. Die Indianer hatten doch nur Hunger. Sie forderten nichts weiter als eine Zahlung in Form von Rindern dafür, daß er durch ihr Land zog. Der alte Indianer hatte kein Wort davon gesagt, daß er sie überfallen wollte, lediglich, daß er ihre Rinder auseinandertreiben würde. Ihrer Meinung nach war Benteens Drohung viel zu brutal.

Es entstand ein langes Schweigen, in dessen Verlauf der alte Indianer seinen Blick nicht von Benteens Augen abwandte und das Gewicht seiner Worte abwägte. Schließlich nickte er einmal mit dem Kopf.

»Er nimmt das Angebot an«, bestätigte Spanish. Dann zog ein Lächeln seine Mundwinkel nach oben. »Er sagt, von der nörgelnden Squaw wird er dich auch erlösen.«

Benteen zögerte einen Moment lang. »Der Gescheckte Elch kann die nörgelnde Squaw haben, aber ...«

»Benteen Calder, was sagst du da?« Lorna war wütend, aber sie fürchtete sich auch ein wenig. »Wie kannst du es wagen ...«

Er sprach lauter, um sie zu übertönen: »... aber sag ihm, daß sie das Fleckfieber hat.«

In dem Moment, in dem Spanish Benteens Äußerung wiederholte, wich der alte Indianer auch schon zurück, um Abstand zwischen sich und Lorna zu legen. Er murmelte den beiden anderen Kriegern etwas zu, und auch sie zogen sich zurück. Lorna war zu gekränkt, um erleichtert zu sein.

»Rusty, du schnürst jetzt zwei Tabaksbeutel in diese Halstücher«, ordnete Benteen an. »Wenn du zur Herde hinausreitest, Spanish, dann sagst du den Jungen, daß sie die beiden hinkenden Stiere und drei weitere Tiere von der Herde trennen sollen. Es gibt ein paar darunter, die schon von Anfang an versucht haben, sich aus der Herde zu lösen.«

»Alles klar.«

Sobald sie ihre Beute in den Händen hatten, stiegen der grauhaarige Indianer und seine beiden Krieger auf ihre Pferde und warteten auf Spanish. Benteen blieb im Lager, während Shorty und Spanish gemeinsam zur Herde zurückritten.

Rusty zog aus einer Schublade im Schrank des Proviantwagens einen Revolver. »Ich schätze, den sollte ich doch immer griffbereit haben«, sagte er. »Die sind aus dem Nichts aufgetaucht. Ich hatte nicht einmal Zeit, mir dieses Ding zu holen.«

»Du hättest gegen die drei nicht viel ausrichten können«, sagte Benteen, und sein Blick wanderte zu Lorna und Mary. »Ist mit euch beiden alles in Ordnung?«

»Uns geht es gut«, erwiderte Mary. »Sie sind uns nicht nahegekommen, nur um das Essen entgegenzunehmen, das wir ihnen gegeben haben.«

»Interessiert es dich wirklich?« Jetzt, nachdem alles vorbei war, fing Lorna an zu zittern, aber ihre Wut auf Benteen hatte sich keineswegs gelegt, ungeachtet des Ausgangs dieses Zwischenfalls. »Du wolltest mich diesem Wilden überlassen.« Sie glaubte keinen Moment lang, daß er es ernst gemeint hatte, doch sie fand, er hätte ihr Leben aufs Spiel gesetzt, als er so getan hatte, als sei er einverstanden.

»Du weißt selbst, daß das Unsinn ist«, sagte er gepreßt. »Wenn es je wieder zu einer vergleichbaren Situation kommen sollte, Lorna, dann will ich, daß du still bist und die Sache ganz mir überläßt. Ich weiß, was ich tue.«

»Sag mir nur eins«, fauchte sie, und sie sah ihn fest an. »Wenn der Gescheckte Elch die Herde auseinandergetrieben hätte, hättest du dann sein Dorf überfallen und seine Männer getötet?«

»Ja.«

Ein kalter Schauer rann über ihre Haut. Sie glaubte es ihm. »Warum?« murmelte sie. »Er hat dir nicht damit gedroht, uns etwas anzutun.«

»Du verstehst die Indianer nicht, und du weißt auch nicht, wie sie denken«, äußerte Benteen. »Sie achten Stärke. Ich habe ihm eine harte Strafe angedroht, wenn er sich gegen mich stellt – eine schwerwiegendere Strafe als das, was er hinnehmen kann. Das ist auch der Grund, aus dem er sich einverstanden erklärt hat, sich mit fünf Rindern zufriedenzugeben, und aus demselben Grund werden auch seine Krieger heute nacht die Herde nicht auseinandertreiben.«

»Rinder.« Ihre Stimme zitterte bei diesem Wort. »Das ist alles, woran du denken kannst. Ich und alle anderen sind dir völlig egal. Hauptsache, diese verfluchten Kühe schaffen es bis Montana.«

»Diese verfluchten Kühe stehen für unsere Zukunft.« Er betonte schneidend das Wort, das Lorna benutzt hatte. »Und im übrigen: Ja, das ist alles, was mich interessiert! Du und alle anderen, ihr solltet in der Lage sein, allein zurechtzukommen. Ihr seid doch kein Rudel einfältiger Tiere. Ihr könnt denken. Ihr könnt euren Verstand benutzen.«

Benteen drehte sich auf dem Absatz um, ging zu seinem Pferd und schwang sich auf den Sattel.

Heiße Tränen stiegen in Lornas Augen. »Ich brauche wohl kaum zu fragen, wohin du gehst«, stieß sie wütend aus. »Du reitest zu deinen Rindern!«

Er bedachte sie mit einem kalten Blick und ließ sein Pferd einen Halbkreis beschreiben. Ihre Schultern bebten, aber sie dachte gar nicht daran zu weinen. Sie warf einen Blick auf Mary, mit deren Mitgefühl sie rechnete.

»Das war ungerecht, Lorna«, sagte Mary. »Es ist ihm nicht egal.«

»Doch, das ist es ihm«, gab sie zurück. »Für uns interessiert er sich nicht. Nur für diese Tiere. Für diese blöden Viecher.«

Am liebsten wäre sie in den Wagen gekrochen und hätte sich ausgeheult, aber das wäre genau das gewesen, was Benteen von ihr erwartete. Sie wandte sich mit steifem Rücken wieder dem Geschirr zu.

»Spülen wir doch die Teller weg«, verkündete sie. »Wie mein Mann sagen würde: Wir müssen weiterziehen.«

Hinter ihrem Rücken tauschten Rusty und Mary Blicke miteinander aus, aber sie sagten kein Wort mehr zu diesem Thema. Das war eine Sache zwischen ihr und Benteen. Es führte nie zu etwas, wenn man sich in Streitigkeiten zwischen einem Mann und seiner Frau einmischte, und sei es mit der besten Absicht.

Kurz darauf kam Benteen mit Lornas Pferd zum Lager zurück. Er wollte, daß sie mit ihm vorausritt.

»Ich habe kein Interesse daran, mit dir vorauszureiten«, sagte Lorna, als er sie endlich ansah.

»Komm schon. Ich helfe dir beim Aufsteigen.« Er wartete neben dem Pferd, bis sie mürrisch auf ihn zukam.

Als sie einige Meilen von dem Lager entfernt waren, hielt Benteen sein Pferd an. »Ich bringe dir jetzt das Schießen bei«, sagte er.

Sie hielt ihre Hände hinter den Rücken. »Nein, ich will nicht.«

Benteen blieb geduldig. »Nimm die Waffe. Sie ist nicht geladen.«

»Was ist los, Benteen?« Eine Woge von Unbehagen strömte durch sie hindurch. »Seit wir Fort Worth verlassen haben, scheinst du dich vor meinen Augen in einen anderen Menschen zu verwandeln. Als du mir den Hof gemacht hast, warst du immer nett und aufmerksam. Nie hast du mir gegenüber deine Stimme erhoben. In der letzten Zeit fauchst du mich nur noch an, mal aus dem einen, mal aus dem anderen Grund. Du wirst von Tag zu Tag härter. Was ist aus dem Mann geworden, den ich in Fort Worth gekannt habe – dem Mann, den ich geheiratet habe? Ich bin sicher, er würde jetzt nicht darauf bestehen, daß ich lerne, wie man mit Waffen umgeht.«

»Zwischen hier und Fort Worth besteht ein großer Unterschied. Hier gibt es keine Sheriffs, die kommen, wenn es Ärger gibt. Hier gibt es keine Straßen und Wege. Man kann sich auf niemand anderen als sich selbst verlassen«, sagte Benteen. »In diesem Land werden Feiglinge und Schwächlinge ausgerottet. Man muß hart sein, wenn man überleben will. Man kann nicht gegen dieses Land ankämpfen und es dem eigenen Willen beugen. Man muß sich ihm anpassen. Ich habe mich nicht wirklich verändert, Lorna. Der Mann, den du in Fort Worth gekannt hast, war das, was zu sein mir die Stadt ermöglicht hat.«

Noch vor kurzem hätte sie das, was er zu ihr sagte, nicht verstanden, aber sie machte den Viehtrieb jetzt seit mehr als einem Monat mit. Es gab viele Dinge, die sie inzwischen akzeptiert und vor denen sie vorher zurückgeschreckt wäre.

»Vielleicht geht es nicht nur dir so«, gestand sie ein. »Sieh mich doch an. Sieh, wie anders ich bin. Ich trage schon seit Tagen dasselbe Kleid, ohne es zwischendurch zu waschen. Ich habe mich nicht mehr gebadet, seit wir Fort Worth verlassen haben. Meine Hände. Mein Gesicht. Mein Haar ist von Staub und Schmutz verklebt.« Sie hob ihre Augen zu ihm, bestürzt von den Veränderungen an sich selbst. »Ich war früher nie zänkisch. Aber wenn du mich schroff behandelst, will ich es dir zurückzahlen.«

»Das habe ich gemerkt.« Seine Stimme war trocken. »Das Leben hier draußen ist schon hart genug, ohne daß wir auch noch Ärger miteinander haben.«

Eine Sekunde lang sahen sie einander an. Dann stürzte sich Lorna mit einem kleinen Aufschrei in seine Arme und hob ihm den Kopf entgegen, um sich von ihm küssen zu lassen. Seine Arme preßten sie an seine feste, männliche Gestalt, und ihre Lippen bewegten sich gierig aufeinander, als klammerten sie sich an etwas, was ihnen beinah verlorengegangen wäre. Sie nahm seinen Geruch nach Schweiß und Staub nicht mehr wahr und spürte nur noch seinen kräftigen Körper und seine Lippen, die sich angenehm fest auf ihrem Mund bewegten.

»Manchmal erschreckt mich das, was geschieht«, gab sie flüsternd zu.

»Nichts kann dir Angst machen, solange du es nicht selbst zuläßt«, erwiderte Benteen. Er sah sie an und hielt sie an den Schultern fest. »Aber jetzt ist es wirklich an der Zeit, dir das Schießen beizubringen.«

Widerwillig löste sie sich aus seiner Umarmung.

»Wie viele Kugeln sind noch in der Waffe?« fragte Benteen, nachdem er ihr erklärt hatte, was sie tun sollte, und sie einige Schüsse abgegeben hatte.

Lorna zählte nach, wie oft Benteen abgedrückt hatte, um es ihr zu zeigen, und wie oft sie selbst den Abzug betätigt hatte. »Eine.«

»Laß immer eine Kugel in der Waffe. Du darfst niemals die letzte Kugel abfeuern, egal auf was.« Sein Gesicht war so ernst, daß Lornas steigendes Unbehagen noch weiter anwuchs. »Spar sie für dich selbst auf.«

»Damit ich nicht lebendig von den Indianern gefangengenommen werde.« Jede Frau, die am Rand des Wilden Westens wohnte, kannte die Geschichten von Frauen, die lieber sich selbst den Tod gegeben hatten, als sich von Indianern als Gefangene nehmen zu lassen. Lorna war keine Ausnahme. Sie erschauerte bei dem Gedanken. »Du glaubst doch nicht im Ernst, daß der Gescheckte Elch oder seine Horde uns überfallen, oder?«

»Ich dachte dabei weniger an diese Indianer aus den Reservaten als an die Sioux oben in Montana.« Benteen lud die Waffe wieder. Lorna hatte keine Lust mehr, sich im Schießen zu üben, aber Benteen bestand darauf.

An diesem Abend war es still im Lager. Lorna saß bei Mary, da Ely die erste Nachtwache übernommen hatte und Benteen ein letztes Mal nach der Herde sah. Lorna hatte Mary bereits von ihrer ersten Lektion im Schießen erzählt, und Mary schien die Warnung zu belustigen, man solle immer eine Kugel für sich selbst aufsparen.

»Wie kannst du darüber lächeln?« fragte Lorna finster.

»Mir ist nur eine traurige Geschichte eingefallen. Von einer jungen Frau, die gerade aus dem Osten auf die Farm ihres Mannes in Kansas gekommen war. Ich denke mir, daß sie schon vorher eine Menge Schauergeschichten über die Indianer gehört hatte. Jedenfalls war sie gerade seit ein paar Wochen da, als ihr Mann draußen in den Feldern war und sie allein in ihrer Lehmhütte war. Sie hörte Reiter näher kommen, warf einen Blick aus dem Fenster und sah zwei Indianer. Wahrscheinlich war sie sicher, daß sie jetzt entführt und vergewaltigt werden sollte, und daher hat sie sich mit der Waffe ihres Mannes umgebracht.«

»Und die Indianer?« fragte Lorna prompt.

»Das ist ja der Witz an der Geschichte. Es waren Freunde ihres Mannes. Einer von beiden ist in einer Schule im Osten erzogen worden und wollte ihren Mann besuchen«, erklärte Mary ihr schiefes Lächeln.

13

Tag für Tag wellte sich die Prärie sanft vor den Reitern und den Wagen hin. Die Sonne versengte das Gras, das eine goldbraune Tönung annahm, während zehntausend Hufe Staubwolken aufwirbelten, an denen man ersticken konnte. Die einzigen Laute, die zu hören waren, waren das Knarren und Quietschen der Wagen, das Knacksen der Pferdegelenke, das stetige Dröhnen von Hufen und das gedämpfte Klappern von Hörnern, die gegeneinander schlugen. Es trübte die Sinne und den Verstand.

Es war die Jahreszeit, in der es zu heftigen Stürmen kommen konnte, die sich ganz plötzlich zusammenbrauten und in Form von Gewittern und Regengüssen über sie hereinbrachen. Schon sechs Nächte waren so stürmisch gewesen, daß die Männer die ganze Nacht im Sattel verbracht hatten, zweimal war es zu einer Stampede gekommen, natürlich nie in die richtige Richtung, und sie hatten insgesamt drei Tage damit verloren, die Rinder wieder zusammenzutreiben und streunende Tiere wieder einzufangen. Dennoch fehlten ihnen siebenundzwanzig Rinder, aber keiner der Cowboys war ums Leben gekommen.

Sie ritten zwar zwischen Tonnen von Rindfleisch, doch es wurde kein Tier geschlachtet, wenn es nicht verletzt war und nicht mehr mit den anderen laufen konnte. Daher freute sich Benteen, als er eine Antilope sah und sie mit einem Schuß erlegen konnte. Nur der Cimarron River trennte sie jetzt noch von dem Staat Kansas. Auf der anderen Seite führte eine Abkürzung nach Dodge City. An diesem Weg lagen keine Farmen, man mußte keine Entschädigungen für vernichtetes Saatgut oder eingerissene Zäune zahlen, keine Gebühren für widerrechtliches Betreten von privatem Grund.

Aber diese Abkürzung bedeutete mörderische hundert Meilen durch ein Land, in dem es praktisch kein Wasser gab. In ihrem normalen Tempo hätten sie etwa acht Tage gebraucht, um diese Strecke zurückzulegen. Aber nach acht Tagen konnten ausgedörrte Rinder tot sein oder im Sterben liegen. Das hieß, daß sie ihre Geschwindigkeit verdoppeln mußten. Sie würden hier, am Cimarron, Rast machen und erst zwei Tage später mit ausgeruhten Rindern weiterziehen.

Diese beiden Tage erschienen Lorna paradiesisch. Plötzlich hatten sie Zeit und Wasser im Überfluß, um Kleider zu waschen und sie in der Präriesonne trocknen zu lassen. Sie legten sie auf den Boden und beschwerten sie mit Steinen. Mary und sie konnten sogar im Fluß baden, und sie hielten abwechselnd nach vereinzelten Cowboys Ausschau, die sich hierher hätten verirren können, während die jeweils andere der Frauen badete. Auch die Cowboys wuschen sich im Fluß, und Benteen zog Lorna damit auf, daß sie sich nicht auszog, wie er es tat, sondern daß sie zu schamhaft gewesen war, ihr Hemd auszuziehen, obwohl niemand außer Mary ihr zusah.

Sie füllten vor dem Aufbruch alle erdenklichen Behälter mit Wasser, und doch stand schon jetzt fest, daß es rationiert werden mußte. Lorna glaubte, durch ihre bisherigen Erfahrungen auf alles vorbereitet zu sein, aber Durst hatte sie noch nie erleiden müssen. Am Tag versengte sie die Sonne, das schnellere Tempo laugte sie aus, und in der zweiten Nacht blökten die durstigen Rinder so laut, daß sie keinen Schlaf finden konnte.

Am dritten Tag war die Hitze so drückend, daß die Rinder an ihrem Wassermangel durchdrehten und sich immer mehr auflehnten. Die Tiere wußten, daß das Wasser des Cimarron hinter ihnen lag, und sie wollten ständig umkehren, da sie den Reitern, die sie vorantrieben, nicht trauten, daß sie sie zu einer Wassertränke führen würden, die vor ihnen lag. Die Treiber hatten alle Hände voll zu tun und mußten mit zusammengerollten Lassos auf die Rinder einschlagen.

Als sie am vierten Tag mittags Rast machten, fühlte Lorna sich zu schwach, um vom Sitz ihres Wagens herunterzuklettern. Der Arkansas River lag immer noch ein gutes Stück vor ihnen. Das erbärmliche Muhen der durstigen Rinder nahm ihre Nerven mit. Sie fiel fast auf den Boden, taumelte und hielt sich an einem Wagenrad fest. Ihre Kleider waren schweißdurchtränkt und klebten an ihrem Körper. Der Staub rann in kleinen, schlammigen Rinnsalen an ihrem Körper herab.

Rusty brachte ihr einen Becher Wasser, und sie lächelte ihn schwach an. Gierig trank sie einen Schluck, doch dann setzte sie den Becher ab, um länger etwas davon zu haben. Rusty musterte sie prüfend.

»Sie brauchen mehr Salz.«

Es war erstaunlich, was ein Glas Wasser ausrichten konnte. Lornas Knie waren nicht mehr so schwach. Trotzdem konnte sie nicht verstehen, wie auch nur einer der Männer noch einen Schritt laufen konnte. Ein völlig ermatteter Jessie Trumbo schmierte sich Tabaksud in die Augen, damit sie brannten und er wach blieb. Warum machten sie diese Hölle durch? Die Antwort war Benteen – und seine Entschlossenheit, die Rinder durchzubringen, welchen Preis es auch kosten möge.

Plötzlich stellte Lorna fest, daß Mary sich ihr nicht wie sonst angeschlossen hatte. Sie sah die Frau im Schatten ihres Wagens kauern. Es schien ihr nicht gutzugehen. Lorna zwang ihren heißen, ermatteten Körper, den Weg zum Wagen der Stantons zurückzulegen. Erst als sie neben Mary stand, sah sie, daß Mary weinte. Ein trockenes Schluchzen ließ ihre Schultern beben.

Das konnte unmöglich wahr sein. Mary war die Stärkere von beiden. Sie kannte Entbehrungen und harte Zeiten. Lorna hätte nicht geglaubt, daß auch nur irgend etwas ihre Freundin zum Weinen bringen könnte. Sie ließ sich neben Mary auf die Knie sinken und legte zögernd ihre Hand um Marys Schulter.

»Was ist, Mary?« fragte sie, aber Mary schüttelte nur den Kopf. Sie konnte nicht sprechen. Lorna war hilflos. Sie sah den Becher an, den sie noch in der Hand hielt. »Trink einen Schluck Wasser«, drängte sie Mary. »Dann wirst du dich besser fühlen.«

Sie erinnerte sich daran, wie sehr das Wasser sie wieder belebt hatte. Als Mary ablehnend den Kopf schüttelte, preßte Lorna den Becher an ihre Lippen. Mühsam gelang es ihr, Mary zum Trinken zu bewegen.

»Warum weinst du, Mary?« Sie fragte einschmeichelnd, weil sie wollte, daß Mary mit ihr redete. »Hast du dich mit Ely gestritten?«

»Nein«, schniefte Mary. »Ich … ich habe nur nachgedacht.«

Als kein weiteres Wort kam, fragte Lorna weiter. »Worüber hast du nachgedacht?«

Als Mary endlich den Kopf hob, um sie anzusehen, zitterte ihr Kinn. »O Lorna – die Hühner, die mein Vater zu Hause hält, haben ein besseres Leben als ich.«

Die Hitze, der Durst und die strapazierten Nerven taten ihr Werk. Im ersten Moment lächelte Lorna über Marys Bemerkung, dann kicherte sie in sich hinein, und schließlich fing sie an zu lachen und konnte einfach nicht mehr aufhören. Es war ja so wahr. Jedes Tier auf einer Farm hatte es besser als sie. Bald fiel Mary in ihr Lachen ein, bis beide gleichzeitig lachten und weinten, bis sie sich kaum noch auf den Füßen halten konnten. Rusty beobachtete sie besorgt. Er war sicher, daß sie vor lauter Durst durchgedreht hatten, und er wußte nicht, was er tun sollte. Doch schließlich hörte ihr Gelächter auf.

»Mary, ich wünschte, du würdest uns in Dodge City nicht verlassen«, murmelte Lorna ernüchtert. »Ohne dich hätte ich es nie bis hierher geschafft. Wenn ich mir vorstelle, wie weit wir noch reisen müssen, um nach Montana zu kommen, weiß ich nicht, ob ich es ohne dich schaffe. Wenn du da bist, ist alles erträglicher.«

»Du schaffst es schon«, beharrte Mary, aber auch in ihren Augen stand eine Sehnsucht.

»Warum kommt ihr nicht mit uns nach Montana, Ely und du?« schlug Lorna eilig vor. »Ihr könntet euch dort ein Stück Land neben dem von Benteen und mir nehmen. Dann könnten wir einander wenigstens manchmal sehen.«

»Wir hatten vor, nach Iowa zu gehen.« Aber Lorna konnte erkennen, daß Mary ins Wanken geriet.

»Wirst du es dir mir zuliebe noch einmal überlegen?« drängte Lorna sie.

»Ich werde es mir überlegen.« Aber Mary fügte ihrer Einwilligung eine Warnung hinzu. »Aber ich verspreche dir gar nichts.«

»Darauf trinken wir.« Lorna hob den Becher, trank einen Schluck und reichte ihn Mary.

Mary nippte nicht, sondern trank einen großen Schluck. Gewissensbisse drückten sich auf ihrem Gesicht aus. »Ich habe dein Wasser fast ausgetrunken. Ich gebe dir etwas von meinem ab.«

»Nein.« Lorna lehnte das Angebot mit einem Kopfschütteln ab. »Ich habe ohnehin schon genug getrunken.« Sie sah die Wassermenge in dem Becher an, den Mary ihr zurückgab. »Das hier reicht noch für meine Rosensträucher. Ich kann sie doch jetzt nicht eingehen lassen.«

Sie zog sich am Wagenrad auf die Füße. Wenigstens fühlte sie sich innerlich besser. Es war immer wieder von neuem überraschend für sie, wieviel Kraft sie doch besaß.

Benteen kam in das Lager geritten, schenkte sich einen Becher lauwarmen Kaffee ein und sah sich nach Lorna um. Er sah Mary im Schatten ihres Wagens sitzen, aber von Lorna war keine Spur zu sehen.

»Nun, wie hältst du dich, Mary?« fragte er die junge Frau mit einem liebevoll besorgten Ausdruck im Gesicht.

»Viel besser, und das habe ich Ihrer Frau zu verdanken.« Mary lächelte. »Ich habe mich in ihr getäuscht.«

»Was soll das heißen?« Benteen erinnerte sich nicht mehr an die Bemerkung, die Mary gemacht hatte, als sie zum erstenmal mit Lorna zusammengetroffen war.

»Ich dachte, sie käme hier draußen nicht zurecht, weil sie es bisher gewohnt war, verhätschelt zu werden. Aber Sie haben gesagt, sie sei stark. Und das ist sie auch. Stärker als ich.«

Skeptisch zog er die Augenbrauen hoch, während er die stämmige Frau musterte. »Ich weiß nicht, ob ich soweit gehen würde.«

»Sie hat mir gerade fast ihr ganzes Wasser abgegeben«, sagte Mary. »Als ich ihr dafür mein Wasser angeboten habe, hat sie es abgelehnt. Können Sie sich das vorstellen?« Kummer flakkerte in ihren Augen auf. »Sie sollten dafür sorgen, daß sie noch etwas trinkt. Sie hebt den Rest für die Rosensträucher ihrer Mutter auf.«

»Was?« Benteen war entgeistert. Als er sah, wie Lorna die Ableger befeuchtete, stieg ein rasender Zorn in ihm auf. Er schrie Lorna an und riß ihr die Sträucher aus der Hand. »Um dich herum wimmelt es von durstigen Männern und Tieren – und du gibst deinen Pflanzen Wasser! Hast du den Verstand verloren?«

Lorna hatte ihn schon öfter wütend erlebt, aber noch nie so

wütend wie jetzt – nie an dem Punkt, an dem er jede Selbstbeherrschung zu verlieren schien.

»Ich konnte die Rosen doch nicht sterben lassen«, wandte sie unbeholfen ein.

»Diese wenigen Tropfen Wasser könnten den Unterschied ausmachen, ob du lebst oder stirbst. Und du vergeudest es an dieses Zeug!« Er warf die Rosensträucher so weit er konnte von sich.

Sie lief den Sträuchern hinterher, konnte sie aber mit ihren tränenverschmierten Augen nicht finden. Sie war von dem Willen besessen, sie wiederzufinden, und deshalb veranstaltete sie einen solchen Lärm, daß sie Benteen nicht hörte, der auf sie zukam.

»Vergiß diese Rosen, und komm aus der heißen Sonne, ehe du zusammenbrichst«, befahl er ihr.

»Nein.« Sie suchte weiter.

»Verdammt noch mal, sie sind es nicht wert, Lorna!« fauchte Benteen. Er packte ihr Handgelenk, um sie zu zwingen, ihm zu gehorchen.

Lorna war so wütend, daß sie sich losriß. »Das hast du absichtlich getan!« schrie sie ihn an. »Du hast von Anfang an nicht gewollt, daß ich die Sträucher mitnehme! Ich glaube, dir wäre es das liebste gewesen, wenn ich gar nichts aus Texas mitgenommen hätte! Es überrascht mich, daß du den Wagen mit allem, was darin ist, nicht anzündest, damit dich bloß nichts mehr an Texas erinnert! Du wolltest schon von Anfang an diese Rosen vom Hals haben! Du hast gehofft, daß sie eingehen! Und jetzt hast du endlich einen Vorwand dafür gefunden, sie wegzuwerfen!«

»Du dummes Mädchen!« Heftig stieß er die Worte heraus.

»Ja, du sagst mir immer nur, daß ich dumm oder kindisch oder blöd bin.« Und da die Worte schmerzten, schlug sie zurück. Sie wollte ihn verletzen. »Mich interessiert nicht mehr, was du über mich denkst! Das waren meine Rosen! Und es war mein Wasser! Du hast nicht das Recht, mir zu sagen, was ich damit zu tun habe!«

»Ich bin dein Mann, und das gibt mir das Recht, dich davon abzuhalten, daß du dich umbringst!« fauchte Benteen.

»Du würdest dich für diese verfluchten Rinder umbringen! Wo liegt da der Unterschied?«

»Ich diskutiere nicht mit dir. Du kommst jetzt mit mir ins Lager zurück, und das war mein letztes Wort!« Diesmal packte er sie so, daß sie sich unmöglich losreißen konnte.

Lorna wehrte sich trotzdem. Sie wußte, daß er ihr kräftemäßig überlegen war und daß er aus einem physischen Kampf als Sieger hervorgehen würde, aber die Schlacht mit Worten war noch nicht entschieden.

»Ich gehe nirgends mit dir hin!« Ihre Körperkraft verließ sie, strömte aus ihr hinaus wie der Schweiß, der über ihren Nacken rann. »Ich bin keines deiner Rinder, die du vorantreibst!«

»Diese Rinder haben mehr Verstand als du!« Seine Hände, die sich in ihre Schultern gegraben hatten, schüttelten sie heftig.

»Woher willst du das wissen?« fragte Lorna keuchend. »Hast du mich je nach meiner Meinung gefragt? Ich wollte nie wirklich nach Montana ziehen. Hast du das gewußt? Meine Meinung hat dich so wenig interessiert, daß du mich nie auch nur danach gefragt hast.«

»Das ist jetzt gegenstandslos. Wir haben die Hälfte der Strecke hinter uns.«

Lorna sah die Wut und die Entschlossenheit in seinem vorgereckten Kinn. »Ich hasse dich, Benteen Calder.«

»Du wirst hysterisch«, murmelte Benteen.

Bis zu einem gewissen Maß war sie es – das stimmte. Ihr Zorn und ihre Ablehnung waren übertrieben und stellten jedes andere Gefühl in den Schatten, das in einem ruhigeren Moment ebenso stark gewesen wäre. Jetzt hatte ihr Wunsch, ihn zu verletzen, die Oberhand über alle anderen Gefühle gewonnen.

»Ich hasse dich.« Ihre Stimme bebte. »Ich bereue den Tag, an dem ich dich geheiratet habe.«

Seine Nasenflügel bebten, und ihr Pfeil hatte seine verletzbare Stelle gefunden. Er riß sie grob an seine Brust und preßte ihre Arme an ihren Körper. Rasende Wut ließ seine Augen kalt werden.

»Das ist verdammt schade für dich.« Seine Oberlippe verzog sich bei diesen Worten. »Wir sind nämlich verheiratet, und so wird es auch bleiben.«

»Ich gehe nicht mit dir nach Montana.« Lorna, die seinen wunden Punkt gefunden hatte, setzte ihm jetzt schamlos zu. »Wenn wir Dodge City erreichen, gehe ich mit Mary fort.«

Sie spürte, wie sich seine gesamten Muskeln wie Federn anspannten. Das Zurückschnappen der Federn stand so dicht bevor, daß sein ganzer Körper bebte.

»Wenn du das versuchst, schleppe ich dich gewaltsam zurück.« Die Drohung kam knurrend aus einem tiefen Winkel seines Körpers. »Du gehörst mir, und ich lasse dich niemals gehen.«

»Dann laufe ich dir eben wieder fort«, verkündete Lorna, um ihren guten Stand zu festigen.

Das setzte die Gewalttätigkeit, die sich in ihm angestaut hatte, frei. Seine Finger, die in Lederhandschuhen steckten, gruben sich unter ihren Hut, packten eine Handvoll von ihrem Haar, zogen es aus ihrem Knoten und stießen ihr den Hut vom Kopf. Mit brutalem Griff riß er ihre Haare an den Haarwurzeln zurück, um ihren Kopf zu sich zu ziehen. Lorna spürte eine leise Panik.

»Gar nichts wirst du tun.« Es war ein Fauchen, dem eine brutale Besitznahme ihrer Lippen folgte.

Lorna wand sich, aber seine Arme drückten sie wie Stahl an ihn. Ihre Lippen bluteten unter dem rohen Wüten seines Mundes, und der stachelige Schnurrbart kratzte ihre zarte Haut auf. Er vergalt ihr die Drohung, ihn zu verlassen, indem er seine Herrschaft über sie mit körperlicher Kraft errichtete, um die Saat der Auflehnung zu vernichten.

Die Erinnerung an eine Mutter, die ihn verlassen hatte, brannte in seinem Gedächtnis, und er dachte auch an die Jahre, in denen sein Vater die Hölle durchgemacht hatte. Dieser schwarze und bittere Haß war es, der ihn dazu trieb, ihr derart zuzusetzen. Allein der Gedanke, Lorna könne ihn verlassen, bereitete ihm Schmerzen, die ihn zerrissen und ihm eine Brutalität einflößten, gegen die er machtlos war.

Ihr Wimmern drang keinen Moment lang durch den glühenden Dunst hindurch, der sein Bewußtsein vernebelte. Benteen wußte selbst nicht, was er tat, als er sie auf den Boden warf und sich einen Weg durch den Stoff ihrer Gewänder bahnte, um ihre Unterwäsche zu zerreißen. Er schmeckte das Blut auf ihren Lippen nicht, und er spürte auch nicht die Nässe der Tränen auf seiner Haut. Er war ein Tier, ein Männchen, das sich das Weibchen roh unterwirft.

Als sein Zorn sich verausgabt hatte, lag sie regungslos unter ihm. Die Nebel, die ihn blind für alles andere gemacht hatten, begannen sich aufzulösen. Seine Augen erkannten das Gesicht in aller Schärfe, das ihm abgewandt war – erkannten die Nässe auf ihren Wangen und die roten Blutspuren auf ihren gesprungenen Lippen. Sie bebte, während sie lautlos schluchzte.

Das, was er ihr angetan hatte, machte Benteen ganz krank. Eine heftige Übelkeit stieg in ihm auf und schnürte ihm die Kehle zu, während Tränen in seinen Augen brannten. Er hatte sich in seinem ganzen Leben noch nie so wenig männlich gefühlt. Er hatte etwas angerichtet, was sich nie mehr ungeschehen machen ließ.

»Lorna.« Seine Finger wollten sich zögernd auf ihre Wange legen.

»Nein.« Sie wich vor ihm zurück und drückte die Augen fest zu.

Wenn sie ihm ein Messer ins Herz gestoßen hätte, hätte sein Schmerz nicht größer sein können. In einem krassen Widerspruch zu seiner brutalen Besitznahme strich er ihre Kleider zart zurecht, aber sie blieb regungslos auf dem Gras liegen. Sein gequälter Blick wandte sich zum Himmel.

»Gott, vergib mir.« Es war ein kaum hörbares Murmeln, das nicht an Lorna gerichtet war, denn er glaubte nicht, daß sie ihm je würde verzeihen können. Dann wandte er sich wieder zu ihr um, weil es ihm unmöglich war, fortzugehen und sie so liegenzulassen. »Lorna!«

»Laß mich allein.« Mit gebrochener Stimme brachte sie die Bitte heraus, die er ihr nicht gewähren konnte.

»Nein, ich lasse dich nicht so zurück«, sagte Benteen leise. »Und ich werfe dir nicht vor, daß du mich haßt.«

»Warum mußtest du das sagen?« Sie schlug ihre Augen auf,

in denen Tränen standen. Sie wollte ihn ansehen, aber es war ihr nicht möglich, ihm in die Augen zu sehen. Sie fühlte sich geschändet und gedemütigt, aber auf eine befremdliche Weise fühlte sie sich gleichzeitig schuldbewußt.

»Der Gedanke, du könntest mich verlassen, hat mich um den Verstand gebracht. Es wird nie wieder vorkommen.«

Lorna spürte, daß er mehr als nur seinen Zorn in sich begrub. Dieses andere, was sie wahrnahm, war seine Fähigkeit zu tiefen Gefühlen. Der Mißbrauch, den er ihr angetan hatte, flößte ihr Abscheu ein, aber Haß war nicht das Wort, um das zu beschreiben, was sie für ihn empfand, wenn sie auch nicht hätte sagen können, daß sie ihn noch liebte. Es war alles noch zu frisch, und Lorna konnte den Schaden nicht einschätzen, den er ihren Gefühlen angetan hatte.

Nur einmal hatte sie Benteen auch nur annähernd so wütend erlebt wie gerade eben. Sie hatte damals geglaubt, er würde sie schlagen. Das war gewesen, als sie das Bild seiner Mutter vor den Flammen errettet hatte – das Bild einer Mutter, dic ihn verlassen hatte. Genau damit hatte auch sie gerade gedroht.

Lorna war mit der Erkenntnis konfrontiert, daß sie selbst einen Teil der Verantwortung für das trug, was sich abgespielt hatte. Sie hatte ihre Drohung im Zorn ausgesprochen, aber es bestand in Wirklichkeit keine Möglichkeit, daß sie ihre Drohung je wahrgemacht hätte. Sie hatte ein Mittel gefunden, mit dem sie ihn verletzen konnte, und sie hatte auf diesen wunden Punkt eingestochen, ohne auch nur einen Moment lang an die Konsequenzen zu denken. Sie entdeckte, was auch schon Benteen entdeckt hatte – daß sie nichts dazu sagen konnte.

Sie setzte sich auf und wandte ihm den Rücken zu, während sie sich die Tränen mit dem Saum ihres Rockes, der Grasflekken hatte, aus dem Gesicht wischte. Er wartete schweigend und unternahm keinen Versuch, ihr auf die Füße zu helfen. Ihr Haar war gelöst, fiel auf ihren Rücken herunter und hatte sich mit den Bändern ihres Sonnenhutes verheddert.

»Ich helfe dir, die Rosensträucher zu suchen«, sagte Benteen.

»Nein. Ich will sie nicht mehr haben.« Sie würden sie doch

nur immer wieder an das erinnern, was sich hier zugetragen hatte. Es würde ohnehin schon beiden schwer genug fallen, diesen Vorfall zu vergessen.

Gemeinsam gingen sie zum Lager zurück, aber sie waren nie weiter voneinander entfernt gewesen als jetzt. Zwischen ihnen klaffte ein Spalt auf, den beide zögernd überbrücken wollten, doch keiner von beiden wußte, wie der Anfang gemacht werden sollte. Sie trennten sich, als sie die Wagen erreicht hatten. Benteen stieg auf sein Pferd und ritt zur Herde hinaus, während Lorna unter die Planen des stickigen Wagens kletterte, um sich das Haar zu richten und ungestört nachzudenken.

Erst nach der schlimmsten Mittagshitze zogen sie weiter. Zehn Meilen vor dem Arkansas witterten die Longhorns das Wasser des Flusses. Das Problem bestand jetzt darin, die Rinder davon abzuhalten, wild in den Fluß zu stürmen. Der scheckige Stier, dem sie den Spitznamen ›Captain‹ gegeben hatten, nachdem er die Herde durch den Red River geführt hatte, tat seinen Teil dazu, die wilde Flucht der Rinder, die vor Durst fast den Verstand verloren, einzudämmen. Er behielt eine konstante Geschwindigkeit bei und holte mit seinen langen Hörnern nach allem aus, was versuchte, ihn zu überrunden.

Als sie den Fluß erreichten, säumten vielfarbige Felle das Flußbett, als die Rinder ins Wasser wateten. Die große Mehrheit der Tiere blieb im Wasser stehen, ächzte leise und ließ die Nässe in die ausgedörrten Körper einziehen, aber mit dem Trinken warteten sie ein wenig. Einige vereinzelte Tiere tranken zu gierig in sich hinein und starben.

Während die Rinder Wasser tranken, legten sich die Treiber stromaufwärts flach auf den Bauch ans Ufer und tranken sich ebenfalls satt. Nicht allzu weit entfernt und von ihnen aus klar zu erkennen, lag Dodge City. Lorna war sich gar nicht darüber im klaren gewesen, wie ausgehungert sie nach dem Anblick von Häusern war.

In jener Nacht im Lager redeten Benteen und sie nur das Notwendigste miteinander. Sie ging früh ins Bett und lag lange wach und wartete auf ihn. Als er in den Wagen kam, gab sie nicht vor, schon zu schlafen, aber sie blieb auf der Seite liegen, den Kopf von ihm abgewandt. Nachdem er sich ausgezogen hatte, kroch er unter die Zudecke. Unbewußt zuckte sie zusammen, als er sie versehentlich streifte. Lorna zwang sich, sich zu entspannen. In den Augen Gottes war er ihr Mann, ›in guten wie in schlechten Zeiten‹. Sie drehte sich zu ihm um. Seine Hände waren unter seinem Kopf verschränkt, und sein Blick war auf die Decke des Planwagens gerichtet.

»Wir werden die Herde hier zwei Tage lang grasen und sich erholen lassen«, sagte er. »Morgen fahren wir nach Dodge City, um uns wieder mit Vorräten einzudecken.«

»Es gibt ein paar Dinge, die ich kaufen muß«, erwiderte Lorna, und dann erkannte sie, daß er damit rechnete, sie würde ihre Absicht, ihn dort zu verlassen, endgültig bestätigen. »Ich werde Mary sehr vermissen«, sagte sie, um ihm zu verstehen zu geben, daß sie bei ihm blieb.

Seine Brust hob sich, als er tief Atem holte, und sehr langsam senkte sie sich wieder. »Ich weiß, daß sie dir fehlen wird«, war alles, was er sagte.

Es war ein kleiner Schritt – ein erster Anfang.

14

In Dodge City herrschte ein lebhaftes Treiben. An dieser Eisenbahnstation wurden die Tiere in den Osten verladen. Auf den ungepflasterten Straßen wirbelten Pferde mit ihren Hufen den Staub auf, der alles überzog, und auf den hölzernen Bürgersteigen fanden Cowboys von einem Saloon zum anderen. Bellende Hunde wollten den Pferden in die Füße beißen, als Benteen und Lorna nach Wochen der vergleichsweisen Stille der Prärie in die Stadt fuhren.

»Es ist so laut hier«, sagte Lorna. In der letzten Nacht hatte sich die Spannung zwischen ihnen gelegt, wenn auch bei weitem nichts wieder normal war.

Benteen wollte ein Hotelzimmer mit einem richtigen Bett

und einem richtigen Bad nehmen. Lorna wußte, daß er sie damit für die Unbequemlichkeiten der letzten Zeit entschädigen wollte.

Im Foyer wimmelte es von elegant gekleideten Käufern aus dem Norden, die mit den staubigen, schmutzigen Cowboys zusammenstanden, die gerade hier angelangt waren. Schnell nahmen sie die Anwesenheit einer Frau in ihrer Mitte wahr, und Lorna schämte sich ihres Äußeren. Sie hielt den Kopf gesenkt, damit sie nicht sehen konnten, daß ihr einst makelloser Teint von den Elementen gezeichnet worden war, und auch ihre rauhen Hände verbarg sie vor den Blicken.

Benteen ließ Lorna in das Zimmer führen. Er selbst wollte erst noch den Wagen und die Pferde in den Mietstall bringen und nach seinen Leuten sehen.

Auf der Treppe hörte Lorna das Rascheln von Seide. Sie blickte auf und rechnete damit, eine der Damen der Nacht zu sehen, aber die Frau, die oben auf der Treppe stand, entsprach keineswegs ihren Erwartungen und gehörte ganz bestimmt nicht diesem ältesten Gewerbe an. Ihr langes blaues Seidenkleid war tief ausgeschnitten und hatte kurze Ärmel. Ihr hellblondes Haar war zu einer eleganten Frisur nach oben gekämmt, und nicht eine Locke war verrutscht. Ihr edler Schmuck und die königliche Haltung ihrer schlanken Gestalt sagten Lorna, daß dies eine wirkliche Dame war.

Beim Näherkommen stellte Lorna fest, daß die Frau nicht mehr so jung war, wie sie ihr auf den ersten Blick erschienen war. Ihre Haut war so geschmeidig und zart, und ihre Schönheit war so makellos, daß es schwierig war, ihr wirkliches Alter zu schätzen. Hätte sie die Falten nicht gesehen, die vage auf ihrem gepuderten Hals zu sehen waren, so hätte Lorna geglaubt, die Frau sei in den Zwanzigern.

Lorna bemühte sich, die Frau nicht anzustarren, aber die Stimme mit dem fremdländischen Akzent ließ sie neugierig werden.

»Ihre Einladung ist zu gütig, Sir, aber der Earl hat mir zu verstehen gegeben, daß er das Angebot des Bürgermeisters angenommen hat, seine Privatloge zu benutzen«, sagte die Frau, als Lorna an ihr vorbeikam.

Earl. Der Bürgermeister. Eine Privatloge. Die Dame war offensichtlich so bedeutend wie reich. Lorna warf einen letzten Blick über die Schulter auf die elegante Frau. Irgend etwas an ihr war ihr seltsam vertraut.

»Mrs. Calder?« rief ihr der Page, der vorausgegangen war, zu.

Als die Frau einen Blick in ihre Richtung warf, wandte Lorna eilig den Kopf ab. Sie wollte nicht dabei ertappt werden, derart unfein zu starren. Sie spielte mit dem Gedanken, den Pagen zu fragen, wer die Dame war, aber das wäre zu direkt gewesen.

Lady Elaine, die Frau des Earl of Crawford, warf einen Blick in den Korridor. Das Lächeln verschwand aus ihrem Gesicht, als ihre dunklen Augen offen ihre Neugier zeigten. Sie wußte, daß sie ihren Schock gut überspielt hatte, als dieser Name genannt worden war. Der Name war keineswegs unüblich.

Der Page kam an ihr vorbei und lächelte wie ein dummer Schuljunge. »Einen schönen guten Tag ...« Er stammelte, weil er nicht wußte, wie er sie korrekt anreden konnte: »... Hoheit.«

»Guten Tag.« Mein Gott, wie sie es genoß, zu sehen, wie diese Bauerntrampel sich vor ihr verneigten und Kratzfüße machten, um in ihrer Gnade zu stehen. »Entschuldigen Sie, junger Mann, hätten Sie einen Moment Zeit für mich?«

»Ja, Ma'am ... Hoheit«, verbesserte er sich. Er wurde ein wenig rot, aber er war begierig darauf, ihr zu Diensten sein zu dürfen.

»Diese junge Frau. Ich glaube gehört zu haben, daß Sie sie Mrs. Calder genannt haben. Mein Mann war bei einem früheren Aufenthalt in Amerika mit einer Familie dieses Namens bekannt. Ich habe mich gefragt, ob diese Leute möglicherweise mit der betreffenden Familie verwandt sind.«

»Das möchte ich bezweifeln.« Er drehte skeptisch den Kopf um. »Ihr Mann kommt regelmäßig her und bringt zweimal im Jahr Viehtriebe aus Texas.«

»Sie kennen nicht zufällig seinen vollen Namen?« erkundigte sich Lady Elaine.

»Ich glaube, er heißt Benteen Calder«, antwortete der Page.

»Wie Sie selbst schon sagten, ist es doch unwahrscheinlich, daß mein Mann ihn kennt. Ich danke Ihnen.«

»Es war mir ein Vergnügen, Ma'am ... Hoheit.« Er verbeugte sich linkisch.

Als der Junge gegangen war, blieb sie noch einen Moment auf der Treppe stehen. Sie fragte sich, welche Probleme das nach sich ziehen konnte, wenn es überhaupt zu Problemen führte. Vielleicht sollten sie und Con am besten augenblicklich nach San Francisco abreisen. Aber sie hatten bereits zu viele Einladungen angenommen. Außerdem war eine gewisse Neugier in ihr erwacht. Fast hätte sie laut gelacht, als sie es merkte. Wer hätte geglaubt, daß sie sich nach all den Jahren auch nur noch die Spur dafür interessierte?

»Laine, mein Liebling, kommst du jetzt?«

Sie wandte sich anmutig um und sah die Treppe hinunter. Dort stand ihr Mann mit einem Fuß auf den Stufen. Sie sah ihn mit einem Blick an, der aus grauer Vorzeit kam und die Veränderungen wahrnahm – das hinzugekommene Gewicht, das ihn um die Mitte herum breiter machte, und der Haaransatz, der sich zurückgezogen und seine ohnehin schon hohe Stirn noch höher hatte werden lassen. Der Schnurrbart und die Koteletten betonten seine Hamsterbacken und sein Doppelkinn. Nie hatte ihr Herz bei seinem Anblick schneller geschlagen, aber er hatte ihr alles gegeben, was sie sich je gewünscht hatte – nachdem sie ihn auf diesen Gedanken gebracht hatte.

»Ja, ich komme schon, Con.«

Lorna hatte vor mehr als zwei Stunden ihr Hotelzimmer betreten. Inzwischen hatte sie ein ausgiebiges Bad genommen und sich die Haare gewaschen. Sie hätte sich gern einen Morgenmantel über ihre Unterwäsche gezogen. Die Dame, die sie im Treppenhaus gesehen hatte, besaß sicher Dutzende von Morgenmänteln aus Seide und Satin. Sie wollte ihr einziges sauberes Kleid nicht anziehen, ehe ihre Haare getrocknet waren.

Die fremde Dame war ihr immer noch nicht aus dem Kopf gegangen, als Benteen anklopfte. Sie roch das Pimentöl, als er das Zimmer betrat und sie von Kopf bis Fuß musterte. Plötzlich wurde ihr unbehaglich zumute, denn sie fragte sich, ob er sich ihr wieder aufdrängen würde.

Ein Muskel in seinem Kiefer spannte sich, ehe er sich abrupt abwandte. »Ich dachte, du seist inzwischen fertig.«

Plötzlich wurde ihr klar, daß Benteen seine Rückkehr absichtlich hinausgezögert hatte, um ihr Zeit zu geben, damit sie ein Bad nehmen und sich anziehen konnte. Er hatte währenddessen nicht da sein wollen. Lorna konnte sich mühelos den Grund ausmalen. Benteen hatte ihr bei früheren Gelegenheiten, wenn sie miteinander geschlafen hatten, gesagt, daß der Anblick ihres Körpers ihn erregte. Genau das hatte er vermeiden wollen.

»Mein Haar ist noch nicht trocken«, erklärte Lorna mit einem Blick auf den Kamm in ihrer Hand.

Lorna kämmte sich vor dem Spiegel die Haare, um den Prozeß des Trocknens zu beschleunigen. Im Spiegel sah sie Benteen, und sie stellte fest, daß er ein frisches Hemd trug. Er trug auch eine frische Hose. Die Sonne, die durch das Fenster in das Zimmer strömte, ließ seine Haarspitzen schimmern.

»Du hast auch schon gebadet«, stellte sie fest.

»Ja. In einem der Saloons gibt es in den hinteren Räumlichkeiten die Möglichkeit, ein Bad zu nehmen«, sagte er. »Ich dachte, auf die Weise sparen wir Zeit.«

Unbewußt schnupperte sie den Duft des Pimentöls ein, der ihr sagte, daß er sich auch schon rasiert hatte. Der Duft stimulierte ihre Sinne. Sie wurde sich seiner Gegenwart zu deutlich bewußt.

»Als der Page mich ins Zimmer gebracht hat, bin ich auf der Treppe einer Dame begegnet.« Sie redete drauflos, um sich abzulenken. »Sie trug ein wunderschönes Kleid. Ich bin sicher, daß sie eine sehr bedeutende Persönlichkeit ist. Ich habe etwas über die Privatloge des Bürgermeisters gehört, die ihr angeboten worden ist. Und einen ausländischen Akzent hatte sie auch.«

»Hier in Kansas gibt es viele Einwanderer«, erwiderte Benteen.

Er konnte seinen Blick nicht von ihr losreißen. Die Rundungen ihrer Gestalt zogen ihn magnetisch an.

»Diese Dame war keine gewöhnliche Einwanderin.« Lorna hielt an dem Thema fest, obwohl Benteen im Moment nichts ferner lag als der Gedanke an eine andere Frau. »Ich weiß, daß sie etwas Besonderes ist. Sie hat von dem Earl gesprochen. Das ist doch ein Titel, oder? So was wie ein Herzog?«

»Ich glaube, ja.« Benteen hatte eine Abneigung gegen den Adelsstand. Seine Mutter war mit einem nichtsnutzigen Schnorrer durchgebrannt, einem Angehörigen dieser Gesellschaftsschicht, der seinen monatlichen Wechsel zugeschickt bekam. »Solche Titel besagen gar nichts. Laß dich davon nicht beeindrucken, Lorna.«

Die Antwort kam barsch heraus. Lorna paßte nicht, daß er ihr das Gefühl gab, es sei falsch, daß sie sich von dieser Frau hatte faszinieren lassen. Sie konnte darin nichts Böses sehen. Der Kamm verfing sich auf Lornas Hinterkopf in ihrem Haar. »Au!« stieß sie gegen ihren Willen hervor.

»Ich helfe dir«, erbot sich Benteen.

Bei dem Gedanken, ihn so dicht in ihrer Nähe zu haben, zögerte Lorna einen Moment lang. Aber das war eher widersinnig, nachdem sie letzte Nacht im gleichen Bett mit ihm geschlafen hatte. Sie drückte ihm den Kamm in die Hand und wandte sich wieder dem Spiegel zu.

Nachdem Benteen die Stelle, an der sich ihre Haare verfilzt hatten, durchgekämmt hatte, ließ er den Kamm langsam durch ihr langes Haar gleiten. Lorna ließ die Lider sinken und kostete das Gefühl aus. Als er seinen Kopf dichter zu ihr vorbeugte, nahm sie kaum Notiz davon.

»Dein Haar riecht gut«, murmelte Benteen, und der Kamm hörte auf, sich zu bewegen. Seine Hand legte sich auf ihre Schulter. »Du riechst gut.«

Als seine Hand sie zärtlich zu streicheln begann, zuckte Lorna zusammen. Benteen erkannte ihren stummen Protest und zog seine Hand augenblicklich fort. Er warf den Kamm vor sie hin. In dem Moment, in dem sie nach dem Kamm griff, wandte Benteen sich brüsk ab. Sie hielt den Kamm in der Hand, sah den Kamm an, und ihr Atem ging flach.

»Danke.«

»So geht es nicht, Lorna.« Sein Spiegelbild zeigte ihr einen

Nerv in der Nähe seines Mundes, der zuckte und pochte. »Ich bin ein Mann, kein Geistlicher. Wir müssen in irgendeiner Form zu einer Einigung kommen, weil ich nicht weiß, wie lange ich es fertigbringe, dich nicht zu berühren.«

Sie drehte sich sehr langsam zu ihm um. Die rauhe Wirklichkeit seiner Aussage und ihre Entscheidung, bei ihm zu bleiben, wurden ihr bewußt. Es würde sehr schwierig werden, diese Worte auszusprechen, die sie gleich sagen würde, denn sie wußte, daß es noch zu früh war.

»Ich habe dir in unserer Hochzeitsnacht gesagt, Benteen, daß ich nicht das Recht habe, dir die ehelichen Rechte zu verweigern. Das ist immer noch wahr.« Sie versuchte, sich gegen das zu wappnen, was jetzt kommen würde.

Benteen starrte sie an, seine Augenbrauen zogen sich zusammen. »Mein Gott, Lorna«, murmelte er mit belegter Stimme. »Warum beschimpfst du mich nicht als Tier, weil ich von dir erwarte, daß du dich mir hingibst? Warum mußt du statt dessen so pflichtbewußt erscheinen?«

»Weil ich weiß, daß das, was du gesagt hast, wahr ist.« Das konnte sie begreifen, obwohl sie nicht sicher war, ob sie gefühlsmäßig soweit war, überhaupt wieder intim mit ihm werden zu können. »Ich sehe ein, daß ein Mann das braucht. Es ist etwas, was dir Freude macht.« Sie konnte ihn nicht ansehen, während sie die Gründe erklärte, die sie für ihre Einwilligung hatte.

»Und was ist mit dir?« fragte Benteen leise.

»Ich bin nicht sicher, ob ich es kann, ohne ...« Lorna hatte vorgehabt, zu sagen: ›... ohne daran zu denken, wie du mich mit Gewalt genommen hast‹, aber sie ließ es unausgesprochen in der Luft hängen, weil sie wußte, daß Benteen den Satz für sich beenden konnte.

Er stellte sich dicht vor sie und blieb stehen. Sein Gesicht war völlig ausdruckslos, als er einen Finger unter ihr Kinn legte und es zu sich hochzog. Ihr Herzschlag beschleunigte sich panisch, aber Lorna zwang sich, ihn mit festem Blick anzusehen. »Wir sollten möglichst bald herausfinden, ob du es kannst«, sagte Benteen.

Betont langsam senkte er seinen Kopf und behielt sie dabei

genau im Auge. Innerlich schreckte sie zurück, aber es gelang ihr, es sich nicht anmerken zu lassen. Als sein Mund zaghaft ihre Lippen berührte, wehrte Lorna sich nicht. Er küßte sie behutsam und zärtlich.

Sein Körper berührte sie nicht, aber sie konnte die Hitze spüren, die er ausstrahlte. Wenn es so blieb, konnte sie damit umgehen. Seine Hand strich über ihren Nacken, und sie begann die Spannung zu spüren, die von ihren Nerven Besitz ergriff. Als sein Mund versuchte, ihre Lippen zart dazu zu bewegen, sich zu öffnen, flackerte die Erinnerung an das letzte Mal in ihr auf, als keine solchen Überredungskünste nötig gewesen waren. Sie bemühte sich sehr, diese Erinnerung abzuschieben, aber sie spürte, daß sie sich gegen die Berührungen sperrte. Sie wollte es nicht so haben. Sie wollte die zügellose Leidenschaft all der anderen Male vor dem letzten Mal haben.

Sie öffnete die Lippen in einem Versuch, sich zu diesen Empfindungen zu zwingen, aber Benteen spürte den Unterschied. Er brach seinen Kuß ab und zog sich langsam zurück, um sie anzusehen.

»Du bist nicht gut im Vormachen, Lorna.« Er wußte, daß sie, würde er ihr dieses vorgetäuschte Verlangen durchgehen lassen und mit ihr schlafen, endgültig seine Ausübung der Privilegien, die er nach ihren Angaben hatte, verschmähen würde. Sie würde ihm mit noch größerer Abscheu begegnen, als es bereits jetzt der Fall war.

»Benteen, ich versuche doch ...«

»Wenn es nicht von selbst kommt, will ich es nicht«, schnitt er ihr rauh das Wort ab. »Sei ehrlich in deinen Gefühlen, selbst dann, wenn es um Haß geht.«

»Ich hasse dich nicht«, sagte Lorna, aber sie klärte ihn nicht darüber auf, was sie empfand.

»Ich werde mich dir eine Zeitlang fernhalten. Du sagst mir, wann du mich wieder zu deinem Mann haben willst.« Er hoffte nur, daß er die Kraft hatte, diesen Tag zu erwarten und daß dieser Tag nicht in allzu ferner Zukunft lag. Er wandte sich von ihr ab und trat ans Fenster, um hinauszuschauen. »Dein Haar ist jetzt trocken genug. Du solltest dir ein Kleid anziehen.«

»Ja.« Ihr Kopf war gesenkt. Ihr wurde klar, daß es dumm von ihr gewesen war, sich einzubilden, sie könnte so tun, als würde sie es genießen. Aber das Akzeptieren seiner Annäherungsversuche war ihr als eine Möglichkeit erschienen, ihre Schuld zu tilgen, die sie auf sich geladen hatte, als sie ihm damit gedroht hatte, ihn zu verlassen, was letztlich zu der Vergewaltigung geführt hatte. Sie konnte sich nicht dumm stellen, denn sie hatte selbst erlebt, wie übermäßig wütend Benteen geworden war, als es um das Bild seiner Mutter ging. Sie hätte wissen müssen, daß er überempfindlich auf jede Anspielung reagieren würde, sie könnte das wiederholen, was seine Mutter ihm angetan hatte.

Lorna war nicht so großzügig, ihm deshalb das Recht einzuräumen, sie zu vergewaltigen. Sie akzeptierte lediglich, daß ein Teil der Schuld bei ihr lag – nur ein kleiner Teil. Sie hatte das unangenehme Gefühl, daß sie versucht hatte, ihren kleinen Anteil an der Schuld auf Benteen abzuschieben, als sie sich gerade eben edelmütig seiner Lust opfern wollte.

Den größten Teil des Nachmittags verbrachten sie in den Kaufhäusern. Lorna hatte nur ein paar Kleinigkeiten zu besorgen, doch sie schlenderte mit kritischem Blick durch den ganzen Laden und verglich ihn mit dem ihres Vaters in Fort Worth. Die Umgebung war ihr so vertraut, daß sie nur äußerst ungern wieder fortging. Benteen mußte es gemerkt haben, denn er ließ sich Zeit beim Einkaufen. Unter den Kunden, die hereinkamen, waren einige Männer, die er kannte, entweder Cowboys, die schon Viehtriebe mit ihm gemeinsam durchgeführt hatten, oder Anführer von Viehtrieben, wie er selbst es war. Er plauderte mit ihnen und übereilte nichts.

An jenem Abend aßen sie im Hotelrestaurant. Lorna empfand es als ein Riesenvergnügen, endlich wieder einmal am Tisch zu essen. Rusty war zwar ein mehr als nur passabler Koch, aber die Monotonie der Verpflegung auf dem Viehtrieb machte sich mit der Zeit doch sehr bemerkbar. Und das ließ das Essen im Restaurant noch besser schmecken. Lorna sah sich im Restaurant um und hoffte, sie würde die Dame wieder sehen, damit sie sie Benteen zeigen konnte, doch von ihr war keine Spur zu sehen.

Benteen war still und zuvorkommend und ging auf ihr müßiges Plappern ein, doch er bewahrte Distanz. Um sie herum drehten sich die Gespräche ausschließlich um Rindfleisch, Brandzeichen, Fleischpreise und Frachtkosten. Daher fiel es auf, als sich plötzlich ein Schweigen über den Saal legte.

Ein gutgekleideter Mann in einem dunklen Anzug mit Weste hatte das Restaurant betreten. An seiner Hüfte hing ein Revolver, und an seiner Weste steckte ein glänzendes Abzeichen.

»Benteen ...« Lorna beugte sich vor, um mit ihm zu flüstern. »Glaubst du, daß dieser Mann Wyatt Earp ist?«

Sein Blick streifte den Mann. »Ja.«

»Ich habe gehört, wenn er schießt, dann um zu töten«, murmelte sie, und sie dachte an eine der spannenden Geschichten, die sie über den berüchtigten Gesetzeshüter gehört hatte. »Aber er tötet nur diejenigen, die den Tod verdient haben.«

»Das hast du von keinem Texaner gehört«, sagte Benteen trocken. »Sie haben ein Kopfgeld von tausend Dollar auf ihn ausgesetzt.«

Ihre Augen wurden kugelrund. Sie war schockiert darüber, daß ein Texaner derart kaltblütig sein konnte. »Das glaube ich nicht.«

»Es ist aber wahr.« Er lächelte schwach. »Und was das Schießen angeht, um zu töten, so sollte man davon ausgehen, daß es keinen besseren Grund für einen Mann gibt, seine Waffe zu ziehen, denn sonst ist er derjenige, der hinterher tot ist.«

Er sagte das so beiläufig, daß Lorna sich plötzlich ganz neue Fragen stellte. »Hast du je einen Menschen getötet, Benteen?«

In seinen Augen funkelte ein Lachen, das sie an die Zeiten seines Werbens um sie erinnerte. »Niemanden, der es nicht verdient hat.« Er zog sie mit der Rechtfertigung auf, die sie selbst gerade zu Wyatt Earps Gunsten ausgesprochen hatte.

Nach seinem Moralkodex brüstete man sich nicht damit, einen Menschen umgebracht zu haben. Bei den Gelegenheiten, bei denen er Grund gehabt hatte, seine Waffe zu ziehen, waren die Männer, mit denen er es zu tun gehabt hatte, entweder Indianer oder Diebe gewesen, die ihm die Herde wegnehmen wollten. Allzuoft war es nicht vorgekommen. Es besagte genug, daß er am Leben war und daß es andere gab, die jetzt nicht mehr am Leben waren.

»Ich wette, daß du nie jemanden getötet hast«, beharrte Lorna, die ihn mit zweifelnden Blicken betrachtete.

Benteen zuckte die Achseln und ließ ihre Behauptung in der Luft hängen.

»Wir können nicht doch vielleicht noch einen kleinen Spaziergang machen?« fragte Lorna Benteen nach dem Essen.

Dodge City bei Nacht mit den betrunkenen Cowboys und den Tanzsälen und Spielsalons und Freudenhäusern, deren Geschäfte jetzt auf Hochtouren liefen, war nicht der rechte Ort für eine Dame, am allerwenigsten für seine eigene Ehefrau. Benteen erklärte Lorna, daß er noch ein paar Männer treffen müsse, sie aber nicht mitnehmen könne. Als er im Flur stand, verspürte er den Drang, die Tür des Hotelzimmers einzutreten. Mit zitternden Fingern versuchte er, sich eine Zigarette zu drehen, doch er gab den Versuch auf.

Lorna lag noch lange wach, ehe sie einschlief. Ihr war klar, daß Benteen Ausflüchte gesucht hatte, um nicht gleichzeitig mit ihr ins Bett zu gehen. Sie hörte ihn nicht, als er in den frühen Morgenstunden angetrunken zurückkam und ihre schlafende Gestalt betrachtete.

»Verlaß mich nicht.« Seine Stimme war fast ein Lallen.

Er zog sich im Dunkeln aus und kroch ins Bett. Fast im selben Augenblick war er auch schon eingeschlafen. Der Alkohol wirkte Wunder, und er hatte es erreicht, seinen Trieb zu betäuben.

Als Lorna am nächsten Morgen erwachte, war Benteen fort. Nur das zerknitterte Kissen neben ihr sagte ihr, daß er dort geschlafen hatte. Sie stand auf und zog sich eilig an, weil sie nicht sicher war, wann er zurückkommen würde.

Als Benteen klopfte, hatte sie sich gerade frisiert. Es war nach neun, und sie konnte kaum glauben, daß sie wirklich so lange geschlafen hatte.

Benteen teilte ihr mit, daß er einen Käufer für die dreihundert Stiere gefunden hatte, die er hier verkaufen wollte. Als sie beim Frühstück saßen, tauchte der Käufer auf, um mit Benteen zur Herde hinauszureiten. Lorna wußte auch nicht, warum sie so fest damit gerechnet hatte, daß er den Tag mit ihr verbringen würde. Diese Rinder, immer wieder diese verfluchten Rinder! Sie war sicher, daß er, wenn er sich zwischen seinen Kühen und seiner Ehe hätte entscheiden müssen, die Kühe gewählt hätte.

Sie war es nicht mehr gewohnt, soviel Zeit zu ihrer freien Verfügung zu haben, und sie wußte eigentlich gar nicht, was sie damit anfangen sollte. Nach dem Frühstück hielt sie sich eine Zeitlang in ihrem Zimmer auf. Aber dort fühlte sie sich eingeengt. Sie wagte sich aus dem Hotel hinaus, um einen kurzen Spaziergang zu unternehmen. Zum Mittagessen kam sie wieder zurück.

Das Restaurant war voll. Als sie keinen Platz finden konnte, wollte sie gleich wieder gehen, um nicht die Aufmerksamkeit auf den Umstand zu lenken, daß sie ohne einen Begleiter hier war. Als sie sich umdrehte, stieß Lorna beinahe mit dem Mann zusammen, der gerade das Restaurant betrat.

»Mr. Giles.« Sie war überrascht, ein vertrautes Gesicht zu erkennen, nachdem sie so viele Fremde gesehen hatte.

»Mrs. Calder.« Er zog den Hut und verbeugte sich vor ihr. »Ich dachte mir schon, daß ich Ihnen und Ihrem Mann hier über den Weg laufen könnte. Gewöhnlich steigt er in Dodge City in diesem Hotel ab.«

»Ich vermute, Sie haben Ihre Herde unbeschadet hierher gebracht«, sagte sie.

»Die Rinder stehen ein paar Meilen außerhalb der Stadt und fressen Gras und werden fett«, bestätigte er.

Lorna nahm an, daß es Menschen gab, die sich von der Stämmigkeit dieses Mannes und von seinem rauhen Äußeren hätten einschüchtern lassen, aber sie fühlte sich in seiner Gegenwart absolut sicher. Er hatte sein Interesse an ihr als Frau bekundet, ohne es dabei jemals an dem notwendigen Respekt mangeln zu lassen. Sie wußte, daß er ihr nicht zu nahe treten würde, solange sie ihn nicht ausdrücklich dazu herausforderte.

»Haben Sie schon zu Mittag gegessen, Mrs. Calder?« erkundigte er sich.

»Nein, eigentlich noch nicht«, gab sie zu. »Aber es sind sämtliche Tische besetzt.«

»Dort, drüben geht gerade jemand.« Er wies mit einer Kopfbewegung auf einen Tisch, an dem die Männer gerade aufstanden, um zu gehen. »Ich wäre stolz, wenn Sie mit mir essen würden. Oder erwarten Sie Ihren Mann?«

»Er ist mit einem Käufer zur Herde hinausgeritten, um ihm ein paar Stiere zu zeigen, die er verkaufen will. Ich bin nicht sicher, wann er zurückkommt.« Es war keine erfreuliche Aussicht, allein zu essen, nachdem sie schon den ganzen Morgen sich selbst überlassen gewesen war. »Es ist mir ein Vergnügen, mit Ihnen zu Mittag zu essen, Mr. Giles.«

15

Das Mittagessen mit Bull Giles war eine rundum erfreuliche Angelegenheit. Er war schnell von Begriff und witzig, und auf seine trockene, leise Art machte er sich über das Gerede über Rinder und über die gutgekleideten Männer, die um sie herum in Gespräche vertieft waren, lustig. Seine bissigen Kommentare brachten Lorna mehrfach zum Lachen.

Als Bull Giles das Mittagessen in die Länge ziehen und zum Kaffee bleiben wollte, wußte Lorna, daß sie das nicht zulassen durfte. Es hätte sich zu leicht falsch auslegen lassen. Benteen würde ohnehin nicht erfreut sein, wenn er hörte, daß sie sich überhaupt mit Bull Giles unterhalten hatte. Sie fing gerade erst an zu verstehen, wie stark Benteens Besitzstreben ausgeprägt war.

Aber sie genoß Bulls Gesellschaft. Es war ein unschuldiges und harmloses Vergnügen, und weshalb hätte sie es sich versagen sollen? Die Saat der Auflehnung war nicht ganz zertreten worden. Mußte sie denn bei allem, was sie tat, danach gehen, ob es anderen paßte? Natürlich konnte sie mit jemandem plaudern, wenn es gerade das war, was ihr gefiel und was ihr Spaß machte. Schließlich war sie ja nicht allein mit diesem Menschen, sondern saß ihm in einem vollen Restaurant gegenüber.

Lorna wandte nichts dagegen ein, als ein Kellner neben dem Tisch stehenblieb, um ihre Kaffeetassen nachzufüllen. Sie hob die Porzellantasse und pustete vorsichtig, ehe sie den ersten Schluck trank. Über den Rand der Tasse sah sie, wie selbstvergessen Bull sie beobachtete.

»Ich halte Sie wahrscheinlich von Ihren Geschäften ab. Ich bin sicher, daß Sie es kaum erwarten können, den Käufern Ihre Herde vorzuführen.« Einen Moment lang wollte Lorna die Gewißheit haben, daß Bull sich nach ihrer Gesellschaft sehnte, ganz im Gegensatz zu Benteen, der die Rinder höher einschätzte als sie.

»So eilig habe ich es nicht, daß ich mich darum brächte, die Gesellschaft einer schönen Frau zu genießen«, erklärte Bull mit dem gewohnten Charme.

»Wie kommt es, daß Männer diese Einstellung vor der Ehe haben, sie aber ablegen, wenn sie erst verheiratet sind?« Lorna hatte es als eine leicht spitze, spaßhafte Bemerkung gedacht. Erst, nachdem sie die Worte aus ihrem eigenen Mund gehört hatte, wurde ihr klar, daß sie damit enthüllt hatte, wie desillusioniert sie war. Sie versuchte eilig, es mit einer mißbilligenden Bemerkung über ihr eigenes Geschlecht zu vertuschen. »Ich vermute, Frauen sind ganz genauso.«

»Ich habe nie eine schöne Frau kennengelernt, ob verheiratet oder alleinstehend, die nicht die Aufmerksamkeiten ihres Mannes haben wollte.« Bull sprach so allgemein wie sie, aber Lorna spürte, daß er sie durchschaut hatte.

Sie versuchte eilig, das Thema zu wechseln. Sie trank einen Schluck Kaffee und sagte: »Ist es nicht seltsam, wieviel besser alles schmeckt, wenn man es nicht von einem Blechteller oder aus einem Blechkrug zu sich nimmt?« Das war etwas, was sie Bull Giles gegenüber zugeben konnte, doch Benteen gegenüber hatte sie sich mit keinem Wort dazu geäußert. Er hätte es als eine Klage aufgefaßt, aber bei Bull hatte Lorna das Gefühl, daß er sie verstehen würde.

»Mit einer Tischdecke und Servietten«, fügte Bull lächelnd hinzu.

»Nur zwei Tage in dieser Umgebung werden mich verderben«, sagte Lorna.

»Sie verdienen es, verwöhnt zu werden«, warf Bull ein. »Ein Viehtrieb ist nicht der rechte Ort für eine Dame wie Sie.«

»Es ist gewiß nicht die einfachste Form des Reisens.« Sie untertrieb die Beschwerlichkeiten, die ihre Ausdauer auf die Probe gestellt und sie bis an ihre Grenzen gefordert hatten, absichtlich. »Aber wenn wir erst in Montana sind, wird alles gut werden.« Es kam ohne jede Überzeugung aus ihr heraus.

Einen Moment lang herrschte Schweigen. Dann sagte Bull sehr ruhig: »Sie müssen nicht nach Montana gehen, Mrs. Calder, wenn Sie nicht wollen.«

Dieser Mann besaß Intuition. »Mein Mann geht nach Montana. Ich gehe, wohin er geht, Mr. Giles«, sagte sie etwas zu herablassend, um ihre Entschlossenheit zu betonen, das Beste aus ihrer Ehe zu machen.

»Natürlich.« Aber er sah sie zweifelnd an.

Es war ein Fehler gewesen, zum Kaffee zu bleiben, und daher machte sie ihm jetzt behutsam und höflich klar, daß es Zeit für den Aufbruch war. Bull versuchte nicht, sie vom Gegenteil zu überzeugen, sondern begleitete sie aus dem Restaurant hinaus.

»Haben Sie vielleicht noch Einkäufe zu erledigen?« fragte er, als sie im Foyer stehenblieb, um sich für seine Gesellschaft beim Essen zu bedanken. »Es wäre mir ein Vergnügen, Sie zu begleiten.«

Das Mittagessen mit ihm ließ sich damit erklären, daß keine Tische frei gewesen waren, aber wenn sie seine Gesellschaft darüber hinaus akzeptierte, dann gehörte sich das nicht.

»Nein, danke«, lehnte sie ab. »Benteen hat mich gestern bei all meinen Erledigungen begleitet.«

»Wenn Sie etwas brauchen ...«

Lorna wollte nicht, daß er sein Angebot ausweitete. »Es war mir ein Freude, mit Ihnen zu essen, Mr. Giles. Ich bin sicher, daß Sie eine ganze Menge zu tun haben. Jetzt werde ich Sie nicht länger von Ihren Geschäften abhalten.«

»Dann gehe ich jetzt.« Er verbeugte sich vor ihr. »Gestatten Sie mir dennoch zu sagen, daß ich noch nie eine Mahlzeit so sehr genossen habe wie diese, und das ist Ihnen zu verdanken, Mrs. Calder. Vielleicht treffen wir uns wieder einmal.«

Sie nickte leicht als Reaktion auf das Kompliment, aber sie erwiderte nichts. Er ging, und sie blieb noch eine Weile im Foyer stehen, weil ihr vor dem Gedanken graute, wieder allein in ihr Zimmer zu gehen, um dort Benteen zu erwarten.

Als sie sich gerade auf den Weg machen wollte, zog sich ein Murmeln durch das Foyer, und die Köpfe wandten sich der Treppe zu. Lornas neugieriger Blick wandte sich in dieselbe Richtung, und sie sah sie, die ältere Frau, die sie am Vortag auf der Treppe hatte stehen sehen. Heute trug sie ein beiges Reisekostüm mit einem modischen Hut. Langsam und mit majestätischer Haltung schritt sie die Treppe hinab und schien nicht wahrzunehmen, welchen Aufruhr sie verursachte. Lorna bemerkte, daß die Frau niemanden direkt ansah und somit auch niemanden dazu aufforderte, sie anzusprechen.

Die Frau blieb in Lornas Nähe stehen und erweckte den Eindruck, auf jemanden zu warten. Als sie Lorna bemerkte, lächelte sie schwach und nickte ihr zu. Lorna war ganz aufgeregt, als sie feststellte, daß jemand von derart bedeutendem Rang sie wiedererkannte.

Mit einstudierter Beiläufigkeit kam die Frau plötzlich näher auf Lorna zu. Die Andeutung eines Lächelns, die auf ihren Lippen spielte, lenkte Lornas Aufmerksamkeit von dem durchbohrenden Blick ihrer dunklen Augen ab. Es erschien ihr unmöglich, daß diese Dame ausgerechnet auf sie zukam.

»Wir scheinen die einzigen Frauen hier zu sein«, bemerkte die Frau mit einem kurzen Seitenblick auf die Männer, von denen es im Foyer wimmelte.

»Ich bin sicher, daß keiner dieser Männer mich anschaut«, erwiderte Lorna in aller Aufrichtigkeit.

Ein leises Lachen stieg aus der Kehle der Frau auf. »Wie schmeichelhaft, daß Sie das sagen.«

»Es ist die Wahrheit«, versicherte Lorna ihr. Es wäre ihr ein Ding der Unmöglichkeit gewesen, mit dem Aussehen, den Kleidern oder der Anmut dieser Frau zu konkurrieren. Sie war der Inbegriff von Schönheit und Raffinesse.

»Wenn ich mich vorstellen darf – ich bin Elaine Dunshill, die Frau des Earl of Crawford.«

Sie hatte also recht gehabt. Die Frau gehörte dem hohen Adel an. »Es freut mich, Ihre Bekanntschaft zu machen, Eure Ladyschaft.« Lorna machte einen kleinen Knicks, wie sie es in

Miß Hildas Mädchenpensionat gelernt hatte. Lady Elaine zog ob dieser richtigen Anrede eine Augenbraue hoch. »Ich bin Mrs. Lorna Calder.«

»Aus Texas.« Es schien eher eine Feststellung als eine Vermutung zu sein.

»Ja«, bestätigte Lorna überrascht. »Woher wußten Sie das?«

»Sie haben diesen gedehnten Akzent«, erklärte sie. »Fast jeder in Dodge City scheint aus Texas zu kommen.«

»Das liegt an den Herden, die hierher getrieben werden.« Sie brachte den Mut auf zu fragen: »Und woher kommen Sie?«

»Aus England. Mein Mann und ich machen eine ausgiebige Reise durch Amerika. Als mein Mann jünger war, hat er ein Jahr im Westen verbracht. Diese Geschichten, die er über seine Abenteuer erzählt! Er hat sich vorgenommen, einen Teil dessen wiederaufleben zu lassen. Wir sind auf dem Weg nach San Francisco.«

»Ich habe gehört, daß das eine aufregende Stadt sein soll«, gab Lorna zu.

»Ja. Sind Sie und Ihr Mann auch in Dodge City, um Rinder zu verkaufen?«

»Ja, aber wir sind nur auf der Durchreise nach Montana. Mein Mann hat dort Land erworben, auf dem er Rinder züchten will. Dort wird unsere neue Heimat sein«, erklärte Lorna.

»Dann haben Sie Texas endgültig verlassen?« Die Engländerin schien sich dafür zu interessieren.

Lornas Bedauern mußte sich in ihrem Gesicht widergespiegelt haben, denn die blonde Frau vermutete: »Es muß sehr schwierig gewesen sein, ein ganz neues Leben zu beginnen.«

»Ja, das war es.« Es war eine glatte Untertreibung, aber Lorna wollte nicht eingestehen, wie schmerzlich der Abschied gewesen war.

»Haben Sie und Ihr Mann noch Familien in Texas?« erkundigte sie sich.

»Benteens Vater ist kurz vor unserer Abreise gestorben, aber meine Eltern leben noch dort«, erklärte Lorna.

»Wie traurig für Ihren Gatten«, murmelte Lady Elaine. Sie senkte ihre Wimpern, um mit keinem Anzeichen zu enthüllen, daß diese Neuigkeiten für sie von irgendeiner Bedeutung waren. Das letzte mögliche Problem war ausgeräumt. Zu viele Jahre waren vergangen, als daß sie etwas anderes als Erleichterung hätte empfinden können. Da sie immer mit scharfem Blick die kleinsten Einzelheiten wahrnahm, fielen ihr die rauhen und geröteten Hände der jungen Mrs. Calder auf. Mitleid wogte in ihr auf, was nur äußerst selten vorkam, und vielleicht lag es daran, daß ihre Gedanken kurz zu den harten Jahren, die sie selbst durchgemacht hatte, abgeschweift waren. »Ich hoffe, Sie fassen das nicht falsch auf, Mrs. Calder, aber in der kurzen Zeit, die ich selbst im Westen verbracht habe, habe ich festgestellt, wie schädlich dieses Klima für die Haut einer Frau ist.«

Lorna errötete und versuchte, ihre Hände in den Falten ihres Kleides zu verstecken. Der Kontrast zwischen ihrer Haut und dem sahnig zarten Teint der Frau war ihr durchaus bewußt.

»Ich habe eine Lotion, die mein Apotheker speziell für mich zubereitet hat. Ich würde gern von meinem Mädchen etwas davon in Ihr Zimmer bringen lassen. Sie wirkt Wunder, das versichere ich Ihnen.«

»Das ist sehr großzügig von Ihnen«, murmelte Lorna.

»Frauen müssen einander entgegenkommen. Wir machen das im Grunde genommen weitaus besser als die Männer.« Wieder trat ein schwaches Lächeln auf ihr Gesicht. »Mein Mädchen wird Sie aufsuchen. Dort kommt mein Mann mit der Kutsche. Ich muß gehen. Es war mir ein Vergnügen, mich mit Ihnen zu unterhalten, Mrs. Calder.«

»Ich wünsche Ihnen noch einen schönen Tag, Eure Ladyschaft.« Wieder machte Lorna den kleinen Knicks und wurde mit einem anmutigen Nicken bedacht, ehe die Frau sich abwandte und durch das Foyer schritt.

Lorna hatte erwartet, der Mann dieser Frau sei ein umwerfend gutaussehender Adliger, aber der Mann, den Lady Elaine jetzt begrüßte, war wesentlich älter, als die Frau nach Lornas Schätzung sein konnte. Er sah keineswegs gut aus. Abgesehen von seiner Kleidung machte er einen langweiligen und gewöhnlichen Eindruck. Er machte Lornas Vorstellung zunichte, Lady Elaine sei mit einem Märchenprinzen verheiratet.

Sie war so sehr in den Anblick des aristokratischen Paares vertieft, daß sie nicht bemerkte, wie Benteen das Hotel betrat. Die elegant gekleidete Frau sah nicht in seine Richtung. Er schenkte ihr nicht mehr als einen flüchtigen Blick, um sich zu vergewissern, daß es nicht Lorna war. Im nächsten Moment sah er seine Frau am anderen Ende des Foyers stehen. Im ersten Moment glaubte er, der verzückte Ausdruck, der auf ihrem Gesicht stand, gelte ihm, und er beschleunigte seine Schritte, aber als sie ihn sah, verschwand dieser Ausdruck von ihrem Gesicht.

Benteen war nicht klar gewesen, wie viele Kleinigkeiten in ihrer Beziehung er als selbstverständlich vorausgesetzt hatte. Zum Beispiel, wie sie sich ihm zuwandte, wenn er sie berührte. Oder das aufgeregte Glitzern in ihren Augen, wenn er sie ansah. Und die Art, wie sie immer nach ihm Ausschau hielt. Aber jetzt war es nicht mehr so. Er bemühte sich, diesen Verlust nicht zu empfinden.

Aus Lorna war nicht die liebevolle, unterwürfige Frau geworden, die er zu heiraten geglaubt hatte. Zeitweise war sie zu selbstsicher, nur allzu bereitwillig, seiner Meinung zu widersprechen und seine Handlungen zu kritisieren. Er führte Lornas Art, ihm Widerworte zu geben, auf Mary Stantons Einfluß zurück. Diese Eigenschaften, die sich in letzter Zeit bei ihr herausgebildet hatten, erbosten ihn, doch gleichzeitig bewunderte er sie auf eine eigentümliche Weise für ihr leidenschaftliches Wesen, ihre Willensstärke und ihren unbeugsamen Stolz. Wenn sie ihn in Wut brachte, wollte er sie unterwerfen, sie kleinkriegen, wie es ihm beinahe gelungen war, als er sie vergewaltigt hatte. Und doch befürchtete Benteen voller Unbehagen, daß er sich nichts mehr aus ihr machen würde, wenn es ihm je gelingen sollte, sie dazu zu bringen, daß sie vor ihm auf Knien lag. Es war ein seltsamer Widerspruch, den er selbst nicht verstehen konnte.

Er bemühte sich, sich nicht allzuviel aus ihr zu machen, um keine Narben davonzutragen, wenn sie ihn verließ. Wenn er sie nicht halten konnte, dann wollte er in der Lage sein, ihr den Rücken zuzukehren und völlig zu vergessen, daß sie jemals existiert hatte. Das war es auch, was sein Vater hätte tun sollen.

»Ich habe nicht damit gerechnet, dich im Foyer zu finden«, bemerkte er, als er vor ihr stand. »Ich dachte, du seist oben im Zimmer.«

»Ich war gerade auf dem Weg nach oben«, erwiderte Lorna.

»Wer ist die junge Frau?« fragte Con Dunshill seine Gattin. Gewöhnlich zeigte sie keinerlei Interesse an Angehörigen ihres eigenen Geschlechts, und daher hatte es ihn überrascht und seine Neugier geweckt, als er Elaine im Gespräch mit einer jungen Frau sah, die noch dazu einer anderen Gesellschaftsschicht angehörte.

»Ich weiß es selbst nicht so genau«, log sie, um es so aussehen zu lassen, als sei die Identität der jungen Frau für sie ohne jede Bedeutung.

Die Aufmerksamkeit ihres Mannes wurde durch das Auftauchen des Mannes abgelenkt, der sich freiwillig erboten hatte, sie zu den Herden von Longhorns zu begleiten, die sie sich ansehen wollten. Lady Elaine warf einen Seitenblick durch das Foyer auf die junge Frau, die ihre Schwiegertochter war.

Sie sah den großen, schlanken Cowboy, der mit Lorna Calder sprach. Mit scharfen Augen musterte sie ihn. Die Ähnlichkeit war da, eine zähere Ausgabe von Seth Calder, aber es war Benteen. Ihr Sohn, den sie vor so vielen Jahren im Stich gelassen hatte.

Sie hatte deshalb keinerlei Schuldgefühle. Es hatte ihr wirklich genug Schwierigkeiten gemacht, Con dazu zu überreden, sie mitzunehmen. Ein Kind hätte alles noch schwieriger gemacht. Außerdem war Seth ganz vernarrt in den Jungen gewesen. Benteen war eher ein Anker, der ihr dafür garantierte, daß Seth in Texas blieb und sie nicht suchte. Wenn sie seinen Sohn mitgenommen hätte, hätte Seth sie überall auf Erden gefunden, das wußte Madelaine.

Madelaine – Lady Elaine – war der Überzeugung, daß es Frauen gab, die für die Mutterrolle bestimmt waren, und daß es andere Frauen gab, die nicht dafür geschaffen waren. Sie war es nicht. Nichts, was in Zusammenhang mit Benteen stand, hatte sie auch nur im entferntesten Zufriedenheit oder Freude empfinden lassen. Die Schwangerschaft war entsetzlich gewesen. Fast hätte sie sich damit ihre Figur verdorben. In den langen, qualvollen Stunden, in denen sie in den Wehen gelegen hatte, hatte sie Seth wiederholt dafür verflucht, daß er ihr dieses Kind gemacht hatte. Als sie das Ding, das ihr so viele Schmerzen bereitet hatte, endlich aus sich ausgestoßen hatte, war sie nur zu froh, es los zu sein. Sie verspürte nicht den Wunsch, es zu sehen oder im Arm zu halten. Nur mit dem größten Widerwillen hatte sie das Kind an ihrer Brust gestillt. Sie überließ es Seth, sich um die meisten Bedürfnisse des Kindes zu kümmern.

Ihrer Meinung nach sollte keine Frau gezwungen sein, mit nur sechzehn Jahren ein Kind zu bekommen. Es schien ihr, als sei sie nie jung oder sorglos gewesen. Immer nur Arbeit und Verantwortung – die Art von Arbeit, die ihre Schönheit auszutilgen drohte. Sie hatte damals immer von schönen Kleidern und von Schmuck und von Tonnen von Geld geträumt, die sie ganz so, wie sie Lust hatte, ausgeben konnte. Dann war Con eines Tages vorbeigeritten, um sein Pferd zu tränken, und Madelaine hatte einen Weg gefunden, die Reichtümer zu bekommen, die sie sich erträumt hatte. Madelaine Calder war Elaine Asher geworden.

Es war relativ einfach gewesen, Con Dunshill zu manipulieren, der als Anwärter auf den Titel des Earl of Crawford an zweiter Stelle stand. Anfangs hatte sie sich damit zufriedengeben müssen, seine Gefährtin zu sein. Er hatte sie mit kostspieligen Geschenken und Kleidern überhäuft und sie zuerst in San Francisco und später in New York in die feinsten Lokale geführt. Sie hatte ihn mit der Zeit davon überzeugt, daß nur seine Überredungskünste sie dazu veranlaßt hatten, Mann und Kind zu verlassen, und somit häufte sie Schuldgefühle auf ihn. Als sie ein Telegramm von seiner Familie abgefangen hatte, das ihm befahl, nach England zurückzukehren, verlegte sie es vorläufig und trumpfte mit einer Geschichte auf, sie habe eine Zeitung aus Fort Worth in die Hand bekommen und auf diese Weise vom Tode ihres Mannes und ihres Sohnes erfahren. Als sie das Telegramm schließlich wieder ›fand‹, war Con halbwegs weich, sie als seine Verlobte nach England mitzunehmen. Sie hatte sich bereits einiges an Bildung und Manieren erworben. Gemeinsam dachten sie sich eine Geschichte aus, die seine Familie davon überzeugen würde, daß sie eine standesgemäße Braut für ihn war. Und fortan lebten sie, soweit bekannt war, glücklich zusammen.

Sie hatte große Mühen unternommen, keine Kinder mehr zu bekommen, und das Gebären der Söhne, die den Familienzweig fortbestehen ließen, überließ sie den Ehefrauen der anderen Dunshills. Con ging davon aus, daß er steril war, und auch das gab ihr eine gewisse Überlegenheit ihm gegenüber. Trotz all seiner Bildung ermangelte es ihm an der Fähigkeit, Ränke zu schmieden und Menschen zu manipulieren. Elaine hatte eifrig dazugelernt und hatte insgeheim ein kleines eigenes Vermögen angehäuft.

Es war für sie eine recht neuartige Erfahrung zu wissen, daß der Mann, der dort im Foyer stand, ihr Sohn war. Er bewegte sich, und dann stand er so da, daß Elaine sein Gesicht genauer sehen konnte. Er war zu einem sehr maskulinen Mann herangewachsen. Je länger sie ihn ansah, desto mehr sah sie. Rücksichtslose Entschlossenheit, Ehrgeiz und den Drang, erfolgreich zu sein. Sie erkannte diese Eigenschaften an ihm, weil er sie von ihr hatte. Was hätten sie gemeinsam alles erreichen können, dachte sie, und dann seufzte sie.

»Es hat länger gedauert, als ich dachte«, sagte Benteen. »Hast du dich amüsiert?«

Sie erzählte ihm von ihrer Unterhaltung mit der Dame und von der Creme, die sie ihr versprochen hatte. Benteen war damit überhaupt nicht einverstanden und wollte ihr befehlen, diese ›milde Gabe‹ abzulehnen, aber er hatte sich geschworen, ihr nicht schon wieder seinen Willen aufzuzwingen.

»Ich habe die Rinder verkauft«, sagte er, um das Thema zu wechseln.

Lorna merkte jetzt erst, daß sie sich gar nicht danach erkundigt hatte, ob seine Unternehmungen erfolgreich verlaufen waren. Rinder, immer nur diese Rinder. »Ich hoffe, du hast einen guten Preis dafür bekommen.« Es war eine Äußerung, die rein ihrem Pflichtgefühl und keineswegs irgendeinem Interesse entsprang. Er versicherte ihr, daß er einen Spitzenpreis bekommen hatte, und seine Äußerungen erinnerten sie an die Tischgespräche, die beim Mittagessen um sie herum geführt worden waren.

»Hast du schon gegessen?« fragte Benteen.

»Ja, das habe ich.« Sie hatte nicht vor, etwas vor ihm geheimzuhalten. »Alle Tische bis auf einen waren besetzt. Mr. Giles hat mir vorgeschlagen, daß wir uns gemeinsam an diesen Tisch setzen.«

»Giles? Bull Giles?«

»Ja. Er ist in Dodge City eingetroffen.« Das war eine überflüssige Information.

»Es ist mein Recht als dein Mann, dich zu ersuchen, dich nicht mehr mit diesem Mann abzugeben«, sagte Benteen.

»Dazu habe ich dir keine Ursache gegeben«, sagte Lorna. »Und außerdem reisen wir morgen ab, und ich werde Mr. Giles wohl ohnehin nie wiedersehen. Hast du schon zu Mittag gegessen?«

»Nein.«

»Sollen wir ins Restaurant gehen?« schlug sie vor. »Ich leiste dir Gesellschaft und trinke eine Tasse Tee.«

Am Abend zog sich Lorna nach dem Essen in das Hotelzimmer zurück, und Benteen fand wieder Vorwände, nicht bei ihr zu bleiben. Da sie zu unruhig war und nicht schlafen konnte, setzte sich Lorna auf das Bett und las die Zeitung, die Benteen am Nachmittag mitgebracht hatte.

Nach einer Weile wurde an ihre Tür geklopft, und Lady Crawfords Mädchen brachte ihr die versprochene Creme, die alles zu halten schien, was Lady Crawford angekündigt hatte. Lorna hätte schwören können, daß sie den Unterschied schon in dem Moment spürte, in dem sie sie auf ihr Gesicht und ihre Hände auftrug. Wenn sie sparsam damit umging, konnte die Lotion lange reichen. Sie konnte es kaum erwarten, Mary dieses Wundermittel ausprobieren zu lassen. Als sie an Mary dachte, fiel ein Großteil ihrer Fröhlichkeit von ihr ab. Sie hatte gehofft, es würde ihr gelingen, Mary dazu zu überreden, mit ihnen weiterzuziehen. Ihre eigene Ehe war so angespannt, daß die Reise nach Montana eine lange und einsame Zeit werden würde.

Als Benteen sich ins Bett legte, schlief sie schon. Er achtete sorgsam darauf, sie nicht zu berühren. Die ersten Sonnenstrahlen schienen schon durch die Fensterscheibe, als er vollständig angezogen neben dem Bett stand. »Wach auf, Lorna«, sagte er barsch. »Ich hole den Wagen, während du dich anziehst. Wir treffen uns unten.«

»Einverstanden«, seufzte sie, und er war schon auf dem Weg zur Tür.

Als sie, immer noch früh am Morgen, im Lager eintrafen, kam Ely auf sie zu und teilte Benteen mit, daß sie nach Montana mitkonmen wollten. Lorna konnte es einfach nicht glauben.

»Ich kann ein paar Reiter gebrauchen«, war alles, was Benteen darauf antwortete.

Wie konnten sie nur so ruhig bleiben, als redeten sie über das Wetter? Lorna eilte zu Mary.

»Ist das wahr?« fragte sie. »Kommt ihr wirklich mit?«

Mary sah Lorna mit einem strahlenden Lächeln an. »Ja, es ist wahr.«

Lorna konnte die Neuigkeiten nicht so ruhig aufnehmen wie alle übrigen. Mit einem vergnügten Lachen drückte sie Mary an sich.

»Ich kann es noch gar nicht glauben!« erklärte sie. »Ich hatte gehofft, daß du mitkommst. Wie kommt es, daß ihr es euch anders überlegt habt?«

Mary lächelte, aber in ihren Augen stand ein ernster Blick. »Da kommt einiges zusammen«, gab sie zu. »Mir ist endlich klargeworden, daß Ely als Farmer nie glücklich werden kann. Er wollte mir einen Gefallen tun, und als Tochter eines Farmers dachte ich, ich sollte eine Farmersfrau werden. Von Anfang an habe ich versucht, aus dem Cowboy Ely einen Farmer zu machen. Die Arbeit eines Mannes ist sein Stolz. Man kann sie ihm nicht nehmen, oder man hat keinen Mann mehr.«

»Ich glaube nicht, daß du wirklich etwas Derartiges vorhattest.« Lorna war nicht bereit, schlecht über ihre Freundin zu denken.

»Nicht bewußt, aber versucht habe ich es. Und ich habe herausgefunden, daß ich auch meinen Stolz habe«, fügte Mary hinzu. »Eine Rückkehr zu meinen Verwandten in Iowa würde bedeuten, daß wir ein Armutszeugnis ablegen – gerade so, als würden wir damit sagen, wir hätten nicht die Kraft, die man braucht, um durchzukommen.«

»Aber du hast doch die Kraft, die man braucht«, sagte Lorna beharrlich.

»Am Anfang war ich diejenige, die dir Zuversicht eingeflößt hat«, sagte Mary. »Ich habe bisher noch nie eine echte Freundin gehabt, Lorna. Ich glaube, der ausschlaggebende Grund bist letztlich du.«

Beide standen kurz vor den Tränen. »Wenn die zweite Hälfte dieser Reise so verläuft wie die erste Hälfte, dann sollten wir vielleicht eine Aufschrift auf unserem Wagen anbringen wie die früheren Goldgräber«, schlug Lorna mit einer Stimme vor, die gepreßt klang, weil ihre Gefühle sie überwältigten. »Montana oder gar nichts.«

16

Die weitere Strecke führte quer durch den westlichen Teil von Kansas und nach Ogallala, der Eisenbahnstation im Süden der sandigen Hügel von Nebraska. Von dort aus verlief die Strecke nach Westen bis Cheyenne und dann in das Gebiet von Wyoming nach Norden.

Die Herde von rund zweitausend Longhorns, deren Anzahl sich durch den Verkauf von dreihundert Stieren verringert hatte, hatte Dodge City vor einer Woche verlassen. Da sie jetzt weniger Rinder hatten, hatte Benteen keine neuen Cowboys eingestellt, um Jonesy und Andy Young zu ersetzen. Die Herde zog friedlich voran, und daher würde es seiner derzeitigen Mannschaft möglich sein, die Arbeit zu bewältigen.

Benteen ritt voraus, um einen Lagerplatz für sie zu suchen, als ihm ein Karren mit zwei Maultieren entgegenkam.

»Ein heißer Tag, nicht wahr?« sagte Benteen zur Begrüßung, und er zog seinen Hut ab, um sich mit dem Ärmel den

Schweiß von der Stirn zu wischen. Sie waren durch eine endlose Prärie gezogen, und es war ein heißer Juliabend.

»Immer so heiß. Gehören Sie zu der Herde?«

»Es ist meine Herde«, sagte Benteen. »Ich heiße Calder. Benteen Calder.«

»Hab' einen Ort für Sie, gleich am Weg gelegen. Wasser und Gras da. Sie können gern kommen. Meine Frau und ich, wir brauchen etwas zum Heizen für den Winter.«

Getrockneter Rinder- und Büffeldung wurden oft ›Präriekohle‹ genannt. In Gegenden, in denen es kaum Bäume gab, war das das einzige Brennmaterial. Mit einer Speckkruste zum Anzünden brannten die Kuhfladen prächtig.

»Ich reite hinüber und sehe es mir an«, sagte Benteen.

»Der Hagel hat vor einer Woche meine Ernte vernichtet.« Damit erklärte sich, warum er bereitwillig Rinder auf seinem Land grasen lassen wollte. Sie konnten keinen Schaden an einer Ernte anrichten, die der Hagel bereits vernichtet hatte.

Auf dem Weg zu ihrem Nachtquartier kamen sie dicht am Haus des Farmers vorbei. Lorna sah zum erstenmal in ihrem Leben eine Lehmhütte, und sie sah genauer hin. Eine Frau stand in der Tür der primitiven Hütte. Sie wischte sich gerade die Hände an der langen Schürze ab, die sie sich umgebunden hatte, und erstarrte in der Bewegung. Lorna winkte ihr zu. Plötzlich rannte die Frau auf den Wagen zu.

»Halten Sie an!« schrie sie. »Bitte, halten Sie an.«

Die Stimme der Frau klang so verzweifelt, daß Lorna glaubte, sie bräuchte Hilfe, und sie griff in die Zügel, damit die Pferde stehenblieben. Tränen strömten über das Gesicht der Frau, als sie neben dem Wagen herlief. Ihre Hand war Lorna entgegengestreckt, während sie weiterhin atemlos schluchzte, sie solle anhalten.

Als der Wagen holpernd stehenblieb, stieg Lorna eilig ab. »Was ist? Was fehlt Ihnen?« fragte sie besorgt, als die Frau stehenblieb und sich eine Hand vor den Mund schlug.

»Danke.« Es kam als ein ersticktes Schluchzen heraus, während ihre Hand eine zögernde Bewegung in Lornas Richtung machte, als wolle sie sie berühren.

»Was ist?« fragte Lorna noch einmal, und sie warf einen Blick auf die Lehmhütte und fragte sich, ob jemand krank oder verletzt war.

»Es tut mir leid.« Ein Lachen sprudelte durch ihr Schluchzen. »Es ist nur so lange her, seit ich zum letztenmal eine andere weiße Frau gesehen habe.«

Bei dieser Erklärung lief Lorna ein kalter Schauer über den Rücken. Mein Gott, was für ein Leben mußte diese Frau geführt haben, wenn sie beim Anblick einer anderen Frau in Tränen ausbrach?

»Sie halten mich jetzt wahrscheinlich für verrückt.« Die Frau schlug die Hände zusammen und hielt sie wie im Gebet vor ihre Brust. »Aber ich konnte Sie einfach nicht vorbeifahren lassen, ohne mit Ihnen zu reden. Alfred hat mir kein Wort davon gesagt, daß Frauen bei diesem Viehtrieb dabei sind.« Sie warf einen Blick auf Mary, die aus dem Wagen kam, um zu sehen, was hier los war. »Alfred ist mein Mann. Ich dachte, ich sehe schon Erscheinungen, als Sie mir zugewinkt haben. Ich meinte schon, diese Einöde hätte mich endgültig um den Verstand gebracht.«

Die Worte kamen aus ihr herausgekullert, überstürzten sich in ihrem Eifer. Lorna fühlte sich vor Mitleid mit dieser Frau zerrissen, doch gleichzeitig erschreckte sie auch das Bild, das diese Frau von ihrem Leben malte, ein wenig.

»Sie leiden nicht an Einbildungen«, versprach ihr Lorna. »Das hier ist Mary Stanton, und ich bin Lorna Calder.«

»Ich heiße Emma Jenkins.« Plötzlich hob sie eine Hand und fuhr sich durch die ausgefransten Haarsträhnen, die sich aus ihrem achtlos aufgesteckten Knoten gelöst hatten. »Meine Güte, ich muß ja ein schrecklicher Anblick sein.«

Lorna vermutete, daß die Frau begonnen hatte, ihr Äußeres zu vernachlässigen. Wahrscheinlich hatten sie die dunklen Ringe unter ihren Augen und ihr eingefallenes Gesicht endgültig entmutigt. Sie gelobte sich, daß es ihr niemals so ergehen würde.

»Verstehen Sie, es ist dieses Land«, sagte Emma Jenkins mit einem angewiderten Blick auf die einsame Prärie, die sich in alle Richtungen bis zum Horizont erstreckte. »Der Wind heult hier so laut.«

Benteen war umgekehrt, um nachzusehen, wodurch die beiden Wagen aufgehalten wurden. Sein Pferd blieb wenige Meter neben den Frauen stehen und tänzelte unter ihm.

»Wo liegt das Problem?« Sein Blick glitt über die drei Frauen, die auf dem Boden standen.

»Mrs. Jenkins, ich möchte Ihnen meinen Mann vorstellen, Benteen Calder.« Lorna überging seine Frage taktvoll und stellte ihn statt dessen vor.

»Erfreut, Sie kennenzulernen, Mrs. Jenkins.« Er nickte und legte die Finger an seine Hutkrempe.

Die Aufregung des Augenblicks hatte die Frau derart außer sich gebracht, daß in ihrem Gefühlsüberschwang jede ihrer Reaktionen übertrieben war. Jetzt wurde sie von Schuldbewußtsein und Reue gepackt. »Es tut mir leid. Ich fürchte, ich habe Ihre Frau aufgehalten«, gestand sie. »Ich weiß, daß Sie das Nachtlager aufschlagen wollen, und ich halte Sie auf.«

»Ich bin froh, daß Sie uns aufgehalten haben«, sagte Lorna. »Das gibt uns die Gelegenheit, Ihnen dafür zu danken, daß Sie uns hier übernachten lassen.«

»Würden Sie ...?« Sie stellte die Frage anfangs an Lorna, wandte sich aber dann eilfertig an Benteen. »Würden Sie und Ihre Frau uns bitte die Freude machen, heute abend bei uns zu essen?« Sie drehte sich zu Mary um und bezog sie in die Einladung ein. »Und auch Sie und Ihr Mann, Mrs. Stanton? Es wäre so wunderbar, Gesellschaft zu haben – jemanden, mit dem man sich am Abend unterhalten kann. Oh, bitte, kommen Sie zum Essen.«

»Wir kommen mit Vergnügen«, versicherte Lorna ihr. Es brachte sie fast zum Weinen, mitanzusehen, wie begierig Emma Jenkins auf Gesellschaft war.

Mary machte sich klarer, was es für die Lebensmittelvorräte einer Familie, die sich hier im Westen angesiedelt hatte, bedeuten konnte, vier weitere Mäuler durchzufüttern. »Wir wollen nicht, daß Sie sich unseretwegen zusätzliche Arbeit machen«, sagte sie behutsam. »Vielleicht wäre es besser, wenn wir nach dem Abendessen zu Besuch kommen.«

»Bitte, ich möchte so gern, daß Sie kommen«, beharrte Emma Jenkins. »Wir haben einen boshaften alten Hahn, der immer nach meinem kleinen Mädchen pickt, wenn sie ins Freie geht. Sie bittet uns schon lange, ihm endlich den Hals umzudrehen.«

»Wenn Sie wirklich sicher sind ...« Mary nahm die Einladung widerstrebend an.

»Ja, ich bin ganz sicher.« Die Frau war wieder glücklich.

Durch die dicken Lehmmauern war es im Hausinnern selbst an den heißesten Tagen kühl, doch die Luft war so feucht und stickig wie in einer Höhle. Ein paar alte Zeitungen klebten an den Wänden, um die Räume heller zu machen. Auf dem Lehmboden lag ein fadenscheiniger Teppich, und auf der strohgefüllten Matratze im hölzernen Bettgestell in einer Ecke lag eine leuchtendbunte Flickendecke. An den Fenstern war Musselin angebracht worden, um als Gardinen zu fungieren, und ein großer Reisekoffer war zu einem Kinderbett umfunktioniert worden. Ein zweiter Koffer war als Tisch hergerichtet worden, an dem zwei Stühle standen. Zusätzliche Sitzgelegenheiten wurden durch Kisten geschaffen.

Trotz der Kleinigkeiten, mit denen hier versucht worden war, sich ein Zuhause zu schaffen, erschien es Lorna als ein freudloser Ort. Auf dem Teppich waren Wasserflecken, die darauf hinwiesen, daß das Dach leck war. Der zusammengestückelte Streifen aus buntem Baumwollstoff, der auf dem Tisch lag, sah ganz nach einem alten Rock aus. Doch der Tisch war mit schönem, blaugemustertem Porzellan gedeckt, das in einer solchen Umgebung wie ein merkwürdiges Symbol für Luxus wirkte.

Emma Jenkins trug ihr bestes Kleid, ein eher schlichtes dunkelblaues Kleid, das eher nach praktischen als nach optischen Gesichtspunkten geschneidert war, und ihr helles braunes Haar war zu einem ordentlichen Knoten zurückgebunden und aufgesteckt. Ihre Tochter mit dem flachsblonden Haar versteckte sich hinter ihr, lutschte mit ernster Miene am Daumen und warf furchtsame Blicke auf die vier Fremden im Haus.

»Kannst du denn nicht guten Tag zu unseren Gästen sagen, Elizabeth?« Emma versuchte, ihre Tochter davon abzubringen, ihre Beine zu umklammern, aber die kleine Elizabeth versteckte ihr Gesicht. »Es tut mir leid«, entschuldigte sich Emma bei ihnen. »Ich fürchte, sie ist schüchtern. Sie hat, soweit sie sich zurückerinnern kann, nie jemanden außer Alfred und mir gesehen.«

»Bei Kindern in diesem Alter ist es ganz natürlich, daß sie Fremden gegenüber schüchtern sind«, versicherte ihr Mary.

»Ihr Porzellan ist wunderschön«, sagte Lorna.

»Danke.« Emma strahlte. »Wir haben es aus Ohio mitgebracht. Und nur ein Teller ist auf der Reise zerbrochen.«

»Und um den hat sie eine Woche geweint«, fügte Alfred Jenkins hinzu. Selbst ihn schien die Gesellschaft aufzumuntern.

Emma bat sie, sich zu setzen, und Alfred sprach das Tischgebet.

»Lieber Gott, Du hast uns unsere Ernte genommen, aber Du hast uns Brennmaterial für den Winter beschert und nette Leute an unseren Tisch gebracht. Dafür danken wir Dir. Amen.«

Das Ehepaar bediente sich sehr sparsam, damit genug für die Gäste blieb. Emma Jenkins war natürlich zu aufgeregt und stellte zu viele Fragen, um überhaupt zum Essen zu kommen. Alfred schien sich ebenso sehr dafür zu interessieren, was sich draußen in der Welt tat. Nach dem Essen gingen die Männer ins Freie, um zu rauchen, und als Benteen wieder das Haus betrat, um den Frauen mitzuteilen, daß es Zeit zum Aufbruch war, wurde es schon dunkel.

Emma blieb in der Tür stehen und sah ihnen nach. Diesmal war es Alfred Jenkins, der ihnen nachlief. Sie warteten, bis er sie eingeholt hatte. Er sprach so leise, daß seine Stimme nicht zu seiner Frau hinübergeweht wurde. »Ich wollte mich nur noch bei Ihnen für das bedanken, was Sie für meine Frau getan haben, indem Sie heute abend hergekommen sind.« Er sprach in vollständigen Sätzen, und darin schien sich auszudrücken, wie tief er bewegt war. »Sie hat schon lange nicht mehr gelächelt. Sie haben ihr geholfen. Ich danke Ihnen. Das ist alles, was ich Ihnen noch sagen mußte.« Es schien ihm peinlich zu sein, daß er bereits soviel gesagt hatte, und er wandte sich eilig ab und lenkte seine Schritte zurück zu der Frau, die in der Tür des Hauses stand.

»Können wir nicht irgend etwas für die beiden tun, Benteen?« meinte Lorna. »Mehr, als ihnen nur ein paar Kuhfladen zum Heizen dazulassen?«

Benteen ließ sich lange Zeit mit seiner Antwort. »Morgen früh werden wir sehen, was sich machen läßt.«

Als sie das Lager erreichten, zog sich Lorna augenblicklich zurück. Zu vieles ging ihr durch den Kopf, und ganz vorrangig war ihre Entschlossenheit, sich von diesem Land nicht antun zu lassen, was es mit dieser Frau angerichtet hatte, weder innerlich noch äußerlich.

Sie schlief allein im Wagen. Seit sie Dodge City verlassen hatten, breitete Benteen seinen Schlafsack zwischen den anderen Treibern auf dem Boden aus. Dieser Wandel in ihren Schlafgewohnheiten war nicht unbemerkt geblieben, aber niemand stellte laut Vermutungen über die möglichen Gründe an.

»Was ist mit dem Jungen los?« fragte Shorty Niles Rusty, als Lorna am nächsten Morgen aufstand und zum Proviantwagen ging.

Beide Männer warfen verstohlene Blicke auf Joe Dollarhide, der abseits saß und verdrossen vor sich hin brütete. Normalerweise kam er, um sich einen Nachschlag zu holen, aber heute wirkte das Essen auf dem Teller, den er auf seinen Knien balancierte, unberührt.

»Gestern abend hat es schon angefangen, als er den Kaffee nicht mahlen und die Pfefferminzstange aus der Kaffeepakkung nicht haben wollte«, sagte Rusty.

»Guten Morgen.« Benteen stand hinter Lorna, und sie konnte ihm nicht in seine dunklen, forschenden Augen sehen.

»Wie geht es dir heute morgen?« fragte sie.

»So, wie es den Umständen entsprechend zu erwarten ist.« Seine Stimme war nüchtern, frei von Klagen oder Verwünschungen. Sie spürte die aufblitzende Spannung und wußte genau, wovon er sprach. Aber er erwartete keine Antwort, denn er sprach weiter, diesmal an Shorty gewandt. »Wenn du gefrühstückt hast, möchte ich, daß du zur Herde hinausreitest. Spanish hat mir erzählt, daß zwei Kühe in der Nacht Kälber bekommen haben. Bring die Kälber zu den Jenkins.«

»Klar.« Shorty nickte, nahm seinen Teller und setzte sich damit auf den Boden.

»Seine Milchkuh müßte genug Milch geben, um die beiden Kälber durchzubringen«, sagte Benteen zu Lorna. »Die Jenkins haben dann im Winter ein Rind, das sie schlachten können.«

»Essen und Brennmaterial«, sagte sie lächelnd. »Danke, Benteen.«

»Bedank dich nicht bei mir. Bedank dich bei den Kühen.«

»Mr. Calder? Sir?« Joe Dollarhide stellte seinen Teller auf den Boden, als er Benteen am Proviantwagen stehen sah. Er stand auf und rieb sich nervös die Hände an den Schenkeln. Unsicher kam er näher.

»Was ist los, Dollarhide?« Benteen glaubte es zu wissen. Am Vorabend hatte er beobachtet, wie der Junge die erleuchteten Fenster des Lehmhauses mit sehnsüchtigem Heimweh betrachtet hatte.

»Ich habe mir nur überlegt, daß dieser Farmer uns doch die Erlaubnis gegeben hat, die Herde auf seinem Land weiden zu lassen. Vielleicht sollten wir ihm dafür auch einen Gefallen tun.«

»Woran hattest du denn gedacht?« fragte Benteen, ohne dem Jungen zu sagen, was er bereits unternommen hatte.

»Ich – ich dachte mir, ich könnte ihm bei der Morgenarbeit helfen – die Kuh melken und mich um die Schweine kümmern.«

»So, das hast du dir also überlegt?« Benteen trank einen Schluck Kaffee und musterte den schlacksigen Jungen über den Rand seines Blechbechers. »Vielleicht solltest du dich bald entscheiden, ob du ein Cowboy oder ein Farmer werden willst. Ich habe bisher noch nie einen Cowboy getroffen, der freiwillig Schweine versorgt oder Kühe gemolken hätte.«

»Ich will Cowboy werden.« Joe Dollarhide wurde unruhig, weil er befürchtete, Benteen könnte sich gemerkt haben, daß er hier, so nahe an einer Farm, ein wenig Heimweh nach der Farm seines Vaters bekam.

»Wie kommt es, daß du nicht mit dem Lasso übst?« fragte Benteen behutsam, denn Joe übte gewöhnlich den ganzen Tag über, sowie er Zeit dazu fand, weil er den Umgang mit diesem entscheidenden Werkzeug eines Cowboys zur Perfektion bringen wollte.

»Ich fange inzwischen so ziemlich alles, wonach ich das Lasso werfe«, erklärte Joe. »Fragen Sie Yates. Ich habe regelmäßig geübt.«

»Wenn das so ist – wir brauchen heute vormittag einen weiteren Reiter, der hinter der Herde herreitet. Es gibt zwei Kühe, denen die Vorstellung gar nicht gefallen wird, daß wir ihre Kälber bei einem Farmer zurücklassen. Glaubst du, daß du das schaffst?«

»Sagen Sie mir nur, was ich tun soll, und dann zeige ich Ihnen, daß ich es kann.« Sein Heimweh verflog in dem Moment, in dem sich ihm endlich die Gelegenheit bot, eine wichtigere Aufgabe zu übernehmen.

»Dann sieh zu, daß du dein Frühstück ißt und dein Pferd sattelst«, sagte Benteen. »Alle anderen sind schon so gut wie fertig.«

»Ja, Sir.« Joe Dollarhide grinste, hob seinen Teller auf und schlang das kalte Frühstück in sich hinein.

Als Benteen fortgegangen war, wandte sich Lorna erstaunt zu Rusty um. »Rusty, wie konnte er wissen, daß Joe Heimweh hat?«

»Muß wohl Instinkt sein.« Auch der Koch sah Benteen gedankenverloren nach. »Es gibt Männer, die sich mit Rindern auskennen, aber keinen Schimmer davon haben, wie man mit den Männern umgeht, die sich um die Rinder kümmern.« Er warf einen Seitenblick auf Lorna. »Benteen kann einfach mit Männern umgehen. Bei Frauen ist das wieder etwas anderes. Ihr seid etwas ganz anderes. Ihr laßt euch nicht so leicht führen.«

»Vielleicht liegt das daran, daß wir nicht geführt werden wollen«, schlug Lorna vor.

»Kann sein«, räumte er mit einem gleichgültigen Nicken ein. »Übrigens wachsen in der kleinen Senke hinter dem Proviantwagen hübsche wilde Blumen.«

Trotz ihrer Schamgefühle spielte ein kleines Lächeln auf ihren Lippen. »Danke für den Hinweis, Mr. Rusty.« Seit diesem ersten Mal hatte er ihre Spaziergänge, die sie unternahm, um dem Ruf der Natur zu folgen, damit beantwortet, daß er sich nach den wilden Blumen erkundigt hatte, an denen sie vorbeigekommen waren. Wer hätte je geglaubt, daß sie in der Lage wäre, mit einem Mann über notwendige Körperfunktionen zu lachen?

Als Shorty Niles und Joe Dollarhide mit den beiden neugeborenen Kälbern, die sie sich über den Sattel geworfen hatten, zum Farmhaus ritten, beobachtete Lorna sie vom Lager aus. Sie lächelte, als sie hörte, daß Alfred Jenkins sich umdrehte und seine Frau rief. Seine Stimme war bis zum Lager zu hören.

»Emma! Emma! Komm schnell, und sieh dir das an!«

Lorna wußte, daß sie an diesem Abend ihr unverhofftes Glück in ihr Gebet einschließen würden. Das gab ihr ein gutes Gefühl.

Die Hitze ließ nicht nach, und in den drei folgenden Nächten kam es zu Wetterleuchten und zu Hitzegewittern. Shorty weckte Benteen zu seiner Nachtwache und warnte ihn: »Es sieht nicht gut dort draußen aus. Leg lieber jeden Metallgegenstand ab.«

Die Nachtwachen fürchteten die Blitze mehr als ein Durchgehen der Herde. In dem flachen Land boten sie dem Feuer, das aus dem Himmel kam, ein geeignetes Ziel. Die Abergläubischen beharrten darauf, das Metall sei es, was den Blitz anziehe, und daher entledigten sich die Cowboys in Gewitternächten ihrer Messer und Sporen, und manche versteckten sogar ihre Waffen.

»Weck Spanish. Sag ihm, er muß eine zusätzliche Nachtschicht einlegen«, ordnete Benteen an. »Dollarhide ist noch zu unerfahren, wenn sich ein Gewitter zusammenbraut.«

Als die drei Reiter hinausritten, war es still – zu still. Eine unglaubliche Spannung ballte sich in der warmen Luft zusammen. Blitze bestätigten, daß die Rinder ruhig dalagen, aber Benteen konnte schon das Grollen eines fernen Donners hören. Und dieses Grollen kam näher.

Als er dem Jungen begegnete, der gegen den Uhrzeigersinn

um die Herde herumritt, hörte er, daß Dollarhide leise ein altes Liebeslied summte. Kurz darauf traf Benteen Spanish. Der Mexikaner hielt sein Pferd an, und daher blieb auch Benteen stehen.

»Der Captain ist auf den Füßen.« Spanish gab die Information, daß der Leitstier nicht mehr liegenbleiben wollte, an Benteen weiter. »Ihm gefällt diese Nacht auch nicht.«

»Wem gefällt so etwas schon?« murmelte Benteen.

Der gescheckte Stier ließ sich nicht leicht erschrecken und gab somit ein beständiges und zuverlässiges Leittier ab. Als Benteen den Stier sah, schnupperte er, und das, was er in der Luft roch, gefiel ihm ebensowenig, wie es Benteen gefiel. Er versuchte, die Herde mit einem Lied zu beschwichtigen, doch ein anderer Stier stand auf und blieb regungslos und erwartungsvoll stehen. Dann erhoben sich die Tiere in Zweier- und in Dreiergruppen, bis die gesamte Herde auf den Füßen war.

Der Himmel wurde so finster wie die Hölle, und Blitze spalteten diese Dunkelheit. Die Luft war so dick, daß sie einen zu ersticken drohte. Plötzlich schimmerten an den Spitzen sämtlicher Hörner Lichter. Es war ein gespenstischer Anblick, den Benteen bisher nur einmal in seinem Leben gesehen hatte – dieses phosphoreszierende Licht, das im Volksmund viele Namen hatte. Er kannte es als Elmsfeuer.

In Momenten der Schwärze sah man nichts anderes als den seltsamen, gespenstischen Schein, der von mehr als viertausend Hörnern ausging. Spanish sang jetzt lauter und versuchte, den Tieren zu versichern, daß sie sich vor diesem gespenstischen Licht nicht zu fürchten brauchten. Die Herde regte sich und wurde zunehmend unruhiger.

Ein großer blauer Kugelblitz löste sich aus dem Himmel und blendete Benteen vorübergehend. Nicht einen Atemzug später bebte der Boden unter einem gewaltigen Donnern. Aber die Erschütterungen, die darauf folgten, rührten von einer durchgehenden Herde her, die zu einer Stampede ansetzte und davonrannte.

Benteens Pferd machte unter ihm einen Satz, mit dem es ihn fast abgeworfen hätte. Es nahm augenblicklich die Verfolgung der Herde auf. Der Himmel brach auf und schüttete eimerweise Wasser auf sie herunter; Regen peitschte wie in Wänden herab. Benteen hatte keine Ahnung, wo Spanish und Dollarhide waren. Er konnte nicht sehen, wohin er ritt, und es blieb ihm nichts anderes übrig, als seinem Pferd zu vertrauen und bei der Rinderherde zu bleiben, die in Panik ausgebrochen war.

In der Dunkelheit und dem Regenguß konnte er die Herde nur ab und zu flüchtig erkennen. Der gespenstische Lichtschimmer schien von der Spitze eines Horns zu der eines anderen zu tanzen, während die Hitze, die von den zusammenprallenden Leibern ausging, sein Gesicht glühen ließ. Es blieb ihm keine Zeit, sich die Gefahren auszumalen, sich zu überlegen, was ein falscher Schritt seines Pferdes für ihn bedeutet hätte. Es ging nur noch darum, dem Pferd die Sporen zu geben und wie der Teufel drauflos zu reiten, um die Anführer der Herde zu erreichen. Ein einzelner Mann konnte eine Herde zur Umkehr bewegen, wenn er wußte, wie.

Hufe trommelten auf den Boden, und Hörner klapperten gegeneinander, und der Donner wütete lauter als all das. Das kleine mausgraue Pferd streckte sich, bis sein Bauch das Präriegras zu streifen schien. Sie legten ein Wettrennen mit den Leittieren hin. Der Mustang unter ihm beherrschte seine Arbeit und drängte sich an die Leittiere, um sie zur Umkehr zu zwingen.

Sobald die ersten Tiere kehrtgemacht hatten, folgte ihnen der Rest der Herde. Andere Reiter wurden von Blitzen angestrahlt. Sie rasten neben der Herde her und schlossen ihre Reihen allmählich, ritten nicht mehr im weiten Bogen um die Herde herum, sondern in kleiner werdenden konzentrischen Kreisen, bis die Tiere dicht zusammengedrängt waren.

Das Gewitter zog weiter, doch der Regen ließ nicht nach und kam immer noch in Strömen herunter. Man konnte unmöglich sagen, wie viele Tiere sich von der Herde getrennt hatten und ausgerissen waren. Das ließ sich erst am nächsten Morgen beantworten. Die Aufgabe der Treiber bestand jetzt darin, den Großteil der Herde zusammenzuhalten.

Die Longhorns hatten in ihrem wilden Lauf acht lange Meilen zwischen sich und das Lager gelegt. Drei Cowboys wurden vermißt – Spanish, Dollarhide und Woolie Willis. Alles Erdenkliche konnte sie von der Herde getrennt haben – ein Pferd, das stürzte, oder ein Reiter, der einer anderen Schar von Rindern auf den Fersen blieb. Niemand stellte Vermutungen über das Los der drei Vermißten an.

Der Regen hörte kurz vor der Morgendämmerung auf, und die Wolken zogen weiter, bis man die Sterne sehen konnte. Bei völliger Dunkelheit spannte Rusty die Pferde vor den Proviantwagen und half Mary und Lorna bei ihren Wagen. Als das zarte Licht des Morgens das Land in seinen Schimmer tauchte, brachen sie auf und machten sich auf die Suche nach der Herde, die durchgegangen war.

Die Longhorns hatten deutliche Spuren hinterlassen, eine breite Fläche mit zertrampeltem Gras und durchgepflügter Erde. Auf dem Weg sah Lorna einige der Treiber und nahm an, daß sie nach verirrten Tieren Ausschau hielten. Zwei der Reiter hielten an, sprachen mit Rusty und ritten dann weiter.

Jessie und Ely hielten den Hauptteil der Herde zusammen, als sie ankamen. Rusty suchte sich einen geeigneten Ort für die Wagen aus und spannte die Pferde aus.

»Würden die Damen mir bitte helfen?« rief er Lorna und Mary zu. »Diese Männer sind naß und müde. Sie wollen sicher so schnell wie möglich Kaffee und ein warmes Essen.«

»Ich zünde das Feuer an«, erbot sich Lorna. Sie sprang vom Wagensitz.

»Wir haben noch trockenes Holz und Reisig«, rief Rusty ihr zu.

Der Kaffee war am Kochen, als die ersten Reiter auf das neue Lager zuritten. Lorna sah den Dampf, der von den nassen Pferden aufstieg. Einer der Reiter gab seinem Pferd die Sporen, um das Lager vor allen übrigen zu erreichen. Vince Garvey schwang sich aus dem Sattel. Er taumelte vor Müdigkeit.

»Gleich bringen sie Woolie. Hat sich das Bein gebrochen«, teilte er Rusty mit. Dann schleppte er sich an das Feuer, um sich eine Tasse Kaffee einzuschenken.

Lorna sah die Erleichterung auf Rustys Gesicht aufflackern,

aber er murrte griesgrämig: »Und was soll ich in dieser Hölle ohne Bäume zum Schienen verwenden?« Er drehte sich eilig zu Mary und Lorna um. »Verzeihen Sie bitte.«

»Das ist dein Problem, Knochenschuster.« Vince kippte den Kaffee hinunter. »Den Wagen kleinhacken, würde ich sagen.« Sein Pferd stand noch da, wo der Cowboy es stehen gelassen hatte. Die Zügel schleiften auf dem Boden, und das Tier ließ den Kopf hängen. »Ich kann nur hoffen, daß Yates seine Ersatzpferde wiederfindet«, bemerkte Vince. »Die hier stehen kurz vor dem Umfallen.«

»Was ist mit Spanish und Dollarhide?« fragte Rusty.

Es entstand eine lange Pause, in der Vince sich noch einen Kaffee einschenkte. »Die brauchen deine Hilfe nicht.«

Im ersten Moment sickerte es nicht wirklich durch. Lorna hatte noch nicht bemerkt, daß die beiden Reiter fehlten, und daher entging ihr, was Vince mit dieser Antwort sagen wollte, bis sie die langen Gesichter der Männer sah, die herangeritten kamen.

»Sie sind tot.« Sie mußte es laut aussprechen, aber selbst dann konnte sie es noch nicht glauben. »Was ist passiert?«

Vince sah sie an. Dann sah er wieder Rusty an und zuckte die Achseln. Die Reiter stiegen ab, alle bis auf einen. Der verletzte Cowboy mit dem bleichen Gesicht wurde vom Pferd gehoben. Sein Hut fiel auf den Boden, und der dichte blonde Haarschopf, dem er seinen Spitznamen zu verdanken hatte, war zu sehen. Er stöhnte vor Schmerzen, als Rusty sich sein linkes Bein näher ansah und es abtastete.

»Das sollte mir was von deinem Schlangenbißmittel einbringen, Rusty«, stöhnte Woolie, der die Worte vor Schmerzen kaum herausbrachte. Der Koch war der Hüter der einzigen Flasche Alkohol, die auf den Viehtrieb mitgenommen worden war – für den Fall von Schlangenbissen.

»Du hast dir das Bein gebrochen und bist nicht von einer Schlange gebissen worden«, murrte Rusty. »Aber ich sehe ein, daß ein großer Schluck helfen könnte, ehe ich dieses Bein wieder richte.«

Als er zum Proviantwagen ging, um den Alkohol zu holen, bedeutete er Mary und Lorna, zu ihm zu kommen. Lorna war noch völlig benommen von der Neuigkeit, daß der junge Joe Dollarhide und der mexikanische Indianer Spanish Bill tot waren.

»Glaubt ihr beiden Damen, ihr könnt Woolie festhalten, während ich sein Bein wieder richte?« murmelte Rusty. »Wenn ihr beide dabei seid, zappelt er sicher nicht allzusehr. Er wird euch beweisen wollen, wie tapfer er ist.«

Lorna warf Mary einen unsicheren Blick zu. »Ich denke schon.«

»Sie kümmern sich nur um das Bein, Rusty«, sagte Mary. »Lorna und ich sorgen dafür, daß er Ihnen dabei keine Schwierigkeiten macht.«

Rusty entkorkte die Flasche und füllte einen Blechbecher mit dem Schnaps. Er trug den Becher zu den Männern und reichte ihn Benteen, der sich neben den verletzten Cowboy kauerte. Während Rusty wieder zum Proviantwagen ging, ungegerbte Lederstreifen holte und ein Brett aus der Wand löste, half Benteen Woolie, sich ein wenig aufzurichten. Woolie trank den Becher zur Hälfte leer, verschluckte sich und hustete und trank dann den Rest.

»Mein Gott, Rusty«, sagte er heiser, als Benteen ihn wieder auf den Boden gleiten ließ. »Bist du auch ganz sicher, daß das Zeug nicht dazu da ist, Schlangen zu töten?«

»Kann sein, daß es das war, was auf dem Etikett stand.« Rusty brach das Brett mit seinem Knie in zwei Hälften. »Im Lesen war ich noch nie gut.« Er winkte Lorna und Mary zu sich. »Ihr haltet jede einen Arm.«

Als Lorna sich neben ihn kniete, trat Benteen zurück, um Platz zu machen. Woolie versuchte gleichzeitig, die Zähne aufeinanderzubeißen und zu lächeln.

»Seht euch das an, Leute«, rief er den anderen Treibern zu. »Ich habe an jedem Arm eine Dame. Ich wette, ihr wünscht jetzt, ihr würdet an meiner Stelle sein.«

Lorna hatte noch nie erlebt, daß jemand solche Schmerzen hatte. Es war ihr unmöglich, teilnahmslos zu bleiben. Als Rusty die Bretter neben Woolies linkes Bein auf den Boden legte und die Bänder zwischen den Zähnen hielt, wogte Mitgefühl in ihr auf.

»Haltet ihn gut fest«, sagte Rusty durch die Zähne, und dann griff er nach dem linken Stiefel.

»Ich werde mich bemühen, nicht zu fluchen, meine Damen«, sagte Woolie, der zu lächeln versuchte. »Aber ich hoffe, daß Sie mir meine Sprache verzeihen, wenn mir doch etwas herausrutscht.«

»Das tun wir«, flüsterte Lorna, während sie seinen Arm und seine Schulter packte, um ihn fest gegen den Boden zu drükken.

Ihr Blick war auf sein weißes Gesicht geheftet. Sie konnte es nicht über sich bringen zuzusehen, was Rusty tat. Schweißperlen brachen auf seinem ganzen Gesicht heraus, während Woolie die Zähne zusammenbiß. Der Schmerz verzerrte sein Gesicht. Lorna wünschte, er hätte laut geschrien. Sein Körper zuckte, als Rusty an seinem Bein zog. Dann gab er ein gequältes Stöhnen von sich und rührte sich nicht mehr.

»Er ist ohnmächtig«, erklärte Rusty. »Ihr könnt ihn jetzt loslassen.«

Als Lorna sich auf die Fersen setzte, fühlte sie sich innerlich ganz schwach. Benteens Hände legten sich auf ihre Schultern, um ihr auf die Füße zu helfen. Sie drehte sich blaß zu ihm um. Sein Blick schien unbeteiligt über sie zu streifen.

»Du solltest dir jetzt einen Kaffee holen«, riet er.

Als sie aufblickte, um zu sehen, ob ihre Freundin mitkam, half Mary Rusty gerade dabei, die Bretter geradezuhalten und die Schlingen festzuziehen, damit der Knochen sich nicht verschieben konnte. Lorna kam sich hilflos vor. Sie hatte geglaubt, sie hätte es gelernt, mit allem zurechtzukommen, was ihr überhaupt zustoßen konnte, und doch hatte sie noch nie mit einer schweren Verletzung umgehen müssen.

Sie ging zum Feuer und schenkte sich eine Tasse Kaffee ein, ohne wirklich Lust auf Kaffee zu haben. Dann entfernte sie sich von der Gruppe der schweigenden Cowboys. Sie hatte nicht die Absicht, ihre Gespräche zu belauschen, aber als sie begannen, leise miteinander zu reden, hörte sie es zwangsläufig.

»Ich wette, daß Spanish keinen Moment lang gewußt hat, was ihm zustößt«, murmelte Bob Vernon.

»Es heißt, daß sich die Haare im Genick in dem Moment aufstellen, in dem einen der Blitz erschlägt«, sagte Vince Garvey, und Lorna spürte, wie ihr Blut stockte. Spanish war vom Blitz erschlagen worden.

»Ja, aber einen Trost gibt es«, murmelte Shorty. »Spanish hat die Kälte gehaßt. Mir hat die Vorstellung, gebrutzelt zu werden, nie gefallen, aber es kann sein, daß er sich genau das ausgesucht hätte.«

»Ich wünschte wirklich, wir hätten genug von dem Jungen gefunden, um ihn begraben zu können.« Zeke Taylor schüttelte den Kopf. »Ich finde das so nicht richtig.«

»Die Rinder haben ihn begraben, als sie ihn in den Boden getrampelt haben.« Shorty kippte einen Schluck Kaffee hinunter, als sei es Schnaps.

Lorna spürte, daß sich ihr Magen umdrehte. Sie drehte sich um, taumelte zu ihrem Wagen, hielt sich fest und lehnte sich in ihrer Schwäche an. Sie schlug sich eine Hand vor den Mund und wußte nicht, ob sie versuchte, die aufsteigende Übelkeit zu unterdrücken, oder ob sie das Schluchzen in ihrer Kehle erstikken wollte. Sie erinnerte sich daran, wie Joe Dollarhide ihr von der Ranch erzählt hatte, die er eines Tages haben wollte, und daran, wie begierig er darauf gewesen war, ein richtiger Cowboy zu werden. Er war ein junger Farmerssohn, der weit von zu Hause fort war. Jetzt würde nicht einmal ein Grabstein zeigen, wo er lag.

»Lorna.« Es war Benteen.

Sie schluckte schwer. »Ich … Ich habe nur gerade an Joe gedacht – und daran, wie begierig er darauf war, ein Cowboy zu werden.«

»Trink deinen Kaffee.«

Sie hatte nicht gemerkt, daß sie den Kaffee noch in der Hand hielt, bis er die Tasse an ihren Mund führte und sie kippte, damit sie etwas trank. Sie sah in sein Gesicht auf, in dem kein Gefühl stand.

»Er war noch so jung, Benteen«, murmelte sie. »Bedeutet dir sein Tod denn gar nichts? Oder der Tod von Spanish?«

»Du bist nicht die einzige, die von Freunden Abschied nehmen muß, Lorna.« Seine Stimme war so ausdruckslos wie sein

Gesicht. »Ich glaube, ich habe schon endgültigere Abschiede genommen als du.«

Als er sich abwandte und wegging, empfand sie Mitleid und Schuldgefühl zugleich. Er konnte seinen Kummer nicht zeigen, weil sich das nicht mit seinen Vorstellungen vertrug. Aber ihr wurde jetzt klar, daß dieser Kummer da war. Warum hatte sie diesen verschlossenen Ausdruck nicht schon eher durchschaut? Sie hätte erkennen müssen, was dahintersteckte.

17

Am Nachmittag erwachte Woolie Willis. Lorna bemerkte es und brachte ihm Kaffee und Bohnen. Er war immer noch blaß, und seine Augen waren glasig, doch er rührte das Essen nicht an, sondern erkundigte sich nach den Rindern. Mehr als fünfhundert der Longhorns streunten durch die Gegend und mußten wieder eingefangen werden.

»Könnten Sie mir beim Aufsteigen helfen?« fragte Woolie Lorna. »Die Jungen brauchen meine Hilfe.«

»Mit dem gebrochenen Bein können Sie nicht reiten«, wandte Lorna ein.

»Setzen Sie mich auf den Sattel, und ich bleibe dort«, beharrte er. »Es sind ohnehin schon zu wenig Männer, und sie brauchen jede Hilfe, die sie bekommen können.«

Wenn man Benteen nicht mitzählte, waren es nur noch sechs Reiter, und zwei von ihnen mußten die Herde in Schach halten, was hieß, daß nur vier Männer das streunende Vieh einfangen konnten.

»Sie können nicht in Ihrem Zustand durch die Prärie reiten«, beharrte Lorna.

»Stimmt, aber ich kann immer noch im Kreis um die Herde reiten und einen der Männer ablösen, die dann die streunenden Tiere einfangen können. Das kann jeder, sogar in meinem Zustand.«

Diese Logik leuchtete Lorna ein. Sie dachte daran, wie ihre Mutter ihrem Vater im Laden ausgeholfen hatte, wenn es zuviel zu tun gab. Sie hatte statt dessen über die Zeit geklagt, die Benteen mit den Rindern verbrachte.

Sie fragte Rusty nach Joe Dollarhides Schlafsack, ohne ihn von ihrem Vorhaben zu unterrichten. Sie nahm den Schlafsack mit in ihren Wagen und fand eine saubere Hose und ein sauberes Hemd. Joe Dollarhide hatte in etwa ihre Größe gehabt, und vielleicht paßten ihr seine Sachen. Sie hatte nicht vor, im Damensitz zu reiten und mit ihren Röcken und Reifröcken die Tiere zu erschrecken, und daher brauchte sie eine Hose. Mary, die hinzukam, war sicher, daß Lorna den Verstand verloren hatte.

»Lorna, eine Frau in Hosen?« fragte sie entgeistert.

»Die Hose ist mir zu lang, aber ich kann sie hochkrempeln«, entschied Lorna, die nicht auf Marys schockierenden Einwand achtete.

Sie zog sich die enge Hose und das weite Hemd an, krempelte die Hosenbeine und die Ärmel hoch und drehte sich zu Mary um.

»Lorna, diese Hose zeigt alles. Es ist einfach skandalös«, sagte ihre Freundin aufgebracht.

»Dann stecke ich das Hemd eben nicht in die Hose, sondern lasse es darüberhängen.« Lorna bemühte sich, ihre Hemmungen nicht zu zeigen und so zu tun, als sei all das ganz normal und richtig.

»Es ist also wirklich dein Ernst?« fragte Mary erstaunt.

»Ja.«

»Und was nimmst du als Sattel?«

»Jonesys Sattel liegt noch im Proviantwagen.«

Als Lorna sich ohne die lästigen Röcke aus dem Wagen schwang, lernte sie eine Bewegungsfreiheit kennen, die ihr bislang völlig unbekannt gewesen war. Um ihre Nervosität zu überspielen, lief sie mit forschen Schritten zum Proviantwagen und versuchte, sich so zu geben, als sei nichts Ungewöhnliches an ihrer äußeren Erscheinung. Auf Rustys Gesicht trat ein schockierter und ungläubiger Ausdruck. Es war einer der wenigen Momente, in denen sie erleben durfte, daß er sprachlos war.

»Würden Sie mein Pferd holen, Rusty?« fragte sie kurz und

bündig. »Ich löse Mr. Trumbo ab, damit er sich auf die Suche nach den Rindern machen kann, die sich verirrt haben.«

Der Koch nickte mit Mühe und warf auf dem Weg zu den Pferden ständig Blicke über seine Schulter, als glaubte er, daß seine Augen ihm einen Streich spielten.

Als sie zur Herde hinausritt, um Jessie Trumbo abzulösen, stieß sie auf dieselbe Reaktion. Der Anblick einer Frau in Hosen, die rittlings auf einem Pferd saß, brachte ihn absolut aus der Fassung. Er verrenkte sich im Sattel, um sie anzustarren, während er davonritt. Lorna hatte herausgefunden, daß keine besonderen Tricks dazugehörten, rittlings auf dem Sattel zu sitzen. Es war nach wie vor eine Frage der Beinmuskulatur und des Gleichgewichts.

Erst am Spätnachmittag kam Benteen mit den fünfzig Rindern, die er gefunden hatte, auf die Herde zu. Die Rinder trabten schneller voran, als sie die anderen Rinder sahen. Benteen ließ sein Pferd zurückfallen, damit die Rinder sich selbst der Herde eingliedern konnten.

Er nickte Ely zu und wollte zum Lager reiten, um sich eine Tasse Kaffee zu holen, ehe er zum letztenmal vor Einbruch der Dunkelheit loszog. Aus dem Augenwinkel nahm er einen befremdlichen Anblick wahr. Es kam ihm vor wie ein Mann mit einem Damenhut auf dem Kopf. Das konnte nicht wahr sein – doch es war die Wahrheit.

Der Reiter war zu schlank für einen Mann – vielleicht ein Junge. Auch an seiner Art, auf dem Pferd zu sitzen, konnte Benteen ihn nicht erkennen. Dann stellte er fest, daß es Lornas Pferd war. Er gab seinem Pferd die Sporen, um den jungen Reiter abzufangen, der langsam um die Herde herumritt. Er versperrte ihm direkt den Weg. Lorna mußte ihr Pferd anhalten.

Benteen ließ seinen Blick über das Hemd streifen, das der Schweiß auf ihre Haut klebte, dann über die Hose, die sich eng über ihren Schenkeln spannte. Empörung brodelte in ihm auf, aber er war zu verblüfft, als daß dieser Zorn sich hätte Luft machen können.

»Was tust du denn hier – in diesem Aufzug?« fragte Benteen mit finsterem Gesicht.

»Ich löse Mr. Trumbo ab, damit er Rinder einfangen kann.« Sie bemühte sich, ruhig und beiläufig die ungewohnte Lage zu erklären. »Ich wußte, daß du knapp an Männern bist, weil Mr. Willis ausgefallen ist und all das, und daher dachte ich mir, ich könnte dir helfen. Diese Rinder sind für meine Zukunft genauso entscheidend wie für deine.« Lorna hatte lange darüber nachgedacht, während sie auf ihrem Pferd die Herde umrundet hatte.

Lange Zeit sagte Benteen gar nichts. Der einzige Punkt, in dem er ihrer Logik etwas entgegenhalten konnte, war der, wie zügellos sie sich über den Anstand hinwegsetzte, indem sie Hosen trug. Und dennoch sah er ein, daß diese Kleidung sehr praktisch und eine regelrechte Notwendigkeit war, wenn sie ihm half. Und er konnte wahrhaft jede Hilfe gebrauchen.

»Im Lager wirst du trotzdem ein Kleid tragen«, äußerte er. »Ich will nicht, daß du so vor meinen Männern herumläufst. Man sieht zuviel von deinem Körper.«

»Wird gemacht«, versprach Lorna. Sie bemühte sich, ihre Lippen, auf die ein triumphierendes Lächeln treten wollte, nicht zu verziehen.

Doch als sie sah, wie er sie ansah, wurde sie plötzlich wieder ganz nüchtern.

In jener Nacht lag sie allein im Bett. Ihr Körper war erschöpft, aber ihr Verstand hörte nicht auf zu arbeiten. Benteen schlief vor dem Wagen im Freien. Sie fragte sich, ob er sich heute nacht genauso einsam fühlte wie sie. Lorna erinnerte sich daran, wie warm sein Körper gewesen war, wenn sie sich an ihn geschmiegt hatte, wie warm und fest.

Es gab so vieles an ihm, was sie bisher nicht verstanden hatte. Vielleicht hatte sie zu wenig Lebenserfahrung besessen, um diese Dinge zu verstehen. Er war nicht so behütet aufgewachsen wie sie. Wenn man ihm einen Schlag versetzte, schlug er zurück. Er machte keine leeren Drohungen, wie sie es getan hatte.

Sie fuhr sich mit einer Hand über die Brust und dachte daran, wie seine Hand ihre Brust für sich gefordert und mit der Brustwarze gespielt hatte, bis sie steif und rund in seinen Fingern lag. Allmählich hatte sie ihre Hemmungen ihm gegenüber abgelegt und die Dinge genossen, die er sie empfinden ließ. Vielleicht verblaßte die böse Erinnerung. Vielleicht konnte er sie diese Dinge wieder fühlen lassen.

Seufzend wälzte sich Lorna auf die Seite und versuchte, die Augen zu schließen. Einen Moment lang ärgerte sie sich darüber, daß Benteen die Entscheidung, den ersten Schritt zu machen und darüber zu bestimmen, wann sie wieder Mann und Frau sein würden, ihr überlassen hatte. Hätte er andererseits versucht, es zu erzwingen, wäre sie wütend gewesen. Es war eine verwirrende Situation.

Nachdem sie zwei Tage lang Hosen getragen hatte und rittlings auf dem Pferd gesessen hatte, gewöhnten sich die Viehtreiber an ihren Anblick, und Lorna wurde nicht mehr angegafft wie auf dem Jahrmarkt. Die Arbeit erforderte doch mehr als das, was Woolie Willis ihr einzureden versucht hatte, doch Lorna stellte fest, daß sie dieser Aufgabe gewachsen war. Sie war auch wirklich stolz auf sich selbst.

Sie hatten zwei Tage gebraucht, um die Rinder wieder einzufangen. Nur zehn Rinder fehlten und blieben unauffindbar. Am dritten Morgen zogen sie weiter. Benteen teilte Lorna dazu ein, an einer der Flanken zu reiten, während Woolie Willis ihren Wagen lenkte. Er humpelte auf behelfsmäßigen Krücken herum, die Rusty für ihn angefertigt hatte. Es war eine harte Arbeit, eine Drecksarbeit, die Lornas Durchhaltevermögen auf die Probe stellte.

Zehn Tage später erreichten sie Ogallala in Nebraska, am North Plate River. Sie lagerten einen Tag lang im Süden der Stadt, damit Benteen sich in der Stadt umsehen konnte. Er wollte versuchen, zwei weitere Männer für den Viehtrieb einzustellen. Lorna nutzte den Tag, um Kleider zu waschen.

Sie suchte auch Benteens schmutzige Kleider zusammen, und dabei fiel eine Münze, die ihr als Zahlungsmittel nicht bekannt war, aus seinem Schlafsack. Auf einer Seite trug sie als Prägung das Porträt einer Frau. Auf der anderen Seite war ›Mit den besten Empfehlungen von Miß Belle, Dodge City‹ zu lesen.

Dodge City. Ihr wurde heiß, und die Münze schien sich in

ihre Hand einzubrennen. Dort hatte er sie in ihrem Hotel lieben wollen, als er in das Zimmer gekommen war, nachdem sie gebadet hatte. Aber ihr war es nicht möglich gewesen, natürlich auf ihn zu reagieren. In beiden Nächten, die sie dort verbracht hatten, war er bis spät in die Nacht hinein ausgegangen. Dort mußte er diese Münze bekommen haben.

Eine rasende Eifersucht stieg in ihr auf, als sie zu dem Schluß gezwungen war, daß Benteen mit einer Hure ins Bett gegangen war, um seine Gelüste zu befriedigen. Er war ihr untreu gewesen, und dafür würde sie ihn töten. Ihre Hände zitterten vor Wut, als sie die Pistole aus dem Halfter zog. Den Tag, an dem er sie das Schießen gelehrt hatte, würde er noch bereuen.

Als sie sich vergewisserte, ob die Pistole auch geladen war, drängte sich ihr die Erinnerung an einen anderen Zwischenfall auf. Aber Lorna wollte nur den Teil in Gedanken wieder hören, der ›eine Hure im Bett‹ lautete. Dennoch gab es eine Entsprechung und Ergänzung zu diesem Bruchstück, die sich nicht aus ihrem Kopf verbannen ließ: ›Eine Dame am Arm.‹

Die Waffe lag auf ihrem Schoß. Genau das war es, was die Prostituierte in dem Modewarengeschäft zu ihr gesagt hatte. Die Rothaarige, die Pearl hieß, hatte ihr geraten, im Bett wilder als er zu sein, wenn sie Benteen davon abhalten wollte, Frauen dieser Sorte aufzusuchen.

In den ersten Wochen ihrer Ehe hatte Lorna gelernt, daß Benteen auf die Leidenschaft reagierte, die sie ursprünglich zu verbergen versucht hatte. Wenn sie auch Grund hatte, ihm ihr Bett zu verweigern, so stellte sich doch die Frage: wie lange? Wenn sie wollte, daß aus ihrer Ehe etwas wurde – und das wollte sie –, dann mußte es zu gewissen Veränderungen kommen. Sie hatte ihm verziehen, was geschehen war. Jetzt mußte sie den Vorfall vergessen.

Sie verpackte die Pistole wieder und steckte auch die Münze der Dame aus Dodge City weg. Sie sammelte die schmutzigen Kleider zusammen und verließ den Wagen, um sie zu waschen.

Den ganzen Tag über hatte sie Zeit, über ihren Entschluß nachzudenken. Als Benteen am späten Nachmittag aus der Stadt zurückkehrte, war Lorna wieder ganz ruhig. Sie nahm kaum Notiz von dem Päckchen, das er unter dem Arm trug, und falls sie sich überhaupt etwas dachte, dann, daß es wohl Vorräte sein mußten – bis er es ihr und nicht Rusty in die Hand drückte.

»Ich habe etwas für dich gekauft«, meinte Benteen mit ausdruckslosem Gesicht. »Was die Größe angeht, mußte ich raten.«

Die Ruhe verließ sie. Lorna hatte nicht mit einem Geschenk gerechnet, und sie kam aus dem Gleichgewicht. Sie starrte erst das Päckchen an, dann Benteen. Als sie zögerte, spannten sich die Muskeln auf seinem Kiefer, da er ihre Reaktion als eine Ablehnung von allem, was von ihm kam, auslegte.

Sie murmelte: »Ich weiß gar nicht, was ich sagen soll.« Dann streckte sie die Hand aus, um das Päckchen entgegenzunehmen. »Was ist da drin?«

»Pack es doch aus und sieh es dir selbst an«, drängte er sie.

Es war ein richtiger Cowboyhut. Im ersten Moment konnte Lorna ihn nur anstarren. Schließlich sah sie Benteen mit funkelnden Augen an.

»Mit diesem Damenhut siehst du albern aus.« Sein Blick war warm und freundlich. »Jeder Cowboy braucht einen Hut. Du solltest probieren, ob er dir paßt.«

Sie setzte den Hut auf, der sehr eng saß, aber an einem windigen Tag würde sie sicher froh darüber sein. Lorna wünschte, sie hätte einen Spiegel griffbereit gehabt. Für den Moment mußte sie ganz auf Benteens Urteil vertrauen.

»Wie sehe ich aus?« fragte sie.

»Zu dem Kleid paßt er nicht.« Sein Mund verzog sich.

»Aber ich habe dir doch versprochen, im Lager keine Hosen zu tragen.« Sie lachte, doch er riß seinen Blick von ihr los, und sie wußte, daß sie etwas Falsches gesagt hatte.

»Der Hut selbst sieht gut aus.«

»Ich danke dir dafür, daß du ihn mir gekauft hast«, sagte Lorna steif. »Er gefällt mir wirklich.«

»Bitte, gern geschehen.« Da er ihr das Geschenk überreicht hatte, ging er jetzt wieder fort.

Es würde schwierig werden, auf ihn zuzugehen, da er so entschlossen war, sich von ihr fernzuhalten. Sie verstand seine Gründe, aber dadurch wurde es ihr nicht erleichtert, ihren Entschluß auszuführen. Sie hoffte, daß sie die Kühnheit besaß, es durchzustehen.

Ihre bisherige Ruhe kam nicht wieder. Dafür kehrten die Empfindungen ihrer Hochzeitsnacht zurück. Während des gesamten Abendessens wollte das Flattern in ihrem Magen nicht nachlassen. Als sie das Geschirr spülte, sah Lorna, daß Benteen zum Wagen ging, um seinen Schlafsack zu holen, den sie vor ihm versteckt hatte.

Lorna war gerade mit dem Abspülen fertig und trocknete sich die Hände an ihrem Rock ab, als Benteen auf sie zukam. Sie spürte, daß ihr Puls raste, und sie wußte nicht, ob es ihrer Vorfreude oder ihrer Besorgnis zuzuschreiben war. Es fiel ihr schwer, in seine finsteren Augen zu sehen, die sie forschend ansahen.

»Was hast du mit meinem Schlafsack gemacht?« fragte er mit gesenkter Stimme, damit nur Lorna ihn hören konnte. »Ich kann ihn nicht finden.«

»Ich habe ihn weggepackt.« Die Beiläufigkeit, mit der sie es sagte, war erzwungen. »Du wirst ihn nicht brauchen.«

Sie hoffte, er würde die Andeutung verstehen und nicht weiter in sie dringen. Als sie sich abwenden wollte, legte sich seine Hand auf ihren Arm und hielt sie zurück.

»Warum werde ich ihn nicht brauchen, Lorna?« Sein dunkler Blick suchte eine Antwort in ihrem Gesicht.

»Wozu brauchst du ihn, wenn du im Wagen schläfst?« Das Lächeln, an dem sie sich versuchte, zitterte vor Nervosität.

»Schlafe ich denn dort?« fragte Benteen mit heiserer Stimme.

»Ja«, sagte sie. Dann holte sie tief Atem. »Ich will dich als meinen Mann haben, Benteen.«

Lorna glaubte schon, er würde sie in seine Arme ziehen und sie auf der Stelle nehmen – so übermächtig stand das Verlangen, sie zu besitzen, in seinem Blick. Dann warf er einen unwilligen Blick auf die Sonne, die noch am Horizont stand. Sie konnte ihr nervöses Lachen nicht unterdrücken. Es endete abrupt, als er sie wieder ansah. Einen Moment lang beschlich sie

Unbehagen, und Lorna fragte sich, ob er roh und fordernd mit ihr umgehen würde. Seine scharfen Augen schienen ihre Zweifel lesen zu können.

»Ich werde dafür sorgen, daß es schön für dich ist«, murmelte er.

Bei diesem Versprechen stieg eine leichte Röte in ihre Wangen. Als Lorna sich jetzt wieder abwandte, hielt Benteen sie nicht zurück. Sie ging zum Wagen und stieg hinein. Es gab noch eine Menge von Vorbereitungen, die sie treffen wollte, ehe er zu ihr kam.

Sie zog die Nadeln aus ihrem Haar, löste es aus dem Knoten und bürstete es, bis es knisterte und schimmerte. Sie zog sich bis auf die Haut aus und rieb sich sparsam mit Lady Crawfords Lotion ein, damit sich ihr Körper unter seinen Händen seidig anfühlte. Die Schatten des Abends schlichen sich herein, als sie unter die Bettdecke schlüpfte, um Benteen zu erwarten.

Es dauerte nicht lange, bis die Plane zurückgeschlagen wurde und er in den Wagen stieg. Da Lorna im Dunkeln nichts sehen konnte, lauschte sie den Geräuschen, die er beim Ausziehen machte. Als er die Decke hochhob, um sich neben sie zu legen, durchlief ein Schauer ihren Körper.

»Ich hoffe, diese Nacht wird so lang, wie es alle bisherigen Nächte waren.« Seine Stimme war leiser als ein Flüstern, als er sich zu ihr legte.

Es war zu spät für jede Form von weiteren Überlegungen, als sein Mund sich mit einer Gier, die Benteen nicht zu kontrollieren versuchte, ihrer Lippen bemächtigte. Sie schloß die Augen, als ihre Lippen sich bereitwillig öffneten, um den Kuß zu vertiefen. Sie hatte keinen Grund mehr, bewußt zu denken, als ihre Instinkte die Oberhand gewannen und ihre Hände über seine muskulösen Schultern glitten.

Seine Finger gruben sich unter ihr dichtes, langes Haar und glitten an ihrer Wirbelsäule herunter, um sie näher an sich zu ziehen. Sie spürte ihn zusammenzucken. Der fordernde Druck seines Mundes ließ nach, während er mit belegter Stimme murmelte: »Mein Gott, du hast ja gar nichts an.«

»Nein. Ich wollte es so haben wie in unserer Hochzeitsnacht – mit nichts zwischen uns«, gestand Lorna flüsternd.

Seine Hände glitten über ihren Körper, an ihrer Wirbelsäule herunter auf ihre schlanke Taille und zu den Rundungen ihrer Hüften. Lorna zitterte vor ungezügeltem Vergnügen und stöhnte leise. Benteen nahm diese stille Einladung an und ließ ihre Lippen im Stich, um an ihrem schlanken Hals zu knabbern.

Es schien unvermeidlich, daß er seine Erkundung ihres Körpers von hier aus zu ihren straffen Brüsten fortsetzte, die sich ihm entgegenreckten. Dort, wo er sie schon gierig und fordernd geküßt hatte, neckte er sie jetzt spielerisch, lockte sie – und sie stand Tantalusqualen aus. Seine Zunge fühlte sich auf ihrer Brust wie Samt an, als sie kleine Kreise um die empfindsamen rosigen Spitzen beschrieb. Ihre Hände gruben sich in sein dichtes Haar und versuchten, diesen köstlichen Wogen, die über sie hereinströmten, ein Ende zu bereiten.

Der Moment zog sich endlos in die Länge, während Lorna sich der Leidenschaft hingab, die er in ihr wachgerufen hatte. Seine Hände und sein Mund lösten ein Chaos ihrer Sinne aus und brachten sie immer wieder aus der Fassung. Zahllose Male flüsterte sie seinen Namen.

Als er ihrem stummen Drängen endlich nachkam und sich auf sie legte, überkam sie einen Moment lang Panik, als sie sein Gewicht auf sich spürte, doch die Wärme seiner Lippen versicherte ihr, daß sie nichts zu befürchten hatte. Ihre Vereinigung wurde zu etwas sehr Natürlichem und Richtigem, was beide Seiten begehrten, und für beide Teile war es grenzenlos befriedigend.

Dennoch spürte Lorna, als es vorüber war und sie den Kopf in seine Armbeuge geschmiegt hatte, daß etwas anders war als bisher. Benteen hatte ihr einen Teil seiner Person vorenthalten. Er hatte sich gefühlsmäßig zurückgehalten.

»Was ist los, Benteen?« murmelte sie, und sie ließ ihre Hand über sein gelocktes Brusthaar gleiten.

»Nichts.«

Aus irgendwelchen Gründen wußte sie, daß er log. »Ich hatte nie wirklich vor, dich zu verlassen«, sagte sie, weil es etwas war, was sie ihm bisher nie in so vielen Worten gesagt hatte.

»Ich wollte dich nur kränken, weil du die Rosen weggeworfen hast. Es war kindisch von mir.«

»Du empfindest wie eine Frau.«

»Ich meine es ernst«, murmelte Lorna.

»Ich will nicht mehr darüber reden, Lorna.« Seine Stimme war flach und entschieden.

»Aber wir sollten ehrlich miteinander sein«, beharrte sie. »Das hast du selbst gesagt.«

»Du willst ehrlich sein? Dann sag mir, was dich dazu bewogen hat, meinen Schlafsack zu verstecken«, forderte er sie heraus.

»Vielleicht hatte ich Angst, dich an eine andere Frau zu verlieren«, deutete sie an, weil sie seine Reaktion sehen wollte.

»Nimm noch einen Anlauf, aber laß dir diesmal eine bessere Geschichte einfallen«, spottete er.

»Du hättest den ganzen Tag mit einem dieser Mädchen aus den Tanzsalons verbringen können«, beharrte sie. »Was hast du in der Stadt getan – abgesehen davon, daß du mir einen Hut gekauft hast? Du hast keine Cowboys eingestellt.«

»Ich habe den Tag nicht mit einem Mädchen aus einer Tanzbar verbracht.« Benteen lächelte und fuhr mit einem Finger über ihr Kinn. »Und wenn ich gewußt hätte, daß mich ein solcher Dank dafür erwartet, daß ich dir einen Hut kaufe, dann wäre ich wesentlich früher zurückgekommen.«

»Warum hast du mir diesen Hut eigentlich gekauft?« Lorna ließ sich absichtlich von ihm ablenken, denn sie hatte sich entschieden, die Münze, die sie in seinem Schlafsack gefunden hatte, nicht zu erwähnen.

»Ich hatte gehofft, daß du damit eher wie ein Junge aussiehst«, gab er zu, und er streifte mit einem Finger ihre Lippen und ihre Zähne. »Es hat mich um den Verstand gebracht, dich in dieser Hose anzusehen.«

Sie biß ihm auf den Finger, nicht allzu fest, aber doch recht kräftig. »Das kriegst du dafür, daß du anstelle deiner Frau einen Jungen haben willst«, sagte sie zu ihm.

»Vielleicht kann ich beides haben.« Sein Mund senkte sich auf ihre Lippen. »Eine Frau und einen Sohn.«

»Und was ist, wenn ich eine Tochter haben will?« fragte sie.

»Warum mußt du immer anderer Meinung sein?« murrte Benteen. »Wir werden erst einen Sohn und dann eine Tochter bekommen.«

»Wie wäre es damit, wenn wir es umgekehrt ...« Lorna kam nicht dazu, den Satz zu beenden, denn er schnitt ihr das Wort mit einem Kuß ab. Als sie wieder Gelegenheit hatte, etwas zu sagen, war sie zu sehr von diesem anderen Vergnügen gefangengenommen, um noch daran zu denken, was sie ursprünglich hatte sagen wollen.

III

Von dort, wo du stehst,
und so weit du siehst von hier,
blickst du auf Calderland,
und es gehört nur dir und mir.

18

Von Ogallala an folgten sie dem Flußtal des Plate River nach Wyoming, das sie in den Norden von Cheyenne brachte. Benteen blieb so lange wie möglich auf den Routen, die schon bei früheren Viehtrieben eingeschlagen worden waren, wenn texanische Rinder nach Wyoming gebracht wurden.

Fünf Wochen, nachdem sie Nebraska verlassen hatten, befanden sie sich in den jungfräulichen Prärien, die einst nur den Büffeln gehört hatten. Das hieß, daß Benteen wesentlich öfter vorausreiten mußte, um sich jeweils für einen ganzen Tag im voraus die Gegend zu betrachten und sich nach Weideland und Wasser und nach sicheren Furten umzusehen.

Hinter ihm liefen die Longhorns durch die gewaltige Abgeschiedenheit, in der es keine Wege gab. Manchmal fächerten sich die Tiere auf fast zwei Meilen auf. Lorna fand heraus, daß es eine mühsame, anstrengende Arbeit war, die erschöpften Rinder in Bewegung zu halten, ohne sie zur Eile anzutreiben. Abends fiel sie völlig kaputt ins Bett, kuschelte sich an Benteen und schlief in dem Moment ein, in dem sie die Augen schloß.

Woolies Bein heilte gut, und er hatte es um so eiliger, wieder im Sattel zu sitzen. Lorna glaubte nicht, daß es ihr sehr leid tun würde, wenn sie ihren Cowboyhut verstaute und ihm die anstrengende, monotone Aufgabe wieder überließ. Aber sie war stolz auf die Rolle, die sie gespielt hatte, und sie wußte, daß sie es jederzeit wieder tun konnte, wenn ihre Hilfe gebraucht wurde.

Die Grenze zwischen Wyoming und Montana war an nichts zu erkennen. Eines Abends ritt Benteen ins Lager und verkündete, sie seien in Montana. Am kommenden Tag würden sie den Powder River überqueren. In zwei Wochen würden sie ihr endgültiges Lager aufschlagen. Tränen der Erleichterung sprangen in Lornas Augen. Der Viehtrieb war ihr endlos erschienen. Sie waren jetzt seit vier Monaten unterwegs, und in gewisser Weise kam es ihr wie vier Jahre vor.

»Ich wünschte, du hättest uns nicht gesagt, wie nahe wir schon am Ziel sind«, sagte sie später zu ihm, als sie im Bett lagen.

»Warum?« Er drehte seinen Kopf zu ihr um, um sie anzusehen; mit einem Finger spielte er mit einer Strähne ihres Haars.

»Weil ich jetzt ungeduldig werde und es nicht mehr erwarten kann, endlich anzukommen. Ich habe dieses Leben satt«, gab Lorna zu. »Es war nicht so schlimm, als ich nicht wußte, wie lange es noch so weitergeht. Aber jetzt will ich, daß es vorbei ist.«

»Du beklagst dich schon wieder.« Benteen schnalzte im Spaß mit der Zunge.

»Ja, ich beklage mich.« Sie stritt es nicht ab.

»Warte nur, bis wir erst da sind. Dann wirst du feststellen, daß es all das, was wir durchgemacht haben, wert war«, versprach er ihr, und dann drückte er seinen Mund auf ihre Schläfe.

Die Herde überquerte den Powder, den Pumpkin und den Tongue River und schließlich, Mitte August, den Yellowstone River. Weniger als eine Woche, nachdem sie den Fluß überquert hatten, ritt Benteen zurück, um neben Lorna herzureiten, die an der linken Flanke der Herde ritt. Er wirkte übermütig, eifrig und gespannt. Als er neben ihr herritt, funkelten seine Augen.

»Willst du mit mir vorausreiten?« fragte er. »Zeke kann die Flanke übernehmen.«

Die Rinder hatten inzwischen ihren Drang abgelegt, sich selbständig zu machen und die Herde zu verlassen. Sie zogen als eine Einheit voran und wußten, wann es an der Zeit für eine Mittagspause war und wann es am Nachmittag weiterging. Nur die Reiter, die hinter der Herde herritten, hatten weiterhin Schwierigkeiten mit den Nachzüglern.

»Ja.« Lorna witterte, daß etwas in der Luft lag. Sie wußte, daß sie schon nahe an dem Gebiet waren, das Benteen sich als sein Land ausgesucht hatte, aber sie wußte nicht, wie nahe.

Das wellige Land zog sich als eine grenzenlose Ebene, die mit dichtem, hohem Gras bewachsen war, vor ihnen hin. Der flache Charakter des Landes wurde von kleinen Hügeln und Felsschluchten durchbrochen, und der weite Himmel war vorherrschend.

Ein Reiter war für einen Moment als Silhouette auf dem Kamm eines Hügels zu erkennen. Er war das erste menschliche Wesen, abgesehen von den Teilnehmern des Viehtriebs, das Lorna seit Wochen sah. Sie deutete auf das Pferd und den Reiter, die sich ihnen näherten, um Benteen darauf aufmerksam zu machen, doch er hatte ihn schon bemerkt. Zufriedenheit stand auf seinem Gesicht, als er sein Pferd in einen leichten Trab fallen ließ.

»Das ist Barnie«, sagte er zu Lorna.

Als der Reiter auf sie zukam, um sie zu begrüßen, rechnete Lorna mit einem überschwenglichen Willkommen. Aber Barnie Moore nickte lediglich. »Ich dachte mir schon, daß es deine Rinder sind, die diesen Staub aufwirbeln.«

Benteen drückte ihm ein Päckchen Zigarettenpapier in die Hand, das er aus seiner Westentasche gezogen hatte. »Die kannst du behalten.«

»Hab' mich nie mit dem Kauen angefreundet.« Er schüttelte Tabak aus seinem Tabaksbeutel und wickelte das Papier mit geschickten Bewegungen darum, leckte es ab und klebte es zusammen. Er zündete sich die Zigarette an, sog den Rauch ein und kostete ihn stumm und genüßlich aus, ehe er wieder ausatmete.

»Wie war es hier? Ruhig?« Benteen wartete mit seiner Frage, bis Barnie den Rauch ausgestoßen hatte.

»Ich hatte viel Besuch«, sagte Barnie. »Es hat sich herumgesprochen, daß hier Gras umsonst zu haben ist. So einige sind gekommen und wollten es sich ansehen.«

»Das dachte ich mir.« Benteen war nicht überrascht.

»Du wirst ein paar große Kerle als Nachbarn haben – XIT, Turkey Track, Kohrs und einige der Rancher im Westen von Montana, die jetzt hierherkommen, weil es mit dem Gold vorbei ist und sie nicht mehr soviel Rindfleisch an die Goldgräber verkaufen können. Es wird ziemlich voll hier.«

Während Barnie ihm diese Neuigkeiten mitteilte, wanderte sein Blick immer wieder zu Lorna. Sie hatte ihr langes Haar unter dem Hut hochgesteckt und trug das weite Hemd, das lose an ihr herunterfiel, und die enganliegende Hose. Sie sah aus wie ein glattrasierter Junge mit zartem Gesicht, aber sie war sich schon seit langem nicht mehr bewußt, wie sie in Männerkleidung wirken mußte.

»Wer ist der Junge?« Barnie wies mit dem Kopf in Lornas Richtung.

Benteen warf ihr einen Blick zu, in dem ein Lachen blitzte. »Das ist meine Frau. Wir waren knapp an Männern, und daher hat sie beim Viehtrieb mitgeholfen.« Barnie bemühte sich wirklich sehr, seinen Schock zu verbergen und Lorna nicht anzustarren. Benteen half ihm mit einem Vorschlag aus der Klemme. »Die Herde ist etwa fünf Meilen hinter uns. Warum reitest du den Männern nicht entgegen und zeigst ihnen den Weg, während ich mit Lorna vorausreite?«

Barnie zerrte an seiner Hutkrempe und sagte nuschelnd zu Lorna: »Bitte um Verzeihung, Ma'am.« Dann ritt er los.

»Es ist schon gut, Mr. Moore.« Sie lächelte.

Benteen ritt nicht weiter, nachdem Barnie sie verlassen hatte. Sein Blick fiel auf Lorna. Er strahlte.

»Du hast mir gar nicht gesagt, daß wir schon so nahe sind.« Aber sie wußte, daß er es ihr absichtlich vorenthalten hatte. »Wie weit ist es noch?«

»Etwa zwei Meilen. Hast du es eilig anzukommen?« Bei dieser scherzhaften Frage zog er eine Augenbraue hoch, denn er kannte die Antwort bereits.

»Du weißt, daß ich es kaum erwarten kann.« Ihr Lächeln wurde breiter.

»Dann reiten wir doch los.« Er trieb sein Pferd mit den Sporen an, und es galoppierte los.

Sie legten die beiden letzten Meilen im Galopp zurück, und Gras und Lehmbrocken wirbelten vom Boden auf. Lorna war atemlos, und ihre dunklen Augen glänzten vor Aufregung und Freude, als sie ihr Pferd neben Benteen anhielt. Das Ende der Reise war gekommen.

»Das ist es.« Aus seiner Stimme klang der Besitzerstolz heraus, als er auf das Land blickte.

Dicht am Fluß stand ein kleines, roh gezimmertes Holzhaus, eine Blockhütte mit einem kleinen Korral aus Pappelholz. Sie bemühte sich, sich nicht allzu verloren zu fühlen, aber irgendein unsichtbares Banner hätte ihr verkünden müssen, daß dies ihr neues Zuhause war. Sie sah jedoch nichts weiter als eine wellige Landschaft, die so groß und übermächtig war, daß ihr Blick sich ausweitete, bis ihre Augen schmerzten.

Unter einer Sommersonne wellte sich das rauhe Land in ungleichmäßigen Wogen voran, ein endloses Meer aus stumpfem gelbem Gras unter Meilen von einem blauen dunstigen Himmel. Hinter den baumlosen Hügeln ragte die Spitze einer dunklen Kuppe bis über den Horizont auf. Lorna dachte an den langen Weg, den sie zurückgelegt hatten, um hier anzukommen – und an den Preis, den sie dafür bezahlt hatten: in Menschenleben, in Tränen und in Schweiß. Und all das für das hier.

Ihr Kiefer spannte sich. Dieses Land würde sie nicht mit seiner Einsamkeit kleinkriegen. Sie würde sich ihm stellen und es zu ihrer Heimat machen. Sie riß ihren Blick von der überwältigenden Weite los und richtete ihre gesamte Aufmerksamkeit nur noch auf die grünen Bäume, die am Flußufer wuchsen. Es gab Holz, aus dem sie ein Haus bauen konnten. Sie würde nicht in einer Lehmhütte wohnen wie diese Frau in Kansas.

Sie folgte Benteen, als er sein Pferd die letzte Strecke zu der Hütte im Schritt laufen ließ. Seine gesamte Aufmerksamkeit galt ihrem Ziel, und sein Blick schweifte mit stolzer Zufriedenheit über das Weideland. Somit fand Lorna Zeit, sich an die Weite zu gewöhnen, die sie sah, und sie versuchte, sich vorzustellen, wie es hier aussehen konnte, wenn ein Haus und ein paar andere Gebäude dastanden – irgend etwas, damit die Gegend bewohnter wirkte.

Unter den Pappeln am Ufer ließ Benteen sein Pferd anhalten und schwang sich vom Sattel. Lorna stieg ebenfalls ab, um ihr Pferd zu tränken.

»Dieses Wasser trägt uns das Weideland beidseits des Flusses je zwanzig Meilen weit ein.« Benteen begann, ihr die Bedeutung der geographischen Lage zu erklären. »So weit du sehen kannst, Lorna, und noch weiter – und all das gehört uns.«

»Das alles?« Sie war erschlagen von diesen gewaltigen Ausmaßen.

»Ja.« Er richtete seinen Blick auf sie, aber das Feuer, das in seinen Augen glühte, galt dem Land. »Und das ist nur der Anfang.«

»Aber Barnie – Mr. Moore – hat doch gesagt, es gäbe andere Rinderzüchter, die mit ihren Herden in diese Gegend ziehen«, warf sie ein.

»Nicht hierher – nicht auf dieses Weideland, o nein!« Er ließ die Zügel auf den Boden schleifen und entfernte sich einige Schritte vom Fluß. Dort bückte er sich, riß eine Handvoll Gras aus und hielt es Lorna hin. »Für einen Rinderzüchter ist das Gold. Und das Wasser ist Silber. Es wird immer jemanden geben, der es ganz für sich haben will. Da wir als erste gekommen sind und uns das beste Land ausgesucht haben, werden die anderen versuchen, uns zu überrennen und zu vertreiben. Ich lasse mich nicht vertreiben.«

»Glaubst du wirklich, daß sie es versuchen werden?« Sie hatte den Kopf ins Genick gelegt, um ihn unter der Hutkrempe anzusehen.

»Es liegt in der Natur des Menschen, etwas haben zu wollen, was einem anderen gehört.« Benteen zeigte sich ihrem Versuch gegenüber, sich an einen Glauben an das Gute im Menschen zu klammern, tolerant. »Du kannst es Neid oder Habgier nennen. Manche kommen damit zurecht. Und manche Leute sind sehr anfällig dafür. Und wieder andere versuchen, es zu verschleiern. Die wenigen, die groß sind, wollen immer mehr, und die Kleinen wollen groß werden. Die, die in der Mitte dazwischen liegen, die weder zu den Großen noch zu den Kleinen gehören, versuchen sich vorzumachen, genauso wollten sie es haben.«

»Und zu welcher Sorte gehörst du?« fragte Lorna. Sie sah, daß sein Mund sich zu einem Lächeln verzog, in dem kein Humor mitschwang.

»Ich war immer einer der Kleinen, die groß werden wollen. Und ich werde groß«, sagte er. »Die Calder Cattle Company wird eine Ranch werden, ohne die niemand in dieser Gegend seine Rechnung machen kann.«

»Aber das ist doch nichts Böses.« Sie runzelte die Stirn. »Das ist nichts anderes als Ehrgeiz.«

Mit einem schwachen Lächeln streifte sich Benteen die Grashalme vom Handschuh und legte einen Arm um ihre schmalen Schultern. »Ehrgeiz ist auch eine Form von Habgier. Es klingt nur besser, wenn man es Ehrgeiz nennt.«

Bei diesem Thema wurde ihr unbehaglich zumute, obwohl sie durchaus verstand, was Benteen sagte. Der Grat zwischen Habgier und Ehrgeiz war schmal. Das eine war eine Tugend, das andere nicht. Und aus dem Ehrgeiz konnte sehr leicht Habgier erwachsen.

Lorna wandte ihre Gedanken einem erfreulicheren Thema zu. »Du hast gesagt, du hättest dir schon den Standort ausgesucht, an dem wir unser Haus bauen«, rief sie ihm in Erinnerung. »Wo ist das?«

»Siehst du diese Kuppe direkt vor uns?« Benteen deutete auf den ansteigenden Hang, auf den sie zugingen. »Dort wird unser Haus stehen.«

»Ein zweistöckiges Haus mit weißem Anstrich«, fügte sie der Vorstellung hinzu, um es sich besser ausmalen zu können.

»Mit weißen Säulen davor.« Er schien sie zu necken.

»Ja, mit weißen Säulen davor«, stimmte Lorna ihm mit einem entschiedenen Nicken zu, weil es so toll klang und ihr ganz gleich war, ob er sich über sie lustig machte oder nicht. Sie drehte den Spieß um. »Schließlich muß es ein angemessenes Gebäude sein, wenn das der Sitz der Calder Cattle Company ist.«

»Die Zeit drängt, weil der Winter bald kommt«, sagte Benteen zu Lorna, als sie auf dem Hügel standen, auf dem sie das Haus errichten wollten. »Das Beste, was wir tun können, ist, daß wir uns eine Blockhütte am Fluß bauen, damit wir Wasser in der Nähe haben. Aber du wirst dein Haus bekommen, Lorna. Wenn nicht dieses Jahr, dann doch bald.«

»Wenn man fünf Monate in einem Planwagen gelebt hat, klingt schon eine Holzhütte recht gut«, gab sie zu.

»Wir haben noch viel zu tun, ehe der Winter anbricht. Wir müssen einen Stall für die Pferde bauen, die wir hierbehalten, und wir müssen eine Baracke bauen, in der die Männer schlafen und essen.« Während er seine Pläne laut äußerte, hörte sie seiner Aufzählung zu und fragte sich, wie das in so kurzer Zeit möglich sein sollte.

Benteen nutzte die Zeit, in der sie das Eintreffen der Herde erwarteten, für konstruktive Pläne. Er suchte die Standorte für die verschiedenen Ranchgebäude aus und schritt ihre Maße ab, und Lorna beschäftigte er damit, abgebrochene Äste zu sammeln, mit denen er die Stellen markieren konnte.

Lorna kehrte bepackt zurück und teilte Benteen mit, daß sie einen Reiter entdeckt hatte, der sich ihnen näherte und den sie für einen Fremden hielt. Benteen richtete sich auf und drehte sich zu dem Reiter um. Dabei löste er unauffällig die Lederklappe über dem Abzug seiner Waffe. Er stellte sich neben Lorna.

Als der Reiter so nahe herangekommen war, daß sie sein Gesicht erkennen konnte, fiel Lorna vor Erstaunen das Kinn herunter. »Es ist Mr. Giles«, sagte sie zu Benteen, doch er hatte ihn bereits erkannt und kniff argwöhnisch die Augen zusammen.

Nach dem Zusammentreffen mit Barnie Moore war Lorna wieder bewußt geworden, wie täuschend der Eindruck war, den sie in ihrer Kleidung machte. Sie merkte, daß Mr. Giles sie einzuordnen versuchte, denn er sah sie prüfend an, und sie unterdrückte ein Lächeln, als sie ihren Hut abnahm und ihr dunkles Haar gelöst über ihre Schultern fallen ließ. Belustigung tanzte in den Augen des stämmigen Mannes, als sein Blick über die enganliegenden Hosen streifte, die ihre langen Beine zeigten.

Er begrüßte sie zuerst. »Ich sagte Ihnen doch, daß wir uns möglicherweise wiedersehen, Mrs. Calder.«

»Das stimmt, Mr. Giles«, gab Lorna zu. »Aber ich hätte nicht gedacht, daß Sie von Montana sprechen.«

»Ich dachte, Sie sind in Texas.« Benteen griff ihre Äußerung auf und führte sie weiter.

»Es ist einige Jahre her, seit ich das letztemal hier oben im Norden war. Ich dachte mir, ich sehe mich hier einmal um.« Bull Giles ließ es nach einem beiläufigen Entschluß klingen. »Das ist also Ihr Land, was?«

»Richtig.« Benteens Kopf nahm eine herausfordernde Haltung an.

»Gras, Wasser, genug Erhebungen, die im Winter Schutz bieten, leicht zerklüftet.« Bull Giles zählte genau die Vorteile des Weidelandes auf, die Benteen dazu bewegt hatten, sich für dieses Land zu entscheiden. »Nicht schlecht.«

»Das dachte ich mir auch.«

»Ich habe Boston gesagt, daß es hier genau so aussieht.«

»Sind Sie auf Bostons Anweisung hier?« erkundigte sich Benteen.

Bull Giles zuckte die Achseln. »Er hat eine gewisse Neugier an Ihrem Ziel gezeigt. Ich vermute, er wollte sich vergewissern, daß er Sie auch wirklich los ist.«

»Ich habe ihm meine Pläne mitgeteilt. Wenn Sie ihn sehen, können Sie ihm sagen, daß ich es nicht mag, wenn man meine Worte in Zweifel zieht.«

»Sie stehen nicht gerade auf bestem Fuß mit Boston.« Bull lächelte, während er dieser Beobachtung Ausdruck verlieh. »Ich glaube nicht, daß er Ihnen allzu wohlgesonnen ist, wenn er herausfindet, daß Sie mit seinem Namen unterschrieben und mir die Vollmacht erteilt haben, diesen Indianern zwanzig Rinder zu übergeben, um ihr Land zu durchqueren.«

»Er hat nur einen Teil von dem zurückgezahlt, was er meinem Vater weggenommen hat«, erwiderte Benteen.

»Das sind harte Worte.« Bull betrachtete ihn nachdenklich.

»Ich habe ihm dasselbe ins Gesicht gesagt.«

Bull äußerte sich nicht dazu, sondern fragte statt dessen: »Hätten Sie etwas dagegen, wenn ich absteige und mein Pferd tränke?«

»Das Wasser und das Gras stehen Ihrem Pferd gern zur Verfügung. Sie können auch über Nacht Ihr Lager hier aufschlagen, wenn Sie mögen.« Benteen weitete die Gastfreundschaft auf sein Land aus. Eines Tages konnte die Situation umgekehrt sein, und dann war er derjenige, der weit von zu Hause fort war.

»Sie können mit uns zu Abend essen, Mr. Giles«, fügte Lorna dem noch hinzu.

»Das wäre mir ein Vergnügen. Ich danke Ihnen, Mrs. Calder.« Er legte seine Finger an die Hutkrempe und ritt sein Pferd in den Schatten der Pappeln, um dort abzusteigen.

»Er ist einer von Bostons Leuten, Lorna«, warnte Benteen sie mit gesenkter Stimme. »Sei nicht zu freundlich zu ihm, oder er sticht dir ein Messer in den Rücken.«

Sie fand seine kritische Haltung gegenüber Bull Giles unfair und sah ihn ebenso fest an wie er sie. »Ich glaube nicht, daß Mr. Giles sich von jemandem kaufen läßt. Es steht dir nicht zu, mit Steinen zu werfen, wenn du selbst früher für Judd Boston gearbeitet hast.«

Benteen schien dieser Vergleich nicht zu passen, aber er fand keine logischen Argumente, mit denen er ihr hätte widersprechen können. Daher suchte er sich ein anderes Thema aus, um zu zeigen, wie unzufrieden er mit ihr war.

»Sobald die Wagen ankommen, ziehst du dir ein Kleid an«, ordnete er an, und dann wandte er sich ab, um weiter die Schlafbaracke auszumessen.

Als Barnie sie in dieser Kleidung gesehen hatte, hatte Benteen lediglich gelächelt, dachte sie mit einem belustigten Kopfschütteln. Auf Bull Giles reagierte er eifersüchtig, und daher versuchte er jetzt, ihr das Gefühl zu geben, sie sei im Unrecht, weil sie in dieser Kleidung herumlief. Und die Männer behaupteten, Frauen könnten nicht logisch denken. Belustigt zog sie die Mundwinkel herauf, als sie die Zweige, die sie gesammelt hatte, zu Benteen trug.

Am Nachmittag ritt Benteen der Herde entgegen, und Lorna ging zum Fluß, um Wasser zu holen. Als sie den Eimer aus dem Wasser zog, hörte sie Schritte auf dem kiesigen Boden hinter sich. Sie drehte sich abrupt um und verschüttete dabei einen Teil des Wassers.

»Ich wollte Sie nicht erschrecken«, entschuldigte sich Bull Giles.

»Ich habe Sie nicht gehört, das ist alles.« Sie tat den kurzen Moment, in dem sie sich gefürchtet hatte, mit einem Achselzucken ab.

Sein Blick wanderte dreist über ihr Kleid und die dichten Falten ihres langen Rockes, die alles verbargen. Lorna wußte, daß er sich daran erinnerte, wie sie in Hosen ausgesehen hatte.

»Das Kleid gefällt mir, aber in dieser Hose habe ich Sie bewußter als Frau wahrgenommen«, äußerte er freimütig.

»Die Hose war eine Notwendigkeit. Meine langen Röcke haben die Rinder aufgeschreckt«, erklärte Lorna, weil es ihr notwendig erschien, daß er einsah, daß sie nicht grundlos von den Formen des Anstandes abwich.

»Glauben Sie, daß es Ihnen hier gefallen wird?« fragte Bull Giles, während er ihr den Eimer abnahm und sie gemeinsam zum Lager zurückgingen. »Das wird noch eine harte Arbeit.«

»Ich weiß.«

»Und für ein hübsches Ding wie Sie wird es hier einsam.«

Seine Bemerkung erinnerte sie augenblicklich wieder an die Frau in der Lehmhütte in Kansas. Entschlossen reckte sie ihr Kinn vor. Das würde sie sich nicht von diesem Land antun lassen.

»Ich werde wahrscheinlich zuviel zu tun haben, um die Einsamkeit überhaupt wahrzunehmen, Mr. Giles«, sagte Lorna. »Wie Sie selbst sagten, muß hier noch hart gearbeitet werden.«

»Aber eine Frau wie Sie sollte nicht arbeiten müssen. Sie sollten in einem schönen Haus leben und ein Mädchen haben, das Ihnen die Arbeit abnimmt«, erklärte er. »Sie sind zu zart, um sich die Hände schmutzig zu machen.«

Sie lachte laut. »Ich versichere Ihnen, Mr. Giles, daß ich weder zart noch schwach bin. Ich kann so gut reiten wie die meisten Männer, und ich kann besser schießen als so mancher Mann. Frauen lieben die Herausforderung, Mr. Giles. Sie wollen nicht verhätschelt werden. Ich dachte, das wüßten Sie.«

»Dann sollte ich Sie vielleicht den Eimer tragen lassen.« Er lächelte sie an.

»Dazu ist es jetzt etwas zu spät«, zog Lorna ihn auf. »Wir sind gleich da.«

Als Benteen zurückkam, war er in Gedanken, denn es gab so vieles, was noch zu tun war. Lornas Lachen riß ihn aus seinen Überlegungen. Er sah sie mit Bull Giles vom Fluß kommen. Der Eimer, den Bull Giles trug, erklärte, was die beiden getan hatten. Benteen ließ sich von diesem Bild der Unschuld nicht täuschen. Er war selbst ein Mann, und daher wußte er, wie Bull

Giles' Verstand funktionierte. Benteen wußte, ohne es sich erst von jemandem erzählen lassen zu müssen, daß Giles gesehen hatte, wie Lorna zum Fluß ging, um Wasser zu holen, und daß er ihr gefolgt war. Kalte Wut verfinsterte seine Augen, weil Lorna nicht erkannte, wie Giles sich in ihr Vertrauen einschlich, wie er sie bewußt dazu brachte, ihm Vertrauen zu schenken. Sie sah seine schmeichelhaften Aufmerksamkeiten nicht als bedrohlich an, doch Benteen empfand sie so.

Er stieg ab, beobachtete, wie die beiden auseinandergingen, nahm seinem Pferd in grimmigem Schweigen den Sattel ab und ließ es mit den übrigen Pferden laufen. Er trat mit den Cowboys ans Feuer, um die gewohnte Tasse Kaffee zu trinken, und mied jeden Kontakt mit Lorna. Wenn ein anderer Mann ihr den Kopf verdrehen konnte, dann wollte er sie nicht haben. Aber er biß die Zähne zusammen, als er sich das sagte.

Als sie an jenem Abend am Feuer saßen, war Barnie Moore der Mittelpunkt, auf den sich alle Aufmerksamkeit richtete. Er wurde darüber ausgefragt, wie häufig es regnete und ob die Flüsse dann über ihre Ufer traten, und wenn ja, wie schlimm.

»Ich sage euch jetzt eins. Wenn der Boden naß ist, steckt man im Schlamm. Man geht von hier bis zum Fluß, und der Schlamm klebt derart an den Füßen, daß sie drei- oder viermal so groß sind wie sonst. Der trocknet dann und wird so hart wie Stein, und man braucht Hammer und Meißel, um ihn von den Stiefeln herunterzukriegen.«

Wie es im Winter hier war, wollten sie wissen. Wann fing der Winter an, und wie kalt wurde es? Wieviel hatte es im letzten Winter geschneit, und wie lange dauerte der Winter? Was war mit den Schneestürmen, und wie standen die Chancen der Rinder, sie zu überstehen?

Es kam zu einer kurzen Diskussion über die verschiedenen Rinderrassen. Benteen hörte sich interessiert jede Meinung an. Er mußte den Umfang seiner Herde vergrößern, aber er brauchte auch Rindfleisch für den Markt. Barnies Vorschlag, Tiere zu kaufen, die aus dem Nordwesten stammten, statt sich ausschließlich auf die mit dem hiesigen Klima nicht vertrauten Longhorns zu verlassen, erschien ihm einleuchtend.

»Barnie, du hattest Gelegenheit, dir die Gegend genauer anzusehen«, meldete sich Ely zu Wort. »Wo rätst du Mary und mir, Land zu erwerben?«

»Ich kann dir ein paar Stellen zeigen«, sagte Barnie. »Aber ich glaube, das beste Stück Land liegt nördlich von hier, direkt unter den Hügeln. Durch das Land fließt ein Fluß, der so schnell nicht austrocknet. Wenn ihr Lust habt, können wir morgen hinausreiten, und ich zeige es euch.«

»Das wäre gut.« Ely nickte.

»Was ist mit den Wölfen?« fragte Shorty. »Ich habe gehört, die seien hier ganz übel.«

»Diese gelbäugigen Teufel sind gerissen.«

Lorna hörte den Gesprächen der Cowboys aufmerksam zu. Seit sie angefangen hatte, selbst mit den Rindern zu arbeiten, interessierte sie sich viel mehr dafür. Lorna saß auf einem Baumstamm, den jemand ans Feuer gerollt hatte. Sie nahm keine Notiz von Bull Giles, als er ans Feuer trat, um seine Kaffeetasse nachzufüllen, wie es vor ihm schon so viele Cowboys getan hatten. Sie achtete auch nicht auf ihn, als er auf den Baumstamm zukam, auf dem sie saß.

»Ich kann mir vorstellen, daß dieses ganze Gerede über Rinder Sie langweilt«, meinte er unerwartet, und Lorna drehte ihren Kopf zu ihm um und stellte fest, daß er hinter ihr stand.

Als er sich hinkauerte, war er ganz im Schatten. Lorna erinnerte sich wieder an das gemeinsame Mittagessen in Dodge City und daran, wie er sich über die Gespräche über Rinder, die überall um sie herum geführt wurden, lustig gemacht hatte. Damals war ihr das Thema absolut unwesentlich gewesen. Aber während der zweiten Hälfte des Viehtriebs hatte ihre Haltung dazu sich verändert.

»Ich bin die Frau eines Ranchers«, rief sie Bull ins Gedächtnis zurück. »Rinder sind ebenso sehr meine wie Benteens Zukunft. Diese Gespräche langweilen mich absolut nicht. Eine Frau sollte über die Geschäfte ihres Mannes Bescheid wissen, damit sie mit ihm darüber reden kann.«

»Es stört Sie nicht, wenn Ihnen eine Kuh vorgezogen wird?« fragte er skeptisch.

»Eine Kuh mag zwar weiblich sein, aber ich werde gewiß nicht auf sie eifersüchtig werden.« Ein Lächeln spielte um ihre Mundwinkel, weil sie sich daran erinnerte, wie sehr es ihr verhaßt gewesen war, daß Benteen dieses Tier als vorrangig ansah.

Am Rand des Lagers schnaubte ein Stier, der einen seltsamen Laut von sich gab. Als Lorna sich umdrehte, erkannte sie den gescheckten Stier, der während des gesamten Viehtriebs das Leittier gewesen war. Der Schein des Feuers glitzerte auf seinen Hörnern.

»Seht euch das an!« rief Shorty. »Das ist der Captain.«

»Wahrscheinlich ist er gekommen, um nachzusehen, warum niemand hinausreitet und über Nacht Wache hält«, vermutete Zeke.

»Ja, wahrscheinlich hat er sich an die Gesellschaft von Menschen gewöhnt, und jetzt fragt er sich, wo seine Freunde sind«, meinte Jessie.

19

Bull Giles ritt am nächsten Morgen gleich bei Anbruch der Dämmerung los. Sofort nach dem Frühstück machten sich die Männer an die Arbeit. Mit Äxten fällten sie die Pappeln am Flußufer, und Pferde zogen die Stämme dorthin, wo sie gebraucht wurden. Andere Cowboys schaufelten Schlamm für die Lehmböden. Es war das organisierte Chaos. Der gescheckte Stier, Captain, stand auf der Kuppe, von der aus er das gesamte Geschehen überblicken konnte, als sei er der Oberaufseher dieses Geschehens.

Zwei Wochen später waren die primitiven Bauten errichtet. Die Ritzen zwischen den grünen Baumstämmen wurden mit Moos und Lehm gestopft, und die Dächer wurden aus Zweigen gebildet, auf die Erde geschichtet wurde. Zeke Taylor war derjenige, der sich am ehesten von allen als Schreiner eignete, und daher hatte er die Pritschen, die Stühle und die Tische gezimmert. Sie waren so primitiv und einfach wie die Gebäude, in denen sie standen.

Die Hälfte der Männer zog weiter, als Ely und Mary sich auf den Weg machten, um ihren Anspruch auf das Stück Land geltend zu machen, das Barnie ihnen gezeigt hatte. Ihre Hütte und ihr Stall würden entsprechend schnell aufgebaut sein. Lorna war nicht traurig, als sie gingen, denn sie würden Nachbarn sein, selbst, wenn sie dreißig Meilen voneinander entfernt wohnten.

Der Planwagen wurde dem Gebrauch auf der Ranch zugeführt. Lorna hing die weiße Plane, die als Decke gedient hatte, in der Hütte auf, um sie als Trennwand zwischen dem Schlafbereich und dem übrigen Raum zu nutzen. Sie packte ihre persönliche Habe aus und stellte die Dinge in ihrem neuen Zuhause auf. Dabei sperrte sie sich dagegen, einen Vergleich mit der Lehmhütte der Frau des Farmers in Kansas anzustellen.

Im September wurde Lorna endgültig klar, daß sie schwanger war, obwohl sie nicht mit morgendlicher Übelkeit zu kämpfen hatte und sich bei bester Gesundheit fühlte. Als sie Benteen mitteilte, daß der Storch sie im Frühjahr besuchen würde, verkündete er prompt und mit beträchtlichem Stolz, daß es ein Junge werden würde.

Eine Woche später machte sich Benteen mit dem Wagen und dreißig Pferden auf den Weg. Rusty, Jessie Trumbo und Bob Vernon blieben bei Lorna. Benteen wollte nicht riskieren, daß ihr oder ihrem ungeborenen Kind etwas zustieß, wenn sie im Wagen durchgerüttelt wurden, und er ließ vollständig außer acht, daß Lorna gerade die harte, annähernd fünf Monate lange Reise hinter sich gebracht hatte. Folglich blieb Lorna zu Hause, während er ihre Wintervorräte besorgte, sich schriftlich sein Anrecht auf das Land bestätigen ließ und die überschüssigen Pferde verkaufte. Außer den Lebensmittelvorräten brachte er Stoffballen mit, damit Lorna ihrer beider dürftige Garderobe ergänzen konnte, und er hatte auch dreihundert Stück Vieh erstanden, aus der Rinderzüchtung des Westens. Texanische Pferde waren bei den Ranchern im Norden sehr gefragt und brachten Spitzenpreise ein.

Nach seiner Rückkehr schickte er Jessie Trumbo, Rusty, Shorty Niles und Vince Garvey nach Texas zurück. Sie sollten dort eine weitere Herde von wilden Rindern zusammentreiben, die im Frühjahr in den Norden gebracht werden sollte. Der gescheckte Stier trottete hinter dem Proviantwagen her. Er konnte es kaum erwarten, wieder unterwegs zu sein. Sie nahmen ihn mit, damit er die nächste Herde nach Norden führen konnte.

Barnies Land, das an das Land von Benteen und Lorna grenzte, diente als Außenstelle, von der aus er sich um die Rinder kümmerte, die sich dorthin begeben hatten.

Der erste Winter war kalt und stürmisch, und es war keine Seltenheit, daß die Temperaturen tiefer als zwanzig Grad unter Null fielen und es tagelang zu starken Schneefällen kam, wobei die ersten Schneeflocken schon Anfang Oktober fielen. An den Maßstäben von Montana gemessen, war es kein strenger Winter. An Weihnachten kamen Mary und Ely zu einem Festessen. Ely las die Geschichte des Sterns von Bethlehem aus der Bibel vor, und dann spielte Woolie auf seiner Mundharmonika Weihnachtslieder, und alle sangen mit.

Als Lornas Niederkunft kurz vor dem ersten April zu erwarten stand, kam Mary und zog bei ihnen ein, um sich als Hebamme zu betätigen. Trotz all der erschreckenden Geschichten, die Lorna über Geburten in der Wildnis gehört hatte, ging alles ganz leicht. Benteen hielt ihren neugeborenen Sohn auf den Armen, Webb Matthew Calder, und am Tag darauf ritt er mit den restlichen Männern los, um die Rinder zusammenzutreiben.

An einem Nachmittag Anfang Mai kam Benteen erschöpft und ausgezehrt zurück, doch als er Lorna vor der Hütte stehen sah, wie sie das Baby in ihren Armen wiegte und ihm zuwinkte, ging von ihr etwas aus, was ihn bis in die Tiefen seiner Gefühle aufwühlte. Etwas Unbesonnenes und Zeitloses loderte in ihm auf, die Art von Empfindung, die einen Mann dazu bringen konnte zu töten, wenn es sein mußte.

Als er sich vom Sattel geschwungen hatte und vor ihr stand, wandte sie sich nicht an ihn, sondern an den Jungen mit dem schwarzen Haarschopf, der inzwischen fast einen Monat alt war. »Habe ich dir nicht gesagt, daß Daddy heute nach Hause kommt, Webb?«

Benteen zog sie heftig an sich und küßte sie. Der Schweiß brach ihm aus, als er ihre Reaktion spürte. Er wußte, daß er sie zu roh an sich drückte, sie zu heftig küßte, daß er seine Rechte auf sie zu deutlich geltend machte. Er riß sich los und trat einen Schritt zurück, doch er spürte die Wellen in der Luft. In der Art, auf die sie ihn ansah, lag etwas Unsicheres und Fragendes. Er wandte seine Aufmerksamkeit dem Baby zu und fing die kleine Faust, die durch die Luft sauste. Ein Lächeln legte sich auf seinen Mund, als Benteen versuchte, seinen Zeigefinger zwischen die winzigen Finger zu stecken.

»Wie ist es gelaufen?« fragte Lorna, und er wußte, daß sie von den Rindern sprach.

»Gut. Er sieht gar nicht mehr aus wie das kreischende, kleine rotgesichtige Baby, das ich vorher auf dem Arm gehalten habe.«

Benteen nahm ihr seinen Sohn ab, um ihn wieder selbst in die Arme zu nehmen.

»Du warst eine ganze Weile fort«, rief sie ihm in Erinnerung.

Benteen stieg mit dem Baby im Arm in einem flüssigen Bewegungsablauf in den Steigbügel, schwang sich auf das Pferd und setzte seinen Sohn vor sich hin. Er drückte eine Hand auf Webbs Brust und Bauch, um ihn gut festzuhalten.

»Benteen, was tust du da?« Lorna eilte neben sein Pferd.

»Ich nehme Webb zu seinem ersten Ausritt mit.«

»Aber er ist doch noch nicht einmal einen Monat alt«, wandte sie ein.

»Irgendwann muß er damit anfangen, wenn er sich wie sein Alter seinen Lebensunterhalt auf einem Pferd verdienen will«, äußerte Benteen. Er ritt im Schritt und stützte den Kopf des Babys mit seinem Körper. Er selbst hatte mit drei Jahren ohne den Beistand eines Erwachsenen ein voll ausgewachsenes Pferd geritten. Das hatte ihm sein Vater erzählt. Benteen sah nichts Böses darin, seinen eigenen Sohn früh damit anfangen zu lassen.

Als er vor dem Stall abstieg, schwärmten die Cowboys um ihn wie Motten ums Licht. In ihrem Berufsstand hatten sie nur sehr selten Kontakt zu Babys oder Kleinkindern. Lorna blieb mit etwas Abstand stehen und beobachtete belustigt, wie diese zähen, rauhbeinigen Männer das Baby auf Benteens Armen umgurrten und mit ihm herumalberten. Woolie beharrte darauf, Webb hätte die Hände eines erstklassigen Lassowerfers, während Bob Vernon behauptete, er könne die Intelligenz des Babys in seinen Augen erkennen, obwohl diese zu dem Zeitpunkt geschlossen waren.

Lorna kam langsam näher und nahm ihren Sohn wieder auf den Arm, als Webb unruhig wurde. Die Hüte wurden von den Köpfen der Cowboys gezogen, als sie ihr Platz machten. Mit der Geburt ihres Kindes hatte sich ihr Status von der Frau zur Mutter erhöht. Sie behandelten sie alle wie eine Madonna.

»Auf dem Herd steht Kaffee«, sagte sie zu Benteen, als er ihr seinen Sohn auf die Arme legte.

»Sowie ich mein Pferd versorgt habe, komme ich«, versprach er.

Irgend etwas in seinem Innern zwang ihn, sich dieser Aufgabe länger zu widmen als es nötig gewesen wäre, ganz so, als müsse er sich das, was er am allermeisten wollte, versagen. Als er den Riegel hob und die Tür der Hütte nach innen stieß, zwang Benteen sich zu einem teilnahmslosen Gesichtsausdruck. Das Haus schien leer zu sein.

»Lorna?«

»Ich komme sofort.«

Als er die Plane hob, die sie als Trennwand aufgehängt hatte, sah er, daß sie auf dem Bett saß und seinen Sohn stillte. Sie riß die Augen weit auf und sah ihn entgeistert an. Farbe strömte in ihre Wangen, und sie wollte das Baby daran hindern weiterzutrinken.

»Hör nicht auf, solange er noch hungrig ist.« Benteen trat zu ihr.

»Manchmal ist er richtig gierig«, murmelte Lorna.

Benteen blickte auf die beiden herunter. Ihr Kleid war aufgeknöpft, und kleine Fäuste preßten sich gegen ihre stramme

Brust, wahrend ein kleiner Mund gierig an der Brustwarze nuckelte.

»Ich hätte nicht gedacht, daß ich ruhig dastehen und zusehen kann, wie ein anderes männliches Wesen deine reifen Brüste genießt«, äußerte Benteen.

»Er trinkt«, murmelte Lorna. »Das ist wohl kaum dasselbe.«

»Das will ich auch nicht hoffen«, sagte er trocken. Dann setzte er sich neben die beiden auf die Bettkante.

Er streckte die Hand aus, um den Kopf seines Sohnes zu streicheln, und dann fuhr er mit einem Finger über ihre Brust. Er öffnete weitere Knöpfe, bis ihre beiden Brüste herausschauten. Sie holte tief Luft, als er ihre andere Brust in die Hand nahm und mit dem Daumen die rosige Brustwarze streichelte. Ein Verlangen, das lange unerfüllt geblieben war, erregte ihn.

Benteen konnte sich nur mühsam losreißen. »Ich glaube, jetzt gieße ich mir erst einmal einen Kaffee ein«, sagte er, als er ging.

Drei Reiter saßen auf ihren Pferden auf dem Kamm eines Hügels, der mehr als eine halbe Meile von der Ranch entfernt lag. Bull Giles stieß sich den Hut auf den Hinterkopf, stützte sich auf den Sattel und musterte die Fortschritte, die hier gemacht worden waren, seit er die Ranch das letzte Mal gesehen hatte.

»Ich sagte dir doch, daß Calder sich das beste Weideland ausgesucht hat«, sagte er zu dem hageren Mann, der in der Mitte saß.

»Kommt mir auch so vor«, erwiderte Loman Janes. Giles spürte eine Woge der Gereiztheit über die eisige Art dieses Mannes. »Moore hat den Flußabschnitt, der direkt daran angrenzt, und Stanton hat sich ein Stück Land weiter im Norden genommen. Calder hat bereits jetzt Einfluß auf wohl rund sechshundert Quadratmeilen.«

»Wer zuerst da ist, steht nicht unbedingt noch auf den Füßen, wenn der Kampf vorüber ist. Das solltest du selbst wissen, Bull.« Loman verzog die Lippen. »Calder hat das Weideland unter seiner Kontrolle. Aber wer hat ihn bisher herausgefordert?«

»Du sprichst von Benteen Calder – nicht von dem alten Calder«, gab Giles zurück.

»Noch nie das Sprichwort ›Der Apfel fällt nicht weit vom Stamm‹ gehört?« Der Vorarbeiter der Ten Bar Ranch wartete keine Antwort ab, sondern sah den dritten Reiter an. »Reiten wir doch hinunter und sagen Guten Tag.«

Der dritte Reiter, Trace Reynolds, konnte recht gut mit Rindern umgehen, war ein noch besserer Fährtensucher und der treffsicherste Schütze in ganz Texas. Es wurde gemunkelt, wer bezahlte, könnte sich die Zielscheibe aussuchen, aber jedem anderen geschickten Schützen folgten Gerüchte dieser Art.

Bull Giles richtete sich im Sattel auf. Er war froh, daß Loman Janes diesen Vorschlag gemacht hatte. Es mochte zwar sein, daß Lorna Calder eine verheiratete Frau war, aber es war ihm nicht gelungen, sie aus seinen Gedanken zu vertreiben. Ob es falsch oder richtig war – er wollte sie wiedersehen. Als Lorna aus dem Schlafbereich kam, wurde gleichzeitig an die Tür geklopft, und Benteen hatte absolut keine Lust, darauf zu reagieren. Dem Klopfen folgte sofort Woolies Stimme. »Drei Reiter kommen näher. Einer von ihnen ist sehr groß und stämmig. Könnte Bull Giles sein.«

Benteen wirbelte herum und sah Lorna scharf an. Sie kniete neben der Wiege, die Zeke geschnitzt hatte. »Du bleibst im Haus«, ordnete er an, ehe er zur Tür ging.

Er nahm seine Waffe mit, obwohl er selbst nicht hätte sagen können, warum er sich bewaffnete. Es war eine reine Frage der Instinkte und hatte nichts damit zu tun, daß er sich von Bull Giles bedroht fühlte.

Als er aus der Hütte trat, führten die Reiter ihre Pferde gerade auf den Platz vor dem Haus. Benteen zuckte zusammen, als er den pockennarbigen Mann sah. Er brauchte sich nicht erst umzusehen, um zu wissen, wo Woolie stand und ihm Rückendeckung gab. Zeke und Bob waren im Stall und kümmerten sich um ein Pferd, bei dem sich ein Eisen gelöst hatte. Sie beobachteten die Reiter genau, die auf Benteen zukamen.

»Sie sind weit fort von zu Hause, Janes«, bemerkte Benteen. »Haben Sie sich verirrt?«

»Mr. Boston hat schon viel über dieses Land gehört. Er dachte sich, ich sollte mich hier vielleicht mal umsehen«, sagte Loman Janes.

»Ich nehme an, Giles hat ihm genau Bericht erstattet, nachdem er wieder in Texas war.« Benteen warf einen Blick auf den Mann mit der breiten Brust und ertappte ihn bei einem Blick auf die Hütte – zweifellos, weil er einen Blick auf Lorna erhaschen wollte.

»Mr. Boston spielt mit dem Gedanken, seinen Grundbesitz auszuweiten.« Loman ging nicht auf die Bemerkung ein, die Benteen zu Bull Giles fallengelassen hatte. »Das dürfte Sie wohl kaum überraschen, Calder. Viele große Rancher in Texas sehen sich im Norden nach Gras um, das umsonst zu haben ist. Sie dachten doch nicht im Ernst, daß sie diesen gesamten Landstrich für sich behalten können?«

»Nein«, gab Benteen zu. »Ich rechne allerdings damit, Nachbarn zu bekommen. Und es wäre wohl zuviel verlangt, zu glauben, dieser elende Lump würde lange auf sich warten lassen.«

»Manchmal muß man die Schlangen eben vertreiben, ehe ein Ort zum Leben geeignet ist.« Er griff nach den Zügeln seines Pferdes. »Wir sind gekommen, um zu fragen, ob es Ihnen recht ist, wenn wir unser Lager am Fluß aufschlagen. Wir sind ein gutes Stück weit gekommen und brauchen ein Nachtlager, ehe es dunkel wird.«

»Sie können Ihr Lager hier aufschlagen«, gab Benteen seine Erlaubnis. »Aber fühlen Sie sich nicht zu sehr zu Hause.«

Das kalte, spöttische Lachen blieb auf Loman Janes' Gesicht, als er sein Pferd langsam weiterführte. Aus dem Haus war das Weinen des Babys zu hören, und Bull Giles starrte Benteen an.

»Ist das ein Baby?«

»Mein Sohn«, äußerte Benteen, und er beobachtete, wie sich die Muskeln auf Bull Giles' Nacken spannten.

»Ihre Frau … Es geht ihr doch hoffentlich gut«, erkundigte er sich kurz angebunden.

»Ja.« Benteen sah den stämmigen Mann weiterhin fest an.

»Dann beglückwünsche ich Sie«, sagte er mit belegter Stimme, und dann eilte er hinter dem Vorarbeiter der Ten Bar Ranch her.

»Was hältst du davon?« fragte Woolie Benteen, als die drei Reiter verschwunden waren. Er war noch nie allzu gut darin gewesen, hinter die Motive anderer Leute zu kommen.

»Wie er schon gesagt hat, dürfte es keine Überraschung sein, daß Boston sich im Norden umsieht«, erwiderte Benteen grimmig. »Die Großen wollen immer noch größer werden.«

»Ich habe gehört, daß ihm ziemlich egal ist, wie er das schafft«, steuerte Woolie von sich aus hinzu.

»Vielleicht wird ihm jemand den Kopf zurechtrücken«, schlug Benteen vor, und dabei warf er Woolie einen Blick zu.

Der Cowboy grinste. »Vielleicht.«

Als er sich umdrehte, um wieder ins Haus zu gehen, stellte Benteen fest, daß es ihn nicht überrascht hatte, Loman Janes hier zu sehen. Die Vorstellung, daß jemand von Bostons Ranch hier auftauchen würde, mußte sich schon im letzten Sommer, als Bull Giles hereinspaziert war, in seinem Hinterkopf festgesetzt haben. Es stand Ärger bevor, und das beste war es, wenn er jetzt gleich Pläne schmiedete.

Lorna merkte, daß er in Gedanken war. »Wer war das?« fragte sie. Sie tat so, als hätte sie die Unterhaltung vor dem Haus nicht mitangehört.

»Loman Janes, Judd Bostons Vorarbeiter. Es sieht ganz so aus, als hätte Boston sich entschlossen, sich seinen Anteil an diesem Weideland zu sichern.«

Sie runzelte die Stirn, als er sein Messer herauszog und am unteren Ende des Vorhangs einen Schnitt machte, mit dem er den Stoff dreißig Zentimeter hoch aufschlitzte. »Was tust du da?«

»Ich brauche eine Landkarte«, sagte er, während er ein rechteckiges Stück aus dem Vorhang herausschnitt. Er trug es zum Tisch und breitete es dort aus. »Gibst du mir bitte einen Bleistift, ja?«

»Was für eine Landkarte?«

»Von der Ranch und der Umgebung der Ranch.«

Es gab keine Landkarten von dieser Gegend, abgesehen von der Landkarte, die er im Kopf hatte. Er hatte die Umgebung so gründlich wie möglich erkundet. Jetzt skizzierte er die Informationen, die er zusammengetragen hatte, und übertrug sie von seinem Kopf auf sein Stück Stoff. Er zeichnete auch das Land der Stantons und Barnies Land ein.

Nach mehr als zwei Stunden, in denen er Entfernungen berichtigt hatte und Lageveränderungen vorgenommen hatte, nahm die Skizze Gestalt an. Er merkte nicht, daß Lorna die Lampe anzündete und sie auf den Tisch stellte, und er roch auch nicht das Essen, das auf dem Herd kochte.

»Viel länger kann ich das Essen nicht mehr warmhalten, Benteen, denn sonst verkocht es«, unterbrach sie ihn schließlich.

Er war so sehr in die Landkarte vertieft, daß er ihre Anwesenheit ganz vergessen hatte. Als ihre Worte zu ihm durchgedrungen waren, lehnte Benteen sich auf seinem Stuhl zurück und fuhr sich mit einer Hand durch das Haar.

»Ich bin ohnehin so gut wie fertig«, seufzte er matt, und dann rollte er den Plan zusammen.

Sie deckte den Tisch, während Benteen sich die Hände wusch. »Wozu mußtest du diese Landkarte zeichnen?«

»Für die Zukunft.«

Was er auch vorhatte – es war deutlich, daß er noch nicht bereit war, mit ihr darüber zu reden. Am späteren Abend warf Lorna einen Blick auf die Landkarte, die er gezeichnet hatte. Drei Abschnitte waren mit gestrichelten Linien umrandet. Lorna stellte fest, daß sie ein langes Rechteck bildeten, das ihre Ranch, Barnies Land und den Wohnort von Ely und Mary bezeichnete.

Am nächsten Morgen nach dem Frühstück wollte Lorna das Spülwasser ausschütten. Als sie es gerade in den Fluß kippte, kamen drei Reiter auf sie zu. Als Bull Giles sie bemerkte, zögerte er einen Moment lang, ehe er auf sie zuritt. Lorna wartete, denn sie sah ihn trotz der Menschen, mit denen er umging, als einen Freund an.

»Guten Morgen, Mrs. Calder.« Er legte seine Finger an die Hutkrempe, aber sein Blick wirkte verletzt. Die gewohnte Dreistigkeit des Ausdrucks fehlte ihm. »Sie sehen gut aus«, sagte er. »Ich habe gehört, daß Sie einen Sohn haben.«

»Ja. Webb Matthew Calder.« Sie strahlte vor Stolz und Liebe.

Sein Blick streifte über ihre schlanke Gestalt, die schon fast wieder ihre früheren Proportionen angenommen hatte. »Man sieht Ihnen gar nicht an, daß Sie ein Kind bekommen haben«, beobachtete er mit einem Abglanz seiner früheren Freimütigkeit.

»Vielen Dank.«

Er schien noch mehr sagen zu wollen, doch schließlich legte er seine Finger wieder an die Hutkrempe. »Ich sollte jetzt wieder gehen«, sagte er. »Wir sehen uns ein anderes Mal.«

Als Bull Giles sich von den beiden anderen Reitern getrennt hatte, hatte Loman Janes sein Pferd angehalten, um den kurzen Wortwechsel zu beobachten. Irgend etwas sagte ihm, daß das eine Information war, die er unbedingt an Judd Boston weitergeben mußte. Sie konnte von Bedeutung sein.

20

In diesem Sommer veranlaßte Benteen Zeke, Bob und Woolie, sich für die drei Gebiete eintragen zu lassen, die er auf seiner Landkarte mit gestrichelten Linien umrandet hatte. Diese Gebiete dienten als Puffer zwischen seiner Ranch und anderen Anwesen und gaben ihm den bestmöglichen Schutz. Das Land war nicht eingezäunt, was hieß, daß andere Rinder sich auf sein Land verirren würden, aber er konnte nur hoffen, daß er die Anzahl streunender Tiere möglichst gering halten konnte und seine Ranch somit davor bewahren würde, von zu vielen Rindern überlaufen zu werden, die ihm gar nicht gehörten.

Natürlich spekulierte er auch auf die drei angrenzenden Gebiete. Sollte er sich entschließen zu expandieren, dann war dieses Land sofort für ihn zu haben. Sollte das nicht machbar sein, so konnte er das Land gegen einen beträchtlichen Gewinn an Rancher verkaufen, die in den Norden kamen. Er war bemüht, keinen Gesichtspunkt außer acht zu lassen und sich dennoch eine Hintertür offenzuhalten.

Immer mehr Herden kamen nach Montana. Letzte Woche hatte er den Staub gesehen, den ein Viehtrieb aufgewirbelt hatte, und er war nach Süden geritten, um nachzusehen, ob es Jessie war. Aber die Herde gehörte einem anderen texanischen Rancher. Die Tiere waren in einem erbarmungswürdigen Zustand. Benteen hoffte, daß Jessie die Rinder in besserer Verfassung nach Montana brachte.

Neben ihm rührte sich etwas im Bett und lenkte Benteen von seinen Gedanken ab. An ihrem Atem konnte er erkennen, daß auch Lorna nicht schlief.

»Du bist so still«, murmelte er. »Woran denkst du?«

»An Bullen.«

Benteen zog eine Augenbraue hoch und sah sie im Dunkeln an. »An Bullen?«

»Ich dachte mir doch, daß dich das interessiert«, sagte sie mit einer gewissen Herablassung.

»Bin ich öfter fort, als es dir paßt?«

»Du bist häufig fort. Tagsüber ist es nicht so schlimm, weil es immer viel zu tun gibt, aber die Nächte werden sehr lang. Ich bin froh, wenn Webb sprechen lernt, damit ich nicht mehr mit dem Herd oder den Bäumen reden muß.«

»Habe ich dir eigentlich schon gesagt, daß Ely und Mary in einer Woche zu Besuch kommen?« fragte er. »Ich habe sie kürzlich gesehen. Mary kann es gar nicht erwarten, das Baby zu sehen, das sie selbst auf die Welt geholt hat.«

Sie reagierte nicht auf diese Neuigkeiten, und Benteen fand ihr Verhalten sehr seltsam.

»Hast du nicht gehört, was ich gesagt habe? Mary kommt.« Er hatte damit gerechnet, daß sie überglücklich über diese Aussichten sein würde.

Sie fuhr mit einem Finger über seine Lippen. »Ich dachte nur gerade wieder an die Bullen«, sagte sie, »und ich habe mich gefragt, ob sie wohl auch so potent sind wie du.« Sein verwirrtes Gesicht belustigte sie. »Wir bekommen schon wieder ein Baby.«

Ein unaussprechlicher Stolz und unbenennbare Gefühle loderten in ihm auf. Benteen legte ihre Hand auf ihren flachen Bauch, in dem das Leben, das sie gezeugt hatten, jetzt gedieh.

»Es wird ein Junge«, sagte er heiser. »Ich kann es spüren.«

»Benteen, es ist noch zu früh, als daß sich auch nur irgend etwas bewegt.« Lorna lachte leise.

»Es wird trotzdem ein Junge«, beharrte er.

Es war noch keine zwanzig Minuten her, seit sie miteinander geschlafen hatten, doch er wurde schon wieder erregt. Er küßte sie und legte eine Hand auf ihre Brust. Dann senkte er den Kopf auf die Brustwarze, die nach süßlicher Milch schmeckte.

Ihre Hände drängten ihn, während sie sich in ihrer Erregung wand. Sie war begierig darauf, ihn zu befriedigen und von ihm befriedigt zu werden, wie sie es so oft war. Sie war gleichzeitig warm und hingebungsvoll, entflammt und fordernd. Als er sich auf sie legte, gruben sich ihre Nägel in seinen Rücken.

Ein leises, genußvolles Stöhnen entrang sich ihr. »Ich möchte dich wild haben, Benteen«, flüsterte sie.

Ein Schauer durchzog ihn, und die Gelüste seines Fleisches vermengten sich mit dem Verlangen seiner Seele. Diese Mischung gab etwas an sich Tierischem die absolute Vollkommenheit. Sie waren nicht zwei Menschen, sondern Teile einer Einheit, die sich von beiden Seiten aus zusammenfügten, bis die Spannung nachließ und sie zufrieden dalagen.

»Hat es dir gefallen, Benteen?« fragte Lorna in das Schweigen hinein.

Er war gereizt, weil er nicht mit Worten ausdrücken konnte, wie nahe sie ihm ging. Die Macht, die sie über ihn hatte, ließ ihn dennoch auf der Hut sein.

»Du sagst gar nichts mehr«, murmelte sie. »Früher hast du solche Dinge noch gesagt.«

Vor langer Zeit, als sie frisch verheiratet gewesen waren, ehe sie die Worte ausgesprochen hatte: »Ich verlasse dich.« Sie spukten immer noch in seinem Kopf herum, ein Alptraum, den er nie vergessen würde. Selbst jetzt noch konnte er diese Worte nicht aus seinem Gedächtnis löschen.

»Das kommt wohl davon, wenn man schon ein altes Ehepaar ist.« Er wollte leichthin über ihre Beobachtung hinweggehen. »Man vergißt ganz einfach, solche Dinge zu sagen.«

»Ich bin nicht alt, Benteen Calder«, gab sie eilig zurück. »Ich bin neunzehn.«

»Und ein Baby ist auch unterwegs«, erinnerte er sie. »Du solltest die Augen zumachen, damit du genug Schlaf bekommst.«

In dem Schweigen, das darauf folgte, spürte er, daß sich eine Veränderung mit ihr vollzog. Sie lag regungslos da und erwartete etwas von ihm, aber er wußte nicht, was. Als es nicht kam, drehte sie sich auf die Seite und blieb mit abgewandtem Gesicht liegen.

In der ersten Augusthälfte waren Jessie Trumbo und die Jungen mit der Herde aus Texas eingetroffen, am selben Tag, an dem Mary und Ely zu Besuch kamen. Aus diesem Treffen alter Freunde, bei dem zugleich auch Cowboys zusammenkamen, die schon miteinander gearbeitet hatten, wurde ein großes Fest, das sich bis lange nach Einbruch der Nacht hinzog. Der gescheckte Stier, Captain, blieb immer in der Nähe.

»Die ganze Welt spielt verrückt«, sagte Jessie in dieser Nacht zu Benteen. »Es ist gerade so, als entdeckten im Moment alle, die noch im Osten und in Europa sitzen, daß es im Westen auch Rinder gibt und daß man ein Vermögen damit machen kann.«

Die neu eingetroffenen Rinder waren in einem brauchbaren bis guten Zustand. Die schwächeren würde Benteen gemeinsam mit den Stieren verkaufen, die im Herbst auf den Markt gebracht wurden, nachdem die Rinder zusammengetrieben und ausgemustert worden waren.

Die Nachfrage war groß und trieb die Preise in die Höhe. Benteen steckte den größten Teil der Gewinne wieder in die Ranchgebäude und in neue Tiere, um den Standard seiner Herde anzuheben. Er schickte Jessie und Rusty wieder nach Texas. Sie sollten im nächsten Jahr eine weitere Herde von Longhorns aus Texas bringen, und der gescheckte Stier lief wieder hinter dem Proviantwagen her wie ein Schoßhündchen. Bob Vernon begab sich in den Westen, um weitere Rinder der dortigen Rasse zu kaufen. Und Barnie wurde nach Minnesota geschickt, um einen reinrassigen Stier zu kaufen.

Der Winter war schlimm. Die Temperaturen stürzten ab, und es lag hoher Schnee. Während eines Schneesturms im Februar wurde Arthur William Calder mit Benteens Hilfe geboren. Er war bei all dem ganz ruhig geblieben und hatte Lorna im Scherz versichert, er hätte schon vielen Kühen und Pferden bei der Geburt geholfen, und allzu anders könne es bei einer Frau auch nicht sein. Nachdem der gesunde Junge ein erstes Mal gestillt worden war, war Lorna erschöpft eingeschlafen, und daher hatte sie nicht gesehen, daß Benteens Hand zitterte, als er sich ein Glas Whiskey einschenkte und es auf einen Zug trank.

Als im Frühling das Tauwetter einsetzte, ließen sich die Verluste erst wirklich absehen. In Felsspalten lagen tote Rinder, die Benteen und seine Männer wegen des Leders häuteten. Es gab Anzeichen dafür, daß die Verluste nicht nur den winterlichen Temperaturen zuzuschreiben waren. Die Wölfe, die der Ranch in dunklen, einsamen Nächten oft ein Ständchen brachten, hatten einen Anteil der Rinder für sich gefordert.

Die großen Wölfe mit den gelben Augen wogen bis zu hundertfünfzig Pfund und besaßen neben ihrer Kraft eine ganze Menge Verstand und Gerissenheit. Bisher hatten sie sich von den Büffelherden ernährt. Es war für sie nichts Ungewöhnliches, einen massigen Büffel anzufallen, aber da die Herden in der Prärie dezimiert worden waren, waren sie gezwungen, sich den Rindern zuzuwenden.

Die Longhorns waren kein gefundener Happen für die Wölfe. Benteen fand auch die Kadaver einiger Wölfe, die von kämpferischen Longhorns aufgespießt worden waren. Aber da sie in Rudeln auftraten, konnten die Wölfe ihre Beute gewöhnlich schnell ermatten – insbesondere, wenn der Winter das Rind ohnehin schon geschwächt hatte.

Ärgerlicher als die Verluste, die die Wölfe und der Winter ihnen eingetragen hatten, war die Anzahl an Rindern, die vermißt wurde. Indianer in Dakota, Montana und Kanada gingen mehr oder weniger nach Belieben in ihren Reservaten ein und aus. Da ihre Büffelherden von den Weißen erlegt worden waren, hielten die Indianer es für gerechtfertigt, jedes Rind, das sie fanden, zu töten oder mitzunehmen. Der Ärger mit den Indianern gehörte zu den Dingen, die Benteen gar nicht brauchen konnte.

Alles in allem hatte er rund tausend Stück Vieh verloren, doch es blieben ihm fast zehntausend Rinder, die das Brandzeichen des Dreifachen C trugen, und diese Herde setzte sich aus der ersten Herde und ihren Abkömmlingen zusammen, aus der zweiten, größeren Herde, die Jessie im Frühjahr darauf gebracht hatte, und aus den Tieren, die im Westen gekauft worden waren. Und das war erst der Anfang.

Elys Tiere hatten sich in derselben Zeit kaum vermehrt, und Ely unterhielt sich mit Benteen darüber. Er konnte sich selbst durchaus richtig einschätzen und wußte, daß er etwas von Rindern und von Weideland verstand, aber keinen Geschäftssinn hatte. Ely wußte aber auch, daß er ein ausgezeichneter Vorarbeiter war, wie man kaum einen anderen finden konnte, und da er seine Qualitäten kannte, schlug er Benteen vor, ihm das Land zu verkaufen und für ihn zu arbeiten.

Benteen engagierte ihn augenblicklich als Vorarbeiter, bot ihm aber an, das Land gewinnbringend an einen anderen Rancher zu verkaufen. Ely ging nicht darauf ein.

»Wie ich schon sagte – ich bin kein Geschäftsmann«, beharrte Ely, und ein seltenes Lächeln trat auf sein Gesicht. Er streckte die Hand aus, um den Handel mit Benteen zu besiegeln.

Post war eine Seltenheit, aber im Frühsommer kamen Briefe aus Texas, von denen einige vor mehr als neun Monaten abgeschickt worden waren. Zwei Briefe kamen von Lornas Eltern, die sich über ihren ersten Enkel freuten, aber vermutlich noch nichts von ihrem zweiten Enkelkind wußten, das sie nach ihrem Vater Arthur William genannt hatte.

Auch ihre Freundin Sue Ellen hatte geschrieben. Lorna mußte über die Absätze ihres Briefes, in denen Sue Ellen sich ihr Leben in der Wildnis und die Schrecken einer Geburt ausmalte, laut lachen, aber gleichzeitig hatte die Freundin, der Lorna über die Dame geschrieben hatte, die sie in Dodge City getroffen hatte, einen Zeitungsausschnitt aus einer New Yorker Zeitung beigelegt. In dem Artikel stand, daß der Earl von Crawford in New York kurz vor der Abreise nach England erkrankt und verstorben war. Das mußte jetzt fast eineinhalb Jahre her sein.

Unter der Post befand sich auch eine eilig hingeschriebene Nachricht von Jessie Trumbo. Er wollte Texas in der letzten Märzwoche verlassen und eine Herde von dreitausend Rindern nach Montana bringen. Die Ten Bar Ranch schickte zwei Herden dieser Zahlenstärke nach Montana.

Außerdem wußte er persönlich von vier weiteren Herden, die nach Montana unterwegs waren.

Bald würde es hier recht überlaufen sein.

Mit dem Eintreffen weiterer Herden im Osten von Montana setzten weitere Veränderungen ein. Die Rancher brauchten Vorräte, und die Cowboys brauchten einen Ort, an dem sie ihren Lohn ausgeben konnten. Miles City begann, Gestalt anzunehmen und sich zu einer Rinderstadt zu entwickeln.

Im September dieses Jahres kam ein Mann namens Fat Frank Fitzsimmons mit zwei Wagen voller Lebensmittel und Whiskey nach Montana. Als mitten in der Einöde die Achse des einen Wagens brach, glaubte er, das Schicksal hätte ihm einen Fingerzeig gegeben und ihm gesagt, wo er sein neues Geschäft eröffnen sollte. Zwei Wochen später hatte er ein Haus hingestellt und auf sein Firmenschild geschrieben: ›Fat Frank – WHISKEY.‹

Der erste Cowboy, der zufällig dort vorbeikam, muß mit Sicherheit geglaubt haben, seine Augen spielten ihm einen Streich. Nach dem zweiten Whiskey erklärte er Fat Frank, dieses Geschäft würde ein Fehlschlag werden, da nur alle Jubeljahre einmal jemand in diese Gegend käme.

Hier bot sich eine Einkaufsmöglichkeit, die näher als Miles City war. Benteen ritt zu Fat Franks Laden und Saloon, um sich die Sache einmal selbst anzusehen. Vor dem Haus, das mitten im Nichts stand, waren zwei Pferde angebunden. Sie gehörten zur Ten Bar Ranch. Benteen stieg ab und betrat den Laden. Ein fetter Mann, der offensichtlich der Besitzer war, watschelte auf ihn zu, um ihn zu begrüßen. Er stellte sich vor und fragte, womit er ihm dienen könne. Benteen wollte Whiskey, und als der Besitzer des Ladens vor ihm herlief, um ihn in die Bar zu führen, fiel Benteen der Seitenblick auf, den Fat Frank ihm zuwarf, und er bemerkte die Gerissenheit, die unter der jovialen Maske steckte. »Sie sind doch nicht etwa Benteen Calder, oder?« vermutete der Mann.

»Ja, stimmt.« Benteen fragte ihn gar nicht erst, woher er es wußte. In Saloons wie diesem, die mitten in der Einöde standen, trieben der Klatsch und die Gerüchte Blüten.

»Ich habe schon viel von Ihnen gehört«, gab Fat Frank zu. »Ich habe mich auch schon gefragt, wann Sie wohl kommen. Sie werden feststellen, daß meine Preise anständig sind und daß ich alles habe, was Sie brauchen. Wenn etwas nicht da ist, kann ich es besorgen. Wenn Ihre Frau Meterware oder fertige Kleider braucht, dann brauchen Sie nur Fat Frank zu fragen.«

»Ich werde es mir merken.« Benteen blieb reserviert.

An einem kleinen Tisch in der Bar saßen Loman Janes und Bull Giles. Benteen nickte den beiden zu und trat an die Bar, eine Holzplatte, die auf zwei Fässern lag. Fat Frank schenkte ihm einen Whiskey ein.

»Auf Kosten des Hauses«, sagte er, als Benteen in seine Tasche griff, um zu zahlen.

»Sehr freundlich von Ihnen.« Er nickte, trank einen Schluck und spürte das reinste Feuer in seiner Kehle brennen.

»Ich sagte Ihnen doch, daß das richtiger Whiskey ist, nicht dieses verwässerte Zeug«, sagte Fat Frank.

»Das stimmt«, gab Benteen zu. Er behielt das Glas in der Hand und drehte sich zu den beiden anderen Kunden um.

»Wer kümmert sich um die Ten Bar Ranch, wenn Sie hier sind, Janes?« erkundigte sich Benteen.

»Ollie Webster kümmert sich um die Ranch in Texas.«

»Ein guter Mann.« Benteen nickte, um sein stummes Eingeständnis der Fähigkeiten dieses Cowboys zu bekunden. Er hatte mehrfach mit ihm zusammengearbeitet.

»Hat es viel Ärger mit den Indianern gegeben?« fragte Loman.

Das war eine Frage von Rinderzüchter zu Rinderzüchter, und genauso behandelte Benteen sie auch. »Einigen. Von Zeit zu Zeit holen sie sich ein paar Rinder.«

»Diese armen hungrigen Wilden.« Fat Frank schüttelte den Kopf. »Mehr als die Hälfte der Vorräte, die die Regierung ihnen zugesichert hat, kommt nie in den Reservaten an. Und diese Lumpen auf dem Missouri verbessern die Lage auch nicht, indem sie ihnen Whiskey verkaufen.«

»Wovon sprechen Sie?« fragte Loman Janes, der interessiert und mit einem Stirnrunzeln aufblickte.

Fat Frank erzählte von einer Bande von früheren Büffeljägern und Holzfällern, die die Dampfschiffe mit Holz versorgten und jetzt den Indianern das Geld, das sie von der Regierung bekamen, für schlechten Fusel aus der Tasche zogen. Somit hielten sich die Indianer im Winter weitgehend diesseits der Grenze auf.

»Das erklärt wohl, warum ich im letzten Winter mehr Rinder als sonst verloren habe«, murmelte Benteen, der wußte, daß die Lage sich wohl noch mehr zuspitzen würde.

»Ich dachte, Sie seien neu in dieser Gegend.« Loman Janes musterte den fetten Mann interessiert.

»Ich bin viel herumgereist, ehe mein Wagen hier zusammengebrochen ist. Und dabei bin ich auch dem Anführer dieser Bande begegnet. Ich kannte ihn von früher, als er in Kansas Büffel gejagt hat. Er war damals schon ein übler Bursche. Jetzt ist er noch mieser geworden. Sie nennen ihn Big Ed.«

»Big Ed«, wiederholte Bull Giles. »Big Ed Sallie? Er hat eine Narbe, die sich über seine ganze rechte Backe zieht.«

»Genau der.« Fat Frank nickte.

»Du kennst ihn?«

»Vor ein paar Jahren habe ich ein paar Monate lang Büffel mit ihm gejagt. Ich habe gesehen, wie er sich auf einen Messerkampf mit einem anderen Büffeljäger eingelassen hat, und er hat ihn in Streifen geschnitten.«

»Die Indianer machen schon genug Ärger, wenn sie nüchtern sind«, bemerkte Loman Janes. »Wenn sie betrunken sind, ist es noch schlimmer.« Er sah Benteen an. »Sie müssen in diesem Winter ein weit größeres Stück Land verteidigen als ich.«

»Ja.« Benteen bemühte sich, etwas anderes aus dieser Äußerung herauszuhören, fand aber nichts. Wenn die Indianer einfielen, um sich Rinder zu holen, dann war Größe ausnahmsweise hinderlich. Loman Janes würde dieses Problem nicht haben, da seine Herde kleiner war und auf weniger Land verstreut war. »Ich dachte mir, Sie seien unten in Texas, Bull, um eine weitere Herde der Ten Bar Ranch zu holen.«

»Ich habe mich entschlossen, den Winter hier zu verbringen«, erwiderte Bull. »Ich hatte die Nase voll von diesem Staub.«

Bull Giles war noch nie allzu lange mit jemandem ausgekommen. Benteen konnte sich nicht vorstellen, daß er den ganzen Winter über Anweisungen von Loman Janes entgegennehmen würde.

»Haben Sie vor, für Janes zu arbeiten?« Er stellte die Frage ganz direkt.

Loman Janes antwortete: »Ich habe gehört, mit den Wölfen sei es schlimm hier, und daher habe ich Bull gesagt, wenn er den Winter hier verbringt, kann er etwas gegen diese Plage unternehmen. Wir besorgen Vorräte und Munition für ihn.«

Sämtliche Rinder der Ten Bar Ranch bekamen gerade einen ersten Vorgeschmack auf einen Winter im Norden, und daher war es ein kluges Vorhaben, die Anzahl der Raubtiere, die Rinder rissen, zu vermindern. Benteen hatte Munition an seine Männer ausgegeben und sie angewiesen, jeden Wolf, den sie sahen, zu erschießen, aber diese grauen Wölfe konnten sich in Luft auflösen wie Gespenster. Es war keine schlechte Idee, einen Wolfsjäger einzustellen, aber es konnte ein kostspieliges Vergnügen sein, da sie das Dreifache dessen bezahlt bekamen, was ein gewöhnlicher Cowboy verdiente, wenn nicht mehr.

Diese Überlegung veranlaßte Benteen zu der Frage: »Ist Boston darüber informiert?«

»Ich habe es ihm in meinem letzten Bericht mitgeteilt.« Janes war entrüstet über die Anspielung, es fiele nicht unter seine Kompetenzen, eine solche Entscheidung ohne Judd Bostons Einverständnis zu treffen.

Benteen trank seinen Whiskey aus. »Grüßen Sie ihn in Ihrem nächsten Bericht von mir.«

»Warum warten Sie nicht bis zum Frühjahr und übermitteln ihm die Grüße persönlich?« schlug Loman Janes mit einem kühlen Lächeln vor.

Benteen gelang es, sein Erstaunen zu verbergen. Er sah den

Vorarbeiter der Ten Bar Ranch an. »Boston kommt hierher? Warum?«

»Er wird hier eine Bank eröffnen«, teilte Janes ihm mit. »Er hat sich gedacht, daß alle diese Texaner, die jetzt nach Montana kommen, vielleicht lieber Geschäfte mit einer Bank machen, die auch einem Texaner gehört und nicht einem dieser Yankees.«

»Wenn ich mich recht erinnere, war Boston selbst ein Yankee, als er nach Texas gekommen ist«, bemerkte Benteen zynisch. »Wie kommt es, daß er für sich in Anspruch nimmt, ein Texaner zu sein?«

»Er hat länger dort gelebt als viele andere«, verteidigte Janes die Behauptung.

»Das kann man wohl sagen.« Benteen nickte Fat Frank zu. »Danke für den Whiskey.«

»Kommen Sie jederzeit wieder, und bringen Sie Ihre Frau mit«, forderte ihn der Ladenbesitzer auf.

Aus dem Augenwinkel beobachtete Benteen, daß Bull Giles nach der Whiskeyflasche griff, die auf dem kleinen Tisch stand. Und das direkt nach der Erwähnung Lornas. Dieser Mann war immer noch scharf auf seine Frau, und Benteen fragte sich, warum Giles nicht vorbeigekommen war und sie belästigt hatte. Aber was ihn auch davon abhalten konnte – Benteen wollte, daß es dabei blieb.

Eine texanische Bank in Montana. Ein brillanter Schachzug. Benteen mußte Judd Boston lassen, daß er ein ausgezeichneter und gerissener Geschäftsmann war, der von jeder Ranch absahnen würde.

21

Es war ein milder Winter, und der Schnee schmolz schon, als Benteen eines Abends nach Hause kam und feststellte, daß es ziemlich dunkel in der Hütte war. Im Schein einer einzigen Lampe rührte Lorna in einem Topf, der auf dem Herd stand. Sie wirkte gereizt, hielt den kleinen Arthur auf dem Arm, und

Webb, der von ihr in den Arm genommen wurde, klammerte sich an ihren Rock.

»Das Kerosin wird knapp. Ich wollte dafür sorgen, daß es möglichst lange hält«, sagte Lorna.

»Zünde die anderen Lampen an. Ich möchte sehen, was ich esse, und morgen reite ich zu Fat Frank und hole neues Kerosin.«

»Wer ist Fat Frank?«

»Ein kleines Geschäft östlich von hier. Kannst du nicht durchsetzen, daß dein Sohn tut, was du ihm sagst?«

»Und dabei den kleinen Arthur auf dem Arm halten und gleichzeitig dein Abendessen kochen, so denkst du es dir doch?« Lorna ließ den Löffel in den Topf fallen und beachtete das Essen nicht mehr. »Dann soll das Abendessen doch anbrennen.« Sie packte Arthur in die Wiege, woraufhin er augenblicklich anfing, laut zu schreien. Webb gab sie einen Klaps auf den Hintern und setzte ihn auf einen Stuhl. Er fing an zu heulen. Sie zündete die zweite Lampe an und knallte sie auf den Tisch.

»Ist etwas mit dir?« Er mußte sich anstrengen, um ihren Zornausbruch nicht zu belächeln.

»Du hast mit keinem Wort erwähnt, daß es östlich von uns einen Laden gibt, und den Namen Fat Frank habe ich noch nie gehört. Dir scheint in letzter Zeit einiges zu entfallen.« Sie drückte Webb, der immer noch heulte, einen Löffel in die Hand. »Sei still und iß.«

»Was ist mir entfallen?« fragte Benteen, als Lorna sich mit Arthur hinsetzte.

»Alles.« Sie steckte gewaltsam einen Löffel in Arthurs Mund. »Ich weiß überhaupt nicht mehr, was vorgeht. Ich kenne die Männer, die für dich arbeiten, zum Teil gar nicht mehr. Du erzählst mir überhaupt nichts. Und was ist mit dem neuen Bullen, den du im letzten September gekauft hast? Barnie ist heute vorbeigekommen und hat mir erzählt, daß er bei Mary und Ely steht.« Arthur wollte sich von ihrem Schoß winden. Lorna sah Benteen unwillig an. »Kannst du bei Tisch nicht wenigstens deinen Hut absetzen?«

»Entschuldigung.« Er setzte den Hut ab und hing ihn über die Stuhllehne.

»Du sollst mit dem Löffel essen, Webb, und nicht mit den Fingern«, fauchte Lorna.

»Will nicht.« Er hielt die Hände hinter den Rücken.

»Was ist bloß in diese Jungen gefahren?« Benteen sah die beiden trotzigen Kinder finster an. »Kannst du sie nicht dazu bringen, sich zu benehmen?«

Das war der Funke, der ihren Zorn endgültig entfachte. Lorna stand vom Tisch auf, drückte Benteen den verblüfften Arthur auf den Schoß, packte ihren Schal und stürzte aus dem Haus. »Hier. Alles andere kannst du ja auch allein tun. Dann zieh auch deine Söhne groß.«

Webb rutschte von seinem Stuhl und schrie entsetzt: »Mama!«

»Bleib, wo du bist«, ordnete Benteen so grob an, daß die Tränen des Jungen sofort versiegten. Er setzte Arthur auf Lornas Stuhl und drückte ihm einen Löffel in die Hand. »Du bist alt genug, um allein zu essen.« Dann stand er auf und drohte den beiden stummen, schockierten Kindern mit dem Finger. Sie starrten ihn aus weit aufgerissenen braunen Kulleraugen an. »Eßt jetzt, und rührt euch nicht vom Fleck.«

Er stürmte hinaus. Lorna lehnte an der Hausmauer, und ihre Schultern bebten, während sie lautlos schluchzte. Der Zorn, der ihn erfüllt hatte, als sie die Tür zugeschlagen hatte, fiel von ihm ab. Sie hatte ihn und die Jungen nicht wirklich verlassen. Er trat hinter sie und legte seine Hände heftig auf ihre Schultern.

»Mein Gott, wie kommst du dazu, einfach so aus dem Haus zu laufen?« murmelte Benteen mit einer Stimme, die vor Erleichterung belegt war. »Wo wolltest du denn hin?«

»Das spielt wohl kaum eine Rolle, da ich nicht weit gegangen bin.« Ihre Stimme zitterte.

»Komm wieder herein. Es ist kalt hier draußen«, sagte er.

»Nein. Ich will noch nicht hineingehen.« Lorna widersetzte sich seinem Versuch, sie zur Haustür zu ziehen.

»Dir scheint die Decke auf den Kopf zu fallen«, vermutete Benteen.

Sie wirbelte zu ihm herum, weil sie das leise Lächeln aus seinem Tonfall herausgehört hatte, und als sie ihn ansah, war sie wieder absolut aufgebracht und trotzig und zitterte vor Abscheu. »Das dürfte dich wohl kaum überraschen. Was bekomme ich denn außer diesen vier Wänden zu sehen? Den ganzen Tag lang habe ich niemanden zum Reden, bis auf diese beiden kleinen Jungen, die noch nicht richtig reden können. Jeden Tag dasselbe. Ich koche, ich putze, ich nähe, ich hole Wasser, wasche Kleider und passe auf, daß den Jungen nichts zustößt.« Ihr Kinn zitterte. »Ich habe mir geschworen, mich von diesem Land nicht kleinkriegen zu lassen. Ich habe mir geschworen, nicht so zu enden wie diese Frau in Kansas. Ich wollte arbeiten und dazu beitragen, uns hier eine Zukunft aufzubauen.«

»Genau das tust du doch«, versicherte Benteen ihr, als sie sich wieder abwandte und sich auf die Unterlippe biß.

Doch seine Antwort brachte sie wieder in Wut. »Wie denn?« fragte Lorna. »Indem ich deine Mahlzeiten koche, mich um deine Söhne kümmere und im selben Bett mit dir schlafe! Dafür kann man jemanden einstellen und bezahlen. Und offensichtlich ist das alles, was du von einer Ehefrau erwartest.«

Er kniff bestürzt die Augen zusammen. »Ich verstehe dich nicht.«

»Ich glaube, genau das ist das Problem. Du verstehst mich wirklich nicht«, stimmte sie ihm zu. »Du gehst morgens aus dem Haus, ohne mir je zu sagen, wohin du gehst. Abends kommst du zurück, ohne mir je zu erzählen, wo du warst oder was du getan hast.«

»Ich nehme an, das habe ich Mary zu verdanken, weil Ely alles mit Ihr bespricht.« Er wurde unwillig. »In dieser Familie treffe ich die Entscheidungen.«

»Ohne auch nur irgend etwas mit mir zu besprechen. Ich habe absolut nichts zu sagen. Ich weiß gar nicht, was geschieht.«

»Warum bringst du das jetzt zur Sprache?« fragte er. »Warum ist das plötzlich von solcher Bedeutung?«

»Vielleicht deshalb, weil ich zu beschäftigt war, als die Babys noch kleiner waren, und weil ich gar nicht gemerkt habe, wie wenig ich über das, was hier vorgeht, weiß. Falls du es nicht bemerkt haben solltest – das hier ist der erste Winter, in dem ich nicht schwanger bin.«

»Wenn nur die Schwangerschaft dich davon abhält, ein keifendes Weib zu sein, dann sollten wir das vielleicht ganz schnell ändern«, fauchte er.

»Darauf wette ich, daß es dir gefallen würde, wenn ich jeden Frühling kalbe wie eine deiner Kühe. Oder willst du mich laufend schwängern, damit ich nicht weggehen kann?« Diese bittere Anschuldigung war grausam. Lorna hätte die Worte am liebsten augenblicklich zurückgenommen. »Es tut mir leid, Benteen. Ich habe es nicht so gemeint.« Sie bemühte sich, die Worte verbal zurückzunehmen, doch er stand starr vor ihr, und sein Gesicht war ausdruckslos. »Benteen, du mußt mir glauben. Ich liebe dich viel zu sehr, als daß ich dich jemals verlassen könnte. Ich bin nicht so wie deine Mutter.«

»Die Jungen sind allein«, sagte er. »Wir sollten jetzt wieder ins Haus gehen und zu Abend essen.«

»Nein.« Lorna gab nicht nach und sah forschend in sein unerbittliches Gesicht. »Ich will doch nichts weiter, als daß du dein Leben mit mir teilst. Und ich rühre mich nicht von der Stelle, solange du mir das nicht glaubst.«

Er sah sie lange an, ehe er sie in seine Arme zog. »Eins kannst du mir glauben, Lorna«, sagte er. »Ich werde dir nie die Gelegenheit geben, mich zu verlassen.«

Trotz seines besitzergreifenden Tonfalls war das nicht die Antwort, die sie hören wollte. Sie wußte, wenn er es ihr auch nie so deutlich gesagt hatte, daß er sie nicht brauchen wollte. Ein Teil von ihm wollte sie nicht lieben. Daher gestattete er ihr auch nur so wenig Raum in seinem Leben. Aber so konnte es nicht weitergehen, auch dann nicht, wenn das hieß, daß sie zu einem nörgelnden und mäkelnden Weib werden mußte.

Im Frühjahr hatten sie diesmal doppelt soviel zu tun wie sonst. Der milde Winter hatte ihnen viele Kälber beschert. Das und die immer noch steigende Nachfrage nach Rindern veranlaßten Benteen, mit dem Bau des Hauses auf der Kuppe zu beginnen. Er stellte Männer ein, die das Fundament aushoben, und bestellte Bauholz bei der Mühle. Ein Brunnen wurde gegraben, um das Haus mit Wasser zu versorgen, und eine Mannschaft von Zimmerleuten wurde verpflichtet.

Das Haus fing an, vor Lornas Augen Gestalt anzunehmen. Es würde noch prächtiger werden, als sie es sich in ihren kühnsten Träumen ausgemalt hatte. Benteen holte in den kleinsten Einzelheiten ihren Rat und ihre Meinung ein. Sie war so aufgeregt und so beschäftigt mit all ihren Plänen, daß ihr entging, daß Benteen sie weiterhin nicht über alles andere, was sich auf der Ranch abspielte, auf dem laufenden hielt. Tapeten mußten ausgesucht werden, Möbel und Teppiche, Gardinen und Einrichtungsgegenstände. All das mußte bestellt und per Zug, Dampfschiff und Güterwagen geliefert werden. Wenn sie Glück hatten, würde die Einrichtung eintreffen, wenn das Haus fertig war.

Als Jessie Trumbo Ende Juli wieder mit einer Herde von texanischen Longhorns eintraf, bot sich ihm der Anblick eines zweistöckigen Gebäudes, das über die Prärie aufragte. Es war bis jetzt noch eine leere Hülle, und doch war er recht verblüfft.

Lorna wollte ihre Rechnung bei Fat Frank bezahlen und mußte feststellen, daß Benteen ein Konto eingerichtet hatte. Auch davon hatte sie nichts gewußt.

Fat Frank hatte sein Geschäft inzwischen ausgebaut und sich vergrößert, und das Geschäft stand auch nicht mehr in der Einöde, sondern neben dem Kolonialwarenladen und dem Saloon gab es jetzt einen Hufschmied, einen Küfer und zwei kleine Häuser, in denen die Familie Fitzsimmons und der Schmied wohnten – ein Mann, der Dan Long hieß. Die Siedlung war Blue Moon getauft worden, und durch den Verkehr, der das Gras vor den Geschäften hatte verschwinden lassen, gab es fast so etwas wie eine kurze Straße. Von dort aus fächerten sich die Furchen, die die Wagenräder hinterlassen hatten, aus und verschwanden in der welligen Prärie.

Als Lorna auf die Straße trat, sah sie eine leuchtend bunte prächtige Kutsche dastehen. Seit sie Texas verlassen hatte, hatte sie nichts dergleichen mehr gesehen. Lornas Neugier war mehr als nur angestachelt.

Webb rannte auf die Kutsche zu, um sie sich näher anzusehen, und das war für Lorna ein ausgezeichneter Vorwand, ihre eigene Neugier zu befriedigen. Daher lief sie Webb hinterher, statt zu Woolie zu gehen, der in der Schmiede war. Die Kutsche war prachtvoll. Lorna konnte sehen, daß die Sitze mit rotem Leder überzogen waren. Webb wollte in die Kutsche klettern, um sie sich genau anzusehen.

»Du darfst nicht auf anderer Leute Eigentum klettern«, schalt sie ihn aus, und sie zog ihn von dem Trittbrett.

»Aber ich will doch hineinschauen«, wandte er ein.

Sie hörte Schritte, die um die Kutsche herum kamen, und sah ein Paar Füße, die in Stiefeln steckten, ehe ein Mann auf ihrer Seite der Kutsche auftauchte. Sie riß überrascht die Augen auf, weil sie damit gerechnet hatte, vor dem Besitzer der Kutsche zu stehen. Statt dessen war es Bull Giles.

»Mr. Giles.« Sie lächelte ihn strahlend an. »Es ist schön, Sie wiederzusehen.«

»Lorna.« Er zog seinen Hut ab, hielt ihn vor sich hin und schien sie eine Ewigkeit lang anzustarren.

Das unverhohlene Verlangen, das in seinen Augen stand, und die Freiheit, die er sich damit herausgenommen hatte, sie bei ihrem Taufnamen zu nennen, machten sie unsicher. Sie bemühte sich, die plötzliche Unbeholfenheit zu überspielen, die sie befallen hatte. »Sind Sie gerade wieder mit einer Herde aus Texas gekommen?«

Bull Giles schien sich zusammenzureißen, und der Blick verschwand aus seinen Augen. »Nein. Ich bin im letzten Herbst gar nicht nach Texas zurückgegangen.«

»Nein? Ich habe Sie schon seit einer ganzen Weile nicht mehr gesehen, und daher nahm ich an …« Sie wußte nicht so recht, was sie sagen sollte.

»Ich habe Ihren Mann im letzten Herbst hier getroffen. Hat er Ihnen nichts davon erzählt?« Er kannte die Antwort schon, während er die Frage stellte.

»Er muß es vergessen haben«, sagte Lorna matt zu Benteens Verteidigung.

»Gewiß hat er es vergessen«, stimmte Bull Giles ihr trocken zu.

»Ich vermute, Sie haben auf einer der Ranchs gearbeitet«, sagte Lorna. »Wieder für die Ten Bar Ranch?«

»Gewissermaßen. Ich bin dafür engagiert worden, den Winter über Wölfe zu jagen. Auch das habe ich Ihrem Mann erzählt«, fügte er bewußt hinzu, um ihr zu verstehen zu geben, daß Benteen durchaus über seine Aktivitäten unterrichtet gewesen war.

»Ich verstehe«, murmelte Lorna. Sie war so überrascht gewesen, Bull Giles hier anzutreffen, daß sie Webbs Arm losgelassen hatte. Sein Interesse an dem stämmigen Mann hatte schnell nachgelassen, und er versuchte wieder, in die Kutsche zu klettern. »Webb, komm sofort wieder herunter.«

»Das ist schon in Ordnung, Mrs. Calder. Er kann dort nichts anrichten«, sagte Bull.

»Der Besitzer könnte anderer Meinung sein.« Sie packte Webbs Arm und zog ihn herunter. Der kleine Arthur fing an zu weinen, weil ihm sein Bonbon auf den Boden gefallen war.

Bull Giles bückte sich, hob den Bonbon auf und klopfte den Schmutz ab. Dann hielt er ihn dem Jungen wieder hin. Als Lorna Einwände erheben wollte, sah er sie an und lächelte. »Ein wenig Schmutz schadet ihm nicht.«

»Gut«, sagte sie nachsichtig. Als sie Arthurs Hand losließ, lief er keck zu dem muskulösen Fremden. Sowie der Bonbon wieder in seinem Mund steckte, blieb Arthur vor ihm stehen und sah ihn sich an.

»Er sieht Ihnen sehr ähnlich.« Als er seinen Blick endlich von dem Jungen löste und Lorna ansah, stand etwas Zartes in den Augen des grobschlächtigen Mannes. »Wie heißt er?«

»Arthur – nach meinem Vater«, fügte sie aus Gründen, die sie nicht hätte erklären können, hinzu.

»Warum darf ich nicht in die Kutsche steigen, Mama?« wollte Webb wissen.

»Du kannst hineinsteigen.« Bull richtete sich langsam auf und ging zu dem anderen Jungen. »Ich hebe dich hoch.«

»Aber …«, setzte Lorna an.

»Das geht in Ordnung«, versicherte er ihr wieder. »Einer der Riegel ist kürzlich abgebrochen. Ich habe ihn zu Dan gebracht, damit er ihn wieder repariert.«

Sie legte ihre Stirn in Falten. »Diese Kutsche gehört der Ten Bar Ranch?«

»Nein.« Bull lachte schroff. »Etwas Derartiges besitzt nicht einmal Judd Boston.«

»Aber ich dachte, Sie hätten gesagt, daß Sie für ihn arbeiten.« Sie war reichlich verwirrt.

»Im letzten Winter habe ich für ihn gearbeitet.«

»Und wem gehört dann diese Kutsche?« Lorna trat näher an das Fahrzeug heran, was sie automatisch auch Bull Giles näherbrachte.

»Vor zwei Wochen habe ich mich von einer Reisegruppe englischer Adeliger als Reiseführer und Begleiter engagieren lassen. Ihnen gehört die Kutsche«, erklärte er, wobei er seinen Blick fest auf ihr Gesicht richtete. Eine kleine Hand zerrte an seinem Hosenbein und lenkte seinen Blick nach unten, auf den kleinen Arthur. »Du willst doch sicher mit deinem Bruder in der Kutsche sitzen, stimmt's?« vermutete Bull Giles, und Arthur nickte heftig.

»Englische Adelige«, wiederholte Lorna, als er Arthur in die Kutsche hob. »Sie meinen richtigen Adel mit Adelstiteln?«

»Ja. Jedesmal, wenn man etwas sagt, muß man ›Eure Lordschaft‹ oder ›Eure Ladyschaft‹ dazufügen.« Er schien Benteens spöttische Herablassung gegenüber all dem Pomp zu teilen, mit dem sich der europäische Adel umgab.

Es schien zwar unmöglich zu sein, aber Lorna konnte es nicht lassen, dennoch zu fragen: »Es ist nicht zufällig eine Lady Crawford darunter?«

Er zog überrascht die Augenbrauen hoch. »Woher wissen Sie das?« Dann schien er zu bezweifeln, daß sie beide von ein und derselben Person sprachen. »Sie ist eine ältere Frau, mit weißblondem Haar.«

»Ja, richtig, das müßte sie sein.« Lorna konnte es einfach nicht glauben. »Ich habe sie in Dodge City kennengelernt an demselben Tag, an dem ich mit Ihnen zu Mittag gegessen habe. Sie war sehr freundlich. Sie hat mir sogar durch ihr Mädchen eine Lotion für zarte Haut bringen lassen.« Bei der Erinnerung an dieses Geschenk strich sie sich geistesabwesend mit einer Hand über die Wange. »Und Sie sagen, daß sie zu dieser Gesellschaft gehört, die Sie begleiten?«

»Soweit ich es mir zusammengereimt habe, ist sie die Anstandsdame oder die Gesellschafterin einer der jüngeren Frauen, die mit dem Herzog verlobt ist«, erklärte er.

»Ich hatte nie Gelegenheit, mich persönlich bei ihr für die Lotion zu bedanken.« Lorna seufzte. Dann lachte sie leise über sich selbst. »Wahrscheinlich kann sie sich gar nicht mehr daran erinnern.«

»Ich richte es ihr aus«, sagte Bull Giles.

»Es ist wirklich nicht wichtig.« Aber Lorna hoffte doch, daß er es ausrichten würde.

»Mrs. Calder?« Woolie Willis kam mit dem zweiten Pferd, das er zum Hufschmied gebracht hatte, um die Kutsche herum. »Ein paar Minuten brauche ich noch, um das Pferd anzuspannen, und dann sind wir soweit.«

»Wir kommen gleich«, versprach sie. Als Woolie das Pferd zu ihrem Wagen führte, wandte sich Lorna an ihre beiden Söhne, die auf den Sitzen der Kutsche herumhopsten. »Das war's, Kinder. Jetzt müssen wir gehen.«

»Nein, Mama, noch nicht.« Webb sah sie finster an und rutschte auf dem Sitz weiter, bis er aus ihrer Reichweite war.

»Tut, was eure Mutter euch sagt«, ordnete Bull an. »Los geht's. Ich hebe euch herunter.«

Keines der Kinder wollte sich auf eine Diskussion mit diesem fremden Riesen einlassen. Arthur trat als erster vor und ließ sich von den großen Händen packen. Er quietschte vor Vergnügen, als Bull ihn hoch in die Luft hob, ehe er ihn auf dem Boden abstellte.

»Mit mir auch«, beharrte Webb, als er an der Reihe war, herausgehoben zu werden.

Sobald Webb auf dem Boden stand, fingen beide Jungen augenblicklich an zu schreien, Bull sollte es noch einmal tun. Lorna fürchtete, Bull könnte sich zu einer Wiederholung beschwatzen lassen, und daher schritt sie ein.

»Schluß jetzt«, lehnte sie ab, und sie nahm jedes der Kinder an eine Hand. »Es ist schon spät, und wir müssen rechtzeitig wieder auf der Ranch sein, um Daddys Abendessen zu kochen.« Sie rümpften die Nasen und murrten vor sich hin, aber es kam zu keiner offenen Auflehnung. »Sämtliche Männer auf der Ranch machen einen solchen Wirbel um diese Jungen, daß sie jetzt doch ein wenig verzogen sind«, gab Lorna Bull gegenüber zu.

»Es sind nette Jungen.« Liebevoll zerzauste er Webbs Haar.

»Ich mag dich«, sagte Arthur, der den Kopf ins Genick legte, um den Fremden anzusehen.

»Ich mag dich auch«, erwiderte Bull, und seine Stimme klang ein wenig verdrossen.

»Sie können sehr gut mit Kindern umgehen«, bemerkte Lorna. »Sie sollten heiraten und sich ein paar eigene Kinder zulegen.«

»So wird es wohl kaum kommen«, sagte er, »wenn man bedenkt, daß das einzige Mädchen, das ich je heiraten wollte, die Frau eines anderen ist.« Sein dreister Blick stellte klar, daß er von ihr sprach.

»Bitte, sagen Sie nicht solche Dinge, Mr. Giles«, sagte Lorna unbeholfen, denn das, was er gesagt hatte, ließ sich nicht mehr ungesagt machen, und es konnte auch nicht vergessen werden. »Das macht es uns unmöglich, auch nur miteinander befreundet zu sein.«

Er holte tief Atem und stieß einen kurzen Seufzer aus. »Ich entschuldige mich vielmals, Mrs. Calder.«

Sie konnte nur noch nicken und ›Guten Tag‹ murmeln. Sie hielt die Jungen an den Händen, drehte sich um und ging mit ihnen auf den Wagen zu, der bereitstand und sie schon erwartete.

22

Viele Zelte waren in der Prärie aufgeschlagen worden, nahe an einem Flußlauf. Und nah bei den Zelten und Wagen grasten unter der Aufsicht eines Cowboys die Pferde. Maultiere mit langen Ohren und muskulöse Zugpferde grasten Seite an Seite mit schlanken, sehnigen Vollblütern, und sie vermischten sich miteinander und teilten sich in das Futter auf eine Weise, die keine Unterschiede zwischen den Klassen machte und den Menschen, die in den Zelten hausten, undenkbar erschienen wäre.

»Finden Sie nicht auch, daß das alles so aufregend und abenteuerlich ist, Lady Crawford?« verkündete Penelope Dunshill, die Tochter des derzeitigen Earl of Crawford und zukünftige Gemahlin des Duke of Middleton. Die temperamentvolle Brünette war keine wirkliche Schönheit, doch ihre Lebhaftigkeit ließ sie attraktiv wirken. »Ich möchte auf mein Pferd steigen und wie verrückt durch diese melancholische Landschaft galoppieren.« In dem Moment, in dem sie diesen Wunsch geäußert hatte, sprang sie auch schon auf, wandte sich von der ehrfurchtgebietenden Weite der welligen Graslandschaft ab und ihrer Begleiterin zu. »Lassen Sie uns ausreiten.«

»Nein.« Elaine Dunshill rückte den schwarzen Sonnenschirm auf ihrer Schulter zurecht, um die Sonne von ihrem fast faltenlosen Gesicht abzuhalten. »In dieser Hitze würdest selbst du dich verausgaben, Penelope, und George hat für heute abend ein üppiges Mahl geplant, damit wir alle das Wild kosten können, das er heute morgen erlegt hat. Er wäre sehr enttäuscht, wenn seine zukünftige Frau zu erschöpft wäre, um es zu genießen.« Das hätte als Argument bereits ausreichen sollen, aber sie fügte dem dennoch hinzu: »Unser Reisebegleiter ist fort, um die Kutsche reparieren zu lassen. Ohne einen einheimischen Begleiter kann man sich hier sehr leicht verirren. Ich würde dir vorschlagen, daß du dich hinlegst und dich statt dessen ein paar Stunden ausruhst.«

»Wenn du darauf bestehst.« Das ausgiebige Seufzen, das diese Zustimmung begleitete, drückte deutlich den Unwillen der jungen Dame aus.

Als sie vor Penelopes Zelt stehenblieben, tauchte augenblicklich ihre Zofe auf. Wenn man den Reiseleiter, die Männer, die sich um die Pferde kümmerten, den Koch, die Mädchen und die Kammerdiener zusammenzählte, hatten sie eine zwölfköpfige Gefolgschaft, die die sechsköpfige englische Gesellschaft bediente. Und doch führten sie angeblich ein ›primitives Leben‹. Elaine lächelte jedesmal wieder vor sich hin, wenn ihr dieser Gedanke kam.

Das war aber auch das einzige, was sie an dieser Reise durch den ›echten‹ Wilden Westen belustigte. Cons Tod hatte die Rolle, die sie in der englischen Gesellschaft und Politik spielte, beeinträchtigt. In Schwarz war sie eine eindrucksvolle Erscheinung, und als das Trauerjahr vorüber war, trug sie weiterhin diese Farbe, aber sie war die Frau eines toten Earl, und sie war nicht mehr wegen ihres Einflusses, den sie nicht mehr hatte, gefragt. Trotz ihres eignen und ihres ererbten Reichtums war sie jetzt auf den Status einer Witwe abgesunken.

Sie ärgerte sich über diesen Verlust an Macht und Prestige, der sie jetzt in die Lage brachte, die Gesellschafterin und Anstandsdame eines hohlköpfigen Mädchens zu spielen, das es aufregender fand, wie verrückt durch die Prärie zu galoppieren, als Geld an sich zu bringen und Menschen zu manipulieren. Die einzige Alternative zu ihrer derzeitigen Lage bestand darin, keine Einladungen mehr anzunehmen und sich auf einen Landsitz zurückzuziehen. Und das wäre ihr ein unendlich größeres Ärgernis gewesen.

Elaine wollte mit ihrem Gastgeber reden, dem Duke of Middleton, weil sie wissen wollte, wann sie wieder aufbrechen würden. In Wahrheit hatte der Reiz dieser Reise für sie darin bestanden, eventuell noch einmal auf ihren Sohn Benteen Calder zu stoßen, denn sie wollte wissen, ob er etwas aus dem Potential, das in ihm steckte und das sie sofort erkannt hatte, gemacht hatte. Das war auch ihr eigentlicher Grund gewesen, der sie bewogen hatte, die Einladung anzunehmen. Nicht, daß es wirklich wichtig gewesen wäre. Es war nichts weiter als ein Anflug von Neugier.

Als Elaine sich dem Zelt des Duke näherte, erkannte sie das Pferd und den Einspänner, die davorstanden, als Judd Boston gehörig. Er war ein Bankier, der Rancher geworden war. Da sie ihr Lager auf seinem Grund aufgeschlagen hatten, war er ein häufiger Besucher. Er war es auch, der ihnen den Reiseführer empfohlen hatte, als George seinen Vorgänger aufgrund von Trunkenheit entlassen hatte. Elaine hatte zwar wenig persönlichen Kontakt zu dem Bankier, doch sie hatte schon lange den Verdacht geschöpft, daß er versuchte, die Gesellschaft auf seinem Land festzuhalten, um damit einem eigenen Nutzen zu dienen.

Elaine bereitete es keinerlei Gewissensbisse, die Unterhaltung zwischen diesem Judd Boston und ihrem Gastgeber durch die Zeltwand zu belauschen. Auf diese Weise hatte sie in früheren Zeiten schon wertvolle Informationen erhalten.

»Ich bin zuversichtlich, daß es sich für Sie um eine sehr gewinnbringende Investition handeln wird«, sagte dieser Boston. Er behauptete zwar, Texaner zu sein, doch er hatte nicht den Akzent. Elaine schoß der Gedanke durch den Kopf, daß es sicher interessant wäre, in seiner Vergangenheit herumzustöbern. »Diese Partnerschaft zwischen uns beiden wird äußerst erfolgreich sein. Mit Rindern läßt sich viel Geld machen, insbesondere dann, wenn man nicht nur finanziell abgesichert ist, sondern auch wichtige Beziehungen zur Regierung hat. Mit Ihrer finanziellen Unterstützung und meinen Beziehungen ist unserer Firma beides sicher.«

»Die Duchess Land and Cattle Company. Das klingt doch gut, finden Sie nicht?« verkündete George mit seiner hochmütigen, prahlerischen Stimme. »Meine zukünftige Braut ist so begeistert von diesem Land, daß ich sicher bin, sie wird überglücklich sein, wenn eine Ranch nach ihr benannt wird.«

»Ein ganz ausgezeichnetes Verlobungsgeschenk«, stimmte Boston zu, aber Elaine hörte eine Spur von Zynismus aus seiner Stimme heraus.

Jetzt verstand sie, was hier gespielt wurde. Er hatte die Gesellschaft hier festgehalten, um den Duke of Middleton zu überreden, einen Teil seines beträchtlichen Vermögens in seine Ranch zu investieren, wie es in letzter Zeit schon so viele andere Angehörige des europäischen Adels getan hatten. Dummköpfe, dachte Elaine. Sie machten sich keine Vorstellung davon, von wie vielen vagen Zufällen das Gedeihen einer Ranch im Westen abhing. Dürren, Schneestürme, Seuchen, um gar nicht von der Fluktuation auf dem Rindermarkt zu reden. Hier konnte man Geld machen. Ja, eine Menge sogar. Aber nicht so einfach, wie es von Männern wie Judd Boston behauptet wurde. Eigentümer und Partner, die nicht an Ort und Stelle waren, forderten doch geradezu dazu auf, geschröpft und um ihr Geld gebracht zu werden.

»Es ist erstklassiges Weideland«, sagte Boston jetzt. »In ganz Montana finden Sie kein besseres.«

Nach dem zu urteilen, was Elaine bisher gesehen hatte, herrschte Mangel an Wasser, um eine große Herde durchzubringen, und mit Sicherheit reichte das Wasser nicht für eine Herde von der Größe aus, die Boston nach eigenen Angaben gerade aus Texas bringen ließ. Wasser hatte zu den Dingen gehört, die Seth Calder gehabt hatte, aber er war in allem, was er tat, immer zu konservativ gewesen. ›Langsames Wachstum‹, hatte er es genannt, und Elaine hatte zugesehen, wie sich Monate zu Jahren ausgedehnt hatten, ohne daß sich ihr Lebensstandard sichtlich gebessert hätte.

»Wie war das mit den drei Landstrichen, die Sie – oder, besser gesagt, wir – uns aneignen könnten?« George korrigierte sich und betonte damit seine Beteiligung an diesem Vorgehen.

»Ehe die Regierung Land an Privatpersonen überschreibt, verlangt sie, daß Erschließungen durchgeführt werden. Wie ich bereits erwähnte, gibt es drei Landstriche, die vergeben worden sind, diesen Anforderungen aber nicht genügen. Ich habe einen Freund im Grundbuchamt sitzen, der die Ansprüche auf dieses Land zurückweisen wird, wenn der rechte Zeitpunkt gekommen ist, und dann steht uns dieses Land offen.« Es entstand eine kurze Pause, ehe Boston fortfuhr. »Ihnen ist natürlich klar, daß diese Information strikt vertraulich behandelt werden muß. Wir wollen schließlich nicht, daß der Besitzer des Dreifachen C hinter unsere Pläne kommt und den Anforderungen der Regierung noch rechtzeitig entspricht.«

»Ich werde kein Wort verlauten lassen«, versprach George, der sich von ihren klammheimlichen Aktivitäten abgestoßen fühlte und doch gleichzeitig Feuer und Flamme dafür war. »Sie werden heute abend mit uns essen, Boston. Dieser Giles, den Sie uns empfohlen haben, ist ein ausgezeichneter Reiseleiter. Heute abend werden wir ein Festmahl aus dem Wild zubereiten, das ich selbst erlegt habe – Wild, zu dem mich dieser Giles geführt hat. Ich würde mich freuen, wenn Sie diese Jagdbeute mit uns zu sich nehmen und unsere neue Partnerschaft feiern.«

»Das Vergnügen ist ganz auf meiner Seite, Sir.« Judd Boston nahm die Einladung an.

»Sie wollen sich sicher vor dem Abendessen noch ausruhen und frischmachen.« Ein Fingerschnalzen war zu hören. »Barton wird Ihnen zeigen, wo Sie es sich bequem machen können.«

Als Boston gegangen war, konnte Elaine sich nicht entscheiden, ob sie mit ihrem Gastgeber sprechen sollte. Die Wendung, die die Ereignisse genommen hatten, hatte sie zu einigen Überlegungen angeregt. Es erschien ihr plötzlich wesentlich weniger dringlich, daß die Gesellschaft ihre Reise fortsetzte. Daher begab sie sich in ihr eigenes Zelt und schickte ihre Zofe fort. Als eine rein gedankliche Lockerungsübung fing sie an, sich auszumalen, was sie mit einer Ranch in Montana angefangen hätte – wo und wie man daraus Geld schlagen konnte. Das meiste Rindfleisch wurde verkauft, um auf die Rindermärkte im Osten transportiert zu werden, was hieß, daß der Rancher den Preisen dieser Märkte ausgeliefert war. Wie konnte man diese Preise sicherstellen? Ein Rancher konnte seine Rinder direkt an die Regierung der Vereinigten Staaten verkaufen.

Kanada war jedoch viel näher – und ihr fiel auch wieder ein, daß eine Eisenbahnlinie über die Rocky Mountains gebaut wurde. Dazu kamen alle diese Indianer in den Reservaten, die durchgefüttert werden mußten. Sie konnte sich vage an einen armen Verwandten erinnern, der für die kanadische Regierung arbeitete, einen Cousin zweiten oder dritten Grades ihres verstorbenen Mannes, des Earl of Crawford. Auf dieser letzten, unter einem ungünstigen Stern stehenden Rundreise durch den Westen Amerikas hatte sie ihn flüchtig kennengelernt. Er hatte versucht, sich Geld zu borgen. Roddy – nein, Roger Dunshill, so hieß er. Er arbeitete als Einkäufer für die Regierung.

Elaine lachte. Wenn Judd Boston gewußt hätte, daß sein neuer Partner ebenfalls wertvolle Beziehungen hatte – aber sie hatte nicht die Absicht, dem Herzog diese Information zu unterbreiten. Warum hätte sie ihm zu einem Vermögen verhelfen sollen? Irgendwann würde jemand darauf kommen, daß es einen Markt für Rinder in Kanada gab. Es war ein Jammer, daß sie sich nicht an diesen Spekulationsgewinnen beteiligen konnte.

Der Versuch, zwei Großprojekte gleichzeitig zu finanzieren, hatte Judd Bostons Geldquellen nahezu versiegen lassen. Durch das Akkreditiv, das nach oben hin nicht begrenzt war und die Unterschrift und das Siegel des Duke of Middleton trug, hatte er alles Geld, das er nur irgend brauchte. Das Übereinkommen, eine Partnerschaft einzugehen, berührte Judd Boston überhaupt nicht. Es gab genügend legale Möglichkeiten, Gelder verschwinden zu lassen, und daher brauchte er sich keine Gedanken darüber zu machen, Profite jemals teilen zu müssen.

Es war nur eine Frage der Geduld. Früher oder später würde er alles bekommen, was er wollte. Einschließlich dieser drei Stücke Land, für die Calder sich hatte vormerken lassen. Der Mann war so damit beschäftigt, sein neues herrschaftliches Wohnhaus zu bauen, daß er darüber vergessen hatte, die erforderlichen Verbesserungen durchzuführen, die ihm das Land sicherten und es ihm rechtmäßig eintrugen.

»Sie sind schon wieder hier?« bemerkte Bull, der die Kutsche zurückbrachte, trocken, als Boston vor ihm auftauchte.

»Ich habe dir doch gesagt, daß es sich für dich lohnt, wenn du den Herzog und seine Freunde zwei Wochen hier festhältst.« Er zog ein Säckchen mit Münzen aus seiner Tasche und ließ es in Bull Giles' Hand fallen.

Die Hand wog das Säckchen, ehe sie es in die Tasche gleiten ließ. »Es ist nun eben so gekommen«, beharrte Giles.

»Zu unser beider Nutzen«, murmelte Boston. Er musterte den Mann gründlich. »Ich kann dich nicht verstehen.« Gewöhnlich wußte er bei seinen Männern, woran er war, aber Bull Giles paßte in kein Schema, das er kannte.

»Gibt es irgendeinen Grund, aus dem Sie mich verstehen sollten?« fragte der Mann mit einer Spur von Hohn.

»Nein, wohl kaum«, gab Boston mit zusammengekniffenen Augen zu. »Aber du warst eher hier als die meisten anderen. Du wußtest, was in diesem Land an Möglichkeiten steckt. Du hättest dasselbe tun können, was Calder getan hat. Heute könntest du dir ein großes Haus bauen, wie er es gerade tut. Du weißt genug und kannst genug, aber du nutzt dein Wissen und deine Fähigkeiten nicht. Warum?«

Bull zuckte teilnahmslos die Achseln. »Ich schätze, mir fehlt Ihr Ehrgeiz – oder Ihre Habgier.«

»Jeder Mensch will etwas.« Boston kaufte es ihm nicht ab. »Was willst du?«

»Meine Ruhe.« Bull warf ihm einen unwilligen Blick zu.

»Was hält dich noch hier?« fragte Boston daraufhin. »Normalerweise ziehst du weiter.« Er hob den Kopf, als er sich an eine Bemerkung erinnerte, die Loman Janes ihm gegenüber gemacht hatte. Damals war sie ihm belanglos erschienen. »Es ist doch nicht rein zufällig Calders Frau, oder?«

Es entstand eine winzige Pause, ehe Bull Giles höhnisch fragte: »Was sollte ich mit der Frau eines anderen Mannes anfangen?«

Doch Judd Boston lächelte, und ein vielsagender Glanz ließ seine Augen dunkler werden. »Unfälle sind nicht auszuschließen. In diesem Land kann aus einer jungen Ehefrau nur zu schnell eine junge Witwe werden. Vielleicht ist es das«, sagte er versonnen. »Oder versuchst du, den Mut zu sammeln, einen Unfall für Calder zu arrangieren?«

»Ich konnte Sie noch nie leiden, Boston«, knurrte Bull.

»Die Arbeit überläßt du jemand anderem, und du steigst dann in seine Fußstapfen – und in sein Bett. Gar kein allzu schlechter Plan, Giles«, räumte Boston ein.

»Ich habe nie etwas dergleichen gesagt«, stritt Bull ab.

»Aber du denkst es dir.« Sein Lächeln wurde breiter. »Es könnte klappen.«

»Sie haben eine schmutzige Fantasie.« Bull wandte sich ab.

Aber Judd Boston hatte wieder etwas, worüber er nachdenken konnte. Vielleicht konnte es sich zu seinem Vorteil verwerten lassen, immer vorausgesetzt, daß Giles mehr tat, als nur darüber nachzudenken. Frauen stellten seltsame Dinge mit Männern an. Sie konnten manchen Mann korrumpieren, der sich für hochanständig hielt. Es würde interessant sein zu beobachten, wie es weiterging.

Bull Giles kochte vor Zorn. Er wußte, daß Judd Boston das Calderland neiderfüllt betrachtete. Besseres Land gab es in der ganzen Gegend nicht. Doch der Versuch, ihn dazu zu benutzen, daß Calder von der Bildfläche verschwand, traf ihn empfindlich. Es stimmte, daß er sich Gedanken darüber gemacht hatte, was wohl aus Lorna werden würde, wenn Benteen etwas zustieß, wenn er getötet oder verkrüppelt wurde, aber diese Überlegungen hatte er nur aus Sorge um sie angestellt. Dahinter hatte nicht der Wunsch gestanden, Benteen tot zu sehen.

Eine Frau wie sie hätte einen Mann wie ihn keines zweiten Blickes gewürdigt. Seine Schritte verlangsamten sich, als seine Brust sich schmerzlich zusammenzog, und die tiefen Gefühle, die der Gedanke an sie in ihm wachrief, schnürten ihm die Kehle zusammen. Sie war so schön mit diesen dunklen Augen und dem Haar, das so seidig schimmerte wie die Vollblutpferde, die hier draußen grasten. Sie hatte ihn einen Freund genannt. Das hieß doch etwas, oder nicht? Sie mußte ihn gern haben. Ein Stöhnen entrang sich seiner Kehle.

Er sah sich um, weil er wissen wollte, ob jemand etwas gehört hatte. Lady Crawford kam gerade aus ihrem Zelt. Da die Erinnerung an sein Zusammentreffen mit Lorna so lebhaft vor seinen Augen stand, fiel ihm augenblicklich wieder ein, daß sie gesagt hatte, sie hatte Lady Crawford früher einmal kennengelernt. Er hatte ihr versprochen, sie daraufhin anzusprechen.

Er zog den Hut und trat vor sie hin, um sie aufzuhalten. »Entschuldigen Sie, Eure Ladyschaft.« Er machte eine kleine Verbeugung.

»Ja, was ist?« Majestätisch und hochmütig forderte sie ihn auf, ihr seine Gründe dafür zu nennen, daß er sie von sich aus ansprach.

»Sie waren nicht vielleicht ganz zufällig vor drei Jahren in Dodge City?« fragte er.

Überrascht zog sie eine Augenbraue hoch. »Doch, ja, da war ich, mit meinem verstorbenen Mann.«

»Vielleicht erinnern Sie sich zufällig an eine junge Frau, der Sie eine Lotion für die Haut gegeben haben«, erkundigte sich Bull vorsichtig.

Ihr Interesse erwachte und war von Neugier durchzogen. »Ich erinnere mich tatsächlich an diesen Vorfall. Darf ich fragen, wie Sie etwas davon erfahren haben?«

»Ich habe heute nachmittag, während die Kutsche repariert wurde, mit der jungen Frau, Mrs. Calder, gesprochen. Sie war Ihnen äußerst dankbar für die Gefälligkeit, die Sie ihr damals erwiesen haben.«

»Mrs. Calder, ja, genauso hieß sie.« Sie nickte, als hätte seine Namensnennung ihr Gedächtnis wieder aufgefrischt. »Und sie lebt hier, in dieser Gegend? Was für ein Zufall!«

»Ihr Mann besitzt eine Ranch hier in der Nachbarschaft«, bestätigte Bull.

Lady Crawford schwieg nachdenklich. »Vielleicht könnte ich sie besuchen«, dachte sie laut vor sich hin. Dann sah sie Bull an. »Glauben Sie, daß es ihr recht wäre?«

»Ich glaube, daß sie sich sehr darüber freuen würde.« Er lächelte bei dem Gedanken daran, wie sehr Lorna sich freuen würde, diese Frau wiederzusehen.

»Es wäre unpassend, wenn ich unangemeldet erscheine. Würden Sie morgen zu dieser Ranch hinüberreiten und anfragen, ob ich sie am Tag darauf besuchen darf?« fragte sie.

»Mit dem größten Vergnügen tue ich das für Sie«, versicherte ihr Bull.

»Und ich würde Sie darum bitten, mich am Tag darauf zu ihrer Ranch zu begleiten. Ich regele das mit dem Herzog«, sagte sie.

»Sehr gut.« Er machte wieder eine leichte Verbeugung, als sie sich entfernte.

Auf der Baustelle herrschte ein solcher Lärm, daß Lorna nicht auf das Rumpeln eines Wagens vor dem Haus achtete. Webb kam ins Haus gestürzt.

»Mami, das ist Tante Mary!« rief er atemlos aus. »Sie kommt zu Besuch.«

Lorna ging eilig zur Tür. Webb hatte sich nicht getäuscht. Mary und Ely kamen auf die Hütte zu.

»Webb hat gesagt, daß ihr da seid«, erklärte Lorna überrascht. »Warum habt ihr mir nicht vorher Bescheid gegeben, daß ihr kommt? Ich hätte einen Kuchen backen können.«

»Dazu hatten wir keine Zeit«, sagte Mary. Dann sah sie Ely

an. Beide strahlten von einem Ohr zum anderen. Lorna hatte das Gefühl, sie seien ein junges, frisch verliebtes Paar.

»Keine Zeit?« wiederholte sie. Das Verhalten der beiden verwirrte sie zutiefst.

Als Mary sie wieder ansah, waren ihre Augen feucht. »Wir bekommen ein Baby, Lorna«, erklärte sie.

»Wirklich!« Lorna war gleichzeitig entgeistert und glücklich.

»Ja. Ist es nicht wunderbar? Nach all der Zeit werden wir endlich ein Kind haben.«

»Das ist ja mehr als wunderbar!« Im nächsten Moment drückte sie die Freundin an sich, und beide weinten und lachten zugleich.

»Ich konnte einfach keine Minute länger warten. Ich mußte es dir sofort erzählen«, sagte Mary, als sie sich aus Lornas Armen löste, um Atem zu holen. »Ely hat sich Sorgen wegen der Fahrt gemacht, aber ich wußte, daß ich platze, wenn ich es dir nicht sofort selbst erzählen kann. Wir haben so lange darauf gewartet.«

»Es freut mich so sehr für dich.« Lorna wischte sich die Tränen von den Wangen. Dann drückte sie Ely die Hand. »Es freut mich so sehr für euch beide.«

Sie hörte Hufe, sah Benteen und winkte ihm eifrig zu. Er entdeckte Ely und ritt auf das Haus zu. Lorna ließ ihn kaum absteigen, ehe sie auch schon mit den Neuigkeiten herausplatzte. Als die Glückwünsche ein zweites Mal abgeebbt waren, schlug Lorna vor, sie sollten alle ins Haus kommen und Kaffee trinken.

Während die Männer sich über die Ranch unterhielten, beugte Mary sich zu Lorna vor und flüsterte: »Stimmt es, daß Bob Vernon heiratet?«

»Ich habe kein Wort davon gehört.«

»Ely hat so etwas angedeutet, und ich dachte, Benteen hätte dir vielleicht etwas Näheres erzählt«, erklärte Mary den Grund für ihre Frage. »Er ist nämlich nur wegen eines Mädchens einmal im Monat in Miles City.«

»Ich weiß, daß er oft dort ist«, gab Lorna zu. »Aber viele Männer reiten oft hin. Mir war nicht klar, daß es um ein Mädchen geht.«

»Es ist nicht irgendein Mädchen«, sagte Mary. »Es ist ein Freudenmädchen, aber ich habe gehört, daß sie rasend ineinander verliebt sind.«

Lorna ging in sich, aber sie war weder schockiert noch moralisch entrüstet. Ihre Lebensanschauung hatte sich sehr verändert. Wenn Bob Vernon die Frau heiraten wollte, obwohl er ihre Vergangenheit kannte, und wenn sie ihn heiraten wollte, dann war das genug.

»Ich glaube, ich werde Benteen vorschlagen, daß wir Bob die Hütte überlassen, wenn wir in das Haus einziehen.« Sie sprach laut aus, was ihr gerade durch den Kopf ging.

Mary wollte etwas darauf erwidern, aber sie wurde von Webb daran gehindert, der gerade wieder in die Hütte stürzte. Er flog auf Lorna zu und preßte sich auf gewohnte Art stürmisch an sie. »Mami! Dieser Mann ist hier – aber er hat die Kutsche nicht mitgebracht.«

Webb hatte die Tür offen gelassen, und Benteen trat in den Türrahmen. Es ging etwas von ihm aus, was Lorna an einen Hund erinnerte, dem sich beim Anblick eines Eindringlings die Haare sträubten. Daher entging ihr das letzte Wort, das Webb gesagt hatte, und sie eilte schneller zur Tür, um nachzusehen, wer gekommen war.

Als sie auf der Schwelle stand, stand Benteen direkt vor der Tür und verstellte ihr den Weg. Sie konnte über seine Schulter sehen. Bull Giles schwang sich gerade von seinem Pferd. Arthur lief ihm entgegen, um ihn zu begrüßen, aber im letzten Moment blieb er schüchtern stehen und steckte einen Finger in den Mund.

Bull blieb vor ihm stehen, lächelte ihn an und zerzauste sein Haar. »Na, wie geht's, Artie?«

Arthur drehte sich auf seinen kurzen Beinen um und lief zu Benteen, aber er lächelte und fürchtete sich überhaupt nicht vor dem stämmigen Mann, der ihm folgte. Lorna warf einen Blick auf Benteen. Er hatte das Kinn starr vorgereckt und wirkte angriffslustig.

»Was führt Sie hierher, Giles?« fragte Benteen, ohne ihn vorher zu begrüßen.

Bulls Blick fiel an ihm vorbei auf Lorna, und sie nahm wahr, daß ein Nerv in Benteens Wange zuckte. »Ich soll Ihrer Frau etwas von Lady Crawford ausrichten.«

In freudigem Erstaunen öffneten sich ihre Lippen einen Spalt weit, aber Benteen sprach mit Bull, ehe sie zu Wort kam. »Wer ist Lady Crawford?«

»Du erinnerst dich sicher, daß ich dir von ihr erzählt habe«, warf Lorna eilig ein. Sie stellte sich neben ihn und legte eine Hand auf seinen Arm. In ihren Augen stand Eifer, als sie ihren Kopf zurücklegte, um ihn anzusehen. »Ich habe sie in Dodge City kennengelernt, und sie hat mir das Glas mit der pflegenden Lotion geschenkt.«

Seinem Gesicht war anzusehen, daß er sich erinnerte, doch dann kniff er die Augen zusammen. »Was tut sie hier?«

»Sie ist mit einer Gesellschaft von englischen Adeligen unterwegs, die durch diese Gegend reisen«, erklärte Lorna. Das schien Benteen zum Schweigen zu bringen, und sie wandte sich an Bull. »Sie sagten, Sie sollen mir etwas von ihr ausrichten? Hat sie sich noch an mich erinnert?«

»Ja, sie hat sich an das Zusammentreffen mit Ihnen erinnert«, sagte Bull, der die letzte Frage zuerst beantwortete. »Sie würde Sie gern besuchen und läßt anfragen, ob es Ihnen ungelegen käme, wenn sie morgen kommt.«

»Morgen?« Ihre Hand spannte sich um Benteens Ärmel, doch sie merkte es nicht. »Sagen Sie ihr, daß mir ihr Besuch gar nicht ungelegen kommt. Sie ist mir herzlich willkommen.«

»So gegen zwei«, schlug Bull vor.

»Ja, das ist mir sehr recht«, versicherte Lorna ihm, doch es fiel ihr immer noch schwer zu glauben, daß diese Frau sie wirklich besuchen wollte.

Es war ihre erste Gelegenheit, andere Besucher als Mary und Ely zu empfangen. Ihre Aufregung und ihre Vorfreude steigerten sich, und sie bemühte sich, diese Gefühle zu unterdrücken. Bloß, weil sie seit einigen Jahren keine wirklichen gesellschaftlichen Kontakte mehr hatte, würde sie nicht gleich so beklagenswert außer sich geraten wie diese Frau in Kansas.

»Dann sage ich ihr, daß Sie sie morgen erwarten.« Er nickte ihr zu und wandte sich ab, um zu gehen.

»Wollen Sie nicht hereinkommen und einen Kaffee mit uns

trinken?« lud Lorna ihn ein, obwohl Benteens Haltung gar nicht gastfreundlich wirkte.

Aber Bull Giles sah Benteen an, ehe er den Kopf schüttelte, um das Angebot abzulehnen. »Nein. Vielen Dank, Mrs. Calder.« Er ging zu seinem Pferd, stellte einen Fuß in den Steigbügel und schwang seinen kräftigen Körper auf den Sattel.

Als sich das Pferd in Bewegung gesetzt hatte, zerrte Webb an ihren Röcken. »Warum hat er die Kutsche nicht mitgebracht?«

»Wahrscheinlich, weil er mit dem Pferd schneller vorankommt«, sagte Lorna, aber sie nahm den schneidenden Blick wahr, mit dem Benteen sie ansah.

»Wann haben die Jungen ihn kennengelernt?« Die Frage wurde schnell und leise ausgestoßen.

»Gestern«, sagte Lorna mit fester Stimme, »als wir in Mr. Fitzsimmons' Geschäft waren. Mr. Giles war in der Schmiede, um eine Kutsche reparieren zu lassen, die der englischen Gesellschaft gehört.«

»Davon hast du gestern abend kein Wort gesagt.«

»Es muß mir wohl entfallen sein.« Ihre Stimme war von einer Süße, die besagte, daß sie ihm all das heimzahlte, was er ihr nicht erzählt hatte, weil er es nicht für notwendig befunden hatte. In Wirklichkeit hatte sie ihm aber deshalb nichts davon erzählt, weil Bulls letzte Bemerkung ihr Sorgen bereitet hatte.

»Und was ist dir noch entfallen?« Er war absolut nicht belustigt. Er war sogar wütend.

Es war nicht ihre Absicht, ihn eifersüchtig zu machen, und daher seufzte Lorna matt. »Nichts, Benteen. Sonst nichts.« Dann riß sie sich zusammen und lächelte ihn an. »Wirst du morgen hier sein, wenn sie kommt? Ich würde mich freuen, wenn du sie kennenlernst.«

Er sah erst sie forschend an und warf dann einen Blick auf den Reiter, der gerade die Ranch verließ. Er war der Grund, aus dem Benteen hier sein würde. Lady Crawford interessierte ihn nicht, und er hatte sich auch nicht bereit erklärt, da zu sein, um ihr einen Gefallen zu tun.

»Du glaubst, daß Mr. Giles morgen kommt«, murmelte

Lorna, um ihm zu verstehen zu geben, daß sie seine Motive kannte.

Er sah sie mit kühlen Augen an. »Glaubst du es denn nicht?«

»Ich bin mit dir verheiratet, Benteen«, erklärte sie mit Nachdruck.

»Dann möchte ich auch sichergehen, daß er es nicht vergißt«, erwiderte Benteen, dessen starrer, kalter Gesichtsausdruck sich nicht veränderte.

23

Ein großes hölzernes Gebilde ragte über der sonst ununterbrochenen Eintönigkeit der welligen Prärie auf. Elaine setzte sich in der Kutsche aufrechter hin und beugte sich vor, um es sich näher anzusehen. Die Proportionen waren gewaltig, aber alles andere hätte in der Weite dieses freien Landes zwergenhaft gewirkt. Das Haus beanspruchte die Herrschaft über die ausgedehnten Flächen dieses ungezähmten Landes.

»Fahren wir dorthin?« rief sie Bull Giles zu, weil sie die Gewißheit, die bereits in ihrem Herzen brannte, bestätigt haben wollte.

»Ja, Ma'am. Das, was da vor uns liegt, ist das Dreifache C.« Er drehte sich bei dieser Antwort auf dem Kutschbock um.

»Sagten Sie Dreifaches C?« fragte Elaine mit scharfer Stimme.

»Ja, Ma'am. Das ist Calders Brandzeichen. Das Dreifache C.«

Elaine lehnte sich zurück, als die Kutsche auf dem holprigen, ausgefahrenen Weg zur Ranch rollte. Wenn sie die Bemerkung, die Judd Boston von sich gegeben hatte, in Betracht zog, schien es, als sei die Ranch ihres Sohnes nicht so sicher, wie das Haus es auszudrücken schien.

Lorna versuchte, den Ausschnitt ihres Kleides höher zu ziehen, um nicht zuviel von ihren Brüsten zu zeigen, aber seit sie die beiden Jungen bekommen hatte, hatte ihr Brustumfang zugenommen. Das Mieder des Kleides wollte sich einfach nicht soweit dehnen lassen, daß es sich nicht mehr über ihren festen Brüsten spannte.

Kritisch musterte sie ihr Spiegelbild. Ob es nun unzüchtig wirken mochte oder nicht – Lorna würde das Kleid anlassen. Es war ihr bestes Kleid. Sie war nicht bereit, ihren englischen Gast in einem ihrer schlichten Hauskleider zu empfangen. Ihre Fingerspitzen fuhren über ihre Wange, um die Zartheit ihrer Haut zu überprüfen.

Ein zweites Spiegelbild tauchte neben ihr auf und verblüffte sie. Benteen war so lautlos wie auf Samtpfötchen hinter sie getreten. Sein kantiges, schmales Gesicht war im Spiegel direkt neben ihrem zu sehen. Lange trafen sich ihre Blicke, ehe Lorna sich zu ihm umdrehte.

»Giles wird zu würdigen wissen, wieviel Zeit du damit verbracht hast, dich für ihn schön zu machen«, bemerkte er zynisch, während seine Finger von ihrem Hals auf ihre Brüste glitten.

»Ich habe es nicht für ihn getan«, beharrte Lorna mit scharfer Stimme. Sie ärgerte sich darüber, daß er so etwas sagte, und gleichzeitig nahm sie das Prickeln ihrer Haut unter seiner Berührung wahr. »Außerdem weiß ich gar nicht, ob er Lady Crawford begleitet.«

»O doch«, sagte Benteen. »Und er wird bemerken, wie du aussiehst.«

»Dafür kann ich nichts«, wandte sie ein, als seine Finger sich ihren Weg unter den ohnehin schon straff sitzenden Ausschnitt des Kleides bahnten. »Warum mußt du immer wieder auf ihm herumreiten?«

»Er will das tun, was ich im Moment gerade mit dir tue.« Seine Handfläche preßte sich gegen ihr Kreuz, während seine Finger zu ihrer Schulter hinaufglitten. »Er will dich mir wegnehmen. Das weißt du selbst auch.«

Sein Blick forderte sie dazu heraus, es abzustreiten, aber das konnte sie nicht tun. »Du hast keinen Grund, dir deshalb Sorgen zu machen.«

»So?« Seine Hand preßte sich fester auf ihr Kreuz, um sie an seinen Unterkörper zu ziehen. »Dann sag mir, daß du ihn nicht leiden kannst.«

»Aber ich kann ihn leiden – als einen Freund«, schwächte Lorna ihre Antwort ab, doch sie weigerte sich, hinsichtlich dessen, was sie für Bull Giles empfand, zu lügen.

»Diesen Umstand wird er eines Tages ausnutzen, Lorna«, warnte Benteen sie. »Deshalb ist er auch immer noch hier in der Gegend – deinetwegen. Nichts anderes hält ihn hier fest. Du darfst ihm nicht vertrauen.«

»Du übertreibst.« Aber ein Körnchen Zweifel meldete sich in ihrem Innern zu Wort. »Und jetzt ist ohnehin nicht der rechte Zeitpunkt, um darüber zu reden. Sie können jeden Moment ...«

»Sie«, schnitt ihr Benteen das Wort ab. »Du erwartest ihn also doch.«

»Benteen, hör jetzt bitte auf damit.« Er hatte keinen Grund zur Eifersucht, aber es schien ganz so, als könnte sie ihn nicht davon überzeugen.

Seine Finger gruben sich in ihre Schulter, um sie ganz an sich zu ziehen. In seinem Kuß lag soviel Glut, als wolle er ihre Lippen mit seinem Mal versengen und sie brandmarken wie alles andere, was ihm gehörte. Als er den Kopf hob, ging ihr Atem schneller. Sie war wütend und erregt zugleich. Dieser Widerspruch zeigte sich in dem wütenden Funkeln ihrer Augen und ihren weichen Lippen, die ihm entgegenstrebten. Lorna wirbelte herum, um sich den Schaden, den er angerichtet hatte, im Spiegel zu betrachten.

»Dazu hast du jetzt keine Zeit mehr«, sagte Benteen. »Ich habe die Kutsche schon gesehen, ehe ich ins Haus gekommen bin.«

Sie wirbelte zu ihm herum und war wütend auf ihn, weil er ihr in dem Moment die Ruhe geraubt hatte, in dem das Eintreffen ihres Besuches bevorstand. In seinen Augen stand ein zufriedenes Glitzern, als er sie musterte. Lorna preßte die Lippen fest aufeinander und eilte an ihm vorbei zur Haustür. Sie konnte das Klappern der Räder draußen hören.

In dem Moment, in dem Lorna die Tür öffnete, hielt die Kutsche an. Ihr Gespür sagte ihr, daß Benteen einen Schritt hinter ihr stand. Sie zog die Schultern hoch, als sie vor das Haus trat, um ihren Ehrengast zu begrüßen. Die Jungen liefen den Besuchern bereits entgegen. Als Lorna den Grasflecken auf dem Hosenboden von Webbs kurzer Hose sah, steigerte sich ihre Reizbarkeit.

Bull Giles schwang sich vom Kutschbock, und sein Blick streifte Lorna von Kopf bis Fuß. Sie war sich dessen bewußt, aber sie konnte ihn nicht ansehen, nicht, wenn sie wußte, daß Benteen sie alle beide ganz genau im Auge behielt. Das ließ ihr Auftreten gezwungen wirken, obwohl sie doch einen guten Eindruck auf ihre Besucherin machen wollte.

Sie rief Webb und Arthur zu sich, als Bull Giles die Tür der Kutsche öffnete und der Frau, die auf dem Rücksitz saß, seine Hand entgegenstreckte, um ihr beim Aussteigen behilflich zu sein. Als Lady Crawford aus der Kutsche stieg, war Lorna wieder ganz erschlagen von der majestätischen Haltung der Frau, die durch die reinseidene Bluse und den langen Satinrock, beides mitternachtsschwarz, noch unterstrichen wurde. Sie sah älter aus als beim letzten Mal – um ihre dunklen, fast schwarzen Augen herum zeigten sich Falten –, aber seltsamerweise wirkte sie dadurch nicht weniger schön.

Als Lady Crawford mit anmutigen Bewegungen auf sie zukam, um sie zu begrüßen, sagte Lornas Instinkt ihr, daß sie einen Knicks machen sollte, aber Benteens Hand legte sich so fest um ihre Taille, daß es fast wirkte, als wolle er dieser Bewegung Einhalt gebieten. Er hielt sie so fest, daß sie aufrecht stehenblieb.

»Es ist mir eine große Freude, Sie wiederzusehen, Eure Ladyschaft.« Lorna begrüßte die Frau mit einer ausgestreckten Hand, die kurz gedrückt und dann sofort wieder losgelassen wurde.

»Bitte. Verzichten wir doch auf die Förmlichkeiten. Es wäre mir lieb, wenn Sie mich Elaine nennen«, bat sie, und dabei richtete sie ihren Blick direkt auf Benteen. »Das ist Ihr Mann?«

Während seine Frau die beiden miteinander bekannt machte, beobachtete Elaine das Gesicht ihres Sohnes ganz genau, doch sie fand dort kein Erkennen. Eigentlich war das nicht weiter erstaunlich, wenn man bedachte, wie klein er damals noch gewesen war und wie sehr sie sich verändert hatte, während aus dem einfachen Mädchen aus Texas ein Mitglied der herrschenden Klasse Englands geworden war. Er bekundete ein deutliches Desinteresse an ihr, und doch spürte sie eine Spannung, die von ihm ausging, und sie fragte sich nach den Ursachen.

Die beiden kleinen Jungen wurden ihr vorgestellt. Beide ließen deutlich Calderblut erkennen, und das äußerte Elaine. Innerlich bereitete ihr die Vorstellung, Enkelkinder zu haben, Unbehagen. Das Altern war etwas, wogegen sie ankämpfte, und diese Kinder waren ein Beweis dafür, daß ihr Alter vorangeschritten war, ungeachtet der Lügen, die ihr der Spiegel erzählte.

»Mr. Giles, würden Sie mir bitte die beiden Geschenke geben?« Da sie sicher sein konnte, daß er ihrer Aufforderung Folge leistete, richtete sie ihre ungeteilte Aufmerksamkeit wieder auf das Paar, und immer öfter wanderte ihr Blick zu Benteen. »Ich habe Ihnen beiden eine Kleinigkeit mitgebracht, um meine Dankbarkeit für die Gastfreundschaft, die Sie mir heute erweisen, auszudrücken. Von ihren Kindern war mir nichts bekannt. Sonst hätte ich natürlich auch für die beiden eine Kleinigkeit mitgebracht.«

»Sie hätten uns gar nichts mitbringen sollen«, wandte Lorna ein.

»Meine Frau hat recht. Wir müssen Ihre Geschenke zurückweisen«, äußerte Benteen mit diesem verbissenen Calderstolz, an den sich Elaine nur allzu gut erinnerte.

»Unsinn.« Sie bedeutete Giles, die Geschenke zu überreichen. »Es sind nur kleine Geschenke, nichts weiter als eine Geste. Ein Topf Lotion für Ihre Frau und ein paar Zigarren für Sie. Nichts weiter als Kleinigkeiten, das versichere ich Ihnen.«

Benteen nahm das Geschenk mißmutig entgegen, während seine Frau weit weniger dagegen hatte. Doch Elaines Interesse wurde von einem Blick, den er ihrem Reiseführer zuwarf, wachgerufen. Er sah Giles voller Argwohn und Mißtrauen an, als dieser seiner Frau das Geschenk überreichte. Elaine stellte außerdem fest, daß seine Frau es vermied, Giles direkt anzusehen. Es schien ganz so, als seien sie doch nicht die glückliche Familie, die sie auf den ersten Blick zu sein schienen.

»Wollen Sie vielleicht eintreten?« forderte Lorna sie auf. »Tee und Kuchen stehen auf dem Tisch.«

»Ja, gern«, nahm Elaine die Aufforderung an, doch dann blieb sie stehen und warf einen Blick auf das Haus, das auf der Anhöhe im Bau war. »Es konnte mir wohl kaum entgehen, daß Sie sich ein neues Haus bauen. Von außen sieht es sehr eindrucksvoll aus. Vielleicht könnten Sie später eine kleine Führung durch das Haus mit mir vornehmen?«

»Innen fangen die Zimmerleute gerade erst mit der Arbeit an, und daher gibt es noch nicht viel zu sehen, aber ich führe Sie gern herum«, willigte Lorna voller Stolz ein. »Im Vergleich dazu muß unsere Blockhütte sehr klein und provisorisch wirken.«

»Mami, bitte, dürfen wir uns in die Kutsche setzen?« bettelte Webb, der seinen Eifer keine Sekunde länger zu bändigen vermochte.

Lorna versuchte, ihn abzulenken. »Magst du nicht mit hereinkommen und einen von den Kuchen probieren, die ich gebacken habe?«

»Ich will in der Kutsche sitzen«, beharrte er stur.

Als Lorna zögerte, meldete sich Lady Crawford zu Wort. »Wenn die Kutsche die Reise durch dieses unwegsame Land übersteht, dann können zwei kleine Jungen ihr wohl kaum Schaden zufügen.« Da sie die Gegenwart von Kindern immer eher als lästig empfunden hatte, war Lady Crawford gar nicht enttäuscht darüber, daß die Jungen sich mehr für die Kutsche als für sie interessierten.

»Ich weiß, daß die Jungen nicht absichtlich etwas kaputtmachen«, setzte Lorna an.

Bull Giles fiel ihr ins Wort. »Ich kann auf die Jungen aufpassen, Mrs. Calder, und ich sorge auch dafür, daß sie nichts anrichten.«

Ein kurzes verlegenes Schweigen folgte auf sein Angebot, als Lorna einen besorgten Blick in Benteens Richtung warf, aber er sagte kein Wort.

»Das ist sehr freundlich von Ihnen, Mr. Giles. Vielen Dank«, nahm sie das Angebot an.

»Kommt, Kinder. Jetzt sehen wir uns die Kutsche an.« Die Kinder eilten zu ihm hinüber.

Lorna hatte sich Sorgen gemacht, weil sie nicht wußte, wie sie jemanden bewirten und unterhalten sollte, der Lady Crawfords gesellschaftlichen Stand und ihre Herkunft hatte, doch die Frau brachte es fertig, ihr das Gefühl zu geben, sorglos mit ihr Tee trinken zu können. Die Unterhaltung plätscherte flüssig dahin, abgesehen davon, daß Benteen sich reserviert aus jedem Gespräch heraushielt. Lorna war bewußt, daß das auch Lady Crawford aufgefallen war, denn sie ließ ihren Blick oft in seine Richtung streifen.

Die fröhlichen Stimmen und das Gelächter der Jungen trugen die Gewißheit in das Haus, daß Bull die Kinder beschäftigte. Lorna spürte, daß das Benteen gar nicht gefiel. Vielleicht hätte sie ihnen doch nicht erlauben sollen, draußen zu bleiben, aber Webb war in letzter Zeit so jähzornig, daß sie es nicht hatte riskieren wollen, Lady Crawford einen seiner üblen Koller miterleben zu lassen.

Sobald sie der Ansicht war, ihren gesellschaftlichen Verpflichtungen halbwegs Genüge getan zu haben, schlug Elaine vor, jetzt einen Rundgang durch das neue Haus zu machen. Ihr Plan schlug fehl, als sie ins Freie traten und beide Kinder sie begleiten wollten. Sie hatte geglaubt, sie bei Giles gut untergebracht zu haben, aber es schien ganz so, als hätte sie sich getäuscht.

Das Innere des Hauses war ein Labyrinth aus Balken und Brettern und Stapeln von Bauholz, die überall herumlagen. Für die kleinen Jungen war das Ganze ein einziges gewaltiges Spielzimmer. Sie rannten herum und kreischten, und das schien nur noch zu dem allgemeinen Durcheinander beizutragen. Trotz allem konnte Elaine sich genau vorstellen, wie das Haus einmal aussehen würde, angefangen mit dem Eßzimmer für offizielle Anlässe bis hin zu der Anordnung von Arbeitsflächen in der großen Küche. Das Haus besaß das Potential, nach den Maßstäben des amerikanischen Westens absolut prachtvoll zu werden, und das wußte sie.

»Das hier wird das Arbeitszimmer«, erklärte Lorna, als sie den Rundgang im Parterre abgeschlossen hatten und vor dem Raum standen, der direkt von der geräumigen Eingangshalle abging.

Hinter ihnen war ein lauter Schlag zu hören, dem ein Schmerzensschrei von einem der Jungen folgte. Elaine war die einzige, die nicht mit Panik reagierte. Lorna und Benteen stürzten gleichzeitig zu dem jüngeren Kind, das dort, wo es hingefallen war, schreiend dalag. Mit seinen kurzen Beinen war es ihm nicht gelungen, den Fuß über ein Brett zu heben, das im Weg lag, und bei dem Versuch war der Junge gestolpert und hatte sich beide Knie auf dem rauhen Holzfußboden aufgescheuert.

Benteen wollte den Jungen auf den Arm nehmen, aber Arthur wollte zu seiner Mami und stieß einen weiteren schrillen Klagelaut aus, während er seine Arme nach ihr ausstreckte. Sie nahm das Kleinkind auf den Arm, drückte es dicht an sich und wiegte es zum Trost behutsam auf ihren Armen.

»Ist Arthur verletzt?« Der ältere Junge reckte sich, weil er den Schaden sehen wollte. »Blutet er? Kann ich es sehen?«

»Er hat sich nur die Knie aufgescheuert«, erwiderte Lorna. Dann warf sie Elaine einen Blick zu. »Sie entschuldigen mich doch?«

»Gewiß«, stimmte sie eifrig zu. »Ihr Mann kann mir ja den Rest des Hauses zeigen.« Sie wandte sich ab, um die Zufriedenheit, die in ihren Augen stand, nicht zu zeigen, und dann ging sie durch das Zimmer zu dem großen Kamin. Sie lauschte den Schritten von Lorna und den Kindern, die sich von denen von Benteen trennten.

»Die Treppe zum ersten Stock ist noch nicht fertig«, teilte Benteen ihr mit. »Mehr gibt es also hier noch nicht zu sehen.«

Elaine neigte ihren Kopf zur Seite, um ihn versonnen zu mustern. »Du erinnerst dich also überhaupt nicht mehr an mich, oder?«

»Verzeihen Sie bitte.« Er zog fragend eine Augenbraue hoch, und doch schien seine Neugier nur aufgesetzt zu sein. In Gedanken war er offensichtlich weit weg von ihr.

»Ich habe auch nicht damit gerechnet.« Ihr Blick wandte sich wieder dem Kamin zu. »Dein Vater hatte früher ein Bild von mir auf dem Kaminsims stehen. Ich habe mich oft gefragt, wie lange er es wohl noch dort hat stehen lassen.«

Als sie ihn wieder ansah, sah sie, wie weiß er unter seiner

Bräune geworden war, und seine Gesichtsmuskeln hatten sich angespannt. Das kalte Entsetzen war ihm anzusehen. Elaine war nicht überrascht über den bitteren Haß, der plötzlich in seinen Augen aufloderte.

»Es stand bis zu dem Tag dort, an dem er gestorben ist.« Seine Stimme grollte die Antwort heraus, aber seine Selbstbeherrschung geriet nicht ins Wanken.

»Seth war immer ein hoffnungsloser Romantiker«, verkündete Elaine mit einem kehligen Lachen. Dann ließ sie ihren Blick durch das halbfertige Haus schweifen. »Vielleicht hätte ich ihn nicht verlassen, wenn er mir ein Haus wie dieses hier gebaut hätte. Ist das der Grund, aus dem du es baust, Benteen? Hast du Angst davor, deine Frau zu verlieren?«

»Ich weiß nicht, warum du hier bist, aber jetzt scher dich zum Teufel!« Seine gesenkte Stimme zitterte vor Anstrengung, seinen Zorn nicht hervorbrechen zu lassen. »Geh wieder zu deinen schicken Lords und Ladys. Du bist hier unerwünscht.«

»Ich bin nicht gekommen, um dich um Vergebung zu bitten«, erwiderte sie mit einem Anflug von Belustigung. »Ich bereue nicht, daß ich deinem Vater davongelaufen bin und dich sitzengelassen habe. Als ich Texas mit Con Dunshill verlassen habe, habe ich nie mehr auch nur einen Gedanken daran verschwendet.«

»Glaubst du wirklich, daß mich das interessiert?« fragte Benteen mit belegter Stimme. »Ich bin nicht mein Vater. Du bist aus meinem Leben verschwunden, und jetzt bleib auch draußen.«

Mit dunklen Augen musterte sie ihn, ohne sich von dem bitteren Haß abschrecken zu lassen, den er ihr entgegenbrachte. »Du bist nicht wie dein Vater«, stimmte sie ihm zu. »Das war mir schon klar, als ich dich in Dodge City gesehen habe. Du bist wie ich, Benteen, genau wie ich.«

»Du bist ein ehebrecherisches, heimtückisches Weibsstück. Du hat weniger Skrupel als jede Hure.« Verachtung und Hohn verzerrten seine Züge, als er ihr diese Anklagen an den Kopf warf.

»Und du bist rücksichtslos, ehrgeizig und intelligent – all das, was du mir vorwirfst. Bei einem Mann werden diese Eigenschaften bewundert«, argumentierte sie, »aber wenn eine Frau dieselben Eigenschaften besitzt, ist sie eine ränkeschmiedende, geldgeile, schlechte Frau. Ich bekenne mich in allen drei Punkten schuldig. Und was jetzt, Benteen? Bist du denn überhaupt nicht neugierig darauf zu erfahren, warum ich nach all der Zeit wieder hier bin?«

»Nicht sonderlich.«

»Du willst es wissen. Du willst es nur nicht zugeben.« In ihrem Lächeln stand Gewißheit. »Und daher werde ich es dir sagen. Seit dem Tode meines Mannes ...«

»Ich nehme an, du sprichst von meinem Vater«, fiel Benteen ihr kalt ins Wort. »Mit ihm warst du rechtmäßig verheiratet.«

»Du kannst den Anklagen gegen mich die Bigamie hinzufügen.« Sie tat diese Formalität mit einem Schulterzucken ab. »Seit dem Tod des Earl of Crawford, mit dem ich in all diesen Jahren als seine Ehefrau zusammengelebt habe, ist mir die englische Gesellschaft eine zu starke Einengung. Ich ziehe mich nicht aus dem Geschehen zurück und lasse mich auf ein Regal stellen, wie man es von mir will. Seit dem Tag, an dem ich dich in Dodge City gesehen habe, hat mir die Vorstellung, daß wir beide, du und ich, ein großartiges Team abgeben könnten, keine Ruhe mehr gelassen und ist ständig in meinem Hinterkopf herumgeschwirrt.«

»Ich habe kein Interesse daran, mir einen Partner zuzulegen, und wenn es so wäre, dann würde ich mit Gewißheit nicht gerade dich nehmen.«

»Ich bin eine außergewöhnlich reiche Frau, wenn ich auch daran zweifle, daß das im Moment für dich von Interesse ist. Aber später, wenn du genug Zeit gehabt hast, dich von dem Schock – nennen wir es vielleicht so? – zu erholen, daß du deine Mutter wiedergesehen hast, dann habe ich dir einen geschäftlichen Vorschlag zu machen, den ich mit dir besprechen möchte.«

»Ich habe keine Mutter«, sagte Benteen gepreßt.

Mit einem Hochziehen ihrer Schulter drückte sie ihre Gleichgültigkeit gegenüber dieser Einstellung aus. »Ich wäre auch viel lieber dein Partner, aber darüber reden wir ein anderes Mal.«

»Es wird kein anderes Mal geben, und Vorschläge von deiner Seite interessieren mich nicht – seien sie geschäftlicher Natur oder nicht. Ich schlage vor, daß du gehst, ehe ich dich hinauswerfe.« Seine harten, erbitterten Züge wurden keine Spur weicher.

»Ich gehe.« Sie lächelte kühl. »Nur noch eins, bevor ich gehe.«

»Dann sag es, und zwar schnell«, fauchte er, und ein erster Anflug von Ungeduld war ihm anzumerken.

»Ich glaube, du kennst einen Mann, der Judd Boston heißt.«

»Was ist mit ihm?« Seine dunklen Augen waren auf der Hut.

»Es scheint, als hätte er einen Freund im Grundbuchamt, der ihm von drei Grundstücken erzählt hat, die nicht in dem Maß genutzt werden, wie es erforderlich ist, um den gesetzlichen Regelungen zu genügen. Alle Rechte und jeder Anspruch auf das Land werden dem derzeitigen Anwärter streitig gemacht, und Mr. Boston wird in aller Stille dieses Land an sich reißen.«

»Sehr interessant, aber nicht weiter erstaunlich. So geht Boston im allgemeinen vor«, erwiderte Benteen.

Sie kam langsam auf ihn zu, glitt mit raschelnden Satinröcken näher. »Meinetwegen, aber diese drei Grundstücke gehören dir, Benteen.« Ungläubigkeit flackerte auf seinem Gesicht auf. »Du siehst also, daß ich dir sehr nützlich sein kann – in vieler Hinsicht.« Elaine lächelte vielsagend, legte ihre Hand leicht auf seine Wange, strich einen Moment lang mit ihren Fingern zärtlich über sein Gesicht. »Ich melde mich in ein paar Tagen wieder, und dann reden wir über meinen Vorschlag.«

Nachdem sie an ihm vorübergegangen war, um zur Tür zu gehen, blieb Benteen regungslos stehen. Die Berührung ihrer Hand hatte einen Schmerz ausgelöst, der ihn zersplittern ließ wie Glas. Für einen Sekundenbruchteil war er wieder der kleine Junge, der sich nach der Wärme einer mütterlichen Hand sehnte und sich verzweifelt wünschte, die schöne Frau auf dem Bild würde wieder zu ihm zurückkehren. Das war, ehe ihm klar wurde, daß seine Traummutter nicht existierte.

Langsam drehte er sich um und ging zur Haustür. Dort

stand sie und wartete darauf, daß er sie zu ihrer Kutsche begleitete. Benteen sah sie nicht an. Er bemühte sich, ihre Existenz aus seinen Gedanken zu verbannen. Er wußte zwar, daß sie Ende Vierzig sein mußte, und doch sah sie nicht so aus. Sie war zu elegant und zu kultiviert, um je als eine Matrone angesehen zu werden.

Häufig hatte er sich in seiner Jugend zurechtgelegt, was er zu ihr sagen würde, falls sie je zurückkam. Einiges davon hatte er getan – sie beschimpft und sie als seine Mutter abgeleugnet, sie aus seinem Leben verwiesen. Und doch spürte er immer noch ihre Finger auf seiner Wange. Es war qualvoll. Aber ihm war nichts anzusehen. Seine harten Gesichtszüge waren zu gut darin geübt, seine persönlichsten Gefühle zu verbergen.

Sie traten in die Sonne hinaus. Der Himmel war ein riesiges Stück Blau, das das Gelände in alle Richtungen überdachte. Benteen ließ seinen Blick über diese Weite schweifen und war sich durchaus über die brutale Böswilligkeit des Landes im klaren, das nach Belieben geben und nehmen konnte.

Die Warnung vor Judd Boston, die ihm seine Mutter gegeben hatte, schoß ihm wieder durch den Kopf. Er war zu zuversichtlich gewesen, seiner selbst zu sicher.

Als sie vor der Kutsche standen, kam Lorna gerade mit Webb aus der Hütte. Bull Giles folgte ihr und trug den kleinen Arthur in der Armbeuge. Trotz der aufgeschürften Knie und der Tränenspuren auf seinen Wangen schien der Kleine sich an Bulls Schulter recht wohl zu fühlen.

»Du bist ein tapferer Junge«, sagte Bull Giles gerade, und weder er noch Lorna bemerkte das Paar, das neben der Kutsche stand.

»Aber ungeschickt«, sagte Lorna lachend.

»Lassen Sie ihn erst mal in seine eigenen Füße hineinwachsen«, sagte Bull. Aber als er Lorna anlächelte, fiel sein Blick auf Benteen.

Neben ihm bemerkte seine Mutter: »Mr. Giles scheint sich hier recht zu Hause zu fühlen. Ist er ein guter Freund von dir?«

»Nein.« Benteen entzog seiner Stimme jeglichen Ausdruck, als er beobachtete, wie Bull Arthur auf dem Boden abstellte.

Das natürliche Lächeln war von Lornas Lippen gewichen und von einem gehemmteren Lächeln abgelöst worden. »Er ist mit meiner Frau befreundet, nicht mit mir.«

Hier stimmt so einiges nicht, dachte Elaine, als Lorna zu ihr trat. Sie musterte die Frau ihres Sohnes mit mehr Interesse als bisher. Lorna war eine attraktive, gutgewachsene junge Frau. Die harte Arbeit, die dieses Land einer Frau abverlangte, hatte ihr die Figur trotz der Geburt von zwei Kindern erhalten. In den richtigen Kleidern hätte sie umwerfend aussehen können. In ihren Augen war Intelligenz zu erkennen, und doch hatte sie sich eine gewisse Verletzbarkeit bewahrt. Elaine sah, daß Lorna noch das kindliche Verlangen besaß, anderen zu vertrauen, und genau das war es, wodurch sie so leicht zu täuschen war.

»Ich bin froh, daß Ihr Kind sich nicht ernstlich verletzt hat«, sagte Elaine, als Lorna sie erreicht hatte. Der kleine Arthur war gelaufen, um mit ihr Schritt zu halten.

»Es war wirklich nur eine geringfügige Verletzung«, antwortete Lorna.

»Es war ein angenehmer Nachmittag, und es wäre mir nicht lieb gewesen, wenn er ein unerfreuliches Ende genommen hätte«, sagte Elaine.

»Gehen Sie schon?« erkundigte sich Lorna mit einer Mischung aus Erstaunen und Enttäuschung.

Elaine warf Benteen einen Blick zu. »Ich muß gehen«, erwiderte sie. Als sie auf die Tür ihrer Kutsche zuging, stand Bull Giles schon bereit, um ihr beim Einsteigen behilflich zu sein.

Lorna stellte sich neben die Kutsche und hielt die Jungen an der Hand, damit sie den Rädern nicht zu nahe kamen. »Es freut mich sehr, daß Sie zu Besuch gekommen sind. Und vielen Dank für die Geschenke.«

»Es war mir eine Freude.« Elaines Blick glitt an ihr vorbei zu Benteen, der stumm dastand. »Wir sehen uns wieder«, sagte sie, und dann richtete sie ihren Blick wieder auf Lorna. »Dessen bin ich mir ganz sicher.«

Als die Kutsche sich in Bewegung setzte, sah Lorna ihr ein paar Minuten lang nach, ehe sie sich zu Benteen umdrehte. »Warum hast du dich nicht von ihr verabschiedet?«

Er schien seinen Blick gewaltsam von der Kutsche losreißen zu müssen, die in die endlose Prärie hinausfuhr. »Ich hatte mich bereits von ihr verabschiedet«, sagte er, und dann wandte er sich von ihr und den Jungen ab.

»Wohin gehst du?« Sie sah ihn stirnrunzelnd an, weil er sich so abrupt von ihr abgewendet hatte.

Aber Benteen gab ihr keine Antwort, sondern entfernte sich mit großen Schritten von ihr. Sie verlor ihn aus den Augen, als er hinter dem Stall vorbei zum Korral ging, in dem die Pferde standen. Mehrere Minuten später sah sie, wie er fortritt.

Benteen suchte Zeke Taylor und fand ihn, als er gerade eine kranke Kuh behandelte. Er gab ihm den Auftrag, Woolie und Bob Vernon zu suchen und ihnen zu sagen, daß er sie alle drei am frühen Morgen des nächsten Tages sehen wollte.

»Vielleicht solltet ihr euch vorher rasieren. Wir reiten in die Stadt.«

»Es kann unmöglich schon Zahltag sein.« Zeke legte die Stirn in Falten, während er angestrengt versuchte, sich zu erinnern, wie viele Tage der letzte Zahltag her war.

»Nein.« Benteen gab seinem Pferd die Sporen und ritt weiter.

Benteen kam zum Abendessen nicht zurück, und als es schon seit einer Weile dunkel war, beschloß Lorna, die Kinder zu füttern und ins Bett zu packen. Sie hielt das Essen noch eine Stunde länger für Benteen warm. Dann aß sie selbst auch etwas. Sie konnte schon nicht mehr zählen, wie oft sie schon zur Tür gegangen war und in die Nacht hinausgeschaut habe. Schließlich nahm sie das Essen vom Herd und zog sich ein Nachthemd an.

Sie konnte nicht schlafen. Mit angezogenen Knien, um die sie ihre Arme geschlungen hatte, saß sie aufrecht im Bett. Die Einsamkeit dieses Ortes ließ ihr einen Schauer über den Rükken laufen und warf ihren Schatten über sie.

Das Geräusch der Pferdehufe, die näherkamen, begann sich vom lauten Pochen ihres Herzens zu unterscheiden. Das mußte Benteen sein. Lorna sprang aus dem Bett, hob die

Plane, die sie als Trennwand aufgehängt hatte, und eilte barfuß zur Tür.

Lorna sah die Silhouette eines Reiters, die sich gegen den indigoblauen Nachthimmel abzeichnete. Sie lief zum Herd, zündete das Feuer an und wärmte das Essen wieder auf. Sie hörte das leise Klirren der Sporen, als Benteen sich der Hütte näherte. Die Ängste, die sie ausgestanden hatte, solange sie nicht gewußt hatte, wo er war, lösten sich auf, und an ihre Stelle trat eine Form von aufgebrachter Erleichterung, als er durch die Tür kam.

»Ich habe so lange wie möglich mit dem Abendessen auf dich gewartet«, sagte sie. »Es dauert ein paar Minuten, bis ich es wieder aufgewärmt habe.«

»Ich habe keinen Hunger«, sagte Benteen mit flacher Stimme. Er zog sich einen Stuhl an den Tisch, legte die Füße auf den Tisch, stellte die Whiskeyflasche und ein Glas vor sich hin, entkorkte die Flasche, schenkte sich ein Glas voll, trank es aus und starrte die Landkarte an, die an der Wand hing. So hatte Lorna ihn noch nie gesehen.

»Was ist los, Benteen?« murmelte sie.

Er sah ihr nicht in die Augen. »Nichts. Es ist schon spät. Geh ins Bett.« Während er das sagte, füllte er sein Glas nach.

Nach kurzem Zögern entschloß sich Lorna, nicht länger in ihn zu dringen, um eine Erklärung für sein Verhalten zu finden. Sie nahm das Essen vom Herd und sagte »Gute Nacht«. Benteen reagierte nicht. Sie hatte das Gefühl, daß er sie gar nicht gehört hatte.

Erst viel später schlief sie ein. Als sie am nächsten Morgen erwachte, war das Kissen neben ihr unbenutzt. Benteen saß am Tisch, hatte den Kopf auf seine Arme gelegt und schlief. Die Whiskeyflasche war weit über die Hälfte geleert.

24

Als die vier Reiter Miles City erreichten, trennte sich Benteen von Woolie, Zeke und Bob Vernon, die auf ihren Pferden zum Grundbuchamt ritten. Es gab zwei Möglichkeiten, sich nach den Heimstättengesetz das Anrecht auf Land zu sichern. Eine setzte voraus, daß man fünf Jahre dort gelebt und das Land erschlossen hatte, während die zweite, die eine Form der Ablöse war, einem das Land nach sechs Monaten für einen Preis von einem Dollar fünfundzwanzig pro Morgen überschrieb. Jedem Siedler standen hundertsechzig Morgen als Heimstätte zu. Woolie, Zeke und Bob hatten vor, das Land ›abzulösen‹. Das hatte ein gewaltiges Loch in das Kapital gerissen, das Benteen bar zur Verfügung hatte, aber es war eine schnelle und sichere Methode, Judd Bostons Pläne zu durchkreuzen.

Benteen stieg vor dem Zeitungsgebäude ab und band sein Pferd an. Zwei Soldaten aus dem Fort kamen vorbei, aber im übrigen war an diesem Augusttag nicht viel auf der staubigen Straße los. Benteen sah die Gebäude an, die auf der anderen Straßenseite standen. Auf einem der Ladenschilder stand: ›Die Erste Texanische Bank von Montana‹, und das war die Bank, die Judd Boston gehörte.

Seine Sporen klirrten, als er das Zeitungsgebäude betrat und den starken Geruch nach Tinte einsog. Ein Mann mit einem Schnurrbart, der hinter einem Schreibtisch saß, blickte mit einem gedankenverlorenen Stirnrunzeln zu ihm auf und erhob sich dann abrupt.

»Kann ich Ihnen behilflich sein?«

»Ja, ich will eine Anzeige in Ihrer Zeitung aufgeben«, erwiderte Benteen.

Der Mann griff nach Papier und Stift. Seine Hand schien ständig Tintenflecken zu haben. »Sagen Sie mir doch einfach, wie sie lauten soll, und ich schreibe mit.«

»Ich, Benteen Calder, gebe hiermit öffentlich bekannt und zu wissen, daß ich für mich das gesamte Land …« Er beschrieb die exakten Grenzen, die mehr als eine halbe Million Morgen umfaßten.

Nachdem er sein Diktat beendet hatte, fuhr der Stift noch einige Sekunden lang über das Papier. Dann las der Zeitungsmann ihm den Text noch einmal vor, um sich zu vergewissern, daß er auch alles richtig mitgeschrieben hatte. Er sah Benteen an und schüttelte den Kopf.

»Dieses verfluchte Zeug klingt immer gleich wie eine juristische Verlautbarung«, erklärte er.

»Ob juristisch oder nicht – es nutzt etwas«, erwiderte Benteen. »Was bin ich Ihnen schuldig?«

Solche Anzeigen waren eine der verbreiteten Vorgehensweisen im Westen, um sich Land anzueignen. Wenn man solche Ansprüche auf Weideland geltend machte, gab einem das noch keine Handhabe, die im Gesetz verankert war, doch Rancher hielten sich an solche Bekanntmachungen, mit denen andere Rancher die Besitzverhältnisse klärten. Wo es kein Gesetz gab, schufen sie ihren eigenen Moralkodex. Auch hier ließ sich die goldene Regel anwenden: Du respektierst die Grenzen des Eigentums eines anderen, und er respektiert deine Grenzen.

Als Benteen das Zeitungsgebäude verließ, beobachtete er einen Mann, der im Laufschritt in die Bank eilte. Er ließ sich Zeit, aber der Mann kam nicht wieder aus dem Haus heraus. Er führte sein Pferd zum Grundbuchamt, vor dem die drei Pferde des Dreifachen C im Schatten standen. Im Innern des Hauses schien sich eine hitzige Diskussion entsponnen zu haben – zornige Stimmen waren bis auf die Straße zu hören. Zeke wollte gerade den kleinen Mann, der hinter dem Schalter saß, am Hemdkragen packen, als Benteen eintrat.

»Wo liegt hier das Problem?« Trotz seiner leisen Tonlage rührte sich nichts mehr. Auf dem Gesicht des Grundbuchbeamten glänzte nervöser Schweiß, als er hinter seinem Schalter aufblickte und die drei zornigen Cowboys voller Unbehagen ansah.

»Dieser mickrige Schreiberling will uns hinhalten«, beschwerte sich Woolie mit einer verächtlichen Handbewegung.

»Ja«, stimmte Zeke ein. Der Mistkerl sagt, er kann die Aufzeichnungen, in denen wir uns für das Land eingetragen haben, nicht finden.«

Aus dem Hintergrund des Gebäudes war das Geräusch einer Tür zu hören, die geöffnet und wieder geschlossen wurde. Jemand hatte das Haus durch den Hintereingang betreten.

»Ich sage ja nicht, daß ich die Unterlagen nicht habe«, sagte der Schalterbeamte. »Wir scheinen sie verlegt zu haben. Ich kann Ihr Geld nicht annehmen, solange wir sie nicht aufgefunden haben. Wenn Sie vielleicht später noch einmal kommen könnten ...«

»Da hörst du es, jetzt fängt er schon wieder davon an«, tobte Zeke.

»Warum lassen Sie uns nicht beim Suchen behilflich sein?« schlug Bob Vernon vor.

»Das hier sind vertrauliche Regierungsunterlagen.« Der Schalterbeamte schüttelte den Kopf. »Ich kann doch nicht zulassen, daß irgendwelche Unbefugten sie durchsehen.« Ein Mann tauchte in der Tür eines Büros im rückwärtigen Gebäudeteil auf und bedeutete dem Schalterbeamten, daß er ihn sprechen wollte. Er sah ganz so aus, als sei das der Mann, den Benteen vor ein paar Minuten gesehen hatte, als er zur Bank hinübergelaufen war.

»Du weißt, daß diese Unterlagen hier sind, Benteen«, sagte Woolie. »Willst du, daß wir den Laden auseinandernehmen? Wir finden sie bestimmt.«

»Ich glaube, das wird nicht nötig sein«, murmelte Benteen, während er die beiden Männer beobachtete, die sich im Flüsterton miteinander berieten. Dem Schalterbeamten wurde ein Packen Papier übergeben. »Ich habe das Gefühl, der Fall hat sich bereits geregelt.«

Der Beamte kehrte mit den Papieren in der Hand an seinen Schalter zurück. »Hier sind die Unterlagen.« Er lächelte gepreßt. »Wir haben sie verlegt, das war alles.«

Nachdem die Anrechtsansprüche kontrolliert worden waren, das Bargeld eingezahlt worden war, wurde ihnen das Anrecht auf die drei Parzellen von je hundertsechzig Morgen bestätigt. Die Cowboys überschrieben das Land daraufhin sofort an Benteen.

»Jetzt war ich fünf Minuten lang Grundbesitzer«, verkündete Woolie. »Schreit das nicht nach einem Drink, Benteen?«

»Warum nicht?« stimmte er zu, aber er blieb stehen, als die

drei Cowboys zur Tür und dem wartenden Saloon entgegenstrebten. Benteen warf dem Beamten noch einen Blick zu. »Vergessen Sie nicht, Judd Boston von mir zu grüßen, wenn Sie ihn das nächste Mal sehen.« Der Mann wurde bleich und stammelte an einer Antwort herum, als Benteen die Schalterhalle verließ.

Das Haupthaus der Ten Bar Ranch in Montana war ein Holzhaus, das robuster gebaut war als sein Gegenstück in Texas, aber es mangelte ihm an dem dortigen Komfort. Judd Boston lehnte sich auf einem Stuhl zurück, der mit einem Kuhfell überzogen war, und musterte versonnen die Form einer der Zigarren des Herzogs. Loman Janes schenkte sich einen Schluck Whiskey aus der Karaffe ein, die auf dem kleinen, runden Tisch stand.

»Ich wüßte teuflisch gern, wie Calder dahintergekommen ist«, murrte Boston laut vor sich hin.

»Sind Sie sicher, daß Giles nichts von unseren Plänen gewußt hat?« erkundigte sich Loman. »Sie wissen doch, daß ihm Calders Frau im Kopf herumspukt. Vielleicht versucht er, sich gut mit ihr zu stellen.«

»Der einzige Umweg, auf dem er etwas davon erfahren haben kann, ist der Herzog. George schwört, daß er bisher niemandem gegenüber ein Wort fallengelassen hat. Der Mann mag zwar ein großspuriges Arschloch sein, aber ein Lügner ist er nicht.« Er steckte die Zigarre zwischen seine Zähne und paffte daran. »Ich weiß nicht, wie er Wind davon bekommen konnte.«

»Vielleicht sollten Sie Webster telegrafieren und ihm sagen, daß er die Rinder noch nicht kaufen soll, die hierher gebracht werden sollten, bis wir Weideland für sie gefunden haben«, schlug Janes vor. »Hier können wir eine solche Menge von Rindern nicht durchfüttern. Selbst, wenn sie den Winter durchstehen, haben sie das Gras doch innerhalb von einem Jahr bis auf die Wurzeln abgeweidet.«

»Das Gras ist nicht das Problem. Es ist das Wasser.« Boston wußte das von den Erfahrungen her, die er in Texas gemacht hatte. »Und ich denke gar nicht daran, Webster zu telegrafieren und meine Anweisungen rückgängig zu machen. Wir haben immer noch genug Zeit, Land zu finden. Es wäre eine glatte und saubere Sache gewesen, wenn wir uns diese drei Parzellen von Calder hätten aneignen können. Ich wünschte, dieses Land würde irgend jemandem gehören, nur nicht ausgerechnet ihm.«

»Was sollte uns daran stören?« Ein rätselhafter und aufmerksamer Blick trat auf Lomans Gesicht. Diese Äußerung klang ganz nach Angst, und für einen Mann, der kniff, hatte er keine Zeit übrig.

»Wenn ich nach der Geschichte mit seinem Vater auf sein Land aus bin, dann wird er es wahrscheinlich persönlich nehmen. Ich habe schon genug Vendettas miterlebt.«

»Vendetta? Noch nie gehört«, sagte Janes finster.

»Familienfehden, in denen sich ganze Sippen gegenseitig ausrotten.« Er hatte nicht immer den Namen Boston getragen, aber das gehörte der Vergangenheit an, die er begraben hatte. »Vielleicht kann ich ihm einen Teil seiner Wasserrechte abkaufen.«

»Er wäre ein ausgemachter Dummkopf, wenn er sie an andere abtreten würde.« Loman Janes schüttelte den Kopf bei diesem Gedanken. »Warum sollte er es auch tun? Er hat keinen Grund zu verkaufen, wenn er das Wasser selbst gebrauchen kann.«

»Dazu könnte es aber kommen, wenn er ganz plötzlich Geld braucht«, deutete Boston an, und er klopfte nachdenklich die Asche von seiner Zigarre ab. »Niemand kann wissen, wann ihm der Himmel auf den Kopf fällt. Das kann sogar passieren, wenn es gerade besonders rosig aussieht.«

Loman Janes war erleichtert, als er solche Sprüche hörte. Einen Moment lang hatte er geglaubt, er hätte sich in Boston getäuscht. Einen Mann, der sich vor einem Kampf drückte, konnte er nicht respektieren, aber Boston war lediglich vorsichtig. Mit Familienfehden kannte Loman sich aus. Seine Familie kam aus Tennessee, und daher sah er nicht ein, warum Boston fand, das sei etwas, was man vermeiden sollte. Aber Boston war der kluge Kopf, der hinter dem ganzen Unternehmen steckte.

»Was soll jetzt geschehen?« fragte Loman, der den Pegel des Whiskeys in seinem Glas beträchtlich senkte.

Boston nahm einen Zug von seiner Zigarre. »Hast du ein Streichholz?«

Es gab Außenlager, eine Art von Vorposten, die in regelmäßigen Abständen abgeritten werden mußten, eine sehr einsame Aufgabe. Da Rinder sich keine Vorstellungen von Grundstücksgrenzen machten und einen Hang zum Streunen hatten, bildeten die Reiter, die an den Grenzen entlangritten, eine Art lebendigen Zaun. Sie trieben die eigenen Rinder zurück und vertrieben die Rinder der Nachbarn von ihren Weiden.

Es war schon eine ganze Weile her, seit Benteen sich das letzte Mal mit Shorty in Verbindung gesetzt hatte. Er ritt in den Wind, der heiße, trockene Luft aus dem Südwesten trieb. Er konnte den Rauch von Shortys Lagerfeuer schon riechen, als er noch etliche Meilen weit entfernt war.

Benteen war sich nicht genau darüber im klaren, wann ihm bewußt wurde, daß das, was am Himmel im Süden voranzog, keine Zusammenballung von Sturmwolken war. Es war wabernder Rauch. Das trockene Steppengras war geradezu ein Pulverfaß, das reif für ein Feuer war.

Benteen peitschte sein Pferd an und galoppierte direkt auf die schwarzen Rauchwolken zu. Die rote Linie eilig vorankriechender Flammen war schon zu sehen, als er Shorty dabei entdeckte, eine kleinere Herde von rasenden Longhorns über den Bach zu treiben. Im Umkreis von Meilen war der Fluß der einzige Ort, der eine natürliche Feuerschneise darstellen konnte. Benteen riß sein Pferd herum, um Shorty zu helfen.

Sechs der Stiere brannten durch, und sie mußten sie laufen lassen, um die anderen vierzig Rinder über den Fluß zu treiben. Als sie die Tiere auf die andere Seite gebracht hatten, trieben sie sie weiter und sammelten auf dem Weg ständig neue Rinder ein – und auch andere Tiere kamen hinzu: Kojoten, Hasen und Antilopen. Als sie sich eineinhalb Meilen vom Bach entfernt hatten, trieben sie die Rinder im weiten Bogen zurück, um sich erneut auf die Suche nach weiteren Tieren zu machen.

Ein Schleier aus Rauch und Asche hing so dicht in der Luft,

daß sie kaum noch atmen konnten. Benteen band sich das Halstuch vor Mund und Nase, und der Wind schien stärker zu werden, da die Hitze des Feuers ihren eigenen Luftsog schuf.

Er rief Shorty zu: »Ich glaube nicht, daß das Feuer am Fluß aufhört! Dazu ist es zu windig.«

Shorty nickte und deutete rechts neben Benteen. Von dem grasbewachsenen Ufer auf dieser Flußseite ragte ein Rauchfinger auf. Eine Flammenzunge schoß aus dem Rauch und machte sich über das trockene Gras her.

»Ohne Hilfe können wir das Feuer niemals eindämmen!«

»Da kommen Barnie und Ramon!« rief Shorty.

»Erschießt zwei Rinder«, befahl Benteen, und er griff nach dem Lasso, das an seinem Sattel hing.

Benteen sah zu, wie Shorty auf eine kleine Gruppe von Stieren zuritt und den ersten mit einem Pistolenschuß in den Hinterkopf flachstreckte. Der rote Schein des Feuers kam unaufhaltsam näher, und der schwarze Rauch füllte den Himmel aus und versperrte den Blick auf die Sonne, während er bedrohlich über ihnen aufstieg. Benteen ritt zu den beiden toten Stieren hinüber, um Shorty zur Hand zu gehen.

Sie häuteten sie auf einer Seite und banden Seile um zwei der Beine. Als Barnie und Ramon, der mexikanische Cowboy, sie erreichten, brauchte Shorty nichts weiter zu tun, als ihnen die Seile in die Hand zu drücken. Sie ritten sofort im Galopp los und zerrten den blutigen Kadaver des Stieres an den Rand des Feuers. Benteen und Shorty stiegen auf ihre Pferde und wickelten die losen Seilenden um die Sattelhörner, ehe sie losritten und den zweiten Kadaver zwischen sich mitzerrten.

Als sie die schmale, züngelnde Flammenwand erreicht hatten, gab Benteen seinem Braunen, der in Panik geriet und scheute, die Sporen und brachte das Pferd dazu, über die Flammen auf den heißen, geschwärzten Boden zu springen. Sie ritten jetzt parallel zu den Flammen, Benteen auf der einen Seite, Shorty auf der anderen. Der nasse, blutige Kadaver wurde durch die Flammen gezerrt, die er erfolgreich erstickte.

Die Hitze war mörderisch und trocknete den Schweiß auf seinem Körper schon in dem Moment, in dem er ihn auf der Haut spürte. Der Rauch erstickte ihn, und seine Lunge rang mühsam um Luft. Es war kein Raum mehr zum Denken, nur noch zum Handeln. Das Feuer mußte eingedämmt werden. Der Gestank verbrannten Blutes in der Luft war übermächtig.

Benteen und Shorty mußten häufig die Seiten wechseln, damit ihre Pferde sich auf der verbrannten Erde nicht verletzten. Als es so schien, als würden sie bis in alle Ewigkeit durch diese lodernde Hölle reiten müssen, waren die Flammen gelöscht. Benteen löste das Seil von seinem Sattelhorn und ließ es fallen. Die verkohlten Überreste des Stieres ließ er liegen. Die vier Reiter standen jetzt in einem kleinen Grüppchen zusammen, und ihre zitternden Pferde verschnauften sich. Die Gesichter und die Kleidung der Reiter war von Rauch und Asche geschwärzt, und ein starker Brandgeruch haftete ihnen an. Benteen trank einen großen Schluck aus seiner Wasserflasche. Das Wasser war heiß, aber es war immerhin naß.

»Was schätzt ihr – wie viele Rinder haben wir verloren?« Seine Stimme gab Krächzlaute von sich, und er trank noch einen Schluck Wasser.

»Fünfzig – oder hundert. Vielleicht auch mehr«, antwortete Shorty. »Ich weiß, daß eine größere Gruppe zwischen den Flammen festsaß und es nicht mehr geschafft hat herauszukommen.«

Barnie bekam nicht genug Speichel zusammen, um sein Zigarettenpapier abzulecken. Schließlich gab er es auf und steckte die Zigarette zwischen seine Lippen, ohne sich um den Tabak zu kümmern, der herausrieselte. Er tastete in seinen Taschen herum und sah dann die anderen an.

»Hat jemand Feuer für mich?« fragte er.

»Ist das dein Ernst?« Shorty starrte ihn an. »Wenn du rauchen willst, brauchst du nur einzuatmen, du blöder Kerl.«

Benteen war zu erschöpft, um darüber zu lachen.

Webb lief vor ihm her zum Haus, und er sah kaum, wohin er trat, weil Benteens Hut ihm ins Gesicht fiel. Er stieß die Tür auf und drehte sich dann um, um zu warten.

»Mami!« rief Webb. »Daddy ist heimgekommen, und er ist ganz schwarz. Komm schnell, und sieh dir das an!«

Lorna folgte dem Ruf ihres Sohnes und riß die Tür ganz auf.

Als sie ihn mit offenem Mund anstarrte, wurde ihr leichtes Stirnrunzeln von ihrem Erstaunen weggewischt.

»Wir hatten einen Präriebrand«, erklärte Benteen seine äußere Erscheinung. »Wir haben es geschafft, ihn zu löschen.«

»Ist alles in Ordnung mit dir?« Das Erstaunen, das sie starr stehenbleiben ließ, wurde von einem kleinen Erschauern durchbrochen. Sie kam ihm näher und hob zögernd die Hände, um ihn zu berühren. »Du siehst ganz verkohlt aus.«

»Das ist nichts weiter als Rauch und Asche«, versicherte er ihr matt. »Das läßt sich abwaschen.«

Nachdem sie sein Hemd berührt hatte, waren ihre Finger geschwärzt. Als sie sich vergewissert hatte, daß er nicht verletzt war, schnitt Lorna eine Grimasse über seine schwarzen Kleider. »Ich weiß nicht, ob dieses Hemd und diese Hose je wieder sauber aussehen werden.« Sie zog Webb den Hut vom Kopf, aber er hatte bereits einen schwarzen Streifen auf seiner Stirn hinterlassen. Sie schubste den kleinen Jungen ins Haus. »Komm deinem Vater nicht zu nah. Ich will nicht, daß du dich auch so schmutzig machst.«

Sie hielt den Hut behutsam zwischen den Fingerspitzen und hing ihn an einen Haken an der Tür. Der Geruch nach Rauch und versengtem Haar, der seinen Kleidern und seiner Haut anhaftete, ließ sie die Nase rümpfen. Im Haus roch schon die Luft danach. Der kleine Arthur warf nur einen Blick auf Benteen, ehe er ein verängstigtes Quietschen von sich gab und sich eilig hinter Lornas Röcken versteckte.

»Ich weiß, daß er nicht so aussieht, aber es ist dein Vater«, versicherte Lorna dem Kind.

»Warte nur, bis ich mir das Gesicht und die Hände gewaschen habe.« Benteen lächelte seinen jüngeren Sohn matt an und ging zur Waschschüssel. Als er sie mit Wasser aus dem Krug füllte, bemerkte er das Essen, das auf dem Herd kochte. »Ist das Abendessen bald fertig?«

»Ja. Wir können essen, sowie du dich gewaschen hast.« Sie nahm zwei Wassereimer und ging zur Tür.

»Wohin gehst du?« Benteen drehte sich aus der Hüfte zu ihr um.

»Ich hole dir Badewasser«, antwortete sie, ohne stehenzubleiben. »Während wir essen, kann es schon aufgesetzt werden.« Der kleine Arthur eilte hinter ihr her und wimmerte, weil die Stimme seinem Vater gehörte, aber er immer noch nicht sicher war, ob es auch sein Vater war. Lorna hielt ihn an der Tür zurück. »Webb, paß auf deinen kleinen Bruder auf, bis ich wieder da bin.«

Webb nahm seinen kleinen Bruder an der Hand und zerrte ihn von der Tür fort. Arthur stieß augenblicklich einen lauten Protestschrei aus, obwohl Webb auf Erwachsenenart versuchte, ihn zum Schweigen zu bringen.

Der Seifenschaum verwandelte sich in grauschwarze Blasen, als Benteen sich das Gesicht schrubbte. Er mußte sich wiederholt einseifen, ehe das Wasser, mit dem er sich die Seife aus dem Gesicht spülte, klar war. Als Lorna mit den gefüllten Eimern das Haus betrat, tupfte er sich die brennenden Augen ab. Arthur beobachtete ihn nachdenklich mit einem Finger im Mund. Dann trat ein strahlendes Lächeln auf sein Gesicht.

»Daddy!« Er deutete in freudigem Erkennen mit einem nassen Finger auf Benteen.

»Stimmt.« Benteen hing das nasse Handtuch über eine Ecke des Waschtischs und beugte sich zu seinem jüngeren Sohn herunter.

»Heb ihn nicht hoch«, ordnete Lorna an. »Du hast immer noch Asche auf deiner gesamten Kleidung.«

»Tut mir leid, mein Junge.« Er zerzauste Arthurs Haar und nahm ihn an der Hand, um mit ihm zum Tisch zu gehen.

Als Lorna den Tisch gedeckt hatte, stellte sie die Wasserkessel auf den Herd. Benteen und die beiden Jungen fingen ohne sie zu essen an. Das Essen war schon fast kalt, als sie sich endlich zu ihnen setzte.

»Wodurch ist das Feuer ausgebrochen? Weißt du es?« fragte sie.

»Nein.« Er schüttelte kurz den Kopf. »Wahrscheinlich werden wir es nie erfahren. Ein halbes Dutzend von Dingen kann den Brand verursacht haben.«

»War es schlimm?« Jetzt, da er in Sicherheit war und wieder halbwegs menschlich aussah, setzte bei ihr die Sorge ein. Sie sah erschreckende Bilder von ihm vor sich, wie er gegen das Feuer ankämpfte, während um ihn herum die Flammen loderten.

»Ziemlich schlimm«, antwortete er. »Wir werden es erst wirklich wissen, wenn wir die Fläche, auf der es gebrannt hat, näher angesehen haben.«

»Ich habe mir eingebildet, daß der Wind nach Rauch gerochen hat. War es im Süden?« Ihre Frage wurde mit einem bejahenden Nicken beantwortet. Sie schauderte zusammen. »Wenn es nicht rechtzeitig gelöscht worden wäre, hätte es hierher kommen können.«

»Das Feuer ist aus. Barnie und Shorty schlafen heute nacht dort, um sicherzugehen, daß nirgends mehr etwas aufflackert«, sagte Benteen, um ihr zu versichern, daß jetzt keine Gefahr mehr bestand.

»Müssen ich und Arthur auch baden?« fragte Webb, der bereits das Gesicht zu einem Protest verziehen wollte.

»Heute nicht«, erwiderte Lorna. »Wir werden heute nur euren stinkenden Vater säubern.« Sie warf einen Blick auf seinen Teller. »Vergiß nicht, deine Kartoffeln zu essen.«

Als sie mit dem Abendessen fertig waren, zog Lorna die längliche Wanne vor den Herd. Sie füllte abwechselnd kaltes und heißes Wasser hinein. Während Benteen seine rußigen Kleider auszog, steckte sie die Jungen ins Bett. Sie trug den Packen rußiger Kleider ins Freie und hing sie über die Wäscheleine, die von einer Hausecke zu einem Baum gespannt war. Dort konnten die Kleider auslüften.

Als sie wieder ins Haus kam, saß Benteen mit angezogenen Knien in der kurzen Wanne und weichte seinen erschöpften Körper in dem warmen Wasser ein. Seine Erschöpfung ließ seine Schultern herunterhängen und seine Augen zufallen. Er unternahm keinen Versuch, sich einzuseifen.

»So wirst du nie sauber«, bemerkte Lorna, die neben die Wanne trat. »Muß ich dich hinter den Ohren einseifen, wie ich es bei den Jungen tue?«

»Eine gute Idee«, murmelte er, ohne die Augen aufzuschlagen. Er zog seine Hand aus dem Wasser, um ihr das Stück Seife zu reichen.

»Dann fangen wir doch oben an und waschen dir als erstes

die Haare.« Seine Haare rochen nach Rauch, als sie sich neben die Wanne kniete. Ihre Hand legte sich auf seinen Nacken, und sie spürte die Sehnen und Muskelstränge. Benteen setzte sich anders hin und gab dem Druck ihrer Hand nach, die seinen Kopf unter die Wasseroberfläche drückte. Sie schäumte sein Haar kräftig mit der scharfen Seife ein. Seine Haarspitzen, die von der extremen Hitze teilweise angesengt waren, faßten sich drahtig an. Lorna schauerte innerlich wieder zusammen, als ihr klar wurde, wie nah er dem Feuer gekommen sein mußte. Dann preßte sie seinen Kopf wieder gewaltsam unter Wasser, um die Seife aus seinem Haar zu spülen.

Benteen wischte sich die Seifenlauge aus den Augen und nahm seine frühere Haltung wieder ein. »Ich glaube, das hast du absichtlich getan, um mich aufzuwecken«, sagte er vorwurfsvoll.

»Ich will mich nur vergewissern, daß du noch lebst.« Ihre Stimme klang heiser. Sie seifte einen Lappen ein, um ihm den Rücken zu schrubben.

Sein Fleisch war fest unter ihren Händen, obwohl seine starken Muskeln entspannt waren. Nachdem sie die Jungen so oft gebadet hatte, war es eine ganz neuartige Erfahrung, den breiten Rücken eines ausgewachsenen Mannes zu waschen. Ein leichtes Muskelspiel war zu erkennen, als er dem Druck ihrer Hand etwas entgegensetzte, sich dagegenstemmte. Plötzlich war es ganz wichtig, jeden Zentimeter seines Rückgrats und seiner Schultern einzuseifen. Lorna merkte gar nicht, wieviel Zeit sie sich dabei ließ, um auch nur eine Schulter zu schrubben, bis sie zufällig den Schimmer in seinen dunklen Augen sah. Plötzlich fühlte sie sich gehemmt, rieb noch ein paarmal über seine Schulter und wollte ihm dann abrupt den eingeseiften Lappen in die Hand drücken.

»Hör jetzt nicht auf«, murmelte Benteen. »Gerade habe ich angefangen, es zu genießen.«

»Ich glaube, den Rest schaffst du selbst«, versuchte sie es noch einmal beharrlich.

»Mir wäre es viel lieber, wenn du das tust«, erwiderte er. Er lehnte sich mit dem Rücken an.

Ihr wurde ganz warm, als sie in seine Augen sah. Sie fühlte

sich ein wenig ungehörig, aber auf angenehme Weise, als sie anfing, seine flache, muskulöse Brust mit dem dunklen Haar einzuseifen. Verstohlen warf sie einen Blick auf sein Gesicht und sah, daß er es genoß. Sie wunderte sich über seine Unbefangenheit, mit der er sich von einem anderen Menschen baden ließ.

»Hat dich früher schon einmal jemand gebadet?« fragte Lorna aus mehr als nur Neugierde heraus.

Benteen schien zusammenzuzucken. Schuldbewußtsein?

»Warum fragst du das?«

»Weil du nicht den Eindruck machst, als sei es das erste Mal.« Sie schrubbte ihn mit forscheren Bewegungen, in denen sich, als sie seine muskulösen Arme wusch, eine Spur von Eifersucht zeigte. »Was war zum Beispiel damals in Dodge City, als du behauptet hast, du hättest in einem der Saloons ein Bad genommen? Vielleicht hast du dir von einer der Damen den Rücken schrubben lassen.« Sie dachte an die Messingmünze, die sie in seinem Schlafsack gefunden hatte, und sie schrubbte ihn noch fester.

»He!« protestierte Benteen gegen ihr rohes Vorgehen, und er fing ihr Handgelenk in der Luft. Wasser tröpfelte von seiner Hand. Ihre dunklen Augen begegneten seinem erstaunten Blick eher schnippisch. »Wie kommst du denn auf die Idee?«

»Sagt dir der Name Miß Belle etwas?« Sie hatte den Namen, der auf der Ziermünze stand, nicht vergessen.

Seine Stirn legte sich in noch tiefere Falten. »Nicht das Geringste. Wie kommst du darauf, daß mir der Name etwas sagen sollte?«

»Weil ich in deinem Schlafsack eine Münze mit ihrem Namen und ihrem Porträt darauf gefunden habe.« Lorna konfrontierte ihn mit dem, was sie wußte, und forderte ihn dazu heraus, es abzustreiten. »Und du warst in den beiden Nächten, die wir in Dodge City verbracht haben, bis spät in die Nacht aus.«

»Glaubst du, ich hätte diese Nächte mit einer anderen Frau verbracht?« Seine Augen zogen sich zu Schlitzen zusammen.

»Woher sonst solltest du diese Münze haben?« fragte sie provozierend.

»Solche Münzen werden als Bargeld akzeptiert. Wahrscheinlich habe ich sie als Wechselgeld herausbekommen, als ich an einem dieser Abende die Getränke bezahlt habe, die ich im Saloon zu mir genommen habe«, sagte er. »Jedenfalls habe ich sie nicht von einer Frau bekommen. Ich habe versucht, mich so sehr zu betrinken, daß ich dich nicht mehr haben will.«

»Ist das wahr?« Sie war von der Wanne zurückgetreten und musterte ihn.

Sein Gesicht wurde hart. »Ich kann es nicht beweisen, wenn es das ist, was du meinst.«

»Du wolltest mit mir schlafen, und ich ...« Lorna unterbrach sich, weil sie sich nicht daran erinnern wollte, was ihr den Widerwillen gegen jede Berührung von ihm eingeflößt hatte. Das gehörte der Vergangenheit an, und dort sollte es am besten ruhen. »Du hättest zu einer anderen Frau gehen können, um deine Bedürfnisse zu befriedigen.«

»Ja, vielleicht ...« Sein Mund war verkniffen. »Aber es ist nun einmal so, daß ich seit der Nacht, in der ich meine Braut entkleidet habe, nicht mehr an der Befriedigung interessiert war, die mir irgendeine andere Frau vielleicht verschaffen könnte. Es scheint, du hast deine Sache zu gut gemacht.«

Unterschwellig lauerte ein bedrohlicher Zorn in seiner Stimme, der im Widerspruch zu dieser Behauptung zu stehen schien. »Was stört dich daran?« Sie runzelte die Stirn.

»Daß ...« Seine nasse Hand zog sie wieder an den Rand der Wanne, während seine andere Hand sich ausstreckte und sich auf ihren Nacken legte. »... daß ich nicht genug von dir kriegen kann.« Er hauchte die Worte in ihren Mund, und die Hitze seines Verlangens durchströmte sie.

Seine Hände versuchten, sie dichter an sich zu ziehen, sie trotz der hindernden Wanne, die zwischen ihnen war, an sich zu schmiegen. Als Reaktion darauf stieg ein Verlangen in Lorna auf, das ihren Körper geschmeidig werden ließ und zu ihm hinzog, während ihr Puls schneller schlug. Sein Mund verstreute Küsse über ihr Gesicht und ihren Hals. Einen Moment lang war sie wieder bei Sinnen und nahm wahr, daß ihr Kleid immer feuchter wurde.

»Du machst mich ganz naß«, murmelte sie ihren halbherzigen Protest.

»Dann zieh das Zeug doch aus.« Seine Finger öffneten ihr Kleid von oben und stießen es ungeduldig von ihren Schultern, damit seine Lippen ihre Rundungen erkunden konnten.

Mit zitternden Händen versuchte Lorna, ihr Kleid ganz zu öffnen. »Was ist mit den Jungen?« Atemlos erinnerte sie Benteen daran, daß sie nicht wirklich ungestört waren, doch sie war bereit, die Entscheidung ihm zu überlassen.

»Die schlafen.« Er ließ ihr gerade noch die Zeit, das Kleid auf ihre Hüften fallen zu lassen, ehe seine Hände an dem Hemd zogen, das ihre Brüste vor ihm verbarg. »Steig zu mir in die Wanne«, beharrte er mit heiserer Stimme.

»Da ist nicht genug Platz für uns beide. Sie ist zu klein.« Sie wollte seinen Vorschlag mit einem Lachen abtun, aber die stimulierenden Zärtlichkeiten seiner Hände ließen ein leises Stöhnen daraus werden.

»Jetzt komm endlich herein, und dann zeige ich dir, wie wir beide in die Wanne passen.«

Erst am Tag darauf wurde Benteen klar, wie wenig gefehlt hatte, daß das Feuer beinah eine absolute Verheerung der ganzen Gegend nach sich gezogen hätte. Der Wind hätte es über sein gesamtes Land ausbreiten können, wenn sie es nicht früh genug eingedämmt hätten. Statt dessen hatte das Feuer nur einen Teil des Gebietes im Nordwesten verheert. Aber es hatte doch großen Schaden angerichtet. Etwa dreißig Rinder waren bei dem Brand umgekommen, und weitere zweihundert seiner reinrassigen Zuchttiere hatten sich so schlimme Verbrennungen zugezogen, daß sie getötet werden mußten.

Als der letzte Büchsenschuß verhallte, bot sich Benteen das Bild einer gesamten Herde, die zu Boden gestreckt worden war, und er empfand hilflosen Zorn. Sein Kiefer zuckte unkontrolliert, als er sich abwandte, um seine Büchse wieder wegzustecken. Der Lauf war noch heiß.

»Es hätte schlimmer kommen können«, ermahnte ihn Barnie zum Trost.

»Ja«, räumte er mürrisch ein. »Es hätte schlimmer kommen

können.« Er schwang sich auf den Sattel und ritt zu Shorty. »Treib die Rinder zusammen, und bring sie auf eine andere Weide.«

»Soll ich ein neues Grenzlager bauen?« fragte Shorty. Das Feuer hatte sein bisheriges Nachtquartier zerstört und auch die wenigen Dinge, die er besaß und nicht auf seinem Pferd bei sich trug, vernichtet.

»Nein. Wir warten bis zum nächsten Sommer, wenn das Gras wieder nachwächst.« Er warf wieder einen Blick über das geschwärzte Land. »Wenn du hier fertig bist, ziehst du wieder in die Schlafbaracke.«

Die Sonne stand schon tief am Himmel, als er sein Pferd in den Korral führte. Benteen war grimmig. Alles war glatt gelaufen, bis seine Mutter aufgetaucht war – Lady Crawford, verbesserte er sich bissig. Seitdem hatte es nichts als Ärger gegeben. Er schüttelte diesen unsinnigen Gedanken von sich ab. Er konnte ihr nicht die Schuld daran geben, daß Judd Boston versucht hatte, ihm das Anrecht auf das Land streitig zu machen, und auch für den Brand konnte er sie nicht verantwortlich machen.

Seine Schritte waren bleischwer, als er das Haus betrat. Lorna stand am Herd. Der Tisch war gedeckt, und sie tischte gerade das Essen auf. Sie lächelte ihn über die Schulter an.

»Zur Abwechslung stimmt der Zeitpunkt einmal ganz genau«, sagte sie, während sie zwei Teller für die Jungen auf den Tisch stellte.

Sie strahlte und wirkte so eifrig, wie er es in letzter Zeit selten an ihr erlebt hatte. Sie wirkte ganz aufgeregt.

Benteen trat an die Waschschüssel und wusch sich die Hände, während sie die Jungen an den Tisch setzte. »Was gibt es Neues?«

»Nichts«, erwiderte sie, doch dann fügte sie hinzu: »Auf dem Tisch liegt eine Nachricht für dich.«

Er schüttelte das Wasser von seinen Händen ab und drehte sich zum Tisch um, während er nach einem kleinen Handtuch griff, um sich die Hände abzutrocknen. Ein kleiner quadratischer Zettel lag vor seinem Stuhl auf dem Tisch.

»Von wem?«

»Von Lady Crawford. Mr. Giles hat es heute nachmittag abgegeben.« Sobald sie erst angefangen hatte zu reden, sprudelte alles aus ihr heraus. »Ich dachte, es sei nur ein kleiner Brief, in dem sie sich für den Nachmittag hier bedankt, und daher war ich so voreilig, den Brief schon zu lesen.«

Er richtete sich steif auf und erstarrte mit dem Handtuch in der Hand in der Bewegung. »Was steht in dem Brief?«

»Sie hat geschrieben, um uns mitzuteilen, daß sie im Macqueen House in Miles City abgestiegen ist und uns bittet, sie am Freitagnachmittag zu besuchen.«

»Ist das alles?« Er zog die Augen leicht zusammen und sah ihr forschend ins Gesicht.

»Lies es doch selbst.« Lorna brachte ihm den Brief. »Ich wüßte nicht, warum wir die Einladung nicht annehmen sollten. In einem Monat oder so wären wir ohnehin nach Miles City gefahren.«

»Das ist keine Einladung zu einem Anstandsbesuch, Lorna.« Benteen faltete den Zettel zusammen und ließ ihn in seine Tasche gleiten. »Sie will sich mit mir über etwas Geschäftliches unterhalten.«

»Wieso geschäftlich?« Verwirrung verfinsterte ihre Augen. »Weshalb sollte sie mit dir über Geschäfte sprechen wollen?«

»Sie hat angedeutet, daß sie daran interessiert ist, einen Teil ihres Kapitals in eine Ranch zu investieren«, sagte er. Er ging an ihr vorbei zum Tisch.

Kein weiteres Wort fiel, bis Lorna ihre Teller gefüllt und sie auf den Tisch gestellt hatte. »Wirst du hingehen?« fragte sie.

»Das kommt darauf an.« Er zuckte die Achseln. »Es kann sein, daß ich nicht fortgehen kann.«

»Ich finde, du solltest hingehen«, sagte Lorna. »Es ist eine Ehre für dich, daß sie ...«

»Lorna.« Er hatte die Zähne zusammengebissen, weil es ihn Mühe kostete, ruhig mit ihr zu reden. »Ich will jetzt nicht mehr darüber reden. Wenn ich nichts zu tun habe, gehe ich hin. Aber wenn ich auf der Ranch gebraucht werde, wird sich Lady Crawford eben nach jemand anderem umsehen müssen.«

Als sie hörte, daß an die Tür ihrer Suite geklopft wurde, lächelte Elaine ihr Spiegelbild zufrieden an. Sie legte einen Finger auf den Rüschenkragen ihres hochgeschlossenen schwarzen Kleides, und ihr war bewußt, daß der Kragen die Falten an ihrem Hals vorteilhaft verbarg. Sie wartete, bis ihre Zofe kam und ihr mitteilte, ein Mr. Benteen Calder erwarte sie im Wohnzimmer.

»Danke, Hilda. Das ist vorläufig alles. Ich brauche dich heute nachmittag nicht mehr.« Elaine entließ das Mädchen.

»Gut.« Das Mädchen machte einen Knicks und zog sich stumm zurück.

Mit seinem Kommen hatte Benteen ihre Frage bereits beantwortet. Er würde auf ihre Pläne eingehen, und das wußte Elaine. Der Brief war ein Versuch gewesen – sie hatte sehen wollen, ob er bereit war, von sich aus etwas dazu beizusteuern, wenn er sie sehen wollte. Wenn sein Haß so tief gesessen hätte, wie er es ihr einreden wollte, hätte er jetzt nicht in ihrem Wohnzimmer gesessen.

Als sie eintrat, stand Benteen am Fenster und hielt seinen Hut in der Hand. Sie konnte Ungeduld und Zorn in seiner Haltung erkennen, die Reue darüber, daß er gekommen war. Ein Lächeln zog eilig über ihr Gesicht, aber als er sich umdrehte, war nichts mehr davon zu erkennen.

»Magst du eine Tasse Kaffee?« Sie zeigte mit einer anmutigen Geste auf das Kaffeeservice, das auf einem Tisch zwischen blauen Samtsofas bereitstand. »Es gibt auch härtere Getränke, wenn dir das lieber ist.«

»Nein, gar nichts«, lehnte er ab.

Seine dunklen Augen glitten forschend und erkundend über sie. Elaine gestattete einem kleinen Lächeln, ihre Lippen zu wärmen, und sie bedeutete ihm, sich zu setzen, während sie sich auf eines der Sofas gleiten ließ und ihre Röcke glattstrich.

»Du wirst nicht bereuen, daß du gekommen bist, Benteen«, murmelte sie. »Es wird der Anfang einer neuen Beziehung zwischen uns sein.«

»Du hast gesagt, du wolltest mir einen geschäftlichen Vorschlag unterbreiten«, rief ihr Benteen ins Gedächtnis zurück.

»Ja. Ein Geschäft«, stimmte Elaine ihm zu. »Übrigens habe ich schon gehört, daß du dir das Anrecht auf die drei Grundstücke gesichert hast. Ich gratuliere. Ich wußte, daß du etwas unternehmen würdest. Mr. Boston ist nicht gerade allzu erfreut. Er kauft eine ganze Menge Rinder, und plötzlich weiß er nicht mehr, wohin damit.«

»Das ist sein Problem.«

»Er könnte es zu deinem Problem machen, aber das ist eine ganz andere Geschichte und hat nichts mit dem zu tun, weshalb du hergekommen bist.« Sie beugte sich vor und schenkte sich eine Tasse Kaffee ein. »Wärst du daran interessiert, dir einen Vertrag zu sichern, der es dir ermöglicht, sämtliche Rinder, die du abgeben kannst, zu einem Preis zu verkaufen, der über dem durchschnittlichen Marktwert liegt?«

»Einen Vertrag mit wem?«

»Das kann ich dir nicht sagen – noch nicht.« Ihr Ton war scheltend, weil er versuchte, ihr derart wertvolle Informationen zu entlocken. »Nur so kann ich dich dazu überreden, in diesem Geschäftsvorhaben mein Partner zu werden. Wenn ich dir den Vertragspartner nenne, könntest du versuchen, mich auszuschalten und das Geschäft selbst zu machen.«

»Meine eigene Mutter hintergehen?« höhnte er.

»Ja. Du könntest darin eine Form von Vergeltung sehen«, argumentierte Elaine. »Mit mir und deinem Vater wäre das nie gutgegangen. Und er hätte mich eher umgebracht, als mir meinen Sohn zu überlassen.« Es trat eine kurze Pause ein, ehe sie hinzufügte: »Ich dachte mir, daß du eine Erklärung willst.«

»Und du bereust nicht das mindeste«, provozierte Benteen sie.

»Reue? Nein.« Sie schüttelte den Kopf. »Die Reue wäre weitaus größer gewesen, wenn ich geblieben wäre. Ich hätte weder dir noch deinem Vater je verziehen, daß ihr mich dort festgehalten habt, wenn andererseits aus mir etwas hätte werden können.« Sie trank einen Schluck Kaffee und spreizte dabei geziert den kleinen Finger ab. »Ich bin ehrgeizig – genau wie du, Benteen.«

»Wie viele Rinder brauche ich für diesen Vertrag, von dem du behauptest, ich könnte ihn bekommen?« Er kehrte wieder zu ihrem Ausgangsthema zurück.

»Mehr, als du hast«, erwiderte Elaine. »Und auch da kann

ich dir wieder behilflich sein, indem ich den Kauf zusätzlicher Rinder finanziere.«

»Und?«

»Wir teilen die Gewinne, die aus diesem Vertrag entstehen, zu gleichen Teilen durch zwei.«

»Das klingt anständig.« Er lehnte sich auf dem Sofa zurück und musterte sie durch gesenkte Lider. »Aber woher weiß ich, daß du nach Abschluß des Geschäfts nicht mit dem gesamten Geld verschwindest?«

»Weil ich im Lauf der Jahre gelernt habe, daß man seinen Mann betrügen kann, seinen Liebhaber betrügen kann, in puncto Haushaltsgeld betrügen kann – aber man darf niemals jemanden betrügen, mit dem man Geschäfte macht.« Ihr Tonfall war spaßhaft, doch dahinter verbarg sich Ernst.

»Und was hält mich davon ab, das gesamte Geld zu behalten?« Sein Mund wirkte leicht spöttisch.

»Dieser absurde Moralkodex, nach dem ihr Männer lebt und den ihr so verdreht, wie es euch in den Kram paßt. Wenn du mir dein Wort gibst, dann wirst du dich nicht drücken«, äußerte sie zuversichtlich. »Aber du hast wirklich nichts zu verlieren. Ich muß den Vertrag besorgen, und das Geld für den Kauf weiterer Rinder lege ich hin. Ich mache dich reich, Benteen. Besiegeln wir den Handel?« Sie streckte ihm eine Hand entgegen.

Es entstand ein Zögern, und Elaine glaubte einen Moment lang, sie hätte ihn zu früh zu einer Einigung gedrängt. Dann bewegte er sich, beugte sich vor und umschloß ihre Hand mit seiner großen Hand. Er ließ ihre Hand nicht los und musterte sie.

»Warum? Geht es dir nur um das Geld?« Seine Stimme war gesenkt und eindringlich.

»Mich reizt die Herausforderung, an das Geld zu kommen«, erwiderte Elaine. »Ich weiß, daß das als ein Privileg der Männer gilt, aber es steht nicht ausschließlich euch zu.«

»Warum hast du dir ausgerechnet mich ausgesucht? Warum nicht jemanden wie Judd Boston? Aus Schuldbewußtsein?«

Elaine stellte ihre Tasse auf den Tisch und drückte seine Hand. »Ich habe mir dich ausgesucht, weil wir einander so ähnlich sind. Es gibt nichts, was uns aufhalten kann, Benteen.« Die heisere Tonlage ihrer Stimme hatte etwas Glühendes. »Nun?«

»Der Handel ist besiegelt«, willigte er ein, wenngleich auch ohne ihren Enthusiasmus. Er war reservierter, immer noch auf der Hut. Das bereitete Elaine keine Sorgen. Mit der Zeit würde es sich legen. »Wer wird das Rindfleisch kaufen?«

»Dein Nachbar im Norden, Kanada.« Sie erklärte ihm das mit der Eisenbahn, die im Bau war, mit den Indianern in den Reservaten und mit den Vorposten, die die kanadische Regierung mit Rindfleisch versorgen mußte. Sie achtete sehr darauf, sich nicht deutlich dazu zu äußern, wie die Beziehung aussah, durch die sie den Vertrag bekommen wollte.

»Und wo wirst du sein, während sich all das abspielt?« fragte Benteen. »Ich vermute, du reist mit deinen englischen Freunden wieder nach London.«

»Nein. Ich gehe nicht nach London zurück. Es ist sogar so, daß der Duke of Middleton und seine Gesellschaft bereits nach Dakota weitergezogen sind.« Als Elaine diesmal Kaffee nachschenkte, lehnte Benteen nicht ab. »Ich bleibe hier. Dieses Unternehmen ist für uns erst der Anfang.«

»Ich dachte, du seist davongelaufen, weil du Glanz und Glorie der besseren Gesellschaft gesucht hast«, stichelte er. »Willst du jetzt etwa den Kreis schließen und mit einer Kehrtwendung direkt in ein Kuhdorf zurückkommen?«

»Vielleicht schließt sich der Kreis, aber ich komme glanzvoll zurück«, sagte sie. »Außerdem ist das funkelnde gesellschaftliche Treiben etwas für junge, schöne Frauen – wie deine Frau. Das Leben ist reizlos, wenn man keine geistigen Anregungen bekommt.« Die Bezugnahme auf seine junge Frau hatte ihm nicht gefallen. »Für Lorna muß es dort draußen extrem einsam sein. Sie braucht jemanden, der ihr Gesellschaft leistet, wenn du fort bist. Was sagtest du – wann wird das Haus voraussichtlich fertig?«

»Noch in diesem Winter, aber wahrscheinlich können wir einen Teil des Hauses schon im Herbst beziehen.« Er trank einen Schluck Kaffee. »Die Blockhütte wird doch recht eng, seit die beiden kleinen Jungen laufen können.«

»Aber sie wirkt nicht annähernd so leer wie das Haus, wenn deine Frau darin allein ist«, betonte Elaine. Jemand klopfte an. »Ich habe dem Dienstmädchen den Nachmittag freigegeben. Würdest du an die Tür gehen?«

Sie trank einen Schluck Kaffee, als Benteen zur Tür ging. Nachdem er sie geöffnet hatte, herrschte einen ausgedehnten Moment lang Schweigen. Elaine drehte sich um, um über die Sofalehne zu sehen. »Mr. Giles. Treten Sie ein.«

Benteen trat zur Seite, um es dem breitgebauten Mann zu ermöglichen, ins Wohnzimmer zu treten. Bull Giles sah sich im Zimmer um, als suche er eine andere Person, ehe er neben dem Sofa stehenblieb.

»Was ist?« fragte Elaine.

»Sie hatten mich gebeten, Ihnen die Antwort auf Ihr Telegramm vorbeizubringen, sobald sie eintrifft.« Er reichte ihr das Telegramm.

»Vielen Dank, Mr. Giles.« Elaine warf nur einen flüchtigen Blick auf den Umschlag, um sich zu vergewissern, daß das Telegramm auch wirklich von dem Cousin ihres verstorbenen Gatten in Kanada kam. Dann steckte sie es zwischen die Polster des Sofas. »Das ist für den Moment alles.«

Nachdem er seinen Hut gezogen hatte, drehte er sich um und verließ den Raum. Benteen schloß die Tür hinter ihm und setzte sich wieder hin. »Ich dachte, er sei der Reisebegleiter deiner englischen Freunde.«

»Ich habe ihn gebeten, für mich zu arbeiten«, erwiderte sie.

»Weshalb?«

»Weil ich ihn gebrauchen kann. Es ist unklug, wenn eine Frau in diesem Land ohne einen Leibwächter oder einen Begleiter in einer sonstigen Form herumläuft. Mr. Giles ist für meine Zwecke genau richtig.«

»Er hat früher für Judd Boston gearbeitet«, sagte Benteen.

»Ja. Das weiß ich. Aber seine Loyalität gehört nicht Boston«, versicherte ihm Elaine. »Gibt es einen Grund dafür, daß du ihn nicht leiden kannst?«

»Nein.« Seine Antwort war so beißend, daß sie davon ausgehen konnte, daß er ihr etwas verbarg.

Das große Haus auf dem Hügel schimmerte silbern im Mondschein, als Benteen zurückkam. In dieser Landschaft war es ein imposanter Anblick. In der Hütte brannte ein Licht. Als Benteen am Morgen das Haus verlassen hatte, hatte er Lorna nicht gesagt, wohin er ging. Mindestens ein dutzendmal hatte er sein Pferd zur Ranch umkehren lassen wollen. Er hatte hundert Gründe dafür gefunden, seine Mutter im Hotel warten zu lassen und nicht zu erscheinen. Und es hatte in seiner Vorstellung nicht einen einzigen vernünftigen Grund dafür gegeben, zu diesem Treffen zu erscheinen. Bis zu dem Moment, in dem er an ihre Tür geklopft hatte, hatte er sich nicht entscheiden können, ob er sie wiedersehen wollte oder nicht.

Zweifel, Ungewißheiten und Mißtrauen ihr gegenüber plagten ihn auch weiterhin, und doch hatte er sich einverstanden erklärt, ihren geschäftlichen Vorschlag anzunehmen und in diesem Unternehmen eine Partnerschaft mit ihr einzugehen. Was alle anderen anging, so war das derzeit und bis auf weiteres die einzige Beziehung zwischen ihnen – bis er sich innerlich über die Frau klarwerden würde, die ihn geboren hatte.

25

Die Öffnungszeiten waren vorbei, und die Bank war geschlossen. Judd Boston saß hinter dem wuchtigen Mahagonischreibtisch in seinem Privatbüro und sah sich die Transaktionen des vergangenen Tages an, während Loman Janes mit der Unwilligkeit eines Tieres, das sich Einengungen seiner Bewegungsfreiheit widersetzt, im Raum umherlief. Boston warf nur einen Blick auf ihn und wandte sich dann wieder seinem Papierkram zu.

»Und wenn er doch nicht kommt?« brach Loman schließlich das Schweigen.

»Er kommt.« Boston blickte bei dieser Antwort nicht auf. »Seine Neugier wird ihn anlocken, weil er sich anhören will, was ich zu sagen habe.«

»Es wäre viel einfacher gewesen, wenn Sie mich hingeschickt hätten, damit ich ihn hole. Das hätte uns die ganze Warterei erspart«, erklärte Loman.

Boston reagierte nicht darauf. Loman Janes war sehr geeignet für seinen Job, aber ansonsten dachte dieser Mann mit den Muskeln. Janes wollte mit Calder einen totalen Krieg um den Besitz des Weidelandes führen. Er kam gar nicht auf den Gedanken, daß Boston die Unterstützung und die Bereitschaft der anderen Rancher brauchte, wenn seine Bank das Geschäft mit ihnen machen wollte. Ein Krieg um Land zog nach sich, daß die Leute Stellung bezogen. Damit gingen Konten verloren, das Bankgeschäft litt darunter, und eine Menge unerwünschter übler Nachrede hätte sich eingestellt.

Manchmal brachte ihn die Fantasielosigkeit seines Vorarbeiters auf die Palme. Als der Brand nicht soviel Schaden angerichtet hatte, wie sie es sich erhofft hatten, hatte er ein zweites Mal das Land in Brand setzen wollen. Das letzte, was Boston wollte, war, Calders Argwohn zu erregen. Einige Verluste hatte das Feuer ja doch gefordert. Es war an der Zeit, mit anderen Mitteln für weitere Verluste zu sorgen. Und zwar mit Mitteln, die sich nicht so leicht bis zu Boston zurückverfolgen ließen. Er brauchte Weideland – keinen Krieg.

Es wurde an die Hintertür geklopft. Ein freudiger Schimmer trat in Judd Bostons Augen, als er Lomans Blick erwiderte. »Laß Giles rein«, ordnete er an.

»Setz dich, Giles.«

»Sie wollten mich sprechen, Boston?«

»Ja.« Er lehnte sich auf seinem Stuhl zurück. »Ich muß zugeben, daß ich erstaunt war, als du dich von der Gesellschaft des Herzogs getrennt hast. Aber ich vermute, du wolltest wohl in der Nähe bleiben.«

»Wenn das alles ist, worüber Sie mit mir reden wollten ...« Giles stellte sein Whiskeyglas auf den Tisch und wollte sich erheben.

»Calders Frau scheint bei dir immer noch ein heißes Thema zu sein, nicht wahr?« bemerkte Boston. »Setz dich. Ich will, daß du etwas für mich tust.«

»Ich habe bereits eine Beschäftigung, Boston.« Giles setzte sich wieder hin.

»Ja, soweit ich gehört habe, hat Lady Crawford dich eingestellt. Man sagte mir, die Beschwerlichkeiten der Reise seien ihr über den Kopf gewachsen.« Boston erschien diese Entscheidung seltsam, aber diese englischen Aristokraten hatten ihre Schrullen. »Sie hat vor, sich hier etwa für einen Monat auszuruhen, ehe sie die Reise mit bequemeren Transportmitteln fortsetzt, glaube ich.«

»Wenn Sie das so gehört haben, dann wird es wohl auch so sein.« Bull Giles legte sich in keiner Weise fest.

»Hast du sie mit Calder bekannt gemacht?«

Sein schmaler Mund verzog sich ein wenig. »Ich nehme an, diese Information hat Ihnen der Herzog gegeben. Ich weiß nur, daß sie Mrs. Calder schon kannte.« Er erwähnte mit keinem Wort ihre private Zusammenkunft mit Benteen in ihrem Hotelzimmer. Das war etwas, was er sich bisher nicht erklären konnte.

»Wenn du nicht ganz und gar nach ihrer Pfeife tanzt, bin ich sicher, daß du eine Menge Zeit für dich hast«, sagte Boston. »Die Aufgabe, für die ich dich gern haben möchte, kostet dich nur ein bis zwei Tage.«

»Und worin besteht diese Aufgabe?«

»Soweit ich weiß, kennst du einen Mann, der Big Ed Sallie heißt.« Er beugte sich vor, um gemächlich die Asche von seiner Zigarre abzuklopfen.

Mit einem unwillkürlichen Stirnrunzeln sah Bull Giles erst Boston, dann Loman Janes und dann wieder Boston an. »Ja, ich kenne ihn. Was ist mit ihm?«

»Ich will, daß du Kontakt zu diesem Sallie aufnimmst und ein Treffen zwischen ihm und Mr. Janes arrangierst.«

Giles kniff die Augen zusammen und fragte: »Warum?«

»Ich wüßte nicht, was dich das angeht«, erwiderte Boston, aber er spürte, daß Giles nicht mitspielen würde, solange er ihm keinen einleuchtenden Grund für das Zustandekommen dieses Treffens nannte. »Eigentlich geht es um eine ganz simple Bestechungsgeschichte. Wenn irgend jemand Einfluß auf diese Indianer hat, dann ist das, soweit ich gehört habe, Big Ed Sallie mit seiner Bande von weißen Gaunern auf dem Missouri. Ich hoffe, daß Janes ihn dazu bringen kann, die Indianer davon abzuhalten, die Rinder der Ten Bar Ranch zu stehlen.«

»Ist das alles?« erkundigte sich Giles skeptisch.

»Das ist schon viel, falls es sich erreichen läßt«, äußerte Boston. »Kannst du ein solches Treffen arrangieren?«

»Ich kann nicht dafür garantieren. Es ist eine ganze Weile her, seit ich Big Ed das letztemal gesehen habe. Aber versuchen kann ich es«, willigte Giles ein.

»Natürlich ist das eine reine Abmachung zwischen uns beiden. Strikt persönlich.« Boston wollte deutlich ausdrücken, daß Giles es niemandem gegenüber erwähnen sollte.

»Mir ist klar, daß es nicht klappen kann, wenn sämtliche Rancher versuchen, sich Big Ed zu kaufen. Niemand hat soviel Einfluß auf die Indianer, die in den Reservaten ein- und ausgehen, als daß er sie ganz daran hindern könnte, Rinder zu stehlen. Irgendwem stehlen sie die Rinder doch.«

»Vermutlich Calders«, sagte Boston. »Stört dich das?«

»Nein, weshalb sollte es mich stören?« Giles reckte sein Kinn in einem provozierenden Winkel vor und stritt jegliches Interesse am Dreifachen C und an der Herrin des Hauses ab.

»Man kann ja nie wissen, Giles. Was schlecht für Benteen Calder ist, könnte sich für dich als gut erweisen«, deutete Boston an. »Sieh zu, was du erreichst, und gib mir Bescheid.«

Von seinem Geruch her zu urteilen, war Big Ed Sallie seit Jahren nicht mehr mit Wasser in Berührung gekommen. Sein zottiger, ungepflegter Bart betonte die ausgezackte Narbe auf seiner Backe, weil dort kein Barthaar wuchs. Er trug einen Büffelmantel, der an seinen früheren Beruf erinnerte. Das Fell war inzwischen schäbig und stank nach Whiskey, Erbrochenem und Schweiß.

Loman Janes musterte die Bande von Halsabschneidern, die zu Ed gehörte. Bull Giles hatte ihn zu diesem Treffpunkt mitten in der Wildnis geführt. »Du hast deine Aufgabe erledigt«, sagte er zu ihm. »Du kannst jetzt gehen.«

Als Bull sich auf sein Pferd geschwungen hatte und losgeritten war, brachte Loman sein Anliegen vor und legte Big Ed nahe, den Indianern zu stecken, daß die Rinder des Dreifachen C weit mehr Geld einbrachten als andere Rinder. Big Ed zögerte einen Moment, doch Loman Janes konnte ihn mit einem Beutel Gold davon überzeugen, daß es unter mehreren Gesichtspunkten einträglich war, Caldervieh zu stehlen.

Lorna hörte den Wagen vorfahren, und Lady Crawford erkundigte sich nach Benteen, ohne anzuhalten. Lorna seufzte bedrückt und ging wieder ins Haus. Das war schon der dritte solche Besuch von Lady Crawford. Bei keiner dieser Gelegenheiten hatte sie Lorna aufgesucht, nicht einmal für einen Augenblick. Benteen hatte ihr erklärt, daß sie sich auf ein gemeinsames geschäftliches Vorhaben eingelassen hatten, aber er war nicht bereit gewesen, ihr Einzelheiten zu erzählen.

Die Sorgen, die Lorna sich machte, kamen jedoch nicht nur daher, daß sie von diesen geschäftlichen Unterredungen ausgeschlossen wurde. Es war Benteens Abneigung, auch nur irgend etwas mit ihr zu bereden, was mit Lady Crawford zu tun hatte. Es ging etwas mit ihm vor, was ihn veränderte. Es schien an dem Abend begonnen zu haben, an dem er sich mit der Whiskeyflasche an den Tisch gesetzt hatte und dort die ganze Nacht sitzen geblieben war und getrunken hatte. In letzter Zeit war er in sich versunken und abweisend.

Wieder seufzte sie. Dann drehte sie sich um und betrat das Haus.

»Das Haus nimmt jetzt schon richtig Gestalt an, findest du nicht?« bemerkte Elaine, als sie von der Eingangshalle aus das spätere Arbeitszimmer betraten. Alle Innenwände waren jetzt schon hochgezogen und unterteilten das Haus in Räume, und die Decken wurden gerade eingezogen. »Vielleicht ist deine Frau glücklicher, wenn ihr erst in dieses Haus einzieht.«

»Wie meinst du das?« fragte Benteen mit scharfer Stimme.

»Das ist jetzt nicht weiter von Bedeutung.« Sie stellte es als eine unbedachte Äußerung hin, die sie mit einem Achselzucken abtat, und ihre Finger spannten sich fester um seinen Arm. »Aber ich wollte über etwas ganz anderes mit dir reden. Wann können die Rinder deiner Schätzung nach an den Grenzposten der kanadischen Regierung geliefert werden?«

»Jessie sollte in der nächsten Woche ankommen.« Benteen blieb stehen und sah sie an. »Wie kommst du auf die Idee, Lorna könnte nicht glücklich sein?«

»Nenne es von mir aus weibliche Intuition. Wir scheinen es fühlen zu können, wenn eine Vertreterin des eigenen Geschlechts unglücklich ist.« Endlich sah sie Benteen in die Augen. »Deine Frau muß sehr jung gewesen sein, als ihr geheiratet habt.«

»Siebzehn, fast achtzehn. Ich halte das kaum für zu jung.«

»Und sie war natürlich noch eine Jungfrau.« Als Benteen den Kopf abwandte, schalt ihn Elaine: »Du hättest nicht fragen sollen, wenn du nicht willst, daß ich persönlich werde.«

»Ich wüßte nicht, was das damit zu tun haben sollte«, äußerte Benteen barsch.

»Nein, Männer sehen nie einen Zusammenhang.« Sie lachte leise. »Du hattest einige Erfahrungen mit Frauen und wußtest daher, was du von einer Ehefrau erwartest. Lorna hatte vorher nicht die Möglichkeit, das zu entscheiden. Wenn sie feststellt, daß sie einen Fehler gemacht hat, hat sie keine Wahl, wie auch ich keine andere Wahl mehr hatte.«

»Sie hat keinen Fehler gemacht.«

»Ich wollte damit nicht andeuten, in eurem Fall sei es so gewesen«, hob Elaine hervor. »Ich spreche nur ganz allgemein. Wobei mir etwas einfällt. Ich möchte nächste Woche irgendwann mit dir zu Abend essen. Es gibt zwei Herren, von denen ich glaube, daß du sie kennenlernen solltest.«

»Wer ist das? Sind es Kanadier?« Er war nur zu gern bereit, auf ihren Themenwechsel einzugehen.

»Nein. Es sind Lokalpolitiker.«

»Ich habe kein Interesse daran, mich in die Politik hineinziehen zu lassen.«

»Man bestimmt selbst, in welchem Maß man sich auf etwas einläßt«, sagte sie. »Dein Vater ist bis zum Äußersten gegangen. Ich spreche davon, daß man mit der Politik spielt, Menschen und Ereignisse so manipuliert, daß sie den eigenen Interessen dienen. Du solltest dich mit einigen führenden Herren der Territorialregierung bekannt machen.«

»Diese Regierung könnte es ebensogut gar nicht geben.« Er

verlieh damit einem Gefühl Ausdruck, das die große Mehrheit der Bürger dieser Gegend teilten. »Es ist ein System, das sich der Osten ausgedacht hat. Und dort hat man keine Ahnung, wie es hier draußen wirklich aussieht. Hier richtet sich niemand danach.«

»Die Regierung steht hier auf schwachen Füßen«, stimmte Elaine ihm zu. »Aber wenn Montana ein eigener Staat wird und seine Souveränität bekommt, dann gibt es keinen Grund, warum du und ich bei der Wahl des ersten Gouverneurs nicht die Hand im Spiel haben sollten. In der Politik ist jedes Spiel eine große Herausforderung und kann sich äußerst günstig auf die Ranch auswirken. Sieh dir nur den Vertrag für das Rindfleisch an. Es kann nie schaden, einflußreiche Leute in der Regierung sitzen zu haben, die einem noch einen Gefallen schuldig sind, Benteen.«

»Kann sein.« Aber er stimmte in diesem Punkt nicht völlig mit ihr überein.

»Das Geheimnis liegt darin, diese Beziehungen zu nutzen – nicht, sich von ihnen nutzen zu lassen.«

»Du bist gut darin, Menschen auszunutzen, nicht wahr?« bemerkte er mit zusammengekniffenen Augen.

»Ich tue einfach, als sei das ein Kompliment.« Sie lächelte und nahm wieder seinen Arm, wobei sie sich ein letztes Mal im Arbeitszimmer umsah. »Ich glaube, dieses Arbeitszimmer wird mir der liebste Raum in deinem ganzen Haus sein.«

Lorna hatte das Brot in den Ofen geschoben und nähte mit der Hand ein Hemd für Arthur aus Teilen eines alten Hemdes von Benteen. Sie saß mit dem Rücken zum Fenster, um das Sonnenlicht zu nutzen, als es anklopfte. Als sie aufsprang und die Tür öffnete, stand nicht Lady Crawford da, sondern Bull Giles. Sie entspannte sich ein wenig und war nicht wirklich enttäuscht.

»Sind die Jungen da?« fragte er.

Er hatte sich angewöhnt, mit den Jungen zu spielen, während Lady Crawford ihren Mann besuchte. Die Ironie des Ganzen ließ Lorna die Mundwinkel verziehen. Lady Crawford verbrachte mehr Zeit mit Lornas Mann als Lorna selbst in letzter

Zeit, und Bull Giles verbrachte mehr Zeit mit den Kindern als Benteen.

»Sie machen gerade einen Mittagsschlaf«, erklärte sie mit gesenkter Stimme. »Benteen hat mir nicht gesagt, daß Sie heute kommen.«

»Ich habe den beiden Pfefferminzstangen mitgebracht.« Er zog sie aus seiner Tasche und reichte sie Lorna. »Sie können sie ihnen heute nach dem Abendessen geben.«

»Die Jungen werden sich sehr darüber freuen. Danke, Bu …« Sie ertappte sich dabei, daß sie ihn beinah mit seinem Vornamen angesprochen hätte, und eilig verbesserte sie sich. »… Mr. Giles.«

»Ich würde mich freuen, wenn Sie mich Bull nennen«, sagte er mit ruhiger Stimme.

»Das ist doch gewiß nicht der Name, auf den Sie getauft worden sind.«

»Nein.« Seine Augen funkelten plötzlich fröhlich. »Wenn Sie versprechen, es niemandem zu erzählen, sage ich Ihnen, wie ich wirklich mit Vornamen heiße.«

»Ich verspreche es.« Sie legte die Hände auf ihr Herz wie ein Kind, das gelobt, etwas geheimzuhalten.

»Horatio.«

»Horatio«, wiederholte sie, und sie spürte ein gluckerndes Lachen in sich aufsteigen.

»Einfach abscheulich, finden Sie nicht?« fragte Bull lächelnd.

»Bull paßt besser zu Ihnen«, stimmte Lorna ihm zu, und da er lächelte, konnte sie jetzt auch lächeln.

»Lorna paßt auch gut zu Ihnen«, murmelte er. Als sie vor der anklingenden Vertraulichkeit in seinem Tonfall zurückwich, wechselte Bull sofort das Thema und fragte mit distanzierterer Stimme: »Ist das frisches Brot, was ich hier rieche?«

»Ja. Ich habe ein paar Brote in den Ofen geschoben.«

»Nichts schmeckt besser als heißes Brot, das gerade frisch aus dem Ofen kommt«, erklärte er.

Sie lachte leise. »In einer guten Viertelstunde müßte es fertig sein. Warum bleiben Sie nicht und trinken einen Kaffee?« forderte Lorna ihn auf.

»Wenn Sie sicher sind, daß dagegen nichts einzuwenden ist,

gern.« Bull wartete und gab ihr die Gelegenheit, ihr impulsives Angebot noch einmal zu überdenken.

Lorna warf einen Blick auf das Haus auf dem Hügel. Wenn Benteen ihr schon kein Wort erzählte, konnte sie vielleicht über Bull herausfinden, was hier vorging.

»Natürlich ist das in Ordnung.« Sie öffnete die Tür noch weiter und trat zurück, um ihn eintreten zu lassen. »Setzen Sie sich.«

Während sie den Kaffee einschenkte, sah Bull fasziniert das Hemd an, das sie für Arthur nähte. »Das ist ja so winzig«, sagte er. »Meine Hand paßt nicht mal in den Ärmel.« Er steckte drei Finger in einen Ärmel und sah versonnen die Jungen an, die am anderen Ende des Raumes schliefen.

»Ich hatte nie allzuviel mit Kindern zu tun. Die beiden habe ich doch sehr ins Herz geschlossen«, gab er zu, als er einen Schluck von dem heißen Kaffee trank.

»Die Jungen mögen Sie auch sehr gern.«

»Webb wird ein großartiger Reiter werden, wenn er größer ist. Er kann praktisch jetzt schon allein reiten.«

»Das ist eigentlich nicht allzu erstaunlich. Benteen hat ihn zu seinem ersten Ausritt mitgenommen, als er noch keinen Monat alt war.« Lorna lächelte bei der Erinnerung an diesen Tag. Die Nennung von Benteens Namen ließ sie wieder an die Absichten denken, die sie verfolgte. »Natürlich hat er in letzter Zeit so viel Arbeit mit der Ranch gehabt, daß er nicht mehr allzuviel Zeit darauf verwenden konnte, Webb das Reiten beizubringen. Oft konnte er wegen seiner geschäftlichen Unternehmungen mit Lady Crawford nicht hier sein.«

»Ich weiß, daß er oft fort war, um eine Menge Rinder zu kaufen, damit er die Abmachungen dieses Vertrages mit Kanada einhalten kann«, stimmte Bull ihr zu. »Es sieht ganz so aus, als würden die beiden einen Haufen Geld machen.«

Lorna wußte, daß Benteen Rinder gekauft hatte und daß Jessie eine Herde nach Kanada gebracht hatte, um sie dort zu verkaufen, aber sie hatte beides nicht mit Lady Crawford in Verbindung gebracht.

»Um die Wahrheit zu sagen – es überrascht mich ein wenig, daß Benteen so gut mit Lady Crawford auskommt. Er hatte immer eine schlechte Meinung von den Aristokraten. Inzwischen habe ich den Eindruck, daß die beiden sich regelrecht miteinander anfreunden.«

»Das sollte Sie eigentlich nicht überraschen«, sagte Bull, der Lorna versonnen musterte. »Sie ist immer noch eine sehr schöne Frau. Jeder normale Mann würde ihre Gesellschaft genießen.«

»Ja, sie ist wirklich noch sehr schön ...« Lorna stimmte ihm eilfertig zu, bis sie eine andere Anspielung in seinen Worten erkannte. »Aber sie ist doch beträchtlich älter als Benteen«, fügte sie dann hinzu.

»Glauben Sie, daß das etwas ändert?« fragte er betont unschuldig.

»Was ändert?« Sie war auf der Hut, und die Wendung, die das Gespräch genommen hatte, behagte ihr nicht, aber gleichzeitig sah sie sich nicht in der Lage, es abzubrechen oder es in andere Bahnen zu lenken.

»Ob Benteen sich zu ihr hingezogen fühlt«, sagte Bull.

»Sie meinen, als Frau?« fragte Lorna stirnrunzelnd.

»Ja, zu ihr als Frau.«

Sie bemühte sich zu lachen, aber es klang hohl. »Bull, Sie wollen doch nicht etwa andeuten, zwischen den beiden sei mehr als eine rein freundschaftliche Beziehung, oder? Das ist doch lächerlich.«

»Wieso?« wollte er wissen.

»Weil Benteen und ich verheiratet sind.« Die Begründung kam ihr vor, als stünde sie auf unsicheren Beinen.

»Es ist wohl unwahrscheinlich, daß ein verheirateter Mann eine Affäre hat.« Aber diese Äußerung klang nicht nach einer Bestätigung.

»Benteen nicht.« Sie drehte sich zum Ofen um. »Das Brot sollte jetzt durch sein.« Sie wirbelte zu Bull herum. »Warum sagen Sie solche Dinge zu mir? Warum versuchen Sie, mir Zweifel einzupflanzen?«

Er sah ihr lange in die Augen. Dann stand er auf, ging zum Herd und schenkte sich einen frischen Kaffee ein. »Weil ich die beiden zusammen gesehen habe und Sie nicht. Was auch zwischen den beiden sein mag – ich würde mein Leben darauf wetten, daß es nicht rein geschäftlich ist. Es steckt mehr dahinter«, beharrte er. »Und ich vermute, ich wollte, daß Sie darüber Bescheid wissen, daß mehr dahintersteckt. Die Vorstellung, jemand könnte Sie verletzen, gefällt mir nicht.«

»Ich verstehe«, murmelte sie, denn sie wußte nicht, was sie sonst hätte sagen können.

Seine Andeutung, Benteen könnte ein Verhältnis mit Lady Crawford haben, verwirrte Lorna. Das war eine Möglichkeit, auf die sie gar nicht gekommen war. Die Frau war schön, elegant, kultiviert, aber Lorna hatte angenommen, daß Benteen sie in keiner Weise als ein sexuelles Gegenüber ansah, da sie älter war als er. Aber war das vielleicht doch eine mögliche Erklärung für sein verändertes Verhalten in letzter Zeit? Warum sprach er nicht mit ihr über Lady Crawford? Sie bemühte sich, diese Vorstellung als ein Greuelmärchen abzutun, aber das war gar nicht so einfach.

Mit automatischen Bewegungen griff sie nach einem Handtuch, um ihre Hände gegen die Hitze zu schützen, und holte die Brotlaibe aus dem Ofen. Sie bemerkte kaum, daß Bull sie beobachtete, und sie war sich absolut nicht darüber im klaren, daß ein Ausdruck verletzter und verwirrter Bestürzung auf ihrem Gesicht stand.

»Wahrscheinlich hätte ich doch besser den Mund gehalten«, seufzte er. »Ich kann nur hoffen, daß Sie es mir nicht übelnehmen.«

Der Ausdruck tiefer Betroffenheit, der auf seinen rauhen Zügen stand, veranlaßte sie, ihn schwach anzulächeln, um ihm Zuversicht einzuflößen. »Nein, ich nehme es Ihnen nicht übel, Bull.« Wieder sprach sie ihn, ohne es zu merken, mit seinem Vornamen an.

Die Tür wurde aufgerissen, und Sonnenschein flutete in das Hausinnere. Benteens Silhouette war im Türrahmen zu erkennen. Er trat zurück und hielt die Tür auf.

»Sie haben den Wagen allein gelassen, Giles.« Seine Stimme war barsch. »Sie will abfahren.«

Bull ließ sich bewußt Zeit und trank noch einen Schluck Kaffee, ehe er Lorna die Tasse reichte. »Vielen Dank für den Kaffee, Mrs. Calder.«

Er ging ohne Eile auf die Tür zu, die Benteen ihm aufhielt. Die Luft war so spannungsgeladen wie vor einem Gewitter.

Als Bull auf einer Höhe mit ihm war, befahl Benteen: »Setzen Sie nie mehr einen Fuß in dieses Haus.«

Bull erwiderte nichts darauf. Seine einzige Reaktion bestand darin, daß er einen Sekundenbruchteil zögerte, ehe er die Schwelle überschritt. Lorna bebte vor Wut, aber sie wartete, bis Benteen die Tür geschlossen hatte, und machte erst dann ihrer Wut Luft.

»Wie kannst du es wagen, einen derartigen Befehl auszusprechen?« Sie bemühte sich, ihre Stimme zu senken, die vor Wut vibrierte. »Ich habe ihn auf eine Tasse Kaffee eingeladen. Das hier ist auch mein Haus. Ich kann empfangen, wen ich will.«

»Nein, das kannst du nicht«, sagte Benteen. »Nicht ihn.«

»Warum nicht? Weil er ein Mann ist«, gab sie zurück. »Ist das vielleicht etwas anderes als mit dir und Lady Crawford, mit der du soviel Zeit allein verbringst?«

»Du kannst verflucht sicher sein, daß das etwas anderes ist!«

»Warum gehört es sich bei dir, aber bei mir nicht?« fragte sie erbost.

»Weil ich es sage.«

»Das reicht mir nicht als Begründung!« warf ihm Lorna wütend an den Kopf. »Ich lasse mir nicht vorschreiben, was ich zu tun habe oder mit wem ich befreundet sein darf. Und schon gar nicht von dir!«

»Zufällig bin ich mit dir verheiratet«, rief er ihr ins Gedächtnis zurück.

»Wie seltsam, daß dir das ausgerechnet in dem Zusammenhang wieder einfällt«, bemerkte Lorna mit beißendem Sarkasmus.

»Was soll denn das jetzt heißen?« fragte Benteen finster.

»Das soll heißen, daß dir im allgemeinen nur dann einfällt, daß du eine Frau hast, wenn du Hunger hast, wenn die Kinder weinen oder wenn du den Drang verspürst, mit jemandem zu schlafen«, gab sie zurück. »Und im übrigen könnte ich ebensogut ein Stuhl sein, wenn man sich ansieht, wieviel Beachtung du mir schenkst.«

»Soll das heißen, daß du nicht glücklich bist?«

»Nein, ich bin wirklich nicht glücklich. Wärst du an meiner

Stelle etwa glücklich?« fragte Lorna. Sie dachte dabei daran, wie er sie aus seinem Leben heraushielt und sie nie in seine Pläne einweihte.

»Das ist verflucht schade für dich, weil du nämlich mit diesem Fehler, den du begangen hast, leben mußt. Und daher brauchst du dir gar nicht erst verrücktes Zeug in deinem Kopf zurechtzulegen, wie du die Dinge ändern könntest. So steht es, und so wird es bleiben, und daher ist es das beste, wenn du lernst, damit zu leben.«

Im nächsten Moment schlug Benteen die Tür zu. Lornas erster Impuls war der, ihm nachzulaufen und eine Erklärung für diese Bemerkung von ihm zu fordern, aber der Knall, mit dem die Türe zugeschlagen worden war, hatte die Jungen geweckt. Als sie die wimmernden Kinder beschwichtigt hatte, ritt Benteen gerade fort.

Sie starrte ihm nach, und in ihren Augen stand ein Funkeln der Entschlossenheit. Er täuschte sich. Ungeachtet dessen, was er wollte, würde es zu einigen Veränderungen kommen. Wenn er sich dafür entschied, sie freiwillig nicht an seinem Leben teilhaben zu lassen, dann würde es eben unfreiwillig so kommen.

Sie war nicht einer seiner Männer, die er herumkommandieren konnte, oder eine seiner Kühe, die er mit einem Brandzeichen versah und die einmal im Jahr kalbten. Sie war seine Frau, und sie konnte ihm nur raten, das verdammt noch mal einzusehen.

26

Wenn Rinder durch Gras laufen, stoßen sie es nach hinten herunter, und es wird in die Richtung plattgetrampelt, die der, in die sie laufen, entgegengesetzt ist. Ein Pferd tritt das Gras nach vorn, in die Richtung, in die es läuft. Das Spurenlesen gehört zu den Dingen, die ein Cowboy gleich zu Beginn seiner Laufbahn lernt.

Seit der Präriebrand das Land geschwärzt und das Außenlager im Südwesten abgebrannt hatte, war Shorty zu den Hauptgebäuden der Ranch abgezogen worden. Er ritt durch den fernen, nordöstlichen Quadranten, als er eine Spur kreuzte – zwanzig Rinder, die von vier Reitern von der Ranch getrieben worden waren.

Da es an der Zeit für den Viehtrieb war, war es möglich, daß Cowboys von einer der angrenzenden Ranchs auf dem Land des Dreifachen C nach streunenden Rindern Ausschau gehalten und sie wieder nach Hause getrieben hatten – wenn es nicht die Spuren von unbeschlagenen Ponys gewesen wären. Die Spuren waren noch frisch, und man konnte sie mühelos verfolgen. Sie konnten nicht älter als eine Stunde sein. Shorty ritt neben den Spuren her.

Er wünschte, er hätte seine Büchse dabeigehabt, die jetzt in der Schlafbaracke lag. Seine Pistole war geladen, und er hatte eine zweite Pistole in der Satteltasche stecken. Er rechnete nicht damit, daß die diebischen Indianer sich auf einen Kampf einlassen würden. Gewöhnlich verstreuten sie sich einfach über die Prärie, trafen an einem anderen Ort wieder zusammen und schlichen sich dann zurück wie ein Rudel Kojoten, um erneut einzufallen.

Die Gegend wurde rauher, als die Fährte sich um einen vorspringenden Hang schlängelte. Als Shorty ihn umrundet hatte, grasten etliche Rinder mit dem Brandzeichen des Dreifachen C vor ihm auf dem gelben Gras. Er riß so stark an den Zügeln, daß sein Pferd die Hinterbeine einsacken ließ.

Eine Minute lang herrschte Stille, die nur von dem Atem seines schnaubenden Pferdes, dem Klirren des Zaumzeugs und dem Ächzen des Sattelleders gebrochen wurde. Nichts wies auf Indianer, Pferde oder Reiter hin.

Sekunden später zerrissen schrille Schreie die Luft. Es waren fünf, und sie stürzten sich von allen Seiten auf Shorty. Als er nach seiner Pistole griff, fragte sich Shorty, wie ihm die Fährte des fünften Reiters hatte entgehen können. Er mußte weit abseits von den anderen geritten sein. Er konnte nirgends Dekkung suchen. Er saß in der Falle, mitten im offenen Gelände, und sie waren mit Gewehren bewaffnet. Er hatte seine Pistole noch nicht gezogen, als er auch schon seinem Pferd die Sporen gab und es mitten in die Rinderherde laufen ließ. Schüsse zerrissen die Luft, während Kugeln rund um ihn herum zischten.

Er saß übel in der Klemme, und er wußte es. Drei Indianer stürmten hinter ihm her, und zwei schreiende Wilde kamen von vorn auf ihn zu. Es war ein kühler Septembertag, aber ihm strömte Schweiß über die Stirn, als er drei Schüsse auf den Indianer abgab, der von vorn auf ihn zukam. Der Indianer brach auf seinem Pferd zusammen, und Shorty hatte eine Lücke gefunden.

Dann riß etwas an seinem Arm. Im nächsten Moment kam es ihm vor, als bohre sich eine Faust in seinen Rücken. Die Kraft dieses Stoßes ließ ihn nach vorn auf den Nacken seines Schecken sinken. Eine verrückte Taubheit schien sich durch seine Glieder zu ziehen. Es kam ihm so vor, als sitze er gar nicht auf dem Sattel. Die Schwärze schränkte sein Gesichtsfeld ein. Er schien nicht atmen oder sich aufrichten zu können.

Der Schecke rannte um sein Leben. Shortys Kopf lag auf seinem gestreckten Hals. Verschwommen sah er die Reiter, die die Jagd aufgenommen hatten. Einen Moment lang war er trotz seiner Verwirrung sicher, daß einer von ihnen ein Weißer war. Das letzte, woran er sich erinnern konnte, war, daß er die Zügel um sein Handgelenk geschlungen und sich gefragt hatte, warum er sie nicht spürte.

Die Wäsche auf der Leine war kalt, aber trocken, als Lorna sie abhängen wollte und aus dem Augenwinkel das Pferd und den Reiter sah. Sie drehte sich danach um, weil sie glaubte, es könnte Benteen sein. Im ersten Moment lenkte die ungleichmäßige Gangart des Pferdes, das vor allem mit dem rechten Vorderbein auftrat, ihre Aufmerksamkeit auf sich. Dann erst bemerkte sie den regungslosen Körper des Reiters, der auf dem Nacken des Pferdes lehnte.

Einen Moment lang starrte Lorna dieses Bild fassungslos an, bis sie schließlich begriff, daß der Reiter verletzt sein mußte. Sie ließ die Kleider fallen und raffte ihre Röcke, um zum Stall zu laufen. Vor zehn Minuten hatte sie Rusty vor der Schlafbaracke gesehen. Lorna rief nach ihm.

Das schaumbedeckte Pferd scheute, als sie nach seinen Zügeln griff. Sie murmelte dem Tier beschwichtigende Laute zu und lief zu dem Reiter, der regungslos darauf lag. Es war Shorty Niles. Als sie seinen rechten Ärmel berührte und ihre Hand wieder zurückzog, war sie blutbeschmiert. Eine Kugel hatte seinen Oberschenkel gestreift, das Hosenbein zerrissen und den Stoff mit dunklem Blut getränkt. Lorna streckte sich, um ihm einen Arm um die Taille zu legen und ihn vom Sattel zu ziehen, und dabei entdeckte sie auf seinem Rücken die Nässe weiteren Blutes.

Plötzlich wurde sie sich schockiert darüber bewußt, daß Shorty tot sein konnte. Einen Moment lang hatte sie große Furcht, als sie sein Gesicht in ihre Hände nahm, ohne sich um das Blut zu kümmern, das sie auf seine Backen schmierte. Erleichterung durchzuckte sie, als ihre Finger den schwachen Pulsschlag fanden. Sie probierte sich noch einmal daran, seine volle Last vom Sattel zu zerren. Dann kam ihr ein weiteres Händepaar zur Hilfe, als Rusty auf der Bildfläche erschien.

»Er lebt«, murmelte Lorna, während sie mühsam die Zügel löste, die er sich um das Handgelenk geschlungen hatte.

»Aber jemand hat einiges Blei in ihn hineingepumpt.« Rusty ächzte vor Anstrengung, als er den regungslosen Körper vom Sattel zog.

Lorna eilte ihm zur Hilfe, um Shorty aufrecht zu halten. Rusty trug die Hauptlast, und sie hing sich einen von Shortys Armen um den Nacken und stützte seinen Körper mit ihrer Schulter, damit sie ihn weiterziehen konnten.

»Wir bringen ihn in die Schlafbaracke«, sagte Rusty.

Die Schlafbaracke war für Lorna unbekanntes Territorium. Es war unerhört, daß eine Frau sich in den geheiligten Bereich des Cowboys vorwagte. Als Rusty die Tür mit dem Fuß auftrat, schlug ihr erdrückend der Geruch nach Schweiß, Kuhmist und der Lakritzgeruch des Kautabaks entgegen. Es war schmutzig und unordentlich, und schmutzige Kleider lagen steif vor Dreck auf dem Boden herum. An die Wände waren Seiten aus Katalogen geheftet. Lorna sah Läuse, die eilig Dekkung suchten, als Rusty auf einer der Pritschen die Decke zurückschlug.

»Das ist ja schlimmer als in einem Schweinestall«, verkündete sie angewidert und mit stockendem Atem. »Wir bringen ihn ins Haus.« Als Rusty Einwände dagegen erheben wollte, kochte sie über. »Sie haben gehört, was ich gesagt habe! Wir bringen ihn jetzt auf der Stelle hinüber ins Haus.«

Rusty knurrte leise vor sich hin, lud sich einen größeren Teil der Last auf die Schulter und ging auf die Tür zu. Als sie ins Freie traten, ritten gerade zwei Cowboys näher. Vince Garvey und Woolie sprangen vom Sattel und lösten Lorna ab.

»Was ist passiert?« fragte Vince.

»Er ist angeschossen worden«, antwortete Rusty. »Sie will, daß er ins Haus gebracht wird.«

»Ich bereite eine Liegemöglichkeit für ihn vor.« Lorna eilte voraus.

Selbst, wenn noch Zeit gewesen wäre, einen Arzt zu holen, hätte das auch nichts genutzt, da es im Umkreis von fünfzig Meilen keinen Arzt gab. Lorna räumte den Tisch ab, damit Rusty sich dort um Shorty kümmern konnte, und sie trug alles saubere Bettzeug zusammen, das sie finden konnte. Es kam zu einer kurzen Auseinandersetzung, als Rusty darauf bestand, sie müsse den Raum verlassen, weil Shortys Wunden es unvermeidbar machten, ihn zu entkleiden, doch Lorna setzte sich mit ihrer Entschiedenheit durch. Sie schickte die Kinder mit Woolie ins Freie und ging Rusty zur Hand, soweit sie dazu in der Lage war. Sie hielt die Lampe, damit er mehr Licht hatte, und sie tupfte das Blut ab, das aus den Wunden sickerte, damit Rusty mehr sehen konnte. Abgesehen von den wenigen kurzen Momenten, in denen Rusty die Wunden ausbrannte und sie das verbrannte Fleisch roch, hielt sich Lorna recht gut bei diesem gräßlichen Blutbad.

Nachdem die Wunden behandelt und verbunden worden waren, trugen Vince und Woolie ihn auf das breite Bett hinter der Zeltplane, die als Vorhang aufgehängt worden war. Shorty war während all dessen keinen Moment lang aus seiner Bewußtlosigkeit erwacht, und er hatte sich auch nicht gerührt. Die Weiße des Leintuchs schien die Blässe seines Gesichts zu betonen.

»Jetzt hat es nur noch der liebe Gott in der Hand«, sagte Rusty, als er sich von seinem Patienten abwandte und Lorna ansah.

»Ich glaube, es steht noch Kaffee auf dem Herd«, sagte sie.

»Das könnte ich jetzt gebrauchen. Meine Hände sind wohl im Moment nicht allzu ruhig.«

Rusty goß sich einen Schluck Whiskey in den Kaffee, als Benteen das Haus betrat. Vince und Woolie hatten ihn bereits über den Vorfall unterrichtet.

»Wie geht es ihm?« fragte er, während er an das Bett trat, um sich selbst ein Urteil zu bilden.

»Er atmet«, antwortete Rusty. »Aber viel mehr kann ich nicht sagen. Er ist wirklich übel angeschossen worden.«

»Er hat kein Wort gesagt? Kein Wort darüber, wer es war?«

Rusty schüttelte den Kopf. »Er hat keinen Laut von sich gegeben.«

Benteen wandte sich vom Bett ab, ging zum Herd und schenkte sich eine Tasse Kaffee ein. Webb hatte sich leise hinter Benteen ins Haus geschlichen. Er stand auf Zehenspitzen da und sah den Cowboy an, der auf dem Bett lag.

»Mami, schläft Shorty jetzt hier?« fragte er.

»Ja, bis es ihm besser geht«, erwiderte sie, und sie bemerkte den scharfen Blick, den Benteen ihr zuwarf.

»Aber wo schlaft ihr dann, du und Daddy?« fragte Webb stirnrunzelnd.

»Daddy kann bei dir und Arthur schlafen. Ich werde mir ein paar Decken auf einen Stuhl packen und mich zu Shorty setzen.« Sie packte ihn an den Schultern und schubste ihn zur Tür. »Geh hinaus und spiel noch ein Weilchen, während ich das Abendessen fertig mache.«

In den Stunden vor Anbruch der Dämmerung kam Shorty teilweise wieder zu Bewußtsein. Sein Murmeln weckte Lorna, die in dem Stuhl neben seinem Bett eingeschlummert war. Sie trat leise an sein Bett und feuchtete seine trockenen Lippen mit einem nassen Tuch an. Benteen trat lautlos an das Bett und beugte sich darüber.

»Was ist passiert, Shorty?« Auf diese gemurmelte Frage hin zuckten die Augenlider des Cowboys.

»Indianer – weggerannt – Vieh – Hinterhalt gelockt ...« Die

leisen Worte waren kaum zu verstehen, aber Benteen bekam immerhin mit, worum es ging.

»Indianer.« Lorna sah Benteen mit aufkeimender Panik an. Sie hatten auch früher schon Rinder gestohlen, aber nie hatten sie die Männer überfallen.

Shorty krallte seine Finger in Benteens Hemd. Ein bestürzter Blick verfinsterte sein schmerzerfülltes Gesicht. »Glaube – Weißer – bei ihnen …« Er preßte die Augen fest zusammen. »Muß mich – geirrt haben …«

»Pst!« Lorna war besorgt, das Reden könnte ihn zuviel Kraft kosten, und entschlossen zog sie seine matte Hand von Benteens Hemd, an dem sie sich festgehalten hatte. »Es ist schon gut, Shorty. Ruh dich einfach aus.«

Er nickte leicht und schien sich wieder zu entspannen. Sie strich die Decke glatt und wandte sich dann an Benteen.

»Was meinst du, was er mit dem Weißen sagen wollte?« fragte sie.

»Ich weiß es nicht«, murmelte er grimmig. »Er hätte sie niemals allein verfolgen dürfen, aber Shorty läßt sich ja nichts sagen. Er würde es gegen ein ganzes Heer aufnehmen, um zu beweisen, daß er so groß wie jeder andere ist.«

Fünf lange Tage und Nächte lang pflegte Lorna ihn, während er im Fieberwahn lag. Es gab Zeiten, zu denen Shorty sich so heftig bewegte, daß Benteen ihn auf das Bett pressen und ihn festhalten mußte, damit die Wunden nicht wieder aufrissen. Lorna flößte ihm Suppe ein, wenn er bei Bewußtsein war, und wenn er bewußtlos war, flößte sie sie ihm mit Gewalt ein. Aber Shorty brachte das Schlimmste hinter sich. Rusty erklärte, der Cowboy sei, verdammt noch mal, viel zu störrisch, um zu sterben.

Benteen versuchte nicht mehr, Shorty nach dem Weißen zu fragen, der eventuell bei dem Viehdiebstahl dabeigewesen war, solange das Fieber und die Anfälle von Fieberwahn nicht nachließen. Aber Shorty konnte auch hinterher nicht viel Licht in dieses Dunkel bringen.

»Um mich herum ist alles schwarz geworden, als ich ihn plötzlich flüchtig gesehen habe – oder mir eingebildet habe, ihn zu sehen.« Shorty regte sich über seine eigenen unklaren Aussagen auf. »Ich kann nicht beschwören, daß einer der Reiter ein Weißer war, Benteen. Je länger ich darüber nachdenke, desto eher glaube ich, daß meine Augen mir einen Streich gespielt haben.«

»Das kann vorkommen«, stimmte Benteen ihm zu.

»Es tut mir leid. Ich bin gar nicht auf den Gedanken gekommen, sie könnten nach Verfolgern Ausschau halten. Sonst wäre ich vorsichtiger gewesen, als ich ihnen gefolgt bin.«

»Denk daran, falls es ein zweites Mal gibt. Und versuch nicht, sie dir allein vorzunehmen. Das ist ein Befehl«, fügte Benteen zu allem Überfluß hinzu. Dann verzog er den Mund zu einem Scherz. »Und jetzt ruh dich aus. Ich will, daß du bald aus meinem Bett verschwindest und wieder in die Schlafbaracke ziehst. Dort gehörst du hin.«

Ehe Shorty in die Schlafbaracke gebracht wurde, machte sich Lorna über das Gebäude her. Sie begann damit, alles hinauszuräumen, und dann wusch sie die Wände, die Böden und die Bettgestelle mit der stärksten Konzentration an Seifenlauge, die sie irgend herstellen konnte, ab. Trotz der Einwände, die sie erhoben, kochte sie die Kleider und das Bettzeug der Cowboys und breitete alles zum Trocknen in der Septembersonne aus.

Als sie damit fertig war, blitzte und funkelte die Schlafbaracke fast vor Sauberkeit. Jeder Knochen und Muskel in ihrem ganzen Körper schmerzte, und ihre Hände waren von der brennenden Seifenlauge rauh geworden, aber sie betrachtete sich das Resultat voller Zufriedenheit.

Vince teilte ihre Freude nicht, als er die Schlafbaracke betrat und seine Nase rümpfte, in die der scharfe Seifengeruch strömte. »Man fühlt sich gar nicht mehr zu Hause.« Er nuschelte die Klage vor sich hin und schlurfte an Lorna vorbei zu seiner Pritsche.

Als sie diese Bemerkung Benteen gegenüber wiederholte, war seine Reaktion auf ihr Vorgehen vergleichbar abfällig. »Du hast doch nicht etwa Dank für deine Einmischung erwartet, oder etwa doch?«

Lorna wurde sich darüber klar, daß sie im Kampf gegen eine Männerwelt allein dastand.

Als Jessie Trumbo aus Kanada zurückkam, berichtete er, daß er während des Viehtriebs von Indianern belästigt worden war. Seiner Schätzung nach hatten sie zwanzig Rinder und zehn Pferde gestohlen, aber niemand war verletzt worden. Nach dem Zwischenfall mit Shorty erteilte Benteen den Männern die Anweisung, paarweise zu arbeiten und ihre Gewehre bei sich zu tragen. Am selben Tag, an dem Jessie zurückkehrte, war Zeke Taylor versehentlich ein Schuß in den eigenen Zeh losgegangen, und er klagte bitterlich darüber, sich ein gutes Paar Stiefel ruiniert zu haben.

Der schwarze Einspänner hielt nicht vor dem Haus an. Lorna sah ihm aus dem Fenster nach, als er direkt auf das Haus auf dem Hügel zufuhr. Ihre Lippen zogen sich zu einem dünnen Strich zusammen. Sie drehte sich um, griff nach ihrem schwarzen Tuch und schlang es sich um die Schultern.

Webb kam auf das Haus zugelaufen, um ihr zu berichten, daß Mr. Giles gekommen war, als sie aus der Tür trat. Er war begeistert, als er feststellte, daß sie sich auf den Weg zu dem großen, neuen Haus machten, um ihn zu sehen. Lorna lief so schnell, daß der kleine Arthur nicht mithalten konnte, und daher setzte sie ihn auf ihre Hüfte und trug ihn, während Webb auf einem eingebildeten Pferd vor ihnen herritt.

Bull Giles zeigte sich von ihrem Auftauchen überrascht. Normalerweise kam er zum Haus, um die Jungen zu sehen. Es war nicht üblich, daß Lorna sie zu ihm brachte. Arthur zappelte, damit sie ihn herunterließ. Sie ließ ihn von ihrer Hüfte auf den Boden gleiten und auf seinen riesigen Freund zulaufen.

Sie blieb nicht stehen, um mit Bull zu sprechen, und sie ging auch nicht auf seinen fragenden Blick ein, der ihr folgte, als sie an dem Wagen vorbeilief und die Stufen zur Haustür hinaufstieg. Sie wurde von Benteens dunklem Lachen begrüßt, in dem so viel Wärme mitschwang, daß ihr ein Schauer über den Rücken lief, als sie in der Tür stehenblieb. Ihre Füße zogen sie zum Arbeitszimmer, aus dem dieser Laut gekommen war. Die Tür stand einen Spalt weit offen, und Lorna konnte ins Zimmer sehen.

Benteen stand dicht neben Lady Crawford, die in Schwarz

und mit ihren dunklen Augen und dem silberblonden Haar einfach grandios aussah. Es dauerte einen Moment, bis Lorna bemerkte, daß Benteen ein Glas einschenkte, das Lady Crawford in der Hand hielt. Flüssigkeit schäumte aus der Flasche in seiner Hand, als er ein zweites langstieliges Glas füllte.

Sie konnte das Murmeln ihrer Stimmen hören, aber sie konnte kein Wort von dem verstehen, was die beiden miteinander sprachen. Beide lächelten. Lorna spürte einen stechenden Schmerz, der sie durchzuckte. Als Benteen sich so umdrehte, daß sie sein Profil sehen konnte, legte Lady Crawford eine Hand auf seine Wange, um sein Gesicht wieder zu ihrem umzudrehen. Diese Geste hatte etwas derart Natürliches und Vertrautes an sich, daß ein lautstarker Protest in Lornas Innerem aufschrie. Für einen Sekundenbruchteil sah sie ein heftiges Verlangen in Benteens Zügen. Glühende Eifersucht versengte sie.

Mit einer Hand stieß sie die Tür ganz auf, während sie mit zornig vorgerecktem Kinn eintrat. »Ist das hier eine Privatfeier oder kann man mitfeiern?« fragte sie herausfordernd.

Benteen bemühte sich nicht, seinen Unwillen und sein Mißvergnügen über ihr unerwünschtes Eindringen zu verhehlen, doch Lady Crawford wandte sich zu ihr um und lächelte sie unverfroren an. »Kommen Sie doch bitte zu uns, Lorna«, forderte sie sie auf. »Wir wollten gerade auf unseren ersten Erfolg anstoßen.«

»Anstoßen?« Ihre Füße schienen den Boden kaum zu berühren, als Lorna quer durch den Raum fegte, um sich neben Benteen zu stellen. »Ist das Champagner? Wie wunderbar«, verkündete sie mit eisigem Strahlen. »Ich habe noch nie Champagner getrunken. Du hast doch nichts dagegen?« Sie nahm Benteen das Glas aus der Hand, ohne seine Zustimmung abzuwarten. Sie trank einen Schluck und tat so, als würde ihr das säuerliche, trockene Brausezeug schmecken. »Schmeckt ganz gut, findest du nicht?«

»Eigentlich ist es ein schlechter Jahrgang, aber es war das Beste, was sie hatten«, erwiderte Lady Crawford daraufhin.

»Ich bin in diesen Dingen unerfahren«, gestand Lorna freimütig ein, und sie reichte Benteen das Glas. »Verzeih mir, daß ich euch nicht auf die erste Rinderlieferung habe anstoßen lassen, mit der ihr den Vertrag erfüllt.« Sie wollte ihm zu verstehen geben, daß sie über die Natur seiner gemeinsamen Geschäfte mit Lady Crawford im Bilde war, obwohl er ihr keine Einzelheiten erzählt hatte. Seine Finger hatten sich fest um das Glas geschlossen, und seine Knöchel waren weiß. »Wirst du das Glas in den Kamin werfen, wenn ihr miteinander angestoßen habt?« erkundigte sich Lorna. »So wird das doch im allgemeinen gehandhabt, oder?«

»Nur in den seltensten Fällen«, erwiderte Lady Crawford, die Benteen einen Blick über den Rand des Glases zuwarf, das sie an ihre rotgeschminkten Lippen hob.

»Wolltest du etwas Bestimmtes?« fragte Benteen.

»Ich wollte Lady Crawford lediglich begrüßen.« Sie sah die ältere Frau mit einem strahlenden Lächeln an. »Ich wollte nicht, daß Sie mich für unhöflich halten.«

»Auf den Gedanken käme ich nie, meine Liebe«, versicherte ihr Lady Crawford.

»Hättest du etwas dagegen, uns jetzt allein zu lassen, Lorna?« Es war eine Anweisung, keine Bitte. »Wir haben geschäftliche Dinge zu bereden.«

Ein Funke Rebellion flammte in ihr auf, aber er erlosch, und es blieb eine sarkastische Niederlage. »Ich denke nicht im Traum daran, eine geschäftliche Unterredung zu stören.«

Lorna bedachte die englische Witwe mit einem stolzen Nikken und verließ den Raum. Ihre Schritte verlangsamten sich erst, als sie das Haus verlassen hatte und die Stufen hinunterstieg. Trockene Tränen brannten in ihren Augen. Sie blinzelte, um das Brennen zu lindern, und dabei trat sie auf der letzten Treppenstufe daneben und sackte auf die Knie. »Verdammt, verdammt, verdammt«, fluchte sie tonlos, als sie sich bei ihrem Versuch aufzustehen, in den langen Röcken verfing.

»Haben Sie sich weh getan?« Bull Giles kauerte sich vor sie hin und streckte einen Arm aus, um ihn um ihren Oberarm zu legen.

»Es ist alles in Ordnung. Ich bin nur gestolpert.« Lorna hielt den Blick gesenkt, als er ihr beim Aufstehen half.

»Sie zittern ja«, sagte er anklagend, und Lorna stellte fest, daß eine Mischung aus Zorn und Schmerz sie beben ließ.

»Es ist wirklich alles in Ordnung«, beharrte sie.

»Sie sollten sich doch besser von mir zum Haus zurückbegleiten lassen.« Bull wollte seinen Arm um ihre Schultern legen, um sie zu stützen, aber Lorna preßte ihre gespreizten Hände gegen seine breite Brust, um ihn davon abzuhalten.

»Nein, wirklich nicht …« Ihre Einwände erstarben auf ihren Lippen, als sie die Bewunderung sah, die in seinen Augen glühte, ohne Ansprüche an sie zu stellen. »Sehen Sie mich nicht so an, Bull«, flüsterte Lorna.

»Es ist, weil Sie Benteen mit ihr zusammen gesehen haben, oder?« erriet er. »Dieser Mann ist ein Dummkopf. Wenn Sie ihn je verlassen wollen, Lorna, dann brauchen Sie nur ein Wort zu sagen, und ich bringe Sie und die Jungen, wohin Sie wollen. Ich werde mich um Sie kümmern. Das wissen Sie doch.«

»Sagen Sie das nicht.« Sie schüttelte den Kopf. »Ich könnte ihn niemals verlassen.«

Seine große, schwielige Hand strich unwillkürlich zärtlich über ihr Gesicht. Die zarte, tiefe Sehnsucht stand deutlich erkennbar in seinen Augen. Sie veränderte seine rauhen Züge und ließ ihn verletzbar erscheinen. Leise Geräusche waren zu vernehmen, aber sie waren für Lorna ohne jede Bedeutung, bis sie Benteens beißende Stimme hörte. »Nehmen Sie Ihre Finger von meiner Frau!«

Lorna wirbelte zu ihm herum. Er ragte über ihnen auf der Treppe auf. Sie erbleichte, als sie seine Hand auf dem Kolben seines Gewehrs liegen sah. Plötzlich schloß sich eine Frauenhand um sein Handgelenk, um jeden Versuch, die Waffe zu ziehen, zu unterbinden.

Benteens glühender Blick fiel auf die Frau, die an seiner Seite stand. »Bring ihn fort von hier, ehe ich ihn umbringe.«

Lornas Füße schienen am Fußboden angewachsen zu sein, als Lady Crawford mit gemäßigten Schritten anmutig die Treppenstufen hinunterstieg. Lorna starrte Benteen an und spürte die Gewalttätigkeit, die ihm entströmte wie ein lebendiges Wesen.

»Helfen Sie mir beim Aufsteigen, Mr. Giles«, ordnete Lady Crawford mit ruhiger Stimme an.

Lorna nahm kaum wahr, daß ihre beiden kleinen Söhne hinzugeeilt kamen und sich neben sie stellten, um Bull nachzuwinken, als der Wagen sich in Bewegung setzte. Als Benteen sich auf dem Absatz umdrehte, um wieder ins Haus zu gehen, durchzuckte ein Schaudern ihren Körper.

»Was ist los, Mama?« fragte Webb.

»Nichts, mein Liebling«, log sie. »Und jetzt gehen wir wieder zurück ins Haus, ja?«

Das Schweigen beim Abendessen war so drückend, daß Lorna fast daran erstickte. Benteen hatte kaum ein Wort mit den Jungen geredet und noch viel weniger mit ihr. Das Essen schmeckte nach nichts. Schließlich schob sie es auf ihrem Teller herum, ohne es anzurühren.

Als der Tisch abgedeckt war, breitete Benteen seine Papiere darauf aus und stellte die Lampe heller. Es schien unmöglich, aber die Spannung stieg weiterhin an. Lorna brachte die Jungen früher als sonst ins Bett, aber da sie lange Stunden gespielt hatten, schliefen sie schnell ein. Es gab noch Näharbeiten zu erledigen, aber Lorna war der Gedanke unerträglich, sich neben Benteen auf einen Stuhl zu setzen, um sich mit ihm in das Licht der Lampe zu teilen.

Nichts lag ihr ferner als der Gedanke, einschlafen zu können, aber sie begab sich hinter die Zeltplane und zog sich aus, um sich ins Bett zu legen. Vielleicht konnte die Trennwand die Spannung abhalten, von der der Rest des Hauses ausgefüllt wurde.

Während sie sich auszog, wurde der Vorhang zurückgerissen.

»Was tust du da?« fragte Benteen.

»Ich bin müde und gehe ins Bett.«

»Und was tust du da? Davon träumen, mit Bull Giles fortzulaufen?« fragte Benteen.

Seine Frage verblüffte Lorna. »Hast du gehört, daß er das gesagt hat?« Sie sprudelte die Frage heraus, weil sie nicht auf den Gedanken gekommen war, er könnte so früh aus dem Haus gekommen sein, daß er ihr Gespräch mit angehört hatte.

»Es war nur eine Vermutung. Aber eine zutreffende.«

»Nicht wirklich, weil Bull derjenige war, der …«

»Bull, so sieht es also aus? Nicht mehr ›Mr. Giles‹?«

»Hör auf, Benteen«, wandte sie gereizt ein. Dann wandte sie sich ab, weil sie diese erbitterte Auseinandersetzung nicht weiterführen wollte.

Seine Hand packte ihren Unterarm und wirbelte sie wieder herum. »Wie oft hat er dich in seinen Armen gehalten?« fragte er.

»Gar nicht«, stritt Lorna ab.

Seine andere Hand strich über ihre Wange, wie Bulls Hand es getan hatte. »Dann war das wohl auch das erste Mal, daß er dich berührt hat«, höhnte er.

»Ja, das war es, aber ich werde mit Sicherheit nicht versuchen, dich davon zu überzeugen«, erklärte sie, und sie riß sich von der spöttischen Liebkosung ihres Gesichtes los.

»Wie oft ist er hiergewesen, wenn ich nicht zu Hause war?«

»Auf diese Frage hast du keine Antwort verdient«, fauchte sie. »Laß mich los. Ich will ins Bett.«

Seine Finger legten sich auf den Kragen ihres Hemdes und rissen es mit einer Bewegung entzwei. Lorna wehrte sich heftig, als Benteen ihren nackten Körper auf seine Arme hob. Sie trat und schlug auf ihn ein, und kleine Laute der Verzweiflung lösten sich aus ihrer Kehle. Er ließ sie auf das Bett fallen.

»Ist es das, was du wolltest?« knurrte er.

Einen Moment lang blieb sie benommen liegen und starrte zu seiner Brust hinauf, die heftig wogte. Sie konnte gar nicht glauben, daß er nicht vorhatte, sie wieder zu vergewaltigen. Genau diese Art von Brutalität sah sie in seinem Gesicht. In genau dem Augenblick, in dem sie bereit war zu akzeptieren, daß sie sich getäuscht hatte, ließ er seinen Körper auf sie sinken und preßte sie mit seinem Gewicht auf die Matratze. Lorna versuchte, ihn abzuschütteln, und sie krallte ihre Nägel in seine Haut.

Er packte ihre Hände und bog sie mit Gewalt über ihren Kopf. Lorna, die jetzt hilflos war, wandte ihr Gesicht von ihm ab und preßte die Augen zu. Sie wehrte sich nicht mehr, sondern schluchzte lautlos vor sich hin und versuchte, ihren Verstand vor dieser Vergewaltigung ihres Körpers zu verschließen.

Doch die Hand, die sie streichelte, war nicht brutal, und der feste Mund, der sich auf die Höhle über ihrem Schlüsselbein preßte, war nicht grob. Er nahm ihre Brust in eine Hand und begann die pralle Rundung mit warmen Küssen anzufeuchten. Sie zitterte vor ungewissem Verlangen, als er die Brustwarze zwischen seine Lippen nahm und sie mit seiner Zunge umkreiste, bis sie fest wurde und sich aufstellte. Seine Zähne knabberten zart darauf herum und sogen sinnlich daran.

Ihr Atem ging jetzt stoßweise, und sie konnte sich nicht gegen eine Leidenschaft zur Wehr setzen, die möglicherweise fehlgeleitet war. Er hob seinen Kopf und sah zu, wie seine Hand sie dort erkundete, wo seine Lippen sie gerade verlassen hatten. Sein Gewicht verlagerte sich auf ihr.

»Hat er dich so berührt, Lorna?« murmelte Benteen.

»Nein«, stöhnte sie.

Ihre Handgelenke wanden sich in seinem Klammergriff, aber er wollte sie nicht loslassen. Seine andere Hand wanderte jetzt über ihren Brustkorb und über ihren flachen Bauch. Seine Hände glitten weiter, bis sie auf den Innenseiten ihrer Oberschenkel lagen, und der kleine Laut, der aus ihrer Kehle aufstieg, war eindeutig ein Ausdruck schmerzlicher Begierde.

»Kann er dich dahin bringen, das zu empfinden?«

»Nein, nein«, beharrte sie, und ihre Lippen wollten sich zu seinem Mund heben, aber er entzog sich ihrem Versuch.

»Heute nacht, Lorna«, murmelte er mit den Lippen an ihrer Gurgel, »werde ich dich dazu bringen, mich so sehr zu begehren, daß du in deinem ganzen Leben keinen anderen Mann mehr ansiehst.«

»Ich will keinen anderen«, flüsterte sie.

Ihre Hüften rieben sich als stumme Aufforderung an ihm. Er zog mit einer Hand seine Hose herunter, ohne ihre Arme loszulassen. Ihre Haut glühte unter der Hitze seines Körpers, als sie die Nacktheit seiner muskulösen Beine auf sich spürte. Sie bog sich ihm willig entgegen, aber er wehrte sich weiterhin, ihr das zu geben, wonach ihr Körper sich verzehrte.

Mit seinen Händen und seinem Mund erkundete er jeden Zentimeter ihres Körpers, von den Fingern bis zu den Zehen, und er streichelte sie und knabberte an ihr, bis ihr gesamtes

Fleisch prickelte. Als er sich endlich auf sie legte, paarten sich Geist, Fleisch und Seele. Es ging eine Reinheit davon aus, die Tränen in ihre Augen treten ließ und eine Erotik ausstrahlte, der ihr Körper willenlos erlag.

27

»Und jetzt sag mir«, sagte Benteen, der den Arm, den er um ihre Taille gelegt hatte, fester um sie schlang, »daß du mich verlassen und mit Bull Giles fortlaufen kannst.«

»Ich konnte es vorher nicht tun, und ich kann es gewiß jetzt nicht tun«, gab sie zu, und sie ließ ihre Hände auf seiner Brust spielen, da es ihr jetzt endlich gestattet war, ihn zu berühren.

»Aber er hat es dir vorgeschlagen.«

»Ja, aber das liegt doch nur an dir – weil er geglaubt hat, daß du mir weh tust.« Lorna drehte sich in seinem Arm um, um ihm ins Gesicht sehen zu können.

»Dir weh tun?« fragte Benteen finster. »Wie ist er denn auf die Idee gekommen?«

»Dadurch, wie ihr euch verhaltet, wenn ihr zusammen seid, du und Lady Crawford. Ich habe es heute selbst gesehen.« In ihrer Stimme schwang eine Spur von Anklage mit – aber wirklich nur eine Spur. Es fiel ihr schwer zu glauben, er könnte eine Affäre mit einer anderen Frau haben – nicht, nachdem er sie gerade so geliebt hatte. Dennoch hatte sie mit eigenen Augen gesehen, wie die beiden miteinander umgingen.

»Was hast du gesehen?« Seine Augen wurden schmaler.

»Wie sie dich berührt hat. Es hat sich nicht davon unterschieden, wie Bull mein Gesicht berührt hat«, sagte Lorna.

Seine Brust hob sich, als er tief einatmete. Dann zog er seinen Arm unter ihr heraus und drehte sich um, um sich auf die Bettkante zu setzen. Der Umstand, daß er sich körperlich und innerlich von ihr zurückzog, schien das zu bestätigen, was Lorna einfach nicht wahrhaben wollte.

»Ist – ist sie deine Mätresse, Benteen?« Sie mußte es einfach wissen.

Er stieß ein kurzes, barsches Lachen aus, dem ein Kopfschütteln folgte. »Nein, Lorna, sie ist nicht meine Mätresse.« Er fuhr sich mit einer Hand durch das Haar. Er saß mit dem Rücken zu ihr, und sie konnte sein Gesicht nicht sehen, als er sagte: »Sie ist meine Mutter.«

»Was?«

Diesmal drehte Benteen den Kopf um, um sie anzusehen. »Sie ist meine Mutter.«

Es schien unglaublich zu sein. Lorna kroch aus dem Bett und warf ihre Kleider von der Truhe. Sie hob den Deckel an und wühlte in dem Inhalt herum, bis sie die gerahmte Fotografie fand. Sie starrte die junge blonde Frau mit den dunklen Augen an. Es war die Wahrheit.

»Warum hast du mir das nicht gesagt?« Sie wirbelte herum und sah Benteen an.

»Weil – weil ich nicht sicher war, ob ich will, daß es irgend jemand erfährt.« Die Verwirrung meißelte tiefe Furchen in sein Gesicht. »Ich habe sie gehaßt. Du weißt, wie sehr ich sie gehaßt habe.«

Sie trat an das Bett. »Und jetzt?«

»Jetzt – jetzt weiß ich nicht, was ich empfinde.« Er seufzte tief. »Sie ist eine Fremde – eine faszinierende Fremde.«

»Warum ist sie hier?« Es klang zu plump, zu gefühllos. »Ich meine, es muß wohl so sein, daß sie dich wiedersehen wollte. Ist das der Grund, aus dem sie zurückgekommen ist?«

»Sie behauptet, ich sei ihr nicht mehr aus dem Kopf gegangen, seit sie mich in Dodge City gesehen hat, und sie hätte sich gefragt, ob wir nicht wieder zueinanderfinden könnten. Sie ist hier, und daher vermute ich, daß es die Wahrheit ist.« In seine Augen trat ein Blick, der aus weiter Ferne kam, als er in eine dunkle Ecke starrte. »Als ich ein kleiner Junge war, hat mein Vater mir immer wieder erzählt, sie käme eines Tages zurück. Ich wollte ihm glauben. Ich habe oft von ihr geträumt. Nach ein paar Jahren wurden diese Träume zu Alpträumen – sie kam zurück, versprach, mich nie mehr zu verlassen, und dann hat sie gelacht und sich in Luft aufgelöst, während ich um sie geweint habe.«

Zum ersten Mal öffnete er Lorna eine Tür und ließ sie in sich hineinschauen, ließ sie seine Qualen und seine Einsamkeit sehen – dieser Mann, der ihr immer so selbstgenügsam und so stark erschienen war. Aber auch er hatte menschliche Bedürfnisse. Lorna kniete sich auf die Matratze.

»Warum hast du bisher nie so mit mir geredet?« fragte sie. »Warum hast du all das für dich behalten? Hast du geglaubt, ich würde nicht zuhören oder mir nichts daraus machen? Ich kann nicht verstehen, warum du mir immer eine Nähe zu dir verweigert hast.«

Sein Blick kehrte langsam zu ihr zurück, als seine Mundwinkel sich zu einem schwachen Lächeln verzogen. »Warum hast du in unserer Hochzeitsnacht nicht so auf dem Bett gesessen?« konterte er. »Vielleicht hätte ich dann eine Ahnung gehabt, worauf ich mich eingelassen habe.«

Lorna stellte fest, daß sie schamlos nackt dasaß, aber es gab kein Stückchen Haut an ihr, mit dem er nicht engstens vertraut war. Sie warf noch einen Blick auf das gerahmte Bild, das sie in den Händen hielt.

»Was hat das mit dem zu tun, was ich dich gefragt habe?« Sie hob ihren Blick von dem Bild zu ihm und runzelte die Stirn.

Sein Lächeln war stärker, als er ihr die Fotografie aus der Hand nahm und sie beiseite legte. Dann preßten seine sanften Hände sie fest auf die Matratze, während er sich an ihrer Seite ausstreckte und sie so nackt, wie sie war, ansah. Seine Finger streckten sich nach dem Gesicht aus, das sie ihm zuwandte, und fuhren über ihre Schläfen, strichen die Strähnen seidigen braunen Haares aus ihrem Gesicht.

»Ich dachte, ich hätte eine gut erzogene junge Dame geheiratet, die herrlich und hingebungsvoll und glücklich ist. Als ich in unserer Hochzeitsnacht entdeckt habe, daß sie zudem noch leidenschaftlich ist, hat mich meine Wahl noch viel mehr gefreut«, murmelte Benteen, während seine Finger weiterhin über ihr Gesicht glitten, ihre Nase berührten und dem Schwung ihres Backenknochens folgten. »Ich dachte, ich hätte eine Frau, die ich ungefährdet lieben kann.«

»Du drückst dich unverständlich aus.« Lorna sah forschend in seine samtenen dunklen Augen und studierte den warmen Ausdruck, der auf seinem kantigen Gesicht stand. Die kleine

Narbe neben seinem Auge zeichnete sich als weißer Strich gegen seine sonnengebräunte Haut ab.

»Nein, es ist ganz klar, was ich sage.« Er lächelte. »Es hat nicht lange gedauert, bis du angefangen hast, mich herauszufordern, mir zu trotzen. Du hast die Dinge nicht einfach so hingenommen, wie ich es mir vorgestellt habe. Du hast mit mir gestritten, dich mir widersetzt. Aber noch mehr als das – du hast angefangen, dich in mich einzuschleichen. Statt eines zahmen kleinen Weibchens hatte ich ein stures, kleines, aufsässiges Geschöpf, das Männerhosen trug und darauf beharrt hat, an meinem Leben teilzunehmen.« Er ließ seine Fingerspitzen zart über ihre Lippen gleiten. »Lorna Calder war mir zu anstrengend. Du kannst reichlich nervenaufreibend sein.«

»Nicht halb so nervenaufreibend wie du.«

»Das liegt daran, daß du zuviel von mir verlangt hast. Du hast angefangen, mir zuviel zu bedeuten. Plötzlich war es nicht mehr ungefährlich, dich zu lieben. Wenn ich dir zuviel von mir selbst gegeben hätte, was wäre mir dann noch geblieben? Daher habe ich versucht, einiges für mich zu behalten, es zurückzuhalten. Ich habe versucht, dich einzuzäunen, aber du hast immer wieder die Drähte durchschnitten.«

»Benteen Calder – und Zäune errichten?« Sie tadelte die Absurdität der Vorstellung, ein Mann des offenen Geländes, des freien Landes, könnte Drähte spannen. »Wenn du unbedingt einen Zaun errichten willst, dann spann ihn um uns. Wenn wir alle beide drin sitzen, habe ich keinen Grund mehr, den Zaun einzureißen.«

»Noch nicht einmal, um kurz auszubrechen?« fragte er mit ruhiger Stimme.

»Ich hätte niemals damit drohen sollen, dich zu verlassen«, gab Lorna zu. »Das war die Dummheit eines jungen Mädchens. Ich wollte doch nie etwas anderes, als daß du mich liebst – und dich von mir lieben läßt. Aber du wolltest mir einfach nicht sagen, was du denkst, fühlst oder dir erträumst.« Seine Hand lag auf ihrer Kehle. Sie griff danach und legte seine Handfläche auf ihre Lippen. »Ich kenne deinen Körper fast so gut wie du meinen, aber du hast mich nie in dein Herz sehen lassen.«

»Ich liebe dich, Lorna. Irgendwie ist es dir gelungen, wenig Raum für anderes zu lassen«, erklärte er mit heiserer Stimme. »Gott steh mir bei, aber ich liebe dich.«

Als er sie küßte, war die Welt in einen hellen Glanz getaucht. Immer wieder murmelte sie seinen Namen gegen seine festen Lippen. Ihr Temperament, ihr Stolz und ihre Willenskraft konnten sich aneinander messen, und all das war, wie auch ihr Mut, von einem Land und einer Zeit geprägt, die nur Kraft anerkannten, aber die Liebe machte sie unbesiegbar.

Elaine musterte ihren Sohn aufmerksam und interessiert. Eine Leichtigkeit ging von ihm aus, und sein Verhalten war so gelöst, wie sie es nie zuvor an ihm gesehen hatte. Er hatte immer das Bild eines zielsicheren Mannes dargestellt, aber jetzt war ein neues Selbstvertrauen hinzugekommen.

Nach der Unterredung mit seinem Vorarbeiter schickte er den Mann fort und trat an den Kamin, vor dem sie stand. Man sah ihm an, daß er in Gedanken war und sich noch mit dem Gespräch beschäftigte, das er mit dem stillen, etwas steifen Cowboy geführt hatte. Elaine tat nicht so, als hätte sie nicht zugehört.

»Mir war nicht klar, daß du Ärger mit den Indianern hast. Wann hat es angefangen?« fragte sie.

»Wir hatten schon immer Ärger mit ihnen, aber dieses Jahr scheint es schlimmer als bisher zu sein«, gab er mit einem gedankenverlorenen Stirnrunzeln zu. »Vor ein paar Wochen haben sie einen meiner Männer übel angeschossen, als er sie erwischt hat.«

»Das hast du bisher mit keinem Wort erwähnt.« Diese Entdeckung ließ sie eine Augenbraue hochziehen. Sie hatte geglaubt, er hielte sie über alles, was sich tat, auf dem laufenden. Offensichtlich besaß sie immer noch nicht sein volles Vertrauen.

»Es hatte nichts mit dir zu tun.«

»Aber mit dir, und daher war es auch für mich von Interesse«, beharrte Elaine. »Wenn diese Indianer dir Verluste zufügen ...«

»Jeder Rancher geht davon aus, daß er eine gewisse Anzahl

an Rindern an die Indianer verliert. Das gehört dazu«, erwiderte Benteen.

Er erwähnte trotzdem nicht, daß er bereits jetzt mehr als den üblichen Prozentsatz verloren hatte, obwohl die Saison erst angefangen hatte. Ely hatte Kontakt zu anderen Cowboys aufgenommen, aber dort hatte es kaum irgendwelche Schwierigkeiten gegeben, nur auf seiner Ranch. Es war unlogisch, daß die Indianer sich eine bestimmte Ranch ausgesucht haben sollten. Trotzdem konnte es immer noch sein, daß es sich um reines Pech handelte, wenn es auch unwahrscheinlich war. Wenn sie sich dagegen bewußt die Rinder des Dreifachen C aufs Korn nahmen, dann lautete die nächste Frage, die sich stellte: Warum?

»Wie viele Rinder haben sie gestohlen?« fragte Elaine.

»Das weiß ich erst, wenn wir die Rinder zusammengetrieben haben.« Er war sicher, daß sie zu einer hohen Zahl kommen würden. »Damit bin ich in den nächsten Tagen vollauf beschäftigt, und daher wirst du keinen Kontakt zu mir aufnehmen können. Lorna und die Jungen kommen auch mit.«

»Du nimmst deine Frau und deine Kinder mit? Ich habe zwar schon länger den Verdacht, daß du ihr nicht traust, aber mir war nicht klar, daß du wirklich das Gefühl hast, sie ständig überwachen zu müssen«, bemerkte Elaine mit geheucheltem Erstaunen. »Wenn das der Fall ist, bist du ohne sie besser dran.«

»Das ist aber nicht der Fall«, erwiderte Benteen mit fester Stimme. »Sie weiß übrigens inzwischen, daß wir miteinander verwandt sind.«

»Du hast es ihr gesagt?« Ihre Stimme klang erfreut, denn das war ein Zeichen dafür, daß sie Fortschritte machte.

»Ja, ich habe es ihr gesagt.«

»Das freut mich sehr.« Elaine lächelte und griff nach seiner Hand. »Ich glaube, es war ihr gar nicht recht, daß du soviel Zeit mit mir verbracht hast, und ich will nicht, daß uns dabei etwas im Weg steht. Ich habe eine Menge Pläne für uns beide.«

Benteen sah die glatte, gepflegte Hand an, die auf seiner lag. Er wollte an die Zuneigung glauben, die in ihrer Berührung lag, aber in dieser Geste lag auch etwas Besitzergreifendes, was ihm Sorgen machte. Gerade das hätte ihm vergewissern können, daß die Gefühle echt waren.

»Ich bringe dich zu deinem Wagen.« Er nahm ihre Hand und legte sie auf seinen Arm.

Der Viehtrieb rief bei Lorna viele Erinnerungen an alte Zeiten wach, und auch das besorgte Gesicht, mit dem Benteen an Elys Seite ins Lager zurückkehrte, kam ihr bekannt vor. Mehr als fünftausend Stück Vieh fehlten.

Es war absolut untypisch für die Indianer, mehr zu stehlen, als sie brauchten, um sich mit Feuerwasser und ein paar warmen Decken für den Winter zu versorgen, und dazu hätten zwölf Rinder ausgereicht. Wieder drehten sich die Gespräche um den Weißen, den Shorty im Fieberwahn erwähnt hatte. Aber welcher Weiße wäre mit den Indianern geritten? Und welchen Weißen hätten die Indianer mit sich reiten lassen? Es war absurd.

»Einer könnte in Frage kommen«, sagte Benteen schließlich mit nachdenklichem Gesicht.

»Und wer soll das sein?« fragte Ely stirnrunzelnd.

»Dieser frühere Büffeljäger, der jetzt am Missouri mit den Indianern Handel treibt. Er heißt Sallie. Bull Giles kennt ihn.« Er sprach den letzten Teil des Satzes geistesabwesend aus. Seine Gedanken waren längst vorausgeeilt.

»Bull kennt ihn?« wiederholte Lorna. Benteen hatte es so gesagt, als hätte es etwas zu bedeuten, aber sie konnte keine Bedeutung darin sehen.

Möglicherweise kam dem auch keine Bedeutung zu, aber Benteen erinnerte sich genau an den Tag, an dem er in Fat Franks Saloon den Namen dieses skrupellosen Verräters zum erstenmal gehört hatte. Bull Giles war mit Loman Janes dagewesen. Janes war der Vorarbeiter der Ten Bar Ranch. Die Ten Bar Ranch brauchte Wasser und Weideland. In Texas hatte Judd Bostons Taktik darin bestanden, sein Land mit zu vielen Rindern zu überschwemmen und einige der Rinder seines Vaters fortzutreiben. Sein Ziel war es gewesen, seinen Vater finanziell in die Enge zu treiben, und schließlich war es ihm auch gelungen. Spielte er hier ein vergleichbares, aber subtileres Spiel um einen Teil des Landes des Dreifachen C?

Benteen versuchte, diesen Gedanken mit einem Kopfschütteln abzutun. Das konnte nicht klappen – nicht mit dem Vertrag, den er mit Kanada hatte. Diese fünftausend Stück Vieh waren ein gewaltiger Verlust, aber vom Finanziellen her hätte er die doppelte Anzahl verkraften können. Damit verzögerte sich seine Expansion lediglich um eine gewisse Zeit. Außerdem arbeitete Bull Giles für seine Mutter.

Lorna machte sich nichts daraus, daß Benteen ihr nicht sagte, was ihm durch den Kopf ging, und auch nicht daraus, daß er nicht erklärte, wie er in diesem Zusammenhang auf Bull Giles gekommen war. Die Lage hatte sich verändert. Sie konnte sich darauf verlassen, daß er früher oder später mit ihr darüber reden würde. Elys Gegenwart war es, die ihn schweigen ließ, nicht ihre.

Lorna und Benteen standen mit Kaffeetassen in den Händen nebeneinander am Feuer, während die Cowboys mit den Jungen spielten. Sie hatten dem kleinen Webb im letzten Jahr die Grundlagen des Lassowerfens beigebracht, und jetzt hetzten sie ihn auf, Zeke Taylor zu fangen. Alle lachten und schenkten dem kleinen Jungen so viel Aufmerksamkeit, daß ihnen entging, daß die Pferde unruhig wurden.

Der mexikanische Cowboy Ramon rief eine Warnung aus, die das Gelächter übertönte, und das ganze Lager war auf der Hut. Benteen hörte das Trampeln von Hufen und das schnaubende Wiehern der Pferde, die in Panik geraten waren in dem Moment, in dem sie sich befreiten und auf das Lager zustürzten. Er spürte, daß Lorna instinktiv zu den Kindern laufen wollte, und er hielt sie zurück. Er zog sich den Hut vom Kopf, wedelte wild damit herum und stieß schrille Pfiffe durch die Zähne aus, um die Pferde abzulenken. Die vordersten Pferde scheuten vor ihm zurück, doch die übrigen Tiere kamen näher. Es bildete sich eine brodelnde Masse von Pferdefleisch und Cowboys, die mit weiten Sätzen aus dem Weg sprangen.

»Indianer!« schrie jemand. »Sie treiben die Rinder auseinander!«

Es kam zu einem Schußwechsel aus der Richtung, die bedeutete, daß die Männer auf die Angreifer schossen und daß diese auf die Männer schossen.

Es war kein unübliches Ablenkungsmanöver, die Pferde scheu zu machen, um für Aufruhr im Lager zu sorgen, während die Rinder auseinandergetrieben wurden. Benteen warf einen Blick auf Lorna, die sich dicht an ein Wagenrad preßte. Ihr Blick durchforstete das Chaos panisch nach Webb und Arthur. Er sagte ein stummes Gebet, aber er kannte seine Männer. Sie hätten ihr Leben riskiert, um die Jungen in Sicherheit zu bringen.

»Sie haben die Jungen fortgebracht. Mach dir darum keine Sorgen!« rief er Lorna zu. »Bleib, wo du bist.«

Benteen schwenkte seinen Hut, als ein Pferd auf ihn zukam, und als es scheute, machte er einen Satz nach vorn. »Fang ein paar Pferde ein!« rief er Vince Garvey zu. Sie konnten nicht zulassen, daß alle Pferde auseinanderliefen, weil sie die Reiter sonst nicht hätten verfolgen können.

Benteen durchquerte das Lager und erreichte die vier Cowboys, die die Schüsse einer fliehenden Indianerhorde erwiderten. Das Gewicht der Pistole in seiner Hand wurde ihm bewußt, aber er hatte nicht wahrgenommen, daß er sie gezogen hatte. Der Hut saß wieder auf seinem Kopf. Pulvergeruch hing in der Luft. Er hatte gerade noch Zeit, um zwei Schüsse abzugeben, ehe die Angreifer aus der Schußweite seiner Pistole verschwunden waren.

Automatisch zog er Kugeln heraus, um die Pistole nachzuladen. »Fangt an, die Sättel auf die Pferde zu werfen!« Ein halbes Dutzend Cowboys waren bereits dabei, genau das zu tun. Benteen sah sich um, weil er wissen wollte, wer bei ihm war. Barnie stand ihm am nächsten. Beide drehten sich gleichzeitig um und liefen auf die Pferde zu. »Was ist mit den Jungen? Weißt du, ob mit ihnen alles in Ordnung ist?« fragte Benteen, während er seine Pistole wieder in das Koppel steckte.

»Ich hab' gesehen, daß Zeke sich Webb geschnappt hat. Und Rusty hat, glaube ich, das kleine Kerlchen gepackt«, antwortete Barnie. »Einer der Angreifer, der bei den Indianern war, hat einen Bart und einen Büffelmantel gehabt.«

Benteen verfluchte sich dafür, daß er Lorna und die Jungen

einer solchen Gefahr ausgesetzt hatte, aber er hatte wahrhaft keinen Grund zu der Befürchtung gehabt, die Indianer könnten eine bewachte Herde angreifen. Ihm war es logisch erschienen zu glauben, seine Familie sei in Gesellschaft von zwanzig bewaffneten Cowboys sicherer als allein zu Hause. Aber er hatte auch nicht damit gerechnet, daß die Überfälle der Indianer von einem weißen Halunken angestiftet wurden.

Sie hatten nur acht Pferde einfangen können. Es wurde keine Zeit damit vergeudet, die Sättel oder die Besitzer der Pferde zu sortieren. Zeke drückte Benteen die Zügel eines großen Braunen in die Hand, als er ins Lager kam.

»Wo ist Webb?« Benteen stellte einen Fuß in den Steigbügel.

»Schon wieder bei seiner Mama«, antwortete Zeke.

Benteen ließ seinen Blick über das Lager schweifen, über ein Gewirr von Männern, die zu Fuß und auf Pferden durcheinanderwirbelten. Das Verlangen, sich zu vergewissern, ob seine gesamte Familie unbeschadet war, durchzuckte ihn, aber jede Minute, die ihn eine Verzögerung gekostet hätte, hieß, daß die Rinder entsprechend weiter fortgetrieben wurden. Wenn er den größten Teil seiner Herde wieder einfangen wollte, war es unerläßlich, die Verfolgung augenblicklich aufzunehmen. Inzwischen war es schon recht dunkel.

Die Entscheidung war gefällt, ehe sein Stiefel den zweiten Steigbügel gefunden hatte. »Reiten wir los.« Er erteilte die Anordnung, und die Männer ließen ihn auf dem großen Braunen die Führung übernehmen.

Sowie das Chaos sich gelichtet hatte, stürzte sich Lorna in das Geschehen, um Webb und Arthur zu suchen. Sie stieß die Flanken nervöser Pferde zur Seite und tauchte unter den Köpfen anderer Pferde hindurch und bahnte sich gewaltsam einen Weg zu der Stelle, an der sie die Jungen das letzte Mal gesehen hatte. Alles lief herum und in ihr Gesichtsfeld hinein und wieder hinaus. Ihr Atem ging stoßweise, und sie mußte sich bemühen, gegen ihre Panik anzukämpfen.

»Hier, Ma'am«, sagte eine Stimme.

Ihr blieb kaum die Zeit, Zeke zu erkennen, ehe er ihr Webb auf den Arm drückte. Nicht das Gewicht des Viereinhalbjährigen, sondern die Erleichterung ließ ihre Knie unter ihr zusammensacken. Ihre Finger griffen nach seinem Arm, während ihre andere Hand zitternd über sein Gesicht und sein Haar strich. Er sah diesen Tumult aus Pferden, Reitern und Schüssen mit entgeisterten, weitaufgerissenen Augen an.

»Ist alles in Ordnung mit dir?« Ihre Stimme zitterte, obwohl sie sich bemühte, ganz ruhig zu wirken. Sie hatte einen Kloß in der Kehle und spürte die Nässe von Tränen in ihren Augen. Sie hielt die Augen weit offen.

»Ja.« Er nickte. »Ich habe mich nicht gefürchtet, Mama. Ganz ehrlich.«

»Natürlich hast du dich nicht gefürchtet.« Ihr Lächeln zuckte.

»Hast du dich gefürchtet?« fragte er verwundert.

»Ein bißchen schon«, gab sie zu, und sie umarmte ihn mit der Heftigkeit einer Mutter. Dann zwang sie sich, ihn loszulassen. »Wo ist dein Bruder? Weißt du das?«

Er schüttelte den Kopf. »Ich habe mein Lasso fallen gelassen. Zeke hat gesagt, ich könnte es später suchen.«

»Ja, später.« Lorna nickte und sah sich wieder um. »Aber erst müssen wir deinen Bruder finden.«

Die scheuenden Pferde hatten das Lagerfeuer zertrampelt, und somit blieb nicht mehr viel Licht. Lorna nahm Webb an der Hand, als die acht Reiter das Lager verließen und es ruhiger wurde. Sie stand auf und wußte nicht, wo sie Arthur zuerst suchen sollte.

Als sie Rusty sah, der mit hölzernen Bewegungen auf sie zukam und das Kind auf seinen Armen trug, durchflutete sie eine zweite Woge der Erleichterung. Als er näher kam, nahm sie wahr, daß etwas nicht stimmte. Rustys Gesicht war fast so weiß wie sein Schurrbart. Seine Augen wirkten vor Kummer eingesunken. Mit jedem Schritt, den er näher kam, schlug ihr Herz lauter vor Angst.

Ihr Blick fiel auf den kleinen Jungen, der regungslos auf seinen Armen lag. Seine Augen waren geschlossen, und das Gesicht trug den unschuldigen Ausdruck, der immer darauf stand, wenn der kleine Junge schlief, aber er hatte den Daumen nicht im Mund. Sie bemühte sich, zu lächeln – versuchte, seinen Namen zu sagen und ihn zu wecken.

»Es tut mir leid.« Rustys Stimme bebte. »Es war eine verirrte Kugel – oder ein Querschläger.« Eine Träne fiel aus seinem Auge, als er den Kopf senkte, und seine Schultern zuckten.

»Nein.« Lorna schüttelte den Kopf und versuchte festzubleiben. »Er ist nur …« Aber als sie die Hände ausstreckte, um ihm Arthur abzunehmen, fühlten ihre Finger die klebrige Wärme des Blutes.

Ein rasender Schmerz zerriß ihre Brust. Sie zog den regungslosen kleinen Körper in ihre Arme und preßte ihn fest an sich, als wolle sie ihm das Leben wieder schenken, wie sie es schon einmal getan hatte, als sie ihn in sich getragen hatte. Ungläubig durchforschte sie sein hübsches Gesicht nach einem kleinen Lebenszeichen.

»Nein. Nein.« Es war ihr nicht bewußt, daß sie es immer wieder vor sich hin murmelte. Sie preßte ihre Wange an ihn, schloß die Augen und wiegte ihn auf ihren Armen.

»Gott im Himmel, aber das ist nicht recht so«, sagte Rusty mit belegter Stimme.

»Was ist denn los mit Arthur?« Webb zog an ihrem Hosenbein, aber Lorna war zu weit fort, um ihn auch nur zu hören.

Rusty schniefte laut und wischte sich mürrisch die Nase ab. »Komm mit mir, Sohn.« Seine Stimme war barsch, aber nicht unfreundlich.

Langsam sank sie auf die Knie und weinte leise vor sich hin, gab so gut wie keinen Laut von sich. Sie saß nur da, drückte ihn an sich und wiegte ihn, ohne die Stille wahrzunehmen, die über das Lager hereingebrochen war, die Cowboys, die auf leisen Sohlen und mit Schmerz in den Augen herumschlichen, die Dunkelheit, die den Himmel ausfüllte.

Es blieb Rusty überlassen, Webbs Fragen zu beantworten und ihn ins Bett zu bringen. »Warum hält Mama Arthur im Arm und weint?«

»Weil er fortgeht.« Er stopfte die Decke unter die schmalen Schultern.

»Gehe ich auch fort?«

»Nein, du wirst hierbleiben und dich um deine Mutter kümmern.«

»Aber wohin geht Arthur denn?«

»Fort. Weit fort. Aber ab und zu wirst du ihn sehen«, sagte Rusty. »Und jetzt mach die Augen zu.«

»Können wir morgen früh mein Lasso suchen?«

»Ja. Morgen. Aber vorher mußt du schlafen.« Er blieb bei dem Jungen sitzen, bis er eingeschlafen war, und dann schlich er sich leise aus dem Zelt.

Ein helles Feuer brannte und hielt mit der Frau, die ihr Kind eine letzte Nacht lang im Arm hielt, die Totenwache. Rusty nahm eine Decke, ging zu ihr und legte sie ihr um die Schultern. Kein Anzeichen wies darauf hin, daß sie seine Gegenwart wahrnahm. Rusty kam sich sehr alt vor. Er hatte schon zuviel gesehen. Er hob seinen Blick zum Nachthimmel. Zu dem endlosen Himmel. Cowboys und Seeleute sahen zuviel von diesem Himmel, ob über der Prärie oder über den Meeren, auf denen sie segelten. Er hatte schon zuviel davon gesehen.

Die Dämmerung war gerade angebrochen, als Benteen das Lager erreichte. Sie hatten den größten Teil der Herde, die von den Indianern nach Norden getrieben wurde, endlich doch eingeholt. Es war zu einem kurzen Schußwechsel gekommen, ehe die Angreifer ihre Beute hergaben. Von zwei kleinen Wunden, die durch Streifschüsse entstanden waren, abgesehen, war keiner seiner Männer verletzt. Sie hatten weitere zwei Stunden gebraucht, um die Rinder wieder zusammenzutreiben und sie zu beruhigen. Für den Fall, daß ein weiterer Anschlag auf die Herde ausgeübt wurde, hatte er die Männer bei den Rindern gelassen.

Das erste, was ihn verblüffte, war das gespenstische Schweigen, das im Lager herrschte. Die Reiter, die ihren Morgenkaffee tranken, murmelten nicht miteinander. Dann fiel ihm auf, wie ihre Blicke sich von ihm abwandten, um seinen Blicken nicht begegnen zu müssen.

Als er Lorna entdeckte, die in eine Decke gewickelt war und den kleinen Arthur wiegte, fiel seine Müdigkeit von ihm ab. Er schwang sich neben dem Proviantwagen von seinem Pferd und ließ die Zügel auf dem Boden schleifen. Als er einen Schritt auf Lorna zuging, vertrat ihm Rusty den Weg. Ein Stirnrunzeln zog über sein Gesicht, als er die verschnupften Augen des alten Kochs sah.

»Das kann man nicht so leicht sagen«, setzte Rusty an. »Im Moment hatte ich ihn sicher im Arm ...« Er zog die Schultern hoch. »Ein Irrläufer ...« Dann sah er in die Richtung, in der Lorna saß. »Sie hat die ganze Nacht so mit ihm dagesessen.«

Ein irrwitziger Schmerz brauste in ihm auf. Benteen stieß Rusty zur Seite und legte den Weg zu Lorna mit langen, zielstrebigen Schritten zurück. Als er vor ihrer knienden Gestalt stehenblieb, ging sein Atem schwer und stockend. Seine Augen brannten beim Anblick seines leblosen Sohnes. Er taumelte, und ein quälender Kummer zerfraß ihn und raubte ihm das Gleichgewicht.

Als er spürte, daß sie ihren Blick zu ihm hob, öffnete sich sein Mund, aber es kam kein Wort heraus. Er kauerte sich vor sie hin. Seine Hände und Arme kamen ihm ganz leer vor.

»Weine ruhig, Benteen«, murmelte Lorna. »Es ist in Ordnung.«

Er preßte eine Hand vor seine Augen und biß die Zähne zusammen. »Es tut mir leid.« Schuldgefühle drückten ihn nieder – weil er sie alle unwissentlich in Gefahr gebracht hatte, weil er nicht bei ihr gewesen war.

»Habt ihr die Rinder gefangen?« fragte sie.

»Ja.« Es war ein entsetzlich schmerzliches Eingeständnis.

»Du mußtest sie verfolgen, Benteen«, sagte sie mit ruhiger Stimme. »Es gibt nichts, was du für ihn hättest tun können, wenn du hiergeblieben wärst. Du mußtest fortreiten.«

Als er seine Hand endlich von den Augen zog, standen Tränen in seinen Augen. Er sah sie lange an und griff dann nach ihrem Sohn. »Ich werde ihn jetzt nehmen, Lorna.« Seine Stimme war belegt.

Widerwillig überließ sie ihn Benteens Obhut und sah ihm nach, als er ihn zum Proviantwagen trug. Sie wußte, daß Benteen seinen endgültigen Abschied von Arthur nahm.

Es war eine traurige und feierliche Prozession, die sich mit der Leiche des kleinen Jungen, die in eine Decke gehüllt war und sorgsam im Proviantwagen hingelegt worden war, auf den Weg zu den Ranchgebäuden machte.

28

Aus Brettern, die für das neue Haus bestimmt waren, wurde ein Sarg für den kleinen Arthur gebaut. Die Zimmerleute hätten diese Aufgabe übernommen, aber Zeke bestand darauf, es sei sein Recht, das selbst zu tun. Er hatte die Wiege gezimmert, in der Arthur als Baby geschlafen hatte, und er hatte das Bett des Jungen zusammengenagelt. Er würde auch das Behältnis für Arthurs letzte Ruhestätte zimmern.

Das Grab wurde im Schatten der Pappeln am Fluß ausgehoben, unter denen er so viele Stunden gespielt hatte. Reiter des Dreifachen C waren auf einen Wanderprediger gestoßen, der versuchte, einige der Sünder in Frank Fitzsimmons Saloon in Blue Moon zu bekehren. Sie hatten keine Zeit damit vergeudet, ihm Erklärungen abzugeben, sondern hatten ihn aus dem Saloon gezerrt und ihn auf sein Pferd gesetzt.

Ein Cowboy konnte in die Erde gelegt werden, wenn jemand ein paar schlichte Worte zu seinem Schöpfer sprach. Aber in der Vorstellung der Cowboys brauchte der kleine Junge – Mrs. Calders kleiner Junge – die richtigen Worte, und sie mußten gesagt werden. Gleichzeitig konnten sie Benteen damit ihren großen Respekt und ihre Treue zeigen.

Das Wissen um diese Tragödie hatte sich über die Grenzen des Dreifachen C hinaus ausgebreitet. Außer Mary und Ely und den Cowboys waren auch einige Rancher aus der Nachbarschaft, Frank Fitzsimmons, Lady Crawford und Bull Giles unter der Schar der Trauergäste, die sich am Grab versammelt hatte.

Es war ein frischer, rauher Morgen mit einer kräftigen Brise, die das trockene braune Laub der Pappeln rascheln ließ. In der Luft hing mehr als nur die Trauer um ein geliebtes Wesen. Der kalte Hauch der Rache hatte seinen Duft verbreitet und war in den Waffen sichtbar, die sich Benteen und seine Männer an die Hüften geschnallt hatten. Gesattelte Pferde, an deren Flanken weitere Gewehre hingen, standen im Korral bereit.

Der Geistliche bezog sich darauf, als er seine Gebete mit einer Bitte um Vergebung abschloß. »Und möge Gott Erbarmen mit den Seelen jener haben, die dieses Verbrechen begangen haben. Amen.«

Erst trat Benteen an das offene Grab, um eine Handvoll Erde hineinzuwerfen, dann Lorna. Die Cowboys traten ebenfalls der Reihe nach an das Grab. In Lornas Augen schimmerten Tränen, aber sie hielt ihre Schultern gerade. Benteen stand groß und aufrecht neben ihr. Der Geistliche trat leise zu ihnen, um sein Beleid auszudrücken.

»Mein tiefstes Mitgefühl Ihnen beiden«, murmelte er.

»Vielen Dank, Reverend Worth«, erwiderte Lorna mit einem leichten Nicken. »Mein Mann und ich sind Ihnen außerordentlich dankbar dafür, daß Sie hier sind.«

»Das ist doch meine Aufgabe«, beharrte er.

»Wir würden Ihnen gern eine Kirche bauen, sobald – sobald all das vorbei ist …« Sie zögerte einen Moment lang. »Dieses Land braucht Kirchen und Schulen. Ich bin sicher, daß Mr. Fitzsimmons Ihnen gern dabei behilflich ist, einen Standort auszusuchen.«

»Sie sind sehr großzügig, Mrs. Calder«, sagte der Geistliche. »Und auch Sie, Mr. Calder.«

Benteen nahm diese Bemerkung mit einem knappen Nicken entgegen. Ramon, der mexikanische Cowboy, trat an das Grab, zögerte und warf einen Blick auf Benteen und Lorna. Nach anfänglicher Unentschlossenheit näherte er sich den beiden und verbeugte sich mit stiller Würde und Respekt. Er griff in seine Jacke und zog das kleine hölzerne Pferd heraus, das er für Arthur geschnitzt hatte. Er hielt es Lorna hin.

»Ich habe es gefunden, Senora«, sagte er. »Sie wollen es doch sicher behalten, nein?«

»Ja.« Sie nahm Arthurs Spielzeug von ihm entgegen und umklammerte es einen Moment lang fest. »Gracias, Ramon.«

Der Vaquero verbeugte sich wieder und ging. Benteens Arm spannte sich fester um ihre Taille. Sie richtete sich wieder etwas mehr auf, fühlte sich durch seine stumme Unterstützung gestärkt. Mary umarmte sie und weinte. Dann kam Benteens Mutter, Lady Crawford. Ein schwarzer Schleier bedeckte ihr Gesicht. Sie umarmte Lorna als Geste des Mitgefühls und wandte sich dann an Benteen.

»Du hast doch nicht im Ernst vor, sie zu verfolgen.« Ihre Stimme klang ungeduldig, aber der Schleier verbarg ihr Gesicht und ließ keinen Ausdruck erkennen. »Was willst du damit beweisen? Das bringt dir deinen Sohn nicht zurück, Benteen.«

»Nein.« Wenn er dem auch zustimmte, so änderte das doch nichts an seinem Entschluß.

»Du bist ein Narr«, sagte Elaine. »Schick deine Männer hinter ihnen her, wenn es sein muß, aber setz nicht dein eigenes Leben aufs Spiel. Was ist, wenn du angeschossen wirst und stirbst? Du solltest an deine Frau und an deinen anderen Sohn denken – und an diese Ranch und daran, was aus ihr wird, wenn du stirbst. Statt dessen willst du dich nach diesem dummen männlichen Ehrenkodex richten und tun, was Stolz und Ehre dir gebieten.«

»Man führt Männer nicht an, indem man dort bleibt, wo man sicher ist«, sagte er grimmig. »Und man steht auch nicht untätig daneben, wenn Rinder gestohlen werden und wenn einem der Sohn getötet wird. Ich kann es doch nicht einfach dabei belassen.«

»Laß jemand anderen dafür sorgen.« Ihre Gereiztheit war offensichtlich. »Das ist eine Angelegenheit, mit der sich die Rechtsprechung befassen sollte.«

»Hier draußen gibt es keine Rechtsprechung. Du stehst der einzigen Gerichtsbarkeit gegenüber, die wir hier haben. Nur uns selbst.«

»Lorna ...« Sie wandte sich flehentlich an sie.

»Benteen hat recht«, sagte Lorna mit wankender Stimme. »Wenn er ihnen keinen Einhalt gebietet – wer dann? Vielleicht verhält es sich eines Tages anders, aber so, wie die Dinge heute stehen, ist es wahr.«

Lady Crawford wandte sich ab und entfernte sich mit steifen Schritten. Bull Giles blieb vor Benteen stehen. Seine Augen waren vor Kummer rot gerändert, aber es glühte auch ein finsterer Zorn darin. Bulls Kiefer bewegte sich eine Weile stumm, während er sich bemühte, die richtigen Worte zu finden.

»Wenn es Ihnen nichts ausmacht, mir ein Pferd zu leihen, Benteen«, sagte er, »dann würde ich gern mit Ihnen reiten.«

»Wir sind nicht hinter Indianern her«, sagte Benteen. »Wir sind hinter Big Ed Sallie und seiner Bande her.«

»Ich kann Ihnen zeigen, wo Sie sie finden«, äußerte Bull.

»Sagen Sie Barnie, daß ich gesagt habe, er soll ein Pferd für Sie satteln.« Benteen ging auf sein Angebot mitzureiten ein, sobald er die einzig notwendige Erklärung dafür gehört hatte.

Als Bull Giles gegangen war, standen sie allein an dem Grab, das zum Teil mit Erde gefüllt war. Benteen drehte sich zu Lorna um. Sie spürte die Hand, die über ihren Rücken glitt, und blickte zu ihm auf. Ihre Augen hefteten sich mit unverhüllter Liebe und Pein auf ihn.

»Ich sage nicht ›Auf Wiedersehen‹, nicht zu dir«, flüsterte sie. »Geh mit Gott.«

Der Druck seiner Hand zog sie an ihn. Sein Mund preßte sich fest auf ihre Lippen, mit dem Versprechen zurückzukehren. Er versprach ihr ein zukünftiges Leben, und er versprach ihr eine Liebe, die andauern würde, solange das Gras im Frühling grünte. Ihre Augen blieben geschlossen, als er den Kuß beendete, und ihre Lippen atmeten zitternd. Das gedämpfte Klirren seiner Sporen ließ sie die Schritte verfolgen, die ihn von ihr fort und zu den bereitstehenden Pferden trugen.

Sattelleder knirschte, und Hufe traten unruhig auf den Boden. Lorna schlug die Augen auf und sah den Reitern nach. Benteen drehte sein Pferd zu ihr um und sah ihr über diese Entfernung in die Augen, ehe er nach Norden ritt. Sie verlor ihn aus den Augen, als die anderen Reiter hinter ihm herritten.

Auf Lornas Einladung hin blieb der Geistliche zu einem frühen Mittagessen und begleitete dann Mary nach Hause. Lady Crawford schwieg erbittert und nahm kaum an der Unterhaltung bei Tisch teil. Als Reverend Worth und Mary gegangen waren, dauerte es nur wenige Minuten, bis sie Lorna mit dem Geschirr allein ließ und sich zu dem neuen Haus begab.

Rusty und der genesende Shorty kümmerten sich um Webb, und somit blieb Lorna Zeit, die sie mit irgend etwas ausfüllen mußte. Mit Tränen und Gebeten hatte sie schon genügend Zeit verbracht. Sie brauchte ein anderes Betätigungsfeld, um etwas gegen ihren Schmerz zu tun. Sie begann damit, Arthurs Dinge ganz unten in einer Truhe zu verstauen. Daraus entwickelte sich eine allgemeinere Pack- und Sortierarbeit.

Als sie gerade ein Kleid zusammenfaltete und es auf eins

von Benteens Hemden legte, öffnete sich die Haustür schwungvoll. Lorna warf einen Blick über die Schulter und stellte fest, daß es Benteens Mutter war, und daraufhin drehte sie sich wieder um und faltete das nächste Kleid zusammen.

»Haben Sie Benteen deshalb angespornt, das Haus zu verlassen?« fragte Lady Crawford seelenruhig. »Damit Sie fortlaufen können, während er weg ist?« Lorna drehte sich langsam zu ihr um. Diese Andeutung verwirrte sie. »Ich kann nicht behaupten, daß ich Ihnen vorwerfe, daß Sie fortgehen wollen. Mir ist aufgefallen, wie gern Sie Ihre Kinder haben. Es hat Ihnen zweifellos den Rest gegeben, Ihren Sohn auf derart brutale Weise zu verlieren. Sie können meinen Wagen nehmen. Geben Sie ihn einfach im Mietstall in der Stadt ab. Dort können Sie ihn stehenlassen.«

»Sie irren sich. Ich gehe nicht fort, und ich hatte nie die Absicht, von hier fortzugehen«, korrigierte Lorna sie steif. »Diese Ranch ist mein Zuhause. Nur, weil Sie diese Form von Leben nicht ertragen haben, können Sie noch lange nicht davon ausgehen, daß jede andere Frau genauso empfindet.«

»Davon gehe ich gar nicht aus«, erwiderte sie. »Aber Sie sind hier unglücklich gewesen. Das habe ich selbst gesehen. Niemand sollte kämpfen und hart arbeiten und so leben müssen, und eine Frau schon gar nicht.«

Lornas Finger krallten sich in das abgetragene Kleid in ihrer Hand, ehe sie es entschlossen hinwarf. Sie trat zu Lady Crawford, nahm ihren Arm und führte sie zu der Landkarte, die auf das Stück Stoff gezeichnet war.

»Sehen Sie das? Wissen Sie, was das ist?« fragte sie.

»So etwas wie eine Landkarte.« Die Frau zuckte die Achseln, um ihr Desinteresse zu bekunden.

»Es ist eine Landkarte dieser Ranch und unserer Zukunft«, äußerte Lorna, und sie ließ den Arm unter dem schwarzen Ärmel los, um sich vor die Landkarte zu stellen. »Das hier sind die Abschnitte von je hundertsechzig Morgen, auf die Benteen sein Anrecht angemeldet hat.« Sie deutete auf die einzelnen Gebiete. »Er hat öffentlich seinen Anspruch auf den gesamten Rest geäußert, der sein Besitz ist und ihm irgendwann rechtlich zustehen wird.« Sie drehte sich zu seiner Mutter um. »Deshalb bin ich hier und arbeite mit ihm daran, diese Ranch aufzubauen. Wenn Sie bei seinem Vater geblieben wären, hätten Sie zu zweit vielleicht etwas Vergleichbares in Texas aufbauen können. Als Sie ihn verlassen haben, hat er den Mut verloren, es zu versuchen. Alles, was ihn noch interessiert hat, war, sich an diesen Ort zu klammern und nicht fortzugehen, bis Sie zurückkommen. Das hat Benteen mir erzählt.«

»Seth war nicht einmal halbwegs der Mann, der Benteen ist«, äußerte seine Mutter. »Er konnte Träume und Wirklichkeit nicht auseinanderhalten.«

»Man fängt mit einem Traum an, und dann baut man ein Fundament unter diesen Traum. Diese Ranch war an dem Tag, an dem wir erstmals einen Fuß darauf gesetzt haben und auf diesen Hügel gestiegen sind, auf dem jetzt das Haus steht, ein Traum«, sagte Lorna. »Mir wird allmählich klar, daß Sie Ihr Leben lang nur nehmen wollten und alles zusammengerafft haben, was Sie kriegen konnten. Was ist eigentlich der genaue Grund, aus dem Sie hier sind?«

»Vielleicht habe ich gemerkt, daß das nicht gereicht hat.« Ihr Kopf war stolz erhoben.

Lorna legte den Kopf auf eine Seite und sah die schöne Hülle und nicht viel darunter. »Ich glaube, Sie wären froh gewesen, wenn ich Benteen verlassen hätte.«

»Das ist Unsinn.« Elaine leugnete es. »Ich habe nichts gegen Sie. Ein Mann braucht eine Frau. Benteen unterscheidet sich in dem Punkt nicht von anderen Männern.«

»Eine Frau. Aus Ihrem Mund klingt das so, als sei eine Frau ein Nichts, ein Wesen, das zu dienen und den Mund zu halten hat. Und genauso wollten Sie mich auch.« Am Anfang war es das gewesen, was Benteen von ihr erwartet hatte, aber Lorna sprach nicht von dieser Vergangenheit. »Was wollen Sie wirklich von Benteen? Um einen Sohn geht es nicht. Sie wollen noch nicht einmal, daß er öffentlich als Ihr Sohn dasteht.«

»Das wäre unpraktisch.«

»Allerdings«, stimmte Lorna ihr mit einer gewissen Traurigkeit zu. »Wenn Sie sich dazu bekennen würden, daß er ihr Sohn ist, dann stünden Sie vor dem Problem, Ihre Ehe mit dem Earl of Crawford zu erklären, wenn Sie doch rechtmäßig mit

Seth Calder verheiratet waren. Sie würden damit nicht nur Ihre Erbansprüche auf seine Güter verlieren, sondern auch Ihren Adelstitel.«

»Warum sollte ich all das aufgeben?« fragte Elaine herausfordernd. »Das wäre eine Dummheit.«

»Ja, das wäre eine Dummheit.«

»Ich glaube nicht, daß Sie die Situation verstehen.« Elaine richtete sich bewußt zu ihrer vollen Größe auf. »Mit meinem Geld und meinem Einfluß kann ich Benteen in diesem Land zu einem mächtigen Mann machen.«

»Ich zweifle nicht daran, daß Sie das können«, räumte Lorna ein. »Aber ich glaube nicht, daß es das ist, was er von Ihnen will.«

»Sie spielen offensichtlich darauf an, daß das, was er will, eine Mutter ist. Da wir offen miteinander reden, sage ich Ihnen jetzt ganz deutlich, was ich ihm auch schon gesagt habe – nämlich, daß ich es in keiner Weise bereue, ihn sitzengelassen zu haben. Die mütterlichen Instinkte, die angeblich bei Frauen so stark ausgeprägt sind, sind bei mir nicht vorhanden. Ich kann nicht sein, was ich nie war.« Ihre Äußerung war frei von jeder Ausflucht und von jedem Versuch, sich für etwas zu rechtfertigen oder zu entschuldigen.

»Dann hören Sie damit auf, die Liebe eines Sohnes für Sie wachzurufen«, forderte Lorna. »Wenn Sie auch nur irgend etwas für Benteen empfinden, dann nutzen Sie ihn nicht derart aus. Seien Sie seine Geschäftsverbündete, seine Geldgeberin. Seien Sie seine Freundin, aber lassen Sie nicht zu, daß er sich weiterhin fragt, ob die Mutter, die er immer wollte, zu ihm zurückgekehrt ist.«

Es kam keine Reaktion auf ihre flehentliche Bitte, als Lady Crawford sich umdrehte und anscheinend unbeteiligt zu den Truhen und Koffern ging, die Lorna gerade umgeräumt hatte. Sie nahm das Kleid in die Hand, das Lorna zur Seite gelegt hatte.

»Warum packen Sie eigentlich?« Sie verhielt sich ganz so, als hätte die Unterhaltung, die sie eben gerade miteinander geführt hatten, nie stattgefunden.

»Ich habe mich entschlossen, unsere gesamte Habe hinüber

in das Haus zu bringen«, antwortete Lorna. »Es gib zwei Zimmer, die wir bewohnen können, bis der Rest fertig ist.«

»Ich verstehe«, murmelte sie, und sie legte das Kleid wieder hin. »Ich hole zwei Arbeiter, die diese Dinge für Sie hinübertragen.« Sie verließ das Haus mit gemächlichen Schritten, und Lorna, die zurückblieb, fragte sich, ob sie eigentlich irgend etwas erreicht hatte.

Die Häuser am Fluß waren direkt an eine Felswand gebaut, die ihnen Rückendeckung gab. Vor den Häusern waren alle Bäume gefällt worden, und somit war es unmöglich, die Gebäude auch nur von irgendeiner Seite zu erreichen, ohne gesehen zu werden. Nichts bot einem Angreifer Deckung. Diese Anlage war unter dem Gesichtspunkt erbaut worden, wie sie sich am leichtesten verteidigen ließ.

Die Männer teilten sich in zwei Gruppen auf. Die Gruppe unter Barnies Führung nahm das Haupthaus ein, und Benteen und Bull Giles schlichen sich zum Stall, während die anderen ihnen Deckung gaben. Ihre Gegner waren samt und sonders Büffeljäger gewesen, was hieß, daß sie gute Schützen waren, die auch ein bewegliches Ziel nur selten verfehlten.

Sie hatten sämtliche Männer, die sich nicht im Haupthaus aufhielten, mit ihren Kugeln niedergestreckt, als Benteen beschloß, die restlichen Männer auszuräuchern. Als er das Haus in Flammen gesetzt hatte, stürzten drei Männer hinaus, von denen zwei sofort von Kugeln getroffen wurden. Der dritte war Big Ed Sallie.

»Stellt das Feuer ein!« rief Benteen seinen Leuten zu.

Als die Reiter des Dreifachen C aus ihrer Deckung auftauchten und den unbewaffneten Mann einkreisten, versuchte Big Ed Sallie keuchend und mit wankenden Schritten einen Durchlaß zu finden, um zu entkommen. Seine Augen waren so weit aufgerissen, daß das Weiß seiner Augäpfel deutlich zu sehen war. Er glich einem Tier, das sich nicht mehr verstecken kann und in helle Panik gerät.

»Was hat das alles zu bedeuten?« fragte er kläglich. »Jemand soll mir sagen, was das alles zu bedeuten hat.«

»Du weißt genau, was das zu bedeuten hat, Sallie.« Benteen hielt seine Waffe weiterhin auf den Mann gerichtet.

»Nein, ich schwöre es. Ich habe keine Ahnung.« Sein keuchender Atem durchzuckte seine Stimme, die schrill vor Panik war. »Ihr kommt einfach her und schießt alles zusammen.«

»Hast du die Herde des Dreifachen C vergessen, die du vor zwei Nächten vertreiben wolltest?« fragte Benteen. »Dabei ist mein Sohn getötet worden.«

»Ich war hier. Ich schwöre es. Ich war hier, im Haus.« Hinter ihm brodelten die Flammen in dem Holzhaus. Sie zischten und knisterten ganz höllisch. »Ich habe nie irgend jemandem Rinder gestohlen. Nicht dem Dreifachen C. Niemandem.«

»Er lügt, Boß.« Vince Garvey warf ein Kuhfell, das das Brandzeichen des Dreifachen C trug, vor Sallies Füße. »Das hing zum Trocknen über dem Zaun.«

»Ich treibe Handel mit den Indianern. Ich habe ihnen das Fell abgekauft«, erklärte er hektisch.

Bull Giles drängte sich an Benteen vorbei, und blanker Haß verzerrte seine Züge. »Laß mich mit ihm reden. Sallie und ich sprechen dieselbe Sprache.« Er zog sein Messer und bückte sich, um einen Streifen von dem Fell abzuschneiden. Er reichte ihn Barnie und sagte: »Binde ihm die Hände zusammen.« Mit einem zweiten Streifen des ungegerbten Leders lief er zu der Viehtränke.

»Nein.« Big Ed Sallie wollte sich wehren. »Nein!«

Die Cowboys sprangen hinzu, um Barnie zu helfen. Sie überwältigten Sallie und preßten ihm die Arme auf den Rükken.

Als seine Hände zusammengebunden waren, kam Bull mit dem nassen Lederstreifen zurück. Er lächelte Sallie an, während er ihm den Hut abzog.

»Ich brauche dir wohl nichts über ungegerbtes Leder zu erzählen, oder, Sallie?« Er band dem Mann den nassen Lederstreifen um die Stirn, obwohl Sallie ihm auszuweichen und sich zu wehren versuchte. »Wenn es naß ist, dehnt es sich gut.« Er zog es fest an und band es an der Schläfe mit einem Knoten zu. »Aber wenn es trocknet, zieht es sich zusammen. Es sprengt dir den Schädel, Sallie.«

»Nein, tu das nicht«, schrie er furchtsam. »Es war alles dein Werk, Bull. Du warst doch der, der mich dazu gebracht hat.«

»Du meinst, mit Janes?« fragte Bull.

»Ja.« Sallie nickte heftig.

»Aber das war doch nur, um dich dafür zu bezahlen, daß du die Indianer von den Rindern der Ten Bar Ranch fernhältst. Vielleicht sollten wir noch einen Lederstreifen um deinen Hals binden und uns ansehen, ob er dich erwürgt, ehe sich dein Schädel spaltet.«

»Nein. Er hat mich dafür bezahlt, daß ich die Indianer auf das Dreifache C ansetze«, sagte Sallie beharrlich.

»So, das soll er getan haben?« fragte Bull spöttisch.

»Verdammt noch mal, ja!« schrie Sallie wütend. »Es war nicht meine Idee. Laß mich nicht so sterben.«

Bull drehte sich langsam zu Benteen um und sah ihn an. »Ich habe ein Treffen von ihm und Janes organisiert. Boston hat gesagt, es ginge nur darum, sich Schutz zu kaufen und die Indianer von der Ten Bar Ranch fernzuhalten.« Erbitterung und Schmerz zuckten über sein Gesicht. »Ich wußte nicht ...« Er brachte die Worte nicht heraus.

Benteen hatte Bull zu oft mit Arthur beim Spielen gesehen, um an dem Kummer des Mannes zu zweifeln. Dieses Geständnis erzürnte ihn, aber dieser Zorn wurde durch die kühle Vernunft gemildert, die ihm sagte, daß Bull lediglich als Mittelsmann eingesetzt worden war.

»Ich habe noch nie einen Mann getötet, weil er versehentlich eine Dummheit begangen hat«, fauchte Benteen.

»Was soll mit ihm geschehen?« Barnie wies mit einer Kopfbewegung auf Big Ed Sallie.

»Hängt ihn.«

29

Nervöser Schweiß rann aus seinen Poren, als Judd Boston sich in dem Privatbüro seiner Bank hinter seinen Schreibtisch setzte. Immer wieder tupfte er die Schweißperlen von seiner Oberlippe und von seiner Stirn, bis sein Taschentuch aus feinstem Leinen völlig durchnäßt war. Wieder sah er auf die Uhr und auf daß tickende Pendel, das ein Beweis dafür zu sein schien, das seine Zeit ablief.

Als angeklopft wurde, zog er die Pistole aus seiner Schreibtischschublade und zwang sich dazu, mit ruhiger Stimme zu sprechen. »Ja?«

»Ich bin es – Janes«, lautete die Antwort, die mit gesenkter Stimme kam.

Er legte die Pistole wieder in die Schublade und stand eilig auf, um die Tür aufzuschließen. Als Loman Janes eingetreten war, schloß er sie wieder ab.

»Sie wollten mich sprechen?« sagte Janes.

»Was zum Teufel hast du diesem Alkoholschmuggler erzählt?« explodierte Boston. »Kannst du denn nicht den einfachsten Befehl ausführen und deine Sache verdammt noch mal richtig machen?«

Janes zuckte bei diesem ungerechtfertigten Angriff zusammen, und seine hellgrauen Augen wurden kalt. »Ich habe ihm genau das gesagt, was Sie von mir wollten. Wieso?«

»Wieso?« brauste Boston auf. »Weil Benteen Calders kleiner Sohn erschossen worden ist, als diese Indianer vorletzte Nacht versucht haben, die Herde fortzutreiben. Deshalb!«

»Das ist Pech.« Loman zuckte die Achseln. »Aber er hätte das Kind gar nicht mitnehmen sollen, wenn er das Vieh zusammentreiben will. Und was hat das überhaupt mit uns zu tun?«

»Mit uns! Es gibt kein ›uns‹! Ich bin hier derjenige, der die Befehle erteilt! Und du scheinst sie übel zu entstellen!«

»Einen Moment mal.« Eine tödliche Ruhe senkte sich auf Loman Janes herab.

»Nein, du hältst jetzt einmal die Luft an!« Boston schmetterte seine Faust auf den Tisch. »Ich habe dir gesagt, daß ich keinen Krieg mit Calder will! Die Anweisungen haben so ausgesehen, daß sie ihm die Rinder stehlen und ihn in Ruhe lassen sollen! Als dieser Reiter von ihm übel angeschossen worden ist, hätte ich schon wissen können, daß du alles durcheinandergebracht und die Sache verpfuscht hast.«

»Ich kann es nicht leiden, wenn man so mit mir redet«, warnte ihn Janes.

»Ich bezahle dich. Ich rede mit dir, wie es mir paßt«, warf ihm Boston wütend an den Kopf. »Du glaubst doch nicht etwa, Calder läßt seinen Sohn sterben, ohne sich an die Verfolgung derjenigen zu machen, die es getan haben, oder?«

»Na und? Dann soll er doch die Indianer bis nach Kanada jagen.«

»Mein Gott, du mußt diesen Mann für so einfältig halten wie dich selbst«, verkündete Boston verächtlich. »Was geschieht, wenn Bull Giles redet? Was, wenn er erwähnt, daß er das Treffen zwischen dir und dem Büffeljäger organisiert hat?«

»Wenn es Giles ist, der Ihnen Sorgen macht, dann kann ich ihn zum Schweigen bringen«, sagte Janes, der immer noch finster auf die Beleidigungen reagierte.

»Indem du ihn tötest, nehme ich an«, schnaubte Boston. »Was ist, wenn es dazu schon zu spät ist?«

»Dann schaffe ich uns Calder vom Hals. Das hätte man ohnehin von Anfang an tun sollen. Dann wäre gar nicht erst die Frage aufgetaucht, wohin wir mit den Rindern sollen.«

»Die Rinder kannst du vergessen. Ich habe Webster telegrafiert und ihm Anweisungen gegeben, die Rinder auszuladen und sie zum bestmöglichen Preis zu verkaufen.« Er trat an seinen Schreibtisch und tupfte sich wieder mit dem Taschentuch die Stirn ab.

»Sie haben was getan?« Die grauen Augen zogen sich zu kalten Schlitzen zusammen.

»Ich habe ihm gesagt, er soll die Rinder wieder verkaufen«, wiederholte Boston. Er fing an, Papiere auf dem Schreibtisch herumzuschieben. »Wir müssen einen Rückzieher machen, eine Zeitlang absolut stillhalten, und wir können nur hoffen, daß sich der ganze Wirbel wieder legt.«

»Was ist mit Calder? Wollen Sie sich sein Land nicht schnappen?«

»Vergiß das mit Calder. Wir lassen ihn in Ruhe.« Boston fauchte diesen Befehl heraus.

»Sie fürchten sich wohl davor, es von Mann zu Mann gegen ihn aufzunehmen, was? Und deshalb haben Sie mich eingestellt, damit ich die Dreckarbeit für Sie erledige. Weil Sie nämlich verdammt noch mal nicht den Mumm haben, sie selbst zu machen«, zischte Janes.

In seiner Wut schlug Boston ihm den Handrücken ins Gesicht. »Das reicht!«

Janes' Hand lag zitternd auf seiner Waffe. »Wenn Sie das noch einmal mit mir machen, bringe ich Sie um.«

Boston wich zurück und starrte entgeistert den anhänglichen Hund an, der plötzlich Anzeichen dafür zeigte, sich gegen ihn zu stellen. »Reite wieder auf die Ranch. Und bemüh dich, nicht noch mehr zu verpfuschen«, fügte er sarkastisch hinzu.

Einen Moment lang war Janes unentschlossen, ehe er zur Tür ging und den Türknopf umdrehte. Als er die Tür öffnete und einatmete, roch er die Angst, die in der Luft hing. Er warf einen Blick auf den schwitzenden Mann, der neben seinem Schreibtisch stand. Er empfand nichts anderes als Verachtung für Judd Boston, der großspurig das Maul aufriß, bis ihm jemand drohte, um dann wie ein winselnder Welpe ohne Zähne in eine Ecke zu kriechen.

»Sie sollten die Tür lieber abschließen, Boston. Sonst holt Sie der schwarze Mann«, höhnte Loman Janes mit einem wiehernden Lachen. Er machte sich nicht die Mühe, die Tür zu schließen.

Er hörte, wie die Tür hinter ihm geschlossen und der Schlüssel im Schlüsselloch umgedreht wurde, und das verstärkte seinen Widerwillen. Als er auf der Straße stand, band er sein Pferd los und schwang sich auf den Sattel, aber statt zur Ranch hinauszureiten, ritt er zum nächsten Saloon. Es spielte keine Rolle, was man ihm vorgeschrieben hatte. Er würde verdammt noch mal genau dann zur Ranch hinausreiten, wenn es ihm paßte.

Vor dem Saloon waren zehn andere Pferde der Ten Bar Ranch angebunden. Janes stellte sein Pferd zu ihnen. Er brauchte einen Drink, um den schlechten Geschmack zu vertreiben, den er im Mund hatte, und er mußte nachdenken. Im Denken war er nicht besonders gut. Er war ein Mann, der handelte und reagierte, und für ihn gab es nur schwarz und weiß.

Jemand hämmerte auf ein Klavier ein, als Janes den Saloon betrat. Janes blieb an der Tür stehen. An der Bar sah er Trace

Reynolds und einen anderen Cowboy von der Ten Bar Ranch, und er stellte sich zu den beiden. »Whiskey«, sagte er zu dem Barkeeper.

»Ich wußte gar nicht, daß du in die Stadt kommst, Janes«, sagte Reynolds in seinem breiten texanischen Dialekt.

»Ich mußte mit Boston reden.« Janes sagte nicht dazu, daß Boston ihn zu sich zitiert hatte. »Es könnte Ärger mit Calder geben.«

»Ist Boston ihm schon wieder auf die Zehen getreten?« fragte Reynolds lächelnd.

»Das kann man wohl sagen.« Janes trank sein Glas aus und bestellte sich den nächsten Whiskey.

Die Stadt lag als eine Ansammlung von dunklen Umrissen mit kleinen erleuchteten Quadraten vor ihnen. Benteen richtete sich auf seinem Sattel auf und zuckte zusammen, weil ihn die Wunde in seiner Seite schmerzte. Er wußte nicht, wann im Lauf des Gefechts ihn dieser Streifschuß getroffen hatte. Nachdem sie das Nest der Bande ausgehoben hatten, blieb nur noch der Mann, der diese Bande in seinem Auftrag für sich hatte arbeiten lassen. Benteen warf einen Blick auf seine kleine Schar von Reitern – Jessie, Woolie, Bob Vernon und Bull Giles. Die übrigen hatte er mit den Verwundeten auf die Ranch zurückgeschickt.

»Woolie, reite voraus und sieh nach, ob Bostons Wagen hinter der Bank steht«, ordnete er an. »Wir treffen uns vor dem Grundbuchamt.«

Mit einem Nicken verließ Woolie die Hauptstraße, um auf einer der Seitenstraßen in die Stadt zu reiten. Bald hatte ihn die Dunkelheit geschluckt, und nur die schwächer werdenden Laute der Hufe seines Pferdes begleiteten seinen Weg durch die Nacht.

Die Wut, die Benteen gehabt hatte, war verraucht. Der Kampf am Fluß hatte seine Rachegelüste gestillt. Jetzt ging es nur noch darum, eine Aufgabe zu Ende zu führen. Er saß in einem System fest, das ihm keine Alternative ließ. So standen die Dinge, bis die Zeit sie ändern würde, falls es je dazu kommen sollte.

Lorna, die auf der Veranda gestanden hatte, war den Cowboys entgegengeeilt. Ihre Anzahl war geringer als die der Männer, die die Ranch verlassen hatten. Panik durchströmte sie, als sie Benteen nicht unter den Reitern entdecken konnte.

Rusty und Shorty waren bereits hinzugekommen, um den Verwundeten von ihren Pferden zu helfen, als Lorna die Gruppe erreichte. Shorty murmelte immer wieder vor sich hin: »Wäre ich doch nur dabeigewesen.«

Sie baute sich vor Barnie auf und fragte: »Wo ist Benteen? Wo sind die anderen Cowboys?«

»Kein Grund zur Sorge. Mit ihm ist alles in Ordnung«, hatte Barnie ihr versichert. »Sie sind in der Stadt, um sich Boston vorzunehmen.«

Webb hatte ihre Hand gepackt. Der Anblick all seiner verletzten Freunde bereitete ihm Sorgen. »Was ist passiert, Mami? Wie haben sie sich verletzt?«

»Sie kommen aus einem Kampf.« Jetzt war der Zeitpunkt gekommen, zu dem es ihr unmöglich wurde, geduldig auf der Ranch zu warten, bis Benteen zurückkam – falls er überhaupt zurückkehrte. Sie mußte dasein, wenn es vorbei war. »Ich reite in die Stadt.« Ihre Ankündigung konnte Rusty nicht in Staunen versetzen. »Kommen Sie ohne mich zurecht?«

»Ich komme zurecht, aber es kommt nicht in Frage, daß Sie allein in die Stadt reiten. Barnie wird den Wagen anspannen und mit Ihnen in die Stadt kommen.«

»Darf ich auch mitkommen?« bettelte Webb.

»Nein.« Sie wollte jetzt bestimmt nicht das Leben ihres einzigen Kindes aufs Spiel setzen.

Loman Janes warf das Geld auf den Tresen, um seine Getränke zu bezahlen. Dann stieß er sich von der Bar ab. Mit stechendem Blick forderte er die drei anderen Cowboys der Ten Bar Ranch auf, ihm auf der Stelle zu folgen. »Ich schätze, es ist schon ziemlich spät.«

Widerwillig schlurften Stiefel, und Sporen klirrten, als sie ihm folgten und den Saloon verließen. Janes blieb auf dem Bürgersteig vor dem Saloon stehen, um instinktiv nachzusehen, was sich auf der Straße tat. Als er sein Pistolenkoppel auf seiner schmalen Hüfte an eine bequemere Stelle rückte, sah er die vier Reiter, die langsam und ganz lässig auf der Straße näherkamen. Weder Bull Giles' massige Gestalt noch Benteen Calders Reitstil konnte man verwechseln.

Janes trat aus dem Lichtschein, der aus dem Saloon fiel, und preßte sich im Schatten dicht an die Wand. Er zischte seinen Männern zu, sich von der Tür zu entfernen. Der Anblick dieser beiden Männer, die Seite an Seite ritten, schien Bostons furchtsamen Argwohn zu bestätigen. Das wurde Janes klar. Jetzt, da Boston sich fürchtete, war es an der Zeit, die Dinge selbst in die Hand zu nehmen. Calder war in die Stadt gekommen, um Ärger zu machen, aber er wußte nicht – Janes lächelte kalt –, daß er schon vorher Ärger bekommen würde.

»Hank, lauf über die Straße und stell dich in die Seitenstraße neben dem Grundbuchamt. Young, du stellst dich an ein Fenster im oberen Stockwerk.« Janes begann, seine Männer flüsternd auf ihre jeweiligen Posten zu verweisen. »Reynolds, du baust dich in dieser Tür daneben auf. Giles und Calder wollen wir haben. Konzentriert euch ganz auf die beiden.«

Für Loman Janes war das Routine. Wenn man jemanden tot sehen wollte, dann brachte man ihn eben um. Nur ein Revolverheld, der sich einen Ruf erwerben wollte, stellte sich mitten auf die Straße und forderte einen Mann zum Duell heraus. Zu den meisten Schießereien kam es auf zwei Arten – entweder es wurden bei einem hitzigen Streit Pistolen gezogen, oder man führte einen geplanten Überfall auf seinen Feind aus.

Benteens Blick, ruhelos wie immer, hatte beide Straßenseiten im Auge. Rechts vor ihnen betrat ein Cowboy den Saloon. Am Ende der Straße, eine Kreuzung weiter, überquerte ein Mann die Straße. In dem Schatten vor dem Saloon bewegten sich Gestalten, aber all das waren Aktivitäten, die völlig normal zu sein schienen. Benteen dachte an das, was vor ihm lag – an die Bank und an Judd Boston, falls das der Ort war, an dem er sich aufhielt. Von Woolie war bisher noch nichts zu sehen.

Der blonde Cowboy mit dem gelockten Wuschelkopf ritt auf seinem Pferd in die kleine Gasse, die ihn am Grundbuchamt wieder auf die Hauptstraße führen würde. Der Wagen war hinter der Bank abgestellt, und in einem der hinteren Fenster hatte Licht gebrannt.

Woolie bemerkte den Cowboy, der an dem Gebäude vor ihm lehnte. Im ersten Moment dachte er sich nicht viel dabei. Der Cowboy konnte in diese Gasse gegangen sein, um vor dem Heimritt noch einmal auszutreten, aber das ließ sich absolut nicht mit der Pose vereinbaren, in der er dastand. Außerdem schien er die Straße zu beobachten. Die Erde unter den Hufen seines Pferdes war nicht festgetreten, und auf dem weichen Boden waren so gut wie keine Geräusche zu hören. Eine Furche des Unbehagens bildete sich auf Woolies Stirn. Warum stand der Mann hier herum, wenn er weder austreten noch rauchen wollte? Als er näher kam, sah er den Lauf eines Gewehres aufblitzen, und er konnte das Gesicht des Mannes deutlich genug sehen, um in ihm einen Reiter der Ten Bar Ranch zu erkennen.

Woolie stieß einen lauten Ruf zur Warnung aus, gab seinem Pferd die Sporen und galoppierte direkt auf den Cowboy zu. Er sah, wie der Mann überrascht den Kopf herumriß und sich dann umdrehen und sein Gewehr auf ihn richten wollte, aber Woolies Pferd rempelte ihn an und stieß ihn gegen die Hausmauer. Woolie feuerte seine Waffe auf den Mann ab, als das Pferd an ihm vorbeiraste, und er fluchte, als er sah, daß er den Mann verfehlt hatte.

Als der Schrei aus der Seitenstraße kam, riß Benteen sein Pferd an den Zügeln zurück. In kleinen Wellen, die dicht aufeinanderfolgten, durchzog ihn Kälte. Plötzlich waren alle Geräusche laut, alle Gerüche stark, und alle Schatten auf der Straße wurden scharf und waren deutlich zu erkennen. In dem Sekundenbruchteil der Reaktionszeit riß er sein Pferd an den Straßenrand, und im selben Augenblick zerriß ein Schuß die Luft. Dann brach die gesamte Hölle über sie herein.

Auf den Pferden gaben sie gute Ziele für die Männer, die im Schatten standen, ab. Aus allen Richtungen zischte Blei um ihn herum, als Woolie auf die Straße stürmte und seine Waffe als Antwort auf das Feuer, das von den Bürgersteigen in der Nähe des Saloons kam, abfeuerte. Benteens Pferd wankte, als er vom Sattel glitt. Eine Kugel schlug in seine linke Schulter ein und ließ ihn in den Schatten einer Hausfassade taumeln. Er kauerte sich hinter ein Holzfaß. Sein linker Arm hing schlaff herunter.

Sein Puls schlug heftig im Hals, und sein Atem ging in kurzen, schnellen Zügen, als Benteen die gegenüberliegende Straßenseite erkundete und versuchte, die Standorte seiner eigenen Leute zu lokalisieren. Der Kugelregen legte sich, und es wurde nicht mehr blind drauflos geschossen. Pferde ohne Reiter liefen über die Straße, um diesem lauten Tumult zu entkommen. Sein linker Arm war unbrauchbar, und daher steckte er die Hand in den Hosenbund.

Jessie lag zwischen einem Trog, der zum Tränken der Pferde diente, und den erhöhten Holzplanken des Bürgersteigs flach auf dem Boden. Hinter ihm war das Scharren eines Stiefels zu hören. Benteen warf einen Blick in die Richtung, aus der das Geräusch kam. Bull Giles zog ein Bein nach, als er versuchte, sich in einem leicht zurückversetzten Hauseingang aufzusetzen. Woolie und Bob Vernon konnte er nirgends sehen, aber es lagen keine Leichen auf der Straße.

Wenn Woolie sie nicht gewarnt hätte, wären sie überrumpelt worden. Ihre Chancen hätten so gestanden, daß sie jetzt vermutlich alle auf der Straße gelegen hätten. Benteens Blick kehrte zu den Häusern auf der gegenüberliegenden Straßenseite zurück und suchte nach Gestalten in der Nacht. Etwas Seltsames fiel ihm auf. In dem Stockwerk über dem Saloon brannte in allen Fenstern Licht – mit einer Ausnahme. Dieses Zimmer war dunkel, und das Fenster stand offen. Benteen konnte die Gardinen sehen, die hinausgeweht wurden. Er gab drei Schüsse auf das Fenster ab und sah, wie ein Mann über das Fensterbrett sackte und eine Waffe aus seiner Hand fiel.

Aber damit hatte er auch seinen eigenen Standort verraten. Kugeln zischten in das Faß und regneten direkt über seinem Kopf in das Haus hinein. Er war gezwungen, sich flach hinzulegen. Dann eröffneten Bull und Jessie das Feuer und zielten auf diese Schützen, die auf der anderen Straßenseite sein mußten. Benteen raste los, um sich zu der Seitengasse durchzuschlagen. Er kauerte sich dicht an das Gebäude. Wenn er um die Hausecke bog, würde ihn ein Mann erwarten, der ihn in einen Hinterhalt locken wollte, und daher rechnete er damit, jemandem zu begegnen, als er um die Ecke bog. Der Cowboy kniete vorgebeugt da, hielt sich mit einer Hand den Hinterkopf und stöhnte. Dann unternahm er einen unkoordinierten Versuch, sich auf die Füße zu ziehen.

»Mein Kopf ...«, stöhnte er. »Ich fühle mich ganz komisch.« Dann sank er bewußtlos auf den Boden.

Auf der Straße war das Klappern von Wagenrädern zu hören. Benteen preßte sich flach an die Mauer. Verwirrung durchzuckte ihn, als er den Mann mit der Melone und dem Anzug sah, der den Wagen lenkte. Judd Boston.

Von der anderen Straßenseite rief Loman Janes' Stimme: »Gehen Sie uns aus dem Weg! Wir haben Calder in der Zange!«

Boston hielt den Wagen mitten auf der Straße an und zerrte an den Zügeln, um sein nervöses Pferd zurückzuhalten. »Du Narr! Du dämlicher Idiot!« Dann stellte er sich in seinem Wagen auf und drehte sich zur anderen Straßenseite um. »Calder! Das ist nicht mein Werk! Janes handelt auf eigene Faust! Damit habe ich nichts zu tun – und auch mit nichts anderem!« Er verkündete für alle hörbar seine Unschuld.

»Du mieser Lump!« knurrte Janes im Dunkeln.

Zwei Schüsse wurden abgegeben, direkt hintereinander, und Boston fiel auf den Sitz des Wagens zurück. Das Pferd bäumte sich auf. Benteen nutzte die Ablenkung dazu, auf die andere Straßenseite zu rasen. Als er ankam, duckte er sich sofort hinter eine Regentraufe.

Seine Schulter pochte, und Nässe tröpfelte an seinem Arm herunter. Er fuhr sich mit der Zunge über die trockenen Lippen, rührte sich nicht und lauschte auf jeden Laut, um die genauen Standorte seiner Gegner festlegen zu können.

Boston war entweder tot oder außer Gefecht gesetzt, aber es war noch nicht vorbei. Wenn er auch noch so viel gegen Loman Janes hatte, so hegte Benteen doch in einem gewissen Maß Respekt vor diesem Mann. Er hatte seine eigenen Vorstellungen, an denen er unerbittlich festhielt. Er hatte diesen Kampf gegen Benteen begonnen, und der Kampf würde erst vorüber sein, wenn einer von ihnen tot war.

Eine Woge der Benommenheit spülte über ihn hinweg, und er schüttelte sie ab. Hastige Bewegungen waren zu hören. Benteen löste sich von der Regentraufe, drehte sich zu den Geräuschen um und feuerte seine Waffe darauf ab. Er wich schnell nach links aus und preßte sich an das Gebäude. Seine Schüsse hatten ihr Ziel verfehlt, aber sie hatten einen Mann aus dem Schutz eines breiten Hauseingangs gelockt. Es war Reynolds. Er schoß aus der Hüfte auf Benteen, der ein bewegliches Ziel bot. Eine Kugel streifte seinen Schenkel. Sein Bein wollte unter ihm nachgeben, als Benteen einen Schuß auf den Mann abgab, der kurz als Umriß zu erkennen war. Der Schlagbolzen fiel in eine leere Kammer, aber Reynolds stürzte.

Ein kaltes, zufriedenes Lächeln hatte Janes' Lippen verzogen, als der Wagen mit Judd Boston davonfuhr. Dieser Halunke hatte alle Schuld auf ihn abgeschoben, um seine eigene Haut zu retten, und er hatte bekommen, was er verdient hatte.

Janes sah nicht mehr als einen dunklen Umriß, der direkt nach dem Verschwinden des Wagens die Straße überquerte. Er war ganz sicher, daß Calder einen Standort in der Nähe der kleinen Seitenstraße bezogen hatte. Das mußte er sein. Giles hatte es an einem Bein erwischt, und es war unmöglich, daß er schnell laufen konnte. Die drei anderen waren weiter oben auf der Straße.

Er sah sich die Schatten an, in denen Calder sich verbergen mußte, und er entschied, er müsse die Regentraufe für sich genutzt haben. Janes war nicht auf die Idee gekommen, Reynolds zu warnen, daß Calder jetzt auf seiner Straßenseite war. Sein ausschließliches Interesse war darauf gerichtet, Calder loszuwerden, dann Giles.

Zwischen den beiden Gebäuden hinter Janes war ein Spalt, der gerade breit genug für einen schlanken Mann war, um sich hineinzupressen. Er hatte sich in diesen Spalt gezwängt, um sich um das Gebäude herumzuschleichen, damit er sich seitlich an Calder heranschleichen konnte.

Er hatte das Gebäude umrundet und schlich sich an der Hausmauer entlang, als er plötzlich einen scharfen Schußwechsel und das Aufprallen eines Körpers auf dem Boden hörte. Er blieb stehen, um zu lauschen, und er nahm an, daß der, den es erwischt hatte, Reynolds war.

Mit einem unbrauchbaren linken Arm wäre das Nachladen zu langsam vorangegangen. Benteen lehnte sich an die Hausmauer und ließ den Revolver in seinen Halfter gleiten. Er zog seinen zweiten Revolver aus dem Gürtel. Auf der anderen Straßenseite sah er Bull Giles, der seitlich hinter einem Pfosten lehnte, aber er konnte keinen der anderen Männer sehen.

Benteen konnte von seinem Standort aus weit weniger sehen als Bull Giles. Im ersten Moment war Bull nicht sicher, ob der Umriß, den er um das Gebäude kommen sah, ein Mann war. Die Gestalt bewegte sich ein wenig. Die Erkenntnis, daß diese hagere Gestalt Loman Janes gehörte, durchzuckte ihn. Irgendwie hatte er sich um das Gebäude herumgeschlichen, um sich Benteen von hinten zu nähern.

Bulls Blick fiel wieder auf Calder, und er fragte sich, ob Benteen sich darüber im klaren war, daß sich jemand von hinten an ihn heranpirschte. Man konnte unmöglich sagen, ob er es wußte, aber Bull hegte den Verdacht, daß er nichts gemerkt hatte. Er öffnete den Mund, um ihm eine Warnung zuzurufen, aber nichts kam über seine Lippen.

Wenn Benteen starb, war Lorna verwitwet. Der gräßliche Gedanke drängte sich ihm gegen seinen Willen auf. Er preßte den Mund wieder zu und haßte sich selbst.

Inzwischen war es zu spät für eine Warnung. Janes löste sich aus dem Schatten der Hausecke, um Calder von hinten zu überfallen. Benteen rückte zentimeterweise an der Hausmauer weiter und strengte seine Ohren an, um auf andere Geräusche zu achten, die die Lautheit seines eigenen Atems und den Lärm des Blutes, das durch seine Venen strömte, übertönten. Plötzlich nahm er eine Bewegung auf der anderen Straßenseite wahr, als Bull hinter dem Pfosten herauskam und ohne Dekkung stehenblieb.

»Janes!« Bull stieß den Ruf aus und feuerte einen Schuß ab.

Hinter Benteen ging ein Schuß los, und er wirbelte herum und stand Loman Janes gegenüber. In der Spanne von Sekunden, die sehr langsam vergingen, dachte er an Lorna und an sein Zuhause, während er seinen Revolver abfeuerte. Er beobachtete, wie Janes' Gewehr von dem ersten Schuß hochgerissen wurde, der weit danebengegangen war, als Benteen sich umgedreht hatte. Der Lauf richtete sich wieder auf ihn, als Benteen einen zweiten Schuß abgab und hörte, daß er getroffen hatte.

Janes hustete kurz und schwach. Erstaunen schoß durch seine Augen, als er langsam nach hinten kippte. Er fiel gegen die Regentraufe und glitt langsam zu Boden.

Die Echos der Schüsse verhallten, und es wurde ruhig auf der Straße. Es war vorbei. Ermattung zog in seine Knochen ein. Mit der Pistole in der Hand griff Benteen nach seinem linken Arm, den die Wunde in seiner Schulter pochen ließ. Er wankte und taumelte auf die Straße. Er nahm dumpf wahr, daß sich Menschen behutsam aus Hausmauern lösten, aber er wollte nichts anderes, als sofort nach Hause reiten – zu Lorna.

Ein Wagen fuhr klappernd über die Straßen. Benteen blieb gereizt stehen, um ihn vorbeifahren zu lassen, aber das Pferdegespann wurde angehalten, als es kurz vor ihm stand. Sein matter Blick glaubte, Lorna gesehen zu haben, die vom Wagensitz sprang. Als ihre Hände sein Gesicht berührten, wurde ihm klar, daß sie es wirklich war.

»Was tust du denn hier?« Müdigkeit lag in seiner Stimme, aber seine Augen sahen sie lebhaft an.

»Ich konnte unmöglich noch länger warten.« Sie sah ihn von Kopf bis Fuß an, inspizierte mit ihren Händen und mit ihren Augen seine Wunden.

»Bring mich nach Hause«, sagte er.

»Jetzt bringe ich dich erst mal zum Arzt«, beharrte sie.

Dann fiel ihm wieder etwas ein, was wichtig war – wie Giles hinter dem Pfosten hervorgekommen war und Janes' Kugel auf sich gezogen hatte, nachdem sich der Mann um das Gebäude herumgeschlichen hatte.

»Ich glaube, Giles hat eine Kugel erwischt, die für mich bestimmt war«, sagte er. »Sieh bitte nach ihm.«

»Aber …«

»Mit mir ist alles in Ordnung«, versicherte ihr Benteen.

Lorna wandte sich um und ordnete an: »Barnie, bringen Sie ihn zu einem Arzt.« Dann eilte sie über die Straße.

Bull lag halb auf dem Boden, halb lehnte er am erhöhten Bürgersteig. Sein Gesicht war gespenstisch bleich, und sein linkes Knie war blutdurchtränkt. Den rechten Arm hielt er unbeholfen vor seinen Bauch, und sein Ärmel war blutbefleckt.

Als Lorna sich neben ihm hinkniete, sah Bull sie an und lächelte schwach. »Er hat Sie zu mir geschickt, stimmt's?«

»Ja«, gab sie zu, und dann beugte sie sich herunter, um die Wunde in seinem Knie zu betrachten. Es war eine zersplitterte, breiige Masse.

»Es sieht ganz so aus, als sei es gar nicht schlecht, daß ich schon Übung gesammelt habe, weil ich Lady Crawfords Wagen kutschiert habe. Das ist wohl so ziemlich das einzige Gefährt, mit dem ich mich noch bewegen kann. Mit dem Reiten dürfte es aus sein«, sagte Bull, der sich darüber klar war, daß die Wunde ihn zum Krüppel machte.

»Wir bringen Sie zum Arzt. Die Ärzte können heutzutage schon ganz erstaunliche Dinge erreichen.« Aber sie wußte, daß er recht hatte.

»Sie lieben ihn doch, nicht wahr?«

»Ja.« Die Art, wie sie es sagte, und der Blick, der in ihren Augen stand, waren das, was ihn davon überzeugte.

»Sie werden für mich immer eine ganz besondere Frau sein, Lorna«, sagte Bull leise. »Aber ich schätze, das ist wohl alles.«

»Sie werden bei mir immer eine besondere Stellung einnehmen – und auch bei Benteen, glaube ich«, fügte sie hinzu. Die Leute aus der Stadt sammelten sich allmählich um sie. Lorna wandte sich an zwei Männer, die sehr kräftig aussahen. »Helfen Sie mir, ihn zum Arzt zu bringen.«

30

Als Benteen zu sich kam, strömte Sonnenschein durch das Fenster. Es bereitete ihm Schwierigkeiten, die Dinge klar zu erkennen. Das Zimmer verschwamm vor seinen Augen. Um ihn herum nahm er einen beißenden, antiseptischen Geruch wahr. Es dauerte ein Moment, bis ihm klarwurde, daß er in der Praxis des Arztes auf einer Pritsche lag. Er versuchte, sich zu bewegen, und ein stechender Schmerz glühte in seiner Schulter und entlockte ihm ein Stöhnen, bei dem er sein Gesicht zu einer Grimasse verzog.

»Bleib ganz still liegen.« Es war Lornas Stimme, und die Hand, die zart seinen Arm berührte, war ihre Hand.

Sein Blick glitt über ihr Gesicht, das er jetzt sehen konnte. Sie war dunkel und lebhaft, und ihre Lippen waren rot und warm für ihn. Er sog den Duft ihres Haares ein, so frisch und so wild.

»Ich dachte, du würdest mich nach Hause bringen«, rief er ihr ins Gedächtnis zurück.

»Der Arzt hat es für eine gute Idee gehalten, daß du die Nacht hier verbringst. Er hat dir etwas gegeben, damit du schläfst, während er dir die Kugel rausholt.« Sie zeigte ihm das Geschoß, das aus seiner Schulter herausgeholt worden war. »Willst du es behalten?«

»Nein. Du kannst es wegwerfen.« Er preßte eine Hand auf seine bandagierte Schulter. »Ich brauche nichts, was mich daran erinnert.«

Lorna stimmte ihm aus vollem Herzen zu und warf die Kugel mit Freuden in einen leeren Abfallbehälter. Sie wollte diesen Moment, in dem sie Benteen gesehen hatte, als er über die Straße wankte, nicht noch einmal durchleben.

»Was ist mit den anderen? Mit Giles. Mit Woolie.« Die Sorge trat auf sein Gesicht und zeichnete tiefe Furchen darauf.

»Woolies Pferd ist unter ihm erschossen worden. Er hat sich ein Bein gebrochen. Jessie hat eine Streifwunde am Arm, und Bob Vernon ist in die Hand geschossen worden.« Lorna zählte die Verletzungen auf und zögerte dann, ehe sie auf die letzte zu sprechen kam. »Bull ist eine Kniescheibe zerschmettert worden. Der Arzt sagt, daß er wieder gesund wird, aber daß er das Knie nie mehr durchdrücken kann. Es wird steif bleiben.«

Benteen seufzte, aber er sagte nichts. Ihm war klar, daß er in der Schuld dieses Mannes stand. »Ist Boston tot?«

»Ja.«

»Es ist verrückt«, murmelte er in einem Tonfall, der aus weiter Ferne kam. »Es heißt immer, Menschen, die ihr Leben mit Schußwaffen bestreiten, sterben auch durch Schußwaffen. Boston hat sich mit rechtskräftigen Unterlagen und nicht mit Kugeln bereichert. Aber er ist trotzdem eines gewaltsamen Todes gestorben.«

An der Tür war ein leises Klopfen zu hören. Lorna drehte sich um, ohne von der Bettkante aufzustehen. »Ja?«

Die Tür wurde geöffnet, und Lady Crawford rauschte in ihren langen schwarzen Satinröcken ins Zimmer. Ihre Haltung war der Inbegriff von Fassung, als sie durch das Zimmer kam und an das Bett trat. Schwarze Handschuhe hielten den Perlmuttgriff ihres Sonnenschirms.

»Du warst also derjenige, der für die Schießerei in der letzten Nacht verantwortlich war«, sagte sie mit einem Ausdruck milden Vorwurfs zu Benteen. »Ich habe mich bei der Hotelleitung bitter über die Ruhestörung beklagt. Natürlich hat das wenig genutzt.« Sie unterbrach sich für einen Moment. »Wie fühlst du dich?«

»Ich werde mich besser fühlen, wenn ich wieder auf der Ranch bin«, sagte Benteen, der seine Finger mit Lornas Hand verschränkte.

»Ich bin sicher, daß deine Frau in der Lage ist, dich gesund zu pflegen, wenn ich sie auch nicht um diese Aufgabe beneide«, äußerte Elaine. »Was mich betrifft – ich reise nach Helena. Der Territorialgouverneur hat mich eingeladen, ein paar Tage mit seiner Familie zu verbringen. Diese Reise wird sich wohl als lohnenswert erweisen, nehme ich an.«

»Ja, das sollte man meinen«, stimmte Benteen ihr zu, aber Lorna hörte die Resignation aus seiner Stimme heraus.

»Vielleicht kannst du mich ein anderes Mal, wenn es dir wieder besser geht, begleiten«, schlug Elaine vor. »Es gibt noch eine Menge Arbeit zu leisten, und ich werde hier bestimmt nicht gebraucht, wenn du Lorna hast, die dich pflegt und sich um dich kümmert.«

»Das stimmt«, stimmte er ihr wieder zu.

»Zu meinem Bedauern wird es noch eine Weile dauern, bis Mr. Giles wieder aufstehen und herumlaufen kann, und daher bin ich gezwungen, allein zu reisen. Es steht zu hoffen, daß er seine Pflichten in zwei Wochen wieder aufnehmen kann. Ich habe kurz bei ihm vorbeigeschaut«, gab sie zu.

»Es freut mich zu hören, daß es ihm bald wieder besser

geht.« Benteen warf einen Blick auf Lorna. Er fühlte sich von ihrer Freundschaft mit Bull Giles nicht mehr bedroht, wie er es schon in der letzten Nacht bewiesen hatte, als er sie zu ihm geschickt hatte, damit sie nach ihm sah.

»Dir ist bestimmt nicht danach zumute, über geschäftliche Dinge zu reden«, fuhr Elaine fort. »Und ich muß auch noch eine Menge packen. Ich bin nur vorbeigekommen, um dir zu sagen, wo ich in der nächsten Zeit sein werde. Ich melde mich bei dir, wenn ich wieder da bin.«

Lorna fing allmählich an, die anscheinend so kühle Haltung seiner Mutter zu verstehen, ihre schroffe und sachliche Art. Eine Mutter wäre bei einer Krankheit oder einer Verletzung ihres Kindes besorgt gewesen, und nur mit größtem Widerstreben hätte sie ihr Kind verlassen, wenn es nicht wohlauf war. Aber Lady Crawford legte keines dieser Gefühle an den Tag. Bewußt nicht. Lorna spürte Bewunderung und Respekt für diese Frau in sich aufsteigen.

»Übrigens ...« Elaine, die sich schon von seinem Bett abgewandt hatte, blieb noch einmal stehen. »Ich habe bei der kanadischen Regierung formell Klage wegen der Rinder erhoben, die von Indianern aus ihren Reservaten gestohlen worden sind. Ich bin ziemlich sicher, daß man dich schon bald für diese Verluste finanziell entschädigen wird.«

Benteen zog eine Augenbraue hoch, um ein gewisses Erstaunen, aber auch seine Freude auszudrücken. »Das sind gute Nachrichten.«

»Ich dachte mir, daß du das sagen wirst.« Elaine lächelte. »Ich muß jetzt gehen. Paß auf dich auf.«

Mit dem Sonnenschirm in der Hand glitt sie zur Tür. Lorna löste ihre Finger aus Benteens Griff. »Ich bin sofort wieder da«, versprach sie, ehe sie Lady Crawford aus dem Zimmer folgte. Sorgsam schloß sie die Tür hinter sich.

»Wollten Sie noch etwas?« erkundigte sich Lady Crawford mit majestätischer Kopfhaltung.

»Ich wollte mich bei Ihnen bedanken«, gestand Lorna ein.

»Bei mir bedanken?«

»Ja, für das, was Sie in diesem Zimmer eben getan haben für den Eindruck, den Sie bei Benteen hinterlassen haben.« Sie sah die Frau mit einem warmen Blick an, da sie ihr Handeln wirklich als großmütig empfand.

»Ja, nun ... Sie hatten einfach recht«, sagte Lady Crawford, die betont die Handschuhe auf ihren Händen glattstrich. »Es gibt eins, was ich ihm nicht geben kann, aber es gibt andere Träume, die ich ihm erfüllen kann.«

»Danke«, wiederholte Lorna.

»Unsinn.« Sie tat diesen Ausdruck der Dankbarkeit unwirsch ab. »Vergessen Sie nicht, daß ich von dieser Geschäftsverbindung enorm profitieren werde.«

Sie ging auf die Haustür zu, ehe Lorna noch etwas sagen konnte. Aber es war alles gesagt worden. Lorna drehte sich langsam wieder um und ging in den Raum zurück, in dem Benteen lag. Sie fand ihn auf der Bettkante sitzend vor. Er schwitzte.

»Chase Benteen Calder, was tust du da?« Sie eilte zu ihm, um ihm zu helfen.

»Wir gehen doch nach Hause, oder?« sagte er. Dann sah er sie fragend an. »Worüber wolltest du mit Lady Crawford reden?«

»Es war nichts von Bedeutung.« Lorna half ihm dabei, das Hemd anzuziehen. »Sie hat mir etwas zurückgebracht, und ich wollte mich bei ihr bedanken.«

Drei Wochen später traf die erste Möbellieferung für das neue Haus ein. Darunter war auch der große Schreibtisch für das Arbeitszimmer. Lorna ließ die Arbeiter den Schreibtisch auspakken und in das Arbeitszimmer tragen. Sie hing die Landkarte an der Wand dahinter auf und steckte Benteens Papiere, die mit der Ranch zu tun hatten, in die Schubladen. Es waren auch zwei Sessel geliefert worden, die in das Wohnzimmer gehörten, aber sie stellte sie in dem Arbeitszimmer vor dem großen Kamin auf.

Als sie Webb hörte, der über die Veranda raste, um seinen Vater auf der Treppe zu begrüßen, schlüpfte Lorna aus dem Zimmer, um ihm in der Eingangshalle entgegenzukommen. Seine Schulter war immer noch steif und wund, und er war hagerer, aber es bestand kein Zweifel daran, daß er die Calder Cattle Company wieder ganz unter seiner Leitung hatte.

Webb schaukelte auf seiner Hüfte. Benteen setzte ihn auf dem Boden ab, als sie das Haus betraten. Sein Blick fiel auf Lorna und glitt auf diese vertraute Weise über sie, die ihren Puls jedesmal wieder schneller schlagen ließ.

»Ist das Abendessen fertig?« fragte er.

»Ich habe noch gar nicht damit angefangen«, gab Lorna zu. Dann nahm sie ihn an der Hand und zog ihn daran vorwärts wie ein kleines Kind. »Ich will dir etwas zeigen.«

Mit kaum verhohlener Aufregung führte sie ihn zu den Türen des Arbeitszimmers, öffnete die Flügeltüren und trat ein. Sie drehte eine Pirouette, um seine Reaktion zu beobachten, als sein Blick durch das Zimmer schweifte.

»Heute morgen, nachdem du fort warst, ist ein Teil der Möbel eingetroffen. Ich habe die Arbeiter den ganzen Tag über damit beschäftigt, sie auszupacken und sie aufzustellen«, erklärte sie.

»Die Landkarte.« Er bemerkte sie und lächelte Lorna an. »Das gefällt mir gut.« Dann trat er vor den steinernen Kamin. »Es fehlt noch etwas auf dem Kaminsims.«

»Ja, das habe ich mir auch schon gedacht.« Sie biß sich auf die Unterlippe und lief dann wortlos zu einer Schreibtischschublade und zog die Daguerreotypie heraus, die seine Mutter als junge Frau darstellte. »Magst du das vielleicht auf das Kaminsims stellen?«

Sie reichte ihm die Fotografie und beobachtete ihn, während er sie ansah. Eine Woge von widersprüchlichen Gefühlen zog über sein zerfurchtes Gesicht. Seine Brust hob sich, als er tief Atem holte und sie ansah.

»Nein.« Er schüttelte den Kopf. »Du kannst sie irgendwo verstauen, wenn du willst.«

Nichts war von dem alten Traum geblieben, aber auch nichts von der alten Bitterkeit. Lady Crawford und die Frau, die auf dieser Fotografie abgebildet waren, waren zwei verschiedene Dinge, die sich in seiner Vorstellung voneinander gelöst hatten. Lorna kam durch den Raum auf ihn zu und legte ihre Arme um seine Taille.

»Du hast es vorher gewußt, stimmt's?« murmelte Benteen in ihr Haar.

»Ich hatte gehofft, daß es keine Gespenster mehr gibt«, gab sie zu. »Sie konnte nicht das sein, was du wolltest.«

Ein Lachen löste sich aus seiner Kehle. »Kannst du dir vorstellen, daß Webb sie Großmutter nennt? Es würde ihr Grauen einjagen.« Er sah sie an und preßte ihren Unterkörper mit einer Hand in ihrem Kreuz an sich. »Da wir gerade von Webb sprechen – glaubst du nicht, daß du deinen Sohn dazu überreden könntest, ins Freie zu gehen und noch eine Stunde zu spielen?«

»Eine Stunde?« murmelte sie herausfordernd. »Du gibst ja nicht gerade an.«

»Du kecke, kleine ...« Es war ihm nicht gestattet, den Satz zu beenden, denn sie zog seinen Kopf zu einem Kuß zu sich herunter.

EPILOG

Von dem Grasland zu den Zäunen
ist schon sehr viel geschehn,
aber eins ist gewiß:
Dieses Calderland wird bestehn.

1902

Im Licht des frühen Morgens führte Benteen die beiden gesattelten Pferde in das Lager. Als Lorna ihn kommen sah, schüttete sie den Kaffeesatz aus dem Blechbecher und stellte ihn in die Spülwanne neben dem Proviantwagen. Der Kaffee war weniger gut, als Rustys Kaffee es gewesen war. Sie lächelte den schlanken Mann, der Bogie hieß und seinen Platz eingenommen hatte, flüchtig an. Sie vermißte Rusty, der eines Nachts friedlich im Schlaf gestorben war.

Sie war sich darüber im klaren, daß Benteen sie ansah, und eilig schüttelte Lorna die Traurigkeit ab und lächelte. Seine Augen wurden dunkler, als sie über sie glitten. Eine Hose schmiegte sich an Lornas Hüften, sachte gerundete Hüften, die ein weiser Schöpfer einem Mann zum Vergnügen geschaffen hatte. Der Stoff war noch neu und steif und raschelte, als sie ihm entgegenkam. Sie war noch genauso schlank und schön wie an dem Tag, an dem er sie geheiratet hatte, wenngleich auch beträchtlich erfahrener, dachte Benteen, und die Andeutung eines Lächelns spielte um seinen Mund.

Er drückte ihr die Zügel des Rotschimmels mit dem schwarzen Gesicht in die Hand und bemerkte: »Ich glaube, du kommst immer nur mit, wenn wir im Herbst das Vieh zusammentreiben, weil dir das einen Vorwand liefert, Hosen zu tragen.« Sie gefiel ihm in Hosen, aber das gehörte zu den Dingen, die er ihr gegenüber nicht zugeben wollte.

»Ich glaube, du hast mich nur gefragt, ob ich mitkomme, weil du mich in Hosen sehen wolltest«, gab Lorna schnippisch zurück. Sie stellte ihren Fuß in den Steigbügel und schwang sich behend auf den Sattel. Benteen beobachtete, wie sich bei dieser Bewegung der Stoff über ihrem strammen Hintern spannte. Sie erregte ihn nach wie vor, ganz so, wie es die Natur von ihrem ersten Zusammensein an beabsichtigt hatte.

Benteen stieg auf sein Pferd. »Ich hätte dir verbieten sollen, die Dinger anzulassen, als du sie das erste Mal angezogen hast, statt zu glauben, es sei nur für den Moment so. Wenn man einer Frau den kleinen Finger reicht, nimmt sie die ganze Hand.«

Er lächelte, als er das sagte. »Du weißt doch hoffentlich, daß im Verband der Rinderzüchter alle darüber reden, daß du durch die Gegend reitest wie ein Mann?«

»Ich weiß nicht, was es da zu reden gibt«, erklärte Lorna. »Ich bin doch nicht die einzige Frau, die im Herrensitz reitet.«

»Aber du bist die einzige, die das in Hosen tut«, hob er hervor. »Alle anderen haben geschlitzte Reitröcke.«

»Willst du mir etwa vorschreiben, was ich anziehen soll, Benteen Calder?« fragte sie herausfordernd.

»Das würde ja doch nichts nützen. Du würdest trotzdem genau das tun, was dir paßt, wie du es schon immer getan hast«, erwiderte er trocken.

»Nicht immer«, verbesserte ihn Lorna, denn es hatte eine Zeit gegeben, in der die Meinung anderer für sie von Bedeutung gewesen war. »Dieses Land hat mich gelehrt, mich unabhängig zu machen.«

Sie öffneten ein kleines Gatter und ritten zu den jungen Kälbern. Lorna empfand immer wieder Stolz und hatte das Gefühl, daß sie wirklich etwas erreicht hatten, wenn sie das Brandzeichen des Dreifachen C auf den Flanken der Tiere sah.

»Empfindest du dich als einen Rinderbaron?« Ein Lächeln schwang in ihrer Stimme mit – ihr war klar, daß der Begriff ihn ärgerte.

»Niemand benutzt den Begriff ›Rinderbaron‹, ohne dabei von einem habgierigen Rinderbaron zu sprechen.« Auch sein Tonfall wurde jetzt spöttischer. »Das ist etwas, was ich nie verstehen werde. Die kleinen Farmer mit ihren Heimstätten und ihren braven Frauchen haben immer das gesamte Mitgefühl und die Unterstützung aller auf ihrer Seite, und man bewundert sie für die Unbequemlichkeiten und die Mühsal, die sie durchgemacht haben. Man stellt sich immer vor, daß die großen Rinderzüchter eine Art von Feudalherren sind. Niemand spricht von den Unbequemlichkeiten und der Mühsal, die wir auf uns genommen haben, um das zu bekommen, was wir heute haben.«

»Du hast vor langer Zeit zu mir gesagt, es liege in der menschlichen Natur, haben zu wollen, was ein anderer hat«, erinnerte ihn Lorna.

»Ja. Aber eines Tages werden die Menschen den Cowboy anerkennen müssen. Niemand führt ein einsameres Leben und arbeitet härter, nicht einmal der Farmer. Die Arbeitszeit des Cowboys ist lang, seine Arbeitsbedingungen im allgemeinen miserabel, und seine einzige Gesellschaft ist ein Pferd. Wir waren hier, ehe es hier Städte und Menschen gegeben hat – als es hier nur die Präriehunde und die Indianer gab. Wir haben etwas aufgebaut, wo nichts war, und jetzt verdammt man uns dafür.« Aus seiner Stimme war Abscheu herauszuhören.

»Das kommt daher, daß die Leute glauben, wir seien in irgendeiner Form an den hohen Preisen schuld, die man in den Geschäften für Rindfleisch bezahlen muß«, sagte sie. »Wenn sich die Leute abmühen, um ihre Familie zu ernähren, dann interessiert es sie nicht, wie viele schlimme Jahre wir hinter uns haben – die Dürren und die Schneestürme.«

»Der Winter 1886/87 war der schlimmste, und er kam direkt nach dem trockenen Sommer, der das Land so ausgedörrt hat, daß es für einige Rancher das Ende war.«

Lorna erinnerte sich an das Jahr, das sie beinahe mit so vielen anderen ruiniert hätte. Nach schweren Schneefällen in der zweiten Novemberhälfte war Anfang Januar der Chinook gekommen und hatte ihnen Hoffnungen gemacht. Aber eine bittere Kälte hatte eingesetzt. Der Schnee, der zum Teil schon geschmolzen war, hatte sich in einen Panzer aus Eis verwandelt, den Hufe nicht durchbrechen konnten, um an das Gras zu kommen, das darunter wuchs. Die Rinder waren zu Tausenden erfroren und verhungert.

Das war ein harter Schlag gewesen. Im Vorjahr hatten sie im Frühling fast zehntausend Kälber mit dem Brandzeichen versehen gehabt, aber nach diesem mörderischen Winter wurden nur zwölfhundert Kälber gebrandmarkt. Viele Rancher hatten den Mut verloren und das Land verlassen, oder sie standen ohne finanzielle Absicherung vor diesen hohen Verlusten.

Benteen hatte sich ausgerechnet, daß diese ungeheuren Verluste auf dem Markt zu Rindfleischknappheit führen und die Preise in die Höhe treiben würden. Er hatte die gesamten Bargeldreserven, die sie hatten, dazu verwandt, die Herde wieder aufzustocken. Dann hatte er Shorty Niles nach Kanada geschickt, um dort ein paar Zugpferde zu erwerben, und sie hatten Heu aus fruchtbarem Schwemmland gewonnen. Shorty war mit den Pferden und mit der Tochter des Farmers, die er geheiratet hatte, zurückgekommen.

Die gewagte Investition hatte sich ausgezahlt, und es gab Heu, mit dem die Rinder gefüttert werden konnten, wenn es zu einem zweiten derart strengen Winter kam. Der Ranch-Betrieb wurde mit dem Ackerbau kombiniert.

»Mr. Calder!« Jessie Trumbos fünfzehnjähriger Sohn ritt auf die beiden zu. Er gehörte zu einer Handvoll von Reitern der zweiten Generation des Dreifachen C.

Ely und Mary Stantons erstgeborenes Kind war ein Mädchen, das Ruth Ann hieß. Woolie Willis hatte eine kleine rothaarige Schullehrerin geheiratet, und Bob Vernon hatte schließlich doch sein Mädchen aus der Tanzdiele zur Frau genommen und hatte einen siebzehnjährigen Sohn, der voll mitarbeitete, als jetzt das Vieh zusammengetrieben wurde. Barnie Moore, Vince Garvey und Zeke Taylor waren auch verheiratet und hatten heranwachsende Kinder. Dadurch entstand ein Gefühl der Kontinuität und der Zugehörigkeit, und eine bestehende Ordnung, die einem das Gefühl der Dauerhaftigkeit der Dinge gab, hatte sich herausgebildet.

Benteen wandte sich dem jungen Reiter zu. »Pa sagt, sie sollen herüberkommen. Es ist wegen Captain. Er ist tot.« Der Junge ritt ihnen bereits voraus.

Lorna murmelte einen Laut des Bedauerns, als sie hinter Benteen herritt. Der alte Longhorn-Stier hatte die Viehtriebe von Texas angeführt, bis der Zustrom an Siedlern diesen Viehtrieben ein Ende gesetzt hatte. Vor einigen Jahren hatten sie den gescheckten Stier aus dem Verkehr gezogen, ihn auf die Weiden zum Grasen geschickt.

Nur das Skelett war übrig, aber die Hörner waren unverkennbar. »Wir werden diese Hörner mitnehmen«, sagte Benteen zu Lorna. »Sie gehören über den Kamin.«

Es gab nicht mehr viele Longhorns. Sie waren zwar nicht so schön und wendig wie die Herefords gewesen, aber sie waren eine wilde Rinderrasse, die gezähmt worden war, und ihre

Wildheit war es, die sie zu etwas Besonderem machte, der Freiheitsdrang, der in ihrer Natur lag.

»Ich glaube, kein Cowboy ist glücklich, wenn er seine Herden verschwinden sieht«, sagte Benteen. »Es ist eine Frage der Umstände. So, wie die Kosten für das Land und die Steuern heute aussehen, kann man ein Longhorn nicht sechs Jahre weiden lassen, bis es ausgewachsen ist. Ein Rancher kann es sich nicht leisten, wenn ein Herefordrind nach kürzerer Zeit auf den Markt gebracht werden kann, weil diese Rasse schneller heranreift.«

»Ja, die Argumente kenne ich«, sagte Jessie Trumbo. »Das Land ist zu wertvoll, und daher werden Rinderrassen aus dem Verkehr gezogen. Ich schätze, es wird eine Zeit kommen, zu der wir alle ausrangiert werden. Aber Captain hat wenigstens ruhmreiche Zeiten hinter sich gebracht.«

Als sie wieder allein waren, sah Lorna Benteens Blick über das weite Land schweifen. »Die Zäune sind dir immer noch ein Dorn im Auge, nicht wahr?« murmelte sie.

»Die Zäune sind uns aufgezwungen worden«, sagte Benteen. »Wie diese schriftlichen Besitz- und Pachturkunden, die wir brauchen, damit uns die vielen kleinen Rancher das Land nicht wegnehmen. Es geht nicht nur darum, andere durch die Zäune auszusperren. Rinder sind zu wertvoll geworden, als daß man sie noch streunen lassen könnte. Ein Züchter kann es sich nicht leisten, einen erstklassigen Zuchtstier zu kaufen, der dann die Kühe anderer Rancher deckt und nicht die eigenen. Eine Mischung aus wirtschaftlichen Erwägungen und äußeren Umständen hat dem offenen Weideland ein Ende bereitet.«

»Und dem Cowboy«, murmelte Lorna. Vielen von ihnen war der Übergang schwergefallen. Sie hatten sich ihren Lebensunterhalt auf dem Rücken eines Pferdes und mit einem Lasso in der Hand verdient. Dann hatte sich alles verändert, und heute wurde von ihnen erwartet, daß sie Heu schnitten, Löcher für Zaunpfähle gruben und Drahtzäune spannten.

Als sie zu den Ställen kamen, sahen sie zwei Reiter, die gerade fortritten. Lorna erkannte sofort ihren Sohn. Webb Calder war zu einem großen, hageren jungen Mann mit braunem, fast schwarzem Haar und dunklen Augen herangewachsen. Seit seiner Geburt hatten die Cowboys auf der Ranch ihn wie einen ihresgleichen behandelt, ihm nie die Arbeit abgenommen, aber ihm immer gezeigt, wie man es richtig machte. Er war noch jung, aber er zeigte bereits Anzeichen selbständigen Denkens.

»Webb hat angedeutet, daß er in die Schlafbaracke ziehen will«, bemerkte Lorna. »Ich glaube, er versucht mir behutsam beizubringen, daß er erwachsen ist.«

»Du kannst ihm sagen, daß er diese Andeutungen nicht nötig hat«, erwiderte Benteen. »Der Gouverneur und seine Familie kommen am Ersten des Monats zu Besuch. Ich will, daß Webb dabei ist.«

»Das hatte ich ganz vergessen.« Sie schnitt eine Grimasse. »Elaine hätte alle Hände voll damit zu tun, diesen Besuch zu organisieren, wenn sie jetzt hier wäre.«

Es war immer noch nicht leicht, zu akzeptieren, daß sie vor drei Jahren gestorben war, plötzlich von einem Herzschlag hinweggerafft worden war. Lady Crawford hatte ein solches Talent für Auftritte und Abgänge besessen, daß es Lorna immer noch so vorkam, als sei sie zu abrupt von ihnen gegangen. Das entsprach ihr überhaupt nicht. Sie hatten ein Telegramm von Bull Giles in Washington bekommen. Lady Crawford war auf einer ihrer zahlreichen politischen Missionen dort gewesen.

»Sie war eine außergewöhnliche Frau«, murmelte Benteen. Bis zum heutigen Tage glaubten immer noch alle, ihre Verbindung mit Benteen sei rein finanzieller Natur gewesen. Ihm war es nur recht, es dabei zu belassen. Mit der Zeit war die Beziehung enger geworden, aber die Grundlage dieser Beziehung war eine große Achtung gewesen, weniger eine wirkliche Zuneigung, etwas, was die wenigsten Menschen verstanden hätten.

»Es ist schon eine ganze Weile her, seit wir das letzte Mal etwas von Bull gehört haben. Ich frage mich, wie es ihm wohl geht?« Lorna hatte diesen Gedanken laut ausgesprochen.

»Nach dem, was ich von anderen Ranchern gehört habe, macht sich sein Hotel in Denver gerade einen beachtlichen Namen. Sein Ruf ist so gut, daß er, soweit ich gehört habe, die höchsten gesellschaftlichen Kreise zu seinen Kunden zählt«, sagte Benteen. »Er hat aber auch im Lauf der Jahre eine

Menge Übung gehabt – als Elaines Sekretär, Leibwächter und Freund.«

»Die beiden waren eine ungewöhnliche Kombination – die Schöne und das Tier«, sagte Lorna, aber sie sagte es liebevoll.

Es war eine seltsame Liaison gewesen. Bull, der immer jede Autorität abgelehnt und sich dagegen zur Wehr gesetzt hatte, war, wohin sie auch ging, mit Lady Crawford durch das Land gezogen, hatte ihre Anweisungen entgegengenommen und Botengänge für sie erledigt, ohne sich ihr je wirklich zu beugen. Zwischen den beiden hatte es eine merkwürdige Gleichberechtigung gegeben, den Umgang Gleichgestellter miteinander. Als Lady Crawford gestorben war, hatte sie den größten Teil ihres Vermögens Bull Giles hinterlassen. In einem versiegelten Brief, den sie Benteen hinterließ, schrieb sie, sie habe ihm bereits dazu verholfen, große eigene Reichtümer zu erwerben, solange sie noch am Leben war, und daher fühle sie sich nicht verpflichtet, ihm bei ihrem Tod noch etwas zu hinterlassen.

»Es hat dich doch nie wirklich gestört, daß sie Bull den größten Teil ihres Vermögens hinterlassen hat, oder?« Ihr Blick wanderte über sein Profil, ein schönes Gesicht in seiner Kraft und Männlichkeit und Energie.

»Nein.« Benteen sah sie mit einem eher ausdruckslosen Blick an. »Sie war nie wirklich meine Mutter, und ich war nie ihr Sohn. Jede Verpflichtung war von beiden Seiten längst abgegolten – gemeinsam mit der Bitterkeit.«

»Das freut mich.«

Er ritt dicht an ihrer Seite. »Ich kann mich noch daran erinnern, wie sehr du an dem Tag, an dem wir Fort Worth verlassen haben, geweint hast. Tut es dir leid, daß wir hierhergekommen sind?«

Seine Frage irritierte Lorna. »Wie kannst du mich das fragen? Nein, es tut mir nicht leid. Das hier ist mein Zuhause.«

»Aber du würdest deine Eltern doch gern wiedersehen, oder?«

»Ja.« Sie versuchte nicht, es abzustreiten. »In Mutters letztem Brief stand, daß es Daddy nicht allzu gut geht.«

»Vielleicht können wir im Herbst einen Besuch in Texas machen«, schlug Benteen vor.

Im ersten Moment konnte sie ihn nur anstarren. Das war etwas, was sie sich jahrelang gewünscht hatte, aber sie wußte, daß er nicht den Wunsch hatte zurückzugehen. Als er Texas verlassen hatte, war es für ihn ein endgültiger Abschied gewesen.

»Das würde mich sehr freuen«, sagte sie nur.

»Wir werden Pläne dafür machen«, sagte er. »Es kann sein, daß ich ein paar Stiere kaufe, solange wir dort sind.« Sein Mund verzog sich zu einem spöttischen Lächeln. »Wenn eine Frau aufhört zu klagen, tut ein Mann ihr gern einen Gefallen.«

»Sag mir eins, Benteen: Tut es dir leid, daß du nicht doch eine stille, umgängliche Frau hast, die dich geduldig zu Hause erwartet?« Der warme Schimmer in ihren Augen forderte ihn heraus.

»Ich bin sicher, das alles anders wäre, wenn ich eine Frau hätte, die weiß, wo ihr Platz ist«, murmelte er trocken.

»Aber ich weiß doch, wo mein Platz ist«, sagte Lorna. »Und zwar genau hier, an deiner Seite.«

Wir haben um dieses Calderland
für Jahrzehnte, die kommen, gerungen.
Das ist unser wahres Vermächtnis –
aus Stolz und noch mehr entsprungen.

Der große Kampf

I

Steht ein Calder da,
Einsam und allein,
Reicht weiter an den Sohn,
Was seines einst soll sein.

1

Die Sonne stand in der endlosen Weite des Himmels von Montana und brannte auf das verwirrte und blökende Schlachtvieh herunter, das sich in den Pferchen neben dem Eisenbahngleis drängte. Das Tuckern und Zischen der stillstehenden Lokomotive wurde von dem bestürzten Brüllen und dem Klappern der Hufe nahezu übertönt, die auf der hölzernen Laderampe dröhnten. Über diesen Lärm erhoben sich die Rufe und Flüche der Cowboys, die das Vieh mit langen Stangen über die Rampe in die Eisenbahnwaggons drängten.

»Achtzehn!«

Wenn das Fassungsvermögen eines Waggons ausgeschöpft war, schreckte die Lokomotive polternd aus ihrem gemächlichen Schnauben auf, um die Fracht an Rindern weiterzuziehen, damit der nächste Waggon beladen werden konnte. Rauchwolken stiegen aus ihrem Schornstein auf, während das Rasseln und Scharren des voranholpernden Zuges zu der ohnehin schon bestehenden Kakophonie seinen Teil beitrug. Das Verladen von Rindern, die in die Schlachthöfe des Ostens gebracht werden sollten, war eine mühselige Arbeit, die durch den Krach und den intensiven Gestank, den die eingepferchten Tiere verursachten, noch unerfreulicher wurde.

Benteen Calder beobachtete das Geschehen aus dem Abseits. Die breite Hutkrempe warf Schatten auf seine sonnengegerbten Züge und konnte seinen ruhelosen, wertenden Blick teilweise verbergen. Sein dunkles Haar war von silbernen Strähnen durchzogen, und mit Mitte Fünfzig hatte seine grobknochige Gestalt etwas an Gewicht zugelegt, aber es war unmißverständlich zu erkennen, daß er einer von der Sorte war, die man die Rinderkönige nannte. Stück für Stück hatte er mit seinem Schweiß, seinem Blut und seiner Gerissenheit die Ranch des Dreifachen C aufgebaut. Er hatte gegen Banditen, verräterische Indianer und habgierige Nachbarn gekämpft, um die Ranch zu halten. Es würde immer jemanden geben, der sie haben wollte.

Und das wußte der Mann, der auf den Namen Chase Benteen Calder getauft worden war.

Die Rinder, die auf die Laderampe getrieben wurden, trugen das Brandzeichen des Dreifachen C und waren somit als das Eigentum der Calder Cattle Company ausgewiesen – seiner Ranch. Der trockene Sommer hatte dazu geführt, daß die jungen männlichen Schlachttiere nicht die besten Voraussetzungen für den Verkauf hatten, aber im Osten von Montana war das Wetter selten ideal.

Nach einem fast sechswöchigen Zusammentreiben der Herden spürte Benteen deutlich die Schmerzen in seinen alternden Muskeln. Geistesabwesend rieb er seinen steifen linken Arm. Von rechts nahm er eine Bewegung wahr, und er drehte seinen Kopf leicht zur Seite, um die Gestalt zu identifizieren, die sich ihm näherte. Er erkannte Bobby John Thomas, den Mann von der Eisenbahn.

»Noch eine Stunde, und dann sollten wir hier mit dem Verladen fertig sein«, bemerkte der Mann ohne einleitende Grußworte.

»Mehr oder weniger«, stimmte ihm Benteen nickend zu.

Der Eisenbahner entdeckte mit scharfem Blick ein Rind mit einem merkwürdigen Brandzeichen zwischen den eingepferchten Tieren. »Wie ich sehe, haben Sie ein paar entlaufene Tiere des Diamond T eingefangen.« Er las das Brandzeichen und runzelte die Stirn. »Ich kann mich nicht erinnern, dieses Brandzeichen hier in der Gegend schon mal gesehen zu haben.«

»Ich glaube, es kommt aus Dakota.« Es war ein Ding der Unmöglichkeit, die verschiedenen Brandzeichen der Ranchs zu kennen, die in Nachbarstaaten lagen, und Benteen versuchte es erst gar nicht. »Alles in allem haben wir bei dieser Ladung vierzehn streunende Tiere dabei.«

Jedes einzelne der Tiere war auf dem Frachtschein angeführt. Wenn man den Hang der Rinder zum Streunen und ihren mangelnden Respekt vor Grundstücksgrenzen oder Zäunen in Betracht zog, war es unvermeidlich, daß auch Rinder anderer Rancher unter den Tieren waren, die zum Schlachten zusammengetrieben wurden. Aus eben diesem Grund waren immer Abgesandte der verschiedenen Ranchs zur Verfügung.

Wenn ein Brandzeichen auftauchte, das durch niemanden vertreten war, wurden die Tiere immer auf den Markt gebracht. Ließ man sie streunen, so starben sie irgendwann an Altersschwäche, und damit war niemandem gedient. Noch entscheidender war, daß diese Tiere Gras fraßen, das den Rindern des Weidelandbesitzers zugedacht war.

Wenn das streunende Tier seinen Bestimmungsort erreicht hatte, wurde der erzielte Verkaufspreis dem rechtmäßigen Besitzer vergütet. Es gab Männer, die die Brandzeichen inspizierten, falls sie von dem Rancher, der streunende Tiere fand, angegeben wurden, und diese Praktik war eine goldene Regel, nach der sich die meisten richteten und die nur selten mißbraucht wurde.

Ein weiterer Eisenbahnwaggon war beladen worden, und die Tür wurde zugeschoben. Der Zug ruckte voran, um den nächsten Waggon bereitzustellen. Während dieser kurzen Pause stieg einer der Cowboys von der Laderampe, nahm den Hut vom Kopf und wischte sich mit dem Unterarm die Stirn. Dann drückte er sich den Hut wieder auf das nahezu schwarze Haar. All das war ein einziger flüssiger Bewegungsablauf. Ein kurzer Blick auf seine kantigen Züge reichte aus, um die Ähnlichkeit zwischen dem jungen Cowboy und dem Besitzer der eingepferchten Rinder erkennen zu lassen.

Bobby John Thomas sah Benteen an. »Ist das Ihr Junge, Webb?«

Benteens Mund wurde kaum wahrnehmbar schmaler, als er zustimmend nickte. Ein Funke der Besorgnis flackerte in seinen Augen auf, Ausdruck eines nagenden Kummers, der nicht weichen wollte.

»Er ist ganz schön gewachsen, seit ich ihn das letzte Mal gesehen habe«, bemerkte der Eisenbahnbeauftragte.

»Ja.« Die barsche und abrupte Antwort schien einen negativen Beigeschmack zu haben. Benteen gab nur vor sich selbst zu, daß Webb bisher lediglich an Zentimetern gewachsen war. Das, was sein Sohn in jungen Jahren zu versprechen schien, hatte er im Erwachsenenalter noch nicht eingelöst.

Der große, stämmig gebaute Jugendliche hatte vieles an sich, worauf Benteen stolz sein konnte. Mit sechsundzwanzig Jahren war Webb eine der Spitzenkräfte auf der Ranch. Er konnte den störrischsten Mustang reiten, es im Lassowerfen mit den besten Cowboys aufnehmen und stellte sich in fast jeder Hinsicht geschickt an. Webb drückte sich auch nie vor harter Arbeit. Selbst das konnte Benteen ihm nicht vorwerfen. Aber Webb ging jeder Verantwortung aus dem Weg und nahm sie nur dann auf sich, wenn sie ihm aufgezwungen wurde. Bei diesen seltenen Gelegenheiten machte er seine Sache gut und traf nur wenige Fehlentscheidungen. Aber das, was Benteen Sorgen machte, war Webbs mangelndes Interesse, in der Leitung der Ranch eine aktive Rolle zu spielen. Je mehr er Webb anzutreiben versuchte und ihm ins Gedächtnis rief, daß das Dreifache C eines Tages ihm gehören würde, desto weniger Interesse zeigte Webb daran.

Lorna trug auch nicht gerade zu einer Verbesserung der Lage bei, wenn sie behauptete, daß Benteen zuviel von seinem Sohn erwarte. Ihrer Meinung nach war Webb noch zu jung und brauchte Zeit, um sich die Hörner abzustoßen, ehe er in der Leitung der Ranch eine Verantwortung übernahm. Vielleicht hatte sie recht, aber er war genauso alt wie Webb gewesen, als er die Herde von Longhorns von Texas aus nach Norden getrieben und die Ranch gefunden hatte, die heute das Dreifache C war. Ihm bereitete der Gedanke Sorgen, einen Sohn großgezogen zu haben, der damit zufrieden war, Anweisungen entgegenzunehmen, statt sie selbst zu geben. Die Zukunft der Ranch hing von seinem Sohn ab.

Benteen zog seine Aufmerksamkeit von der muskulösen Gestalt seines Sohnes, des Quells seiner Besorgnis, ab, und als er sich dem Eisenbahnbeauftragten zuwandte, war auf seinem Gesicht nichts von dem Aufruhr in seinem Innern zu erkennen.

»Viel zu tun gehabt, Bobby John?« erkundigte er sich.

»Wir hatten viel zu tun, aber wir haben nicht viel Geld damit verdient«, verkündete der Mann mit kläglicher Stimme.

Benteens Mundwinkel zogen sich nach unten. »Darüber wird bei der Eisenbahn immer geklagt. Und jedesmal, wenn ich sehe, daß die Frachtkosten wieder gestiegen sind, fällt es mir schwer, das zu schlucken.«

»Es ist eine Tatsache.« Bobby John war seiner Firma treu ergeben. »Wir transportieren zwar im Herbst eine Menge Rinder von Miles City in den Osten, aber das ganze Jahr über ist wenig los. Wir haben hier einfach nicht die Menschen oder die Waren.«

»Das mag sein«, räumte Benteen ein.

»All das könnte sich jedoch ändern.« Die Äußerung blieb in der Luft hängen wie ein Köder vor einer versunkenen Schiffsplanke, hinter der sich ein großer Fisch verbirgt.

Diese Bemerkung rief Benteens Neugier wach. »Wie das?«

»Jemand hat oben am Musselshell River Boden gepflügt und Weizen angepflanzt. Es wird gemunkelt, er hätte auf einen Morgen vierzig Scheffel geerntet.« Er sah die Skepsis in Benteens dunklen Augen. »Er hat das Trockenfarmsystem angewandt, wie sie es in Kansas entwickelt haben.«

Benteen hatte eine vage Vorstellung von dem Prinzip. Auf unfruchtbarem Boden, der nicht durch eine nahegelegene Wasserquelle bewässert werden konnte, wurde nur die Hälfte des Landes bepflanzt, während die andere Hälfte brach liegenblieb. Dieses unbebaute Land wurde gepflügt und geharkt, damit keine Pflanze auch nur einen Bruchteil der Flüssigkeit aufsaugen konnte, die auf das Land fiel. Im nächsten Jahr wurde diese Hälfte bepflanzt. Mit dieser Methode konnte man die Nässe von Regen und Schnee für den Gebrauch im nächsten Jahr bewahren.

»Hier wird das nichts«, sagte Benteen, ohne sich darum zu kümmern, daß ihm gerade ein Beweis für das Gegenteil geliefert worden war. »Das hier ist Weideland für Rinder. Es taugt zu nichts anderem. Außerdem habe ich noch nie von einem Farmer gehört, dem achtzig Morgen zum Leben reichten.« Das war die Hälfte der einhundertundsechzig Morgen, die einem Siedler zustanden.

»Das mag wahr sein«, gab Bobby John zu. »Aber ich habe gehört, daß dem Kongreß ein Entwurf vorliegt, die Anzahl der Morgen, die nach dem Heimstättengesetz zulässig ist, zu verdoppeln.«

Benteen empfand Unbehagen, als er auf das Weideland blickte. An diesem Herbstnachmittag sah die schroffe Landschaft von Montana wie ein Meer gebräunter Halme aus. Es war das beste Gras, das ein Rinderzüchter weit und breit finden konnte. Die Vorstellung, dieses Gras von einem Pflug ausgerissen und durch Weizen ersetzt zu sehen, war ihm unerträglich. Vieles hatte sich geändert, seit er in dieses Land gekommen war, doch das würde eine Veränderung bedeuten, die Benteen nicht hinnehmen konnte. Er würde sich gegen jeden Versuch zur Wehr setzen, sein Weideland zu Farmland umzuwandeln.

»Diese Gesetzesvorlage wird der Kongreß niemals verabschieden.« Seine Stimme klang stark, doch die Aussicht auf eine Schlacht, sei sie politischer oder anderer Natur, trug zu der Mattigkeit seiner Knochen bei.

»Da wäre ich mir gar nicht so sicher«, warnte ihn Bobby John Thomas. »Mehr als nur eine Handvoll Farmer, die gierig auf Landbesitz sind, will dieses Gesetz durchkommen sehen.« Aber mehr als das fügte er nicht hinzu.

Benteen verfluchte sich dafür, daß er gesprochen hatte, ohne die Auffassung der Gegenseite in Betracht zu ziehen. Die Farmer waren seine geringste Sorge. Die Eisenbahngesellschaften waren es, die ihm Sorge bereiteten. Sie besaßen in diesem Teil des Westens Tausende von Quadratmeilen unrentablen Landes, das ihnen die Regierung der Vereinigten Staaten für das Verlegen der Schienen vermacht hatte. Die Eisenbahner würden eine Erweiterung des Heimstättengesetzes wie eine Karotte nutzen, um Farmer anzulocken und ihnen schließlich Land für eine Farm oder eine Stadtgründung zu verkaufen. Das würde Siedler anlocken, nicht nur Farmer, sondern auch Händler. Menschen brauchten Waren, was für die Eisenbahn weitere Transportmöglichkeiten bedeutete.

Es erforderte nicht viel Verstand, sich die Folgen auszumalen. Dasselbe hatten die Eisenbahnen bereits in Kansas, Nebraska und Colorado erreicht, und dort war die Prärie jetzt mit einer russischen Weizenart bepflanzt. Aber dies hier war ein anderes Land. Methoden, die dort funktioniert hatten, würden sich hier nicht einsetzen lassen.

Der Entwurf, der dem Kongreß vorgelegt worden war, mußte zurückgezogen werden, und zwar schnell. Benteen wußte instinktiv, daß er keine Zeit verlieren durfte, doch das sechswöchige Zusammentreiben des Viehs hatte ihn erschöpft. Obwohl er physisch das Ebenbild seines Sohnes zu sein schien, so besaß er doch nicht mehr die Widerstandskräfte seiner Jugend.

»Ich sollte mich jetzt wohl wieder auf den Weg ins Büro machen.« Es schien jedoch, als ob Bobby John Thomas noch bleiben wollte, doch Benteen forderte den Eisenbahner nicht dazu auf. Er sagte lediglich: »Grüßen Sie Ihre Frau von mir.«

»Wird gemacht.« Vor seinem inneren Auge formte sich ein Bild von Lorna, die ihn in der Stadt im Hotel erwartete. Plötzlich empfand er einen überwältigenden Drang, bei ihr zu sein. Benteen nahm kaum wahr, daß der Eisenbahner sich entfernte, denn seine Aufmerksamkeit galt längst etwas anderem. Sein Blick suchte Barnie Moore und blieb schließlich auf seinem Sohn hängen. Verdammt noch mal, eines Tages würden die Ranch und das Land ihm gehören, dachte Benteen mit gerunzelter Stirn. Es waren Sorgenfalten, und doch war er gleichzeitig gereizt. »Webb!«

Webb blickte über seine Schulter und sah die Geste, die bedeutete, daß sein Vater ihn zu sprechen wünschte. Als er auf seinen Vater zuging, hatte er dieses seltsame Gefühl, in dem sich Stolz und Ablehnung miteinander vermengten. Er war stolz auf den Mann, der Chase Benteen Calder war, und auf die breite Kerbe, die er sozusagen mit einer Hand durch dieses Land geschnitten hatte, und eben dieser Tatsache entsprang auch seine Ablehnung.

Er wollte nicht der Sohn seines Vaters sein; er wollte keinen besonderen Status unter den anderen Cowboys einnehmen, weil er Calder hieß; er wollte sich das Anrecht auf seine Herrschaft selbst verdienen, obgleich er dieses Recht von seiner Geburt an als Erbe mitbekommen hatte. Es wäre ihm lieber gewesen, wenn er als Webb Smith und nicht als Webb Calder geboren worden wäre, und daher war seine Rebellion eine stumme. Er lehnte sich nie offen auf, immer nur auf subtile Weise, und er stritt sich das Recht ab, das für sich zu beanspruchen, was durch seine Geburt sein eigen war. Webb hatte es sich zur Gewohnheit gemacht, den anderen Arbeitern weder seine Person noch seine Meinung aufzudrängen. Trotzdem wandten sich immer dann, wenn eine Entscheidung getroffen werden mußte, alle Cowboys bis auf die älteren, die mit seinem Vater in den Norden gezogen waren, an Webb und fügten sich ihm, weil er ein Calder war. Das erboste ihn, wenn er es auch selten zum Ausdruck brachte.

Webb wußte, daß sein Vater von ihm enttäuscht war. Er hatte ihm genügend oft Vorträge über das Übernehmen von Verantwortung gehalten. Webb hatte nur ein einziges Mal versucht, ihm seine Gefühle zu erklären, seine Entschlossenheit auszudrücken, aufgrund seiner Fähigkeiten anerkannt zu werden und weniger wegen seines Namens. Sein Vater hatte diese Erklärungen als unsinnig und schrullig abgetan und Webb unnötigerweise ins Gedächtnis gerufen, daß er an dem Umstand, als Calder geboren worden zu sein, ohnehin nichts ändern konnte. Dieser Mangel an Verständnis ließ ihn zurückschrecken, und Webb hatte sich für den einsamen Pfad entschieden, denn er konnte nicht einfach einer der Jungen sein und weigerte sich andererseits doch, die Rolle anzunehmen, die sein Vater ihm bestimmt hatte. Mehr als einmal hatte er mit dem Gedanken gespielt, sein Bettzeug an seinen Sattel zu schnüren und dem Dreifachen C den Rücken zuzukehren; dann hatte er jedesmal an seine Mutter gedacht und war geblieben – in der Hoffnung, daß sich etwas ändern würde.

Als Webb vor seinem Vater stand und ihn fragend ansah, drückte seine Haltung oder sein Gesichtsausdruck nur beiläufiges Interesse aus. Benteen sah ihn genau an, denn er hoffte, dort mehr zu finden. Er wußte nie, was der Junge dachte, ob er überhaupt etwas dachte. Ein Vater hätte wissen sollen, was in dem Kopf seines Sohnes vorging. Benteen wußte es nicht.

»Ich möchte, daß du zum Telegrafenamt reitest und einige Telegramme für mich aufgibst«, sagte Benteen. »Das erste geht an Frank Bulfert, den Berater des Senators in Washington. Ich will, daß du dich in dem Telegramm danach erkundigst, wie es um den Gesetzesentwurf zu einer Ausweitung des Heimstättengesetzes steht, der dem Kongreß vorliegt, und von welchen Seiten die Vorlage bisher Unterstützung erfahren hat. Dieselbe Information holst du von Asa Morgan in Helena ein. Das letzte Telegramm soll mit der Bitte um dieselbe Auskunft an Bull Giles in der Black Dove Bar in Washington gehen.« Das mangelnde Interesse, das Webb zeigte, ließ ihn sich noch matter fühlen. »Hast du alles behalten?«

»Ja.« Während er antwortete, überdachte er die eventuellen Folgen der erwünschten Information, und er fragte sich, welche Bedeutung sie für die Ranch haben würden. »Sonst noch etwas?«

»Nein.« Seine Lippen zogen sich zu einem schmalen Strich zusammen. »Willst du denn nicht wissen, warum diese Information wichtig ist?« fragte Benteen, und für einen Augenblick wurde der feste Blick seines Sohnes unsicher.

»Ich habe mir gesagt, du würdest es mir wohl sagen, wenn du es für richtig hältst, daß ich die Gründe kenne.« Die Antwort kam ohne jedes Zögern heraus, und die Aufforderung, die Frage zu stellen, wurde nicht angenommen.

Benteen, den das Verhalten seines Sohnes frustrierte, wandte sich ab und murrte: »Gib die Telegramme auf, und laß die Antworten an das Hotel schicken.«

Als Webb sich abwandte und mit klirrenden Sporen losritt, kehrten die Schmerzen wieder in Benteens linke Schulter und Arm zurück. Er rieb sich den Arm und knetete mit seinen Fingern die Muskeln.

»Was ist mit deinem Arm?« Die Stimme, die die Frage stellte, gehörte Barnie Moore.

Benteen ließ seine rechte Hand an dem Arm hinuntergleiten und tat den bohrenden Schmerz mit einem Achselzucken ab. »Ich vermute, ich habe zu viele Nächte auf dem kalten, harten Boden geschlafen.«

»Ich weiß, was du meinst.« Barnie drückte seinen Rücken durch, als wollte er steife Muskeln beugen. »Wir sind alle nicht mehr so jung wie früher.« Sein Blick folgte Webb. »Ich kann mich noch erinnern, als er ein kleines Kerlchen war, das mit meinem Jungen gespielt hat. Und jetzt sind sie beide ausgewachsene Männer.«

Benteen seufzte gereizt. »Ich wünschte, ich wüßte, was ich bei ihm falsch gemacht habe.«

»Webb?« Barnie sah ihn stirnrunzelnd an. »Auf der ganzen Ranch gibt es keinen besseren Cowboy als ihn.«

»Was ich will, ist kein Cowboy«, erwiderte Benteen, aber er

gestand seine Zweifel an Webbs Fähigkeiten, die Ranch zu leiten, nicht ein. »Wie viele Waggons bleiben uns noch zum Beladen?«

Barnie nahm das Stichwort auf und wechselte das Thema. »Acht oder neun, würde ich sagen.« Als ihm auffiel, wie ausgemergelt und verhärmt Benteens Gesicht wirkte, überspielte er seine Besorgnis damit, daß er sich ganz lässig eine Zigarette drehte. »Du wirst hier nicht gebraucht. Den Rest schaffen wir allein.«

Benteen zögerte, doch der Lärm scheuerte seine ohnehin schon aufgeriebenen Nerven wund. »Ich bin im Hotel, wenn ihr mich braucht.«

Barnie nickte ohne aufzublicken, während er Tabak aus dem Beutel auf das Zigarettenpapier klopfte.

Als Benteen an der Rezeption stehenblieb, um den Schlüssel zu holen, erwartete ihn dort eine Nachricht. »Ihre Frau läßt Ihnen sagen, daß sie Einkäufe macht, Mr. Calder«, unterrichtete ihn der Hotelangestellte.

Benteens Gesicht verfinsterte sich, als seine Finger sich um den Schlüssel schlossen und er mit schmalen Lippen ein »Danke« hervorstieß.

»Und geben Sie Bescheid, wenn wir etwas für Sie tun können«, sagte der Angestellte von sich aus, denn die Leitung des Hotels wollte, daß sich ein so bedeutender Gast wie Benteen Calder in ihrem Hause wohlfühlte.

»Lassen Sie eine Flasche von Ihrem besten Whisky raufbringen«, ordnete er an.

Ein Lächeln breitete sich auf dem Gesicht des Hotelangestellten aus. »Dafür hat Ihre Frau bereits gesorgt, Sir. Er steht in Ihrem Zimmer bereit.«

Als er die Stufen zu seiner Suite hinaufstieg, schloß Benteen eine Wette mit sich selbst ab, daß neben dem Whisky eine frische Zigarre für ihn bereitliegen würde. Er gewann die Wette. Mehr als die Zigarre und der Whisky trug die Aufmerksamkeit seiner Frau dazu bei, die harten Umrisse seines Mundes zu besänftigen. Er zog seine Jacke aus und ließ sie zusammen mit seinem Hut auf einen Stuhl im Wohnzimmer der Suite fallen.

Dann setzte er sich auf den zweiten Stuhl und streckte seine Beine in ihrer vollen Länge vor sich aus.

Der Whisky, den er sich eingeschenkt hatte, war zwar kaum angerührt, doch die Zigarre zur Hälfte geraucht, als Benteen das gedämpfte Lachen weiblicher Stimmen im Hotelkorridor hörte. Ein Schlüssel drehte sich im Schloß, und die Tür wurde nach innen aufgestoßen. Instinktiv wollte er aufstehen, aber eine Lethargie schien sich seiner Muskeln bemächtigt zu haben. Lorna eilte mit raschelnden Röcken und Reifröcken ins Zimmer.

Ihre Arme waren mit Paketen beladen. Das junge blonde Mädchen, das ihr in die Suite folgte, war ebenso bepackt. Benteen fiel auf, daß Lorna nicht viel älter als das junge Mädchen aussah, das noch keine zwanzig Jahre alt war. Sie behauptete zwar, graue Strähnen in ihrem dunklen Haar zu haben, doch es waren so wenige, daß sie nicht weiter auffielen. Ihre Figur wies nach wie vor die schlanken, jugendlichen Rundungen auf, und ihr Teint war glatt wie Porzellan und hatte nur ganz winzige Fältchen – dank der Kosmetik, die sie gegen das rauhe Klima von Montana einsetzte. Niemand, der sie nicht kannte, hätte ihr ihre innere Kraft oder die harten Zeiten angesehen, die sie in jungen Jahren durchgemacht hatte. Ihr Ringen darum, sich mit diesem Land zu arrangieren, konnte sich mit dem Kampf messen, den er um dieses Land geführt hatte. Benteen hatte das Gefühl, mit Lorna an seiner Seite alles schaffen zu können.

»Ich hoffe, Daddy findet nicht, ich hätte zuviel Geld ausgegeben«, äußerte die junge Ruth Stanton mit einer Spur von Besorgnis in der Stimme.

Bisher hatte keine der beiden Frauen Benteen zur Kenntnis genommen. Er hatte nichts dagegen. Es gab ihm die Möglichkeit, Lorna unbemerkt zu beobachten. Nachdem sie die Päckchen auf dem Tisch gleich neben der Tür abgelegt hatte, zog sie sich den blauen Seidenhut mit den Federn vom Kopf.

»Dein Vater wollte, daß du dir hübsche Sachen kaufst«, bekräftigte Lorna das Mädchen. Seit die Lungenentzündung im letzten Winter Mary Stantons Leben gefordert hatte, hatte Lorna die Tochter ihrer verstorbenen Freundin unter die Fittiche genommen. Benteen wußte, daß dadurch bei beiden eine Leere gefüllt worden war. Lorna hatte als Ersatzmutter von Ruth endlich die Tochter, nach der sie sich immer gesehnt hatte, und Ruth eine ältere Frau, die ihr als Ratgeberin und Vorbild zur Seite stand.

Benteen klopfte die Asche von seiner Zigarre ab. Entweder war es diese Bewegung oder der Zigarrenrauch oder beides, der plötzlich Lornas Aufmerksamkeit auf das andere Ende des Zimmers zog.

»Benteen.« Lorna legte den blauen Hut auf die Pakete und kam auf ihn zu, um ihn zu begrüßen. Ihre dunklen Augen strahlten vor Freude. »An der Rezeption hat mir niemand gesagt, daß du hier bist. Warum hast du dich nicht bemerkbar gemacht, als wir ins Zimmer kamen?« Sie beugte sich vor, streifte mit ihren Lippen seine unrasierte Wange, richtete sich dann wieder auf und ließ ihre Hand auf seiner Schulter liegen, um die Berührung nicht abreißen zu lassen.

»Ich wußte doch, daß du früher oder später bemerkst, daß ich hier sitze.« Ein Lächeln spielte um seine Mundwinkel. »Es sieht ganz danach aus, als hättet ihr beide die Stadt leergekauft.«

»Wir haben uns bemüht.« Lorna blinzelte Ruth verschwörerisch zu.

Ruth Stanton, ein gutaussehendes Mädchen mit blondgelocktem Haar und stillen blauen Augen, war von Natur aus schüchtern. Benteen war für sie von Anfang an so etwas wie ein Onkel gewesen, und doch war sie nicht in der Lage, ihm offen in die Augen zu sehen. Ihr Blick richtete sich eilig wieder auf Lorna.

»Ich bringe die Pakete jetzt wohl besser in mein Zimmer.« Sie benutzte diesen Vorwand, um die Suite verlassen zu können.

»Wir treffen uns um sechs im Eßzimmer.« Lorna machte keine Anstalten, das Mädchen zurückzuhalten. »Webb wird auch da sein. Warum ziehst du nicht dein neues roséfarbenes Kleid an?«

»Ja, das werde ich tun.« Der Vorschlag ließ Ruths Wangen vor Freude erröten. Sie nickte Benteen flüchtig zu und schlüpfte durch die Tür in den Korridor und zu ihrem Zimmer.

Als sie allein waren, legte Benteen seinen Kopf zurück, um seiner Frau in die Augen zu sehen. »Bist du sicher, daß Webb mit uns zu Abend ißt?« Wenn das Vieh zusammengetrieben und die Rinder auf ihrem Weg zum Markt waren, würden die meisten Reiter des Dreifachen C die Stadt unsicher machen, und Webb zählte sich zu ihnen.

»Er wird hier sein, und wenn ich ihn persönlich aus dem Saloon zerren muß«, verkündete Lorna mit einem entschlossenen Funkeln in den Augen.

Er zog die Mundwinkel belustigt herunter. »Vielleicht ist er auch nicht im Saloon«, schlug er trocken vor.

»Das ändert auch nichts.« Sie trat von seinem Stuhl zurück und stellte sich neben den Tisch, auf dem ihre Päckchen lagen. »Hast du etwas dagegen, wenn ich dir eine Frage stelle?«

»Was denn?« Benteen war augenblicklich auf der Hut und auf fast alles vorbereitet.

»Ist es wahr, daß Connie, die Cowboy-Königin, ein Kleid hatte, das mit dem Brandzeichen jeder Ranch von hier bis zum Platte River bestickt war?« Als Lorna sich zu ihm umdrehte, war ihm nicht klar, was sie dachte.

»Wo hörst du bloß solche Dinge?« Selbst nach all den Jahren gelang es ihr immer noch, ihn ab und zu in Erstaunen zu versetzen. Connie, die Cowboy-Königin, war in seiner Blütezeit eine der berüchtigtsten Huren von Miles City gewesen.

»Frauen reden nicht nur über das Nähen, das Kochen und die Kinder. Ich kann dir versichern, daß ich reichlich schockiert gewirkt haben muß«, versicherte sie ihm mit einem spöttischen Blick. »War das Brandzeichen des Dreifachen C auf ihr Kleid gestickt, Benteen?«

»Woher soll ich denn das wissen?« Belustigung flackerte in seinen Augen auf.

Aber sie nahm ihm seinen Versuch, sich unwissend zu stellen, nicht ab. »Ein Mann kann solche Etablissements aufsuchen, ohne die dargebotenen Waren zu kosten. Oder vielleicht hast du sie nie in einem Kleid gesehen?« Lorna tat so, als beschuldigte sie ihn der Untreue.

»Und das mit einer Frau zu Hause, die allein mir schon über den Kopf gewachsen ist?« gab Benteen mit einer hochgezogenen Augenbraue zurück. »Was das Kleid angeht – ja, das hat es wirklich gegeben. Und es wäre ohne das Brandzeichen des Dreifachen C unvollständig gewesen. Ich möchte doch hoffen, daß das nicht die Dinge sind, die du Ruth erzählst. Das arme Mädchen ist wahrscheinlich noch ungeküßt.«

»Nein, soweit, daß wir intime Dinge miteinander bereden, sind wir noch nicht.« Damit war klar, daß es nur noch eine Zeitfrage war. Lorna begann, ihre Pakete auszupacken. »Ich bin sicher, daß Ruth mehr als nur ein bißchen in Webb verliebt ist.«

»Willst du deshalb unter allen Umständen dafür sorgen, daß er heute zum Abendessen hier ist und daß Ruth ihr neues rosa Kleid trägt?«

Lorna wandte sich von ihren Päckchen ab und blickte versonnen ins Leere. »Wäre es nicht wunderbar, wenn unser Sohn und Marys Tochter eines Tages heirateten?« Sie konnte kaum ein Seufzen unterdrücken, als sie sich ihren Paketen wieder zuwandte. »Das erscheint mir nur zu passend.«

»Ich würde mir an deiner Stelle keine allzu großen Hoffnungen machen.« Benteen stürzte den Whisky, der noch in seinem Glas war, hinunter, um den schalen Geschmack aus seinem Mund zu verbannen. »Wenn du Webb mit Ruth verheiraten willst, wirst du wahrscheinlich etwa soviel Erfolg haben wie ich mit meinem Versuch, einen Rancher aus ihm zu machen – was da heißt: null.«

»Du bist zu ungeduldig.« Lorna musterte ihn nachsichtig und doch kritisierend. »Du bist in einer anderen Zeit und unter anderen Umständen aufgewachsen, und du kannst Webb nicht an deinem Leben messen.«

Benteen stellte das Glas abrupt auf den Tisch, zog seine Beine an und erhob sich. »Vielleicht liegt darin das Problem«, verkündete er grimmig. »Ich war nicht streng genug mit ihm. Ich habe zugelassen, daß du ihn verziehst.«

»Ich?«

»Er ist vom Tage seiner Geburt an verhätschelt worden, und man hat ihm alle Schwierigkeiten aus dem Weg geräumt. Er hat in seinem ganzen Leben noch nie um etwas kämpfen müssen.«

»Das ist nicht wahr.« Lornas Mutterinstinkt meldete sich zu Wort. »Sieh dir doch nur an, wie hart Webb gearbeitet hat, um sich den Respekt der anderen Cowboys zu verdienen. Er hat sich von ihnen nie als etwas Besonderes behandeln lassen, weil er der Sohn vom Boß ist.«

»Warum arbeitet er nicht hart, um sich meinen Respekt zu verdienen?« fragte Benteen. »Für dreißig Dollar im Monat und Verpflegung kann ich mir ein Dutzend Cowboys kaufen, die so gut wie Webb mit Rindern umgehen können. Ich brauche nicht noch ein Arbeitstier, das sich anschirren läßt. Ich brauche jemanden, der die Zügel in die Hand nehmen kann.«

»Laß ihm Zeit«, wandte Lorna ein.

»Allzuviel Zeit bleibt ihm nicht mehr.« Er seufzte und wandte sich von ihr ab. Die Niederlage wollte seine Schultern herunterziehen, doch er ließ sie nicht hängen. »Er schert sich einen Dreck um die Ranch.« Er fing schon an, es selbst zu glauben.

»Unsinn.« Ihre Stimme war fest und voller Überzeugung. »Die Ranch ist sein Zuhause.«

»Wenn du mir dein Wort darauf gibst.« Er wünschte, er hätte das Thema nicht zur Sprache gebracht. Lange, steife Schritte trugen ihn zum Tisch. Er drückte die Zigarre aus. »Ich sollte mich jetzt wohl besser für das Abendessen waschen und rasieren.«

Noch bevor er das angrenzende Schlafzimmer betreten hatte, war ein Klopfen an der Tür zu vernehmen. Er blieb stehen und wartete, weil er wissen wollte, wer draußen stand. Lorna lief in ihrem Kleid mit den übermäßig aufgebauschten Reifröcken zur Tür.

»Guten Tag, Mutter«, begrüßte Webb sie, als die Tür nach innen schwang. Die Züge seines kantigen Gesichtes zeigten einen Ausdruck von Wärme, der diesem Gesicht für gewöhnlich fehlte.

»Webb.« Einen Moment lang zögerte Lorna überrascht und warf Benteen über die Schulter einen durchbohrenden Blick zu. Sie hoffte, daß Webbs Eintreffen direkt nach der Auseinandersetzung über ihn nicht eine weitere Auseinandersetzung nach sich ziehen würde, womöglich gar eine wütende Auseinandersetzung. Sie stand nicht gern zwischen den beiden.

Webbs Gesicht verlor seinen entspannten Ausdruck, als sein Blick an ihr vorbei auf seinen Vater fiel. Er spürte, daß etwas in der Luft lag.

»Komm rein, Webb«, sagte sein Vater mit einer Stimme, die grimmig und gleichzeitig resigniert klang. »Deine Mutter und ich sprachen gerade von dir.«

Als der Blick seiner Mutter seinem nicht standhielt und sie ihn eintreten ließ, ging Webb an ihr vorbei. Offensichtlich war er der Gegenstand ihrer Unstimmigkeiten gewesen. Er wollte nicht der Grund für Uneinigkeiten zwischen seinen Eltern sein. Er wollte lediglich sein Leben nach seinen eigenen Vorstellungen und Grundsätzen leben.

»Ja, das stimmt«, bestätigte seine Mutter mit fester Stimme. »Ich habe gerade angedroht, dich aus jedem Saloon oder Freudenhaus zu zerren, in dem du sein könntest, damit wir heute gemeinsam zu Abend essen können. Da du schon hier bist, kann ich deinem Vater die Peinlichkeit ersparen.«

»Ich bin vorbeigekommen«, Webb legte eine Pause ein und richtete die Erklärung an seinen Vater, »um dir Bescheid zu geben, daß alle Telegramme unterwegs sind. Die Antworten werden hier bei dir eingehen.«

»Telegramme?« Lorna sah Benteen mit einem fragenden Blick an. Ihre Neugier war geweckt, weil er nichts von Telegrammen erwähnt hatte. Und dann schien es ein weniger strittiges Thema zu sein. »Was hat das alles zu bedeuten?«

»Nichts, was dir Sorgen machen müßte.«

»Eines Tages wirst du mir hoffentlich erklären, warum du immer darauf beharrst, mir nichts zu erzählen, wenn andere Leute dabei sind, um mich dann später, wenn wir allein sind, doch zu informieren«, sagte sie leicht spöttisch. »Männer scheinen zu glauben, daß der einzige Ort, an dem sie mit ihren Frauen reden können, das Schlafzimmer ist. Aber das ist nicht wahr, Webb«, warnte sie ihren Sohn.

Ein leichtes Lächeln über die Kühnheit seiner Mutter ließ ihn die Mundwinkel herunterziehen. Webb bemerkte, daß sein Vater zwischen Gereiztheit und Belustigung schwankte.

»Ich versuche, es mir zu merken«, murmelte Webb trocken.

»Ich dachte, ich hätte eine stille, folgsame Frau geheiratet.«

Benteen schüttelte mit liebevoller Verzweiflung seinen Kopf. »Ich hoffe, du hast mehr Glück, mein Sohn.«

»Da fällt es mir gleich wieder ein«, warf Lorna ein. »Wir treffen dich um sechs Uhr heute abend im Speisesaal.« Sie ließ einen kritischen Blick über seine staubige, übelriechende Kleidung und sein unrasiertes Gesicht gleiten. »Bis dahin hast du Zeit, ein Bad zu nehmen und dich umzuziehen. Ruth war heute mit mir in der Stadt einkaufen, und sie wird ebenfalls mit uns zu Abend essen.«

Diese allerletzte Information brachte Webb etwas aus der Fassung, doch er hätte nicht sagen können warum. Er mochte Ruth. Sie gehörte praktisch zur Familie – eine jüngere Schwester.

Und doch hatte seine Mutter recht deutlich darauf bestanden, daß er sich reinigen und umziehen sollte. Für ein Mädchen, das wie eine Schwester war, brauchte sich ein Mann doch wohl in dieser Hinsicht nicht allzu sehr anzustrengen. Vielleicht wollte seine Mutter nicht, daß er Ruth als Schwester ansah. Er durchschaute ihr subtiles Manöver und sah sie belustigt an.

»Es war eine gute Idee von dir, Mutter, sie in die Stadt mitzubringen. Ich weiß, daß es nicht leicht für sie gewesen ist, seit Mary nicht mehr lebt. Sie hatte es wirklich nötig, mal wieder rauszukommen.«

»Das dachte ich mir auch«, stimmte seine Mutter ihm mit einem erfreuten Lächeln zu.

»Dann werde ich mich jetzt wohl säubern.« Webb wandte sich zur Tür.

»Ach, Webb, noch etwas ...«, rief sie ihm nach. Sie zögerte einen Moment lang. »Denk doch bitte daran, das Kleid zu beachten, das sie heute abend trägt. Es ist neu.«

»Wird gemacht.« Er lächelte, als er die Suite verließ. Es wurde ein Kompliment für das neue Kleid erwartet. Es schien überhaupt keine Rolle zu spielen, wie alt er war. Seine Mutter fühlte sich immer noch verpflichtet, ihn an seine Manieren zu erinnern und ihn zu höflichem Verhalten anzuhalten. Oder war auch das ein Versuch, sein Interesse an der Frau wachzurufen, die das neue Kleid tragen würde?

Lorna schloß die Tür hinter Webb, lehnte sich an die Tür und biß nachdenklich auf ihrer Unterlippe herum. Als sie merkte, daß Benteen sie beobachtete, richtete sie sich auf. »Während du dich fertig machst, helfe ich Ruth mit ihrer Frisur.«

»Ehestiften ist so, als führte man ein Pferd ans Wasser. Man kann es nicht dazu bringen zu trinken«, warnte Benteen sie.

»Nein, aber vielleicht erinnert es sich, wo das Wasser ist, und findet es allein wieder, wenn es durstig ist«, argumentierte Lorna. Sie war nicht sicher, ob es an der Dämmerung lag, oder ob sie ihn noch nicht richtig gemustert hatte, aber Benteen wirkte plötzlich ganz müde. »Vielleicht solltest du dich vor dem Abendessen hinlegen und dich ein wenig ausruhen.«

»Mir geht es gut.« Ein unwilliges Stirnrunzeln vertiefte die Falten seines Gesichts. Er ging wieder auf das Schlafzimmer zu und blieb noch einmal stehen. »Die letzte Adresse, die wir von Bull Giles hatten, nachdem er Denver verlassen hat, war das Black Dove in Washington?«

»Ja.« Jetzt war sie an der Reihe, die Stirn zu runzeln.

»Dachte ich es mir doch.« Er nickte geistesabwesend.

»Hast du Webb an ihn telegrafieren lassen?« Sie hatte bereits mit einer zustimmenden Antwort gerechnet. »Warum?«

»Er hat sich zwar vielleicht aus dem politischen Geschehen zurückgezogen, aber er hat mit Sicherheit noch einige Kontakte. Dem Kongreß wird eine Gesetzesvorlage unterbreitet, die zurückgezogen werden muß«, erklärte Benteen ausweichend. »Das Gesetz würde diesen ganzen Staat für Siedler und für Pflüge öffnen. Ich will mich im Moment noch nicht darauf einlassen, nicht, bevor ich nähere Einzelheiten herausgefunden habe.«

»Das ist es also, was dir Sorgen macht?«

»Ja, teilweise.« Er rieb sich mit einer Hand den Hals. »Und ich bin müde. Ich bin es überdrüssig, darum zu kämpfen, daß wir behalten können, was wir haben. Es wäre alles halb so schlimm, wenn mein Sohn an meiner Seite kämpfen würde. Schlimm ist es, wenn man allein kämpft ...«

»Du bist nicht allein.« Sie glitt eilig durch den Raum, legte ihre Hände auf seinen Unterarm und legte ihren Kopf ins Genick, um ihn anzusehen.

»Nein, ich bin nicht allein«, stimmte Benteen zu, aber in seinen braunen Augen stand ein Anflug von Traurigkeit. »Ich habe eigentlich gar nichts gegen diesen Kampf. Aber ich werde auch nicht jünger. Was geschieht, wenn ich nicht mehr da bin, Lorna? Ich mache mir Sorgen um dich und darum, wie du allein zurechtkommen sollst. Ich kann mich nicht darauf verlassen, daß Webb sich um irgend jemanden kümmert.«

Sie hielt den Atem an, und ihre Stimme klang furchtsam. »Du bist nur erschöpft, Benteen.« Sie bemühte sich verzweifelt, seine Bemerkungen als Übertreibungen abzutun. »Wenn du dich erst ein paar Tage ausgeruht hast, sehen die Dinge wieder ganz anders aus.«

»Ja.« Aber seine Stimme klang nicht überzeugend, als er ihre Hand tätschelte und sie stehenließ, um in das Schlafzimmer zu gehen.

2

Gewöhnlich nahm Webb Ruths Anwesenheit als selbstverständlich hin. Es schien, als hätte sie immer in einem Winkel seines Lebens existiert, ohne je seine Aufmerksamkeit auf sich zu lenken oder etwas von ihm zu erwarten. Sie war so still, daß es ein leichtes war, ihre Anwesenheit zu vergessen. Beim Abendessen hatte seine Mutter Ruth entschlossen in die Unterhaltung einbezogen und ihr Äußerungen entlockt, die sie von allein nicht von sich gegeben hätte. Es schien unmöglich zu sein, daß ein Mädchen mit blondem Haar und blauen Augen hausbacken sein konnte. Ihr Gesicht war hübsch und ebenmäßig, und ihre Figur wies ansprechende Rundungen auf, doch sie hatte absolut nichts Umwerfendes an sich. Ihr blasser Teint wirkte ebenso farblos auf ihn wie die ganze Person.

Und doch schien Ruth an jenem Abend eine Spur verändert, weiblicher. Webb war nicht sicher, ob es an dem roséfarbenen Kleid mit dem rüschenbesetzten Ausschnitt oder an den bleichen Locken ihres Haares lag. Mit einem Anflug von Zynismus schöpfte er den Verdacht, daß der Grund dafür war, daß er sechs Wochen mit Kühen als seiner einzigen weiblichen Gesellschaft zugebracht hatte.

Die Aufforderungen seiner Mutter, Ruths Äußeres zur Kenntnis zu nehmen, weckten seine Aufmerksamkeit, aber ihr Erröten und ihre schüchtern gesenkten Blicke und die Verletzbarkeit, die sich darin ausdrückte, riefen schließlich sein Interesse an ihr wach. Sie war nicht spröde. Ihr Erröten, wenn er ihr etwas Nettes sagte, war ganz natürlich. Vielleicht spornte das Webb dazu an, ihr in seiner Gegenwart ein Gefühl der Sicherheit zu geben.

Als sie nach einer ausgiebigen und gemütlichen Mahlzeit das Eßzimmer verließen, war es Webb recht, daß seine Eltern vorangingen, während er ihnen mit Ruth zur Treppe des Hotels folgte. Nate und die Jungen erwarteten ihn schon in einem Saloon am anderen Ende der Straße. Jetzt, nach dem Abendessen, hatte er genügend Vorwände, sich von Ruth zu verabschieden, die sich dann in ihr Zimmer zurückgezogen hätte, wie es auch seine Eltern taten, aber er nutzte die Gelegenheit nicht. Er legte seine Hand auf ihren Arm und musterte ihr Profil.

»Hast du Lust, noch ein wenig frische Luft zu schnappen?« Webb war selbst über diese von ihm ausgesprochene Aufforderung überrascht.

Ihr verblüffter Blick zeigte ihm ihre Überraschung, aber ihre Augen strahlten. Er spürte das leichte Zittern ihrer Hand, deren Finger auf seinem Arm lagen.

»Ja, sehr gern«, willigte Ruth ein, doch sie sah ihn nicht an.

»Es wird kühl sein draußen. Du wirst ein Tuch brauchen«, riet ihr Webb.

»Ich hole eins aus meinem Zimmer. In einer Minute bin ich wieder da.« Ihre Stimme klang so eifrig, als fürchtete sie, er könnte es sich anders überlegen und die Einladung wieder zurückziehen.

»Ich warte hier auf dich.« Webb blieb am Treppenabsatz stehen, als sie mit gerafften Röcken die Stufen hinaufeilte und sich dabei bemühte, nicht unangemessen hastig zu wirken. Für Webb war es etwas ganz Neues, mit jemandem zu tun zu haben, der so wenig von ihm verlangte. Sie schien keine Erwartungen an ihn zu stellen, denen er gerecht werden mußte. Das war tatsächlich eine Seltenheit. Wenn es nicht sein Vater war, dann war es irgendein Cowboy aus der Gegend, der sich im Lassowerfen mit ihm messen wollte. Sogar die Huren erwarteten mehr von ihm, weil er ein Calder war, egal ob es sich dabei um Geld oder sexuelle Fähigkeiten handelte.

Als er die Treppe hinaufsah und sich fragte, wie lange sie wohl brauchen würde, tauchte Ruth auf dem oberen Treppenabsatz auf. Eine schäbige braune Wolljacke bedeckte ihr rosa Kleid und zerstörte fast den positiven Eindruck, den er von ihr hatte. Die Angst, die er für einen flüchtigen Moment auf ihrem Gesicht entdeckte, wich einem Ausdruck der Erleichterung, als Ruth sah, daß er noch dort stand und sie erwartete. Sie eilte die Treppe hinunter und blieb atemlos neben ihm stehen.

»Das hat wirklich nicht lange gedauert.« Sein Blick streifte die unpassende braune Jacke, ein Abendumhang oder eine Stola wären angebrachter gewesen.

»Das ist das einzig Warme, was ich mitgebracht habe.« Sie brachte die Erklärung fast wie eine Entschuldigung vor, denn sie war sich über die Häßlichkeit des Kleidungsstücks im klaren.

Ein Lächeln teilte seine schmalen Lippen. »Um diese Jahreszeit brauchst du eine Jacke. Ich finde es nur schade, dieses hübsche rosa Kleid überhaupt mit etwas zu bedecken.« Er bemühte sich, ihr die Hemmungen wegen ihres Äußeren zu nehmen.

Die nächtlichen Schatten rückten dicht an die Ränder der Straßen mit den Gaslaternen, kauerten an den Hausecken und ergossen sich auf Teile des Bürgersteigs. Es war relativ still, und der gedämpfte Lärm, der zu vernehmen war, kam weitgehend aus den Saloons am anderen Ende der Straße. Die Luft war so beißend kalt, daß ihr Atem zu dampfenden Wölkchen wurde.

»Kommst du morgen auf die Ranch zurück?« erkundigte sich Ruth.

»Ich denke schon«, erwiderte Webb gedankenverloren.

»Wahrscheinlich bist du froh, daß du nach dem langen Viehtrieb wieder nach Hause kommst«, murmelte sie.

»Soviel steht fest.« Er sah, daß sie ihr Kinn im Kragen der

Jacke vergraben hatte und doch mit den Zähnen klapperte. Webb hatte den Verdacht, daß Ruth nicht klagen würde, auch wenn sie entsetzlich fror.

»Ich glaube, wir sollten umkehren. Es ist doch kälter, als ich erwartet hatte.« Er geleitete sie in einem weiten Bogen zurück zum Hotel. »Was wirst du tun? Du bist doch gerade mit der Schule fertig geworden, nicht wahr?« Er erwähnte nicht den kürzlichen Tod ihrer Mutter.

»Ich dachte, ich könnte einige der kleinen Kinder auf der Ranch unterrichten. Mrs. Calder – deine Mutter – hat gesagt, wir könnten vielleicht aus einer der kleineren Hütten eine Tagesschule machen.«

»Das hört sich nach einer guten Idee an.«

»Es gibt in dieser Gegend kaum Arbeit für Mädchen ... anständige Arbeit«, fügte sie hinzu, als gerade in dem Moment ein heiseres weibliches Lachen aus einem der Saloons herüberwehte. »Mein Vater braucht mich im Moment ohnehin, und daher will ich noch eine Weile in seiner Nähe bleiben.«

»Irgendein Cowboy wird kommen und dich im Sturm erobern«, sagte Webb grinsend. »Wahrscheinlich bist du schon verheiratet, ehe du dich auch nur entschieden hast, ob du an einer Schule unterrichten oder eine andere Arbeit machen willst.«

»Nein. So wird es nicht kommen.« Das klang so entschieden, daß Webbs Neugier erwachte.

»Warum nicht?«

»Weil ...« Fast hätte sie ihn angesehen, doch sie senkte ihren Blick und zuckte die Achseln. »Es wird eben nicht so kommen.«

»Du willst keinen Cowboy heiraten?« fragte er mit scharfer Stimme, während er überlegte, ob sie wie andere Mädchen war – sich ihre Ziele höhersteckte.

»Nein, das ist es nicht«, korrigierte sie hastig seinen ersten Eindruck. Als sie ihm dann direkt in die Augen sah, schien sie ihren Blick nicht mehr von ihm losreißen zu können.

»Was ist es dann?« Webb versuchte herauszufinden, weshalb Ruth ihn so hilflos anstarrte.

Sie löste ihren Blick von ihm und wirkte bedrückt. »Ich nehme an, ich glaube einfach nicht, daß ich überhaupt jemals heiraten werde.«

»Warum nicht?« Er hatte nie gehört, daß eine Frau sich ihre eigene Zukunft als alte Jungfer voraussagte. »Du bist ein hübsches Mädchen, Ruth. Eines Tages kommt der Richtige und sieht dieses blonde Haar und diese blauen Augen und verliebt sich vom Fleck weg in dich.«

»Vielleicht.« Sie war eher bereit, das einzuräumen, als das Thema weiterzuverfolgen.

Licht strömte durch die Hotelfenster. »So, hier wären wir also wieder. Ich bringe dich noch sicher zu deinem Zimmer«, sagte Webb.

»Bleibst du auch hier?«

»Nein.« Wenn es nach seinem Vater gegangen wäre, wäre er hiergeblieben, aber Webb zog es vor, dort zu schlafen, wo die anderen Cowboys schliefen. Auch auf der Ranch wohnte er mit ihnen in einem Haus und nicht in dem Haupthaus, das seine Eltern bewohnten.

Sie stiegen schweigend die Stufen hinauf, und Webb blieb einen halben Schritt hinter Ruth zurück. Er spürte ihre Unbeholfenheit. Sie schien unsicher zu sein, wie sie sich verhalten sollte. Als sie vor der Tür ihres Zimmers standen, verstärkte sich dieses Gefühl. Sie zuckte sichtlich zusammen, als Webb ihr den Schlüssel aus der Hand nahm und die Tür aufschloß.

»Soll ich noch mal im Zimmer nachsehen, ob alles in Ordnung ist?« fragte er, als er ihr den Schlüssel wieder zurückgab.

Sie schüttelte den Kopf, und ihr Gesicht wirkte angespannt. »Der Spaziergang hat mir Freude gemacht.« Auch ihre Stimme klang angespannt. »Danke.«

»Es war mir ein Vergnügen, Ruth«, erwiderte Webb höflich, und dann wartete er darauf, daß sie ihr Zimmer betreten würde.

Doch sie blieb auf der Schwelle stehen, sah ihn an und wirkte ängstlich und unsicher. Ihre blauen Augen hatten sich zu einer stummen Bitte geweitet. Es dauerte eine volle Sekunde, bis Webb begriff. Sie wollte einen Gutenachtkuß von ihm haben.

Seine Unentschlossenheit hielt nicht lange an. Im schwachen Lichtschein des Korridors schimmerte ihr blondes Haar wie helle Seide, und ihre blauen Augen waren Tümpel aus blauem Saphir. Webb legte seine Hände auf ihre Schultern und senkte den Kopf auf ihre Lippen herab.

In dem Moment, in dem ihre Lippen sich berührten, hing sie hingebungsvoll und zart, begierig und unerfahren an seinem Mund. Dort hätte es eigentlich enden müssen, aber Webb zog den Kuß länger hin, als es der Anstand erlaubt hätte. Er spürte Süße, und der Geschmack war frisch und unverbraucht.

Widerstrebend löste er sich davon, doch seine Aufmerksamkeit blieb auf den feuchten, vollen Lippen haften. Ein Gentleman gab sich seinen niederen Trieben nicht bei jungen Damen wie Ruth hin.

»Gute Nacht, Webb«, flüsterte sie beglückt.

Sein Blick wanderte nach oben und in das strahlende Licht ihrer Augen. »Gute Nacht, Ruth«, murmelte er heiser. »Ich nehme an, wir sehen dich jetzt öfter bei uns, wenn du dort Unterricht gibst.«

Als sie sich zurückgezogen hatte, starrte Webb noch einen Moment lang die Tür an. Ihr Bild verblich fast augenblicklich. Im Treppenhaus begegnete ihm ein Bote vom Telegrafenamt, der vermutlich eine Antwort für seine Eltern brachte.

Das Heimstättengesetz existierte seit Jahren, und gerade eine gewisse Ausweitung des Gesetzestextes hatte es seinem Vater ermöglicht, das Dreifache C auf seine jetzige Größe auszudehnen. Dennoch schien er in dem Zusatz eine Bedrohung für das Weideland zu sehen. Webb fragte sich, ob sie von diesem Gesetz nicht nur profitieren konnten, doch dann verwarf er diese Gedanken und machte sich auf den Weg zu dem Saloon, in dem sich die Cowboys des Dreifachen C bereits versammelt hatten.

In dem Moment, als Webb die Tür aufmachen wollte, wurde sie von innen geöffnet. Der Cowboy, der ins Freie wankte, stieß beinah mit ihm zusammen. Er wippte auf seinen Fersen und blinzelte ihn an. Der Lärm wurde lauter, prahlerische Stimmen und schwerfälliges Klavierspiel waren zu hören.

»Wohin gehst du denn, Johnny?« fragte Webb. »Die Party fängt doch gerade erst an.«

Endlich erkannte der Cowboy ihn in dem schwachen Licht und zog ihn in den Saloon. Die Luft war warm und abgestanden, es roch nach Whisky und Bier, und der Rauch der Zigarren und Zigaretten hing in Schwaden über dem langgezogenen Raum.

Mit wenigen Ausnahmen gehörten die anwesenden Cowboys zum Dreifachen C. Zwei von ihnen tanzten mit leichten Mädchen, die sie durch den Raum wirbelten, andere tanzten miteinander, wieder andere lehnten am Tresen und gaben ihre Kommentare ab, und im Hintergrund wurde gepokert.

»He, Jungs!« rief Johnny. »Seht mal, wer hier doch noch aufgetaucht ist!«

Rufe ertönten von allen Seiten, und von rechts wurde ihm eine Whiskyflasche zugeworfen, die er geschickt mit einer Hand fing.

»Dann fang mal an«, riet ihm Nate, der ihm mit seinem Glas zuprostete. »Du hast noch einiges vor dir, wenn du uns einholen willst.«

Webb zog den Korken aus der Flasche, hob sie an seinen Mund, neigte sie und nahm einen großen Schluck von der brennenden Flüssigkeit. Die Cowboys jubelten ihm zu und zogen ihn mit sich an die Bar.

Am nächsten Morgen erinnerte er sich kaum noch an das, was sich später abgespielt hatte. Er hievte den Sattel auf den Rükken seines geschmeidigen schwarzen Wallachs und mußte sich dann eine Minute ausruhen, bis das heftige Pochen in seinem Schädel zu einem dumpfen Hämmern abebbte. Er stank nach billigem Parfüm, und seine Lenden schmerzten. Jede Bewegung war schmerzhaft und sandte ein Stechen von seinem Kopf durch seine Glieder. Webb biß die Zähne zusammen und zog den Sattel an. Ein gewisser Trost lag für ihn darin, daß sich die anderen Reiter, die ihre Pferde sattelten, genauso elend und heruntergekommen fühlten wie er.

Er zog sich den Hut etwas tiefer in die Stirn. Es war ein Gefühl, als säße dieser Hut auf einem Ballon, der kurz vor dem Platzen stand. Der schwarze Wallach schnaubte und verdrehte die Augen. Die flach einfallenden Sonnenstrahlen brannten in seinen Augen, und Webb senkte das Kinn noch tiefer. Neben der Kutsche stand sein Vater, der ihn gründlich musterte. Webb blieb stehen und zog den Sattel noch einmal nach. Aus dem Augenwinkel sah er seinen Vater auf sich zukommen. Webb ließ mit keinem Anzeichen erkennen, daß er ihn wahrnahm, und er spürte, daß er äußerst gereizt war.

»Ich werde die nächsten Tage in der Stadt verbringen«, sagte sein Vater. »Deine Mutter wird mit Ruth zur Ranch zurückfahren. Wenn es dir nicht zuviel ausmacht, wäre es mir lieb, wenn du ein wenig nach ihr siehst, solange ich fort bin.«

Er biß die Zähne zusammen, als ein Muskel auf seinem Backenknochen zuckte, aber Webb nickte nur. »Ich werde mich um Mutter kümmern.«

»Gut.« Benteen preßte die Lippen aufeinander. Es war eine Schande, daß er das Gefühl hatte, seinen eigenen Sohn um eine derartige Gefälligkeit ausdrücklich bitten zu müssen. »Barnie wird Ely verständigen, da er bis zu meiner Rückkehr für die Ranch zuständig ist.«

Es wäre ein günstiger Zeitpunkt gewesen, Webb einen Vorgeschmack davon zu geben, was es hieß, die Ranch zu leiten, wenn sein Sohn bisher auch nur das geringste Führungspotential gezeigt hätte. Aber er konnte es nicht riskieren, und auch das bereitete Benteen große Sorgen.

Als Webb sich nicht dazu äußerte, sah Benteen sich gezwungen, die einseitige Unterhaltung weiterzuführen, bis irgendeine Reaktion von seiten seines Sohnes kam. »Wenn es mir gelingt, innerhalb der nächsten Woche eine Zusammenkunft zu arrangieren und dieses neue Heimstättengesetz im Keim zu ersticken ...« Er unterbrach sich, weil er einen Ausdruck der Ablehnung auf Webbs Gesicht sah. »Ist etwas?«

Webb hatte nicht vorgehabt, seine Meinung zu äußern, aber an diesem Morgen schien ihm nichts recht zu sein. Statt sein gewohntes Schweigen zu bewahren, sah er seinem Vater in die zusammengekniffenen Augen und entschloß sich, seine abweichende Ansicht in aller Offenheit zu äußern.

»Ich wüßte nicht, warum es wichtig sein sollte, sich gegen diesen Gesetzentwurf zu stellen«, sagte er. »Dieses Land hier draußen ist nach wie vor für den Anbau ungeeignet. Wenn überhaupt, dann würde das Gesetz den Rinderzüchtern wahrscheinlich größeren Nutzen bringen als den Farmern, denn es gibt uns das Anrecht auf Weideland, das wir ohnehin schon benutzen.«

Sein Vater reagierte im ersten Moment unwillig, da Webb offensichtlich keine Ahnung hatte, welche Folgen dieses Gesetz nach sich ziehen konnte, doch seine Haltung änderte sich schnell, und ein erwartungsvolles Funkeln trat in seine Augen.

»So siehst du das also?« sagte er provozierend, doch um seine Mundwinkel spielte eher Zustimmung als Ablehnung. »Nun, du irrst dich.« Sein Vater schien innerlich jede Mattigkeit abzuschütteln und seine Energie plötzlich wiederzufinden. »Nimm deinem Pferd den Sattel ab, Webb. Du wirst mich zu dieser Zusammenkunft begleiten. Nichts ist je gesichert – und am allerwenigsten das Dreifache C.«

Webb wollte sich gegen die Vorstellung verwehren, es könnte nützlich sein, wenn er sich bei dieser Zusammenkunft ebenfalls einfand. Ehe er jedoch ein Wort sagen konnte, las sein Vater seine Reaktion von seinem Gesicht ab.

»Das ist ein Befehl, Webb«, sagte er, »keine Bitte.«

Die beiden maßen gegenseitig ihre Willensstärke, bevor Webb sich abwandte und die Steigbügel über das Sattelhorn warf, um den Sattelgurt zu lockern. Der schwarze Wallach drehte seinen Kopf zu ihm um und schnaubte über diese Unentschlossenheit.

Das Telegrafenamt in Miles City war im Lauf der Woche vollauf damit beschäftigt, Nachrichten zwischen der Hauptstadt und diesem entlegenen Teil des Landes hin und her zu übermitteln, denn es mußte ein Zeitpunkt für das Treffen angesetzt werden, den alle Parteien einhalten konnten. Als zehn Tage später ein Zug aus dem Osten einlief, standen Webb und sein Vater zur Begrüßung der Ankommenden bereit. Asa Morgan, der am Vortag aus Helena eingetroffen war, war bei ihnen.

Der Privatwaggon wurde abgehängt und auf eine Ausweichschleife gezogen. Sie wurden von einem uniformierten Schwarzen eingelassen, der sich respektvoll und unterwürfig vor ihnen verbeugte.

Die Wände des Wagens waren mit Eichenholz verschalt, und auf dem Boden lag ein dichter goldgrüner Teppich. Es war zehn Jahre her, wenn nicht gar länger, seit Webb den riesigen, stämmigen, muskulösen Mann zum letztenmal gesehen hatte, der in dem allzu prall gepolsterten Ledersessel saß, doch er erkannte Bull Giles auf der Stelle. Er hatte ein Bein vor sich ausgestreckt, und an dem Sessel lehnte ein Stock. Am Fenster stand ein Mann, der kaum dreißig Jahre alt sein mochte und doch wie ein alter Mann wirkte, politisch versiert und gerissen. Es war Frank Bulfert, der Berater des Senators.

Nachdem er die Beteiligten einander vorgestellt hatte, wandte sich Benteen an den Mann mit dem rohen Gesicht, der auf dem Sessel saß und nicht gealtert zu sein schien, seit er ihn das letzte Mal gesehen hatte. Ihre Bekanntschaft reichte zurück bis nach Texas und in die frühen Jahre in Montana. Benteen sah in Bull Giles heute keinen Rivalen mehr, aber er hätte ihn auch nicht als einen Freund bezeichnet. Ja, doch er traute ihm, wie er nur wenigen Männern traute. Dieser Mann hatte ihm einmal das Leben gerettet und dabei das Knie für alle Zeiten verletzt. Benteen hatte es ihm nie vergessen.

Die kräftige äußere Erscheinung konnte leicht darüber hinwegtäuschen, daß Bull Giles intelligent und gerissen war. Im Lauf der langen Jahre, die er als Begleiter und Verbündeter der Lady Elaine Dunshill in Washington verbracht hatte, hatte er ihre Verbindungen in politischen Kreisen ausgeweitet und hinter den Kulissen einen beträchtlichen Einfluß ausgeübt.

»Guten Tag, Bull.« Benteen musterte ihn mit Respekt in den Augen. »Mach dir nicht die Mühe aufzustehen.« Er bedeutete ihm sitzenzubleiben. »Wie geht es dem Bein?«

»Es ist steif, aber ich habe es noch«, erwiderte Bull mit einem schiefen Lächeln. »Wie geht es Lorna?«

»Gut.«

Dann wandte sich Bull zu Webb um. »Es ist lange her, Webb. Ich hatte vergessen, wie lange es schon her ist, bis du durch diese Tür kamst und es mir wieder einfiel. Du bist kein rotbäckiger Junge mehr.«

»Nein, Sir.« Webb beugte sich vor, um ihm die Hand zu drücken, und vage Kindheitserinnerungen stiegen in ihm auf,

Erinnerungen daran, wie er sich an diesen Bär von einem Mann gehangen hatte.

Frank Bulfert mischte sich ein und forderte alle auf, es sich bequem zu machen. Getränke wurden serviert, Zigarren herumgereicht. Webb wartete ungeduldig, daß sie endlich zum eigentlichen Thema kommen würden, aber er schien der einzige zu sein, der es nicht erwarten konnte. Er trank einen Schluck Whisky und wünschte, er hätte vor zehn Tagen seinen Mund gehalten. Dann wäre er jetzt auf der Ranch und nicht hier in diesem Privatwaggon, in dem ein Treffen stattfand, das er für überflüssig hielt.

»Der Senator hat mich gebeten, ganz bestimmt nicht die Grüße zu vergessen, die er Ihnen ausrichten läßt, Benteen.« Frank Bulfert lehnte sich auf seinem Rindsledersessel zurück. »Ich bin angewiesen, Ihnen soweit wie möglich entgegenzukommen. Der Senator weiß den Wert Ihrer Unterstützung zu schätzen.« Nach dieser ausdrücklichen Versicherung trat Belustigung auf sein Gesicht. »Ich habe Geschichten darüber gehört, wie ihr Rancher in diesem Teil des Landes zu euren Stimmen kommt. Es heißt, daß eure Cowboys manchmal zweimal wählen, um auch sicherzugehen, daß der richtige Kandidat ernannt wird.«

»Es soll schon vorgekommen sein, daß sie einen Kandidaten zu enthusiastisch unterstützt haben«, gestand Benteen mit einem schwachen Lächeln ein.

»Mir scheint, Ihre Männer befolgen Befehle«, schloß Frank Bulfert daraus.

»Sie stellen sich hinter ihre Ranch«, lautete die Antwort. »Was hat es mit diesem neuen Heimstättengesetz auf sich?«

»Ich fürchte, das, was ich dazu zu sagen habe, wird Ihnen keine Freude bereiten«, warnte ihn der Berater des Senators, der Benteen beobachtet hatte. »Der Gesetzentwurf wird von etlichen Seiten unterstützt.«

»Am lautstärksten von den Eisenbahngesellschaften?« Benteen wollte seine Auffassung bestätigt sehen.

»Es liegt auf der Hand, daß sie die größtmöglichen Vorteile daraus ziehen wollen, wenn neue Siedler in den Westen kommen und somit die Beförderung von Personen und Waren zunimmt. Und ich bin sicher, daß sie hoffen, ihren immensen Landbesitz verkaufen zu können. Ja.« Frank nickte. »Sie haben persönliches Interesse daran, daß dieser Gesetzentwurf durchkommt.«

»Aber nicht nur die Eisenbahngesellschaften wollen die Gesetzesänderung«, warf Bull Giles ein. »Du mußt dir die Lage im Osten klarmachen. Die Städte füllen sich mit Immigranten. Der Westen ist schon immer ein Sicherheitsventil gewesen, um den sogenannten Abschaum anderer Nationen aus den überbevölkerten Gebieten abzuziehen und gesellschaftliche oder politische Unruhen zu vermeiden. Die Elendsgebiete sind randvoll. Es werden Klagen über die niedrigen Löhne in den Fabriken laut, und es ist von Gewerkschaften und Streiks für bessere Arbeitsbedingungen die Rede. Das heißt, daß alle einflußreichen Geschäftsleute sich hinter den Gesetzentwurf stellen, um die bestehende Ordnung zu bewahren, indem man so viele Menschen wie möglich in den Westen schickt.«

Benteen atmete hörbar aus. Er erkannte, daß viele nicht seiner Meinung waren. »Aber wir sind hier nicht in Kansas. Sie werden hier draußen ebenso verhungern, wie sie in den Städten verhungern.«

»Glaubst du etwa, das interessiert auch nur eine der großen Firmen?« höhnte Bull. »Wenn sie sterben, schaffen sie Platz für andere.« Er legte eine kurze Pause ein. »Die Männer mit dem großen Geld im Osten haben kein Interesse an einer Besiedelung des Westens. Sie wollen lediglich eine Menge armer, unerwünschter Immigranten abschieben. Wohin, das ist ihnen völlig egal. Die Indianer hat man in Reservate mit besonders unfruchtbarem Boden gesteckt. Wenn es den Immigranten genauso ergeht, dann schert sich darum im Osten niemand auch nur einen Pfifferling.«

»Bisher«, meldete sich Asa Morgan vom Verband der Rinderzüchter zu Wort, um das Thema noch trostloser zu gestalten, »sind mit diesem neuen Trockenfarmsystem beeindruckende Resultate erzielt worden. Gegen die bisherigen Erfolge kann man kaum etwas einwenden.«

»Bislang erfolgreich, ja«, stimmte Benteen zu. »Mit der Methode kann eine Ernte mit einem Regenfall von nur vierzig

Zentimetern im Jahr gedeihen. Aber was passiert, wenn mehrere trockene Jahre aufeinanderfolgen, wie es vor zwanzig Jahren der Fall war?«

»Heute läßt sich nicht mit vor zwanzig Jahren vergleichen«, tat Frank Bulfert das Argument ab.

»Aus dem Mund eines Rinderzüchters klingt es bitter.« Bull brachte sein steifes Bein in eine bequemere Lage. »Ihr großen Rancher seid hochgradig unbeliebt. Die öffentliche Meinung ist gegen euch. Die meisten Europäer, die hierherkommen, sehen die Rancher als Feudalherrscher an. Sie sind hierhergekommen, weil sie annahmen, diesem System entkommen zu können. Und du sitzt da auf einer Million von Morgen. Sie wollen dieses System aufbrechen, damit jeder ein Stück davon bekommt. Sie kommen mit dem Traum nach Amerika, hier ein eigenes Stück Land zu besitzen.«

»Mit anderen Worten: Wir haben keine Chance, dieses Gesetz zu bekämpfen«, sagte Benteen herausfordernd.

»Wir können die Ausschußberatung eine Weile hinauszögern«, sagte Frank Bulfert. »Aber sowie das Gesetz zur Abstimmung vorgelegt wird, wird es zwangsläufig durchkommen. Es entspricht den Wünschen der Mehrheit.«

Schweigend wurde Benteens Antwort erwartet. Er sah in sein Whiskyglas und drehte es zwischen den Fingern.

»Die Mehrheit will es, weil sie darin eine Möglichkeit sieht, den Ranchern das Land wegzunehmen und es mit einer Horde von Immigranten zu bevölkern«, sagte er schließlich. »Aber was ist, wenn man sie davon überzeugen kann, daß sie ihr Ziel mit diesem Gesetz nicht erreichen?«

»Wie sollte das gehen?« Frank Bulfert musterte Benteen neugierig und skeptisch zugleich.

Wieder entstand eine kurze Pause, in der Benteen seinen Sohn ansah. »Webb glaubt, daß das neue Gesetz den Rinderzüchtern ein Anrecht auf mehr Land einräumt. Was meinst du, Bull, was würde wohl passieren, wenn gewisse Kreise hören, daß die Rinderzüchter diesem Vorschlag einer Ausweitung des Heimstättengesetzes sehr gewogen sind?«

Der stämmige Mann lachte leise in sich hinein. »Ich glaube, sie kämen zu demselben Schluß, zu dem Webb gekommen ist.

Sie würden befürchten, daß sie den Rinderzüchtern gar nichts nehmen, sondern sie im Gegenteil noch in ihrer Position festigen.« Er wandte sich an den Berater des Senators. »Benteen hat die schwache Stelle gefunden.«

Frank nickte. »Das könnte genau die Taktik sein, mit der wir durchkommen.« Er warf einen Blick auf Asa, der sein Einverständnis mit einem Nicken bekundete. »Allerdings wird es ein schönes Stück Arbeit.«

Später, nachdem sich die Versammlung in den frühen Abendstunden aufgelöst hatte, machten sich Webb und Benteen auf den Rückweg zum Hotel, um sich für das Abendessen umzuziehen. Den größten Teil des Weges legten sie schweigend zurück.

»Hast du etwas dazugelernt?«

Die provozierende Frage ließ Webb seinen Vater ansehen. »Was hätte ich denn lernen sollen?«

»Daß du aus dem falschen Grund auf die richtige Frage gekommen bist. Du hast die Gesetzesvorlage nicht wirklich in all ihren Folgen durchdacht. Du mußt erkennen, wie ein und dieselbe Sache sowohl gegen als auch für dich arbeiten kann.«

»Nach allem, was Giles und Bulfert gesagt haben, glaube ich, daß der Antrag abgewiesen wird«, schloß Webb.

»So einfach ist das nicht«, sagte Benteen. »Das hier ist nur das erste Scharmützel. Die Eisenbahngesellschaften wollen nach wie vor mehr Menschen hier im Westen ansiedeln, und in den Städten im Osten gibt es Tausende von Menschen, die man abschieben will. Alles, was wir im Moment erreichen, ist ein Hinausschieben dessen, was offensichtlich unvermeidbar ist.« Er sah in die untergehende rötliche Sonne. »Diese verfluchten Farmer werden kommen – wie eine Heuschreckenplage. Aber ihre Pflüge werden nicht das Gras, sondern das Erdreich verzehren.«

Seinen Worten haftete ein prophetischer Klang an. Es klang unvorstellbar.

Zweieinhalb Jahre später, am 19. Februar 1909, reagierte der Kongreß auf die Rufe der Öffentlichkeit nach mehr Land und verabschiedete das Erweiterte Heimstättengesetz. Ansprüche konnten jetzt auf dreihundertzwanzig Morgen Land angemeldet werden, wenn es die Voraussetzung erfüllte, daß es nicht direkt bewässert werden konnte, daß nicht bereits ein Anspruch darauf bestand, daß es niemandem gehörte und daß es nicht von vermarktbarem Bauholz bewachsen war. Diese Beschreibung paßte auf fast sechsundzwanzig Millionen Morgen des Landes von Montana.

II

Steht ein Calder da,
Ganz auf sich gestellt,
Kehrt dem Land sich zu,
Dem Dreifachen C, seiner Welt.

3

Wildwachsende Blumen überzogen das wellige Land. Gelbe, rote und weiße Flächen tanzten auf dem unebenen Boden. Der schwarze Wallach trabte durch dichte Blüten, die aus dem üppigen Steppengras wuchsen. In der Ferne zog sich eine schwarze Rauchwolke über den blauen Himmel. Es mußte der Rauch der Lokomotive sein, die zwischen den auseinanderliegenden Gebäuden von Blue Moon anhielt.

Blue Moon war inzwischen offiziell zur Stadt erklärt worden, und es gab dort eine Gemischtwarenhandlung für den Bedarf der ansässigen Rancher, einen Saloon, in dem sich die Cowboys die Kehlen anfeuchten konnten, eine Schmiede, in der die Wagen repariert und eine Kirche, in der die Sünden vergeben wurden. Seit die Eisenbahngleise durch die Stadt verliefen, gab es eine Lagerhalle, und regelmäßig traf Post ein.

Links neben Webb fuhr ein leichter vierrädriger Wagen, der von Pferden gezogen wurde. Das Gefährt holperte über die ausgefurchten Fahrrinnen in der Steppe, die als Straße dienten. Es mußten Vorräte besorgt und Waren aus der Lagerhalle abgeholt werden, und das machte einen Ausflug in die Stadt notwendig. Es gab keinen Grund zur Eile, und daher blieb reichlich Zeit, sich über das Tagesgeschehen zu informieren und Klatsch auszutauschen.

Das schrille, verlorene Pfeifen des Zuges erfüllte die schroffe, rauhe Landschaft, die für Männer geschaffen zu sein schien, als die Lokomotive Dampf abließ und somit direkt vor ihrem Eintreffen in der Kleinstadt stehen mußte. Der schwarze Wallach scheute unter Webb, weil das Geräusch ihn erschreckte, doch er fiel schnell wieder in seinen sanften Trab.

Die Gebäude wurden größer und waren in der weiten Steppe deutlich zu erkennen, als die Abordnung des Dreifachen C der Stadt näher kam. Webb schätzte, daß sie etwa gleichzeitig mit dem Zug eintreffen würden.

Als sie die Außenbezirke von Blue Moon erreicht hatten,

griff Webb dem Wallach in die Zügel und ritt neben dem Wagen her. Auf den Straßen bewegten sich mehr Menschen, als er in dieser kleinen Gemeinde bisher gesehen hatte.

»Ganz schön was los hier«, bemerkte Nate vom Kutschbock aus.

»Wahrscheinlich sind nur mehr Menschen auf der Straße, weil der Zug ankommt.« Das war ein Ereignis, das die Leute aus den Häusern zog.

Doch es schienen viele unbekannte Gesichter durch die Straßen zu laufen. Webb sah nur wenige Menschen, die er kannte. Seine Stirn legte sich in Falten, als er versuchte, dahinterzukommen, was diese Fremden in die Stadt gelockt haben mochte und woher sie wohl kamen.

»Fahren wir zur Lagerhalle?« fragte Nate, als sie sich der Gemischtwarenhandlung näherten.

»Meinetwegen.« Fast alle strömten in diese Richtung, und sie ließen sich mit der Menge vorantreiben. Zwei neue Gebäude waren am Straßenrand aus dem Boden geschossen. Nate bemerkte sie ebenfalls und tauschte einen fragenden Blick mit Webb aus.

Der ungebärdige Wallach tänzelte unter Webb zur Seite, weil er versuchte, alles gleichzeitig zu sehen. Vor ihnen lag das Lagerhaus am Bahnhof. Dort standen die leeren Wagen, die von Pferden gezogen wurden. Fahrgäste strömten aus den Wagen auf den Bahnsteig, vorwiegend Männer, aber es waren auch ein paar Frauen mit Kindern darunter. Keiner der Männer war so wie die Cowboys oder die Handlungsreisenden gekleidet. Zur Begrüßung der Ankommenden stand ein kleingewachsener Mann mit einem spitzen Gesicht in einem blendend weißen Anzug und mit einem weißen Strohhut bereit. Er nahm ihn ab und schwenkte ihn über seinem Kopf, um die Aufmerksamkeit der Fahrgäste auf sich zu lenken.

»Das wäre es also, Leute! Die Reise ist zu Ende!« Es klang wie die Rede eines Priesters, der seiner Herde verkündet, daß sie das Gelobte Land erreicht hat. »Mit diesen Wagen werden Sie Amerikas neuen Garten Eden aus der Nähe betrachten können. Ich weiß, daß Sie alle von der langen Reise müde sind und Ihre Beine ein wenig vertreten wollen. Wenn Sie sich jetzt ein paar Minuten Zeit nehmen, um Ihre steifen Knochen wieder gelenkig zu machen, möchte ich, daß Sie sich umsehen. Nehmen Sie das Gras, das hier wächst, in Augenschein.« Er bezeichnete mit einer Geste die weiten Steppen jenseits der Eisenbahngleise, die in die Stadt hineinführten. »Einem großen Pferd reicht es bis an den Bauch. Sehen Sie sich dieses Gras an und stellen Sie sich statt dessen Weizen vor!«

Nate warf Webb einen scharfen Seitenblick zu. »Wovon, zum Teufel, spricht der?« murmelte er tonlos, doch er erwartete mit Sicherheit keine Antwort, als er sich vom Kutschbock schwang und sich auf den festgetretenen Lehmboden stellte.

Webb warf noch einen Blick auf die leeren Wagen, die vor dem kleinen Bahnhof bereitstanden. Auf den Ladeflächen waren seitlich Bretter angebracht, die zwei Bänke für die menschliche Fracht bildeten. Das neue Holz setzte sich gegen die verwitterten grauen Planken ab, aus denen die Wagen gezimmert waren. Es war deutlich zu erkennen, daß sie vor kurzem umgebaut worden waren, um Menschen zu befördern.

Es waren wenige Männer darunter, die wie Farmer aussahen. Webb konnte sie an ihren von der Sonne dauerhaft gebräunten Gesichtern erkennen. Die große Mehrheit wies jedoch die Blässe von Städten auf, aber ihre müden Gesichter drückten Hoffnung aus. Webb stellte fest, daß in den Gesichtern eine Gewißheit stand, die über Hoffnung hinausging. Ihre Augen strahlten in dem festen Glauben, in das Gelobte Land geführt worden zu sein.

Mein Gott, dachte er mit einer Mischung aus Belustigung und Zorn. Die armen Kerle wissen nicht, worauf sie sich einlassen.

Nate hatte sich bereits auf den Weg zu dem kleinen Haus gemacht, in dem das Büro der Eisenbahngesellschaft untergebracht war, um nach den Waren für das Dreifache C zu fragen. Eine Handvoll der neu eingetroffenen Passagiere war zum hinteren Ende des Zuges geschlendert, und Webb konnte sie jetzt aus der Nähe betrachten.

Sein finsterer Blick streifte ein junges Mädchen, das an der Spitze der kleinen Gruppe lief. Sie blieb wie gebannt am Rand der unbegrenzten Steppe stehen und sah auf das hohe Gras mit seinen verborgenen Furchen und seinen flachen Kuppen hinaus. Ihr Kinn war in den Wind gereckt, der ihr aus dem freien Land entgegenwehte. Sie schien die Frische der Luft zu trinken, die frei vom städtischen Gestank nach Rauch und Abgasen war.

Strähnen ihres dunklen kastanienbraunen Haares lösten sich aus dem Knoten auf ihrem Hinterkopf, und die Sonnenstrahlen ließen den rötlichen Schimmer in ihrem dunklen Haar leuchten. Ein blauer Hut baumelte von ihrer Hand herab, und der schwarze Schal war von ihren Schultern gerutscht. Der Wind preßte das verblichene Baumwollgewebe ihres Kleides an ihren schlanken Körper und ließ Webb den Umriß der hochangesetzten jungen Brüste und die schmalen Hüften und Schenkel erkennen.

Lebhaftigkeit und Frische schienen durch ihre Adern zu fließen. Es war mehr als nur ihre junge, weibliche Gestalt, was Webbs Interesse auf sich zog und festhielt. Unbewußt setzte er sich in einem weiten Bogen in Bewegung, um näher an ihr vorbeizukommen.

Sie gab ihre regungslose Haltung auf und sah über ihre Schulter nach jemandem, der sich im Gedränge der Reisenden befinden mußte, aller Wahrscheinlichkeit nach ihren Eltern, denn Webb bezweifelte, daß ein so junges Mädchen allein hierhergekommen war. Offensichtlich entdeckte sie sie im Gewühl, denn sie wandte sich wieder der welligen Graslandschaft zu und strich sich Haarsträhnen aus dem Gesicht, die der Wind ihr vor die Augen wehte. Als sie das tat, bemerkte sie ihn.

Mit unverhohlener Neugier starrte sie ihn an. Ihre Blicke schienen jede Einzelheit wahrzunehmen, bei seinem staubigen Cowboyhut angefangen über den dicken Baumwollstoff seiner Levis bis zu den Sporen. Dann verweilte ihr Blick auf seinem scharf gezeichneten Gesicht. Er war in Montana geboren und aufgewachsen, und ohne es zu wissen, war er von diesem Land geprägt. Er war groß und kräftig, und seine Gesichtszüge wirkten etwas hart. Seine flache Brust war breit und stark.

Webb nahm nicht wahr, welchen Eindruck er erweckte. Er

war in das Blau ihrer Augen versunken – so blau wie der Himmel von Montana über ihnen. Und als sähe er in den Himmel hinauf, schien er auch hier in eine grenzenlose Weite blicken zu können. Diese seltsame Empfindung, die ihn befiel, brachte ihn ein wenig aus der Fassung.

Seine Aufmerksamkeit war so deutlich gewesen, daß sein Anstandsgefühl ihn zu einer Begrüßung zwang. Er legte einen Finger an die Hutkrempe, als er keinen Meter mehr von ihr entfernt war. Seine Schritte verlangsamten sich. »Guten Morgen, Miß.«

»Morgen.« Sie neigte den Kopf ein wenig, ohne ihren Blick von ihm abzuwenden. »Sind Sie ein Cowboy?« Die Frage war ihr herausgerutscht und zog ein Lächeln nach sich, das so wirkte, als machte sie sich über ihre eigene Impulsivität lustig.

»Ja.« Seine Mundwinkel zogen sich belustigt herunter. Es schien keine Notwendigkeit zu bestehen, ihr zu erklären, daß er der Sohn eines Ranchers war. Von Beruf war er Cowboy.

»Das dachte ich mir.« Ihr Lächeln wurde breiter, als sie die Bestätigung bekommen hatte. »Sie sind so gekleidet wie die Cowboys in Mr. Codys Umzug.«

Es dauerte einen Moment, bis er verstand, von wem sie sprach. »Sie meinen Buffalo Bill Cody und seine Wild West Show«, stellte er dann fest. Das verzerrte Bild, das sich Tausende durch diese Show vom Wilden Westen gemacht hatten, belustigte ihn. »Haben Sie die Show gesehen?«

»Nein.« Sie schüttelte den Kopf und lachte leise, als sei eine solche Möglichkeit etwas, was nicht in ihrer Reichweite lag. Das veranlaßte Webb, noch einmal das Kleid zu betrachten, das sie trug. Er vermutete, daß es ihr bestes war, obwohl der Stoff verblichen und abgetragen wirkte. Das Kleid war von der Reise verknittert, aber sauber. Es war deutlich zu erkennen, daß ihre Familie kein Geld für Frivolitäten wie eine Wild West Show übrig hatte, und ihre nächste Äußerung bestätigte seinen Verdacht. »Wir konnten uns den Eintritt nicht leisten, aber es gab eine Parade durch die Stadt, mit Indianern und allem, was dazugehört.«

»Wo war das?« fragte Webb, der neugierig darauf war, woher sie kam – dieses unschuldige Kind von einer Frau, das nicht älter als siebzehn sein konnte.

»In New York. Dort leben wir, dort haben wir gelebt«, verbesserte sie sich, und ihr Gesicht strahlte, was Webb verzauberte.

»Was tun Sie hier?« Er rang darum, sich aus ihrem Bann zu befreien. Mühsam riß er seinen Blick von ihr los und richtete ihn auf die zerstreuten Grüppchen von Reisenden, die mit dem Zug gekommen waren.

»Wir werden hier ein neues Leben beginnen.« Aus ihrer Stimme war die absolute Sicherheit herauszuhören, daß dieses Leben wirklich ein besseres werden würde. Er beobachtete jetzt verstohlen ihr Profil, als sie erwartungsvoll die Steppe ansah, von der sie umgeben waren, als läge Utopia gleich hinter dem nächsten Hügel. »Wir werden hier unser eigenes Land haben und viele Morgen Weizen anpflanzen.«

»Wenn es das ist, was Sie anpflanzen wollen, gehören Sie nach Kansas. Dieses Land hier ist nur gut für Gras und Rinder«, bemerkte Webb grimmig.

Ihre Aufmerksamkeit hatte sich jetzt wieder ganz auf ihn gerichtet, und plötzlich zeigte sich eine Entschlossenheit, wie er sie nie zuvor gesehen hatte, auf ihren Zügen. Sogar eine Spur von Trotz funkelte in ihren Augen. »Das entspricht aber nicht dem, was Mr. Wessel sagt.«

Er schob seinen Hut auf eine Seite. »Und wer ist dieser Mr. Wessel?«

»Der, der da drüben steht.« Sie wies auf den Mann im weißen Anzug. »Er kundschaftet gutes Land aus. Er wird uns die besten Plätze, die noch zu haben sind, zeigen, damit wir uns aussuchen können, welches Land wir für uns abstecken wollen.«

Es war nicht schwer, sich vorzustellen, welche Reichtümer der Mann diesen unwissenden und unerfahrenen Siedlern versprochen hatte.

»Er will Land für alle diese Menschen finden, die mit Ihnen im Zug gekommen sind?« fragte Webb argwöhnisch.

»Ja«, sagte sie mit einem kühn vorgereckten Kinn. »Wir haben alle bei ihm unterschrieben, weil er der einzige ist, der weiß, wo dieses Land liegt. Außer ihm hat es keiner von uns gesehen. Wir werden die ersten sein.«

»Abgesehen von den Ranchern und den Cowboys, die jeden Meter dieses Landes erkundet haben.« Er machte sich über die anmaßende Behauptung, die dieser Mr. Wessel in seinem weißen Anzug aufstellte, lustig. »Ich vermute, er hat Ihnen gesagt, Sie bräuchten nichts weiter zu tun, als den Boden zu pflügen, Weizen zu säen und darauf zu warten, daß Sie über Nacht reich werden. So leicht ist das nicht.«

»Nichts, was zu haben sich lohnt, ist leicht zu bekommen.« Sie schien aus Erfahrung zu sprechen und nicht nur eine neunmalkluge Phrase zu wiederholen. »Wir haben alle Broschüren gelesen, die von der Eisenbahn gedruckt worden sind und diesen üppigen Boden und das Trockenfarmsystem beschreiben. Die Eisenbahngesellschaft hat Versuche gemacht und den Beweis dafür erbracht, daß hier erfolgreich Weizen angebaut werden kann.«

Webb wandte nichts gegen diesen Punkt ein, denn es ließ sich nicht leugnen, daß die Experimente geglückt waren. Gerade dieser Umstand machte Webb Sorgen, wenn er bedachte, daß sein Vater beharrlich auf dem Gegenteil bestand. Webbs Widerwille dagegen, dieses Weideland zu Weizenfarmen werden zu sehen, entsprang in erster Linie einer von Geburt an eingefleischten Abneigung gegen jede Veränderung der derzeitigen Lebensweise, die sich um Rinder und die Pferde der Cowboys drehte.

»Lillian!« Eine männliche Stimme rief den Namen, und das Mädchen mit dem kastanienbraunen Haar drehte sich daraufhin um. Webbs Blick folgte ihr nicht schnell genug, um zu erkennen, welcher der Siedler sie gerufen hatte.

»Ich muß jetzt gehen«, sagte sie freundlich. »Sie beladen die Wagen und zeigen uns das neue Land«, erklärte sie überflüssigerweise.

»Ich hoffe, Sie und Ihre Familie finden, wonach Sie suchen«, sagte Webb zuvorkommend. »Entweder hier oder woanders.« Als seine Finger sich an seine Hutkrempe legten, ging ihm das vage Gefühl durch den Kopf, das nicht als klarer Gedanke ausformuliert war, er möge sie nicht zum letztenmal gesehen haben.

»Ja.« Es war eine zerstreute Antwort.

Nachdem sie den Schal um ihre Schultern gezogen hatte, wandte sich die junge Frau ab, um sich wieder den anderen anzuschließen. Sie setzte sich mit gemäßigten Schritten in Bewegung, die sich jedoch beschleunigten, als sie sich den anderen näherte.

Webb zog den Tabaksbeutel aus seiner Westentasche und versuchte sein Interesse an dem Mädchen durch das Drehen einer Zigarette zu überspielen. Sie ging auf einen älteren Mann in einem schlecht sitzenden Anzug zu und sprach mit ihm. Er war groß, und seine Schultern waren ein wenig gebeugt, als trüge er die Last vieler schwerer, karger Jahre mit sich. Sein hageres Gesicht war weitgehend unter einem silbergrauen Bart verborgen, und unter seinem schwarzen Hut mit der schmalen Krempe schauten silberne Haarbüschel heraus. Dennoch wirkte er robust und stämmig und sah eher wie ein Arbeiter und nicht wie ein Farmer aus, wie jemand, der mit Muskelkraft und im Schweiße seines Angesichts rackert, um sich und seine Familie durchzubringen.

Webb hatte sich die Zigarette gerade angezündet, als Nate Moore auf ihn zukam.

»Unsere Sachen sind da.« Nate kam aus der Lagerhalle und bestätigte somit den Eingang der Lieferung für die Ranch.

Webb beobachtete, wie die Bündel mit der Habe der Reisenden gemeinsam mit den sonstigen Frachtgütern auf dem Bahnsteig gelagert wurden. Sie würden sie abholen, nachdem sie sich den Ort für ihr neues Heim ausgesucht hatten. Das Gepäck war der Beweis, daß sie bleiben wollten. Es zeigte gleichzeitig, daß sie kein Zuhause mehr hatten, zu dem sie zurückkehren konnten, daß sie die Brücken hinter sich abgerissen hatten, um in Montana Wurzeln zu schlagen.

»Hast du schon einmal ein solches Lumpenpack gesehen?« bemerkte Nate. »Der Bahnhofsbeamte sagt, das ist erst der Anfang. Die Eisenbahngesellschaft hat den Fahrpreis in den Osten fast auf Null gesenkt. Aber sie verkaufen keine Rückfahrkarten. Es würde mich nicht wundern, wenn einige von denen fast ihre gesamte Habe verkauft haben, um das Geld für die Fahrkarten aufzubringen. Sie können sich glücklich schätzen, wenn sie noch einen Dollar in der Tasche haben.«

»Wozu sollten sie auch Geld brauchen?« gab Webb zynisch zurück. »Das Land ist umsonst.« Er machte sich über die Ignoranz der Siedler lustig, die mit Träumen und sonst gar nichts in der Tasche eingetroffen waren.

Als die Wagen mit den erwartungsvollen Siedlern beladen waren, zog der neuzeitliche Moses an die Spitze und führte die armen Unterdrückten in ihr sogenanntes Gelobtes Land.

Nachdem Webb und Nate die Waren verladen hatten, fuhren sie zur Gemischtwarenhandlung. Sie trug zwar immer noch Fat Frank Fitzsimmons' Namen, doch seine Witwe hatte ihn schon vor einigen Jahren, kurz nach Franks Tod, verkauft und war wieder in den Osten gegangen, da sie dort Verwandte hatte. Ollie Ellis, der neue Besitzer, war ein Mann in mittleren Jahren, der sich sehr darum bemühte, die Rancher aus der Umgebung weiterhin zu seiner Kundschaft zählen zu können. Er glaubte an den Dienst am Kunden und war begierig darauf aus, ihre Wünsche zu ergründen und zu erfüllen, damit sie ihm als treue Kunden erhalten blieben, was auch in den meisten Fällen klappte.

Das Dreifache C stellte für jeden Händler einen wichtigen Posten dar. Wenn Webb den Laden betrat, kam Ellis um die Theke herum, um ihn zu begrüßen. Er war untersetzt und hatte einen hellblonden Haarschopf, und sein Auftreten war geschäftsmäßig. »Schön, Sie wieder einmal zu sehen, Mr. Calder.« Ollie behandelte Webb immer mit dem Respekt, der seines Erachtens dem zukünftigen Erben der Calder Cattle Company zustand. »Wir haben einen schönen Frühling gehabt, finden Sie nicht auch?«

»Das Wetter hat sich bisher recht gut gehalten«, stimmte Webb ihm zu. Er verabscheute es, daß er Nate derart vorgezogen wurde, denn dieser wurde erst jetzt von dem Ladenbesitzer begrüßt.

»Hallo, Nate.« Ollies Umgang mit dem Cowboy hatte eher etwas Kumpelhaftes. »Wie hat sich denn der Tabak gehalten?«

»Ich brauche wohl eine neue Dose«, erwiderte Nate, dem die weniger höfliche Behandlung ganz entgangen war.

»Haben Sie zufällig diese Scharen von neuen Siedlern gesehen, die gerade durch die Stadt gekommen sind?« erkundigte sich der Händler, nachdem er Webbs Liste entgegengenommen hatte und die Waren zusammenstellte. »Ich glaube nicht, daß an dem Gerede, dieses Land zu einem einzigen gigantischen Weizenfeld zu machen, etwas dran ist. Das hier war immer Weideland für Rinder oder Schafe – und vorher haben hier die Büffel und die Antilopen gegrast.«

»Dasselbe ist auch gesagt worden, bevor die Farmer begonnen haben, Kansas einzuzäunen und jeden Viehtrieb aufzuhalten.« Webb konnte sich noch gut daran erinnern, obwohl er damals ein Kind gewesen war. »Dodge City ist so zahm, wie es die Städte heute sind. An den Markttagen wimmelt es dort von Farmern und nicht mehr von Cowboys, die nach mehrmonatigen Viehtrieben die Sau rauslassen.«

»Das stimmt«, räumte der Kaufmann ein. »Aber ich kann mir beim besten Willen nicht vorstellen, daß Farmer Blue Moon überschwemmen und zu einer Bauernstadt machen. Geld bringen sie auch nicht mit.«

»Mir sind zwei neue Gebäude in der Stadt aufgefallen«, sagte Webb.

»Eines davon gehört einem Kerl, der Wessel heißt. Er ist ein Landspekulant, soweit ich gehört habe«, erwiderte Ollie. »Er zieht sich an wie ein Dandy – läuft in einem weißen Anzug rum. Er hat mir erzählt, daß in das zweite Gebäude eine Bank einzieht.«

»Eine Bank? In Blue Moon?« Nate reagierte äußerst skeptisch.

»Das hat er jedenfalls gesagt«, bestätigte der Kaufmann, der verschlagen lächelte. »Wenn diese neuen Siedler wirklich so blank sind, wie Sie es vermuten, dann brauchen sie eine Bank, die ihnen das Geld für die Samen leiht.«

»Das Land ist umsonst.« Nate sah Webb an, als ihm der Satz wieder einfiel, den er am Bahnhof ausgesprochen hatte. »Aber sie müssen ihre Seelen verkaufen, um etwas anzupflanzen.«

Ein leichtes Lächeln spielte um Webbs Mund. »Während Sie

unsere Bestellung zusammentragen, Ollie, gehen Nate und ich in den Saloon.«

»In weniger als einer Stunde liegen die Waren für Sie bereit«, versprach Ellis.

»Es hat keine Eile.« Er wußte, daß sie es gar nicht eilig haben würden, wenn es darum ging, den Saloon zu verlassen, um den langen Heimweg zur Ranch anzutreten.

Bis vor zehn Jahren war der Saloon ein kleiner Raum gewesen, den man von der Gemischtwarenhandlung aus erreichte, nichts weiter als ein Nebenzimmer. Dann hatte die Eisenbahn zu einem Aufschwung in Blue Moon geführt, und Sonny Drake war in die Stadt gekommen und hatte ein richtiges Rasthaus mit einer Bar aufgebaut, um Kunden anzulocken. Die Konkurrenz und eine Ausweitung des Warensortiments sowie des Kundenkreises im Gemischtwarenladen hatten schließlich dazu geführt, daß der Ausschank im Laden abgeschafft wurde.

Wie Ollie Ellis kam auch Sonny Drake den Bedürfnissen der ansässigen Rancher und derer, die auf den Ranchs arbeiteten, entgegen. Er schenkte ihnen mit Vergnügen Whisky aus und vermietete ihnen dann ein Zimmer, in dem sie ihren Rausch ausschlafen konnten, wenn sie zuviel getrunken hatten. Das Haus mit der Bar im Parterre und einem halben Dutzend Schlafzimmern im oberen Stockwerk hatte noch einen weiteren Reiz, da es nur ein Dutzend Meter von der Blockhütte entfernt lag, in der Miß Fannie Owens still ihrem uralten Gewerbe nachging.

Zu dieser frühen Stunde hielt sich nur ein einziger Kunde an der Bar auf. Als Webb und Nate das Rasthaus betraten, erschien es ihnen nach dem strahlenden Sonnenschein im Freien finster. Sonny schrubbte den Fußboden, und mit einer Ausnahme standen die Stühle noch auf den Tischen. Der einzige Gast hatte einen Tisch freigemacht und saß behaglich auf einem der Stühle, seine Stiefel hatte er auf den Tisch gelegt. Eine Whiskyflasche stand in seiner Reichweite.

Als er das Klirren der Sporen hörte, riß er seinen Blick vom Inhalt der Flasche los. Der finstere, grübelnde Blick verschwand von seinem Gesicht, als er Webb erkannte. Ein Lächeln breitete sich auf seinen Zügen aus und gab ihm den gutgelaunten Ausdruck, den Webb gewöhnlich mit Doyle Pettit in Verbindung brachte. Doyle war der Sohn eines Ranchers und zwei Jahre jünger als Webb, doch sein Vater, Tom Pettit, der Besitzer der TeePee Ranch, war vor drei Jahren gestorben, und jetzt gehörte die Ranch Doyle.

»Hallo, Webb! Hallo, Nate! Kommt her und setzt euch zu mir!« Er winkte sie an seinen Tisch. »Es ist verdammt lange her, seit ich euch das letzte Mal gesehen habe. Sonny«, rief er dem kräftigen Barbesitzer zu, »bring Gläser für die Jungen!«

»Was tust du denn in der Stadt?« Nate ließ sich auf einen Stuhl fallen und stützte die Ellbogen auf den Tisch.

»Ich trinke auf das Ende der Rinderzucht.« Doyle hob sein Glas zu diesem spöttischen Trinkspruch und leerte es mit einem Zug.

Unter den Ranchern war es bekannt, daß es mit dem TeePee ständig bergab ging, seit Doyle die Leitung übernommen hatte. Eine schlechte Organisation der Ranch und eine Verschlechterung auf dem Rindermarkt kamen hier zusammen.

»Du spielst doch nicht mit dem Gedanken zu verkaufen?« Webb zog erstaunt eine Augenbraue hoch, als ihm der Gedanke kam, Doyle könnte die Ranch aufgeben. Es war gutes Weideland, das beste nach dem Dreifachen C.

»Zum Teufel, wenn die Rinderpreise noch tiefer sinken, habe ich gar keine andere Wahl mehr.«

»Sie werden wieder steigen. Das war schon immer so.« Es ging nur darum, eine schlechte Marktlage zu überstehen und die Kosten zu drücken.

»Ich habe gestern die meisten meiner Leute entlassen.« Doyle seufzte. »Ich konnte die Löhne für das Zusammentreiben des Viehs kaum noch zahlen. Wenn es sein muß entlasse ich alle, aber von dem Land trenne ich mich nicht. Es wird eine Goldgrube werden.«

»Keine Cowboys heißt keine Rinder, und daher wüßte ich nicht, wo du dieses Gold zu finden hoffst«, sagte Nate trocken.

»Gold im Weizen.« Ein Leuchten trat in seine haselnußbraunen Augen. »Weizen heißt Land. Und davon besitze ich weiß Gott genug.«

»Du glaubst doch nicht im Ernst, man kann hier draußen

Weizen anpflanzen?« spottete Nate, der den Rancher beäugte, als hätte er den letzten Funken Verstand verloren.

»Nein, zum Teufel, ich glaube es nicht, aber diese Trockenfarmer glauben es.« Doyle lachte. »Wenn das gesamte Land, das es umsonst gibt, weg ist, werden sie anfangen, Land zu kaufen.«

Das, was Doyle da sagte, klang vernünftig, aber Webb konnte diesen Plan nicht gutheißen. Die Vorstellung, das TeePee aufzulösen und in Weizenfelder umzuwandeln, erschien ihm von seiten eines Rinderzüchters als Verrat. Er schwieg jetzt nur, weil Doyle so viele Jahre lang ein guter Freund gewesen war.

Das Schweigen, das eintrat, drückte stumme Kritik aus. Doyle schwang seine Beine vom Tisch und beugte sich vor, um seine Freunde davon zu überzeugen, daß sein Plan klug war.

»Es ist ein geschickter Zug«, beharrte er. »Diese Dummköpfe, die hierherkommen, sind begierig auf Land. Nichts kann sie aufhalten. Wie eine Flut werden sie über uns hereinbrechen. Ihr werdet es ja sehen; die Landpreise werden hier bis in den Himmel schießen. Es wird keine Rolle mehr spielen, wie viele Rinder man hat. Es wird nur noch darum gehen, wieviel Land man besitzt. Jeder, der jetzt noch versucht, bei der Rinderzucht zu bleiben, ist ein Dummkopf. Mit Land kann man reich werden.«

»Etwas hast du übersehen.« Nate setzte sich anders hin. »Jeder Boom geht irgendwann zu Ende. Wenn diese Farmer nicht genug ernten, um ihre Schulden zu bezahlen, verlieren sie ihr Land wieder.«

»Das ist doch gerade das Schönste daran.« Ein breites Grinsen zog seine Mundwinkel auseinander. »Stellt euch doch nur vor, wie oft man ein und dasselbe Stück Land verkaufen kann.«

»Mir kommt das nicht richtig vor.« Nate schüttelte den Kopf.

»Es ist wie beim Pferdehandel«, verkündete Doyle. »Wenn der Käufer nicht selbst sieht, daß das Pferd lahmt, dann hat er das, was er bekommt, verdient.«

Es wurde klar, daß Doyle diesen Vergleich für eine ausreichende Rechtfertigung hielt. Webb wurde außerdem klar, daß Doyle alles genau durchdacht hatte. Das hier war kein müßiges Gerede am Wirtshaustisch, das hinterher gleich wieder vergessen wurde. Doyle würde ernst machen und jedes Wort in die Tat umsetzen.

»Was sagst du zu alledem, Webb?« Nate wandte sich an ihn, um verbale Unterstützung für seine Einwände zu suchen.

»Ich würde sagen, es ist verflucht gut, daß der alte Tom Pettit tot ist und im Grab liegt.« Es lag eine gewisse Steifheit in seinen Bewegungen, als er nach seinem Glas griff und einen Schluck Whisky trank.

Doyle errötete leicht und kniff die Augen zusammen. »Mein Vater war genauso wie deiner, Webb. Er kannte nichts anderes als Rinder und diese Ranch. Was ihn anging, gab es außerhalb der Grenzen dieser Ranch keine Welt. Das ist veraltetes Denken. Er hat fast dreißig Jahre seines Lebens in diese Ranch gesteckt. Als er starb, hat er mir eine Rinderherde hinterlassen, aber kein Geld – nicht einen Cent nach dreißig Jahren. Genau das wirst du auch bekommen, Webb – Rinder und das Kopfzerbrechen, das sie dir machen. Ich werde mein Leben nicht so vergeuden, wie es mein Vater getan hat.«

»Ein Mann muß tun, was er für richtig hält«, murmelte Webb, aber Doyles Worte hatten ihm Unbehagen bereitet. Diesmal hatte es nichts damit zu tun, daß er Chase Benteen Calders Sohn und der zukünftige Besitzer des Dreifachen C war. Etwas anderes nagte an ihm. Ein ganz neuer Gedanke, auf den er bisher nicht gekommen war.

»Dein Vater hat dir ein großes Stück Weideland hinterlassen«, rief ihm Nate in die Erinnerung zurück.

»Und ich werde dieses Land zu Geld machen«, sagte Doyle. »Ich habe mit Harve Wessel darüber gesprochen, daß ich vielleicht sein Partner werde. Habt ihr ihn schon kennengelernt?« Er warf Webb einen scharfen Blick zu.

»Ich habe ihn nur flüchtig gesehen.«

»Dieser Kerl könnte den Indianern in den Reservaten mit Perlen bestickte Mokassins verkaufen«, erklärte er mit einem breiten Grinsen. »Wir haben uns überlegt, daß wir Land aufkaufen könnten, um damit zu spekulieren. Seit seinem Herzinfarkt im letzten Winter spielt Evan Banks mit dem Gedanken, den früheren Grund der Ten Bar Ranch zu verkaufen. Harve ist sicher, daß wir die Bank überreden können, uns ein Darlehen zu geben, um das Land zu kaufen.«

»Dann wirst du nicht an den Rindern, sondern an deinem Land verarmen«, warnte ihn Webb.

»Ich werde an meinem Land reich werden«, verbesserte ihn Doyle. »Wenn dein Vater klug wäre, würde er zumindest einen Teil seines Landes verkaufen. Die Zeiten der großen Rinderzüchter sind vorbei. Er sollte sich überlegen, wie er die Größe des Dreifachen C reduziert, oder er wird schließlich alles verlieren.«

Es verging mehr als eine Stunde, bevor Webb und Nate sich von Doyle verabschiedeten und den Saloon verließen, um etwas zu essen. Vor der Tür blieben sie stehen und sahen auf die einzige Straße der Stadt hinaus. Nate sah seinen Freund blinzelnd an.

»Was meinst du?« fragte er.

Webb brauchte nicht zu fragen, wie diese Frage gemeint war. »Ich glaube, daß Doyle es tun wird. Er wird das TeePee verkaufen.«

Das Wissen behagte ihnen beiden nicht. Die Zeiten ändern sich, und beide Männer hatten bereits viele Veränderungen miterlebt. Weitere Veränderungen würden kommen, es sah zumindest ganz danach aus, aber die Art dieser Veränderungen wollte ihnen nicht gefallen.

Inmitten der welligen Steppen von Montana lauschten die Immigranten mit weit aufgerissenen Augen dem Mann im weißen Anzug. Hohe Grasbüschel schmiegten sich an ihre Knie. Harve Wessel hatte den Ort für seinen Vortrag über das Trockenfarmsystem sorgsam gewählt. Soweit das Auge sehen konnte, waren sie in alle Richtungen von einer jungfräulichen Graslandschaft umgeben, und dieses Land war umsonst zu haben. Die Zeit und die Naturgewalten hatten in den Hang eines Hügels eine kleine Ausbuchtung gegraben, die ihm ein natürliches erhöhtes Podium für seine Rede bot.

Mit der Zuversicht eines Vertreters, der der Überzeugung ist, sein Produkt bereits verkauft zu haben, forderte er zu weiteren Fragen auf. »Gibt es noch etwas am Trockenfarmsystem, was Ihnen unklar ist?«

Alle sahen sich erwartungsvoll um, ob nicht ein anderer in der Runde sich zu Wort melden würde. Stefan Reisner schüttelte verneinend den Kopf, als Harve Wessel ihm direkt ins Gesicht sah. Er stand in der vordersten Reihe, und neben ihm stand Lillian, die den Kopf leicht zurückgelegt hatte, um den Redner zu mustern.

»Was jetzt diejenigen unter Ihnen angeht, die knapp bei Kasse sind« – und das waren, wie Wessel wußte, alle – »so kann ich Ihnen behilflich sein, ein Darlehen bei unserer neuen Bank – bei Ihrer neuen Bank – zu bekommen, damit Sie das Saatgut und die notwendigen Geräte kaufen können. Die Zinsen betragen zehn Prozent, aber das Land gibt es umsonst«, betonte er. »Noch irgendwelche Fragen?«

»Wie kommen wir zu einer Unterkunft?« fragte jemand.

»Mit Wagen und Zelten werden Sie über den Sommer kommen, und dann können Sie Ihre erste Ernte verkaufen. In Blue Moon wird ein Holzhandel eingerichtet, und dort können Sie das Bauholz für Ihre Unterkunft erwerben. Wenn Sie nicht warten wollen, dann nehmen Sie auch für diesen Zweck ein Darlehen bei der Bank auf. Oder« – er legte eine Pause ein – »Sie können sich aus diesem ›Präriemarmor‹ auch eine Lehmhütte bauen.«

Eine Frau meldete sich zu Wort. »Was werden wir als Brennmaterial zum Kochen benutzen und um im Winter unsere Häuser zu heizen? Hier gibt es nirgends Bäume.«

»Ich bin froh, daß Sie diese Frage gestellt haben«, sagte er, und er sah auf Lillian Reisner herab. »Geben Sie mir ein Stück von diesem schwarzen Stein vor Ihren Füßen, Fräulein.«

Vor ihren Füßen lagen jede Menge glänzender schwarzer Steine, die von dem breiten Streifen abgebrochen waren, der sich an der ausgewaschenen Stelle unter der Erde zeigte. Lillian bückte sich, hob ein großes Stück Stein auf und reichte es ihm. Sie runzelte erstaunt die Stirn, denn der Fels hatte ganz so wie Kohle ausgesehen.

»Ich habe Ihnen allen doch schon gesagt, welche Schätze Sie in diesem Land finden können. Dies hier ist einer von ihnen.«

Harve Wessel hielt den schwarzen Brocken hoch, damit ihn alle sehen konnten. »Das hier ist Kohle. Wohin Sie auch sehen, fast überall ist sie wenige Fuß unter dem Erdboden zu finden. Und an Orten wie hier« – er deutete auf die Kohle unter seinen Füßen – »reicht sie bis an die Oberfläche. Dort haben Sie Ihr Brennmaterial.«

Langsam wandte sich Lillian zu Stefan um. Sie hatte keinen Zweifel mehr daran, daß es ein weiser Entschluß gewesen war, nach Montana zu gehen. Jetzt mußten sie nur noch ihr Stück Land finden.

4

Der Wind zerzauste das junge Gras und beugte seine langen Frühjahrshalme. Und der Himmel erinnerte an Smaragd, Jade und Türkis. Es schien ein juwelenbesetztes Land zu sein, über das unter einem endlosen Himmel rubinrote und topasgelbe, wildwachsende Blumen verstreut waren. Endlich sollten sich die Versprechungen auf Reichtümer, die ihre Eltern an die Gestade Amerikas gelockt hatten, erfüllen.

Lillian Reisner reckte ihren Kopf in den Sonnenschein und sog die frisch duftende Luft tief ein. Auf der langen Reise war blinde Hoffnung ihr Begleiter gewesen. Jetzt stand sie inmitten dieser Weite, die das Gefühl in ihr auslöste, etwas Wunderbares bräche in ihr auf und entfalte sich. Es war ein Gefühl von Freiheit, das sich mit Worten nicht mehr beschreiben ließ.

Keine Häuser mehr, die sich zwischen sie und die Sonne schoben. Keine Himmel voller Rauchfahnen mehr, und keine Luft mehr, die nach Abwässern und den Kadavern von Tieren stank und in der Lunge brannte. Keine zu nahen Nachbarn mehr, deren häufiges Streiten und Weinen man unfreiwillig hörte.

»Hör dir den Wind an, Stefan.« Sie wandte dem großen Mann mit dem kräftigen Kinn ihr strahlendes Gesicht zu. »Ich kann mich nicht erinnern, je in meinem Leben den Wind gehört zu haben.«

»Und auch nicht die Vögel.« Der gutturale Akzent seiner deutschen Heimat war deutlich zu hören. »Meine Ohren haben so lange nur Tauben gehört, daß ich den Gesang der Vögel auf den Wiesen vergessen habe. Ich war ein junger Mann, als wir Deutschland verlassen haben – dein Papa und ich. Du warst nichts weiter als ein Funkeln im Auge deines Papas.«

Das war eine Geschichte, die Lillian schon viele Male gehört hatte: Die lange Ozeanreise auf dem Zwischendeck, der glühende Wunsch ihrer Eltern, ihr erstes Kind möge in Amerika geboren werden, wo die Straßen mit Gold gepflastert waren. Sie war eine gebürtige Amerikanerin und im deutschen Getto von New York City aufgewachsen. Ihre Eltern hatten beide bis zu ihrem Tod, der im Abstand von wenigen Monaten erfolgte, an den amerikanischen Traum geglaubt. Es hatte keine Rolle gespielt, daß die Straßen nicht mit Gold gepflastert waren. Auf den Märkten gab es mehr Lebensmittel, als sie je gesehen hatten. Für sie war es das Land des Überflusses geblieben.

Als sie Stefans ausgeprägten Akzent hörte, erinnerte sich Lillian wieder daran, wie sehr sie sich einst der Redeweise ihrer Eltern geschämt hatte, wie unduldsam sie gewesen war, und wie wenig sie zu würdigen gewußt hatte, wieviel Kraft und Mut erforderlich gewesen waren, um die alte Heimat zu verlassen und in ein fremdes Land mit einer ganz anderen Kultur zu ziehen. Zu ihrem tiefen Bedauern hatte sie das erst erkannt, als beide schon gestorben waren.

Jetzt hatte sie eine Reise unternommen, die so sehr derjenigen ähnelte, zu der sie damals aufgebrochen waren – eine Reise ans andere Ende dieses gewaltigen amerikanischen Kontinents, voller Spannung und Erwartung und doch unsicher, was sie dort antreffen würde. Dieser riesige, weite, offene Landstrich war ehrfurchtgebietend – fern und weit ab von allem anderen. Aber sie fühlte sich von der freien Landschaft nicht eingeschüchtert.

Ihr Vater und Stefan hatten beide den Traum gehabt, in Amerika eine eigene Farm zu besitzen. Jetzt war sie mit Stefan hier angekommen und nahm den Platz ihres Vaters ein, und sie hatten vor, diesen alten Traum in die Wirklichkeit umzusetzen. Respekt und tiefe Zuneigung lagen in dem Blick, mit dem sie den dreiundvierzigjährigen Mann ansah, mit dem sie verheiratet war. Trotz seines ergrauenden Haares war er bärenstark, war freundlich und gütig.

Auf ihre ganz persönliche Art liebte sie ihn. Wenn diesem Gefühl auch die Leidenschaft fehlte, so machte das Lillian doch gar keine Sorgen. Romantische Liebe war ein Luxus der Reichen, die sich solche Dinge leisten konnten. Eine gewöhnliche Frau mußte praktischer sein und sich einen Mann suchen, der ernähren, beschützen und ihr Gesellschaft leisten konnte. Lillian war mit ihrer Wahl zufrieden.

»Du hast lange darauf gewartet, Land zu besitzen, das du dein eigen nennen kannst.« Lillian beobachtete, wie sich der Besitzerstolz in seine Augen schlich. Sie setzte zu einer weit ausholenden Geste an. »Jetzt hast du es, dreihundertzwanzig Morgen Land.«

»Dieser Mr. Wessel, der hat gesagt, daß er uns die besten Plätze zeigt.« Er nickte zufrieden.

Gestern hatte er das Stück Land auf seinen Namen eintragen lassen, hatte mit Mr. Wessels Hilfe bei der Bank ein Darlehen beantragt und das Saatgut, die Geräte und die Waren gekauft, die sie brauchten, um ein neues Leben zu beginnen. Sie hatten ihre Zugpferde vor einen gebrauchten Wagen gespannt, die Habe abgeholt, die sie am Bahnhof zurückgelassen hatten, und waren zu ihrem Stück Land hinausgefahren, auf dem sie sich ihr neues Heim bauen würden. Es lag zwanzig Meilen von der Stadt und sechs Meilen von ihrem nächsten Nachbarn entfernt, aber nachdem sie so weit gereist waren, konnten diese Entfernungen sie nicht mehr erschrecken.

»Sieh dir das an, Lillian.« Stefan deutete auf den Boden vor seinen Füßen und lockerte mit der Schuhspitze ein Büschel Gras. Als er sich auf den Boden kauerte, um es sich aus der Nähe zu besehen, kauerte sich Lillian neben ihn. Seine schwieligen Hände mit den plumpen Fingern fuhren durch die Grashalme. »So dicht wird der Weizen bei uns wachsen.«

»Ja, das wird er.« Sie wußte, daß er es vor seinem inneren Auge geschehen sah, eine Verwandlung dieses Meeres aus Gras in einen Ozean aus wogendem Weizen.

Seine Muskeln spannten sich, als er ein Büschel Gras ausriß, was ihm nur aufgrund seiner großen Körperkraft gelang. Er warf das Gras zur Seite und ließ lächelnd die Erdkrumen durch seine Finger rinnen.

»Unser Land«, sagte er ganz schlicht.

Die braune Erde preßte sich kühl gegen ihre Handfläche. Sie schloß die Finger um die trockene Erde, spürte, wie rauh sie war, und dachte daran, daß dieser Boden pflanzliches Leben nährte. Sie hielt Fruchtbarkeit in ihren Händen, das erste Glied in der Kette des Zyklus' der Natur.

»An dieser Stelle werden wir unser Haus bauen«, sagte er, als er sich wieder auf die Füße zog. »Vorher müssen wir den Boden umpflügen und unseren Weizen pflanzen.«

»Wir müssen auch eine Stelle für einen Garten pflügen, damit wir unser eigenes Gemüse anbauen können«, fügte Lillian hinzu.

Dieser Boden war so lange nicht mehr genutzt worden, war ausschließlich den Rindern und den Cowboys vorbehalten gewesen. Ein Lächeln spielte um Lillians Mundwinkel, als sie daran dachte, daß der erste Cowboy, der ihr leibhaftig begegnet war, alles andere als das gewesen war, was sie sich unter einem Cowboy vorgestellt hatte. Sie hatte geglaubt, daß sie wüst, ungebärdig, immer zu einer Schlägerei aufgelegt wären, aber der, den sie getroffen hatte, war höflich und freundlich gewesen.

Sie konnte sich noch gut an seine dunklen Augen erinnern und daran, wie er sie angesehen hatte, mit unverhohlener Bewunderung und großem Interesse. Er hatte sein Leben lang Ellbogenfreiheit gehabt, war nie eingeengt gewesen, kannte keine zu dichten Menschenmassen. Man konnte es in seinem Auftreten sehen, in seiner Haltung. Er war so gelöst gewesen, so ganz und gar im Einklang mit seiner Umgebung, die Weite dieses Himmels gewohnt.

Was ihn anders machte, war sein Leben im Freien. Sein Gesicht war von der Sonne gebräunt, und im Vergleich zu ihm wirkte Stefan bleich. Er schien stolz und energisch zu sein, seine Schultern waren breit und kräftig und nicht gebeugt wie Stefans Schultern. Er besaß die Kraft und Schroffheit dieses

Landes, eine Stärke, die seiner Erdverbundenheit entsprang und die Stefan nicht besaß.

Lillian tat den Gedanken mit einem stummen Kopfschütteln ab, als ihr bewußt wurde, daß sie Stefan mit dem Cowboy verglich. Vielleicht wären die Unterschiede nicht so stark gewesen, wenn Stefan noch in der Blüte seiner Jahre gestanden hätte. Außerdem war es unklug, an diesen Cowboy zu denken und ihn in ihrer Vorstellung zu verherrlichen.

Und ebenso dumm war es, dazustehen und Tagträumen nachzuhängen, wenn es so viele Arbeiten zu erledigen galt.

Man war recht einsam, wenn man an den Grenzen der Weiden entlangritt, um nach der Ordnung zu sehen, doch diese Einsamkeit machte Webb nichts aus. Er hatte nichts gegen diese langen Tage, die er mit niemand anderem als seinem Pferd verbrachte, während ihm ein großes Stück Himmel Gesellschaft leistete.

Webb vergewisserte sich, daß die Pfähle fest im Boden steckten und die Zäune straff genug gespannt waren. Es war ein mechanisches Vorgehen, und er konnte seinen Gedanken freien Lauf lassen.

Das Gras nahm schon die gelbliche Farbe des Frühsommers an, und diese Farbe veranlaßte Webb, ein Bild vor seinen Augen heraufzubeschwören, in dem das Land von goldenen Weizenhalmen übersät war. Es war ein sanfter Anblick, der nicht in diese wilde, zerklüftete, weite Landschaft zu passen schien.

Sie nannten sie die Trockenfarmer, und seit dem Frühling breiteten sie sich aus wie eine Seuche. Webb paßte das genausowenig wie den anderen Cowboys, aber er machte sich mehr Gedanken darüber. In der Jugendzeit seines Vaters war dieses Land der letzte Zufluchtsort für Rinderzüchter gewesen, die Weideland suchten. Heute war es die letzte Zufluchtsstätte für die Bauern. Die gesamte Besiedlung des Westens war so verlaufen. Erst kamen die Trapper, dann die Rancher und schließlich die Farmer. Kein Widerstand der bestehenden Ordnung, auch wenn er noch so groß gewesen war, hatte je etwas daran ändern können. Die Invasion des Pfluges hatte begonnen.

Wenn man in Betracht zog, was die Geschichte gelehrt hatte,

sah er die beharrlichen Bemühungen seines Vaters, dem Zustrom an Siedlern durch seine politischen Beziehungen Einhalt zu gebieten, als vergeblich und unrealistisch an. Vor fünf Jahren hatte sein Vater das Eintreffen der Farmer vorhergesagt, und Webb konnte nicht verstehen, warum er weiterhin eine Schlacht schlagen wollte, die bereits verloren war.

Webbs Pferd stellte die Ohren auf, als es jenseits des Grenzzaunes etwas wahrnahm. Wiehernd begrüßte es die Zugpferde auf dem angrenzenden Grundstück. Dieses Gespann ließ eine braune Furche hinter sich zurück, eine lange, gerade Narbe, die sich durch das Gras zog.

Es war ein reiner Reflex, der Webb dazu veranlaßte, seinem Pferd in die Zügel zu greifen und anzuhalten. Die Pferde zogen einen Pflug, der den jungfräulichen Boden umpflügte, und das Gespann wurde von einem Mann gelenkt, der Hosenträger trug, die seine viel zu weite Hose hielten. Der Schweiß hatte nasse Flecken auf seiner Hemdbrust und unter seinen Armen hinterlassen. Der Hut auf seinem Kopf hatte keine Krempe, die ausreichend breit gewesen wäre, um seinem bartlosen und von der Sonne geröteten Gesicht Schatten zu spenden.

Als Webb die glattrasierten Wangen des Siedlers ansah, wurde ihm klar, daß er zuerst geglaubt hatte, es könnte sich um den Vater des Mädchens handeln, das er am Bahnhof getroffen hatte. Doch dieser Mann war nicht nur bartlos, sondern er war auch zu jung, etwa in Webbs Alter. Dennoch verfolgte er mit seinen Blicken die Spur des Pfluges, die zu einem verwitterten Wagen führte, der sich farblich kaum vom Hintergrund der Steppe absetzte. Eine weiße Zeltplane zog seinen Blick auf sich; erst dann nahm er den Umriß des Wagens wahr. Zwei kleine Kinder spielten vor dem Zelt, und ein etwas älteres Mädchen paßte auf sie auf. Sie alle waren blond, und somit war es unwahrscheinlich, daß sie mit dem Mädchen, das kupferfarbenes Haar hatte, verwandt waren. Der Farmer und die Pferde waren so sehr in ihre Arbeit vertieft, daß der Mann Webb erst bemerkte, als sie auf gleicher Höhe nebeneinander waren. Die Reaktion des Mannes bestand darin, die Pferde augenblicklich anzuhalten und den Reiter mißtrauisch zu beäugen.

Nach allem, was Webb gehört hatte, war die Haltung des Farmers verständlich. Die Eisenbahngesellschaften und die Geschäfte der Kleinstadt hatten die Immigranten willkommen geheißen, aber von ihren Nachbarn – den Ranchern und Cowboys – waren sie schlecht aufgenommen worden. Die Reaktionen reichten von eisiger Geringschätzung bis hin zu offener Feindseligkeit.

Webbs mausgraues Pferd wollte stehenbleiben und sich mit den neuen Pferden bekannt machen, und Webb hatte nichts dagegen einzuwenden. Das Sattelleder ächzte, als Webb sich zurücklehnte und den Hut auf den Hinterkopf schob. Der Wallach streckte seinen Hals über den Stacheldraht und beschnupperte das Pferd, das neben ihm stand und das sein Interesse ebensowenig erwiderte wie sein Besitzer.

»Es sieht so aus, als würde es jetzt täglich wärmer.« Webb äußerte sich zum Wetter, da es sowohl die Rancher als auch die Farmer etwas anging.

Ein kurzes Nicken drückte Zustimmung aus, aber die Augen des Trockenfarmers lösten sich keinen Moment lang von Webb. Webb richtete seinen Blick auf die Erdschollen, die der Pflug freigelegt hatte.

»Haben Sie vor, hier Weizen anzubauen?« Die Frage lag auf der Hand, und Webb kannte bereits die Antwort.

Das Kinn reckte sich trotzig in die Luft. »Ja.«

»Ist das nicht schon etwas zu spät für diese Jahreszeit?«

Über das Gesicht des Mannes huschte ein Ausdruck, von dem Webb nicht mit Sicherheit sagen konnte, ob es Zweifel waren oder ob es nur besorgt war. Zu schnell zeigte es erbitterte Entschlossenheit, von der ihm später noch klarwerden sollte, daß diese Eigenschaft allen Trockenfarmern gemeinsam war. Webb ließ seine Gedanken einen Moment lang zu Lillian mit dem kastanienbraunen Haar abschweifen, und er war froh, daß ihre Familie unter den ersten war, die hier eingetroffen waren. Denn das hieß, daß ihre Ernte genügend Zeit hatte, um heranzureifen, vorausgesetzt, es regnete. Dieser Mann hier setzte darauf, daß kein früher Frost die Ernte vernichten würde.

»Mr. Wessel hat gesagt, wir hätten noch genügend Zeit, um

anzupflanzen und zu ernten.« Der Trockenfarmer hatte einen Akzent, den Webb nicht einordnen konnte. Er begriff aber, daß dieser Mann daran glaubte.

Das blinde Vertrauen des Mannes in diese Landspekulanten ärgerte Webb, und jeder Anflug von Freundlichkeit auf seinen Zügen wich einem versteinerten Blick, der sich auf das Zelt und den Wagen in der Ferne richtete, auf die Kinder, die so sorglos in der warmen Sonne spielten.

»Ist das Ihre Familie?« Webb sah den Farmer mit zusammengekniffenen Augen an.

Der Mann wirkte trotz seiner störrischen Haltung besorgt, als sei die Erwähnung seiner Familie in irgendeiner Weise bedrohlich, doch Webb fragte sich, wie es den Kindern ergehen würde, wenn die Ernte ein Mißerfolg wurde, weil sie zu spät angepflanzt worden war, und wenn sie im Winter kein Geld für Nahrungsmittel haben würden.

»Das ist meine Helga mit meinen Kindern«, sagte der Mann.

»Machen Sie sich eigentlich eine Vorstellung davon, wie schwer Sie es hier draußen haben werden?« Webb zweifelte ernstlich daran.

»Ich habe ein Gewehr.« Der Trockenfarmer sah Webb fest in die Augen. »Wenn es Ärger gibt, werde ich es benutzen.«

Auf seinem Gesicht vollzog sich zwar keine sichtbare Wandlung, doch Webb war verblüfft über diese Antwort. Er hatte von den Widrigkeiten gesprochen, die dieses Land und dieses Klima in sich bargen. Er hatte in keiner Weise andeuten wollen, der Mann oder seine Familie seien Bedrohungen von anderer Seite her ausgesetzt. War es zu Gewalttätigkeiten oder Belästigungen gekommen, von denen er nichts wußte? Hatten Rancher oder Cowboys Dinge angestellt, von denen er nichts gehört hatte?

Das schien im Moment keine große Rolle zu spielen. Entscheidend war, daß Webb sah, wie leicht es dazu kommen konnte. Es gab weiß Gott genug hitzköpfige Cowboys auf der Ranch, denen jeder Grund für Handgreiflichkeiten recht war. Wenn sie auf einen ebenso kämpferischen Trockenfarmer stießen, mußte Gewalttätigkeit in irgendeiner Form die zwangsläufige Folge sein.

Webb zog sich den Hut wieder in die Stirn, während er den Mann näher musterte. »Wie heißen Sie?« fragte er barsch.

»Kreuger. Franz Kreuger.« Der Name wurde ihm mit angriffslustigem Stolz hingeschleudert.

»Lassen Sie sich eines von mir sagen, Franz Kreuger.« Webb näherte sich dem Mann auf wenige Meter. »Die meisten Rancher hier sind alte Hasen. Sie haben sich Schießereien mit aufsässigen Indianern und mit Viehdieben – und manchmal auch miteinander – geliefert. Wenn sie ein Gewehr sehen, fassen sie es nicht als eine Warnung auf. Sie gehen davon aus, daß es benutzt wird. Mein Rat an Sie, Mr. Kreuger, ist, daß Sie Ihrer Frau dieses Gewehr anvertrauen. Sie sind dann weniger gefährdet.«

Nachdem er gesagt hatte, was er zu sagen hatte, griff Webb seinem Pferd in die Zügel und ritt davon. Der nächste Abschnitt des Zaunes mußte nicht sofort überprüft werden. Das konnte warten, bis er sich wieder beruhigt hatte.

Genau diese Form von dummem Gerede konnte, wenn es dem falschen Mann zu Ohren kam, zu Zwischenfällen führen.

Webb ritt auf einen Hügel zu, und ehe er den Kamm erreicht hatte, zeichneten sich dort als Silhouetten gegen den Himmel drei Reiter zu seiner Rechten ab. Da er erst nach zwei weiteren Tagen abgelöst werden sollte, wurde Webb neugierig. Seine Neugier legte sich jedoch sogleich, als er in einem der Reiter seinen Vater erkannte. Sie sahen ihn und blieben stehen, um ihn zu erwarten.

Die anderen Reiter machten Webb neben dem Pferd seines Vaters Platz. Sollte er diesen Platz jetzt einnehmen, weil er sein Sohn war oder weil der Boß mit ihm reden wollte? Webb ließ sein Pferd hinter den drei Reitern stehen und trat in die Lücke zwischen dem Pferd seines Vaters und Ely Stantons Pferd. Judd Turner, der vor einem Jahr zu ihnen gestoßen war und seitdem für die Ranch arbeitete, war der dritte Reiter.

Sein Vater warf ihm einen kurzen Seitenblick zu, den das, was er wahrnahm, nicht zufriedenstellte. »Alles in Ordnung?«

Die Frage bezog sich nicht auf den Zustand des Zaunes. Benteen Calder wollte wissen, was es mit dem Farmer auf sich hatte, dessen Land auf der anderen Seite des Zaunes lag. Webb sah auf den Mann hinunter. Der Farmer warf besorgte Blicke auf die berittenen Männer, aber er hielt sein Gespann nicht an.

»Ja, alles in Ordnung.« Webb erwähnte die provozierende Behauptung des Farmers, ein Gewehr zu besitzen, nicht. Derartiges Gerede hätte sich wie ein Lauffeuer unter den Cowboys ausgebreitet, und einer von ihnen hätte den Mann bestimmt belästigt.

Die Sonne schien genau auf den Pflug, als dieser sich in den grasbewachsenen Boden grub und die dunklen Schollen aufwirbelte. Webb spürte, wie stummer Zorn seinen Vater befiel. Es war ihm nichts anzusehen, aber die Luft schien vor Spannung zu knistern.

»Turner ist hier, um dich abzulösen«, sagte sein Vater. Webb hatte es sich bereits gedacht. Benteen warf dem Cowboy einen scharfen Blick zu, der den stummen Befehl ausdrückte, Webbs Pflichten zu übernehmen.

Turner lächelte die drei Männer strahlend an. »Vergeßt nicht, daß ihr mich hier draußen abgesetzt habt«, scherzte er.

Als der Cowboy außer Hörweite war, sagte Webbs Vater: »Bull Giles kommt übermorgen mit dem Zug an. Du wirst mich begleiten, wenn ich ihn abhole.«

Einerseits hätte Webb gern nach dem Grund für Bulls Besuch gefragt, aber andererseits schien sein Vater nicht zu Erklärungen aufgelegt zu sein. Daher sagte er ganz einfach das, was er sich dachte. »Die neuen Siedler sind jetzt hier. Selbst die Armee könnte sie jetzt nicht mehr vertreiben. Weitere werden kommen, und es gibt nichts, was du oder Bull Giles tun könntet, um sie davon abzuhalten.«

»Und daher sollte ich es gar nicht erst versuchen. Meinst du das?« Die volle Wucht des Zornes, die in dem eisigen Blick seines Vaters lag, richtete sich auf ihn. »Sieh dorthin, Webb – direkt vor das Pferdegespann. Siehst du das Gras?«

»Ja.« Die Antwort kam barsch heraus, während Webb in die Richtung sah, die sein Vater ihm vorgeschrieben hatte, ohne die bezeichnete Stelle wirklich zu betrachten.

»Sieh es dir noch einmal ganz genau an, denn es ist das letzte Mal, daß dieses Gras aus dieser Erde wächst.« Seine Stimme war rauh. »Es ist, als würde eine Jungfrau vergewaltigt. Du kannst ihr nie mehr zurückgeben, was sie verloren hat. Vielleicht kannst du das mit ansehen, ohne es aufhalten zu wollen, ich kann es nicht.«

Webb spielte einen Moment lang mit dem Gedanken, auf die zahlreichen Präzedenzfälle hinzuweisen, die es in der Geschichte gegeben hatte, die Momente, in denen Ackerbauern in die Bereiche vordrangen, die bis dahin die Domäne der Viehzüchter gewesen waren. Aber damit hätte er nur seinen Atem vergeudet. Dennoch wurmte ihn die Anspielung, er sei ein Drückeberger.

»Die Zeit verändert das Land und die Leute«, lautete seine einzige Antwort.

»Ich habe viele Veränderungen erlebt, mein Sohn«, erwiderte ihm Benteen Calder. »Aber diese hier möchte ich nicht erleben.« Grimmige Verzweiflung schwang in seiner Stimme mit. »Ich weiß nicht, ob ich die Tollkühnheit bewundern soll, die dieser Trockenfarmer aufbringen mußte, um hierherzukommen. Oder ob ich den blöden Mistkerl dafür hassen soll, was er diesem Land antut.« Seine Stimme bebte vor innerer Erregung.

Die Heftigkeit der Worte erinnerte Webb an die kämpferische Haltung, die der Farmer so bereitwillig eingenommen hatte. Das schien zu bekräftigen, wie sehr sich die Lage zugespitzt hatte.

»Wenn dieser Boden Gras hervorbringen kann, wie kannst du dir dann so sicher sein, daß er nicht auch genauso dichten Weizen hervorbringen kann?« Es war eine subtile Provokation gegen das Weltbild seines Vaters, das nur schwarz und weiß war und für Grau keinen Raum ließ.

»Aus demselben Grund, aus dem aus einem Steinmeer kein Mais und in der Wüste kein Reis wächst.« Die Antwort kam schnell und klang beißend. »Es gibt gewisse Dinge, die der Boden nicht hervorbringen kann. Ganz gleich, wie sehr sich der Mensch auch abmüht und was er versucht, er kann nichts daran ändern – nicht auf Dauer. Dieser Mann dort unten ist fremd in diesem Land.« Er wies mit einer Kopfbewegung auf den Farmer. »Seine Ignoranz entschuldigt zumindest teilweise, was er dort anrichtet. Aber du solltest es besser wissen. Ich werde nie verstehen, warum Menschen nur durch Schwierigkeiten etwas dazulernen.« Er griff nach den Zügeln seines Pferdes und wandte sich von Webb ab.

Trotz allem war damit kein Beweis erbracht worden, der Webb überzeugen konnte, daß der Rancher recht hatte und der Farmer sich täuschte. Er wünschte sich nicht, daß das Dreifache C zu einem gewaltigen Weizenanbaugebiet umgestaltet werden würde, was aber nicht hieß, daß die Farmer das Land nicht vielleicht doch seinem potentiell größten Nutzen zuführten. Fest stand, daß mit Rindern kein Geld zu verdienen war – nicht in diesem Jahr und auch nicht in den beiden letzten Jahren. Webb wußte nicht, wie die Ranch finanziell dastand, da er sich nie danach erkundigt hatte, aber gut sah es sicherlich nicht aus.

5

Die Straße, die durch Blue Moon führte, war ein einziger Morast, der an den Wagenrändern der Reisners hängenblieb, doch Lillian strahlte über das ganze Gesicht. Der gestrige Tag hatte den ersten ersehnten Regen mit sich gebracht, den sie seit ihrer Ankunft im östlichen Montana erlebt hatten, abgesehen von einigen kurzen Schauern, die kaum mehr bewirkten, als daß der Staub sich legte. Sie war in den Regen hinausgelaufen und hatte gelacht und getanzt und versucht, Stefan aus der Hütte aus Teerpappe herauszulocken, doch er war im Eingang stehengeblieben und damit zufrieden gewesen, ihr zuzusehen und zu beobachten, wie der Regen den Boden ihrer keimenden Weizenfelder aufweichte.

Da es für die Arbeit im Freien zu schlammig war, hatten sie die Pferde vor den Wagen gespannt und die Gelegenheit genutzt, in die Stadt zu fahren, um neue Vorräte zu besorgen. Die Straße war derart von Menschen bevölkert, daß es ganz so schien, als täten alle anderen Farmer das gleiche. Lillian bemerkte, wie glücklich die Gesichter der Menschen waren. Sie wußte, was sie dachten, denn es mußte das gleiche sein, was sie sich dachte: Das hier galt als trockenes Land, und es hatte geregnet!

Es hatte in der Steppe geregnet! Was spielte es schon für eine Rolle, daß der nasse Boden an den Schuhen klumpte und die Füße herunterzog? Diese Regenmenge würde den Weizen wachsen lassen. Wenn der Herbst erst kam, würden sie ihre erste Ernte einbringen. In der Luft hing der Duft des Erfolges. Stefan hatte sie gewarnt, nicht die Küken zu zählen, bevor die Hühner die Eier ausgebrütet hatten, aber sie hatte die Erleichterung in seinen Augen gesehen und gewußt, daß sie nur das ausdrückte, was er selbst in seinem Innern empfand.

»Als erstes werden wir die Wassertonne füllen«, erklärte Stefan, als er das Gespann vor der Schmiede anhielt.

Seit dem Eintreffen der Trockenfarmer in der Steppe von Montana war der Brunnen des Schmiedes der Ort, an dem sich die Siedler, die nicht in der Nähe eines Flusses lebten oder auf ihrem eigenen Land einen Brunnen gegraben hatten, mit Wasser versorgten – und das waren die meisten von ihnen. Gegen ein kleines Entgelt füllten sie dort ihre Wassertonnen und zogen sie nach Hause.

Lillian sah sich unter den anderen wartenden Frauen um, fand aber kein Gesicht, das sie von der Zugfahrt her kannte. Plötzlich wurde ihre Aufmerksamkeit auf die Straße gelenkt. Ein halbes Dutzend Reiter begleiteten einen Wagen in die Stadt, in dem zwei Frauen saßen, und unerwartet sah Lillian in ein vertrautes Gesicht. Eine Woge von Vergnügen stieg prikkelnd in ihr auf, als sie den Cowboy erkannte, mit dem sie sich am Tag ihrer Ankunft unterhalten hatte. Er erschien ihr größer, als sie ihn in Erinnerung gehabt hatte, aber das konnte täuschen, da er damals nicht auf einem Pferd gesessen hatte.

Als sein Blick in ihre Richtung fiel, hielt Lillian unbewußt den Atem an. Sie war sicher, daß er ihr direkt ins Gesicht sah, aber er zeigte nicht, daß er sie erkannt hatte. Sie fühlte sich seltsam minderwertig, als seine Augen nicht auf ihr verweilten.

Dann wandte sich sein Kopf mit einem Ruck ihr wieder zu. Sie konnte fast spüren, wie er sie forschend musterte. Ihr Puls schien schneller zu schlagen.

Er lächelte etwas, als er seine Hand an die Hutkrempe hob. Dieselbe Geste hatte er auch gemacht, als sie ihn zum erstenmal gesehen hatte. Mit einem leichten Nicken erwiderte Lillian die Begrüßung. Dann war er an ihr vorbeigeritten. Er und die anderen begleiteten den Wagen offensichtlich zum Bahnhof.

Sie warf einen schnellen Blick auf den Brunnen, entdeckte Stefan unter den anderen Männern und sah dann den Cowboys nach. Alle ritten Pferde, die drei C's als Brandzeichen trugen. Sie fragte sich, was diese C's wohl bedeuten mochten, merkte aber, daß sich auch darin nur ihr Interesse an dem Cowboy ausdrückte.

»Haben Sie das gesehen?« Ein anderer Farmer hatte die vorbeiziehenden Reiter ebenfalls bemerkt. Er wandte sich mit seiner Frage an keine bestimmte Person, zog aber Lillians Aufmerksamkeit sofort auf sich. Er spuckte auf den Boden. »Sie reiten in die Stadt, als gehörte sie ihnen.«

Der Mann schien zu wissen, wer die Reiter waren und zu welcher Ranch sie gehörten. Lillian beugte sich vor, und schon während sich die Frage in ihrem Kopf formte, biß sie sich auf die Lippen, um sie nicht zu stellen.

Sie rutschte ihr trotzdem heraus. »Wer war das?«

»Calder.« Als er diesen Namen aussprach, las sie Abneigung in den blauen Augen des Mannes. »Ihm gehört die größte Ranch in diesem Teil des Landes. Es gibt Fürsten in Amerika, genau wie in Rußland.«

Andere hörten jetzt auch zu und verrenkten sich die Hälse, um noch einen Blick auf die Reiter zu erhaschen. Lillians Blick folgte ihnen und blieb auf dem breitschultrigen Cowboy haften.

Als sie ihre Aufmerksamkeit wieder dem Brunnen zuwandte, sah sie sich die anderen Farmersfamilien an. Das waren stolze arbeitende Menschen, die wie sie Armut und Mühsal kannten. Sie glaubte nicht, daß der Cowboy je so wie diese Menschen gelitten hatte.

»Woher kennen Sie diese Leute, Kreuger?« fragte ein anderer Farmer den Russen.

»Mein Land grenzt an seines. Einer seiner Männer ist vorbeigekommen, als ich mein Feld pflügte, und warnte mich, meiner Familie könnte etwas zustoßen.« Er unterbrach sich, um die Reaktion der Leute zu sehen. Dann richtete er sich auf und nahm eine herausfordernde Haltung ein. »Ich habe ihm gesagt, ich habe ein Gewehr, und ich würde es auch benutzen.«

Eine Stimme erhob sich aus dem allgemeinen Murmeln, das darauf folgte. »Und was ist dann passiert?«

»Er hat noch mehr Drohungen ausgesprochen und ist fortgeritten.« Er richtete seine Worte an die Männer. »Wir müssen zusammenhalten, wir alle. Diese Rancher glauben, weil sie zuerst hier waren, gehört ihnen alles. Wir müssen ihnen zeigen, daß man uns keine Angst machen kann.«

Diese Sätze erinnerten an die Vergangenheit. In dem Mietshaus, in dem sie in New York gelebt hatten, hatte Lillian Männer genauso reden hören. Verzweiflung schien immer Gewalttätigkeit hervorzubringen.

Dies hier war ein neues Land. Es hätte der Ort für einen Neubeginn sein sollen, ein Ort, an dem sich ein Mensch mit seiner Hände Arbeit und im Schweiße seines Angesichts etwas aufbauen konnte – ohne Feindseligkeit und ohne Furcht. Aber dieses freie Land war nicht so heiter, wie es erschien.

Eine innere Unruhe überfiel Webb und zehrte an seinen Nerven, als er mit den anderen Reitern am Bahnhof abstieg und seiner Mutter und Ruth beim Aussteigen behilflich war. Er zögerte für eine Sekunde, als er sah, mit welcher Wärme in den Augen Ruth ihn ansah. Ein Unbehagen, das sich nicht auf seinem Gesicht ausdrückte, beschlich ihn.

»Ich kann mich nicht erinnern, wann ich das letzte Mal so viele Menschen in der Stadt gesehen habe«, sagte seine Mutter, als sie ihren Rock glattstrich.

»Es sind vorwiegend Trockenfarmer«, antwortete Webb. »Der Regen hat sie von den Feldern vertrieben, und jetzt kommen sie in die Stadt.«

»Die Sonne wird den Boden im Nu wieder trocknen«, sagte sie stirnrunzelnd. »Morgen werden sie einen Meißel anstelle eines Pfluges brauchen, wenn sie wieder auf ihre Felder gehen wollen.«

Webb lächelte. Der Schlamm von Montana wurde steinhart, wenn er trocknete. Es regnete so selten, daß er das immer wieder vergaß.

»Mir tun diese armen Menschen leid«, murmelte Ruth, die mit dieser Äußerung Webbs Blick auf sich zog.

»Sie sind entschlossen, es zu schaffen«, sagte er.

Und er bemerkte das rosafarbene Kleid, das Ruth trug, die Zartheit ihrer Haut, die wie weißes Perlmutt schimmerte. Ein Bild der Farmertochter Lillian in ihrem billigen Baumwollkleid und mit einer Haut, die von der Sonne schon gebräunt war, blitzte vor seinen Augen auf. Als er sie beim Brunnen gesehen hatte, war sein Blick im ersten Moment über sie hinweggeglitten. Dieses rauhe Land hatte bereits seine Spuren bei ihr hinterlassen.

Es war seltsam, daß er sie nicht erkannt hatte. Der rote Schimmer ihres Haares war ihm entgangen, bis er ein zweites Mal zu ihr hinübergesehen hatte. Etwas anderes war ihm aufgefallen. Vielleicht war es ihre geballte Energie – diese physische und geistige Tatkraft und Beweglichkeit.

»Ich fürchte, Entschlossenheit allein reicht nicht aus«, sagte seine Mutter. Ihre Lippen verzogen sich zu einem Lächeln. »Aber mir macht es Spaß, all diese Menschen in der Stadt zu sehen, auch wenn ein gewisser Mr. Calder diese Bemerkung als Verrat empfinden würde.« Sie sah dem Mann, der sich gerade zu ihnen gesellte, in die Augen und zog ihn auf liebevolle Art auf.

Hätte ein anderer diese Bemerkung gemacht, so hätte er sich einen harten Blick eingehandelt, doch Benteen bedachte seine Frau nur mit einem nachsichtigen Lächeln. »Der Zug hat eine halbe Stunde Verspätung«, sagte er. »Der Eisenbahnbeamte hat Curly gesagt, daß zwei weitere Waggons mit Trockenfarmern eintreffen werden. Ich hoffe, das macht dich glücklich, Lorna.«

Sie schnappte nach Luft und sagte dann doch nichts. »Wenn wir schon auf den Zug warten müssen, könnten wir uns doch einen bequemen Sitzplatz suchen.« Sie sah Ruth an. »Möchtest du mit mir ins Bahnhofsgebäude kommen, oder bleibst du mit Webb auf dem Bahnsteig?«

Ruth sah Webb befangen an. Ihre Unsicherheit war ihm nicht neu. Sie überließ immer ihm die Initiative und äußerte nie ihre Unzufriedenheit über das Schneckentempo, mit dem er die Beziehung vorantrieb. Webb war sich selbst nicht sicher, warum er sich zurückhielt und es vermied, um sie zu werben.

»Ruth braucht frische Luft, nachdem sie so lange Zeit im Schulhaus zugebracht hat.« Er nahm ihr die Entscheidung ab und bemerkte den erfreuten Blick seiner Mutter.

»Kommst du mit mir, Benteen?« Sie hing sich bei ihm ein und wartete seine Antwort gar nicht erst ab.

Webb blickte seinen Eltern nach, die Arm in Arm auf das Bahnhofsgebäude zugingen.

»Ich hoffe, die Fibeln, die ich für die Kinder bestellt habe, sind mitgekommen«, meinte Ruth, der das Schweigen zwischen ihnen Unbehagen bereitete.

Webb zündete sich eine Zigarette an und sah dem Rauch nach. Vielleicht war er nicht geschaffen für eine Ehe. Es gab andere auf der Ranch, die in seinem Alter oder jünger waren und deren Kinder schon in Ruths Schule gingen. Sein Leben war zu ziellos. Eine Frau und eine Familie zu haben, würde bedeuten, sich für die Seßhaftigkeit zu entscheiden und das zu tun, was sein Vater von ihm wollte. Und das lehnte Webb rundheraus ab. Trotzdem war es an der Zeit, eine Entscheidung darüber zu treffen, ob er auf dem Dreifachen C bleiben oder auf eigene Faust losziehen wollte.

»Du solltest heiraten, Ruth«, sagte er abrupt. »Du solltest nicht anderen Kindern, sondern deinen eigenen Kindern etwas beibringen.«

»Das klingt ganz nach deiner Mutter«, erwiderte sie. »Nur sagt sie, ich solle ihren Enkeln etwas beibringen.«

»So wird es wohl kaum kommen.« Die Antwort rutschte Webb heraus, aber sie entsprang einem wahren Gefühl. Ihm wurde klar, daß er damit auch etwas über seine Einstellung aussagte, was Ruth betraf – oder über seine nicht vorhandenen Absichten. »Warst du eigentlich schon einmal in Texas?« Er wechselte das Thema, als er merkte, daß sie sich von ihm abwandte, um ihn nicht ansehen zu müssen.

»Nein, noch nie.« Ihre Stimme klang kläglich. Sie hatte so lange darauf gewartet, daß Webb sie bemerken würde. Kurzzeitig hatte es auch danach ausgesehen. Er hatte sie aufgesucht, bei ihr zu Abend gegessen und sie einige Male geküßt. Jedes Jahr wieder glaubte sie, jetzt sei das Jahr gekommen, in dem er sie fragen würde, ob sie seine Frau werden wolle. Er traf sich nicht mit anderen Frauen. Das hatte Lorna Calder ihr versichert.

»Ich bin selbst nur zweimal dort gewesen. Meine Großeltern leben immer noch in Fort Worth. Mutter spricht immer wieder davon, sie zu besuchen, aber ...« Er runzelte die Stirn und ließ den Satz unbeendet.

Aus der Ferne war das Pfeifen der Lokomotive zu hören. Die Menschen auf dem Bahnsteig gerieten in Bewegung. Auch von der Straße her strömten Menschen hinzu. Die Ankunft des Zuges war ein Ereignis, das Zuschauer anlockte. Es war die Verbindung mit der Zivilisation für die Bewohner dieser abgelegenen Gemeinde inmitten des Nichts.

Als ein zweites Pfeifen der Lokomotive zu vernehmen war, näherten sich zwei Wagen dem Bahnhof. Im ersten erkannte Webb den Landspekulanten Wessel, doch er kniff seine Augen zusammen, als er Doyle Pettit von der TeePee Ranch neben ihm sitzen sah. Webb hatte schon an dem Tag im Saloon den Verdacht gehabt, daß Doyle es nicht bei leerem Gerede belassen, sondern Ernst machen würde. Doch ihn jetzt neben diesem Mann zu sehen, war etwas ganz anderes. Als er die Kutscher der beiden anderen Wagen erkennen konnte, fiel es ihm noch schwerer, die Tatsachen hinzunehmen. Es waren Männer, die lange Jahre auf dem TeePee gearbeitet hatten und in dem Maß zur Ranch gehörten, wie Barnie Moore und Shorty Niles ein Bestandteil des Dreifachen C waren.

»Ist das nicht Doyle Pettit?« fragte Webbs Vater, der neben ihn getreten war, als der Zug schnaufend und pfeifend im Bahnhof einfuhr. »Und sind das nicht Charlie und Jingles?«

»Ja.« Webb sah sich lieber den Zug an als seine abtrünnigen Altersgenossen.

»Dort ist Bull«, sagte Lorna, als Benteen noch mit verkniffenen Lippen die neue Fuhre Trockenfarmer musterte und die Cowboys deutlich ihre Mißbilligung äußerten. Als Bull vom Zug gesprungen war und sich auf seinen Stock gestützt hatte, verloren sie ihn wieder aus den Augen, weil die vielen Einwanderer sich dazwischendrängten. Wessel sprang auf eine Lattenkiste, damit alle ihn sehen konnten.

»Willkommen in der zukünftigen Weizenhauptstadt von

Montana!« Seine Stimme war so salbungsvoll wie die eines Geistlichen. »Ich hoffe, Sie sind nicht gekommen, weil Sie eine dürre Steppe suchen. Alles, was wir hier haben, ist Schlamm!«

Unterdrücktes Gelächter war von den neuen Siedlern zu hören. Die Cowboys des Dreifachen C schüttelten grimmig die Köpfe. Als Bull Giles in ihr Blickfeld humpelte, gelang es Webb, abzuschalten und die Stimme, die die Schätze dieser Region predigte, nicht mehr zu hören.

Bull Giles hatte den Körperbau eines Zirkusringers und war auch etwa so häßlich. Er trug einen maßgeschneiderten schwarzen Anzug. Das Jackett war nicht zugeknöpft, und darunter war eine silberne Brokatweste zu sehen, an der eine Diamantnadel steckte. Trotz seiner massiven Gestalt erweckte er den Eindruck, durch und durch ein Gentleman zu sein. Dieser Eindruck verstärkte sich noch, als Bull Giles Lorna Calder als erste der Anwesenden begrüßte. Auf sein Gesicht trat ein weicher Ausdruck, der im krassen Gegensatz zu seinem kräftigen Körperbau und seinem kantigen Gesicht stand.

»Sie haben sich kein bißchen verändert, Lorna. Wenn überhaupt, dann sind Sie schöner denn je.« Er nahm ihre Hand, beugte sich galant darüber und berührte mit seinen Lippen ihren weißen Handschuh.

»Und Sie haben sich auch kein bißchen verändert, Bull«, sagte sie. »Sie sind immer noch der Schmeichler.«

»Wenn Ihr Gatte nicht hier stünde und mich mit haßerfüllten Blicken bedächte, würde ich den Versuch unternehmen, Sie davon zu überzeugen, daß meine Bewunderung nicht unaufrichtig ist.« Die Bemerkung wurde mit einer Leichtigkeit ausgesprochen, die im Widerspruch zu der Eindringlichkeit seiner Blicke stand. Dann wandte er sich an Benteen: »Ich schätze, ich brauche mich nicht danach zu erkundigen, wie die Dinge stehen«, sagte Bull, als er Benteens Hand schüttelte. Sein Blick wanderte zu den Ankömmlingen, die sich um den Landvermittler scharten.

»Sie überziehen dieses Land wie eine Heuschreckenplage.« Benteen verglich sie mit dieser Art von Katastrophen, und das erschien Webb als eine ungerechtfertigte Übertreibung. »Ich hoffe, Sie haben sich etwas einfallen lassen.«

»Der Deich ist gebrochen, Benteen«, sagte Bull. »Ein Gottesurteil wäre erforderlich, um diese Flut von Menschen jetzt noch aufzuhalten.«

Benteen hatte keine Antwort erwartet, und doch konnte er sein Mißvergnügen nicht verbergen. Es trat eine kurze Pause in der Unterhaltung ein, als Bull den Träger bezahlte, der sein Gepäck gebracht hatte. Benteen wies einen seiner Männer an, Bulls Tasche im Wagen zu verstauen.

»Die Stadt ist wirklich gewachsen.« Bull sah die Straße hinunter und bemerkte die zahlreichen neuen Gebäude, die den verschlammten Weg auf beiden Seiten flankierten. »Ist das ein Nutzholzhandel?« Er wies auf das grüne Holz, das in Stapeln an einem unfertigen Gebäude lehnte.

»Der Holzhandel ist das Allerneuste«, gab Benteen zu. »Blue Moon hat jetzt sogar eine Bank. Und es wird optimistisch über den Bau eines Getreidespeichers gesprochen.«

»Nichts bleibt unverändert, vermute ich.« Bull musterte nachdenklich die neue Situation, die der Boom innerhalb von wenigen Monaten mit sich gebracht hatte. »Die Dinge verwandeln sich eben.«

»Veränderungen sind nicht immer gut.«

Bull lächelte. »Es wird dir schwerfallen, die Kaufleute davon zu überzeugen.«

»Das Problem an der Habgier ist, daß sie sich aus sich selbst speist.« Benteen schien seine finstere Stimmung mühsam abzuschütteln. »Laß uns etwas trinken, solange Lorna ihre Einkäufe erledigt.«

»Eine gute Idee«, stimmte Bull ihm zu. »Wenn ich mich recht erinnere, ist es ein gutes Stück Fahrt bis zur Ranch.«

Webbs Eltern, Bull und Ruth stiegen für die kurze Strecke in den Wagen, und Webb holte sein Pferd. Als er gerade in den Steigbügel stieg, merkte er, daß direkt neben Nate, der ihm Platz gemacht hatte, der schwarze Cowboy Jingles saß. Er tat so, als hätte er die Reiter des Dreifachen C nicht gesehen.

Nate hielt sein Pferd neben dem Kutschbock an und zwang Jingles, ihn zur Kenntnis zu nehmen. »Was tust du da in dieser Kiste, Jingles? Ein Spitzenmann wie du sollte auf einem Sattel sitzen.«

»Die Rancher entlassen die Cowboys. Sie stellen keine neuen ein.« Jingles' Stimme klang beschämt, aber er hatte eine Frau und eine Familie zu ernähren. »Wenigstens werde ich dafür bezahlt, daß ich diese Pilger übersetze – über dieses Meer aus Gras.«

»Wenn du sie noch länger übersetzt«, erwiderte Nate, »ist da bald kein Gras mehr. Ohne Gras keine Rinder. Du wirst uns noch alle arbeitslos machen.«

Jingles zog sich den Hut tiefer in die Stirn, um das Schuldbewußtsein, das in seinen Augen stand, zu verbergen. Webb sagte nichts, was noch mehr zu dem Elend des schwarzen Cowboys beigetragen hätte, als er an ihm vorbeiritt. Der Preis für Rinder war drastisch gesunken, und alle Rancher machten harte Zeiten durch. Um die Kosten gering zu halten, arbeiteten die meisten nur mit einem kleinen, festen Stamm von Cowboys. Das Dreifache C hatte nicht das übliche Kontingent an Saisonarbeitern eingestellt, sondern sorgte dafür, daß seine festen Leute bleiben konnten.

Webbs Vater hatte gesagt, nicht jede Veränderung sei gut. Jingles hätte ihm zugestimmt. Als Webb die Wagen der Siedler sah, die durch die Straße von Blue Moon fuhren, erkannte er, daß sie die Veränderung willkommen hießen, und ebenso verhielt es sich mit den Kaufleuten. Ob eine Veränderung gut oder schlecht war, schien vom Standpunkt des einzelnen abzuhängen.

In der Wagenschlange, die vor der neuen Bank wartete, standen zwei braune Stuten, deren Herkunft unverwechselbar war. Einem Cowboy wurde es von klein auf zur zweiten Natur, Tiere wahrzunehmen und sie Besitzern zuzuordnen. Das vollzog sich fast so automatisch wie das Atmen.

Als Webb die beiden Stuten sah, wußte er auf Anhieb, daß dies das Gespann war, das den Wagen zog, in dem Lillian vorhin gesessen hatte. Doch jetzt saß niemand dort. Er konnte sie auch unter den Fußgängern nicht entdecken.

Ein tiefer Seufzer entrang sich ihm, als er sich umsah. Er war nervös, und seine Muskeln waren angespannt. Wieder hatte er dieses seltsame Gefühl, diese Gereiztheit, dieses Gefühl der Unzufriedenheit, ohne zu wissen, wonach er sich sehnte. Webb war nicht sicher, ob ihn das Gefühl zwischendurch überhaupt verlassen hatte. Er konnte weder seine Ruhelosigkeit noch deren Ursprung verstehen. Lag es an den Trockenfarmern und an den Veränderungen, die sie mit sich brachten? War es das, was ihn nicht in Ruhe ließ? Oder war es etwas, was mit ihm zusammenhing?

Sein Pferd fiel in einen leichten Trab, doch es lief unruhig, denn es spürte die Ruhelosigkeit seines Reiters. Webb zog gereizt am Zaumzeug und biß die Zähne zusammen, um den Drang zu unterdrücken, dem Pferd die Sporen zu geben und davonzureiten, solange es ihm noch möglich war.

6

Das Bier in dem Krug, der vor Webb stand, war schal und abgestanden. Er hatte nur einen Schluck davon getrunken. Sein Vater und Bull Giles diskutierten über politische Fragen, aber er hörte nicht zu.

Die anderen Reiter des Dreifachen C hatten sich an der Bar versammelt und beobachteten ein Billard-Turnier. Ihre lauten, grölenden Stimmen und ihr schallendes Gelächter unterschieden sich stark von Webbs Stimmung, der in brütendem Schweigen dasaß. Er fühlte sich durch den Namen Calder eingeengt, er war keiner von ihnen. Webb griff nach dem Bierkrug, stieß ihn dann von sich und stand auf. Er drehte sich um, um dem scharfen, fragenden Blick seines Vaters auszuweichen.

»Wohin gehst du, Webb?«

»Meine Mutter und Ruth brauchen wahrscheinlich Hilfe mit ihren vielen Päckchen.« Es war nichts anderes als ein Vorwand, um den Tisch und den Saloon verlassen zu können, weil er zu aufgewühlt war, um still dasitzen zu können.

Bull sah dem jungen Calder nach, als dieser zur Tür ging. »Was nagt an Webb? Er wirkt wie ein unruhiger junger Stier.«

Benteen warf einen Blick auf seinen Sohn und zog eine

Schulter hoch. »Vielleicht hat er eine Auseinandersetzung mit Ruth gehabt.« Er glaubte jedoch selbst nicht einen Moment lang daran.

»Ruth ähnelt ihrer Mutter überhaupt nicht.« Bull schien Benteens Widerwillen zu fühlen, über seinen Sohn zu reden, und er gab dem Gespräch eine andere Wendung.

»Das stimmt allerdings«, gab Benteen zu. »Sie ist ganz entschieden die Tochter ihres Vaters, ruhig und sanft wie Ely.«

»Ist Webb mit ihr verlobt?«

»Ich bin mir oft gar nicht sicher, ob er ihr überhaupt den Hof macht. Wenn er im Sinn hat zu heiraten, dann läßt er sich reichlich Zeit damit, es zu zeigen«, sagte Benteen seufzend. Es erboste ihn, daß sein Sohn jeder Verantwortung aus dem Weg ging, sogar dann, wenn es um eine gefügige Ehefrau ging.

»Und wo sind die Indianer, Mama?« fragte ein kleiner Junge auf der Straße seine Mutter, als Webb gerade vor den Saloon trat.

Unter den zahllosen Menschen auf der Straße fühlte Webb sich deplaziert. Dies war seine Stadt gewesen, und er konnte weder einen Cowboyhut noch ein paar Cowboystiefel entdecken.

Als Webb auf die Tür des Gemischtwarenladens zuging, vor der die Farmer Schlange standen, rückten sie zur Seite, um ihm Platz zu machen. Webb nahm ihre abschätzenden Blicke wahr. Er nickte einem der Männer zu, der jedoch nur zögernd darauf reagierte. Im Verkaufsraum entdeckte Webb Franz Kreuger, der sein Nachbar war. Als Webb einen zweiten Blick in die Runde warf, sah er blondes Haar aufleuchten. Er setzte sich dorthin in Bewegung und fand Ruth und seine Mutter, die Stoffballen begutachteten. Die Frau mit dem dunklen, kupferbraunen Haar konnte er nirgends entdecken.

Als er seine Hand auf die Schulter seiner Mutter legte, zuckte sie im ersten Moment zusammen. Als sie aber sah, daß er es war, lächelte sie. »Ich hoffe, dein Vater will noch nicht aufbrechen«, sagte sie, denn sie vermutete, Webb sei gekommen, um sie zur Eile anzutreiben. »Ruth und ich sind noch nicht dazu gekommen, unsere Einkäufe zu erledigen. Wir waren vorher noch in der Kirche und sind erst seit wenigen Minuten hier.«

»Nein, er hat mich nicht geschickt. Ich dachte, ihr bräuchtet vielleicht jemanden, der eure Pakete trägt«, erklärte Webb, der froh war, daß das nicht der Fall war, denn das Geschäft war so voll, daß er augenblicklich wieder hinauslaufen wollte.

Er stellte sich auf die Veranda vor den Saloon, die er trotz des Gedränges in der ganzen Stadt für sich allein hatte. Die neuen Siedler schienen alle Abstinenzler zu sein, denn auch drinnen hatte er nicht einen von ihnen gesehen.

Als Webb jetzt auf die Straße hinunterblickte, fielen ihm ein paar Einzelheiten auf, die ihm bisher entgangen waren. Doyle Pettits Name stand auf der Tafel vor dem Holzhandel, neben Wessels Namen auf dem Schild der Landvermittler und außerdem auf dem Schild der Eisenwarenhandlung. Es war anzunehmen, daß Doyle auch hinter dem geplanten Getreidespeicher steckte. Der frühere Rancher zeigte sich als sehr geschickt. Er half den neuen Siedlern, Land zu finden, er verkaufte ihnen die Geräte, um es zu bebauen, und das Bauholz für ihre Häuser. Später würde Doyle dann vermutlich das Getreide der Farmer aufkaufen. Die Möglichkeit bestand, daß die Farmer niemals reich wurden, aber Doyle verteufelt reich an ihnen werden würde. Wahrscheinlich war das ein geschicktes Geschäftsgebaren, aber Webb fand es widerwärtig.

Er hörte leichte Schritte und wandte den Kopf zur Seite. Sofort erkannte er das schlanke Mädchen mit dem großen Strohhut. Als er ihr den Weg vertrat, sah er das Erkennen in ihren blauen Augen aufblitzen. Das Lächeln, das so natürlich um ihre Lippen spielte, machte ihm große Freude. In den Armen hielt sie einen großen, geflochtenen Korb von der Sorte, wie sie die Indianer in den Reservaten herstellten.

»Guten Tag«, begrüßte sie ihn, bevor er etwas sagen konnte. Ihre Stimme war so frisch wie eine Brise an einem heißen Tag.

»Guten Tag.« Seine Finger legten sich an die Hutkrempe und blieben dort liegen. Die Direktheit ihres Blickes faszinierte Webb. Sie war so natürlich, schien so gar kein Unbehagen zu verspüren. Die meisten jungen Damen, die er kannte, waren, mit Ausnahme der Frauen in den Saloons, sehr unsicher, wenn Männer in der Nähe waren. Er merkte, daß er sie gar so unhöflich anstarrte, und seine Finger senkten sich. »Darf ich das für Sie tragen?« Er deutete auf den Korb.

»Das schaffe ich schon.« Sie drückte den Korb eine Spur fester an sich, fast so, als wollte sie unbewußt ihr Eigentum beschützen. »Er ist nicht schwer.«

»Ich bestehe darauf.« Webb griff nach dem geflochtenen Korb, den sie ihm widerstrebend überließ. »Haben Sie den bei der Krähenindianerin am Bahnhof gekauft?«

»Ja.« Er konnte deutlich sehen, daß sie mit ihrem Kauf zufrieden war. »Sie wollte ihn eigentlich gar nicht verkaufen, aber er ist so nützlich, um Dinge zu verstauen, und schön ist er auch.«

Kaum einer der Siedler hatte Einrichtungsgegenstände mitgebracht, von einzelnen Familienstücken abgesehen. Wenn sie nichts besaßen, war selbst ein geflochtener indianischer Korb wohl schon ein wertvolles Gut.

»Ich hoffe, Sie haben nicht den Preis bezahlt, den sie verlangt hat«, sagte Webb.

Sie lachte, und aus ihrem Lachen waren diese Lebensfreude und diese Energie herauszuhören, die einen wesentlichen Teil der jungen Frau auszumachen schienen. »Nein. Ich bin sehr gut im Handeln. Ich bekomme immer alles zu einem besseren Preis als Stefan.«

Es klang nach der unschuldigen Rivalität unter Geschwistern. Webb nahm den Namen nicht näher zur Kenntnis, da er Stefan für ihren Bruder hielt und ihm somit keine Bedeutung zumaß.

»Unser Wagen steht vor der Gemischtwarenhandlung.« Sie deutete höflich an, daß sie zum Wagen gehen sollten, statt auf der Veranda zu stehen und sich zu unterhalten.

»Ja. Ich habe ihn vorhin schon gesehen«, gab Webb zu, und er fragte sich, ob er bewußt auf sie gewartet hatte. »Ich vermute, Sie haben sich hier in der Nähe niedergelassen.«

»Ja, unser Land liegt etwa fünfzehn Meilen westlich der Stadt.«

Westlich der Stadt hieß, daß es nicht weit von der Grenze des Dreifachen C liegen mußte. Er warf ihr einen fragenden Blick zu. »Ist es zufällig in der Nähe von Kreugers Farm?«

Sie sah ihn überrascht an. »Er ist unser Nachbar. Aber woher wissen Sie das? Er hat sich das Land erst vor einer Woche ausgesucht. Wir haben ihn auch erst heute kennengelernt.«

»Es war nur eine Vermutung.« Webb zuckte die Achseln.

Eine Falte bildete sich auf ihrer Stirn, als sie vor sich hinsah. »Ich hatte ganz vergessen, daß Sie auf der Ranch arbeiten, die an Mr. Kreugers Farm angrenzt.«

»Woher wissen Sie das, Lillian?« Er zog einen Mundwinkel belustigt hoch. Er hatte sie ganz unbewußt bei ihrem Namen genannt und merkte erst, daß er etwas falsch gemacht hatte, als er ihren mißtrauischen Seitenblick wahrnahm. »Sie heißen doch Lillian?«

»Ja.« Ihr Verhalten ihm gegenüber änderte sich auf undefinierbare Weise. Es war, als versuchte sie, sich von ihm loszureißen, eine möglichst große Distanz zwischen sich und ihn zu legen.

Er war nicht bereit, sich davon abschrecken zu lassen. Er konnte in aller Ruhe ihr Profil betrachten, da sie ihn nicht ansah. Ihre Haut war von der Sonne golden getönt, und auf den Backenknochen zeigten sich ein paar schwache Sommersprossen. Der abgenutzte Strohhut verbarg ihr kastanienbraunes Haar fast ganz, doch ein paar Strähnen ringelten sich über ihren Nacken.

»Ich war vor ein paar Jahren in Texas, um Stiere in den Norden zu holen, damit sie sich an diesem Gras sattfressen und fett werden. Ich habe Blumen gesehen, die wild in den Niederungen wuchsen. Sie waren dunkelorange und hatten schwarze Tupfer im Innern der Blüte. Jemand hat mir gesagt, sie hießen Tigerlilien. An diese Blumen haben Sie mich erinnert, Lilli.«

Es war kein bewußter Versuch, ihr zu schmeicheln, obwohl Webb darin geübt war, Frauen Komplimente zu machen. Gewöhnlich tat er es aus Höflichkeit, sei es gegenüber einem Barmädchen, das ihm eine Nacht lang Vergnügen bereitet hatte, oder gegenüber der Tochter eines Ranchers oder eines Vorarbeiters. Es gab in dieser Gegend nicht viele respektable Mädchen im heiratsfähigen Alter. Die meisten von ihnen kannte er schon sein Leben lang, wie Ruth. Daher erschien ihm alles an Lillian vollkommen neu. Sie erregte sein Interesse in einem Maße, wie er es nur selten erlebt hatte.

Sie bemühte sich, seine schmeichelnde Äußerung nicht zur Kenntnis zu nehmen, und schwieg. Er hatte seine helle Freude daran, daß sie ihn verstohlen aus dem Augenwinkel ansah.

»Gibt es jemanden, der Sie Lilli nennt?« Der Name erschien ihm passender, ihrer direkten, aus sich herausgehenden Persönlichkeit angemessener als das förmliche Lillian.

»Nein.« Niemand hatte sie je bei einer Kurzform ihres Namens genannt, ihre Eltern nicht und auch nicht Stefan. Sie wünschte, sie hätte schon einmal eine dieser Tigerlilien gesehen, von denen er sprach. Es war schwierig, sie sich nach seiner kurzen Beschreibung vorzustellen. Zum erstenmal schwand ihre Abneigung gegen den roten Schimmer in ihrem braunen Haar.

Als sie die Stufen zum Bürgersteig vor der Gemischtwarenhandlung hinaufstieg, spürte sie, daß seine Hand sich unter ihren Ellbogen legte. Das löste eine warme, angenehme Empfindung in ihr aus. Lillian sah ihm ins Gesicht. Ihr gefiel, was sie sah.

Sie nahm die Menschen um sie herum kaum noch wahr und kam sich vor, als sei sie wieder in der Stadt, in der man den Menschen auf den Bürgersteigen wenig Beachtung schenkte. Daher entgingen ihr die stirnrunzelnden Gesichter, die sie mißbilligend betrachteten, weil ein Cowboy an ihrer Seite lief.

»Wie heißen Sie?« fragte sie.

»Webb.« Er wollte nicht mehr sagen.

Sie fragte sich, ob er sie umgarnen wollte, doch dann lächelte sie über diesen unsinnigen Gedanken. »Wie lange arbeiten Sie schon für Mr. Calder?«

»Auf der anderen Straßenseite sind sie billiger«, riet Stefan Reisner eine Stimme neben ihm, als er die Nägel im Gemischtwarenladen auf ihre Biegsamkeit hin prüfte.

Als er sich umdrehte, erkannte er seinen neuen Nachbarn Franz Kreuger. Es war schwierig, diesem Mann lange in die Augen zu sehen. Nichts schien diesen Augen zu entgehen. Franz Kreuger war erst so kurz hier, und doch schien er sich bereits ein viel größeres Wissen über Land und Leute zugelegt zu haben als Stefan. Stefan versuchte, es damit zu erklären, daß er jede verfügbare Zeit in die Arbeit gesteckt hatte, aber er wußte selbst, daß er von seiner Natur her eher passiv war und sich anderen anschloß. Es war Reinalds Idee gewesen, dem Vater von Lillian, nach Amerika zu gehen, nicht seine.

Franz Kreuger dagegen war von Natur her ein Anführer, der anderen seine Meinung aufdrängte, wie er es schon am Brunnen getan hatte, als er erklärt hatte, dieser große Rancher hätte ihm gedroht. Dadurch kannten ihn alle Siedler, während Stefan nur stumm zugehört und keine Meinung geäußert hatte.

Stefan hatte aber auch nie im Mittelpunkt der Aufmerksamkeit stehen wollen. Er tat still seine Arbeit und kümmerte sich um seine eigenen Angelegenheiten. Er war ein passiver Mensch, der nie Streit suchte.

»Sie haben Nägel in der Eisenwarenhandlung gekauft?« Stefan hob den Nagel hoch, dessen Qualität ihn zufriedenstellte. »Gute Nägel?«

Franz Kreuger nickte zustimmend. »Ich kaufe meine Nägel dort.« Er sah sich unzufrieden zwischen den Waren um. »Hier ist alles teuer. Vieles hätte ich in der Stadt billiger kaufen können.«

»Ja«, stimmte Stefan ihm zu. »Aber die Städte sind weit weg. Der Ladenbesitzer muß für den Transport seiner Waren bezahlen.« Damit hatte er sich die höheren Preise erklärt, die ihn zu Anfang in Schrecken versetzt hatten. Dann war ihm bewußt geworden, wieviel mehr man in diesem Land verdienen mußte, um leben und seine Schulden bezahlen zu können.

»Kaufen Sie Nägel, um sich ein Haus zu bauen?« fragte der neue Siedler.

»Mein Haus ist fertig, aber wir brauchen noch Möbel«, erwiderte Stefan. »Wenn der Boden wieder trocken ist, muß ich auch noch den Brunnen tiefer graben.«

»Wenn der Boden wieder trocken ist, muß ich mit meinem Pflug wieder aufs Feld gehen.« Kreugers Mund zog sich zu einem schmalen Strich zusammen. »Für mich ist der Regen zu einem ungünstigen Zeitpunkt gekommen. Mein Land ist noch nicht soweit, daß ich den Weizen pflanzen kann. Zwei Tage habe ich verloren. Das ist nicht gut. Ich habe nicht mehr viel Zeit, um die Saat auszupflanzen, wenn ich im Herbst ernten will.«

Stefan konnte die Sorge des Mannes nur zu gut verstehen. Das schien den finsteren Zorn zu erklären, der in seinen Augen stand. »Sie haben vorhin am Brunnen gesagt, wir müßten zusammenhalten. Mein Weizen wächst schon. Wenn der Boden wieder trocken ist, komme ich mit meinem Pflug und meinen Pferden zu Ihnen. Wir arbeiten zusammen, um Ihren Weizen anzupflanzen.«

Ein Lächeln trat auf das Gesicht des Mannes, ein Ausdruck, der diesem erbitterten Gesicht fremd zu sein schien. »Und ich, Franz Kreuger, werde kommen und Ihren Brunnen graben.« Er hielt ihm die Hand hin, um die Abmachung zu besiegeln. »Kommen Sie. Wir gehen in die Eisenwarenhandlung und kaufen dort Nägel für Ihre Möbel.«

Stefan erhob keine Einwände gegen Franz Kreugers Bevormundung. Er fühlte sich an die verflossenen Zeiten erinnert, in denen Reinald noch am Leben war und sie sich die Arbeit geteilt und fast alles zusammen getan hatten. Seitdem hatte ihm kein anderer Mann so nahegestanden. Vielleicht würde sich das durch den neuen Nachbarn ändern.

Seite an Seite gingen sie zur Tür. Stefan hatte schon einen Fuß über die Schwelle gesetzt, als Franz eine Hand auf seinen Arm legte und ihn zurückhielt. Stefan blieb stehen und sah den Letten fragend an.

Er hatte die Stirn gerunzelt und machte ein finsteres Gesicht, aber seine Aufmerksamkeit war nicht auf Stefan gerichtet. Stefan drehte sich wieder um und folgte seinem Blick.

»Dieser Cowboy«, sagte Franz mit gesenkter Stimme, und in der ganzen Menschenmenge gab es nur einen Mann, der die Kleidung dieses Berufsstandes trug. Stefan zuckte zusammen, als er sah, daß der Cowboy mit Lillian sprach. Seine Hand hielt nahezu vertraulich ihren Ellbogen. »Das ist der, den der Rancher Calder geschickt hat, damit er meine Familie bedroht. Sehen Sie, wie er sich an eine unserer wehrlosen jungen Frauen herangemacht hat? Jemand sollte etwas tun, um diese Tyrannei zu beenden.«

Die Worte veranlaßten Stefan zum Handeln. Da Lillian mit dem Rücken zu ihnen stand, hatte Franz sie offensichtlich nicht erkannt. Mit schnellen, langen Schritten ging Stefan auf diesen grobschlächtig wirkenden Cowboy zu, der seine Lillian belästigte.

»Wie lange arbeiten Sie schon für Mr. Calder?« fragte sie. »Mein ganzes Leben lang, so scheint es.« Webb konnte sich nicht zu einem Lächeln zwingen. Er nutzte auch diese zweite Gelegenheit nicht, ihr zu erklären, daß er der Sohn und nicht einer der dort arbeitenden Cowboys war. Früher oder später würde sie es ohnehin erfahren, und daher verstand er seinen Widerwillen nicht, es ihr jetzt gleich zu sagen.

»Ich ...« Sie wollte gerade etwas sagen, doch eine wütende Stimme fiel ihr ins Wort. »Lassen Sie sie in Ruhe!«

Ehe die Äußerung beendet war, griff schon eine Hand nach Lillians Arm und riß sie von Webb fort. Für den Bruchteil einer Sekunde war Webb zu verblüfft, um etwas sagen zu können. Dann stieg Wut in ihm auf, als er den zornigen Trockenfarmer ansah, der sich vor Lillian aufgebaut hatte.

»Was, zum Teufel, tun Sie da?« Webb forderte eine Erklärung von dem großen, bärtigen Mann.

»Sie haben nichts bei ihr zu suchen!« Der Mann war schon über die mittleren Jahre hinaus, und er war muskulös, aber hager.

»Stefan ...«, Lillian zog an dem langen Arm, der sie festhielt. Seine aggressive, feindselige Art Webb gegenüber schien sie zu verwirren und zu schockieren.

»Du verstehst das nicht ...« Sie versuchte, Einwände zu erheben, aber er war nicht bereit, ihr zuzuhören.

»Du gehst jetzt zum Wagen.« Ohne Webb aus den Augen zu lassen, stieß er Lillian zur Seite. »Franz«, rief er einem Mann mit einem zu kleinen Hut zu, »bring sie zum Wagen!«

Webb identifizierte den Mann, der Lillians Arm nahm, als den feindseligen Farmer Franz Kreuger. Er fluchte lautlos vor sich hin, denn er war sicher, daß die wirren Gedankengänge dieses Mannes etwas mit dem Widerwillen zu tun hatten, den Lillians Vater ihm gegenüber zeigte.

»Ich weiß nicht, was Sie glauben«, begann Webb barsch. Er hielt den indianischen Korb noch im Arm. »Aber ich war dabei, diesen Korb zu Ihrem Wagen zu tragen. Ihre Tochter hat ihn gekauft, und ...«

»Sie ist nicht meine Tochter.« Der Mann wirkte jetzt noch hitziger. »Sie ist meine Frau!«

Diese Äußerung schockierte Webb. Seine Frau! Er starrte den Mann an, der alt genug war, um Lillians Vater zu sein. Es erschien ihm als eine Versündigung an der Natur, daß ein Mann, der die Blüte seiner Jahre hinter sich hatte, der Gefährte einer Frau sein sollte, die noch gar nicht in der Blüte ihrer Jahre stand.

Das kalte Entsetzen schwoll zu eisiger Wut an. Der Mann hatte kein Recht darauf, etwas so Junges und Frisches wie Lilli zu besitzen. Das war ungehörig und schmutzig, geradezu inzestuös. Warum? Warum bloß hatte sie ihn geheiratet? Wie konnte sie es nur ertragen, diese alten und schwieligen Hände auf ihrem Körper zu spüren?

Sein harter, vorwurfsvoller Blick suchte sie. Er sah, wie ihr beim Einsteigen geholfen wurde. Ihre Blicke waren auf ihn geheftet, ihr Gesicht ein stummes Flehen. Webb bebte vor Wut, und es kostete ihn eine ungeheure Überwindung, den Zorn zu unterdrücken, dem jeder Vorwand recht war, sich Luft zu machen und dem alten Mann die Faust ins Gesicht zu schlagen.

Er hätte den Korb in seinen Armen am liebsten zerquetscht, aber statt dessen hielt er ihn dem Mann hin, der ihm den Weg verstellt hatte. »Der Korb Ihrer Frau.« Seine Stimme war sarkastisch.

Der Mann zögerte einen Moment, bevor er den Korb entgegennahm, aber der Kampfgeist wich nicht aus seinen Augen. Er schien Aggressionen von Webb zu erwarten, ihn fast dazu aufzufordern. Es fiel Webb schwer, die Herausforderung nicht anzunehmen und den Streit auszutragen – wobei der Sieger Lilli gewonnen hätte.

Webb sah sich seinen potentiellen Gegner näher an. Er war stark, aber zu alt, um lange durchzuhalten. Es wäre kein fairer Kampf gewesen, und das wußte Webb.

»Sie sollten mir aus dem Weg gehen, bevor ich vergesse, daß Sie ein alter Mann sind«, warnte ihn Webb mit einer leisen, belegten Stimme.

Er wartete nicht darauf, daß der Mann zur Seite trat. Statt

dessen trat er nach vorn, um an ihm vorbeizugehen. Aber als er mit ihm zusammenprallte, stieß der Mann ihn so heftig von sich, daß Webb gegen die Mauer prallte. Er stieß sich von dort ab, und seine Muskeln waren angespannt. Er wollte sich auf den alten Mann stürzen.

Ein drahtiger Körper preßte ihn wieder gegen die Wand und hielt seine Schultern dort fest. Webb war so blind vor Wut, daß er Nate erst erkannte, als der Cowboy, der sich auf die Suche nach ihm gemacht hatte, mit einer leisen, eindringlichen Stimme auf ihn einredete.

»Um Himmels willen, Webb, bist du verrückt geworden?« fragte er. »Das ist ein alter Mann.«

»Geh mir aus dem Weg.« Webb funkelte den bärtigen Mann an, der mit halb erhobenen Fäusten zwei Meter vor ihm stand. Er versuchte, Nate von sich zu stoßen.

Webb war zwar von seiner Größe und seinem Gewicht her im Vorteil, aber Nate war aus hartem Stahl gemacht. »Verdammt noch mal, Webb«, knurrte er unwillig. »Ich bin wie jeder andere für Streit zu haben, aber sieh dich doch mal um. Wenn du dir den alten Mann vornimmst, stürzt sich diese gesamte Meute auf dich.«

Ein Teil dieser Warnung drang in Webbs wutgetrübtes Bewußtsein vor, gerade genug, um seine Aufmerksamkeit auf den Kreis der Siedler zu lenken, der sich enger um sie schloß. Wenn er sich mit einem von ihnen anlegte, würden sich alle anderen in die Rauferei einmischen. Nur ein ausgemachter Dummkopf hätte diese Meute ignoriert, und Webb hatte sich nie für einen Dummkopf gehalten. Er atmete heftig, als seine Muskeln sich lösten.

»Schon gut«, murmelte er Nate zu.

Nate ließ ihn nur langsam los. Webb ließ seinen Blick über die Menge schweifen, bevor er seinen Hut vom Boden aufhob. Mit steifen, ruckartigen Bewegungen säuberte er ihn demonstrativ, während er einen kalten Blick auf den alten Mann richtete, auf Lillians Mann.

»Wir lassen uns nicht mehr herumschubsen. Und Sie werden von jetzt an unsere Frauen in Ruhe lassen«, befahl der Mann barsch.

Es fiel Webb schwer, sich grundlos herunterputzen zu lassen. »Mir sind bessere Manieren beigebracht worden, Mister. Hier in dieser Gegend tragen die Männer immer die Pakete der Damen. Sie sind noch neu hier. Aber wenn es das nächste Mal zu Handgreiflichkeiten kommt, stehen Sie hinterher nicht mehr auf.«

Er drückte sich den Hut auf den Kopf, ging zu seinem Pferd, band es los und schwang sich in den Sattel. Er sah seine Mutter und Ruth im Eingang der Gemischtwarenhandlung stehen. Beide wirkten bestürzt und erschrocken.

Dann warf er einen Blick auf den Wagen, in dem Lilli saß und ihn mit ausdruckslosem Gesicht ansah. Er konnte kein Schuldbewußtsein und keine Reue dort erkennen. Der Zorn stieg wieder in ihm auf, und er gab seinem Pferd die Sporen. Er ritt im Galopp aus der Stadt, und Nate folgte ihm auf den Fersen.

7

Scharlachrote und orangene Farbtupfer wirbelten über den westlichen Himmel, als die Sonne nur noch wenige Minuten am Horizont zu sehen war. Ihr Licht warf farbige Schatten auf die hügelige Ebene und färbte den breiten Streifen Land dunkler, der seines ursprünglich dort wachsenden Grases beraubt war. Ein ausgefahrener Weg verlief zwischen dem nackten Boden und dem Feld, auf dem sich die jungen Weizenhalme im Abendwind wiegten.

Die beiden Stuten, Dolly und Babe, liefen schneller, als das Haus in Sicht kam. Kein behaglicher Stall erwartete sie, sondern nur eine kleine Umzäunung, die mit grünem Holz überdeckt war. Auch das Haus war aus grünem Holz und maß acht mal acht Meter. Die Außenwände waren mit Teerpappe verkleidet. Neben der Tür war ein Fenster, und aus dem leicht geneigten Dach ragte ein Ofenrohr. Mit Spanndraht war das Dach im Boden verankert, damit die heftigen Winde von Montana das instabile Häuschen nicht fortwehen konnten.

Aber für den Mann und die Frau, die in dem Wagen saßen, war es das Zuhause geworden, ein Heim, das sie sich auf ihrem eigenen Grund und Boden gebaut hatten – oder ihr eigener Grund und Boden sein würde, wenn alle Bedingungen erfüllt waren, die die Regierung vor einer endgültigen Überschreibung verlangte. Das Paar schien es dennoch nicht eilig zu haben, sein Ziel zu erreichen. Ein drückendes Schweigen war zwischen ihnen. Den Vorfall, der diese Unstimmigkeit ausgelöst hatte, hatten sie mit keinem Wort erwähnt.

Als sie ausgestiegen waren, warf Stefan, wie schon so häufig während der Fahrt, einen erzürnten und unwilligen Seitenblick auf seine Frau. Seine Augen blickten fragend, aber darüber gesprochen hatte er nicht.

»Ich kümmere mich um die Pferde«, sagte er zu ihr.

»Das Abendessen ist in ein paar Minuten fertig«, antwortete Lilli.

Sie ließ den geflochtenen Korb absichtlich bei den schweren Paketen zurück, die Stefan ins Haus tragen würde, nachdem er die Pferde ausgespannt hatte.

Im Innern war es stickig, nachdem die Tür den ganzen Tag über geschlossen gewesen war. Sie ließ die Tür offen und legte die Päckchen, die sie mit ins Haus genommen hatte, auf dem Bett ab. Lilli rollte die halbdurchsichtige Folie vor dem Fenster zusammen, um frische Luft ins Haus zu lassen. Sie hofften, sie nach der Ernte durch richtiges Glas ersetzen zu können. Das letzte Tageslicht, das durch das Fenster hereinfiel, ermöglichte es ihr auch, die kostbaren Kerosinvorräte für die Laterne zu sparen.

An den Innenwänden klebten Zeitungen zur Wärmedämmung. Sie waren mit einer Paste aus Mehl und Wasser dort befestigt. Auf zwei unbehauenen Brettern an den Wänden standen das Kochgeschirr, das Eßgeschirr und die dürftigen Lebensmittelvorräte. Der Herd war die einzige Wärmequelle. Es gab keinen Tisch und keine Stühle. Das einzige weitere Möbelstück im Haus war das Bett, das Stefan gezimmert hatte. Die Matratze war mit Gras gefüllt und lag direkt auf den Holzleisten des Bettgestells.

Die wenigen Kleidungsstücke, die sie besaßen, steckten noch

in den Reisetaschen, aber es gab Haken an der Wand, an die sie ihre Mäntel und Hüte hängen konnten. Es gab eine Truhe, in der die Waschschüssel und der Wassereimer untergebracht waren. Nichts bedeckte den verzogenen Holzfußboden.

Alle Feinheiten und Verschönerungen mußten noch warten. Im Moment mußten sie versuchen, mit dem auszukommen, was sie hatten, und sie mußten über den ersten Winter kommen. Im nächsten Jahr würden sie dann ein richtiges Holzhaus bauen. Lilli schätzte sich glücklich, diese kleine Hütte zu haben. Sie hatte erfahren, daß viele der neuen Siedler in Lehmhütten hausten. Eine Familie lebte sogar in einer Höhle, die sie in eine kleine Bodenerhebung gegraben hatten.

Als Stefan die Pferde ausgespannt hatte und mit den Paketen ins Haus kam, hatte Lilli ihm ein kaltes Abendessen hingestellt. Da sie noch keinen Tisch und keine Stühle hatten, mußten sie sich auf die Bettkante setzen und die Teller auf ihrem Schoß balancieren.

Stefan hatte lange die Angewohnheit gehabt, beim Essen nicht zu reden. In seiner Vorstellung bestand der Zweck einer Mahlzeit darin, Nahrung aufzunehmen, und nicht darin, Gespräche zu führen. Das tat man vor oder nach dem Essen, aber nicht dazwischen. Mit dieser Einstellung leerte er seinen Teller, bevor Lilli ihre Mahlzeit auch nur zur Hälfte aufgegessen hatte, obwohl die Portionen auf ihrem Teller kleiner waren als auf seinem.

Nach dem Essen stand Stefan auf, um, wie jeden Abend, vor der Haustür eine Pfeife zu rauchen. Lillian konnte den Geruch von Rauch nicht ausstehen, Stefan kannte die Gründe, die ihr selbst nicht klar waren, denn sie hatte kaum eine Erinnerung davon.

Das war nicht weiter erstaunlich, denn sie war erst sieben Jahre alt gewesen, als das Nachbarhaus Feuer gefangen hatte und abgebrannt war. Viele Menschen hatten das Haus damals nicht mehr verlassen können. Für ein Kind mußte es ein entsetzliches Erlebnis gewesen sein. Noch lange, nachdem die Trümmer des abgebrannten Hauses weggeschafft worden waren, hatte der Rauchgeruch in der kleinen Wohnung gehangen, in der sie alle als eine Familie gehaust hatten.

Die ersten Sterne leuchteten am Himmel auf. Für Stefan waren die Sterne alte Freunde, die er nicht mehr gesehen hatte, nachdem er Deutschland als junger Mann verlassen hatte. Meistens genoß er es, abends zuzusehen, wie sie heller wurden, während er seine Pfeife rauchte. Aber heute machte ihm seine junge Frau zu große Sorgen, als daß er sie wahrgenommen hätte.

Es hatte nie ernstliche Spannungen zwischen ihnen gegeben. Er konnte sich nicht erinnern, je zornig auf sie gewesen zu sein, und er konnte sich auch nicht erinnern, je erlebt zu haben, daß sie wütend auf ihn war. Vom Tag ihrer Geburt an, als Reinald seine Tochter in die Arme seines besten Freundes gelegt hatte, hatte zwischen ihnen eine herzliche Zuneigung bestanden. Ihre kleinen Finger hatten versucht, sich um seinen großen Daumen zu legen. In dem Moment war das erste Glied der Kette geschmiedet worden.

Im Lauf der Jahre hatte Lillian begonnen, für ihn alles zu sein, was eine Frau einem Mann sein konnte. Erst war sie ihm eine Nichte gewesen. Als sie durch den Tod ihres Vaters und ihrer Mutter verwaist war, war Stefan ihre Familie gewesen, und er hatte sie wie eine eigene Tochter großgezogen. Doch der gehässige Klatsch der anderen Mieter in dem Gebäude hatte es ihm fast unmöglich gemacht, als Junggeselle mit einem vierzehnjährigen Mädchen zusammenzuleben. Man hatte ihn schief angesehen. Das Gerede böser Zungen hatte seinen emotionalen Konflikt unterstrichen, mit dem er sie zur Frau heranreifen sah. Um dieses Gerede zu stillen und gleichzeitig ihren Ruf zu bewahren, hatte Stefan ihr an ihrem fünfzehnten Geburtstag eine Heirat vorgeschlagen. Lillian hatte ganz ruhig und ohne jedes Zögern eingewilligt. Der Übergang von der Nichte/Tochter zur Ehefrau und Gefährtin war so leicht vor sich gegangen, daß keiner von beiden ein Unbehagen deswegen empfunden hatte.

Und doch hatte sich heute etwas daran geändert. Während er an seiner Pfeife zog, nagte an Stefan eine Furcht, die er nicht greifen konnte. Lillian kannte die Gefahren der Stadt, und doch schien sie jede Vorsicht abgeworfen zu haben, seit sie hierhergekommen waren. Sie hatte gehört, wie Franz Kreuger erzählt hatte, daß dieser Rancher einen seiner Männer losgeschickt hatte, um Kreugers Familie zu bedrohen. Aus diesem Grund hätte sie jeden Kontakt mit diesem Cowboy oder einem anderen Angehörigen der Ranch meiden sollen, solange diese nicht freundschaftliche Bande mit den neuen Siedlern anknüpften, wie es Wessels Partner getan hatte.

Vielleicht mußte er ihr das erklären. Als er das Haus betrat, war das Geschirr gespült, und Lillian band sich gerade die Schürze ab.

»Komm, setz dich, Liebchen«, forderte er sie auf. Er setzte sich auf die Bettkante. »Wir reden miteinander.«

Lillian setzte sich unwillig neben ihn und sah ihn an. Ihre blauen Augen drückten an der Oberfläche Ruhe aus und zeigten nicht, was darunter siedete.

»Du bist zornig auf mich wegen dieses Vorfalls heute. Aber es gibt vieles, was du nicht verstehst«, setzte Stefan an.

»Ja, ich bin wütend«, gab sie zu. »Weil du mir nicht zuhören wolltest. Er hat dir die Wahrheit gesagt. Er hat höflich darauf bestanden, mir den Korb zum Wagen zu tragen. Es war reine Höflichkeit und sonst gar nichts.«

Er hörte sich geduldig an, was sie zur Verteidigung des Mannes hervorzubringen hatte, und er bemühte sich, den Zorn, der in ihm aufstieg, nicht zu zeigen. Als sie ausgeredet hatte, fragte er ganz ruhig: »Was weißt du über diesen Cowboy?«

»Ich weiß nicht sehr viel von ihm«, gestand sie unwillig ein. »Nur, daß er mich mit Respekt behandelt hat. Er hat mit Sicherheit nichts getan, womit er verdient hätte, daß du ihn so behandelst. Er hat sich mir nicht ungehörig genähert.«

Stefan setzte sich bei dieser Kritik aufrechter hin. »Ich wollte dich nur davor bewahren, Schaden zu nehmen.«

»Warum auf Erden hätte er mir etwas tun sollen?« fragte Lillian. »Erinnerst du dich noch daran, daß ich mit einem Cowboy gesprochen habe, der am Bahnhof wartete, als wir hier angekommen sind? Er war es.«

»Und er ist auch derselbe Cowboy, der Franz Kreuger und seiner Familie gedroht hat«, verkündete Stefan.

»Derselbe?« Sie legte bestürzt die Stirn in Falten. »Bist du sicher?«

»Franz hat ihn mir gezeigt. Ja, ich bin sicher«, sagte er, und dann ging er noch einen Schritt weiter. »Er ist außerdem der Sohn des Ranchers Calder.«

»Woher weißt du das? Hat Mr. Kreuger es dir gesagt?«

»Nein. Der Ladenbesitzer. Er war außer sich, weil es vor seinem Geschäft zu diesem Zwischenfall gekommen war. Ich habe gehört, wie er sich bei einer Dame entschuldigt hat, die er mit Mrs. Calder angeredet hat. Er wollte ihr versichern, daß er nicht verantwortlich für das war, was ihrem Sohn zustieß.«

»Ich verstehe.« Trotz der Indizien, die keinen Raum für Zweifel ließen, wollte Lillian nicht akzeptieren, daß er der Sohn des mächtigen Ranchers war.

»Jetzt verstehst du doch sicher, warum ich nicht wollte, daß er mit dir spricht.« Er war sicher, daß sie jetzt verstand, warum er so gehandelt hatte, und er war sicher, daß sie es jetzt für richtig halten würde.

Lillian antwortete nicht gleich. »Ich bin sicher, daß du dich im Recht gefühlt hast«, sagte sie dann. »Aber er hat nichts Böses getan oder gesagt. Er war höflich und freundlich.«

»Was hat er denn zu dir gesagt?« fragte Stefan geduldig. Frauen neigten zu Leichtgläubigkeit. Vielleicht stellte sich dieser weibliche Zug auch bei Lillian ein.

»Entschieden nichts Bedrohliches«, beharrte sie. »Er hat sich daran erinnert, am Bahnhof mit mir gesprochen zu haben, und er hat gefragt, ob wir hier in der Nähe ein Stück Land gefunden haben.«

»Und du hast es ihm gesagt?«

»Ja.« Sie sah darin kein Geheimnis. Dann fiel ihr etwas anderes ein, und sie wurde unsicher. »Er hat gefragt, ob unsere Farm in der Nähe von Mr. Kreugers Farm ist«, fügte sie zögernd hinzu.

»Es liegt auf der Hand, daß er Informationen aus dir herausholen wollte.« Jetzt war er endgültig davon überzeugt, daß er recht gehabt hatte, dem Cowboy Übles zu unterstellen.

Diese Vorstellung betrübte sie. Sie hatte ihn zwar nur zweimal gesehen, aber sie mochte diesen dunkelhaarigen Cowboy, der Webb hieß. Webb Calder. Jetzt kannte sie seinen vollen Namen.

»Es ist schon spät.« Er legte ihr eine tröstende Hand auf die Schulter. »Die Sonne ist schlafen gegangen. Wir sollten dasselbe tun.«

Ein unzufriedenes Seufzen löste sich aus Lillians Kehle, als sie aufstand, um das Nachtgewand aus der Tasche zu holen. Viele Fragen gingen ihr durch den Kopf, und Webb Calder war der einzige Mensch, der sie ihr beantworten konnte.

Stefan schloß die Tür und sicherte den Riegel von innen. Dann rollte er die Folie vor das Fenster. Lillian reichte ihm sein Nachthemd und knöpfte ihr Kleid auf, während er die Lampe herunterdrehte. Es war fast dunkel, als sie ihre Kleider auszog und in das lange Nachthemd schlüpfte.

Als sie ihr Haar gekämmt und in einen Zopf geflochten hatte, lag Stefan schon im Bett. Sie legte sich neben ihn in das schmale Bett und spürte seinen langen, hageren Körper warm neben sich.

»Wirst du morgen den Brunnen fertiggraben?« Lillian bemühte sich, ihre Gedanken mit Gewalt von dem Cowboy loszureißen und an wichtigere Dinge zu denken.

»Nein. Morgen gehe ich zu Franz Kreuger und helfe ihm, sein Feld zu pflügen, damit er seinen Weizen anpflanzen kann«, teilte Stefan ihr mit. »Ich werde vor Einbruch der Dunkelheit zu Hause sein.«

»Und was ist mit dem Brunnen? Und mit dem Tisch, den du zimmern wolltest?«

»Franz wird kommen und mir dabei helfen, den Brunnen zu graben. Dann werde ich dir einen Tisch und Stühle zimmern. Wir müssen uns gegenseitig helfen. Es ist gut, Nachbarn zu haben.«

»Ja.« Sie drehte Stefan den Rücken zu, als sie unfreiwillig an einen ihrer anderen Nachbarn dachte. »Gute Nacht, Stefan.«

»Gute Nacht.« Seine Stimme klang schon ganz schläfrig.

Lillian fiel das Einschlafen nicht ganz so leicht.

Vor Tagesanbruch hatte Webb bereits sein Pferd gesattelt. Das Frühstück mußte bald fertig sein, aber er hatte nicht die Absicht, darauf zu warten. Während der zwei Tage nach seinem Zusammenstoß mit dem neuen Siedler hatte sein Zorn nicht nachgelassen. Er wollte keinen weiteren Tag mit seinem Vater und Bull Giles bei sinnlosen Diskussionen verbringen und hatte vor auszureiten, bevor sein Vater ihm vorschreiben konnte, noch einen weiteren derartigen Tag über sich ergehen zu lassen.

Er ritt los, und sein einziges Ziel war, eine möglichst große Distanz zwischen sich und das Haupthaus der Ranch zu legen. Als der Morgen richtig angebrochen war, hatte er bereits viele Meilen zurückgelegt, und vor ihm lag das östliche Ende des Dreifachen C. Jetzt wurde ihm klar, welches Ziel er im Hinterkopf längst angepeilt hatte, und er ritt weiter.

Webb stellte fest, daß keine Pferde im Korral waren und daß der Wagen nicht vor dem Haus stand. Er glaubte schon, niemanden vorzufinden, als er ihre Gestalt neben der Hütte sah. Aus der Ferne hatte sich ihr dunkles Haar zu gut in die Landschaft eingefügt. Sie trug keinen Hut, und das Feuer der Sonne brach sich in ihrem Haar. Er spürte, daß sich ein Knoten in seiner Brust bildete.

Sie sah ihm entgegen, aber sie kam nicht auf ihn zu, um ihn zu begrüßen, auch dann nicht, als er sein Pferd anhielt. In ihrem Blick las er Vorsicht, den Anflug von Mißtrauen, den er schon einmal in ihren Augen gesehen hatte. Sie sagte immer noch nichts. Hier war es Sitte, einen Mann aufzufordern, von seinem Pferd zu steigen, aber sie machte keine Anstalten, das zu tun.

»Könnten Sie etwas Wasser für mein Pferd entbehren?« Webb brach das Schweigen mit seiner knappen Bitte.

»Dort, in der Tonne.« Sie deutete auf die Tonne.

Er nickte zum Dank und schwang sich vom Sattel, um sein Pferd zu der Tonne zu führen. Aus dem Augenwinkel konnte er erkennen, daß sie ihm folgte. Es schien, als glaubte sie, er hätte vor, etwas zu stehlen. Sie hielt die Harke, mit der sie im Garten gearbeitet hatte, wie eine Waffe fest.

Da sie ihm keinen Eimer angeboten hatte, nahm Webb seinen Hut ab und füllte ihn mit Wasser. Als er sich umdrehte, um sein Pferd zu tränken, stand er ihr gegenüber. Er betrachtete sie und dann wieder das Pferd, als es seine Schnauze in den Hut steckte, um das Wasser gierig zu trinken.

»Haben Sie Ihren Korb heil nach Hause gebracht?« Er köderte sie mit der Erinnerung an den Zwischenfall, weil er das Gefühl hatte, irgend jemand sei ihm eine Entschuldigung schuldig.

»Ja.« Sie beobachtete ihn, als erwartete sie, daß ihm jeden Moment Hörner wuchsen, die sie mit ihrer Harke abhacken konnte. Sie legte ihren Kopf zur Seite. »Sie sind Mr. Calders Sohn, nicht wahr?«

»Ja.« Das Pferd hatte getrunken, und Webb leerte das restliche Wasser aus seinem Hut. »Ich fürchte, mir ist Ihr Nachname entfallen, Mrs.« Er betonte ihren verheirateten Status bissig und trat links neben sein Pferd, weil er keinen Meter weit von ihr entfernt stehen wollte.

»Reisner. Mrs. Stefan Reisner«, sagte sie ohne jede Spur von Schuldbewußtsein oder Reue.

»Ist Ihr Mann in der Nähe?« Er blickte sich um.

»Warum wollen Sie das wissen?«

»Es war nur eine Frage.« Webb wandte seine Aufmerksamkeit wieder ihr zu. Dann sah er auf ihre linke Hand. »Sie tragen keinen Ehering«, sagte er vorwurfsvoll.

»Nein, das tue ich nicht.« Sie schlug die Augen unter seinem festen Blick nieder. »Stefan und ich hatten beschlossen, das Geld lieber für die Reise hierher zu benutzen, statt es für einen Ring auszugeben.«

Diesmal wandte er die Augen ab und kämpfte gegen den Zorn an, der in ihm aufstieg. »Sie wußten, daß ich Sie für unverheiratet gehalten habe, Lilli«, murmelte er mit rauher, belegter Stimme. »Man sollte einem Mann solche Dinge sagen, bevor er sich zum Narren macht.«

Webb durchkreuzte ihren Rückzug. »Vorgestern hatten Sie nichts dagegen, mich Webb zu nennen. Haben Sie das ganz vergessen?« provozierte er sie. »Und Sie haben auch keine Einwände dagegen erhoben, daß ich Sie Lilli genannt habe.«

»Vorgestern wußte ich auch noch nicht, daß Sie der Mann

sind, der Mr. Kreuger und seine Familie bedroht hat«, gab sie ebenso schnell zurück.

»Ich habe diesen kriegerischen kleinen Farmer nie bedroht«, wandte er wütend ein. »Ich habe mit ihm gesprochen, ja, aber er war derjenige, der damit geprahlt hat, er hätte ein Gewehr und sei gern bereit, es zu benutzen, um seine Familie zu beschützen.«

Noch immer standen Zweifel in ihren Augen. »Das hat er ganz anders erzählt.«

»Und Sie glauben eher ihm als mir«, fauchte er. »Ich habe nichts anderes getan, als ihn gewarnt. Ich habe ihm gesagt, daß es schwer für seine Familie wird, unter diesen Bedingungen zu leben.« Er wies mit einer Geste auf die Hütte, um klarzustellen, wovon er sprach.

Sie reckte ihr Kinn in die Luft. »Das ist nur für dieses Jahr. Dann werden wir ein richtiges Haus bauen.«

Ihm war die Grube neben dem Haus aufgefallen. »Und ich vermute, Sie werden einen Brunnen graben, damit Sie Wasser haben?«

»Ja. Mr. Kreuger wird zu uns kommen und uns helfen, wenn Stefan und er damit fertig sind, seine Felder zu bepflanzen.«

Mühsam unterdrückte er seinen Unwillen und versuchte es mit einer geduldigen Erklärung. »Eine Ranch in Montana wurde schon immer mit einem Stück trockenen Land verglichen, das einen Zugang zu einem Wasserlauf braucht. Nicht einmal das haben Sie. Sie werden kein Wasser finden. Oder wenn doch, dann wird es so voller Alkali sein, so daß Sie es nicht trinken können.«

»Das können Sie nicht wissen.« Sie wollte seine Prophezeiung nicht hören.

»Ich bin keine dreißig Meilen von hier geboren und aufgewachsen«, rief ihr Webb ins Gedächtnis zurück. »Wenn ich etwas kenne, dann ist es dieses Land. Ich versuche nicht, jemanden zu erschrecken, damit er fortgeht, und ebensowenig ist das die Absicht meines Vaters. Aber Ihr Trockenfarmer wollt ja nicht auf uns hören.«

»Sie wollen uns hier nicht haben. Sie wollen dieses ganze

Land für sich allein haben.« Sie sprach diese Worte zwar aus, aber es fehlte ihnen an Nachdruck. »Das hat Kreuger Stefan erzählt.«

»Schon wieder Kreuger«, murrte er.

»Alle wissen, daß Ihr Vater versucht zu verhindern, daß mehr Menschen hierherkommen.«

»Ja, das versucht er, weil er nicht zusehen will, wie das Land von Menschen zerstört wird, die glauben, daß auf diesem Boden Weizen wächst.« Webb verteidigte den Standpunkt seines Vaters.

»Aber hier wächst Weizen. Sie sind mitten durch das Weizenfeld geritten«, sagte sie triumphierend. »Ihr Vater irrt sich.«

Dagegen ließ sich schlecht etwas einwenden, da der Beweis deutlich vor ihm lag. »Ich bin nicht hergekommen, um mit Ihnen zu streiten, Lilli.«

Sie sah ihn an, sah ihm so direkt in die Augen wie bei ihren anderen Zusammentreffen auch. »Warum sind Sie gekommen?«

»Weil ...« Er biß die Zähne zusammen. Er kam einen Schritt auf sie zu, die Zügel glitten aus seinen Händen und schleiften auf dem Boden. »Warum haben Sie ihn geheiratet, Lilli?«

Ihre Augen weiteten sich bei dieser plumpen Frage. »Stefan ... ist ein guter Mann ... und ein guter Ehemann.« Sie rang mit den Worten. »Er ist gutherzig und freundlich und ...«

»Und er ist alt genug, um Ihr Vater zu sein, wenn nicht gar Ihr Großvater.« Seine Hände gruben sich in ihre Schultern, als er die Worte durch die Zähne stieß, um ihren unvollendeten Satz zu beenden.

Ihre rechte Hand ließ die Harke los, um stumm gegen seine Berührung zu protestieren. Sie zog an seinem Unterarm. »Er ist älter als ich«, räumte sie ein.

»Alt genug, um Ihr Vater zu sein«, beharrte Webb, der entschlossen war, ihr dieses Eingeständnis zu entlocken.

»Ja.« Sie sagte es trotzig. »Und dazu kommt noch, daß er der beste Freund meines Vaters war. Sie sind gemeinsam in dieses Land gekommen. Ich war vierzehn, als meine Eltern starben. Wenn Stefan nicht gewesen wäre, dann weiß ich nicht, was aus mir geworden wäre.«

»Und deshalb haben Sie ihn geheiratet?« Seine Augen forschten in ihrem Gesicht, und er bemühte sich verzweifelt, es zu verstehen. Er wollte es unter allen Umständen verstehen. »Weil Sie allein waren?«

»Weil ich allein war. Weil ich ihn mochte. Weil er gut zu mir war. Weil ich gar keine andere Möglichkeit hatte. Niemand sonst hat sich um mich gekümmert.« Sie warf ihm die Gründe an den Kopf, die ihr immer so naheliegend erschienen waren.

»Sie hätten ihn nicht heiraten müssen.« Seine Finger gruben sich noch fester in ihre Schultern. In ihm stand alles kopf. Das einzige, was er mit Sicherheit wußte, war, daß sie nichts bei dem Mann zu suchen hatte, den sie geheiratet hatte. »Sie hätten sich eine Stellung suchen können.«

»Als was denn? Die einzige Arbeit, die ein Mädchen finden kann, ist in einer Fabrik oder …« Sie preßte die Lippen aufeinander, um die Alternative nicht auszusprechen. »Ich bereue nicht, daß ich Stefan geheiratet habe. Ich hätte es auch getan, wenn er hundert Jahre älter gewesen wäre, weil ich ihn mag. Ich bin seine Frau, und ich bin stolz, das zu sein.«

Webb hatte plötzlich das Gefühl, eine Schlacht verloren zu haben, von der er bis dahin nicht gewußt hatte, daß er sie schlug. Seine Hände ließen sie los, fielen matt von ihren Schultern.

»Ich vermute, mehr ist jetzt nicht zu sagen, oder?« Er wartete, aber sie antwortete nicht.

Dann wandte er sich ab, griff nach den Zügeln und stellte einen Fuß in den Steigbügel. Der Sattel ächzte unter seinem Gewicht. Mit den Sporen brachte er seinen Wallach dazu, eine Vierteldrehung zu machen. Webb war ihr jetzt zugewandt. Die Wut, die ihn nicht zur Ruhe hatte kommen lassen und die ihm immer wieder die Galle hochgetrieben hatte, war verflogen, und das Gefühl, einen Verlust erlitten zu haben, eine Leere, eine hohle Stelle in seinem Innern, blieb zurück. Er legte eine Hand an die Hutkrempe.

»Ich bin Ihnen für das Wasser zu Dank verpflichtet, Mrs. Reisner«, murmelte er förmlich, und dann trieb er sein Pferd an.

8

Webb erhielt die Aufforderung, mit seinen Eltern zu ›dinieren‹. Selbst das konnte ihn nicht aus der Fassung bringen. Seit dem Zwischenfall mit dem Farmer zeigte er keinerlei Emotionen mehr. Er war auch nicht bereit, das Fest, das die Farmer am 4. Juli in der Stadt veranstalteten und auf das sich alle Cowboys bereits freuten, zu besuchen. Er fragte sich lediglich, was der Grund für die Einladung bei seinen Eltern sein konnte. Vermutlich verabschiedete die Familie sich von Bull Giles, der vorgehabt hatte, einen Monat zu bleiben, und dieser Monat mußte jetzt vorbei sein.

Mürrisch begab er sich ins Haus und kam gerade rechtzeitig für einen Drink im Arbeitszimmer seines Vaters an. Bull Giles war noch nicht da.

»Wirst du mit Ruth das Fest am 4. Juli besuchen?« fragte seine Mutter.

»Ich hatte selbst nicht die Absicht hinzugehen«, erwiderte Webb.

»Was ist mit dir und Ruth?« fragte sie. »Ich möchte es jetzt endlich wissen.«

Webb war dreißig, und alle erwarteten Entscheidungen von ihm. Jetzt fing auch sie noch damit an. Er erklärte seiner Mutter, daß er Ruth nie Versprechungen gemacht hatte, und als Bull Giles zur Tür hereinkam, hatte er gerade deutlich klargestellt, daß er nicht die Absicht hatte, Ruth jemals zu heiraten. Er spielte sogar mit dem Gedanken, im Winter nach Texas zu reisen und sich dort umzusehen. Es brauchte nicht erst betont zu werden, daß seine Rückkehr dann ungewiß war.

Nach dem Abendessen schlug Benteen vor, noch einen Drink in seinem Arbeitszimmer zu nehmen. »Ich glaube, diese Einladung muß ich ausschlagen«, lehnte Bull Giles ab. Er stützte sich auf seinen Stock. »Ich schnappe statt dessen lieber auf der Terrasse Luft.« Er sah Webb an. »Hast du Lust, mich zu begleiten?«

Webb zeigte sein Erstaunen über diese unerwartete Aufforderung nicht, sondern erkannte darin schnell eine Möglichkeit, weiteren Vorhaltungen von seiten seines Vaters zu entkommen. »Ja, gern«, sagte er.

»Dann wünsche ich dir noch viel Spaß bei deinem Brandy, Benteen«, sagte Bull, der seinen alten Freund absichtlich nicht aufforderte, ihnen Gesellschaft zu leisten.

Draußen wehte ein warmer Sommerwind. Ein Halbmond thronte trunken am Himmel und warf seinen Schein auf die Dächer der zahlreichen Gebäude, die um den kleinen Hügel herum verstreut lagen. Bull Giles griff in sein Jackett und zog zwei Zigarren aus der Innentasche. Eine davon bot er Webb an.

»Ist dir das mit Texas ernst?« fragte er, als Webb seinen Kopf über das Streichholz beugte, das Bull ihm entgegenhielt.

Webb hob langsam den Kopf und bemühte sich, etwas im Gesicht des Mannes zu lesen, doch der flackernde Schein des Streichholzes reichte nicht aus. »Ich spiele mit dem Gedanken. Warum?« Er bemühte sich, es beiläufig klingen zu lassen.

»Es war nur so eine Überlegung.« Bull zündete sich seine Zigarre an, während Webb feststellte, daß Bull Giles sich wohl kaum »nur so eine Überlegung« machte.

Bull blies das Streichholz aus und sah auf die Gebäude, die vor ihnen lagen. »Als ich diese Ranch zum erstenmal gesehen habe, stand hier nur eine Holzhütte. Benteen hat sich ein ganz beachtliches Anwesen aufgebaut.«

»Ja.« Webbs Zustimmung war neutral. »Jeder Meter Land, den man sieht, liegt unter einem Calder-Himmel.«

»Es ist ein großer Himmel«, äußerte Bull, und auch er wollte damit anscheinend nichts Bestimmtes sagen.

»Und ein großes Stück Land«, fügte Webb hinzu.

»Es erfordert einen großen Mann, all das unter Kontrolle zu haben, aber das brauche ich dir wohl kaum zu sagen.« Bull nahm die Zigarre aus dem Mund und musterte die Glut.

»Nein, wohl kaum.« Webb trat unruhig von einem Fuß auf den anderen, weil ihn das Gefühl beschlich, den Vorhaltungen seines Vaters nur entkommen zu sein, um sie sich jetzt von einem langjährigen Freund der Familie anhören zu müssen.

»Er wird müde. Er braucht das Gefühl, daß er allmählich anfangen kann, einen Teil seiner Pflichten an andere abzutreten.« Bull stellte sich so hin, daß er Webb genau sehen konnte.

»Ich vermute, als nächstes werden Sie mir vorschlagen, in die Fußstapfen meines Vaters zu treten.«

Ein kleines Lächeln trat auf Bulls Gesicht. »Ist es das, was dir Sorgen macht? Gefällt dir die Vorstellung nicht, das Werk deines Vaters weiterzuführen?«

»Nein, sie gefällt mir nicht«, sagte Webb mit ausdrucksloser Stimme. »Er hat der ganzen Ranch seinen Stempel aufgedrückt, und ich bin stolz auf ihn.«

»Aber du willst etwas Eigenes schaffen«, führte Bull den Gedanken weiter. Webb war überrascht über diese Fähigkeit, die Situation mit solcher Klarheit zu erkennen. »Du bist ein Dummkopf, Webb Calder.«

»Sir?« Webb fuhr bei dieser Beleidigung zusammen und fragte sich, ob er sich auch nicht verhört hatte.

»Ich habe gesagt, daß du ein Dummkopf bist«, wiederholte Bull gelassen. »Wenn dein Vater einmal nicht mehr da ist, wirst du nicht in seine Fußstapfen treten. Du wirst dort anfangen, wo er aufgehört hat. Und wenn du keine großen, kräftigen Schritte machst, wirst du zertreten.«

»Was wollen Sie damit sagen?«

»Ich will damit sagen, daß ich dich beobachtet habe. Aus dem wenigen, was ich von dir zu sehen bekommen habe, und den wenigen Äußerungen deines Vaters hat sich bei mir der Eindruck entwickelt, daß du versuchst, dich vor jeder Entscheidung zu drücken. Du bemühst dich, dich wie alle anderen Cowboys zu verhalten und nichts weiter zu tun, als ein gutes Tagespensum zu leisten. Aber innerlich fühlst du dich getrieben, selbst ein Zeichen zu setzen, damit andere sehen können, wo du gewesen bist.«

»Und?« Webb bestätigte Bulls Vermutung nicht, stritt sie aber auch nicht ab.

»Und du mußt aufhören, dich zu drücken. Du könntest diese Ranch eines Tages besitzen. Ob du jetzt glaubst, etwas dazu beigetragen zu haben, etwas getan zu haben, womit du sie dir verdient hast, oder nicht – das ändert nichts daran, daß du darum kämpfen mußt, sie zu behalten. Es wird nämlich dort draußen immer jemanden geben, der sie dir wegnehmen will. Es ist leicht, etwas zu bekommen, aber es zu behalten, das ist die wahre Prüfung, die ein Mann bestehen muß. Das solltest du nicht vergessen, wenn du dir Gedanken über Texas machst.«

»Ich werde darüber nachdenken.«

Bull stützte sich auf seinen Stock und drehte sich zur Tür um. »Ich schätze, ich werde mich jetzt zurückziehen.«

»Ich auch.« Webb ging langsam auf die Stufen zu, und sein Blick streifte die nächtliche Landschaft.

Am 4. Juli schienen die Gebäude des Dreifachen C unbewohnt zu sein. Alle waren in die Stadt geritten, um an den Festlichkeiten teilzunehmen. Nur Webb, der ungesellige Koch Grizzly Turner und ein weiterer Cowboy, der Budd Pappas hieß, blieben zurück.

Webb hatte die vielen Kleinigkeiten, die er sich vorgenommen hatte, bereits am frühen Nachmittag erledigt. Er hatte sich nie wohl dabei gefühlt, ganz einfach herumzusitzen und die Zeit zu vertrödeln.

Nach einem Dutzend Tassen Kaffee strich er unruhig um die Küche herum.

»Warum verziehst du dich nicht?« murrte Grizzly Turner gereizt. »Du bist so aufgekratzt wie ein junger Stier auf der Weide, wenn die Paarungszeit bevorsteht.«

Webb ignorierte diese Bemerkung und ging zum Herd, um sich noch eine Tasse Kaffee zu holen. »Wir haben keinen Kaffee mehr«, fauchte er.

»Ach ja? Ist das nicht furchtbar?« fauchte der Koch zurück.

»Warum kannst du nicht wie alle anderen in die Stadt gehen, anstatt mir das Leben zu versauern?«

Webb war von einer solchen Ruhelosigkeit gepackt, daß ihm diese Idee auf einmal verlockend schien. »Genau das werde ich auch tun, Grizzly«, sagte er, während er seinen Hut aufsetzte.

9

Als er in die Stadt ritt, wimmelte es auf der Straße von Menschen, Wagen und Pferden. Wie zu erwarten gewesen war, standen vor dem Saloon ein Dutzend Pferde, die das Brandzeichen des Dreifachen C trugen. Webb stieg ab und band sein Pferd an.

Zwei Cowboys kamen gerade aus der Tür, als er den Saloon betrat. Sie lachten und redeten laut, aber der Lärm, den sie veranstalteten, erschien im Vergleich zu dem Getöse, das Webb aus der Bar entgegenschlug, wie ein Flüstern. Fast jede Ranch in der ganzen Gegend schien durch einige Cowboys vertreten zu sein. Es dauerte eine Minute, bis er die Horde des Dreifachen C entdeckt hatte und sich einen Weg zu den anderen Cowboys zu bahnen begann.

»Webb?« Der junge Shorty Niles schlug ihm auf den Rücken und stieß ihn zur Bar. »Zum Teufel! Ich dachte, du hältst die Stellung!«

»Mir ist langweilig geworden, und ich dachte mir, ich sehe lieber mal nach, in welche Schwierigkeiten ihr euch bringt«, erwiderte er. Dann bestellte er sich ein Bier.

»Wir hatten überhaupt keine Schwierigkeiten, stimmt's, Leute?« fragte Shorty, und alle stimmten ihm zu. »Wir haben uns nur schon die Mädchen ausgesucht, mit denen wir heute abend tanzen. Eine ganze Reihe von ihnen ist in die Stadt gekommen.«

»Wenn ich an eurer Stelle wäre, würde ich diesen Farmerstöchtern nicht zu nahekommen.« Die Warnung kam von einem Mann, der außerhalb der Gruppe stand. Seine Stimme triefte vor Verachtung für die neuen Siedler. »Ihr könntet euch etwas holen.«

Webb sah sich nach dem Mann um, der diese höhnische Bemerkung gemacht hatte. Hobie Evans arbeitete als Cowboy auf einer angrenzenden Ranch. Er machte seine Arbeit tadellos, aber es gab Menschen, die behaupteten, seine fünfundachtzig Kilo entsprächen einer ebensolchen Menge Bosheit. Mit Sicherheit konnte man sagen, daß ihm Handgreiflichkeiten nicht fremd waren, ob er sie nun selbst anzettelte oder ob er sich nur daran beteiligte.

Als er spürte, daß die Blicke des Dreifachen C auf ihn gerichtet waren, wandte sich Hobie Evans ihnen zu. Er hatte ein blaues Auge.

»Was fangen wir uns ein?« wollte der junge Shorty wissen, und seine Augen lächelten verschmitzt. »Die Faust eines Farmers auf dem Auge?« Glucksendes Gelächter breitete sich unter den Cowboys des Dreifachen C aus. »So hast du dir das blaue Auge doch geholt, oder, Hobie?«

»Stimmt«, sagte Hobie nach kurzem Zögern. »Aber als ich diesen Farmer das letzte Mal gesehen habe, lag er flach auf dem Boden und sah auch nicht gerade gut aus.«

»Was ist passiert?« fragte jemand hinter Webb.

»Er hat behauptet, ich hätte gegen das Gesetz verstoßen – gesagt, ich dürfte nicht einfach auf die Straße spucken.« Hobie drückte seine Brust raus, und sein Mund verzog sich zu einem hämischen Grinsen. »Also habe ich ihm erzählt, daß wir hier die Gesetze gemacht haben, und das schon lange, bevor er hierhergekommen ist. Dann habe ich ihm auf das Hemd gespuckt und ihn gefragt, ob es ihm so lieber ist. Als er die Faust geballt hat, war es doch nur natürlich, daß ich mich verteidigen mußte.«

Diesmal wurde noch lauter gelacht, und das hieß, daß das rauhe Vorgehen des Cowboys allseits gebilligt wurde.

»Das hier ist unsere Stadt«, verkündete Hobie mit erhobener Stimme, damit man ihn im ganzen Raum hören konnte. »Diese Farmer, die lauter komisches Zeug reden, kommen her und glauben, sie können uns jetzt sagen, was wir hier tun dürfen und was nicht. Wir waren zuerst hier. Ich sage, wenn es ihnen nicht paßt, dann können sie ja wieder abhauen.«

Im ganzen Raum erhob sich ein zustimmendes Raunen, und viele nickten dazu. Hobie Evans strahlte vor Zufriedenheit über diese Reaktion. Er war sich seiner Unterstützung jetzt sicher und stellte sich aufrechter hin.

»Sie sind eine Plage, genau das sind sie. Schlimmer als ein Heuschreckenschwarm.« Er unterbrach sich und lauschte dem Murmeln im Raum. »Hat irgend jemand je die Hand erhoben, um sie zurückzuhalten?«

Diese Form von häßlichem Gerede kam bei Webb nicht gut

an. »Du vergißt eins, Hobie.« Er erhob seine Stimme nicht, doch es wurde so still im Raum, daß sie deutlich zu hören war. Webb nahm keine andere Haltung ein und löste seinen Blick auch nicht von seinem Bierkrug. »Diese Trockenfarmer haben das Recht, dieses Regierungsland zu besiedeln – genau wie du.«

»Ich hätte nicht geglaubt, daß sich ein Calder auf die Seite dieses Gesindels schlagen und sich gegen seine eigenen Leute stellen würde.« Hobie musterte ihn herablassend. »Das Land deines Vaters mag ja heute noch ganz gut dastehen, aber sieh dir mal an, was auf den anderen Farmen los ist. Überall wird den Cowboys der Laufpaß gegeben. Und daran sind diese Farmer schuld.«

»Jede Ranch bekommt die niedrigen Rinderpreise zu spüren«, erwiderte Webb. »Wenn einige Cowboys entlassen werden, mußt du dem Rindermarkt die Schuld daran geben.«

»Einige Cowboys«, wiederholte Hobie spöttisch. Er wandte sich an die Horde von Männern im Raum. »Wie viele von euch haben ihren letzten Lohn und ihre Entlassung bekommen? Ich will Meldungen sehen.«

Es ging ganz langsam los, erst hob nur ein Mann die Hand, aber dann hoben sich die Hände, eine nach der anderen. Als Webb sich im Raum umgesehen hatte, hatte etwa die Hälfte der anwesenden Cowboys bescheinigt, daß sie arbeitslos waren. Er hatte nicht gewußt, daß es so schlimm stand.

»Wir haben nicht alle einen Vater, der eine Ranch hat«, rief der Cowboy Webb sarkastisch zu. »Und wenn die Rinderpreise sinken, wer ist dann schuld daran?« wollte Hobie wissen, doch dann gab er selbst die Antwort. »Es ist der Farmer. Der Getreidepreis ist so hoch, daß die Farmer ihr Getreide in Europa verkaufen, statt die Rinder damit zu füttern. Sie bekommen für ihr Getreide mehr Geld als für Rinder, und daher kaufen sie keine mehr. Sie werden reich und nehmen uns das Weideland weg, und wir tun nichts, um es zu ändern.«

»Es gibt nichts, was wir tun könnten«, murrte ein Cowboy verdrießlich. »Die Regierung hat ihnen das Land zur Verfügung gestellt.«

»Jemand sollte es ihnen wieder wegnehmen«, schlug Hobie

vor. Dann beobachtete er die Reaktion. »Seit wann hat sich hier in dieser Gegend jemand danach zu richten, was eine Handvoll Politiker in Washington tut?« Die Menge drückte ihr Unbehagen aus, und es war kaum ein Laut der Zustimmung zu vernehmen. »Zum Teufel, das hier ist kein Ackerbauland«, erklärte Hobie. »Sie haben das Gesetz erlassen, ohne jemals herzukommen und es sich selbst anzusehen. Sie haben einen Fehler gemacht, und den sollten wir wieder korrigieren, sonst gar nichts.«

»Was du da vorschlägst, ist gegen das Gesetz«, hob Nate trocken hervor.

»Welches Gesetz?« entgegnete der Cowboy. »Das Gesetz von Washington oder das Gesetz der Steppe?«

»Hast du es denn noch nicht gehört, Hobie?« rief jemand vom hinteren Ende des Raumes. »Sie haben sich einen Gesetzeshüter geholt. Blue Moon hat jetzt seinen eigenen Sheriff.«

Webb hob den Kopf und sah sich verblüfft um. Die meisten Männer reagierten ähnlich. Offenbar wußten sie alle nichts davon.

»Ihr könnt wetten, daß dieser Sheriff eingestellt worden ist, um diese Eindringlinge zu beschützen. Keiner von uns hat es je für nötig gehalten, jemanden einzustellen, der uns beschützt«, verkündete Hobie. »Wir konnten auf uns selbst aufpassen.«

»Was war mit den Profis, die die Rancher eingestellt haben, um die Viehdiebe zu überführen und die Wölfe zu erledigen?« sagte Webb. »Mir scheint, du redest doppelzüngig.«

»Wir haben bestimmt nicht auf einen Sheriff gewartet, der kommt und uns das abnimmt«, erwiderte Hobie. »Wenn wir uns auf das Gesetz verlassen hätten, wäre uns das gesamte Vieh geraubt worden. Wenn das Gesetz uns im Stich läßt, schreiten wir doch immer ein und tun, was getan werden muß. Wir laufen nicht rum und nörgeln.«

»Mir kommt es so vor«, sagte Nate, »als hätten wir dasselbe Problem, das schon die Indianer hatten. Ganz gleich, wie oft wir kämpfen, wir werden immer weiter zurückgedrängt. Die anderen sind in der Überzahl, und es kommen immer mehr von ihnen. Wir schaffen uns einen vom Hals, und drei neue kommen statt seiner.«

Nates Vergleich ernüchterte die Anwesenden. Wie alle anderen hatte Webb das Gefühl, Nates Bemerkung hatte den Nagel auf den Kopf getroffen.

Bevor das Schweigen drückend wurde, sagte Shorty zu Nate: »Du weißt ja, wie es heißt, Nate. Wenn du nicht gegen sie gewinnen kannst, dann schließ dich ihnen an. Und genau das habe ich vor. Ich werde mir eine hübsche Farmerstochter schnappen und mit ihr tanzen, bis die Sonne untergeht.« Seine Fröhlichkeit war ansteckend, und die drückende Atmosphäre in der Bar löste sich auf. Shorty winkte Hobie zu. »Dräng dich an die Bar, Crazy Horse«, sagte er, um den Cowboy mit dem berühmten Häuptling der Ogalala Sioux zu vergleichen, »und ich gebe dir einen aus.«

Mit dieser Einladung war der Bann gebrochen, der auf dem Raum gelastet hatte, und der Geräuschpegel stieg wieder gewaltig an. Als Sonny Drake, der Barkeeper und Besitzer des Saloons, mit der Whiskyflasche kam, um ihre Gläser nachzufüllen, legte Shorty sein Geld auf den Tresen.

»Tanzen macht durstig. Gib mir lieber zwei Flaschen zum Mitnehmen«, sagte er, und dann sah er Webbs Bierkrug, der noch fast voll war. »Du solltest jetzt besser austrinken, oder du bist noch hier, wenn der Tanz beginnt.«

Eines dieser neumodischen Automobile fuhr vorbei, als Benteen mit Lorna und Ruth in der Stadt eintraf. »Tom Pettit würde aus dem Grab aufstehen, wenn er wüßte, wofür sein Sohn das Geld ausgibt«, sagte in dem Moment Ed Mace, dessen Näherkommen Benteen nicht gehört hatte, weil es im Lärm des Automobils untergegangen war.

»Das kann man wohl sagen«, stimmte Benteen ihm zu. »Ich weiß gar nicht, was er hier draußen mit dem Ding anfangen will.«

»Die Straße rauf und runter fahren, vermute ich.« Ed Mace schüttelte den Kopf über diese Geldverschwendung. »Für diese Wagen, die nicht von Pferden gezogen werden, gibt es hier keine Straßen. Und ich würde wetten, daß es sie auch in den nächsten zwanzig bis dreißig Jahren nicht gibt.«

»Es ist nichts weiter als ein Spielzeug. Sie haben gehört, daß der junge Pettit Teile der Ranch an die neuen Siedler verkauft, oder?«

»Ich habe es gehört, aber ich wollte es nicht glauben.« Ed Mace nickte, während Zorn in seinen Augen aufblitzte. »Es gibt noch viele Rancher hier, die mit dem Gedanken spielen, Teile ihres Landes zu verkaufen, um flüssig zu bleiben, bis sich der Rindermarkt wieder erholt hat. Manche dieser Trockenfarmer zahlen Preise für wertloses Land, die einen aber auch wirklich in Versuchung führen können. Hätten Sie für möglich gehalten, daß Sie sich hier je deplaziert fühlen könnten, Benteen?«

»Ich fürchte, das ist nur der Anfang.« Benteen hatte keine Möglichkeiten gefunden, dem Zustrom einen Riegel vorzuschieben.

»Schlimmer als eine Heuschreckenplage. Vielleicht sollten wir sie mit Kerosin übergießen und anzünden.«

Ein kleingewachsener Mann mit breiten Hüften und in den üblichen Kleidern des Westens kam in dem Moment auf die beiden Rancher zu. Er schien es nicht eilig zu haben, sie zu erreichen, sondern ließ sich Zeit, sie gründlich zu mustern, während er gemächlich auf sie zuging. Benteen sah einen Stern auf dem Hemd des Mannes aufblitzen, und sein Gesicht verfinsterte sich.

»Ich glaube, wir kennen uns noch nicht«, erklärte der Mann, als er vor den beiden Ranchern stehenblieb. »Potter heiße ich. Die Stadt hat mich als Sheriff eingestellt, damit ich für Frieden sorge.«

»Dachte ich mir schon, daß Sie das sind.« Ed Mace nickte und zeigte offen seine Respektlosigkeit gegenüber der Autorität, die dieser Mann angeblich repräsentierte. »Ich bin Ed Mace. Mir gehört die Snake M Ranch im Osten der Stadt.«

»Benteen Calder vom Dreifachen C.« Er hielt ihm zur Begrüßung höflich die Hand hin, die der junge Mann kaum berührte.

»Ich hatte vor, beide Ranchs aufzusuchen«, sagte der Sheriff, der ihnen damit den Eindruck gab, daß er nichts überstürzte. »Mir wäre es lieb, wenn Sie mit Ihren Jungen reden und sie auffordern würden, keinen Ärger zu machen. Ich weiß, daß sie dazu neigen, ausgelassen zu sein, wenn sie in die Stadt kommen, und das ist wohl auch nur natürlich. Ich erwarte nicht von Ihnen, daß Sie das unterbinden, aber ich wäre froh, wenn Sie dafür sorgen würden, daß sie keine gesetzestreuen Bürger belästigen.«

»Ich glaube nicht, daß sie das tun, solange Sie dafür sorgen, daß Ihre gesetzestreuen Bürger sie nicht belästigen«, provozierte ihn Ed Mace.

»Dieser Hobie Evans arbeitet doch für Sie, oder?« Es war eine Feststellung, keine Bitte um eine Information.

»Ja, das tut er.« Der Rancher wollte den Sheriff mit seinem Blick provozieren, mehr zu sagen.

»Es war nett, die beiden Herrschaften kennenzulernen«, sagte der Sheriff gedehnt, und er nickte beiden zu. »Heute ist ein Festtag. Ich hoffe, Ihre Jungen benehmen sich und richten nichts an. Am Unabhängigkeitstag würde ich nicht gern jemanden verhaften.«

»Ich hatte gehört, daß die Stadt einen Sheriff einstellen wollte«, sagte Benteen, als der Mann gegangen war. »Aber ich wußte nicht, daß es tatsächlich geschehen ist. Ist es zu irgendwelchen Zwischenfällen gekommen?«

»Nichts von Bedeutung, aber viele Cowboys sind entlassen worden, und ihnen war langweilig. Sie haben die Trockenfarmer belästigt, aber es waren im großen und ganzen nur harmlose Streiche. Aber Sie wissen selbst, daß die Burschen manchmal etwas roh sein können. Die Farmer haben sich auch schon über Sonnys Saloon beschwert und über die ›kriminellen Elemente‹, die sich dort rumtreiben. Es wird nicht lange dauern, bis sie die Bar schließen wollen. Gott sei Fannie gnädig, wenn diese frommen Farmer erst von ihr erfahren.«

»Als nächstes werden sie uns dann vorschreiben, wohin wir gehen dürfen und wo uns der Zutritt verboten ist, wie damals in den Städten, durch die wir auf dem Viehtrieb gekommen sind«, sagte Benteen mit trockenem Humor.

»Wenn die ehrbaren Leute auf der einen Seite stehen und die Cowboys auf der anderen und wir als Rinderzüchter zu den Cowboys gehören und diese Grenze nicht überschreiten dürfen, ist es soweit. Männer wie wir haben diese Stadt gebaut.

Niemand kann mir oder meinen Männern vorschreiben, wo wir Zutritt haben. Niemals.«

»Ich hoffe, daß keiner von uns beiden diesen Tag erleben wird«, sagte Benteen. Zu viele Veränderungen vollzogen sich, und sie vollzogen sich mit einer solchen Geschwindigkeit, daß man unmöglich voraussagen konnte, was der nächste Tag bringen würde. Aber der Siedepunkt war fast erreicht. Es schien überall genug Brennstoff zu geben, und es mußte zwangsläufig zu Reibereien kommen. Die Musik hatte eingesetzt. »Es sieht ganz so aus, als sollte der Tanz jeden Moment beginnen«, sagte Benteen. »Ich mache mich jetzt besser auf die Suche nach meiner Frau.«

Die Tanzfläche war kaum hundert Meter vom Saloon eingerichtet worden, aber ein Cowboy geht niemals zu Fuß, wenn er statt dessen reiten kann. Die Nachricht, daß der Tanz beginnen sollte, breitete sich schnell aus. Keiner der Cowboys war betrunken, aber sie lachten, redeten laut und fühlten sich wohl. Webb, der nur ein Bier im Bauch hatte, war nüchterner als die meisten. Die Wagen bildeten eine Barrikade, die verhinderte, daß die Cowboys mitten auf die Tanzfläche ritten. Als sie gezwungen waren abzusteigen, banden sie ihre Pferde fest und mischten sich ins Getümmel.

Unter den Paaren, die bereits tanzten, sah Webb seine Eltern und Ruth, die mit dem Vorarbeiter der Brickman Ranch tanzte. Die Farmer standen den Cowboys gegenüber, und außer den Farmerstöchtern gab es nur wenig Partnerinnen. Ganz anders sah es dagegen auf der Seite der Farmer aus. Dort schienen das männliche und das weibliche Geschlecht zu gleichen Teilen vertreten zu sein.

»Sieh dir den Busen von dem Mädchen mit den blonden Zöpfen an«, flüsterte Shorty, der Webb einen Rippenstoß versetzte. »Himmeldonnerwetter! Das ist die Richtige für mich.«

Als Webb das junge Mädchen entdeckte, sah er auch schon Lilli, die daneben stand. Und er bewegte sich nicht. Sie trug ein leuchtend blaues Kleid, von dem er wußte, daß es den Ton ihrer Augen genau treffen mußte. Sie sah den Tänzern zu und wiegte sich im Rhythmus der Musik.

»Ich habe sie vor dir gesehen«, mischte sich Abe Garvey ein. »Du nimmst die in Blau, die neben ihr steht.«

»Die ist verheiratet«, sagte Webb mit ausdrucksloser Stimme, und er zwang sich, in eine andere Richtung zu sehen.

»Was du nicht sagst.« Abe legte die Stirn in Falten.

»Ich fahre aber auf die mit den gelben Zöpfen ab«, beharrte Shorty. »Das ist doch nicht meine Schuld, Abe, wenn du mir vorher nichts sagst.«

Als Shorty Niles über die Tanzfläche lief, blieb Abe einen Schritt hinter ihm. »Wenn sie dir einen Korb gibt, Shorty, dann rück ganz einfach zur Seite. Ich bin direkt hinter dir.«

»Willst du dein Glück probieren?« erkundigte sich Nate mit einem Seitenblick auf Webb.

»Nein.« Als er Nates prüfenden Blick spürte, zwang er sich zu einem Lächeln. »Ich lasse mir von den anderen den Weg bereiten. Auf diese Weise komme ich rascher voran.«

Widerstrebend sah Webb wieder das Mädchen mit den blonden Zöpfen an, Lilli übersah er. Ein großer, finster wirkender Mann skandinavischer Abstammung war neben das blonde Mädchen getreten. Der junge Shorty war offensichtlich bereits abgewiesen worden, denn er sah zu, wie Abe sein Glück versuchte. Das Mädchen schüttelte ablehnend den Kopf und rückte dichter an den großen Mann an ihrer Seite.

»Vielleicht ist sie auch verheiratet«, meinte Webb. Und seine Stimme klang bitter.

»Nee. Der große Schwede neben ihr heißt Anderson. Er hat eine ganze Schar von Kindern, und seine Frau ist ungefähr genauso groß wie er. Eine riesige Frau«, sagte Nate. »Sie haben sich Land an der südöstlichen Grenze des Dreifachen C ausgesucht. Ich habe sie vor ein paar Wochen in den Feldern bei der Arbeit gesehen. Das Mädchen ist seine Tochter, soviel steht fest.«

Als der nächste Tanz begann, merkte Webb, daß Abe und Shorty nicht die einzigen waren, die abgewiesen wurden. Auch den anderen Cowboys erging es so. Die Trockenfarmer hatten nicht die Absicht, ihre unschuldigen Töchter mit einer Horde von verantwortungslosen Cowboys tanzen zu lassen. Zumindest hatte Webb den Verdacht, daß sie sich ähnliche Überlegungen machten.

Selbst auf der Tanzfläche blieben die neuen Siedler auf ihrer Seite und die Rancher auf der anderen. Webb stellte fest, daß die Spannung, die in der Luft hing, keineswegs der Feiertagsstimmung entsprang.

Anfangs nahmen die Cowboys gelassen und gutgelaunt hin, daß sie abgewiesen wurden. Sie waren zum Feiern aufgelegt, und so leicht ließen sie sich ihren Spaß nicht nehmen. Daher wandten sie ihre Aufmerksamkeit dem weiblichen Geschlecht in den eigenen Reihen zu und tanzten mit verheirateten und mit alleinstehenden Frauen.

Als Webb auf seine Mutter zuging, zog er zuvorkommend den Hut und bot ihr seinen Arm an. »Dürfte ich den nächsten Tanz haben?«

Sie lachte und hing sich bei ihm ein. »Den habe ich nur für dich reserviert.« Nach den ersten Tanzschritten legte sie ihren Kopf in den Nacken und sah zu ihm auf. »Ich nahm an, du kämst gar nicht.«

»Grizzly hat mich mit einem Fleischermesser von der Ranch gejagt.« Bei seiner Mutter kam er mit einer so oberflächlichen Antwort davon. Es war besser, ihr die wahren Gründe nicht zu erklären.

»Wirst du mit Ruth tanzen?« Sie konnte es nicht lassen, ihn zu fragen, denn sie hoffte, er hätte es sich anders überlegt.

»Mir ist nicht aufgefallen, daß es ihr an Tanzpartnern mangelt«, erwiderte er.

»Nein, wahrhaftig nicht. Sie hat noch keinen Tanz ausgelassen.«

Während sie tanzten, bemerkte Webb Lilli auf der anderen Seite der Tanzfläche. Sie lag in den Armen ihres Mannes. Es wurmte ihn, ihr lächelndes Gesicht zu sehen, das ihm zugewandt war. Es war nicht richtig, daß die beiden zusammen waren.

»Webb? Was ist los mit dir?«

»Nichts.« Sein Gesicht wurde verschlossen, und als er seine Mutter wieder ansah, war kein Gefühl auf seinen Zügen zu erkennen. Sie war nicht überzeugt, aber sie drängte ihn nicht, ihr genauer zu antworten.

Nach dem Tanz begleitete er sie wieder zu seinem Vater und

schloß sich den übrigen Cowboys an. Enttäuschung und Wut stauten sich in ihm und riefen Wünsche wach, die besser geschlummert hätten.

Das finstere Murren um ihn herum schien seine eigene Stimmung widerzuspiegeln. Die Blicke, die auf die ungebundenen Frauen auf der anderen Seite der Tanzfläche fielen, drückten zunehmende Abneigung aus. Die Töchter der Siedler waren wie Süßigkeiten, die vor den Augen der Jungen hingen, und jedesmal, wenn einer von ihnen danach griff, bekam er einen Klaps auf die Finger. Und wie kleine Jungen wurden die Cowboys auch immer verdrossener und aufsässiger.

»Sie glauben, sie sind etwas Besseres als wir, das ist es.«

»Manche von den Mädchen sind richtig häßlich. Wir haben ihnen einen Gefallen damit getan, daß wir sie überhaupt aufgefordert haben.«

»Sieh sie dir an, wie sie glauben, daß ihre Töchter so rein und unschuldig sind. Ich wette, hinter der Scheune sieht das ganz anders aus.«

»Ich wüßte gern, was dieses Pack auf den Gedanken bringt, sie seien etwas Besseres als wir.«

Die Verstimmung nahm zu, sie wurde von Hobie Evans geschürt. Es fehlte nicht mehr viel, damit es zu rabiaten Handlungen kam. Webb spürte, wie sich die Spannung aufbaute, aber ein Teil von ihm hatte gar nichts dagegen.

»Das scheint ja doch noch ein aufregender Abend zu werden«, sagte Nate zu Webb.

»Entweder gibt es eine Schlägerei, oder es wird getanzt«, stimmte Webb ihm zu. »Ich sehe gar nicht ein, warum wir dastehen und abwarten, was dabei herauskommt. Hol Shorty und Abe. Wir werden den Fall so oder so entscheiden.«

Als alle drei um ihn versammelt waren, machte Webb sich mit ihnen auf den Weg zu Doyle Pettit, der neben seinem schwarzen Wagen stand und ihn eilfertig zu einer Spazierfahrt einlud.

»Später«, lehnte Webb die Aufforderung barsch ab. Er nahm den Mann am Arm und schleuderte ihn zur Tanzfläche. »Diese Trockenfarmer halten dich für ihren Freund, und daher vertrauen sie dir. Wir gehen jetzt alle fünf zusammen rüber, aber es ist deine Sache, sie davon zu überzeugen, daß sie uns mit ihren Frauen tanzen lassen.«

»Ich weiß nicht, ob sie auf mich hören.« Doyle wollte sich drücken.

»Das will ich für dich hoffen«, erwiderte Webb. »Du wirst etwas von Wessels schmierigem Gerede gelernt haben. Kreuger ist der Rädelsführer, und daher brauchst du deine Zeit nicht damit zu vergeuden, mit einem anderen zu reden.«

Auf halbem Wege vertrat ein schlanker, stiller Mann, der etwa in ihrem Alter war, ihnen den Weg. Das Abzeichen an seinem Hemd wies ihn als den neuen Sheriff aus. Seine Aufmerksamkeit galt Doyle Pettit, obwohl er sich die anderen genau angesehen und sich ihre Gesichter gemerkt hatte.

»Mr. Pettit, ich hoffe auch, daß Sie nicht vorhaben, Ärger zu machen«, sagte er ruhig.

»Ich habe lediglich vor, als ein Freund mit den Farmern zu sprechen. Ich will genausowenig Ärger wie Sie, Sheriff«, sagte Doyle lächelnd.

Doch der Sheriff musterte noch einmal seine Begleiter, um sich ihrer Absichten zu vergewissern. Webbs Augen wichen dem forschenden Blick nicht aus. »Wir gehen rüber, weil wir Frieden schließen wollen. Wenn etwas anderes dabei herauskommt, ist das nicht unser Werk.«

»Sie haben sich deutlich ausgedrückt.« Der Sheriff nickte und trat zur Seite. Er war zufrieden, seine Pflicht für den Moment erledigt zu haben.

Webb suchte Franz Kreuger, der das Kinn bereits angriffslustig vorgereckt hatte. Das Paar neben ihm zog Webbs Aufmerksamkeit auf sich. Es war Lilli Reisner und ihr Mann. Der Knoten, den er in seinem Magen spürte, sagte ihm, daß er unbewußt damit gerechnet hatte, daß diese Nachbarn nebeneinanderstehen würden.

10

Als Lilli Webb Calder erkannte, der mit Mr. Pettit auf sie zukam, spürte sie vor Aufregung ihre Nerven prickeln. Sie sah den Argwohn auf Stefans Gesicht und war froh, daß sie ihm nichts von dem Besuch erzählt hatte, den Webb ihr auf der Farm gemacht hatte. Stefan hatte soviel Zeit mit Franz Kreuger verbracht, daß seine Einstellung gegenüber den Ranchern sich noch mehr gefestigt hatte. Sie wußte, daß sie ihn nicht davon hätte überzeugen können, daß Webb sie lediglich vor den Problemen hatte warnen wollen, die auf sie zukommen konnten, und daß er ihnen keineswegs drohen wollte. Außerdem war dieses Zusammentreffen auch in anderer Hinsicht beunruhigend gewesen, und daher war es ihr als das Beste erschienen, es mit keinem Wort zu erwähnen.

Ihr Herz schlug schneller, als Mr. Pettit vor ihrem Nachbarn stehenblieb. Vor Beginn der Tanzveranstaltung hatten sich alle darauf geeinigt, sich nicht mit den rohen und lärmenden Cowboys einzulassen und dadurch die Unerfreulichkeiten zu vermeiden, die schon manche Veranstaltungen in der Stadt erschwert hatten. Anfangs waren die Cowboys so höflich und respektvoll gewesen, als sie die Mädchen zum Tanz aufgefordert hatten, so daß Lilli schon glaubte, Stefan und die anderen Männer hätten sie falsch beurteilt. Aber ihre zunehmend lauten und höhnischen Bemerkungen bestätigten, daß die Männer recht gehabt hatten.

Trotz allem wollte Lilli Webb Calder nicht zu ihnen rechnen. Er gehörte in ihren Augen nicht zu den halbwilden Cowboys. Wenn er Franz Kreuger ohne jede Freundlichkeit ansah, dann konnte das auch daran liegen, daß dieser ihm nicht die geringste Freundlichkeit entgegenbrachte. Es verletzte ihre Eitelkeit, daß Webb sie nicht einmal flüchtig ansah. Sie hatte nicht damit gerechnet, daß er sie vollkommen ignorieren würde. Das wurmte sie. Lilli wandte ihre Aufmerksamkeit Doyle Pettit zu, der sich mit einem Redeschwall an Franz Kreuger wandte, um ihn dazu zu bringen, die übrigen Siedler zu überreden, es sich anders zu überlegen und die Frauen mit den Cowboys tanzen zu lassen.

Er faßte seine Argumente noch einmal zusammen. »Schließlich, Mr. Kreuger, haben wir uns alle hier versammelt, um die Unabhängigkeit unseres Landes zu feiern. An diesem ganz besonderen Tag sollten wir meines Erachtens unbedeutende Differenzen vergessen und diesen Tag gemeinsam begehen. Ich werde mich persönlich für das Benehmen sämtlicher Mitglieder der Ranchergemeinschaft verbürgen, die hier anwesend sind, und ich versichere Ihnen, daß ihr Benehmen über jeden Vorwurf erhaben sein wird. Wenn von den Frauen einige Lust hätten, mit den Cowboys zu tanzen, dann verspreche ich Ihnen, daß man sie mit äußerstem Respekt behandeln wird.«

»Und wenn nicht?« fragte Franz Kreuger mit unverhohlener Skepsis.

»Sie haben mein Wort darauf.« Webb gab die kühle Antwort, bevor Doyle Pettit etwas erwidern konnte. »Das Wort eines Calder ist in dieser Gegend von Bedeutung, Mr. Kreuger. Wenn einer der Jungen aus dem Rahmen fällt, wird er sich persönlich vor mir verantworten müssen.« Er legte eine kurze Pause ein. »Haben wir Ihre Erlaubnis, die Damen zum Tanz aufzufordern?«

»Ich bin kein großer, bedeutender Mann wie Sie, Mr. Calder. Ich bin nichts weiter als ein Weizenbauer.« Franz Kreuger sprach es mit einer Spur von Verachtung aus. »Ich kann sagen, daß Sie die Erlaubnis haben, aber das heißt noch nicht, daß eine der Frauen bereit ist zu tanzen.«

Auf subtile Weise drückte er mit dieser Antwort aus, daß seine Einstellung sich nicht geändert hatte. Webbs Lippen preßten sich aufeinander. Seine Bitte war vernünftig und angemessen gewesen. Lilli war erbost darüber, daß einer von ihnen sie mit solcher Unhöflichkeit abschlug. Schließlich hatte Webb seine Bereitschaft gezeigt, ihnen entgegenzukommen. Diese Geste hätte entsprechend erwidert werden sollen.

Sie verließ Stefan und trat trotzig einen Schritt nach vorn. »Ich nehme die Aufforderung an«, sagte sie, und Webbs Blick wandte sich ihr zu. »Ich bin sicher, daß Mr. Calder sein Wort hält.«

Webbs Gesichtsausdruck veränderte sich nicht, sondern blieb kühl und unnahbar, doch seine dunklen Augen drückten warme Zustimmung aus. Sie funkelten. In ihnen stand eine beunruhigende Kraft. Lilli spürte Stefans Hand auf ihrer Schulter, die sie zurückhalten wollte, und sie wandte ihren Kopf ein Stück in seine Richtung.

»Schon gut, Stefan«, murmelte sie, aber er nahm seine Hand nicht fort.

Sie war wütend auf ihn, weil er auf seiner Beschützerrolle beharrte, obwohl es nicht notwendig war. Wenn Stefan Einwände erhob, konnte sie sich ihm nicht in aller Öffentlichkeit widersetzen. Das hätte ihn vor allen seinen Freunden beschämt. Lilli fühlte sich zwischen dem Pflichtgefühl gegenüber ihrem Ehemann und dem Wissen zerrissen, daß es die einzig richtige Reaktion war, die Aufforderung zum Tanzen anzunehmen, wenn sich die zunehmende Feindseligkeit zwischen den beiden Parteien legen sollte. Während sie auf ein Zeichen von Stefan wartete, sah sie Webb wieder an. Er schien ihren inneren Konflikt wahrzunehmen. Seine Aufmerksamkeit wandte sich Stefan zu, als er mit einer respektvollen Geste seinen Hut zog und ihn an seine Brust drückte.

»Mit Ihrer Erlaubnis, Mr. Reisner, würde ich gern mit Ihrer Frau tanzen«, sagte er ganz ruhig.

Seine Haltung imponierte ihr. Webb Calder hatte ihr die Entscheidung abgenommen und sie in die Hände ihres Mannes gelegt. Damit war klar, daß er sich nach Stefans Entscheidung richten würde. Sie betete stumm, Stefan würde so großmütig sein wie Webb Calder.

Stefans breite Finger gruben sich einen Moment lang tiefer in ihre Schulter, dann glitten sie von ihr ab. Lilli war in dem Moment stolz auf ihn. Sie drehte sich schnell um, um ihn strahlend anzulächeln, und dann legte sie ihre Hand auf Webbs Arm und ließ sich von ihm auf die Tanzfläche führen.

Seine Hand paßte so genau auf ihre schmale Taille, als sei sie dafür gemacht worden, dort zu liegen. Webb führte sie, und sie war geschmeidig, anmutig und reagierte so selbstverständlich auf jeden seiner Schritte, als hätten sie schon viele Male miteinander getanzt. Ihre Arme und ihr Hals waren von der Sonne golden getönt, wogegen das kastanienbraune Haar, das sie aufgesteckt hatte, ihr etwas von einer Statue gab. Einen Moment lang brachte ihre Nähe ihn vollkommen aus der Fassung.

Um sie herum hatten auch andere Siedler ihren Töchtern erlaubt, die Aufforderungen der Cowboys anzunehmen. Es waren nicht viele, aber doch mehr als die Hälfte, die sich hatten erweichen lassen. Webb interessierte es nicht, daß er möglicherweise eine Schlägerei verhindert hatte. Seine gesamte Aufmerksamkeit galt dem Mädchen in seinen Armen.

»Sie hatten recht, Mr. Calder«, sagte sie.

»So, finden Sie? Das hört man gern.« Das Lächeln trat von selbst auf seine Lippen. »Und womit hatte ich recht?«

»Mit dem Brunnen. Wir haben zwar Wasser gefunden, aber es war genauso alkalihaltig, wie Sie sagten, regelrecht verseucht«, gab sie zu. »Wir werden uns mit einer Zisterne begnügen müssen.«

»Ich hätte mich ausnahmsweise gern geirrt – um Ihretwillen.« Den letzten Teil des Satzes fügte er mit heiserer Stimme hinzu.

»Wir werden zurechtkommen.« Es klang zuversichtlich, und dann sah sie sich um. »Ich wußte gar nicht, daß Cowboys gern tanzen.«

»Wir reiten nicht den ganzen Tag lang Mustangs zu und fangen mit dem Lasso Rinder, wie es in der Wild West Show dargestellt wird.« Webb erinnerte sich, daß ihr Wissen über Cowboys aus dieser Show stammte. »Wir sind nicht völlig unkultiviert. Das Tanzen steht ganz oben auf der Liste der Lieblingsbeschäftigungen eines Cowboys, was seine Freizeit betrifft.«

»Es kommt gleich nach seinem Pferd?« fragte sie mit lachenden Augen.

»Gewiß.« Ihr Sinn für Humor gefiel ihm. »Unser größtes Problem hier war, daß es so wenige weibliche Tanzpartnerinnen gab. Die Frauen, die dafür zur Verfügung standen, konnte man an den Fingern abzählen. Deshalb hat es die Jungen auch so frustriert zu sehen, wie alle Mädchen auf Ihrer Seite nicht tanzen wollten. Ich habe schon damit gerechnet, daß sich jeden Moment die ersten Cowboys ein Taschentuch um den Arm binden.«

»Was heißt das?«

»Das tun sie, um zu zeigen, daß sie bereit sind, die Rolle der

Frau beim Tanzen zu übernehmen«, erklärte Webb. »Es ist eine verzweifelte Maßnahme. Aber an Unterhaltung kann es einem hier schon fehlen. Es soll schon Cowboys gegeben haben, die sich freiwillig Schürzen umgebunden haben.«

»Haben Sie sich je ein Taschentuch um den Ärmel gebunden?« In ihren Augen schimmerte etwas, das einem Flirten gleichkam, aber ihr Interesse war echt. Webb konnte es erkennen, ob sie es wußte oder nicht.

»Nein, ich glaube, ich könnte mich nicht führen lassen.«

»Das kann ich mir vorstellen«, erwiderte Lilli.

Als die Musik zu Ende ging, ließ Webb sie zögernd los. »Ich hatte auch in einem anderen Punkt recht«, sagte er, und er sah ihr tief in die Augen. »Als ich Sie hier gesehen habe, war ich sicher, daß das Kleid farblich genau zu Ihren Augen paßt. Und das tut es auch.«

Was Lilli beunruhigte, war nicht das Kompliment an sich. Es war die Eindringlichkeit seines Blickes, das Lodern in seinen Augen. Sie senkte den Kopf, um seinem Blick und dem Gefühl, das er in ihrer Magengrube auslöste, auszuweichen.

»Vielen Dank.« Sie entzog ihm ihre Hand und drehte sich um, um wieder zu Stefan zu gehen.

Webb setzte sich eilig in Bewegung, um sie zurückzubegleiten, aber er wollte sie nicht dort abliefern. Er wollte sie nicht in die Obhut ihres Mannes zurückgehen lassen. Er war selbst ein Mann, und seine Instinkte lehnten sich auf. Zum erstenmal in seinem Leben störte es ihn, daß sein Wort eine Verpflichtung mit sich brachte und bindend war.

Als er vor Stefan Reisner stehenblieb, wußte er, daß er der bessere von beiden Männern war, aber darin lag nur ein geringer Trost. Er händigte Lilli wieder diesem Mann aus, gab sie in seinen Besitz zurück, und sein Gesicht war grimmig und verbissen.

»Ich bedanke mich vielmals für das Privileg, mit Ihrer Frau tanzen zu dürfen, Sir.« Er neigte den Kopf, und seine dunklen Augen glühten.

Er wagte es nicht, Lilli noch einmal anzusehen, als er fortging.

Vom anderen Ende der Tanzfläche beobachtete Ruth, wie er zu den Cowboys zurückkehrte. Sie hatte ihn schon seit seinem Eintreffen beobachtet und ständig darauf geachtet, wo er war und mit wem er zusammen war. Sie konnte nichts dagegen tun, obwohl Webb nicht ein einziges Wort mit ihr gesprochen und auch nicht einmal in ihre Richtung gesehen hatte.

Ihr Blick fiel wieder auf die Frau des neuen Siedlers. Eifersucht war ein schmerzliches Gefühl. Sie wußte, daß das junge Mädchen mit dem kastanienbraunen Haar die Frau des älteren Farmers war, mit dem sich Webb beinah auf eine Schlägerei eingelassen hatte. Trotzdem hatte Webb eben mit ihr getanzt. Ruth machte sich dieselben Sorgen, die sie sich gemacht hätte, wenn das Mädchen unverheiratet gewesen wäre.

Nate beobachtete Webb, als er sich wieder zu ihnen gesellte. Er wußte, daß es das beste war, Webb jetzt nicht anzusprechen, aber als Webb Shorty daran erinnerte, daß er noch zwei Flaschen Whisky in der Satteltasche hatte, kam er mit ins Freie. Nach einem riesigen Schluck beschloß Webb, Shorty die Flasche abzukaufen und draußen zu bleiben, während sich die anderen Cowboys wieder ins Getümmel stürzten.

Nates Blick war mehrfach auf das Mädchen in Blau gefallen, und er glaubte zu wissen, was seinem Freund zusetzte. Doch es war sinnlos, mit ihm reden zu wollen.

»Du weißt sicher selbst, daß das einzige, was du in dieser Flasche findest, ein ganz teuflischer Kater ist, und jetzt lasse ich dich allein«, sagte Nate. In dem Moment, in dem er Webb zurückließ, sattelten Hobie Evans und einige andere Männer der Snake M ihre Pferde, um sich auf den Heimweg zu machen. Sie hatten wenig Erfolg bei den Mädchen und schienen schlechte Verlierer zu sein.

»Frauen«, sagte Nate vor sich hin, als er sich wieder auf den Rückweg machte. »Es gibt nichts, was einen Mann mehr aus der Fassung bringt.«

»Seid ihr eigentlich je in einer dieser Hütten gewesen?« fragte Hobie die anderen Cowboys, als sie aus der Stadt ritten.

»Nein.« Aber sie zeigten Interesse an seiner Frage, denn er schien etwas vorzuhaben.

»Einer von ihnen hat seine Hütte gleich wenige Meilen außerhalb der Stadt gebaut. Wollen wir sie uns mal ansehen?« Hobie grinste.

Seine beiden Begleiter hatten es eilig, ihm zu folgen.

»Es wird spät, Lillian«, sagte Stefan, als die Sonne dicht über dem Horizont stand. »In einer Stunde geht die Sonne unter. Wir sollten jetzt gehen.«

»So früh schon?« murrte sie, aber dann lächelte sie zustimmend. »Ich nehme an, wir müssen wirklich aufbrechen«, räumte sie ein.

»Ihr Frauen tanzt immer so gern, aber morgen gibt es wieder Arbeit«, sagte er nachsichtig. »Du hast mir gar nicht erzählt, ob es dir Spaß gemacht hat, mit diesem Calder zu tanzen«, bemerkte er dann. Sie waren auf dem Weg zu ihrem Wagen.

»Es hat mir Spaß gemacht, wie es mir auch Spaß gemacht hat, die Polka mit Mr. Anderson zu tanzen«, antwortete sie, obwohl das etwas ganz anderes für sie gewesen war. »Ich war stolz auf dich, Stefan. Du warst ebenso sehr ein Gentleman wie Webb Calder.«

»So?« Er schien ihre Beobachtung zu hinterfragen, aber sie bemerkte, daß er den Kopf höher hielt.

Lilli fühlte sich unwohl, weil ihr auffiel, daß Stefan die Frage aus Eifersucht gestellt hatte. Sie wollte selbst nicht wahrhaben, daß ein Teil ihres Wesens sich zu Webb Calder hingezogen fühlte. Und sie hoffte, daß Stefan nur die Eifersucht des älteren Mannes auf den jüngeren, stärkeren, besser aussehenden empfand. Als Franz Kreuger ihnen etwas zurief, ging sie zum Wagen voraus. Sie spürte, daß dieser Mann sie nicht leiden konnte, obwohl er es nie zeigte, und sie mochte ihn auch nicht. In ihren Augen war er arrogant und intolerant, er versuchte, jedem seine Meinung aufzuzwingen. In seinem Mißtrauen gegenüber allen, die mehr besaßen als er, sah sie lediglich eine Form von Neid.

Sie waren recht spät gekommen, und daher stand ihr Wagen in der äußeren Reihe. Lilli setzte sich und summte leise die Melodie des Liedes vor sich hin, nach der sie mit Webb Calder getanzt hatte. Sie konnte seine Hände, die sie führten, fast spüren. Er war eine bedeutende Persönlichkeit, wahrscheinlich der begehrteste Junggeselle weit und breit und er hatte mit ihr getanzt. Sie hatte ihn sogar überhaupt nur zweimal tanzen gesehen. Seltsam, daß er gleich nach dem Tanz mit ihr spurlos verschwunden war. Es gab ihr das Gefühl, etwas Besonderes zu sein, daß sie zu den wenigen Frauen gehörte, mit denen er getanzt hatte. Einen Moment lang war sie versucht gewesen, mit ihm zu flirten, aber dann hatte ihr Anstand wieder die Oberhand gewonnen.

Es war eine ganz neue Erfahrung für sie, daß ein Mann sie bemerkte, und dann gleich ein Mann von Webb Calders Kaliber. Bis vor kurzem war sie zu jung gewesen, um die Aufmerksamkeit eines Mannes zu erregen. Dann waren ihre Eltern gestorben, und sie mußte sich mit der brutalen Realität auseinandersetzen, allein zu sein. Sie hatte das Stadium verpaßt, in dem um sie geworben wurde, und daher hatte der Tanz mit Webb Calder ihr eine kleine Kostprobe gegeben, wie das wohl gewesen wäre.

Sie stieg aus und lehnte sich an den Wagen.

»Lilli.« Eine leise Stimme rief ihren Namen.

Sie drehte sich verblüfft um. In dem Moment, als sie Webb Calder erkannte, fiel das Erstaunen von ihr ab. Sie kam nicht auf die Idee, sich zu fragen, was er hier tat oder warum er zu ihr gekommen war. Im Moment freute sie sich nur darüber, ihn wiederzusehen.

Webb kam auf sie zu. Er setzte langsam und entschieden einen Fuß vor den anderen. In der Whiskyflasche war kaum noch etwas drin. Die Vorsicht, die er besessen hätte, wenn der Alkohol seinen Kopf nicht benebelt hätte, war vollkommen von ihm abgefallen. Nachdem er so lange auf der Suche gewesen war, ohne zu wissen, was er wollte, schien er es jetzt endlich gefunden zu haben.

»Gehen Sie?« Seine Stimme blieb leise.

»Ja.« Sie nickte bestätigend. »Stefan spricht noch mit einem Nachbarn, und daher bin ich schon vorausgegangen.«

Ihre Worte zerstörten das zarte Gefühl, das er nur so kurz erlebt hatte. Sie gehörte einem anderen Mann. Dieser kühne Geist und diese Schönheit waren für Stefan Reisner da. Webb wankte wie ein gequältes wildes Tier am Ende seines Stricks, während es andere von seiner Art frei herumlaufen sieht. Zuviel Druck wurde auf die Leine ausgeübt, und sie riß. Seine Hände legten sich auf ihre Schultern, und er spürte, daß sie in verblüffter Abwehr zusammenzuckte, als er sie an sich preßte.

Lilli konnte ihre Hände in instinktiver Abwehr gerade noch gegen seine Brust stemmen, als seine Hand auch schon auf ihrem Hinterkopf lag und ihn festhielt. Sie roch den Schnaps und wurde sich darüber klar, daß er betrunken war.

Ein kleiner, animalischer Laut des Protestes löste sich aus ihrer gelähmten Kehle, doch sein Mund auf ihren Lippen brachte jeden Aufschrei zum Verstummen. Er küßte sie mit einer Gier, die ausgehungert wirkte und sie aufwühlte. Es war kein Kuß von der zarten, warmen und stillen Art, wie sie es kannte. Es war ein ganz verrücktes Gefühl, das sich spiralförmig bis in ihren Bauch ausbreitete. Die Intensität des Gefühls erschreckte sie.

Ein Schauer der Erleichterung lief über ihren Rücken, als er seine Lippen von ihrem Mund löste, doch nur, um seine Lippen auf ihren Hals hinuntergleiten zu lassen. Sie war erschüttert und aufgewühlt. Es wurde nicht besser.

»Du gehörst nicht zu ihm, Lilli«, murmelte er mit belegter Stimme.

Der Klang seiner Stimme riß sie aus ihrer Betäubung. Lilli klammerte sich an den Gedanken, daß er sich ihr nicht aufgedrängt hätte, wenn er nicht getrunken hätte. Da er den Kopf verloren hatte, lag es jetzt an ihr ruhigzubleiben.

»Mr. Calder, wenn Sie mich nicht augenblicklich loslassen, muß ich schreien«, teilte sie ihm mit. Ihre Stimme klang fest, aber sie hoffte, daß er nicht merkte, wie unruhig ihr Atem ging. Sie war bereit, sein Benehmen zu verzeihen und es Stefan gegenüber mit keinem Wort zu erwähnen, wenn Webb sie jetzt losließ. Der Alkohol ließ Männer Dinge tun, die für sie in nüchternem Zustand undenkbar gewesen wären, sagte sie sich immer wieder, und sie versuchte, sich rational zu erklären, warum sie wünschte, daß dieser Vorfall geheimblieb.

Ihre Drohung bewirkte nicht, daß seine Arme sich von ihr lösten. Er hob den Kopf, um zu sehen, ob es ihr ernst war. Es kostete Lilli große Anstrengung, seinen Blick zu erwidern. Sie wollte ihn davon überzeugen, daß sie schreien würde, wenn er nicht tat, was sie von ihm verlangte. Er schüttelte seinen Kopf mit der stummen Bitte, keinen Laut von sich zu geben, und er legte seine Hand auf ihren Mund. Die schwielige Handfläche streifte nur leicht ihre Lippen. Allein die Zartheit dieser Berührung zeigte, daß es kein Versuch war, einen Aufschrei zu ersticken.

Im nächsten Moment löste er sich von ihr. Er wirkte so gebrochen, daß es ihr fast das Herz zerriß. Lilli entdeckte etwas, was sie bis in ihre Tiefen aufwühlte und deprimierte. Es ergriff Besitz von ihrem Herzen und stürzte sie in eine Verwirrung, die es schon seit Menschengedenken gegeben hatte, doch ihr war sie neu.

»He! Ist das kein Rauch?« rief ein Mann, der aber nicht zu sehen war. »Seht euch das an! Im Westen!«

Diese Warnung zog Webbs Aufmerksamkeit auf sich. Er war von einem Moment zum nächsten ernüchtert, als sein plötzlich wieder ganz klarer Blick über den Horizont im Westen streifte und auf der schwarzen Rauchwolke haftenblieb, die in die Luft aufstieg.

Feuer. Man mußte nicht lange in dieser Steppe gelebt haben, um zu wissen, welche Verheerungen ein Steppenbrand anrichten konnte, wenn er sich erst einmal ausgebreitet hatte. Der Rauch schien sich auf ein kleines Gebiet zu beschränken, aber innerhalb von Minuten konnte er sich über einen ganzen Hügel ausbreiten, denn das sommerlich trockene Gras war der reinste Zunder.

Webb vergeudete keine Zeit damit. Er rannte zu seinem Pferd. Der Bereich um die Tanzfläche herum leerte sich von Ranchern und Cowboys, die alle die Gefahren eines Steppenbrandes nur zu gut kannten. Die neuen Siedler, die noch grün waren, reagierten langsamer, aber die Hektik der langjährigen Bewohner von Montana war ansteckend.

Als Stefan Lillian erreichte, verschwendete er nicht mehr Zeit für Erklärungen als Webb. Er scheuchte sie eilig in den Wagen, griff nach den Zügeln und spornte die Stuten an. Lillian hielt sich mit beiden Händen fest.

11

Donnernde Hufe ließen den Boden erzittern, als sich Reiter und Wagen der wachsenden Rauchsäule näherten. Webb war unter den ersten, die den Ort des Geschehens erreichten. Der Brand war in der Hütte eines neuen Siedlers ausgebrochen, einer Hütte, die mit Teerpappe verkleidet war. Er hatte im Innern gewütet und das Gras um das Haus herum in Brand gesetzt. Von dort aus breitete sich das Feuer sehr schnell aus.

Es gab kein Wasser, um die Satteldecken anzufeuchten und mit ihnen das Feuer zu ersticken, aber die Cowboys organisierten sich zu einem Kampftrupp, der Erfahrung darin hatte, Präriebrände zu löschen. Die Trockenfarmer wollten ihnen zwar helfen, aber sie liefen nur wirr umher und wußten nicht, was sie tun sollten. Als die Hitze der Flammen Webb weiter zurücktrieb, sah er, wie die verunsicherten Siedler sich dem Feuer näherten. Sie hatten keine Decken und keine Mittel, um es einzudämmen, nur ihren Willen, die Flammen auszustampfen.

»Wo bleibt denn der Feuerwehrwagen?« fragte einer von ihnen. »Warum ist er nicht gekommen?«

Webb unterdrückte seinen Unwillen über die Frage und zog das Taschentuch herunter, das er sich vor das Gesicht gebunden hatte, um nicht zuviel Rauch einzuatmen. Die meisten dieser Trockenfarmer kamen aus den Städten und verließen sich darauf, daß andere ihre Brände löschten. Aber sie lebten nicht mehr in der Stadt.

»Wenn jemand von Ihnen Wasserfässer im Wagen hat, dann soll er sie hierherbringen!« ordnete Webb an. »Feuchtet Decken und Mäntel und alles, was ihr findet, an und benutzt es, um die Flammen zu ersticken!« Niemand erhob Einwände gegen seine Anweisungen. Die Trockenfarmer waren froh, daß sie endlich wußten, was sie tun sollten, und Webb stellte fest, daß er plötzlich das Kommando übernommen hatte. »Breitet euch aus und bildet eine Kette! Bleibt nicht alle auf einem Haufen! Wenn sich der Wind dreht, seid ihr von Flammen umzingelt und sitzt fest.«

Ein Siedler rannte auf ihn zu. Der Mann war bleich und außer sich. »Sie müssen dafür sorgen, daß das Feuer mein Weizenfeld nicht in Brand setzt.«

»Zum Teufel mit Ihrem Weizenfeld!« fluchte Webb. »Wenn wir dieses Feuer nicht eindämmen, schwärzt es Hunderte von Quadratmeilen.« Er stieß den Mann in eine Lücke der Kette, die sich gerade gebildet hatte. »Bleiben Sie dort stehen!«

Zwei Wagen, die Wasserfässer geladen hatten, kamen näher. Webb sprang auf einen von ihnen und hob ein Faß hinaus.

Er rief den Frauen, die ängstlich im Wagen kauerten, zu: »Fangen Sie an, die Decken für die Männer anzufeuchten, damit sie ihren Platz nicht verlassen müssen! Und wenn Sie irgendwelche Schaufeln oder andere Geräte im Wagen haben, dann bringen Sie sie hierher!«

Als alle Beteiligten sinnvoll eingesetzt waren, reihte Webb sich in die Kette ein und sorgte dafür, daß er immer gerade da war, wo das stärkste Feuer war. Die starke Hitze ließ ihn den Alkohol herausschwitzen, und Adrenalin wurde freigesetzt.

Das Feuer knisterte fast unter den Füßen, und der dichte Rauch drang in Benteens Lunge. Ein heftiger Hustenanfall setzte ihn außer Gefecht. Webb sah es, packte seinen Vater an den Schultern und führte ihn vom Feuer fort.

»Ist alles in Ordnung mit dir?« erkundigte er sich besorgt. Als er sah, daß sein Vater nickte, rief er Ruth zu, sich um ihn zu kümmern.

Ruth eilte zu ihm und brachte ihm Wasser. Er nahm es entgegen und warf dem Mädchen einen dankbaren Blick zu. Dann fiel sein Blick wieder auf seinen Sohn. In Benteens Augen standen Tränen. Sie kamen zum einen von dem beißenden Rauch, aber er weinte auch vor Freude und Stolz, daß endlich sein Sohn einmal Verantwortung übernahm und Anweisungen erteilte.

»Verdammt noch mal, ich wußte doch, daß du von Anfang an das Zeug dazu gehabt hast, mein Sohn«, flüsterte Benteen tonlos.

»Was haben Sie gesagt, Mr. Calder?« fragte Ruth.

»Nichts.« Er schüttelte den Kopf. Er war so müde, daß er seinen Kopf gegen einen der Wagen sinken ließ. Vielleicht brauchte er jetzt nicht mehr ganz so hart zu arbeiten. Er würde einen Teil der anstrengenderen Arbeiten an Webb abtreten, um mehr Zeit mit Lorna verbringen zu können. Sie hatte weiß Gott mehr von seiner Zeit verdient, als er ihr bislang gegeben hatte.

Sie hatten den Brand fast eingedämmt, als Webb spürte, daß etwas nicht stimmte. Er hob den Kopf und versuchte, hinter die Ursache zu kommen, während er die Flammen beobachtete. Es dauerte eine volle Sekunde, bis er begriff. Der Wind hatte gedreht. Plötzlich war ein Knistern zu vernehmen, und die gelben Flammen züngelten zu den Wagen hinüber.

»Der Wind dreht sich!« Er rief den anderen am entgegengesetzten Ende der Kette die Warnung zu und stürzte zu der Stelle, auf die sich das Feuer zubewegte.

Als sich die ersten Männer den Flammen näherten, sah Webb Lilli, die in panischem Entsetzen auf die Flammen einschlug. Sie war zu nah am Feuer, um etwas erreichen zu können, und ihre rasenden Bemühungen fachten das Feuer an, statt es zu ersticken.

Ehe er ihr etwas zurufen konnte, hatte der Saum ihres langen Rockes Feuer gefangen, und er hörte sie schreien. »Wälzen, Lilli!« Webb rannte auf sie zu. »Leg dich auf den Boden und wälz dich herum!« Aber in ihrer Angst hörte sie nicht zu, schlug erst auf ihren Rock ein und wandte sich dann ab, um zum Wagen zu laufen.

Webb machte einen Satz, schnappte sie und warf sich mit ihr auf die Erde. Es schien ihm, als hätte er bis zu diesem Augenblick nie in seinem Leben Angst gekannt. Ihre Hände schlugen auf ihn ein, wollten ihn von sich stoßen, aber er hielt sie am Boden fest, riß ihr die mit Wasser getränkte Decke aus der Hand, mit der sie auf die Flammen eingeschlagen hatte, und warf sie über ihre Beine, die um sich traten, und über ihren angesengten Rock. Mit dem Gewicht seines Körpers preßte er sie, die sich wehrte, auf den Boden und drückte die Decke fest gegen ihre Schenkel und Hüften. Es dauerte lange, qualvolle Sekunden, bis der Rock aufhörte zu rauchen. Aber sie wehrte sich immer noch und schluchzte hysterisch mit geschlossenen Augen.

»Das Feuer ist aus, Lilli«, versicherte er ihr, und er strich zart mit einer Hand über ihre Wange. »Es ist alles vorbei.«

»Ich kann den Rauch noch riechen«, wandte sie mit erstickter Stimme ein.

»Das Feuer ist aus«, wiederholte Webb, und er fing an, sich von ihr zu lösen, als sie aufhörte, sich zu wehren. »Ich verspreche es dir – das Feuer ist aus.«

Sie legte eine Hand auf den Mund, als wollte sie einen Aufschrei ersticken. »Ich kann es riechen«, beharrte sie, ohne die Augen zu öffnen.

Webb rückte zur Seite und hob sie hoch. Sie vergrub ihr Gesicht matt in seinem Hemd und weinte jetzt leise vor sich hin. Er drehte sich ihr zu, und seine Lippen streiften flüchtig die versengten Spitzen ihres Haares. »Du mutiger kleiner Dummkopf«, murmelte er, und fast war er böse, weil sie sich in diese extreme Gefahr gebracht hatte. Er stand auf und zog ihre Beine vom Boden, um sie zu tragen.

Dann kniete Stefan Reisner vor ihm, und sein rauchgeschwärztes Gesicht ließ ihn noch älter wirken, als er war. Angst stand in seinen Augen, als er eine Hand nach seiner Frau ausstreckte.

»Ist alles in Ordnung mit ihr?« fragte er. »Was ist passiert?«

»Ihr Rock hat Feuer gefangen, aber ich glaube, daß ich es ersticken konnte, bevor sie sich üble Verbrennungen geholt hätte.« Seine Arme schlossen sich besitzergreifend um sie. »Ich trage sie zu den Wagen, damit sich die Frauen um sie kümmern können.«

»Ich bringe sie hin.« Stefan bestand auf seinem Recht.

»Ich habe sie doch schon.« Webb weigerte sich, sie herzugeben. Stefan blieb nichts anderes übrig, als einzuwilligen. Lilli schien keinen von beiden wahrzunehmen und sich nicht dafür zu interessieren, wessen Arme sie hielten.

Webb lief zu den Wagen, und Stefan blieb dicht an seiner Seite. Seine Mutter und einige der anderen Frauen eilten auf ihn zu, als sie sahen, daß er jemanden auf den Armen trug. Ruth gehörte zu den wenigen, die zurückblieben.

»Ist sie verletzt?« fragte seine Mutter. »Du kannst sie hinten in den Wagen legen«, schlug sie dann sofort vor.

Jemand öffnete die hintere Klappe, damit Webb sie dort ablegen konnte. »Ich glaube, der Schrecken ist schlimmer als alles andere«, erklärte er, als er sie der Obhut seiner Mutter anvertraute. »Ihr Rock hat Feuer gefangen. Sie könnte kleinere Verbrennungen an den Beinen haben.«

»Das arme Ding, sie ist ohnmächtig geworden«, murmelte seine Mutter, die Lillis Kopf auf den Schoß nahm und ihn sanft wiegte. »Jemand soll mir ein feuchtes Tuch bringen.« Webb trat zurück, und Stefan nahm augenblicklich seinen Platz ein. »Sind Sie mit ihr verwandt?« fragte seine Mutter, als Stefans zitternde Hand sich auf die Schulter der bewußtlosen Frau legte.

»Lillian ist meine Frau«, sagte er. »Wird alles wieder gut werden?«

»Ich bin ganz sicher«, sagte Lorna tröstend. Sie warf Webb einen bestürzten Blick zu und schien fragen zu wollen, warum er das Mädchen hierhergetragen hatte und nicht ihr Mann.

Er drehte sich abrupt um. Er sah durch Ruth hindurch, ohne sie auch nur wahrzunehmen, als er wieder zum Feuer stürzte. Die Männer hatten die Flammen eingedämmt und dafür gesorgt, daß sich das Feuer nicht bis hin zu den Wagen ausbreiten konnte. Aber erst, wenn kein Grashalm mehr brannte, war es wirklich vorbei.

Lilli rührte sich. Panik stieg in ihr auf und ihre Augen waren immer noch verschwommen, als sie sie aufschlug. »Das Feuer ... Rauch ...«

»Es ist alles gut, Liebchen«, murmelte Stefan, der ihre Hand tätschelte.

»Stefan?« Sie drehte ihren Kopf in die Richtung, aus der seine Stimme gekommen war.

»Ich bin da«, versicherte er ihr, und sie glitt wieder in die Bewußtlosigkeit hinüber. Er sah mit traurigen Augen zu der Frau auf, die das feuchte Tuch gegen Lillians Stirn preßte. »Das Feuer ist es, was ihr Angst macht. Als sie klein war, ist das Nachbarhaus abgebrannt. Es waren Menschen drin, die nicht mehr raus konnten. Sie kann es nicht vergessen.«

»Ich verstehe«, murmelte Lorna, die vermutete, daß das einer der vielen Gründe war, die den älteren Mann und dieses junge Mädchen trotz des großen Altersunterschieds zusammenhielten. Sie fragte sich, ob Webb wußte, wie stark solche

Bande sein konnten. Sie hatte den Blick gesehen, der in seinen Augen stand, als er das Mädchen zu ihr gebracht hatte. Und ihr Herz war ihm entgegengeflogen.

Niemand kam auf den Gedanken zu gehen, bevor das Feuer restlos gelöscht war. Die Menschen, die hier lebten, wußten, daß die Asche glühte und sich leicht ein neues Feuer entfachen konnte. Der Brand hatte einen Teil des Weizenfeldes vernichtet, doch mehr als die Hälfte war unversehrt.

Eine kleine Gruppe von Siedlern hatte sich über den verbrannten Boden zu den wenigen verkohlten Balken gewagt, die ein letztes Zeichen dafür waren, daß hier einmal eine schäbige Hütte gestanden hatte. Einer von ihnen war der Besitzer. Er hatte so wenig zu verlieren gehabt, aber nun war auch das wenige fort. Alles, was er und seine Familie jetzt noch besaßen, waren die Kleider, die sie trugen, ihr Wagen, ihr Pferdegespann und ein halbes Weizenfeld.

»Nichts. Nichts ist mehr da«, murmelte der gebrochene Mann. Selbst den Pflug hatte das Feuer beschädigt.

»Es war Gottes Wille«, warf einer der Siedler ein.

»Das hat kein Gott getan«, verkündete Franz Kreuger. »Glaubt ihr etwa, zu diesem Feuer ist es von selbst gekommen? Jemand hat es angezündet.«

»Warum sagst du das?« Stefan legte die Stirn in Falten.

»Weil es wahr ist.« Aber Franz hatte keine Beweise. »Sie haben uns bedroht. Jetzt zünden sie unsere Häuser an.«

»Sie glauben, daß es die Rancher waren?« fragte der Besitzer des Hauses ungläubig. »Aber sie sind gekommen. Sie haben uns geholfen, das Feuer zu löschen.«

»Damit nicht ihr Land niederbrennt, nur dein Haus und dein Weizen«, hob Franz hervor. »Wahrscheinlich ärgern sie sich darüber, daß nicht dein ganzes Feld vernichtet ist.«

»Wir müssen es dem Sheriff sagen«, schlug Stefan vor. Die anderen nickten zustimmend.

»Wir werden es ihm alle gemeinsam erzählen«, sagte Franz, aber er schien skeptisch zu sein, daß es nutzen würde. Seine Erfahrung war die, daß der kleine Mann nur Hilfe von Gleichgestellten bekam. »Morgen werden wir alle kommen und dir helfen, ein neues Haus zu bauen.«

»Ich kann nicht kommen«, entschuldigte sich Stefan leise. »Ich muß mich um meine Frau kümmern.«

Der Siedler Sokoloff nickte verständnisvoll und meinte: »Es tut mir leid, daß sie verletzt ist.«

»Wir haben Glück gehabt, daß sie die einzige ist.« Franz Kreuger sah sie alle mit einem Blick an, der die Warnung auszusprechen schien, einer von ihnen könnte der nächste sein. Er glaubte schon zu lange an die Komplotte der Mächtigen, um sie hier nicht wiederzuerkennen.

Als sie sich vergewissert hatten, daß die eigentliche Gefahr vorüber war, machten sich die Cowboys auf den Heimweg. Die Farmer hatten versprochen, Nachtwache zu halten, um jedes Risiko auszuschalten.

Als Webb und Nate auf ihre Pferde stiegen, sah Webb Stefan Reisner, der eine Gestalt trug, die in eine Decke gehüllt war.

»Einen Moment noch«, sagte er. Er folgte Reisner. Lilli saß im Wagen und lehnte sich an ihren Mann. Sie war wieder bei Bewußtsein, aber ihre Augen nahmen ihre Umgebung noch nicht bewußt wahr. »Ist alles in Ordnung mit ihr?«

»Ja, es wird alles wieder gut.« Der Mann erwiderte seinen Blick herausfordernd. »Ich werde mich um sie kümmern.«

Webb spürte wieder diesen Knoten im Magen, als er einen letzten Blick auf die schlanke Gestalt warf, deren Kopf an der gebeugten Schulter lehnte. Dann ritt er mit den anderen davon.

Lilli lag seit zwei Tagen da wie in Trance. Stefan kümmerte sich mit rührender Freundlichkeit um sie. Die kleinen Verletzungen an ihren Beinen waren weiß Gott nicht schlimm, aber sie fühlte sich innerlich erschöpft. Es war nicht das Feuer selbst gewesen, was sie derart mitgenommen hatte, sondern die Erfahrung zu sehen, wie es näherkam, und sich nicht mehr rühren zu können, wie die Menschen, die damals im Nachbarhaus festgesessen hatten.

»Die Sokoloffs tun mir so leid. Sie haben alles verloren, was sie besessen haben«, sagte Lilli.

»Vielleicht war Calder doch nicht als erster dort. Vielleicht war er schon dort, bevor die anderen kamen«, sagte Stefan gehässig. »Franz glaubt das jedenfalls.«

Sie wußte, daß es nicht so war, aber dieses Wissen behielt sie für sich. »Was sagt der Sheriff dazu?«

»Er sagt, er könne nichts tun, weil es nicht in der Stadt geschehen ist, sondern außerhalb. Franz kommt mit, wenn wir das nächste Mal in die Stadt fahren, und er hilft mir, ein Gewehr auszusuchen.«

Stefan. Der freundliche, gutmütige Stefan mit einem Gewehr. Es war zu absurd. Lilli hätte am liebsten gelacht, aber das konnte sie nicht tun, weil sie wußte, daß er es ernstlich vorhatte. Was sie in Wirklichkeit erschreckte, war die Vorstellung, daß er die Waffe auch benutzen könnte. Sie hätte am liebsten Scheuklappen getragen wie ein Pferd, um nichts von alledem zu sehen.

Es war Juli, und Lilli fror erbärmlich. In diesen entsetzlichen Momenten während des Brandes waren es Webbs Stimme, seine Arme, sein Körper gewesen, der sich gegen sie preßte. Er hatte bewirkt, daß sie nicht wahnsinnig geworden war. Sie hatte gelobt, Stefan eine gute Frau zu sein.

Dieses Gelübde mußte sie halten.

Webb betrat das Arbeitszimmer. »Barnie hat gesagt, du willst mich sprechen«, begrüßte er seinen Vater ungeduldig. »Ja, das will ich.« Sein Vater sah ihn mit einem ruhigen Blick an. »Ich habe mich entschlossen, diesen Herbst nicht beim Viehtrieb mitzumachen. Ich will, daß du meinen Posten übernimmst und das Zusammentreiben der Rinder an meiner Stelle überwachst.«

»Barnie ist geeigneter als ich. Warum fragst du nicht ihn oder Ely?« Webb sperrte sich gegen die Verantwortung, die ihm plötzlich aufgeladen wurde.

Einen Moment lang herrschte absolute Stille. Benteen sah Webb mit unverhohlenem Zorn an, gleichzeitig aber schien er sich zu bemühen, seine Selbstbeherrschung zu behalten. »Wenn ich Barnie oder Ely haben wollte, hätte ich einen von beiden gebeten, sich darum zu kümmern. Verdammt noch mal, ich will, daß mein Sohn den Viehtrieb überwacht«, erklärte er dann barsch.

»Ist das ein Befehl?« fragte Webb.

»Nein.« Benteen sah ihn grimmig an und wandte seinen Blick kurz darauf ab. »Es ist kein Befehl.« Er hatte eine sture Ader, und er wollte, daß Webb die Verantwortung freiwillig übernahm. »Das ist alles, was ich von dir wollte. Du kannst gehen.«

Als Webb seinen Hut aufsetzte, merkte er, daß sein Vater eine Hand auf die Brust preßte und dort liegenließ. Er blieb stehen und sah ihn besorgt an. »Ist alles in Ordnung mit dir?«

»Ja, mir geht es gut.« Es war eine gereizte Antwort, aber die Hand wurde nur langsam zurückgenommen. »Seit dem Brand macht meine Brust mir Schwierigkeiten«, erklärte sein Vater mürrisch. »Ich schätze, ich habe zuviel Rauch in der Lunge. Ab und zu tut es weh, aber es wird schon wieder vergehen.«

Webb war unentschlossen. Fast hätte er seinem Vater angeboten, den Viehtrieb doch zu übernehmen. Der alte Mann wirkte erschöpft. Wahrscheinlich würde er sich ruhiger fühlen, wenn er alles in Webbs Händen wußte. Webb war klar, daß Barnie und Ely unauffällig auf ihn achten und dafür sorgen würden, daß er keine Fehler machte. Das war ja gerade das Ärgerliche daran. Er wußte, daß die beiden Männer ihn überwachen würden, während er offiziell die Verantwortung trug.

»Es heißt, daß das Feuer Brandstiftung war«, erwähnte sein Vater beiläufig.

»Wo hast du das gehört?« fragte Webb finster.

»In der Stadt wird es behauptet. Es würde mich nicht wundern, wenn es wahr ist. Es klingt ganz nach einem grausamen Streich betrunkener Cowboys.«

Damals war es ihm belanglos erschienen, aber jetzt fiel Webb wieder etwas ein. »Hobie Evans und zwei Cowboys von der Snake M sind eine knappe Stunde, bevor wir die Rauchwolke gesehen haben, aufgebrochen.«

»Hobie kann fies sein. Das kann jeder. Es ist nur die Frage, wie ausgeprägt dieser Zug ist. Vielleicht solltest du dir das merken, um nicht eines Tages zu unterschätzen, wozu dein Gegner in der Lage ist«, erwiderte sein Vater, der seine Aufmerksamkeit wieder den Rechnungsbüchern zuwandte.

Webb erschien diese Warnung unergründlich. Er verdrängte sie und verließ das große Haus, um seine Arbeit wieder aufzunehmen.

12

Der schwarze Wallach legte die Ohren an und blieb unter der jungen Pappel stehen, um weitere Anweisungen von seinem Reiter, Webb Calder, zu erhalten.

Webb hatte diesen versteckten Zugang zum Haus der Reisners, das nur etwa eine Meile vor ihm lag, vor etwa drei Wochen gefunden und seitdem viermal benutzt. Zweimal hatte er Lilli bei der Gartenarbeit gesehen, aber er war nicht aus dem Schutz des Waldes herausgekommen. Reisner hatte in den Feldern gearbeitet. Wenigstens hatte Webb sich vergewissern können, daß mit Lilli alles in Ordnung war, wenn er sich auch nicht vormachte, daß es der einzige Grund für sein Kommen war.

Von Reisner war nichts zu sehen. Die Pferde und der Wagen waren ebenfalls fort. Rauch kam aus dem Kamin, und das hieß, daß jemand zu Hause war. Er blickte noch einmal über die Felder; dann verließ er den Schutz der Bäume.

Zwei Hühner liefen im Gehege herum, eine Handpumpe war über einer Zisterne angebracht und ein zerrupftes Blumenbeet fristete sein Dasein neben dem Haus. In der Luft hing der Geruch nach frischem Brot, und das bestätigte ihm, daß die Dame des Hauses anwesend war.

Ohne jede Eile trat Webb in die offenstehende Tür des Hauses. Auf der Schwelle blieb er stehen und betrachtete die schlanke Gestalt der Frau, die mit dem Rücken zu ihm am Tisch stand. Sie knetete Teig und hatte seine Gegenwart nicht wahrgenommen.

Er nahm den Hut ab, fuhr sich mit der Hand durch das Haar und klopfte dann mit den Knöcheln an den Türrahmen. »Ist jemand zu Hause?«

»Wenn Sie Ihr Pferd tränken wollen, können Sie sich gern bedienen«, sagte Lilli über die Schulter.

»Das ist nicht der Grund, weshalb ich komme.« Das dumpfe Klirren seiner Sporen zeigte ihr, daß er die Schwelle überschritt.

»Was wollen Sie dann, Mr. Calder?« fragte sie, ohne sich umzudrehen.

Er trat an den Tisch. »Wir werden in den nächsten Wochen auf der Ranch mit dem Zusammentreiben des Viehs beschäftigt sein, und ich wollte mich vorher vergewissern, daß Sie sich von Ihren Verbrennungen erholt haben«, sagte Webb freundlich.

»Das ist sehr nett von Ihnen, Mr. Calder, aber es war wirklich nicht schlimm. Die Verbrennungen sind innerhalb weniger Tage ausgeheilt und haben nicht einmal Narben hinterlassen«, sagte sie, ohne aufzuhören, den Teig zu kneten.

Das Zusammenspiel von Licht und Schatten und die warmen Düfte im Haus waren ihm angenehm. Webb fühlte sich behaglich.

»Als ich ein kleiner Junge war, haben wir in einer Holzhütte gelebt, die etwa diese Größe hatte«, sagte er versonnen. »Wenn ich jetzt hier stehe, scheint es mir gar nicht so lange her zu sein. Ich vermute, dieses Haus erinnert mich ein wenig daran.«

»Stefan wird sicher gern hören, daß Ihnen zu unserem Haus etwas Nettes eingefallen ist.«

Bei dieser deutlichen Bezugnahme auf ihren Mann kniff er die Augen zusammen. Als sie das Brot endlich geformt hatte und zu ihm aufblickte, glich ihr Gesicht einer Maske. Webb entschied sich, ihre Antwort zu ignorieren.

»Ich hatte ganz vergessen, daß Brotbacken eine so harte Arbeit ist.« Er lächelte. »Ich hätte von Kopf bis Fuß blaue Flecken, wenn ich so behandelt würde.«

»Man muß die Luft aus dem Teig pressen, weil das Brot sonst zu viele Löcher hat«, sagte sie.

»Es riecht gut«, bemerkte er, als sie die Ofentür öffnete.

Ihm fiel auf, daß sie seinen Blicken bewußt auswich.

»Ich habe mich nie bei Ihnen dafür bedankt, Mr. Calder, daß Sie das Feuer erstickt haben, bevor ich mir ernstere Verbrennungen zuziehen konnte«, setzte sie an, und sie sprach die Worte aus, als hätte sie sie auswendig gelernt. »Ich bin Ihnen sehr dankbar. Ich möchte, daß Sie das wissen.«

»Sie brauchen mir nicht zu danken.« Webb rätselte herum, warum sie ihm auswich, nachdem er sie so offen erlebt hatte. »Ich bin froh, daß ich zur Stelle war.«

Sie ließ den Kopf wieder hängen und sah sich um, als suchte

sie etwas. »Es war sehr nett von Ihnen, vorbeizukommen und sich nach mir zu erkundigen.« Sie feuchtete ihre Lippen an und gab sich Mühe, ihn direkt anzusehen. Sie wirkte sehr befangen. »Ich hoffe, Sie verstehen, daß ich mit dem Backen sehr viel zu tun habe und Sie daher nicht bitten kann zu bleiben.«

Es war eine umständliche Aufforderung, wieder zu gehen, aber Webb glaubte nicht, daß sie es ernst meinte. Er trat direkt vor sie hin. Ihre Brüste hoben und senkten sich zu schnell.

»Sie haben Mehl auf der Wange, Lilli.« Er streckte seine Hand aus, um es abzuwischen, aber sie wandte ihren Kopf ab.

»Es ist wahr, daß ich Ihnen Grund gegeben habe zu glauben, Sie hätten meine Erlaubnis, mich so vertraulich anzusprechen, Mr. Calder«, sagte sie steif. »Aber von jetzt an wäre es mir lieber, wenn Sie mich, wie es sich gehört, als Mrs. Reisner ansprechen würden, falls wir uns in Zukunft begegnen sollten.« Er zog die Augenbrauen zusammen. »Lilli …«

»Sie wußten, daß mein Mann nicht hier ist, als Sie gekommen sind«, beschuldigte sie ihn plötzlich, und in ihren Augen flackerte ein verletzter und zorniger Blick auf.

»Ich … ich habe gemerkt, daß die Pferde und der Wagen nicht da sind«, gab er zu.

»Die Wahrheit, Mr. Calder, ist, daß Sie vorbeigekommen sind, weil er nicht da ist. Sie sind bewußt zu einem Zeitpunkt gekommen, an dem ich allein bin. Ich bin eine verheiratete Frau, Mr. Calder, und ich empfange keine männlichen Besucher, wenn mein Mann nicht zu Hause ist. Es gehört sich auch nicht, daß Sie das von mir erwarten. Daher muß ich Sie jetzt bitten, auf der Stelle wieder zu gehen.« Aber sie war noch nicht fertig. »Und wenn Sie das nächste Mal vorbeikommen und mein Mann nicht da ist, dann halten Sie nicht an. Denn wenn Sie es tun, werde ich die Tür verriegeln und Ihnen jede Gastfreundschaft verweigern.«

Webb hatte nichts dagegenzusetzen. Sie war im Recht.

»Warum willst du mich hier nicht sehen, Lilli?« Er sprach sie bewußt mit dem Kosenamen an, den er ihr gegeben hatte, denn er wollte ihre Gründe erfahren. »Erinnere ich dich zu sehr daran, daß du mit einem alten Mann verheiratet bist?«

Eine Wut, die sie nicht kontrollieren konnte, blitzte in ihren

Augen auf. Es dauerte nur einen Sekundenbruchteil, bis sie mit der Hand ausholte, und Webb machte keine Anstalten, ihrer Ohrfeige auszuweichen. Er wußte, daß er sie verdient hatte. Ihre gesamte Kraft stand hinter der Ohrfeige, und sie konnte zuschlagen. Schmerzhafte Stiche zogen durch seinen Kopf und raubten ihm den letzten Rest an Selbstkontrolle.

Instinktiv packte Webb die Hand, die ihn geschlagen hatte. Die erste Ohrfeige hatte er verdient, aber er war nicht bereit, sich eine zweite einzufangen. Nach einem ersten Versuch, sich aus seinem Griff freizuwinden, blieb sie still stehen und funkelte ihn wütend an. Ihre Hand zitterte. Sie wußte aber auch, daß sie keine Chance hatte, gegen ihn zu gewinnen.

»Lassen Sie mich los, oder ich schreie«, drohte sie mit leiser, gepreßter Stimme.

Sein Mund verzog sich zu einem groben Lächeln. »Das hast du nach dem Tanz auch schon gesagt und nicht getan.«

Er griff nach ihrer Taille und war entschlossen, ihr zu beweisen, daß er recht mit seiner Annahme hatte, daß sie ihn genauso gern in ihrer Nähe haben wollte wie er sie. Er brauchte diese Bestätigung, um sein eigenes Betragen zu rechtfertigen. Ihre wilde Abwehr ließ sich leicht bezwingen, als seine Arme sie umschlangen und er sie an seinen Körper preßte.

Als er die Rundungen ihrer Brüste an seiner Brust spürte und ihre schmalen Hüften sich an seine Lenden schmiegten, spielte es plötzlich keine Rolle mehr, daß sie den Namen eines anderen Mannes trug. Es war eine bittere Erfahrung für ihn, daß er sogar nüchtern kein Gewissen hatte – keine Gewissensbisse empfand, wenn er das nahm, was einem anderen Mann gehörte.

Ihre Lippen versuchten, seinen besitzergreifenden Mund abzuwehren, doch er beharrte auf seinem Recht. Er konnte spüren, daß ihre steife Haltung sich lockerte, und dieser Sieg ließ sein Blut wallen. Er lockerte seinen Griff, und sie blieb weiterhin an ihn geschmiegt. Das war sein Beweis, das Indiz dafür, daß er sich nicht geirrt hatte, wenn er glaubte, daß sie es auch wollte.

Als sich ihre Lippen langsam von seinem Mund lösten, tat Webb nichts, um es zu verhindern. Er konnte das Verlangen auf ihrem Gesicht sehen, bevor sie ihren Kopf von ihm abwandte und ihr Kinn senkte.

»Sind Sie jetzt zufrieden, Mr. Calder?« Ihre Stimme klang gequält. Jede Fröhlichkeit wich von ihm, als er eine Träne von ihren Wimpern tropfen sah. »Oder bin ich noch nicht genug gedemütigt?«

»Lilli ...« Er wollte ihr sagen, daß das hier nichts Böses war, und doch war es das, und sie beide wußten es. Er konnte ihr nichts vormachen.

Als sie sich aus seinen Armen löste, konnte Webb sie nicht zurückhalten. Sie stellte sich in die offene Tür. Ihr Kopf war gesenkt, sie schien ihn nicht ansehen zu können, aber sie wirkte auch stolz. Ihr Stolz war das, was er sah.

»Bitte, gehen Sie jetzt«, murmelte sie mit einer Stimme, die fast ausdruckslos klang. »Und kommen Sie nicht wieder.«

Webb verabscheute sich selbst. Er hatte sich in seinem ganzen Leben noch nie so sehr verachtet wie in diesem Moment, als er zur Tür ging. Es schien, als seien die Würfel gefallen und sein Los bestimmt, seit er sie an jenem Tag am Bahnhof getroffen hatte. Nur hatte er es damals noch nicht gewußt. Es war unvermeidlich. Es gab nichts Verachtungswürdigeres als einen Mann, der anderen Männern die Ehefrauen wegnimmt. Und er verachtete sich dafür.

Als er gerade fortreiten wollte, hörte er das Nahen von Hufen. Alle seine Sinne schärften sich, als er an der Spitze der drei Reiter Hobie Evans erkannte. Sie ritten auf die Hütte zu, und Webb entschied sich abzuwarten und zu sehen, was sie hier wollten.

»Dich hätte ich hier nie erwartet, Webb«, verkündete Hobie, als er ihn erreicht hatte. »Was führt dich so weit vom Dreifachen C fort?«

»Ich wollte dir gerade eine ähnliche Frage stellen«, gab Webb gewandt zurück. Seine Augen wurden schmal. Das Wissen, das er in den Augen des Mannes zu sehen glaubte, behagte ihm überhaupt nicht. Es war ein Grinsen, nicht weit von Spott entfernt.

»So, wie interessant«, sagte Hobie. Er sah Lilli in der offenen Tür stehen, nahm den Hut ab und fragte: »Ist Ihr Mann zu Hause?« doch er schien die Antwort bereits zu kennen.

Lilli warf einen Blick auf Webb. Ihre Antwort war schlicht und entsprach der Wahrheit. »Nein.«

»Das weiße Zeug auf deinem Hemd sieht ganz nach Mehl aus, Webb«, sagte Hobie. »Du hast ihr wohl beim Brotbacken geholfen, was?«

Webb hätte ihn am liebsten niedergeschlagen. »Was willst du, Hobie?« fragte er mit zusammengebissenen Zähnen.

»Du redest, als stündest du auf dem Land deines Vaters, aber hier hast du keine Rechte, Calder.« Hobie sprach es genüßlich aus. Er wandte sich an das Mädchen mit dem kastanienbraunen Haar.

»Auf der Snake M Ranch ist es gestern zu einem unglücklichen Zwischenfall gekommen, Ma'am. Es scheint, unsere Rinder sind erschreckt worden, sie sind durchgegangen. Dabei haben sie einen Teil des Zaunes niedergetrampelt und sich in alle Winde verstreut. Im Moment suchen wir sie gerade. Wenn Sie streunende Tiere sehen, die das Brandzeichen der Snake M tragen, wären wir Ihnen dankbar, wenn Sie sie wieder nach Hause schickten. Wir wollen schließlich nicht erleben, daß sie sich in Ihren Weizenfeldern tummeln.«

»Ich werde meinem Mann sagen, daß er ein Auge offenhält«, sagte Lilli.

»Tun Sie das, Ma'am.« Er nickte. Dabei lächelte er immer noch. Dann wanderte sein Blick zu Webb. »Man sieht sich mal wieder, Calder.«

»Ich wollte auch gerade aufbrechen, Hobie. Ich reite ein Stück mit euch«, sagte Webb.

Webb ritt stumm neben Hobie Evans her. Es gab nichts, was er zu sagen gewagt hätte, um Lillis Ruf zu retten. Er hatte nicht vorgehabt, ihr zu schaden, aber er hatte ihr geschadet, und zwar unwiderruflich.

»Webb, warum habe ich eigentlich das Gefühl, daß du uns von diesem Grundstück herunterbegleitest?« fragte Hobie mit einem belustigten Seitenblick.

»Keine Ahnung«, erwiderte er steif. »Vielleicht hast du ein schlechtes Gewissen.«

»Ich wüßte nicht, warum«, sagte Hobie lachend. Minutenlang war nur das Klappern der Hufe zu hören, ab und zu auch das Ächzen des Sattelleders. »Keine schlechtaussehende Frau, so zur Zerstreuung«, sagte Hobie dann.

Webb hielt sein Pferd an. Zorn stieg in ihm hoch, als Hobie sein Pferd ebenfalls anhielt und Erstaunen heuchelte. »Ich würde an deiner Stelle kein Wort mehr sagen, Hobie«, warnte er ihn mit belegter Stimme.

»Jetzt hör schon auf, Webb. Ein so junges Ding fühlt sich doch sicher manchmal einsam. Mich geht es doch nichts an, wenn du sie aufheiterst. Das könnte mich sogar selbst in Versuchung führen.«

»Ich sage dir jetzt eins – und ich sage es dir nur dieses eine Mal: Wenn hier irgend etwas passiert, wenn irgendeine Kuh in dieses Weizenfeld läuft und sich verirrt oder wenn ganz zufällig ein Brand ausbricht, wenn auch nur eine Hand gegen ... gegen diese Leute erhoben wird, und sei es nur im Spaß oder was ihr darunter versteht, dann fasse ich das persönlich auf. Habe ich mich klar ausgedrückt?«

Die Belustigung war aus Hobies Augen verschwunden, die Webb nur noch kalt und grübelnd ansahen.

»Gut. Wenn etwas passiert, halte ich mich an dich.« Webb ließ die Reiter stehen und ritt zurück zum Dreifachen C.

Nach einer weiteren Meile hielt Hobie Evans sein Pferd an.

»Wie, glaubst du, ist Calder dahintergekommen, daß wir das Feuer angezündet haben?« fragte Ace Rafferty mit einem besorgten Seitenblick auf Hobie.

»Er weiß es nicht«, sagte Hobie. »Es war nur ein Schuß ins Schwarze. Niemand hat uns gesehen.«

»Vielleicht haben sie die Lampe mit dem gesprungenen Glas gefunden«, meinte Ace.

»Na und?« fragte Hobie. »Es war die Lampe des Farmers. Wer kann behaupten, daß sie nicht während des Brandes runtergefallen und zerbrochen ist?«

Der dritte Cowboy, Bob Sheephead, ein Halbblut, fragte die beiden anderen: »War das nicht das Mädchen, das mit dem alten Kerl mit dem grauen Bart verheiratet ist? Dem, der immer mit diesem Ruski rumhängt?«

»Ja, ich glaube, da habe ich sie gesehen«, stimmte Hobie

ihm zu, ohne sich für die Identität von einem der beiden zu interessieren.

»Kein Wunder, daß Calder wie ein Stier um sie herumschleicht.« Das Halbblut lächelte. »Ich wette, daß sie mehr als nur einsam ist. Vielleicht sollten wir ihr ab und zu einen freundlichen Besuch abstatten.«

»Du bist verrückt.« Ace sah ihn argwöhnisch an.

»Manchmal glaube ich, du bist nicht nur ein Halbindianer. Du hast doch gehört, was Calder zu Hobie gesagt hat.«

»Ich zittere vor Angst«, sagte Bob Sheephead. Er grinste über das ganze Gesicht. »Du nicht, Hobie?«

»Ja«, stimmte er ihm mit einem Lächeln zu.

»Tut, was ihr wollt«, erklärte Ace entschieden. »Aber ich habe nicht vor, mich mit einem Calder anzulegen.«

Hobie stellte sich in seinen Steigbügeln auf und sah nach links. »Seht euch das nur an«, murmelte er. »Das ist doch eine Herde Snake-Rinder, oder nicht? Sie grasen schrecklich nah am Weizenfeld dieses Farmers. Es wäre eine Schande, wenn sie in den Weizen laufen würden.«

»Das kann man wohl sagen«, stimmte Bob Sheephead ihm mit einem breiten Grinsen zu. »Wir sollten uns eilen, damit wir sie rechtzeitig fangen.«

»Ja, das sollten wir wohl tun.« Hobie nickte.

Das Halbblut stieß einen Freudenschrei aus, und alle drei Reiter gaben ihren Pferden die Sporen. Die Rinder erschraken und rasten kopflos in das Weizenfeld hinein, dessen hohe Halme schwere Ähren trugen. Die Cowboys jagten ihnen betont ungeschickt nach und trieben die Rinder durch das ganze Feld. Die Halme wurden niedergetrampelt, und jedesmal, wenn eins der Rinder auf das offene Weideland fliehen wollte, wurde es von einem der Reiter wieder in das Feld gejagt, um weitere Verheerungen anzurichten.

Der Farmer stürzte in panischem Entsetzen in sein Feld und wedelte mit den Armen, um diese Vernichtung seines Getreides aufzuhalten. Weder die Cowboys noch die Rinder kümmerten sich um ihn. Verzweifelt umklammerte der Mann das Zaumzeug des Falben, den Hobie Evans ritt, und verstieß gegen das ungeschriebene Gesetz der Prärie, das verbietet, einen

Reiter zu zwingen, mit seinem Pferd anders umzugehen. Der Falbe bäumte sich auf, zog dem Mann den Boden unter den Füßen weg und hätte seinen Reiter fast abgeworfen. Doch der Siedler ließ nicht los.

»Sie müssen aufhören!« beharrte er. »Sie zertrampeln meinen Weizen.«

»Laß mein Pferd los, du verdammter Bauer!« Hobie holte mit dem Lasso nach ihm aus und schlug es dem Mann auf die Augen. Mit einem schmerzlichen Aufschrei ließ der Siedler los, der Falbe machte einen Satz nach vorn und warf ihn zu Boden. Hobie beobachtete teilnahmslos, wie sich der Mann vor Schmerzen wand und gleichzeitig versuchte, den spitzen Hufen des Pferdes zu entkommen. Er griff dem Tier nicht in die Zügel, um dem Mann zu helfen. »Sehen Sie denn nicht, daß wir versuchen, diese streunenden Tiere wieder einzufangen?« fragte Hobie spöttisch. »Wir haben versucht, sie einzufangen, bevor sie in Ihr Weizenfeld gelaufen sind. Komm uns nicht ins Gehege, Bauer! Wir wissen genau, was wir tun.«

Er lachte still in sich hinein und verachtete die Dummheit des andern, als er der Kuh wieder nachjagte. Diesmal nahm er sein Lasso zu Hilfe und warf es um den Hals des Tieres. Die Kuh wurde auf den Rücken geworfen und mehrere Meter weit durch die Weizenhalme geschleift, bevor sie endlich wieder auf die Füße kam und sich zur Wehr setzen konnte.

Als die drei Reiter ihre Späße schließlich satt hatten und die kleine Rinderherde aus dem Weizenfeld trieben, war nicht mehr viel von dem Getreide übrig. Der Siedler sah sich um. Seine Ernte war völlig ruiniert. Es gab kaum noch etwas, was zu retten gewesen wäre. Mit einem verbissenen, niedergeschlagenen Gesicht wankte er auf seine Familie zu, die ihn vor der Lehmhütte erwartete. Blut tropfte aus seiner Verletzung, er hätte auch geblendet werden können.

Die Nachricht von dieser Katastrophe breitete sich wie ein Lauffeuer unter den Siedlern aus. Am darauffolgenden Tag fand sich mehr als ein Dutzend von ihnen ein, um das Ausmaß des Schadens zu begutachten und Hilfe anzubieten, soweit ihnen das möglich war. Unter den vier Anwesenden, die dazu bestimmt wurden, die Snake M Ranch, die Ed Mace gehörte, aufzusuchen und Schadenersatz zu fordern, gehörte Stefan. Franz Kreuger war einstimmig zum Sprecher der Gruppe gewählt worden. Sie machten sich sofort auf den Weg.

Da die Snake M plante, ihre Leute am folgenden Tag zum Viehtrieb loszuschicken, hielten sich fast alle Cowboys mit Ausnahme der Grenzposten in der Nähe der Ranchgebäude auf, um die Ersatzpferde zusammenzustellen und das Handwerkszeug zu überprüfen, als der Wagen mit den Farmern vorfuhr. Sie fuhren direkt auf das Holzhaus mit den fünf Zimmern zu. Ed Mace stand auf der Veranda und trat ihnen entgegen, bevor sie aus dem Wagen ausgestiegen waren.

Hobie Evans lächelte vor sich hin, als er den unwilligen Blick sah, mit dem Ed Mace die Farmer bedachte, die ihm folgten. Sie gingen auf die Cowboys zu.

»Diese ... Herren«, sagte Ed zögernd, »sind gekommen, um mich davon zu unterrichten, daß einige streunende Rinder gestern in eines ihrer Weizenfelder gelaufen sind. Sie behaupten außerdem, daß drei von euch die Rinder durch das Feld gejagt haben, um noch mehr Schaden anzurichten.«

Hobie Evans trat vor. »Ich glaube, die sprechen von mir, Ace und dem Halbblut, Boß. Wir haben gestern ein paar Rinder eingefangen, die durch ein Weizenfeld gelaufen sind.«

»Der war es.« Der Besitzer des Weizenfeldes bestätigte es.

»Und Sie sind der, der aus dem Haus gelaufen ist und wie eine verfluchte Krähe mit den Armen gewedelt hat.« Hobie deutete auf den Mann und sah dann seinen Boß an. »Wir hätten die Rinder aus dem Feld holen können, und sie hätten so gut wie keinen Schaden angerichtet, wenn er sich nicht eingemischt hätte. Sie wissen ja selbst, wie diese freilaufenden Tiere sind. Sie sind wilder als irgendwelche Kaninchen. Er kommt rausgerannt und wedelt mit den Armen, und sie sind in alle Richtungen auseinandergestoben.«

»Er hat mich mit einem Lasso geschlagen und versucht, mich unter die Hufe seines Pferdes zu bringen«, klagte ihn der Besitzer des Weizenfeldes an.

»Sie sind vor mein Pferd gesprungen«, gab Hobie zurück. »Wenn ich nicht mit dem Lasso nach Ihnen ausgeholt hätte, hätte das Pferd Sie totgetreten.«

»Das ist eine Lüge.« Franz Kreuger trat jetzt vor. »Aber wir sind nicht gekommen, weil Otto geschlagen worden ist. Wir sind hier, weil Ihre Rinder ein Weizenfeld vernichtet haben. Ihre eigenen Männer haben es bestätigt. Wir verlangen, daß Sie den Weizen bezahlen, den Ihre Tiere vernichtet haben.«

»Mir scheint, meine Rinder hätten nicht allzuviel Weizen zerstört, wenn sich dieser ... Herr anders verhalten hätte.« Mit einem herablassenden Schnippen seiner Finger wies er auf den Farmer. »Er behauptet, seine gesamte Ernte verloren zu haben. Ich bin bereit, ihm eine Entschädigung zu zahlen, aber ich komme nicht für das ganze Feld auf.« Er nannte eine Summe, die weit unter dem lag, was die Farmer gefordert hatten.

»Aber das ist ja weniger, als ich für den Samen ausgegeben habe«, protestierte der Farmer. Er sah sich nach den drei anderen um und suchte Unterstützung.

»Das ist nicht genug«, bestätigte Franz Kreuger zornig. »Das ist nicht gerecht.«

»Das ist mein Angebot. Wenn es Ihnen nicht paßt, dann gehen Sie doch vor den Richter, und warten Sie den Termin ab, den er für die Verhandlung ansetzt. Und dann warten Sie auf den Urteilsspruch.« Er legte eine nachdrückliche Betonung auf das Wort »warten«, um anzudeuten, wieviel Zeit bis dahin vergehen würde. »Sie haben die Wahl. Entweder, Sie warten ab, ob der Richter Ihrer Ansicht ist, oder Sie nehmen den Betrag an, den ich Ihnen anbiete – in bar, auf der Stelle.«

Der Farmer sah Franz Kreuger an und wartete auf dessen Stellungnahme. Die anderen Männer, darunter Stefan, wandten sich ebenfalls fragend an Franz Kreuger. Franz musterte seinen Gegner mit einem kalten, abschätzenden Blick.

»Diesen Richter, kennen Sie den?« fragte er.

Ein Lächeln breitete sich auf Ed Maces Gesicht aus. »Richter Paulson? Ja klar, wir sind zusammen aufgewachsen.«

Franz Kreuger atmete hörbar ein und wandte sich an den Farmer. »Nimm sein Angebot an. Wenn du das Geld nicht nimmst, wird er versuchen, den Richter zu kaufen.«

13

Das Zusammentreiben des Viehs ging so vor sich, daß der Vormittag damit verbracht wurde, entlegene Ecken des Weidelandes nach Rindern zu durchstreifen und alle zusammenzutreiben, damit sie am Nachmittag in Gruppen sortiert werden konnten. Gelegentlich wurde auch ein Rind, das sie beim Zusammentreiben im Frühjahr übersehen hatten, gebrandmarkt.

Die Luft war frisch und klar. Sie schien das Nahen des Winters anzukündigen und mahnte die Cowboys, die Erledigung ihrer Aufgaben voranzutreiben.

Eine störrische Kuh wollte die Herde verlassen und fortlaufen. Als Webb ihr nachjagte, stolperte sein Pferd und lahmte. Der Mann, der das Tier mit großer Geschicklichkeit einfing, war sein Vater, der anschließend an seiner Seite ritt.

»Der Viehtrieb wird wohl noch eine Woche dauern«, meinte er müde. Sie waren jetzt seit fünf Wochen mit dem Zusammentreiben des Viehs beschäftigt. »Wir werden nur die alten und die kranken Tiere verkaufen. Dieses Jahr haben wir genug Heu, um alle übrigen Tiere durch den Winter zu bringen.«

»In so guter Verfassung habe ich die Rinder schon lange nicht mehr gesehen«, sagte Webb.

»Ja, aber sie bringen nicht die Hälfte von dem, was sie wert sind«, sagte sein Vater verdrossen. »Bull Giles schreibt, daß sich der Markt im Frühjahr vorübergehend erholen wird, aber dann wird es wieder genauso schlecht aussehen wie in diesem Jahr. Ich sehe mich gezwungen, die unverheirateten Männer zu entlassen. Natürlich steht es ihnen frei, weiterhin hier zu wohnen und zu essen, aber ich kann ihnen während des Winters keinen Lohn bezahlen.«

Webb hatte nicht gewußt, daß es so schlimm stand. Wenn sein Vater ernstlich vorhatte, mehr Rinder als gewöhnlich über den Winter zu bringen und gleichzeitig Cowboys zu entlassen, mußte es reichlich im argen liegen.

»Warum müssen wir uns ausschließlich auf die Rinder verlassen?« fragte Webb. »Könnten wir uns nicht zusätzlich noch auf etwas anderes verlegen?«

»Sprichst du von Schafen?« fragte sein Vater. »Der Markt für Wolle sieht genauso schlecht aus wie der Rindermarkt. Die Preise sind in den Keller gesunken.«

»Ich spreche von Weizen«, sagte Webb, der etliche blühende Weizenfelder gesehen hatte.

»Weizen?« fragte sein Vater zornig. »Ich habe dich für intelligenter gehalten. Du bist genauso dumm wie diese Trockenfarmer.«

»Du meinst die, die jetzt den Weizen ernten?« fragte Webb wutentbrannt.

»Diese Steppe ist ein Landstrich, in dem sich Regenperioden und Dürreperioden zyklisch ablösen«, erwiderte sein Vater. »In den letzten Jahren sind wir in den Genuß der Nässeperioden gekommen, in denen es ausreichend regnete. Aber die Dürrezeiten werden auch wieder kommen. Es gab sie immer, und es wird sie immer geben.«

Webb fröstelte plötzlich, und er wußte, daß es nicht an dem frischen Wind lag. Er musterte seinen Vater aufmerksam und hörte sich an, was dieser aus jahrelanger Erfahrung sagte.

»Du bist wahrscheinlich noch zu jung, um dich daran zu erinnern, wie es in den Anfangszeiten war«, sagte Benteen. »Siehst du dieses Gras?« Er deutete auf ein dichtes Büschel Gras, das zu ihren Füßen wuchs. »Ich habe schon erlebt, daß dieses Gras im Frühjahr braun und verbrannt war und daß die ausgedörrten Wurzeln in einem Boden steckten, der trocken und steinhart war. Wäre die Grasschicht nicht gewesen, die das Erdreich festgehalten hat, dann hätte der Wind die Erde in alle Richtungen geweht. Das ist der Grund, weshalb es so wichtig ist, keine Weide zu sehr abgrasen zu lassen. Diese Trockenfarmer pflügen den Boden um und entwurzeln dieses Gras. Es wird wieder eine Dürre kommen, und wenn es soweit ist, wird das Land dieser Leute eine Wüste sein. Jedesmal, wenn man versucht, aus Land etwas zu machen, was ihm nicht entspricht, wendet es sich gegen dich und vernichtet dich. Wenn du dir das nicht merkst, wird dieses Land für deinen Sohn nicht mehr da sein – falls du je einen Sohn haben wirst.«

Die grimmigen Worte schienen noch in der Luft zu hängen, als sich sein Vater auf sein großes graues Pferd schwang. Er ritt zügig zur Herde zurück.

Nach mehr als zwei Monaten auf der Weide konnten die Cowboys des Dreifachen C es kaum erwarten, wieder in die Stadt zu kommen. Sie hatten den Staub und den Schweiß von ihren Körpern geschrubbt, ihre stacheligen Bartstoppeln abrasiert und ihre besten Kleider angezogen. Alle, bis auf Webb und vielleicht noch zwei weitere Cowboys, hatten ihren letzten Lohn bekommen, aber sie hatten nicht vor, das Geld sorgsam einzuteilen. Der Winter mochte vielleicht karg werden, aber sie würden ein letztes Mal auf den Putz hauen, um einander erzählen zu können, was sie erlebt hatten, wenn sie an den kalten Winterabenden von Montana vor dem Ofen kauerten.

Sie näherten sich einem Auto, das nicht weiterfahren konnte. Das mußte Doyle Pettits Wagen sein, und die Möglichkeit, daß er kaputtgegangen war, heiterte die Cowboys auf. Eine solche Gelegenheit, sich über den früheren Rancher lustig zu machen, konnten sich die Cowboys wirklich nicht entgehen lassen.

Doyle war gerade dabei, einen Reifen zu flicken.

»Was tust du hier draußen in diesem Ding da?« fragte Webb, der Doyle bei seiner seltsamen Beschäftigung beobachtete.

»Ich komme gerade von Big Jim Tandy. Er spielt mit dem Gedanken, einen Teil seines Landes zu verkaufen, und ich habe ihm ein Angebot gemacht, das uns beiden viel Geld einbringt. Du glaubst gar nicht, wie die Landpreise gestiegen sind, Webb.« Er schüttelte belustigt den Kopf und griff nach einer Flasche, die in seinem Werkzeugkasten stand.

»Seit dem Frühjahr haben sie sich verdreifacht, das schwöre ich dir. Harve Wessel hat kalte Füße bekommen. Ich habe ihn ausbezahlt. Er glaubt, er findet grünere Weiden, aber nichts kann grüner sein als unser Weideland hier.«

»Was ist das?« Webb deutete auf die Flasche.

»Damit wird die Stelle um das Loch im Reifen eingerieben und dann wird mit Gummilösung ein Flicken aufgesetzt.« Er sah Webb an und lachte. »Das kann ich schon im Schlaf. Durchschnittlich habe ich auf dem Weg von meiner Ranch in die Stadt dreimal einen Platten, und somit habe ich schon viel Übung im Flicken.«

»Ich dachte, man müßte Schrot verbrennen, um diese Dinger zu flicken«, sagte Webb.

»Das ist die schwierigere Methode«, erklärte Doyle. »Ich sollte mal zu euch rauskommen und deinen Vater besuchen. Im Moment läßt sich mit Land ein Vermögen verdienen.«

»Du kannst mit ihm darüber reden.« Webb richtete sich im Sattel auf und griff nach den Zügeln. »Aber ich glaube nicht, daß er dir zuhören wird. Wir sehen uns in der Stadt, Doyle. Paß auf, daß dich dein Wagen ohne Pferde nicht abwirft.«

»Wenn du gegen Mittag noch nicht da bist, schicken wir jemanden mit einem Pferd zu dir, damit er dich abholt«, spottete Shorty, als sie wieder weiterritten.

Zwei Meilen vor der Stadt hörten die Reiter die Hupe des Automobils hinter sich. Sie teilten sich in zwei Gruppen und machten dem schnelleren Fortbewegungsmittel Platz. Das lärmende Fahrzeug ratterte und ächzte an ihnen vorbei. Doyle riskierte es, eine Hand vom Steuer zu nehmen, das er sonst immer mit beiden Händen umklammert hielt. Er winkte ihnen zu. Als er vorbeigefahren war, hinterließ er eine Wolke von Staub und Abgasen.

Als sie Blue Moon erreichten, drängten sich die Wagen mit dem Weizen auf der Straße. Der Kornspeicher war kein Gerücht mehr, sondern stand jetzt am Ende der Straße, gleich neben den Bahngleisen. Wohin man auch sah, überall fiel der Blick auf Farmer und ihre Familien. Die Cowboys waren gezwungen, im Schritt zu reiten. Sie wurden auffällig leise und fühlten sich in dieser Umgebung fehl am Platz. Einige von ihnen meinten, daß sie in dieser veränderten Gesellschaft keinen Platz mehr hatten.

Lilli saß auf dem Wagen und sah Stefan aus dem Büro kommen, das zum Getreidespeicher gehörte. Seine Schritte wirkten ausgelassen, als er auf den Wagen zukam.

»Fünfzig Scheffel pro Morgen«, verkündete er. Sie zwang

sich zu einem Lächeln und fragte sich, warum sie nicht so überschwenglich reagierte, wie man es hätte erwarten sollen. Es war die Erfüllung ihres Traumes. Und doch fühlte sie sich seltsam leer, als Stefan sich neben sie setzte. »Es heißt, Europa könnte Krieg führen, und die Leute glauben, daß der Weizenpreis im nächsten Jahr noch höher steigt.«

»Das sind gute Nachrichten«, sagte Lilli, aber es erschien ihr nicht richtig, von den Feindseligkeiten anderer zu profitieren.

»Und jetzt gehen wir zur Bank.«

»Werden wir das Darlehen abzahlen?« Sie wußte, daß Stefan sich nicht wohl bei dem Gedanken gefühlt hatte, Schulden zu haben.

»Nein, wir werden uns noch mehr Geld leihen und noch mehr Land kaufen, solange es noch billig ist«, erklärte er. »Und wir brauchen Geld für die Saat. Vielleicht kaufen wir sogar einen Traktor. Franz sagt, mit einem Traktor könne man an einem Tag soviel pflügen, wie ein Pferdegespann in zwei Wochen schafft. Wir könnten eine ganze Menge Weizen anpflanzen.«

Stefan hatte nie mit ihr darüber geredet, aber offensichtlich mit Franz Kreuger ganz ausführlich. Es war wieder ein Beweis mehr, wie Stefan und sie sich voneinander entfernt hatten. Sie standen einander nicht mehr annähernd so nah, wie es einmal gewesen war.

»Ich dachte, von dem Geld, das wir mit dieser Ernte verdient haben, bauen wir uns ein richtiges Haus.« Lilli unternahm den zögernden Versuch, ihn an ihre ursprünglichen Pläne zu erinnern. »Haben wir denn dafür auch genug?«

»Das Haus kann warten«, sagte er. »Nächstes Jahr werden wir viel mehr Geld haben, und dann können wir ein großes Haus bauen.«

Diese Äußerung ließ vieles unausgesprochen. Statt ihr Darlehen abzubezahlen, würden sie noch mehr Geld aufnehmen, was hieß, daß sie sehr knapp bei Kasse sein würden. Für Annehmlichkeiten würde ihnen in diesem Winter nichts bleiben – und auch nichts für die kleinen Dinge, die wirklich notwendig gewesen wären.

»Wir müssen uns mit großen Mengen von Vorräten eindecken«, riet ihr Stefan. »Der Winter kommt bald, und es kann lange dauern, bis wir wieder in die Stadt kommen.«

»Ja.« Doch in dem Moment fielen Lilli die Pferde mit den schweren Sätteln vor dem Saloon auf. Sie fragte sich, ob Webb wohl dort war. Fast schuldbewußt warf sie einen Blick auf Stefan, und das Schweigen zwischen ihnen zog sich in die Länge. Sie konnte nicht dahinterkommen, ob sie sich verändert hatte oder ob es Stefan war, aber es war einfach nicht mehr so wie früher zwischen ihnen.

Shorty Niles starrte den Mann hinter dem Tresen ungläubig an. »Was soll das heißen, daß wir nichts zu trinken bekommen?« fragte er erbost.

»Wir schenken hier erst nach drei Uhr nachmittags Alkohol aus«, wiederholte der Mann. »Wenn Sie etwas essen wollen, dann hocken Sie sich an einen der Tische.«

»Ich will nichts essen. Ich will ein Bier. Wo ist Sonny?« Shorty sah sich nach dem Besitzer um.

»Der steht in der Küche und kocht.«

»Seit wann ist das hier ein Restaurant?« fragte ein anderer Cowboy des Dreifachen Cs.

»Seit die Stadt die Verordnung erlassen hat, die den Ausschank von Alkohol vor drei Uhr nachmittags untersagt«, erklärte der Mann nicht allzu geduldig. »Sonny hat gar nicht eingesehen, warum die Bar den ganzen Tag über leerstehen soll, und daher hat er angefangen, Essen zu servieren, weil es ohnehin kein Restaurant in der Stadt gibt.«

An einem halben Dutzend Tischen saßen Leute, die beim Mittagessen waren. Ihrer aller Aufmerksamkeit war auf die Cowboys gerichtet, seit sie den Raum betreten hatten. Webb spürte, daß sie nicht allzu willkommen waren.

»Mir ist egal, was in irgendwelchen städtischen Verordnungen steht«, erklärte ein anderer mürrischer Cowboy. »Sollen die doch essen, wir wollen trinken.«

»Wir haben einen Sheriff, dem diese Verordnung nicht egal ist«, gab der Mann zurück. »Ich habe Ihnen bereits gesagt, daß wir vor drei Uhr keinen Alkohol ausschenken. Und wenn es

Ihnen nicht paßt, dann rufe ich gleich den Sheriff, damit er das regelt.«

»Warum wird überhaupt ein so saudummes Gesetz gemacht?« fragte Nate finster.

»Ich vermute, sie wollen keine angetrunkenen Cowboys auf der Straße haben, die ihre anständigen Frauen belästigen«, provozierte ihn der Mann.

»Wissen Sie was«, warf Webb ein, »warum verkaufen Sie uns nicht einfach eine Flasche, und wir nehmen sie mit?«

»Ja.« Die Gruppe war sich schnell einig. »Wir besuchen Fannie.«

»Fannie ist nicht mehr hier. Da hinten hat der Arzt jetzt seine Praxis eingerichtet«, teilte der Mann ihnen mit.

»Der Arzt? Diese Stadt hat einen Arzt?«

»Einen richtigen Arzt. Bardolph heißt er.«

»Und was ist aus Fannie geworden?« Das schien die größere Sorge der Männer zu sein, die es immer vorgezogen hatten, sich von ihr heilen zu lassen.

»Der Sheriff hat ihr eine Zugfahrkarte hingelegt«, antwortete der Mann.

»Besonders beliebt macht sich dieser Sheriff nicht bei mir«, erklärte Shorty.

»Was ist mit der Flasche?« Abe Garvey wiederholte Webbs Frage noch einmal. »Geht es auch gegen das Gesetz, uns die zu verkaufen?«

»Ich kann mich nicht erinnern, daß davon die Rede war«, gab der Mann zu. »Ich nehme an, das läßt sich machen. Aber hier wird sie nicht getrunken«, erinnerte er sie noch einmal. Hände hoben sich spöttisch zum Schwur.

»Machen Sie lieber gleich zwei Flaschen daraus«, schlug jemand vor, als der Mann unter den Tresen griff. »Bis drei ist es noch lange.«

»Wohin gehen wir?«

Alle sahen einander an und waren bemüht, sich einen geeigneten Ort für ein ernsthaftes kleines Zechgelage einfallen zu lassen. Schließlich schlug jemand vor: »Gehen wir doch runter zum Bahnhof.«

Zwei Cowboys steckten die Flaschen in ihre Taschen, und

als sie auf dem Bürgersteig zum Bahnhof schlenderten, legten sie zur Begrüßung bei jeder Dame, die ihnen begegnete, die Finger an den Hut und machten den hübschen, begehrenswerten Mädchen überschwengliche Komplimente. Die Reaktion war überall dieselbe. Die stilleren Mädchen erröteten, und die anderen kicherten. Und die Mütter bedachten die Cowboys mit finsteren, mißbilligenden Blicken und scheuchten ihre jungfräulichen Töchter eilig weiter.

Am Bahnhof lümmelten sie sich auf den Bänken und Kisten, die dort herumstanden. Nachdem sie einsame Monate lang niemanden gehabt hatten, mit dem sie hätten reden können, von Pferden und Kühen einmal abgesehen, machten sie die Stille und den Mangel an Geselligkeit jetzt mit viel Lärm und lautem Gelächter wett. Sie hatten sich die zweite Flasche gerade erst vorgenommen, als der Sheriff in ihrer Runde erschien.

»Tut mir leid, Leute, aber wir lassen das Herumlungern an öffentlichen Orten nicht zu, und dies hier ist ein öffentlicher Ort. Sie ziehen besser weiter«, äußerte er.

Sie murrten und fluchten leise vor sich hin, aber sie ließen sich nicht auf eine Diskussion ein. »Zum Teufel, mir ist sowieso der Tabak ausgegangen«, murrte Nate.

»Ja, gehen wir in die Gemischtwarenhandlung.« Shorty war sofort dafür zu haben. »Ich wollte mir eine neue Jacke für den Winter kaufen.«

Sie zogen alle gemeinsam los. Auf der Straße kam wieder eines dieser Gefährte ohne Pferde an, und ein Farmer mußte seine Tiere beruhigen, die scheuten und sich aufbäumten. Dieser Trubel auf der Straße lenkte Webb ab, und er prallte mit einer Frau zusammen, die gerade aus dem Laden kam. Bei dem Zusammenstoß fielen ihr die Pakete, die sie in den Armen trug, auf den Bürgersteig. Er griff nach der Frau, um sie zu stützen.

»Tut mir leid, Miß, ich …« Er unterbrach sich abrupt, als er in die vertrauten blauen Augen sah. »Lilli.« Seine Hände, die auf ihren Schultern lagen, wurden ganz zart, und aus dem Festhalten wurde eine unbewußte Liebkosung.

Für einen Sekundenbruchteil sah er die Wärme, die in ihre

Augen trat. Dann senkten sich ihre Lider und verbargen ihre Blicke. »Es war meine Schuld, Mr. Calder«, murmelte sie, und sie bewegte ihre Schultern mit der stummen Bitte, die Hände fortzunehmen. »Ich habe nicht aufgepaßt.«

Er ließ sie sofort los, und ihn beschlich ein Gefühl von Aussichtslosigkeit. Als sie sich bückte, um ihre Pakete wieder aufzusammeln, spürte er den Drang, ihr zu helfen.

»Lassen Sie mich das tun«, sagte er beharrlich.

»Ich schaffe das schon«, gab sie wortkarg zurück.

»Das ist das mindeste, was ich tun kann, nachdem ich Sie fast umgerannt habe.« Webb hob die meisten Päckchen auf und reichte sie ihr. Als beide wieder aufrecht standen, sagte er: »Ich würde Ihnen anbieten, die Päckchen zu Ihrem Wagen zu tragen, aber ...«

Die Tür öffnete sich, und Stefan Reisner trat auf die Straße. Er hielt ein funkelndes neues Gewehr im Arm. Tiefes Mißtrauen trat auf sein Gesicht, als er Webb bei Lilli stehen sah. Er stellte sich sofort neben sie.

»Belästigt er dich, Lillian?« erkundigte er sich. Wenigstens fragte er sie diesmal vorher.

»Nein«, versicherte sie ihm eilig, und sie sah Webb an. »Mir sind ein paar Pakete runtergefallen, und Mr. Calder war so freundlich, sie für mich aufzuheben.«

Webb entging die Ungenauigkeit nicht, mit der sie diesen Zwischenfall beschrieb, doch er verbesserte sie nicht. Welche Gründe sie auch für ihre Ausflucht haben mochte, es war nicht seine Sache, sie bloßzustellen.

»Das Gewehr macht einen guten Eindruck, Mr. Reisner.« Er bemerkte, daß die Mündung geistesabwesend in seine Richtung gehalten wurde. »Es wird sehr praktisch für die Jagd im Winter sein, wenn es hier auch nicht mehr allzuviel Wild gibt. Aber die Hasen könnten recht fett sein dieses Jahr.« Webb unterbrach sich und fragte dann: »Haben Sie schon öfter Schußwaffen benutzt, Mr. Reisner?«

»Ich weiß, wie man damit umgeht.« Er hatte ein Päckchen Patronen unter dem Arm.

»Ich weiß nicht, wie es dort ist, wo Sie herkommen, aber hier in dieser Gegend« – er streckte ganz beiläufig die Hand aus und legte einen Zeigefinger gegen die Mündung, um sie in eine andere Richtung zu bringen – »richten wir keine Waffe auf Menschen, wenn wir nicht vorhaben, sie abzufeuern. Das wird als schlechtes Benehmen ausgelegt.«

»Ich werde es mir merken.«

Sie standen einander gegenüber und sahen sich an. Lilli stand neben ihnen und beobachtete beide voller Unbehagen. Die feindseligen Gefühle auf beiden Seiten hingen schwer in der Luft.

Der Sheriff kam hinzu. »Was ist denn hier los?«

»Nichts, Sheriff«, erwiderte Webb leichthin. »Ich habe nur gerade Mr. Reisners neues Gewehr bewundert und ihm Erfolg bei der Jagd gewünscht.« Er sah Lillian an und legte die Finger an seinen Hut. »Einen guten Tag, Ma'am.«

Er ging an den beiden vorbei in das Geschäft und hörte die schlurfenden Geräusche etlicher Stiefeln hinter sich, die den Reitern des Dreifachen C gehörten. Sein Blut kochte. Webb hätte am liebsten etwas zerschlagen, ganz gleich was.

Im Geschäft drängten sich die Kunden. Die Cowboys blieben als lärmendes Grüppchen zusammen und sahen sich die Waren an, die zum Verkauf angeboten wurden. Nate war der einzige, der die Absicht hatte, etwas zu erwerben. Er trat an die Theke, um seinen Tabak zu kaufen. Webb lief ihm in seiner Ruhelosigkeit nach.

Ein neuer Verkäufer erkundigte sich gerade, ob er Nate helfen könne, als Ollie Ellis, der Besitzer, zu ihnen kam und den Verkäufer zu einem anderen Kunden schickte. Im ersten Moment dachte sich Webb nichts dabei, obwohl er den finsteren und ganz geschäftsmäßigen Gesichtsausdruck des Besitzers bemerkte. Ollie Ellis hatte die Männer, die vom Dreifachen C kamen, immer persönlich bedient, und daher kam es ihm nicht anders vor als sonst auch.

»Was kann ich für Sie tun?« Der knappen und bündigen Frage wurde nicht einmal eine Anrede hinzugefügt.

»Ich brauche Tabak. Am besten gleich eine ganze Dose Prince Albert«, sagte Nate, der sich ausrechnete, daß sie wohl den ganzen Winter über reichen mußte.

»Ist das alles?« Der Ton des Ladenbesitzers schien auszudrücken, was er von einer so kleinen Bestellung hielt.

Hinter ihnen probierte Shorty einen Damenhut auf, und die anderen Cowboys grölten und jubelten. Shorty war den Geschäftsleuten in der Stadt durch seine Possen und durch sein aufbrausendes Temperament bekannt.

»Ja, das ist alles«, erwiderte Nate auf Ollies Frage. Er wühlte nach dem Geld in seiner Tasche.

»Dann wäre ich Ihnen dankbar, wenn Sie Ihren Tabak jetzt nehmen und mit Ihren Freunden den Laden verlassen.« Die Aufforderung des Besitzers war in eine höfliche Formulierung gekleidet, doch sie wurde ruhig, aber entschieden ausgesprochen. »Sie haben getrunken, und ich will nicht, daß Sie hier Trubel veranstalten oder meine anderen Kunden beleidigen.«

Webb drehte sich um. Er konnte nicht so recht glauben, was er eben gehört hatte, aber das Gesicht des Mannes zeigte wenig Respekt oder Freundlichkeit. »Die Jungen sind etwas laut, Mr. Ellis, aber sie stellen nichts an.« Die Gereiztheit, die er unterdrückt hatte, wollte ausbrechen. »Wir haben sechs Wochen im Sattel gesessen und sind in die Stadt gekommen, um ein bißchen zu feiern. Wir sind nicht hier, um Ärger zu machen.«

»Ich habe Sie lediglich gebeten, woanders zu feiern.« Als Ollie Ellis den harten Ausdruck auf Webbs Gesicht sah, fügte er nervös hinzu: »Ich hoffe, Sie verlassen mein Geschäft friedlich. Es wäre mir nicht lieb, wenn ich den Sheriff bitten müßte, Sie aus diesem Haus zu entfernen.«

»Schon gut, wir gehen.« Webbs Stimme war ganz ruhig. »Aber Ihr Gedächtnis ist kurz, Mr. Ellis. So kurz wie das Gedächtnis aller Städter, die hier waren, bevor die Farmer kamen. Wir waren es – wir von der Rancherseite –, mit denen Sie Ihr Geschäft machen konnten.«

»Die Zeiten haben sich geändert«, erwiderte der Ladenbesitzer mit einer Spur von Verlegenheit.

»Aber die Gier nicht. Sie haben Geld in der Tasche eines anderen Mannes gerochen, und das ist das einzige, woran Sie noch denken können. Wie der Hund, der sein Spiegelbild im Wasser betrachtet und dort einen größeren Knochen zu sehen glaubt, haben auch Sie Ihren Knochen gerade fallengelassen, Ellis«, bemerkte Webb kühl. »Und da mein Gedächtnis länger ist als Ihres, werde ich das nicht vergessen.«

»Hören Sie, Sie haben nicht das Recht, so mit mir zu reden«, wandte Ollie Ellis mit verletzter Würde ein. »Meine Bitte war absolut verständlich und ...«

Aber Webb hatte sich bereits umgedreht und hörte nicht mehr zu. »Gehen wir, Leute«, fauchte er den andern zu. Ihre anfänglichen, laut ausgesprochenen Einwände legten sich, als sie den harten Ausdruck auf Webbs Gesicht sahen. Sie folgten ihm eilig ins Freie. Nate lieferte ihnen die Erklärung für das abrupte Verlassen des Geschäftes.

»Ich bin noch nie dort geblieben, wo ich nicht willkommen war.«

Wenige Minuten später trabten die Reiter aus der Stadt. Sie nahmen keine schönen Erinnerungen mit sich.

In jener Nacht stellte Stefan seine Anforderungen an sie im Bett, und Lilli leistete ihnen Folge. Als er mit ihr fertig war, drehte sie sich auf die Seite und starrte den silbernen Streifen Mondlicht an, der in den Raum fiel. Die körperliche Seite ihrer Ehe mit Stefan war von Anfang an ein kleiner Teil ihrer Beziehung gewesen. Ihr Kopulieren war etwas, was gelegentlich vorkam und mechanisch vollzogen wurde, und die Initiative ging dabei immer von Stefan aus. Es war für Lilli nie eine unangenehme Pflicht gewesen. Aber mit Sicherheit hatte sie auch nicht die Befriedigung daraus geschöpft, die es Stefan bereitete. Sie hatte eigentlich auch nie den Eindruck gehabt, als würde das von ihr erwartet. Auf die Idee, daß die körperliche Nähe eines Mannes für sie befriedigend sein könnte, war sie gar nicht gekommen, bis sie sich durch Webbs Kuß seltsam erregt gefühlt hatte. Ihr ganzes Leben lang waren Küsse nichts weiter als Gesten der Zuneigung gewesen. Ihre Mutter hatte auch nie angedeutet, daß es etwas anderes geben könnte. Aber ihre Mutter war gestorben, als Lilli erst dreizehn Jahre alt war. Neben der Liebe ihrer Eltern war Stefans Liebe die einzige Form von Liebe, die sie je gekannt hatte. Ganz allmählich wurde ihr bewußt, daß es noch eine andere Form von Liebe gab. Doch der Mann, der ihr die Augen geöffnet hatte, war nicht ihr Ehemann.

So lag sie jetzt im Bett und wußte, daß ihr eigener Drang nach Liebe ungestillt war. Sie hatte diesen Wunsch unterdrückt, weil er sich auf einen anderen Mann bezog. Sie konnte spüren, wie ihr Herz schlug und das Blut durch ihre Adern floß. Und doch fühlte sie sich dort, wo es wichtig war, trocken und leer. Es gab so vieles, was sie geben konnte, aber alle diese Gefühle und Sehnsüchte wurden nicht gelebt. Sie würden verwelken. Plötzlich erschreckte sie der Gedanke, daß diese Gefühle nie ausgedrückt werden könnten. Sie empfand eine grenzenlose Einsamkeit.

III

Steht ein Calder da,
Aus Fleisch und Blut ein Mann,
Träumt von einer Liebe,
Die niemals werden kann.

14

Dicke Schneeflocken fielen von einem blaßgrauen Himmel, der in die öde, weiße Landschaft überzugehen schien. Die Luft war bitterkalt und schneidend. Webb hatte sich einen langen Wollschal über den Hut gebunden, dann um den Hals geschlungen und ihn sich vor Nase und Mund gezogen.

Der Himmel war schon den ganzen Vormittag über bedrohlich gewesen, und die arktischen Luftmassen machten die Luft so spröde, daß sie fast knisterte. Bisher war kein Wind aufgekommen, es schien, als hätten die eisigen Temperaturen ihn erstarren lassen. Dennoch rechnete Webb fest mit einem Schneesturm. Er konnte ihn fast riechen.

Er stieß auf ein Rind, das sich ein Bein gebrochen hatte. Es konnte erst vor wenigen Stunden passiert sein, denn sonst hätten die Wölfe es schon gerissen. »Wenn dich die Wölfe nicht kriegen, erwischt dich der Sturm«, murmelte er in seinen Schal. »Also ist es vielleicht das beste, wenn ich deinem Leiden gleich ein Ende setze, Bossie.«

Als er das Tier erschossen hatte, wollte Webb weiterreiten, aber es erschien ihm als eine zu große Vergeudung, das Fleisch liegenzulassen, damit die Kojoten und die Wölfe sich darum zankten. Gegen seinen Willen dachte er an die Farmer, die nur selten Fleisch zu essen bekamen, und natürlich an Lilli. Er hatte nichts mehr zu tun. Seine Arbeit war erledigt, und er konnte sich nur noch in seine Hütte setzen und den Sturm abwarten. Es sah nicht so aus, als würde er allzu bald einsetzen. So blieben ihm noch ein paar Stunden, um zu den Reisners zu reiten und ihnen das Rindfleisch zu bringen, und vielleicht hatte er sogar noch genug Zeit, um seine Hütte wieder zu erreichen, bevor das Wetter zu schlecht wurde.

Als Webb den Kadaver an sein Pferd gebunden hatte, um ihn hinter sich herzuschleifen, hatte es aufgehört zu schneien.

In all den Jahren in der Stadt, in der sie mit drei anderen Menschen in einer kleinen Zweizimmerwohnung gelebt hatte,

hatte Lilli sich nie so eingeengt gefühlt wie jetzt in dieser Hütte. Sie war unruhig und reizbar und lehnte sich gegen die vielen kleinen Aufgaben auf, die ihr die Zeit vertrieben hätten. Die graue Außenwelt schien sich ins Haus zu drängen und die Hütte noch kleiner zu machen.

Das Frühstücksgeschirr stand noch da und erinnerte sie immer wieder daran, daß sie ihre Aufgaben vernachlässigte. Lilli sah es böse an und blätterte die Seiten eines alten, häufig durchgesehenen Katalogs um, aber eigentlich sah sie gar nicht hin. Schließlich ließ sie den Katalog auf den Tisch fallen und ging zum Herd, um Abwaschwasser warmzumachen.

Es gab eine endlose Zahl von Dingen, die getan werden mußten. Sie hatte Nähzeug liegenlassen. Brot mußte gebacken, Stoffreste zu einer Decke verarbeitet werden. Kohle für den Herd mußte von draußen geholt und das Frühstücksgeschirr abgewaschen werden. Und ihr blieb nicht mehr viel Zeit bis zum Mittagessen. Aber Lilli war einfach nicht dazu aufgelegt, diese Dinge zu erledigen. Sie konnte beim besten Willen nicht verstehen, wie Stefan die Zeit vertrödeln konnte, ohne sich zu langweilen. Sie hätte nie geglaubt, daß seine ruhige Art sie derart ärgern könnte. Und sie warf einen bösen Blick in seine Richtung.

Er hüllte sich gerade in seine warmen Sachen. Sie nahm an, daß er ins Freie gehen und nach den Pferden sehen wollte, doch ihr erschien es, als würde er sie sitzenlassen. Es war wirklich schon schlimm genug, mit ihrem schweigsamen Mann zu reden und den Versuch zu unternehmen, ein Gespräch zu führen. Aber noch schlimmer war es, gar niemanden zum Reden zu haben.

»Wohin gehst du?« fragte sie. Sie nahm den Kessel vom Herd und wollte ihn lieber zum Pferdestall begleiten, als allein in diesem Gefängnis mit seinen vier Mauern zu bleiben.

»Jagen.« Das eine Wort war die einzige Antwort, die ihm erforderlich erschien, als er das Gewehr in die Hand nahm.

Lilli wurde klar, daß sie es sich hätte denken können. Er hatte am Morgen, als er hinausgegangen war, um die Pferde zu tränken, erwähnt, daß sie kein frisches Fleisch mehr hatten.

»Ich komme mit«, sagte sie.

»Es ist zu kalt.« Damit war das Thema für Stefan abgeschlossen. Wenn er sich erst einmal eine Meinung gebildet hatte, war er kaum noch davon abzubringen. Lilli hatte sogar den Verdacht, daß Stefan sie nicht mitnahm, weil Franz Kreuger seiner Frau nicht gestattete, mit ihm auf die Jagd zu gehen. Stefan schien immer mehr Eigenschaften von ihrem Nachbarn zu übernehmen, und in seinen Verhaltensweisen richtete er sich ohnehin schon längst nach ihm.

Als er sie zum Abschied küssen wollte, hielt sie ihm kühl die Wange hin. Sie spürte, daß sein Bart ihre Wange streifte und sein Mund warm auf ihrer Haut lag. Dann richtete er sich wieder auf. Die zärtliche Liebkosung war nichts weiter als eine Geste, ohne große Bedeutung.

»Ich bin zum Abendessen wieder da.« Er ging zur Tür.

Sie erbot sich nicht, ihm etwas Eßbares einzupacken, und sie wünschte ihm auch keinen Erfolg bei der Jagd. Als sie hörte, wie die Tür sich öffnete, wurde Lilli plötzlich klar, wie herzlos ihr Benehmen war.

Es ging um mehr als nur darum, daß sie es ablehnte, jeder Gesellschaft beraubt zu sein und allein in dieser kleinen Hütte zu sitzen. Ihre innere Unzufriedenheit wuchs zusehends. Sie konnte sie bis zu ihrem ersten Zusammentreffen mit Webb Calder zurückverfolgen.

Immer, wenn sie an Webb Calder dachte, wurde sie von Schuldgefühlen befallen, und Lilli lief zur Tür, riß sie auf und rief Stefan nach: »Stefan!« Als er sich umdrehte, spürte sie die frühere Zuneigung und Freundschaft wieder, die sie mit ihm verbunden hatte. »Es sieht aus, als könnte es einen Sturm geben. Geh nicht zu weit fort!« rief sie besorgt.

Er hob eine Hand, drehte sich um und lief gebeugt in die verschneite Landschaft hinaus. Lilli schloß die Tür und sah sich in ihrem Zuhause um. Sie empfand sich als undankbar und gelobte, alle ihre Aufgaben zu erledigen, bevor Stefan zurückkam, und ein warmes Abendessen für ihn bereitzuhalten.

Die Wolken hingen so dicht auf den Boden, daß das Land und der Himmel nicht mehr voneinander zu unterscheiden waren. Webb konnte den Rauch riechen, der aus dem Schornstein aufstieg, aber er konnte ihn nicht sehen, weil er sich zu gut in den grauen Himmel einfügte.

Der schwarze Wallach blieb aus eigenem Antrieb in der Nähe der Tür stehen, als ahnte er, daß dies ihr Ziel war. Webbs Beine waren taub und steif vor Kälte. Als er versuchte abzusteigen, kamen sie ihm wie zwei abgestorbene Äste vor, die keine Neigung zeigten, ihn zu tragen. Er trat fest auf, um wieder Gefühl in den Beinen zu haben, und das Ergebnis war ein Schmerz, der sich durch seinen ganzen Körper zog.

»Hallo, Ihr da im Haus!« rief er, um die Bewohner der Hütte auf sich aufmerksam zu machen.

Trotz des Schals, den er sich vor Mund und Nase gezogen hatte, war sein Gesicht taub, und seine Lippen brachten die Worte kaum heraus. Die Luft war so kalt, daß das Atmen schmerzhaft war. Wenn er noch länger in dieser Kälte blieb, würde er sich in einen Eiszapfen verwandeln. Mit steifen Schritten ging er um sein Pferd herum, um den Kadaver loszubinden. Aus der Hütte erfolgte keine Reaktion auf seinen Ruf. Webb rief noch einmal.

»Hallo! Ist jemand zu Hause?« Er formte einen Trichter mit seinen Händen, die er vor den Mund hielt, als er die Worte laut rief.

Die Tür wurde einen Spaltbreit geöffnet. Er erkannte Lilli trotz des dicken, deckenartigen Schals, in den sie sich gehüllt hatte. Er blieb stehen und atmete schwer. Sie sagte kein Wort zur Begrüßung.

»Sagen Sie Ihrem Mann, er soll rauskommen und mir helfen.« Webb sprach nur, um das Schweigen zu brechen, und er bückte sich, um sich wieder an dem Kadaver zu schaffen zu machen, der ganz starr geworden war. Jemand kam auf ihn zu. Er sah auf und stellte fest, daß es Lilli war.

»Was ist das?« Der Schal vor ihrem Gesicht dämpfte ihre Stimme.

»Eins unserer Rinder. Eine Kuh, die sich ein Bein gebrochen hat. Ich mußte sie erschießen.« Er versuchte, mit steifen Fingern einen Knoten zu lösen. »Ich dachte mir, Sie könnten das Fleisch vielleicht gebrauchen. Andernfalls hätte ich sie vergiften müssen, damit die Wölfe das Gift fressen.« Er richtete sich auf und sah erwartungsvoll zur Hütte hinüber. Die Tür war geschlossen. »Kommt Ihr Mann nicht?«

Es entstand eine lange Pause, ehe sie ihm antwortete. »Er ist nicht da.« Das Blau ihrer Augen schien ihn herauszufordern, etwas zu sagen. Sie waren das einzige, was von ihrem Gesicht zu sehen war. Der Rest war unter dem dunklen Tuch verborgen, das ihr Haar bedeckte.

»Die Pferde sind da. Der Wagen auch.« Er wollte sich nicht vorwerfen lassen, er sei gekommen, weil er bereits wußte, daß ihr Mann nicht zu Hause war. »Wo ist er?«

»Er ist heute morgen auf die Jagd gegangen und bisher nicht zurückgekommen«, sagte sie.

»Er ist bei diesem Wetter auf die Jagd gegangen?« fragte Webb mit gerunzelter Stirn.

»Ja.« Sie reagierte wachsam auf seine Bemerkung.

»Wenn ein solcher Sturm kommt, haben sich alle wilden Tiere Unterschlupf gesucht. Ich habe auf dem ganzen Weg hierher nicht einen einzigen Hasen gesehen«, sagte er. Er reagierte unwillig auf die Unwissenheit der Farmer, die in einem Land lebten, über das ihnen jedes praktische Wissen fehlte. »Wohin soll ich den Kadaver bringen?« Dann wurde ihm klar, daß Lilli in diesen Dingen auch nicht erfahrener war als ihr Mann. »Er muß so untergebracht werden, daß die Wölfe ihn nicht holen können. Ist es Ihnen im Pferdestall recht?«

»Ja.« Sie nickte. »Kann ich Ihnen helfen?«

»Das bezweifle ich.« Es war leichter für ihn, wenn er ihr seinen Zorn zeigen konnte; das half ihm dabei, seine anderen Gefühle in Schach zu halten. »Sie könnten die Stalltür aufmachen.«

Webb wußte, daß es nicht leicht sein würde, den Kadaver ohne die Muskelkraft eines anderen Mannes in den Stall zu bringen. Das einfachste wäre gewesen, ihn hier zu zerlegen, aber dazu war es zu kalt. Er griff nach den Zügeln seines Pferdes, um es so nah wie möglich an den Stall zu führen.

Direkt vor der Stalltür ließ er den Kadaver liegen und schickte Lilli, die erbärmlich fror, ins Haus.

»Sie brauchen Hilfe.« Sie machte keine Anstalten, ins Haus zu gehen.

»Haben Sie die leiseste Ahnung, wie man ein Tier ausnimmt, enthäutet und zerlegt?« fragte er provozierend, und sie senkte die Augen unter seinem stechenden Blick. »Das dachte ich mir. Gehen Sie ins Haus.«

»Ich könnte es lernen«, wandte sie ein.

»Tun Sie, was Sie wollen«, sagte Webb achselzuckend.

Gemeinsam zerrten sie den Kadaver in den Stall, banden ihn an einen Dachbalken und zogen ihn hoch. Als Webb die Eingeweide aus dem toten Rind herausschnitt, spürte Lilli, daß ihr übel wurde. Alles war soviel größer als bei den wenigen Hühnern, die sie ausgenommen hatte. Ein paar Minuten lang fürchtete sie, sich übergeben zu müssen. Als Webb sie aufforderte, den Jutesack mit den Eingeweiden ins Freie zu ziehen, gelang es ihr, den Kloß in ihrer Kehle hinunterzuschlucken, ihre Übelkeit zu überwinden und den Sack ins Freie zu befördern. Die kalte Luft hatte eine belebende Wirkung. Als sie zurückkam, hatte er das Tier schon zur Hälfte gehäutet, und es tat ihr nicht leid, daß sie diesen Vorgang nicht von Anfang an mitangesehen hatte.

»Das reicht fürs erste.« Webb trat zurück. Er wirkte matt und durchgefroren. »Ich hoffe, Sie haben eine Tasse heißen Kaffee für mich da.« Er hatte eiskalte Finger, denn er hatte bei seiner Arbeit keine Handschuhe getragen, und sie wollten sich nicht zu einer Faust schließen lassen. Die restliche Körperwärme des Tieres hatte gerade ausgereicht, um seine Hände bei der Arbeit zu wärmen, aber jetzt waren sie kalt und steif. »Wenn ich mich aufgewärmt habe, mache ich mich auf die Suche nach Ihrem Mann.«

»Sie glauben doch nicht etwa, daß ihm etwas zugestoßen ist, oder?« fragte Lilli. Stefan hatte gesagt, er wäre zum Abendessen zurück, und bis dahin blieben noch zwei Stunden. Somit hatte sie sich keine Sorgen gemacht. Stefan war schon an anderen Wintertagen auf die Jagd gegangen und unbeschadet zurückgekommen. Der Sturm war doch noch gar nicht da, und daher konnte sie nicht verstehen, daß Webb so besorgt wirkte.

»Wahrscheinlich fehlt ihm nichts«, räumte Webb ein, als er die Stalltür öffnete und Lilli den Vortritt ließ. »Der Herr beschützt Kinder und Wallfahrende auf vielfache Weise«, murmelte er vor sich hin, als er in den dichter fallenden Schnee hinaustrat, der jetzt von einem aufkommenden Wind herumgewirbelt wurde.

Im Haus zog Webb einen Teil seiner Sachen aus und rieb sich kräftig die Arme, um die Durchblutung anzuregen, während Lilli Kohle nachlegte. Sie schenkte ihnen beiden eine Tasse Kaffee ein, und Webb wärmte sich an seiner Tasse die Hände. Er nahm das angespannte Schweigen wahr und musterte Lilli wortlos.

»Sie sollten diesen Schal jetzt abnehmen«, riet er ihr. »Sonst wird Ihnen niemals warm.« Sie schien sich nur widerwillig von dem Schal zu trennen, aber das konnte kaum daran liegen, daß das feuchte Tuch sie wärmte. Als sie es ablegte, trug sie darunter einen langen, dicken Pullover mit hochgeschlossenem Kragen. »Das auch«, sagte Webb.

Sie warf ihm einen mißtrauischen Blick zu. »Den trage ich immer im Haus. Die Kälte sickert durch die Wände, und ich ...«

»Sie können ihn später wieder anziehen, aber jetzt sollten Sie ihn ausziehen«, beharrte Webb. »Er läßt die Herdwärme nicht durch, und es dauert dann viel länger, bis Sie sich wieder aufgewärmt haben.«

Lilli richtete sich nach seinem vernünftigen Rat, zog den Pullover über ihren Kopf, faltete ihn zusammen und legte ihn zur Seite. Dann nahm sie ihre Kaffeetasse und rückte näher zum Herd. Die Kälte hatte ihre Wangen gerötet, und ihr kastanienbraunes Haar war reizvoll zerzaust. Webb wäre gern mit seinen Fingern durch dieses Haar gefahren und hätte die Nadeln, die es festhielten, herausgezogen. Er starrte seine Tasse an. Er fühlte ein Prickeln, als die Wärme langsam in seinen Körper zurückkam.

»Vielen Dank für das Fleisch.« Ihre Stimme klang zart, klar und gar nicht spröde. Webb schloß die Augen. Ihn quälten Dinge, die er gern gesagt hätte, die zu sagen ihm aber nicht zustanden. Er holte tief Luft und atmete ihren Duft ein, der eine so beunruhigende Wirkung auf ihn hatte. Sie war ihm ganz nah.

»Wie ich schon sagte, ich konnte sie nur hierherbringen oder einen Köder für die Wölfe daraus machen.« Es klang mürrisch. Ihm blieb nichts anderes übrig, denn die mögliche Alternative hätte er bereut. Er trank einen Schluck Kaffee, dessen Wärme ihn innerlich aufzutauen begann. »Wissen Sie, welche Richtung Ihr Mann eingeschlagen hat, als er fortgegangen ist?« Webb sprach bewußt von Stefan Reisner, um sich selbst die Existenz dieses Mannes wieder ins Gedächtnis zu rufen.

»Er ist nach Westen gegangen, in die Richtung, in der Franz Kreugers Land liegt.« Es hätte sie nicht gewundert, wenn Stefan dort eine Rast eingelegt hätte, um zu Mittag zu essen und am Nachmittag zusammen mit Franz Kreuger auf die Jagd zu gehen.

Webb trank seine Tasse aus und reichte sie Lilli, ohne sie anzusehen. »Ich reite lieber los und sehe, ob ich seine Spur finden kann, bevor der Sturm ausbricht.«

»Kommen Sie noch einmal zurück?« Sie sah nicht ihn, sondern statt dessen seine Tasse an, die sie in der Hand hielt. Aber er spürte ihre Anspannung und ließ seinen Blick über ihr Profil gleiten.

»Das kommt darauf an.« Aber er sagte nicht, worauf es ankam. »Geben Sie mir den Kohleneimer. Ich fülle ihn noch einmal nach, bevor ich gehe. Nur für den Fall, daß ich nicht mehr wiederkomme.« Er griff nach seiner schweren, wollgefütterten Jacke und zog sie an.

Plötzlich fiel ihm ein, daß er warm und gemütlich in seiner Hütte sitzen könnte, anstatt jetzt durch dieses eisige Wetter zu reiten, während sich gerade ein Schneesturm ankündigte. Dort wäre er aufgehoben. Doch Webb machte nicht das Wetter Sorgen. Er dachte an die Gefahr, in die er sich begeben würde, wenn er zurückkäme. Und er wußte, daß er zurückkommen würde, ob mit ihrem Mann oder ohne ihn. Er verfluchte sich für seine Schwäche, die es ihm unmöglich machte, sich dieser Frau fernzuhalten.

Er war fertig angezogen, griff nach dem Kohleneimer und ging wortlos zur Tür. Als seine Hand auf dem Riegel lag, zögerte er eine Sekunde, doch dann riß er die Tür mit einem unwilligen Ruck auf, trat ins Freie und schloß sie eilig wieder hinter sich.

Das Schneetreiben war heftiger geworden, und es wurde vorzeitig dunkel.

Lilli mußte ihn an der Tür erwartet haben, denn sie stand direkt dahinter, als Webb mit dem gefüllten Kohleneimer zurückkam. Er stellte ihn ab und wollte wieder gehen, aber das angespannte Schweigen mußte gebrochen werden. Er konnte nicht einfach fortgehen, ohne ein Wort zu sagen.

Seine Hand lag auf der Tür, und er sah zu Boden, als er zu Lilli sagte: »Es wird schon dunkel draußen. Drehen Sie die Lampe ganz auf, damit ein Lichtschein zu sehen ist.«

Lilli fühlte sich innerlich zerrissen. Ohne es zu wollen, legte sie ihre Hand auf Webbs Arm, um ihn noch einen Moment lang zurückzuhalten. »Seien Sie vorsichtig, Webb.« Die besorgten Worte kamen über ihre Lippen, bevor sie sie zurückhalten konnte.

Sein gesenkter Blick fiel auf ihre Hand auf seinem Ärmel. Sie zog sie fort, als hätte sie sich die Finger verbrannt.

»Wollten Sie nicht ›Mr. Calder‹ sagen?« Sein Gesicht war verbissen, und seine Stimme klang bitter. Während sie noch nach Worten suchte, war er schon gegangen.

Der schwarze Wallach sträubte sich, als Webb ihn aus dem Stall führen wollte. Das Pferd wußte, daß dieses Wetter nicht für Mensch und Tier geschaffen war – auch wenn sein Reiter es offensichtlich nicht wußte. Schließlich gehorchte der Wallach den Befehlen, wenn auch widerstrebend.

Die Schneeflocken peitschten in Webbs Gesicht wie Schrotkugeln, und der Wind hatte an Stärke zugenommen. Die Sicht war auf weniger als eine halbe Meile gesunken. Es bestand keine große Chance, auf Stefan Reisners Spur zu stoßen. Webb ritt im Zickzack durch die Gegend, von der er wußte, daß es die einzige war, in der man normalerweise auf Wild treffen konnte. Die Trockenfarmer hatten die meisten wilden Tiere in rauhere Gegenden vertrieben, in denen nicht angebaut werden konnte.

Der Mann sollte inzwischen auf dem Rückweg sein, wenn er sich nicht verirrt hatte. Mit etwas Glück konnte Webb ihn abfangen. Es mochte zwar sein, daß es dem schwarzen Wallach nicht paßte, das Gewicht von zwei Reitern zu tragen, aber genau das würde er tun müssen, falls Webb Reisner fand.

Die Kälte raubte ihm jedes Zeitgefühl. Webb spürte seine Beine nicht mehr und er mußte mit den Händen darauf einschlagen, damit das Gefühl zurückkehrte. Wenn Reisner keinen Unterschlupf gefunden hatte, würde der alte Mann erfrieren.

Webb merkte plötzlich, daß der Wind nach Nordosten gedreht hatte. Genau das hatte er schon am Vormittag erwartet und befürchtet. Er wußte nicht, wann es geschehen war. Er ließ den Wallach anhalten, um seine Orientierung wiederzufinden. Er war etwa gleich weit von Kreugers Haus und von Lilli entfernt. Es konnte gut möglich sein, daß Reisner zu seinem Nachbarn gegangen war. Es war auch möglich, daß er sich dort ein Pferd geborgt hatte und nach Hause geritten war. Das hätte erklärt, warum Webb keine Spur von ihm gefunden hatte.

Jetzt stand er vor der Wahl: entweder zu den Kreugers zu reiten und sich dort zu vergewissern, daß Stefan Reisner dagewesen war, oder umzukehren und zu Lilli zurückzureiten. Jetzt, nachdem der Sturm eingesetzt hatte, mußte er selbst Unterschlupf finden, und diese beiden Orte waren für ihn die nächsten.

Webb brauchte es sich nicht lange zu überlegen, er ließ den Wallach umkehren. Das schwarze Pferd war mit seiner Entscheidung einverstanden und eilte dem Stall entgegen, den es nur widerwillig verlassen hatte.

Als der gelbe Lichtschein zu sehen war, waren Pferd und Reiter mit Schnee bedeckt. Als der Wallach vor der Stalltür stehenblieb, versuchte Webb abzusteigen, was dazu führte, daß er vom Sattel fiel, weil seine Muskeln ihm bei dieser Kälte den Dienst versagten. Er schlang einen Arm um den Nacken des Pferdes, um sich zu stützen, bis seine steifen Beine sich wieder bewegen ließen.

Im Stall war es stockdunkel, aber der Wind kam nicht an Pferd und Reiter heran. Webb lehnte sich an die dünne Wand und lauschte dem Rascheln des Strohs und dem fragenden

Wiehern einer der Stuten. Es waren freundliche Laute. Er brachte die Energie auf, eine Hand an seinen Mund zu heben und mit den Zähnen den Handschuh herunterzuziehen. Seine Hände waren zu taub, um ein Streichholz zu halten, ganz zu schweigen von einem Anzünden der Lampe neben der Tür. Webb steckte die Hand in seine Jacke und hielt sie unter seine Achsel, um sie zu wärmen.

Als er die Lampe angezündet hatte, konnte er die beiden Stuten in ihren Boxen stehen sehen. Der schwarze Wallach stand geduldig da. Eine Schneekruste hatte sich auf seinem Fell gebildet und die Farbe des Tieres war nicht mehr zu erkennen.

Ehe er sich in der Hütte aufwärmen konnte, mußte Webb sich um sein Pferd kümmern. Der Sattel erschien ihm dreimal so schwer wie sonst, als er ihn herunterzog. Dann rieb er das Pferd mit Stroh ab, bis die Schneekruste aufgetaut war.

Als der Wallach sich darauf einrichtete, hier die Nacht zu verbringen, hätte Webb sich am liebsten neben ihn gelegt und sich mit Stroh zugedeckt. Aber noch stärker war der Drang, der ihn in den Sturm hinaus und zur Hütte zog.

Der Sturm wütete jetzt in voller Stärke, und die arktischen Winde verschlugen Webb den Atem. Seine Erinnerung sagte ihm zwar, daß die Teerpapierhütte nur zwanzig Meter vom Stall entfernt lag, doch das Schneetreiben verbarg sie vor ihm. Nicht einmal der gelbe Schein der Lampe, der ihm den Weg gewiesen hätte, war zu sehen. Webb vertraute auf seine Instinkte, stemmte sich gegen den Sturm und arbeitete sich in die Richtung voran, die ihm als die richtige erschien. Er wußte, daß sich schon Männer verirrt hatten und zwei Meter vor ihrer Haustür erfroren waren.

15

Der Wind blies um die Hütte herum, pfiff durch die schmalsten Ritzen und sandte seine beißende Kälte ins Hausinnere. Lilli stocherte in den Kohlen im Ofen herum und wollte sie dazu bringen, mehr Hitze von sich zu geben, um den zunehmenden Wind zu bekämpfen. Sie trat wieder ans Fenster, aber es war unmöglich, draußen etwas zu erkennen. Beide, Stefan und Webb, waren dort draußen, und sie wußte nicht, um welchen von beiden sie sich größere Sorgen machte.

Sie stellte sich wieder an den Herd, rührte die Bohnensuppe um, die mit gesalzenem Schweinefleisch gewürzt war, und sah nach, ob der Kaffee noch heiß war. Ein Windstoß rüttelte an dem instabilen Haus und drohte es fortzublasen. Lilli sah sich im Zimmer um, als rechnete sie damit, daß der heftige Wind irgendwelche Schäden anrichtete. Es hatte schon andere Winterstürme gegeben, aber noch keinen wie diesen. Sie wußte, sie würde es niemals hören, wenn sich bei diesem Sturm jemand dem Haus näherte.

Etwas fiel gegen die Tür. Sie drehte sich verblüfft um. Die Tür sprang auf, und eine verschneite Gestalt wankte ins Haus, lehnte sich gegen die Tür, um sie wieder zu schließen. Ein wütender Wind blies seinen eisigen Atem in das Zimmer und hüllte Lilli mit seiner Kälte ein. Im ersten Moment ließ das plötzliche Eindringen der beißenden Luft sie erstarrt stehenbleiben. Dann lief sie auf den Schneemann mit der weißen Kruste auf dem Cowboyhut zu.

»Mein Gott, du bist ja steifgefroren, Webb«, murmelte sie, und dann begann sie, an dem eisverkrusteten Knoten seines Wollschals zu ziehen.

Seine dunklen Augenbrauen und seine Wimpern waren vollständig von Schnee überzogen. Selbst seine normalerweise sonnengebräunte Haut wirkte farblos. Nur in den schwarzen Pupillen seiner Augen funkelte noch Leben. Als sie ihm den Schal herunterzog, blieb der Hut gleich daran hängen, und kleine Eisbrocken fielen auf sie und auf den Fußboden und begannen zu schmelzen. Die Knöpfe seiner Jacke waren in den Knopflöchern festgefroren. Lilli mußte sie mit ihren Fingern ausgraben, ehe sie ihm die Jacke ausziehen konnte. Er schien außerstande zu sein, sich dagegen zu wehren, daß Lillian es für ihn tat.

»Kommen Sie rüber zum Herd.« Sie packte seinen Arm, um ihm zu helfen, und sie spürte seinen kalten Körper durch die Kleidung hindurch. Webb gelang es mit Mühe, zustimmend zu nicken, bevor er sich von ihr stützen ließ und auf bleischweren Beinen durch den Raum wankte.

Als sie ihn vor den Herd gezogen hatte, drückte Lilli ihm eine Tasse heißen Kaffee in die Hand. Dann ließ sie ihn stehen, um den Besen aus der Ecke zu holen. Seine Hose war mit einer Mischung aus Schnee und Eis überzogen.

»Bleiben Sie still stehen«, ordnete sie an, und dann fing sie an, ihn abzubürsten.

»Der Fußboden wird ganz naß«, warnte er sie mit krächzender Stimme.

»Diese Schneemengen liegen besser auf meinem Fußboden als auf Ihren Kleidern«, erwiderte sie barsch.

Sie fühlte sich ohne besonderen Grund veranlaßt, von ihrer Arbeit aufzublicken. Die bläuliche Färbung seiner Lippen ging zurück. Seine Mundwinkel waren nach oben gezogen und entsprachen dem Lächeln, das um seine Augen spielte. Eine ganz unerwartete Wärme stieg in ihr auf, und sie erwiderte sein Lächeln zögernd, ehe sie den restlichen Schnee von ihm abbürstete.

»Die Stiefel ziehen wir auch besser aus«, schlug sie vor. »Ihre Füße müssen sich wie Eis anfühlen.« Sie zog einen der Stühle vom Tisch heran, damit er sich setzen konnte. »Ich nehme an, Sie haben Stefan nicht gefunden.«

»Ich denke mir, daß er zu den Kreugers gegangen ist.« Webb ließ sich auf den Stuhl sinken. Ganz allmählich kehrte die Beweglichkeit wieder in seine Muskeln zurück. »Wahrscheinlich bleibt er dort und wartet, bis der Sturm vorüber ist.« Zumindest hoffte er, daß es so war. Er hoffte es für Lilli.

Seine Vermutung schien sie zu beruhigen. »Er geht gewöhnlich mit Mr. Kreuger auf die Jagd. Es ist anzunehmen, daß er das heute auch getan hat, wenn er auch nichts davon gesagt hat.« Sie sah ihn an und streckte eine Hand aus. »Halten Sie Ihren Fuß hoch.«

Sein Stiefel war naß und kalt, und das Leder war steif. Es erforderte einiges Zerren, bis es ihr schließlich gelang, ihn von seinem Fuß zu ziehen. Aber das reichte ihr immer noch nicht. Sie zog ihm auch die Wollsocken aus. Seine tauben Füße prickelten schmerzhaft, als sie plötzlich der warmen Luft ausgesetzt waren.

Lilli warf nur einen Blick auf seine gefrorenen weißen Füße, dann griff sie nach der Schüssel. Ein Wasserkessel stand hinten auf dem Herd. Sie leerte ihn in die Schüssel und bückte sich, um seine Füße in das heiße Wasser zu tauchen. Webb konnte einen Schmerzensschrei kaum unterdrücken.

»Sie sollten wirklich diese nasse Hose ausziehen, bevor Sie sich erkälten«, bemerkte sie.

Er mußte zugeben, daß er die Feuchtigkeit der Hose durch seine lange Unterhose hindurch spüren konnte, aber Webb fand nicht, daß die Situation derart drastische Maßnahmen erforderte. »Ich glaube, die Hose lasse ich an«, sagte er trocken. »Wenn es Ihnen recht ist.« Er zog eine Augenbraue hoch und war sicher, daß sie ihren Vorschlag nicht allzu gründlich durchdacht hatte.

Die schwache Röte, die in ihre Wangen stieg, schien das zu bestätigen. Sie wich seinem Blick aus, aber ihr Mund blieb entschlossen. »Ich bin eine verheiratete Frau, Mr. Calder, und das heißt, daß ich nicht zum erstenmal einen Mann in Unterwäsche sehe.«

»Jetzt sind wir wieder bei ›Mr. Calder‹, so?« murmelte er mit einem Anflug von Gereiztheit, weil es ihr gelungen war, das Gefühl von Vertrautheit, das sich zwischen ihnen aufgebaut hatte, wieder zu zerstören.

Sie reagierte nicht, sondern wandte sich ab, und es folgte auch keine Auseinandersetzung darüber, ob es klug war, die Hose auszuziehen. »Ich habe ein warmes Abendessen bereitstehen.« Sie wechselte das Thema. »Möchten Sie etwas essen? Es gibt zwar nur Bohnensuppe …«

»Das klingt gut«, fiel ihr Webb ins Wort, bevor sie sich für die Schlichtheit des Mahles entschuldigen konnte.

»Tauchen Sie Ihre Füße in das heiße Wasser, während ich das Essen hinstelle.« Sie legte seine Socken zum Trocknen hin.

Er wäre kein Mann gewesen, wenn es ihm nicht behagt hätte, sich von einer Frau umsorgen zu lassen, die ihm jeden Wunsch von den Lippen ablas, ehe er ihn ausgesprochen hatte. Sie deckte den Tisch ohne Eile und brachte ihm dann ein Handtuch und ein Paar trockene Socken.

»Ziehen Sie die solange an«, sagte sie.

Webb hielt sie einen Moment lang in der Hand, denn ihm war bewußt, daß es Socken ihres Mannes waren. Dann legte er sie auf seinen Schoß, um sich erst die Füße abzutrocknen. Am Tisch stand nur ein Stuhl, und er zog den Stuhl heran, auf dem er gesessen hatte. Der Schnee, der auf seinen Kleidern geschmolzen war, hatte kleine Pfützen auf dem Fußboden hinterlassen. Als er zum Tisch ging, wurden seine frischen Socken wieder feucht, aber Webb sagte nichts.

»Riecht gut.« Er schnupperte interessiert an der dicken Suppe und nahm die Scheibe Brot, die Lilli ihm reichte. »Danke.« Die Suppe war noch zu heiß, um sie gleich zu essen, und daher tunkte er einen Bissen Brot ein und aß ihn. »Sie schmeckt so gut, wie sie riecht.«

Sie sah ihn nur kurz lächelnd an. Dann tunkte sie ihren Löffel in die Suppe und pustete, um sie abzukühlen.

»Sind Sie bei Tisch immer so schweigsam?« fragte er, und er warf ihr einen unfreundlichen Blick über den Tisch zu.

»Es tut mir leid.« Sie senkte ihren Löffel und schien sich unbehaglich zu fühlen. »Ich fürchte, es ist eine Angewohnheit. Stefan findet, daß bei Tisch nicht geredet werden soll. Nicht, solange man ißt.«

»Ich verstehe.« Er senkte den Kopf und kämpfte gegen seine Grimmigkeit an. Dann warf er wieder einen Blick auf sie. »Wenn Sie nichts dagegen haben, ziehe ich es vor, beim Essen zu reden. Oder teilen Sie die Ansicht Ihres Mannes?«

»Nein, es war nur bei uns zu Hause immer so.« Der Wind wurde immer heftiger und rüttelte an den Wänden der Hütte. Lilli zog bei dem Geräusch die Schultern hoch. Sie spürte, wie es sie mitriß.

»Stimmt etwas nicht?« fragte Webb.

»Ich kann mich nicht an diesen Wind gewöhnen«, gab sie zu, und sie tauchte ihren Löffel wieder in die Suppe. »Er scheint hier draußen ohne Pause zu wehen.«

»Er schadet Ihnen, wenn Sie sich nicht dagegen verschließen«, bemerkte er.

»Und was tut man dagegen?« fragte sie. Sie versuchte zu lächeln.

»An etwas anderes denken.« Er zuckte die Achseln.

»Das ist leichter gesagt als getan«, erwiderte sie. »Wenn es derart stürmt, fühle ich mich hier so eingesperrt.«

»Hüttenfieber«, diagnostizierte Webb mit einem bedächtigen Lächeln.

»Was ist das?« Sie sah mit interessiertem Blick zu ihm auf.

»Das ist in dieser Gegend eine verbreitete Krankheit«, erklärte er. »Sie tritt auf, wenn man zu lange in seinen vier Wänden verbracht hat. Die Symptome sind Ruhelosigkeit, Reizbarkeit und Melancholie.«

»Ich glaube, mich hat es ziemlich schlimm erwischt«, äußerte Lilli. »Wie heilt man es?«

»Ich kenne kein Heilmittel dagegen.« Webb lächelte mitfühlend. »Mit der Zeit vergeht es von selbst. Meine Mutter hat immer gesagt, es sei hilfreich, Gesellschaft zu haben.«

»Ja.« Sie schien darüber nachzudenken. »Es ist schön, jemanden zu haben, mit dem man reden kann.«

»Jemand anderen als Ihren Mann, versteht sich.« Er hätte sich für diese Bemerkung am liebsten die Zunge abgebissen.

»Stefan ist nicht sehr gesprächig.« Sie zuckte die Achseln und aß ihre Suppe.

»Das dachte ich mir schon«, bemerkte Webb trocken.

»Er ist ein stiller, einfacher Mann, sehr stark und sanft.« Sie unterbrach sich. »Er hat sich in mancher Hinsicht ein wenig verändert, seit wir hierhergekommen sind.«

»Ach? In welcher Hinsicht?« Seine Stimme war bemüht, die Neugier nicht zu zeigen, die ihre anscheinend so harmlose Bemerkung geweckt hatte.

»Es gab Zeiten, in denen ihm der Gedanke verhaßt war, jemandem Geld zu schulden. Aber als wir dieses Jahr unsere Ernte verkauft haben, hat er das Darlehen bei der Bank nicht abbezahlt. Er hat sich noch mehr Geld geliehen, um noch Land dazuzukaufen«, erklärte sie. Doch dann verteidigte sie sein Vorgehen eilig. »Ich bin allerdings sicher, daß es eine gute Geldanlage ist.« Sie sah, daß seine Suppenschale fast leer war. »Mögen Sie noch mehr Suppe?«

»Nein, das reicht voll und ganz«, lehnte Webb ab. Er tunkte die letzten Tropfen mit der Brotkruste auf.

»Ich hole Ihnen eine Tasse Kaffee.« Sie stieß ihren Stuhl zurück, um aufzustehen.

Der dicke Pullover ließ sie unförmig erscheinen, und Webb musterte den roten Schimmer ihres Haars im Schein der Lampe. Die Bilder, die Geräusche und die Gerüche um ihn herum waren ihm angenehm, und er fühlte sich behaglich. Der Geruch des Kaffees in der Tasse, die Lilli ihm brachte, das leise Rascheln ihres Rockes, der Blick in ihren Augen, die sie nicht immer vor ihm verbarg, all das gefiel ihm.

»Ich könnte mich daran gewöhnen, daß eine Frau für mich sorgt.« Webb lächelte, als er die Tasse aus ihren Händen nahm.

»Die meisten Männer können das.« Sie trat wieder an die andere Seite des Tisches. Sie schien die Bemerkung nicht auf sich zu beziehen. »Erst kümmern sich ihre Mütter um sie, dann ihre Ehefrauen. Männer sorgen im allgemeinen nicht für sich selbst.«

Seine Augen wurden eine Spur schmaler, als er spürte, daß in ihrer Bemerkung über das männliche Geschlecht etwas Abwertendes lag. »Ich vermute, manche Männer heiraten um der Annehmlichkeiten willen, eine Frau zu haben, die sich um sie kümmert und ihre Bedürfnisse befriedigt.«

Er unterstellte es einigen Ehepaaren, die er kannte. Das Verhalten dieser Menschen im Umgang miteinander stand in einem krassen Gegensatz zu der ganz besonderen Beziehung, die zwischen seinen Eltern bestand. Und vielleicht war das auch der Grund, weshalb er nicht hatte heiraten wollen, weil er seinen Vater um das beneidete, was er hatte, und weil er sich nicht mit weniger begnügen wollte. Bisher hatte er sich darüber nie viele Gedanken gemacht.

»Ja, ich glaube schon, daß das bei manchen Männern so ist.« Sie schien ihm plötzlich nur widerstrebend ihre Ansichten mitteilen zu wollen.

Es erboste ihn, daß sie abwechselnd ganz natürlich und offen ihm gegenüber war und dann wieder so reserviert wirkte. »Und ich vermute auch, daß manche Frauen um der Annehmlichkeiten willen heiraten, einen Mann zu haben, der sich um sie kümmert und ihre Bedürfnisse befriedigt.« Sein vorwurfsvoller Ton tat ihm augenblicklich leid, als er sah, daß sie eine Spur blasser wurde.

»Wenn ein Mann und eine Frau mit dem zufrieden sind, was sie haben, dann glaube ich nicht, daß es wichtig ist, welche Meinung ein Außenstehender über ihre Beziehung hat«, gab sie steif zurück.

»Sind Sie zufrieden mit dem, was Sie haben, Lilli?« fragte er leise.

»Das geht Sie nichts an, Mr. Calder.« Der Zorn, der in ihren Augen aufflackerte, schien schmerzliche Gefühle zu tarnen. »Diesmal werde ich Ihre Grobheit ignorieren.«

Sein Mund zog sich zu einem schmalen Strich zusammen. Er hatte nicht die Absicht, sich für seine Frage zu entschuldigen, und daher trank er einen Schluck Kaffee und ließ das Gespräch fallen.

Draußen tobte der Sturm um die Hütte und isolierte sie. Sie hätten ebensogut auf einer Insel sein können. Ein Schneesturm hatte sie gezwungen, zusammen zu sein. Webb hatte gewußt, daß es so kommen konnte, als er umgekehrt war. Etwas in ihm hatte sich sogar fest darauf verlassen. Er war nicht für diesen Sturm verantwortlich, aber er hatte ihn ausgenutzt, denn ihm war absolut klar gewesen, daß Lilli ihn nicht in den Sturm hinausschicken würde. Allzu anständig kam er sich nicht gerade vor, als er sich das überlegte. Menschen redeten sich gern ein, daß sie anständig handelten, aber sein Vater hatte ihn gewarnt, in jedem Menschen gäbe es das Gute und das Böse. Webb hatte einfach nie geglaubt, daß er das je an sich selbst erfahren würde. Und doch hatte er von Anfang an gewußt, daß diese Hütte nur ein Zimmer hatte – und nur ein Bett. Und es war Nacht.

Das Klappern des Geschirrs brach die Stille, als Lilli den Tisch abdeckte. Webb stand von seinem Stuhl auf und ging zu dem Herd, an dem die Kleidungsstücke trockneten, die er ausgezogen hatte.

»Ich ziehe meine Stiefel jetzt wohl besser wieder an«, sagte er, weil er das Gefühl hatte, es müsse etwas gesagt werden, »bevor das Leder trocknet und ganz steif und hart wird.« Seine eigenen Socken waren noch ein wenig feucht, aber nicht so sehr, daß es ihm unangenehm gewesen wäre. Webb zog die Socken von Lillis Mann aus und seine eigenen an. Dann folgten die Stiefel. Er hörte das Schwappen des Wassers, als Lilli kaltes Wasser aus dem Eimer in das erhitzte Wasser im Spülbecken schüttete. Er griff nach seinem Hut und seiner Jacke und zog beides an.

Aus dem Augenwinkel beobachtete Lilli, was er tat, und sie drehte sich stirnrunzelnd zu ihm um. »Wohin gehen Sie?«

»Nach draußen.« Er hatte sich den Schal schon über den Hut gezogen, um seine Ohren zu schützen, und jetzt zog Webb seine Handschuhe an. »Ich denke, ich hole noch zwei Eimer Schnee ins Haus, damit wir morgen früh Wasser haben.«

Lilli wandte sich dem Geschirr wieder zu. Sie sah, daß Webb die beiden leeren Eimer nahm und zur Tür ging. Als diese einen kurzen Moment lang geöffnet wurde, röhrte der Wind lauter. Seine Kälte schlug ihr ins Gesicht. Ohne Webb erschien ihr die Hütte seltsam leer.

Es war so ganz anders, als wenn Stefan hier war. Er war so still, daß sie ihn fast als eine Art Möbelstück ansah und manchmal ganz vergaß, daß er da war. Das wäre bei Webb unmöglich gewesen. Er füllte das Haus mit einer Form von Leben, die die stille Grundstimmung des Daseins, das sie führte, aus den Fugen brachte. Dieser Unterschied war noch mehr in der jeweiligen Persönlichkeit verwurzelt als in der Anziehungskraft, die Webb auf sie ausübte. Webb war anregend, geistig und körperlich, Stefan beschwichtigend. Lilli schloß die Augen vor diesem Tumult an Emotionen, als die Tür geöffnet wurde und Webb aus dem Schnee und der Kälte hereingestapft kam.

»Es ist bitter kalt draußen.« Er schüttelte den Schnee von sich ab wie ein großer Hund und zog seine Jacke, seinen Hut und seinen Schal aus, um dann mit energischen Schritten vor den Ofen zu treten.

»Was glauben Sie, wie lange der Sturm dauern wird?« Das Geschirr war schon fast abgespült, und sie hatte nichts mehr zu tun, um sich zu beschäftigen.

»Das Schlimmste wird in etwa zwölf Stunden vorüber sein. Dann bleibt ein normales Schneetreiben mit großer Kälte.« Er hielt seine Hände über den Herd, um sie zu wärmen. »Brauchen Sie Hilfe?«

»Nein, ich bin fertig.« Lilli trocknete den letzten Teller ab und stellte ihn auf das Regal.

»Ich lege noch Kohlen nach und schüre das Feuer für die Nacht.« Als er nach dem Kohleneimer griff, bemerkte Webb die Anspannung, die seine Bemerkung ausgelöst hatte. Sein Blick fiel auf ihren wachsamen Gesichtsausdruck. Sie bemühte sich nicht allzu sehr, ihr Mißtrauen vor ihm zu verbergen. »Ich lege mich vor den Herd, wenn es Ihnen recht ist.«

»Ich hole Ihnen eine Decke.« Sie lief durch das Zimmer, kniete sich vor den Koffer und öffnete ihn. Die zusammengefaltete Zusatzdecke war ein unförmiges Bündel, als sie sie herauszog und aufstand. Sie war sehr nervös, als sie sich umdrehte, um sie Webb zu bringen. Er kam ihr entgegen, um ihr die Decke abzunehmen.

Lilli überließ sie ihm, ohne ihm in die Augen zu sehen, ohne auch nur einen Blick auf seine ausgeprägten Gesichtszüge zu werfen. Sie war auf der Hut, um sich gegen die aufwühlenden Gefühle in ihrem Inneren zu wappnen. Gleichzeitig verstörte es sie dennoch, daß er es unterließ, Annäherungsversuche zu machen, wie er es bei früheren Begegnungen getan hatte. Lilli war sich ihrer widersprüchlichen Gefühle bewußt, die wollten und doch nicht wollten, daß er etwas versuchte. Ihr Wunsch, in keiner Form auffordernd zu wirken, veranlaßte sie zu schweigen.

Als sie ihm die Decke gegeben hatte, drehte sie sich um und trat an das Fußende des Bettes. Sie lauschte auf seine Schritte, die sich dem Herd zuwandten. Sie zog sich den dicken Pullover über den Kopf. Unter den gegebenen Umständen hielt Lilli es für richtig, in der Bluse und dem langen Rock, den sie trug, zu schlafen.

Webb hatte den Eindruck, bisher den Kampf gegen seine niederen Triebe gewonnen zu haben, als er die Decke auf dem Boden vor dem Ofen ausbreitete. Sie war so breit, daß er darauf schlafen und sich damit zudecken konnte, wenn er sich richtig einwickelte. Der Lichtschein der Lampe zeigte ihm zuviel von der anderen Seite des Raumes, in der Lilli neben dem einsamen Bett stand.

»Ich mache die Lampe aus.« Er verkündete seine Absicht, bevor er sich in die Mitte des Raumes begab.

Webb betrachtete ihr Schweigen als Zustimmung, aber als er die Hand ausstreckte, um den Docht herunterzudrehen, warf er noch einen Blick auf Lilli, um sich zu vergewissern, daß sie nichts dagegen hatte. Ihr Rücken war ihm zugewandt, und ihre Hände zogen die Nadeln aus ihrem Haar. Die dunkelrote Masse fiel über ihren Rücken herab. Seine Brust schnürte sich zusammen, und er holte tief Luft.

»Ihr Haar ist wunderbar.« Er hatte gewußt, daß sie ein berauschender Anblick sein mußte, wenn ihr langes Haar lose über ihre Schultern fiel. Als sie sich beim Klang seiner Stimme umdrehte, ging Webb auf sie zu. Ein Drang, der stärker war als seine Selbstbeherrschung, zog ihn zu ihr. Er blieb kurz vor ihr stehen, starrte sie immer noch an und suchte nach etwas, was ihm ihre Gedanken in diesem Augenblick hätte offenbaren können, aber sie ließ ihn nichts erkennen.

»Bist du glücklich, Lilli?« Er mußte es wissen. Vielleicht fand er in sich den Anstand, sich wieder an das andere Ende des Raumes zu begeben, wenn sie ihn davon überzeugen konnte, daß sie glücklich war.

»Ich war ...« Lilli unterbrach sich. Es bestürzte sie, sich in der Vergangenheit reden zu hören, denn das enthüllte etwas, was Webb nicht wissen sollte. Sie versuchte, sich abzuwenden, aber seine Hände lagen auf ihren Schultern und hielten sie fest. Sie mußte ihm ins Gesicht sehen.

»Macht er dich glücklich?« Diesmal war es eine Frage, die eine Antwort verlangte.

»Ich weiß es nicht. Ich bin nur noch so verwirrt, daß ich ...« Sie sah ihn an und wußte, daß es ein Fehler war. Sein Haar schimmerte schwarz und voll, so dunkel wie seine Augen, die sie ansahen. Sein Gesicht war schön und wild zugleich. Ihr Blick blieb auf seinem Mund liegen.

»Sieh mich nicht so an, Lilli, es sei denn, du willst, daß ich dich küsse«, warnte er sie mit belegter Stimme, mit einer Stimme, die ein tiefer Brunnen voller Emotionen war.

»Siehst du es denn nicht? Das ist es doch. Ich will doch, daß du mich küßt.« Das Eingeständnis brach nur so aus ihr heraus.

Er zog sie in eine Umarmung, gegen die sie beide angekämpft und verloren hatten. Der lange, drängende Kuß, zu dem es zwischen ihnen kam, war in seiner Heftigkeit betäubend. Ihre Arme hatten sich um ihn geschlungen und preßten ihn nur noch fester an ihren Körper, während seine Finger sich in die dichte Masse ihres Haares gruben und es gegen ihren Nacken hielten. Das Blut pochte durch ihre Adern und gab ihr ein Gefühl von Leichtfertigkeit und Schwindel. Ihre Knie waren weich, und sie brauchte die Stütze seines Körpers.

Seine tastende Hand liebkoste sie. Er zog sie noch näher an sich heran. Als sein Mund von ihren Lippen glitt, um feuchte Küsse über ihre Wange und ihre Stirn zu verteilen, konnte sie den heftigen Rhythmus seines Atems hören, der ebenso unruhig ging wie ihrer. Er wärmte ihre Haut, die sich bereits fiebrig heiß anfühlte. Leidenschaft und Begehren waren Empfindungen, die ihr vollkommen neu waren, und Lilli fühlte sich nicht sicher.

»Ich wußte, daß es dazu kommen würde, wenn du je wiederkommen würdest«, murmelte sie mit erstickter Stimme. Sie spürte sein Kinn an ihrem Mundwinkel, und sein Geruch verwirrte ihre Sinne.

»Hast du denn noch nicht gemerkt, daß ich mich dir nicht fernhalten kann?« fragte Webb. Ihre Münder berührten einander fast, und ihr Atem vermischte sich. »Ich habe es, weiß Gott, versucht, aber ich kann dir nicht fernbleiben.«

Die berauschende Nähe seines Mundes war eine zu große Versuchung, als daß sie ihr hätte widerstehen können. Sie bewegte ihre Arme, um ihre Hände um seinen Nacken zu legen und seinen Kopf zu sich herunterzuziehen. Diese Geste stachelte ihn an. Und die treibende Kraft, die hinter dem Kuß stand, mit dem er reagierte, zwang ihre Lippen auseinander. Als seine Zunge in ihren Mund eindrang und sich mit ihrer vereinigte, erbebte Lilli unter dem glühenden Ansturm auf ihre Sinne.

Bei dem, was hier geschah, schien es kein Richtig und Falsch mehr zu geben. Es war zu unausweichlich. Sich von Webb küssen zu lassen, schien der Grund zu sein, weshalb sie geboren worden war. Als seine Lippen begannen, ihr Ohrläppchen und ihre Kehle zu ergründen, rasten kalte Schauer über ihre Haut und weckten ihr bereits erregtes Fleisch noch mehr.

Während sein Knabbern und seine zarten, vertraulichen Küsse auf ihrem Hals dazu führten, daß sie sich nach hinten beugte, machten sich seine Finger geschickt an den kleinen Knöpfen ihrer Bluse zu schaffen. Ein dünnes Untergewand versperrte ihm den Weg zu ihrem Körper, aber es war wie eine zweite Haut. Als seine Hand sich um eine feste, runde Brust legte, spürte er die harte Spitze ihrer Brustwarze in seiner Handfläche.

Lilli stöhnte leise. Sie konnte ihre Bedürfnisse nicht ausdrücken. All dieses Küssen und Berühren war etwas, womit sie überhaupt keine Erfahrung hatte, und mit Sicherheit war sie nie zuvor derart erregt worden. Stefan hatte lediglich seinen Wunsch, sich mit ihr zu paaren, ausgedrückt und war dann auf sie gestiegen, ohne dem viel voranzuschicken, und selbst dieses Wenige war zögernd. Sie begann zu verstehen, daß dieser dumpfe Schmerz, dieses hohle Gefühl, das sie in ihren Lenden fühlte, eine direkte Reaktion auf Webbs Männlichkeit war.

»Ich liebe dich.« Sein Mund bewegte sich auf ihren Lippen, als er diese Worte murmelte. »Gott steh mir bei, und wie ich dich liebe.«

Das waren Worte, die sie in ihrem ganzen Leben nur von einem anderen Mann gehört hatte, und das war Stefan, ihr Ehemann. Schuldgefühl durchdrang sie und brachte den ersten Widerstand mit sich, den sie dieser Umarmung entgegensetzen konnte. Lilli wandte ihren Kopf von ihm ab und ließ ihre Hände auf seine Schultern sinken.

»Sag das nicht!« Sie war wieder in ihre Verwirrung verstrickt.

»Ich liebe dich«, wiederholte er, und er nahm ihr Gesicht zwischen seine Hände, um es an sich zu ziehen. »Wenn ich es nicht sage, ändert das nichts an meinen Gefühlen.«

Seine Augen schienen sich an ihr festzusaugen. Er ließ es fast möglich erscheinen, aber es war nicht möglich. Verzweiflung stumpfte ihre Sinne ab.

»Wenn dieser Sturm vorbei ist, werden wir gemeinsam von hier fortgehen«, setzte er mit leiser, eindringlicher Stimme an. »Wir werden fortgehen, irgendwohin, und uns ein eigenes Haus suchen.«

»Ich kann nicht.« Sie schüttelte langsam den Kopf. »Ich bin verheiratet. Das hier ist mein Zuhause.«

»Verlaß ihn, und geh mit mir fort«, beharrte Webb. »Du liebst ihn nicht, nicht so.«

»Nein, nicht so«, gab Lilli zu, und sie bemerkte nur am Rande, daß sie gestanden hatte, Webb zu lieben. »Aber ich bin seine Frau.«

»Nur solange, bis du geschieden bist. Dann werden wir heiraten, und du wirst meine Frau sein«, sagte er.

»Mich von Stefan scheiden lassen?« Sie sah ihn traurig und entrüstet an. »Mit welcher Begründung? Daß er freundlich und gut zu mir ist? Daß er mir vertraut?« Die Erkenntnis ihres Verrates trieb sie aus Webbs Armen. »Ich kann ihn nicht verlassen. Ich könnte Stefan nicht weh tun.«

»Und was ist mit mir?« Sein Gesicht wurde finster. »Ich liebe dich. Machst du dir eine Vorstellung davon, welche Höllenqualen ich erleide? Von dem physischen Schmerz, dich zu begehren? Von den Qualen, eine verheiratete Frau zu lieben?«

»Was ist mit dem, was ich durchmache?« brauste sie zornig auf. Sie war den Tränen nahe. »Ich habe vor Gott ein Versprechen abgelegt. Beim Tanz hast du gesagt, dein Wort hieße etwas. Ich habe Stefan mein Wort gegeben, und das bedeutet mir auch etwas. Und du willst, daß ich das vergesse?«

Er richtete sich auf, riß sich los, und seine Züge erstarrten zu einer harten Maske. Lilli sah ihn an, steif und stolz, und es verletzte sie, daß er so wenig Verständnis für ihre Lage zeigte. Als Webb sich abrupt abwandte, zersplitterte etwas in ihr. Es dauerte eine volle Sekunde, bis sie merkte, daß er seinen Hut aufsetzte und seine Jacke anzog. Inzwischen war er schon auf dem Weg zur Tür.

»Wohin gehst du?« Sie blinzelte bestürzt. »Du kannst bei diesem Sturm nicht fortgehen.«

»Ich gehe in den Stall und schlafe bei den Pferden«, fauchte Webb.

»Aber ...« Sie kam nicht dazu, ihren Einwand zu beenden, denn er schnitt ihr das Wort ab.

»Bitte mich nicht, hier im Haus zu schlafen, denn wenn ich das tue, wird es dort in diesem Bett mit dir sein«, erklärte er mit belegter Stimme. »So grob es auch klingt, aber dieses Ding zwischen meinen Beinen hat kein Gewissen, und ich selbst habe nur einen letzten Rest von Gewissen übrig. Daher muß ich gehen.«

Dann hatte er die Tür hinter sich zugeschlagen. Lilli zitterte und fror plötzlich ganz schrecklich, aber es war eine innere Kälte, die nicht von dem eisigen Luftzug und dem wirbelnden Schnee kam, der einen Moment lang in die Hütte eingedrungen war.

Der schwarze Wallach wandte seinen Kopf um und wieherte fragend, als Webb den Stall betrat. Nachdem er die Lampe angezündet hatte, schnaubte das Pferd mißbilligend über den Lärm, den sein Besitzer veranstaltete. Mit barschen, grimmigen Bewegungen häufte Webb Stroh auf, zog dann seinen Sattel und die Satteldecke herüber, um sie als Kissen und Decke zu benutzen. Es war kalt im Stall, aber er hatte schon an kälteren Orten geschlafen. Und die Kälte war genau das, was er brauchte, um seine Begierde abzukühlen.

Als sein Bett aus Stroh so bequem war, wie es sich eben einrichten ließ, ging Webb zur Lampe. Die Tür wurde aufgerissen, und er wirbelte herum. Bei Lillis Anblick erstarrte er. Der Schal glitt von ihrem Kopf.

»Was hast du hier zu suchen?« brummte er, aber schon im nächsten Moment wollte er es gar nicht mehr wissen. »Geh!«

»Ich habe dir die Decke gebracht.« Sie strich mit einer Hand über das zusammengefaltete Bündel in ihrem Arm. »Ich dachte, du könntest sie gebrauchen.«

Sie senkte ihren Blick und ging schweigend zu seinem Bett aus Stroh hinüber und kniete sich hin, um die Decke auszubreiten. Webb wurde von Gefühl und Verstand hin- und hergerissen. Dann näherte er sich ihr schließlich, um die Aufgabe selbst zu übernehmen.

»Ich mache das selbst.« Er wollte nicht, daß Lilli ihm das Bett machte.

»Ich bin gleich fertig«, wandte sie ein, und dann setzte sie sich auf die Fersen, um zuzusehen, wie er die Decke am anderen Ende ausbreitete. Ihr Blick fiel auf seine harten Züge, und sie wußte, daß sie Schuld an diesem Gesichtsausdruck trug. »Webb, es tut mir leid.«

Er hielt mit den Händen auf den Schenkeln in der Bewegung inne und drehte sich um, um sie über seine Schulter anzusehen. Seine Augen waren zusammengekniffen und verbissen. »Ich glaube, uns tut beiden so einiges leid«, schloß er grimmig.

Es gab so viele Dinge, die sie gern gesagt hätte, aber das hätte die Situation nur noch schlimmer gemacht. Daher sagte sie nur das Naheliegende. »Wird dir warm genug sein?«

»Mir wird nie warm genug sein, Lilli, solange dein Körper nicht neben meinem liegt«, sagte er.

Sie erstickte einen kleinen Aufschrei und versuchte aufzustehen, aber er griff nach ihren Armen und zog sie zu sich herüber. »Du fühlst dich verletzt«, spottete er erbittert, als die Aussichtslosigkeit ihm wieder bewußt wurde. »Du machst dir keine Vorstellung davon, wie es ist, jemanden so sehr zu wollen, daß man keinen anderen mehr ansehen kann.«

»Nicht, Webb.« Sie wand sich in seinem Griff.

»Du hättest nicht hierherkommen sollen, Lilli«, stöhnte er, und dann preßte er sie in seine Arme und stieß sie rückwärts auf das Stroh. Der rohe Kuß war eine Strafe dafür, daß sie ihn in Versuchung geführt hatte, indem sie in den Stall gekommen war. Lilli verstand das. Sie selbst hatte ihn die Selbstbeherrschung verlieren lassen. Es war eine Situation, in der keiner von beiden oder beide die Schuld an der Lage trugen, in der sie sich jetzt befanden. Lilli verstand das besser als Webb. Männer zogen es vor zu glauben, sie hätten die Kontrolle über das, was ihnen geschah; Lilli wußte es besser.

So plötzlich wie diese rasende Umarmung begonnen hatte, rollte Webb zur Seite und setzte sich auf. Er blieb in der Hocke und zog seinen Hut ab, fuhr sich mit einer Hand durch sein Haar, ließ den Kopf gesenkt und atmete abgerissen. »Raus jetzt«, befahl er ihr mit heiserer Stimme.

Lilli, die erkannte, daß seine Selbstbeherrschung auf einem schmalen Grat balancierte, gestand sich endlich ein, was sie veranlaßt hatte, in den Stall zu kommen. Ob richtig oder falsch, sie wollte, daß er ihr das Gefühl gab, lebendig zu sein. Es gab für sie kein Denken mehr, und es gab nichts, was sie hätte zurückhalten können. Webb war jetzt hier, und die Probleme, die der morgige Tag bringen konnte, traten vor dieser Tatsache in den Hintergrund.

Sie rührte sich nicht vom Fleck. Sie lag halb auf der Decke, halb im Stroh, und sie hob eine Hand, um ihn zu berühren. »Webb, ich will nicht gehen«, sagte sie. Sein Blut erstarrte. »Ich wollte, daß es so kommt. Die Unruhe – das Hüttenfieber, wie du es genannt hast –, das ist es nicht. Ich glaube nicht, daß ich in der letzten Zeit an etwas anderes als an diesen Moment gedacht habe. Du bist mir nicht mehr aus dem Kopf gegangen, seit wir uns am Bahnhof gesehen haben, und du hast mehr und mehr Raum in meinen Gedanken eingenommen, bis ...«

Seine Erstarrung löste sich, als er sich langsam umdrehte. Er fragte sich, ob sie wußte, was sie sagte. Ihre Mundwinkel zogen sich zu einem schwachen Lächeln nach oben, und sie breitete ihre Arme aus, forderte ihn auf, zu ihr zu kommen. Er ließ sich neben sie auf das Stroh sinken und schlang einen Arm besitzergreifend um sie. Lange Zeit reichte es ihm aus, nur einfach dazuliegen und sie anzusehen.

Ihre Finger glitten über seinen Wangenknochen. »Das ist alles, was ich dir geben kann, Webb.« Sie würde Stefan nicht verlassen, und sie wollte, daß das hier genug war, obwohl sie wußte, daß es nicht genug sein würde. Es würde ein Zeitpunkt kommen, an dem sie beide mehr wollten, aber dieser Zeitpunkt war noch nicht da.

Das Stroh raschelte, als Webb sich bewegte, um ihre Lippen mit seinem Kuß zu wärmen. Ihre Hand legte sich auf seinen Hinterkopf, um ihn dichter an sich zu ziehen und den Kuß zu vertiefen. Sie ließ sich von den Instinkten der Begierde leiten. Webb wußte, daß sie nicht sehr erfahren war. Er wollte ganz langsam vorgehen und es sie lehren, aber sein Begehren war heftig und glühend und forderte ungeduldig, gestillt zu werden.

Um den Stall heulte der Schneesturm, und die Temperaturen sanken überall, nur nicht in der Ecke, in der er sich aus Stroh ein Bett gemacht hatte. Dort setzte die Reibung zweier

Körper, die versuchten, einander näherzukommen, eine eigene Wärme frei.

Die Kleider waren ein Hindernis, das sich bei dieser Kälte nicht aus dem Weg räumen ließ, sondern nur vorübergehend zur Seite geschoben werden konnte, damit ihre Hände sorgsam ausgewählte Stellen suchen und zu ihnen vordringen konnten. Sein Mund wurde immer gieriger nach ihr, nagte an ihren Lippen und stieß auf ihre Zunge. Ihre Brüste preßten sich gegen seine Hände und dehnten den Stoff, der sie einengte und ihn ihr warmes Fleisch nicht direkt berühren ließ.

Die Hitze ihres Körpers ließ ihn seine letzte Zurückhaltung aufgeben, seine letzten Bedenken verflogen. Kleine keuchende Laute lösten sich aus ihrer Kehle, als sie ihm ihre Hüften und Beine entgegenhob. Webb spürte ihre Unsicherheit, ihre Verwirrung darüber, daß er sie nicht längst genommen hatte. Das raubte ihm den letzten Rest an Selbstbeherrschung. Heißes Blut wallte durch seine Adern und ließ ihn sie so sehr begehren, daß alle anderen Überlegungen zunichte gemacht wurden.

Das schwere Material ihres Rockes war ein ärgerliches Hindernis, das beseitigt werden mußte, um an ihren Schlüpfer zu kommen. Die Hitze ihrer Haut war durch ihre baumwollene Unterkleidung zu spüren, wärmte seine Hand und lenkte ihn vorübergehend ab. Er spreizte seine Hand über die runden Backen ihres Hinterns und spürte, wie straff er war. Dann legte er sie auf das Stroh, und seine Hand glitt nach vorn und berührte ihren Schamhügel. Als sie erstaunt und genüßlich nach Luft schnappte, raubte ihm das fast den Verstand. Ungeduldig zog er an ihrer Unterkleidung, und ihre Hüften hoben sich ihm entgegen, um ihm zu helfen, während er das Kleidungsstück ganz herunterzog.

Als er in die enge Öffnung glitt, schwoll seine Begierde so sehr an, daß der Kontakt schon fast ausgereicht hätte. Er blieb starr liegen und biß sich auf die Zähne, um sich zu beherrschen. Sie bewegte sich unter ihm und wühlte alle seine Sinne auf.

»Halt still«, bat Webb mit belegter Stimme, und die Muskeln seines Kiefers spannten sich vor Anstrengung an. »Oder es ist vorbei, bevor du auch nur anfangen konntest.«

»Was?« Eine Spur von Verwirrung war aus ihrer Stimme herauszuhören.

Das gab ihm die Selbstbeherrschung wieder, die er brauchte, als sein Mund sich auf ihren feuchten Lippen rieb. »Ich werde dir zeigen, was ich meine.«

Während er von ihren Lippen Besitz ergriff, glitten seine Hände herunter auf ihre Hüften und hielten sie still, als er sich langsam bewegte. Aber der Druck des Verlangens wuchs und brachte die Roheit und die sengende Begierde mit sich. Sie hielt keinen Moment mehr unter ihm still, und ihre Zunge stieß in seinen Mund, um ihn zu fordern. Ihr Atem fing an, schneller und unruhiger zu gehen. Webb drang in sie ein und ließ zu, daß das, was sie beide antrieb, sich verselbständigte. Er war seiner Sinne nicht mehr mächtig.

Schließlich machte sich die Eiseskälte wieder bemerkbar, und freigelegte Haut wurde wieder bedeckt. Die Zufriedenheit ließ eine stille Heiterkeit auf ihre Züge treten, als Lilli ihn endlich ansah. Seine Kehle war zugeschnürt, und das Bedürfnis, ihr zu sagen, wieviel sie ihm gegeben hatte, erstickte ihn. Der Schmerz in seinen Lenden war vergangen, aber es war weit mehr als nur das.

»Ich habe mich gefragt, ob es wohl so sein würde«, murmelte sie, als sie von ihrem Kissen aus Stroh zu ihm aufblickte. »Jetzt weiß ich es.«

»Das hier ist nicht genug.« Seine Hand legte sich auf ihr Gesicht, und sein Daumen rieb ihre Unterlippe. »Ich will mehr davon – und noch viel mehr, was darüber hinausgeht.«

»Du hast mich. Ich kann dir nichts mehr entgegensetzen.« Die Leichtigkeit schwand aus ihrem Gesicht.

»Wir werden uns nie damit zufriedengeben, Lilli. Die Form von Nähe, die wir ersehnen, ist nicht durch das Einreißen von fleischlichen Mauern gewährleistet«, warnte er sie. »Ich will mit dir essen, mit dir reden und jede Nacht mit dir in meinen Armen schlafen. Ich liebe dich.«

In ihren blauen Augen funkelten Tränen. »Das hier ist alles, was wir haben, Webb. Wenigstens haben wir das.« Ihre Stimme war von Tränen erstickt. »Ich kann Stefan nicht verlassen.«

Ihr trauriger, aber entschiedener Einwand ließ seine Einwände verstummen. Webb löste seine Hand von ihr und spürte, daß sie zitterte, als dieser körperliche Kontakt abriß. »Du solltest lieber wieder ins Warme gehen.« Er zog sich auf die Füße und wartete, bis auch sie stand.

Langsam zog sie sich den Schal wie eine Kapuze über den Kopf. »Kommst du nicht mit?« Ihre Augen hingen an ihm.

»Nein. Das ist Stefans Bett. Meins ist hier«, sagte er. Er wunderte sich über die seltsamen Grenzen, die Männer zogen. Er hatte die Frau des Mannes genommen, aber er wollte nicht in seinem Bett schlafen. In ihren Augen stand keine Reue, kein Bedauern über das, was sie getan hatte. Zumindest konnte er sich dessen sicher sein.

Nachdem sie gegangen war, starrte Webb noch lange die Tür an, bevor er endlich die Lampe ausschaltete und unter die Decke kroch. Er preßte das Stroh um sich und legte seinen Kopf auf den Sattel. Er fühlte sich ausgelaugt. Es würde zu keinem guten Ende führen, und sie würde die schlimmeren Narben davontragen.

Er schloß die Augen und sah sich die Bilder an, die ihn bestürmten. Sie war lächelnd zu ihm gekommen. In manchen Dingen waren Frauen kühner als Männer.

Der Schlaf ließ lange auf sich warten, und selbst dann war es nur ein kurzes Einnicken, aus dem er immer wieder ruckartig aufschreckte. Um etwa drei Uhr morgens erwachte er von dem nervösen Schnauben seines Pferdes. Er nahm vage zur Kenntnis, daß der Sturm nachgelassen hatte. Dann hörte er ein Rudel Wölfe bellen. Wahrscheinlich hatten sie die Eingeweide der geschlachteten Kuh gefunden und feierten ein Festmahl. Wenn die Eingeweide verzehrt waren, würden ihre Nasen sie zum Stall und zu dem Kadaver führen, der in der Ecke hing. Der menschliche Geruch würde sie vermutlich davon abhalten, sich dem Fleisch zu nähern, aber aus Gründen der Sicherheit griff Webb nach dem Gewehr, zog es aus seiner Scheide und legte es neben sich unter die Decke. Der Wallach schnaubte wieder.

»Ich höre sie«, murmelte er, und das Pferd schien zufrieden auszuatmen.

16

Lärm weckte Lilli aus ihrem unruhigen Schlaf. Im ersten Moment glaubte sie, es seien wieder die Wölfe. Dann merkte sie, daß es etwas anderes war. Müde zog sie sich aus dem Bett und schlang den Schal fest um ihre Schultern. Es klang, als stände ein Pferd draußen. Sie wischte sich den Schlaf aus den Augen und strich sich das Haar, das sie gestern nicht mehr zu einem Zopf geflochten hatte, aus dem Gesicht.

Sie fürchtete plötzlich, daß Webb vielleicht aufbrach, ohne sich zu verabschieden. Sie rannte zur Tür, riß sie auf und blieb dann erstarrt stehen, als sie Stefan sah, der vom Rücken eines Zugpferdes glitt. Ein zweites Pferd trug Franz Kreuger. Sie warf einen besorgten Blick auf den Stall und fragte sich, ob Webb wohl noch da war und ob er das Nahen der Reiter gehört hatte.

»Du hast dir Sorgen um mich gemacht«, urteilte Stefan, nachdem er einen Blick auf ihr Gesicht geworfen hatte. »Mir geht es gut. Ich bin bei Franz geblieben. Sobald der Sturm aufgehört hatte, sagte ich ihm, daß ich wieder zu meiner Lillian gehen müsse.«

»Ich hatte gehofft, daß du dort bist«, meinte sie. Lillian trat aus der Tür zurück, um die beiden Männer eintreten zu lassen.

»Ist es dir gut ergangen? Ich habe mir Sorgen gemacht, weil du allein warst.« Seine Stirn legte sich in Falten. Seine Bestürzung nahm zu, als er das Stroh in ihrem Haar und auf ihrem Schal sah, als sie zum Herd ging. »Warst du heute morgen schon bei den Pferden und hast sie versorgt?«

»Nein, noch nicht.« Ihr Rücken war ihm zugewandt, als sie sich bückte, um die Ofentür zu öffnen und das Feuer zu schüren. »Ich habe sogar noch nicht einmal das Feuer angeschürt oder Kaffee aufgesetzt. Ich habe noch geschlafen. Die Pferde haben mich wohl aufgeweckt.«

Sie hatte in ihren Kleidern geschlafen? Und ihr Haar war nicht für die Nacht geflochten? Stefans Stirn legte sich in tiefere Falten. Das kannte er nicht an ihr. Sie richtete sich wieder auf, um den Kaffeekessel zu nehmen und mit ihm zum Wassereimer zu gehen. Dabei konnte er sie von der Seite sehen.

»Du hättest dir keine Sorgen machen müssen, daß ich allein war«, sagte sie, während sie den Kessel mit Wasser füllte. »Mr. Calder ist vorbeigekommen. Er hat dich vor Anbruch des Sturmes noch gesucht, aber konnte dich nicht finden. Er hat es selbst kaum wieder hierher zurück geschafft.«

»Calder war hier?« Ein bitterer Zorn, der seiner Eifersucht und seiner Angst entsprang, stieg in ihm auf.

»Ja. Er hat letzte Nacht im Stall bei den Pferden geschlafen.« Diese Information wurde ihm eilig, fast überstürzt, gegeben, und Stefans Blick fiel auf das Stroh in ihrem Haar. »Ich habe ihn heute morgen noch nicht gesehen, und daher weiß ich nicht, ob er schon fort ist oder nicht.«

»Du warst bei ihm im Stall.« Seine Stimme klang vorwurfsvoll, und sie war so überrascht, daß ein betroffener Ausdruck auf ihr Gesicht trat, ehe sie aufstand. Trotz der äußeren Ruhe, die sie zur Schau trug, spürte Stefan die Spannung, die von ihr ausging, und seine Hand schloß sich um sein Gewehr.

»Ich habe ihm eine Decke gebracht«, gab sie zu, und dabei hob sie ihr Kinn etwas höher.

»Sieh ihr doch in die Augen.« Franz Kreuger stand neben Stefan und beugte sich beim Sprechen zu ihm herüber, als wollte er ihn in ein Geheimnis einweihen. »Sie sind verquollen und rot. Sie hat geweint. Was glaubst du wohl, was geschehen ist, um sie zum Weinen zu bringen?«

Diese Frage verstärkte Stefans Mißtrauen nur noch mehr. Er bebte vor Zorn. »Hat er dir Gewalt angetan?« Stefan sah sie finster an, er spürte Wut und Rache in sich.

»Nein!« stritt sie ab, und ihr schockierter Blick fiel auf Franz Kreuger, dann wieder auf Stefan.

»Sieh nur, wie verschreckt sie ist.« Franz sah Stefan an, er war sich seiner Sache sicher. »Er hat sie bedroht. Sie hat Angst, die Wahrheit zu sagen.«

»Hör nicht auf ihn, Stefan«, wandte Lilli entsetzt ein.

Aber Stefan dachte nur an das, was er mit eigenen Augen gesehen hatte, und an die Beobachtungen seines klugen Freundes, die diese Indizien stützten, und er zog seine eigenen Schlüsse. Rache war weit nobler als die Eifersucht eines alten Mannes auf einen jüngeren. Stefan, der immer ein Mann von wenig Worten gewesen war, sagte auch dieses Mal nichts, als er sich abwandte und mit dem Gewehr in der Hand auf den Stall zuging.

»Stefan!« Lilli stellte den Kessel auf dem Herd ab und lief hinter ihm her, aber er ignorierte ihren Ausruf. Statt dessen lud er das Gewehr.

Der schwarze Wallach bewegte sich unruhig und hatte die Ohren aufgestellt, um zu hören, was sich vor dem Stall tat. Seine ausgeprägteren Instinkte sagten ihm, daß hier etwas nicht stimmte. Das unruhige Pferd weckte Webb aus dem Tiefschlaf, und sein Unterbewußtsein nahm die Warnung des Tieres auf. Automatisch griff er nach dem Gewehr, das neben ihm lag. Er war noch nicht wirklich wach und rechnete damit, gleich das Schnüffeln und Kratzen von Wölfen vor dem Stall zu hören, wie es in den Stunden vor Anbruch der Morgendämmerung mehrfach vorgekommen war.

Als die Tür plötzlich und heftig aufgerissen wurde, sprang Webb auf und nahm eine kauernde Verteidigungshaltung ein. Er zielte aus der Hüfte und bereitete sich auf diesen Angriff von fremder Seite vor. Im selben Moment erkannte Webb in dem bärtigen Mann, der in den Stall stürzte, Lillis Ehemann, und seine Wachsamkeit ließ nach, bevor er den mordlustigen Blick in den Augen des Mannes sah.

Reisner schoß, und eine Frau schrie auf, als Webb von einer Kugel, die aus nächster Nähe auf ihn abgefeuert worden war, gegen den Kadaver geschleudert wurde, der in der Ecke hing. Er hielt sich daran fest. Sein eigenes Gewehr lag irgendwo unter dem Stroh.

Das Wiehern verängstigter Pferde begleitete den zweiten Schuß. Diesmal grub sich die Kugel in den gefrorenen Kadaver, den Webb instinktiv als Schutzschild benutzt hatte, als er das Klicken des Nachladers gehört hatte. Er wußte, daß er getroffen worden war, aber er war so schockiert, daß er nicht mehr als ein stechendes Gefühl in der Seite spürte.

Webb konnte sich nicht gegen diesen Angriff verteidigen, und daher wußte er, daß er aus dieser Ecke herauskommen mußte. Er konnte Lilli schreien hören, ihr Mann solle aufhören. Als er sie mit ihm um das Gewehr ringen sah, reagierte er automatisch. Er stürzte sich mit einem Satz auf das Paar, als Reisner Lilli von sich stieß. Das Gewehr wurde wieder auf Webb angelegt, als dieser sich auf seinen Angreifer stürzte und ihn gegen die Wand des Stalles preßte. Er griff nach dem Gewehr, um Reisner zu entwaffnen.

Etwas traf seinen Hinterkopf, und er spürte einen stechenden Schmerz, der den ganzen Körper ergriff. Explodierende Lichter blendeten ihn. Dann war nur noch Schwärze um ihn herum.

»Webb!« keuchte Lilli außer sich vor Entsetzen, als er auf dem Boden zusammenbrach, nachdem ihn Franz Kreugers Schlag gefällt hatte. Sie eilte zu seinem regungslosen Körper und fiel neben ihm auf die Knie. Die linke Seite seines Hemdes war blutdurchtränkt, das rot an ihrer Hand klebte, als sie ihn berührte. Erleichterung durchzuckte sie, als sie sah, daß er noch atmete, auch wenn sein Atem erschreckend schwach war. »Er ist am Leben.«

»Geh weg von ihm«, befahl Stefan.

Sie blickte zu ihm auf. Sie war außer sich vor Angst. »Nein«, weigerte sie sich mit flehender Stimme. Dann sah sie das Gewehr, das Stefan auf Webb richtete, und sie bekräftigte ihre Ablehnung noch einmal trotzig. »Nein, ich lasse nicht zu, daß du ihn tötest.«

»Weg da, Frau.« Franz Kreuger fügte Stefans Befehl seine barsche Aufforderung hinzu und bestärkte sie, indem er Lilli an den Schultern packte, um sie fortzuziehen. »Das ist Männersache. Eine Frau hat hier nichts zu suchen.«

»Nein!« Sie wehrte sich heftig, denn sie fürchtete das, wozu Franz Kreuger Stefan bringen könnte. »Sie können ihn nicht kaltblütig ermorden. Um Gottes willen, Stefan, hör auf mich!« schrie sie weinend, während sie sich gegen die Eisenklauen Franz Kreugers zur Wehr setzte.

»Niemand würde einen Mann schuldig sprechen, der die Ehre seiner Frau verteidigt.« Stefan warf einen flüchtigen Blick auf sie.

»Oh, Stefan«, schluchzte sie in ihrer Verzweiflung. Sie sah sich gezwungen, sich selbst anzuklagen. »Wenn hier Schuld vorliegt, dann trifft sie auch mich. Er hat nichts getan, was ich nicht auch wollte.« Sie sah die verheerenden Auswirkungen ihres Geständnisses und wäre am liebsten dafür gestorben, daß sie Stefan derart verletzt hatte. Er starrte sie an, ein gebrochener Mann. Und noch beschämender als alles andere war, daß der Mann, dessen Respekt ihm sehr wichtig war, dabeistand und Zeuge dieser Demütigung war.

»Das hast du mir angetan?« Es war nicht mehr als ein Murmeln.

»Stefan, bitte, laß es dir erklären!« flehte Lilli ihn an. »Ich werde dich nicht verlassen. Das hätte ich dir niemals angetan.«

»Du setzt mir Hörner auf, und ich soll dir verzeihen?« erwiderte er mit tonloser Stimme. Dann hob er matt eine Hand und wandte sein Gesicht von ihr ab. »Geh ins Haus.«

Lilli hatte aufgehört, sich gegen Kreugers Hände, die sie festhielten, zur Wehr zu setzen. Aber sie machte keine Anstalten, den Stall zu verlassen, und ihr Blick suchte auf Stefans Gesicht eine Antwort.

»Was hast du mit ihm vor?« fragte sie mit einem kurzen Seitenblick auf Webbs regungslose Gestalt. »Er wird verbluten, wenn keine Hilfe kommt.«

»Ich weiß es nicht.« Er zuckte ungeduldig die Achseln und brachte kein Verständnis dafür auf, daß sie sich weiterhin um diesen anderen Mann sorgte. »Ich werde ihn zu seiner Familie bringen.« Es war ein schwieriger Entschluß für ihn.

»Aber in der Stadt gibt es einen Arzt«, wandte Lilli matt ein.

Sie sah ein Abbild seines früheren Stolzes, als er den Kopf hob. »Ich will nicht, daß die ganze Stadt erfährt, was hier vorgefallen ist«, unterrichtete er sie kühl. »Geh jetzt ins Haus.«

Es war überflüssig, ihr zu erklären, daß es ihm nicht darum ging, die ganze Stadt könnte von dieser Schießerei erfahren, sondern darum, daß der Grund dafür nicht bekannt wurde. Lilli blieb jetzt nichts anderes mehr übrig, als ihm zu gehorchen. Sie blieb in der Stalltür stehen und warf einen letzten Blick auf den zusammengesunkenen Körper im Stroh, und Tränen verschleierten ihre Augen.

Die beiden Männer sprachen kein einziges Wort miteinander, als das Pferdegespann den Wagen durch das Schneetreiben zog. Das Pferdegeschirr klapperte laut in der kühlen Morgenluft, und die Wagenräder schnitten sich durch die verkrustete Schneedecke. Stefan Reisner sah weder nach rechts noch nach links, als er den Wagen zum Haupthaus des Dreifachen C lenkte. Hinten auf dem Wagen lag in eine Decke gehüllt der bewußtlose Mann, der sich auf dem ganzen Weg zur Ranch nicht gerührt und keinen Laut von sich gegeben hatte.

Auf dem Platz vor dem Haus war wenig los. Diejenigen, die schon ihren Tätigkeiten nachgingen, unterbrachen sie und starrten den Wagen des Farmers an, der zielstrebig auf das große, zweistöckige Haus zufuhr, das auf einem Hügel lag. Stefan ließ die Pferde direkt an den Stufen anhalten.

Ohne jede Hast stieg er vom Wagen und lief um ihn herum. Franz Kreuger stand schon da, um ihm beim Herunterlassen der rückwärtigen Klappe zu helfen. Stefan zog den eingehüllten Körper heraus und schwang ihn sich wie einen Kornsack über die Schulter. Franz ging ihm voraus, und sie stiegen die Stufen zur Eingangstür hinauf und klopften mit der Faust an.

Vom Fenster seines Arbeitszimmers aus hatte Benteen Calder das Nahen des Wagens bereits gesehen und war jetzt auf dem Weg zu der dicken Holztür. Er öffnete sie schon, als sie noch von den Faustschlägen vibrierte. Beim Anblick des bärtigen Farmers und der Stiefel, die aus der Decke auf seiner Schulter herausschauten, runzelte er die Stirn. Auf dem Gesicht des Mannes, das von der Kälte gerötet war, stand keine Spur von Freundlichkeit, als er das Bündel unaufgefordert ins Haus trug.

»Das ist Ihr Sohn. Wo soll ich ihn hinlegen?« Er sagte es mit ausdrucksloser Stimme, so ruhig, als ob er einen Teppich abgeben wollte.

»Mein Sohn«, wiederholte Benteen schockiert, und er musterte die Stiefel, die alles waren, was er von ihm sehen konnte. Aber der Farmer lief bereits an ihm vorbei ins Wohnzimmer.

Benteen folgte ihm und ignorierte den zweiten Mann, der ebenfalls das Haus betreten hatte, Lorna kam gerade aus der Küche und wischte sich die Hände an ihrer Schürze ab.

»Wer war ...?« Sie beendete ihre Frage nicht, als sie sah, wie der alte Mann, der doch noch sehr stark war, sein eingehülltes Bündel auf das Sofa im Wohnzimmer fallen ließ.

Die Enden der Decke fielen herunter und legten Webbs blutleeres Gesicht frei. Inzwischen war Benteen bereits an seiner Seite, und innerlich bestürmte ihn die Vorstellung, sein einziges lebendes Kind verloren zu haben. Vor langer Zeit hatte er den leblosen Körper seines jüngeren Sohnes, Arthur, aus Lornas Armen entgegengenommen. Er hörte Lornas entsetzten Schrei, aber er mußte es wissen, jetzt sofort. Seine Hand legte sich auf Webbs Kehle und suchte seinen Puls, während sein Blick über die Gestalt seines Sohnes glitt. Er kam nicht weiter als zu der blutgetränkten linken Seite seines Hemdes und dem Loch im Stoff.

»Es ist auf ihn geschossen worden.« Benteen drehte sich zu dem Mann um, der Webb gebracht hatte. Er fühlte Wut in sich aufsteigen. »Wer hat das getan?«

Das Gesicht des Mannes zeigte keine Reaktion. »Ich habe ihn mit meiner Frau erwischt und auf ihn geschossen«, äußerte er, ohne auch nur mit einer Wimper zu zucken.

Diese Erklärung nahm Benteen jede Rechtfertigung für seine glühenden Rachegelüste.

Hinter ihm rief Lorna in atemloser Erleichterung aus: »Benteen, er ist am Leben!«

Ein Schmerz schoß durch seine linke Seite, als er die hoffnungsvollen Worte hörte. Er funkelte die Farmer wütend an. »Raus!« befahl er heiser.

»Wenn Ihr Sohn überlebt, dann sagen Sie ihm, daß ich ihn töten werde, wenn er meiner Frau noch einmal zu nahe kommt«, gelobte der Mann mit derselben ausdruckslosen Stimme, mit der er auch alle seine bisherigen Aussagen vorgebracht hatte. Dann drehte er sich um und verließ das Zimmer. Der zweite Mann folgte ihm.

Als sie aus der Haustür kamen, schlenderten Nate Moore und zwei andere neugierige Cowboys ins Haus. »Was wollten denn die beiden?« fragte Nate, bevor er den Körper auf dem Sofa sah, neben dem Benteen und Lorna kauerten. »Das ist ja Webb!« Er schreckte aus seiner lässigen Pose auf und eilte zum

Sofa. Das Hemd war aufgerissen worden, um die Wunde freizulegen. »Es ist auf ihn geschossen worden.«

»Die Wunde blutet nicht mehr, aber er hat viel Blut verloren.« Benteen warf einen scharfen Blick auf Nate, als hätte er ihn eben erst bemerkt. »Reite zum Arzt und bring mir das Pferd nicht zu früh um.«

»Soll ich die Männer zusammentrommeln, damit wir die Verfolgung aufnehmen können?« Nate sah seinen Boß erwartungsvoll an.

»Nein.« Es war eine grimmige Antwort.

Nate runzelte die Stirn. »Du willst nicht, daß ich den Sheriff mitbringe, oder?«

»Nein!« Diesmal war die Reaktion heftiger als beim erstenmal. »Verdammt noch mal, ich habe gesagt, du sollst den Arzt holen. Geh endlich!«

Die Nachricht breitete sich mit rasender Geschwindigkeit auf der Farm aus. Zu jedem Außenposten wurden Reiter geschickt, um mitzuteilen, daß es nicht nur einer der ihren war, auf den geschossen worden war, sondern daß es der Sohn des Boß' war. Ruth fand sich wenige Minuten später im Haus ein. Alle anderen versammelten sich in der Schlafbaracke der Männer oder in der Küche, und ihre Aufmerksamkeit bewegte sich zwischen dem großen Haus auf dem Hügel, in dem Webb bewußtlos lag, und der Richtung, aus der der Arzt kommen mußte.

Da keiner von ihnen die Einzelheiten der Schießerei kannte oder wußte, um wen es sich bei der Gegenseite handelte, wurden die wildesten Gerüchte laut. Aber es gab nicht einen unter den Männern – besonders unter den älteren, die mit Benteen in den Norden gezogen waren, die die Viehtriebe mitgemacht und gegen Viehdiebe gekämpft hatten, um diese Rinderzucht aufzubauen –, der nicht daran glaubte, daß es zu Vergeltungsmaßnahmen gegen diejenigen kommen würde, die die Tat verübt hatten. Alle wußten, daß sich niemand mit einem Calder anlegte, ohne es doppelt heimgezahlt zu bekommen. So saßen sie da und warteten.

Als sie das Klirren des Pferdegeschirrs und die Kufen im Schnee hörte, wäre Lilli am liebsten zur Tür gerannt, aber sie wartete im Haus und blieb mit im Schoß gefalteten Händen sitzen. Ihr Haar war ordentlich aufgesteckt, und das Stroh war herausgebürstet. Sie wirkte gefaßt und bereitwillig, Stefan eine Erklärung abzugeben, aber all das war nur äußerlich. Innerlich wurde sie von Ängsten, Schuldgefühlen und Begierden gequält. Ihre Sorge um Webb ließ fast alles andere unwesentlich erscheinen.

Das lange Warten zehrte an Lillis Nerven. Die Pferde wurden ausgespannt, das Geschirr abgenommen und verstaut. Eine Ewigkeit verging, bevor sie das Stapfen von Füßen vor der Tür hörte. Er kam ins Haus und zog seine Wintersachen aus, ohne sie auch nur einmal anzusehen.

»Stefan, das, was passiert ist, tut mir leid.« Sie konnte sein verurteilendes Schweigen nicht ertragen.

Er sah sie mit kalten Augen an und trat dann vor den Herd. Eine hilflose Wut überfiel sie, als er sich stumm weigerte, sich irgendwelche Erklärungen von ihrer Seite anzuhören. Das bekräftigte sie nur noch in ihrer Entschlossenheit, ihm die Geschichte zu erzählen.

»Er hat uns Fleisch gebracht. Eine Kuh hatte sich ein Bein gebrochen, und er mußte sie erschießen. Dann hat er sie uns gebracht. Du mußt den Kadaver gesehen haben, der im Stall hängt«, beharrte sie.

»Ich habe ihn rausgeworfen«, antwortete er schließlich mit einer Stimme, in der keinerlei Gefühl mitschwang. »Ich will nichts von ihm. Sollen sich die Wölfe daran laben.«

Ein ganzes Rind. Aber Lilli sagte nichts zu dieser Vergeudung, denn ihr war klar, daß Stefans Vorgehen ein erbärmlicher Akt verletzten Stolzes war. »Als er gemerkt hat, daß du auf die Jagd gegangen bist, hat er mich gewarnt, ein Sturm käme auf. Deshalb hat er sich auf die Suche nach dir gemacht.«

»Er wünschte, ich wäre im Sturm gestorben.« Aber es klang, als drückte er damit seine eigenen Wünsche aus.

»Stefan«, murmelte Lilli gebrochen. Er schien ihr nicht zuzuhören. »Er wollte, daß ich mit ihm fortgehe, aber ich habe nein gesagt. Ich ...«

»Genug!« brüllte er, aber schon im nächsten Moment hatte er seine Wut wieder unter Kontrolle. Sein Gesicht war eine Maske, als er sie endlich ansah. »Wir werden nicht mehr darüber reden.«

»Stefan, du mußt verstehen …«

»Kein Wort mehr.« Er sagte es kalt und entschieden.

Aber seine Worte schienen auch das Ende von etwas anderem zu signalisieren – das Ende der Nähe, die ein so entscheidender Aspekt ihrer Beziehung gewesen war. Er war nicht mehr ihr langjähriger Freund und Gefährte, sondern ein Fremder, der nicht zulassen wollte, daß sie die Wunden heilte, die sie ihm zugefügt hatte. Lilli hätte ihm am liebsten gesagt, er könne zwar das Thema aus ihrem Haus verbannen, nicht aber die Erinnerung. Sie wußte, daß es nichts genutzt hätte. Zwischen ihm und ihr war eine tiefe Kluft entstanden.

Benteen ließ Webb von zwei Männern in sein früheres Schlafzimmer tragen. Dorthin wurde auch der Arzt geführt, als er endlich eintraf. Es war ein relativ junger Mann, der vor einem Jahr sein Medizinstudium im Osten abgeschlossen hatte. Die Größe des Hauses flößte ihm eine gewisse Ehrfurcht ein, und Dr. Simon Bardolph fragte sich besorgt, ob sein Können wohl ausreichen würde, als er seinen Patienten in Benteen Calders einschüchternder Gegenwart untersuchte. Es war sein erstes aufregendes Abenteuer im Westen, das erste Mal, daß er eine Schußwunde behandelte, aber er hielt es für besser, dieses Wissen für sich zu behalten.

»Die Kugel ist nicht in seinem Körper steckengeblieben.« Diese Entdeckung enttäuschte ihn ein wenig. Wenn er sie hätte ertasten müssen, dann hätte das Eindruck gemacht. »Scheint keine inneren Organe verletzt zu haben, und das ist wirklich ein Glück«, versicherte er dem Vater, der auf der anderen Seite des Bettes stand. Dann bemühte er sich, geschickte Äußerungen zum Tatbestand von sich zu geben. »Es ist ein Wunder, daß er nicht verblutet ist. Die Kälte muß es verhindert haben.« Er lächelte die blonde Frau an, die ihm half, die Wunde frisch zu verbinden. »Wenn es zu keiner Infektion kommt, sollte die Wunde sehr gut verheilen. Natürlich wird ihn der Blutverlust sehr schwächen.«

»Wann wird er wieder zu Bewußtsein kommen?« Benteen Calder erwartete eine eindeutige Antwort.

»Er hat eine häßliche Beule auf dem Kopf.« Dr. Simon Bardolph überlegte sorgsam seine Antwort. »Er kann in wenigen Minuten zu sich kommen, es kann aber auch ein paar Stunden dauern, vielleicht sogar zwei Tage.« Und vielleicht kommt er auch nie mehr zu Bewußtsein, aber er zog es vor, diese Möglichkeit jetzt nicht zu erwähnen. »Das ist alles, was ich für ihn tun kann. Ich komme natürlich morgen wieder vorbei.«

»Vielen Dank, Doktor.« Mrs. Calder trat neben ihn, sie war die einzige im Raum, die die Grenzen seiner Heilfähigkeiten zu verstehen schien. »Unten stehen heißer Kaffee und hausgemachter Apfelkuchen bereit. Ich hoffe, Sie essen noch etwas, bevor Sie gehen.«

»Das ist sehr freundlich von Ihnen, Ma'am.« Er packte seine Sachen zusammen und folgte ihr mit seiner schwarzen Tasche aus dem Raum.

»Du bleibst doch bei Webb, nicht wahr, Ruth?« bat Mrs. Calder das blonde Mädchen. »Benteen?« Sie sprach den Namen ihres Mannes in einem Ton aus, der ihn veranlaßte, sie zu begleiten.

Ungeduldig kniff er die Lippen zusammen. Er warf Ruth einen finsteren Blick zu. »Ich will augenblicklich davon unterrichtet werden, wenn er zu sich kommt.«

»Ich werde Ihnen Bescheid geben«, versprach sie, und dann zog sie sich einen Stuhl an das Bett, um bei dem Bewußtlosen zu wachen.

Erst während der zweiten Nacht rührte sich Webb. Ruth war gerade in sein Schlafzimmer gekommen, um Lorna abzulösen, damit sie eine Weile schlafen konnte. Sie saß an seiner Seite, als er sich zu bewegen begann.

»Er hat leichtes Fieber.« Lorna Calder wrang ein nasses Tuch aus und reichte es Ruth, damit sie es ihm auf die Stirn legte.

Während sie das tat, bemerkte Ruth, daß Webbs Lippen sich bewegten. Sie beugte sich über ihn und erstarrte, als sie ihn etwas murmeln hörte. Es klang nach *Lilli.* Sie sah zu Lorna Calder auf.

»Ist er bei Bewußtsein?« fragte Lorna eifrig.

»Nein. Das heißt ...«, Ruth zögerte. »Kennen Sie jemanden, der Lilli heißt?«

Lornas Gesicht wurde ausdruckslos. »Nein, ich kenne niemanden, der so heißt«, stritt sie dann ab. Sie sah Ruth nachdenklich an. »Ich glaube, es wäre besser, wenn du das Benteen gegenüber nicht erwähnst.«

»Der Mann, der Webb hierher gebracht hat, war er vielleicht recht alt und hatte einen grauen Bart?« fragte Ruth, die tiefen Schmerz fühlte und sich bemühte, ihn zu verbergen.

»Ja. Wieso?« Lorna Calder sah sie genau an.

»Es war nur so eine Frage«, murmelte Ruth. Sie senkte die Lider. Sie hatte zwar gefragt, wie Webb zu der Schußverletzung gekommen war, aber Lorna hatte keine Antwort darauf gehabt, und Webb hatte die Antwort nicht geben können. Aber der Mann, der ihn hierher gebracht hatte, schien der Ehemann der jungen Frau zu sein, mit der Webb bei den Feierlichkeiten am 4. Juli getanzt hatte. Es war gut möglich, daß es bei der Schießerei um die Frau gegangen war.

Irgendwann im Laufe des Jahres hatte sie Webb verloren, und sie hatte es nicht einmal gemerkt.

17

»Bitte, Benteen, vergiß nicht, daß er noch sehr schwach ist«, warnte Lorna ihren Mann, bevor sie gemeinsam Webbs Zimmer betraten.

»Ja, ich denke daran.« Aber er hörte sich die Ermahnung nur unwillig an. Jetzt, da Webb das Bewußtsein wiedererlangt hatte, wollte er die tatsächlichen Umstände, die zu dem Schußwechsel geführt hatten, erfahren. Nachdem die Aussage des Mannes, der ihn gebracht hatte, zwei Tage lang an ihm genagt hatte, hoffte Benteen, daß es nicht die Wahrheit war. »Aber es gibt Dinge, die ich herausfinden muß.«

Als sie die Tür öffnete, warf Lorna ihm noch einmal einen warnenden Blick zu, der ihn bat, ruhig zu bleiben und sein Vorhaben langsam anzugehen. Ruth saß auf der Bettkante und flößte Webb mit einem Löffel Suppe ein. Das bleiche weiße Gesicht seines Sohnes erschütterte Benteen. Sein schwarzes Haar, die dunklen Augen und seine Bartstoppeln bildeten einen starken Gegensatz dazu. Ein Berg von Federkissen in seinem Rükken stützten ihn. Benteen spürte, wie sich in ihm wieder die Wut auf den Mann regte, der seinen tatkräftigen, stämmigen Sohn derart außer Gefecht gesetzt hatte.

»Ruth, würdest du uns ein paar Minuten mit Webb allein lassen?« bat Lorna.

Benteen brauchte die Zeit, um sich zu fassen und seine Gefühle zu beherrschen. Er zitterte, und er grub seine Hände tief in seine Taschen, damit man es nicht sehen konnte. Als Ruth das Tablett nahm und ging, nahm Benteen ihren Platz ein. Er musterte forschend das Gesicht seines erwachsenen Sohnes und sprach erst, nachdem Ruth das Zimmer verlassen hatte.

»Wie fühlst du dich, mein Sohn?«

»Ganz gut.« Seiner Stimme fehlte es an Kraft. »Ich glaube, es ist praktisch, daß ich einen harten Schädel habe.« Das Sprechen verstärkte den stechenden Schmerz, der sich abwechselnd als dumpfes Pochen oder schmerzhafte Stiche äußerte.

»Ich will wissen, was passiert ist und wer es war, Webb«, sagte Benteen, der sofort auf das Thema zu sprechen kam, das ihn in das Zimmer geführt hatte.

Es war kein physischer Schmerz, der Webb die Augen schließen ließ. »Vergiß es.«

»Vergiß es?« Die Antwort wurde schnell, scharf und wütend wiederholt.

»Benteen.« Lorna, die am Kopfende des Bettes stand, ermahnte ihren Mann.

Er bemühte sich, seine Stimme zu senken. »Das nehme ich nicht hin. Wirst du mir jetzt erzählen, was passiert ist und warum?«

»Ich sagte bereits, vergiß es«, wiederholte Webb, der die Augen aufschlug, um seinen Vater herauszufordern, aber Lorna sah den Tränenschleier darin, und ihr Herz zog sich zusammen. Es war eine blödsinnige Regelung, daß Männer nur innerlich weinen durften, und sie wünschte, sie hätte Webbs Tränen weinen können. »Das ist meine Angelegenheit. Es hat nichts mit dir zu tun«, beharrte Webb.

»Und wie es mich etwas angeht!« Benteen richtete sich auf. »Du bist ein Calder, und das macht es zu meiner Angelegenheit!« Er zog die Hände aus den Taschen, um mit ihnen seinen Satz zu unterstreichen. »Niemand schießt auf meinen Sohn, niemand schießt auf einen meiner Cowboys. Das ist etwas, was auch mich angeht.«

»Es hatte nichts mit der Ranch zu tun.« Webb ließ sich matt in die Kissen sinken; die Auseinandersetzung kostete ihn den letzten Rest an Kraft, den er besaß.

»Es spielt keine Rolle, ob es sich um etwas Persönliches oder um etwas Geschäftliches handelt«, beharrte sein Vater. Sein Mund war zu einem schmalen Strich zusammengezogen. »Der Mann, der dich hierher gebracht hat, hat behauptet, er hätte dich mit seiner Frau erwischt.« Er hoffte, daß Webb es abstreiten würde. Doch als das nicht geschah, war er gezwungen zu fragen: »Ist das wahr?«

Stille zog durch den Raum, bevor die schlichte, kurze Antwort gegeben wurde. »Ja.«

»Bei Gott, ich hatte auf eine andere Antwort gehofft.« Die Stimme seines Vaters bebte. »Wie konntest du dich mit einer verheirateten Frau einlassen?«

»Ich liebe sie.« Seine Offenheit ergriff Lorna, aber Benteen blieb ungerührt. »Ich hätte sie von dort fortgebracht, wenn es mir möglich gewesen wäre.« Webb hatte nicht erwartet, daß sein Vater ihn verstehen würde, und daher enttäuschte ihn dessen Reaktion nicht.

»Du bist nicht dazu erzogen worden zu nehmen, was einem anderen Mann gehört«, antwortete ihm sein Vater zornig.

»Benteen, ich glaube, du gehst jetzt besser.« Lorna mischte sich ein und stellte sich ihrem Mann mit einem entschlossenen Blick gegenüber, den er an ihr kannte. »Du hast herausgefunden, was du wissen wolltest. Der Rest hat Zeit, bis Webb wieder kräftiger ist.«

»Wie kannst du ihn bloß verteidigen?« griff er sie an.

»Er ist mein Sohn, und er ist dein Sohn«, gab sie ohne jedes Zögern zurück. »Im Moment ist er zu schwach, um den Kopf zu heben, ganz zu schweigen davon, es mit dir aufzunehmen.« Sie sah ihm fest in die Augen und wich keinen Millimeter zurück. »Ich meine es ernst, Benteen. Geh.«

»Gut«, sagte er grimmig. »Ich warte, bis er dieses Bett verlassen hat.«

Er drehte sich auf dem Absatz um und verließ abrupt das Zimmer. Lorna wartete, bis sich die Tür hinter ihm geschlossen hatte. Dann wandte sie ihre Aufmerksamkeit Webb zu.

Ganz gleich, wie sehr er auch auf den Zorn seines Vaters vorbereitet gewesen war, er fühlte sich niedergeschlagen. Alles, was geschehen war, war irgendwie unwirklich. Er wunderte sich, daß er es überlebt hatte. Webb vermutete, daß Lilli ihren Mann in irgendeiner Form davon abgehalten hatte, ihn zu töten. Lilli. Was war aus ihr geworden? Er verfluchte die Wunde, die ihn ans Bett fesselte.

Als er die Traurigkeit und das Bedauern auf dem Gesicht seiner Mutter sah, seufzte er matt und verschlimmerte damit den brennenden Schmerz in seiner Seite. »Entschuldige dich nicht für ihn, Mutter«, sagte er. »Ich habe nichts anderes erwartet.«

Sie fuhr ihm liebevoll mit den Fingern durch das Haar und strich es aus seiner Stirn. »Sie ist die junge Frau, die sich bei dem Brand verletzt hat«, vermutete sie, und Webb nickte, ohne sich über den Scharfsinn seiner Mutter zu wundern. »Das dachte ich mir«, murmelte sie und wechselte das Thema. »Wir haben alle deine Sachen rüberbringen lassen. Du wirst hier in deinem früheren Zimmer bleiben, damit wir uns um dich kümmern können.« Sie fuhr mit einer Hand über seinen stacheligen Bart und versuchte zu lächeln. »Du brauchst eine Rasur, aber ich glaube, vorher solltest du dich ausruhen.«

»Ich bin müde«, gab er zu.

Seine Mutter wollte das Zimmer schon verlassen, drehte sich dann aber doch noch einmal um. »Webb«, setzte sie an, »ich weiß, daß dein Vater anscheinend unnötig grob reagiert hat, aber du mußt daran denken – seine Mutter ist mit einem anderen Mann fortgelaufen, als er noch ein kleiner Junge war. Ich dachte, er sei darüber hinweggekommen, aber …« Sie zögerte. »Er weiß, was sie seinem Vater damit angetan hat. Es fällt ihm schwer hinzunehmen, daß sein eigener Sohn absichtlich versuchen könnte, eine Ehe kaputtzumachen.«

Es war keine Antwort erforderlich, und seine Mutter verließ das Zimmer. Webb starrte durch das Fenster den polarblauen Himmel an. Diesen Punkt im Leben seines Vaters hatte er vergessen. Er wußte es von seiner Mutter, denn das gehörte zu den Dingen, über die sein Vater niemals sprach.

Seine gequälten Gedanken verweilten nicht lange bei diesem Thema. Schon bald beschwor die Farbe des Himmels Bilder von Lilli und dem unglaublichen Blau ihrer Augen herauf. »Wenn er meinetwegen Hand an dich gelegt hat, Lilli, dann schwöre ich dir, daß ich ihn umbringen werde«, murmelte Webb, um gleich darauf einzuschlafen.

An jenem Abend kam Barnie Moore ins Haus. Er kam unter dem Vorwand, über die Verheerungen zu berichten, die der Sturm angerichtet hatte. Aber er hatte es in Wirklichkeit nur satt, zu warten und Vermutungen anzustellen. Er kannte Benteen Calder seit der Zeit, als sie beide junge, zügellose Kerle gewesen waren, und sein Sohn Nate war Webbs bester Freund. Andere hätten es vielleicht nicht gewagt, das fortgesetzte Schweigen aus dem Haupthaus zu hinterfragen, aber Barnie gehörte nicht zu diesen Menschen.

Ein Feuer knisterte im riesigen Kamin des Arbeitszimmers. Die Feuerstelle hatte Benteens Aufmerksamkeit auf sich gezogen. Er saß auf einem Ledersessel, und Barnie hatte neben ihm Platz genommen.

»Alles in allem haben die Herden es recht gut überstanden«, sagte Barnie, um seine Ausführungen zu dem Thema noch einmal zusammenzufassen. »Bisher hat der Winter nur wenige Tiere gefordert.«

»Gut«, antwortete Benteen, aber er schien nicht bei der Sache zu sein.

»Wie geht es dem Jungen?« erkundigte sich Barnie behutsam.

»Er ist wieder bei Bewußtsein. Das weißt du doch.« Benteen warf ihm einen kurzen Seitenblick zu. Ihm war klar, daß es sich herumgesprochen hatte. Barnie bestätigte es mit einem

Nicken. »Er ist so schwach wie ein Baby. Es wird eine Zeitlang dauern, bis er wieder auf den Füßen ist.«

»Das dachte ich mir.« Barnie zündete sich eine Zigarette an und sah dabei auf Benteen. »Ich vermute, er ist wieder soweit bei Kräften, daß er dir gesagt hat, wie er angeschossen worden ist.«

Benteen sprang gereizt auf und stellte sich vor den Kamin. »Es war ein Unfall.«

Barnie konnte den Rauch, den er inhaliert hatte, gerade noch ausatmen, bevor er fragte: »Ein Unfall?«

»Er hat sein Gewehr geladen, und es ist versehentlich losgegangen«, fauchte Benteen auf Barnies skeptische Reaktion hin. »Das passiert doch laufend.«

»Und die Beule auf dem Kopf? Ich nehme an, die hat er sich geholt, als er gestürzt ist«, sagte Barnie zweifelnd, und sein Zweifel vertiefte sich, als er sah, daß Benteen sich mühsam beherrschte.

»Ja, so war es wohl.« Die Antwort griff Barnies Begründung auf.

»Und wie erklärst du dir dann, daß diese Farmer ihn in die Hände gekriegt haben?« provozierte Barnie ihn seelenruhig.

Benteen drehte sich abrupt zu ihm um. »Woher, zum Teufel, soll ich das wissen?« brüllte er. »Vielleicht hat er Zuflucht bei ihnen gesucht, um das Ende des Sturmes abzuwarten.« Aber er wußte selbst, daß die Erklärung fadenscheinig war. Sie gab keine Auskunft darüber, was Webb bei ihnen zu suchen gehabt hatte. »Für dich und alle anderen war die Schießerei ein Unfall. Mehr brauchst du nicht zu wissen.«

Barnie zog sich langsam auf die Füße und trat vor den Kamin, um das heruntergebrannte Streichholz in die Flammen zu werfen. »Geht es in Ordnung, daß Nate ihn besucht?« fragte er.

»Es geht ihm gut genug, um Besuch zu empfangen.« Benteen nickte.

»Dann wird er vorbeikommen«, sagte Barnie. »Es freut mich zu hören, daß es Webb wieder besser geht. Du weißt, daß wir alle das Gefühl haben, an seiner Erziehung beteiligt gewesen zu sein.«

»Ja.« Benteen fragte sich, ob gerade darin das Problem lag. Vielleicht hatte Webb zu viele Väter. Vielleicht war es aber auch das Blut seiner eigenen Mutter, das in den Adern seines Sohnes floß und ihn verantwortungslos und prinzipienlos handeln ließ. Vielleicht war Webb ihr ähnlich. Es hatte ihn viel Zeit gekostet, seine Mutter so zu akzeptieren, wie sie war, aber er konnte diese Eigenschaften nicht an seinem Sohn ertragen. Eine harte und schmerzliche Entscheidung mußte getroffen werden.

Er hörte nicht, daß Barnie das Zimmer verließ.

Webb stand mit entblößter Brust vor dem holzgerahmten Spiegel. Seine Taille war von einem weißen Verband umwickelt, und eine Levi's schmiegte sich um Beine und Hüften. Sein Gesicht war zur Hälfte von Rasierschaum bedeckt, und die Rasierklinge in seiner Hand hatte zwei Furchen in den Schaum gezogen.

Seine Hand zitterte, als er sie hochhob, und sein Arm wurde unglaublich schwer. Webb verfluchte die erschreckende Schwäche, die er nach mehr als einer Woche immer noch verspürte, und er versuchte, seine Hand dazu zu zwingen, ihre Aufgabe auszuführen.

Er spürte den brennenden Schmerz, als die scharfe Klinge seine Haut ritzte. Er fluchte wieder, als er nach dem Handtuch griff, um das Blut von der Schnittwunde abzutupfen. Es wurde angeklopft.

»Herein.« Gereizt gab er seine Erlaubnis.

Die Tür öffnete sich, und Ruth kam mit seinem Frühstückstablett herein. »Guten Morgen.« Sie sah ihn an, als sie das Tablett neben seinem Bett abstellte. »Was tust du denn da?« fragte sie, als er sich wieder dem Spiegel zuwandte und die Klinge im Waschbecken abspülte.

»Ich rasiere mich«, antwortete er barsch und musterte ihr Spiegelbild im Spiegel.

Sie nahm ihm das Handtuch aus der Hand, das er gegen die Schnittwunde gepreßt hatte. »Es sieht mir ganz so aus, als seist du mit der Menge an Blut, das du verloren hast, noch nicht zufrieden und wolltest unbedingt noch mehr verlieren.

Setz dich!« Sie stieß ihn sanft zu einem Stuhl. »Ich erledige das für dich.«

Erleichtert, wenn auch mit gemischten Gefühlen, sank Webb auf den Stuhl. Seine Knie waren weich, und seine Beine weigerten sich immer noch, längere Zeit zu stehen. Er hatte sich nahezu bis an seine Grenzen verausgabt, und daher hatte er irgendwo gar nichts dagegen, Ruth diese Aufgabe zu überlassen. Er legte den Kopf auf die Stuhllehne und schloß die Augen, als die Rasierklinge mit sauberen, festen Schnitten über seinen Bart strich. Er schlug die Augen wieder auf und sah Ruth an, die sich über ihn beugte.

»Du stellst dich wirklich geschickt an«, bemerkte er.

»Das ist doch selbstverständlich, nachdem ich soviel an dir üben konnte.« Diese Äußerung war weder kühn noch provozierend gemeint. »Halt still und sag nichts, denn sonst könnte ich dich schneiden. So gut bin ich nun auch wieder nicht.«

Webb verstummte. Ihre Bemerkung hatte ihm die vielen Stunden wieder ins Gedächtnis gerufen, die sie bei ihm verbracht hatte, seit er verletzt war. Sie hatte ihn gefüttert, gewaschen, rasiert, ihm vorgelesen und nur mit ihm geredet, wenn er es wollte. Wenn er nichts gesagt hatte, war sie stumm ihren Beschäftigungen nachgegangen.

Als sie fertig war, reichte sie ihm das Handtuch, damit er sich die letzten Schaumreste aus dem Gesicht wischen konnte. »Und jetzt komm und iß dein Frühstück, ehe es kalt wird.«

Webb sah ihr nach, als er sich das Gesicht abwischte. Er fühlte sich verwirrt. Das Aufstehen und der Weg bis zum Bett kosteten ihn Mühe. Als er bei seinem Bett angekommen war, brach ihm der Schweiß aus, und dieses bißchen Bewegung hatte seine gesamte Kraft gekostet. Ruth richtete die Kissen hinter seinem Rücken auf und stellte dann das Tablett auf seinen Schoß.

»Ist dir klar, daß du mich kein einziges Mal nach dem Unfall gefragt hast, Ruth?« fragte Webb verwundert. Alle anderen hatten es aus erster Hand hören wollen, nur sie nicht.

»Dein Vater hat gesagt, es sei ein Unfall gewesen.« Sie wich seinen Blicken aus. »Mich interessiert nicht, wie oder warum es dazu gekommen ist. Ich will nur, daß es dir wieder besser geht.«

»Eine Frau, die keine Fragen stellt? Du mußt zu einer neuen Sorte von Frau gehören«, sagte er trocken. Er sah, daß ihre Lippen sich öffneten, sie schien etwas sagen zu wollen, doch dann schlossen sie sich wieder. »Was wolltest du gerade sagen?«

»Nichts.« Sie schüttelte den Kopf und bestritt, daß es Fragen gab, die sie ihm gern gestellt hätte. »Iß dein Frühstück! Ich komme bald wieder und hole das Tablett.«

»Ruth«, rief Webb ihr nach, als sie gehen wollte. »Ich danke dir dafür, daß du mir keine Fragen stellst.«

Sie lächelte leicht. Als sie das Zimmer verließ, fragte sich Ruth, ob Webb sich nicht denken konnte, daß sie die Antworten nicht hören wollte.

Die dritte Woche war schon fortgeschritten, als Webb sich die Treppe hinunterwagte. Anfangs erschien er nur zu den Mahlzeiten, aber allmählich blieb er länger auf. Von seinem Vater hatte er nicht viel zu sehen bekommen. Wenn doch, dann hatten sie einander wenig zu sagen gehabt. Ihre Beziehung war seit seiner Schußverletzung angespannter denn je.

Während seiner langen Genesung hatte er viele Stunden Zeit gehabt, über Lilli nachzudenken. Es war das beste, wenn er sie nicht wiedersah. Da sie keinen Versuch unternommen hatte, Kontakt zu ihm aufzunehmen, mußte er davon ausgehen, daß sich an ihrem Entschluß, bei ihrem Mann zu bleiben, nichts geändert hatte. Webb wollte sie nicht mit ihm teilen. Er wollte kein Verhältnis, nicht so leben, daß er nie wußte, wann er sie sehen konnte oder wie. Es war besser, diese Tür geschlossen zu halten.

Das Abendessen war schon vor einer Weile beendet worden, aber alle drei, Webb und seine Eltern, saßen noch am Tisch und tranken Kaffee. Webb nahm den letzten Schluck aus seiner Tasse und stellte sie wieder nieder. Sein Vater musterte ihn von seinem Stuhl am Kopfende des Tisches aus.

»So.« Das Wort wurde mit einer herausfordernden Stimme ausgesprochen. »Bist du gesund genug, um es mit mir aufzunehmen, Webb? Ich habe deiner Mutter versprochen, daß ich warte, bis du dich kräftiger fühlst, ehe wir unser ›Gespräch‹ miteinander führen.«

»Benteen …« Seine Mutter versuchte, Einwände zu erheben.

»Es führt zu nichts, Lorna«, warf er ein. »Ein weiteres Aufschieben ändert nichts an meiner Einstellung.«

»Er hat recht, Mutter«, stimmte Webb zu. »Durch ein Hinauszögern ist nichts erreicht.« Er sah seinen Vater an. »Gehen wir ins Arbeitszimmer?« Ein Nicken beantwortete seine Frage, und beide erhoben sich gleichzeitig.

»Ich komme auch mit«, beharrte seine Mutter und stieß ihren Stuhl vom Tisch.

»Nein, du nicht, Lorna«, wandte sein Vater ein. »Ausnahmsweise ist kein Platz für einen Friedensstifter. Es gibt Dinge, die gesagt werden müssen, und es steht zu erwarten, daß es eine harte Auseinandersetzung wird. Ich will dich nicht dabei haben. Das ist etwas, was Webb und ich ein für allemal regeln müssen.«

Als er das Eßzimmer verließ und mit seinem Vater durch die Eingangshalle schritt und dann das Arbeitszimmer betrat, wußte Webb, daß diese Unterredung schon längst überfällig war. Er ahnte nicht, was auf ihn zukam, aber er fühlte sich gewappnet. Jetzt, da er Lilli ganz eindeutig verloren hatte, schien es nur noch wenig in seinem Leben zu geben, was von Bedeutung war. Insofern hatte er wirklich nichts zu verlieren.

Webb blieb im Zimmer stehen und wartete, bis sein Vater die Türen geschlossen hatte. Er trat ans Feuer und stocherte in den glühenden Holzscheiten herum, bis eine Flamme aufzüngelte. Seine Wunde schmerzte immer noch, und er hatte keineswegs zu seiner gewohnten Form zurückgefunden, aber er fühlte sich in der Lage, es gegen seinen Vater aufzunehmen.

»Willst du etwas trinken?« fragte dieser, und Webb lehnte mit einem Kopfschütteln ab. »Ich auch nicht. Es hilft mir auch nicht bei dem, was ich zu sagen habe.«

»Dann fang schon an«, forderte ihn Webb auf.

Benteen Calder sah ihn an und lachte brummig. »Das ist das einzige, was du je gesagt hast und was so klingt, als käme es von einem Calder.« Er schüttelte in einer Art von Hoffnungslosigkeit den Kopf und trat an seinen Schreibtisch. »Ich vermute, du weißt, daß diese Angelegenheit mit einer verheirateten Frau der letzte Tropfen war.«

»Es war nicht meine Absicht, mich in die Frau eines anderen Mannes zu verlieben«, fauchte Webb. »Aber ich erwarte nicht, daß du das verstehst.«

»Weißt du eigentlich, was du bist?« Sein Vater neigte den Kopf zur Seite und musterte ihn. »Du bist ein elender Landstreicher. Du ziehst zwar nicht von einer Ranch zur anderen, aber in mancher Hinsicht bist du genauso wie dieses Pack. Du trinkst und raufst dich und hurst mit den anderen Jungen herum. Und aus dir wird nie auch nur irgend etwas werden. Du machst es dir immer nur leicht und überläßt es anderen, sich Gedanken zu machen und Befehle zu erteilen.«

»Das ist deine Meinung.« Webb steckte den Schürhaken wieder in den Ständer und spürte, wie sich seine Haare bei dieser massiven Anschuldigung aufstellten.

»Meine Meinung? Du hast dich mir nie von einer anderen Seite gezeigt«, warf ihm Benteen an den Kopf. »Siehst du diese Landkarte an der Wand? Als ich in deinem Alter war, habe ich das aufgebaut, darum gekämpft und es mir angeeignet.«

»Ich habe es satt, mir anzuhören, was du getan hast, als du in meinem Alter warst!« brauste Webb auf. »Was erwartest du denn von mir? Daß ich ausziehe und dasselbe noch mal mache, weil es das war, was du getan hast?«

»Nein! Verdammt noch mal!« Webbs Ausbruch hatte auch seine Wut entfacht. »Seit Jahren warte ich darauf, daß du anfängst, hier einen Teil der Verantwortung zu übernehmen. Aber du willst noch nicht einmal die Leitung übernehmen, wenn das Vieh zusammengetrieben wird. Du hast mir mit nichts, was du je getan oder gesagt hast, gezeigt, daß dich überhaupt interessiert, was aus dieser Ranch wird.«

»Soll das wieder mal ein Vortrag über die Ranch werden?« fragte Webb. »Wenn das nämlich so ist ...«

»Nein.« Sein Vater legte eine Pause ein, atmete schwer, und seine Stimme wurde eiskalt. »Das wird kein weiterer Vortrag. Weil mir nämlich klargeworden ist, daß du dich nie ändern wirst.«

»Es freut mich, daß du endlich in deinen Dickschädel gekriegt hast, daß ich nichts geschenkt haben will«, gab Webb mit einem Anflug von Sarkasmus zurück.

»Stimmt, das habe ich begriffen. Und dir wird auch nichts geschenkt, weil ich das Dreifache C nicht an einen prinzipienlosen, verantwortungslosen Landstreicher wie dich übergeben werde«, äußerte er. »Du wirst das Dreifache C nicht erben, wenn ich nicht mehr da bin. Du wirst nicht einen Zentimeter von diesem Land bekommen.«

Webb starrte seinen Vater an und versuchte zu begreifen, was er soeben gehört hatte. Es war, als hätte ihm gerade jemand die Seele aus dem Leib gerissen. Ihn überfiel ein unbändiger Zorn.

»Das kannst du nicht machen.« Seine Stimme hatte einen unnatürlichen Klang.

»Den Teufel kann ich.«

»Zur Hölle mit dir!« Webb bebte in seiner unmäßigen Wut. »Dieses Land gehört mir ebenso wie dir. Ich bin darauf geboren worden. Ich habe hier gearbeitet, und es gibt keinen Winkel, den ich nicht kenne.«

»So, wirklich?« Die Augen seines Vaters blickten hart.

»Du weißt selbst verdammt gut, daß es so ist.«

»Willst du die Ranch?«

»Ja!« Er hatte sich so lange dagegen gewehrt, daß es nun ein Schock für ihn war zu erkennen, wie sehr er an der Ranch hing. Hierher gehörte er. Sie war ebenso ein Teil von ihm wie sein Herz. »Und ich werde sie mir, bei Gott, nicht von dir wegnehmen lassen.«

»Wenn du sie haben willst, wirst du um sie kämpfen müssen«, provozierte ihn sein Vater. »Du wirst mir zeigen müssen, daß du nicht völlig aus der Art geschlagen bist, sondern etwas von deiner Mutter und von mir geerbt hast. Denn ich glaube nicht, daß du das hast, was man braucht, um ein Land wie dieses halten zu können.«

»Ich bin ein Calder, oder etwa nicht?« gab Webb zurück. »Ich bin dein Sohn.«

»Ich weiß nicht, ob du ein Calder bist.« Benteen musterte ihn von Kopf bis Fuß. »Aber ich kann dir nur raten, zu kämpfen wie ein Calder, denn du hast es mit mir zu tun. Du mußt noch eine ganze Menge lernen, Junge. In einem fairen Kampf könntest du bestehen. Was passiert, wenn dein Gegner gemein und hinterhältig ist?«

Es war eine sinnbildliche Herausforderung, und das wußte Webb, aber sein Kampfgeist war erwacht. Körperliche Gewalttätigkeit wäre ihm ein willkommenes Ventil für seinen Zorn gewesen. Daher begegnete er diesem Spott mit einer Aufforderung, die eine Spur Ernst enthielt.

»Warum tragen wir beide es nicht gleich hier und jetzt aus? Diese Frage ließe sich sehr schnell aus dem Weg räumen«, verkündete er.

Diese Vorstellung schien seinen Vater zu belustigen, wenn er auch herablassend darauf reagierte. »Bist du sicher, daß du nicht warten willst, bis deine Wunde vollständig ausgeheilt ist und du wieder kräftiger bist?«

»Nein. Ich denke, gerade jetzt wäre keiner von uns im Vorteil, weil du alt und langsam bist«, gab Webb zurück.

»Mit den Fäusten gewinnt man nie so viele Kämpfe wie mit dem Verstand. Im Moment denkst du mit dem Bauch, mein Junge. Und auf diese Weise bekommst du die Ranch nicht von mir«, sagte sein Vater. »Im Moment beweist du mir lediglich, daß du sie nicht verdienst. Du reißt den Mund weit auf, aber du hast mir gar nichts bewiesen.«

»Das wird sich ändern.« Webb stimmte ihm zu, daß sich durch Worte nichts mehr erreichen ließ. Er wandte sich abrupt ab und lief mit großen Schritten aus dem Raum.

Benteen sah ihm nach. Er stand stramm und aufrecht da. Die Wut und die höhnische Herausforderung, die auf seinem Gesicht gestanden hatten, wichen einem Ausdruck von Stolz, und in seinen Augen standen Tränen. Kurz darauf eilte Lorna in sein Arbeitszimmer.

»Was ist passiert?« Sie sah ihm forschend ins Gesicht, und nach den zornigen, lauten Stimmen, die sie gehört hatte, und nach Webbs raschem Verschwinden erwartete sie das Schlimmste. »Webb wird die Ranch doch nicht verlassen?«

»Nein.« Er streckte seine Arme aus und zog sie an seine Brust. Er legte sein Kinn auf ihren Kopf und schloß die Augen. Erleichterung und Dankbarkeit vermengten sich miteinander. »Ich habe endlich einen Sohn.«

»Das verstehe ich nicht.« Lorna legte den Kopf zurück, um ihn anzusehen.

»Er wird mit mir um die Ranch kämpfen.« Benteen lächelte. »Ich habe ihn heute abend in mein Arbeitszimmer geholt, um ihm zu sagen, daß er sie nicht von mir erbt.«

»Benteen!« Sie war schockiert und ziemlich erbost.

»Ich hatte keine andere Wahl.« Da er jetzt wußte, wie es ausgegangen war, verteidigte er seinen Entschluß gelassen. »Bis heute hat er mir nie gezeigt, daß er auch nur einen Funken von Interesse hat. Tief in meinem Innern habe ich gehofft, er würde so reagieren, wie er es getan hat. Aber Webb hat mich schon so oft enttäuscht.«

»Aber was geschieht jetzt?« Lorna sah noch nicht, wie es weitergehen sollte.

»Geh in sein Zimmer, aber sag ihm nicht, daß ich dich geschickt habe«, sagte Benteen zu ihr. »Sag ihm, daß eine Ranch dieser Größenordnung noch nie erfolgreich vom Schlafsaal der Männer aus geleitet worden ist. Und sag ihm, wenn er seine Autorität beweisen will, muß er sie an sich reißen. Und das ist mehr, als nur Befehle zu erteilen.«

18

Als er sich wieder beruhigt hatte, dauerte es nicht lange, bis Webb feststellte, daß er seinem Vater in die Hand gespielt hatte. Aber etwas war anders. Sie spielten nicht mehr gegeneinander. Sie waren Partner.

Am ersten Tag, an dem die Brandeisen im Feuer glühten und das Vieh zusammengetrieben wurde, stand er abseits von den Männern in der Frühjahrssonne. Er trank einen bitteren, schwarzen Kaffee, und dabei schoß ihm die Erinnerung an eine andere Tasse Kaffee durch den Kopf, die er an einem stürmischen Abend getrunken hatte. Und er dachte an die Frau mit dem kastanienbraunen Haar, die ihm den Kaffee eingeschenkt hatte. Seine Gedanken kehrten in den seltsamsten Momenten zu Lilli zurück, ohne jede Vorwarnung, und die Vergeblichkeit dieser Gedanken versetzte ihm Stiche. Sie hatte ihn abgewiesen. Schon die bloße Tatsache, daß sie nicht versucht hatte,

Kontakt zu ihm aufzunehmen oder sich nach ihm zu erkundigen, zeigte Webb, daß sie es sich nicht anders überlegt hatte. Sie beabsichtigte, bei dem Mann zu bleiben, den sie geheiratet hatte. Er hatte zwar alle seine Energien in die Ranch gesteckt, aber er konnte sie dennoch nicht vergessen.

Webb wußte, daß die Männer seine Anweisungen erwarteten, um die nachmittägliche Arbeit aufzunehmen. Nate stellte sich neben ihn und drehte sich eine Zigarette. »Wie sieht es aus, Boß, wollen wir uns nicht die ersten Kälber vornehmen?«

»Gleich.« Webb lächelte schwach über die Anrede, die seine Autorität bestätigte. Es störte ihn weniger, als er erwartet hatte.

Die Mehrheit der Cowboys, vor allem die älteren Arbeitskräfte, hatten seinen Schritt mit stummer Billigung zur Kenntnis genommen, wenn sie auch darauf achteten, wie er seine Sache machte. Auch daran störte Webb sich nicht, denn das hieß nur, daß er sich ihren Respekt erwerben würde – und daß sie mehr von ihm als von jedem aus den eigenen Reihen erwarten würden. Es war verrückt, daß er es vorher nie unter diesem Gesichtspunkt gesehen hatte.

Vielleicht war er endlich erwachsen geworden. Vielleicht war es nötig gewesen, daß er einen Teil der Heißblütigkeit verloren und einen Dämpfer bekommen hatte, daß man ihm wortwörtlich eins über den Schädel gezogen hatte. Fest stand, daß er schwierige Lektionen erteilt bekommen hatte. Er hatte Lilli gewollt, und sie hatte ihn gewollt, aber es war trotzdem nicht richtig gewesen. Dieses Wissen machte es nicht leichter für ihn, aber zumindest begann er, es zu akzeptieren.

Es war schon wieder soweit, er dachte an Lilli, statt sich auf seine Arbeit zu konzentrieren. Sein Blick fiel auf Nate, der das Zigarettenpapier ableckte und dabei noch versuchte, die Spukke für den langen, staubigen Nachmittag zu sparen, der vor ihnen lag. Das Zusammentreiben des Viehs war harte Arbeit, und die Cowboys arbeiteten täglich, bis ihre Muskeln schmerzten, und sie bekamen nie genügend Schlaf. Es würden sechs brutale Wochen werden, wenn nicht noch mehr.

»Warum rauchst du keine fertigen Zigaretten und sparst dir die Arbeit, Nate?« fragte Webb.

»Auf die Weise rauche ich weniger, und es ist billiger.« Nate sah durch die Rauchwolke auf den Cowboy, der auf sie zukam. Hobie Evans gehörte nicht gerade zu seinen besten Freunden. Nate war der Meinung, Ed Mace hätte sich einen besseren Vertreter für die Snake M aussuchen können, aber schließlich hatte er auch für Ed Mace nicht allzuviel übrig.

»Nun, Mr. Big Boß, wie steht's?« Hobie hielt sein Pferd vor Webb an und wandte sich spöttisch an ihn.

»Diesmal sind besonders viele Kühe mit eurem Brandzeichen unter unseren Herden«, warf Nate ein, ehe Webb antworten konnte. »Mehr als gewöhnlich. Wie das wohl kommt?«

»Wir hatten dieses Jahr besonders großen Ärger mit den Zäunen«, antwortete Hobie eilig. »Dazu kamen die Schneeverwehungen. Sie haben den Kühen regelrechte Brücken gebaut, damit sie über die Zäune laufen konnten. Diese Farmer sind recht heikel geworden, wenn die Rinder in ihre Felder laufen«, erklärte er höhnisch. »Sie vertreiben sie, ohne sich im geringsten darum zu kümmern, in welche Richtung sie sie schicken sollen. Der Boß muß wirklich neue Zäune spannen, aber so knapp, wie das Geld ist, kann ich mir nicht vorstellen, daß er dieses Jahr viel dagegen tun kann.«

»Du scheinst furchtbar zerknirscht darüber zu sein, Hobie«, bemerkte Nate trocken.

Sie machten sich an die Arbeit. Es war üblich, ein Kalb mit dem Brandzeichen seiner Mutter zu versehen, die sich durch lautes Blöken bemerkbar machte, wenn das Kalb mit einem Lasso eingefangen wurde. Unter dem ersten Dutzend Kälber war eins, das das Brandzeichen der Snake M trug, obwohl seine Mutter eindeutig mit dem Dreifachen C gebrandmarkt war.

»Dreifaches C«, rief Webb seinen Männern zu. Er ritt zu Hobie Evans. »Evans! Sagen Sie Mace, er soll dafür sorgen, daß seine streunenden Kälber sich nicht von den Kühen des Dreifachen C säugen lassen«, warnte er ihn. Es konnte Zufall sein, daß das Kalb das falsche Brandzeichen trug, aber es mußte kein Zufall sein. Webb wußte, daß er den Zwischenfall nicht kommentarlos übergehen konnte.

Der Mann von der Snake M sah ihn äußerst unfreundlich an, aber er entgegnete nichts auf Webbs unmißverständlichen Rat.

Als Lilli an Stefans Seite den Gemischtwarenladen betrat, nahm sie die Seitenblicke und das Flüstern der Ehefrauen der anderen Farmer wahr. Sie schob die Schuld an deren vielsagenden Blicken nicht auf Stefan. Die Informationsquelle waren zweifellos Franz Kreuger und seine unterwürfige Frau, die alles, was ihr Mann ihr sagte, wiederholte. Lilli kam sich vor wie die Romanheldin von Nathaniel Hawthornes *Der scharlachrote Buchstabe.* Sie schritt etwas aufrechter und mit erhobenem Kopf an den anderen Frauen vorbei. Daß nicht mit ihr geredet wurde, das kannte sie von Stefan. Sie fing an zu lernen, daß Vertrauen etwas sehr Zerbrechliches war. War es einmal gebrochen, so dauerte es lange, es wieder zu flicken, doch es ließ sich nie mehr vollkommen herstellen. Die Sprünge blieben immer sichtbar, ähnlich einem Stück Porzellan, das geklebt worden war.

Das Frühjahr stand bevor, und ihr Leben wurde wieder etwas leichter, da Stefan von Sonnenaufgang bis Sonnenuntergang auf den Feldern arbeitete. Die zusätzlichen Morgen Land, die er im Herbst gekauft hatte, bedeuteten, daß umgepflügt und Weizen gesät werden mußte, was den Erwerb eines weiteren Pferdegespanns nötig gemacht hatte. Zudem war ein Arbeiter engagiert worden, der bezahlt werden mußte. Es war der jüngere Sohn eines ihrer neuen Nachbarn. Stefan gab sich mit Wohlstand nicht mehr zufrieden, sondern sah hinter der nächsten Ecke den Reichtum warten. Lilli hatte den Verdacht, seine plötzliche Geldbesessenheit war teilweise auf sein Bedürfnis zurückzuführen, unter Beweis zu stellen, daß er ein Mann war. Er wollte das Gefühl der Niederlage überwinden, das ihr kurzes Zwischenspiel mit Webb Calder bei ihm zurückgelassen hatte.

In den letzten Monaten hatte es Zeiten gegeben, in denen ihr die Beziehung zu Stefan aussichtslos erschienen war. Sie hatte sich oft gefragt, ob sie nicht auf Webbs Angebot, mit ihm fortzugehen, hätte eingehen sollen. Sie hatte zuviel Zeit, an ihn zu denken. Sein Geist suchte die Hütte heim und saß während der vielen stummen Mahlzeiten am Tisch. Sie wußte, daß er wieder bei Kräften war, weil niemand in ihrer Gegenwart von ihm sprach. Wenn er gestorben wäre, hätten sie nicht versucht, ihr die Neuigkeiten vorzuenthalten.

Im Laden drehte sie sich zu Stefan um, und ihr Verhalten war weder unterwürfig noch ergeben. »Ich sehe mir Stoff an, aus dem ich Hemden für dich schneidern kann. Mr. Ellis hat erwähnt, daß er eine neue Lieferung erwartet, wenn wir im April in die Stadt kommen. Ich sehe nach, ob sie schon eingetroffen ist.«

Nachdem sie ihre Absicht klar bekundet hatte, überließ sie es ihm, ob er sie begleiten wollte. Stefan behielt sie immer im Auge, wenn sie in die Stadt kamen. Er schien zu glauben, sie würde andernfalls heimliche Zusammenkünfte mit Webb arrangieren, und Lilli hoffte wirklich, Webb zu sehen. Sie wollte nicht unbedingt mit ihm sprechen, aber sie wäre doch froh gewesen, wenn sie ihn wenigstens gesehen hätte.

In dem Regal an der Rückwand des Ladens türmten sich die Kleiderballen. Ansonsten gab es Nadeln, Garn und eine Auswahl an Knöpfen. Als Lilli zu den Textilien ging, folgte Stefan ihr nicht. Er wußte, wo sie war, und er konnte sie mühelos im Auge behalten. Lilli war sich darüber absolut im klaren.

Als sie sich den Stoffballen näherte, drängten sich dort etliche Frauen und sahen sich die Stoffe an. Keine von ihnen versuchte, Lilli Platz zu machen. Sie drückten auf diese Weise ihre Mißbilligung aus. Lilli rang um Geduld und wartete, bis sie an die Reihe kam. Aber innerlich brodelte es in ihr. Schließlich stellte sie sich an die Knopftheke und war so wütend, daß sie die beiden Frauen, die die schmalen Spulen begutachteten, auf die die Spitze gewickelt war, nicht bemerkte.

»Ich glaube, diese ist mir lieber. Was meinst du, Ruth?« Die ältere Frau sah die blonde Frau an, die sie nach ihrer Meinung gefragt hatte.

Nichts anderes als weibliche Neugier veranlaßte Lilli, einen Blick auf die beiden zu werfen, weil sie sehen wollte, ob sie dieselbe Spitze ausgesucht hätte. Hinzu kam, daß sie sehen wollte, wer sich einen solchen Luxusgegenstand leisten konnte. Die Reaktion der Blondine entging ihr, als sie die ältere Frau mit dem dunklen Haar, das schon silbrig wurde, erkannte. Es war Webbs Mutter. Das stand ganz außer Frage. Ihr Puls schlug schneller, und ehe sie dazu kam, es sich genauer zu überlegen, ging Lilli auf sie zu.

»Entschuldigen Sie, bitte, Mrs. Calder.« Ihre Stimme war so unsicher, daß es fast wie eine Frage klang.

»Ja, bitte?« Die Frau drehte sich zu ihr um.

»Wie geht es Ihrem Sohn?« Lilli brachte es fertig, die Frage beiläufig klingen zu lassen. »Geht es ihm gut?«

»Ja, es geht ihm gut. Er hat sich vollständig von seinem Unfall erholt.« Sie legte eine leichte Betonung auf das Wort Unfall.

»Es freut mich, das zu hören.« Sie konnte ihr Lächeln nicht ganz zurückhalten. Ihre Erleichterung war zu echt und zu wahr, um sie vollständig zu verbergen.

»Sind Sie Lilli?« fragte seine Mutter, obwohl sie die Antwort bereits kannte. Webb war der einzige, der sie je mit dieser Kurzform ihres Namens angesprochen hatte.

»Ja, das bin ich«, gestand Lilli ein, und innerlich wappnete sie sich gegen die Mißbilligung, mit der sie jetzt rechnete. In ihrer Haltung lag Stolz, aber gleichzeitig auch Abwehr. »Er scheint mich Ihnen gegenüber erwähnt zu haben.«

»Ja, das hat er getan.« Aber seine Mutter ging nicht näher darauf ein.

Ein Gefühl der Niedergeschlagenheit senkte sich auf Lilli, als sie merkte, daß diese Unterhaltung zu nichts weiter geführt hatte als zu der Versicherung, daß es Webb wieder gutging.

Unbeholfen schlug sie vor: »Es wäre vielleicht gut, wenn Sie ihm nicht sagten, daß ich mich nach ihm erkundigt habe, Mrs. Calder.«

»Ich verstehe.« Sie nickte.

»Guten Tag.« Ihr Blick schloß beide Frauen ein, als sie sich verabschiedete und ging.

Dieses zufällige Zusammentreffen mit der jungen Frau hatte viele Fragen beantwortet, die Lorna Calder durch den Kopf gegangen waren. Geistesabwesend sah sie dem großen, geraden Rücken und dem dunklen Haar nach, das Lilli hochgesteckt trug.

»Wie merkwürdig«, murmelte Lorna und merkte dann, daß sie die Worte laut ausgesprochen hatte. Folglich erforderte diese Bemerkung eine Erklärung. »In mancher Hinsicht erinnert sie mich an deine Mutter, Ruth.« Lorna Calder sah immer noch der jungen Frau nach, die Lilli hieß und so jung und so stolz war. »Sie besitzt dieselbe Kühnheit und Entschlossenheit, diesen starken Willen. Ich glaube, mehr als ihr Äußeres sind es diese Eigenschaften, die Webb anziehen.« Sie sah Ruth an, weil sie wissen wollte, wie sie darüber dachte. Ruth war nicht geschickt darin, ihre Gefühle zu verbergen. Als sie den gequälten Ausdruck auf dem Gesicht des Mädchens sah, bedauerte Lorna augenblicklich, was sie über Lilli gesagt hatte. »Wie albern von mir«, schalt Lorna sich selbst. »Ich weiß wohl selbst nicht, was ich rede. Wahrscheinlich ist sie in Wirklichkeit ganz anders. Also, welche Spitze hat dir besser gefallen?«

Während der heißen Sommerzeit ließ sich Webb zunehmend auf die Geschäfte der Ranch ein. Ein großer Teil von Autorität lag zwar noch bei seinem Vater, doch Webb trug die Verantwortung dafür, daß die Befehle auch ausgeführt wurden. Das war eine Aufgabe, die jede Minute seines Daseins beanspruchte, diese Beschäftigung, die seine Zeit und seine Energie forderte, kam ihm sehr gelegen.

An einem späten Augustabend kam Webb lange nach dem Abendessen ins Haus. Er holte sich eine Scheibe Brot und nahm sie mit in das Arbeitszimmer seines Vaters.

»Ich habe eine Liste der Dinge aufgestellt, die der Koch braucht«, sagte Benteen mit einem flüchtigen Blick in Webbs Richtung.

Webb schlug vor, zwei Cowboys in die Stadt zu schicken, aber damit wollte sich sein Vater nicht zufriedengeben. Er bestand darauf, daß Webb selbst in die Stadt ritt.

»Du fürchtest dich doch nicht etwa vor der Meinung der Leute?« forderte er Webb heraus.

»Nein.« Es klang etwas gepreßt.

»Dann solltest du es ihnen beweisen«, riet ihm Benteen. »Und nimm Ruth mit. Sie freut sich sicher über einen Ausflug in die Stadt.«

»Warum?« Webb runzelte finster die Stirn.

»Weil du nicht in die Stadt gehst, um Ärger zu suchen. Wenn du eine Frau mitnimmst, sieht das jeder. Du wirst dich doch nicht auf Ärger einlassen?«

»Wenn er auf mich zukommt, werde ich ihm nicht aus dem Weg gehen«, erwiderte Webb.

»Wenn du das tätest, wärest du kein Calder.« Sein Vater wandte sich ab und setzte sich wieder an seinen Schreibtisch.

Auf dem Weg in die Stadt wurde Webb mit den Veränderungen konfrontiert, die ein knappes Jahr mit sich gebracht hatte. Dort, wo zwischen dem Weideland vereinzelt Weizenfelder zu sehen gewesen waren, überwiegten sie jetzt. In fast regelmäßigen Abständen standen Häuser zu beiden Seiten der Straße. Weizenstreifen wechselten sich mit Streifen umgepflügten, unbebauten Landes ab. Webb mußte erkennen, daß sich die Anzahl der neuen Siedler mindestens verdreifacht hatte.

Blue Moon drohte, aus den Fugen zu gehen. Ein halbes Dutzend Automobile, wenn nicht gar mehr, fuhren zwischen den Pferdewagen herum. Franz Kreuger stand vor der Eisenwarenhandlung. Webb hatte den Wagen der Reisners nirgends gesehen, und doch erfüllte ihn Vorfreude. Wenn dieser Nachbar sich in der Stadt aufhielt, dann war es nur wahrscheinlich, daß auch Stefan Reisner hier war. Und das hieß, auch Lilli war hier. Es half nichts, wenn er sich sagte, daß sich nichts ändern würde, wenn er sie wiedersah.

Franz Kreuger hatte ihn beobachtet, und seine Augen zogen sich finster zusammen. »Seht ihr, daß diese Rancher nie allein in die Stadt kommen?« wandte sich Franz Kreuger an den Mann, der neben ihm stand. »Sie wissen, daß wir in der Überzahl sind. Warum also fordern wir nur so wenig von ihnen, wenn ihre Rinder in unsere Felder laufen und unsere Saat vernichten? Wir müssen bereitwilliger verteidigen, was uns gehört. Mein Nachbar, Stefan Reisner, hat sich gegen sie zur Wehr gesetzt. Das Recht war auf seiner Seite, und es gab nichts, was sie hätten tun können. Wir müssen bereit sein zu tun, was er getan hat, oder man wird uns schikanieren.«

Kreuger bemühte sich keineswegs, seine Stimme zu senken. Webb hörte einzelne seiner Bemerkungen, als er Ruth beim Aussteigen half. Ihm war schon lange klar, daß Kreuger ein Unruhestifter war.

Als Webb mit Ruth an seinem Arm auf die Farmer zuging, war sein Blick auf Kreuger gerichtet. Er legte herausfordernd einen Finger an seinen Hut. »Guten Tag, Kreuger. Meine Herren!« Seine Begrüßung war knapp, aber er wollte zeigen, daß er sich nicht einschüchtern ließ. Kreuger reagierte nicht, noch nicht einmal mit einem Nicken, aber das hatte Webb auch nicht erwartet.

Während er seine Einkäufe erledigte, sah Webb den Wagen der Reisners vor dem Schaufenster vorbeifahren, und ein kurzer Blick auf Lilli reichte aus. Am liebsten wäre er aus dem Laden gerannt und ihr nachgelaufen.

»Es ist schon Mittagszeit. Warum essen wir nicht im Restaurant eine Kleinigkeit?« fragte Ruth.

Webb war angespannt und wild entschlossen, nicht die Nerven zu verlieren. Er zögerte und willigte dann mürrisch ein. »Klingt nicht schlecht.«

»Ich glaube, diese Stadt hat mir besser gefallen, als es hier weniger Menschen gab«, murmelte Ruth, als sie sich einen Weg durch das Gedränge bahnten.

Webb warf einen Blick auf sie und erlaubte es seinen Gedanken, für einen Augenblick abzuschweifen. Er sah ihr Unbehagen über so viele unbekannte und unfreundliche Gesichter. »Du kämst nie auf den Gedanken, mit einem Fremden zu sprechen, oder?« fragte er. Er wußte ja, daß das für Ruth undenkbar war, während es für Lilli eine Selbstverständlichkeit war.

»Nein«, erwiderte sie mit Bestimmtheit.

Als er Ruth die Restauranttür aufhielt, fiel sein Blick auf die Straße. In diesem Augenblick betrat Lilli mit ihrem Mann die Gemischtwarenhandlung. Sie gab mit keinem Anzeichen zu erkennen, ob sie ihn gesehen hatte. Webb folgte Ruth nur zögernd in das Restaurant.

Während des Essens war er ruhelos und gab nur kurze Antworten auf Ruths Versuche, ein Gespräch in Gang zu halten, bis sie schließlich verstummte.

Er gestand sich ein, daß er sich selbst etwas vormachte, wenn er glaubte, in ein und derselben Stadt mit Lilli sein zu können, ohne sie zu sehen und mit ihr zu sprechen. Bei den flüchtigen Blicken, die er auf sie geworfen hatte, war sie ihm überheblich und reserviert erschienen. Das paßte nicht zu ihr. Vielleicht bildete er es sich auch nur ein, aber …

Webb legte seine Gabel abrupt nieder und griff nach Ruths Hand. »Ruth, ich muß dich um einen Gefallen bitten«, sagte er heiser. Er war im Strudel seiner eigenen Wünsche gefangen.

Der eindringliche Blick seiner dunklen Augen und die Berührung seiner rauhen, schwieligen Hand blieben nicht ohne Wirkung auf Ruth. Sie spürte, daß ihr Puls schneller schlug und eine Aufregung sie gepackt hielt. Er ahnte ja nicht, daß sie für ihn sterben würde, wenn er sie darum bäte.

»Alles, was du willst.« Sie achtete nicht auf ihre winzige Stimme, die verriet, wie eifrig sie darauf aus war, ihm zu Gefallen zu sein.

»Ich möchte, daß du ein privates Treffen zwischen mir und einer ... einer ganz gewissen jungen Frau arrangierst.« Es fiel ihm schwer, die Worte über die Lippen zu bringen.

Ruth sah auf ihren Teller, und unter entsetzlichen Schmerzen gab sie ihre Hoffnung auf. »Lilli«, vermutete sie mit bebender Stimme.

Webb erstarrte. Langsam zog er seine Hand zurück und nahm die Gabel, die er auf den Teller gelegt hatte, wieder auf. »Ja«, gab er mit leiser, ausdrucksloser Stimme zu. »Woher weißt du ihren Namen?«

»Als ... du bewußtlos warst, habe ich dich diesen Namen sagen hören.« Es war eine leise Antwort, sie kam zögernd.

»Weißt du, wer sie ist?«

»Ja.« Ruth senkte den Kopf.

Damit erübrigte sich eine Erklärung, und das hätte es ihm eigentlich leichter machen sollen. Dennoch schnürte es ihm die Kehle zu. »Es gibt niemand anderen, den ich darum bitten kann, Ruth«, sagte er. »Ich muß mit ihr reden. Ich muß wissen, ob es ihr gut geht.«

»Ich wüßte nicht, wie ich das einrichten könnte.« Innerlich wütete sie gegen die Ungerechtigkeit seiner Bitte.

»Ich habe gesehen, daß Lilli in die Gemischtwarenhandlung gegangen ist, als wir ins Restaurant kamen. Wahrscheinlich ist sie noch dort.« Das Geschäft war so voll gewesen, daß die Chancen gut standen. »Ellis schließt die Hintertür nie ab. Ich kann unbeobachtet ins Hinterzimmer schleichen. Du brauchst nichts weiter zu tun, als sie unter einem Vorwand dorthinzubringen.« Er sah sie an. »Tust du das für mich?«

»Ja.« Ruth kam zu der bitteren Feststellung, daß sie ihm nichts abschlagen konnte, selbst dann nicht, wenn er sie um etwas bat, was ihr das Herz brach.

»Der Stoff, den Sie bestellt haben, ist eingetroffen, Miß Stanton«, wurde Ruth begrüßt, als sie den Laden betrat. »Er liegt im Hinterzimmer. Soll ich ihn holen?«

Und Webb dort finden? Ihr Herz schlug heftig. »Nein, bitte ...« Sie zwang sich, mit ruhigerer Stimme zu sprechen. »Ich möchte mich vorher noch umsehen. Ich nehme ihn dann später mit.«

»Sicher.« Er lächelte höflich. »Wenn Sie mich jetzt entschuldigen. Ich habe Kunden zu bedienen.«

»Selbstverständlich.« Ruth hoffte vergeblich, die junge Frau könnte den Laden schon verlassen haben. Lilli stand bei der Meterware. Ruth war nicht geübt in Täuschungsmanövern.

»Kommen Sie mit ins Hinterzimmer. Ich möchte Ihnen einen Stoff zeigen, den ich bestellt habe. Ich habe zuviel davon, und ich dachte ...«, brachte sie nervös und übereilt hervor.

»Das kann ich mir wirklich nicht leisten«, erwiderte ihre Rivalin. »Ich habe mir das hier nur angesehen ... davon geträumt, verstehen Sie.«

»Kommen Sie mit. Er liegt gleich hinter dem Vorhang«, sagte Ruth. Auch dieser Anlauf war ungeschickt.

Lilli, die spürte, daß die blonde Frau ganz aufgeregt war, kam plötzlich auf den Gedanken, daß sie ihr vielleicht etwas von Webb ausrichten wollte. Sie mußte es herausfinden.

Als Ruth den Vorhang zur Seite zog, fiel der Blick des Ladenbesitzers auf sie. Sie konnte ihn nur mühsam davon abbringen, ihr den Stoff zu holen.

»Was wollen Sie?« fragte Lilli, als die beiden Frauen im Lager standen, doch Ruth sah sich anstelle einer Antwort nur um. Als Lilli ihrem Blick folgte und Webb sah, glaubte er im ersten Augenblick, sie würde fortlaufen.

»Lilli.« Als sie mit ihrem Namen angesprochen wurde, blieb sie stehen, obwohl in seiner leisen Stimme kein Drängen lag.

Sie schien es sich anders zu überlegen und ging auf ihn zu. Sie lächelte nicht.

»Warum bist du hier?« fragte sie mit leiser Stimme.

»Ich mußte dich sehen. Ich mußte mich selbst vergewissern, ob es dir gut geht, ob er dich nicht mißhandelt hat.«

Keiner von beiden war sich darüber im klaren, daß Ruth still in den Hintergrund zurückwich und mit dem Rücken zu ihnen Wache hielt, während das leise Murmeln ihrer Stimmen ihr eine Vielzahl von neuen Verletzungen zufügte.

»Stefan hat mir nichts getan«, versicherte Lilli ihm schließlich. »Du hättest nicht hierherkommen sollen.«

»Ich bin hier. Ob es falsch oder richtig, ob es klug oder unklug ist – ich mußte dich sehen. Mit dir sprechen.«

Als sie in sein Gesicht sah, sah sie auch die Sehnsucht in seinen Augen, die ihn zu diesem heimlichen Treffen veranlaßt hatte. Er packte sie an den Schultern, zog sie an sich und erstickte ihren leisen Aufschrei mit einem Kuß. Webb hatte nicht vorgehabt, roh mit ihr umzugehen. Er hatte beabsichtigt, ihr durch seine Zartheit zu zeigen, wie tief er für sie empfand. Aber als er jetzt ihre Lippen forderte, schrie schon das nach einer zügelloseren Vereinigung. Lilli ließ ihren eigenen Gefühlen freien Lauf. Sie hielten einander umschlungen und preßten sich aneinander, bis Lilli schließlich ihr Gesicht abwandte und sich von ihm losriß.

Eine Traurigkeit, die an Verzweiflung grenzte, ließ sie ihre Lippen fest aufeinanderpressen. Das, was sie aus seinen Armen gerissen hatte, trieb sie wieder dorthin, und sie preßte ihren Kopf an seine Brust. Webb zerbrach an ihrem leisen, entsetzlichen Weinen.

»Lilli, ich habe dich einmal gebeten, ihn zu verlassen ...«

Sie wich zurück und hob ihr Kinn. Webb konnte einen Moment lang die unverhohlene Sehnsucht in ihren Augen sehen. Doch dann antwortete sie ihm: »Ich werde es nicht tun.«

»Ich muß dich einfach ab und zu sehen«, beharrte er grob. »Wir können uns etwas einfallen lassen ...«

»Nein.« Sie schüttelte entschieden den Kopf und wies seinen Vorschlag ohne jedes Zögern von sich. »Ich werde dich so nicht wiedertreffen.«

Es brachte ihn in Wut, daß sie so wenig Gefühl zeigte. »Ich lasse dich bei deinem Mann bleiben. Ich will dich doch nur sehen. Du kannst mich unmöglich so sehr lieben, wie ich dich liebe.«

»Es gibt nur zwei Menschen, die in meinem Leben eine Rolle spielen«, sagte sie leise. »Du und Stefan. Als wir das letzte Mal zusammen waren, hätte es dich beinah das Leben gekostet, und Stefan ist daran zerbrochen. Du bist noch jung, Webb. Du kannst mich vergessen und eine andere Frau finden, die du lieben kannst. Stefan ist ein alter Mann.«

»Das hast du also endlich erkannt«, murmelte er. Er stürzte sich auf den einzigen Angriffspunkt, den sie ihm bot.

Ehe er sie zurückhalten konnte, war Lilli durch den Vorhang geschlüpft. Webbs Schultern fielen herunter, und er sah Ruth verzweifelt an. Sie streckte ihm eine Hand entgegen, doch er stieß sie zur Seite und verschwand durch die Hintertür.

19

Webb stand mit seinen Eltern auf dem verschneiten Bahnsteig von Blue Moon.

»Ich begreife immer noch nicht, wie es dir gelungen ist, ihn zu dieser Reise zu überreden, Mutter.« Er zwinkerte ihr zu und lächelte die schlanke Frau an, die in ihren Pelz gehüllt war und einen kleinen Hut auf ihrem silbrigen Haar sitzen hatte.

»Sei still, Webb. Sonst kommt er noch auf die Idee, sich im letzten Moment zu drücken«, schalt sie ihn im Scherz. Dann seufzte sie und sah ihren Mann an. »Ich bezweifle, daß der Brief meiner Mutter die Ursache war, in dem sie schreibt, daß es meinem Vater nicht gut geht. Es geht um diesen Stier, von dem er gehört hat. Es geht immer nur um Rinder.«

Aus Benteens Kehle stieg ein Lachen auf. »Ich wüßte keinen anderen Grund, nach Texas zu fahren«, verkündete er. Er legte einen Arm um ihre Schultern und sah Webb an. »Du wirst einen Vorgeschmack davon bekommen, wie es ist, allein über die Ranch zu entscheiden, solange wir fort sind.«

»Ich glaube, ich schaffe es, die Dinge einen Monat lang zusammenzuhalten«, sagte Webb trocken.

»Sie gehört ganz dir, mein Sohn. Kümmere dich darum«, sagte sein Vater, der Webb die Hand drückte, als sie einsteigen mußten.

»Das werde ich tun.« Webb drückte seinem Vater ebenfalls die Hand und küßte seine Mutter zum Abschied.

In ihren dunklen Augen standen Tränen. »Paß auf dich auf!« Ihre behandschuhten Finger strichen zart über seine Wange.

»Frauen«, murmelte sein Vater kopfschüttelnd. »Seit Ewigkeiten spricht sie davon, nach Texas zu reisen. Und jetzt weint sie, weil wir abfahren.«

»Genießt die Zeit, und macht euch keine Sorgen«, sagte Webb, als der Zug sich in Bewegung setzte.

Das Haus erschien ihm an diesem Abend sehr still. Webb hatte das Gefühl, selbst das Haus beobachtete, wie er seine Sache machte. Er trat ins Arbeitszimmer, blieb vor dem Schreibtisch stehen und sah sich die gerahmte Landkarte an. Er spürte die Verantwortung, die das Land mit sich brachte. Er trug auch die Verantwortung für alle, die darauf lebten, für die Cowboys und ihre Familien, aber auch für die Tiere. Er hob die Schultern, als wollte er das Gewicht dieser Last prüfen. Er fühlte sich nicht erdrückt, aber einsam. Die Sehnsucht nach Lilli flammte stark in ihm auf.

Das Strickzeug lag müßig auf ihrem Schoß, als Lorna Calder ihre Mutter musterte, die mit offenem Mund auf dem Schaukelstuhl eingenickt war. Die faltige Haut und der geschrumpfte Körper vertrugen sich mit dem dünner werdenden weißen Haar, entsprachen aber nicht dem Bild, das sie so viele Jahre in sich getragen hatte. Sie hatte gewußt, daß ihre Eltern gealtert sein mußten, doch sie hatte es sich nicht vorstellen können. Sie hatte sie so ganz anders in Erinnerung gehabt.

Ein Automobil, das vor dem Haus anhielt, ließ Lornas Mutter aus dem Schlaf aufschrecken. »Die Straßen sind nicht mehr sicher«, sagte sie mißbilligend.

»Diese Fahrzeuge werden recht populär«, räumte Lorna ein.

»Es muß direkt vor dem Haus kaputtgegangen sein. Sieh doch mal nach, Lorna«, sagte ihre Mutter.

Als Lorna ans Fenster trat, riß sie ungläubig die Augen auf, denn Benteen entstieg dem Wagen. »Gütiger Himmel, es ist Benteen.« Sie führte das nicht näher aus, sondern stürzte aus der Tür und in den milden Februartag von Texas. »Was tust du denn mit diesem Ding?«

»Was sagst du? Gefällt es dir?« Benteen lächelte sie an.

»Ob es mir gefällt? Was soll das heißen?« Sie warf noch einen weiteren Blick auf das schwarze Fahrzeug. »Erzähl mir nicht, daß du das gekauft hast.«

»Doch. Ich habe vereinbart, daß es mit dem neuen Stier, den ich gekauft habe, in den Norden gebracht wird.« Er wischte den Staub von dem blitzenden schwarzen Kotflügel. »Es ist ein Ford Modell T. Die Sitze sind aus echtem Leder. Steig ein, und ich mache eine Spritztour mit dir. So sagen die Verkäufer in ihrer Fachsprache zu einer Ausfahrt«, erklärte er zwinkernd.

»Bist du auch sicher, daß du mit diesem Ding umzugehen verstehst?« Lorna sah das Auto skeptisch an.

»Steig ein«, sagte Benteen. Er warf den Motor an.

»Bist du auch sicher, daß du weißt, wie man ihn anläßt?« fragte Lorna im Scherz, als der Wagen stotterte und Benteen eine Atempause einlegte.

»Man muß ganz schön kurbeln«, versicherte er ihr und machte sich wieder an die Arbeit.

Plötzlich hielt er in der Bewegung inne, beugte sich vor und klammerte sich an der Motorhaube fest. Für den Bruchteil einer Sekunde glaubte Lorna, er mache sich einen Spaß mit ihr. Dann sank er auf die Knie, und sie sah die Hand, die er sich auf die Brust preßte.

»Benteen, was ist?« Sie kletterte aus dem Wagen und eilte an seine Seite. Er rang mühsam nach Luft, und sein Gesicht war bleich und schmerzverzerrt. »Was fehlt dir?« Sie versuchte, eine Schulter unter seinen Arm zu zwängen, um ihm auf die Füße zu helfen.

»Meine Brust … der Druck …« Das Gewicht seines Körpers erdrückte sie fast.

»Benteen. O mein Gott«, schluchzte Lorna, die ihn nicht stützen konnte. Sie sah zum Haus. »Mama!«

Lorna hatte beide Hände um Benteens Handgelenke geklammert, um seinen Puls zu spüren, der nur sehr schwach schlug. Der Arzt forderte sie mit einem stummen, ernsten Blick auf beiseitezutreten, weil er sie sprechen wollte. Widerstrebend ließ sie Benteens Hände los.

»Wie geht es ihm? Wird alles wieder gut?« fragte sie flüsternd, als sie am Fußende des Bettes stand, damit Benteen sie nicht hören konnte. Er kam in unregelmäßigen Abständen zu Bewußtsein.

»Ich will Ihnen nichts vormachen, Mrs. Calder. Sein Zustand ist sehr, sehr ernst«, erwiderte der Arzt nüchtern. »Ich halte es für ein Wunder, daß er überhaupt noch am Leben ist.«

Lorna holte tief Luft, doch der Atem blieb in ihrer Kehle stecken. Sie zitterte von Kopf bis Fuß und rang um ihre Fassung. Im Moment war es ihr unmöglich, etwas darauf zu sagen. Benteen rührte sich und zog ihren tränenverschleierten Blick auf sich. Sie sah, wie seine Finger nach ihr tasteten, und sie trat eilig an seine Seite, nahm seine Hand und preßte sie an ihre Lippen.

»Ich bin hier, Liebling«, brachte sie mit zitternder Stimme heraus.

Er schlug die Lider auf, und sie sah einen entschlossenen Ausdruck in seinen Augen. »Bring mich nach Hause, Lorna.« Seine Stimme war dünn und kraftlos. »Um Himmels willen, laß mich nicht in Texas sterben.«

»Psst, mein Liebling.« Die Tränen rannen auf diese Bitte hin über ihre Wangen, und ihr Kinn zitterte. »Du wirst nicht sterben.« Seine Augen schlossen sich, und sie wußte, daß er wieder in die Bewußtlosigkeit gesunken war. »Doktor«, sagte sie und sah ihn an, »könnte er die Zugfahrt nach Montana überleben?«

»In seiner Verfassung ist das unwahrscheinlich, Mrs. Calder«, erwiderte er.

»Wird er es überleben, wenn er hierbleibt?« fragte sie.

»Ich weiß es nicht.« Er schüttelte betrübt den Kopf. »Wie ich bereits sagte, ich verstehe gar nicht, wie er es geschafft hat, noch am Leben zu sein.«

Sie senkte den Kopf und preßte eine Hand auf ihre Stirn. Sie hätte dem Arzt erklären können, wie einfach die Dinge in Wirklichkeit lagen. Benteen hatte die Antwort darauf gegeben, als er sie gebeten hatte, ihn nicht in Texas sterben zu lassen, aber sie glaubte nicht, daß der Arzt das verstanden hätte. Als sie vor so vielen Jahren den Red River überquert hatten, war die Erde von Texas von seinen Stiefeln gewaschen worden. Seine Sehnsucht nach Montana hatte ihn damals angetrieben, und auch jetzt trieb sie ihn wieder an. Damals war sie mit ihm gegangen, ohne zu wissen, was am Ende ihrer Reise lag. Sie würde auch jetzt mit ihm gehen und wieder nicht wissen, was sie am Ende der Reise erwartete.

Sie fuhr sich mit der Hand über das Gesicht und wischte die Tränen fort. Eine innere Ruhe gab ihr das Gleichgewicht wieder. »Ich möchte eine Krankenpflegerin einstellen, die die Reise mit uns unternimmt. Könnten Sie mir jemanden empfehlen, Doktor?« Es war eher eine Anweisung als eine Bitte.

»Ist Ihnen auch voll und ganz bewußt, was Sie tun?« fragte er.

»Ja, Doktor.« Sie nickte. »Ich bringe meinen Mann nach Hause.«

Durch die Verbindungen ihres Mannes gelang es Lorna, für die Reise in den Norden einen Privatwaggon zu organisieren. Sie stellte eine erfahrene Krankenpflegerin ein, die mit ihnen reisen sollte, und sie schickte Webb ein Telegramm. Ungeachtet der Einwände ihrer Eltern und des Arztes verließ sie ein zweites Mal mit Benteen Texas.

Lorna erwachte, als der Wagen scharf um eine Kurve bog. Schuldbewußt stellte sie fest, daß sie eingenickt war, und sie warf eilig einen Blick auf Benteen, der jedoch zu schlafen schien. Ihre müden Muskeln entspannten sich. Die Auswirkungen der langen Reise und die endlosen, schlaflosen Stunden waren ihr anzumerken. Sie mußten kurz vor dem Ziel ihrer Reise sein. Sie sah aus dem Fenster, aber Eisblumen gaben keinen Ausblick auf die Landschaft frei.

»Sind wir zu Hause, Lorna?« Seine Stimme klang bemerkenswert klar.

»Wir sind ganz nah, Liebling.«

Die Krankenschwester hatte sich im Wohnzimmer des Privatwaggons ausgeruht. Beim Klang der Stimmen kam sie an die Tür und steckte den Kopf ins Zimmer. »Mrs. Calder, eben ist der Schaffner mit einer Nachricht gekommen. Er läßt Ihnen ausrichten, daß wir den Yellowstone überquert haben.«

»Hast du das gehört, Benteen?« Lorna wandte sich eifrig zu ihm um. Die Anspannung auf seinem Gesicht war einer Zufriedenheit gewichen, und sein schmerzverzerrtes Gesicht hatte sich geglättet. Sie fühlte große Angst. »Benteen?« Sie griff mit beiden Händen nach ihm, als die Krankenschwester an das Bett eilte. »Nein!« Es war ein Aufschrei, der in einem entsetzlichen Klagelaut endete.

Der eiskalte Wind blies die dünne Schneedecke durcheinander und ließ sie als weiße Spiralen über den Bahnhof wirbeln. Es war ein stummes Grüppchen von Cowboys, das auf dem Bahnsteig bereitstand, als der Zug in den Bahnhof einlief. Der frierende Arzt stand zwischen den Männern, die sich mit ihren Mänteln gegen die beißende Kälte schützten.

Der Privatwaggon war leicht von den anderen zu unterscheiden. Webb ging auf ihn zu, als die Lokomotive auf den glattgefrorenen Gleisen zum Halten kam. Er schwang sich auf den Wagen und stieß die Tür auf, ohne erst anzuklopfen. Eine weißgekleidete Frau, die gerade dabei war, sich in einen wollenen Umhang zu hüllen, drehte sich verblüfft um. Sie warf nur einen Blick auf Webb und dann auf die andere Tür des Wagens, die offenstand und zu dem zweiten Zimmer führte. Webb lief mit großen Schritten weiter.

Er hatte erst einen Schritt durch die Tür getan, als er abrupt stehenblieb. Seine Mutter saß steif auf einem Stuhl und hatte die Hände im Schoß gefaltet. Sie hob ihm ein tränenloses Gesicht entgegen. Dann fiel sein Blick auf das Bett und die Gestalt, die von einem Laken bedeckt war. Er drehte sich im Halbkreis und senkte den Kopf, als dieser Schlag ihn traf.

Ein schwarzer Kranz hing über der Tür des Haupthauses. Webb stieg die Stufen hinauf und blieb stehen, um ihn anzustarren. Er konnte es immer noch nicht glauben. Er drehte sich um und blickte über die Gebäude zum Horizont. Dann hob er seinen Blick zu dem blauen Himmel. Die Kälte ließ die Tränen in seinen Augen gefrieren.

»Es gehört alles dir. Kümmere dich darum.«

Das waren in etwa die letzten Worte gewesen, die sein Vater zu ihm gesagt hatte.

Sie hatten zu Eispickeln greifen müssen, weil die Schaufeln nicht durch das Eis gedrungen waren. Aber sie hatten Chase Benteen Calder an diesem Morgen begraben. Und sie hatten ihn in Calder-Land begraben.

IV

Steht ein Calder da,
Lebt jung und stolz in den Tag,
Ringt um die Entscheidung
Was ihm bestimmt sein mag.

20

Webb saß am Kopfende des Tisches und hatte einen Arm lässig über die Stuhllehne gelegt. Ursprünglich hatte es ihm widerstrebt, den Platz einzunehmen, der immer von seinem Vater besetzt gewesen war. Aber seine Mutter hatte ihm versichert, es sei ihr lieber, ihn am Kopfende des Tisches zu sehen, als auf einen leeren Stuhl zu schauen.

Die Porzellantasse enthielt schon lange keinen Tropfen Kaffee mehr, doch er blieb sitzen und hörte dem lebhaften Gespräch zwischen seiner Mutter und Bull Giles zu. Bull war, kurz nachdem er von Benteen Calders Tod unterrichtet worden war, auf der Ranch eingetroffen und geblieben. Er war inzwischen fast ein Dauergast. Webb war froh darüber, ihn bei sich zu haben. Er verbrachte sehr viel Zeit außer Haus, und seine Mutter war über längere Zeiträume allein. Es beruhigte ihn zu wissen, daß Bull Giles da war und ihr Gesellschaft leistete.

»Webb, diesen Sonntag mußt du dir von Bull beibringen lassen, wie man diesen Ford Modell T fährt«, erklärte seine Mutter eifrig. »Er hat heute eine ›Spritztour‹ mit mir gemacht. Wir sind so schnell gefahren, daß mir die Luft weggeblieben ist.«

Als der Wagen eingetroffen war, hatte Webb damit gerechnet, daß seine Mutter ihn gern wieder loswerden wollte, da er den Herzanfall seines Vaters ausgelöst hatte. Aber sie hatte dem Fahrzeug keine Schuld daran gegeben. Das Modell T war der letzte Kauf seines Vaters gewesen, und sie legte das Schwergewicht auf diesen Aspekt.

»Hast du ihn selbst gefahren?« fragte er.

»Ich habe es versucht.« Sie lachte. »Er war bockiger als ein wildes Pferd. Ich konnte diese Pedale auf dem Boden nicht dazu bringen zu tun, was ich wollte. Und das Lenkrad muß man mit beiden Händen umklammern. Auf unebenem Boden reißt es einem fast die Arme aus, wenn man es festzuhalten versucht. Ich glaube, mir tun in einer Woche noch die Muskeln weh. Aber es hat großen Spaß gemacht.«

»Das merke ich.« Webb lächelte sie an. »Es ist schön, dich lachen zu hören.«

Ihr Gesicht wurde versonnen, als sie mit einer Hand über ihr schwarzes Kleid strich und einen Blick auf ihren alten Freund und Gefährten warf. »Ich glaube, Bull hat schon immer gewußt, wie man Mädchen Freude macht, und sei es auch nur für kurze Zeit.«

»Ich bemühe mich, Lorna.« Bull Giles lächelte strahlend, aber in seinen Augen stand ein Anflug von Traurigkeit. »Gibt es noch Kaffee? Ich denke, ich hätte gern noch eine Tasse.«

»Ja.« Seine Mutter griff nach der Kanne, um seine Tasse nachzufüllen. »Was ist mit dir, Webb?«

»Nein ...« Er sprach nicht weiter, denn er hörte, daß jemand die Haustür öffnete. Webb hob den Kopf, als er das Schlurfen von Stiefeln und das Klappern von Sporen auf das Eßzimmer zukommen hörte.

Ike Willis und Nate Moore kamen hereinspaziert und zogen ihre Hüte in dem Moment, als sie feststellten, daß eine Frau anwesend war. Beide Männer sahen Webb mit ernsten Blicken an.

»Was ist los?« Webb sah von einem zum anderen, und seine Brauen zogen sich zusammen, während er darauf wartete, daß einer der Männer etwas sagte.

Eine neue Siedlerfamilie hatte den Zaun im Osten durchgeschnitten, war mit ihrem Wagen auf Calder-Land gefahren, hatte dort ein paar junge Pappeln gefällt und sich ein Zelt aufgebaut. Der Mann behauptete, Calder habe keinen rechtmäßigen Anspruch auf das Land, und seine vier Söhne unterstützten diese Behauptung mit geladenen Flinten. Webb beschloß, bei Tagesanbruch hinzureiten.

Als die beiden Männer gegangen waren, warf Bull Giles Webb einen Seitenblick zu. »Ich habe dir gesagt, daß es immer jemanden geben wird, der dir das Land wegnehmen will, ob in kleinen Scheibchen oder als Ganzes.« Er rief Webb die Unterhaltung ins Gedächtnis zurück, die sie vor mehr als zwei Jahren auf der Veranda geführt hatten.

»Ja«, sagte Webb grimmig. »Und jetzt sind die Farmer da.«

»Ich kann nicht behaupten, daß es mich überrascht«, sagte

Bull versonnen. »Das Land, das zu haben war, ist vergeben worden. Die Nachzügler, die Armen, die kein Geld haben, können es sich nicht leisten, Land zu kaufen. Wahrscheinlich haben sie noch nicht einmal das Geld, dorthin zurückzugehen, wo sie herkommen. Und daher machen sie sich auf einem Stück Land breit und versuchen, ihre Rechte durchzusetzen und als Siedler anerkannt zu werden. Das hat früher auch schon geklappt.«

»Hier klappt es nicht«, sagte Webb.

»Du solltest sie nicht unterschätzen«, riet ihm Bull. »Diese Menschen sind verzweifelt. Das trifft auf die meisten Trockenfarmer zu. Ich spreche nicht von denen, die aus Iowa, Minnesota oder Kansas gekommen sind. Ich spreche von den anderen, von der Mehrheit der echten Immigranten.«

Als Bull schwieg, blieb auch Webb stumm. Gegen seinen Willen dachte er an Lilli, als Bull von den Trockenfarmern sprach.

»Sie sind gierig auf Land, so gierig, daß sie alles nehmen. Es ist ihnen gleich, ob das Land gut oder schlecht ist, ob es zu haben oder im Besitz eines anderen ist.« Bull lachte leise und ungläubig. »Gerade vor ein paar Tagen habe ich gehört, daß sie in den Missouri Flats von Madison Land an sich reißen. Dort wächst nicht einmal Weizen.«

»Die anderen, die als erste hier waren, scheinen ganz gut zurechtzukommen«, sagte Webb, der immer noch an Lilli, an ihren Mann und an die Weizenernte dachte, die sie eingebracht hatten.

»Sie haben Weizen angebaut, und zwar in großen Mengen«, räumte Bull ein. »Soweit ich es in Erfahrung gebracht habe, reicht es nur, um sie von einem Jahr zum nächsten kommen zu lassen. Jedes Jahr müssen sie wieder Geld bei der Bank aufnehmen, um das Saatgut zu kaufen. Wenn sie ihren Weizen verkauft haben, bezahlen sie ihre Schulden bei der Bank und haben gerade noch genug übrig, um über den Winter zu kommen. Sie hoffen immer, daß es im nächsten Jahr besser wird.«

»Ich habe gehört, daß einige von ihnen Land dazugekauft haben, damit sie mehr Weizen anbauen und ihre Gewinne vergrößern können.« Das hatte Lillis Mann getan.

»Was manche Menschen sich nicht klarmachen und worauf andere nichts geben, ist, daß dreihundertzwanzig Morgen Land in Montana etwa dreißig Morgen in Illinois oder Iowa entsprechen. Wenn man das verdoppelt, kommt man auf sechzig. Von sechzig Morgen kann man nicht gut leben.«

»Du sagst damit, daß sie es nie zu etwas bringen werden«, meinte seine Mutter stirnrunzelnd.

»Ein paar wenige werden es schaffen, aber die Mehrheit nicht.« Er schüttelte den Kopf. »Vergiß nicht, daß die Weizenpreise noch nie so hoch waren. Solange es in Europa Schwierigkeiten gibt und England und Frankreich mit Deutschland im Krieg liegen, werden die Preise wahrscheinlich nicht fallen. Aber du hast selbst gesehen, wie es auf dem Rindermarkt im Lauf der Jahre auf und ab gegangen ist. Der Kornmarkt wird nicht ewig so stabil bleiben wie jetzt. Soweit scheint niemand vorauszuschauen. Noch nicht einmal die Banken. Diese neue Bank in Blue Moon, die zur Hälfte Doyle, dem Sohn des alten Tom Pettit, gehört, hat doppelt so viele Außenstände wie Rücklagen. Es dauert nicht mehr lange, und das Ganze bricht in sich zusammen. Ich wäre vorsichtig, wenn ich mein Geld anlegte.«

Während der Monate, die Bull inzwischen bei ihnen verbrachte, hatte Webb festgestellt, daß er ein weiser Ratgeber war. Durch seine praktische Erfahrung hatte sich Webb ein großes Wissen über Rinder, Männer und den Markt erworben, aber von Bull Giles konnte er etwas über Politik und andere wirtschaftliche Einflüsse lernen. Das Dreifache C war fast so groß wie manche Staaten im Osten, aber es wurde von dem beeinflußt, was sich außerhalb seiner Grenzen tat.

»Übrigens ist es jetzt offiziell, daß Bulfert für den Senat kandidiert«, teilte Bull Webb mit. »Du solltest dir ernsthafte Gedanken darüber machen, ob du seinen Wahlkampf nicht unterstützen willst.«

»Raten Sie dazu?« Webb lächelte.

Bull lächelte auch. »Solange du ihm nicht zu sehr über den Weg traust.«

Sie konnten das Zelt der Siedler noch nicht sehen, als eine Staubwolke vor ihnen aufwirbelte. Offensichtlich hatte jemand Wache gehalten und sie bereits bemerkt. Vor den Füßen von Webbs Pferd löste sich ein Lehmbrocken, und sofort darauf war der Schuß zu hören. Webb brachte sein Pferd zum Stehen.

»Dieser verfluchte Dummkopf hat gerade auf uns geschossen!« rief Ike aus, als die Männer hinter Webb hielten.

»Wir sind noch nicht in ihrer Schußlinie.« Webb hatte die Entfernung bereits abgeschätzt.

Ein weiterer Lehmklumpen flog einen Meter vor ihnen durch die Luft, und einen Pulsschlag später war der Schuß zu hören.

»Glaubst du, er weiß, daß wir noch nicht in seiner Schußlinie sind?« fragte Nate. »Es könnte eine Warnung sein, nicht näherzukommen.«

»Wenn er es vorher nicht gewußt hat, weiß er es jetzt.« Webb tat diese Frage als unwesentlich ab und zog sein Gewehr.

»Wenn er außer Schußweite ist, sind wir auch außer Schußweite.« Nate sah das Gewehr an, als hätte Webb von selbst darauf kommen müssen.

»Nett, daß du das sagst.« Ein Lächeln umspielte seine Lippen, als Webb sein Halstuch aufknoten und es an sein Gewehr band. »Ihr bleibt hier, während ich sehe, ob ich nicht zu ihnen reiten und ihn zur Vernunft bringen kann, ehe jemand verletzt wird.«

Nate griff nach seinem Gewehr. »Ich habe das Gefühl, der alte Knabe ist nicht allzu interessiert an einem Gespräch. Wir geben dir auf alle Fälle Deckung.«

Das Halstuch war nicht weiß, aber es erfüllte seinen Zweck. Webb nahm das Gewehr und richtete die Mündung, die mit dem Halstuch umwickelt war, gegen den Himmel. Er ließ den Mann und seinen ältesten Sohn keinen Moment lang aus den Augen, und ein zweiter Junge, der ebenfalls mit einem Gewehr bewaffnet war, gesellte sich zu ihnen. Webb hatte gerade die Stelle erreicht, an der die beiden ersten Schüsse abgegeben worden waren, als er sah, daß die Gewehre an die Schultern gehoben wurden.

»Seid keine verdammten Dummköpfe«, murmelte Webb leise vor sich hin und trieb sein widerspenstiges Pferd mit den Knien voran. Es konnte sein, daß sie sich nur absichern wollten.

Im nächsten Moment sah er, daß ein Schuß abgegeben wurde. Webb gab seinem Braunen die Sporen und ließ ihn einen Satz nach rechts machen. Das Pferd schnaubte ängstlich, als die Kugel seine Flanke streifte. Es setzte zu einem Galopp an. Von beiden Seiten kamen jetzt die Kugeln, und der Geruch des Pulvers hing in der Luft.

Das Sperrfeuer, das die Reiter eröffnet hatten, hatte den Siedler und seine Söhne hinter dem Wagen Deckung suchen lassen. Niemand war getroffen, aber die Schüsse waren nah genug abgegeben worden, um sie zu erschrecken. Als Webb sich den anderen wieder angeschlossen hatte, hörte die Schießerei auf.

»Ich hatte doch gleich den Verdacht, daß sie keine Vernunft annehmen wollen«, erklärte Nate.

»Was jetzt?« Ike sah Webb an. »Es wäre tollkühn, uns auf sie zu stürzen wie Kavalleristen. Sie können hinter dem Wagen Deckung suchen.«

»Soll ich mich unbemerkt anschleichen?« Ein Cowboy, der erst seit kurzem für die Ranch arbeitete und Wirg Haskell hieß, deutete zum Nordrand der Bodensenke. »Von dort aus sind sie in Schußweite. Ich könnte ein paar Schüsse abgeben, damit sie stillhalten, bis der Rest von euch sie erreicht hat.«

»Nein.« Webb wies diesen Vorschlag zurück. »Die Gefahr, daß ein Irrläufer die Frau und diese beiden Kinder im Zelt trifft, ist zu groß. Ich habe eine bessere Idee. Ike, du, Slim, Virgil und Hank, ihr treibt eine nette Herde von Stieren zusammen. Sowie ihr sie eingefangen habt, treiben wir sie durch das Zeltlager und folgen ihnen. Der Rest von uns bleibt hier und behält die Lage im Auge.«

»Dieser Bauer wird sich denken, daß du Verstärkung holen läßt«, sagte Nate, als die vier Cowboys fortgeritten waren. »Es scheint ihn jetzt schon nervös zu machen, daß die Männer fortgeritten sind.«

»Er weiß noch nicht, daß unsere Verstärkung Vierbeiner

sind«, sagte Webb trocken, während er die leichte Verletzung auf der Flanke des Braunen untersuchte. Das Pferd tänzelte nervös, als er es berührte. »Du wirst es überleben, Junge«, meinte Webb und streichelte geistesabwesend den Hals des Pferdes.

Die Sonne stand schon fast über ihren Köpfen, als die Cowboys mit etwa fünfzig Stieren zurückkamen.

»Dieser Bauer wird sich wirklich wundern, was das jetzt soll.« Nate kicherte zufrieden in sich hinein.

»Lange braucht er nicht zu rätseln.«

Die Stiere wurden auf die Kuppe oberhalb der Bodensenke getrieben, und als sie dort standen, wurden Schüsse in die Luft abgefeuert, damit sie losliefen. Slim und Ike ritten neben den Tieren her, bis sie sicher waren, daß die Stiere auch direkt auf den Wagen zuliefen. Dann ließen sie sich zurückfallen und benutzten die Herde als Schutzschild.

Die Stiere wichen den flatternden Zeltplanen aus und teilten sich in zwei Gruppen, die um den Wagen herumliefen und den Mann und seine Söhne zwangen, unter den Wagen zu kriechen, wenn sie nicht von den Tieren niedergetrampelt werden wollten. Bevor der letzte Stier am Wagen vorbeigestürmt war, rutschten die Reiter vom Sattel. Nach einem kurzen Handgemenge wurden alle drei entwaffnet.

»Sieh im Zelt nach, ob alles in Ordnung ist.« Webb richtete diese Anweisung an Slim Trumbo. Dann wandte er sich an den Bauern und seine mageren Söhne, die karottenrotes Haar hatten. In ihren zerlumpten Kleidern waren sie ein jämmerlicher Anblick. Doch in den Augen des Mannes funkelte Stolz. »Ich weiß nicht, wer Sie sind, Mister, oder was Sie hier vorhatten. Aber es hätte jemand verletzt werden können.« Er mußte sich zwingen, hart zu bleiben, als er die hohlwangige Frau und die beiden Kinder mit den großen Augen sah, die vor Slim aus dem Zelt kam. »Sie hätten an Ihre Frau und Ihre Kinder denken sollen, wenn Sie schon nicht an sich selbst denken.«

»Ich denke an sie, und mir geht es darum, daß sie Essen in den Bauch bekommen«, gab der Bauer zurück. Er zeigte keine Anzeichen von Reue.

»Der Zaun, den Sie zerschnitten haben, war die Grenze des Dreifachen C. Sie befinden sich auf privatem Grund und Boden, und daher fordere ich Sie auf, Ihre Sachen zu packen und auf dem Weg, auf dem Sie gekommen sind, zurückzufahren.«

»Unsere Pferde, Pa«, sagte einer der Jungen.

»Sie sind mit den Rindern durchgegangen«, erklärte Nate.

»Virg, fang ihre Ponys ein und bring sie zurück«, sagte Webb.

»Das hier ist doch nur ein kleines Stück Land«, sagte der Siedler. »Bei all dem Land, das Ihr Boß besitzt, wird ihm dieses kleine Stückchen gar nicht fehlen. Warum reiten Sie nicht einfach zurück und erzählen ihm, Sie hätten uns verjagt? Er wird nie erfahren, daß wir hier sind.«

»In dem Punkt täuschen Sie sich, da ich zufällig Webb Calder bin. Und wenn ich zulasse, daß Sie bleiben, öffne ich Tür und Tor für andere wie Sie, die dann auf mein Land kommen, und das liegt nicht in meiner Absicht«, sagte Webb. »Und jetzt packen Sie zusammen.«

»Aber wir wissen nicht, wohin wir gehen sollen«, wandte der ältere Junge ein.

»Das ist nicht mein Problem. Darüber hätten Sie sich Gedanken machen sollen, ehe Sie hierhergekommen sind.« Webb war nicht bereit, sich umstimmen zu lassen. »Wenn Sie dieses Zelt jetzt nicht abbauen, werde ich meine Männer damit beauftragen.«

Der Bauer nickte seinen Söhnen zu. Widerstrebend gingen sie zum Zelt und begannen, die Pflöcke herauszuziehen. »Was ist mit unseren Gewehren?«

»Die gebe ich beim Sheriff in Blue Moon ab.« Webb trat neben sein Pferd und nahm Nate die Zügel aus der Hand. »Und wenn Sie sich das nächste Mal auf einem Stück Land niederlassen, dann vergewissern Sie sich, daß es niemandem gehört.«

»Wenn Sie mir sagen, wo ich ein solches Stück Land finde, bin ich schon unterwegs. Dieser Mann von der Eisenbahn hat gesagt, hier gäbe es freies Land, aber ich habe bisher nichts davon gesehen«, erklärte der Mann verbittert. Dann wandte er sich ab und begann, das wenige, was er besaß, auf den Wagen zu laden.

Nate murmelte tonlos: »Dieser Mann ist ein verfluchter Dummkopf, seine Familie hierherzubringen. Ich hasse es mit anzusehen, wenn Kinder derart leiden müssen. An Eßbarem hat Ike in diesem Zelt nichts weiter als ein paar Kartoffeln, Mehl und ein paar Hasenknochen gefunden.«

»Fang einen Stier ein und binde ihn hinter den Wagen«, sagte Webb grimmig. »Zumindest haben sie dann etwas zu essen, bis sie einen Platz für sich gefunden haben.«

Als Virg Haskell mit den beiden Pferden kam, war der Wagen schon beladen. Die Frau weinte, als Nate den Stier an den Wagen band, doch der Mann bedankte sich mit keinem Wort.

Nachdem sie den Wagen von ihrem Land begleitet hatten, schickte Webb Ike mit den Gewehren der Familie in die Stadt, um dem Sheriff von dem Vorfall zu berichten. Sobald der Zaun geflickt war, ritten sie nach Hause.

Nasse Kleidungsstücke flatterten im warmen Wind, und Lilli rührte vor der Hütte in dem großen Topf Kochwäsche um. Sie warf einen Seitenblick auf Helga Kreuger, die auf dem Waschbrett ein Hemd schrubbte. Sie wrang es aus und warf es in einen anderen Eimer. Als sie sich aufrichtete und sich streckte, betonte diese Haltung ihren runden Bauch und wies auf eine fortgeschrittene Schwangerschaft hin.

»Ich schrubbe die Wäsche für Sie, Mrs. Kreuger«, erbot sich Lilli, die wußte, daß diese Arbeit der Frau schwerfallen mußte.

»Die Männer kommen von den Feldern. Wir sollten die Wäsche später fertig waschen.« Helga Kreuger sah ihre kleine Tochter an. »Anna, deck den Tisch, damit wir essen können.«

Mit einem Holzstock fischte Lilli die Kleider aus dem heißen Waschwasser und packte sie in einen anderen großen Eimer. Der heiße Dampf stieg auf und überzog ihr Gesicht und ihren Hals mit Schweißperlen. Als sie fertig war, wischte sie sich mit der Schürze das Gesicht ab und wandte sich zu den Männern um, die gerade zurückkamen.

»Kommt ins Haus. Das Essen steht auf dem Tisch«, begrüßte Helga Kreuger sie hastig.

»Haben Sie heute diesen Eintopf gemacht?« fragte Stefan. »Sie müssen Lillian unbedingt das Rezept geben.«

Lilli hatte kaum auch nur einen Blick von ihrem Mann bekommen, aber sie war daran gewöhnt und fing an, sich in ihr Schicksal zu fügen. Franz Kreuger sah finster in ihre Richtung. Sie hob den Kopf, weil sie glaubte, seinen Unwillen hervorgerufen zu haben. Dann merkte sie, daß sein Blick auf einen Gegenstand hinter ihrem Rücken gerichtet war. Sie drehte sich um und sah einen Wagen den Weg heraufkommen.

»Wer ist das?« fragte Franz, als erwarte er von einem der Anwesenden eine Antwort.

Sie vergaßen zu essen und sahen nur dem Wagen entgegen. Zwei rothaarige Jungen liefen neben dem Wagen her. Ein Mann lenkte das Pferdegespann, und eine Frau saß mit einem Kind auf dem Schoß und einem zweiten Kind daneben im Wagen. Ein Stier mit wildem Blick kämpfte gegen das Seil an, das ihn hinter dem Wagen herzerrte.

Der Mann hielt an. Bitterkeit und Enttäuschung standen auf seinem Gesicht, als er Stefan und Franz zunickte.

»Hätten Sie etwas Wasser für meine Pferde übrig?« fragte er.

»Gustav!« rief Franz seinem kleinen Sohn zu. »Hol aus der Zisterne einen Eimer Wasser für den Mann.«

»Sehr verbunden, Sir.« Der Mann stieg vom Kutschbock und ging zu den Pferden. Er rieb ihre Nasen und fragte: »Wüßten Sie vielleicht einen Ort, an dem eine Familie ihr Nachtlager aufschlagen kann?«

Lilli sah, daß Franz Kreugers Gesicht härter wurde. Er blickte etwas ablehnend, als er die schmutzigen, verlumpten Jungen und den ärmlichen Wagen mit den Pferden betrachtete. Der Mann war unrasiert und wirkte äußerst ungepflegt. Sie hatte schon immer den Verdacht gehabt, daß Franz Kreuger eine doppelte Moral hatte und auf andere herabblickte. Und die, die auf ihn herabblickten, haßte er.

»Sie könnten weiter unten fragen«, sagte er zu dem Mann. »Dort weiß man vielleicht einen Platz.«

»Es gibt keinen Grund, weshalb sie nicht in dem Pappelwäldchen am Rand des Grundstücks lagern könnten, oder, Stefan?« meldete sich Lillian zu Wort. Sie störte sich nicht daran, daß Franz Kreuger fand, solche Entscheidungen sollte eine Frau ganz ihrem Mann überlassen.

»Das klingt sehr freundlich, Ma'am.« Der Mann legte seine Finger an den Hut und bemerkte Stefans Blick, der Lillian zum Schweigen bringen wollte, nicht. »Wir sind gerade gewaltsam vertrieben worden.«

»Wo waren Sie?« fragte Franz mit kaltem Blick.

»Wir hatten nordwestlich von hier ein Stück freies Land gefunden. Gutes Land, das kann man sagen. Meine Frau hätte dort einen Garten anlegen können, und der Weizen wäre uns bis zum Bauch gewachsen.« Seine Mundwinkel zogen sich erbittert herunter. »Das Problem war nur, daß das Land bereits einem Mann namens Calder gehört.«

»Calder?« Franz Kreugers Gesichtsausdruck veränderte sich.

»Ja, er und seine Männer haben uns vertrieben. Ich und meine Jungen haben versucht zu kämpfen, aber ich mußte an die Frau und an die Kleinen denken.« Er schüttelte den Kopf. »Niemand hat das Recht, soviel Land zu besitzen. Ich habe ihm gesagt, ich wolle nur ein kleines Stück, um etwas anzubauen und meine Familie zu ernähren, aber er hat mich mit Augen angesehen, die so schwarz wie die des Teufels sind, und hat gesagt, ich solle verschwinden.«

Franz Kreugers Haltung änderte sich abrupt. »Stefan, hast du nicht gesagt, du brauchst einen braven, tüchtigen Mann, der dir auf deiner Farm hilft?«

»Ja.« Stefan griff das Stichwort auf. »Ich kann nicht viel Lohn bezahlen, aber Sie hätten eine Bleibe und ein wenig Platz, damit Ihre Frau einen Garten anlegen kann.«

»Meine Söhne, die könnten vielleicht auch mitarbeiten.«

Das Gesicht des Mannes hellte sich bei dieser Vorstellung auf.

»Wir kennen viele Leute«, sagte Franz. »Wir werden ihnen von Ihren Söhnen erzählen. Es braucht immer jemand vorübergehend Hilfe. Wenn sie gut arbeiten, wird man sie nehmen.«

»Sie arbeiten gut, das steht fest«, sagte der Mann, als er den Wassereimer entgegennahm und ihn seinen Pferden hinstellte.

»Ich habe darauf gesetzt, daß sie mir helfen, wenn wir ein Stück eigenes Land haben, aber ich schätze, dazu kommt es nicht.«

»Nächstes Jahr werden Stefan und ich Ihnen helfen, ein Stück gutes Land zu finden«, versprach Franz. »Wir müssen alle zusammenhalten und einander helfen. Dann sind wir alle stärker.«

Als die Pferde das Wasser getrunken hatten, reichte der Mann dem Jungen den Eimer und wandte sich an Stefan. »Wo ist dieser Ort, von dem Ihre Tochter gesprochen hat?« Lilli zuckte zusammen, denn sie wußte, wie empfindlich ihr Mann inzwischen auf ihren Altersunterschied reagierte.

Stefan richtete sich aus seiner leicht gebeugten Haltung zu seiner vollen Größe auf und erwiderte kalt: »Sie ist meine Frau.«

Der Mann lief rot an und warf einen verblüfften Blick auf Lilli. Dann schlug er eilig die Augen nieder. »Ich bitte um Verzeihung«, entschuldigte er sich augenblicklich sehr verlegen.

Nachdem Stefan ihnen erklärt hatte, wie sie die Farm finden konnten, sagte er: »Sie warten vor unserem Haus. Meine Frau und ich kommen bald nach Hause. Ich werde Ihnen zeigen, wo Sie Ihr Lager aufschlagen können.«

Als der Wagen umkehrte, sah Lilli das Brandzeichen auf der Flanke des Stieres. Ihr Blick fiel wieder auf die Familie, die Webb Calder gesehen hatte. Neid durchflutete sie von Kopf bis Fuß, und sie glaubte zu zerspringen.

»Kommt. Laßt uns essen, ehe es kalt wird«, drängte Helga Kreuger.

Lilli wandte sich langsam ab und folgte den anderen in die kleine Hütte, die nicht größer war als ihre eigene. Doch es wohnten dreimal so viele Menschen darin. Ihrem Gesicht war nichts anzusehen. Sie, die ihren Gedanken und Gefühlen immer freien Lauf gelassen hatte, verschloß sich jetzt und behielt sie für sich. Manchmal fragte sie sich, ob sie Stefan nicht täglich ähnlicher wurde. Es war schon so lange her, seit einer von ihnen gelächelt hatte.

Nach dem Essen machten sie sich in ihrem Wagen auf den Heimweg.

»Mrs. Kreugers Baby kommt wohl noch vor der Ernte.« Stefan unternahm einen seiner seltenen Versuche, sich mit ihr zu unterhalten. »Das ist gut so.«

»Ja.« Einen Moment lang überlegte Lilli zynisch, wie unpassend die Männer es gefunden hätten, wenn Helga Kreuger in den Wehen gelegen hätte, während gerade die Dreschmaschinen kamen.

»Das ist ihr zweites Baby, seit sie hier sind«, sagte er und sah Lilli an, die sich fragte, weshalb er dieses Thema ansprach.

»Ja, das stimmt«, erwiderte sie.

Über einen Zeitraum von einigen Minuten waren nur die Hufe der Pferde und das Quietschen der Wagenräder zu hören. Stefan griff in die Zügel.

»Wenn wir wieder in die Stadt kommen, gehst du zum Arzt und stellst fest, warum du noch keine Babys bekommen hast«, äußerte er.

»O Stefan.« Sie war gereizt und blickte eilig in eine andere Richtung, um ihn bloß nicht ansehen zu müssen. »Es ist nicht nötig, ein Kind zu zeugen, um der Welt – oder Franz Kreuger – zu beweisen, daß du ein Mann bist.«

Vor einer Stunde hatte sie sich noch etwas darauf eingebildet, wie gut sie ihre Gedanken und Gefühle für sich behielt, und jetzt brachen sie einfach aus ihr heraus. Es spielte keine Rolle, daß das, was sie gesagt hatte, die Wahrheit war. Ihre unbedachte Bemerkung hatte Stefan verletzt. Er war wütend auf sie. Sie lernte viel über Männer und darüber, wie empfindlich sie waren, wenn es um diese sogenannte Männlichkeit ging. Ihr Problem war, daß sie Stefan nie so wie Webb Calder als einen Mann angesehen hatte. Stefan war ihr Freund, ihr Onkel, ihr Vater. Sie hatte nicht bemerkt, daß er auch diese andere Seite hatte.

»Ist es unrecht, wenn ein Mann ein Kind will?« Seine Stimme war belegt, als er diese Frage stellte.

»Nein, es ist nicht unrecht.« Lilli machte in ihrer hilflosen Enttäuschung ein finsteres Gesicht. Es beschämte sie festzustellen, daß sie kein Kind von Stefan haben wollte. »Aber es ist nicht der richtige Zeitpunkt für ein Kind, nicht, solange wir uns kaum selbst ernähren können.« Sie hatte schon wieder etwas Falsches gesagt. Aber es stimmte. Das zusätzliche Land, das sie für den Weizenanbau erworben hatten, hatte sie nur noch tiefer verschuldet. Sie verkauften mehr Weizen, aber es wurde auch mehr Geld für Pferde ausgegeben, die das Land umpflügen mußten, für Geräte, für Arbeitskräfte und für das Saatgut. Es schien, als hätten sie immer weniger Geld.

»Stefan, ich wollte damit nicht sagen, daß du nicht alles getan hast, was in deiner Macht steht, um für uns zu sorgen.« Lilli bemühte sich, ihrer vorangegangenen Bemerkung die Spitze zu nehmen. »Das hast du wirklich getan. Es ist nur so, daß die Dinge nicht ganz so gelaufen sind, wie du es dir ausgerechnet hast.«

»Wir werden dieses Jahr eine bessere Ernte haben«, beharrte er.

»Natürlich.« Es waren leere Worte, die sie um seinetwillen aussprach. Aber Lilli wußte, daß der Regen dieses Jahr erst spät eingesetzt hatte. Der Weizen reifte nicht annähernd so gut heran wie im vergangenen Jahr.

»Du wirst herausfinden, warum du keine Babys bekommst«, wiederholte Stefan seine Aufforderung.

»Ja, das mache ich«, willigte sie ein. Angst hatte sie ergriffen. Wenn sich herausstellte, daß die Ursache in Stefans Impotenz zu suchen war, würde ihn das gänzlich am Boden zerschmettern.

Wieder herrschte Schweigen zwischen ihnen, als sie ihrem Haus entgegenfuhren. Lilli hatte immer geglaubt, Stefan zu kennen. Aber damals war sie zu jung gewesen. Seine stille Art half ihm, seine Mißerfolge und Schwächen vor anderen Menschen zu verbergen. Er war unsicher und unentschlossen, und seine Taten wurden von dominierenden Menschen in seiner Umgebung bestimmt. Entsprechend beeinflußbar und wankelmütig war er auch in seinem Verhalten. Er wollte das sein, was er in anderen Männern sah. Er übernahm ihr Auftreten und ihr Benehmen, griff ihre Stichwörter auf, wenn es zu handeln galt, und tat so, als faßte er eigene Entschlüsse. Wenn Franz Kreuger an jenem Morgen nicht bei ihm gewesen wäre, hätte Stefan nicht auf Webb geschossen. Seine Vorstellung davon, was Franz Kreuger an seiner Stelle getan hätte, hatte ihn dazu gebracht, so zu handeln.

Lilli war in sich selbst gefangen. Suchte sie nur Fehler bei Stefan, spielte sie seine Schwächen nur hoch, um die Liebe, die sie für einen anderen Mann empfand, zu rechtfertigen? Für sie gab es nur eine Gewißheit. Sie liebte Stefan nicht, wie eine Frau einen Mann liebt. Sie hatte ihn sehr gern, so gern wie man einen engen Freund der Familie eben hat. Sie hatte ihm viel zu verdanken, weil er sich um sie gekümmert hatte, als ihre Eltern gestorben waren. Aber gleichzeitig war sie auch für ihn die einzige Person gewesen, die ihm damals noch geblieben war. Und sie war es ihm schuldig, ihm die Loyalität einer Ehefrau entgegenzubringen. Wenn eine beharrliche innere Stimme sie immer wieder fragte, ob sie es sich selbst nicht schuldig sei, ein wenig Glück zu erfahren, dann bemühte sich Lilli, diese Stimme zu überhören.

Als Stefan an jenem Abend eingeschlafen war, schlich sie sich leise aus dem Bett, achtete darauf, ihn nicht zu wecken, und stahl sich heimlich in die Nacht hinaus. Der kühle Nachtwind schlang seine Arme um sie und drang durch ihr dünnes, langes Nachthemd. Sie wandte ihre Augen nach Westen, und in ihrem Blick lag ein tiefes, brennendes Sehnen. Irgendwo dort drüben lebte Webb. Warum war sie so verflucht edelmütig gewesen und hatte sich geweigert, ihn wiederzusehen? Warum hatte sie sich selbst der wenigen Momente geraubter Freude in seinen Armen entzogen?

Er war so nah und doch so fern. Sie senkte den Kopf und wußte, daß sie nie den Schritt unternehmen würde, diese Entfernung zu verringern. Sie stand da und war sich nicht sicher, ob sie unglaublich stark oder nur dumm war.

21

Alle Rancher hatten Probleme mit den Ansiedlern, die sich unerlaubterweise niederließen. Aber aufgrund seiner Größe war das Dreifache C angreifbarer als alle anderen. In den letzten vier Jahren hatte Webb ununterbrochen darum kämpfen müssen, sie von seinem Land fernzuhalten. Ein paarmal kam es zu Schußwechseln, aber die meisten zogen ab, ohne Ärger zu verursachen, wenn man sie entdeckt hatte. Er hatte Patrouillen aufgestellt, die die Siedler vertreiben sollten, bevor sie seine Zäune durchbrachen. Außerdem sollten sie den gelegentlichen Viehdiebstahl der hungernden Familien etwas eindämmen.

Andere Rancher sprangen übel mit den Eindringlingen um, führend war Ed Mace. Und Hobie Evans stand ihm in nichts nach. Es waren Geschichten im Umlauf, Hobie sei schnell mit dem Gewehr zur Hand. Und es gab Verwundungen, die diese Geschichten bestätigten. Webb wußte, daß unter seinen eigenen Männern etliche murrten und meinten, er ginge zu nachsichtig mit den neuen Siedlern um. Er solle ihnen eine Lektion erteilen, die sie dann anderen weitererzählten. Aber er konnte die Frauen dieser Neuankömmlinge nicht anschauen, ohne an Lilli zu denken.

Er hatte sie ein paarmal in der Stadt gesehen und war tausendmal in Versuchung gewesen, sie aufzusuchen. Fünf Jahre waren inzwischen vergangen, aber sie hatte ihn zweimal abgewiesen und die Liebe abgelehnt, die er ihr geben wollte. Webb hatte nicht vor, sich ein drittes Mal zu öffnen. Ein Mann hatte schließlich auch seinen Stolz.

Und eine Menge Einsamkeit dazu. Ein weiterer Kranz hatte vor zwei Jahren in der Haustür gehangen, nachdem auch seine Mutter gestorben war. Lungenentzündung, hatte der Arzt gesagt, aber Webb hatte den Verdacht, daß sie ganz einfach nicht den Willen gehabt hatte, sich gegen die Krankheit zur Wehr zu setzen. Nicht einmal die Gesellschaft von Bull Giles hatte die Leere füllen können, die beim Tode seines Vaters entstanden war. Nach ihrem Tod hatte Bull seine Sachen gepackt und war abgereist. Er hatte alt ausgesehen – alt und sehr, sehr müde.

Somit war Webb jetzt der einzige Bewohner des großen

Hauses. Er verbrachte dort keine Minute länger, als es unbedingt sein mußte, denn er konnte den hohlen Klang seiner Schritte in den leeren Räumen nicht ertragen. Als die späte Nachmittagssonne auf die Ranch fiel, lief Webb von der Scheune zu dem neuen Geschäft hinüber. Die Preise für Lebensmittel in Ellis' Laden waren derart angestiegen, daß es sich als praktisch erwiesen hatte, ein privates Geschäft auf der Ranch einzurichten und Nahrungsmittel und Geräte direkt bei den Lieferanten zu kaufen. Somit lagen die Preise immer noch unter dem, was Ollie Ellis verlangte.

Die angestiegenen Lebensmittelpreise waren so ziemlich die einzige Auswirkung des Krieges in Europa auf diesen Landstrich. Es spielte sich alles in weiter Ferne ab, auf einem anderen Kontinent. Die Neuigkeiten über die Kämpfe waren überholt, wenn sie in Blue Moon eintrafen, und die Namen der Städte in Deutschland und Frankreich waren den meisten Bewohnern von Montana unbekannt, mit Ausnahme der eingewanderten Siedler, deren Wurzeln in Europa waren.

Das Korn und das Rindfleisch aus dieser Gegend waren die Verpflegung der amerikanischen Truppen und ein Beitrag zum Krieg. Denn die Cowboys und die Farmer waren gleichermaßen vom Kriegsdienst befreit. Manche Jungen aus der Gegend zogen in den Krieg, aber das waren hauptsächlich die Söhne von Einwanderern, die eifrig darauf aus waren, die Loyalität gegenüber ihrem neuen Land unter Beweis zu stellen. Für alle übrigen ging das Leben auf gewohnte Weise weiter, und der Weltkrieg in Deutschland wurde lediglich mal in Gesprächen erwähnt oder war Gegenstand von Spekulationen.

Auf halbem Wege zum Laden wurden Webbs Schritte langsamer, als er Ruth beobachtete, die aus dem Schulhaus kam. Virg Haskell erwartete sie, nahm ihr die Bücher und die Papiere, die sie trug, ab und lief im Gleichschritt neben ihr her wie ein Schuljunge, der ein Mädchen nach Hause begleitet. Webb bemerkte nicht zum erstenmal, daß der Mann um Ruth herumschlich. Beim Anblick der beiden regte sich eine vage Ablehnung in ihm. Webb konnte Virg Haskell nichts vorwerfen, wenn es um die Arbeit ging, die er auf der Ranch leistete, und doch konnte er das Gefühl nicht abschütteln, daß dieser Mann irgendwelche charakterlichen Schwächen hatte, die er allerdings bisher nicht entdeckt hatte. Ruth war eine prachtvolle Frau. Sie hatte etwas Besseres als einen gewöhnlichen Cowboy wie Virg Haskell, der von einer Ranch zur anderen zog, verdient.

Nate hing schlaff auf seinem Pferd, als er erschöpft zurückkehrte. Die sengende Hitze des Augusts hatte das Weideland vorzeitig braun werden lassen. Es sah nicht gut aus. Als er Webb sah, griff er seinem Pferd in die Zügel und ritt auf seinen Boß und Freund zu.

Wenn sein Körper auch ausgelaugt war, so waren doch seine Augen so wachsam wie immer. Nate bemerkte das Interesse, mit dem Webb dem Paar nachsah, das sich vom Schulhaus entfernte, und er erkannte auch den Mißmut auf seinem Gesicht. Nate vermutete nicht ohne eine Spur von Zynismus, daß Webb sie zwar nicht haben wollte, Ruth aber auch keinem anderen gönnte.

Im nächsten Moment nahm Webb das Pferd und den Reiter wahr, die beide die Köpfe hängenließen. Er blieb stehen und wartete. Pferd und Reiter paßten ausgezeichnet zusammen. Die staubbedeckten Körper waren schweißbedeckt.

Nate vergeudete seinen Atem nicht an Einleitungen. »Du wirst die Rinder eher als geplant auf die Nordweide treiben müssen. Sie verlieren Gewicht, während sie auf der Suche nach Gras überall herumlaufen.« Diese Ankündigung ließ Webb geistesabwesend auf den trockenen und rissigen Boden vor seinen Füßen starren. Er hatte gehofft, andere Abschnitte des Weidelandes würden noch für mindestens einen Monat reichen. Die Nordweide war gut bewässert, und das Gras wuchs dort recht hoch. Es hätte gutes Futter für den Winter abgegeben, wenn man bedachte, wie wenig Heu sie in diesem Jahr hatten.

»Sieht es so schlecht aus?«

»Der Juni ist normalerweise unser feuchtester Monat. Ich wette, daß nicht mehr als zwei Zentimeter Regen gefallen sind. Und seitdem ist der Himmel knochentrocken«, rief ihm Nate ins Gedächtnis. »Wenn du glaubst, daß das Gras schlecht aussieht, dann solltest du dir erst die Felder der Trockenfarmer anschauen. Weizen wächst dieses Jahr keiner, aber sie werden höllisch viele Disteln ernten.«

Webb nahm diese Neuigkeiten ohne sichtbare Reaktion auf, doch in ihm regte sich eine grimmige Verzweiflung. In den vergangenen Jahren hatten die Trockenfarmer sich notdürftig von einer Ernte bis zur nächsten durchgeschlagen. Viele von ihnen hatten aufgegeben, als sie den Anforderungen, die sie beim Erwerb des Landes auf sich genommen hatten, nicht nachkommen konnten, und sie hatten ihr Land an den Erstbesten verkauft, der gewillt war, sein Glück zu versuchen – und es schien viele Menschen zu geben. Die Reisners, Lilli und ihr Mann, gehörten nicht zu denen, die ihr Land verkauft hatten. Soviel wußte Webb, aber er wußte nicht, ob es ihnen besser erging als ihren Nachbarn.

Dieses Jahr hatten sie so etwas wie eine Dürre gehabt, und das konnte durchaus der Beginn einer der Trockenzeiten sein, die sich manchmal über Jahre hinzogen. Webb warf einen Blick zum Himmel und sah den Dunst, der das Blau filterte und nur eine staubige Farbe erkennen ließ. Es war heiß und trocken, so trocken, daß der Schweiß fast augenblicklich verdunstete, wenn er sich nicht mit Staub und Erde vermengte und einem Mann die Poren verstopfte.

»Wir werden dieses Jahr früh mit dem Zusammentreiben des Viehs beginnen und alle Stiere verkaufen, die das richtige Alter dafür haben. Ich will keine überflüssige Belastung für den Winter haben, das Gras muß reichen«, sagte Webb.

Durch den Krieg in Europa waren die Rinderpreise stark angestiegen, und er hatte vor, seine Rinder zu verkaufen, solange sie Fleisch auf den Knochen hatten und Spitzenpreise erzielen konnten.

Lilli nahm ihrem Pferd den Sattel ab und ließ sich erschöpft auf den Boden des Stalls sinken. Ihren Rock hatte sie über die Knie gezogen, weil sie hoffte, die Luft könnte ihre Haut kühlen. Petticoats waren bei dieser sengenden Hitze unerträglich und auch zu unpraktisch für die Arbeit auf den Feldern. Nachdem sie eine Woche lang Männerarbeit auf dem Feld geleistet hatte, hatte Lilli sie abgelegt. Sie konnten sich nicht leisten, einen Mann einzustellen. Die Familie, mit der sie sich angefreundet hatten, war weitergezogen, und sie hatten niemand anderen gefunden, der gewillt war, für Kost und Unterkunft zu arbeiten.

Sie hätte vor Erschöpfung weinen können, aber die Feuchtigkeit schien selbst dafür nicht auszureichen. Ihr ganzer Körper schmerzte vom Unkrautjäten in den Weizenfeldern, damit das Unkraut nicht die letzten, kostbaren Wassertropfen aus dem Boden sog.

Stefan kam vom Feld nach Hause. Sie richtete sich auf und zog ihren Rock über die Knie, als er in Sichtweite kam.

»Ist das Abendessen fertig?« fragte er sie zur Begrüßung.

Zorn stieg in ihr auf, weil er von ihr erwartete, daß sie auf dem Feld arbeitete und gleichzeitig das Abendessen bereitstellte, wenn er nach Hause kam. »Nein.« Ihre Stimme war ein trockenes Krächzen. »Ich habe die Stute eben erst abgeschirrt.«

»Und? Jetzt ist sie abgeschirrt«, gab er gereizt zurück.

Es war sinnlos, ihm zu erklären, daß sie müde war. Das Abendessen mußte trotzdem auf den Tisch gestellt werden, und es war Lillis Aufgabe. Mit steifen Schritten lief sie zur Hütte und klapperte laut mit dem Eßgeschirr. Vorübergehend nahm ihr das die Verzweiflung darüber, daß all diese Arbeit umsonst war, das Gefühl zunehmender Hoffnungslosigkeit. Es bestand kaum eine Chance, daß sie auch nur ein Drittel der gewohnten Weizenmenge ernten würden.

Während die Kartoffelsuppe auf dem Herd wärmer wurde, trat Lilli an das Waschbecken und tauchte ein Tuch in das Wasser, um es gegen ihre heiße Haut zu pressen. Ein kleiner, rechteckiger Spiegel hing über dem Becken. Sie sah sich ihr Spiegelbild an – ihr stumpfes Haar, ihre dunkelbraune Haut und die schwarzen Schatten unter ihren Augen. Sie war fünfundzwanzig und sah sehr alt aus.

»Es ist sinnlos, noch an ihn zu denken«, murmelte sie vor sich hin. »Webb würde dich jetzt ja doch nicht mehr wollen.«

Sie wandte sich ab, weil sie sich selbst nicht mehr ansehen konnte. Das feuchte Tuch blieb liegen, und sie ging zum Herd, um die Suppe umzurühren. Draußen hörte sie Stefan an der Zisterne. Er pumpte Wasser in einen Eimer. Sie trat vor die Tür, um ihm etwas zuzurufen.

»Vergiß nicht, den Garten zu gießen.« Bei dieser Hitze war fast alles braun geworden, aber ein wenig Gemüse konnten sie vielleicht noch retten.

Stefan war über den Eimer gebeugt und spritzte sich Wasser ins Gesicht. Er sah so alt und gebrochen aus, und es schien, als hätte er den Willen verloren weiterzumachen, aber gleichzeitig trieb ihn seine Hartnäckigkeit an. Seine entsetzliche Angst zu versagen, war sein eigentlicher Antrieb. Er hatte es Lilli zwar niemals gesagt, aber er war davon überzeugt, daß diese lange Trockenzeit Gottes Strafe für seine deutsche Abstammung und für den Krieg, der dort drüben tobte, war. Stefan hielt seine Hände in den Eimer, um Wasser mit der hohlen Hand zu schöpfen und zu trinken. Lilli runzelte besorgt die Stirn.

»Das Wasser hat nicht geschmeckt wie sonst, Stefan«, warnte sie ihn. »Ich habe es immer abgekocht, bevor wir es als Trinkwasser benutzen.«

Er schenkte ihr jedoch keine Beachtung und trank etliche Hände davon, bevor er sich aufrichtete. »Es ist nur warm«, meinte er und nahm den Eimer, um in den Garten zu gehen.

Alles war warm, dachte Lilli. Es kühlte nie ab, nicht einmal nachts. Sie ging wieder ins Haus und schöpfte die Suppe in Schalen. Den Tisch und die Stühle hatten sie ins Freie getragen, um dort essen zu können, weil die Luft im Haus selbst zu stickig war. Durch die endlose Hitze wurde die Hütte immer unerträglicher und schien Lilli zu ersticken. Aber wenn kein Wind wehte, war es draußen kaum erträglicher. Selbst eine warme Brise war besser als keine, obgleich das bedeutete, daß das Essen staubig wurde. Nicht, daß das noch eine Rolle gespielt hätte. Ihr Mund kam ihr ohnehin ständig klebrig vor.

Webb legte den Bleistift aus der Hand und stieß den großen Ledersessel zurück. Der verfluchte Papierkram war kaum zu bewältigen. Wenn er dem Schreibtisch auch nur einen Tag lang den Rücken kehrte, türmten sich dort Berge. Er schenkte sich einen Whisky ein und rieb sich das Genick.

Der Holzfußboden quietschte leicht. Ruth stand in der Tür. Er bemühte sich, sie anzulächeln. »Ich habe dich gar nicht hereinkommen hören.«

»Ich habe mich bemüht, leise zu sein, um dich nicht zu stören.« Sie warf einen Blick auf den Schreibtisch. »Bist du schon fertig?«

»Nein, noch lange nicht.«

»Ich bin gekommen, weil ich dich zum Abendessen einladen will«, erklärte sie.

Er zögerte, sah sie an und schüttelte dann den Kopf. »Ich sage lieber ab. Ich würde dann doch den ganzen Abend bleiben und mich unterhalten, statt mich um diesen Papierkram zu kümmern.«

»Du mußt doch etwas essen«, beharrte sie. »Ich verspreche dir auch, daß ich dich direkt nach dem Essen fortjage.«

»Ich habe zuviel zu tun. Aber Haskell scheint dich ja in letzter Zeit regelmäßig zu besuchen.«

»Stört dich das?« Sie hoffte, es würde ihm etwas ausmachen. Er hatte also bemerkt, daß Virg Haskell ihr Aufmerksamkeiten erwies, obwohl sie alles getan hatte, um ihn zu entmutigen.

»Warum sollte mich das stören?« Er sah sie überrascht an. »Er besucht doch schließlich dich und nicht mich.« Ein anderer Gedanke ging ihm durch den Kopf. »Belästigt er dich etwa? Ich kann ihm sagen, daß er dich in Ruhe läßt, wenn du das möchtest.«

»Das ist nicht nötig.« Ruth senkte den Kopf und hatte das Gefühl, wieder einmal eine Niederlage erlitten zu haben. »Kommst du jetzt zum Abendessen?« wiederholte sie ihre Einladung noch einmal in der Hoffnung, er würde sie diesmal annehmen.

Sein Blick streifte sie kurz. »Nein, danke«, lehnte er ab.

Es durchfuhr sie ein leichter Schmerz. »Du hast sie immer noch nicht vergessen, stimmt's?« Sie hatte es nicht laut sagen wollen, aber jetzt, da sie es ausgesprochen hatte, bedauerte sie es nicht.

Seine Lippen wurden schmal. »Nein, wohl nicht«, gab er mit gepreßter Stimme zu. Es war nicht nötig, daß einer von ihnen ihren Namen aussprach. Sie wußten beide, daß es um Lilli ging.

»Sie ist verheiratet, Webb.« Es kostete Ruth viel Mut, das zu sagen.

»Das ist mir durchaus bewußt.« Er sah sie kalt und unwillig an, als sei er erbost darüber, daß sie ihn an diesen Umstand erinnert hatte.

Diese Spannung zwischen ihnen war unerträglich. Ruth ging mit hurtigen, kleinen Schritten auf ihn zu, um sich zu vergewissern, daß sie nichts gesagt hatte, was ihn verletzt hatte. Sie blieb neben ihm stehen und hob eine Hand, um sie zaghaft auf seinen Unterarm zu legen und die Aufmerksamkeit, die er ihr entzogen hatte, wieder auf sich zu lenken.

»Es tut mir leid, Webb. Ich hatte kein Recht, das zu sagen.« Sie hatte nur schon so lange in der Hoffnung gelebt, daß er Lilli vergessen würde und er sich dann endlich ihr zuwenden würde.

Webb betrachtete lange die Hand auf seinem Arm, bevor er ihr ins Gesicht sah. Ihr helles Haar und ihre hellen Augen wirkten nichtssagend, und doch sah er etwas in ihrem Gesicht, was ihn berührte. Alles an ihr neigte sich ihm entgegen, wollte ihm Freude machen und ihn aus dieser Kälte herausholen.

Als er sein Glas auf einem Beistelltisch abstellte, war Webb sich der stummen Auseinandersetzung mit sich selbst nicht bewußt. Dann wandte er sich zu Ruth um und hörte, eher unbeteiligt, wie ihr Atem schneller ging. Als er sie in seine Arme nahm, suchte er nicht die Befriedigung seiner männlichen Gelüste. Es gab Frauen, die sich darum kümmerten.

Er wollte in der Zartheit einer umsorgenden Frau versinken und sich von seiner verzehrenden Einsamkeit erholen. Sie lag hingebungsvoll in seinen Armen, und ihr Körper preßte sich an ihn. Ihre Lippen gaben seinen Forderungen nach. Alles war so, wie es sein sollte, aber es war einfach nicht genug.

Der Schmerz der Einsamkeit wurde intensiver, und eine Bitterkeit schlich sich ein. Ihr Kuß konnte die Leere in seinem Innern nicht ausfüllen. Webb verabscheute sich, weil er sie ausnutzte, ohne Rücksicht auf ihre Gefühle zu nehmen. Seine Hände hoben sich, er stieß Ruth von sich. Er sah das Gesicht eines verletzten kleinen Mädchens vor sich. Webb wandte sich von ihr ab und griff nach dem Glas, das er gerade erst abgestellt hatte.

»Ich hätte das nicht tun sollen, Ruth«, sagte er grimmig und hörte den kleinen, verletzten Laut, den sie ausstieß. »Ich entschuldige mich und gebe dir mein Wort, daß es nicht wieder vorkommen wird.«

»Nein, Webb ...«

Er schnitt ihr brutal das Wort ab, als sie Einwände erheben wollte. »Bitte Virg Haskell zum Abendessen. Er wird die Einladung eher zu würdigen wissen als ich.«

Von dem Schweigen, das darauf folgte, ging etwas Endgültiges aus. Es dauerte einige Sekunden, bis er hörte, wie sie langsam aus dem Zimmer ging. Er trank sein Glas mit einem Schluck leer, doch der Whisky half ihm auch nicht.

Während sie das Tuch wieder anfeuchtete, warf Lilli einen besorgten Blick auf den bewußtlosen Mann, der im Bett lag. Sein Gesicht war unnatürlich gerötet, und seine Haut brannte unter den Händen. Stefan murmelte in seiner deutschen Muttersprache, und das Fieber brachte ihn an den Rand des Deliriums. Sie wrang den Lappen aus und preßte ihn auf sein Gesicht, um ihm Kühlung zu verschaffen.

Gestern morgen hatte es ganz harmlos mit einem Pochen in seinem Kopf begonnen, dann hatten die Magenschmerzen eingesetzt, dann Durchfall. Stefan hatte darauf bestanden, aufs Feld zu gehen, und war nicht auf Lillis Vorschlag eingegangen, sich auszuruhen. Am Abend war er so schwach gewesen, daß Lilli ihn ins Bett hatte bringen müssen. In der Nacht hatte dieses tobende Fieber Besitz von ihm ergriffen.

Helga Kreuger stand am Herd und wärmte Suppe auf, damit sie Stefan etwas einflößen konnten. Draußen war ein Wagen zu hören.

Es war erschreckend, wie schnell sich Stefans Zustand verschlechtert hatte, und in ihrer Angst war Lilli am Morgen zu ihren Nachbarn gefahren, um sie um Hilfe zu bitten. Sie hatte Stefan während dieser kurzen Zeit nicht allein lassen wollen, aber schließlich mußte sie jemanden bitten, den Arzt zu holen. Franz war in die Stadt geritten, um ihn abzufangen, und Helga hatte ihre Kinder in der Obhut ihrer ältesten Tochter zurückgelassen und war mit Lilli gekommen, um ihr zu helfen.

»Es ist Franz«, bestätigte sie jetzt. »Er hat den Arzt mitgebracht.«

»Gott sei Dank«, murmelte Lilli und wischte die Tränen aus ihren Augen. Dieses Fieber schien Stefan vor ihren Augen welken zu lassen. Seine Wangen waren eingefallen, und sein hagerer Körper war zusammengefallen.

Als der junge Arzt eintrat, vergeudete er keine Zeit mit Floskeln, sondern trat direkt an das Bett. Seine Augen fixierten den Kranken bereits, während er seine schwarze Tasche öffnete. Das, was er sah, schien ihn nicht zu überraschen.

Lilli stand nur ungern vom Bett auf, aber Helga Kreuger nahm sie an den Schultern und führte sie ans andere Ende des Raumes. Sie drückte Lilli eine Tasse Suppe in die Hände.

»Sie brauchen Ihre Kraft auch«, beharrte sie.

Es war leichter, die Suppe anzunehmen, als sich auf eine Auseinandersetzung einzulassen. Ihre Hände hielten die Tasse umschlungen, als Lilli ans Fenster trat. Es hatte jetzt eine Glasscheibe, die einzige Verbesserung, die sie in der Hütte vorgenommen hatten.

Lilli hörte Franz Kreuger und seine Frau mit leisen Stimmen reden. Die Worte waren nicht zu verstehen. Ihre Mutter war vor ihrem Tod krank gewesen. Es waren andere Symptome gewesen, aber auch hier hing Tod in der Luft. Das war etwas, was Lilli bereits kannte. Bis zu diesem Augenblick war sie zu sehr damit beschäftigt gewesen, sich um Stefan zu kümmern. Sie hatte keinen Augenblick daran gedacht, er könnte sterben. Ihre gesamte Aufmerksamkeit hatte sich darauf gerichtet, ihm zu einer Linderung zu verhelfen. Jetzt kreisten ihre Gedanken um das, was geschehen würde, wenn er sich nicht erholte.

Erinnerungen an den Tod ihrer Eltern schossen ihr durch den Kopf, an den Kummer und das Leid, an die endlose Anzahl von Dingen, die erledigt werden mußten. Wenn Stefan starb, würde sie all das wieder tun müssen – das Geld für seinen Sarg auftreiben, seine Beerdigung organisieren und seine gesamte persönliche Habe sortieren. Wenn er starb, dann stand es ihr frei, zu Webb zu gehen.

In dem Moment, in dem ihr der Gedanke durch den Kopf schoß, fühlte Lilli sich ganz elend. Das war wahrhaftig das

Schlimmste, was sie in einem solchen Moment hätte denken können. Sie verachtete sich dafür und erstickte den Gedanken im Keim, ehe er sich ausbreiten konnte. Sie wandte sich brutal dem Spiegel zu und erinnerte sich daran, daß Jahre vergangen waren, ohne daß Webb auch nur einen einzigen Versuch unternommen hatte, sie zu sehen. Er mußte sie schon vor langer Zeit vergessen haben.

Sie hob ihren Blick zum Himmel. Ihre Lippen bildeten stumm die Worte: »Stefan, vergib mir.« Sie hörte einen Laut aus der Ecke des Zimmers, in der ihr Mann lag, und Lilli wandte sich um und sah den Arzt an, der sich seiner annahm. Sie trat ans Fußende des Bettes und forschte in dem ausdruckslosen Gesicht des Mannes.

»Was fehlt ihm, Doktor?« Sie bat um eine Antwort, die ihr diese nagenden Ängste nehmen würde.

Er schien ihr nicht in die fragenden Augen sehen zu wollen. »Woher beziehen Sie Ihr Trinkwasser, Mrs. Reisner?« Er sah sie abschätzend an und erkannte die Zeichen der Jugend, die die Sonne nicht hatte tilgen können. »Sie sind seine Frau?« Sein Patient war beträchtlich älter.

Lilli bejahte diese Frage mit einem Nicken und beantwortete die erste Frage des Arztes. »Wir haben draußen eine Zisterne.«

»Ihr Mann hat Typhus«, verkündete er grimmig. »Was heißt, daß Ihr Trinkwasser verseucht ist. Bei dem Mangel an Regen in diesem Jahr steht zu befürchten, daß wir noch mit weiteren Fällen zu rechnen haben. Es ist auch nicht der erste Fall von Typhus, den ich diagnostiziere.«

Typhus. Die Worte lähmten sie. Sie nahm kaum wahr, daß Franz Kreuger sich einmischte und den Arzt aufforderte, Stefan etwas zu geben, damit es ihm besser ginge. Ein großer Teil der Antwort entging ihr, während sie versuchte, die Mitteilung zu fassen.

»... baden Sie ihn immer wieder, um das Fieber zu senken, und sorgen Sie dafür, daß er viel Flüssigkeit zu sich nimmt«, wies sie der Arzt an. »Ich muß noch zwei Besuche machen, aber gegen Abend komme ich noch einmal vorbei. Wir werden sehen, wie es ihm bis dahin geht.«

Lilli brachte den Arzt zur Tür, bedankte sich bei ihm für sein Kommen. Sie war wie betäubt. Nichts machte einen Eindruck auf sie, noch nicht einmal der widerliche Franz Kreuger.

Das Wetter von Montana hatte auf seine alten, grausamen Tricks zurückgegriffen. Genau vierzig Minuten lang war Regen gefallen, und zwar direkt über dem Haupthaus des Dreifachen C. Der Regen hatte lediglich den Boden aufgeweicht und es Webb unmöglich gemacht, den Wagen zu nehmen, um schneller in der Stadt zu sein.

Das Gras war trocken wie Zunder, und die schwarzen Wolken trieben so eilig davon, wie sie aufgezogen waren. Ein trockener Wind wehte den Staub durch Blue Moon. Alles war mit einer feinen Staubschicht überzogen. Wenige Menschen waren auf der Straße. Sie liefen mit gesenkten Köpfen herum, um sich so etwas vor dem Wind zu schützen. Webb bemerkte den Leichenzug, der sich langsam auf den neuen Friedhof außerhalb der Stadt zubewegte.

Der lange, staubige Ritt hatte seinen Mund und seine Kehle austrocknen lassen. Unter den wenigen Gästen im Restaurant bemerkte er Hobie Evans.

Webb setzte sich an einen der freien Tische. »Kaffee«, sagte er zu dem Mädchen, das auf ihn zukommen wollte. Sie gehörte wohl zu einer der Farmerfamilien, die in der Stadt arbeiteten, um das kärgliche Einkommen aufzubessern. Durch die Dürre dieses Sommers waren immer mehr ältere Kinder gezwungen worden, sich Arbeit zu suchen, um ihre Familien zu unterstützen. Sie hatten die Ranch überschwemmt und waren bereit, überall Hand anzulegen, um ein paar Pennies zu verdienen.

Hobie schlenderte durch den Raum und setzte sich unaufgefordert an Webbs Tisch. »Es war ein langer, trockener Sommer«, bemerkte er.

Webb nickte und warf einen flüchtigen Blick auf das Mädchen, als sie ihm den Kaffee brachte und ihn auf den Tisch stellte. Sie blieb mit ausdruckslosem Gesicht stehen. »Wollen Sie sonst noch etwas?«

»Sie meint«, murmelte Hobie, der sich zu Webb vorbeugte,

um seine Erklärung leise vorzubringen, »für den entsprechenden Preis macht sie den Kaffee stärker.«

Die Scheinheiligkeit der Situation entging Webb nicht. Als die Trockenfarmer gekommen waren, hatten sie sich gegen den Ausschank von alkoholischen Getränken verwahrt, doch nun waren ihre Töchter gewillt, gegen die Regeln zu verstoßen.

»Ich trinke ihn so.« Er lehnte das Angebot ab, sich einen Schuß Whisky in den Kaffee schütten zu lassen. Das Mädchen zuckte gleichgültig die Achseln und ging wieder an die Bar.

»Ich wette, für ein bißchen mehr Geld könnte man mehr als einen Whisky bei ihr kaufen.« Hobie sah ihr nach. »Wenn man sich nicht daran stört, daß man in diesen mageren Rippen hängenbleibt. Ich mag diese Farmer nicht, aber für dich könnte das etwas sein.«

Webb wußte, daß es das beste war, den Mund zu halten.

»Mir ist ein Leichenzug aufgefallen, der zum Friedhof zog, als ich in die Stadt gekommen bin. Wer wird denn beerdigt?« erkundigte er sich.

Hobie zuckte die Achseln. »Irgendeiner dieser Farmer. Eine Seuche räumt gerade mit ihnen auf. Soll sie sich noch weiter ausbreiten, sage ich. Vielleicht schafft uns das endlich ein paar von diesen Lumpen vom Hals. Das hätte schon viel eher kommen sollen.«

»Eine Seuche?« Webb wollte mehr wissen.

»Ja. Der Knochenschuster war vorhin hier und wollte einen Happen essen, aber irgendein ausgemergelter Trockenfarmer hat ihn zu einem Krankenbesuch geholt.« Ein hämisches Grinsen zog Hobies Mundwinkel nach oben. »Der Doktor sah fix und fertig aus und hat erzählt, daß ihr Wasser verseucht ist. An denen vergeudet er seine Zeit. Wenn noch mal hundert von denen wegsterben, dann wäre das für meinen Geschmack noch nicht genug.«

Webb verging der Appetit auf seinen Kaffee und auf diese Form von Gesellschaft. Er schob seinen Stuhl zurück. »Hobie, wenn du stirbst, wirst du vollkommen allein sein. Das Traurige ist nur, daß du selbst es nicht miterlebst.«

Als er das Restaurant verließ und auf sein Pferd stieg, hörte er die Klagelieder vom Friedhof herüberwehen. Er fragte sich, ob das Wasser im Brunnen der Reisners wohl verseucht war, aber es hatte keinen Sinn, sich solche Fragen zu stellen. Er konnte ohnehin nichts tun. Er hatte kein Recht, sich einzumischen. Er machte sich auf den Heimweg.

Lilli senkte den Kopf nicht, als der schwarze Schal ihr ins Gesicht wehte und Erde auf Stefans Sarg geworfen wurde. Alle Anwesenden bekundeten ihr Beileid, aber niemand fragte sie, was sie vorhabe. Sie hatte ihren Entschluß, das Land zu verkaufen und fortzugehen, längst gefaßt. Nach Stefans Tod hatte sie keinen Grund mehr hierzubleiben. An Webb Calder wollte sie gar nicht denken, weil alles zu lange her war. Auch das war tot, wie Stefan.

22

Als der Arzt aus seinem Wagen stieg, fielen Webb die Veränderungen auf. Aus einem eifrigen, jungen Mann, der seine erste Praxis eröffnet hatte, war dieser überarbeitete Mediziner geworden, der nicht dazu kam, regelmäßige Mahlzeiten einzunehmen, und der an Schlafmangel litt. Er war im Umkreis von hundert Meilen der einzige Arzt, und daher wurden ständig Anforderungen an ihn gestellt. Er war vorzeitig ergraut.

»Es tut mir leid, daß ich Sie zu uns bestellen mußte, Simon.« Er brachte Dr. Simon Bardolph zur Männerschlafbaracke. »Ich hoffe, Sie sind nicht ganz so müde, wie Sie aussehen.«

»Zum Teufel, über den Punkt, Müdigkeit wahrzunehmen, bin ich längst hinaus.« Simon hatte seine Ehrfurcht gegenüber dem Namen Calder inzwischen abgelegt. »Was ist passiert?«

»Abe Garvey ist von einem böswilligen Pferd übel getreten worden. Wir haben ihn hierhergebracht und für ihn getan, was wir konnten. Dann haben wir Sie holen lassen«, erklärte Webb, als er die Tür öffnete. »Er scheint innere Blutungen zu haben.«

»Ich werde ihn mir ansehen.« Er betrat das Haus. Ein leichtes Lächeln trat auf sein erschöpftes Gesicht, als er die blonde

Frau erkannte, die neben dem Bett des Verletzten saß. »Ah, meine liebste Krankenschwester. Wie geht es Ihnen, Ruth?«

»Gut.« Ihr Blick glitt an ihm vorbei zu Webb und wandte sich dann eilig ab.

»Sie sollten das Unterrichten wirklich an den Nagel hängen und für mich arbeiten, Ruth.« Simon machte sich augenblicklich an die Untersuchung des Patienten, sprach aber weiter. »Ich könnte weiß Gott Hilfe gebrauchen.« Er spürte, daß sie äußerst angespannt war. Die Ursache war leicht zu diagnostizieren. Webb Calder. Das war Simon klargeworden, als sie Webb gepflegt hatte, nachdem er angeschossen worden war. Sie war hoffnungslos in ihn verliebt. Offensichtlich hatte sich die Lage in keiner Weise verändert. Ein Blick auf den verletzten Cowboy sagte ihm, daß er ihre Hilfe brauchte – und ihre ungeteilte Aufmerksamkeit.

»Webb, warum verschwinden Sie nicht und überlassen uns Profis die notwendigen Schritte?« schlug Simon rauhbeinig vor. »Und sorgen Sie dafür, daß jede Menge heißer Kaffee bereitsteht. Ich werde literweise Kaffee brauchen, wenn ich hier fertig bin.«

Webb zögerte einen Moment, war dann aber einverstanden. »Sie finden mich drüben in der Küche.«

Mehr als zwei Stunden waren vergangen, als Simon in die Küche kam. Webb schenkte ihm eine Tasse Kaffee ein und stellte sie auf den langen Tisch, als der Arzt sich setzte. Simon rieb sich das Gesicht, als versuchte er, einen Teil der Müdigkeit von sich abzuschütteln.

»Ich würde sagen, er hat wirklich gute Chancen durchzukommen«, lautete sein Urteil. »Wer dieses gebrochene Bein auch gerichtet haben mag. Er hat seine Sache gut gemacht.«

»Slim und Nate haben das getan, bevor sie ihn in den Proviantwagen geladen haben, um ihn zur Ranch zurückzubringen«, sagte Webb. »Grizzly hat Ihnen ein Steak gebraten.«

Es trat eine Pause ein, auf die ein kurzes, mattes Lachen folgte. »Ich kann mich nicht erinnern, wann ich das letzte Mal etwas gegessen habe«, erklärte Simon.

»Genau das dachte ich mir.« Webb bedeutete dem mürrischen Koch, das Essen zu servieren. »Ich habe gehört, daß ein

Fieber unter den Trockenfarmern ausgebrochen ist.« Er wollte Informationen über Lilli aus ihm herausholen.

»Typhus.« Als der Teller vor ihn hingestellt wurde, griff Simon nach seinem Messer und seiner Gabel und schnitt das Fleisch ohne jede chirurgische Präzision. »Das hat mich ziemlich auf Trab gehalten. Ich bin vom einen Ende des Landes ans andere gerufen worden. Ich habe mich bemüht, in Umlauf zu bringen, daß alle ihr Wasser abkochen sollen, ehe sie es trinken, aber ...« Er zuckte die Achseln, um anzudeuten, daß es keine Kooperation gegeben hatte und daß manche einfach zu faul gewesen waren, sich danach zu richten. »Die ganz Jungen und die ganz Alten sind es, die mir wegsterben.« Er kaute auf einem Bissen seines Steaks. »Ich hatte ganz vergessen, wie gutes Essen schmeckt«, sagte er mit vollem Mund.

»Wir haben genug zu essen. Sagen Sie doch bitte, wenn Sie noch eine Portion haben wollen«, bot Webb ihm an.

»Soviel Zeit habe ich nicht. Ich werde für eine Entbindung erwartet.«

»Ach?«

»Die Frau Ihres Nachbarn Franz Kreuger. Sie liegt schon in den Wehen. Wenn dieses Baby es seinen Geschwistern nachmacht, dann hat das Kind es sehr eilig.« Er schnitt noch ein großes Stück von dem Steak ab. »Um die Wahrheit zu sagen, eigentlich wundert es mich, daß Kreuger überhaupt nach mir geschickt hat.«

»Wie das?«

»Er glaubt, ich hätte mehr tun können, um seinen Nachbarn zu retten.« Er schüttelte den Kopf. »Dieser Mann ist manchmal sehr irrational.«

»Seinen Nachbarn? Wer war das?« fragte Webb stirnrunzelnd.

»Ein alter Kerl ...« Simon fuhr mit seiner Gabel durch die Luft und suchte den Namen. »Richter ... Richner ... so ähnlich.«

»Reisner. Stefan Reisner.« Webb nannte den Namen und war selbst überrascht, wie ausdruckslos seine Stimme klang.

»Genau der.« Simon nickte, steckte sich den nächsten Bissen in den Mund und aß mit einer Hast, vor der er seine Patienten gewarnt hätte.

»Was ist mit seiner Frau?« In seinem Innern war alles verstummt und erwartungsvoll.

»Was soll mit ihr sein?« Der Arzt verstand die Frage nicht. »Soweit ich weiß, geht es ihr gut, wenn es das ist, was Sie meinen. Aber sie war jung und gesund.«

»Wann ist das passiert?« Es konnte noch nicht lange her sein, denn Webb war sicher, daß er andernfalls etwas davon gehört hätte.

»Warten Sie mal ... Er muß vor zwei, nein – vor drei Wochen gestorben sein«, entschied der Arzt, und dann sah er Webb fragend an. »Warum?«

Vor drei Wochen! Alles in seinem Innern schien durcheinander zu geraten. Enttäuschung vermengte sich mit Zorn, weil Lilli keinen Versuch unternommen hatte, ihn zu verständigen. Das verwirrte ihn, stürzte ihn in marternde Ungewißheit. Er stand von der Bank auf. Er merkte nicht, daß er die Frage des Arztes gar nicht beantwortet hatte.

»Webb?« Simon setzte sich aufrecht hin. Webbs Benehmen verwirrte und bestürzte ihn.

»Wir sehen uns später, Simon.« Webb verließ die Küche, die Ruth gerade betreten wollte.

Simon Bardolph starrte hinter ihm her, obwohl Webb schon längst gegangen war. Er versuchte, hinter dieses Rätsel zu kommen. Ruth bemerkte seine Verwirrung. »Stimmt etwas nicht?«

Er sah sie ausdruckslos an. Dann schüttelte er den Kopf und wandte sich wieder dem Essen zu. »Ich vermute, Webb ist gerade eingefallen, daß er noch irgend etwas erledigen muß.«

»Warum sagen Sie das?« Sie warf einen Blick auf den Arzt und dachte wieder daran, daß Webb eher barsch gewesen war, aber sie hatte das auf ihr letztes Treffen geschoben.

»Wir haben uns unterhalten. Er hat mir Fragen zu Reisners Tod gestellt ...«, setzte er an, und gleichzeitig spulte er den genauen Verlauf der Unterhaltung noch einmal in seinem Kopf zurück.

»Reisner.« Der Name wurde hastig hingehaucht. »Lilli Reisner?«

»Nein. Ist das der Name seiner Frau?« Er zuckte die Achseln, für ihn war das bedeutungslos. »Der alte Mann ist gestorben, nicht sie.« Er sah, daß jeder Glanz aus Ruths Augen wich. »Würden Sie mir vielleicht erklären, was hier vorgeht?«

Sie schüttelte den Kopf. »Nichts.« Es war nicht ihre Sache, es ihm zu erzählen. Es war ohnehin möglich, daß er es schon bald erfahren würde.

Sie hatte so geduldig gewartet und sich an den letzten Hoffnungsschimmer geklammert. Jetzt war jede Hoffnung zunichte gemacht. Tränen stiegen ihr in die Augen. Sie entschuldigte sich eilig und entkam, noch ehe der Arzt sah, daß sie weinte.

In den beiden ersten Wochen nach Stefans Tod hatte sie sich um so vieles kümmern müssen, um zahllose Kleinigkeiten, und Lilli hatte keinen Moment lang Ruhe gefunden. In der dritten Woche hatte all das sie eingeholt, und sie hatte praktisch rund um die Uhr geschlafen. Endlich waren die Müdigkeit und die Unentschlossenheit von ihr abgefallen. Sie hatte keine dunklen Ringe mehr unter den Augen. Lilli betrachtete entschlossen ihre Situation.

Eine Brise wollte den Rock ihres rostroten Kleides hochheben und wirbelte ihn um ihre Beine. Der Schal, den sie um ihre Schultern gezogen hatte, war das einzige schwarze Kleidungsstück, das sie besaß. Sie wollte Stefan keine Respektlosigkeit erweisen, aber es wäre ihr als Verschwendung erschienen, von dem wenigen Geld, das sie besaß, schwarzen Stoff für Trauerkleidung zu kaufen. Der Wind ließ das Schreiben der Bank in ihren Händen flattern, er versuchte, es ihrem Griff zu entreißen.

»Es tut mir leid, daß es nicht mehr war, Mrs. Reisner«, erklärte Doyle Pettit, der respektvoll seinen Hut in der Hand hielt. »Aber nachdem es in diesem Jahr so wenig geregnet hat, sind die Landpreise gefallen. Ich hatte um Ihretwillen gehofft, ich könnte die Farm teurer verkaufen.«

Was er ihr nicht sagte, war, daß er das Land selbst erworben hatte. Sie hatte darauf bestanden, es sofort zu verkaufen. Daher hatte Doyle den augenblicklich günstigen Preis bezahlt und war zuversichtlich, das Geld im nächsten Frühjahr verdoppeln zu können. Er hatte sie gewiß nicht um jeden Gewinn betrogen, aber er hatte die Situation ausgenutzt.

»Ich verstehe.« Wenn die Darlehen bei der Bank bezahlt waren, blieb nicht mehr viel übrig. Jedenfalls nicht soviel, wie sie gehofft hatte. Sie faltete den Bankauszug säuberlich zusammen und steckte ihn tief in ihre Tasche. »Es war nett von Ihnen, extra herzukommen, um mir das zu bringen.«

»Ich versichere Ihnen, daß es mir keine Mühe gemacht hat.« Er setzte sein charmantes Lächeln ein und sah sie mit einer angemessenen Besorgnis an. »Was werden Sie jetzt tun, Mrs. Reisner? Viel Geld ist es nicht, aber natürlich werden Sie es klug anlegen wollen. Es wäre mir eine Freude, Sie in dieser Angelegenheit beraten zu dürfen.«

»Ich habe schon Pläne. Es müßte ausreichen, um ein kleines Restaurant zu kaufen, vielleicht in Butte.« Das Kochen war die einzige Fertigkeit, die sie besaß, das einzige, womit sie sich den Lebensunterhalt verdienen konnte, und um Butte herum gab es so viele Kupferminen, daß ihr die Stadt als ein geeigneter Ort erschien. Außerdem hielt sie es für vernünftig, die Gegend zu verlassen und eine größere Distanz zwischen sich und ihre närrischen Träume zu legen, die sich um Webb Calder drehten.

»Ein eigenes Geschäft eröffnen, das ist ein großer Schritt, Mrs. Reisner.« Doyle Pettit sah sie mit demselben skeptischen Blick an, mit dem alle anderen ihre Pläne aufgenommen hatten. Geschäfte wurden von Männern geführt, und Frauen unterrichteten in der Schule oder pflegten die Kranken. »Es gibt vieles, was man dafür wissen muß.«

»Ich habe unseren Haushalt eine Anzahl von Jahren geführt, Mr. Pettit. Ich glaube, ich weiß einiges über das Einkaufen von Lebensmitteln und das Zahlen von Rechnungen.« Lilli lächelte, aber eigentlich empfand sie Zorn. »Ich bedanke mich für Ihre Anteilnahme.«

Weder durch Worte noch durch Taten ermutigte sie ihn, zu bleiben und zu plaudern, und sie ging noch nicht einmal so weit, ihn in die Hütte zu bitten, die ihr jetzt nicht mehr gehörte. Dieser Mann war zu glatt, zu gut gekleidet, zu schmierig, und das Modell T, das wenige Meter vor ihr parkte, wies zu wenig Staub auf. Er wirkte eitel und unecht. Da sie gerade erst verwitwet war, hätten seine Aufmerksamkeiten und sein Interesse ihr wahrscheinlich schmeicheln sollen, aber sie zweifelte sehr daran, daß seine Sorge echt war.

Doyle lächelte noch breiter und bemühte sich, seine Bestürzung über diesen sachlichen, geschäftsmäßigen Empfang zu überspielen. Er hatte das Bankschreiben überbracht, und sie schien ihn dazu zu drängen, wieder zu gehen. Es hätte interessant sein können, sie zu trösten. Sie war mit Sicherheit attraktiver als an dem Tag, an dem sie in die Bank gekommen war und die Farm verkaufen wollte.

»Wenn ich sonst noch etwas für Sie tun kann, Mrs. Reisner, dann hoffe ich, daß Sie sich mit mir in Verbindung setzen.« Es blieb ihm nichts anderes mehr übrig, als sich zu verabschieden.

»Vielen Dank.« Sie nickte knapp, ohne auszudrücken, ob sie sich an ihn wenden würde oder nicht. Die Sonne fiel auf das herbstliche Rostrot in ihrem dunklen Haar.

Er hatte es nicht eilig zu gehen, und er stellte seinen Kragen auf und zog seine Handschuhe an. »Ich glaube, der Winter wird dieses Jahr früh einsetzen. Man kann den Frost schon fast riechen.« Er hörte ein schwaches Trommeln auf dem Boden. Doyle drehte sich um und sah auf den Weg. Ein Pferd und sein Reiter kamen näher, waren aber noch zu weit entfernt, als daß er sie hätte identifizieren können. »Es sieht ganz so aus, als käme jemand.«

Als sie aus dem Windschatten der Hütte trat, zog sie den Schal fester um ihre Schultern. Von dem Reiter ging eine Vertrautheit aus, die ihren Puls schneller schlagen und ihr Herz unregelmäßige Sprünge vollziehen ließ. Alles war geregelt und abgemacht gewesen. Doch jetzt wirbelten ihre Gedanken durcheinander, während der Reiter näherkam, Lilli war sich nicht sicher, ob es Webb war.

Das Pferd wurde neben dem Automobil angehalten. Es spitzte die Ohren und sah den Wagen mißtrauisch an. Webb blieb zwei Sekunden lang im Sattel sitzen, und sein ausdrucksloser Blick fiel von ihr auf Doyle Pettit.

»Webb Calder.« Doyle erholte sich soweit von seinem Staunen, daß er nähertreten und ihn begrüßen konnte. »Ich habe nicht damit gerechnet, Sie hier draußen zu treffen.«

Webb ließ die Zügel schleifen, schüttelte die Hand, die Doyle ihm entgegenhielt, und sah Lilli mit einem abschätzenden Blick an.

Sie war fast froh, daß Doyle Pettit hier war. Das gab ihr Zeit, wieder Boden unter den Füßen zu finden und sich nicht vom Ansturm ihrer Sinne fortwehen zu lassen.

»Ich bin vorbeigekommen, um … Mrs. Reisner mein Beileid auszusprechen.« Sein Zögern, ehe er zu dieser sehr formellen Wendung griff, war kaum zu merken, aber Lilli entging es nicht. »Ich kann aber auch nicht behaupten, daß ich damit gerechnet habe, Sie hier vorzufinden.«

»Ich habe den Verkauf der Farm für Mrs. Reisner übernommen. Die Transaktion ist heute endgültig abgeschlossen worden, und ich habe ihr die Unterlagen gebracht«, erklärte er.

Webbs Augen blitzten auf, als er die Neuigkeit vernahm, daß sie die Farm verkauft hatte. Doch er fand den Entschluß vernünftig. Sie hätte die Farm nicht allein betreiben können, ohne einen Mann einzustellen, der für sie arbeitete. Er bezweifelte, daß genug Geld da war, um das zu tun, schon gar nicht nach der mageren Ernte dieses Jahres.

»Ich muß schon sagen, Webb, du bist schon ein guter Nachbar, wenn man bedenkt, daß du extra hierherkommst und so weiter«, sagte Doyle.

Webb bemühte sich gar nicht erst, seine Blicke von Lilli abzuwenden. Sie wirkte so verflucht gefaßt, daß es ihn wurmte. Ihre Augen hatten ein dunkles Mitternachtsblau und sahen ihn offen an. Ihre Lippen lagen aufeinander, ohne verkrampft zu wirken. Es war, als wartete sie darauf, daß er irgend etwas täte oder sagte.

Er nahm seinen Hut ab und kam sich unbeholfen vor. Das war ihm gar nicht recht. »Ich dachte mir, ich komme vorbei und sehe nach, ob ich irgend etwas für Sie tun kann.« Es war nicht das, was sie hören wollte, und es war auch nicht das, was er sagen wollte. Aber solange Doyle Pettit noch da war, mußte er die Anstandsformen wahren. Folglich versuchte er, den Mann dazu zu bringen, endlich zu gehen. »Falls Sie gerade gehen wollten, Doyle, sollten Sie sich von mir nicht aufhalten lassen.«

Doyle warf einen Blick auf die junge Witwe, weil er dachte,

ihr sei es vielleicht lieb, wenn er dablieb. Es hing etwas in der Luft, was er nicht erklären konnte. Aber nichts wies darauf hin, daß seine Gegenwart erwünscht war.

»Ich habe noch Geschäfte in der Stadt zu erledigen«, log er. »Vergessen Sie nicht, was ich gesagt habe, Mrs. Reisner. Wenn ich Ihnen in irgendeiner Form behilflich sein kann, dann nehmen Sie doch bitte Kontakt zu mir auf.«

»Ich danke Ihnen nochmals für Ihr Kommen«, wiederholte sie.

Webb griff nach den Zügeln seines Pferdes und hielt sie in der Hand, während Doyle den Motor anwarf und das Automobil in Gang setzte. Lilli nahm die Gelegenheit wahr, ihn zu mustern. Die Jahre hatten seine äußere Erscheinung nicht verändert, wenn man von den zusätzlichen Falten um seine Augen und seinen Mund einmal absah. Sein schlanker, muskulöser Körper war kräftig und männlich, das vom Wind zerzauste Haar dicht und fast schwarz.

Die Veränderungen waren subtilerer Natur, von der Sorte, die nur eine Frau, die liebte, bemerken konnte. Wenn er früher zu ihr gekommen war, war er ein Cowboy gewesen – in vieler Hinsicht einzigartig, aber doch ein Cowboy. Jetzt lasteten auf seinen breiten Schultern Macht und Autorität, und ihr Gewicht konnte ihn nicht erdrücken. Er trug sie mit Leichtigkeit. Lilli spürte, daß vieles in ihm verschlossen war und schon lange zurückgedrängt wurde – vielleicht schon zu lange. Er war gekommen, um sie zu sehen, aber warum? Sie fragte sich, ob Webb es selbst wußte. Ihr Stolz ließ es nicht zu, sich einzugestehen, daß allein sein Anblick sie schon wieder verwirrte.

Das Automobil wirbelte eine Staubwolke auf, als es sich entfernte. Lilli zog einen Zipfel ihres Schals über Mund und Nase, um den klebrigen Staub nicht einatmen zu müssen. Webbs Pferd lief im Kreis herum und wieherte dem lauten Fahrzeug nervös nach.

Es dauerte einen Moment, bis Webb die Zügel fallen ließ, auf sie zukam und den Staub aus seinem Hut klopfte. Sein Blick war auf sie gerichtet, drang in sie, suchte nach etwas – einer Reaktion, einem Zeichen, einem Signal, das es schon vor Urzeiten zwischen Mann und Frau gegeben hatte, das leicht zu erkennen war und das nie näher bestimmt werden konnte. Sie stand dicht neben der Tür und sah ihn an. Sie wirkte nicht unfreundlich, aber auch nicht offen ihm gegenüber. Er wartete mehr oder weniger darauf, daß sie vorschlagen würde, ins Haus zu gehen, um aus diesem Staub und diesem Wind herauszukommen, doch sie blieb stumm. Zwischen ihnen war eine Schranke, und Webb stand unentschlossen vor der Frage, wie er sie überwinden sollte, da er den Grund für diese Barriere nicht verstand.

»Einer meiner Männer ist beim Zusammentreiben des Viehs verwundet worden. Simon – Dr. Bardolph – ist gekommen, um nach ihm zu sehen, und daher habe ich gerade heute nachmittag erst von Stefan gehört.« Er wollte deutlich klarstellen, daß er eher gekommen wäre, wenn er das gewußt hätte. »Es hat mir leid getan, das zu hören.« Nein, verdammt noch mal, es hatte ihm überhaupt nicht leid getan. Warum sprach er diese Worte aus, die der Höflichkeit und den Anstandsformen entsprachen, wenn es so viele andere Dinge gab, die er statt dessen gern gesagt hätte? »Ich wünschte, du hättest mich verständigt.« Das war der erste aufrichtige Satz, den er sagte. »Es kann nicht leicht für dich gewesen sein.«

»Ich bin damit fertiggeworden.« Sie senkte kurz ihr Kinn, hob es dann gleich wieder. Ihre Kühnheit war zu erkennen, aber auch ihre Verschlossenheit.

Er schien seine Sache nicht richtig angepackt zu haben, aber er hatte einen Kurs eingeschlagen, von dem er jetzt nicht mehr abweichen konnte. »Du hast die Farm verkauft?«

»Ja. Ich habe alles verkauft, die Pferde und die Ackergeräte. Es hätte nicht viel Sinn gehabt, etwas zu behalten. Selbst, wenn Stefan noch am Leben wäre, glaube ich nicht, daß wir nach dieser Trockenheit den nächsten Winter überstanden hätten.«

»Was hast du vor?« Webb wollte herausfinden, ob auch er einen Platz in ihren Zukunftsplänen hatte.

Fast hätte sie unter seinem Blick die Augen niedergeschlagen, doch sie hielt ihm stand. »Nachdem alle Schulden abgezahlt sind, habe ich noch genug Geld übrig, um irgendwo ein kleines Restaurant zu kaufen.«

»Du wolltest fortgehen?« Er kniff seine Lippen zusammen.

»Wolltest du dich noch nicht einmal von mir verabschieden?« fragte Webb barsch.

Die Handbewegung, mit der sie sich Haarsträhnen, die der Wind ihr ins Gesicht geweht hatte, zur Seite strich, schien dazu zu dienen, seinen Blicken auszuweichen. »Die Zeiten haben sich geändert. Menschen verändern sich.« Das also war Lillis Antwort. »Es ist unvernünftig zu erwarten, daß Menschen dasselbe füreinander empfinden, wenn soviel Zeit vergangen ist.«

Ihre Antwort bestürzte ihn und traf ihn bis ins Mark, denn er legte sie so aus, daß sie sich verändert hatte. Mit einer anmutigen Bewegung, die keinesfalls übereilt war, drehte sie sich um und legte die wenigen Schritte bis zur Tür zurück. Dort blieb sie stehen und sah ihn über die Schulter an.

»Es war nett von dir, daß du vorbeigekommen bist«, sagte sie.

Die Tür der Hütte quietschte in den Angeln, als sie sich nach innen öffnete. In ihm brannte ein Schmerz, der sich nicht so leicht abtun ließ, wie sie ihn abgetan hatte. Als Lilli über die Schwelle getreten war und sich zur Tür umwandte, um sie hinter sich zu schließen, stand Webb in der Türöffnung und stemmte eine Hand dagegen, um ein Schließen zu verhindern.

»Ist das alles, was du mir zu sagen hast? Es war nett von dir, daß du vorbeigekommen bist?« Als er sie zur Seite stieß und das Haus betrat, wich sie einen Schritt zurück, und ihre Blicke ruhten jetzt gebannt auf ihm, beobachteten und warteten. »Was glaubst du wohl, warum ich hier bin?«

»Das kann ich beim besten Willen nicht erraten.« Sie fürchtete sich zu sehr davor, sich zu irren. Es gab zu viele Gründe, die ihn zu ihr geführt haben konnten.

»Dann erklär mir, was all das mit den Zeiten und den Menschen, die sich ändern, heißen soll«, forderte Webb. »Sprich offen aus, ob du mich nicht mehr willst.« Etwas flackerte in ihren Augen auf, und ein Teil der Verwirrung fiel von ihm ab. Sie erwartete von ihm, daß er ihr den Grund für sein Kommen nannte, daß er seine Absichten ausdrückte. Er stieß die Tür zu und packte sie an den Schultern. »Ich schwöre es dir, Lilli, dein Stolz kann jeden Mann vergraulen«, murmelte er mit heiserer Stimme, und dann legten sich seine Lippen ausgehungert auf ihren Mund, um jeden Zweifel an seinen Wünschen aus der Welt zu schaffen.

Ihre Lippen brachten ihn wie keine anderen aus der Fassung. Ihre Hände lagen auf seiner Brust, wehrten ihn nicht ab, forderten ihn aber auch nicht zu einer heftigeren Umarmung auf. Webb konnte sich keinen Reim darauf machen, daß sie ihn leidenschaftlich küßte und sich gleichzeitig doch zurückhielt, es sich nicht gestattete, sich von der Leidenschaft ihrer Gefühle mitreißen zu lassen.

»Was ist, Lilli?« Er hob seinen Kopf und legte seine Hand auf ihr Gesicht und fuhr mit seinem Daumen den Umriß ihrer warmen Lippen nach. Ihre Wimpern blieben gesenkt.

»Ich bin nicht sicher, warum du gekommen bist.« Sie war sich immer noch nicht sicher. Das war ihrer Stimme anzuhören.

Seine Hand strich über ihren Rücken, er spürte ihr Rückgrat und ihre starre, angespannte Haltung. »Ich bin hier, weil ich dich will. Ich liebe dich immer noch. Falls sich etwas verändert hat, dann sind meine Gefühle nur tiefer geworden.« Sein Mund lächelte. »Ich habe mich gefragt, ob es bei dir noch so ist. Ist es so?«

Sie legte den Kopf zurück, um ihn anzusehen und in seinen Augen zu forschen. In ihren Blicken stand eine unausgesprochene Erwartung, und sie schien auf etwas anderes zu warten, was er noch nicht gesagt hatte. »Ja«, gab sie ohne jedes Zögern zu. Sie war nicht zufrieden mit dem, was sie in seinem Gesicht sah, und sie löste sich langsam aus seinen Armen. Webb sah sie stirnrunzelnd an, als sie sich von ihm abwandte. »Und was machen wir jetzt?« fragte sie.

Ihre stolze Haltung und ihre feste Stimme begannen, ihm die Lage klarzumachen. Ganz allmählich verstand Webb die Ursache für ihre stolze Zurückhaltung. Sie wußte nicht, welche Rolle er für sie vorsah – die einer Geliebten, die einer Mätresse oder die seiner Ehefrau. Sie sorgte sich, er könnte schlechter über sie denken, weil sie sich ihm hingegeben und ihm ihre Gefühle offen eingestanden hatte, während sie mit einem anderen Mann verheiratet gewesen war. Sie wollte nicht, daß er sie aufgrund dessen weniger respektierte.

Webb trat zu ihr, blieb hinter ihr stehen und legte seine Hände auf ihre Schultern. Er streichelte sie zärtlich und spürte das bebende Verlangen, das sie durchzuckte. Sie wankte leicht und gab sich ganz seinen Berührungen hin.

»Ich würde dich am liebsten sofort in mein Bett entführen.« Der frische Duft ihres dunklen Kupferhaares erregte ihn. »Aber ich glaube, wir sollten vorher noch zum Pfarrer gehen.«

Sie wirbelte herum, und ihr Blick fiel auf sein Gesicht, weil sie sich vergewissern wollte, daß es auch sein Ernst war. Die starre Haltung wich aus ihrem Körper, als er sie in seine Arme zog. Das heftige Verlangen, das in ihrem Kuß lag, floß wie Feuer durch seine Adern und erschütterte ihn. Sie besaß eine Macht über ihn, die ihn auf ferne Gipfel schweben ließ und ihm einen Vorgeschmack auf alle Herrlichkeit gab, die ein Mann und eine Frau miteinander erfahren konnten.

Als sie sich voneinander lösten, war es keinem von beiden genug, aber was ihnen fehlte, war ganz einfach etwas, was sich durch Küsse allein nicht heilen ließ. Ihre Lippen waren von seinem besitzergreifenden Kuß gezeichnet, und seine Bartstoppeln hatten ihre Haut gerötet. Das Licht in ihren blauen Augen war ganz für ihn bestimmt. Sie strich mit einem Finger über seine Oberlippe.

»Du schwitzt«, murmelte sie. Dann nahm sie seine Hand und legte sie über ihre Brust. »Kannst du spüren, wie mein Herz klopft?«

»Ja.« Sein eigenes Herz schnaufte wie eine Dampfmaschine, und sein Atem ging entsprechend schnell. Er ließ seine Hand auf ihre Brust hinuntergleiten, die sich so fest und voll gegen seine Handfläche preßte. »Lilli.« Als er stöhnend ihren Namen flüsterte, lagen tausend Nächte, in denen er sich nach ihr gesehnt hatte, in diesem einen Wort.

Sie lehnte sich an ihn, legte ihren Kopf auf seine Schulter und schlang ihre Arme um ihn. Eine erregende Zufriedenheit hatte sich auf sie herabgesenkt, und sie war zufrieden mit sich und zufrieden mit ihm.

»Warum bist du in all der Zeit nie zu mir gekommen?« fragte sie.

Überraschung und Bestürzung verfinsterten sein Gesicht, als

er seinen Kopf senkte, um ihr ins Gesicht zu sehen. »Du hast entschieden klargestellt, daß du eine verheiratete Frau warst und mich nicht wiedersehen wolltest«, rief er ihr ins Gedächtnis zurück.

»Ich weiß«, murmelte Lilli.

»Hätte ich das etwa mißachten sollen?« Er verzog die Mundwinkel.

»Manchmal habe ich es gehofft, wenn ich auch andererseits erleichtert war, daß du es nie getan hast.« Sie mußte über den Widerspruch in ihrer Antwort lächeln.

»Ist das ein Beispiel für weibliches Denken?« fragte Webb mit sachtem Spott. »Du forderst mich auf, dir fernzubleiben, aber du willst, daß ich zu dir komme. Du sagst mir, ich solle dich vergessen und eine andere Frau finden, und dann hoffst du, daß ich es nicht tue.«

Sie neigte ihren Kopf zurück, um ihn anzusehen. Fröhlich und zuversichtlich lächelte sie ihn an. »Ja, genau das habe ich gemeint.«

»Diese Form von Logik läßt sich nicht leicht nachvollziehen.« Er küßte ihre Lippen und spürte, wie sie sich an ihn klammerten.

Dann hoben sich ihre Fingerspitzen zu seinem Gesicht und strichen über seine Lippen. »Ich bin erst seit drei Wochen verwitwet. Wenn wir zu schnell heiraten, wird es viel Gerede geben.«

Das traf einen wunden Punkt. »Mir ist egal, ob der Anstand ein Trauerjahr vorschreibt. Du hast jegliche Verpflichtung, die du Stefan gegenüber zu haben glaubtest, erfüllt. Du wirst meine Frau sein – Mrs. Webb Calder – , und niemand wird es wagen, etwas gegen dich zu sagen. Sollen sie doch reden. Nichts, was sie sagen könnten, kann uns berühren.«

Sie hörte sich seine Worte an und wog sie gegen ihre eigenen Gefühle auf. Einerseits hätte sie es vorgezogen, nicht überstürzt zu heiraten, diese Lösung nicht zu akzeptieren, die so praktisch war und ihr alle weiteren Entscheidungen abnahm. Sie hätte es auch vorgezogen, wenn sie sich Zeit gelassen und ein Liebespaar geworden wären, ehe sie Mann und Frau wurden und der Alltag begann.

Ihr Zögern war deutlich zu sehen, und Webb erkannte, warum sie zögerte und den Besuch beim Pfarrer aufschieben wollte, um dafür etwas anderes zu bekommen. Es war nicht schwer zu verstehen, wenn man bedachte, wie sich ihr bisheriges Leben gestaltet hatte und von welcher Belanglosigkeit ihre glanzlose Ehe mit Stefan gewesen war.

»Dir wäre es lieber, wenn ich um dich werbe und dir nach allen Regeln der Kunst den Hof mache, stimmt's?« vermutete er, und er konnte ihr Erstaunen über die richtige Beurteilung ihrer Gedanken sehen. »Du willst, daß ich deine Liebe von neuem erringe.«

»Ist das so falsch?« In ihrem Blick und in ihrer Stimme lagen Ernst und Spott zugleich.

»Nein, falsch ist es nicht«, versicherte er ihr mit einem schwachen Lächeln. »Aber es ist ausgeschlossen. Eine Woche. Mehr bekommst du nicht vor deiner Heirat, und ich nehme dich heute noch mit nach Hause. Ich habe nicht vor, dir die Möglichkeit zu geben, daß du es dir anders überlegst.«

»Dir macht es Spaß, herrisch zu sein und Vorschriften zu machen, stimmt's?« zog Lilli ihn auf und zeigte ihm wieder die frohe Seite ihres Wesens. »Dir gefällt einfach die Vorstellung, mir zu sagen, was ich zu tun habe. Nun ist es aber zufällig so, Mr. Webb Calder, daß ich genau dasselbe will.«

Mehr brauchte nicht gesagt zu werden. Alles andere bestätigte der lange, berauschende Kuß. Ihre Körper preßten sich aneinander und weckten eine Begierde, die so lange geschlummert hatte. Ihre Gefühle mußten jetzt nicht mehr unterdrückt werden. Sie welkten nicht mehr in ihrem Innern, sondern blühten und gediehen auf eine Weise, die fest verwurzelt und zeitlos war. Sie bebte, als sein Mund an ihrem Ohr und an der pochenden Halsschlagader knabberte.

Es kostete ihn Mühe, den Kopf zu heben und mit seinen Fingern durch ihr Haar zu streichen. »Ich möchte, daß du deine Sachen packst.« Es wäre ein leichtes gewesen, diese Umarmung zu dem Abschluß weiterzuführen, den sie beide anstrebten. Aber Webb wollte, daß sie, wenn sie endlich in seinen Armen lag, in seinem Haus war – nicht unter diesem Dach, unter dem sie mit Stefan gelebt hatte. »Nimm nur deine Kleider und die persönlichen Dinge mit, die du behalten willst. Den Rest kannst du verkaufen oder verschenken. Ich bin bald wieder da, um dich abzuholen.«

Ihre Hände legten sich um seinen Nacken, sie zog seinen Kopf zu einem letzten Kuß zu sich herunter. »Ich warte auf dich.«

23

Das Haus war größer als alles, was Lilli je gesehen hatte, und die Abendsonne spiegelte sich einladend in den Glasfenstern.

Webb stand neben der geöffneten Tür des Automobils, um ihr beim Aussteigen zu helfen. Schließlich gelang es ihr, den Blick von dem Haus loszureißen. Sie sah ihn ungläubig an. »Ist das dein Zuhause?«

»Nein. Es ist *unser* Zuhause«, verbesserte er sie. Er hielt ihre Hand, als er sie die Stufen zur Eingangstür hinaufführte. Er blieb mit Lilli auf den Stufen stehen, damit sie auf das Land hinaussehen konnte, doch sie sah statt dessen ihn an und nahm den Besitzerstolz in seiner Stimme und in seinen Augen wahr, als er ihr erzählte, wie sein Vater diese Ranch aufgebaut hatte. Sein Reichtum und seine Macht hatten ihr bisher nicht viel bedeutet. Nun betrachtete sie ihn mit neuen Augen. Und doch blieb er derselbe Mann, den sie kannte. Als er sie ansah, war die Unsicherheit aus ihren Augen verflogen. »Gehen wir hinein, damit ich dir dein neues Zuhause zeigen kann«, sagte Webb.

Lilli war gespannt darauf, das Haus von innen zu sehen. Er führte sie durch alle Zimmer im Erdgeschoß, angefangen mit dem Wohnzimmer, und am Ende ihrer Runde lag die Bibliothek.

»Sind das alles deine Bücher?« Lilli sah darin einen besonderen Luxus. Bis zu diesem Tag hatte sie nicht gewußt, daß ein einziger Mensch so viele Bücher besitzen konnte.

»Ich werde jedes einzelne lesen«, verkündete sie so aufgeregt wie ein Kind. Webb stellte fest, daß sie sich von Dingen zwar beeindrucken, aber nicht einschüchtern ließ. Sowie sie sich an die Größe des Hauses gewöhnt hatte, würde sie es zu einem Heim für sie beide machen, das von Wärme und Gelächter angefüllt war wie zu den Zeiten, als seine Eltern noch am Leben gewesen waren.

»Was ist das?« Sie stand hinter dem Schreibtisch und betrachtete die Landkarte.

»Die Ranch.« Er half ihr, sich zu orientieren. »Was denkst du?« fragte er, als sie weiterhin versonnen die Landkarte anstarrte.

»Sechshundertvierzig Morgen sind kaum zwei Zentimeter auf dieser Karte«, murmelte sie. Das war das Land, das Stefan und sie bewirtschaftet hatten.

»Die Ranch ist groß«, gestand Webb ein.

»Das ist schon ungehörig«, gab sie zurück, aber ihr Lachen nahm dieser Bemerkung die Spitze. »Und all das hat dein Vater aufgebaut.« Lilli musterte Webb und versuchte sich vorzustellen, was für ein Mensch sein Vater wohl gewesen sein mochte. »Ich wünschte, ich hätte ihn noch gekannt.«

»Er war ein bemerkenswerter Mann. Es hat eine Weile gedauert, bis ich begriffen habe, daß es nur einen Benteen Calder gibt.« Und daß er einen anderen Weg beschreiten würde als sein Vater, eine Fortsetzung, aber doch etwas Neues, Eigenes.

»Die meisten Menschen wissen ihre Eltern erst zu schätzen, wenn es zu spät ist. Bei mir war es auch so.« In ihren blauen Augen stand Verständnis.

Als er sich zu ihr beugte, hob sie ihren Mund seinen Lippen entgegen. Mit ihren Armen zog sie ihn dichter an sich heran. Sein fordernder Kuß zwang ihre Lippen, sich zu öffnen, und sie spürte sein großes Verlangen. Diese Entdeckung machte sie erst spät. Jeder mächtige Mann brauchte eine Gefährtin, die in ihm nichts weiter als einen Mann sah. Er brauchte sie. Ihre Finger spreizten sich auf seinem Rücken, und ihr Körper paßte sich seinem an. Sein Duft erfüllte sie, und Lilli wußte in dem Moment, daß sie diesen Duft noch in vielen Nächten riechen würde. Sie verlor sich in seiner Umarmung.

Als Ruth den Ford Modell T vor dem Haus parken sah, ging sie ins Haus. Mit kaltem Wasser hatte sie sich die verweinten geröteten Augen gewaschen, wenn auch die Schatten des Schmerzes noch auf ihrem blassen Gesicht lagen. Sie vermutete, daß Webb Lilli aufgesucht hatte. Das gräßliche Warten war unerträglich.

So leise wie sonst auch betrat sie das Haus und ging direkt ins Arbeitszimmer, den einzigen Raum, den Webb häufiger benutzte. Ihre Jacke war aufgeknöpft, und ihre Hände steckten in den Taschen, denn dort konnten sie sich zu Fäusten ballen. Brennende Holzscheite knisterten im Kamin, als sie das Arbeitszimmer betrat.

Ruth war schon drei Schritte in das Zimmer hineingegangen, als sie das sich umarmende Paar hinter dem Schreibtisch stehen sah. Der Schock ließ die letzte Farbe aus ihrem Gesicht weichen, und jede Hoffnung schwand. Sie drehte sich hastig um und wollte entkommen, bevor sie bemerkt wurde, doch sie lief gegen eine der Doppeltüren, die mit einem lauten Knall gegen die Wand flog.

»Ruth!« Webbs Stimme klang heiser, und er atmete schwer.

Sie stand mit dem Rücken zu ihnen, und sie drehte sich nicht um. Der Schmerz in ihrem Innern war zu groß, als daß Tränen ihn hätten fortspülen können. Ihre Augen brannten vor Trockenheit. »Es tut mir leid. Ich wollte nicht stören.« Es war eine hastige Entschuldigung, während sie den Raum verlassen wollte.

»Geh nicht fort, Ruth.« Er rief sie zurück, und seine Stimme klang wieder fast normal. Widerstrebend blieb sie stehen und hörte die Schritte zweier Menschen, die hinter dem Schreibtisch hervorkamen. Ihr Körper war starr und angespannt, als sie sich umdrehte, um sie anzusehen. Der Stolz und die Zärtlichkeit, die Liebe, die in seinem Gesicht zu lesen waren, ließen Ruth fast zerbrechen. »Ich möchte, daß du die erste bist, die erfährt, daß Lilli und ich heiraten werden.«

Ruth hätte ihn am liebsten laut angeschrien, sie wolle gar nicht die erste sein, aber sie war einfach nicht dazu fähig, wütend auf ihn zu sein. Ihre unterdrückten Gefühle waren so heftig, daß sich rote Flecken auf ihren Wangen bildeten.

»Ich gratuliere.« Sie zwang sich zu diesen Worten und wußte, daß das nicht genügte. »Ich weiß, daß es das ist, worauf du solange gewartet hast.« Sie wünschte ihm aufrichtig, er möge glücklich werden, aber es tat immer noch weh, daß sie es nicht war, die ihn glücklich machen konnte.

»Du erinnerst dich doch an Ruth Stanton, Lilli?« Er hielt die Frau mit dem kastanienbraunen Haar umfaßt, und er ließ diesen körperlichen Kontakt nicht abreißen. »Ruth hat sozusagen schon immer zur Familie gehört.«

»Ja, ich kann mich an Sie erinnern.« Lilli nickte, und sie versuchte, freundlich zu lächeln. »Ich hoffe, wir haben Sie mit unserem Verhalten nicht in Verlegenheit gebracht.«

»Nein. Ich denke, ich hätte anklopfen sollen«, murmelte Ruth voller Unbehagen. Mit Lillis Offenheit konnte sie nicht zurechtkommen.

»Hier klopft niemand an.« Webb sah Lilli liebevoll an. »Wir werden es ganz einfach lernen müssen, etwas mehr Rücksicht zu nehmen.«

»Ich würde mich freuen, wenn wir Freunde würden«, sagte Lilli mit einer Offenheit, der Ruth nur schwer Ablehnung entgegensetzen konnte. »Darf ich Ruth sagen?«

»Natürlich«, willigte sie ein. Aber sie brauchte Zeit, ehe sie mit einer solchen Beziehung umgehen konnte.

»Du wolltest mit mir reden?« Webb fiel auf, daß er Ruth noch gar nicht nach dem Grund ihres Kommens gefragt hatte.

Sie griff zu dem Vorwand, den sie sich zurechtgelegt hatte. »Ich bin nur gekommen, um dir zu sagen, daß es Abe besser geht.«

»Das freut mich sehr. Ich werde später nach ihm sehen«, sagte er.

»Wenn ihr mich jetzt entschuldigt. Ich bin sicher, daß ihr gern allein sein wollt.« Ruths Stimme brach fast. Keiner von beiden erhob Einwände dagegen.

Als die Haustür sich geschlossen hatte, entstand ein kurzes Schweigen. Webbs Hand strich geistesabwesend über Lillis Taille, während er nachdenklich auf die offene Tür des Arbeitszimmers blickte. Lilli wußte nicht, woran er dachte.

»Stimmt etwas nicht?« fragte sie.

Sein Blick fiel wieder auf sie, er drückte Zärtlichkeit aus. »Nein. Ich kann es kaum erwarten, daß du meine Frau wirst.« Er drückte sie für einen Moment fest an sich. »Ich hole jetzt deine Sachen und zeige dir, wo du schlafen wirst.«

Das Schlafzimmer war größer als die ganze Hütte, in der Lilli gelebt hatte. Webb zeigte ihr das Bad und machte sich auf den Weg zu Abe.

»Ich komme wieder«, versprach er. Er riß sich los, ohne sie noch einmal zu küssen.

Als sie allein im Zimmer stand, erschien Lilli alles einen Moment lang völlig unwirklich. Sie stellte sich ans Fenster, sah Webb nach und nahm dann das Badezimmer in Augenschein. Ihre Augen wurden kugelrund vor Staunen, als sie das Porzellanbecken mit den Messingarmaturen sah, aus denen heißes und kaltes Wasser floß. Wenn schon das geräumige Schlafzimmer sie begeistert hatte, dann konnte sie das Bad kaum fassen. Eine Toilette aus weißem Porzellan mit Spülung brachte sie laut zum Lachen. Nach den vielen Jahren, in denen sie Wasser ins Haus getragen, es auf dem Herd erhitzt und Nachttöpfe ausgeleert hatte, war das der Gipfel des Luxus.

Sie fand wohlriechendes Badesalz und Lotionen, die ihre Haut ganz seidig machten. Sie genoß es sehr und begann sofort Vorkehrungen für ein Bad zu treffen. Sie fand Handtücher, Schwämme und duftende Seife und konnte nur vermuten, daß diese Dinge noch von der verstorbenen Mrs. Calder, Webbs Mutter, stammten. Sie konnte dieser Versuchung einfach nicht widerstehen.

Als sie ihren nackten Körper in Berge von parfümiertem Schaum eintauchte und die entspannende Wärme des Wassers auf ihrer Haut spürte, fühlte sie sich unendlich glücklich. Sie streckte sich aus und schloß die Augen, um das Gefühl auszukosten.

Als Webb Lilli bei seiner Rückkehr nicht im Erdgeschoß vorfand, stieg er die Stufen hinauf, um nachzusehen, was sie aufhielt. Die Tür des Schlafzimmers stand offen. Er trat ein, sah sie aber nirgends.

»Lilli?« Er wollte schon ein zweites Mal nach ihr rufen, als er

Geräusche aus dem Badezimmer hörte. Er vergaß alle Anstandsregeln und ging hinein.

Lilli bemerkte Webbs Gegenwart erst, als sich die Tür öffnete. Leichte Hemmungen überkamen sie, da das Baden bisher für sie immer eine private Angelegenheit gewesen war. Die Schaumschicht verbarg ihre Nacktheit vor seinen Blicken. Sie wollte gegen sein Eindringen protestieren, aber etwas hielt sie davon ab.

»Kommst du immer unangemeldet rein, wenn eine Dame badet?« fragte sie keck.

»Als du nicht unten warst, bin ich dich suchengegangen.« Seine Stimme machte sie unruhig.

»Da du mich jetzt gefunden hast, kannst du auch wieder gehen.« Lilli spielte bewußt mit ihm. Ihr Puls begann schneller zu schlagen. Als er einen Schritt näher kam, wollte sie ihn provozieren. »Webb Calder, würden Sie wohl augenblicklich verschwinden?« Sie warf den nassen Schwamm nach ihm und lachte atemlos, als er sich duckte, um ihm auszuweichen.

»Du kommst jetzt sofort aus dieser Badewanne heraus«, knurrte er. Es war eine spielerische Drohung.

Ein paar Sekunden lang war es ein fröhliches Spiel, während Lilli ihn anspritzte, um ihn zu vertreiben. In dem Moment, als seine Hände ihr nasses Handgelenk packten, schwand das Lachen aus beiden Gesichtern. Einen Moment lang starrten sie einander an. Dann zog er sie mit festem Griff aus dem Wasser. Sie stand langsam auf und fühlte sich durch ihre eigene Nacktheit seltsam peinlich berührt.

Er konnte nicht wissen, daß kein Mann sie bisher bei Licht gesehen hatte, nicht einmal Stefan. Sie hatten sich immer im Dunkeln ausgezogen und einander dabei den Rücken zugekehrt. Wenn Stefan seine Befriedigung bei ihr gesucht hatte, hatten sie ihre Nachthemden nicht ausgezogen. Sie hatten sie lediglich hochgeschoben. Lilli hatte sich nie gefragt, ob andere Menschen es genauso machten.

Als Webb ihre Handgelenke losließ und ihre nasse Taille umfaßte, griff sie nach seinen Schultern und hielt sich dort fest, während er sie aus dem Wasser hob. Ihre nassen Füße berührten wenige Zentimeter vor seinen Stiefeln den Boden, und ihr tropfnasser Körper streifte seine Kleidung. Sie war wie berauscht, als sie spürte, wie seine Blicke ihren Körper betrachteten. Lilli zitterte ein wenig, denn die Hitze, die durch ihre Adern floß, raubte ihr die Fassung.

Webb griff nach dem flauschigen Badehandtuch, das an einem Halter hing, und tupfte die Feuchtigkeit und die trocknenden Schaumblasen von ihrer Haut. Er fing bei ihrem Hals und ihren Schultern an und bahnte sich langsam einen Weg über ihre Brüste und ihren flachen, angespannten Bauch. Dann kauerte er sich vor sie nieder, um ihre Hüften, ihre Schenkel und ihre Beine abzutrocknen und bei ihren Füßen aufzuhören. Sie spürte eine merkwürdige Schwäche in ihren Gliedern, als er sich aufrichtete. Ihr Atem ging nicht mehr in tiefen Zügen, sondern ganz seicht und flach, als er das Handtuch um ihre Schultern legte.

Mühelos hob er sie auf seine Arme. Sie schlang ihre Hände um seinen Hals. Sein Gesicht war ihrem so nahe, daß Lilli aus nächster Nähe sehen konnte, wie stark, braun und schön er war. Irgendwie war alles, was er tat, richtig, ohne daß sie es hätte erklären können, als er sie in das Schlafzimmer trug.

Webb blieb mitten im Raum stehen und stellte sie auf die Füße. Seine Arme hielten sie locker umfangen. Das Handtuch war heruntergerutscht. Sie hielt es mit einer Hand fest an sich gepreßt. Ihr Blick fiel auf die nassen Flecken auf seinem Hemd. Auch seine Hose war naßgespritzt.

»Deine Kleider sind naß«, sagte sie heiser.

Mit betonter Bedächtigkeit knöpfte er sein Hemd auf und schüttelte es ab. Sie spürte, wie sich ihr Magen zusammenzog, als sie auf die Muskeln auf seiner Brust und auf das dunkle Haar blickte, das dort wuchs. Dieses Gefühl verstärkte sich noch, als er seine Hose auszog. Die lange weiße Unterwäsche, die er darunter trug, schmiegte sich wie eine zweite Haut an seinen Körper. Die Stiefel und die Socken waren Sekunden später abgelegt.

»Das brauchst du nicht.« Sein Blick fiel auf das Handtuch, und sie ließ ihre Hand sinken und es zu seinen Kleidern auf den Boden fallen. »Lilli.« Er stöhnte ihren Namen, hob sie hoch und preßte seinen Mund gegen eine ihrer strammen, runden Brüste.

Ungezügelte und aufwühlende Begierden durchzuckten sie, als er sie trug und sie langsam an sich heruntergleiten ließ, während sich sein Mund einen Pfad zu ihren Lippen bahnte. Als sie das Bett erreicht hatten, verzehrten sie seine glühenden Küsse. Er legte sie sanft auf die Decke, sein Körper folgte ihr und legte sich teilweise über sie. Die männliche Härte, die sich gegen ihren Schenkel preßte, war etwas, was Lilli kannte und womit sie umzugehen wußte, aber das Fehlen jeglicher Forderung, ihm sofortige Befriedigung zu verschaffen, war ganz neu für sie.

Sein Mund glitt über ihre Lippen, und seine Zunge tastete sich mit pfeilschnellen Berührungen vor, bis sie selbst zum Angriff überging und ihre Zunge sich um seine wand. Seine Hände strichen zielstrebig über ihre nackte Haut, kosteten ihre Brüste, die sich hoben und senkten, glitten über ihren Bauch und ihre Hüften und ließen jeden Zentimeter Haut, den er berührte, glühen.

Sie versank bereits in Wogen unvertrauter Empfindungen, als er zu intimeren Erkundungen ansetzte. Seine Lippen lagen auf ihrem Gesicht, ihrem Haar und ihrem Hals und glitten dann tiefer hinab in das Tal zwischen ihren Brüsten. Sie grub ihre Zähne in die Lippen, als er seinen Mund über eine empfindliche, aufgestellte Brustwarze gleiten ließ. Seine Finger gruben sich in ihr dichtes Haar, und ein lustvolles Stöhnen entrang sich ihrer Kehle, als er die Brustwarze in den Mund nahm.

Dann drehte er sich auf den Rücken und zog sie mit sich, bis sie auf ihm lag. Ihre Augen sahen ihn verwirrt unter halbgeschlossenen Lidern an, ehe er ihre Lippen suchte. Sie küßte ihn und war begierig auf die Erregung, die dieser Lippenkontakt auslöste. In einem entfernten Winkel ihres Bewußtseins nahm sie wahr, daß er sich seiner Unterwäsche entledigte. Jetzt wird es kommen, sagte sie sich – aber es kam nicht.

Als er sie wieder beide in eine andere Lage gebracht hatte, lagen sie nebeneinander, sahen einander an, und ihre Körper berührten einander. Es existierten keine Schranken mehr zwischen ihnen. Ihre Brüste stießen gegen seine Brust, drängten sich gegen diese flache Mauer, während ihre Hände über die straffen Muskeln seines Rückens strichen, um ihn noch dichter an sich zu schmiegen. Seine Begierde stellte trotz ihrer Hüften, die zu kreisen begannen, keine Anforderungen an sie, und er schien nicht in sie eindringen zu wollen.

Das Begehren, das in ihrem Körper wütete, war so intensiv, daß Lilli das Gefühl hatte, es nicht mehr zu ertragen. Als hätte er es gespürt, preßte Webb sie mit dem Gewicht seines Körpers auf den Rücken und ließ seine Beine zwischen ihre gleiten. Sie schmeckte den Schweiß auf seiner Haut, als sie ihre Hüften hob, um ihm entgegenzukommen. Seine Männlichkeit füllte ihre pochende Leere aus. Unter dem Druck seiner Hüften wand sie sich zuckend, hingebungsvoll und fordernd, gab und nahm zugleich. Weder er noch sie waren auf diese wilde Leidenschaft vorbereitet, bei dem sich nicht nur Körper, sondern auch Seelen paarten.

Eine berauschend süße, leidenschaftliche Zufriedenheit strömte durch jeden Zentimeter ihres Körpers, als sie dalag und sich in seine Arme schmiegte. Lilli seufzte und lachte dann leise über die wunderbare, unglaubliche Entdeckung, die sie gemacht hatte. Sie drängte sich ganz fest an ihn, und die Wärme seines Körpers war die angenehmste, luxuriöseste Zudecke, die sie je kennengelernt hatte. Sein Mund bewegte sich auf ihrem Haar.

»Bist du so glücklich wie ich?« murmelte sie verzückt. Sie fühlte sich ohne jegliche Energie.

»Ja.« Das erschien ihm allerdings als ein schwaches Wort, um eine Zufriedenheit zu beschreiben, die weit über jede bisherige Erfahrung hinausging.

Die Woche des Werbens, die er ihr versprochen hatte, hatte eine weit vertraulichere Wendung genommen, als er es vorgehabt hatte. Webb bezweifelte ohnehin, ob er ihrem Bett hätte fernbleiben können, aber er hatte das Gefühl, ihr die Entscheidung überlassen zu sollen, nachdem er sie vor ihrer Eheschließung genommen hatte.

»Willst du das Datum für die Hochzeit nicht doch vorziehen? Ich werde dieses Zimmer heute nacht nämlich ganz bestimmt nicht verlassen«, warnte er sie.

Sie drehte sich ihm zu. »Noch nicht einmal, um etwas zu essen?« fragte sie mit geheuchelter Ungläubigkeit, ohne sich durch die Aussicht auf ihre Hochzeitsnacht beirren zu lassen. Sie wechselte das Thema und gab es ihm dreist. »Ein großer, starker Mann wie du?«

»Du hast es also bemerkt.« Die Belustigung in seinen Augen veränderte den Sinn ihrer Bemerkung.

Sie errötete leicht, aber sie wirkte eher erfreut als verlegen. »Ich habe es bemerkt«, erwiderte sie. »Deshalb dachte ich, daß du viel essen mußt, um bei Kräften zu bleiben.«

»Heute nacht könnte ich mich damit zufriedengeben, mich an dir zu laben.« Er nahm eine Brust in seine Hand und beugte sich herunter, um die schlafende Brustwarze zu küssen. »Es gibt mehr als nur eine Art, Liebe zu machen.«

»Stimmt das?« Neugier flackerte in ihren Augen auf. »Trotzdem sollten wir etwas essen.« Sie glitt aus seinen Armen und stand auf.

Als sie durch das Zimmer lief, fiel ihr Blick auf einen Spiegel, in dem sie sich von Kopf bis Fuß sehen konnte. Sie trat davor, sah ihren nackten Körper mit ganz neuen Augen an und schätzte ihn kritisch ein. Vergleichsweise groß und schlank, ganz gut gebaut, wie sie jetzt feststellte, stramme, runde Brüste, eine schmale Taille und geschwungene Hüften. Ihre Beine waren lang und muskulös, ohne mager zu sein.

Webb, der noch auf dem Bett lag, genoß es, sie von allen Seiten gleichzeitig sehen zu können. »Was siehst du dir da an?« fragte er neugierig.

»Eine Frau.« Sie wandte sich ihm zu, und auf ihrem Gesicht stand ein Strahlen, das ihm den Atem raubte. Webb hatte geglaubt, sich völlig verausgabt zu haben, aber er spürte neuerlichen Druck, eine wachsende Spannung, die sich in ihm aufbaute. In der Art, wie sie vor ihm stand und nicht versuchte, sich zu bedecken, lag etwas Kühnes, und doch war es keine kecke Pose, die dazu gedacht war, seine Lust zu erregen. Dazu war es viel zu natürlich. »Ich glaube, ich bin gerade dahintergekommen, wie man sich als Frau fühlt«, erklärte Lilli.

»Komm her«, sagte er, und sie näherte sich dem Bett, ließ ihn nach ihrer Hand greifen und sich von ihm auf die zerwühlte Decke neben sich ziehen. Augenblicklich schmiegte sie sich an ihn.

»Glaubst du, daß wir je genug voneinander bekommen?« murmelte sie.

»Wenn es überhaupt je dazu kommt, dann brauchen wir ein Leben lang dafür.«

Bedauern durchzuckte sie. »Es gibt so vieles, was wir bereits miteinander hätten erleben können …«

»Sieh nicht zurück.« Er ließ sich schwer auf sie sinken. »Wir werden vergessen, was hinter uns liegt, und nur noch in die Zukunft schauen.«

»Ja.« Ihre Hand strich über seine Seite und blieb zart auf der Narbe liegen, die die Schußwunde hinterlassen hatte. Dann überließ sie sich ihm.

Als nach dem Abendessen das Geschirr gespült war, rückte Ruth Stanton das Wachstuch auf dem Tisch gerade und wischte die Krumen ab. Es klopfte an der Tür des Holzhauses, das sie gemeinsam mit ihrem Vater bewohnte. Gesellschaft war das letzte, was sie an diesem Abend gebrauchen konnte.

Es war Virg Haskell, der mit ihr spazierengehen wollte. Sie fand zahlreiche Ausflüchte, die ihr Vater jedoch alle zunichte machte, und schließlich mußte sie Virgs Einladung widerstrebend annehmen.

Es war Vollmond. Der einzige Segen war, daß Virg immer sehr viel sprach, vorwiegend über sich selbst, und daher brauchte Ruth nur selten den Mund aufzumachen. Sie hörte ihm nicht zu und ließ ihre Blicke auf das Haupthaus, die Heimstätte, gleiten. Das einzige Licht brannte in Webbs Schlafzimmer. Bei diesem Anblick verlangsamten sich ihre Schritte, und sie spürte einen tiefen Schmerz in ihrem Herzen.

Plötzlich lag Virgs Mund auf ihren Lippen. Im ersten Moment machte Ruth sich vor, er sei ein anderer, und reagierte auf seinen Kuß, bis er zu fordernd wurde.

»Ruth«, stöhnte Virg, als sie sich von ihm losreißen wollte. »Ich weiß nicht, wie lange ich das noch durchhalte. Ich habe dich schon so oft gebeten, mich zu heiraten. Was muß ich bloß tun, damit du ja sagst?«

Sie sah ihn an und erkannte plötzlich die endlose Leere des Lebens, die vor ihr lag. Eine alleinstehende Frau war nichts –

kaum besser als eine Tote. Der Gedanke, daß niemand sie wollte, war ihr unerträglich. Eher würde sie einen Mann heiraten, den sie nicht liebte, bevor sie diese Leere ertrug. Es war ein ungeschriebenes Gesetz – ein Mensch mußte mit dem auskommen, was ihm zur Verfügung stand.

»Frag mich noch einmal, Virg«, sagte sie. »Ich kann dir jetzt keine Antwort geben.«

24

Die Sonne funkelte auf ihrem Goldring und betonte seine Farbe und seinen Glanz. Lilli bewegte ihre Hand und sah das Licht auf ihrem Hochzeitsring spielen und fragte sich, ob alle frisch verheirateten Frauen von derart simplen Dingen fasziniert waren. Trotz des kalten Novembertages hatte sie sich geweigert, Handschuhe zu tragen, da sie den Ring verborgen hätten, den sie voller Stolz trug.

»Darf es sonst noch etwas sein, Mrs. Calder?« fragte Ellis, als Lilli beobachtete, wie ihre Einkäufe in den Wagen geladen wurden.

»Das ist alles, Mr. Ellis. Vielen Dank.«

»Sie sind hier immer gern gesehen«, sagte er, als er an ihr vorbeiging, um seinen Laden wieder zu betreten.

Nichts konnte Lillis Laune trüben. In zwanzig Minuten würde sie Webb im Restaurant treffen. Sie beschloß, sich gleich auf den Weg zu machen, obwohl es noch zu früh war.

»Ich hätte nicht geglaubt, daß Sie es wagen, sich in dieser Stadt blicken zu lassen.« Die kalte und verächtliche Stimme, die sie wie ein Peitschenhieb traf, gehörte Franz Kreuger.

»Guten Tag, Mr. Kreuger. Ich habe gehört, daß Sie einen Sohn bekommen haben. Ich gratuliere Ihnen«, sagte sie mit erhobenem Kopf. Dr. Simon Bardolph hatte es ihr erzählt. »Ich bin sicher, daß es Helga gut geht.«

»Ein unverschämtes Flittchen wie Sie sollte nicht einmal ihren Namen aussprechen dürfen.« Seine Mundwinkel verzogen sich verächtlich. »Stefan hat kaum im Grab gelegen, als Sie mit einem anderen Mann ins Bett gestiegen sind. Sie haben keinen Respekt vor den Toten.«

Es bestand kein Grund, sich sein schändliches Gerede anzuhören. Lilli wollte an ihm vorbeigehen, aber er vertrat ihr den Weg. Sie dachte gar nicht daran, ihm den Eindruck zu vermitteln, seine Worte könnten sie stören.

»Stefan war ein braver, treuer Mann. Er hat Besseres verdient als eine ehebrecherische Schlampe wie Sie. Sie sind es, die ihn getötet hat.«

»Sie sind falsch unterrichtet, Mr. Kreuger«, erwiderte Lilli kühl. »Es war Typhus.«

»Er hat sich Ihretwegen geschämt, und Sie können noch so oft in Ihren damenhaften Kleidern in die Stadt kommen, keine anständige Frau wird mit Ihnen reden.«

Als sie merkte, daß er seine Stimme bewußt hob, um die Aufmerksamkeit der anderen Siedler auf sich zu lenken und sie öffentlich zu demütigen, beschloß sie, diesem Treffen ein Ende zu setzen. »Ihre Meinungen waren sehr aufschlußreich, Mr. Kreuger, aber Sie müssen mich jetzt wohl entschuldigen. Mein Mann erwartet mich.«

Wieder vertrat er ihr den Weg. »Sie glauben, wenn Sie einen Calder heiraten, sind Sie selbst eine wichtige Persönlichkeit«, warf er ihr vor.

»Ich denke nichts dergleichen«, sagte sie mit bebender Stimme. »Würden Sie mir jetzt bitte aus dem Weg gehen.«

»Ach ja, stimmt, Sie treffen Ihren Mann.« In seine Augen trat ein häßliches Funkeln. »Die Bürgersteige sind für anständige, gottesfürchtige Menschen da. Laufen Sie auf der Straße, in der Gosse, wo Frauen von Ihrer Sorte hingehören.«

Seine Stimme schallte durch die stille Luft. Kalter Zorn packte sie. Sie hätte ihn am liebsten geschlagen, aber sie wußte, daß ihn das nur gefreut hätte.

»Vielleicht würde ich auf der Straße weniger prahlerische Esel finden als auf dem Bürgersteig.« Ihre Wut war so sehr auf ihn gerichtet, daß sie nichts anderes um sich herum wahrnahm.

Plötzlich lag eine starke Hand auf Kreugers Schulter und drehte ihn zu sich um. Webb schlug Kreuger eine Faust ins Gesicht, und Franz flog rückwärts auf den Bürgersteig und blieb neben ihr liegen. Dann packte Webb ihren Arm und zerrte sie voran.

Sie waren noch keine zwei Schritte weit gelaufen, als sich ein Körper von hinten auf ihn stürzte. Der Aufprall ließ beide Männer auf den harten Boden der engen Gasse fliegen. Sie wälzten sich auf der Erde, und Ellbogen und Knie wurden als Waffen eingesetzt, als Kreuger mit aller Tücke kämpfte.

Eine schaulustige Menschenmenge drängte sich um Lilli. Kein freundliches Gesicht war darunter zu sehen. Sie alle feuerten Kreuger an. Er war kleiner als Webb, aber seine Schnelligkeit und seine Kraft machten die beiden zu ebenbürtigen Partnern.

Kreuger sprang auf, und Webb hatte sich gerade auf die Knie gezogen, als er den Stiefel in seinem Gesicht spürte. Er fing die Wucht des Trittes mit dem Arm ab, lenkte ihn auf seine Schulter, sprang auf und unterschätzte seinen Gegner nicht länger. Er landete einen Faustschlag auf Kreugers Schläfe. Kreuger spaltete mit zwei Hieben seine Lippen. Webb wußte, daß Kreuger ihm die Augen ausreißen und ihm das Gesicht eintreten würde, wenn es ihm gelingen würde, und daher kannte er kein Erbarmen. Webb holte aus, landete einen Schlag in Kreugers Rippen, hörte, wie die Knochen zersplitterten, sah, wie die Augen des Mannes glasig wurden, packte ihn am Kragen und ließ den Bewußtlosen zu Boden sinken.

Webb tupfte das Blut von seinen schmerzenden Lippen und sah die feindseligen Gesichter, von denen er umgeben war.

»Jemand sollte den Arzt holen«, sagte Webb und deutete auf Kreuger. »Lassen Sie meine Frau durch.«

Einen Moment lang rührte sich niemand von der Stelle. Dann öffnete sich eine Lücke für Lilli. Sie setzte sich mit erhobenem Kopf in Bewegung, und er folgte ihr ermattet und sah den Männern, an denen sie vorbeikamen, fest in die Augen.

»Ich hätte dich nicht zurückhalten sollen«, sagte Lilli, als sie Webbs Wunden auswusch. »Du kennst Kreuger nicht so gut wie ich.«

»Wir wollten die Vergangenheit vergessen«, sagte er.

Sie wußte, daß sie nicht alles vergessen konnte, aber sie wechselte das Thema. »Ich hoffe, der blaue Stoff, den ich mir gekauft habe, um ein Kleid für Ruths Hochzeit zu schneidern, gefällt dir.«

»Ich hoffe, Ruth weiß, was sie tut«, antwortete er mit gerunzelter Stirn.

»Das klingt, als hieltest du nicht viel von ihrer Heirat mit Virg Haskell«, sagte sie.

»Hat je ein Mann etwas von dem Mann gehalten, den sich seine Schwester für eine Heirat ausgesucht hat?« fragte Webb.

»Wohl kaum.« Lilli verstand, daß Webb Ruth Stanton als Familienangehörige betrachtete, und daher überraschte es sie nicht, daß er sie jetzt als seine Schwester bezeichnete.

Ruths Hochzeit fand kurz nach Neujahr statt. Das schlichte Zeremoniell wurde im Haupthaus der Ranch abgehalten, und die Familien der Cowboys waren anwesend. Ruth war weiß und zitterte, als sie ihre Gelübde ablegte. Ihre Augen waren trokken, denn alle Tränen hatte sie vor Monaten schon vergossen. Später, als Webb ihr gratulierte, gelang es ihr sogar zu lächeln.

Ein solches Fest im Winter kam den Cowboys nur gelegen, und es wurde alles andere als eine stille Zeremonie. Erst weit nach Mitternacht endeten die rauschenden Feierlichkeiten.

Ruth war sicher, daß das der längste Tag ihres Lebens gewesen war. Der goldene Ring an ihrem Finger fühlte sich noch seltsam und kalt an. Sie warf einen Blick auf Virg, als er die Tür hinter seinen letzten Freunden schloß, und sie wußte, daß sie ihn betrogen hatte. Sie senkte die Lider, als er sie ansah, und sie machte sich eifrig daran, das Zimmer aufzuräumen.

»Das kannst du morgen noch machen«, sagte Virg. »Ich glaube, wir sollten dem Beispiel deines Vaters folgen und uns zurückziehen.«

Sie sah auf die Schlafzimmertür, hinter die sich ihr Vater vor mehr als zwanzig Minuten zurückgezogen hatte. Als Virg sie zur Tür des zweiten Schlafzimmers führte – zu ihrem Schlafzimmer –, setzte sie ihm keinen Widerstand entgegen. Es war ein kleines Zimmer, kaum groß genug für das große Bett und die Spiegelkommode.

Ruth löste das Haar, um es zu einem Zopf zu flechten, wie sie es schon in tausend Nächten zuvor getan hatte. Der Unterschied war der, daß sie heute nicht allein mit ihren Träumen von Webb zu Bett gehen würde. Sie würde das Bett mit ihrem Ehemann teilen. Für Reue war es jetzt zu spät.

Während sie mechanisch ihr blaßblondes Haar bürstete, musterte Ruth im Spiegel den schlanken, muskulösen Mann, der seine Jacke auszog. Sein Blick begegnete ihrem im Spiegel.

»Es ist ein ungewohntes Gefühl, dich anzusehen und zu wissen, daß du Mrs. Virgil Haskell bist.« Er lächelte. Sie sah die Zufriedenheit in seinen Augen. »Ich bin jetzt ein verheirateter Mann, der sich um eine Frau … und irgendwann um eine Familie zu kümmern hat. Das läßt einen Mann die Dinge unter ganz neuen Gesichtspunkten sehen.«

»Wie meinst du das?« Da er eine Reaktion erwartete, reagierte Ruth. Sie hatte gelernt, daß es viel leichter war, Fragen zu stellen, als Äußerungen von sich zu geben.

»Dein Vater hat mir erzählt, daß er etwas Geld für dich zur Seite gelegt hat. Vielleicht sollten wir es dafür benutzen, uns selbst etwas aufzubauen«, schlug er vor. »Es wird nicht leicht, dich mit dem Gehalt eines Cowboys anständig zu versorgen.«

Die Vorstellung, die Ranch zu verlassen, war eine Möglichkeit, die Ruth nie in Betracht gezogen hatte. Auch jetzt wollte sie nicht daran denken. Hier war sie zu Hause, und alle ihre Freunde waren hier – und Webb. »So gut steht es nicht um die Gesundheit meines Vaters«, murmelte sie. »Ich sollte in der Nähe bleiben, damit ich mich um ihn kümmern kann. Mit dem, was ich durch das Unterrichten verdiene …«

»Aber ich will nicht, daß du weiterhin unterrichtest«, unterbrach er sie und setzte sich auf das Bett. »Du bist meine Frau. Dein Platz ist im Haus, damit du dich um das Haus kümmerst und unsere Familie großziehst. Ich wäre kein ordentlicher Mann, wenn ich meine Frau nicht ernähren könnte. Trotzdem werde ich auf dieser Ranch nie mehr als ein Cowboy sein. Calder macht keine Außenseiter, die nicht von Anfang an dabei waren, zu Vorarbeitern. Nur Männer, deren Väter für seinen Vater gearbeitet haben, haben Aussichten auf bessere Arbeit.«

»Ich glaube, du bist Webb gegenüber ungerecht.« Ruth

konnte diese Kritik nicht schweigend hinnehmen. »Wenn du mit ihm über einen besseren Posten redest, bin ich sicher, daß er dich in Betracht zieht.«

»Nein. Vielleicht hört er auf dich, wenn du mit ihm redest. Aber allzuviel hält er nicht von mir.«

»Das ist nicht wahr.« Ruth drehte sich zu ihm um und verteidigte Webb, wie sie es immer getan hatte und immer tun würde. »Ich habe gehört, daß er zu anderen gesagt hat, wie gut du arbeitest und wie zuverlässig du bist.«

»Wenn du nächste Woche einmal mit ihm reden könntest … In dem Moment, in dem ich hier anständig bezahlt werde, besteht kein Grund fortzugehen.«

»Ich … ich werde mit ihm sprechen«, räumte Ruth widerwillig ein, weil sie nicht fortgehen wollte.

Er grinste und gab ihr einen Kuß auf die Wange. »Du sprichst wie eine richtige Ehefrau«, sagte er.

Sie wußte, daß es nicht so war. »Ich werde dir eine gute Frau sein, Virg«, sagte sie, denn sie war entschlossen, die Tatsache auszugleichen, daß sie ihn nicht so liebte, wie sie ihn hätte lieben sollen. Sie gelobte sich wirklich, ihn nicht zu enttäuschen.

»Von heute nacht an gehörst du mir und keinem anderen«, sagte Virg heiser.

Noch nicht einmal Webb Calder. Virg Haskell hatte von Anfang an von ihm gewußt. Ruth war seine Frau, weil Webb sie abgewiesen hatte, doch Virg war davon überzeugt, trotzdem den Sieg davongetragen zu haben. Er hatte sie gewollt, und sie war sein. Daran würde nichts etwas ändern. Sein Name war es, den sie trug, und sie würde seine Kinder zur Welt bringen. Wenn sie ihn jetzt nicht so liebte, wie er es sich wünschte, dann würde sie ihn eben später lieben.

Als sie ihr Kleid auszog und in ihren Spitzenunterröcken vor ihm stand, nahm sich Virg Haskell, was rechtmäßig ihm gehörte. Diese Nacht würde ihr Körper seinen Körper erfahren – und in jeder der folgenden Nächte.

Das Weideland war schon vor Anbruch des Winters in schlechtem Zustand gewesen, und der Winter erwies sich als einer der härtesten der letzten dreißig Jahre.

Webb hatte Virg Haskell zum Aufseher befördert, es war einer der seltenen Fälle, in denen er gegen seine Überzeugung gehandelt und jemanden begünstigt hatte – nicht Virg, sondern Ruth. Er konnte immer noch nicht sagen, was ihm an diesem Mann, der seine Arbeit ausgezeichnet machte, nicht paßte, aber er traute ihm nicht.

Im März, als die erste wärmere Luft nach Montana kam, erwarteten Ruth und Lilli Babys. Lilli hatte sich seit Tagen elend gefühlt und kaum noch Nahrung bei sich behalten können. Auf die Idee, sie könnte nach all den unfruchtbaren Jahren ein Kind bekommen, war sie selbst gar nicht verfallen. Als der Arzt noch bei ihr saß, kam Ruth die Treppe hinauf, um ihn zu holen. Shorty Niles hatte sich in der Stadt auf eine Schlägerei eingelassen und war übel zugerichtet. Er hatte ein blaues Auge, eingeschlagene Zähne und blutige Lippen. Als der Arzt gerade nach ihm sah, kam Webb hinzu.

Nach einigen Anläufen gelang es Webb, hinter den Grund der Schlägerei zu kommen. Die Cowboys, die dabeigewesen waren, fanden alle möglichen Ausflüchte und wollten ihm den Vorfall nicht näher schildern. Webb bohrte so lange nach, bis er sich selbst eine Vorstellung von dem Geschehen machen konnte. Franz Kreuger hatte ihn und Lilli auf übelste Weise beleidigt und öffentlich behauptet, sie hätte sich schon während ihrer Ehe mit Stefan mit Webb herumgetrieben. Shorty, der leicht handgreiflich wurde, wenn jemand Bemerkungen machte, die ihm nicht paßten, hatte sich daraufhin mit ihm angelegt.

Webb spürte die kalte Wut in sich aufsteigen. Er dachte an Franz Kreuger. Seine Hände waren gefesselt. Dieser Trockenfarmer war keiner Vernunft zugänglich, und seine Schlägerei mit ihm im letzten Herbst hatte offensichtlich auch nichts geändert. Es war ein sinnloses Unterfangen, ihn zum Schweigen bringen zu wollen. Kreuger würde weiterhin seine gehässigen Reden führen, und Webb konnte nichts dagegen unternehmen. Das einzige, wofür er sorgen konnte, war, daß Lilli möglichst wenig davon zu Ohren kam. »Wie geht es Lilli?« fragte er den Arzt.

»Das wird alles wieder gut.«

»Was hat ihr denn gefehlt?«

»Das soll sie Ihnen selbst erzählen.« Simon lächelte schwach. »Sie sollten jetzt zu ihr gehen. Ich weiß, daß sie Ihre Rückkehr kaum erwarten kann.«

Simon Bardolph blieb noch einen Moment im Wohnzimmer stehen und sah Webb Calder nach, der die Treppe hinaufstieg. In seinen Augen stand ein Schimmer von Neid, als er sich abwandte und ging.

25

Laut Kalender war der Frühling gekommen und gegangen, aber Montana hatte nichts von seinem Grün gezeigt. Das Land war nach wie vor von einer toten Decke trockenen Grases überzogen, unter der es seinen Winterschlaf zu halten schien. Der ewige Staub war eine unablässige Erinnerung an die Dürre, die über das Land hereingebrochen war. Manchmal war es zu Gewittern gekommen, es hatte ein paar Tropfen geregnet, und dann waren die schwarzen Wolken weitergezogen, um ihre grausamen Tricks woanders weiterzuführen. Bäche waren ausgetrocknet, Flüsse führten kaum noch Wasser. Alles war strohtrocken.

Die gesamte Ranch, sechshundert Quadratmeilen Land, waren der reinste Zunder. Ein einziger Funke hätte ausgereicht. Das Rauchen und das Anzünden von Lagerfeuern war verboten. Patrouillen und Feuerposten, die die Weiden abritten, gehörten zum Alltag. Wo keine natürlichen Feuerschneisen waren, wurden sie künstlich geschaffen. Staubstürme, die alles mitrissen, was nicht niet- und nagelfest war, waren an der Tagesordnung.

Webb dachte an den Abend vor vielen Jahren, als Bull Giles ihn gewarnt hatte, er würde immer darum kämpfen müssen, die Ranch zu erhalten. Er hatte nie damit gerechnet, in einen derartigen Krieg mit Mutter Natur hineingezogen zu werden.

Webb schenkte sich noch einen Kaffee ein. Die Morgendämmerung war vorangeschritten, und er wollte sich an die Arbeit machen, als seine schläfrige Frau mit gelöstem, wirrem Haar die Treppe herunterkam. Ihr verschlafenes Gesicht hatte etwas Madonnenhaftes, und ihr Anblick schnürte ihm die Kehle zu. Verdammt noch mal, aber es stimmte. Die Schwangerschaft hatte sie noch schöner, noch begehrenswerter gemacht.

»Guten Morgen.« Er stellte seine Tasse auf den Tisch, ging auf sie zu, legte seine Arme um sie und zog sie an sich. Er küßte ihre Lippen und spürte, wie sie sich ihm hingaben. Seine Hände glitten über ihre Schultern und ihr Rückgrat.

»Die Männer sind schon draußen, aber ich dachte, ich könnte noch eine Tasse Kaffee mit dir trinken, ehe du ausreitest.«

»Du machst es einem Mann schwer, sein Haus zu verlassen.« Er widerstand den Regungen in seinen Lenden, griff nach ihren Händen und küßte ihre weißen Knöchel, bevor er sie losließ. »Du paßt doch auf dich auf?«

»Ja.« Sie lächelte ihn an, und seine beharrliche Sorge belustigte sie. »Ruth kommt heute nachmittag, und wir nähen die Decken für die Babys fertig.« Webb war während des Frühjahrs und während des Sommers so oft fortgewesen, daß sich eine enge Freundschaft zwischen Lilli und der blonden Ruth entwickelt hatte. Begonnen hatte es mit Äußerlichkeiten – der Umstand, daß beide Frauen zum erstenmal in ihrem Leben schwanger und ihre Männer tagsüber häufig unterwegs waren, hatte sie einander nähergebracht. Inzwischen war daraus mehr geworden.

»Es gefällt mir nicht, daß ich dich so oft allein lassen muß.« Vor allem jetzt, da die Schwangerschaft auf ihr Ende zuging.

»Du hast genug Sorgen. Mach dir nicht auch noch Sorgen um den kleinen Chase Benteen Calder und um mich.« Sie legte eine Hand auf ihren Bauch und streichelte ihn geistesabwesend. An dem Tag, an dem sich herausgestellt hatte, daß sie schwanger war, hatte Lilli Webb mitgeteilt, sie wolle ihr Baby nach seinem Vater nennen, wenn es ein Junge würde.

»Ein ziemlich komischer Name für ein Mädchen«, neckte er sie und legte einen Finger auf ihre Nasenspitze.

Sie lachte, und das Lächeln stand noch auf ihrem Gesicht, als sich die Haustür schon hinter Webb geschlossen hatte.

Webb hielt sein Pferd auf einer Kuppe an, von der aus er einen guten Überblick hatte. Im Osten konnte er sehen, wie sich der Zaun über die Steppe hinzog und die Grenze der Ranch markierte. Der Grund auf der anderen Seite gehörte den Trockenfarmern. Sein Weideland war in einem erbärmlichen Zustand, aber das war nichts im Vergleich zu dem Land der Weizenbauern.

Der Feuchtigkeitsmangel hatte den Weizen verkümmern lassen, und es wuchsen mehr Disteln als Weizen. Aber das, was Webb bedrückte, waren die Morgen, die umgepflügt waren und karg dalagen. Der Wind wehte die trockene Erde fort, trieb sie zu Wällen zusammen, die er dann wieder auseinanderblies. Am Zaun entlang lagerte Erde wie schwarze Schneewehen. Es war ein trostloser, unheilverkündender Anblick. Wenn es jetzt zu sturzbachartigen Regenfällen kommen sollte, würde die oberste Schicht des Erdreichs fortgespült.

Leise murmelte Webb vor sich hin: »Ich bin froh, daß mein Vater das nicht mehr erleben mußte.«

»Hast du etwas gesagt, Webb?« fragte Nate, der sich das Halstuch vom Gesicht zog, um zu sprechen.

Webb schüttelte den Kopf. Virg Haskell hatte seinen Hut abgenommen, um sich den Schweiß von der Stirn zu wischen. Jetzt deutete er mit seinem Hut zum Himmel. »Sieht ganz so aus, als käme eine einsame Regenwolke auf uns zu.« Er beobachtete, wie der dunkle Fleck bedrohlich näherrückte. »Sieht komisch aus, meint ihr nicht auch?«

Der dunkle Fleck veränderte seine Farbe. Was als ein dunkelgrauer Klecks begonnen hatte, nahm jetzt einen häßlichen grünen Schimmer an. Und kurz darauf gab es keinen Zweifel mehr.

»Es ist ein Heuschreckenschwarm.« Webb hielt die Zügel fester und sprach aus, was manche der erfahrenen Cowboys bereits vermutet hatten.

Wie Hagelkörner fielen die Heuschrecken vom Himmel. Die Rinder gerieten augenblicklich in Panik. Das Leittier ging nach Osten durch, und der Rest folgte ihm. Sie rannten, daß der Boden bebte.

Bevor die Reiter ihren Pferden die Sporen geben konnten,

um hinter der Herde herzureiten, fielen die Heuschrecken über sie her. Die Pferde scheuten, bäumten sich auf und wieherten vor Angst. Das kostbare Gras war bereits von den Insekten überzogen, die lautstark und gefräßig jeden Halm abnagten, der zu sehen war.

Der Grenzzaun konnte die durchgehende Herde nicht aufhalten. Pflöcke wurden aus dem Boden gerissen, und es verging eine Ewigkeit, bis die Reiter ihre Pferde wieder unter Kontrolle hatten. Inzwischen war die gesamte Umgebung mit einer acht Zentimeter hohen Heuschreckendecke überzogen. Die Reiter hetzten der Herde nach, und die Pferde hatten große Mühe, auf dem Boden vorwärtszukommen.

Niemand sprach. Niemand sagte auch nur ein Wort. Die Heuschrecken waren überall, saßen auf jedem Zentimeter Boden, auf jedem einzelnen Grashalm, auf den Stengeln aller Disteln. Ihr Gewicht zog größere Pflanzen zu Boden. Das Geräusch von schwirrenden Flügeln war gespenstisch, sie vernichteten jegliche Vegetation. Die Reiter mußten ständig die Insekten von ihren Kleidern klopfen. Sie waren so gefräßig, daß sie alles gefressen hätten.

Die Katastrophe war weiträumig und komplett. In den sieben Tagen, die sie brauchten, um die verstreuten Rinder wieder zusammenzutreiben, sah Webb, wieviel sie vernichtet hatten. Nur der Größe des Dreifachen C war es zu verdanken, daß der Schaden, den die Ranch erlitten hatte, minimal war und sich auf die Ostweide beschränkte, auf der kein Halm mehr wuchs. Am schlimmsten waren die Farmer von diesen Verwüstungen betroffen. Sie litten ohnehin schon entsetzlich unter der Dürre.

Ganze Felder waren von der Plage heimgesucht worden, und kein einziger Weizenhalm wuchs mehr. Die Bäume waren ohne Blätter und junge Zweige. Äste lagen auf dem kahlen Boden verstreut. Sie waren unter dem Gewicht der Insekten zusammengebrochen. Gärten waren verschwunden. Als jegliche Vegetation verzehrt war, begannen die Heuschrecken Dachschindel, Pferdegeschirr aus Leder, Kleidung und Bretterzäune zu verschlingen. Wahllos stillten sie ihren Hunger.

Ihre Anzahl war so übermächtig, daß sie in die Hütten eindrangen und die Lebensmittel in den Schränken und die Gardinen vor den Fenstern fraßen. Tiere waren den Insekten gegenüber hilflos, und kleine Kinder schrien vor Entsetzen, wenn sie eine Heuschrecke auf ihrem Körper spürten, weil sie fürchteten, gefressen zu werden. Die mutigen Trockenfarmer kämpften entschlossen gegen die Heuschrecken an und versuchten, das wenige, was ihnen noch geblieben war, zu retten. Sie banden sich Schnüre um ihre Hosenbeine, damit die Heuschrecken nicht an ihren Beinen hochklettern konnten. Sie gingen mit Schaufeln auf die Tiere los, trieben sie zusammen, begossen sie mit Kerosin und zündeten sie an. Sie vermengten dann Zitronenschalen mit Arsen und legten sie aus, um die Heuschrecken zu vergiften. Doch die Tiere fraßen die giftige Mischung – die ihnen nichts anhaben konnte – und richteten unbeschadet weitere Zerstörungen an.

Als Webb und die Cowboys die Rinderherde wieder zu ihrer heimatlichen Weide trieben, bot sich ihnen überall ein erschreckender Anblick. Die Luft stank nach Heuschrecken. Das Wasser der wenigen Bäche, die nicht ausgetrocknet waren, war braun und nicht mehr trinkbar. Jeder Farmer, dessen Brunnen nicht schon ausgetrocknet war, mußte jetzt feststellen, daß seine kostbaren Wasservorräte verseucht waren.

An diesem Abend seifte sich Webb von Kopf bis Fuß ein, um den Geruch der Heuschrecken loszuwerden. Er hatte kaum ein Wort mit Lilli gesprochen. Erst als sie im Bett lagen und das Licht ausgeschaltet war und als er sie in seinen Armen hielt und die Wärme ihres Körpers spüren konnte, begann er darüber zu sprechen.

Seine monotone Stimme ließ keine Gefühle erkennen, doch eine Träne rann langsam über seine Wange. Seine Gefühle waren widersprüchlichster Natur. Er verachtete die Trockenbauern und haßte sie für das, was sie dem Land angetan hatten, doch gleichzeitig bemitleidete er sie für die Verluste, die sie erlitten hatten. Er empfand auch Dankbarkeit darüber, daß ein so großer Teil seines Landes von der Plage verschont worden war, und er war dankbar, daß Lilli bei ihm und in Sicherheit vor dem Grauen war.

»Gott sei Dank, daß das Schlimmste vorüber ist«, murmelte Lilli, als er ihr alles erzählt hatte.

»Das bezweifle ich.« Er hörte auf, die Decke anzustarren, und betrachtete ihr Gesicht, das im Mondschein lag. »Was die Dürre noch nicht vernichtet hat, das haben die Heuschrecken erledigt. Jetzt kann nichts mehr die Erde festhalten. Tausende von Morgen werden karg, weil die Erde fortgeweht wird. Aber das ist noch nicht alles.« Er unterbrach sich und ließ einen Finger über die winzigen Sommersprossen auf ihrer Wange gleiten. »Diese Heuschrecken haben Eier gelegt. Im nächsten Frühjahr werden die Tiere ausschlüpfen, und der ganze Kampf wird von neuem beginnen. Erst die Dürre, dann die Seuche. Wo soll das enden?« murmelte er finster.

Sie kuschelte sich dichter an ihn. Von dem Moment an, als er das Haus betreten hatte, hatte sie gewußt, daß er sich große Sorgen machte. Sie hatte darauf gewartet, daß er mit ihr sprechen würde. Sie versuchte, sich auszumalen, was er gesehen hatte. Aber es gelang ihr nicht. Vielleicht war es auch besser so.

»Simon hat uns heute nachmittag eine Nachricht geschickt.« Erst jetzt war die Gelegenheit da, es ihm zu sagen. »Der Brunnen in der Stadt ist verseucht, und er läßt fragen, ob wir Wasser, das wir entbehren können, in die Stadt schicken könnten.«

»Ich werde alle Fässer, die wir haben, füllen und morgen in die Stadt bringen lassen«, sagte er. Er sah sie an, und ihre Augen zogen ihn magisch an. »Manchmal wünschte ich, ich könnte ganz einfach in dich hineinkriechen und dich überall um mich herum spüren, Lilli. Ich beneide unseren Sohn um diese Nähe. Er lebt warm und geborgen in dir.«

Ihre Hand legte sich auf seine hagere Wange. Sie spürte die Nässe der Träne, preßte ihre Lippen auf seinen Mund, küßte ihn inbrünstig und liebte ihn mit tiefer Glut. Für einen so mächtigen Mann war er in jener Nacht erstaunlich sanft.

Die meisten Häuser in Blue Moon waren zu schnell entstanden und nicht solide gebaut. Die Stadt wirkte verwittert, und die ersten Häuser waren eingestürzt. Dieser Verfall war ebenso unvermeidlich, wie es der Landboom gewesen war, stellte Webb jetzt fest. Alles war auf eine Hoffnung aufgebaut worden und nicht auf die Möglichkeiten, die das Land bot.

Es waren nicht viele Menschen in der Stadt. Sie alle wirkten benommen und von einem entsetzlichen Alptraum gefangen, der nicht enden wollte. Jede Hoffnung war aus den Augen der Farmer geschwunden, nur ihr Selbsterhaltungstrieb schien sie noch aufrechtzuhalten.

Als Webb seinen schwarzen Wallach festband, kamen der Sheriff und Simon Bardolph auf ihn zu.

»Sie haben meine Nachrichten erhalten.« Ein erleichtertes Lächeln breitete sich auf den Zügen des erschöpften Arztes aus, als Webb abstieg.

»Das ist alles, was wir auf einmal befördern konnten.«

Die Fässer waren ihnen ausgegangen. Webbs Blick fiel auf die Farmer. »Ich bin froh, daß Sie hier sind, Simon. Die Männer werden die Wagen entladen, und dann können Sie und der Sheriff entscheiden, wie Sie das Wasser aufteilen, damit jeder etwas bekommt.«

»Das kann der Sheriff tun. Wie schlimm sieht es bei Ihnen aus?«

»Die Heuschreckenplage hat uns einigermaßen verschont, aber diese Dürre setzt uns schrecklich zu«, gestand Webb ein. »Die Bäche führen so wenig Wasser, daß man darin waten und die letzten Forellen herausfischen kann.«

»Wie lange kann das wohl noch dauern?« Der Arzt seufzte und erwartete keine Antwort.

Die Männer begannen, die Fässer abzuladen, und der Sheriff ermahnte die Farmer, sich ordentlich anzustellen.

Eine Stimme erhob sich aus der Menge. »Woher kommt dieses Wasser?«

Es entstand eine kurze Pause, doch der Sheriff gab seine Anweisungen und beachtete die Frage nicht. »Stellen Sie sich hier in einer Reihe auf.«

»Woher wissen wir, daß das Wasser gut ist?« Die Stimme bestand auf einer Antwort. Webb erkannte sie, bevor Franz Kreuger sich einen Weg durch die Gruppe gebahnt hatte.

»Mr. Calder hat es von seiner Ranch gebracht«, antwortete der Sheriff betont geduldig.

Kreuger spuckte auf den Boden und drückte seinen Abscheu vor der Herkunft des Wassers aus. »Nehmt nichts von diesem Wasser«, warnte er die Umstehenden. »Wahrscheinlich hat er es vergiftet.«

Webb schüttelte den Kopf. Kreuger widerte ihn an. Simon murmelte tonlos etwas vor sich hin und stellte sich neben den Sheriff.

»Dieses Wasser ist einwandfrei, Kreuger«, fauchte er.

»Haben Sie ihm das Gift gegeben, damit er es reinschüttet?« fragte Kreuger provozierend und hob die Hände. In dem Moment sah Webb, daß er mit einem Gewehr bewaffnet war.

»Machen Sie sich nicht lächerlich ...«, setzte Simon erbost an.

»Ich will nichts, was von Calder oder seiner Hure kommt – oder von dem Arzt, der die beiden behandelt.« In Kreugers Augen stand ein Fanatismus, der an Wahnsinn grenzte, als er sich an die anderen Farmer wandte. »Seit wir hier sind, will Calder uns loswerden. Er hat alles versucht, unsere Häuser angezündet und unsere Felder von seinen Rindern zertrampeln lassen. Die Heuschrecken hätten niemals unsere Felder zerstört, wenn seine Männer nicht die Rinder auf unser Land getrieben hätten. Die Heuschrecken sind den Rindern gefolgt, haben sie angefallen und sind von ihnen in unsere Felder getragen worden. Er wollte nicht, daß sie sein Land verheeren, und deshalb hat er sie auf unser Land gejagt.«

»Das ist eine verdammte Lüge!« brüllte Simon, dem klar wurde, daß Kreuger die abergläubische Unwissenheit der Farmer für sich nutzen wollte. Sie wollten einen Sündenbock, und Kreuger gab ihnen diesen Sündenbock.

»So, wirklich?« höhnte Kreuger und wandte sich dann an die anderen. »Stimmt es etwa nicht, daß überall da, wo seine Rinder waren, auch die Heuschrecken waren?« Köpfe nickten, und selbst einige der skeptischeren Farmer tauschten Blicke miteinander aus. »Die Insekten haben unsere Ernte, unsere Lebensmittel gefressen und unsere Brunnen verseucht. Und jetzt bringt Calder uns Wasser – Wasser, von dem wir wahrscheinlich krank werden. Er glaubt, wir sind so durstig, so verzweifelt, daß wir selbst von dem Mann Wasser nehmen, der immer unser Feind gewesen ist.«

»Dieser Mann ist verrückt«, murmelte Simon Webb zu. »Man kann nicht vernünftig mit ihm reden.«

Doyle Pettit sah die Menschenmenge und kam heran. Er lächelte und erkannte auf den ersten Blick, wie er diese Situation zu seinem Vorteil nutzen konnte. Er näherte sich der Menge von hinten und stellte sich hinter Webbs Pferd, ohne von den Leuten gesehen zu werden.

»Webb«, sagte er mit gesenkter Stimme. »Selbst wenn jemand Wasser wollte, würde Kreuger nicht zulassen, daß sie es annehmen. Wenn es um dich geht, sieht dieser Mann rot. Ihr solltet mit dem Wasser wieder umkehren.«

»Aber woher sollen sie Wasser bekommen?« murmelte Webb, der sich Doyle Pettits Meinung zwar anschloß, aber wußte, daß das Problem damit nicht zu lösen war.

Doyle schlug ihm vor, fünf Meilen außerhalb der Stadt auf ihn zu warten. Er würde das Wasser auf seine Wagen laden und es wieder in die Stadt bringen, da die Farmer ihm trauten. Webb stimmte der Lösung zu.

»Es ist besser, wenn Kreuger uns nicht zusammen sieht«, sagte Doyle, der ebenso unauffällig wieder verschwand, wie er gekommen war. Insgeheim gratulierte er sich ganz herzlich. Eben diese Fähigkeit, eine Situation zu erfassen und sie zu seinen Gunsten zu wenden, war das, was ihn eines Tages dahin bringen würde, daß ihm der halbe Staat gehörte. Man durfte sich keine Gelegenheit entgehen lassen.

Sheriff Potter versuchte immer noch, die Farmer zu überzeugen, als Webb ihn aufforderte, sich die Mühe zu sparen. »Wir fahren wieder, Potter«, sagte er. »Wenn sie das Wasser nicht haben wollen, benutzen wir es eben selbst.«

Der Sheriff sah ihn überrascht an und wollte Einwände erheben, aber Webb ließ ihm keine Gelegenheit dazu. Er bedeutete seinen Männern umzukehren. Die Verwirrung und Ungläubigkeit in ihren Gesichtern waren verständlich, da sie nichts von der Abmachung mit Doyle Pettit wußten. Er erklärte es ihnen, als sie die Stadt verlassen hatten.

Doyle Pettit hatte es gelernt, sich wie ein Chamäleon zu kleiden. In der Stadt war er der Geschäftsmann, wenn er die Farmer zu Hause aufsuchte, krempelte er sich die Hemdsärmel hoch, und für Webb zog er sich eine fleckige Jeans an, um ihn daran zu erinnern, daß er einer von ihnen war, Tom Pettits

Sohn. Keiner der Männer schaute hinter diese Fassade und erkannte hinter Doyles gutgelauntem Auftreten den grenzenlosen Ehrgeiz und seine Gerissenheit. Es war allgemein bekannt, daß ihm die Bank, der Holzhandel, der Kornspeicher und die Anwaltspraxis gehörten. Zum Teufel, fast die ganze Stadt gehörte ihm. Aber Doyle war sicher, daß den wenigsten klar war, daß sein Landbesitz sich so vergrößert hatte, daß er es fast mit den Ausmaßen der Calder-Ranch aufnehmen konnte. Das sollten sie auch vorläufig nicht erfahren, aber der Gedanke belustigte Doyle, vor allem jetzt, als er sich mit Webb Calder traf.

Auf der TeePee-Ranch, die Doyle von seinem Vater geerbt hatte, gab es noch genügend Wasser, aber Doyle fand es schwachsinnig, diese Vorräte zu verschenken, so wie Webb es tat. Der Zeitpunkt würde kommen, daß die Farmer Wasser kauften, und erst dann wollte Doyle auf seine Reserven zurückgreifen. Bis dahin konnte er Webbs Großzügigkeit für sich nutzen und sich als Retter der Siedler aufspielen. Eine ausgezeichnete Werbung für ihn.

Webb erbot sich, auch weiterhin Wasser abzuzweigen, solange die beiden letzten Flüsse es noch hergaben. Doyle log ihm vor, auf seiner Ranch seien alle Flußläufe versickert. Er schlug Webb vor, das Wasser auf seiner Ranch zu holen. Webb war einverstanden.

»Grüß deine Frau von mir«, sagte Doyle zum Abschied. »Du hast dafür gesorgt, daß ich nie Chancen bei ihr hatte.« Er hatte nie wirklich Interesse an dieser Witwe gehabt. Er würde seine Wahl sehr sorgsam treffen, sich vielleicht eine reiche Braut im Osten suchen. Was ihm vorschwebte, war eine günstige Verbindung, eine Ehe, die seine Position verbesserte.

Doyle hätte am liebsten laut gelacht, als er die Dankbarkeit auf den Gesichtern der Farmer sah, denen er das Wasser gebracht und weitere Darlehen angeboten hatte. Im nächsten Frühjahr würde er ihnen das Land für ein Zehntel seines Wertes abkaufen, und sie würden immer noch glauben, daß er, der an ihnen reich geworden war, ihnen einen Gefallen tat aus reiner Herzensgüte. Schon jetzt verkaufte er seine Waren zum Dreifachen des Einkaufspreises, und die Dürre hatte den Vorteil, daß seine Konkurrenten ihre Geschäfte schlossen. Bald hatte er die ganze Stadt in der Tasche und konnte noch mehr für die Ware verlangen. Er saugte sie aus, und sie dankten es ihm.

Als Doyle sich auf den Weg zur Bank machte, sah er Ed Mace. Er schien etwas gebeugt zu gehen, und Doyle fragte sich, wieweit es dem Alter zuzuschreiben war und wieweit ihn die Last der Sorgen niederdrückte. Schon ehe er die Bank erreicht hatte, wußte Doyle, daß Ed Mace ein Darlehen aufnehmen wollte. Ein teuflischer Plan reifte in ihm heran. Das war seine Gelegenheit, die Snake M an sich zu bringen. Er riet Mace, anstelle eines Darlehens seine gesamten Rinder zu verkaufen, da der Markt im Moment günstig war, und im Frühjahr für die Hälfte des Preises neue Rinder zu erwerben. Doyle wußte, was Ed Mace übersah. Er würde keine Kälber haben und im kommenden Jahr keine Rinder verkaufen können. Dann mußte er seine Ranch verpfänden, eine Hypothek aufnehmen. Und somit würde es ein Kinderspiel sein, die Ranch billig zu erwerben. Es würde zwar Doyles Finanzen übersteigen, aber die Vorstellung, die Snake M Ranch an sich zu bringen, war das Risiko wert.

26

Die Pappeln und die Weiden, die am Flußufer wuchsen, hatten ihre Blätter abgeworfen und ragten wie Skelette in den braunen Dunst des Oktoberhimmels auf. Webb grub seine Hände tief in die Taschen, als er das schlammige Flußbett betrachtete. Hinter ihm standen die Gebäude des Dreifachen C auf spröder, trockener Erde, und sein Haus zeichnete sich als Silhouette gegen den gezackten Horizont im Norden ab. Seine Aufmerksamkeit galt jedoch den schlammigen Pfützen neben dem Flußbett.

»Dieser Fluß ist noch nie ausgetrocknet.« Er wandte sich an Nate. »Ist es überall so?«

»Noch schlimmer«, brummte Nate. »Hier sind zumindest noch Pfützen. An weiten Strecken ist nicht einmal mehr der Boden schlammig. Im Fluß an der Nordweide läuft noch ein kleines Rinnsal.« Er lechzte nach einer Zigarette, aber es lag zuviel trockenes Laub auf dem toten Gras. »Was stellst du dir vor, wie es weitergehen soll? Ich habe gehört, daß Ed Mace seine Zuchtrinder vollständig verkauft hat, damit das Weideland im Winter nicht übermäßig strapaziert wird.«

Webb schüttelte den Kopf. »Es hat zu lange gedauert, unsere Herden dahin zu bringen, daß wir qualitativ hochwertige Zuchttiere haben. Ich verkaufe nicht.« Dieser Entschluß war endgültig. »Wir werden alle Herden auf die Nordweide treiben und das Beste hoffen. Der Brunnen in der Scheune ist heute morgen ausgetrocknet. Gib Doyle Bescheid, daß wir kein Wasser mehr entbehren können.«

Als sich die Männer den Gebäuden näherten, humpelte ihnen Abe Garvey entgegen. »Webb! Ich soll dich holen. Es ist deine Frau. Es ist soweit!« rief er.

Webb spürte, wie ihn Aufregung und Angst im gleichen Moment befielen. »Jemand soll den Arzt holen«, ordnete er an. Simon war erst gestern dagewesen und hatte Ruth von einem Sohn entbunden.

»Nicht nötig«, schnaufte Abe. »Er ist hier, um zu sehen, wie es Ruth und ihrem Baby geht. Er ist schon im Haus.«

Als Webb ins Schlafzimmer stürzte, ließ der Schmerz der letzten Wehe gerade nach. Lilli atmete tief und angestrengt, und Schweißperlen bildeten sich auf ihrer Stirn und über ihren Lippen. Als sie den besorgten Blick auf Webbs Gesicht sah, lächelte sie ihn an, und die Sorge fiel von ihr ab.

»Jetzt kannst du es dir nicht mehr anders überlegen, wenn du etwa doch nicht Vater werden willst«, warnte sie ihn, als er ihre Hand nahm und sich dicht über sie beugte. »Dazu ist es jetzt zu spät.«

»Nein, ich überlege es mir bestimmt nicht anders.« Ein Lächeln spielte um seine Mundwinkel. »Ist mit dir alles in Ordnung?«

Sie nickte, und Webb beugte sich herab, um sie zu küssen.

»Nichts da«, mischte sich Simon Bardolph ein, als er auf das Bett zukam. »Wenn Sie nicht vorhaben, die Hebamme zu spielen, schlage ich vor, daß Sie jetzt runtergehen und sich einen Drink genehmigen, Webb.«

»Später.« Er ließ Lilli nicht aus den Augen.

»Jetzt sofort«, beharrte der Arzt. Er deutete auf die Tür.

»Raus. Es wird noch eine Weile dauern, und daher sollten Sie woanders nervös auf und ab laufen.«

Widerstrebend verließ Webb das Zimmer. Er versuchte vergeblich, sich zur Ruhe zu zwingen, aber in der Bibliothek konnte er Geräusche, Schritte und unterdrückte Schreie hören, die an seinen Nerven zehrten. Die Sonne stand am Horizont, als er das Quäken eines Kindes hörte. Er sprang zwei Stufen auf einmal die Treppe hinauf und klopfte ungeduldig an die geschlossene Tür. Simon öffnete sie mit einem Bündel, das sich auf seinen Armen wand.

»Chase Calder, darf ich dir deinen Vater vorstellen.« Er reichte Webb den winzigen Jungen und legte ihn in seine Armbeuge.

»Lilli?«

»Ihr geht es gut.«

Webb sah seinen neugeborenen Sohn an. Er war rot und schrumplig, hatte eine nasse Masse dunklen Haares und eine vollkommen geformte kleine Faust, die durch die Luft schlug. Benommen trat Webb an das Bett. Er konnte die Tränen in seinen Augen spüren, als er auf Lilli herabsah. Das dunkle Haar klebte feucht an ihrem Gesicht. Sie wirkte erschöpft, aber sehr glücklich.

»Das arme Ding ist so häßlich wie ich.« Webb lächelte.

»Und er wird eines Tages genausogut aussehen wie du«, murmelte sie schwach.

Simon trat ans Bett und lächelte die drei Menschen an. »Ich glaube, Ihr Sohn hat jetzt Hunger. Und dann müssen sie sich alle beide ausruhen.«

Webb legte das Baby in Lillis Arme und verließ ein zweites Mal widerstrebend das Zimmer.

Lilli fühlte sich noch schwach, aber nicht halb so elend, wie Webb glaubte. Sie wollte zu Ruth gehen, aber Webb fand, daß das zwei Tage nach der Geburt zu früh sei. Gegen seinen Willen setzte sie ihren Kopf durch, und er hielt mit seinem Körper den eisigen Wind von ihr und dem Jungen fern.

Virg Haskell öffnete ihnen die Tür und bat sie hinein. Als alle saßen, bewunderte er den kleinen Chase und versuchte, hinter den Grund dieses Besuches zu kommen.

»Wie geht es Ruth?« fragte Lilli.

»Ihr und dem Kleinen geht es gut.« Er lächelte stolz.

Ruth rief aus dem Schlafzimmer: »Wer ist da, Virg?«

»Es sind Miß Lilli und Webb … und ihr Sohn.«

Aus dem Schlafzimmer waren Geräusche zu hören. »Ich bin gleich da.«

»Darf ich euch etwas anbieten?« fragte Virg unsicher. Obwohl seine Frau sich eng mit Lilli Calder angefreundet hatte, bezweifelte er, daß dies der einzige Grund für den Besuch war.

»Nein, danke«, sagte Webb. »Lilli und ich sind gekommen, um etwas mit dir und deiner Frau zu besprechen.«

Die Schlafzimmertür öffnete sich, und Ruth trat ein. Es war deutlich zu erkennen, daß sie hastig versucht hatte, sich herzurichten. Ihr blondes Haar war zu einem langen Pferdeschwanz gebunden, und sie trug ein lose sitzendes Kleid. Sie war noch etwas wacklig auf den Füßen und hielt sich am Türrahmen fest, bevor sie ganz ins Zimmer kam.

»Du solltest noch nicht aufstehen, Lilli. Du mußt dich ausruhen, damit du wieder zu Kräften kommst«, murmelte sie besorgt.

»Dasselbe habe ich ihr auch gesagt«, sagte Webb trocken. »Aber sie hat darauf bestanden mitzukommen.«

»Ich habe gehört, daß Indianerfrauen ihre Babys bekommen und sofort aufstehen und sich wieder an die Arbeit machen«, sagte Lilli. »Mir geht es gut. Wirklich. Setz dich doch bitte, Ruth«, drängte sie. »Webb und ich sind gekommen, weil wir dich etwas fragen wollten.«

»Was denn?« Ruth setzte sich linkisch auf einen Stuhl in Lillis Nähe und sah den kleinen Jungen an, der in eine Decke gehüllt in Lillis Armen lag. »Er ist ein wunderschöner Junge.« Eine Spur von Neid war aus ihrer Stimme herauszuhören.

»Er ist ein sehr hungriger Junge.« Die Liebe, die auf ihrem Gesicht stand, wich einem Ausdruck von Bedauern und einer

Spur von Schuldbewußtsein. Zögernd sah sie Ruth an. »Ich habe nicht genug Milch für ihn. Simon hat ihm etwas angerührt, aber das hat er nicht vertragen. Er sagt, die beste Lösung sei, eine andere Frau zu finden, die bereit ist, ihn zu stillen. Webb und ich dachten uns«, sie legte eine Pause ein und sah ihren Mann an, der neben ihrem Stuhl stand, »wir könnten dich vielleicht fragen.«

Ruth brauchte nicht erst nachzudenken, sondern ging augenblicklich auf diese Bitte ein. »Natürlich mache ich das.«

»Danke.« Lilli senkte den Kopf, um ihr zitterndes Kinn zu verbergen und die Tränen zurückzuhalten. Chase fing an zu schreien. Sie küßte zärtlich seine Stirn und reichte ihn dann Ruth. »Wahrscheinlich ist es das beste, wenn er nachts hierbleibt.« Lilli hatte noch nie etwas sagen müssen, was ihr so schwer über die Lippen gekommen war. »Webb wird seine Wiege und … und alles andere rüberbringen.« Ihre Stimme brach.

»Mach dir keine Sorgen, Lilli.« Ruth drückte Webbs Sohn an ihre Brust und legte tröstend ihre Hand auf den Arm ihrer Freundin. »Ich werde so gut für ihn sorgen wie für meinen eigenen Sohn.« Es gab nichts auf Erden, was sie leichter hätte versprechen können.

Ein innerer Wecker ließ Ruth mitten in der Nacht wach werden, um ihr Kind pünktlich um zwei Uhr zu stillen. Sie hob ihren lauten und ungeduldigen Sohn aus seiner Wiege und trug ihn ins Wohnzimmer, um sich dort mit ihm auf den Schaukelstuhl zu setzen. Sein blondes Haar war zart und gelockt, und seine blauen Augen schienen diese Farbe behalten zu wollen. Er war auf den Namen Timothy Ely Haskell getauft worden, aber ihr Mann hatte ihn vom ersten Tag an ›mein Bucko‹ genannt. Ruth dachte jetzt selbst schon an ihn als Buck. Sie betete ihn an, und sie lächelte, als er heftig an ihrer Brustwarze sog und mit seinen kleinen Fäusten gegen ihre Brust trommelte.

Aber später, als der kleine Chase Benteen Calder ihre Milch trank, standen Tränen in ihren Augen. Das war Webbs Sohn, der sich in seiner Größe, in der Farbe von Haar, Haut und Augen und in seinem Temperament von ihrem Sohn unterschied.

Von diesem Tag hatte sie geträumt – davon, sein Baby an ihre Brust zu legen. Es war wahr geworden, wenn auch nicht gerade so, wie sie es sich erträumt hatte, aber sie stillte *seinen* Sohn.

Das Stethoskop wurde von einer kleinen Hand gepackt, die spontan entschied, daß das etwas zum Essen sei. Simon Bardolph lachte und löste den Griff der kleinen Finger, die dem Calder-Baby gehörten. Unschuldige braune Augen sahen ihn an.

»Du siehst mir ganz so aus, als hättest du schon genug gegessen, Chase«, erklärte er.

»Er ist gewachsen, nicht wahr?« fragte Lilli stolz, als ihr fast fünf Monate alter Sohn unverständliche Dinge vor sich hin zu plappern begann. Er saß aufrecht da, konnte das Gleichgewicht halten und war pausbäckig, ohne dick zu sein. »Er versucht schon zu krabbeln, aber im allgemeinen endet es damit, daß er auf den Rücken plumpst.«

»Das lernt er schon noch früh genug. Es wird Ihnen alles viel zu schnell gehen«, murmelte Simon trocken, während er seine Tasche schloß. »Ich habe schon lange nicht mehr zwei so gesunde Babys gesehen wie dieses hier und den kleinen Buck.«

»Sie bleiben doch noch zu Kaffee und Kuchen?« sagte Lilli. »Webb muß bald zurückkommen. Er holt den Senator vom Bahnhof ab. Ich weiß, daß er Sie gern sehen würde.«

»Unmöglich.« Simon zog seine Jacke an. »Ich muß zu den Kreugers. Drei seiner Kinder sind krank. Es sieht mir ganz nach einer Lungenentzündung aus.« Er schüttelte den Kopf. Unwillkürlich verglich er diesen Haushalt und den der ärmlichen Farmerfamilie.

»Das tut mir leid.« Lilli drückte Chase fest an sich. Sie konnte Franz Kreuger zwar nicht leiden, aber für seine Frau Helga empfand sie Mitleid. »Wie geht es … seiner Frau?«

Er sah sie kurz an, weil er wissen wollte, ob es sie wirklich interessierte. »Ich glaube nicht, daß Sie sie wiedererkennen würden.« Er seufzte. »Ich glaube nicht, daß sie überhaupt noch etwas ißt. Es würde mich nicht wundern, wenn sie ihren Kindern und ihrem Mann alles Eßbare überläßt und nur zu sich nimmt, was übrigbleibt.«

Lilli fühlte sich schuldig, weil sie soviel hatte, schuldig, weil sie nicht oft an die Familien gedacht hatte, bei denen sie mit Stefan gelebt hatte. Sie hatte den Gedanken verdrängt, daß die Dürre und die Heuschrecken vielen Familien zugesetzt hatten. Die Bemerkung des Arztes erinnerte sie jetzt an die Winter, in denen sie hungrig gewesen war und wenig Eßbares im Haus gehabt hatte.

»Simon, ehe Sie gehen, schauen Sie bitte in die Küche und nehmen Sie Essensvorräte mit«, drängte sie ihn. »Wenn Kreuger fragt, woher Sie die Sachen haben, dann sagen Sie ihm, daß die Kirche Lebensmittel austeilt. Nehmen Sie auch für andere bedürftige Familien in der Gegend etwas mit.«

Er nickte, und ein schwaches Lächeln zeigte, daß er sie verstanden hatte. Sie kannte viele dieser Leute und hatte das Gefühl, ihnen etwas schuldig zu sein. Lilli spielte jetzt mit ihrem Baby, und Simon ließ das Thema ruhen.

Senator Bulfert war nur zum Wochenende auf der Ranch. Es war eine Zwischenstation auf seinem Weg nach Helena. Diesmal kam er ohne seine gewohnte Begleitung. Und dementsprechend verhielt er sich. Der ansonsten geschwätzige und laute Politiker wirkte weniger redselig und unaufdringlich.

Nach dem Abendessen zog sich Webb mit seinem Gast in die Bibliothek zurück.

»Genießen Sie es, solange Sie es noch können«, sagte der Senator, als er sein Glas hob und Webb zuprostete. »Ich denke an alle Saloons, die Carry Nation in Butte geschlossen hat. Ich dachte, mit ihrem Tode würden auch die Prohibitionsbestrebungen aussterben. Zum Teufel! Jetzt steht sie als Märtyrerin da!«

»Der Kongreß wird doch nicht etwa gesetzlich gegen den Alkohol vorgehen?« Diese Vorstellung war für Webb absurd.

»Giles ist tot.« Diese Äußerung wurde ohne jede Vorwarnung in den Raum gestellt.

Webb starrte den Politiker ungläubig an. »Bull? Wann?«

»Vor drei Monaten, kurz vor Weihnachten. Ich habe es selbst gerade erst gehört. Nach seiner Rückkehr war er nie mehr der alte. Er hat angefangen, viel zu trinken und sich wieder mit der alten Clique rumzutreiben. Deshalb hat es auch so lange gedauert, bis ich etwas davon gehört habe. Er hätte einen guten Politiker abgegeben.«

Webb sah ins Kaminfeuer. Seit dem Tod seiner Mutter hatte Bull nichts von sich hören lassen.

»Was wissen Sie über diesen Anwalt – Doyle Pettit?« Bulfert sah Webb durch den Rauch seiner Zigarre hindurch kritisch an.

Webb spürte instinktiv, daß dies der eigentliche Grund seines Besuchs war. »Ich kenne Doyle von Kind an. Er hat die TeePee-Ranch übernommen, als sein Vater, Tom Pettit, vor etwa zehn Jahren starb, und ihm gehören einige Geschäfte in der Stadt. Warum?« Er rückte nur wenige Informationen heraus, weil er den Grund für diese Frage nicht kannte.

»Ich habe mir vor zwei Wochen die Grundbücher angesehen. Der Grund, der in seinem Besitz ist oder auf den er Ansprüche hat, umfaßt nahezu eine Dreiviertelmillion Morgen.«

Die Größe des Anwesens, das Pettit sich aufgebaut hatte, überraschte Webb, aber er zeigte sein Erstaunen nicht. Doyle hatte ganz still und heimlich angehäuft – offensichtlich über die Bank, die ihm gehörte, und er hatte Siedlern, die aufgegeben hatten, ihre Ansprüche abgekauft.

Webb sah die Landkarte an, die an der Wand hing. Doyle Pettit. Dieser Kindheitsfreund, der immer für jeden Spaß zu haben war, der gern lachte und selten kämpfte. Etwas Angeberisches hatte er immer an sich gehabt. Er hatte das erste Automobil im weiten Umkreis gekauft, trug modische Kleidung, warf mit seinem Geld um sich, gab seinen Freunden Getränke aus und war immer schnell bei der Hand, wenn es darum ging, jemandem, der in der Klemme war, etwas zu borgen. Doyle war es immer gelungen, im Mittelpunkt der Aufmerksamkeit zu stehen. Leise, ganz leise, hatte er Land an sich gebracht, dessen Größe sich fast mit dem Dreifachen C messen konnte.

Dieser Mann war immer eine Art Friedensstifter gewesen. Nie hatte er Streitigkeiten oder Unstimmigkeiten gemocht. Er hatte sich auch immer herausgehalten, nie einen Standpunkt bezogen. Die Rancher sahen in ihm Tom Pettits Sohn, einen der ihren, und die Trockenfarmer betrachteten ihn als ihren Freund.

Je länger Webb die Landkarte ansah, desto unbehaglicher wurde ihm zumute. Es war unsinnig, sich einzubilden, Doyles gewaltige Anhäufungen von Land könnten eine Bedrohung darstellen. Sie kannten einander viel zu lange. Sie hatten sich nicht immer gut verstanden, aber Doyle war kein Mensch von der Sorte, die sich mit einem anderen anlegte. Das war nicht seine Art. Und doch beunruhigte Webb die Entdeckung, wie groß Doyle in so kurzer Zeit geworden war.

Seine Bemerkung dem Politiker gegenüber deutete jedoch an, daß er es eigentlich längst gewußt hatte. »Als dieser Boom eingesetzt hat, hat Pettit angefangen, mit Boden zu spekulieren«, gab er zu.

»Wenn diese Dürre anhält, wird er feststellen, daß ihm überall Land gehört«, sagte der Senator trocken. »Der Wind weht fort, was er hier besitzt.«

Webb dankte Gott für das Gras, das das Calder-Land bedeckte und die Erde zusammenhielt.

Simon schlief fest, als das Pferd vor Kreugers Hütte stehenblieb und ihm die Tür geöffnet wurde. In der kleinen, zugigen Hütte hing der Geruch von Krankheiten. Simon würde sich nie an diesen Geruch gewöhnen können. Drei Kinder lagen krank im Bett, und die ausgezehrte, hohläugige Helga Kreuger saß auf der Bettkante und versuchte, ihrem Sohn Suppe einzuflößen.

Als Simon nähertrat, mußte die Frau gerade ihre Versuche, das Kind zu füttern, aufgeben, weil ein Hustenkrampf sie schüttelte. Er kannte die Geräusche. Der Blick des Arztes fiel auf die Frau. Die Nöte des Lebens hatten sie vorzeitig altern lassen. Sie hätte die Großmutter dieser Kinder sein können. Das Husten gefiel Simon nicht. Er hatte vor, die Frau zu untersuchen, nachdem er sich vergewissert hatte, wie es um das Befinden ihrer Kinder stand.

Die Jungen husteten rasselnd, und für die Dauer eines Pulsschlages erstarrte der Arzt innerlich. Heftigkeit lag seinem freundlichen Naturell fern, doch jetzt packte ihn die Wut. »Verdammt noch mal, Kreuger«, fluchte er und grub seine Finger in den Arm des Mannes. »Ich hatte Ihnen doch gesagt, Sie sollten mich augenblicklich verständigen, wenn es schlimmer wird.«

»Es geht ihnen nicht schlechter als beim letztenmal«, stritt Kreuger hitzig ab. Seine dunklen Augen waren voller Mißtrauen.

Helga Kreuger war aufgesprungen, und die Besorgnis hatte die letzte Farbe aus ihrem Gesicht weichen lassen. »Gustav geht es doch nicht schlechter, oder?«

Simon merkte, daß sie verzweifelt wünschte, es möge ihrem Sohn besser gehen. Sie wollte nicht wahrhaben, daß sich sein Zustand verschlechtert hatte. Er fand seinen gesunden Menschenverstand wieder, ließ Kreuger los und wandte sich dem Kind zu.

»Er ist in keinem guten Zustand«, sagte er mürrisch.

»Aber es wird ihm wieder besser gehen«, murmelte sie und sah ihr Kind besorgt an.

»Ich tu alles, was ich kann.« Mehr wagte Simon nicht zu versprechen. Es wäre schon schwer gewesen, ein gesundes Kind durchzubringen, doch die Kinder der Kreugers waren unterernährt und geschwächt. Wunder gehörten nicht zu seinem Beruf, und er hatte das Gefühl, daß hier nur noch ein Wunder helfen konnte.

Simon hatte viele Kinder an Typhus sterben sehen, aber es fiel ihm immer noch nicht leicht, den Tod zu akzeptieren, bei Kindern am allerwenigsten. Er hatte immer das Gefühl, er hätte vielleicht doch noch etwas mehr tun können. Er zweifelte dann immer an seinem Wissen.

Genau das dachte Kreuger, als im Laufe einer Woche alle seine Kinder bis auf eines begraben wurden. Simon hatte versucht, sich gegen die Vorwürfe des Mannes zu verschließen. Kreuger war der Überzeugung, der Grund sei darin zu suchen, daß er arm war und den Arzt nicht für seine Dienste bezahlen konnte. Daher glaubte er, Simon hätte nicht alles getan. Er war sicher, wenn sein Name Calder und nicht Kreuger gewesen wäre, hätte der Ausgang der Dinge anders ausgesehen.

Müde, enttäuscht und von Schuldgefühlen geplagt, die ihm jedesmal zusetzten, wenn er einen Patienten verlor, stützte Simon seine Ellbogen auf den Tisch in der kleinen Küche seiner Hütte. Das schmutzige Geschirr von vor zwei Wochen stand im Spülbecken. Das war die letzte Mahlzeit, die er in seinem Haus eingenommen hatte. Er sah sich in dem Chaos um.

Doyle Pettit saß ihm gegenüber. Er wußte, daß der Arzt ihn nicht grundlos zu sich gebeten hatte.

»Was bedrückt Sie, Doktor?« Doyle Pettit setzte sich auf dem Stuhl zurecht. Er wirkte gelassen und zufrieden. »Ich weiß, daß Sie sich nicht mit mir die Zeit vertreiben wollen – nicht ein so beschäftigter Mann wie Sie. Irgend etwas müssen Sie auf dem Herzen haben.«

»Es geht um Kreuger – oder genauer gesagt um Kreugers Frau. Sie hat Tuberkulose, und dieses Klima – die Kälte und der Staub – verschlimmern ihren Zustand ständig. Er muß sie von hier fortbringen, wenn er sie nicht auch begraben will.« Er fuhr sich mit einer Hand durch das Haar. »Ich habe versucht, es ihm zu erklären, aber er glaubt, ich hätte mich mit Calder verbündet, um ihn zu vertreiben. Ich komme einfach nicht an ihn ran. Er hört nicht auf mich. Aber Sie, es ist wahrscheinlicher, daß er es Ihnen glaubt, wenn Sie es ihm sagen.«

Doyle legte die Stirn in Falten, er sah bekümmert aus. Er starrte seinen schwarzen Kaffee an. »Ich weiß nicht, ob es etwas gibt, was diesen Mann bewegen könnte, sich von seinem Land zu trennen. Er ist geradezu besessen von dieser Farm. Er ist einer der letzten, die noch vom ersten Jahr übriggeblieben sind. Ich weiß nicht, was ihm die Kraft gibt.«

»Haß«, sagte Simon. »Ein Haß, der Webb Calder gilt, sich im Grunde aber gegen alle Großgrundbesitzer richtet. Es gibt Momente, in denen ich mich frage, ob er sich das Land nur ausgesucht hat, weil es an Calder-Land grenzt.«

»Kann sein«, räumte Doyle ein. »Ich werde mit ihm über seine Frau reden, aber ich weiß nicht, ob ich mehr Erfolg haben werde als Sie.« Simon hoffte es. Etwas sagte ihm, daß Kreuger kurz vor dem Zusammenbruch stand. Die meisten anderen Männer waren längst fortgegangen. Kreugers Kummer und Kreugers Haß würden dazu führen, daß er früher oder später durchdrehte.

27

Der Frühling kam und war eine Erleichterung nach der Kälte des Winters, aber die Dürre hörte nicht auf. Alle sagten, sie könnte nicht noch einen Sommer lang andauern. Banken gaben den Farmern Darlehen, damit sie Saatgut kaufen und ihren Weizen anpflanzen konnten. Der Juni war die Regenzeit. Alle warteten, beobachteten den Himmel und hielten den Atem an.

Die Wolken kamen, der süße Duft des Regens hing in der Luft, und der trockene Boden vibrierte unter den lauten Donnerschlägen. Plötzlich rissen die Wolken auf, und der Regen fiel in Strömen herab. Das Frohlocken verschwand aus Franz Kreugers Gesicht, als er vor seiner Hütte stand, innerhalb von Minuten bis auf die Haut durchnäßt war und beobachtete, wie der Regenguß, der sturzbachartig herunterkam, die oberste Erdschicht und die jungen Weizensprößlinge davonschwemmte.

Der heftige Regen hielt nicht länger als eine halbe Stunde an, aber der trockene Boden konnte nicht auf einmal soviel Wasser in sich aufsaugen, weil er längst zu hart geworden war. Was der Wind nicht mitgenommen hatte, nahm das Regenwasser mit, das Hügelkämme aushöhlte und Rinnen zog, wo vorher keine Vertiefung gewesen war. Die Ernte war wieder verloren – diesmal an den Regen. Am späten Nachmittag desselben Tages war der Boden bereits wieder trocken.

Auf der Straße von Blue Moon drängten sich Wagen, die mit der armseligen Habe der Farmer beladen waren. Sie hatten ihre Sachen gepackt und gaben auf. Dieser letzte Rückschlag hatte ihnen den Rest gegeben. Sie besaßen weder die Mittel noch die Willenskraft, es noch einmal zu versuchen. Hühner kreischten protestierend in engen Käfigen, und abgemagerte Hunde trotteten neben den Wagen her, die sich langsam voranbewegten. Sie folgten ihren gebrochenen und mutlosen Herren. Einige Wagen hatten eine Milchkuh im Schlepptau, die sie verkaufen wollten, um ein wenig Geld für einen Neuanfang irgendwo fern von Montana und dem Unglück, das ihnen hier widerfahren war, aufzutreiben.

Lilli wurde immer stiller. Unter der Horde von Heimatlosen, an der sie vorbeikamen, waren vertraute Gesichter. Jedesmal wenn Webb hinter einem Wagen vorbeifuhr, wappnete sie sich innerlich und fragte sich, wen sie wohl diesmal erkennen würde. Sie war immer wieder erleichtert, wenn es sich um Fremde handelte.

Sie warf einen verstohlenen Blick auf Webb und sah sein grimmiges Gesicht. Sie zweifelte daran, daß er aus demselben Grunde schwieg wie sie. Trotz des Regens vor drei Tagen hing der Staub wie eine Wolke nicht weichenden Verhängnisses über dem Land. Wo einst am Straßenrand säuberlich gepflügte Weizenfelder gestanden hatten, war der Boden jetzt von Schluchten und Rinnen zerrissen. Sie vermutete, daß ein Teil von ihm Mitleid mit den Menschen hatte, die jede Hoffnung verloren hatten, aber daß ihm noch mehr zusetzte, was sie dem Land angetan hatten.

Auch Blue Moon selbst war ein trostloser Anblick. Weitere Geschäfte hatten geschlossen, und auf der Straße wimmelte es von Farmern, die auf Darlehen hofften, ihr Land verkaufen wollten oder ihre letzte Habe einzutauschen versuchten.

»Es tut mir leid, daß ich dich gebeten habe, mich in die Stadt zu bringen«, sagte Lilli, als Webb ihr beim Aussteigen half. Sie war nicht mehr hier gewesen, seit der Geburt von Chase. Sie hatte sich auf den Besuch in der Stadt gefreut, aber schon jetzt war sie ganz niedergeschlagen. »Du hast uns gewarnt, aber niemand hat auf dich gehört.«

»Es ist passiert. Es läßt sich nichts mehr ändern.« Er hing sich bei ihr ein und lächelte. »Wohin möchtest du zuerst gehen, Mrs. Calder?«

»Nach Hause.« Das war die Wahrheit, aber sie überlegte es sich augenblicklich anders, weil ihr klar war, daß Webb ihren Wunsch, sich diesem Geschehen zu entziehen, nicht nachvollziehen konnte. Er hatte nicht dieselben Träume genährt wie diese Menschen und wie einst auch sie selbst. »Chase wächst zu schnell. Wir müssen Stoff kaufen, damit er wieder etwas zum Anziehen hat«, sagte sie.

Als sie an Sonny Drakes Restaurant vorbeikamen, stieß Webb fast mit Ed Mace zusammen. Der Rancher blieb stehen. »Komm mit, Webb«, sagte er. Sein Atem roch nach Whisky. Er packte ihn am Arm. »Ich will dir einen ausgeben.«

»Ein anderes Mal, Ed«, lehnte Webb ruhig ab.

»Es gibt kein anderes Mal.« Der alte Mann holte tief Luft, und es klang wie ein Schniefen. »Ich mußte verkaufen.«

»Was redest du da?« Webb fragte sich, ob er nüchtern genug war, um zu wissen, was er sagte.

»Ich habe die Snake M verkauft. Ich hatte gerade eine Herde Kühe gekauft, um wieder aufzustocken, und dann hat dieser Regen zu einer Überschwemmung geführt. Mehr als die Hälfte der Tiere sind ertrunken.« Er starrte mit leerem Blick auf die Straße. »Das hat mir den Rest gegeben. Ich bin am Ende. Es ist alles weg. Alles, wofür ich mein Leben lang gearbeitet habe, ist von einem einzigen Regenschauer ausgelöscht worden.«

»Du hast die Ranch verkauft?« Webb konnte es immer noch nicht fassen.

»Ja. Pettit hat sie mir abgenommen.« Er unterbrach sich verdrossen. »Ich habe üble Dinge über ihn gesagt, aber der alte Tom wäre wahrscheinlich stolz darauf, wie sein Sohn zu seinen Freunden hält.« Jetzt bemerkte Ed das Baby auf Lillis Arm. »Einen schönen Sohn hast du, Webb. Ich habe selbst nie Kinder gehabt. Ich schätze, es ist auch gut so.« Seine Zunge war vom Alkohol gelöst. »Was könnte ich ihnen jetzt noch hinterlassen? Ich habe meine Ranch verloren. Gerade noch genug Geld, um nach Mexiko zu kommen. Vielleicht finde ich dort ein Plätzchen, wo ich mir ein paar Kühe halten kann. Und eine dieser dunkeläugigen Senoritas, die für mich kocht.«

»Du willst also nach Mexiko gehen.« Es fiel Webb schwer, dem Mann in die Augen zu sehen. Er empfand Mitgefühl, doch Ed besaß zuviel Stolz, um zu dulden, daß jemand ihn bemitleidete.

»Hab schon die Fahrkarte.« Ed Mace nickte und ließ das Baby seinen schwieligen Finger umklammern. Dann fiel seine Hand herunter, und seine Augen wurden wäßrig. »Zum Teufel, ich habe mir noch nie etwas aus Tequila gemacht, aber dort ist er wenigstens legal zu haben.« Er rieb sich mit einer Hand den Mund. »Ich trinke jetzt noch eins von Sonnys Spezialgetränken. Paß gut auf diesen Jungen auf, Webb.«

Das einzige, was die Prohibition in Blue Moon bewirkt hatte, war ein Ansteigen der Getränkepreise. Sheriff Potter hatte seine Bereitwilligkeit bekundet zu ignorieren, was manchen Kunden serviert wurde. In diesem trockenen Land gab es mehr Schnaps als Wasser.

Weiter unten auf der Straße war ein Tumult entstanden, der sich, wie Webb sogleich bemerkte, um Hobie Evans entfacht hatte, der die Farmer auf böswillige Weise verspottete und beschimpfte. Ein Farmer wollte eine alte Uhr, ein Familienerbstück, verkaufen, seinen einzig wertvollen Besitz. Hobie bestand darauf, die Uhr zu sehen. Er nahm sie in die Hand und schüttelte sie, und Webb, der Unheil witterte, sprang über die Brüstung der Veranda vor dem Restaurant.

»Verdammt noch mal, das Ding ist alt. Sieht mir nicht danach aus, als sei es etwas wert«, sagte Hobie. Er tat so, als wollte er dem Mann die Uhr zurückgeben, doch in dem Moment, in dem der Farmer seine Hände danach ausstreckte, ließ Hobie die Uhr los. Sie fiel auf den Boden, und die Frau des Farmers stieß einen Schrei aus, als das entsetzliche Geräusch splitternden Holzes zu hören war. »Jetzt ist das Ding mit teuflischer Sicherheit nichts mehr wert«, sagte Hobie lachend, als der Mann sich bückte, um seine zerbrochene Uhr vorsichtig wieder aufzuheben. Lillis Schultern sackten herunter. Es war zu spät. Der Schaden war entstanden, und Webb war noch auf halber Strecke. »Die Uhr taugt nichts, Mister«, höhnte Hobie. »Und Sie taugen auch nichts. Wir wollen Ihre Sorte hier nicht haben. Wir wollten Sie noch nie hier haben. Dieses Land wird verflucht sein, solange nicht der letzte von euch abgezogen ist. Also, haut schon ab!«

Eine Flasche wurde nach dem Wagen geworfen. Lilli hörte sie zerspringen. Glassplitter trafen die Pferde. Eins der Pferde bäumte sich auf. Webb griff ihm in die Zügel. Außer zwei kleinen Mädchen, die im Wagen kauerten, schien ihn niemand zu bemerken.

»Habt ihr mich gehört?« fragte Hobie. »Niemand will euch hier haben. Ihr seid Abschaum, sonst gar nichts. Und jetzt steig auf deinen Wagen und hau ab! Und nimm deinen wertlosen Plunder mit!«

All das wurde dem Farmer zuviel. Das einzig Wertvolle, was er besaß, war jetzt kaputt. Er zitterte und stand kurz vor den Tränen, als er sich ohne Vorwarnung auf den Cowboy stürzte. Hobie wich dem blindwütigen Angriff mühelos aus, ballte beide Hände zu einer großen Faust, hieb sie dem Mann auf den Rücken und legte ihn flach auf den Boden.

»Dieser verfluchte Dummkopf hat versucht, mich anzugreifen«, verkündete er lachend, als hätte er gerade einem lästigen Insekt den Garaus gemacht.

Webb hatte die Pferde beschwichtigt und wollte gerade hinter dem Wagen herauskommen, als ein Schuß alle auf der Straße anwesenden Menschen verstummen ließ. Hobies Mund war vor ungläubigem Staunen geöffnet, als er sich an seinen Rükken griff. Seine Beine sackten unter ihm zusammen, aber es gelang ihm noch, sich im Halbkreis zu drehen, weil er den unbekannten Schützen sehen wollte, der auf ihn geschossen hatte. Lilli hielt sich eine Hand vor den Mund, als sie das kleine rote Loch in Hobies Rücken sah.

Zehn Meter hinter ihm stand Franz Kreuger mit einem Gewehr an der Schulter, und eine kleine Rauchwolke stieg aus der Mündung auf. Als Hobie auf dem staubigen Boden zusammenbrach, wichen seine beiden Kameraden zurück, bevor das Gewehr auf sie gerichtet wurde. Kreuger zielte jedoch weiterhin auf den Toten.

Er hatte den Blick eines Irren, den der Alkohol oder zu viele Kämpfe mit Gegnern, die er nicht schlagen konnte, um den Verstand gebracht hatten – die Dürre, die seine Farm zugrunde gerichtet hatte, und die Krankheit, die ihm seine Kinder genommen und seine Frau zu einer Schwerkranken gemacht hatte. Hobie Evans stellte endlich einmal etwas dar, was er zerstören konnte. Ihm konnte er das Leben nehmen, wie die Dürre jedes Leben aus seinem Land gesaugt hatte und wie die Krankheit das Leben seiner Kinder gekostet hatte.

Alle Anwesenden sahen seinen geistesgestörten Blick, und niemand ging auch nur einen Schritt auf den Toten oder auf den Mann mit dem Gewehr zu, denn alle fürchteten, er könnte sein nächstes Ziel wahllos festlegen. Webb wußte, daß etwas geschehen mußte, und er kämpfte gegen die Kälte in seiner Magengrube an. Als er auf Kreuger zugehen wollte, legte sich eine Hand auf seine Schulter und hielt ihn gewaltsam zurück. Er riß den Kopf herum, als Doyle Pettit leise neben ihn trat.

»Du solltest dich lieber raushalten, Webb«, murmelte er und musterte Kreuger kühl und gelassen. »Er erschießt dich, ohne mit der Wimper zu zucken.«

Sheriff Potter bahnte sich auf der anderen Straßenseite einen Weg durch die Menge. Er hielt eine Doppelflinte in der Hand. Doyle Pettit ließ Webb stehen und schloß sich dem Gesetzeshüter an.

Mit einer Dreistigkeit, die Webb gegen seinen Willen bewunderte, ging Doyle mit einem unschuldigen Ausdruck auf dem Gesicht und mit strahlendem Blick unbekümmert auf Kreuger zu. Er hatte die Hände in die Hosentaschen gesteckt und sein Jackett unauffällig zur Seite gezogen, um auf subtile Art zu zeigen, daß er unbewaffnet war. Auch Hobie war unbewaffnet gewesen. Kreuger warf einen äußerst mißtrauischen Blick auf Doyle, aber Doyle stand nur da und sah die zusammengesackte Leiche auf dem Boden an.

»Das war ein gemeiner Kerl, nicht wahr?« sagte er mit einer unbeschwerten, leidenschaftslosen Stimme.

»Er hat den Tod verdient«, verkündete Kreuger. »Niemand sollte sich am Leiden anderer Menschen erfreuen. Er hätte schon längst getötet werden sollen. Ich habe immer wieder gesagt, daß wir alle zusammenhalten und uns gegenseitig helfen müssen. Aber wir lassen zu, daß Menschen wie er uns von unserem Land vertreiben. Es ist an der Zeit, sie daran zu hindern.«

Doyle schien der bitteren Erklärung des Mannes viel Gewicht beizumessen und sie gründlich zu durchdenken. »Wissen Sie was, Kreuger, ich glaube, Sie haben recht.« Er nickte. »Wir müssen in dieser Angelegenheit wirklich zusammenhalten. Sie und ich und der Sheriff sollten uns zusammensetzen und gemeinsam einen Plan schmieden. Dieser Hobie Evans hat dem Sheriff von Anfang an nichts als Ärger gemacht. Das stimmt doch, Sheriff?« Mit dieser Frage forderte er Potter auf vorzutreten.

Der Sheriff hielt die Flinte auf den Boden gerichtet, um Kreuger keinesfalls als Bedrohung zu erscheinen. Kurz darauf führten die beiden Kreuger zum Büro des Sheriffs. Doyle Pettit ließ Kreuger reden und hörte sich alles, was er zu sagen hatte, aufmerksam an.

Zwei Cowboys traten vor, um Evans' Leiche zum Schmied zu bringen, der nebenbei auch die Särge zimmerte. Lilli war weiß und zitterte, als Webb wieder an ihrer Seite war.

»Ich glaube, ich wußte schon immer, daß Kreuger fähig ist, einen Menschen kaltblütig zu töten«, sagte Lilli, als sie an einem ruhigen Tisch in einer Ecke saßen und sie den ersten Schluck von ihrem Kaffee getrunken hatte. »Aber es mit eigenen Augen zu sehen ...« Ihr schauderte, und sie beendete den Satz nicht.

»Es ist jetzt vorbei.« Seine Hand legte sich auf ihre.

»So, wirklich?« Sie sah mit zweifelndem Blick zu ihm auf. »Ist es nicht vielleicht erst der Anfang?« Webb antwortete nicht, denn die feste Überzeugung, die er heraushörte, bestürzte ihn. »Ich habe all diese Geschichten über lange Dürreperioden gehört, die die Leute um den Verstand gebracht haben. Kreuger hat sich immer für gewalttätige Lösungen ausgesprochen. Er hat bewiesen, daß er auch fähig ist, sie in die Tat umzusetzen. Was soll ihn jetzt noch zurückhalten?«

»Der Sheriff hat ihn in Verwahrung genommen, Lil. Seinetwegen brauchst du dir keine Sorgen mehr zu machen«, beharrte Webb.

»Ich wünschte, ich könnte es glauben«, murmelte sie.

Simon Bardolph betrat das Restaurant und kam an ihren Tisch. »Ihr habt es gesehen?« fragte er.

Webb nickte.

»Ich wußte immer, daß Kreuger eines Tages durchdreht«, sagte Simon. »Seine Nerven sind überlastet.«

»Hat Kreuger verkauft? Geht er fort?« fragte Webb.

»Wenn er je fortgeht, dann nur mit den Füßen voraus.« Der Arzt schüttelte den Kopf und seufzte matt.

Chase versuchte, seine Finger in Lillis Mund zu stecken. Sie griff geistesabwesend nach seinem Handgelenk und zog seine Hand herunter. »Was ist mit Helga?« fragte sie, denn plötzlich machte sie sich Sorgen um Kreugers Frau. »Ist sie mit ihm in die Stadt gekommen?«

»Das bezweifle ich. Jede Form von Anstrengung bringt sie zum Husten. Ich vermute, sie ist mit ihrer Tochter zu Hause geblieben.«

»Jemand muß ihr sagen, was geschehen ist«, sagte Lilli, die Mitleid mit der Frau hatte und sich fragte, was jetzt aus ihr werden sollte.

Der Arzt stieß einen tiefen Seufzer aus. »Ich fahre zu ihr. Wahrscheinlich braucht sie mich.« Er freute sich wahrhaftig nicht darauf, aber unter den gegebenen Umständen war es naheliegend, daß er diese unerfreuliche Aufgabe übernahm.

Eine lärmende Gruppe betrat das Restaurant. Menschen drängten sich um Doyle Pettit, um ihm die Hand zu drücken und ihm zu gratulieren. Doyle kam auf Webbs Tisch zu, um mit Simon zu sprechen.

»Macht Kreuger Ihnen Sorgen?« fragte der Arzt.

»Nicht direkt. Ich habe ihm Laudanum in den Kaffee geschüttet, und für die nächsten Stunden ist er außer Gefecht gesetzt. Ich habe die Bank geschlossen und ihn in meinem Büro eingesperrt, damit wir uns überlegen können, was mit ihm geschehen soll.«

»Und wo liegen die Schwierigkeiten?« fragte Simon.

»Kreuger hat unter großem Druck gestanden. Heute hat er endgültig durchgedreht. Aber ich glaube, wenn wir ihn bis zu der Verhandlung einsperren, verliert er restlos den Verstand. Ich möchte, daß Sie mir helfen, den Sheriff dazu zu bringen, daß er Kreuger freiläßt, damit ich ihn in Gewahrsam nehme. Ich kann mit ihm umgehen. Ich kann ihn und seine Familie auf meine Ranch bringen, und dort könnten sie reichlich Essen und jede Menge Ruhe finden.«

»Wollen Sie damit etwa sagen, er hatte das Recht, einen unbewaffneten Mann zu töten, nur weil diese Person Hobie Evans war?« Simon sah ihn erbost an.

»Diese Entscheidung liegt nicht bei mir, sondern bei den Geschworenen. Ich sage nicht, daß er freigesprochen werden sollte. Ich glaube nur, daß man ihn aufgrund seines Zustandes nicht bis zu seiner Verhandlung ins Gefängnis sperren sollte. Nach allem, was dieser Mann durchgemacht hat, verdient er ein gewisses Mitgefühl. Verzweifelte Menschen begehen manchmal Verzweiflungstaten.« Er musterte den Arzt mit ernstem Gesicht. »Werden Sie beim Sheriff ein Wort für mich einlegen?«

»Können Sie die Verantwortung für ihn wirklich übernehmen?« fragte Simon mürrisch.

»Ich kann mit ihm umgehen. Außerdem werde ich ihn ständig bewachen lassen. Ich denke nicht nur an Kreuger. Ich denke an seine Frau und daran, was all das für sie bedeutet«, argumentierte Doyle eindringlich.

»Ich hoffe, Sie begehen keinen Fehler.« Simon war immer noch skeptisch, aber bereit, auf den Vorschlag einzugehen.

Doyle lehnte sich mit einem zufriedenen Lächeln zurück. »Gut. Der Sheriff ist drüben in meinem Büro und behält Kreuger im Auge – nur für den Fall, daß er doch zu sich kommt. Gehen wir doch rüber und reden mit ihm.«

Als die beiden gegangen waren, hoffte Lilli insgeheim, es würde ihnen nicht gelingen, den Sheriff für Doyles Plan einzunehmen. Dieser Plan gefiel ihr einfach nicht, obwohl sie selbst nicht verstehen konnte, was sie dagegen einzuwenden hatte.

Als die beiden angesehensten Gemeindemitglieder Potter den Vorschlag unterbreiteten, ließ er sich überreden. Kreuger war noch bewußtlos, als sie ihn in den Wagen des Arztes packten und zu seiner Farm hinausfuhren, um seine Frau und seine Tochter zu holen.

Doyle richtete den Blick zum Himmel, der von einem staubigen Dunstschleier überzogen war, an dem keine einzige Wolke zu sehen war. Die Schießerei an diesem Morgen war für ihn ein Glücksfall gewesen. Doyle war Kreuger regelrecht zu Dank verpflichtet, ob dieser es nun wußte oder nicht. Die Leute hatten die Bank gestürmt, und sein Bargeld war gefährlich geschrumpft. Der Schuß auf offener Straße hatte ihm einen einwandfreien Vorwand geliefert, die Bank zu schließen, ehe noch mehr Geld abgehoben wurde und die Menschen in Panik gerieten. Er war so mit Kreuger umgegangen, daß die Stadt jetzt in ihm einen Helden sah. Man würde alles akzeptieren, wenn die Bank auch morgen nicht geöffnet wurde. Dann kam das Wochenende. Bis Montag sollte es ihm möglich sein, genügend Bargeld aufzutreiben.

Der Kauf der Snake M hatte ihn finanziell in die Enge getrieben, aber das war die Sache wert. Wenn er geahnt hätte, daß Mace schon so bald verkaufen würde, hätte er Vorkehrungen treffen können, statt die Gelder der Bank anzugreifen. Aber das war auch nicht so wichtig. Es würde schon alles klappen.

Simon lenkte den Wagen zur Seite, weil ein Automobil näherkam. Webb saß hinter dem Steuer. Er hob im Vorbeifahren die Hand zum Gruß.

Als Lilli Simons Wagen erkannte, wußte sie, daß er zu Kreugers Farm fuhr. Sie fühlte wieder ihre Besorgnis wachsen.

»Ich hätte ein viel besseres Gefühl, wenn ich wüßte, daß Kreuger im Gefängnis sitzt.«

»Er wird verurteilt werden. Du kannst ganz sicher sein«, erwiderte Webb.

Aber sie konnte es nicht glauben.

28

Lilli schlief unruhig. Sie hatte versucht, ihre Ruhelosigkeit auf die drückende Hitze zu schieben, aber sie wußte selbst, daß die Gedanken, die sie nicht in Ruhe ließen, schuld an ihrer Schlaflosigkeit waren.

Morgen war der Tag, auf den Franz Kreugers Verhandlung angesetzt worden war. Drei Wochen waren vergangen, seit er Hobie Evans erschossen hatte, aber sie war immer noch auf der Hut. Niemand hatte Hobie Evans nachgetrauert. Lilli hatte ihn auch nicht mehr gemocht als jeder andere, aber Kreuger hatte ihn ermordet – ihn von hinten erschossen. Wenn er damit davonkam, würde er nicht mehr zu halten sein. Er würde glauben, über die Gesetze erhaben zu sein, und er würde sich berechtigt fühlen, jedes wirkliche oder eingebildete Übel zu rächen. Früher oder später würde seine Rachsucht sich auch gegen Webb richten. Er verachtete ihn schon zu lange, und sein Haß saß zu tief.

Sie hatte versucht, Webb diese Ängste einzugestehen, aber er verstand sie nicht wirklich. Kreuger würde verurteilt und für sein Verbrechen bestraft werden, hatte Webb beharrlich wiederholt. Aber trotz seiner Versicherungen setzte sie nicht viel Vertrauen in das Gesetz, und das hatte sie ihm gesagt. Es war eine ihrer hitzigen Auseinandersetzungen gewesen, und sie hatten sich voller Zorn gestritten. Das machte Lilli jetzt mindestens soviel Sorgen wie alles andere.

Sie betrachtete Webb, der neben ihr lag, mit einer hingebungsvollen Liebe, die kein Ende kannte. Als sie ihn zart auf die Lippen küßte, erwachte er und zog sie an sich.

»Lieb mich, Webb«, murmelte Lilli.

Sie liebten sich langsam und leidenschaftlich und zogen ihre Vereinigung in die Länge. Keiner von beiden schien je genug von dem anderen bekommen zu können. Selbst als es vorbei war und sie in einer Umarmung einschliefen, war noch das Gefühl da, daß es nicht genug war, daß ihre Liebe unendlich war.

Die Morgendämmerung zog in glühenden Farben herauf, um den Aufgang einer feurigen Sonne zu verkünden. Webb hielt den Ford vor dem Haus der Stantons an.

»Bist du sicher, daß du zur Verhandlung fahren willst?« fragte er Lilli.

»Ja.« Ihre Antwort kam bestimmt, und er wußte, daß es aussichtslos war, sie von ihrem Entschluß abbringen zu wollen, obwohl er das Gefühl hatte, sie sollte nicht dabei sein.

Mit Chase im Arm stieg sie aus dem Wagen und kletterte die Stufen zur Veranda vor der Haustür hinauf. Ruth hatte sie vorfahren gehört und öffnete die Tür, bevor Lilli angeklopft hatte. Chase erkannte Ruth. Er war ganz aufgeregt und streckte seine Hände nach ihr aus, damit sie ihn auf den Arm nahm. Er lachte fröhlich. Ruth war für ihn eine zweite Mutter, und Lilli konnte ihn jederzeit bei ihr zurücklassen.

»Gefrühstückt hat er schon«, sagte Lilli, als ihr Ruth Chase aus dem Arm nahm. Der kleine Buck kam zur Tür gekrabbelt, und Chase wand sich sofort in Ruths Armen. Er wollte abgesetzt werden, um mit ihm zu spielen. »Ich bin nicht sicher, ob wir heute noch zurückkommen. Es hängt davon ab, wie lange die Verhandlung dauert.«

»Mach dir um Chase keine Sorgen, solange du fort bist«, sagte Ruth zu ihr. »Ich passe gut auf ihn auf.«

Lilli beobachtete ihren Sohn, wie er über den Fußboden krabbelte. Er fühlte sich hier ganz zu Hause. Als sie Ruth wieder ansah, war ihre Kehle zugeschnürt. »Ich weiß, daß ich mir keine Sorgen um ihn machen muß, wenn er bei dir ist, Ruth.

Ich glaube, du liebst ihn ebensosehr wie ich.« Impulsiv drückte sie der Frau die Hand und wandte sich dann eilig ab. Es lag eine lange Fahrt vor ihnen.

»Es hängt alles davon ab, ob Sie genau das tun, was ich Ihnen gesagt habe«, flüsterte Doyle Pettit Kreuger ins Ohr, als er in Handschellen den Gerichtssaal betrat. »Sie müssen auf schuldig plädieren und sich dem Gericht auf Gedeih und Verderb ausliefern.«

»Ich gehe nicht ins Gefängnis.« In seinen Augen stand ein drohendes Funkeln.

»Wenn Sie tun, was ich sage, kommen Sie nicht ins Gefängnis.« Seine Handflächen waren feucht. Er wußte nicht, ob es ihm gelingen würde, Kreuger zu überzeugen. Und er mußte ihn überzeugen, denn es stand zuviel auf dem Spiel.

»Habe ich Sie je irregeführt? Ich versuche doch nur, Ihnen zu helfen, Kreuger.« Der Mann sagte nichts und schien ihm, wenn auch äußerst unwillig, zuzuhören. »Die zwölf Geschworenen sind ausnahmslos Farmer, und daher wissen sie, was Sie durchgemacht haben. Sie verstehen Sie. Der Richter braucht Ihnen auch keine Sorgen zu machen. Calder kann sich nicht mit ihm verbündet haben. Diesen Mann habe ich in der Tasche.« Der Grund dafür war ein überfälliges Darlehen, das der Richter bei seiner Bank aufgenommen hatte, aber das brachte Doyle nicht zur Sprache.

Doyle hätte gern noch einmal alles wiederholt, aber Kreuger sperrte sich störrisch dagegen. Doyle war sich seiner Sache nicht ganz sicher. Dieser Mann war so verflucht unberechenbar. Für ihn war es ein großes Risiko, für Kreuger soviel aufs Spiel zu setzen, aber wenn alles klappte, hatte Doyle keine Probleme mehr. Die Leute fingen an, sich darüber zu wundern, weshalb die Bank nicht täglich geöffnet war. Wenn es ihm nicht gelang, die Leute hinzuhalten, würde alles zusammenbrechen. Sein Plan mußte jetzt einfach Erfolg haben.

Es wurde still im Gerichtssaal, als die Anwälte den Raum betraten. Doyle Pettit, der Verteidiger, und Franz Kreuger blieben neben ihren Stühlen stehen. Ein lautes Murren erhob sich.

»Gütiger Himmel, was hat sie denn hier zu suchen?« sagte Simon, der neben Webb und Lilli saß, als die von Tuberkulose gezeichnete Frau von zwei Männern durch den Gerichtssaal geführt wurde. »Sie hätte ihr Bett nicht verlassen dürfen.«

»Doyle hat offensichtlich vor, an das Mitleid der Geschworenen zu appellieren«, sagte Webb grimmig. Das war ein geschickter Schachzug. Doyles brillantes Vorgehen wurde noch deutlicher, als die Geschworenen den Gerichtssaal betraten und Webb feststellte, daß es sich ausschließlich um Farmer handelte, Farmer, die Weizen anbauten. Er hatte das unangenehme Gefühl, Doyle unterschätzt zu haben, wenn er auch nicht verstand, was Doyle sich davon versprach, Kreuger straffrei ausgehen zu lassen. Seine Chancen, Kreugers Land zu bekommen, standen doch gewiß besser, wenn der Mann verurteilt wurde.

Sowie Helga Kreuger Platz genommen hatte, setzte sich Doyle Pettit und forderte ihren Mann auf, sich neben ihn zu setzen.

»Calder ist da«, sagte Kreuger zu ihm.

»Denken Sie jetzt gar nicht an ihn«, ordnete Doyle kaum hörbar an. »Und zeigen Sie Ihren Haß nicht so offensichtlich. Wenn die Geschworenen das sehen, enden Sie mit dem Hals in der Schlinge.«

»Genau das wünscht er mir.«

»Dann werden wir ihm eben einen Streich spielen müssen.« Doyle zweifelte einen Moment lang an seinem Erfolg, aber als er Kreugers Gesicht musterte, fiel ihm einmal mehr auf, wie leicht sein Gegenüber zu manipulieren war.

Der Richter betrat den Saal, und die Verhandlung begann.

Kreuger bekannte sich schuldig, und mehrere Zeugen beschrieben die Schandtaten, die Hobie Evans begangen hatte, in so glühenden Farben, daß jeder ihn für den Teufel persönlich hielt. Pettit verglich Franz Kreuger mit Hiob, der alles erduldet hatte, bis er einen Nachbarn unter einem grausamen, schurkischen Erpresser hatte leiden sehen. Webb stellte fest, daß die gesamte Verhandlung nicht dem Zweck zu dienen schien, Franz Kreuger zu verurteilen, sondern daß Hobie Evans schuldig gesprochen werden sollte.

Die Geschworenen brauchten weniger als zwanzig Minuten zur Meinungsbildung.

Als der Richter den Urteilsspruch verlas, der Kreuger auf Bewährung freiließ, sprang Lilli auf. »Nein!« protestierte sie heftig gegen die Entscheidung, Kreuger auf freien Fuß zu setzen. »Das können Sie doch nicht tun!« Ihre Hände waren zu Fäusten geballt.

Webb hielt sie zurück. »Es hat keinen Sinn, Lilli. Du kannst nichts daran ändern.« Er führte sie aus dem Saal.

Simon bahnte sich einen Weg durch die Menschenmenge zu Helga Kreuger, denn er fürchtete, daß die Verhandlung zuviel für sie gewesen war. Tränen strömten über ihre eingefallenen Wangen, als sie in den Armen ihres Mannes lag.

Simon wandte sich wütend und finster an Doyle Pettit. »Schaffen Sie sie aus dem Saal«, forderte er. »Sie braucht Bettruhe und keinerlei Aufregung.«

»Ich habe im Hotel ein Zimmer für sie reserviert«, sagte Doyle. Er bedeutete den beiden Männern, die Helga Kreuger in den Gerichtssaal begleitet hatten, sie wieder fortzubringen.

Franz protestierte dagegen. »Ich nehme sie mit nach Hause.«

»In ihrer Verfassung ist an einen Transport nicht zu denken«, fauchte Simon Bardolph. »Sehen Sie denn nicht, daß sie krank ist? Sie braucht Ruhe, und ich spreche nicht von ein paar Stunden. Ich spreche von Tagen und Wochen.«

Ihr entsetzlicher Husten überzeugte Franz endlich. Mürrisch half er den Männern, seine Frau aus dem Gerichtssaal zu tragen.

»Wie konnten Sie sie diesen Qualen aussetzen?« Simon sah den Mann, den er für ein mitfühlendes Wesen gehalten hatte, aus zusammengekniffenen Augen an.

»Ich hatte keine andere Wahl.«

»Nein, sie wurde benutzt, um Kreugers Freilassung zu erreichen«, sagte Simon mürrisch. »Und Sie haben sich ihrer bedient und gewonnen. Ich hoffe, Sie wissen, was Sie tun, wenn Sie einen solchen Mann auf freien Fuß setzen.«

»Ich habe ihn nicht freigesprochen. Das war das Urteil des Richters. Es ist Ihre Pflicht als Arzt, alles zu tun, was in Ihrer Macht steht, um einen Patienten zu retten. Meine Pflicht als

Verteidiger ist es, meinen Klienten nach bestem Können zu verteidigen. Über Recht und Unrecht entscheiden der Richter und die Geschworenen. Ich kann ebensowenig Gott spielen wie Sie.«

Gegen diesen Vergleich ließ sich schlecht etwas einwenden, und doch behagte er Simon nicht. Das konnte man seinem finsteren Gesicht ansehen, als er sich von Pettit abwandte. Seine Meinung, die er bisher von diesem Mann gehabt hatte, änderte sich nach dieser Verhandlung.

Webb blieb mit Lilli vor dem Gerichtsgebäude stehen. Sie hatte noch kein Wort gesagt, aber ihr Blick drückte aus: Ich habe es dir doch gleich gesagt. Sie hatte von Anfang an befürchtet, Kreuger könnte freigesprochen werden, er jedoch hatte es für unmöglich gehalten. Er hatte einen Mann getötet, ihn hinterrücks erschossen, ein Dutzend Zeugen hatten diesen Vorfall beobachtet, und jetzt verließ er den Gerichtssaal als freier Mann. Webb sah, wie Kreuger seine Frau die letzten Meter zu dem bereitstehenden Wagen trug.

»Webb, ich will nach Hause. Jetzt.« Lilli wurde von diesem Verlangen gepackt und konnte es nicht abschütteln. Es waren irrationale Ängste, die sie antrieben und die sie nicht erklären konnte. Aber es erschien ihr plötzlich unumgänglich, noch an diesem Nachmittag zur Ranch zurückzufahren.

Er zog seine Uhr aus seiner Westentasche und warf einen Blick darauf. »Es ist schon spät. Vor Anbruch der Nacht schaffen wir es nie, und ich will gar nicht erst versuchen, bei Dunkelheit über diese Straßen zu fahren.«

»Bitte. Ich habe einfach das Gefühl, daß wir heimfahren sollten.« Sie sah ihn eindringlich an und flehte stumm, er möge auf sie hören. »Ich will Chase sehen und mich vergewissern, daß es ihm gut geht.«

Webb zögerte. Einen Moment lang glaubte Lilli, sie hätte ihn überredet. Dann schüttelte er den Kopf. »Nein. Wir werden die Nacht hier verbringen, wie wir es geplant haben, und morgen fahren wir ganz früh los. Ruth paßt gut auf unseren Sohn auf.«

»Ja.« Das gab sie zu, aber es änderte nichts daran, daß sie entsetzlich unruhig war.

Er legte seinen Arm um ihre Taille und zog sie dicht an sich. »Die Sache mit Kreuger verfolgt dich immer noch.« Er lächelte sie an. In seinen Augen stand Stolz auf diese schlanke, starke Frau, die seinen Namen trug. Sie war schön und klug und besaß eine Willensstärke, die es mit seinem Willen aufnehmen konnte. Selbst jetzt, in diesem Moment, kämpfte sie tapfer gegen die Angst an, die ihre Augen verdunkelte.

»Vielleicht hast du recht«, räumte sie ein.

»Was meinst du, ob ich wohl eine gewisse Frau überreden kann, heute mit mir essen zu gehen?« murmelte er, und seine Stimme wurde heiser.

»Du kannst es ja versuchen«, erwiderte sie, nicht ohne eine Spur von Herausforderung.

Die Strahlen der Nachmittagssonne fielen schräg durch das Hotelfenster. Franz Kreuger zog die Jalousien zu, damit das Licht seine Frau nicht störte. Erst vor wenigen Minuten hatte sie die Augen geschlossen und endlich den Schlaf gefunden, den sie so dringend brauchte. Er schlich sich leise aus dem Zimmer und die Stufen hinab.

»Wie geht es ihr?« Doyle Pettit blickte kurz auf und schenkte dann ein Glas Whisky aus einer mitgebrachten Flasche ein.

»Sie ist endlich eingeschlafen. Es wird ihr bald besser gehen.« Franz Kreuger weigerte sich, an etwas anderes zu glauben. Er trat ungeduldig ans Fenster. Sein Blick war ruhelos und hart. »Wir sollten nach Hause fahren. Wir sind zu lange nicht mehr auf der Farm gewesen. Es gibt viel Arbeit, die schon lange unerledigt daliegt.«

»Es sieht so aus, als würde es noch eine Weile dauern, bis Ihre Frau die Reise unternehmen kann.« Doyle trank einen Schluck von dem illegalen Whisky.

»Ich muß sie hierlassen, bis es ihr besser geht.« Franz war zuversichtlich, daß seine Frau Verständnis dafür haben würde. Sie hatte nie etwas gegen seine Entscheidungen einzuwenden gehabt, und auch in diesem Fall würde sie die Notwendigkeit einsehen. »Ich habe mich entschieden, noch heute nachmittag zurückzufahren.«

»Calder fährt nicht vor morgen früh ab, und daher ist es

wahrscheinlich eine gute Idee, wenn Sie heute schon abreisen.« Doyle nickte zustimmend. »Ich werde dafür sorgen, daß Mrs. Rogers sich um Ihre Frau kümmert, bis es ihr besser geht.«

Als Kreuger ihn ansah, lauerte Argwohn in seinen schmalen Augen. »Sie haben viel für mich getan, und ich kann Sie nicht bezahlen.«

»Das werden Sie noch tun.« Doyle tat diese Sorge mit einem Lächeln ab. »Ich halte mir zugute, daß ich Menschenkenntnis besitze, Kreuger. Sie gehören zu der Sorte, die ihre Schulden immer abbezahlt. Ewig wird diese Dürre nicht andauern. Und solange Sie Ihr Land haben, werden Sie eines Tages Weizen ernten. Das bedeutet ein Geschäft für meinen Kornspeicher, für meine Bank und für meine Eisenwarenhandlung. Wenn ich Ihnen helfe, kann ich auch viel daran verdienen.« Viel mehr, als Kreuger je ahnen würde. Doyle war jetzt zuversichtlich, daß alles so laufen würde, wie er es geplant hatte.

Kreuger war nicht bereit, milde Gaben anzunehmen, aber da Doyle ihm erklärt hatte, wie er an ihm verdienen würde, brauchte er sich nicht bei ihm für das zu bedanken, was er für ihn getan hatte. Der Mann würde sein Geld bekommen, und daher war keine Dankbarkeit erforderlich.

»Ich gehe jetzt«, kündigte Kreuger an. »Sagen Sie meiner Frau bitte, daß ich in drei Wochen komme, um sie abzuholen.«

»Selbstverständlich.« Doyle nickte ihm zu. Erst als Kreuger die Pension verlassen hatte, trat ein Lächeln auf sein Gesicht, und seine Augen begannen zu leuchten. »Eile nach Hause, Kreuger«, murmelte er und kicherte in sich hinein. »Eile nach Hause.«

Am frühen Morgen des kommenden Tages war der Ford auf dem Heimweg zur Ranch. Die Landschaft bot einen jämmerlichen Anblick. Weite Strecken waren verbrannt, große Landflächen wiesen Verwehungen auf, die Erde, die sich gelöst hatte, bildete Wälle, und dazwischen wuchsen Disteln. Hühner scharrten vergeblich, und abgemagerte Schweine wälzten sich im Staub.

Es war eine Erleichterung, als sie das Dreifache C erreichten. Hier war der wellige Boden von braunem Gras bedeckt, das vertrocknet und versengt war, aber es bildete doch eine Schutzschicht, die das Erdreich zusammenhielt.

»Wir sind gleich zu Hause.« Webb sah Lilli an.

Der Wind hatte Strähnen ihres dunklen Haares gelöst, das jetzt in der Sonne glühte. Ihre vollen Lippen verzogen sich zu einem schwachen Lächeln. »Ich wünschte, wir könnten schneller fahren.«

Vor ihnen lag ein gerader Straßenabschnitt, der einen relativ guten Belag hatte. Webb trat das Gaspedal durch, um die Geschwindigkeit zu erhöhen, und die Landschaft zog verschwommen an ihnen vorbei. Sie hatten den geraden Abschnitt zur Hälfte zurückgelegt, als ein Knall zu hören war und ihm das Steuer fast aus den Händen gerissen wurde.

Ein Platten. Webb kämpfte um die Herrschaft über den Wagen, doch das Automobil schlingerte heftig nach rechts, machte einen Satz in einen Graben und kam abrupt zum Stehen, als er gegen die Böschung prallte. Es dauerte eine volle Sekunde, bis Webb wahrnahm, daß sie sich nicht mehr von der Stelle bewegten. In dem Moment, in dem er sich umdrehte, sah er Lilli, die gegen die Tür gesackt war.

Eine rasende Furcht ergriff ihn, als er seine Arme nach ihr ausstreckte und ihren Namen rief. Ihr Körper fiel gegen ihn, als er sie an sich zog. Auf ihrer rechten Schläfe war ein blauer Fleck zu sehen, der durch einen Stoß hervorgerufen worden war. Seine Finger tasteten nach dem Puls an ihrer Halsschlagader, aber er schlug nur schwach. Sein eigenes Herz hämmerte laut in seiner Brust und pumpte das Blut mit heftigen Stößen durch seinen Körper. So behutsam wie möglich legte er Lilli auf den Sitz und griff hinter sich, um die Tür zu öffnen.

Das Geräusch einer Kugel, dann das Abprallen von der Karosserie war zu vernehmen, und Webb warf sich über Lilli. Es war kein Platten. Jemand hatte einen Schuß auf einen Reifen abgegeben. Ein weiterer Schuß bohrte sich wenige Zentimeter über Webbs Kopf in das Polster des Sitzes. Er öffnete das Handschuhfach unter dem Armaturenbrett und zog den Revolver heraus, den er immer dort aufbewahrte. Er war vorwiegend für Schlangen gedacht, die in dieser Gegend häufig vorkamen. Es war nicht ungewöhnlich, daß man beim Reifenwechsel auf eine Schlange traf.

Ihm wurde klar, daß er den Schützen vom Wagen ablenken mußte, damit Lilli nicht getroffen werden konnte, und so wartete Webb, bis der dritte Schuß die Windschutzscheibe zersplitterte. Er trat gegen die Tür und wälzte sich aus dem Wagen, rollte ein Stück weiter und verließ sich auf den Überraschungseffekt. Während er weiterrollte, wurden in schneller Abfolge zwei Schüsse abgegeben, die die Erde hinter ihm aufwirbelten. Die Erosion hatte direkt vor Webb eine Kohlebank freigelegt, und er machte einen Satz, um den Schutz, den sie ihm bot, zu suchen. Eine weitere Kugel zersplitterte die Kohle unter seiner Hand, die er schnell zurückriß, während er sich flach gegen den Vorsprung preßte.

Sein Atem ging schwer. Auf seiner Stirn und Oberlippe brach der Schweiß aus. Alle Schüsse waren aus demselben Gewehr abgegeben worden. Nur ein einzelner Angreifer hielt sich hier verborgen. Nach der Richtung her zu urteilen, aus der die Schüsse kamen, mußte sich der Mann in den toten Kiefern auf dem Hügel auf der anderen Seite des Weges versteckt halten. Webb überprüfte seinen Revolver. Er hatte nur fünf Kugeln bei sich.

Es bestand die Chance, daß einer der Cowboys des Dreifachen C in der Nähe war und die Schüsse gehört hatte. Aber da Lilli verletzt und bewußtlos war, konnte Webb das Risiko nicht eingehen, auf Hilfe zu warten.

Bisher wußte sein Angreifer nicht, daß er bewaffnet war, und das war ein kleiner Vorteil für ihn. Mit nur fünf Kugeln konnte er es nicht auf einen Schußwechsel mit dem Mann ankommen lassen, und somit blieb ihm nur noch eine Möglichkeit – sich an seinen Angreifer heranzupirschen. In dieser Gegend gab es wenig Deckung. Der Hinterhalt war geschickt ausgewählt worden. Der Hügel und die Bäume lagen so günstig, daß Webb sich auf die Landschaft verlassen mußte, wenn er sich heranschleichen wollte, aber vorher mußte er sich über den Standort seines Gegners informieren.

Er bewegte sich, als hätte er vor, hinter dem Wagen Schutz zu suchen, und als der Schuß abgefeuert wurde, ließ er sich wieder hinter die Kohlebank fallen. Er wußte nun, wo sich der Schütze verborgen hielt.

Kein Laut war aus dem Ford zu hören, nichts, was darauf hinwies, daß Lilli das Bewußtsein wiedererlangt hatte. Seine Lippen waren trocken vor Angst, und er feuchtete sie mit der Zunge an. Er durfte es sich jetzt nicht leisten, an sie zu denken, nicht, wenn er seine gesamte Konzentration darauf verwenden mußte, sich ungesehen anzuschleichen.

So lautlos wie möglich kroch Webb durch das Gras und nutzte jede kleinste Erhebung und Vertiefung des Bodens. Um ihn herum war nichts als offenes Land. Er rechnete ständig damit, eine Kugel an seinem Kopf vorbeizischen zu hören. Aber gerade das offene Land bot ihm Schutz. Es wiegte seinen Angreifer in Sicherheit, daß niemand sich anschleichen konnte.

Es schien eine Ewigkeit zu dauern, bis er den Hügel erreichte. Der Staub und der Geruch des trockenen Grases reizten ständig Hals und Nase. Der leichte Wind, der nie nachließ, übertönte zum Teil die raschelnden Geräusche, die Webb verursachte. Sein Hemd war schweißgetränkt. Er versuchte die Entfernung zu den Bäumen abzuschätzen.

Das leise, argwöhnische Wiehern eines Pferdes kam von rechts und lenkte Webbs Blick in diese Richtung. Webb erkannte das Pferd als einen der Ackergäule Kreugers. Im ersten Moment war er schockiert. Kreuger! Er war der Angreifer.

Webb verfluchte sich dafür, daß er nicht auf Lillis Warnung gehört hatte. Aber selbst wenn er auf sie gehört hätte, hätte er nichts gegen ihn unternehmen können. Das Gesetz hatte über Kreuger entschieden und ihn freigelassen – für weitere Morde.

Das Pferd schnaubte. Er hatte keine Zeit mehr, sich zu fragen, was alles anders gewesen wäre oder wie nahe er Kreuger gekommen war. Kreuger mußte das Pferd gehört und Verdacht geschöpft haben. Er fragte sich wohl gerade, wovor das Tier ihn warnte. Jetzt war Webb am Zug.

Er sprang auf, wandte sich in die Richtung, in der er Kreuger vermutete und spannte den Hahn. Kreuger kam hinter einem Baum hervor und sah zum Hügel hinauf. Somit bemerkte er Webb nicht.

»Werfen Sie das Gewehr weg, Kreuger!« Webb hatte den Revolver auf ihn gerichtet. Sein Finger lag auf dem Abzug.

Zwischen seinem Befehl und der Bewegung des Farmers, der zu ihm herumwirbelte, lagen nur Sekunden. Er ließ sich nicht die Zeit, das Gewehr an die Schulter zu heben, sondern gab den Schuß schon ab, während er sich noch umdrehte. Die Kugel streifte Webbs Hemdsärmel. Es war ein reiner Reflex, den Abzug zu betätigen. Er merkte es erst, als der Revolver in seiner Hand zuckte.

Der Schuß traf Kreuger mitten in die Brust. Er taumelte einen Schritt zurück, fing sich aber wieder. Wieder hob er das Gewehr und zielte auf Webb. Webb gab noch einen Schuß ab und sprang nach links, als die Kugel auf ihn zukam und zischend an ihm vorbeisauste. Kreugers linker Arm hing schlaff herunter, und auf seinem Ärmel breitete sich ein roter Fleck aus. Immer noch bemühte er sich, das Gleichgewicht zu finden und mit seinem gesunden Arm das Gewehr auf Webb zu richten. Webb biß die Zähne zusammen und gab noch einen Schuß ab, weil ihm klar wurde, daß der Mann nicht aufhören würde, solange er nicht tot war.

Das Gewehr wurde ihm aus der Hand geschleudert, als Kreuger zu Boden fiel. Webb ging auf ihn zu und hielt seinen Revolver auf den Mann gerichtet, wie er es bei einem Tier getan hätte, das erlegt, aber noch nicht tot war. Mit fast übermenschlicher Anstrengung versuchte Kreuger, sich auf das Gewehr zuzubewegen. Webb erreichte es vor ihm und nahm es auf. Kreuger hob den Kopf und sah Webb an. Der Haß in seinen Augen war ungetrübt.

»Verdammt noch mal, Kreuger. Warum?« knurrte Webb, der das Blut in der Lunge des Mannes gurgeln hörte.

»Sie haben mein Haus angezündet.« Blut kam aus seinem Mund und strömte über seine Lippen. »Sie haben Ihre Männer zu mir geschickt, damit sie mein Haus anzünden. Pettit hat mich gewarnt, Sie könnten es versuchen, und daher ...« Seine Stimme wurde schwächer und schließlich unverständlich.

»Pettit?« Seine harten Züge verfinsterten sich. Webb kauerte sich hin und packte Kreuger an der Schulter. »Was, zum Teufel, soll das heißen – Pettit hat Sie gewarnt?« Aber er sah in tote Augen.

Kreuger war tot, und der rissige, durstige Boden trank bereits die Nässe seines Blutes. Webb ließ das Hemd los, und der leblose Körper fiel in sich zusammen. Sein Magen wollte sich umdrehen, doch dann dachte er an Lilli. Er rannte den Hügel hinunter, und die Angst um sie spornte ihn an.

Sie lag so auf dem Sitz, wie er sie zurückgelassen hatte, und kein Anzeichen wies darauf hin, daß sie sich gerührt hatte. Ihr Puls war jetzt noch schwächer, und er spürte ihren Atem kaum noch auf seiner Hand. Er mußte die Zähne zusammenbeißen, um das Schluchzen zurückzuhalten.

»Lilli. Um Gottes willen, stirb nicht. Ich brauche dich.« Seine Stimme war ein rauhes Flehen, ein bebendes Flüstern.

Widerstrebend sah er sich den Wagen an. Er stellte schnell fest, daß er kaum etwas unternehmen konnte. Als er die Motorhaube des Wagens öffnete, um die Ursache des Problems zu ergründen, hörte er das Trommeln von Hufen. Reiter näherten sich. Er öffnete eilig die Wagentür und hob Lilli auf seine Arme.

Als Ike Willis und Nate Moore in Sicht kamen, stand er mitten auf dem Weg und erwartete sie. Sie griffen ihren Pferden in die Zügel, um sie zum Stehen zu bringen.

»Wir haben Schüsse gehört. Was ist passiert?« fragte Nate, der sich aus dem Sattel schwang und einen besorgten Blick auf die Frau warf, die unbeweglich auf Webbs Armen lag.

»Kreuger. Seine Leiche liegt dort oben.« Webb zeigte mit dem Kopf in die Richtung, in der der Hügel lag. »Ich nehme dein Pferd, Nate. Ike, du reitest zum Arzt. Es ist ihr Kopf. Sie hat ihn an der Scheibe ...« Die Worte blieben ihm im Hals stecken, und er konnte den Satz nicht beenden. Nate hielt die Zügel seines Pferdes, während Webb mit Lilli in seinen Armen auf den Sattel stieg.

Nate blieb mitten auf der Straße zurück, als die beiden Reiter sich in entgegengesetzte Richtungen in Bewegung setzten. Er war ein guter Fährtenleser, und daher brauchte er nicht lange, um sich auszumalen, was geschehen war.

Simon hatte hilflos neben dem Bett gestanden und zugesehen, wie mit jeder Minute, die verging, das Leben aus Lillis Körper wich. Es gab nichts, was er hätte tun können, wenn man davon absah, daß er die Lebenszeichen überwachte, den Puls und die Atmung. Webb saß zusammengekauert auf einem Stuhl, den er dicht an das Bett gezogen hatte, und seine großen Hände umklammerten ihre Finger in einem stummen Versuch, ihrem Körper durch reine Willenskraft die Stärke seines Körpers einzuflößen. In seinen dunklen Augen stand eine gespenstische Trostlosigkeit, und auf seinem sonnengebräunten Gesicht lag eine geisterhafte Blässe.

Simon beugte sich über sie, um mit seinem Stethoskop ihren Puls zu überprüfen, aber er fand nichts. Sie war so schnell von ihnen gegangen, daß er nicht einmal den genauen Augenblick hätte bestimmen können. Es standen Tränen in seinen Augen, als er Webb ansah.

»Ich habe verloren«, sagte er. »Es tut mir leid.«

Simon wappnete sich gegen Webbs Reaktion. Der dunkle Kopf war gesenkt. Er hielt Lillis Hände ganz fest. Das Schweigen war Simon unerträglicher als ein Ausbruch von Kummer und Protest.

Als Webb schließlich etwas sagte, war seine Stimme unnatürlich leise und mürrisch. »Lassen Sie mich mit ihr allein.«

Als Simon das Zimmer verließ, zitterte sein Kinn, und vor seinen Augen lag ein so dichter Tränenschleier, daß er die Tür kaum sehen konnte. Er schloß sie, lehnte sich daran und atmete tief ein. Aus dem Zimmer hörte er das Scharren eines Stuhlbeins.

Webb setzte sich auf die Bettkante, und Tränen strömten über sein Gesicht. Er zog Lilli in seine Arme und vergrub sein Gesicht in ihrem dunklen Kupferhaar. Heftiges Schluchzen ließ seinen Körper beben. Er hielt sie fest, bis jede Wärme aus ihr gewichen war.

29

Sein Gesicht war vollkommen ausdruckslos, und der gesamte Kummer war hinter seinen versteinerten Zügen verschlossen, als Webb neben dem offenen Grab stand, die Beine leicht gespreizt, und seinen Sohn, der inzwischen fast ein Jahr alt war, in den Armen hielt. Der Geistliche sprach vor den Trauergästen sein Gebet für die Lebenden. Mit Ausnahme von Simon Bardolph gehörten alle Anwesenden zum Dreifachen C.

Als das Gebet beendet war, griff Webb nach der Schaufel, die aufrecht in der Erdmulde steckte. Er warf Erde auf den Sarg und hob die Schaufel ein zweites Mal, um sie seinem Sohn in die Hand zu drücken. Die kleine Hand schloß sich eifrig um die Erde und packte sie. Dann strahlte Chase seinen Vater an. Er glaubte, daß sie ein Spiel spielten.

»Wirf die Erde hinunter, Sohn.«

Chase warf die Erde halbwegs in die richtige Richtung, klatschte vor Freude in die Hände und wollte weiterspielen, aber Webb leerte den Rest der Schaufel. Dann drehte er sich um und reichte die Schaufel an Nate Moore weiter, der mit seinen Eltern dastand. Er trat zurück, eine einsame Gestalt in seinem schwarzen Anzug, zu teilnahmslos und zu ruhig. Der kleine Junge auf seinem Arm verlieh diesem Anblick nur noch mehr Eindringlichkeit.

Bevor die Trauergemeinde sich auflöste, um wieder ihre eigenen Wege zu gehen, trat Webb an Ruth Haskell und ihren Mann heran. Chase streckte sofort die Arme nach der Frau aus, die ihm eine zweite Mutter war, und Webb reichte ihn Ruth.

»Paß für mich auf ihn auf, Ruth«, sagte er und wandte sich ab. Wie alle anderen hatte auch Nate Webbs Vorgehen beobachtet und rätselte daran herum. Sein Interesse nahm zu, als Webb nicht ins Haus, sondern in den Stall ging. Er folgte ihm besorgt und neugierig. Schließlich holte Nate ihn im Stall ein. Webb sattelte gerade sein Pferd.

»Wohin gehst du?« Nate kam näher, fuhr mit den Fingern durch die Mähne des Pferdes und sah Webb verstohlen an.

»In die Stadt.« Er zog den Sattelgurt zu und zog ihn durch den Ring.

»Weshalb?«

»Ich habe Pettit ein paar Fragen zu stellen.«

»Kann das nicht warten?« Ein Staubsturm ballte sich zusammen, und es wurde schon dunkel. »Der Sturm zieht schon auf.«

»Nein, es kann nicht warten.« Webb griff nach den Zügeln und stellte einen Stiefel in den Steigbügel.

»Dann komme ich eben mit«, erbot sich Nate, der wissen wollte, warum es von so großer Bedeutung für Webb war, mit Doyle Pettit zu reden.

»Danke, aber ich brauche keine Begleitung.« Er führte sein Pferd in den Sturm hinaus.

Die schwarze Staubwolke warf einen langen, dunklen Schatten auf das Land, schob sich vor die Sonne und verwandelte den Tag in eine künstliche Abenddämmerung.

Auf dem Weg nach Blue Moon ritt er während der meisten Zeit dem Sturm voraus, doch fünf Meilen vor der Stadt holte er ihn ein. Als Webb die Stadt erreichte, waren alle Gebäude verrammelt und alle Fensterläden geschlossen. Einige waren für immer verlassen, andere nur gegen den Sturm geschützt. Auf der Straße trieben Papierfetzen herum, Dosen und Flaschen rollten umher. Unkraut wurde entwurzelt, Schindeln von Dächern gerissen. Sie wurden zu Wurfgeschossen.

An der Bank hing ein Schild, das sagte, daß sie geschlossen war. Webb ritt in die Gasse, die neben der Bank vorbeiführte. Hier war es windgeschützt. In einem der rückwärtigen Fenster der Bank war Licht zu sehen. Webb stieg vor der Hintertür ab, zog ein Gewehr und ein Koppel aus seiner Satteltasche und schnallte es sich um die Hüften. Das Pferd rückte näher an das Gebäude heran, um den Schutz zu nutzen, den es gegen den Sturm bot.

Webb fand die Hintertür unverschlossen vor. Er stieß sie auf, trat ins Haus und zog sein Halstuch von Mund und Nase. Die Luft roch staubig.

Die Lichtquelle in dem ansonsten dunklen Gebäude kam aus Doyle Pettits Privatbüro. Die Tür war angelehnt, Webb stieß sie mit dem Ellbogen auf und trat ein. Das Heulen des Windes, der um das Haus tobte, hatte jedes Geräusch, das Webb gemacht hatte, übertönt. Dennoch wirkte Doyle Pettit nicht überrascht, als er vom Stuhl hinter seinem Schreibtisch aufblickte und Webb sah.

Vor ihm stand eine Whiskyflasche, die kaum noch halbvoll war, und in der Hand hielt er ein Glas. Auf seinen Wangen waren Bartstoppeln gewachsen, und sein Hemd sah aus, als hätte er darin geschlafen. Er starrte Webb aus geröteten Augen an. Um seinen Mund spielte ein Lächeln, das zu dem Doyle Pettit gehörte, den Webb sein Leben lang gekannt hatte, und das den Gegensatz zwischen jenem Mann und dem gebrochenen, verzweifelten Menschen, der jetzt hinter dem Schreibtisch saß, nur noch herausstrich.

»Hallo, Webb.« Sogar seine Stimme war so ausdruckslos, als hätte Doyle längst aufgehört, sich etwas aus seinem Leben zu machen. »Ich wußte, daß du früher oder später hier auftauchen würdest. Ich bin froh, daß ich nicht mehr warten muß.«

»Du weißt, daß meine Frau tot ist.« Er betrat den Raum, ohne sich zu setzen, obwohl ein freier Stuhl vor dem Schreibtisch stand.

»Ja, ich weiß es.« Doyle konnte ihm nicht in die Augen schauen und senkte die Lider, griff nach der Whiskyflasche und füllte sein Glas. »Ich erwarte nicht, daß du mir glaubst, aber das tut mir wahrhaftig leid.«

»Bevor er starb, hat Kreuger gesagt, du hättest ihn gewarnt, ich könnte sein Haus anzünden.« Diese Äußerung enthielt die klare Forderung nach einer Erklärung.

»Ganz so war es nicht.« Doyle hielt die Flasche in Webbs Richtung und bot ihm schweigend einen Drink an, aber Webb schüttelte in stummer Ablehnung den Kopf. Doyles Hand zitterte, als er sein Glas an die Lippen hob, um eilig einen Schluck zu trinken. »Er hat geglaubt, du könntest etwas derartiges tun, und ich habe ihn nur in seinem Glauben bestärkt.«

»Und deshalb hast du es angezündet, weil du wußtest, daß er mir die Schuld in die Schuhe schiebt«, vermutete Webb.

»Ich habe zwei arbeitslose Cowboys dafür bezahlt, daß sie es tun, aber ich habe angeordnet, daß sie dableiben, bis das Feuer aus ist, um sicherzugehen, daß sich das Feuer nicht ausbreitet«, sagte Doyle, als könne diese Vorsichtsmaßnahme den Schritt, den er unternommen hatte, wiedergutmachen.

»Du wußtest, daß Kreuger sich auf mich stürzen würde. Du wußtest, daß er versuchen würde, mich zu töten. Genau das wolltest du von ihm. Aber warum, Doyle? Warum?« fragte Webb kalt.

Der Stuhl quietschte laut unter seinem Gewicht, als Pettit sich zurücklehnte und zur Decke aufsah. »Ich bin am Ende. Ich habe alles verloren.« Er riß seinen Blick von der Decke los und sah Webb verdrossen an. »Die Bank, der Holzhandel, mein gesamtes Land – sogar Vaters Ranch. Ich habe alles verloren. Ich habe es kommen sehen, und ich wollte es mit allen Mitteln aufhalten. Ich wollte immer einer der ganz großen sein, Webb.« Inbrünstiger Ehrgeiz ließ Leben in seine Augen treten. »Ich wollte alles haben – Geld, Land, Macht und alles, was dazugehört. Ich hatte es fast erreicht, Webb, aber ich mußte eine große Menge Bargeld an mich bringen – oder ein Stück Land, auf das man mir eine Grundschuld einräumt.«

»Du warst hinter dem Dreifachen C her.« Der Wind ließ die Glasscheiben in den Fenstern klappern, und sein unaufhörliches Heulen war ständig im Hintergrund zu hören, aber Webbs Aufmerksamkeit galt nur dem Mann hinter dem Schreibtisch.

»Du mußt mir glauben, Webb, wenn ich eine andere Wahl gehabt hätte, hätte ich es nicht getan. Ich hätte dir die Ranch nicht abgenommen. Wenn du mir nicht mehr im Weg gestanden hättest« – Doyle mied das Wort ›tot‹ –, »dann wäre es mir ein leichtes gewesen, mich zum Verwalter des Vermögens deines Sohnes ernennen zu lassen. Ich hätte die Ranch für deinen Sohn erhalten. Wenn ich ein Darlehen auf das Dreifache C bekommen hätte, hätte ich die Klemme, in der ich jetzt sitze, überstanden. Ich hätte das Geld zurückgezahlt.«

»Und deshalb hast du Kreuger gegen mich aufgehetzt, damit ich von der Bildfläche verschwinde.« Er empfand kein Mitgefühl für Doyle, Lilli lag seinetwegen im Grab.

»Du weißt nicht, welche Höllenqualen ich am Tag nach der Verhandlung ausgestanden habe.« Sein Kopf fiel herunter, als Doyle das Whiskyglas wieder an seine Lippen hob. »Ich habe mich wieder und immer wieder gefragt, ob du noch am Leben bist. Und ich habe mich gefragt, ob ich mit mir selbst weiterleben kann, wenn du tot bist. Es bedeutet für mich fast eine Erleichterung, dich hier stehen zu sehen. Ich weiß, daß du es mir nicht glaubst, aber es ist wahr.«

Zorn wütete in Webb, als er Doyle das Glas mit einer heftigen Handbewegung aus den Fingern schlug. »Ich könnte dich für das, was du getan hast, umbringen.«

Doyle wischte den verschütteten Whisky von seinem Hemd. Auf seinem Gesicht stand ein Lächeln, als er zu Webb aufblickte, der drohend vor ihm stand. »Für mich wäre es ein Gnadenstoß. Ich bin ruiniert. In den beiden letzten Tagen habe ich oft an Selbstmord gedacht, aber dazu fehlt mir der Mumm. Ich vermute, deshalb habe ich wohl hier gesessen und darauf gewartet, daß du kommst.«

Als Webb sich das Koppel umgeschnallt hatte, hatte er es in der Absicht getan zu töten. Jetzt trat Webb vom Schreibtisch zurück und zog das Gewehr aus seinem Halfter. Doyle hatte sich auf seinem Stuhl zurückgelehnt, und sein weißes Hemd gab ein einfaches Ziel ab. Webb nahm das Gewehr am Lauf und legte es auf die Schreibtischunterlage.

»Du hast immer einen anderen überredet, die Schmutzarbeit für dich zu tun. Wenn es nicht Kreuger war, waren es diese arbeitslosen Cowboys, die du angeheuert hast, damit sie sein Haus anzünden.« Seine leise Stimme triefte vor Verachtung. »Wenn du sterben willst, mußt du selbst auf den Abzug drükken. Ich werde dir nicht auch noch das abnehmen.«

Mit starren Schultern und aufrechter Haltung wandte er sich ab und ging zur Tür. »Webb, nein!« hörte er Doyle schluchzend rufen. Er ging weiter. »Laß mich nicht allein! Komm zurück!«

Er stand im Korridor und griff nach der Klinke der Hintertür. Eine Sekunde lang zögerte er, ehe er die Tür aufriß und in die Finsternis des Staubsturms eintauchte. Der Sturm brauste um ihn herum. Webb griff nach den Zügeln seines Pferdes, die am Boden schleiften, und führte es aus der Gasse hinaus. Er hörte einen Knall. Es hätte alles Mögliche sein können – das Klirren eines Dachziegels, das Knirschen einer Flasche, die an einer Hausmauer zerbrach.

Webb ging über die Straße, führte das Pferd durch die Gasse auf der anderen Seite und an Sonnys Restaurant vorbei zu dem Haus, in dem Simon seine Praxis hatte. Er ließ das Pferd im Windschatten hinter dem Häuschen stehen und öffnete die Tür. Simon war noch nicht zurückgekommen. Wahrscheinlich hatte er irgendwo Unterschlupf gesucht, bis der Sturm nachlassen würde. Webb goß sich einen Whisky ein, machte es sich auf einem Stuhl bequem, und jetzt gestattete er sich, seinem Kummer nachzugeben. Irgendwann schlief er schließlich ein.

Die Stille war es, die ihn weckte. Der tobende Sturm war weitergezogen. Er stand auf und streckte sich, weil seine Muskeln steif und verkrampft waren. Sein erster Gedanke war der, schleunigst zur Ranch zurückzukehren, damit Lilli sich keine Sorgen zu machen brauchte. Dann fiel ihm wieder ein, daß sie nicht dort war und ihn erwartete. Eine Schwere drückte ihn nieder, als er zum Stall ging, um sein Pferd zu satteln.

Als er es auf die Straße führte, sah er den Sheriff auf sich zukommen und blieb stehen. »Pettit ist tot«, verkündete der Sheriff, und er sah Webb ins Gesicht, um zu sehen, wie er die Nachricht aufnahm. Dort war nichts zu erkennen. Der Sheriff hielt Webbs Gewehr in der Hand. »Gehört das Ihnen?«

»Ja.« Webb nahm die Waffe entgegen und ließ sie in den leeren Halfter gleiten. Dann drehte er sich um, stieg auf den Sattel und nahm die Zügel in die Hand.

»Pettit hat einen Abschiedsbrief hinterlassen. Wollen Sie wissen, was darin steht?« fragte der Sheriff. »Es ist eine Nachricht für Sie. Er wollte, daß Sie ihm verzeihen.«

Webb äußerte sich nicht dazu, sondern gab dem Pferd die Sporen. Vielleicht konnte Lilli ihm verzeihen, aber Webb konnte es nicht. Er spürte seine Tränen über den Verlust, der ihn getroffen hatte. Es war ein Kummer, den er für eine lange, einsame Zeit in sich tragen würde. Er ließ das Pferd die Richtung zur Ranch einschlagen, und es fand seinen Weg von selbst.

EPILOG

Von der Veranda des Hauses aus sah Webb die frühe Morgensonne auf dem Fluß glitzern, der an der Ranch vorbeifloß. Die Pappeln hatten grüne Knospen, und die gewaltige Graslandschaft im Hintergrund zeigte sich in ihren Frühlingsfarben. Der Himmel darüber war strahlend blau. Der Regen, der die Trockenzeit beendet hatte, hatte ihn vor ein paar Jahren endlich vom Staub reingewaschen.

Webb riß seinen Blick vom Weideland los und sah Nate Moore an. Er stand in der breitbeinigen Haltung eines Cowboys da und drehte sich eine dünne Zigarette. Dabei achtete er sorgsam darauf, daß ihm nicht ein Krümel Tabak verlorenging. Es lag etwas Tröstliches darin, diesem Cowboy zuzusehen, wie er sich die Zigarette drehte.

Vor der Veranda standen drei gesattelte Pferde, die geduldig ihre Reiter erwarteten. Die Mannschaft, die das Vieh zusammentrieb, war mit den Ersatzpferden und dem Verpflegungswagen schon vor einer Stunde aufgebrochen, als die Sonne über dem Horizont im Osten aufgegangen war.

»Als wir beim Begräbnis des Doktors in der Stadt waren, habe ich gehört, daß das frühere Beasley-Land nördlich von hier von einem Matrosen gekauft worden ist, der aus dem Krieg heimgekehrt ist und O'Rourke heißen soll.« Nate gab diese Information weiter, während er ein Streichholz an seiner Hose anzündete, um die Zigarette in Brand zu setzen.

»Ich habe ihn schon getroffen.« Webb nickte. »Er war hier und hat sich vorgestellt. Er war für meinen Geschmack etwas zu großspurig.«

Ein Teil seiner Freude über den schönen Morgen verließ ihn, als seine Gedanken sich Simon Bardolph zuwandten. Er war ein guter Freund gewesen. Irgendein betrunkener Cowboy hatte beschlossen herauszufinden, wie schnell sein Lastwagen fuhr, und er war mit Simons Pferdewagen zusammengestoßen. Simon war auf der Stelle tot gewesen.

»Ja, dieser O'Rourke redet daher, als würden seine Kühe nur weibliche Kälber zur Welt bringen.« Nate grinste. »Ein erbärmliches Stück Land, das er sich zugelegt hat, mit schlechtem Gras und wenig Wasser.«

O'Rourke war während der langen Trockenzeit nicht hier gewesen. Und diese Dürre gehörte zu den Dingen, über die die Ansässigen nicht sprachen. Doch von den fast achtzigtausend Farmern, die gekommen waren, um den trockenen Boden zu bestellen, hatten mehr als sechzigtausend ihr Land im Stich gelassen und waren weitergezogen. Es war zu einer gewaltigen Auswanderungswelle gekommen, und zurückgeblieben waren verlassenes Farmland, Städte, die gerade erst zu wachsen begannen, und mehr als zweihundert Banken, die Pleite gemacht hatten.

Es hatte sich in so kurzer Zeit so vieles geändert. Jeder, der nach Blue Moon kam, hatte Schwierigkeiten, sich vorzustellen, daß diese Stadt einst einen Boom erlebt hatte, eine blühende Gemeinde gewesen war, die aus den Nähten platzte. Die meisten Gebäude waren abgebrannt, als ein Landstreicher in einem leerstehenden Geschäft ein Feuer angezündet hatte, um sich zu wärmen.

Das Wirtshaus stand noch und gehörte jetzt einem Mann, der Jake hieß. Er hatte eine Kneipe daraus gemacht, die den trinkenden Cowboys, die jetzt wieder die Gegend bevölkerten, trotz der Prohibition jeden Wunsch erfüllte. Ein anderes Gebäude war zu einer Tankstelle umfunktioniert worden, zu der gleichzeitig ein Lebensmittelgeschäft und eine Post gehörten. Der Eisenwarenladen auf der anderen Straßenseite hatte eine Abteilung für Textilien eingerichtet, als Ellis' Kaufhaus sich in Rauch aufgelöst hatte. Die Eisenbahn hatte ihre Schienen in Blue Moon stillgelegt und den Verkehr eingestellt.

Aber das Land war immer noch gezeichnet, und es würde nie mehr das werden, was es vorher gewesen war. Bis auf die Gegenden, die bewässert werden konnten, war es wieder in Viehweiden umgewandelt worden, es gehörte wieder den Rinderzüchtern. Doch das Gras, das auf den Weiden einmal gewachsen war, wuchs, nachdem die Felder umgepflügt worden waren, nie mehr nach – dieses üppige, proteinhaltige Gras, das gute Nahrung für die Rinder gewesen war. Neue, widerstandsfähige Grassorten wurden auf Millionen von Morgen Land ausgesät, aber das war nicht dasselbe. Der Unterschied war deutlich zu erkennen, wenn man es mit dem Weideland des Dreifachen C verglich, auf dem die grasbewachsene Steppe überlebt hatte.

Die Haustür wurde aufgerissen, und ein kleiner Junge mit einem dunklen Haarschopf und offenen braunen Augen stürzte auf die Veranda. Webb drehte sich um, fing den Jungen ab und wirbelte ihn durch die Luft. Chase war fünf Jahre alt und ging auf seinen sechsten Geburtstag zu, und er war begierig auf jede neue Erfahrung. Als er seinen Sohn ansah, erkannte Webb in der Kühnheit und Entschlossenheit des Jungen Lilli wieder, wenn Chase auch nicht ihr Haar und ihre Augen hatte. Es schnürte ihm die Kehle zu und ließ seine Augen brennen – und vertiefte doch die Liebe, die er für den Jungen empfand.

»Ich habe Buck erzählt, daß ich ein Kalb mit dem Lasso fangen werde. Das kann ich doch, oder?« fragte der Junge eifrig.

Webb hatte es sich zur Gewohnheit gemacht, seinen Sohn immer mitzunehmen, wenn es nur irgend möglich war. Das würde sein erster Viehtrieb sein, aber gewiß nicht sein letzter.

»Du hast soviel geübt, daß ich nicht wüßte, warum du es nicht können solltest.« Webb lächelte.

Er warf einen Blick über seine Schulter. Ruth wartete an der Tür. Sie hatte einen Schlafsack und eine Satteltasche im Arm, in die sie die Kleider für den Jungen gepackt hatte. Ihr eigener Sohn stand neben ihr. Er war nicht ganz so grobknochig wie Chase. Bucks Lippen waren zu einem Schmollmund verzogen, als er seinen kleinen Freund neidisch anstarrte.

»Du solltest dir jetzt bei Ruth deine Sachen holen, damit wir losreiten können.« Er stellte den Jungen ab und sah ihm nach, als er zu Ruth lief, um sein Gepäck zu holen.

Es war fast zuviel, was Chase zu tragen hatte, aber Webb bot ihm keine Hilfe an. Der Junge mußte lernen, allein zurechtzukommen und das ruhig schon in jungen Jahren.

Nate polterte die Stufen hinunter und wartete neben dem sanftmütigen Fuchs, den Chase ritt. Es war ein ausgewachsenes Pferd, nicht von der Größe eines Ponys, und es war an Kinder gewöhnt. Seine sanftmütige Natur machte es zu einem brauchbaren Reitpferd für ein Kind.

Chase schaffte es, seine Satteltasche und sein Bettzeug die Stufen hinunterzuschleifen, und dort nahm ihm Nate die Sachen ab und band sie hinter den Kindersattel, den ein geschickter Handwerker eigens für Chase angefertigt hatte. Chase hatte herausgefunden, wie er sich ohne Hilfe auf sein Pferd schwingen konnte, indem er sich am Steigbügel hochzog. Als er auf dem Sattel saß, waren seine Beine kaum lang genug, um sie in die Flanken des Pferdes zu stemmen. Er nahm die Zügel, die Nate ihm gab, in die Hand und sah seinen Vater an.

»Kommst du, Dad?« rief er.

»Ich bin gleich da«, versicherte ihm Webb. Er wandte sich an Ruth. »Wenn etwas los ist, kannst du einen der Jungen zu mir schicken und mich holen lassen.«

»Paß auf dich auf«, murmelte sie und sah ihm nach, als er sich seinem Sohn anschloß.

»Warum kann ich nicht mitkommen?« klagte Buck. »Chase darf doch auch gehen.«

»Ja, aber sein Vater nimmt ihn mit«, erklärte sie ruhig.

Buck sah seinem Freund, der davonritt, sehnsüchtig nach. »Ich wünschte, er wäre mein Vater.«

Die Worte rissen an ihrem Herzen, aber sie sagte nichts. Webb war jetzt verwitwet, aber sie war nach wie vor mit Virg verheiratet. Sie hatte in ihrem Herzen Frieden geschlossen und es gelernt, damit glücklich zu sein, sich um Webbs Haushalt und um seinen Sohn zu kümmern. Das war alles, was sie haben konnte, und es war besser, nicht mehr zu wollen.

Als sie auf das Weideland hinausritten, ritt Nate hinter Vater und Sohn. Es war ein Brauch der Steppe, nicht vor dem Boß zu reiten. Webb bestimmte die Geschwindigkeit, und Nate folgte ihm.

Als sie auf das freie Land hinausritten, warf Webb einen Blick auf den kleinen Jungen neben sich. »All das wird eines Tages dir gehören, Chase.«

Das war eine Tatsache, die er tief in dem Jungen verwurzeln wollte. Nach Lillis Tod war es leichter gewesen, Chase im Haus der Stantons zu lassen, damit Ruth sich um ihn kümmerte. Aber das dauerte nur vier Monate. Dann hatte Webb erkannt, daß es ein Fehler war. Chase war ein Calder; er gehörte in sein Elternhaus. Er mußte lernen, daß er nie etwas anderes sein würde. Von ihm würde man immer mehr erwarten als von anderen. Webb wollte nicht, daß Chase denselben Fehler machte, den er begangen hatte. Er würde immer Chase Calder sein und nie ein gewöhnlicher Cowboy.

»Es ist eine ganze Menge Land, Chase, aber es muß so groß sein, damit es unter einen solchen Himmel paßt.« Aus seinen Worten sprach Stolz, Stolz auf das Erbe, das er seinem Sohn hinterlassen würde.

Als der Rindermarkt zusammenbrach und die Wirtschaftskrise der dreißiger Jahre die Geldinstitute ruinierte, hatten die Bewohner von Montana das bereits ein Jahrzehnt zuvor überstanden. Als die Staaten weiter südlich die Dürreperioden durchlitten, die das Land zu einer Staubkugel machten, hätten die Bewohner Montanas den Farmern sagen können, was das hieß. Regenfälle bewahrten ihr Land davor, eine zweite Trockenzeit erleiden zu müssen.

Wenn das Land mißbraucht wird, findet die Natur einen Weg, sich zu wehren. Das Land wird mit der Zeit wieder zu dem werden, was die Natur mit ihm vorhatte, doch der Preis ist hoch. Das Land ist, was es ist, ganz gleich, was der Mensch tut oder erreichen zu können glaubt. Benteen Calder wußte das, und Webb Calder hatte es von ihm gelernt.

Hoffnungen sterben, und der Mensch zieht weiter, doch das Land bleibt.

Janet Dailey
Meisterin spannender Frauenromane

Nur wenig ist über die Erfolgsautorin Janet Dailey bekannt; die private Person tritt hinter die Werke zurück.
1975 veröffentlichte sie ihren ersten Roman und seitdem ist sie mit ihren spannenden Frauenromanen und großen Familiensagas regelmäßig in den Bestsellerlisten vieler Länder zu finden. Ihre Romane wurden in knapp 20 Sprachen übersetzt; in fast 100 Ländern werden sie verkauft. Mit über 100 Millionen verkaufter Bücher gehört Janet Dailey zur Spitzengruppe der Bestseller-Autorinnen.
Janet Dailey lebt mit ihrem Mann im amerikanischen Bundesstaat Missouri, in den Ozark Mountains.

Verzeichnis lieferbarer Titel

(Stand Januar 1996)

Engel sündigen nicht
Das große Spiel (01/8073)
Der große Traum (01/6914)
Die große Versuchung (01/7715)
Die Halbschwestern (01/8373)
Das hungrige Herz (01/8146)
Kaltes Gold (01/8146)
Ein magischer Moment
Maskerade (01/9380)
Nachtglut
Santiago Blue (01/7809)
Stolz der Liebe (01/7999)
Sturmritt
Unbezähmbar
Unsere erste Begegnung
Die Versöhnung (01/8728)
Wie wilder Wein (01/9605)
Zwei Tage und zwei Nächte
Zwischen zwei Gefühlen

Die Bandnummern der Heyne-Taschenbücher sind jeweils in Klammern angegeben.